CW01662399

KOŁO CZASU

TOM I

OKO ŚWIATA

Cykl powieściowy

KOŁO CZASU

składa się z następujących tomów:

TOM I
OKO ŚWIATA

TOM II
WIELKIE POLOWANIE

TOM III
SMOK ODRODZONY

TOM IV
WSCHODZĄCY CIEŃ

TOM V
OGNIE NIEBIOS

TOM VI
TRIUMF CHAOSU

TOM VII
KORONA MIECZY

TOM VIII
ŚCIEŻKA SZTYLETÓW

TOM IX
DECH ZIMY

TOM X
ROZSTAJE ZMIERZCHU

TOM XI
GILOTYNA MARZEŃ

TOM XII
POMRUKI BURZY

TOM XIII
BASTIONY MROKU

TOM XIV
PAMIĘĆ ŚWIATŁOŚCI

ROBERT JORDAN

OKO ŚWIATA

PRZEŁOŻYŁA
KATARZYNA KARŁOWSKA

ZYSK I S-KA
WYDAWNICTWO

Tytuł oryginału
THE EYE OF THE WORLD

Copyright © 1990 by The Bandersnatch Group, Inc.
Introductory material © 2002 by Bandersnatch Group, Inc.
All rights reserved
Copyright © 2001, 2011, 2021 for the Polish translation by Zysk i S-ka
Wydawnictwo s.j., Poznań

Mapy
Ellisa Mitchell, Thomas Canty

Redaktor prowadzący
Dariusz Wojtczak

Wydanie I w tej edycji

ISBN 978-83-8202-394-7

Zysk i S-ka Wydawnictwo
ul. Wielka 10, 61-774 Poznań
tel. 61 853 27 51, 61 853 27 67
dział handlowy, tel./faks 61 855 06 90
sklep@zysk.com.pl
www.zysk.com.pl

Dla Harriet
Serca mego serca
Światła mego życia
Na zawsze

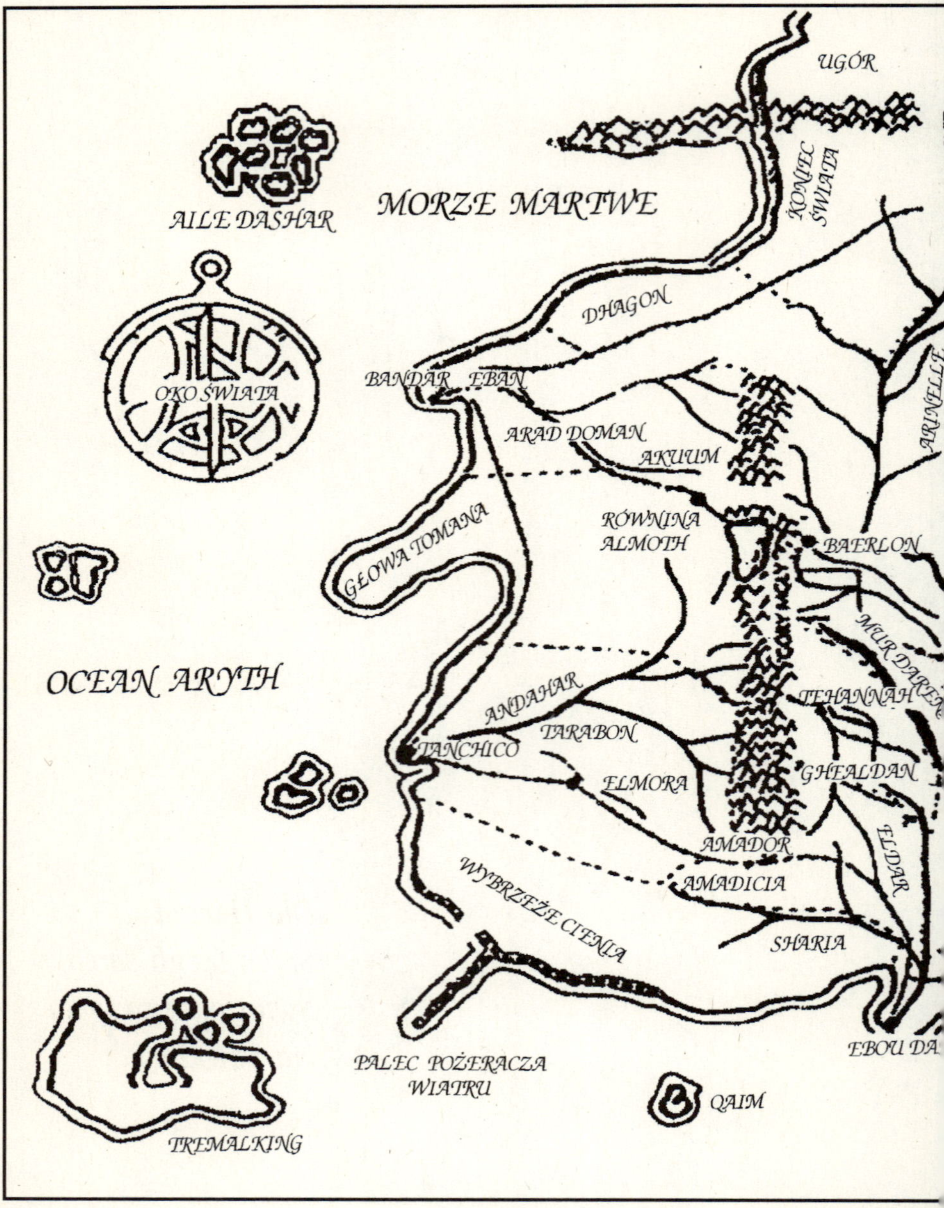
UGÓR
KONIEC ŚWIATA
MORZE MARTWE
AILE DASHAR
DHAGON
OKO ŚWIATA
BANDAR EBAN
ARAD DOMAN
AKUUM
ARINELLE
RÓWNINA ALMOTH
BAERLON
GŁOWA TOMANA
MUR DARE
TEHANNAH
OCEAN ARYTH
ANDAHAR
TARABON
TANCHICO
GHEALDAN
ELMORA
AMADOR
ELDAR
AMADICIA
WYBRZEŻE CIENIA
SHARIA
EBOU DA
PALEC POŻERACZA WIATRU
QAIM
TREMALKING

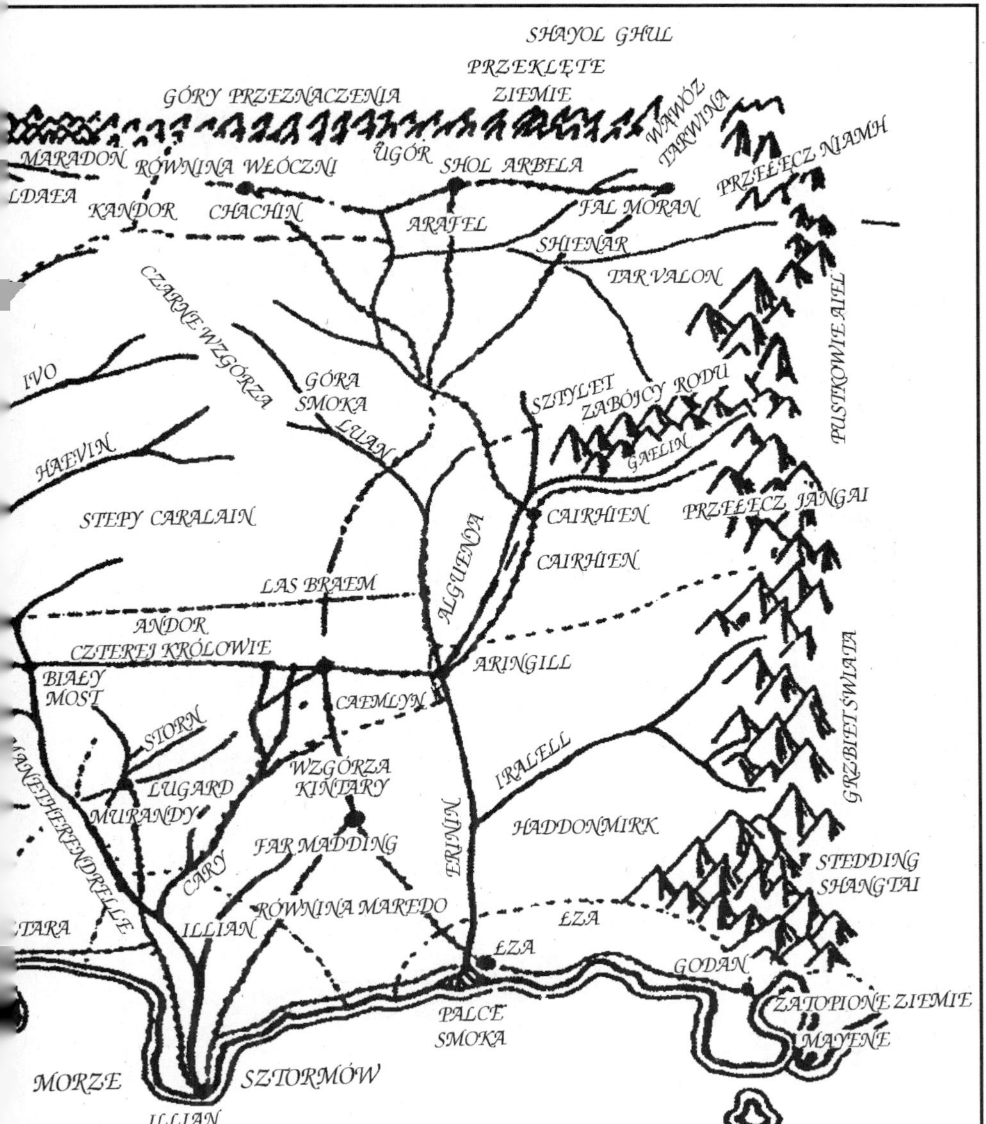
SHAYOL GHUL
PRZEKLĘTE ZIEMIE
GÓRY PRZEZNACZENIA
WĄWÓZ TARWINA
MARADON
RÓWNINA WŁÓCZNI
UGÓR
SHOL ARBELA
PRZEŁĘCZ NIAMH
LDAEA
KANDOR
CHACHIN
ARAFEL
FAL MORAN
SHIENAR
TAR VALON
CZARNE WZGÓRZA
PUSTKOWIE AIEL
IVO
GÓRA SMOKA
SZTYLET ZABÓJCY RODU
HAEVIN
LUAN
GAELIN
STEPY CARALAIN
CAIRHIEN
PRZEŁĘCZ JANGAI
ALGUENYA
CAIRHIEN
LAS BRAEM
ANDOR
CZTEREJ KRÓLOWIE
ARINGILL
BIAŁY MOST
CAEMLYN
STORN
GRZBIET ŚWIATA
WZGÓRZA KINTARY
IRALELL
LUGARD
MURANDY
HADDONMIRK
FAR MADDING
ERININ
ANETHERENDRELLE
CARY
STEDDING SHANGTAI
RÓWNINA MAREDO
ŁZA
TARA
ILLIAN
ŁZA
GODAN
PALCE SMOKA
ZATOPIONE ZIEMIE
MAYENE
MORZE SZTORMÓW
ILLIAN
CINDAKING
WYSPY LUDU MORZA

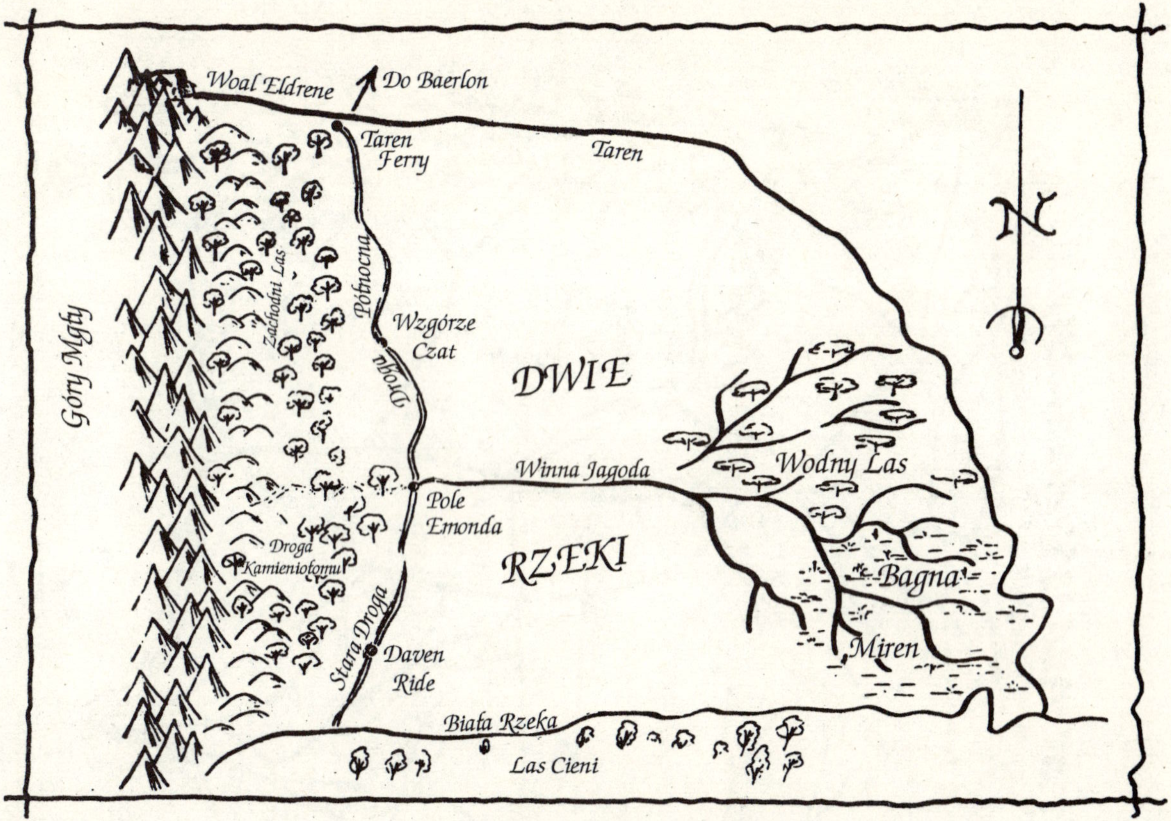

Woal Eldrene
Do Baerlon
Taren Ferry
Taren
N
Zachodni Las
Północna
Droga
Wzgórze Czat
DWIE
RZEKI
Góry Mgły
Winna Jagoda
Wodny Las
Pole Emonda
Droga Kamieniołomu
Bagna
Stara Droga
Daven Ride
Miren
Biała Rzeka
Las Cieni

WCZEŚNIEJ

KRUKI

W połowie drogi do Wodnego Lasu, daleko za Polem Emonda, drzewa obrastały brzegi Winnej Jagody. Głównie wierzby, których gęsto ulistnione gałęzie tworzyły cienisty baldachim nad wodą. Niebawem miało nadejść lato i słońce środka dnia wspinało się po niebie, a jednak tu, w cieniach, Egwene czuła, że jej spocona skóra wychłodziła się od podmuchów łagodnego wiatru. Uwiązawszy nad kolanami spódnice swej sukni z brązowej wełny, weszła do rzeki, aby napełnić drewniane wiadro. Chłopcy zwyczajnie wchodzili do wody, nie dbając o to, że ich spodnie robią się całe mokre. Kilkoro dziewcząt i chłopców napełniających ich naczynia polewało się wzajem wodą, używając do tego czerpaków, ale Egwene wolała się rozkoszować pieszczotą wartkiego nurtu obmywającego jej gołe łydki i zapadaniem się stóp w piaszczyste dno, kiedy wychodziła na brzeg. Nie przyszła tu po to, by się bawić. Miała dziewięć lat i wodę niosła pierwszy raz w życiu, ale zamierzała być w tej czynności najlepsza z najlepszych.

Gdy już wyszła na brzeg, zatrzymała się na chwilę, by odwiązać spódnice i pozwolić, by opadły do kostek. Poprawiła też ciemnozieloną chustkę, którą miała związane włosy na karku. Żałowała, że nie może ściąć włosów tak, by sięgały ramion albo były jeszcze krótsze, jak u chłopców. Przecież jeszcze przez wiele lat długie włosy nie miały jej być do niczego potrzebne. Skąd ten przymus robienia czegoś tylko dlatego, że daną rzecz zawsze się robiło w taki, a nie inny sposób? Ale znała swoją matkę i wiedziała, że będzie musiała nosić długie włosy, i już.

Jakieś sto kroków dalej po kolana w wodzie stali mężczyźni i myli owce o czarnych pyskach czekające na postrzyżyny. Bardzo się starali, by zagnać pobekujące zwierzęta do rzeki i potem je z niej wyprowadzić w taki sposób, by nic im się nie stało. Nurt Winnej Jagody w tym miejscu nie był tak wartki, jak w jej odcinku przepływającym przez Pole Emonda, ale nadal nie zasługiwał na miano powolnego. Owca porwana przez wodę mogłaby nie dać rady dobrnąć do brzegu, tylko by utonęła.

Nad rzeką przeleciał wielki kruk i po chwili przycupnął wśród gałęzi tulipanowca rosnącego nieopodal tego miejsca, gdzie mężczyźni myli owce. Niemal natychmiast sfrunął w to miejsce kardynałek, błyskając czerwienią swego czuba i hałaśliwie ćwierkając. Zapewne miał gdzieś blisko gniazdo. Kruk zamiast poderwać się do lotu i może nawet zaatakować mniejszego ptaka, skrył się tylko w głębinach korony drzewa, w miejscu, gdzie mógł się skryć za zasłoną z liści. Popatrywał z wysoka, ze swojej grzędy, na pracujących mężczyzn.

Zdarzało się czasem, że kruki zakłócały spokój pasących się owiec, ale nigdy nie lekceważyły mniejszych ptaków starających się je odstraszyć. Mało tego, Egwene odnosiła wrażenie, że czarne ptaszysko obserwuje nie owce, lecz ludzi. Pewnie głupio myślała, tyle że... Sama słyszała, jak niektórzy powiadali, że kruki i wrony to oczy Czarnego. Aż ją ciarki przebiegły pod wpływem tej myśli. Nie, nie, naprawdę głupi pomysł. Czego Czarny miałby szukać w Dwu Rzekach? W Dwu Rzekach nic się nigdy nie działo.

— Co ty robisz, Egwene? — zapytał natarczywym tonem Kenley Ahan, przystając obok niej. — Dzisiaj nie wolno ci się bawić z innymi dziećmi.

Dwa lata od niej starszy, miał zwyczaj mocno się prężyć, w przekonaniu, że to doda mu wzrostu. Tego roku po raz ostatni nosił wodę do strzyżenia owiec i zachowywał się tak, jakby przysparzało mu to jakiejś władzy.

Obdarzyła go zimnym spojrzeniem, ale nie podziałało to tak, jak liczyła.

Kanciastą twarz Kenleya wykrzywił cierpki grymas.

— Jeśli czujesz się chora, to idź odwiedzić Wiedzącą. A jak nie... to cóż... zabieraj się do swojej pracy.

Powiedziawszy to, krótko skinął głową, jakby właśnie rozwiązał jakiś problem, po czym oddalił się pospiesznie, demonstrując, że potrafi dźwigać wiadro jedną ręką, i to z dala od swego boku. „Pomoże sobie drugą ręką, jak tylko odejdzie dostatecznie daleko, bym go już nie widziała" — pomyślała złośliwie Egwene. Postanowiła, że popracuje jeszcze nad tym zimnym spojrzeniem. Widziała je na twarzach starszych dziewcząt i zdecydowanie odnosiło ono właściwy skutek.

Uchwyt czerpaka zsunął się po brzeżku jej wiadra, kiedy uniosła je oburącz. Było ciężkie, pewnie za bardzo, jak na jej drobną posturę, ale starała się iść jak najprędzej śladem Kenleya. Rzecz jasna nie z powodu tego, co powiedział. Naprawdę czekała ją praca i naprawdę zamierzała być najlepsza na świecie w noszeniu wody. Aż jej twarz stężała z tej determinacji. Pod stopami szeleściła gruba warstwa zbutwiałych zeszłorocznych liści, gdy kluczyła między drzewami porastającymi brzeg rzeki. W końcu wyszła z tych cieni na blask słońca, czując, że to jeszcze nie są wielkie upały, lecz kilka małych, białych chmurek na niebie tak jakby podkreślało, że poranek ten jest wyjątkowo pogodny.

Łąka Wdowy Aynal — tak nazywano to miejsce od niepamiętnych czasów, choć nikt nie umiałby pewnie powiedzieć, na cześć której wdowy z rodziny Aynalów wymyślono tę nazwę — obrzeżona kręgiem z drzew przez większą część roku była pusta, ale teraz wzdłuż jej dłuższego boku kłębił się tłum ludzi oraz wielkie stado owiec. Tu i ówdzie z ziemi sterczały wielkie kamienie, niektóre nawet tak wysokie jak przeciętny człowiek, ale nie przeszkadzały w tym, co się teraz działo na łące. Zeszli się tu wszyscy farmerzy z okolic Pola Emonda i pojawili się też mieszkańcy samej wioski, by pomagać krewniakom i znajomym. Strzyżenie owiec odbywało się teraz wszędzie, jak Dwie Rzeki długie i szerokie, zarówno w najniżej położonym Deven Ride, jak i na Wzgórzu Czat. Choć, rzecz jasna, nie w Taren Ferry. Wiele kobiet udrapowało luźno szale na ramionach i wpięło kwiaty we włosy, aby podkreślić ważny charakter wydarzenia, a i też wiele starszych dziewcząt się wystroiło, również te z jeszcze niezbyt długimi warkoczami. Kilka włożyło nawet suknie z haftem przy szyi, jakby to naprawdę było jakieś święto. Mężczyźni i chłopcy dla odmiany chodzili bez kaftanów, a niektórzy również rozsznurowali koszule. Egwene nie pojmowała, kto im na to zezwolił. Pracującym kobietom było równie gorąco jak mężczyznom.

Na najdalszym krańcu łąki w wielkich zagrodach wytyczonych drewnianymi palikami znajdowały się już ostrzyżone owce, w innych trzymano te, które jeszcze czekały na umycie, przy czym wszystkich pilnowali chłopcy, dwunastoletni i starsi. Pasterskie psy wylegujące się obok zagród do tego zadania raczej się nie nadawały. Z kolei grupki starszych chłopców zaganiały drewnianymi drągami stada do rzeki, a potem dbały o to, by owce nie pokładały się na ziemi i na powrót nie brudziły; musiały najpierw dobrze wyschnąć, by można je było zaprowadzić do mężczyzn w innej części łąki, którzy odpowiadali za strzyżenie. Ostrzyżone zwierzęta były zaganiane do zagród, a postrzygacze zanosili runo do stołów zbitych z deszczułek, gdzie kobiety sortowały je i układały w taki sposób, by dało się je zwinąć w bele. Także one wszystko liczyły, uważając, by niczyja wełna nie przemieszała się z cudzą. Pod drzewami po lewej ręce Egwene inne kobiety zaczynały już wykładać strawę na długich stołach ustawionych na kozłach, zbliżała się bowiem pora posiłku. Jeśli teraz będzie sobie radziła z noszeniem wody, to może już w przyszłym roku, a nie dopiero za dwa lata, pozwolą jej pomagać przy jedzeniu albo przy sortowaniu wełny. Jeśli teraz się wyjątkowo wykaże, to nikt więcej nie nazwie jej dzieckiem.

Zaczęła przedzierać się przez tłum, miejscami niosąc wiadro oburącz, gdzie indziej przekładając je z ręki do ręki, zatrzymując się wszędzie tam, gdzie ktoś dawał znać, że chciałby, aby podała mu czerpak z wodą. Niebawem znowu tak się zgrzała, że na jej wełnianej sukni pojawiły się ciemne plamy potu. Może ci chłopcy, co rozsznurowali koszule, wcale nie byli tacy głupi. Nie zwracała uwagi na małe dzieci, kręcące się w pobliżu, toczące kółka, podrzucające piłeczki albo grające w „głupiego Jaina".

Tylko pięć razy w roku takie ludzkie mrowie schodziło się w jednym miejscu: podczas Bel Tyne, które już się w tym roku odbyło, podczas strzyżenia owiec, w czasie, gdy zjeżdżali się kupcy, aby kupować wełnę, co miało nastąpić dopiero za miesiąc albo i później, potem wtedy, gdy znowu się zjawiali po Niedzieli, tym razem po tytoń, i wreszcie w Dniu Głupca, jesienią. Były oczywiście jeszcze inne święta, ale nie powodowały, by wszyscy gromadzili się razem. Egwene nie przestawała lustrować spojrzeniem tej ciżby, bo pośród zgromadzonych ludzi byłoby aż nadto łatwo natknąć się na którąś z jej czterech sióstr. Zawsze unikała ich jak ognia. Berowyn, ta najstarsza, była najgorsza. Owdowiała ostatniej jesieni, gdy denga zabrała jej męża, i wróciła do Pola Edmonda wiosną. Trudno było nie litować się nad Berowyn, ale też za bardzo się rządziła, stale się rwąc do ubierania Egwene i szczotkowania jej włosów. Czasami zalana łzami mówiła Egwene, jak bardzo ją to cieszy, że choroba nie zabrała też jej małej siostrzyczki. Darzenie Berowyn uczuciem byłoby o wiele strawniejsze, gdyby Egwene mogła przestać myśleć, że Berowyn czasami myli ją z tym niemowlęciem, które straciła razem z mężem. A może i nie czasami, tylko zawsze. Dlatego teraz wystrzegała się Berowyn. I każdej z pozostałych trzech sióstr. I tyle.

Blisko zagród dla owiec zatrzymała się, by obetrzeć czoło z potu. Jej wiadro było już lżejsze i bez trudu mogła je dźwigać jedną ręką. Ostrożnie omiotła spojrzeniem psa stojącego tuż przed jedną z zagród, zwierzę o krótkich siwych kudłach i mądrych ślepiach, które zdawało się wiedzieć, że z jej strony nie grozi owcom żadne niebezpieczeństwo. Ale co z tego, ten pies był bardzo duży, sięgał do pasa dorosłego mężczyzny. Przeważnie to psy właśnie chroniły stada, gdy je wyganiano na pastwiska, strzegąc przed wilkami, niedźwiedziami i wielkimi górskimi kotami. Egwene cofnęła się powolnymi, drobnymi krokami. Minęło ją trzech chłopców poganiających kilkadziesiąt owiec w stronę rzeki. Każdy o dobre pięć albo sześć lat od niej starszy i ledwie na nią spojrzeli, bo całą uwagę mieli skupioną na zwierzętach. Przeganianie stad było zadaniem łatwym — nie miała wątpliwości, że sama by sobie z tym poradziła — ale tym razem należało dopilnować, by żadna z owiec nie najadła się trawy. Owca, która jadła przed strzyżeniem, mogła potem dostać gazów i zdechnąć. Prędko się rozejrzawszy dookoła, stwierdziła, że z żadnym z chłopców w zasięgu jej wzroku nie miałaby ochoty rozmawiać. Co oczywiście nie znaczyło, że chciałaby rozmawiać z jakimś konkretnym młodzieńcem. Tylko tak sobie patrzyła. W każdym razie niebawem należało znowu zapełnić wiadro, co znaczyło, że musiała zawrócić w stronę Winnej Jagody.

Tym razem postanowiła, że przejdzie obok rzędu stołów na kozłach. Unosiły się od nich zapachy, od których ślinka ciekła, bo były to same świąteczne smakołyki, poczynając od pieczonej gęsi, a kończąc na miodowych ciasteczkach, których aromat zresztą nęcił ją najbardziej. Wszystkie kobiety, które gotowały w dniu strzyżenia, starały się pokazać z jak najlepszej strony. Idąc wzdłuż stołów, zachęcała kobiety wykładające jedzenie, by napiły się jej wody, ale tylko się uśmiechały i kręciły głowami. Szła jednak dalej, i to nie tylko z powodu tych zapachów. Na ognisku za stołami wrzała woda na herbatę, ale może któraś z nich jednak chciałaby się napić chłodnej wody z rzeki. To znaczy może nie takiej chłodnej, ale...

Zobaczyła Kenleya, który garbił się nad stołami, już się tak nie prężąc. Teraz wręcz starał się wyglądać na mniejszego, niż był w istocie. Nadal w jednym ręku niósł swoje wiadro, ale wymachiwał nim, więc najwyraźniej było puste i w takim razie nie mógł nikomu oferować wody. Egwene zmarszczyła czoło. „Skryty" — takim tylko słowem umiałaby go opisać. Ale zaraz, co on takiego...? Zauważyła, że jego dłoń pomknęła nagle w stronę stołu i pochwyciła zeń miodowe ciasteczko. Egwene aż otworzyła usta z oburzenia. I on miał czelność rozmawiać z nią o dzieciach? Był równie okropny jak Ewin Finngar!

Nim Kenley zdążył zrobić następny krok, pani Ayellin dopadła go niczym jastrząb polujący na ofiarę, chwytając go za ucho jedną dłonią, a drugą odbierając mu ciasteczko. To były jej wypieki. Corin Ayellin, szczupła kobieta z grubym, posiwiałym warkoczem, który sięgał jej poniżej bioder, piekła najlepsze słodkości w całym Polu Emonda. „Nie licząc mojej matki" — pomyślała lojalnie Egwene. Ale z kolei nawet jej matka mówiła, że pani Ayellin jest lepsza. Pani Ayellin lekką ręką rozdawała ciastka z kruszonką i kawały placka, pod warunkiem, że nie zbliżała się pora posiłku albo że twoja własna matka nie prosiła jej, by tego nie robiła, ale potrafiła się rozprawić z chłopcami, którzy próbowali coś zwędzić za jej plecami. I nie tylko z nimi. Nazywała to kradzieżą, a tej nie tolerowała. Nadal trzymała Kenleya za ucho i wygrażała mu palcem, przemawiając ściszonym głosem. A Kenley się krzywił w taki sposób, jakby był bliski płaczu, i tak się kulił, że niebawem stał się dużo niższy od Egwene. Z satysfakcją kiwnęła głową. Widziała, że Kenley w najbliższym czasie nie będzie się rządził.

Po tej awanturze między panią Ayellin i Kenleyem oddaliła się od stołów, żeby nikt nie podejrzewał, że ona też chciała podkraść coś słodkiego. Taka myśl nawet się nie zrodziła w jej głowie. Czy też może zrodziła, ale na tak krótko, że ani trochę się nie liczyła.

Nagle zauważyła coś i wbiła wzrok między pochód ludzi idących w jedną i drugą stronę. Tak. To był Perrin Aybara, zwalisty chłopiec, wyższy od prawie wszystkich rówieśników. Przyjaźnił się z Randem. Przedarła się przez tłum, nie zwracając uwagi, czy przypadkiem ktoś nie chce jej wody, i nie zatrzymywała się, dopóki nie znalazła się w odległości kilku kroków za Perrinem.

Stał obok swoich rodziców, przy czym jego matka przyciskała do biodra najmłodsze dziecko, Petrama, a do jej spódnic uczepiła się mała Deselle, popatrująca z zainteresowaniem na tych wszystkich ludzi i przeganiane owce. Adora, druga siostra Perrina, stała z rękoma skrzyżowanymi na piersi i nadąsaną miną, którą starała się ukryć przed matką. Nie musiała jeszcze nosić wody, z tym zadaniem miała jeszcze zaczekać do następnego roku, a teraz pewnie bardzo chciała się oddalić, by móc bawić się z innymi dziećmi. Ostatnią osobą w tej małej grupce był pan Luhhan. Najwyższy z mężczyzn w Polu Emonda, który miał ręce jak pnie drzewa i pierś, która rozsadzała białą koszulę, przy którym pan Aybara wydawał się wręcz chudy, a nie tylko szczuplejszy. Rozmawiał właśnie z małżonkami Aybara, co zadziwiło Egwene. Pan Luhhan był kowalem w Polu Emonda, ale przecież ani pan Aybara, ani pani Aybara nie sprowadzaliby całej rodziny, by rozmawiać o kowalstwie. On też należał do Rady Wioski, ale na jedno wychodziło. Poza tym pani Aybara wiedziała tyle samo o sprawach Rady co pan Aybara o sprawach Koła Kobiet. Egwene miała dopiero dziewięć lat, ale tyle to już wiedziała. Niezależnie od tego, o czym rozprawiali, ta rozmowa dobiegała właśnie końca, i tak było dobrze. Nie obchodził ją temat ich dyskusji.

— To dobry chłopak, Joslyn — powiedział pan Luhhan. — Dobry chłopak, Con. Będzie sobie radził.

Joslyn Aybara uśmiechnęła się z czułością. Była piękną kobietą, a kiedy się uśmiechała, wydawało się, że słońce mogłoby się schować ze wstydu. Ojciec Perrina zaśmiał się cicho i przejechał dłonią po głowie syna, mierzwiąc jego kędzierzawe włosy. Perrin mocno się zaczerwienił, ale uparcie milczał. Rzadko zresztą coś mówił, bo był nieśmiały.

— Chcę fruwać, Perrin — odezwała się Deselle, unosząc ku niemu rączki. — Chcę fruwać.

Perrin wykonał coś w rodzaju uprzejmego ukłonu w stronę dorosłych, a potem obrócił się i ujął siostrę za ręce. Oddalili się na kilka kroków od pozostałych i potem Perrin zaczął się obracać, coraz prędzej i prędzej, aż w końcu stopy Deselle oderwały się od ziemi. A on nadal się obracał, unosząc ją wyżej i wyżej, robiąc wielkie wymachy, a ona zaśmiewała się z zachwytu.

Po kilku minutach pani Aybara rzekła:

— Dosyć tego, Perrin. Postaw siostrę na ziemi, zanim dopadną ją mdłości.

Powiedziała to jednak dobrotliwym tonem, uśmiechając się.

Kiedy Deselle stanęła znowu na ziemi, uchwyciła oburącz jedną z dłoni Perrina; trochę się zataczała i być może rzeczywiście zebrało jej się na mdłości. Ale nadal się śmiała i domagała się powtórki z fruwania. Perrin pokręcił głową i nachylił się nad siostrą, by jej przemówić do rozumu. Zawsze był taki poważny, rzadko kiedy się śmiał.

Egwene zauważyła nagle, że nie tylko ona przygląda się uważnie Perrinowi. Cilia Cole, różanolica dziewczyna o kilka lat od niej starsza, stała zaledwie kilka kroków dalej z głupim uśmiechem na twarzy i robiła do Perrina cielęce oczy. Nie widział jej, ale stała i czekała, aż się odwróci! Egwene skrzywiła się z niesmakiem. Sama w życiu nie byłaby taka głupia, by patrzeć na jakiegoś chłopca takimi wielkimi oczami, jakby miała wełnę zamiast mózgu. A poza tym Perrin nie był nawet cały rok starszy od Cilii. Najlepsza różnica wynosiła trzy albo cztery lata. Siostry Egwene mogły nie mieć czasu na rozmowę z nią, ale za to słuchała dziewcząt dostatecznie dojrzałych, by znać się na takich sprawach. Niektóre twierdziły nawet o jeszcze większej różnicy, ale zasadniczo uważały, że to powinno być trzy albo cztery. Perrin zerknął w stronę Egwene i Cilii, po czym znowu zaczął mówić coś cicho do Deselle. Egwene potrząsnęła głową. Może Cilia była rzeczywiście głupiutką dziewczyną, ale doprawdy Perrin powinien chociaż ją zauważyć.

Wzdrygnęła się, bo jej uwagę przykuł jakiś ruch pośród konarów wielkiego dębu wodnego za Cilią. Siedział na tych konarach kruk i wydawał się obserwować ich wszystkich. I na sośnie też siedział kruk, i na następnym drzewie, na orzeszniku, i... Doliczyła się dziewięciu albo i dziesięciu kruków i wszystkie one wydawały się obserwować wszystko z góry. Niemożliwe, to musiała być jej wyobraźnia. To na pewno...

— Dlaczego się na niego gapiłaś?

Zaskoczona Egwene podskoczyła w miejscu i obróciła się tak szybko, że uderzyła kolanem w wiadro. Całe szczęście, że było już prawie puste, bo jeszcze by sobie coś zrobiła. Przestąpiła z nogi na nogę, żałując w duchu, że nie może rozetrzeć kolana. Adora patrzyła na nią ze zdumioną miną, ale nie mogła być bardziej zdumiona niż Egwene.

— O czym mówisz, Adora?

— Oczywiście o Perrinie. Czemu się na niego gapiłaś? Wszyscy twierdzą, że ty poślubisz Randa al'Thora. Oczywiście jak będziesz starsza i zaczniesz splatać włosy w warkocz.

— Co masz na myśli, mówiąc, że wszyscy? — natarła groźnym tonem Egwene, ale Adora tylko zachichotała. Było to wyjątkowo irytujące. Nic tego dnia nie szło tak, jak powinno.

— Perrin jest piękny, to prawda. A w każdym razie słyszałam to z ust wielu dziewcząt. I wiele gapi się na niego tak jak ty i Cilia.

Egwene zamrugała. Wcale się na niego nie gapiła tak jak Cilia! Perrin piękny? Perrin? Obejrzała się przez ramię, by sprawdzić, czy doszuka się w nim czegoś pięknego. I okazało się, że już go nie ma! Jego ojciec i matka razem z Paetramem i Deselle jeszcze tu stali, ale Perrin gdzieś zniknął. A żeby to! Zamierzała przecież iść za nim.

— A nie czujesz się przypadkiem samotnie bez swoich lalek, Adoro? — spytała przymilnym głosem. — Myślałam, że nie wychodzisz z domu, nie zabrawszy z sobą chociaż dwóch.

Widok ust Adory rozdziawionych z oburzenia był całkiem satysfakcjonujący.

— Wybacz — rzuciła jeszcze Egwene, przepychając się obok tamtej. — Niektórzy z nas są na tyle dorośli, że mają już na głowie obowiązki. — I powiedziawszy to, ruszyła w stronę rzeki. Na szczęście udało jej się nie kuleć.

Tym razem nie przystanęła, by popatrzeć na mężczyzn myjących owce, i nie rozglądała się w poszukiwaniu kruka. Kolano obejrzała, ale okazało się, że nawet nie jest posiniaczone. Gdy wróciła na łąkę ze świeżo napełnionym wiadrem, nadal starała się nie kuleć. Nie zrobiła sobie nic, miała tylko małego guza.

Nadal ostrożnie się rozglądała, czy nie ma gdzieś tutaj jej sióstr, zatrzymując się tylko wtedy, gdy ktoś chciał zaczerpnąć wody. I rozglądała się za Perrinem. Równie dobrze mógł to być Mat, ale jego też nigdzie nie widziała. Głupia Adora! Nie miała prawa wygadywać takich rzeczy.

Idąc między stołami, przy których kobiety sortowały wełnę, stanęła jak wryta, bo nagle zobaczyła najmłodszą ze swoich sióstr. Zastygła w bezruchu, z nadzieją, że Loise skieruje spojrzenie w inną stronę, choć na krótką chwilę. Wypatrywała Perrina i Mata, a tymczasem spotkała ją właśnie. Loise miała tylko piętnaście lat, ale teraz z kwaśną miną i rękoma wspartymi na biodrach szykowała się do kłótni z Dagiem Coplinem. Egwene nie potrafiła się zmusić, by nazywać go panem Coplinem, no chyba że mówiła coś na głos i należało okazać grzeczność; jej matka powtarzała, że trzeba być uprzejmym, nawet wobec kogoś takiego jak Dag Coplin.

Dag był pomarszczonym starcem o siwych włosach, które mył raczej rzadko. Albo wręcz wcale. Tabliczka zwisająca na sznurku ze stołu była zamalowana atramentem w taki sposób, by naśladować nacięcia na uszach u jego owiec.

— Odrzucasz dobrą wełnę — warknął na Loise. — Nie dam się oszukać, dziewczyno. Odsuń się, to ci pokażę, co powinnaś zrobić.

Loise nie ruszyła się z miejsca nawet o cal.

— Wełna z brzuchów, zadów i ogonów musi zostać ponownie wyprana, panie Coplin. — Tego „pana" powiedziała tylko z nieznacznym naciskiem. Wyraźnie miała ochotę być uszczypliwa. — Wie pan równie dobrze jak ja, że jeśli kupcy znajdą tylko jedną belę dwa razy pranej wełny, to wtedy wszyscy dostaną mniej za swój towar. Może mój ojciec będzie potrafił wytłumaczyć to panu lepiej niż ja.

Dag spojrzał na nią spode łba i burknął coś pod nosem. Wiedział, że lepiej nie zadzierać z ojcem Egwene.

— A już mam całkowitą pewność, że pan zrozumie, jeśli to wyjaśni moja matka — dodała bezlitośnie Loise.

W policzku Daga coś drgnęło i potem jego twarz rozciągnęła się w niezdrowym uśmiechu. Mrucząc o swym zaufaniu do Loise, która na pewno zrobi, co należy, wycofał się, stawiając kroki w tył, a potem odszedł tak prędko, że prawie biegł. Nie był tak głupi, żeby ściągać na siebie uwagę Koła Kobiet, jeśli mógł temu zaradzić. Loise odprowadziła go spojrzeniem pełnym niewątpliwej satysfakcji.

Egwene skorzystała z okazji, żeby umknąć, oddychając z ulgą, gdy nie usłyszała za sobą głosu swojej siostry. Loise wolała wprawdzie sortować wełnę niż gotować, ale jeszcze bardziej wolałaby wspinać się na drzewa albo pływać w rzece, nawet jeśli większość jej rówieśniczek rezygnowała z tego typu obyczajów. I mając choćby cień szansy, zrzuciłaby swoje obowiązki na barki Egwene. Egwene skądinąd chętnie poszłaby popływać z Loise, ale siostra najwyraźniej uważała jej towarzystwo za utrapienie, a Egwene była zbyt dumna, by prosić. Zachmurzyła się. Wszystkie jej siostry traktowały ją jak małe dziecko. Nawet Alene, gdy wreszcie raczyła ją zauważyć. Bo Alene przeważnie trzymała nos w jakiejś książce z biblioteki ojca. Miał prawie czterdzieści książek! Egwene najbardziej lubiła *Podróże Jaina Długi Krok*. Marzyła o tych wszystkich obcych krajach, o których opowiedział Jain. Zawsze jednak, gdy sama zabierała się do czytania jakiejś książki i okazywało się, że Alene też ma na nią akurat ochotę, starsza siostra stwierdzała, że lektura jest zbyt „skomplikowana", i po prostu ją zabierała! A żeby je wszystkie...!

Zauważyła, że niektórzy noszący wodę robią sobie przerwy, aby posiedzieć w cieniu albo wymienić się żartami, ale sama uparcie była w ciągłym ruchu, mimo że bolały ją już ramiona. Egwene al'Vere nie będzie się leniwiła. I nadal wypatrywała swoich sióstr. A także Perrina. I Mata. Tak czy siak, przeklęta Adora! A niech je wszystkie!

Zatrzymała się jednak, gdy znalazła się blisko Wiedzącej. Siwowłosa i krucha Doral Barran była najstarszą kobietą w Polu Emonda, może w całych Dwu Rzekach, ale wciąż miała sokoli wzrok i ani trochę się nie garbiła. Jej uczennica, Nynaeve, klęczała plecami do Egwene i opatrywała Biliego Congara, owijając mu bandażem nogę. Siedzący na kłodzie powalonego drzewa Bili, któremu trzeba było rozciąć nogawkę spodni, był jeszcze jednym dorosłym, któremu Egwene nie bardzo potrafiła oddać szacunku. Wiecznie robił głupie rzeczy i wyrządzał sobie krzywdę. Był rówieśnikiem pana Luhhana, ale wyglądał na dziesięć lat starszego przez te zapadnięte policzki i oczy.

— Nie raz w przeszłości robiłeś z siebie głupca, Bili Congarze — surowym tonem rzekła do niego pani Barran — ale to jest nic w porównaniu z braniem nożyc do ręki, gdy jest się spitym.

O dziwo, nie patrzyła na niego, tylko na Nynaeve.

— Napiłem się odrobinę, ale, Wiedząca — wystękał — to przez ten upał. Tylko łyczek.

Wiedząca pociągnęła nosem, wyrażając swe niedowierzanie, ale nadal wpatrywała się w Nynaeve niczym jastrząb w ofiarę. Co było zadziwiające. Pani Barran często wychwalała Nynaeve publicznie za to, że tak prędko wszystkiego się uczy. Przyjęła Nynaeve do nauki trzy lata wcześniej, kiedy jej ówczesna uczennica zmarła na chorobę, z której nawet pani Barran nie potrafiła wyleczyć. Nynaeve została niedawno osierocona i wielu twierdziło, że Wiedząca powinna była wysłać ją do krewnych w innej wsi po śmierci jej matki, a sama przyjąć kogoś starszego. Matka Egwene nie mówiła tego, ale Egwene wiedziała, że też tak uważa.

Nynaeve uniosła się wciąż na klęczkach i z zadowoleniem skinęła głową, patrząc na swój bandaż. Ku zaskoczeniu Egwene pani Barran przyklękła obok niej i odwiązała bandaż, a nawet uniosła opatrunek z chleba, aby obejrzeć nacięcie na udzie Congara, po czym z powrotem opatrzyła ranę. W rzeczy samej wyglądała na... rozczarowaną. Ale dlaczego? Nynaeve zaczęła majstrować przy swoim warkoczu, szarpiąc go jak zawsze, gdy była zdenerwowana albo starała się zwrócić uwagę na fakt, że przecież jest już dorosłą kobietą. „Ciekawe, kiedy jej to przejdzie" — zastanawiała się Egwene. Minął już prawie rok, odkąd Koło Kobiet pozwoliło Nynaeve splatać włosy.

Wzrok Egwene przykuł gwałtowny ruch w górze i nagle wytrzeszczyła oczy. Na drzewach rosnących dookoła łąki pojawiło się jeszcze więcej kruków. Były ich dosłownie dziesiątki i wszystkie obserwowały. Wiedziała o tym. Co dziwne, żaden nie próbował porwać czegoś ze stołów zastawionych jedzeniem. To było już zupełnie nienaturalne. Kiedy przyjrzała się dokładniej, spostrzegła, że ptaki wcale nie patrzą na stoły z jedzeniem. Ani też na stoły, przy których kobiety sortowały wełnę. Obserwowały chłopców przeganiających owce. A także mężczyzn zajętych strzyżeniem i noszeniem wełny. A także chłopców dźwigających wodę. Nie dziewczęta albo kobiety, tylko mężczyzn i chłopców. Założyłaby się, że tak jest, nawet jeśli jej matka mówiła, że nie należy się zakładać. Otworzyła usta, chcąc spytać Wiedzącą, co to oznacza.

— Nie masz nic do roboty, Egwene? — rzuciła Nynaeve, nawet się nie obracając w jej stronę.

Egwene mimo woli podskoczyła w miejscu. Nynaeve robiła to od ubiegłej jesieni, to znaczy wiedziała bez patrzenia, gdzie jest Egwene. Wolałaby, żeby tego nie robiła.

Nynaeve wreszcie obróciła głowę, spoglądając na nią ponad ramieniem. To było zimne spojrzenie, takie samo, jakim Egwene starała się potraktować Kenleya. Ale nie musiała wykonywać jej poleceń, bo ona jeszcze nie była Wiedzącą. Poza tym Nynaeve teraz usiłowała sobie wynagrodzić za to, że pani Barran wątpiła w jej dzieło. Egwene zastanawiała się, czy jej powiedzieć, że pani Ayellin chciała z nią rozmawiać o jakimś placku, ale przyjrzawszy się twarzy Nynaeve, stwierdziła, że nie jest to raczej dobry pomysł. W każdym razie od dłuższej chwili robiła to, czego przysięgała sobie nie robić, bo próżniaczyła, sterczała w miejscu, gapiąc się na Wiedzącą i jej uczennicę. Postarała się wykonać jak najzgrabniejszy ukłon, co było trudne, bo wszak w jednym ręku trzymała swoje wiadro — ukłon na użytek Wiedzącej, nie Nynaeve — i obróciła się. Nie odbiegła w podskokach i to nie tylko dlatego, że Nynaeve odprowadzała ją spojrzeniem. Na pewno nie. I nie spieszyła się też. Po prostu szła — szybko — by wrócić do swojej pracy.

Szła jednak zbyt szybko, więc nie połapała się w porę, że znajduje się wśród kobiet obrabiających wełnę. I że dokładnie naprzeciwko niej za jednym ze stołów siedzi jej siostra Elisa. Elisa układała runo przed nawinięciem go na belę i źle jej z tym szło. Była wyraźnie rozkojarzona i ledwie zauważyła Egwene, która wiedziała, dlaczego tak jest. Elisa miała osiemnaście lat, ale swoje sięgające pasa włosy wciąż związywała niebieską chusteczką. Nie, żeby myślała o zamążpójściu — większość dziewcząt czekała z tym co najmniej kilka lat — ale była o rok starsza od Nynaeve i często martwiła się na głos, czemu Koło Kobiet nadal uważa, że jest zbyt młoda. Trudno było jej nie współczuć. Zwłaszcza jeśli się myślało o sytuacji Elisy od tygodni. To znaczy nie o problemie Elisy, ale tak czy owak myśli Egwene krążyły wokół takich spraw.

Obok stołów Calle Coplin rozmawiała z jakimiś młodymi farmerami, chichocząc i mnąc swe spódnice. Calle zawsze wdawała się w rozmowy z tym czy innym mężczyzną, ale teraz jej obowiązkiem było składanie runa. Ale też nie to przykuło tak naprawdę uwagę Egwene.

— Eliso, nie powinnaś się tak martwić — zaczęła łagodnie. — Może Berowyn i Alene zaczęły splatać włosy w warkocz w wieku szesnastu lat... — „Większość dziewczyn zaczyna to robić w takim wieku" — pomyślała. Tak nie do końca współczuła siostrze. Elisa miała zwyczaj zasypywania każdego porzekadłami. „Stracona godzina ginie bezpowrotnie" albo „z uśmiechem praca staje się lżejsza", aż w końcu człowieka zaczynały od tego boleć zęby. Egwene wiedziała aż nadto, że od uśmiechu jej wiadro nie stanie się lżejsze. — Ale Calle ma już dwadzieścia lat i za kilka miesięcy będzie obchodziła dzień imienin. Nie nosi splecionych włosów i nie widzi się, by myła podłogi.

Dłonie Elisy, do tej pory zajęte wełną, znieruchomiały. Z jakiegoś powodu kobiety siedzące po obu jej bokach zakryły sobie usta dłońmi, starając się ukryć śmiech. Twarz Elisy nie wiedzieć czemu poczerwieniała. Bardzo mocno poczerwieniała.

— Dzieci nie powinny... — wycedziła. Twarz jej płonęła jak słońce, ale za to ten głos był zimny jak śnieg w samym sercu zimy. — Dziecko, które się odzywa, kiedy... Dzieci, które...

Jillie Lewin, o rok młodsza od Elisy, z czarnymi włosami splecionymi w warkocz spadający poniżej pasa, aż osunęła się na kolana, bo tak serdecznie się zaśmiewała, zakrywając usta dłonią.

— Idź stąd, dziecko! — warknęła Elisa. — Dorośli starają się tu pracować!

Egwene spiorunowała ją oburzonym spojrzeniem, a potem obróciła się na pięcie i oddaliła się od składanych stołów, choć przy każdym kroku wiadro uderzało ją w łydkę. Próbujesz komuś pomóc, starasz się podnieść kogoś na duchu i co dostajesz w zamian? „Należało jej powiedzieć, że wcale nie jest dorosła" — pomyślała ze złością. „Dopóki Koło nie pozwoli jej splatać włosów w warkocz, nie jest i już. To należało powiedzieć".

Zajadłość utrzymywała się w niej aż do momentu, gdy wiadro znowu zrobiło się puste; garbiła się już, gdy po raz kolejny je napełniła. Jak coś zamierzasz zrobić, to musisz to zrobić. Idąc prosto w stronę zagród, wyciągała nogi i ignorowała każdego, kto dawał znać, że chce wody. Nie z lenistwa. Chłopcy też na pewno potrzebowali się napić.

Przy zagrodach kilkunastu chłopców szykujących się do przeganiania stada patrzyło na nią ze zdziwieniem, gdy podsuwała czerpak w ich stronę, a niektórzy nawet mówili, że sami sobie wezmą wody, gdy pójdą nad rzekę, ale nie dała się zbyć. I każdemu zadawała to samo pytanie:

— Widziałeś Perrina? Albo Mata? Gdzie ich znajdę?

Jedni jej mówili, że Mat z Perrinem poszli z owcami do rzeki, inni twierdzili, że pilnują już ostrzyżonych owiec, ale Egwene nie zamierzała biegać dokądś na oślep po to tylko, by się przekonać, że ich już tam nie ma. W końcu Wil al'Seen, chłopiec o ogromnych oczach z jednej z farm na południe od Pola Emonda, spojrzał na nią z podejrzliwością i zapytał:

— A po co ci oni?

Niektóre dziewczęta twierdziły, że Wil jest piękny, ale zdaniem Egwene miał śmieszne uszy.

Już miała skarcić go spojrzeniem, ale się w porę powstrzymała.

— Muszę... muszę ich o coś spytać — powiedziała. Co było tylko niewinnym kłamstwem. Tak naprawdę to liczyła, że któryś z nich pokieruje nią, dzięki czemu znajdzie odpowiedzi na swoje pytania. Wil milczał przez dłuższy czas, przyglądając jej się uważnie, a ona czekała. „Cierpliwość zawsze popłaca" — mawiała często Elisa. Zbyt często. Wolałaby wyrzucić z pamięci porzekadła Elisy. A teraz nie było sensu kopać Wila po łydkach, bo w ten sposób niczego by nie osiągnęła. Nawet gdyby sobie na to zasłużył.

— Są za tamtą ostatnią zagrodą — wyjawił wreszcie, prędkim ruchem głowy wskazując wschodni skraj łąki. — To znaczy tamtą, gdzie są owce ze znakami od Paeta al'Caara na uszach.

Chłopcy zaganiający owce musieli się wypowiadać w taki sposób, nawet jeśli nie były to sformułowania do końca poprawne, bo inaczej nikt by nie zrozumiał, czy mówią o owcach Paeta al'Caara, Jaca al'Caara, czy też owcach parunastu innych al'Caarów.

— To znaczy tylko tam odpoczywają, pamiętaj. Nie narób im kłopotów, rozpowiadając innym, że jest inaczej.

— Dziękuję ci, Wil — powiedziała, chcąc pokazać, że potrafi być miła także dla kogoś, kto ma wełnę zamiast mózgu. Że niby miałaby biegać z jakimiś niestworzonymi historiami? Wil wyglądał na przestraszonego, a ona znowu nabrała ochoty na skopanie go po łydkach.

Wielka zagroda mieszcząca ostrzyżone owce Paeta al'Caara ciągnęła się niemalże do Wodnego Lasu. Leżąca z przodu wielka czarna suka pana al'Caara zadarła łeb i przez chwilę przyglądała się nadchodzącej Egwene, po czym znowu ułożyła się do snu. Egwene patrzyła na psa czujnie. Nie przepadała za psami i one też jej raczej nie lubiły. Suka wypadła jej jednak zupełnie z głowy, gdy podeszła bliżej. Między palikami w ogrodzeniu zagrody były tak duże przerwy, że bez trudu zobaczyła w głębi grupkę chłopców. Ale z tego miejsca nie widziała dokładnie, kto jest wśród nich.

Ostrożnie postawiła wiadro na ziemi i ruszyła wzdłuż ogrodzenia. Wcale się nie zakradała. Po prostu nie chciała narobić hałasu na wypadek gdyby... Hałas mógł spłoszyć owce i tyle. Doszła do końca jednego boku i wyjrzała za narożnym słupkiem.

Był tam i Perrin, i Mat, dokładnie, jak powiedział Wil, i jeszcze kilku innych chłopców w tym samym wieku, wszyscy bardzo spoceni, z rozsznurowanymi koszulami. Zauważyła Dava Ayellina, Lema Thane'a, Bana Crawe'a i Elama Dowtry'ego. A także Randa, chudego chłopca niemal dorównującego wzrostem Perrinowi, który miał nieproporcjonalnie duże stopy i dłonie. Randa zawsze można było prędzej czy później znaleźć obok Mata albo Perrina. Tego Randa, o którym wszyscy mówili, że pewnego dnia ją poślubi. Rozmawiali, śmiali się i kuksali się pięściami. Czemu chłopcy tak się zachowują?

Z chmurną miną oderwała się od słupka i oparła o poprzeczki. Jedna z owiec obwąchała jej plecy, ale Egwene zignorowała to. Słyszała, jak mówiło o niej i Randzie kilka kobiet, ale na pewno nie wszyscy. Przeklęta Elisa! Gdyby Elisa nie zaczęła wzdychać i jęczeć z powodu swoich włosów, to Egwene nie zaczęłaby rozmyślać o posiadaniu męża. Spodziewała się, że któregoś dnia wyjdzie za mąż — większość kobiet w Dwu Rzekach to robiła — ale nie była jedną z tych idiotek, które na głos mówiły, że już się tego nie mogą doczekać. Większość kobiet czekała kilka lat, odkąd po raz pierwszy zaplotła warkocz, a ona... Bardzo chciała zobaczyć te wszystkie kraje, o których napisał Jain Długi Krok. Co by o tym powiedział jakiś mąż? O tym, że żona udała się na zwiedzanie obcych krajów? Na ile wiedziała, nikt nigdy nie wyjeżdżał z Dwu Rzek. „A ja wyjadę" — przysięgła sobie w duchu.

Nawet gdyby wyszła za mąż, czy Rand byłby dobrym mężem? Nie bardzo wiedziała, jakie są cechy dobrego męża. Pewnie to ktoś taki jak jej ojciec, odważny, dobrotliwy i mądry. Uważała, że Rand jest dobrotliwy. Wyrzeźbił dla niej kiedyś gwizdek i konika, dał jej też pióro orła, białe z czarnym czubkiem, bo powiedziała, że jest piękne, choć i tak podejrzewała, że chciał je zatrzymać dla siebie. I pilnował owiec swego ojca na pastwisku, a więc musiał być odważny. Pies by pomógł w razie zjawienia się wilków albo niedźwiedzia, ale taki chłopiec pozostawiony na warcie musiał być gotów użyć procy albo łuku, gdy już był w odpowiednim wieku. Tylko... Widywała go za każdym razem, gdy on i jego ojciec przyjeżdżali z ich farmy, ale tak naprawdę to wcale go nie znała. Prawie nic o nim nie wiedziała. I teraz był taki sam dobry czas jak każdy inny, żeby się czegoś dowiedzieć. Znowu się zakradła do słupka i wyjrzała zza niego ukradkiem.

— Chciałbym być królem — mówił właśnie Rand. — Takie jest moje marzenie.

Wykonał zamaszysty gest ręką i potem ukłonił się niezdarnie, zaśmiewając się, by pokazać, że sobie żartuje. Też coś! Egwene się skrzywiła. Król! Przyjrzała się uważnie jego twarzy. Nie, wcale nie był piękny. Albo może i był, ale to nie miało znaczenia. Chociaż pewnie miło mieć męża, na którego przyjemnie patrzeć. Miał niebieskie oczy. Nie, szare. Wydawały się zmieniać, jak się na nie patrzało. Nikt inny w Dwu Rzekach nie miał niebieskich oczu. Czasami te jego oczy wydawały się smutne. Jego matka umarła, kiedy był mały, i Egwene podejrzewała, że pewnie zazdrościł chłopcom, którzy mieli matki. Nie umiała sobie wyobrazić, jak to jest stracić matkę. Nawet nie chciała spróbować.

— Król owiec! — zakrzyknął Mat. Był mniejszy od innych, dlatego stale podskakiwał w miejscu. Jedno spojrzenie na jego twarz i od razu się wiedziało, że szuka okazji do spłatania psikusa. Jak zawsze. I zazwyczaj tę okazję znajdował. — Rand al'Thor, Król Owiec.

Lem zrobił szyderczą minę i wtedy Ban kuksnął go pięścią w ramię, Lem mu oddał i potem obaj zaśmiali się szyderczo. Egwene potrząsnęła głową z niesmakiem.

— Lepiej powiedzieć coś takiego, niż oznajmić, że chciałbyś uciec, aby już nigdy nie pracować — powiedział łagodnym tonem Rand.

Jakoś nigdy na nikogo się nie gniewał. W każdym razie Egwene nigdy go takim nie widziała.

— Mógłbyś żyć bez pracy, Mat?

— Owce nie są takie złe — stwierdził Elam, pocierając się po długim nosie. Włosy miał obcięte na krótko i na czubku rósł mu niesforny, sterczący kosmyk. Wyglądał dziwnie podobnie do owcy.

— Wyratuję jakąś Aes Sedai, a ona w zamian da mi nagrodę — odparował Mat. — W każdym razie nie zamierzam rozglądać się gdzieś za pracą, skoro bez rozglądania się jest jej aż za dużo. — Uśmiechnął się od ucha do ucha i szturchnął Perrina w ramię.

Perrin wyraźnie się spłoszył.

— Czasami trzeba zachować rozsądek, Mat — powiedział powoli, ostrożnie ważąc słowa. — Czasami lepiej pomyśleć, a dopiero potem działać.

Perrin zawsze mówił wolno, kiedy w ogóle się odzywał. I poruszał się też z ostrożnością, jakby się bał, że coś stłucze. Co innego Rand, który mówił, zanim pomyślał, i często sprawiał takie wrażenie, że jest gotów poderwać się do biegu i biec tak długo, aż nie dobiegnie do horyzontu.

— Rozsądek mi mówi, że będę pracował w młynie mojego taty — rzekł z westchnieniem Lem. — I pewnie ten młyn odziedziczę któregoś dnia. Ale mam nadzieję, że nie za wcześnie. Chciałbym najpierw doświadczyć jakichś przygód. Co ty na to, Rand?

— Jasne — odparł ze śmiechem Rand. — Tylko gdzie tu przygody w Dwu Rzekach?

— Musi być jakiś sposób — mruknął Ban. — Może w górach jest złoto. Albo trolloki?

To ostatnie powiedział niezbyt pewnym tonem. Naprawdę wierzył w istnienie trolloków?

— A ja chciałbym mieć więcej owiec niż ktokolwiek w Dwu Rzekach — oświadczył Elam.

Mat z politowaniem przewrócił oczami.

Daw do tej pory trzymał się z tyłu i tylko słuchał, przykucnąwszy na piętach, ale teraz potrząsnął głową.

— Ty sam wyglądasz jak owca, Elan — mruknął.

Egwene o mały włos byłaby powiedziała to samo na głos. Dav był wyższy od Mata i bardziej też barczysty, ale w jego oczach lśniło to samo światło. Ubranie miał zawsze zmięte, bo robił coś, czego nie należało.

— Słuchajcie, mam znakomity pomysł.

— A ja jeszcze lepszy — wtrącił prędko Mat. — Chodźcie, pokażę wam.

Obaj z Davem popatrzyli na siebie spode łba.

Elam, Ban i Lem wyraźnie nie wiedzieli, za którym pójść. W końcu Rand położył dłoń na ramieniu Mata.

— Wstrzymaj się. Posłuchajmy najpierw, cóż to za znakomite pomysły.

Perrin przytaknął mu z namysłem.

Egwene westchnęła. Dav i Mat najwyraźniej rywalizowali w tym, który wpadnie w większe tarapaty. I Rand być może wypowiadał się teraz rozsądnie, ale kiedy przebywał w wiosce, tamci dwaj często namawiali go do złego. I również Perrina. A pozostali trzej poszliby w ogień i za Matem, i za Davem.

Wyglądało na to, że powinna stamtąd odejść. Nie byłaby w stanie iść za nimi, żeby sprawdzić, co knują, bo na pewno by ją zauważyli. Już wolałaby umrzeć, niż pozwolić Randowi nabrać podejrzeń, że ona wodzi za nim oczyma jak jakaś głupia gęś. „Ale nawet niczego się nie dowiedziałam".

Kiedy wracała wzdłuż ogrodzenia do miejsca, gdzie zostawiła wiadro, minął ją Dannil Lewin, idący w stronę tylnej części zagrody. Miał już trzynaście lat, a mimo to był jeszcze chudszy od Randa i niezbyt urodziwy z winy wydatnego nosa. Egwene przystanęła obok wiadra i zaczęła nasłuchiwać, ale z początku docierały do niej tylko pomruki. A potem…

— Burmistrz chce mnie widzieć? — wykrzyknął Mat. — To niemożliwe! Ja nic nie zrobiłem!

— Macie się przed nim stawić wszyscy, i to na jednej nodze — odparł Dannil. — Na waszym miejscu zaraz bym do niego pobiegł.

Egwene prędko podniosła swoje wiadro i powoli oddaliła się od zagrody, wędrując znów do rzeki. Niebawem minął ją Rand i reszta, truchtający w tym samym kierunku. Egwene uśmiechnęła się do nich blado. Kiedy jej ojciec posyłał po kogoś, to ten ktoś posłusznie do niego przychodził. Nawet członkinie Koła Kobiet wiedziały, że z Brandelwynem al'Vere nie ma żartów. Nie była to wiedza przeznaczona dla uszu Egwene, ale raz zdarzyło jej się podsłuchać, jak pani Luhhan, pani Ayellin i jeszcze jakieś inne kobiety mówiły jej matce, że jej ojciec jest uparty i że matka powinna coś z tym zrobić. Dała chłopcom wysforować naprzód — tylko odrobinę — po czym przyspieszyła kroku, żeby ich dogonić.

— Nic nie rozumiem — burknął Mat, kiedy zbliżyli się do szeregu postrzygaczy. — Czasami burmistrz wie, co robię w momencie, kiedy to robię. I matka też. Tylko jakim sposobem im się to udaje?

— Koło Kobiet prawdopodobnie donosi twojej matce — mruknął Dav. — One widzą wszystko. A burmistrz jest burmistrzem.

Pozostali chłopcy przytaknęli mu z ponurymi minami.

Egwene zauważyła, że nieco dalej stoi jej ojciec, korpulentny mężczyzna o przerzedzonych, siwych włosach, z rękawami koszuli zawiniętymi do łokci, fajką w zębach i nożycami do strzyżenia w ręku. A z boku, w odległości jakichś dziesięciu kroków od postrzygaczy, stała pani Cauthon, matka Mata, razem z córkami, Bodewhin i Eldrin. Natti Cauthon była cichą, opanowaną kobietą, jaką zresztą musiała być, bo miała takiego syna jak Mat i w tym momencie uśmiechała się z ukontentowaniem. Bodewhin i Eldrin uśmiechały się niemal identycznie i obserwowały Mata dwakroć uważniej niż ich matka. Obie były jeszcze za małe, by móc nosić wodę. „Rand i inni są chyba ślepi!" — pomyślała Egwene. Każdy, kto miał zdrowe oczy, musiał zauważyć, jakim sposobem pani Cauthon zawsze wszystko wie.

Pani Cauthon i jej córki wtopiły się w tłum, gdy chłopcy podeszli do ojca Egwene. Jej żaden z nich raczej nie zauważył. Wszyscy mieli spojrzenia wbite w ojca Egwene i nikogo więcej. Ale Mat był wyraźnie czujny; uśmiechał się szeroko, z czego należało wnosić, że z całą pewnością jest winny jakiegoś występku. Ojciec Randa oderwał wzrok od owcy, nad którą się właśnie pochylał, i z uśmiechem spojrzał synowi w oczy, dzięki czemu Rand przestał być taki podobny do czapli gotowej zaraz poderwać się do lotu.

Egwene zaczęła częstować wodą mężczyzn strzygących owce razem z jej ojcem — byli to sami członkowie Rady Wioski. I cóż, pan Cole wydawał się drzemać, wsparty plecami o wysoki głaz wystający z ziemi. Miał tyle samo lat co Wiedząca, a może nawet i więcej, ale wciąż jeszcze nie stracił włosów, choć były już mocno posiwiałe ze starości. Pozostali jednak strzygli pracowicie, runo odpadało od owczych boków grubymi, białymi płatami. Pan Buie, strzecharz, garbaty, ale wciąż gibki, mruczał coś pod nosem podczas pracy, a pozostali strzygli dwakroć szybciej, ale tak czy owak wszyscy byli pochłonięci pracą. Gdy któryś skończył strzyc owcę, czekający nieopodal chłopcy zabierali ją, a któryś doprowadzał kolejną. Egwene szła powoli, chcąc mieć wymówkę do pozostania w tym miejscu jak najdłużej. Wcale się nie leniwiła; chciała tylko wiedzieć, co się stanie.

Jej ojciec przyglądał się przez chwilę chłopcom, wydymając wargi, po czym powiedział:

— Cóż, młodzieńcy, wiem, żeście się spracowali.

Mat spojrzał ze strachem na Randa, a Perrin niespokojnie wzruszył ramionami. Rand tylko niepewnie skinął głową.

— Pomyślałem więc, że to pewnie czas na obiecaną opowieść — dokończył jej ojciec.

Egwene uśmiechnęła się radośnie. Jej ojciec opowiadał najlepsze historie.

Mat się wyprostował.

— Chcę posłuchać o przygodach. — Tym razem spojrzenie, jakim obdarzył Randa, było wyzywające.

— A ja o Aes Sedai i Strażnikach — wtrącił pospiesznie Dav.

— A ja o trollokach — dodał Mat — i… i… o fałszywym Smoku!

Dav otworzył usta i zaraz na powrót je zamknął, nic już nie mówiąc. Ale spojrzał złym okiem na Mata. Nie dałby rady wymyślić niczego lepszego od fałszywego Smoka i wiedział o tym.

Ojciec Egwene parsknął śmiechem.

— Nie jestem bardem, chłopcy, dlatego takich historii nie znam. Tam? Może ty byś spróbował?

Egwene zamrugała. Dlaczego ojciec Randa miałby znać opowieści, jakich nie znał jej ojciec? Pan al'Thor został wybrany na członka Rady, by wypowiadać się w imieniu farmerów z okolic Pola Emonda, ale na ile wiedziała, trudnił się wyłącznie hodowlą owiec i tytoniu, tak jak i wszyscy inni.

Pan al'Thor był wyraźnie zakłopotany i Egwene już nabrała nadziei, że jednak nie zna takich opowieści. Nie chciała, żeby ktoś prześcignął jej ojca. Oczywiście lubiła ojca Randa, dlatego wcale się nie cieszyła, że stał teraz taki speszony. Był krzepkim mężczyzną o siwiejących już włosach, spokojnym i lubianym przez wszystkich.

Pan al'Thor skończył strzyc owcę i kiedy przyprowadzono mu następną, uśmiechnął się do Randa.

— Tak się składa, że znam taką opowieść — powiedział. — Ale opowiem wam o prawdziwym Smoku, nie o fałszywym.

Pan Buie wyprostował się tak gwałtownie, że owca, którą właśnie strzygł, omal mu nie uciekła. Zmrużył swoje już i tak małe oczy.

— Nie będziemy się na to godzić, Tamie al'Thor — warknął swym zgrzytliwym głosem. — To nie jest opowieść dla uszu porządnych ludzi.

— Weź się uspokój, Cenn — rzekł pojednawczym tonem ojciec Egwene. — To tylko opowieść. — Zerknął jednak na ojca Randa i było widać, że nie jest wcale tego taki pewny.

— Niektórych opowieści nie należy przekazywać dalej! To nieprzyzwoite, powiadam. Nie podoba mi się. Jeśli muszą słuchać o wojnach, to trzeba im opowiedzieć o Wojnie Stu Lat albo o Wojnach z Trollokami. Dzięki temu posłuchają o Aes Sedai i o trollokach, skoro tak chcą. Albo o Wojnie z Aielami.

Egwene przez chwilę odnosiła wrażenie, że panu al'Thorowi zmieniła się twarz. Że jakby stwardniała i to tak mocno, że twarze kupieckich strażników sprawiałyby wrażenie łagodnych. Wiele rzeczy wyobrażała sobie tego dnia, choć zazwyczaj do tego nie dopuszczała.

Pan Cole nagle otworzył oczy.

— On im tylko coś opowie, Cenn. To tylko opowieść, człowieku. — I powiedziawszy to, znowu przymknął oczy. Człowiek nigdy nie wiedział, kiedy pan Cole rzeczywiście drzemie, a kiedy czuwa.

— W życiu nie słyszałeś, nie wąchałeś ani nie widziałeś niczego takiego, Cenn — odezwał się pan al'Dai. Był dziadkiem Biliego, szczupłym mężczyzną o wiotkich, białych włosach, równie starym jak pan Cole, o ile nie starszym. Przy chodzeniu prawie zawsze podpierał się kosturem, ale oczy miał czyste i bystre, podobnie zresztą jak umysł. A owce strzygł prawie tak samo sprawnie jak pan al'Thor. — Dobrze ci radzę, Cenn, swoją wątrobę zadręczaj w milczeniu i daj Tamowi dojść do głosu.

Pan Buie uległ niechętnie, mrucząc coś pod nosem. Popatrując chmurnie na ojca Randa, pochylił się nad swoją owcą. Egwene pokręciła głową ze zdziwieniem. Często słyszała, jak pan Buie chełpił się przed innymi, jaką to ważną figurą jest w Radzie i że wszyscy inni członkowie zawsze go słuchają.

Chłopcy podeszli bliżej do pana al'Thora i przycupnęli w półkolu dookoła niego. Dowolna opowieść, która wywołała spór wśród członków Rady, musiała być interesująca. Pan al'Thor nie przestawał strzyc, ale robił to teraz w wolniejszym tempie. Nie chciał ryzykować, że skaleczy owcę, mając uwagę zaprzątniętą jeszcze czymś innym.

— To tylko opowieść — zaczął, ignorując krzywe spojrzenia pana Buie — bo nikt nie wie, co się dokładnie zdarzyło, ze wszystkimi szczegółami. Ale zdarzyło się rzeczywiście. Słyszeliście o Wieku Legend?

Kilku chłopców przytaknęło nieśmiało. Egwene też skinęła głową, wbrew sobie. Nie raz słyszała, jak dorośli mawiali „może w Wieku Legend", kiedy nie wierzyli, czy coś się rzeczywiście zdarzyło, albo wątpili, czy coś da się zrobić. Znaczyło to mniej więcej tyle samo co „gdyby świnie miały skrzydła". Przynajmniej tak ona uważała.

— To się działo dobre trzy tysiące lat temu — ciągnął ojciec Randa. — Były wtedy wielkie miasta pełne budynków większych niż Biała Wieża, a przecież ona jest wyższa niż cokolwiek z wyjątkiem gór. Maszyny wykorzystujące Jedną Moc przenosiły ludzi prędzej niż biegnie koń, a niektórzy powiadają, że maszyny przenosiły też ludzi przez powietrze. Nie było chorób. Ani też głodu. Ani wojen. I potem Czarny dotknął świat.

Chłopcy drgnęli nerwowo, a Elam się przewrócił. Prędko jednak się podniósł, czerwieniąc się i udając, że nic się nie stało. Egwene wstrzymała oddech. Czarny. Może to dlatego, że myślała o nim wcześniej, ale teraz wydawał się szczególnie przerażający. Miała nadzieję, że pan al'Thor nie wymieni go z imienia. Że nie wypowie imienia Czarnego, pomyślała, ale i tak bała się, że to zrobi.

Pan al'Thor uśmiechnął się do chłopców, aby złagodzić wymowę swych poprzednich słów, i mówił dalej:

— Powiadają, że w Wieku Legend wojny były tylko wspomnieniem, ale gdy Czarny dotknął świat, prędko przekonali się na własnej skórze, czym są. Nie była to wojna, o jakiej słyszycie, gdy kupcy przybywają po wełnę i tytoń, między dwoma narodami. Ta wojna ogarnęła cały świat. Wojna z Cieniem, tak potem ją nazywano. Ci, którzy kroczyli w Świetle, musieli się zmierzyć z dorównującymi im rzeszami tych, którzy kroczyli w Cieniu, do których dołączyli też Sprzymierzeńcy Ciemności, a także armie Myrddraali i trolloków, większe niż cokolwiek, co wypluł z siebie Ugór podczas Wojen z Trollokami. Także Aes Sedai przechodzili na stronę Cienia. Takich nazywano potem Przeklętymi.

Egwene poczuła, że przeszywa ją dreszcz, i z zadowoleniem spostrzegła, że niektórzy chłopcy opasują się ramionami. Matki często straszyły niegrzeczne dzieci Przeklętymi. Że jeśli nie przestaniesz kłamać, to przyjdzie po ciebie Semirhage. A z kolei Lanfear czyha na dzieci, które kradną. Egwene cieszyła się, że jej matka tego nie robi. Zaraz. To Przeklęci byli kiedyś Aes Sedai? Miała nadzieję, że pan al'Thor nie opowiada o tym na lewo i prawo, bo jeszcze wezwie go do siebie Koło Kobiet. A poza tym wśród Przeklętych byli przecież także mężczyźni, więc na pewno się mylił.

— Z pewnością się spodziewacie, że opowiem wam o chwale, jaką zdobywa się podczas bitwy, ale tak nie będzie. — Przez chwilę jego głos brzmiał dziwnie ponuro, ale tylko przez chwilę. — Nikt nic nie wie o tych bitwach oprócz tego, że były one przeogromne. Może Aes Sedai posiadają jakieś kroniki, ale jeśli nawet, to nie pozwalają do nich zaglądać nikomu oprócz innych Aes Sedai. Słyszeliście o wielkich bitwach za panowania Artura Jastrzębie Skrzydło i podczas Wojny Stu Lat? Sto tysięcy ludzi po każdej stronie?

Odpowiedziały mu ochocze potakiwania. Także ze strony Egwene, choć ona nie przytaknęła ochoczo. Chłopców to ekscytowało, że ci wszyscy ludzie próbowali się wzajem pozabijać, ale jej ani trochę.

— No cóż — podjął pan al'Thor — te bitwy należałoby uznać za małe w porównaniu z tym, co działo się podczas Wojny z Cieniem. Padały całe miasta i były równane z ziemią. I także tereny poza miastami spotykał równie straszny los. Wszędzie, gdzie toczyły się bitwy, pozostawały tylko ruiny i zgliszcza. A ta wojna ciągnęła się latami, na całym świecie. I Cień zaczął powoli wygrywać. Światło było coraz bardziej spychane w tył, aż w końcu wydawało się pewne, że Cień podbije wszystko. Nadzieja gasła niczym mgła w słońcu. Ale po stronie Światła był przywódca, który się nie poddawał, człowiek, który zwał się Lews Therin Telamon. Smok.

Jednemu z chłopców wyrwał się z ust cichy okrzyk zdumienia. Egwene była zbyt zasłuchana, by się zaciekawić, który to był. Zapomniała nawet udawać, że przyszła tu oferować wodę. Przecież Smok to był ten człowiek, który wszystko zniszczył! Nie wiedziała wiele o Pęknięciu Świata — no cóż, prawie nic — ale tyle to wszyscy wiedzieli. Przecież Smok walczył po stronie Cienia!

— Lews Therin zgromadził przy sobie ludzi, tak zwanych Stu Towarzyszy, a także niewielką armię. Bo w tamtych czasach ona była mała. Dziesięć tysięcy ludzi. Dzisiaj już nie nazwalibyście jej małą, prawda? — Te słowa brzmiały jak zaproszenie do śmiechu, ale cichy głos pana al'Thora wcale nie był rozbawiony. Mówił to wszystko takim tonem, jakby tam wtedy był. Egwene się nie zaśmiała i żaden z chłopców też nie. Słuchała i starała się pamiętać, że trzeba oddychać.

— Mając tylko odrobinę nadziei, Lews Therin zaatakował dolinę Thakan'dar, czyli serce samego Cienia. Spadły na nich setki tysięcy trolloków dowodzonych przez Myrddraale. Trolloki żyją po to, żeby zabijać. Każdy z nich potrafi rozedrzeć człowieka na strzępy gołymi dłońmi. A Myrddraale są śmiercią. Aes Sedai walczący po stronie Cienia zalewali Lewsa Therina i jego ludzi deszczami ognia i piorunów. I ludzie wspierający Smoka nie ginęli jeden po drugim, tylko po dziesięciu naraz, dwudziestu, pięćdziesięciu. Walczyli i umierali pod skłębionym, wypaczonym niebem, w miejscu, gdzie nic nie rosło i nie miało nigdy wyrosnąć. Ale nie wycofali się, nie poddali. Wywalczyli sobie drogę do samego Shayol Ghul, a musicie wiedzieć, że jeśli Thakan'dar stanowi serce Cienia, to Shayol Ghul jest sercem serca. Wszyscy żołnierze tej armii zginęli i również większość Stu Towarzyszy, ale udało im się w Shayol Ghul zapieczętować Czarnego w więzieniu, które zbudował dla niego Stwórca. I razem z nim także Przeklętych. Tak oto świat został uratowany przed Czarnym.

Zapadło milczenie. Chłopcy gapili się na pana al'Thora zogromniałymi oczyma. I mocno lśniącymi, jakby widzieli przed sobą to wszystko, trolloki, Myrddraali i Shayol Ghul. Egwene znowu zadygotała. „Czarny oraz Przeklęci uwięzieni są w Shayol Ghul, odcięci od świata ludzi" — wyrecytowała w duchu. Reszty nie pamiętała, ale i tak pomogło. Ale jeśli Smok uratował wtedy świat, to w takim razie jak i kiedy go zniszczył?

Cenn Buie splunął. Splunął! Jak jakiś cuchnący strażnik kupiecki! Egwene uznała, że już nie będzie nigdy w stanie myśleć o nim z szacunkiem po tym dniu.

Rzecz jasna, to wyrwało chłopców z ich oszołomienia. Próbowali kierować wzrok wszędzie, tylko nie na tego sękatego jegomościa.

Perrin podrapał się po głowie.

— Panie al'Thor — powiedział powoli — co znaczy „Smok"? Jeżeli kogoś nazywają lwem, to znaczy, że jest on podobny do lwa. A jak to jest ze smokiem?

Egwene wytrzeszczyła na niego oczy. Może ten Perrin wcale nie był tak tępy, na jakiego wyglądał.

— Nie wiem — odparł szczerze ojciec Randa. — I chyba nikt nie wie. Może nawet Aes Sedai nie wiedzą.

Wypuścił z rąk świeżo ostrzyżoną owcę i dał znak, że mają mu przyprowadzić następną. Egwene połapała się, że ostatnią sztukę skończył strzyc dużo wcześniej, ale pewnie nie chciał przerywać swojej opowieści.

Pan Cole otworzył oczy i uśmiechnął się szeroko.

— Smok. Cokolwiek by mówił, brzmi walecznie, nie mam racji? — powiedział i pozwolił, by powieki opadły mu sennie.

— Chyba należy się zgodzić — odparł ojciec Egwene. — Ale to się zdarzyło dawno temu i daleko stąd, nie musi mieć więc nic wspólnego z nami. No cóż, dostaliście swoją opowieść, młodzieńcy. To teraz wracajcie do pracy. — A kiedy zaczęli niechętnie podnosić się z ziemi, dodał: — Jest tu wielu młodych farmerów, których zdaje mi się jeszcze nie znacie. Zawsze dobrze jest znać sąsiadów, więc powinniście się z nimi poznać. Nie chcę, abyście dziś pracowali razem; znacie się wzajemnie. A teraz już idźcie.

Chłopcy wymienili się zaskoczonymi spojrzeniami. Naprawdę wierzyli, że burmistrz pozwoli im wrócić do ich niecnych zabaw czy do czegokolwiek, co sobie umyślili? Mat i Dav wyglądali na szczególnie spochmurniałych, kiedy stamtąd odchodzili, popatrując jeden na drugiego. Przez chwilę się zastanawiała, czy nie iść za nimi, ale ci dwaj zdążyli się rozdzielić, a zresztą musiała się uczepić Randa, żeby dowiedzieć się czegoś więcej. Skrzywiła się. Oby Rand nic nie zauważył, bo jeszcze pomyśli, że ona jest taka sama jak Cilia Cole z jej gęsim móżdżkiem. No i jeszcze były te dalekie kraje. Naprawdę zamierzała je zwiedzić.

Znienacka znowu zauważyła kruki, jeszcze więcej niż wcześniej; ciężko machając skrzydłami, wylatywały spomiędzy drzew, kierując się na zachód, w stronę Gór Mgły. Niespokojnie poruszyła ramionami. Tak się czuła, jakby ktoś gapił się na jej plecy. Ktoś albo...

Nie chciała się odwracać, ale i tak to zrobiła, podnosząc spojrzenie na drzewa za rzędem postrzygaczy. Na gałęzi wysokiej sosny przycupnął samotny kruk. I patrzył na nią. Prosto na nią! Poczuła, że aż jej się zimno robi w środku. Jedyne, co chciała teraz zrobić, to rzucić się do biegu. Zmusiła się jednak i odwzajemniła się ptaszysku tym samym, starając się naśladować zimne spojrzenie Nynaeve. Po chwili kruk wrzasnął chrapliwie i sfrunął z gałęzi. I po chwili czarne skrzydła też poniosły go na zachód, śladem innych.

„Może już powoli umiem spojrzeć, jak należy" — pomyślała i wtedy zrobiło jej się głupio. Musi coś zrobić, by tak nie ulegać swojej wyobraźni. To był tylko ptak. A ona musiała zrobić ważne rzeczy, przede wszystkim miała najlepiej na świecie nosić wodę. Taka osoba, która najlepiej na świecie nosi wodę, nie powinna bać się ptaków czy czegokolwiek innego. Zebrawszy się w sobie, zaczęła znowu przedzierać się przez tłum, rozglądając się na boki, czy nie widzi gdzieś Berowyn. Tym razem jednak zamierzała zaoferować jej czerpak z wodą, jeśli ją zauważy. Skoro mogła wygrać walkę na spojrzenia z krukiem, to mogła też stawić czoło własnej siostrze. Miała nadzieję, że tak jest.

Egwene musiała też nosić wodę w następnym roku, co było dla niej wysoce rozczarowujące, ale także wtedy starała się być w tym najlepsza. Jak już się coś robi, to należy się do tego zajęcia przykładać. I chyba tym razem podziałało, bo w kolejnym roku pozwolono jej pomagać przy podawaniu jedzenia, cały rok wcześniej! Wyznaczyła sobie wtedy nowy cel: żeby jej pozwolili zapleść warkocz wcześniej niż jakiejkolwiek innej dziewczynie. Nie sądziła, by Koło Kobiet jej na to pozwoliło, ale łatwy cel to żaden cel.

Już nie chciała słuchać opowieści z ust dorosłych, choć oczywiście chętnie posłuchałaby prawdziwego barda. I nadal lubiła czytać o dalekich krajach z ich dziwnymi obyczajami, i marzyła, że kiedyś je zobaczy. Chłopcy też przestali już łaknąć opowieści. I mało też czytali, jej zdaniem. Dorastali, stwierdzając zapewne, że ich świat nic im więcej nie powie, a historie, których się nasłuchali w dzieciństwie, trafiały między najczulsze wspomnienia, ale też nie wszystkie, bo wiele ulegało zapomnieniu. I nawet jeśli się z czasem dowiadywali, że w niektórych z tych opowieści było jakieś ziarno prawdy, to cóż… Wojna z Cieniem? Pęknięcie Świata? Lews Therin Telamon? Jakie to teraz miało znaczenie? I to były takie odległe czasy… Nikt z żyjących już nie wiedział, co się wtedy dokładnie wydarzyło.

PROLOG

GÓRA SMOKA

Pałac drżał jeszcze co jakiś czas na wspomnienie dudniącej ziemi i jęczał, jakby przecząc temu, co już się stało. Tumany kurzu, wciąż unoszące się w powietrzu, połyskiwały w smugach słońca przesączających się przez szczeliny w murach. Ślady ognia szpeciły ściany, podłogi i sufity, a rozległe czarne plamy naznaczyły nabrzmiałe pęcherzami farby złoceń, jasnych niegdyś fresków. Sadza pokrywała rozpadające się fryzy ludzi i zwierząt, które zdawały się ożywać, zanim szaleństwo ucichło. Wszędzie leżeli martwi — mężczyźni, kobiety i dzieci — podczas daremnej ucieczki powaleni piorunami, które rozbłyskiwały we wszystkich korytarzach, pochwyceni przez osaczający ich ogień, zatopieni przez kamienie, kamienie pałacu, które płynęły jak żywe i ścigały ich dopóty, dopóki znowu nie nastała cisza.

Dziwaczny kontrast stanowiły kolorowe gobeliny i obrazy — same dzieła mistrzów — wiszące jak przedtem, trochę tylko przekrzywione w miejscach, gdzie wybrzuszyły się ściany. Finezyjnie rzeźbione meble, inkrustowane kością słoniową i złotem, były nienaruszone, tylko leżały poprzewracane tam, gdzie wstrząsy pofałdowały podłogi. Pomieszanie umysłu trafiło w sam rdzeń, pomijając wszystko, co nieistotne.

Lews Therin Telamon wędrował po pałacu, zwinnie utrzymując równowagę na rozkołysanej ziemi.

— Ilyeno! Gdzie jesteś, moja ukochana?

Skraj jego jasnoszarego płaszcza znaczył szlak we krwi, kiedy przestępował przez ciało kobiety. W pięknie jej złotych włosów zastygło przerażenie ostatnich chwil, wciąż otwarte oczy skrzepły niedowierzaniem.

— Gdzie jesteś, moja żono? Gdzie podziali się wszyscy?

Jego wzrok pochwycił własne odbicie w przekrzywionym zwierciadle, wiszącym na spęczniałym marmurze, spoczął na królewskich szatach niegdyś szaro-purpurowo-złotych: teraz ich cienka materia, przywieziona przez kupców zza Morza Świata, była podarta i brudna, powalana tym samym pyłem, który pokrywał jego skórę i włosy. Przez chwilę przesuwał palcami po symbolu naszytym na płaszczu: koło w połowie białe, a w połowie czarne, przedzielone krętą linią. Ten symbol kiedyś coś oznaczał. Teraz wyhaftowany wzór nie budził żadnych skojarzeń. Potem ze zdumieniem przyjrzał się swemu odbiciu. Wysoki mężczyzna wkraczający właśnie w wiek średni. Kiedyś bez wątpienia bardzo przystojny. Obecnie kolor włosów z brązu przechodził już w biel, twarz poorały bruzdy napięć i zmartwień, ciemnym oczom dane było widzieć zbyt wiele. Lews Therin zaśmiał się cicho, potem odchylił głowę do tyłu. Echo jego śmiechu rozbiegło się po pozbawionych życia komnatach.

— Ilyeno, moja kochana! Chodź do mnie, moja żono. Musisz to zobaczyć.

Z tyłu, za nim, powietrze zafalowało, zalśniło i skrzepło w postać mężczyzny, który rozejrzał się i skrzywił lekko, z niesmakiem. Niższy niż Lews Therin, cały w czerni, z wyjątkiem śnieżnobiałej koronki przy szyi i srebrnych okuć na zwiniętych cholewach długich do ud butów. Stąpał ostrożnie, przytrzymując kapryśnie swój płaszcz, aby uniknąć ocierania się o zmarłych. Podłoga drżała od rezonansów trzęsienia, ale on zwracał uwagę tylko na mężczyznę wpatrującego się ze śmiechem w lustro.

— Panie Poranka — powiedział. — Przybywam po ciebie.

Śmiech urwał się nagle i Lews Therin odwrócił się powoli. Na jego twarzy nie było widać zaskoczenia.

— Proszę, oto gość. Czy posiadasz Głos, przybyszu? Wkrótce nadejdzie pora Śpiewu, zapraszamy wszystkich do wzięcia udziału. Moja kochana Ilyeno, mamy gościa. Ilyeno, gdzie jesteś?

Oczy czarno ubranego mężczyzny rozszerzyły się, omiótł spojrzeniem ciało złotowłosej kobiety, potem znowu wbił wzrok w Lewsa Therina.

— Niech cię Shai'tan porwie, czyżby skażenie zawładnęło tobą aż tak dalece?

— To imię. Shai... — Lews Therin zadrżał i uniósł rękę, jakby się przed czymś bronił. — Nie wolno ci wymawiać tego imienia. Jest niebezpieczne.

— A więc przynajmniej tyle pamiętasz. Niebezpieczne dla ciebie, głupcze, nie dla mnie. Co jeszcze pamiętasz? Przypomnij sobie, ty Światłością-oślepiony idioto! Nie pozwolę, aby wszystko się dokonało dla ciebie, spowitego w nieświadomość jak dziecko. Przypomnij sobie!

Przez chwilę Lews Therin wpatrywał się w swą podniesioną rękę, zafascynowany wzorami, jakie utworzył na niej brud. Potem wytarł dłoń w jeszcze brudniejszy płaszcz i znowu zainteresował się mężczyzną.

— Kim jesteś? Czego chcesz?

Człowiek ubrany w czerń wyprostował się wyniośle.

— Kiedyś zwano mnie Elan Morin Tedronai, teraz jednak...

— Zdrajca Nadziei — wyszeptał Lews Therin. Pamięć zawirowała, ale on odwrócił głowę, nie chcąc stawić jej czoła.

— A więc jednak coś pamiętasz. Tak, Zdrajca Nadziei. Nazwali mnie tak ludzie, podobnie jak ciebie nazwali Smokiem, ale w odróżnieniu od ciebie, ja przyjąłem swe imię. Nadali mi je po to, aby mi urągać, ale zmuszę ich, by na dźwięk mego imienia klękali i wielbili je. A co ty zrobisz ze swym imieniem? Od dziś będą cię zwali Zabójcą Rodu. I cóż z tym poczniesz?

Lews Therin potoczył niezadowolonym spojrzeniem po zrujnowanej sali.

— Ilyena powinna tu być, żeby zaofiarować ci gościnne przywitanie — mruknął w roztargnieniu, po czym podniósł głos. — Ilyeno, gdzie jesteś?

Podłoga zadrżała, ciało złotowłosej kobiety drgnęło, jakby odpowiadając na wołanie. Ale jego oczy nie widziały jej.

Elan Morin skrzywił się.

— Spójrz na siebie — powiedział pogardliwie. — Kiedyś byłeś pierwszym wśród Sług. Kiedyś nosiłeś Pierścień Tamyrlinu i zasiadałeś na Wysokim Tronie. Wezwałeś kiedyś Dziewięć Różdżek Dominium. Spójrz na siebie teraz! Żałosny, roztrzaskany wrak. Ale to nie wszystko. Upokorzyłeś mnie w Komnacie Sług. Pokonałeś mnie u Bram Paaran Disen. Teraz wszakże ja jestem potężniejszy. Nie dam ci umrzeć, zanim tego nie pojmiesz. Kiedy będziesz konał, swą ostatnią myślą uchwycisz pełnię własnej porażki, jej doskonałość i nieodwracalność. O ile w ogóle pozwolę ci umrzeć.

— Nie potrafię sobie wyobrazić, co też zatrzymuje Ilyenę. Już ona będzie na mnie ostrzyła swój język, kiedy pomyśli, że ukrywam przed nią gościa. Ufam, że lubisz sztukę konwersacji, bo ona z pewnością ją lubi. Ale ostrzegam, Ilyena zada ci tyle pytań, że w końcu wyznasz jej wszystko, co wiesz.

Elan Morin odchylił poły czarnego płaszcza i ugiął ręce.

— Żal mi cię — zadumał się — że też nie ma tu żadnej z twych Sióstr. Nigdy nie byłem wprawny w Uzdrawianiu, a teraz praktykuję inną moc. Jednakże nawet któraś z nich dałaby ci jedynie parę chwil przytomności, a i to tylko wtedy, gdybyś jej pierwej nie unicestwił. To, co potrafię zdziałać, będzie służyło moim celom.

Jego nagły uśmiech był okrutny.

— Ale obawiam się, że uzdrawianie metodami Shai'tana różni się od tego, które znasz. Lewsie Therinie, bądź uzdrowiony!

Wyciągnął ręce i światło przygasło, jakby cień padł na słońce.

We wnętrznościach Lewsa Therina zapłonął ból i wydarł mu z ust krzyk, krzyk który dochodził z samego dna jego jestestwa, krzyk którego nie potrafił powstrzymać. Ogień przepalał go do szpiku kości, żyłami popłynął kwas. Zachwiał się do tyłu, padł na marmurową posadzkę. Jego głowa uderzyła o kamień i odbiła się od niego. Serce załomotało, próbując wyrwać się z piersi, a z każdym uderzeniem pulsu ciało przenikał nowy płomień. Daremnie wił się i miotał w konwulsjach, jego mózg stał się polem najczystszych męczarni rozsadzających czaszkę. Ochrypłe okrzyki rozbrzmiewały echem po całym pałacu.

Powoli, nadzwyczaj powoli, ból zaczął ustępować. Jego odpływ zdawał się trwać całe tysiąclecie, a gdy wreszcie odszedł, Lews Therin szarpał się słabo, zasysając powietrze przez zachrypłe gardło. Minęło chyba kolejne tysiąc lat, zanim zdołał się podźwignąć. Z mięśniami jak galareta, trzęsąc się, stanął na czworakach. Jego spojrzenie spoczęło na ciele złotowłosej kobiety i ten krzyk, który wydarł mu się z gardła, zagłuszył wszystkie poprzednie wrzaski. Chwiejnie, prawie pełznąc, gramolił się ku niej niezgrabnie. Wzięcie jej w ramiona kosztowało go resztkę sił. Ręce mu drżały, kiedy odgarniał włosy z pozbawionej życia twarzy.

— Ileyeno! Światłości, dopomóż mi, Ilyeno! — Otoczył ją troskliwie swoim ciałem, łkanie wyrwało się z głębi gardła, łkanie człowieka, który nie ma już dla kogo żyć. — Ilyeno, nie! Nie!

— Możesz ją odzyskać, Zabójco Rodu. Wielki Władca Ciemności ożywi ją, jeżeli będziesz mu służył. Jeżeli będziesz mi służył.

Lews Therin podniósł głowę, a człowiek w czerni cofnął się mimowolnie przed jego spojrzeniem.

— Dziesięć lat, Zdrajco — powiedział cichym tonem, miękkim jak dźwięk wyciąganego z pochwy miecza. — Dziesięć lat twój odrażający władca niszczy świat. A teraz jeszcze to. Ja...

— Dziesięć lat! Ty żałosny głupcze! Ta wojna nie trwa dziesięć lat, lecz ciągnie się od zarania czasu. Ty i ja toczyliśmy tysiące bitew wraz z każdym obrotem Koła, tysiące razy po tysiąc, i będziemy walczyć, dopóki nie umrze czas i nie zatriumfuje Cień!

Zakończył, podnosząc pięść i krzycząc. Tym razem to Lews Therin cofnął się, wstrzymując oddech, gdy zobaczył blask w oczach Zdrajcy.

Lews Therin ostrożnie ułożył Ilyenę, delikatnie gładził palcami jej włosy. Gdy wstawał, łzy przepełniały mu oczy, ale jego głos był niczym lodowate żelazo.

— Za to wszystko, co uczyniłeś, nie może być przebaczenia, Zdrajco, ale za śmierć Ilyeny zniszczę cię tak, że nie naprawi tego nawet twój władca. Gotuj się na...

— Ty głupcze, przypomnij sobie! Przypomnij sobie swój daremny atak na Wielkiego Władcę Ciemności! Przypomnij sobie jego przeciwuderzenie! Przypomnij sobie! W tej chwili Stu Towarzyszy rozdziera świat na strzępy i codziennie przystępuje do nich kolejnych stu ludzi. Czyja to dłoń zabiła Ilyenę Złotowłosą, Zabójco

Rodu? Nie moja. Nie moja. Czyja to dłoń zdławiła wszelki żywot, w którym płynęła choćby kropla twej krwi, wszystkich, którzy cię kochali, wszystkich, których ty kochałeś? Nie moja, Zabójco Rodu. Przypomnij sobie i poznaj cenę oporu wobec Shai'tana!

Nagłe strumienie potu wyżłobiły ślady w kurzu i brudzie pokrywającym twarz Lewsa Therina. Przypomniał sobie, wspomnieniem zamglonym niczym sen o śnie, lecz wiedział, że to wszystko prawda.

Jego wycie odbiło się od murów — skowyt człowieka, który odkrył, że sam potępił swą duszę. Chwycił się za głowę, jakby chciał oderwać oczy od widoku tego, co uczynił. Gdzie nie spojrzał, wszędzie jego wzrok napotykał zmarłych, porozrywanych, połamanych, do połowy pochłoniętych przez kamienie. Wszędzie widział pozbawione życia twarze, które znał, twarze, które kochał. Starzy służący, przyjaciele z dzieciństwa i wierni towarzysze długich lat walki. I jego dzieci. Jego synowie i córki porozrzucani jak połamane lalki — na zawsze ucichła zabawa. Wszyscy pomordowani z jego ręki. Twarze dzieci oskarżały go, ślepe oczy pytały daremnie, a łzy nie były żadną odpowiedzią. Śmiech Zdrajcy chłostał go, zagłuszał jęki. Nie mógł znieść tych twarzy, tego bólu. Nie mógł tu zostać ani chwili dłużej. Desperacko sięgnął do Prawdziwego Źródła, do splugawionego *saidina* i rozpoczął Podróż.

Otaczająca go kraina była jednostajna i pusta. Nieopodal płynęła rzeka, prosta i szeroka, ale czuł, że w promieniu stu mil nie ma żadnych ludzi. Był samotny, tak samotny jak człowiek, który jeszcze żyje, ale nie może uciec przed wspomnieniami. Tamte oczy ścigały go po bezkresnych jaskiniach myśli. Nie mógł się przed nimi schować. Przed oczyma swych dzieci. Przed oczyma Ilyeny. Kiedy zwrócił twarz ku niebu, na policzkach błyszczały mu łzy.

— Przebacz mi, Światłości!

Nie wierzył, że przebaczenie może mu być dane. Nie za to, co uczynił. Ale i tak krzyczał w stronę nieba, błagał, nie spodziewając się, że otrzyma to, o co błaga.

— Światłości, przebacz mi!

Nadal dotykał *saidina*, męskiej połowy mocy, która kierowała światem, która obracała Koło Czasu. Czuł oleistą skazę, zanieczyszczającą jego powierzchnię, skazę po kontrataku Cienia, skazę, która oznaczała zgubę świata. Wierzył bowiem niegdyś w swej dumie, że ludzie potrafią dorównać Stwórcy, że potrafią naprawić to, co Stwórca wykonał, a oni zniszczyli. Tak nakazywała mu wierzyć duma.

Czerpał coraz głębiej z Prawdziwego Źródła, coraz to głębiej, jak człowiek umierający z pragnienia. Szybko nabrał więcej Jedynej Mocy, szybciej niźli był w stanie przenieść, nie będąc wspomagany. Czuł, jak pali go skóra. Napięty, wytężał się, by zaczerpnąć jeszcze więcej, próbował wyczerpać wszystko.

— Światłości, przebacz mi! Ilyeno!

Powietrze stało się ogniem, ogień ciekłym światłem. Piorun, który uderzył z niebios, osmaliłby i oślepił każde oko próbujące na niego spojrzeć. Nadszedł z nieba i przepaliwszy na wskroś Lewsa Therina, dowiercił się do wnętrzności ziemi. Od jego dotknięcia parowały kamienie. Rażona ziemia trzęsła się i drżała jak żywe stworzenia w agonii. Błyszcząca pręga łączyła ją z niebem tylko przez czas jednego uderzenia serca, lecz kiedy już zniknęła, ziemia wciąż jeszcze falowała niczym wzburzone morze.

Fontanna stopionych skał tryskała w powietrze na wysokość pięciuset stóp, wzbijając się ryczącą masą, wyrzucając rozpylone płomienie coraz bardziej w górę, coraz to wyżej. Z północy i z południa, ze wschodu i zachodu nadciągało wycie wiatru, który łamał drzewa jak gałązki, wrzeszczał przeraźliwie i dął, jakby podsadzając rosnącą górę wciąż bliżej ku niebu. Jeszcze bliżej nieba.

Wiatr ucichł wreszcie, ziemia uspokoiła się, wydając tylko drżące pomruki. Po Lewsie Therinie Telamonie nie pozostał żaden ślad. Tam, gdzie stał, była teraz góra wznosząca się na wiele mil ku niebu, płynna lawa wciąż tryskała z jej ściętego wierzchołka. Szeroka i prosta dotąd rzeka wygięła się w łuk wokół góry i rozwidlając się, utworzyła pośrodku nurtu długą wyspę. Cień góry sięgał prawie do samej wyspy, rozpościerał się czernią po całej krainie, jak złowieszcza dłoń proroctwa. Przez jakiś czas słychać było tylko monotonne, protestujące dudnienie ziemi.

Na wyspie powietrze lśniło i zlewało się. Mężczyzna ubrany

w czerń patrzył na ognistą górę, wznoszącą się nad równiną. Jego twarz wykrzywiał grymas wściekłości i odrazy.

— Nie uciekniesz tak łatwo, Smoku. To, co jest między nami, nie dokonało się jeszcze. I nie dokona się, aż po kres czasu.

Odszedł potem, a wyspa i góra zostały same. Czekały.

***

I Cień padł na ziemię, i świat został rozszczepiony, kamień od kamienia. Oceany wylały i góry zostały pochłonięte, a narody rozproszone po ośmiu krańcach świata. Księżyc był jak krew, a słońce jak popiół. Morza wrzały, a żywi zazdrościli umarłym. Wszystko zostało rozproszone, wszystko prócz pamięci zostało stracone, pamięci nade wszystko o tym, który sprowadził Cień i Pęknięcie Świata. A jego nazywali Smok.

(z: *Aleth nin Taerin alta Camora*, *Pęknięcie Świata*.
Autor nieznany, Czwarty Wiek)

I stało się w owych dniach, jak zdarzało się przedtem i zdarzy się znowu, że Ciemność ciężko zaległa nad ziemią i przygniotła ludzkie serca, i zniknęła zieleń, a nadzieja umarła. I wzywali ludzie Stwórcę, mówiąc: „O Światłości Niebios, o Światłości Świata, pozwól Obiecanemu urodzić się w górach, jak oznajmiają proroctwa, jak było to w wiekach przeszłych i będzie w nadchodzących. Daj, Księciu Poranka, zaśpiewać ziemi, by się zazieleniła, a doliny wydały jagnięta. Niech ramię Pana Świtu chroni nas przed Ciemnością, a jego wielki miecz sprawiedliwości niechaj nas broni. Daj Smokowi wędrować znów na wichrach czasu".

(z: *Charal Drianaan te Calamon*, *Cykl Smoka*.
Autor nieznany, Czwarty Wiek)

ROZDZIAŁ 1

PUSTA DROGA

Koło Czasu obraca się, a Wieki nadchodzą i mijają, pozostawiając wspomnienia, które stają się legendą. Legenda staje się mitem, ale nawet mit jest już dawno zapomniany, kiedy znowu nadchodzi Wiek, który go zrodził. W jednym z Wieków, zwanym przez niektórych Trzecim Wiekiem, Wiekiem, który dopiero nadejdzie, Wiekiem dawno już minionym, w Górach Mgły podniósł się wiatr. Wiatr ten nie był prawdziwym początkiem. Nie istnieją ani początki, ani zakończenia w obrotach Koła Czasu. Niemniej był to jakiś początek.

Zrodzony pod wiecznie zachmurzonymi szczytami, które nadały górom ich nazwę, wiatr ten wiał na wschód, poprzez Piaskowe Wzgórza, niegdyś — przed Pęknięciem Świata — stanowiące wybrzeża wielkiego oceanu. Przedarł się do Dwóch Rzek, do gęstego lasu, zwanego Zachodnim, i uderzył w dwóch ludzi idących przy konnym wozie po usianym kamieniami trakcie, zwanym Drogą Kamieniołomu. Pomimo że wiosna powinna była nadejść dobry miesiąc wcześniej, wiatr niósł z sobą lodowaty chłód, jakby wypowiadając swą tęsknotę za śniegiem. Rand al'Thor czuł, jak gwałtowne podmuchy na przemian to przylepiają mu płaszcz do pleców, oplątując jego nogi wełnianą materią ziemistego koloru, to rozdymają go z tyłu. Żałował, że płaszcz nie jest grubszy, albo że nie włożył przynajmniej dodatkowej koszuli. Przez cały czas zmagał się z okryciem, które wciąż zaczepiało o kołczan kołyszący się u jego biodra. Jednak przytrzymywanie jedną ręką nie zdawało się na wiele, a w drugiej niósł gotowy do wystrzelenia łuk, ze strzałą nasadzoną na cięciwę.

Kiedy szczególnie silny podmuch wyrwał mu poły płaszcza z dłoni, spojrzał przelotnie na Tama, idącego u drugiego boku zmierzwionej, brązowej klaczy. Było mu trochę głupio, że rozprasza lęk, jak mały chłopiec popatrujący stale na swoich rodziców, ale był to jeden z tych dni, gdy wszystko zdaje się potęgować niepewność. W chwilach przerwy między gwałtownymi porywami wichury wycie wiatru zamierało i wówczas, w ciszy ciężko zalegającej ziemię, głośno rozbrzmiewało miękkie skrzypienie osi.

W lesie nie śpiewały ptaki, wiewiórki nie skakały po gałęziach. Rand nawet specjalnie się ich nie spodziewał, nie tej wiosny.

Tylko te drzewa, które jesienią nie zrzuciły liści lub igieł, miały na sobie coś zielonego. Splątane krzewy zeszłorocznych jeżyn rozpostarły brązową sieć na łysych głazach u ich stóp. Rzadkie poszycie leśne tworzyły głównie kolczaste chwasty, pokrzywy i bieluń, pozostawiający obrzydliwy zapach na butach nierozważnego wędrowca. W miejscach, gdzie gęste kępy drzew rzucały głęboki cień, ziemię nadal zalegały białe łachy śniegu. W koronach drzew świeciło wprawdzie słońce, ale jego blask skrzył się mętnie, przemieszany z cieniem. Promienie nie niosły ze sobą ani życia, ani ciepła. Był to niefortunny poranek, stworzony dla nieprzyjemnych myśli.

Rand machinalnie dotknął nacięcia na strzale, w każdej chwili gotów przyciągnąć ją do policzka jednym gładkim ruchem, tak jak uczył go Tam. Zima wystarczająco dała się we znaki na farmach, gorszej nie pamiętali nawet najstarsi ludzie, ale w górach z pewnością była jeszcze ostrzejsza, co można było osądzić po liczbie wilków, które zagnała do Dwu Rzek. Wilki napadały na owczarnie i rozbijały ściany obór, by dopaść bydła i koni. Owce przyciągały też niedźwiedzie, a przecież niedźwiedzia nie widywano tu już od lat. Pozostawanie poza domem po zmierzchu nie było bezpieczne. Ludzie stawali się łupem drapieżników równie często jak owce, i to niekoniecznie po zachodzie słońca.

Tam stawiał miarowe kroki przy drugim boku Beli, podpierając się włócznią i ignorując wiatr, na którym jego brązowy płaszcz łopotał jak sztandar. Od czasu do czasu dotykał lekko boku klaczy, przypominając jej, że trzeba iść naprzód. Ze swą obszerną klatką piersiową i szeroką twarzą stanowił podporę chwiejnej rzeczywistości tego poranka, trwając w niej jak kamień pośrodku bezładnego snu. Jego ogorzałe od słońca policzki mogły być pomarszczone, a włosy mieć jedynie odrobinę czerni pośród siwizny, ale miał w sobie tę stałość, która nie pozwala poddawać się powodziom. Teraz beznamiętnie maszerował drogą. Mogą sobie być i wilki, i niedźwiedzie — zdawała się mówić jego postać — winien wystrzegać się ich człowiek, który hoduje owce, ale niech lepiej nie próbują powstrzymać Tama al'Thora na jego drodze do Pola Emonda.

Z poczuciem winy Rand powrócił do obserwacji swojej strony drogi, trzeźwość Tama przypomniała mu o własnych obowiązkach. Był o głowę wyższy od swojego ojca, wyższy niźli ktokolwiek w okolicy. Sylwetką również niewiele go przypominał, wyjąwszy może szerokie barki. Szare oczy i rudawy odcień włosów odziedziczył po matce, tak przynajmniej twierdził Tam. Była cudzoziemką i Rand nie pamiętał jej zbyt dobrze, z wyjątkiem może roześmianej twarzy. Niemniej jednak, każdego roku podczas święta Bel Tine kładł kwiaty na jej grobie, a później odwiedzał go w niedziele, przez całą wiosnę i lato.

Na chwiejnym wozie spoczywały dwie małe baryłki jabłkowej brandy i osiem większych beczek jabłkowego wina, odrobinę tylko wzmocnionego całozimowym dojrzewaniem. Każdej wiosny, na Bel Tine, Tam dostarczał taki ładunek do karczmy „Winna Jagoda". Również w tym roku oświadczył, że aby mu w tym przeszkodzić, trzeba czegoś więcej niż grasującego stada wilków oraz zimnego wichru. Pomimo takich zapewnień nie pokazali się jeszcze w wiosce. Nawet Tam unikał dalszych wypraw w takie dni. Dał jednak słowo, że dostarczy trunki, nawet gdyby miało się to stać tuż w przeddzień święta. Raz dane słowo było dla niego nieodwołalne. Rand z kolei zwyczajnie cieszył się, że wreszcie opuści farmę, cieszył się z tego prawie tak samo, jak z nadejścia Bel Tine.

Wpatrywał się w swoją stronę drogi i powoli narastało w nim przekonanie, że jest obserwowany. Próbował pozbyć się jakoś tego uczucia. Nic przecież nie poruszało się wśród drzew, wszystkie odgłosy, jakie docierały do jego uszu, były dziełem wiatru. Nieprzyjemne wrażenie wciąż jednak uporczywie trwało, co więcej, potęgowało się nawet. Włosy na przedramionach zjeżyły mu się, mrowienie rozeszło po skórze, jakby coś swędziało od wewnątrz.

Przesunął z irytacją łuk, aby rozetrzeć ramiona. Nie powinien tak łatwo ulegać wszystkim przelotnym fantazjom. Po tej stronie drogi las był pusty, a Tam powiedziałby przecież, gdyby coś działo się po jego stronie. Spojrzał przez ramię... i zmrużył oczy. Nie dalej jak w odległości dwudziestu piędzi podążał za nimi otulony płaszczem człowiek na koniu. Koń oraz jeździec byli identyczni — czarni, posępni, matowi.

Tylko nawyk, wykształcony przez długie wędrówki przy wozie, powstrzymał odruchowe pragnienie cofnięcia się.

Płaszcz jeźdźca zakrywał go aż po cholewy długich butów, kaptur miał naciągnięty tak mocno, że nic nie było spod niego widać. Rand niejasno zdał sobie sprawę, iż jest w nim coś dziwnego, zafascynowało go ocienione rozcięcie kaptura. Dostrzegał jedynie niewyraźny obrys twarzy, ale miał wrażenie, że spogląda prosto w oczy jeźdźca. I nie potrafił odwrócić wzroku. Poczuł mdłości w żołądku. Cień tylko można było dostrzec pod kapturem, lecz poczuł wrogość tak silną, jakby patrzył wprost w wyszczerzoną twarz ziejącą nienawiścią do wszystkiego co żyje. Nienawiścią przede wszystkim do niego, Randa, do niego przed wszystkim innym. Nagle zahaczył obcasem o kamień i potknął się, odrywając wzrok od ciemnego jeźdźca. Łuk upadł na drogę i tylko wysunięta ręka, chwytając uprząż Beli uchroniła go przed upadkiem na plecy. Z przestraszonym parsknięciem klacz stanęła, odrzucając łeb do tyłu.

Tam zmarszczył brwi i spojrzał ponad jej grzbietem.

— Wszystko w porządku, chłopcze?

— Jeździec — wydyszał Rand, prostując się. — Obcy, jedzie za nami.

— Gdzie?

Starszy mężczyzna uniósł szerokie ostrze swej włóczni i obejrzał się czujnie.

— Tam, przy...

Gdy Rand odwrócił się, słowa zamarły mu na ustach. Droga za nimi była pusta. Nie dowierzając, przypatrywał się drzewom po obu stronach traktu. Mimo iż nagie gałęzie nie dawały możliwości schronienia, nigdzie nie było nawet śladu konia ani jeźdźca. Napotkał pytający wzrok ojca.

— On tam był. Człowiek w czarnym płaszczu, na czarnym koniu.

— Nie wątpię w twe słowa, chłopcze, ale wobec tego gdzież się teraz podział?

— Nie wiem. Był tam.

Szybko podniósł upuszczony łuk, pospiesznie sprawdzając naciąg. Nasadził strzałę i napiął go do połowy, potem powoli zwolnił cięciwę. Nie miał w co celować.

— Był, przed chwilą.

Tam potrząsnął siwą głową.

— Jeżeli tak mówisz, chłopcze. Chodźmy więc. Koń zostawia ślady podków, nawet na takim podłożu. — Ruszył w stronę tyłu wozu, jego płaszcz powiewał na wietrze. — Jeżeli je znajdziemy, będziemy wiedzieli z pewnością, że tam był, jeżeli nie... cóż, są takie dni, kiedy widuje się różne rzeczy.

Wtedy Rand uświadomił sobie, co jeszcze dziwacznego było w jeźdźcu, pomijając w ogóle fakt jego istnienia. Wiatr, który z taką siłą uderzał w niego i w Tama, nie poruszył nawet fałdy czarnego płaszcza. Nagle zaschło mu w ustach. Rzeczywiście, musiał wszystko sobie wyobrazić. Ojciec ma rację, to poranek, który potrafi wzburzyć ludzką wyobraźnię. Ale sam nie wierzył w swoje wyjaśnienia. Jak jednak mógł wytłumaczyć Tamowi, że człowiek nagle rozpłynął się w powietrzu, nadto jeszcze odziany był w płaszcz, którego nie dotykał wiatr?

Z grymasem strachu obejrzał drzewa rosnące wokół. Wyglądały inaczej niż zwykle. Niemalże od czasu, gdy już umiał chodzić, przemierzał samotnie las. Stawy i strumienie Lasu Rzeki, rozciągającego się na wschód od Pola Emonda, były miejscem, gdzie uczył się pływać. Wyprawiał się na Piaskowe Wzgórza — które wielu z Dwu Rzek uważało za przynoszące nieszczęście — a raz nawet, wraz z najbliższymi przyjaciółmi, Matem Cauthonem i Perrinem Aybara, zawędrował do samych podnóży Gór Mgły. Dużo dalej więc, niźli ludzie z Pola Emonda kiedykolwiek się wyprawiali. Dla nich podróż do najbliższej wioski, w górę do Wzgórza Czat czy w dół do Deven Ride, stanowiła już wielkie wydarzenie. Nigdzie jednak nie napotkał miejsca, które napawałoby go takim niepokojem. A przecież dzisiaj Zachodni Las nie był taki, jakim go znał. Człowiek, potrafiący znikać tak nagle, jest w stanie równie nagle się pojawić, być może tuż za nimi.

— Nie, ojcze, nie ma potrzeby.

Gdy Tam zatrzymał się zaskoczony, Rand zaciągnął kaptur płaszcza, ukrywając zmieszanie.

— Przypuszczalnie masz rację. Nie ma sensu szukać czegoś, czego tu nie ma. Nie teraz, gdy musimy się spieszyć, aby dotrzeć do wioski i schronić przed wiatrem.

— Mógłbym zapalić fajkę — powiedział Tam wolno — i wypić kufel piwa w cieple... — Znienacka szeroko się uśmiechnął. — No i spodziewam się, że ty jesteś spragniony widoku Egwene.

Rand zdobył się na słaby uśmiech. Wśród wszystkich rzeczy, o których mógłby teraz myśleć, córka burmistrza zajmowała ostatnie miejsce. Nie chciał więcej zamieszania. Przez ostatni rok, ilekroć byli razem, powodowała w nim narastającą konfuzję. Co gorsza, nie wydawała się być nawet tego świadoma. Nie, z pewnością nie chciał dodawać Egwene do swych obecnych zmartwień.

Miał nadzieję, że ojciec nie zauważył jego niepokoju, ale Tam nagle odezwał się:

— Pamiętaj o płomieniu, chłopcze, i o pustce.

Tam nauczył go kiedyś dziwnej rzeczy.

„Skoncentruj się na pojedynczym płomieniu i przelej w niego wszystkie swoje namiętności, strach, nienawiść, gniew, aż twój umysł opróżni się. Zlej się z pustką, stańcie się jednym — powiedział wówczas — wtedy będziesz w stanie zrobić wszystko".

Nikt inny w Polu Emonda nie mówił takich rzeczy. Niemniej jednak Tam, ze swą teorią płomienia i pustki, bez trudu wygrywał doroczne zawody łucznicze podczas Bel Tine. Rand uważał, że on sam ma szanse w tym roku, jeśli oczywiście potrafi wytrwać w pustce.

To, że Tam przywołał ją teraz, oznaczało, iż zdawał sobie sprawę z jego niepokoju, dalej jednak nie poruszał już tego tematu.

Tam cmoknął, Bela ruszyła, podjęli swą wędrówkę. Starszy mężczyzna kroczył prosto, jak gdyby nic niepomyślnego się nie zdarzyło i zdarzyć nie mogło. Rand żałował, że nie potrafi go naśladować. Próbował uformować pustkę w umyśle, ale pamięć wciąż wracała ku obrazowi jeźdźca w czarnym płaszczu.

Pragnął wierzyć, że Tam miał rację, że jeździec był wyłącznie urojeniem, lecz zbyt dobrze pamiętał tę nienawiść. Tam był ktoś. I ten ktoś oznaczał nieszczęście. Nie przestawał oglądać się za siebie, do czasu aż otoczyły ich wysokie, szpiczaste, kryte strzechą dachy Pola Emonda.

Wieś leżała blisko Zachodniego Lasu, w miejscu, gdzie rozrzedzał się tak, że ostatnie drzewa stały pomiędzy solidnie zbudowanymi domami. Teren opadał łagodnie w kierunku wschodnim. Aż do Lasu Rzeki, po jego gmatwaninę strumieni i stawów, ciągnęły się drzewa, farmy, ogrodzone pola i pastwiska. Ziemia na zachodzie była równie żyzna, a pastwiska bujne przez większość sezonów, pomimo to w Zachodnim Lesie istniało jedynie kilka farm. I żadna z nich nie rozpościerała się do Piaskowych Wzgórz, nie mówiąc już o wznoszących się ponad szczytami drzew Górach Mgły, odległych, lecz wyraźnie widocznych z Pola Emonda. Niektórzy mówili, że grunt jest tu zbyt skalisty, jakby wszędzie w Dwu Rzekach nie było skał, inni mówili, że to pechowa ziemia. Kilku mruczało, że nie ma sensu zbliżać się bardziej do gór niźli to konieczne. Jakiekolwiek jednak byłyby rzeczywiste powody, tylko najtwardsi ludzie uprawiali ziemię na obszarze Zachodniego Lasu.

Kiedy tylko minęli pierwszy szereg domów, małe dzieci i psy obskoczyły wóz radosnym mrowiem. Bela stąpała spokojnie, ignorując wrzeszczących wyrostków miotających się pod jej nosem, goniących się, toczących kółka. Przez ostatnie miesiące we wsi niewiele słychać było dziecięcego śmiechu i zabawy. Nawet gdy pogoda poprawiła się wystarczająco, by mogły wychodzić na zewnątrz, strach przed wilkami zatrzymywał je w domach. Teraz wszystko wyglądało tak, jakby zbliżające się Bel Tine na powrót nauczyło je radości.

Święto równie mocno absorbowało uwagę dorosłych. Szerokie zasłony były odsunięte i prawie w każdym oknie stała kobieta przepasana fartuchem, z długimi warkoczami zawiniętymi w chustę. Trzepały pościele albo przewieszały materace przez parapety. Niezależnie od tego, czy pojawiły się liście na drzewach czy nie, żadna gospodyni nie pozwoliłaby sobie nie skończyć wiosennych porządków przed nadejściem Bel Tine. Wzdłuż drogi zwisały rozciągnięte na linach pledy, a dzieci, które nie były dość sprytne i szybkie, by uciec na ulicę, za pomocą wiklinowych trzepaczek wyładowywały swoją frustrację na dywanach. Na każdym dachu mężczyźni sprawdzali, czy zimowe zniszczenia są tak duże, by istniała konieczność wezwania starego Cenna Buie, strzecharza.

Kilka razy Tam przystawał, wdając się to z jednym, to z drugim w krótką rozmowę. Ponieważ on i Rand nie opuszczali farmy od wielu tygodni, a w ostatnim czasie jedynie kilku ludzi z Zachodniego Lasu odwiedziło wioskę, każdy chciał w ten sposób odrobić zaległości. Tam mówił o zniszczeniach spowodowanych przez zimowe burze, jedna gorsza od drugiej, o nowo narodzonych jagniętach, o brązowych, jałowych polach, gdzie miały już kiełkować plony i zielenić się pastwiska, o krukach zbierających się tam, gdzie przedtem przylatywały śpiewające ptaki. Ponura rozmowa pośród przygotowań do Bel Tine i wiele potrząsania głowami. Wszędzie dominowały podobne nastroje.

Większość mężczyzn wzruszała ramionami i mówiła:

— Cóż, przeżyjemy, z woli Światłości.

Niektórzy uśmiechali się i dodawali:

— A nawet i bez niej, też przeżyjemy.

Takie były nastroje w Dwu Rzekach. Ludzie, zmuszeni patrzeć, jak grad wciąż niszczy im plony albo wilki porywają jagnięta, nie poddawali się łatwo, nieważne, jak wiele razy się to zdarzało. Większość z tych, którzy zrezygnowali, dawno już odeszła.

Tam nie miał zamiaru stawać przed domem Wita Congara, ten

jednak wyszedł na ulicę, tak że musieli albo zatrzymać się, albo pozwolić Beli go przejechać. Congarowie, a także Coplinowie — te dwie rodziny były tak mocno wymieszane, że nikt naprawdę nie wiedział, gdzie kończy się jedna, a zaczyna druga — byli znani od Wzgórza Czat do Deven Ride, a być może nawet aż po Taren Ferry, ze swego narzekania i zdolności przysparzania kłopotów.

— Muszę odstawić to do Brana al'Vere, Wit — powiedział Tam, wskazując ruchem głowy beczki na wozie, ale kościsty mężczyzna nie ustąpił. Wylegiwał się dotąd na frontowych schodach, zamiast być na dachu jak inni, mimo iż jego strzecha dramatycznie domagała się uwagi pana Buie. Wydawał się człowiekiem, który nigdy nie był w stanie podjąć, czy skończyć tego, co raz rozpoczął. Większość Coplinów i Congarów była właśnie taka.

— Co mamy zrobić z Nynaeve, al'Thor? — dopytywał się Congar. — Nie możemy mieć takiej Wiedzącej w Polu Emonda.

Tam westchnął ciężko:

— To nie nasza sprawa, Wit. Sprawami Wiedzącej powinny zajmować się kobiety.

— Cóż, lepiej zróbmy coś, al'Thor. Powiedziała, że zima będzie łagodna i że będziemy mieli dobre zbiory. Teraz, gdy spytasz ją, co niesie wiatr, patrzy na ciebie spode łba, odwraca się i odchodzi.

— Jeżeli pytałeś ją w taki sposób, w jaki zwykłeś to czynić, Wit — odparł cierpliwie Tam — to miałeś szczęście, że nie zbiła cię swoją laską. Teraz, jeśli pozwolisz, tę brandy…

— Nynaeve al'Meara jest po prostu za młoda, aby być Wiedzącą, al'Thor. Jeżeli Koło Kobiet nic nie zrobi, to zajmie się tym Rada Wioski.

— Dlaczego interesujesz się Wiedzącą, Wicie Congar? — rozległ się kobiecy głos.

Wit cofnął się, gdy z domu wyszła jego żona. Daise Congar była dwukrotnie szersza od niego. Kobieta o ostrej twarzy pozbawiona nawet uncji tłuszczu. Utkwiła wzrok w mężu, opierając pięści na biodrach.

— Będziesz próbował wtrącać się w sprawy Koła Kobiet, a zobaczymy, jak będzie ci smakować własne gotowanie. I to do tego nie w mojej kuchni. Albo pranie własnych rzeczy i samodzielne ścielenie łóżka. Bynajmniej nie pod moim dachem.

— Ależ, Daise — zajęczał Wit. — Ja tylko…

— Pozwolę sobie przeprosić, Daise — wtrącił się Tam. — Wit. Niech Światłość opromienia was oboje.

Poprowadził Belę obok chudego mężczyzny. Daise obecnie skoncentrowała uwagę na mężu, ale w każdej chwili mogła zauważyć, z kim Wit rozmawia.

Z tego samego powodu nie przyjmowali też zaproszeń, aby zatrzymali się i zjedli lub wypili coś ciepłego. Na widok Tama kobiety z wioski zaczynały zachowywać się jak psy osaczające królika. Nie było wśród nich takiej, która nie znałaby doskonałej żony dla wdowca z dobrą farmą, nawet jeżeli ta znajdowała się w Zachodnim Lesie.

Rand szedł obok równie szybko jak Tam, może nawet szybciej. Nie znosił tego uczucia przyparcia do muru, które opanowywało go, gdy Tama nie było w pobliżu, a on nie miał możliwości ucieczki przed natręctwem. Wtłoczony na taboret przy kuchennym ogniu jadał pasztety, słodkie ciasta czy placki z mięsem. I zawsze oczy gospodyni mierzyły go i ważyły starannie, jakby centymetrem albo kupiecką wagą, kiedy mówiła mu, że to, co je, nie jest nawet w przybliżeniu tak dobre, jak kuchnia jej owdowiałej siostry lub starszej kuzynki. Tam nie staje się przecież młodszy, mówiły. To dobrze, że tak kochał żonę — dobrze to wróży następnej kobiecie w jego życiu — lecz opłakuje ją przecież już zbyt długo. Tam potrzebuje dobrej kobiety. Jest banałem, mówiły, lub czymś do niego bardzo zbliżonym, że mężczyzna po prostu nie daje sobie rady bez kobiety, która dba o niego i odsuwa wszelkie kłopoty. Najgorsze ze wszystkich były te, które rozważnie przerywały w tym miejscu, aby z wypracowaną obojętnością zapytać, ile właściwie Tam ma obecnie lat.

Jak u większości ludzi z Dwu Rzek charakter Randa wyposażony był w silną domieszkę uporu. Obcy mówili nawet, że to właśnie upór jest główną cechą tamtejszych ludzi, że mogliby dawać lekcje mułom i uczyć kamienie. Większość kobiet przez cały czas była nawet miła i uprzejma, ale on nienawidził jakiegokolwiek przymusu, one zaś sprawiały, że czuł się jakby go kłuto szpilkami. Dlatego szedł szybko, pragnąc, by Tam popędził konia.

Wkrótce ulica wyprowadziła ich na Łąkę, rozległy obszar pośrodku wioski. Pokryty zazwyczaj grubą warstwą darni, tej wiosny ukazywał tylko kilka świeżych skrawków, pomiędzy żółtawym brązem zeszłorocznej roślinności i czernią nagiej ziemi. Kołysało się na niej stadko gęsi. Paciorkowatymi oczyma badały grunt, nie znajdując jednak nic do wydziobania. Nieco dalej ktoś spętał mleczną krowę, aby obgryzła mizerne źdźbła.

W zachodnim końcu Łąki, z niskiej kamiennej odkrywki wytryskiwała Winna Jagoda, strumieniem, który nigdy nie zanikał, na tyle silnym, by przewrócić człowieka i na tyle słodkim, by po kilkakroć obronić swą nazwę. Na wiosnę gwałtownie rozszerzająca się rzeka, wtulona w porośnięte wierzbami brzegi, biegła bystro na wschód, aż do młyna pana Thane, a potem dalej, do miejsca, gdzie rozdzielała się na tuziny strumieni w bagiennych głębinach Lasu Rzeki. Dwa niskie, wyposażone w balustrady mosty przecinały mały jasny strumień na Łące, a szerszy od nich Most Wozów, wystarczająco mocny, by utrzymać fury, przekraczał go w miejscu, w którym Droga Północna opadająca z Taren Ferry i Wzgórza Czat, stawała się Starą Drogą prowadzącą do Deven Ride. Obcym czasami wydawało się śmieszne, że droga nosi inną nazwę w kierunku północnym, a inną w południowym, lecz tak było zawsze, jak ktokolwiek w Polu Emonda sięgał pamięcią. Dla ludzi z Dwu Rzek był to wystarczająco dobry powód.

Po drugiej stronie mostów ustawiono już stosy na ognie Bel Tine. Trzy pieczołowicie zbudowane sterty pni, prawie tak wysokie jak domy, znajdowały się, oczywiście, z boku na oczyszczonej ziemi. Na Łące miały odbywać się te elementy święta, dla których nie przewidziano miejsca wokół ognia.

W pobliżu źródła kilka starszych kobiet śpiewało miękko, strojąc Wiosenny Słup. Umieszczony już w specjalnie wykopanym dole, pozbawiony gałęzi, prosty, wysmukły pień jodły wznosił się na wysokość dziesięciu stóp. Nieopodal dziewczęta zbyt młode, by splatać włosy, siedziały w małej grupie, ze skrzyżowanymi nogami i patrząc zazdrośnie, co jakiś czas powtarzały urywki pieśni śpiewanej przez kobiety.

Tam cmoknął na Belę, jakby chciał ją zmusić do szybszego kroku, Rand natomiast w wystudiowany sposób starał się nie dostrzegać tego, co robiły kobiety. Rankiem, gdy mężczyźni odnajdują słup, oczekuje się od nich zaskoczenia, w południe zaś niezamężne kobiety tańczą wokół niego, oplatając go długimi, kolorowymi wstążkami, podczas gdy nieżonaci mężczyźni śpiewają. Nikt nie wiedział, jakie było pochodzenie i przyczyna powstania tego zwyczaju — jeszcze jedna z rzeczy istniejących w sposób, w który istniały zawsze — lecz było to usprawiedliwienie śpiewu i tańca, a nikt w Dwu Rzekach specjalnego wytłumaczenia dla tego obrzędu nie potrzebował.

Cały dzień Bel Tine pochłoną śpiewy, tańce i świętowanie, przewidziano też wyścigi biegaczy i zawody niemalże we wszystkich konkurencjach. Nagrody zbiorą nie tylko łucznicy, lecz także najzręczniej strzelający z procy i najlepiej władający pałką. Będą konkursy rozwiązywania zagadek oraz układanek, przeciąganie liny, podnoszenie i miotanie ciężarami, nagrody dla najwspanialszego śpiewaka, skrzypka i tancerza, dla tego, który najszybciej ostrzyże owcę, a nawet dla najlepszych graczy w kule czy strzałki.

Święto Bel Tine przypadało na dzień, w którym wiosna przychodzi naprawdę i na dobre, gdy rodzą się pierwsze jagnięta i wschodzą pierwsze plony. Pomimo chłodu w powietrzu nikt jednak nie wpadł na pomysł, by je odłożyć. Wszystkim należało się trochę śpiewu i tańca. A jeśli można było wierzyć pogłoskom, ukoronowaniem święta miał być wielki pokaz fajerwerków na Łące — oczywiście, jeśli na czas zdąży dotrzeć do wioski pierwszy tegoroczny handlarz. Wywoływało to zrozumiałe poruszenie, ostatni taki pokaz odbył się przed dziesięciu laty, a rozmawiano o nim jeszcze do dzisiaj.

Karczma „Winna Jagoda" stała na wschodnim krańcu Łąki, tuż za Mostem Wozów. Parter zbudowany był z kamieni rzecznych, natomiast materiał fundamentów stanowił kamień dużo starszy, przywieziony z gór, jak powiadali niektórzy. Wymyte aż do bieli pierwsze piętro — na którym od dwudziestu lat mieszkał wraz z żoną i córkami Brandwelyn al'Vere, karczmarz i jednocześnie burmistrz Pola Emonda — wystającym balkonem otaczało cały budynek. Dach z czerwonej dachówki, jedyny taki w całej wiosce, połyskiwał w bladym słońcu. Dymiły cztery spośród tuzina wysokich kominów.

Za południowym krańcem gospody, z dala od strumienia, rozciągały się pozostałości szerszych kamiennych fundamentów, ongiś stanowiących jej część — tak przynajmniej powiadano. Pośrodku rósł ogromny dąb, z pniem o obwodzie trzydziestu kroków, z rozpostartymi gałęziami grubości człowieka. Latem ich liście ocieniały stoły i ławy, które Bran al'Vere rozstawiał pod drzewem, aby ludzie mogli się uraczyć winem i zakosztować chłodnego powiewu, podczas gdy rozmawiali lub grali w kamienie.

— Jesteśmy na miejscu, chłopcze. — Tam sięgnął do uprzęży Beli, lecz ona zatrzymała się przed gospodą, zanim jeszcze jego ręka dotknęła skóry. — Zna drogę lepiej niż ja — zaśmiał się cicho.

Nim zamarło ostatnie skrzypnięcie osi, przed oberżą pojawił się Bran al'Vere. Jak zawsze wydawał się stąpać nazbyt lekko jak na człowieka jego tuszy, dwukrotnie przewyższającej czyjąkolwiek w wiosce. Pod rzadką grzywką siwych włosów okrągłą twarz przecinał uśmiech. Nie bacząc na ziąb, karczmarz był w samej koszuli, wokół pasa owinął nieskazitelnie biały fartuch. Na szyi zawiesił srebrny medalion w kształcie układu zrównoważonych szalek.

Ten medalion, wraz z pełnym kompletem instrumentów służących do ważenia monet otrzymywanych od kupców przybywających z Baerlon po wełnę i tytoń, stanowił symbol urzędu burmistrza. Bran nosił go wtedy, gdy załatwiał interesy, a także podczas świąt i ślubów. Nałożył go dzisiaj zapewne dlatego, iż była to Noc Zimowa, noc poprzedzająca Bel Tine, w czasie której wszyscy odwiedzają się nawzajem, wymieniając drobne podarunki, jedząc i popijając po trochu w każdym domu.

„Po takiej zimie — myślał Rand — przypuszczalnie uważa Zimową Noc za wystarczający powód i nie chce czekać do jutra".

— Tam! — krzyknął burmistrz, spiesząc ku nim. — Niechże mnie Światłość oświeca, dobrze cię w końcu widzieć. I ciebie też Rand. Jak się masz, mój chłopcze?

— Dobrze, panie al'Vere — odparł Rand. — A pan?

Bran jednak nie odpowiedział, całą swą uwagę zwracając na Tama.

— Już prawie zaczynałem myśleć, że tego roku nie dowieziesz nam brandy. Nigdy dotąd nie czekałem tak długo.

— Nie miałem ochoty opuszczać farmy w taki czas, Bran — odparł Tam. — Te wilki. Ta pogoda.

Bran westchnął ciężko.

— Byłbym szczęśliwy, gdyby ktoś miał ochotę mówić o czymś innym niż o pogodzie. Wszyscy się na nią skarżą, a ludzie, którzy powinni sami wiedzieć lepiej, oczekują ode mnie, że ją poprawię. Ostatnie dwadzieścia minut spędziłem, wyjaśniając pani al'Donel, że nic nie mogę zrobić w sprawie bocianów. Chociaż to, czego ona się po mnie spodziewa…

Pokręcił głową.

— Zły znak — obwieścił skrzypiący głos. — Żaden bocian nie założył gniazda przed Bel Tine. — Cenn Buie, powykrzywiany i sczerniały niczym stary korzeń, kroczył w kierunku Tama i Brana, podpierając się laską prawie tak wysoką jak on sam i równie sękatą. Spojrzeniem okrągłego oka usiłował objąć obu mężczyzn jednocześnie. — Będzie jeszcze gorzej, zapamiętacie moje słowa.

— Cóż to, zostałeś wieszczem interpretującym znaki? — sucho spytał Tam. — Czy też słuchasz wiatru jak Wiedząca? Plotek jest z pewnością wystarczająco dużo. Niektóre powstają niedaleko stąd.

— Kpijcie sobie, jeśli chcecie — zamruczał Cenn. — Ale jeżeli nie będzie wystarczająco ciepło, aby zboża wkrótce wykiełkowały, niejedna piwnica opróżni się, zanim nadejdą zbiory. Następnej zimy jedynymi mieszkańcami Dwu Rzek będą wilki i kruki. O ile w ogóle będzie następna zima. Być może będzie wciąż jedna i ta sama.

— A to co miałoby znaczyć? — rzekł ostro Bran.

Cenn rzucił mu smutne spojrzenie.

— Nie mam nic dobrego do powiedzenia o Nynaeve al'Meara. Wiecie o tym. Z jednej strony jest zbyt młoda, by... Nieważne. Koło Kobiet nie pozwala Radzie Wioski nawet mówić o swoich sprawach, mimo że one wtrącają się do naszych, kiedy tylko chcą, a więc prawie przez cały czas, lub coś koło tego...

— Cenn — wtrącił się Tam — czy są na to jakieś dowody?

— Są dowody, al'Thor. Gdy spytać Wiedzącą, kiedy skończy się zima, to odwraca się i odchodzi. Być może nie chce przekazać nam tego, co powiedział jej wiatr. Być może usłyszała, że zima nie skończy się nigdy. Być może zima będzie trwała dopóty, dopóki Koło się nie obróci i Wiek nie dobiegnie kresu. Oto moje dowody.

— A być może owce zaczną latać — odciął się Tam.

Bran uniósł ręce.

— Niech mnie Światłość chroni przed głupcami. Zasiadasz przecież w Radzie Wioski, czemu więc rozpowszechniasz to, czego naopowiadał Coplin? A teraz posłuchaj. Mamy wystarczająco dużo kłopotów bez...

Rand poczuł silne szarpnięcie za rękaw. Ściszony głos, przeznaczony tylko dla jego uszu, odwrócił uwagę od rozmowy starszych.

— Chodź, Rand, dopóki się kłócą. Zanim zapędzą cię do roboty.

Rand spojrzał w dół i uśmiechnął się. Mat Cauthon przykucnął za wozem w taki sposób, że Tam, Bran i Cenn nie mogli go zobaczyć, chude ciało wygiął jak szyję bociana.

Brązowe oczy jak zwykle iskrzyły się psotą.

— Dav i ja złapaliśmy wielkiego starego borsuka, jest bardzo zły, że wyciągnęliśmy go z nory. Chcemy go wypuścić na Łące i przestraszyć dziewczyny.

Uśmiech Randa stał się szerszy. Pomysł nie wydawał mu się już tak zabawny, jak rok lub dwa lata temu, Mat jednak zdawał się nigdy nie dorastać. Rzucił szybkie spojrzenie na ojca — mężczyźni zbliżywszy głowy, mówili jeden przez drugiego — potem zniżył głos:

— Obiecałem rozładować jabłecznik. Myślę jednak, że spotkamy się później.

Mat wywrócił oczy ku górze.

— Nosić beczki! Niech szczeznę, wolałbym raczej grać w kamienie ze swoją niańką. Dobrze, wiem o ciekawszych rzeczach niż borsuk. Mamy obcych w Dwu Rzekach. Zeszłego wieczoru...

Rand na moment wstrzymał oddech.

— Mężczyzna na koniu? — zapytał z przejęciem. — Człowiek w czarnym płaszczu, na czarnym koniu? W płaszczu, który nie porusza się na wietrze?

Uśmiech zgasł na twarzy Mata, jego głos zmienił się w zachrypły szept.

— Też go widziałeś? Myślałem, że tylko ja. Nie śmiej się, Rand, jestem śmiertelnie przerażony.

— Nie śmieję się. Mnie też wystraszył. Mógłbym przysiąc, że on mnie nienawidzi, że pragnie mnie zabić.

Rand zadrżał. Do dzisiejszego dnia nie wyobrażał sobie, że ktoś mógłby chcieć go zabić, naprawdę chcieć go zabić. Takie rzeczy nie zdarzały się w Dwu Rzekach. Bójki na pięści, pojedynki zapaśnicze, ale nie zabijanie.

— Nie wiem nic o nienawiści, Rand, ale przeraził mnie wystarczająco. Nic nie robił, tylko siedział na koniu i patrzył na mnie, było to tuż za wsią, nigdy w życiu nie byłem tak przestraszony. Przestałem patrzeć tylko na chwilę, nie było to łatwe, sam pomyśl, a kiedy spojrzałem znowu, on zniknął. Krew i popioły! To się stało trzy dni temu, a ja wciąż nie mogę przestać o tym myśleć. Ciągle oglądam się za siebie. — Mat usiłował się roześmiać, ale dźwięk, jaki z siebie wydobył, bardziej przypominał krakanie. —Śmieszne, jak przerażenie może zawładnąć człowiekiem. Myśli się o dziwnych rzeczach. Teraz pomyślałem, w tej chwili, wyobraź sobie, że mógł to być sam Czarny.

Znowu próbował się roześmiać, lecz tym razem w ogóle nie wydobył z siebie głosu.

Rand głęboko wciągnął powietrze. Zwyczajnie dla przypomnienia oraz być może też z innych powodów, wyrecytował:

— Czarny oraz wszyscy Przeklęci, uwięzieni są w Shayol Ghul, za Wielkim Ugorem, uwięzieni przez Stwórcę w momencie Stworzenia, uwięzieni po kres czasu. Dłoń Stwórcy chroni świat, a Światłość opromienia nas wszystkich. — Wciągnął powietrze i kontynuował: — A nawet jeśliby się uwolnił, cóż miałby robić Pasterz Nocy w Dwu Rzekach, obserwując farmerów?

— Nie mam pojęcia. Ale wiem na pewno, że ten jeździec jest... złem. Nie śmiej się. Przysięgam. Może to był Smok.

— Jesteś pełen radosnych myśli, nieprawdaż? — mruknął Rand. — Mówisz gorsze rzeczy niż Cenn.

— Matka zawsze mówiła, że Przeklęci przyjdą mnie porwać, jeżeli się nie poprawię. Jeśli kiedykolwiek widziałem kogoś, kto mógł wyglądać jak Ishamael czy Aginor, to był właśnie on.

— Każda matka straszy dzieci Przeklętymi — powiedział sucho Rand — lecz większość z nich z tego wyrasta. Dlaczego nie miałby to być Pomor, jeśli już przy tym jesteśmy?

Mat popatrzył na niego.

— Nie byłem tak przerażony od... Nie, nigdy nie byłem tak przerażony, nie chciałem się tylko do tego przyznać.

— Ja również. Ojciec myślał, że przestraszyłem się cieni drzew.

Mat posępnie pokiwał głową, po czym oparł się o koło.

— Mój też tak myśli. Powiedziałem tylko Davowi i Elamowi Dowtry. Od tego czasu wypatrują jak jastrzębie, ale niczego nie widzieli. Teraz Elam myśli, że usiłowałem go nabrać. Dav uważa, że jeździec jest z dołu, z Taren Ferry, że to złodziej owiec albo kurczaków. Złodziej kurczaków!

Zamilkł obrażony.

— Tak czy siak, to wszystko pewnie głupstwa — stwierdził ostatecznie Rand. — Może to rzeczywiście tylko złodziej owiec.

Usiłował sobie to wyobrazić, ale było to równie skuteczne, jak wyobrażanie sobie wilka zajmującego kocie miejsce przed mysią dziurą.

— A mnie nie podobał się sposób, w jaki na mnie patrzył. Tobie również, sądząc ze sposobu, w jaki o tym mówisz. Powinniśmy o tym komuś opowiedzieć.

— Zrobiliśmy to już, Mat, i nikt nam nie uwierzył. Możesz sobie wyobrazić przekonywanie pana al'Vere, który go nigdy nie widział? Wysłałby nas do Nynaeve, żeby sprawdziła, czy nie jesteśmy chorzy.

— Teraz jest nas dwóch. Nikt nie uwierzy, że obaj to sobie wymyśliliśmy.

Rand podrapał się po głowie, zastanawiając się, co powiedzieć. Mat był kimś w rodzaju wioskowego błazna. Niewielu ludzi uniknęło jego kawałów. Jego imię pojawiało się zawsze tam, gdzie pranie spadło ze sznura w błoto lub gdy rozluźniony popręg zrzucał kogoś na drogę. Mata nie musiało być w pobliżu. Jego poparcie mogło więc być gorsze niż żadne.

Po chwili Rand powiedział:

— Twój ojciec mógłby pomyśleć, że namówiłeś mnie do tego, a mój…

Popatrzył ponad wozem, tam gdzie mężczyźni rozmawiali i stwierdził, że ojciec patrzy na niego. Burmistrz wciąż pouczał Cenna, który przyjmował połajanki w ponurym milczeniu.

— Dzień dobry, Matrim! — przywitał się serdecznie Tam, stawiając beczułkę brandy na burcie wozu. — Widzę, że przyszedłeś pomóc Randowi rozładować jabłecznik, dobry chłopcze.

Przy pierwszych słowach Mat zerwał się na nogi i natychmiast zaczął się wycofywać.

— Dzień dobry panu, panie al'Thor. I panu, panie al'Vere. Panie Buie. Niech Światłość was opromienia. Tato właśnie wysłał mnie, abym…

— Pomógł, oczywiście — powiedział Tam. — I nie ma również wątpliwości, ponieważ jesteś chłopcem, który wykonuje swoje zadania od razu. Sądzi, że dawno już to załatwiłeś. Dobrze więc, im szybciej wniesiecie jabłecznik do piwnicy pana al'Vere, tym szybciej zobaczycie barda.

— Bard! — wykrzyknął Mat, który zamierał bez ruchu każdorazowo, gdy Bran go zagadnął. — Kiedy on tu będzie?

Odkąd Rand pamiętał, jedynie dwóch bardów przybyło do Dwu Rzek. Za pierwszym razem był jeszcze tak mały, że oglądał go, siedząc na ramionach Tama. Gościć tu jednego teraz, podczas Bel Tine, z harfą, fletem, opowieściami i wszystkim… Pole Emonda będzie mówić o tym święcie jeszcze przez dziesięć lat, nawet gdyby nie było żadnych fajerwerków.

— Głupstwa — zamruczał Cenn, ale ucichł, gdy Bran spojrzał na niego z całym majestatem urzędu burmistrza.

Tam oparł się o wóz, używając beczułki brandy jako podpórki dla ramienia.

— Tak, bard już jest tutaj. Zgodnie z tym, co mówi pan al'Vere, właśnie znajduje się w pokoju w oberży.

— Przyjechał w środku nocy. — Karczmarz potrząsnął głową z dezaprobatą. — Dobijał się do drzwi, aż obudził całą rodzinę. Gdyby nie święto, kazałbym mu zaprowadzić konia do stajni i spać tam razem z nim, bard czy nie bard. Wyobraźcie sobie, przyjeżdżać tak po nocy.

Rand spojrzał na niego ze zdumieniem. Nikt nocami nie podróżował poza wioską, nie teraz, i z pewnością nie sam. Strzecharz zamruczał znowu, zbyt cicho tym razem, by Rand zrozumiał więcej niż jedno czy dwa słowa: „szaleniec" oraz „nienaturalne".

— Nie nosił czarnego płaszcza, prawda? — spytał nagle Mat.

Brzuch Brana trząsł się ze śmiechu, kiedy mówił:

— Czarny! Jego płaszcz jest taki sam jak płaszcze wszystkich bardów. Więcej łat niż płaszcza i więcej kolorów, niż można sobie wyobrazić.

Rand roześmiał się głośno, śmiechem czystej ulgi. Groźny jeździec w czerni jako bard był pomysłem śmiesznym, ale... W zamyśleniu przyłożył dłoń do ust.

— Widzisz, Tam — rzekł karczmarz. — Tak mało było śmiechu w wiosce, odkąd nadeszła zima. Teraz wywołuje go nawet płaszcz barda. Samo to warte jest kosztów sprowadzenia go z Baerlon.

— Mów, co chcesz — odezwał się nagle Cenn. — Ja nadal twierdzę, że to głupie marnotrawienie pieniędzy. I te fajerwerki, na które się tak uparliście.

— A więc będą fajerwerki — rzekł Mat.

— Powinny już być tutaj miesiąc temu — ciągnął dalej Cenn — wraz z pierwszym tegorocznym handlarzem, ale on jeszcze się nie pojawił, prawda? Jeżeli nie przyjedzie do jutra, to co potem z nimi zrobimy? Mamy zorganizować następne święto tylko po to, aby je zużyć? Oczywiście, jeśli w ogóle je przywiezie.

— Cenn — westchnął Tam. — Masz w sobie tyle wiary, co człowiek z Taren Ferry.

— Więc gdzie on jest? Powiedz mi, al'Thor.

— Dlaczego nam nie powiedziałeś? — dopytywał się skrzywdzonym głosem Mat. — Cała wieś miałaby równie dużo radości z czekania co z barda, w każdym razie prawie tyle. Zobaczysz, jak się wszyscy przejmą samą pogłoską o fajerwerkach.

— Zobaczę — odparł Bran, obdarzając strzecharza długim spojrzeniem. — I jeżeli dowiem się, jak te wieści zaczęły się rozchodzić... Jeżeli zauważę, na przykład, że ktoś skarży się na niektóre rzeczy, w miejscach, gdzie mogą go słyszeć inni ludzie, podczas gdy te rzeczy mają być trzymane w sekrecie...

Cenn przełknął ślinę.

— Moje kości są za stare na ten wiatr. Jeżeli nie macie nic przeciwko temu, sprawdzę, czy pani al'Vere nie da mi trochę korzennego wina, by wygnać ziąb. Burmistrzu. Al'Thor.

Nim jeszcze skończył, już szedł w kierunku gospody. Kiedy zamknęły się za nim drzwi, Bran westchnął.

— Czasami myślę, że Nynaeve ma rację... Cóż, w tej chwili to nieistotne. Młodzi przyjaciele, pomyślcie przez chwilę. Wszyscy są podnieceni fajerwerkami, ale to tylko pogłoska. Pomyślcie, jakby się czuli, po całym tym czekaniu, gdyby handlarz nie zdążył na czas. A przy takiej pogodzie zupełnie nie wiadomo, kiedy przybędzie. Będą pięćdziesiąt razy bardziej zainteresowani bardem.

— I czuliby się pięćdziesiąt razy gorzej, gdyby nie przyjechał — powiedział wolno Rand. — Nawet Bel Tine nie podbudowałoby ich po tym wszystkim.

— Masz głowę na karku, kiedy decydujesz się jej używać — rzekł Bran. — Któregoś dnia Rand zastąpi cię w Radzie Wioski, Tam. Zapamiętaj moje słowa. W obecnej chwili na pewno nie zrobiłby więcej złego niż ktoś, kogo mógłbym wymienić.

— Nie wyładujemy wozu gadaniem — powiedział energicznie Tam, podając pierwszą beczułkę brandy burmistrzowi. — Mam ochotę na ciepło ogniska, fajkę i kufel twego znakomitego ale. — Zarzucił drugą beczułkę na ramię. — Jestem pewien, że Rand będzie ci wdzięczny za pomoc, Matrimie. Pamiętajcie, im szybciej wino znajdzie się w piwnicy...

Gdy Tam i Bran zniknęli w gospodzie, Rand popatrzył na przyjaciela.

— Nie musisz nosić. Dav nie utrzyma długo tego borsuka.

— Dlaczego nie? — spytał zrezygnowanym głosem Mat. — Jak twój tato powiedział, im szybciej będzie w piwnicy... — Podtrzymując beczułkę jabłecznika oburącz, pospieszył ku oberży. — Może Egwene jest gdzieś w pobliżu. Widok ciebie, wpatrującego się w nią jak ogłuszony wół, będzie równie dobry jak borsuk.

Rand przerwał na chwilę pakowanie łuku i kołczanu. Rzeczywiście, udało mu się wyrzucić ją ze swego umysłu. Samo w sobie było to dziwne. Ale ona i tak, prawdopodobnie, znajdowała się gdzieś w okolicy karczmy. Raczej nie miał szansy uniknąć tego spotkania. Prawda, upłynęły już tygodnie, odkąd widział ją po raz ostatni.

— No i co? — zawołał Mat. — Nie powiedziałem, że zrobię to sam. Nie jesteś jeszcze w Radzie Wioski.

Rand podniósł beczkę i ruszył za nim. Być może w ogóle jej tu nie będzie. Dziwne, ale ta możliwość nie sprawiła, żeby poczuł się lepiej.

ROZDZIAŁ 2

OBCY

Podczas gdy Rand i Mat przenosili pierwsze baryłki przez główną salę gospody, pan al'Vere zdążył już napełnić dwa kufle najlepszym brunatnym trunkiem, ale własnej roboty, utoczonym z beczułek zawieszonych na ścianie. Na ich szczycie przysiadł, otuliwszy łapy ogonem, Pazur, żółty kocur karczmarza. Tam przystanął przed wielkim kominkiem zbudowanym z rzecznego kamienia. W ręku trzymał długą fajkę wypełnioną tytoniem, który oberżysta przechowywał w eleganckiej puszce na gładkim gzymsie kominka. Sięgające do ramienia nadproże kominka zajmowało połowę ściany dużego, kwadratowego pomieszczenia. Trzaskający w palenisku ogień skutecznie przeganiał panujący na dworze chłód.

W dniu tak pełnym różnych zajęć, jakim jest wigilia Święta, Rand spodziewał się zastać w sali najwyżej Brana oraz swego ojca, no, może ewentualnie jeszcze kota, jednak na krzesłach z wysokimi oparciami, otoczeni chmurą niebieskiego dymu, siedzieli czterej członkowie Rady Wioski. Był z nimi Cenn. Tym razem nikt nie grał w kamienie, a wszystkie książki Brana stały równym rzędem na półce naprzeciw kominka. Nawet nie rozmawiano. Mężczyźni w milczeniu wpatrywali się w swoje kufle i niecierpliwie ssali fajki, czekając, aż Tam i Bran dołączą do nich.

W te dni zmartwienia były powszechnym udziałem członków Rad Wiosek, tak w Polu Emonda, jak i we Wzgórzu Czat, czy w Deven Ride. A nawet w Taren Ferry, chociaż tak naprawdę któż mógłby wiedzieć, co właściwie ludzie z Taren Ferry myślą o jakichkolwiek sprawach?

Oprócz dwu mężczyzn — kowala Harala Luhhana i młynarza Jona Thana — żaden z siedzących przy kominku nie zaszczycił spojrzeniem wchodzących chłopców. Potężnie umięśnione ramiona kowala były tak grube jak uda większości mężczyzn, wciąż miał na sobie długi skórzany fartuch, jakby przybiegł na spotkanie wprost z kuźni. Obrzucił chłopców przeciągłym spojrzeniem pełnym dezaprobaty, potem w wystudiowany sposób odwrócił się na krześle, powracając do swej fajki z długim ustnikiem.

Rand, zaciekawiony, zwolnił kroku, chwilę później jednak z trudem powstrzymał okrzyk. To Mat kopnął go w kostkę. Przyjaciel kilkakrotnie kiwnął głową w kierunku tylnych drzwi sali, a następnie szybko ruszył w ich kierunku. Nieznacznie powłócząc nogami, Rand wolno poszedł za nim.

— O co chodzi tym razem? — domagał się wyjaśnień, gdy tylko znaleźli się w korytarzu wiodącym do kuchni. — Omal nie złamałeś mi...

— To stary Luhhan — powiedział Mat, spoglądając ponad ramieniem Randa w kierunku sali. — Pewnie podejrzewa, że to ja...

Przerwał raptownie, gdy w drzwiach kuchni, wiodąc za sobą zapach świeżego chleba, pojawiła się pani al'Vere.

Na tacy niosła pikle, ser i świeżo upieczony bochenek, jeden z tych, którym słusznie zawdzięczała swoją sławę w okolicach Pola Emonda. Ten widok przypomniał Randowi, że właściwie od czasu, gdy zjadł kromkę chleba przed opuszczeniem farmy, nic jeszcze dzisiaj nie miał w ustach. Zaczęło mu żenująco burczeć w brzuchu.

Pani al'Vere, smukła kobieta, z grubym warkoczem siwiejących włosów przerzuconym przez ramię, objęła ich obu macierzyńskim uśmiechem.

— Jest tego więcej w kuchni, gdybyście byli głodni, a przyznam się, że nie spotkałam jeszcze chłopców w waszym wieku, którzy by nie mieli ochoty na jedzenie. Chłopców w jakimkolwiek wieku, jeżeli już o to chodzi. Może jednak będziecie woleli miodowe ciastka? Upiekłam je dziś rano...

Była jedną z niewielu zamężnych kobiet w okolicy, które nie próbowały odgrywać wobec Tama roli swatki. Jej macierzyński stosunek do Randa nigdy nie przekroczył granicy ciepłych uśmiechów i podsuwanych przekąsek, w ten sam sposób zresztą traktowała wszystkich mieszkających w okolicy młodzieńców. Od czasu do czasu patrzyła na niego w taki sposób, jakby chciała zrobić coś więcej, zawsze jednak poprzestawała na samych spojrzeniach i za to Rand był jej głęboko wdzięczny.

Nie czekając na odpowiedź, weszła do sali, a chwilę później panującą w niej ciszę wypełniły odgłosy odsuwania krzeseł, wydawane przez wstających mężczyzn i głośne okrzyki zachwytu, wywołane zapachem chleba. Pani al'Vere była bez wątpienia najlepszą kucharką w Polu Emonda, w promieniu wielu mil nie znalazłoby się mężczyzny, który nie miałby ochoty skwapliwie skorzystać z okazji, aby zasiąść przy jej stole.

— Miodowe ciastka — ucieszył się Mat, oblizując wargi.

— Potem — stanowczo odrzekł Rand. — W przeciwnym razie nigdy tego nie skończymy.

Dwie lampy, jedna umieszczona tuż za kuchennymi drzwiami, druga zaś dokładnie nad piwnicznymi schodami, zatapiały kamienne mury pomieszczenia w kałuży światła. Tylko w najbardziej odległych kątach czaiła się odrobina mroku. Wzdłuż ścian i w poprzek podłogi, na drewnianych stojakach stały baryłki z brandy i jabłecznikiem oraz większe beczułki pełne ale i wina. Niektóre z nich miały wprawione kurki. Na wielu beczkach z winem, wykonane ręką oberżysty napisy oznaczały rok zakupu, imię handlarza, który je dostarczył oraz miejsce produkcji. Brandy i ale natomiast pochodziły od rodzimych farmerów z Dwu Rzek albo też stanowiły wyrób samego Brana. Handlarze, a nawet kupcy czasami przywozili ze sobą brandy, ale nigdy jednak nie były one tak dobre, jak produkt rodzimy, a ponadto kosztowały dużo, toteż nikt nie próbował ich więcej niż raz.

— Teraz — rzekł Rand, gdy kładli baryłki na stojakach — powiedz mi, co takiego zrobiłeś, że musisz unikać pana Luhhana?

Mat wzruszył ramionami.

— Naprawdę nic. Powiedziałem tylko Adanowi al'Caar i jego smarkatym przyjaciołom, Ewinowi Finngarowi oraz Dagowi Coplinowi, że kilku farmerów widziało w lesie zionące ogniem upiory psów. Połknęli to bez zmrużenia oka.

— I za to pan Luhhan jest na ciebie wściekły? — zapytał z niedowierzaniem Rand.

— Nie tylko — Mat przerwał i potrząsnął głową. — Widzisz, obsypałem mąką dwa jego psy tak, że były zupełnie białe. Potem spuściłem je w pobliżu chaty Daga. Skąd miałem wiedzieć, że pobiegną prosto do domu? To naprawdę nie była moja wina. Gdyby pani Luhhan nie zostawiła otwartych drzwi, nigdy by nie weszły do środka. I wcale nie chciałem zasypywać całego jej domu mąką. — Parsknął śmiechem. — Słyszałem później, że wszystkich troje, to znaczy psy i starego Luhhana, wygoniła miotłą na zewnątrz.

Rand zmarszczył czoło, lecz nie mógł powstrzymać się od śmiechu.

— Na twoim miejscu bardziej obawiałbym się Alsbet Luhhan niż kowala. Jest niemalże tak samo silna jak on, za to o wiele bardziej porywcza. Zresztą mniejsza o to. Jeżeli przejdziesz szybko, może cię nie zauważy.

Wyraz twarzy Mata wyraźnie wskazywał, że nie traktuje uwagi Randa jako śmiesznej.

Kiedy jednak wrócili do sali, okazało się, że Mat nie musi się spieszyć. Mężczyźni siedzieli w szóstkę przed kominkiem, ich krzesła były zsunięte razem. Odwrócony plecami do ognia Tam mówił coś przyciszonym głosem, a pozostali słuchali z takim natężeniem, że przypuszczalnie nie zauważyliby, gdyby ktoś przegnał przez gospodę stado owiec. Rand chciał podejść bliżej, by usłyszeć, o czym rozmawiają, lecz Mat szarpnął go za rękaw i obdarzył umęczonym spojrzeniem. Westchnął więc tylko i poszedł do wozu.

Kiedy na powrót znaleźli się w korytarzu, na szczycie schodów stała taca, a powietrze wypełniał słodki aromat miodowego ciasta. Obok parującego dzbana grzanego cydru stały dwa kufle. Pomimo tego, iż sam się napominał, aby poczekać z jedzeniem, aż skończą pracę, Rand zorientował się nagle, że dwa ostatnie kursy pomiędzy wozem a piwnicą pokonuje, usiłując niezdarnie żonglować baryłką i gorącym kawałkiem ciasta.

Ustawił ostatnią baryłkę na stojaku. Mat również uwolnił się od swojego ciężaru, otarł okruchy z ust i powiedział:

— A co do bar…

Czyjeś kroki zastukały na schodach. Spieszący się Ewin Finngar niemal wpadłby do piwnicy. Jego okrągłą twarz rozjaśniało niecierpliwe pragnienie zakomunikowania najnowszych wieści.

— Obcy są w wiosce. — Przerwał na chwilę, by złapać oddech i obrzucił Mata gniewnym spojrzeniem. — Nie widziałem żadnych psów upiorów, ale słyszałem, że ktoś obsypał mąką psy pana Luhhana. Słyszałem także, że pani Luhhan wie, kogo za to winić.

Różnica wieku pomiędzy Matem i Randem a Ewinem, który miał tylko czternaście lat, zazwyczaj aż nadto wystarczała, by zlekceważyć to, co miał do powiedzenia. Teraz jednak przyjaciele wymienili tylko zaskoczone spojrzenia, a po chwili zaczęli mówić obaj naraz.

— W wiosce? — zapytał Rand. — Nie w lesie?

A Mat natychmiast dodał:

— Miał czarny płaszcz? A widziałeś jego twarz?

Ewin niepewnie popatrywał na ich twarze, dopiero kiedy Mat groźnie postąpił krok w jego kierunku, szybko zaczął mówić:

— Oczywiście, że widziałem jego twarz. A jego płaszcz jest zielony. A może szary. Zmienia się. Ten kolor zlewa się z otoczeniem. Czasami, jeśli się nie porusza, w ogóle nie można go spostrzec. A jej płaszcz jest błękitny, taki jak niebo i dziesięć razy bardziej strojny niż wszystkie świąteczne ubiory, jakie dotąd widziałem. A ona sama jest dziesięć razy ładniejsza niż wszyscy ludzie, których w swoim życiu spotkałem. Na pewno jest szlachetnie urodzoną damą, taką jak w opowieściach. Musi być.

— Ona? — zapytał Rand. — O kim ty mówisz?

Spojrzał na Mata, który chwycił się rękoma za głowę, mocno zaciskając powieki.

— To ludzie, o których miałem ci powiedzieć — wymamrotał Mat — zanim zapędziłeś mnie do… — Przerwał, otworzył oczy i ostro spojrzał na Ewina. — Przyjechali zeszłego wieczoru — podjął po chwili — i zatrzymali się w gospodzie. Widziałem, jak przyjechali. Widziałem ich konie, Rand. Nigdy przedtem nie widziałem koni tak wysokich, o tak lśniącej sierści. Wyglądały, jakby mogły biec bez końca. Myślę, że on dla niej pracuje.

— Służy — wtrącił się Ewin. — W opowieściach nazywają to służbą.

Mat mówił dalej, jakby nic nie słyszał.

— W każdym razie podporządkowuje się jej, robi wszystko, co ona każe. Tylko, że nie wygląda jak służący. Raczej jak żołnierz. Nosi miecz tak, jakby to była część jego ciała, jak ręka czy stopa. Straż kupców wyglądałaby przy nim jak kundle. No i ona, Rand. Nawet w snach nigdy nie wyobrażałem sobie nikogo takiego jak ona. Ona jest jak... jak...

Przerwał i obdarzył Ewina kwaśnym spojrzeniem.

— ...jak szlachetnie urodzona dama — skończył z westchnieniem.

— Ale kim oni są? — zapytał Rand.

Oprócz kupców, przyjeżdżających raz do roku po tytoń i wełnę, oraz handlarzy, obcy nigdy lub prawie nigdy nie pojawiali się w Dwu Rzekach. Może bywali w Taren Ferry, ale na pewno nie docierali tak daleko na południe. Większość kupców i handlarzy przyjeżdżała tu stale od lat, toteż nie byli tak naprawdę obcy. Ot, po prostu, ludzie z zewnątrz. Dobre pięć lat upłynęło od czasu, gdy ktoś naprawdę obcy pojawił się w Polu Emonda. Tamten człowiek uciekał przed jakimiś kłopotami, które miał w Baerlon, a których charakteru nikt w wiosce nie rozumiał. Zresztą i tak nie zabawił długo.

— Czego oni chcą?

— Czego chcą?! — wykrzyknął Mat. — Nie dbam o to, czego chcą. Obcy, Rand, i to obcy, o jakich nigdy nie śniłeś. Pomyśl o tym!

Rand otworzył usta, chcąc coś powiedzieć, ale po chwili zrezygnował. Wspomnienie jeźdźca w czarnym płaszczu powodowało, że czuł się jak kot w okolicy pełnej psów. Troje obcych w wiosce, w tym samym czasie — to wyglądało na zupełnie nieprawdopodobny zbieg okoliczności. Troje, oczywiście pod warunkiem, że zmiennokolorowy płaszcz jednego z nich nigdy nie przybierał barwy czarnej.

— Ona nosi imię Moiraine — odezwał się Ewin, korzystając

z chwili ciszy. — Słyszałem, jak on je wypowiedział. Mówił do niej Moiraine. Lady Moiraine. Wiedząca może jej nie lubić, ale ja się z nią nie zgadzam.

— Dlaczego sądzisz, że Nynaeve jej nie lubi? — zapytał Rand.

— Dzisiejszego poranka pytała Wiedzącą o drogę — odparł Ewin — i nazwała ją „dzieckiem".

Rand i Mat cicho gwizdnęli przez zęby, a Ewin aż zająknął się, tak niecierpliwie pragnął wszystko wyjaśnić.

— Lady Moiraine nie wiedziała, z kim rozmawia. Zrozumiawszy, później bardzo przepraszała. Naprawdę. Potem zadała jej kilka pytań o różne zioła, o to, kto jest kim w Polu Emonda, a wszystko z szacunkiem takim, jaki okazują kobiety w wiosce, z większym nawet niż niektóre z nich. Przez cały czas zadawała pytania, o to, ile kto ma lat i jak długo mieszka tutaj i... ojej, nie pamiętam, o co jeszcze. W każdym razie Nynaeve odpowiadała z takim wyrazem twarzy, jakby się najadła zielonych jagód. Później, gdy lady Moiraine odchodziła, patrzyła za nią takim wzrokiem, jak... cóż, nie było to przyjacielskie, możecie mi wierzyć.

— To wszystko? — zapytał Rand. — Znacie usposobienie Nynaeve. Kiedy w zeszłym roku Cenn Buie nazwał ją dzieckiem, uderzyła go laską w głowę, mimo że jest członkiem Rady Wioski, a ponadto mógłby być jej dziadkiem. Łatwo denerwuje ją byle co, ale nigdy długo nie chowa urazy.

— W tym przypadku dla mnie to jednak trwa zbyt długo — wymamrotał Ewin.

— Nie dbam o to, kogo Nynaeve bije — zaśmiał się Mat — dopóki to nie jestem ja. Zapowiada się najwspanialsze Bel Tine ze wszystkich, jakie dotąd były. Bard, dama... któż mógłby chcieć więcej? Komu potrzebne są fajerwerki?

— Bard? — zapytał Ewin podnieconym głosem.

— Chodź, Rand. — Mat ruszył, zupełnie ignorując pytanie. — Tu już skończyliśmy. Musisz zobaczyć tego człowieka.

Wbiegł po schodach na górę. Ewin gramolił się za nim, wołając:

— Naprawdę przyjechał bard, Mat? To nie tak, jak z tymi psami upiorami, prawda? Albo z żabami?

Rand przystanął na moment, aby zgasić lampę, a potem pospieszył za nimi.

Siedzące w sali przy kominku grono powiększyło się o Rowana Hurna i Samela Crawe, tak że cała Rada Wioski była w komplecie. Mówił teraz Bran al'Vere — jego normalnie gromki głos był tak ściszony, że poza ścisły krąg krzeseł wydostawało się tylko głuche mamrotanie. Burmistrz podkreślał swoje słowa, uderzając grubym palcem wskazującym w grzbiet drugiej dłoni i wpatrując się w każdego z mężczyzn po kolei. Tamci kiwali głowami, zgadzając się z każdym jego słowem, może tylko Cenn robił to z pewnym ociąganiem.

Widok grupy mężczyzn, skupionych tak ciasno, że niemalże napierających na siebie, posiadał wymowę bardziej jednoznaczną, niż gdyby powiesili sobie nad głowami znak zakazujący wstępu. O czymkolwiek mówili, było to przeznaczone wyłącznie dla Rady Wioski, przynajmniej na jakiś czas. Z pewnością nie podobałoby im się, gdyby Rand próbował słuchać. Ociągając się, powędrował do wyjścia. Jest przecież jeszcze bard. No i ci obcy.

Beli i wozu już nie było, zajął się nimi jeden ze stajennych oberżysty, Hu albo może Tad. Przed wejściem, spoglądając na siebie, stali Mat i Ewin, ich płaszcze łopotały na wietrze.

— Mówię ci po raz ostatni — warknął Mat. — Nie oszukuję cię. Naprawdę przyjechał bard. A teraz idź już sobie. Rand, mógłbyś powiedzieć tej kapuścianej głowie, że mówię prawdę i żeby zostawił mnie w spokoju?

Rand ściągnął poły płaszcza i ruszył naprzód, by wesprzeć Mata, lecz nagle poczuł delikatne mrowienie w karku i niewypowiedziane słowa zamarły mu na ustach. Był obserwowany. Uczucie, które go opanowało, nie było tak przykre, jak podczas spotkania z zamaskowanym jeźdźcem, lecz mimo to wcale nie było nazbyt przyjemne, zwłaszcza że wciąż miał w pamięci tamto zdarzenie.

Szybki rzut oka na Łąkę ukazał mu tylko to, co już widział przedtem — bawiące się dzieci, ludzi przygotowujących Święto. Nikt nie patrzył w jego kierunku. Wiosenny Słup stał na uboczu, gotowy do ceremonii. Krzątanina i dziecięce okrzyki wypełniały boczne uliczki. Wszystko było tak, jak być powinno. Wyjąwszy to, że ktoś go obserwował.

Nagle coś skłoniło go do odwrócenia się i uniesienia wzroku. Na krawędzi krytego dachówką dachu karczmy siedział wielki kruk, chwiejąc się lekko w podmuchach porywistego wiatru wiejącego od gór. Głowę trzymał przekrzywioną w bok, a jedno paciorkowate oko było wpatrzone…

„We mnie" — pomyślał Rand.

Przełknął ślinę, nagle zawrzał w nim gniew.

— Parszywy padlinożerca — zamruczał.

— Męczy mnie już to wgapianie się — warknął Mat, a Rand zdał sobie sprawę, że przyjaciel stoi tuż za nim i z dezaprobatą patrzy na ptaka.

Ich oczy spotkały się i jak jeden mąż sięgnęli po kamienie.

Celnie rzucone odłamki skał przecięły powietrze… ale kruk się odsunął, pociski trafiły w pustkę. Ptak raz tylko machnął skrzydłami i ponownie przekrzywił głowę, kierując na nich nieruchome spojrzenie, zupełnie spokojny, jakby nic przed chwilą nie zaszło.

Rand osłupiały wpatrywał się w niego.

— Czy widziałeś kiedykolwiek, żeby kruk się tak zachowywał? — zapytał cicho.

Mat potrząsnął głową, nie spuszczając wzroku z kruka.

— Nigdy. Żaden ptak się tak nie zachowuje.

— Nikczemny ptak — usłyszeli za sobą kobiecy głos, melodyjny pomimo dźwięczącego w nim tonu niesmaku — któremu nie należy ufać nawet w najlepszych czasach.

Z przenikliwym krzykiem kruk poderwał się do lotu. Uczynił to tak gwałtownie, że aż zgubił dwie czarne lotki, które powoli spadły na ziemię.

Mat i Rand odwrócili się zaskoczeni i obserwowali, jak ptak odlatuje ponad Łąką w kierunku tonących w chmurach Gór Mgły, wysoko ponad Zachodnim Lasem, jak wreszcie maleje do rozmiarów kropki i znika na zachodzie.

Rand popatrzył na kobietę. Ona również obserwowała odlot kruka, lecz w tym samym momencie odwróciła się i ich spojrzenia się spotkały. Z pewnością była to lady Moiraine, bo wyglądała dokładnie tak, jak ją opisali Mat oraz Ewin. A nawet jeszcze wspanialej. Mógł tylko patrzeć w osłupieniu.

Kiedy usłyszał, że nazwała Nynaeve dzieckiem, wyobrażał sobie, że musi być stara — ale nie była. Ostatecznie nie potrafił w ogóle określić jej wieku. Początkowo myślał nawet, że jest tak młoda jak Nynaeve, ale im dłużej patrzył, tym wydawała mu się starsza. W jej ogromnych, ciemnych oczach kryła się dojrzałość, jaka nikomu nie jest dana w młodości. Przez chwilę wydawało mu się, że te oczy są jak głębokie studnie, że się w nich topi. Zrozumiał też, dlaczego Mat i Ewin określili ją jako damę z opowieści barda. W jej postawie była szlachetność, a otaczająca ją atmosfera władzy spowodowała, że Rand poczuł się nagle niezgrabny i niezręczny. Była niska, sięgała mu zaledwie do klatki piersiowej, ale w prezencji miała coś takiego, co kazało wierzyć, że taki wzrost jest właśnie najbardziej stosowny, toteż Rand poczuł się nagle zupełnie, nieodpowiednio duży.

Była całkowicie inna niż wszyscy ludzie, których dotąd spotkał. Szeroki kaptur jej płaszcza ocieniał twarz i miękkie ciemne loki. Nigdy jeszcze nie widział dorosłej kobiety z nie zaplecionymi włosami. W Dwu Rzekach każda dziewczyna z niecierpliwością oczekiwała chwili, gdy Koło Kobiet jej wioski orzeknie, że jest już wystarczająco dorosła, aby nosić warkocz. Ubiór lady Moiraine był równie dziwny. Płaszcz z błękitnego aksamitu obrzeżony był grubym srebrnym haftem w kształcie liści, kwiatów i pnączy. Ciemniejsza od płaszcza, niebieska suknia z kremowymi cięciami, leciutko połyskiwała. Naszyjnik z ciężkich złotych ogniw wisiał na piersiach. Dużo delikatniejszy łańcuszek spinał jej włosy, rozbłyskując na czole niebieskim kamieniem. Szeroka złota plecionka opinała talię, a na środkowym palcu lewej ręki nosiła złoty pierścień w kształcie węża pożerającego własny ogon. Rand oczywiście nigdy nie widział jeszcze takiego pierścienia, lecz rozpoznał Wielkiego Węża, symbol wieczności, starszy nawet niż Koło Czasu.

„Bardziej zdobne niźli jakikolwiek ubiór świąteczny" — powiedział przedtem Ewin i miał rację. Nigdy nikt nie ubierał się tak w Dwu Rzekach. Nigdy.

— Dzień dobry pani… ekhm, lady Moiraine — zająknął się Rand, czując jednocześnie, że się rumieni.

Uśmiechnęła się, a Rand poczuł, że bardzo chciałby coś dla niej zrobić, coś, co usprawiedliwiłoby dalszą jego obecność przy niej. Zdawał sobie sprawę, że ten uśmiech jest przeznaczony dla wszystkich, niemniej czuł się tak, jakby skierowany był wyłącznie do niego. Było naprawdę jakby w urzeczywistnionej opowieści barda. Na twarzy Mata zastygł głupawy uśmiech.

— Znacie moje imię — powiedziała uradowana.

Jak gdyby nie rozumiała, że jej obecność w wiosce, choćby nie wiadomo jak krótka, dostarczy tematu do rozmów przynajmniej na rok.

— Ale musicie mówić do mnie Moiraine, a nie lady. A jak wy się nazywacie?

Ewin wyrwał się, zanim któryś z przyjaciół był w stanie cokolwiek wykrztusić.

— Nazywam się Ewin Finngar, pani. Ja im powiedziałem, jak masz na imię, i stąd wiedzą. Słyszałem, jak wypowiadał je Lan, ale wcale nie podsłuchiwałem. Dotychczas nikt taki jak ty, pani, nigdy nie pojawił się w Polu Emonda. Na Bel Tine przyjechał także bard. I dzisiaj jest Zimowa Noc. Czy przyjdziesz do mego domu? Matka upiekła ciastka z jabłkami.

— Będę musiała się zastanowić — odpowiedziała, kładąc Ewinowi dłoń na ramieniu. W jej oczach błysnęło rozbawienie, lecz wyraz twarzy nie uległ zmianie. — Nie wiem, czy jestem w stanie konkurować z bardem, Ewinie. Natomiast wszyscy musicie mówić do mnie Moiraine. — Spojrzała wyczekująco na Randa i Mata.

— Ja nazywam się Matrim Cauthon, la… ekhm, Moiraine — odrzekł Mat. Wykonał sztywny, niezgrabny ukłon i oblał się rumieńcem.

Rand zastanawiał się, czy też powinien coś takiego zrobić, tak jak o tym słyszał w opowieściach, lecz gdy zobaczył efekt usiłowań Mata, poprzestał na zwykłym wypowiedzeniu swego imienia. Tym razem udało mu się nie zająknąć.

Moiraine patrzyła na przemian to na niego, to na Mata. Rand pomyślał, że jej uśmiech, samymi kącikami ust, przypomina sposób, w jaki uśmiecha się Egwene, kiedy coś ukrywa.

— Mogę mieć od czasu do czasu kilka drobnych spraw do załatwienia — powiedziała. — Może zechcecie mi towarzyszyć? — Zaśmiała się, widząc, jak niemal podskoczyli z radości. A po chwili dodała: — Bardzo proszę.

Rand zaskoczony poczuł, jak wsuwa mu monetę w garść i zaciska ją potem obiema dłońmi.

— Nie ma potrzeby — zaczął, lecz uciszyła go gestem, dając monetę Ewinowi, a potem ujmując dłoń Mata w ten sam sposób, w jaki zrobiła to z Randem.

— Oczywiście, że jest — odparła. — Nie mogę od was wymagać pracy za darmo. Potraktujcie to jako symbol naszej umowy. Będzie wam przypominać, że zgodziliście się przyjść do mnie, kiedy tylko poproszę.

— Ja nigdy nie zapomnę. — Ewin wciągnął powietrze.

— Porozmawiamy później — powiedziała — i wtedy wszystko mi o sobie opowiecie.

— Lady... to znaczy, Moiraine? — zapytał niepewnie Rand, gdy już odchodziła.

Zatrzymała się i spojrzała przez ramię. Musiał przełknąć ślinę, zanim mógł ciągnąć dalej.

— Po co przybyłaś do Pola Emonda?

Wyraz jej twarzy się nie zmienił, a mimo to, sam nie wiedząc dlaczego, pożałował, że zapytał. I na dodatek jeszcze brnął dalej:

— Nie chciałem być niegrzeczny. Przepraszam. Po prostu do Dwu Rzek nie przyjeżdża nikt oprócz kupców i handlarzy, a nawet oni pojawiają się tylko wtedy, gdy warstwa śniegu jest wystarczająco cienka, aby móc przedostać się z Baerlon. Poza nimi przecież nikt tu nie przyjeżdża. Strażnicy kupców mówią czasami, że jest to ostatnie miejsce na końcu świata, i przypuszczam, że dla ludzi z zewnątrz musi to tak wyglądać. Chciałem tylko wiedzieć.

Uśmiech powoli zamierał na jej twarzy, jak gdyby coś sobie

przypomniała. Przez moment miał wrażenie, że zupełnie go nie dostrzega.

— Studiuję historię — powiedziała wreszcie. — Zbieram stare opowieści. Miejsce, nazywane przez was Dwie Rzeki, zawsze mnie interesowało. Badam opowieści o tym, co zdarzyło się dawno temu, tutaj albo w innych miejscach.

— Opowieści? — zapytał Rand.

Cóż takiego zdarzyło się w Dwu Rzekach, co mogłoby zainteresować kogoś takiego... to znaczy, cóż w ogóle mogłoby się tutaj wydarzyć?

— A jak miałyby się inaczej nazywać Dwie Rzeki? — dodał Mat. — W ten sposób właśnie się zawsze nazywały.

— Wraz z każdym obrotem Koła Czasu — powiedziała na poły do siebie Moiraine, ze wzrokiem skierowanym gdzieś w przestrzeń — miejsca zmieniają nazwy. Ludzie noszą różne imiona, mają różne twarze. Twarz jest inna, ale zawsze jest to ten sam człowiek. Jednak nikt nie zna Wielkiego Wzoru, według którego obraca się Koło, ba... nie znamy nawet Wzoru Wieku. Możemy tylko patrzeć, studiować i mieć nadzieję.

Rand spoglądał na nią niezdolny wypowiedzieć słowa, nawet zapytać o znaczenie tego, co mówiła. Nie był zresztą pewien, czy cokolwiek z tego, co powiedziała, było przeznaczone dla nich. Spostrzegł, że jego towarzysze stoją zupełnie oniemiali. Ewin ze zdziwienia otworzył usta.

Moiraine znów zwróciła na nich swe spojrzenie i wszyscy trzej drgnęli, jakby się budząc.

— Porozmawiamy później — obiecała. Nikt jej nie odpowiedział. — Później.

Poszła w kierunku Mostu Wozów, jakby lekko sunąc nad ziemią. Poły jej płaszcza powiewały z obu stron jak skrzydła.

Wysoki mężczyzna, którego Rand nie dostrzegł dotąd, oderwał się od frontu gospody i ruszył za nią, trzymając dłoń na długiej rękojeści miecza. Jego ubiór był koloru ciemnoszarej zieleni, takiej, która z łatwością roztopi się wśród liści czy cieni; łopoczący na wietrze płaszcz połyskiwał szarością, zielenią i brązem. Czasami ten płaszcz zdawał się znikać, zlewając się z tłem. Długie, posiwiałe na skroniach włosy spinała wąska skórzana opaska. Jego twarz była jak wykuta z kamienia, lecz nie dostrzegłoby się na niej zmarszczek, tylko siwizna na skroniach mogła sugerować wiek. Kiedy szedł, nieodparcie przypominał Randowi wilka.

Przechodząc obok trzech chłopców, obrzucił ich szybkim spojrzeniem. Jego oczy, chłodne i błękitne, przywodziły na myśl zimowy poranek. Wyglądało to tak, jakby szacował ich, ale wyrazem twarzy w najmniejszy nawet sposób nie zdradzał, jaki jest rezultat osądu. Przyspieszył kroku, doganiając Moiraine, potem zwolnił i lekko pochylony szedł przy niej, mówiąc coś. Rand wypuścił powietrze. Nie zdawał sobie sprawy, że cały czas wstrzymywał oddech.

— To był Lan — powiedział ochryple Ewin, jakby on również miał kłopoty z oddychaniem. Taką przynajmniej miał minę. — Założę się, że jest Strażnikiem.

— Nie bądź głupi — roześmiał się Mat, ale był to niewyraźny śmiech. — Strażnicy istnieją tylko w opowieściach. A poza tym mają złote miecze i zbroje wysadzane klejnotami. Całe swoje życie spędzają na północy, w Wielkim Ugorze, walcząc ze złem, trollokami i innymi takimi rzeczami.

— To może być Strażnik — upierał się Ewin.

— Widziałeś jakieś złoto lub klejnoty? — drwił Mat. — Czy są jakieś trolloki w Dwu Rzekach? Owce to są. Zastanawiam się, co mogło się tu wydarzyć, by zainteresowało kogoś takiego jak ona?

— Coś mogło — powoli odpowiedział Rand. — Powiadają, że gospoda stoi tu od tysiąca lat, może nawet dłużej.

— Tysiące lat pasania owiec — odparował Mat.

— Srebrny grosz — wykrzyknął Ewin. — Dała mi cały srebrny grosz. Pomyślcie, co za to kupię, kiedy wreszcie przybędzie handlarz.

Rand otworzył dłoń i spojrzał na trzymaną monetę. Zaskoczony, omal jej nie upuścił. Nie rozpoznał wprawdzie grubego, srebrnego krążka oraz wybitej na nim postaci kobiety, trzymającej wyprostowaną ręką pojedynczy płomień, lecz zdarzało mu się czasami przypatrywać, gdy Bran al'Vere szacował monety zwożone przez kupców z różnych stron świata, toteż miał pewne pojęcie o jej wartości. Za taką ilość srebra mógł kupić w Dwu Rzekach dobrego konia i jeszcze wziąć resztę.

Popatrzył na Mata i zobaczył na jego twarzy taki sam wyraz oszołomienia, jaki musiał malować się na jego własnej. Odwrócił dłoń tak, aby przyjaciel mógł widzieć zawartość pozostającą niewidzialną dla Ewina i pytająco uniósł brew. Mat pokiwał potakująco głową i przez chwilę zdumieni wpatrywali się w siebie.

— Jaką pracę ona może mieć dla nas? — w końcu zapytał Rand.

— Nie mam pojęcia — zdecydowanie odparł Mat — i nie interesuje mnie to. Co więcej, nie wydam tych pieniędzy. Nawet wtedy, gdy przyjedzie handlarz.

Mówiąc to, schował monetę do kieszeni kaftana.

Kiwając głową, Rand powoli zrobił to samo. Nie wiedział dlaczego, ale w jakiś sposób Mat miał rację. Tej monety nie wolno wydawać. Pochodziła przecież od niej. Nie był w stanie sobie wyobrazić, do czego jeszcze nadaje się srebro, lecz...

— Myślicie, że ja swoją też powinienem zatrzymać? — Grymas niezdecydowania odmalował się na twarzy Ewina.

— Tylko wtedy, jeżeli rzeczywiście chcesz — poradził mu Mat.

— Myślę, że tobie ją dała po to, abyś coś sobie kupił — dodał Rand.

Ewin spojrzał na monetę, potem potrząsnął głową i wsunął srebrny grosz do kieszeni.

— Też ją zatrzymam — powiedział żałośnie.

— Wciąż jeszcze pozostaje bard — zauważył Rand i twarz chłopca rozjaśniła się.

— Jeżeli kiedykolwiek się obudzi — dodał Mat.

— Rand, czy bard tu jest? — zapytał Ewin.

— Sam zobaczysz — zaśmiał się Rand w odpowiedzi. Jasne było, że Ewin nie uwierzy, dopóki nie zobaczy barda. — Wcześniej czy później musi zejść na dół.

Na Moście Wozów rozbrzmiewały jakieś okrzyki, a kiedy Rand spojrzał w tamtą stronę, jego śmiech stał się naprawdę szczery. Gęsty tłum mieszkańców wioski, od posiwiałych starców do malców ledwie potrafiących chodzić, otaczał wysoki wóz ciągniony przez ósemkę koni. Najróżniejsze tobołki i pakunki zwieszały się z jego płóciennego dachu jak winne grona. Handlarz w końcu przybył. Obcy, bard, fajerwerki i handlarz! Zapowiadało się najwspanialsze Bel Tine ze wszystkich, jakie dotąd były.

ROZDZIAŁ 3

HANDLARZ

Rondle trzaskały i pobrzękiwały, gdy wóz handlarza turkotał na solidnych belkach mostu. Otoczony wciąż chmarą mieszkańców wioski i przybyłych na święto farmerów, handlarz zatrzymał wreszcie konie przed gospodą. Ze wszystkich stron nieustannie nadchodzili nowi ludzie, powiększając tłum zgromadzony wokół wielkiego wozu, o kołach rozmiarem przekraczających wzrost dorosłego mężczyzny. Wszyscy, zadzierając głowy, wpatrywali się w siedzącego na koźle handlarza.

Padan Fain był bladym, kościstym człowiekiem o szczupłych ramionach i wielkim haczykowatym nosie. Zawsze roześmiany, jakby znał jakiś żart, którego poza nim nie znał nikt. Wraz ze swoim wozem pojawiał się w Polu Emonda każdej wiosny, odkąd tylko Rand pamiętał.

W momencie, w którym z brzękiem uprzęży zaprzęg stanął, drzwi gospody otworzyły się, ukazując całą Radę Wioski z panem al'Vere i Tamem na czele. Kroczyli powoli, pomiędzy ludźmi, którzy wyrażali pełne podniecenia prośby o igły, koronki, książki i dziesiątki innych rzeczy. Tłum niechętnie się rozstępował, aby ich przepuścić, by natychmiast po ich przejściu znowu się ścieśnić. Gwar nie przycichał nawet na chwilę. Przede wszystkim domagano się informacji.

W oczach mieszkańców wioski igły, herbata oraz inne tego typu towary stanowiły tylko połowę ładunku znajdującego się na wozie. Równie ważnym towarem było słowo z daleka, wieści ze świata leżącego poza granicami Dwu Rzek. Niektórzy handlarze po prostu mówili wszystko, co wiedzieli, wyrzucając to z siebie jednym strumieniem, jak stos śmieci, o które nie warto się troszczyć. Inni chcieli, aby wszystko z nich wyciągać, mówili niechętnie, jakby z łaski. Fain jednak mówił dużo, przędąc opowieść, jakby sam był bardem. Pozostawanie w centrum uwagi sprawiało mu przyjemność. Skupiwszy na sobie dziesiątki oczu, stąpał dumnie jak mały kogut. Randowi przyszło na myśl, że handlarz może być niezbyt zadowolony, gdy dowie się o obecności w Polu Emonda prawdziwego barda.

Handlarz poświęcał członkom Rady Wioski oraz jej mieszkańcom mniej więcej tyle samo uwagi, ile kosztowało go zawiązanie lejców, to znaczy po prostu wcale się nimi nie przejmował. Kiwał głową, lecz te skinienia nie były skierowane do nikogo w szczególności, a na widok osób, z którymi się przyjaźnił, uśmiechał się milcząco i machał leniwie ręką.

Coraz silniej odzywały się głosy żądające informacji, lecz Fain, zajmujący się jakimiś drobnostkami przy koźle, czekał, aż tłum osiągnie zadowalające go rozmiary. Członkowie Rady Wioski stali w milczeniu. Za wszelką cenę starali się zachować swoją godność i tylko gęstniejące nad ich głowami chmury tytoniowego dymu wskazywały, ile ich to musi kosztować.

Rand i Mat przepychali się przez tłum, usiłując dotrzeć jak najbliżej wozu. Rand skapitulowałby już w połowie drogi, Mat jednak prześlizgiwał się w jakiś sposób między ludźmi, ciągnąc go za sobą, aż stanęli bezpośrednio za Radą Wioski.

— Obawiałem się, że przez całe święto pozostaniesz na farmie! — To Perrin Aybara krzyczał do Randa przez zgiełk. Pół głowy niższy od niego, kędzierzawy uczeń kowala był tak mocno zbudowany, że wyglądał prawie jak półtora człowieka, grubością barków i ramion mógł rywalizować z samym panem Luhhanem. Z łatwością przedarłby się przez tłum, ale nie potrafił zachowywać się w ten sposób. Zamiast tego poruszał się ostrożnie, przepraszając grzecznie ludzi, którzy i tak niewiele poza handlarzem byli w stanie dostrzec. W ten sposób, uważając, by nikogo nie potrącić, dotarł wreszcie do miejsca, w którym stali Rand i Mat.

— Wyobraźcie sobie — powiedział, kiedy stanął obok. — Bel

Tine i handlarz, razem. Założę się, że na pewno przywiózł fajerwerki.

— Nie wie nawet ćwierci tego, co się dzieje — zaśmiał się Mat.

Perrin spojrzał na niego podejrzliwie, potem przeniósł pytający wzrok na Randa.

— To prawda! — wykrzyknął Rand, a potem wskazał na rosnący tłum, w którym wszyscy przekrzykiwali się nawzajem. — Później, wszystko ci wyjaśnię później. Później, powiedziałem!

W tej samej chwili Padan Fain stanął na koźle i tłum uspokoił się natychmiast. Słowa Randa eksplodowały w nagle zapadłej ciszy, zaskakując handlarza w dramatycznej pozie, z jednym ramieniem wysuniętym do przodu i do połowy otwartymi ustami. Wszystkie oczy zwróciły się na Randa. Mały, kościsty mężczyzna na wozie, spodziewając się, że wszyscy z zapartym tchem wyczekują jego pierwszych słów, obdarzył go ostrym, badawczym spojrzeniem.

Twarz Randa poczerwieniała, żałował, że nie jest wzrostu Ewina i nie może się schować. Jego przyjaciele również poruszyli się niespokojnie. Dopiero rok temu Fain po raz pierwszy zwrócił na nich uwagę, traktując ich jak dorosłych mężczyzn. Zazwyczaj nie poświęcał czasu nikomu zbyt młodemu, by zachęcić do kupna towarów znajdujących się w wozie. Rand obawiał się, że znów może zostać relegowany przez handlarza do grupy dzieci.

Z głośnym pomrukiem dezaprobaty Fain szarpnął poły swego grubego płaszcza.

— Nie, bynajmniej nie później — zadeklamował, na powrót przybierając dumną pozę. — Będę mówił teraz. — Mówiąc, wykonywał szerokie gesty, jakby rozrzucał słowa nad tłumem. — Myślicie, że macie kłopoty w Dwu Rzekach, czyż nie jest tak? Cóż, cały świat obecnie pogrąża się w nieszczęściu, od północy po południe, od zachodu na wschód, od Wielkiego Ugoru aż po Morze Sztormów, od Oceanu Aryth do Pustkowia Aiel. A nawet dalej. Mówicie, że zima była sroższa niż kiedykolwiek przedtem, że krew gęstniała w żyłach i pękały kości? Zima była mroźna i sroga wszędzie. W Ziemiach Granicznych waszą zimę nazwano by wiosną. Ale wiosna nie przyszła, powiadacie? Wilki pozagryzały wasze owce? Wilki atakowały ludzi? Nie tak się rzeczy miały? Cóż, powiem wam. Wiosna opóźnia się wszędzie. Wszędzie grasują wilki, spragnione czegoś, w czym mogłyby zatopić kły, czy będzie to owca, krowa czy człowiek. Lecz były tej zimy rzeczy gorsze niż wilki. Są tacy, którzy chcieliby mieć tak niewielkie kłopoty jak wy. — Przerwał i popatrzył wyczekująco.

— Co może być gorszego od wilków zabijających owce i ludzi? — domagał się odpowiedzi Cenn Buie.

Wokół rozległy się aprobujące szmery.

— Ludzie zabijający ludzi! — Złowieszcze tony, pobrzmiewające w odpowiedzi handlarza, wywołały w tłumie wzmagający się szmer zaskoczonych pomruków. — Myślę, że to jest wojna. Wojna opanowała Ghealdan, wojna i szaleństwo. Śniegi Lasu Dhallin są czerwone od ludzkiej krwi. Powietrze pełne jest kruków i ich wrzasku. Armie maszerują do Ghealdan. Narody, arystokracja i wszyscy wielcy wysyłają swych żołnierzy w bój.

— Wojna. — Usta pana al'Vere z trudem sformułowały niecodzienne słowo. Nikt w Dwu Rzekach nie miał nigdy nic wspólnego z wojną. — Po co oni toczą wojnę?

Grymas wypełzł na twarz Faina i Rand miał wrażenie, że on kpi z izolacji wieśniaków, wyśmiewa ich ignorancję. Handlarz pochylił się do przodu, jakby chciał powierzyć burmistrzowi sekret, ale jego szept był tak głośny, że słyszeli go wszyscy.

— Podniesiono na powrót sztandar Smoka. I ludzie gromadzą się, by z nim walczyć. Albo go wesprzeć.

Tłum westchnął, a Rand zatrząsł się mimowolnie.

— Smok — zajęczał ktoś. — Sam Czarny jest w Ghealdan!

— Nie sam Czarny — mruknął Haral Luhhan. — Smok nie jest Czarnym. A ten i tak jest fałszywym Smokiem.

— Posłuchajmy, co pan Fain ma do powiedzenia. — Burmistrz bezskutecznie próbował uciszyć tłum.

Wszyscy wrzeszczeli, przekrzykując się nawzajem.

— Równie źle, gdyby to był sam Czarny!

— Smok sprowadził pęknięcie świata, czyż nie?

— Rozpoczął je. Wywołał Czas Szaleństwa!

— Wspomnijcie proroctwa. Kiedy odrodzi się Smok, najgorsze koszmary będą się wydawać słodkimi snami!

— To jest po prostu kolejny fałszywy Smok. Nie może być inaczej!

— Co za różnica? Wspomnij ostatniego fałszywego Smoka. Również rozpoczął wojnę. Tysiące umarło, zgadza się, Fain? Oblegał Illian.

— Nadchodzą złe czasy. Od dwudziestu lat nikt nie obwoływał się Smokiem Odrodzonym, a teraz w ciągu ostatnich pięciu lat aż trzech. Złe czasy. Spójrzcie na pogodę!

Rand spojrzał na przyjaciół. Twarz Mata płonęła z podniecenia, natomiast oblicze Perrina wykrzywiał grymas zmartwienia. Rand pamiętał wszystkie zasłyszane opowieści, opowieści o ludziach, którzy mienili się Smokiem Odrodzonym, lecz wkrótce okazywali się fałszywymi Smokami, bowiem umierali lub znikali, nie wypełniwszy żadnego z proroctw, a to, co po sobie zostawiali, było wystarczająco złe. Całe narody rozszarpywały się w bitwach, a miasta i wsie płonęły jak pochodnie. Ciała zaścielały ziemię jak jesienne liście, na drogach uciekinierzy tłoczyli się niczym owce w zagrodzie. Tak opowiadali kupcy i handlarze, a nikt w Dwu Rzekach nie miał powodu, aby im nie wierzyć. Niektórzy mówili, że gdy odrodzi się Smok, nastąpi koniec świata.

— Dosyć! — krzyczał burmistrz. — Cisza! Przestańcie wreszcie tłuc tę pianę waszej wyobraźni. Pozwólmy panu Fain opowiedzieć o tym fałszywym Smoku.

Ludzie powoli zaczęli się uspokajać. Wszyscy, z wyjątkiem Cenna Buie.

— Czy rzeczywiście jest to fałszywy Smok? — zapytał z przekąsem strzecharz.

Pan al'Vere zamrugał zaskoczony, potem warknął:

— Nie zachowuj się jak stary głupiec, Cenn!

Ale pytanie na nowo wzburzyło tłum.

— To nie może być Smok Odrodzony! Światłości, tylko nie to!

— Buie, ty stary głupcze! Ty chcesz, żeby tak było, nieprawdaż?

— Następnym razem wezwij imię samego Czarnego! Ciebie

chyba Smok nawiedził, Cennie Buie! Chcesz sprowadzić na nas wszystkich nieszczęście!

Cenn wyzywająco rozglądał się wkoło, usiłując rzucać groźne spojrzenia.

— Nie słyszałem, aby Fain mówił, że to fałszywy Smok. A wy? Zacznijcie wreszcie używać swych oczu! Gdzie zboże, które powinno już sięgać nam do kolan lub wyżej nawet? Dlaczego wciąż jeszcze trwa zima, mimo iż już od miesiąca powinna być wiosna?

Wokoło rozległy się głosy domagające się, by trzymał język za zębami.

— Nie będę cicho! Mnie też nie podoba się to, co mówię, ale nie mam zamiaru chować głowy w piasek i czekać, aż ludzie z Taren Ferry przyjdą, żeby poderżnąć mi gardło. Dobrze, nie mam zamiaru dostarczać Fainowi przyjemności, nie tym razem. Mów jasno, handlarzu. Co słyszałeś, no? Czy ten człowiek jest fałszywym Smokiem?

Jeżeli nawet Fain czuł się nieswój na skutek wieści, które przywoził, albo przez zamieszanie, które wywołał, to niczego nie dał po sobie poznać.

— Jeśli o to chodzi, to któż może wiedzieć, dopóki wszystko się nie skończy? — Przerwał, przybierając jedną ze swoich min, i powiódł oczyma po tłumie, jakby przewidywanie ich reakcji dostarczało mu dużo zabawy. — Wiem tyle — dodał z wystudiowaną obojętnością — że włada Jedyną Mocą. Inni przed nim tego nie potrafili. A on tak. Ziemia otwiera się pod stopami jego wrogów, a jego krzyk powoduje, że drżą grube mury. Umie sprowadzać błyskawice, które uderzają tam, gdzie im każe. Tyle słyszałem od ludzi godnych zaufania.

Zapadła głucha cisza. Rand ponownie spojrzał na przyjaciół. Perrin wyglądał, jakby patrzył na rzeczy, które wcale mu się nie podobają, lecz Mat wciąż wydawał się podniecony.

Wyraz twarzy Tama był tylko odrobinę mniej spokojny niż zazwyczaj. Przesunął się do przodu, chcąc przemówić, ale Ewin Finngar odezwał się pierwszy.

— Oszaleje i umrze! W opowieściach, mężczyźni przenoszący

Moc zawsze muszą oszaleć, zmarnieć i umrzeć. Tylko kobiety mogą jej dotykać. Czy on tego nie wie? — Aż przykucnął, gdy dosięgnął go szturchaniec pana Buie.

— Wystarczy już, chłopcze. — Cenn potrząsnął sękatą pięścią przed twarzą Ewina. — Okaż należyty szacunek i zostaw tę sprawę starszym. Zabieraj się stąd!

— Spokojnie, Cenn — warknął Tam. — Chłopak jest po prostu ciekawy. Nie ma powodu, żeby go tak traktować.

— Zachowuj się stosownie do swego wieku — dodał Bran. — I pamiętaj, że jesteś członkiem Rady Wioski.

Pomarszczona twarz Cenna stawała się coraz ciemniejsza, by w końcu przybrać barwę purpury.

— Wiecie, o jakich kobietach on mówił. Przestań się na mnie boczyć, Luhhan, i ty też, Crawe. To przyzwoita wioska i mieszkają tu porządni ludzie. Już jest i tak wystarczająco źle bez Faina, opowiadającego tutaj o fałszywym Smoku władającym Mocą, i bez tego młodego głupca wciągającego w to Aes Sedai. O niektórych rzeczach po prostu nie wolno mówić i nie biorę za nic odpowiedzialności, jeżeli pozwolicie temu szalonemu bardowi opowiadać jego niestworzone historie. To nie jest ani słuszne, ani przyzwoite.

— Nigdy nie słyszałem o rzeczach, o których nie wolno mówić — zaczął Tam, lecz Fain wszedł mu w słowo.

— Aes Sedai już są zamieszane w tę sprawę — mówił handlarz. — Ich oddział wyjechał z Tar Valon na południe. Ponieważ panuje nad Mocą, tylko one są w stanie go pokonać, ewentualnie rozprawić się z nim, kiedy już zostanie pokonany. Jeśli rzeczywiście zostanie pokonany.

Ktoś w tłumie jęknął głośno, a nawet Tam i Bran wymienili niespokojne spojrzenia. Ludzie stłoczyli się bardziej, niektórzy owinęli się ściślej płaszczami, mimo iż wiatr właśnie osłabł.

— Oczywiście, że może być pokonany — wykrzyknął ktoś.

— Zawsze w końcu pokonują wszystkich fałszywych Smoków.

— Musi zostać pokonany, czyż nie?

— A co, jeżeli stanie się inaczej?

Tam w końcu zdołał coś powiedzieć do ucha Brana. Ten słuchał cierpliwie, kiwając od czasu do czasu głową i ignorując otaczający zgiełk. Kiedy wreszcie wrzawa ucichła, sam podniósł głos.

— Słuchajcie wszyscy. Bądźcie cicho i słuchajcie! — Krzyki ścichły, zmieniając się w głuchy pomruk. — To, co usłyszeliśmy, wykracza poza zwykłe wieści ze świata. Musimy najpierw wszystko przedyskutować na posiedzeniu Rady Wioski. Panie Fain, czy dołączy pan do nas w gospodzie? Mamy kilka pytań.

— Garniec grzanego wina dobrze zaprawionego korzeniami nie byłby czymś najgorszym w obecnej sytuacji — odpowiedział handlarz i zaśmiał się. Zeskoczył z wozu, otrzepał ręce z kurzu i poprawił płaszcz. — Zajmijcie się moimi końmi, proszę.

— Ja też chcę usłyszeć, co on ma do powiedzenia! — zaprotestowało kilka głosów.

— Nie możecie go zabrać! Żona kazała mi kupić szpilki! — Wit Congar stropił się trochę pod spojrzeniami, jakimi go obrzucono, dalej jednak hardo patrzył na handlarza.

— Też mamy prawo zadawać pytania! — zawołał ktoś z tyłu. — Ja...

— Cisza! — krzyknął burmistrz, powodując, że ludzie się trochę uspokoili. — Kiedy Rada dowie się wszystkiego, będziecie mogli sami zadać swoje pytania. A także kupić garnki i szpilki. Hu! Tad! Odprowadźcie konie pana Faina do stajni.

Tam i Bran szli po obu stronach handlarza, reszta Rady podążała za nimi. W ten sposób weszli do gospody, bezwzględnie zamykając przed nosem drzwi tym, którzy chcieli wślizgnąć się do środka. Dobijający się do drzwi usłyszeli tylko krzyk burmistrza.

— Idźcie do domów.

Ludzie kręcili się wokół gospody, rozmyślając nad tym, co powiedział handlarz, co to właściwie oznacza, jakie pytania zada mu Rada i dlaczego im nie pozwolono słuchać oraz zadawać pytań na własną rękę. Niektórzy podglądali przez frontowe okna gospody, inni nawet usiłowali się czegoś dowiedzieć od Hu i Tada, chociaż doprawdy nie było wiadomo, co oni mieliby wiedzieć. Dwaj flegmatyczni stajenni chrząkali tylko w odpowiedzi i metodycznie rozpinali uprząż. Potem po kolei odprowadzili konie do stajni i nie pokazali się już więcej.

Rand nie zwracał uwagi na tłum. Usiadł na skraju starego fundamentu, owinął się dokładnie płaszczem i zapatrzył na drzwi gospody. Ghealdan. Tar Valon. Same nazwy były dziwne i ekscytujące. Oznaczały miejsca, które pojawiały się tylko w przekazach handlarzy i w opowieściach kupieckich strażników. Aes Sedai, wojny, fałszywe Smoki — stawali się materią opowieści, jakie słyszało się później przy płonącym ogniu, gdy świeca rzucała osobliwe cienie na ściany, a wiatr wył w okiennicach. W sumie, sądził raczej, że woli mieć do czynienia ze śnieżycami i wilkami. Jednak świat musi być inny niż w Dwu Rzekach, taki jaki żyje w opowieści barda. Przygoda. Całe życie jak jedna długa przygoda.

Powoli tłum wieśniaków się rozpraszał, rozchodzili się, mrucząc i potrząsając głowami. Wit Congar zatrzymał się i patrzył na opuszczony wóz tak, jakby spodziewał się znaleźć wewnątrz jakiegoś innego, ukrytego handlarza. W końcu zostało tylko kilku młodzieńców. Mat i Perrin powoli zbliżyli się do miejsca, w którym siedział Rand.

— Nie wyobrażam sobie, cóż bard mógłby zaproponować bardziej interesującego — zaczął podniecony Mat. — Ciekawe, czy uda nam się zobaczyć tego fałszywego Smoka?

Perrin potrząsnął kędzierzawą głową.

— Ja nie mam na to ochoty. Może gdzieś indziej, ale nie w Dwu Rzekach. Nie, jeśli oznacza to wojnę.

— Ani wtedy, gdyby to miało oznaczać obecność Aes Sedai — dodał Rand. — Przypomnijcie sobie, kto spowodował Pęknięcie. Smok je rozpoczął, ale w rzeczywistości to Aes Sedai przełamały świat.

— Słyszałem kiedyś opowieść — powiedział wolno Mat — od strażnika kupca wełną. Mówił, że Smok odrodzi się wtedy, gdy ludzkość będzie tego najbardziej potrzebować i uratuje nas wszystkich.

— Cóż, był głupcem, jeżeli w to wierzył. — Głos Perrina brzmiał twardo. — A ty byłeś głupcem, ponieważ go słuchałeś. — Perrin był człowiekiem niezwykle spokojnym, trudno go było wyprowadzić z równowagi. Czasami jednak szczególnie dzikie pomysły Mata wywoływały u niego irytację, jej ślad dawał się teraz odnaleźć w tonie głosu. — Przypuszczam, że jemu się wydaje, iż żyjemy obecnie w nowym Wieku Legend.

— Nie powiedziałem, że wierzę w tę opowieść — bronił się Mat. — Słyszałem ją tylko. Nynaeve słyszała ją również i miałem wrażenie, że ma ochotę obu nas, strażnika i mnie, obedrzeć ze skóry. Ten strażnik powiedział jeszcze, że wielu wierzy, tylko boją się powiedzieć, bo boją się Aes Sedai i Synów Światłości. A gdy Nynaeve nas przyłapała, nie chciał powiedzieć już nic więcej. Poskarżyła się kupcowi i ten oznajmił, że wyrzuci strażnika z pracy.

— I dobrze zrobił — powiedział Perrin. — Smok ma nas uratować? Brzmi to jak rozmowa z Coplinem.

— W jakiej potrzebie musielibyśmy się znajdować, żeby pragnąć pomocy od Smoka? — zadumał się Rand. — To tak, jakby prosić o pomoc samego Czarnego.

— On czegoś takiego nie powiedział — odparł zmieszany Mat. — Nie mówił też nic o nowym Wieku Legend. Mówił tylko, że świat zostanie rozdarty przez przyjście Smoka.

— I to nas na pewno uratuje — sucho dodał Perrin — następne Pęknięcie.

— Niech sczeznę — wymruczał Mat. — Przekazuję wam tylko to, co powiedział strażnik.

Perrin potrząsnął głową.

— Ja chciałbym jedynie, aby ten fałszywy Smok i Aes Sedai zostali tam, gdzie są. Tylko w ten sposób można uratować Dwie Rzeki.

— Myślisz, że one rzeczywiście należą do Sprzymierzeńców Ciemności? — Mat, namyślając się, zmarszczył brwi.

— Kto? — zapytał Rand.

— Aes Sedai.

Rand spojrzał na Perrina, który wzruszył ramionami.

— Opowieści — zaczął powoli, lecz Mat przerwał mu natychmiast.

— Nie we wszystkich opowieściach nazywano je służkami Czarnego, Rand.

— Mat, w imię Światłości — odrzekł Rand — spowodowały Pęknięcie. Czegoż jeszcze ci trzeba?

— Pewnie masz rację — westchnął Mat, lecz po chwili uśmiech znowu pojawił się na jego twarzy. — Stary Bili Congar mówi, że oni nie istnieją. Aes Sedai. Sprzymierzeńcy Ciemności. Uważa, że historie o nich to bajki. Mówi, że nie wierzy nawet w samego Czarnego.

Perrin parsknął.

— Coplin przekazuje słowa jakiegoś Congara. Można się tu spodziewać czegoś innego?

— Stary Bili wezwał Czarnego pełnym imieniem. Założę się, że tego nie wiecie.

— Światłości! — Z piersi Randa wydarło się westchnienie.

Uśmiech Mata stał się szerszy.

— To było zeszłej wiosny, tuż przed tym, zanim na jego pole, tylko jego, spadła plaga gąsienic. Tuż przed tym, zanim wszyscy w jego domu zapadli na żółtą gorączkę. Sam słyszałem, jak go wezwał. Nadal twierdzi, że nie wierzy w niego, ale kiedy go proszę, żeby znowu go wezwał, to rzuca we mnie czymś ciężkim.

— Jesteś wystarczająco głupi, żeby to robić, nieprawdaż Matrimie Cauthon?

Nynaeve al'Meara podeszła do nich, jej przewieszony przez ramię czarny warkocz niemalże najeżył się gniewem. Rand poderwał się na nogi. Wiedząca była szczupła i dużo niższa od nich, ledwie sięgała Matowi do ramienia, teraz jednak wydawała się nad nimi górować, nieważne było, że jest młoda i piękna.

— Podejrzewałam wtedy Bila Congara o coś takiego, myślałam jednak, że masz wystarczająco dużo rozsądku, aby się z niego nie wyśmiewać. Jesteś już wystarczająco dorosły, Matrimie Cauthon, aby się ożenić, a wygląda na to, że powinieneś dalej trzymać się matczynej spódnicy. Następną rzeczą, jakiej spróbujesz, będzie wezwanie imienia Czarnego.

— Nie, Wiedząca — protestował Mat, którego wygląd mówił, że najchętniej zapadłby się pod ziemię. — To był stary Bili... to znaczy pan Congar, nie ja! Krew i popioły, ja...

— Uważaj na to, co mówisz, Matrimie!

Rand wyprostował się trochę, nie zwracała teraz na niego uwagi. Perrin wydawał się równie zmieszany. Później każdy z nich będzie narzekał, że dał się zbesztać dziewczynie niewiele starszej od siebie, w tej chwili jednak różnica wieku między nimi zdawała się większa. Wielu tak potem postępowało, niektórzy nawet sarkali w obecności Nynaeve. Nie należało to do rzeczy zbyt bezpiecznych, zwłaszcza wtedy, gdy była wściekła. Laska, którą nosiła, była grubsza na jednym końcu, na drugim zaś wyposażona w poręczny uchwyt. Każdego, kto próbował się z niej naśmiewać, potrafiła bez wahania uderzyć jak cepem, po głowie, po nogach, po rękach — nie bacząc na jego wiek czy pozycję.

Wiedząca do tego stopnia skupiła na sobie jego uwagę, że nie zauważył, iż nie jest sama. Kiedy zrozumiał swoją pomyłkę, rzeczywiście nabrał ochoty, aby się oddalić, niezależnie od tego, co Nynaeve miałaby powiedzieć lub zrobić później.

Kilka kroków za Wiedzącą stała Egwene, uważnie przypatrując się całej scenie. Wzrostem równa Nynaeve, jak ona ubrana w ciemne kolory, mogła być w tej chwili odbiciem jej nastroju. Ręce splotła na piersiach, zaciśnięte usta wyrażały dezaprobatę. Kaptur szarego płaszcza ocieniał jej twarz, w ciemnych oczach nie było śladu rozbawienia.

„Powinno być tak — pomyślał Rand — by dwuletnia różnica wieku dawała mi przewagę".

Ale nie było na to sposobu. Przeważnie nie miał żadnych problemów, rozmawiając z którąkolwiek z wiejskich dziewczyn, zupełnie inaczej niż Perrin, lecz kiedykolwiek Egwene wpatrzyła się w niego głęboko, z oczyma rozwartymi tak szeroko, jakby poświęcała mu całą swoją uwagę, po prostu nie potrafił sklecić najprostszego zdania. Być może będzie mógł odejść, gdy Nynaeve skończy. Lecz wiedział, że tak się nie stanie, mimo iż nie rozumiał dlaczego.

— Jeżeli w końcu przestaniesz wyglądać jak owca wpatrująca się w księżyc, Randzie al'Thor — powiedziała Nynaeve — to może wreszcie mi wytłumaczysz, dlaczego rozmawiasz o rzeczach, o których nawet takie trzy byczki jak wy powinny wiedzieć, że należy je przemilczać.

Rand zadrżał i spuścił wzrok. Kiedy Nynaeve zaczęła mówić, na twarzy Egwene pojawił się niepokojący uśmiech. Głos Wiedzącej był cierpki, lecz ona również zaczynała się uśmiechać, dopóki nie roześmiał się Mat. Uśmiech wtedy zamarł na jej twarzy, a spojrzenie, jakim obdarzyła Mata, spowodowało, że z jego gardła wydobył się tylko dziwny skrzek.

— No więc, Rand? — spytała.

Kątem oka dostrzegł, że Egwene wciąż się uśmiecha.

„Co jej się wydaje takie śmieszne?" — pomyślał.

— To naturalne, że mówiliśmy o takich sprawach, Wiedząca — powiedział szybko. — Handlarz, Padan Fain... to jest... pan Fain, przywiózł wiadomości o pojawieniu się fałszywego Smoka w Ghealdan, o wojnie i o Aes Sedai. Rada uznała te wieści za wystarczająco ważne, aby je z nim przedyskutować. O czym mielibyśmy mówić w takiej sytuacji?

Nynaeve potrząsnęła głową.

— A więc to dlatego wóz handlarza stoi pusty! Słyszałam, jak ludzie spieszyli go powitać, ale nie mogłam zostawić pani Ayellin, dopóki nie spadła jej gorączka. A członkowie Rady dyskutują z nim o tym, co się wydarzyło w Ghealdan. Znam ich, zadają same niewłaściwe pytania. Trzeba będzie uciec się do pomocy Koła Kobiet, aby dowiedzieć się czegoś ważnego.

Otuliła szczelnie płaszczem ramiona i zniknęła we wnętrzu gospody.

Egwene nie poszła za nią. Gdy drzwi gospody zamknęły się za Nynaeve, podeszła do Randa. Grymas zniknął z jej twarzy, ale spojrzenie szeroko otwartych oczu sprawiło, że poczuł się nieswojo. Spojrzał na przyjaciół, jakby oczekiwał od nich pomocy, oni jednak oddalili się, z szerokimi uśmiechami na twarzach.

— Nie powinieneś dawać się wciągać Matowi w takie głupstwa — powiedziała, równie poważnie jak przedtem Wiedząca, potem nagle zachichotała. — Nie widziałam cię takim od czasu, gdy Cenn Buie złapał Mata i ciebie na swoich jabłoniach, kiedy mieliście po dziesięć lat.

Niezdarnie przestąpił z nogi na nogę i spojrzał w kierunku

przyjaciół. Stali tak blisko. Mat mówił coś, gestykulując w podnieceniu.

— Zatańczysz ze mną jutro?

To wcale nie było to, co chciał powiedzieć. Chciał oczywiście z nią zatańczyć, lecz jednocześnie niczego tak nie pragnął, jak uniknięcia tego nieprzyjemnego stanu, w jaki popadał, gdy był blisko niej. Stanu, w którym się właśnie znajdował.

Kąciki ust Egwene uniosły się w lekkim uśmiechu.

— Po południu — powiedziała. — Rano będę zajęta.

Nagle dobiegł ich okrzyk Perrina.

— Bard!

Egwene odwróciła się, ale Rand położył jej rękę na ramieniu.

— Zajęta? Czym?

Pomimo chłodu odrzuciła kaptur płaszcza. Kiedy ją ostatnio widział, jej włosy spływały ciemnymi falami, przewiązane tylko przepaską, powstrzymującą je przed zsuwaniem się na twarz; teraz starannie zapleciony długi warkocz zwisał przerzucony przez ramię.

Patrzył na warkocz, jakby to była żmija. Potem rzucił ukradkowe spojrzenie na Wiosenny Słup, stojący samotnie pośrodku Łąki, gotowy do jutrzejszej ceremonii. Rankiem niezamężne kobiety będą wokół niego tańczyć. Westchnął ciężko. Jakoś nigdy nie przyszło mu do głowy, że w tym samym czasie osiągną wiek stosowny do małżeństwa.

— Tylko dlatego, że ktoś jest wystarczająco dorosły, by wyjść za mąż — wymamrotał — nie znaczy jeszcze, że musi to robić. Nie od razu.

— Oczywiście, że nie. Nie musi robić tego nigdy, jeśli już o to chodzi.

Rand zamrugał.

— Nigdy?

— Wiedzące prawie nigdy nie wychodzą za mąż. Jestem uczennicą Nynaeve, wiesz przecież. Mówi, że mam talent, że jestem w stanie nauczyć się słuchać wiatru. Według niej, nie wszystkie Wiedzące to potrafią, nawet jeśli utrzymują, że jest inaczej.

— Wiedząca — aż zagwizdał. Nie dostrzegł jednak groźnego

błysku w jej oku. — Nynaeve będzie Wiedzącą w wiosce co najmniej przez najbliższe pięćdziesiąt lat. Masz zamiar spędzić resztę życia jako jej uczennica?

— Są inne wioski — odpowiedziała gwałtownie. — Nynaeve mówi, że ludzie z wiosek na północ od Taren zawsze wybierają sobie obcą na Wiedzącą. To ma powodować, że nie będzie wyróżniać nikogo spośród mieszkańców.

Jego rozbawienie zniknęło równie szybko, jak się pojawiło.

— Poza Dwoma Rzekami? Nigdy cię już nie zobaczę.

— A nie podobałoby ci się to? Nigdy nie dałeś w żaden sposób do zrozumienia, że mam dla ciebie jakiekolwiek znaczenie.

— Nikt nie opuszcza Dwu Rzek — ciągnął dalej. — Może tylko ludzie z Taren Ferry, ale oni i tak są w jakiś sposób obcy. Trudno ich uważać w ogóle za ludzi stąd.

Egwene gniewnie westchnęła.

— Cóż, być może ja też jestem obca. Może chciałabym zobaczyć któreś z tych miejsc, o jakich słyszałam w opowieściach. Czy pomyślałeś o tym?

— Oczywiście, że tak. Ja też mam przecież marzenia, ale nigdy nie mylę ich z rzeczywistością.

— A ja tak? — spytała gniewnie, gwałtownie odwracając głowę.

— Nie to miałem na myśli. Mówiłem o sobie. Egwene?

Otuliła się szczelnie płaszczem, jakby stawiając ścianę między nimi, potem przeszła sztywno kilka kroków. W zmartwieniu potarł czoło. Jak to wyjaśnić? Nie pierwszy raz wyczytała z jego słów znaczenia, których jego zdaniem wcale w nich nie było. W jej obecnym nastroju każda niezręczność z jego strony pogorszyłaby sprawę, a był całkowicie pewny, że wszystko, co by zrobił, byłoby niezręczne.

Mat i Perrin wrócili. Egwene zignorowała ich. Wahając się, patrzyli na nią przez moment, potem podeszli bliżej do Randa.

— Moiraine również dała Perrinowi monetę — powiedział Mat. — Taką samą jak nam. — Przerwał na chwilę i dodał: — On widział jeźdźca.

— Gdzie? — dopytywał się Rand. — Kiedy? Czy widział go ktoś jeszcze? Czy powiedziałeś komuś?

Perrin podniósł ręce w uspokajającym geście.

— Po kolei. Widziałem go wczoraj wieczorem na skraju wioski, jak obserwował kuźnię. Tak, na jego widok przeszyły mnie dreszcze. Powiedziałem panu Luhhanowi, ale kiedy wyszedł sprawdzić, nikogo już nie było. Stwierdził, że musiałem widzieć cienie. Lecz potem, gdy dołożyliśmy do ognia i wykuwaliśmy narzędzia, cały czas trzymał pod ręką swój największy młot. Nigdy przedtem tak nie postępował.

— Tak więc musiał ci uwierzyć — powiedział Rand, ale Perrin wzruszył ramionami.

— Nie wiem. Zapytałem, po co ten młotek, jeśli widziałem tylko cienie, a on powiedział coś o wilkach na tyle śmiałych, by wtargnąć do wioski. Może myślał, że właśnie je widziałem, ale powinien wiedzieć, że potrafię odróżnić wilka od jeźdźca na koniu, nawet w ciemnościach. Widziałem, co widziałem, i nikt nie spowoduje, żebym zmienił zdanie.

— Ja ci wierzę — zapewnił go Rand. — Pamiętaj, że również go widziałem.

Perrin wydał pełne zadowolenia mruknięcie, jakby dotąd nie był tego pewien.

— O czym wy rozmawiacie? — nagle zapytała Egwene.

Rand pożałował, że nie mówił ciszej. Na pewno by tak zrobił, gdyby wiedział, że ona słucha. Mat i Perrin, śmiejąc się jak głupcy, przechodzili samych siebie, opowiadając jej o jeźdźcu w czarnym płaszczu, ale Rand zachował milczenie. Był pewien, że wie, co ona powie, kiedy skończą.

— Nynaeve ma rację — powiedziała w przestrzeń, gdy obaj wreszcie zamilkli. — Nie dorośliście jeszcze na tyle, by samodzielnie odejść od spódnicy matki. Ludzie jeżdżą na koniach, to oczywiste. To nie robi z nich potworów występujących w opowieściach bardów.

Rand pokiwał głową, to było to, czego się spodziewał. Potem odwróciła się do niego.

— A ty rozpowszechniasz te opowieści. Czasami jesteś zupełnie pozbawiony rozsądku, Randzie al'Thor. Zima była wystarczająco przerażająca, nie musisz teraz chodzić wszędzie i straszyć dzieci.

Rand skrzywił się kwaśno.

— Niczego nie rozpowszechniam, Egwene. Ale widziałem, co widziałem, i pewien jestem, że nie był to żaden farmer poszukujący zaginionej krowy.

Egwene wciągnęła powietrze i otworzyła usta, ale nie zdążyła już nic powiedzieć, ponieważ drzwi gospody otworzyły się gwałtownie i wypadł z nich siwowłosy mężczyzna, spiesząc, jakby go coś goniło.

ROZDZIAŁ 4

BARD

Drzwi gospody zatrzasnęły się za mężczyzną, a on potrząsnął tylko grzywą siwych włosów i wpatrzył się w nie z furią. Można by go było nazwać wysokim, gdyby się tak nie garbił. Wiekowi, który należałoby mu przypisać, przeczył żwawy sposób poruszania. Płaszcz wydawał się masą łat, we wszystkich możliwych kolorach i kształtach. Teraz łopotał wraz z każdym podmuchem wiatru. Wbrew temu, co sugerował pan al'Vere, łat nie naszyto wyłącznie dla ozdoby, dzięki nim płaszcz był grubszy, lepiej chronił przed zimnem.

— Bard — wyszeptała w podnieceniu Egwene.

Białowłosy mężczyzna okręcił się dookoła, płaszcz zamigotał. Osobliwy ubiór wyposażony był w długie, workowate rękawy i wielkie kieszenie. Grube wąsy, śnieżnobiałe, tak jak włosy, zakręcały się wokół ust. Twarz była pomarszczona jak kora drzewa rosnącego na pustkowiu, gdzie szaleją wichry. Ręką, w której trzymał ozdobnie rzeźbioną fajkę o długim ustniku, wykonał rozkazujący gest w stronę Randa i jego przyjaciół. Z fajki wydobywała się smużka dymu. Niebieskie oczy patrzyły przenikliwie spod krzaczastych, siwych brwi.

Randowi oczy mężczyzny wydały się równie zadziwiające jak reszta jego postaci. Wszyscy w Dwu Rzekach mieli ciemne oczy, podobnie kupcy, ich straż i w ogóle wszyscy, których dotąd w życiu widział. Congarowie i Coplinowie śmiali się z jego szarych oczu, aż do dnia, kiedy rozbił nos Ewalowi Coplinowi. Wiedząca miała do niego potem o to pretensje. Teraz Rand zastanawiał się, czy może istnieć miejsce, gdzie nikt nie ma ciemnych oczu.

„Może Lan również pochodzi stamtąd?" — pomyślał.

— Co to za miejsce? — zapytał bard niskim głosem, który w jakiś sposób wydawał się silniejszy niźli głos zwykłych ludzi. Słuchając go, nawet na otwartym powietrzu miało się wrażenie, jakby wypełniał pomieszczenie i rezonował o ściany. — Te kmiotki we wsi na wzgórzu powiedziały mi, że dotrę tutaj przed zmierzchem, zapominając dodać, że stanie się tak, jeśli wyruszę przed południem. Kiedy wreszcie przyjechałem, przemarznięty do szpiku kości i marząc o ciepłym łóżku, karczmarz potraktował mnie tak, jakby wasza Rada Wioski nie zaprosiła mnie, bym grał na święcie, jakbym po prostu był wędrownym świniopasem. Nie powiedział mi nawet, że jest burmistrzem. — Przerwał na moment, by zaczerpnąć oddechu, objął ich gniewnym spojrzeniem i natychmiast podjął znowu: — A kiedy zszedłem na dół, aby zapalić fajkę i wypić kufel ale, każdy z tych mężczyzn, siedzących we wspólnej sali, patrzył na mnie, jakbym był jego najmniej lubianym szwagrem, usiłującym pożyczyć od niego pieniądze. Jeden dziadek natychmiast zaczął mi wyznaczać, jakie pieśni mogę śpiewać, a jakich nie, potem jakaś młódka krzyczała na mnie, abym się wynosił i pogroziła mi wielką pałką, kiedy poruszałem się nie dość szybko. Kto kiedy słyszał, żeby tak traktować barda?

Twarz Egwene mogła stanowić studium sprzecznych namiętności, wpatrywała się wytrzeszczonymi z rozbawienia oczami w barda, jednak radość na jej obliczu mąciła chęć obrony Nynaeve.

— Prosimy o wybaczenie, panie bardzie — powiedział Rand. Zdawał sobie sprawę, że się niezbyt mądrze uśmiecha. — To była nasza Wiedząca, a...

— To piękne dziewczątko? — wykrzyknął bard. — Wasza Wiedząca? Czy w tym wieku nie powinna raczej flirtować z chłopcami, niż przepowiadać pogodę i leczyć choroby?

Rand niespokojnie przestąpił z nogi na nogę. Miał nadzieję, że Nynaeve nie pozna opinii barda na swój temat. Przynajmniej nie przed występem. Perrin, słysząc słowa barda, drgnął lekko, a Mat bezgłośnie zagwizdał, jakby obaj podzielali obawy Randa.

— Ci ludzie stanowią Radę Wioski — ciągnął dalej Rand. — Jestem pewien, że nie chcieli być niegrzeczni. Po prostu dowiedzieliśmy się właśnie o wojnie w Ghealdan i o człowieku, który mieni się Odrodzonym Smokiem. O fałszywym Smoku. O Aes Sedai dążących tu z Tar Valon. Rada obraduje nad ewentualnym zagrożeniem.

— To wszystko stare wieści, nawet w Baerlon są już nieaktualne — powiedział pogardliwie bard — a to jest miejsce, w którym zawsze dowiadują się wszystkiego na samym końcu. — Przerwał na chwilę, rozejrzał się dookoła i dodał sucho: — No, może jako drudzy od końca. — Potem jego wzrok padł na stojący samotnie przed gospodą wóz. — Tak, myślę że wiem, czyja to sprawka. — Głos wciąż brzmiał głęboko, ale obecny w nim pogłos gdzieś zniknął, jego miejsce zajęła pogarda. — Padan Fain jest zawsze prędki do roznoszenia złych wieści, im gorsze, tym szybciej je roznosi. Bardziej podobny jest do kruka niż do człowieka.

— Pan Fain często przyjeżdżał do Pola Emonda, panie bardzie — powiedziała Egwene. Przez jej rozbawienie przebiła się ostatecznie iskierka dezaprobaty. — Jest człowiekiem pełnym radości i zawsze przywozi więcej dobrych wiadomości niż złych.

Bard patrzył na nią przez moment, potem uśmiechnął się szeroko.

— Jesteś taka piękna. Powinnaś nosić róże we włosach. Niestety, nie potrafię wyczarowywać róż z powietrza, nie w tym roku, lecz co byś powiedziała na to, aby mi jutro asystować podczas występu? Trzymać mój flet i inne instrumenty. Zawsze wybieram najładniejszą dziewczynę.

Perrin zdławił śmiech, a Mat, który powstrzymywał go już od dawna, nie wytrzymał i głośno parsknął. Rand zamrugał zaskoczony. Egwene popatrzyła na niego, ale on nawet się nie uśmiechnął. Wreszcie wyprostowała się i odparła głosem niemalże nazbyt spokojnym:

— Dziękuję, panie bardzie. Z przyjemnością będę panu asystowała.

— Thom Merrilin — powiedział bard. Wytrzeszczyli na niego oczy. — Nazywam się Thom Merrilin, a nie pan bard. — Odrzucił wielokolorowy płaszcz na ramiona i nagle jego głos znowu rozbrzmiał, jakby odbijając się echem po ścianach wielkiej sali. — Ongiś nadworny poeta, dzisiaj w miejsce tego podniesiony do zaiste imponującej rangi pana barda, ale zwę się zwyczajnie Thom Merrilin, a bard to po prostu najzwyklejszy tytuł, którym się szczycę.

I wykonał tak wykwintny ukłon, wymachując przy tym połą płaszcza, że Mat aż klasnął, a Egwene zamruczała z podziwu.

— Panie... a... panie Merrilin — zapytał Mat, nadal niepewny, jaką wybrać formę zwracania się do barda. — Co się dzieje w Ghealdan? Czy wiesz coś o tym fałszywym Smoku? Albo o Aes Sedai?

— Czy ja wyglądam jak handlarz, chłopcze? — odburknął bard, wystukując fajkę wewnętrzną stroną dłoni. Potem schował ją w rękawie albo w kieszeni płaszcza, Rand jednak nie dostrzegł ani gdzie, ani jak to się stało. — Jestem bardem, a nie plotkarzem. I mam taką zasadę, aby nigdy niczego nie wiedzieć o Aes Sedai. Tak jest o wiele bezpieczniej.

— Ale przecież wojna... — zaczął gorączkowo Mat, lecz bard natychmiast wpadł mu w słowo:

— Na wojnie, chłopcze, głupcy zabijają innych głupców z głupich powodów. To wszystko, co należy wiedzieć o wojnie. Ja jestem tutaj, aby uprawiać sztukę. — Nagle wskazał palcem Randa. — Ty chłopcze. Jesteś wysoki. Mimo iż jeszcze nie osiągnąłeś pełni wzrostu, przypuszczam, że w całym okręgu nie ma nikogo tak dużego jak ty. Niewielu ma również oczy twojego koloru. Założę się. Jesteś szeroki w ramionach jak byk i wysoki jak Aiel. Jak masz na imię, chłopcze?

Rand wahając się, powiedział swoje imię, niepewny czy bard nie żartuje sobie z niego, ale ten tymczasem już zainteresował się Perrinem.

— Jesteś prawie tak zbudowany jak ogir. Prawie. Jak cię zwą?

— Nie jestem, musiałbym chyba stanąć na głowie — zaśmiał się Perrin. — Obawiam się, że Rand i ja jesteśmy tylko zwyczajnymi ludźmi, a nie wymyślonymi postaciami z twoich opowieści, panie Merrilin. Nazywam się Perrin Aybara.

Thom Merrilin szarpnął wąsa.

— Cóż, dobrze. Wymyślone postacie z moich opowieści. Wymyślone, powiadasz... Wy, chłopcy, zapewne naoglądaliście się dużo świata?

Rand nie odzywał się, pewien że bard żartuje sobie z nich, ale Perrin postanowił mówić:

— Wszyscy byliśmy aż we Wzgórzu Czat i w Deven Ride. Niewielu mieszkańców naszej wioski dotarło aż tak daleko.

Perrin nie chciał się chwalić, rzadko to czynił. Po prostu mówił prawdę.

— Widzieliśmy także Mire — dodał Mat, ale w jego głosie najwyraźniej rozbrzmiewała duma. — To bagna w najdalszym końcu Lasu Rzeki. Nikt tam w ogóle nie chodzi, są pełne niebezpieczeństw. Tylko my tam dotarliśmy. Nikt też nie chodzi w Góry Mgły, a myśmy tam również kiedyś byli. To znaczy u ich podnóża.

— Aż tak daleko? — wymruczał bard, wciąż mierzwiąc wąsy.

Rand zrozumiał, że skrywa uśmiech. Zobaczył, jak Perrin marszczy brwi.

— Zapuszczanie się w te góry prowadzi do nieszczęścia — powiedział Mat, jakby usprawiedliwiając się, że nie poszli dalej. — Każdy to wie.

— To wszystko głupoty, Matrimie Cauthon — Egwene ucięła gniewnie. — Nynaeve mówi... — Przerwała raptownie, rumieniec wypełzł na jej policzki. Spojrzenie, jakim obdarzyła Thoma Merrilina nie było już tak przyjazne jak przedtem. — To jest nie w porządku... to nie jest...

Jej twarz poczerwieniała jeszcze bardziej i umilkła. Mat zamrugał, jakby wreszcie zaczęło docierać do niego, co się dzieje.

— Masz rację dziecko — powiedział ze skruchą bard. — Uniżenie przepraszam. Jestem tutaj po to, żeby was zabawić. Mój język zawsze wpędza mnie w kłopoty.

— Być może nie podróżowaliśmy tyle, ile pan — rzekł Perrin bezbarwnym tonem — ale dlaczego wzrost Randa miałby być ważny?

— O to właśnie chodzi. Później pozwolę tobie i twojemu wysokiemu przyjacielowi, Randowi... tak?... spróbować mnie podnieść. Zaręczam, że wam się nie uda. Ani tobie, ani jemu, ani nikomu innemu. I co ty na to?

Perrin zaśmiał się.

— Myślę, że mogę cię podnieść już teraz.

Lecz kiedy postąpił naprzód, Thom Merrilin powstrzymał go gestem.

— Później, chłopcze, później. Kiedy zbierze się więcej ludzi. Artyście potrzebna jest publiczność.

Od momentu gdy bard opuścił oberżę, ludzie powoli gromadzili się na Łące. Młodzi mężczyźni, dziewczęta, wreszcie zupełnie małe dzieci, które szeroko otwartymi oczami i w zupełnym milczeniu patrzyły zza pleców starszych widzów. Wszyscy wyglądali tak, jakby oczekiwali na cud. Siwowłosy mężczyzna rozejrzał się — sprawiał w tym momencie wrażenie, że liczy widzów — po czym lekko skinął głową i westchnął.

— Myślę, że najlepiej będzie, jak dam małą próbkę. Tak więc idźcie zawołać pozostałych. Mały przedsmak tego, co zobaczycie jutro, podczas święta.

Cofnął się o krok i nagle wyskoczył w górę. Wykonał salto, lądując pewnie na starych fundamentach. W jego rękach nagle zatańczyły trzy kolorowe kule — czerwona, biała i czarna.

Widzowie westchnęli. Częściowo ze zdziwienia, częściowo z zachwytu. Nawet Rand zapomniał o swej irytacji. Uśmiechnął się do Egwene, a ona odpowiedziała uśmiechem. Potem oboje odwrócili się i skoncentrowali na przedstawieniu.

— Chcecie opowieści? — zadeklamował Thom Merrilin. — Znam opowieści i ofiaruję je wam. Sprawię, że ożyją przed waszymi oczyma.

Do wirujących kul dołączyła niebieska, potem zielona i w końcu żółta.

— Legendy o wielkich wojnach i wielkich bohaterach, dla mężczyzn i chłopców. Dla kobiet i dziewcząt cały *Cykl Aptarigine*. Opowieści o Arturze Paendragu Tanreallu, Arturze Jastrzębie Skrzydło, Arturze Wielkim Królu, który kiedyś panował nad ziemiami rozciągającymi się od Pustkowia Aiel po Ocean Aryth, a nawet dalej. Cudowne opowieści o niezwykłych ludziach i dziwnych krainach, o Zielonym Człowieku, o Strażnikach i trollokach, o ogirach i Aielach. *Tysiąc opowieści o Anli, Mądrej Doradczyni. Jaem Zabójca Gigantów. Jak Susa Poskromił Jaina Długi Krok. Mara i Trzech Głupich Królów.*

— Opowiedz nam o Lennie — powiedziała Egwene. — Jak poleciał na księżyc w brzuchu ognistego ptaka. O jego córce, która spaceruje wśród gwiazd.

Rand spojrzał kątem oka, ale zapatrzona w barda, nie zwróciła na niego uwagi. Nigdy nie lubiła opowieści o przygodach i dalekich podróżach. Przepadała za historiami humorystycznymi, opowiadającymi o kobietach, którym udało się przechytrzyć najsprytniejszych mężczyzn. Był pewien, że poprosiła o tę opowieść, aby umocnić decyzję tkwiącą w jej sercu. I tak przekona się, że świat nie jest miejscem dla ludzi z Dwu Rzek. Opowieści o przygodach, nawet marzenia o nich to jedna sprawa, czymś zupełnie innym jest branie w nich osobiście udziału.

— A więc stare opowieści. — Thom Merrilin żonglował teraz sześcioma kulami, trzema każdą ręką. — Opowieści z Wieku poprzedzającego Wiek Legend, jak głoszą niektórzy. Być może nawet jeszcze starsze. Ale ja, wierzcie mi, znam wszystkie historie, z Wieków, które były i z tych, które dopiero będą. O Wiekach, gdy ludzie rządzili niebem i gwiazdami oraz o tych, gdy wędrowali po ziemi jak stada zwierząt. O Wiekach cudów i Wiekach przerażenia. O Wiekach kończących się ogniem płynącym z niebios i o Wiekach, których przeznaczeniem były śnieg i lód, pokrywające morza i ziemie. Znam wszystkie historie i opowiem je wam. Opowieści o Mosku Gigancie i jego Ognistej Włóczni, przed którą nic się na całym świecie nie mogło ukryć, oraz o jego wojnach z Alsbet, Królową Wszystkiego. Opowieści o Materese Uzdrowicielce, Matce Cudownego Ind.

Kule znowu zatańczyły w dłoniach barda, tym razem w dwóch przecinających się kręgach. Jego głos brzmiał jak pieśń, mówiąc, odwracał się powoli, jakby sprawdzając efekt swoich słów.

— Opowiem wam o końcu Wieku Legend, o Smoku i jego próbie uwolnienia Czarnego i wypuszczenia go na świat ludzi. Opowiem o Czasie Szaleństwa, gdy Aes Sedai rozszarpały Świat, o Wojnach z Trollokami, gdy ludzie walczyli z trollokami o władzę nad światem, o Wojnie Stu Lat, gdy ludzie walczyli z ludźmi i tworzyły się dzisiejsze narody. Opowiem o przygodach mężczyzn i kobiet, bogatych i biednych, wielkich i małych, dumnych i uniżonych. *Oblężenie Filarów Nieba. Jak Dobra Żona Karil Wyleczyła Swego Męża z Chrapania. Król Darith i Zagłada Domu...*

Nagle strumień słów przestał płynąć, ręce barda zatrzymały się. Thom po prostu zdjął kule z powietrza, a słowa zamarły mu na ustach. Moiraine, nie zauważona przez Randa, dołączyła do tłumu słuchaczy. Towarzyszył jej Lan, choć trzeba było się uważnie wpatrzeć, żeby go zobaczyć. Przez chwilę, stojąc zupełnie nieruchomo, bard patrzył na nią z ukosa. Potem jego ręce wykonały nieznaczny gest i kule zniknęły w szerokim rękawie. Następnie skłonił się jej, szerokim gestem odchylając połę płaszcza.

— Wybacz mi, pani, ale chyba nie jesteś stąd?

— Lady! — zasyczał gwałtownie Ewin. — Lady Moiraine.

Thom zamrugał, po czym ukłonił się ponownie, tym razem jeszcze głębiej niż poprzednio.

— Jeszcze raz proszę o wybaczenie... lady. Nie chciałem cię obrazić.

Moiraine wykonała nieznaczny gest, jakby się przed czymś opędzała.

— Nic mi nie uczyniłeś, Mistrzu Poezji. A na imię mam po prostu Moiraine. Rzeczywiście jestem tu obca, podobnie jak ty podróżuję, daleko i samotnie. Świat może być niebezpiecznym miejscem dla obcych.

— Lady Moiraine zbiera opowieści — wtrącił Ewin. — Opowieści o rzeczach, które wydarzyły się w Dwu Rzekach. Chociaż ja nie wyobrażam sobie, cóż mogło się tutaj zdarzyć, aby stać się tematem opowieści.

— Wierzę, że moje opowieści tobie też się spodobają... Moiraine.

Thom spoglądał na nią z wyraźną rezerwą. Widać było, że nie jest zadowolony ze spotkania. Nagle Rand spróbował wyobrazić sobie, jakie rozrywki może znaleźć taka kobieta jak ona w miastach w rodzaju Baerlon lub Caemlyn. Nie przyszło mu do głowy nic lepszego niż występ barda.

— To już jest sprawa smaku, Mistrzu Poezji — odpowiedziała. — Pewne opowieści lubię, innych nie.

Thom ponownie ukłonił się najgłębiej jak potrafił, jego korpus znalazł się w linii poziomej.

— Tuszę, że żadna z moich opowieści nie napełni cię niesmakiem. Wszyscy na pewno będą zadowoleni i szczęśliwi. Jeżeli zechcesz przyjść, uczynisz mi wielki honor. Jestem tylko prostym bardem, nikim więcej.

Moiraine odpowiedziała na jego ukłon wdzięcznym skinieniem głowy. Przez tę chwilę jeszcze bardziej wyglądała tak, jak widział ją Ewin, jak dama łaskawie przyjmującą hołd od jednego ze swych poddanych. Potem odwróciła się, a Lan poszedł za nią, jak wilk za płynącym łabędziem. Thom patrzył za nimi, marszcząc brwi i szarpiąc wąsa.

„W ogóle nie jest zadowolony" — pomyślał Rand.

— Będziesz jeszcze żonglował? — dopytywał się Ewin.

— Połknij ogień! — krzyknął Mat. — Chciałbym zobaczyć, jak połykasz ogień.

— Harfa! — zawołał ktoś z tłumu. — Zagraj na harfie. — Ktoś inny domagał się fletu.

W tym momencie drzwi gospody otworzyły się i wyszli z niej członkowie Rady Wioski, towarzyszyła im Nynaeve. Rand zauważył, że nie było z nimi Padana Faina — handlarz najprawdopodobniej wolał pozostać w cieple, przy swoim korzennym winie.

Mrucząc coś o „mocnej brandy", Thom Merrilin szybko zeskoczył z kamieni. Nie zwracając uwagi na krzyki tych, którzy przyszli na niego popatrzeć, próbował przepchnąć się przez drzwi gospody, jeszcze zanim członkowie Rady Wioski zdążyli ją opuścić.

— Czy on sądzi, że jest bardem czy królem? — zapytał Cenn Buie podrażnionym tonem. — Strata pieniędzy, jeżeli o mnie chodzi.

Bran al'Vere popatrzył za bardem i pokiwał głową.

— Ten człowiek może przysporzyć więcej kłopotów, niż jest wart.

Zajęta otulaniem się w płaszcz Nynaeve głośno prychnęła.

— Martw się o barda, jeśli chcesz, Brandwelynie al'Vere. Ostatecznie on znajduje się w Polu Emonda, czego nie można powiedzieć o tym fałszywym Smoku. Dopóki jednak w ogóle chce ci się jeszcze przejmować, pamiętaj o tym, że są w wiosce tacy, o których rzeczywiście powinieneś się martwić.

— Jeżeli pozwolisz, Wiedząca — odrzekł sztywno Bran — racz zostawić mnie samemu wybór przedmiotów moich zmartwień. Pani Moiraine i pan Lan są gośćmi w mojej gospodzie i, jak uważam, bardzo przyzwoitymi, godnymi szacunku ludźmi. Żadne z nich nie nazwało mnie głupcem przed całą Radą. Żadne z nich nie zarzucało członkom Rady braku wszystkich klepek w głowie.

— Sądzę, że moja ocena była i tak o połowę za wysoka — odparowała Nynaeve.

Odeszła, nie oglądając się nawet, a Bran stał osłupiały, nie potrafiąc znaleźć odpowiedniej riposty.

Egwene popatrzyła na Randa, jakby chciała coś powiedzieć, ale zmieniła zamiar i poszła za Wiedzącą. Rand wiedział, że musi być jakiś sposób powstrzymania jej przed opuszczeniem Dwu Rzek, lecz jedyna rzecz, jaka mu w tej chwili przychodziła do głowy, wymagała od niego powzięcia decyzji, do której nie czuł się przygotowany. Nawet gdyby ona chciała. Ale z tego, co dotąd mówiła, wcale tak nie wynikało. Zamieszanie myśli sprawiło, iż poczuł się jeszcze gorzej.

— Ta młoda kobieta potrzebuje męża — wymruczał Cenn Buie, lekko kołysząc się na nogach. — Jego twarz była purpurowa i czerwieniała coraz bardziej. — Zupełnie straciła wszelki szacunek. Jesteśmy Radą Wioski, a nie chłopcami, którzy się za nią uganiają i…

Burmistrz westchnął ciężko przez nos i znienacka zaatakował starego strzecharza.

— Bądź cicho Cenn! Przestań się zachowywać jak Aiel w czarnej masce!

Chudy mężczyzna aż zamarł ze zdziwienia. Burmistrz nigdy nie dawał ponieść się emocjom. Tymczasem Bran szalał.

— Niech sczeznę, mamy ważniejsze rzeczy do roboty, niż zajmowanie się takimi głupstwami. Czy może masz zamiar przyznać słuszność Nynaeve? — Powiedziawszy to, odwrócił się gwałtownie, wszedł do gospody i zatrzasnął za sobą drzwi.

Członkowie Rady popatrzyli na Cenna, potem rozeszli się, każdy w swoim kierunku. Wszyscy prócz Harala Luhhana, który pozostał na miejscu i uspokajająco mówił coś do skamieniałego strzecharza. Kowal był jedynym człowiekiem, który potrafił cokolwiek wytłumaczyć Cennowi.

Rand poszedł na spotkanie ojca, jego przyjaciele podążyli za nim.

— Nigdy nie widziałem pana al'Vere w takim stanie.

To była pierwsza rzecz, jaką powiedział. Mat rzucił mu spojrzenie pełne niesmaku.

— Burmistrz i Wiedząca rzadko zgadzają się ze sobą — powiedział Tam — a dzisiaj zgadzali się jeszcze mniej. To wszystko. Tak samo jest w każdej wiosce.

— A co z tym fałszywym Smokiem? — zapytał Mat.

Perrin wsparł jego pytanie niewyraźnym pomrukiem:

— Co z Aes Sedai?

Tam powoli pokiwał głową.

— Pan Fain nie wiedział wiele więcej nad to, co zdążył już powiedzieć. Pozostałe rzeczy nie mają dla nas większego znaczenia. Bitwy przegrywa się i wygrywa. Miasta padają i są odbijane. Wszystko to jednak, Światłości dzięki, dzieje się w Ghealdan. Wojna nie rozszerza się, przynajmniej na tyle, na ile wiedział Fain.

— Mnie interesują bitwy — powiedział Mat.

— Co o nich mówił? — dopytywał się Perrin.

— Ale mnie nie interesują, Matrim — odparł Tam. — Niemniej jestem pewien, że z chęcią opowie wam o nich później. Tym, co mnie interesuje, jest fakt, że nie musimy tutaj niczego się obawiać, przynajmniej na tyle, na ile jesteśmy w stanie to stwierdzić. Nie widzimy powodu, dla którego Aes Sedai miałyby dotrzeć do Dwu Rzek, skoro kierują się na południe. A jeśli chodzi o drogę powrotną, przypuszczam, że nie będą miały ochoty przeprawiać się przez Las Cieni i Białą Rzekę.

Chłopcy zaśmiali się. Istniały trzy powody, dla których nikt nie przyjeżdżał do Dwu Rzek inną drogą niż z północy, przez Taren

Ferry. Na północy Góry Mgły, a na wschodzie bagna Mire skutecznie blokowały drogę. Na wschodzie płynęła Biała Rzeka, zawdzięczająca swoją nazwę licznym skałom i kamieniom, które ubijały jej szybki nurt na pianę. Za rzeką rozciągał się Las Cieni. Jedynie kilku ludzi z Dwu Rzek przeprawiło się przez Białą Rzekę, jeszcze mniej wróciło. Powszechnie uważano, że Las Cieni rozciąga się setki mil na południe, że nie ma w nim żadnej drogi ani wsi, za to pełen jest wilków i niedźwiedzi.

— Tak więc dla nas to już koniec — powiedział Mat. W jego głosie brzmiało rozczarowanie.

— Nie całkiem — zauważył Tam. — Pojutrze wyślemy ludzi do Deven Ride, do Wzgórza Czat i do Taren Ferry, aby zorganizować straże pilnujące okolicy. Rozstawimy jeźdźców wzdłuż brzegów Białej Rzeki i Taren, a pomiędzy nimi patrole. Powinno to być zrobione już dzisiaj, lecz tylko burmistrz mnie poparł. Reszta nawet nie chciała próbować prosić kogoś o spędzenie Bel Tine poza wioską.

— Mówił pan, że nie ma powodów do obaw — powiedział Perrin.

Tam potrząsnął głową i rzekł:

— Mówiłem, że nie powinno być, a nie, że nie ma. Widywałem ludzi, którzy ginęli dlatego, iż sądzili, że to, co nie powinno się zdarzyć, nie zdarzy się. Ponadto walka wznieca ruch wśród ludzi. Większość oczywiście poszukuje schronienia, ale są też tacy, którzy pragną wyciągnąć dla siebie jakieś korzyści z zamieszania. Tym pierwszym powinniśmy podać pomocną dłoń, lecz pozostałych musimy odesłać tam, skąd przychodzą.

Nagle Mat odezwał się:

— Czy my też możemy wziąć w tym udział? W każdym razie ja bardzo bym chciał. Wie pan, że potrafię jeździć na koniu równie dobrze, jak ktokolwiek we wsi.

— Pragniesz kilku tygodni zimna, nudy i niedosypiania? — zaśmiał się Tam. — Przypuszczalnie do tego się to wszystko sprowadzi. Przynajmniej mam taką nadzieję. Lepiej będzie schodzić z drogi nawet uchodźcom. Jeżeli jednak jesteś zdecydowany, musisz pomówić z panem al'Vere. Rand! Czas wracać na farmę.

Rand zamrugał zaskoczony i rzekł:

— Myślałem, że zostaniemy na Zimową Noc?

— Trzeba dopatrzyć kilku rzeczy na farmie i chciałbym, abyś był ze mną.

— Jeżeli nawet, to możemy zostać przecież jeszcze kilka godzin. Poza tym ja też chciałbym wziąć udział w patrolowaniu.

— Wyruszamy od razu — powiedział ojciec tonem nie dopuszczającym sprzeciwu. Potem dodał trochę łagodniej: — Jutro będziemy z powrotem i wystarczy ci czasu, aby porozmawiać z panem al'Vere. A także wziąć udział w święcie. Teraz masz pięć minut, potem spotykamy się w stajni.

— A ty masz zamiar patrolować razem ze mną i Randem? — zapytał Mat Perrina, gdy Tam się oddalił. — Założę się, że nic takiego dotąd nie zdarzyło się w Dwu Rzekach. Jeżeli zostaniemy skierowani do Taren, możemy nawet zobaczyć żołnierzy i kto wie, co jeszcze. Nawet Druciarzy.

— Myślę, że tak zrobię — odparł wolno Perrin. — To znaczy, jeżeli pan Luhhan nie będzie mnie potrzebował.

— Wojna toczy się w Ghealdan — powiedział gwałtownie Rand. Potem z wysiłkiem obniżył głos. — Wojna jest w Ghealdan, a Aes Sedai są Światłość jedna wie gdzie, ale w każdym razie na pewno nie tutaj. Natomiast człowiek w czarnym płaszczu jest gdzieś w okolicy, chyba że już o nim zapomnieliście.

Tamci wymienili pełne niepokoju spojrzenia.

— Przepraszam, Rand — wymamrotal Mat — ale szansa na coś oprócz codziennego dojenia krów nie pojawia się często. — Wyprostował się pod ich zaskoczonymi spojrzeniami. — Tak, muszę je doić, i to codziennie.

— Czarny jeździec — przypomniał im Rand. — Co będzie, jeśli kogoś zrani?

— Może to uciekinier z wojennej zawieruchy — powiedział Perrin powątpiewającym głosem.

— Kimkolwiek jest — dodał Mat — patrole go znajdą.

— Może — odpowiedział Rand. — Ale wygląda na to, że potrafi znikać wtedy, kiedy chce. Byłoby lepiej, gdyby wiedzieli, że mają go szukać.

— Powiemy panu al'Vere, kiedy zgłosimy się na patrol — zaproponował Mat. — On powie o tym Radzie, a oni powiadomią strażników.

— Rada! — W głosie Perrina brzmiało niedowierzanie. — Będziemy mieli szczęście, jeżeli burmistrz nas nie wyśmieje. Pan Luhhan i ojciec Randa już myślą, że dopatrujemy się niesamowitych rzeczy w każdym cieniu.

Rand westchnął:

— Jeżeli mamy zamiar powiedzieć, to możemy to zrobić teraz. Dzisiaj nie będą się śmiać głośniej niż jutro.

— Może — Perrin spojrzał z ukosa na Mata — powinniśmy poszukać kogoś, kto jeszcze go widział. Popytamy dzisiaj wieczorem w wiosce.

Wyraz niezadowolenia na twarzy Mata pogłębił się. Wszyscy trzej rozumieli, że Perrin ma na myśli znalezienie świadków bardziej wiarygodnych niż Mat.

— Jutro nie będą się śmiać głośniej niż dziś — dodał Perrin, widząc wahanie Randa. — Byłoby lepiej, gdybyśmy mieli jeszcze kogoś ze sobą, kiedy do niego pójdziemy. Najlepiej, żeby to było pół wioski.

Rand powoli pokiwał głową. Już słyszał śmiech pana al'Vere. Więcej świadków na pewno nie zaszkodzi. Jeżeli oni trzej widzieli tego człowieka, to inni też musieli go widzieć.

— Wobec tego jutro. Wy spróbujecie znaleźć kogo się da dzisiaj wieczorem, a jutro pójdziemy do burmistrza. Potem...

Patrzyli na niego w milczeniu, żaden nie odważył się zadać pytania, co będzie, kiedy nie znajdą nikogo, kto widział człowieka w czarnym płaszczu. To pytanie było wyraźnie widoczne w ich oczach, a Rand nie potrafił na nie odpowiedzieć. Westchnął ciężko i powiedział:

— Lepiej już pójdę. Ojciec pomyśli, że coś mi się stało.

Żegnany przez nich poszedł w kierunku stajni, gdzie wóz o wysokich kołach stał oparty na podpórkach.

Stajnia była długim wąskim budynkiem, przykrytym wysoką strzechą. Wyścielone słomą boksy zajmowały obie ściany mrocznego wnętrza. Jedyne światło wpadało przez dwoje otwartych drzwi, znajdujących się na końcach budynku. Konie z zaprzęgu handlarza chrupały siano w ośmiu boksach, a masywne dhurrany karczmarza, które wypożyczał ludziom z wioski, gdy chcieli się udać dalej, niż było to możliwe dla ich koni, zajmowały dalszych sześć. Poza tym tylko w trzech boksach stały konie. Rand pomyślał, że bez trudu jest w stanie przypisać każdego konia właścicielowi. Wysoki, czarny ogier o szerokiej piersi, który gwałtownie podrywał głowę, musi być własnością Lana. Lśniąca biała klacz o wygiętej szyi, przestępująca z nogi na nogę z gracją tańczącej dziewczyny, mogła należeć tylko do Moiraine. A ten trzeci obcy koń, długonogi wałach o płaskich bokach i zakurzonej brązowej sierści idealnie pasował do Thoma Merrilina.

Tam stał w drugim końcu stajni i trzymając Belę za uzdę, mówił coś cicho do Tada i Hu. Zanim Rand zdążył wejść do stajni, jego ojciec skinął głową stajennym i wyprowadził Belę na zewnątrz, po drodze zabierając również Randa.

Nie padło ani jedno słowo, gdy zaprzęgali kudłatą klacz. Tam zdawał się głęboko pogrążony w myślach, toteż Rand również trzymał język za zębami. Nie zastanawiał się, w jaki sposób zdołają przekonać ojca i burmistrza o istnieniu człowieka w czarnym płaszczu. Jutro będzie na to dość czasu, kiedy Mat i Perrin znajdą innych, którzy go widzieli. Jeżeli im się uda.

Kiedy wóz ruszył, Rand wziął łuk i, prawie biegnąc, niezgrabnie przypasał kołczan. Gdy dotarli do ostatniego szeregu domów, wyciągnął strzałę, nasadził na cięciwę i lekko naciągnął. Dookoła nie było nic oprócz pozbawionych liści drzew, lecz w mięśniach ramion czuł napięcie. Czarny jeździec może na nich napaść, zanim którykolwiek się zorientuje. Może nie wystarczyć czasu na naciągnięcie łuku.

Zdawał sobie sprawę, że długo nie będze w stanie utrzymać napiętej cięciwy. Sam zrobił ten łuk i prócz Tama niewielu ludzi w okolicy potrafiłoby naciągnąć go do końca. Rozejrzał się dookoła, aby znaleźć coś, na czym mógłby skupić uwagę i przestać wreszcie myśleć o czarnym jeźdźcu. Nie było to łatwe, gdy szli tak, otoczeni przez las, a ich płaszcze łopotały na wietrze.

W końcu jednak postanowił się odezwać:

— Ojcze, nie rozumiem, dlaczego Rada przepytywała Padana Faina na osobności. — Z wysiłkiem oderwał wzrok od lasu i spojrzał ponad grzbietem Beli. — Wydaje mi się, że decyzję, do której doszliście, można było podjąć na miejscu. Burmistrz tylko śmiertelnie przestraszył wszystkich, mówiąc o Aes Sedai, fałszywym Smoku i ich obecności w Dwu Rzekach.

— Ludzie są śmieszni, Rand. Większość z nich. Weź choćby Harala Luhhana. Jest silnym mężczyzną i bardzo odważnym, ale nie może patrzeć na zabijanie zwierząt. Robi się wtedy blady jak płótno.

— A co to ma do rzeczy? Wszyscy wiedzą, że pan Luhhan nie może znieść widoku krwi, ale nikt oprócz Coplinów i Congarów nie wyciąga stąd żadnych wniosków.

— O to właśnie chodzi, chłopcze. Ludzie nie zawsze zachowują się, czy myślą, w sposób, w jaki mógłbyś zakładać, że powinni. Tamci ludzie... niech śnieżyca zmieni ich plony w błoto, niech wiatr zerwie wszystkie dachy w okolicy, niech wilki pozabijają wszelki żywy inwentarz, a oni zakaszą rękawy i zaczną od samego początku. Będą narzekać, ale nie zmarnują ani chwili czasu. Lecz wystarczy, że wymienisz przy nich nazwę Aes Sedai lub powiesz, że w Ghealdan jest fałszywy Smok, a już zaczną myśleć, że Ghealdan nie leży wcale tak daleko od przeciwległej strony Lasu Cieni, i że prosta droga z Tar Valon prowadzi niezbyt daleko stąd. Jakby Aes Sedai nie wybrały drogi przez Caemlyn i Lugard, zamiast jechać na przełaj! Jutro rano cała wieś byłaby przekonana, że wojna wkrótce ma spaść na nas. Po całych tygodniach dopiero plotki by ucichły. Mielibyśmy naprawdę piękne Bel Tine. Dlatego właśnie Brand podsunął im ten pomysł, zanim sami na niego wpadli.

Zobaczyli, że Rada rozważyła ten problem, i teraz posłuchają tego, co postanowiliśmy. Wybrali nas do Rady Wioski dlatego, że wierzą, iż potrafimy osądzić wszystko w sposób, który będzie najlepiej odpowiadał każdemu. Wierzą w nasze sądy. Nawet w opinie Cenna, co jak sądzę, jest dostatecznym dowodem wiarygodności całej reszty. W każdym razie usłyszą, że nie ma się czego obawiać i uwierzą nam. I to nie dlatego, że sami ostatecznie nie są w stanie dojść do identycznych wniosków lub do nich nie dojdą, lecz po prostu dlatego, że nie chcą, aby nie udało się święto, a poza tym któż ma ochotę spędzić całe tygodnie, martwiąc się o coś, co się najprawdopodobniej nie zdarzy. A jeżeli jednak, mimo wszelkiego prawdopodobieństwa… cóż, patrole ostrzegą nas wystarczająco wcześnie, abyśmy mogli zrobić wszystko, co będziemy mogli. Ja jednak naprawdę myślę, że do niczego nie dojdzie.

Rand wydął policzki. Bycie członkiem Rady Wioski było najwyraźniej dużo bardziej skomplikowane, niż mu się wydawało. Wóz turkotał po Drodze Kamieniołomu.

— Czy ktoś oprócz Perrina widział tego dziwnego jeźdźca? — zapytał Tam.

— Mat też, ale… — Rand zamrugał i spojrzał na ojca. — Wierzysz mi? Muszę wrócić. Muszę im powiedzieć.

Krzyk Tama zatrzymał go, gdy już się odwracał, aby biec do wioski.

— Spokojnie chłopcze, spokojnie. Myślisz, że czekałem tak długo bez powodu?

Rand niechętnie zajął swoje miejsce przy wozie, który skrzypiąc i trzeszcząc, posuwał się za cierpliwą Belą.

— Co spowodowało, że zmieniłeś zdanie? Dlaczego mam im nie mówić?

— Wkrótce się dowiedzą. Przynajmniej Perrin. Co do Mata, to nie jestem pewien. Trzeba roznieść wiadomości po farmach, lecz gdy dowie się o tym Mat, to w ciągu godziny nie będzie w Polu Emonda nikogo powyżej lat szesnastu, kto nie będzie wiedział, że w okolicy czai się obcy, i to taki, którego na pewno nikt nie zaprosiłby na święto. Zima była wystarczająco ciężka, żeby teraz jeszcze straszyć młodzież.

— Święto? — powiedział Rand. — Gdybyś go widział, nie życzyłbyś sobie jego obecności w promieniu najbliższych dziesięciu mil. Najpewniej nawet stu.

— Być może — odrzekł uspokajająco Tam. — To może być po prostu ktoś, kto ucieka przed kłopotami w Ghealdan albo, co bardziej prawdopodobne, złodziej, który myśli, że tutaj będzie mu łatwiej niż w Baerlon lub Taren Ferry. Gdyby nawet, to i tak nikt w okolicy nie ma wystarczająco dużo, aby można mu było cokolwiek ukraść. Jeżeli zaś jest to ktoś, kto ucieka przed wojną... cóż, nie jest to żadne usprawiedliwienie dla straszenia ludzi. Kiedy wreszcie rozstawimy straże, to albo go znajdą, albo przepłoszą stąd.

— Mam nadzieję, że go przepędzą. Ale dlaczego teraz mi wierzysz, a nie uwierzyłeś rano?

— Muszę ufać swoim oczom, chłopcze, a ja niczego nie widziałem. — Tam potrząsnął siwiejącą czupryną. — Wygląda na to, że tylko młodzi ludzie widzieli tego człowieka. Kiedy Haral Luhhan wspomniał, jak Perrin przestraszył się cienia, wtedy wszystko wyszło na jaw. Widział go najstarszy syn Jona Thana, a także chłopak Samela Crawe'a, Bandry. Cóż, kiedy czterech z was mówi, że widziało coś, a wszyscy to solidni chłopcy, wtedy myślimy, że coś w tym jest, niezależnie od tego, czy widzieliśmy coś sami, czy nie. Oczywiście, wszyscy prócz Cenna. Niemniej, dlatego właśnie wracamy do domu. Pod naszą nieobecność ten obcy mógłby narobić jakichś szkód. Gdyby nie święto, jutro nie pojechałbym do wioski. Ale przecież nie możemy zostać więźniami we własnym domu tylko dlatego, że ktoś czai się w okolicy.

— Nic nie wiem o Banie czy Lemie — powiedział Rand. — Ale chcemy iść jutro do burmistrza, boimy się tylko, że nam nie uwierzy.

— Siwe włosy nie znaczą, że rozmiękły nam mózgi — powiedział Tam sucho. — Tak więc patrz uważnie. Może mnie też uda się go zobaczyć, jeśli znowu się pokaże.

Rand zrobił, jak mu kazano. Z zaskoczeniem stwierdził, że jego krok stał się lżejszy. Zniknęło gdzieś napięcie gniotące ramiona. Był wciąż przestraszony, ale już nie tak jak poprzednio. Podobnie jak rankiem, byli sami na drodze, czuł się jednak tak, jakby towarzyszyła im cała wieś. To, że inni wiedzieli i wierzyli, stanowiło istotną różnicę. Czarny jeździec nie mógł zrobić nic takiego, z czym nie poradziliby sobie ludzie z Pola Emonda.

ROZDZIAŁ 5

ZIMOWA NOC

Zanim wóz dojechał do farmy, słońce zdążyło już pokonać połowę drogi między zenitem a horyzontem. Ich dom nie był duży, wielkością nawet nie zbliżony do obszernych domostw farmerów ze wschodu, rozbudowywanych przez lata tak, by zdolne były pomieścić liczne rodziny. W Dwu Rzekach często bywało, iż pod jednym dachem zamieszkiwały trzy, a nawet cztery pokolenia, łącznie ze wszystkimi ciotkami, wujami, kuzynami i siostrzeńcami. Tam i Rand, samotni, we dwóch tylko prowadzący gospodarkę, uważani byli za przypadek dość osobliwy.

Dom, wysoki zaledwie na jedno piętro, zbudowany był na planie zgrabnego prostokąta, pozbawionego dodatkowych skrzydeł czy przybudówek. Na stromym poddaszu, krytym strzechą, mieściły się dwie dodatkowe sypialnie oraz spiżarnia. Chociaż nie pomalowali jeszcze zewnętrznych ścian, z których podczas zimowych burz zeszło całe wapno, widać było, że silna, drewniana konstrukcja domu jest utrzymywana w należytym stanie, strzecha starannie naprawiana, a okiennice szczelne i równo zawieszone.

Dom, stodoła i kamienna owczarnia wyznaczały wierzchołki trójkąta tworzącego podwórko, na którym obecnie kilka odważnych kurcząt grzebało w zmarzniętej ziemi. Obok owczarni znajdowała się, otwarta teraz na oścież, strzyżarnia owiec oraz kamienne koryto na wodę. Pola dzielące farmę od lasu przesłaniał częściowo wysoki szczyt solidnie zbudowanej suszarni. Niewielu farmerów w Dwu Rzekach potrafiłoby związać koniec z końcem, gdyby wędrowni kupcy nie kupowali od nich wełny i tytoniu.

Gdy Rand zajrzał do kamiennej owczarni, napotkał tylko spojrzenie ogromnego barana, rozłożystorogiego przewodnika stada, pozostałe owce niewzruszenie wylegiwały się na słomie albo nurzały swe czarne pyski w korycie z paszą. Urosły im gęste, poskręcane futra, ale wciąż było za zimno, by je strzyc.

— Moim zdaniem człowiek w czarnym płaszczu nie dotarł tutaj — zawołał Rand do ojca, który z włócznią w ręku obchodził powoli dom, przyglądając się uważnie śladom na ziemi. — Owce nie byłyby takie spokojne, gdyby się gdzieś tu kręcił.

Tam skinął głową, ale nie zatrzymał się. Obszedł dom, potem stodołę i owczarnię, ani na moment nie przestając patrzeć uważnie pod nogi. Sprawdził nawet wędzarnię i suszarnię. Zaczerpnął z wiadra świeżo nabranej wody, powąchał ją i ostrożnie posmakował czubkiem języka. Po chwili wybuchnął śmiechem i jednym haustem wypił wszystko do końca.

— Chyba masz rację — odezwał się wreszcie do Randa. — Przez tych ludzi i konie, których nie widać ani nie słychać, zrobiłem się strasznie podejrzliwy.

Napił się jeszcze i ruszył w stronę domu, z wiadrem w jednej dłoni i włócznią w drugiej.

— Na kolację ugotuję gulasz. Ale najpierw musimy nadgonić robotę.

Rand skrzywił się, żałując Zimowej Nocy w Polu Emonda. Ale Tam miał rację. Praca na farmie nigdy nie ustaje, kończy się jedną rzecz i zaraz trzeba zaczynać dwie nowe. Zastanawiając się, co teraz robić, wciąż trzymał łuk i kołczan na podorędziu. Jeżeli ten czarny jeździec rzeczywiście miałby się pojawić, to przecież nie będzie z nim walczył motyką.

Najpierw trzeba było zaprowadzić do stajni Belę. Gdy już zdjął z niej uprząż i wprowadził do zagrody, w której trzymali także krowę, ściągnął płaszcz i wytarł jej boki wiechciem słomy, a potem wyczesał zgrzebłem. Wspiął się po drabinie na stryszek i zrzucił na dół wiązkę siana. Dorzucił cały kubeł owsa, mimo że w korycie zostało jeszcze trochę z poprzedniego dnia, a nie wiadomo było, czy starczy go do końca zimy. Krowa, którą wydoili o pierwszym brzasku, dała zaledwie ćwierć normalnej porcji mleka; wraz z przedłużającą się zimą jej wymiona niemalże zupełnie wyschły.

Wiedział, że paszy dla owiec wystarczy już tylko na dwa dni. Zwierzęta powinny zostać wyprowadzone na pastwisko, niestety żaden skrawek terenu, nawet przy maksimum dobrej woli, nie mógł zostać określony tym mianem. Dolał im jednak przynajmniej wody. Potem trzeba było zebrać jajka, o ile kury w ogóle cokolwiek zniosły. Znalazł tylko trzy, resztę pewnie ptaki złożyły w jakichś dziwnych miejscach, ostatnimi czasy postępowały tak coraz częściej, wkładając w to coraz więcej sprytu.

Szedł właśnie z motyką do warzywnika, gdy z domu wyszedł Tam, usiadł na ławce i wziął się do naprawiania uprzęży. Widząc, że postawił obok włócznię, Rand przestał mieć do siebie pretensje z powodu łuku leżącego w zasięgu ręki, na płaszczu.

Ponad powierzchnię zmarzniętej ziemi wybiło się kilka pojedynczych chwastów, ale oprócz nich w ogrodzie rosło niewiele więcej. Skarłowaciała kapusta, jakieś liche pędy fasoli albo groszku, buraki nawet nie dały znaku życia. Naturalnie nie zasiali jeszcze wszystkiego, tylko część warzyw, w nadziei, że chłody wreszcie ustąpią i zdążą coś zebrać, zanim piwnica opustoszeje do cna. Kopanie nie sprawiało Randowi trudności — w minionych latach aż nadto często parał się tym zajęciem — pracując, zastanawiał się nad tym, co zrobią, jeżeli nie zbiorą żadnych plonów w tym roku. Niezbyt przyjemna myśl. A tu jeszcze trzeba było porąbać drewno.

Miał wrażenie, że od czasów, kiedy nie było trzeba rąbać drewna, minęło wiele lat. Ale narzekaniem nie ogrzeje się domu, więc położył łuk i kołczan w pobliżu kloca, chwycił topór i zabrał się do pracy. Sosna dająca żywe, gorące płomienie, płonący długo i wolno dąb. Wkrótce był tak zgrzany, że musiał zdjąć kaftan. Gdy sterta porąbanych szczap urosła już wystarczająco, przeniósł ją pod dom i ułożył obok zgromadzonych tam wcześniej stosów. Większość sięgała do samego okapu. Zazwyczaj o tej porze roku sągi drewna były niewielkie, ta zima dyktowała jednak własne prawa. Zamach toporem i na stos, zamach i na stos: Rand pogrążył się całkowicie w jednostajnym rytmie uderzeń, sterta powoli rosła. Zdziwiony aż zamrugał, gdy dotyk dłoni Tama wytrącił go z hipnotyzującej monotonii.

Zapadał już zmierzch, szybko gęstniejący wraz z nadchodzącą nocą. Nad czubkami drzew pojawił się księżyc w pełni, połyskujący blado, wybrzuszony — wyglądał tak, jakby zaraz miał na nich spaść.

— Chodź, chłopcze. Czas się myć i pomyśleć o kolacji. Już naniosłem wody na gorącą kąpiel.

— Chętnie spotkam się ze wszystkim, co gorące — powiedział Rand, chwytając kaftan i zarzucając go sobie na ramiona. Koszulę miał mokrą od potu, a wiatr, na który zupełnie nie zwracał uwagi podczas intensywnego wymachiwania toporem, obecnie zdawał się przenikać go lodowatym tchnieniem. Tłumił ziewanie i dygocząc, zbierał resztę rzeczy.

— Marzę o śnie. Mógłbym przespać całe święto.

— A założysz się ze mną, że nie mógłbyś? — Tam uśmiechnął się i Rand nie miał innego wyjścia, tylko odwzajemnić uśmiech. Musiałby nie spać chyba cały tydzień, żeby nie wstać podczas Bel Tine. Nikt nie umiałby opuścić tego święta.

Tam rozrzutnie oświetlił dom mnóstwem świec, a na wielkim, kamiennym kominku płonął już z trzaskiem ogień. W głównej izbie zapanował ciepły, radosny nastrój. Oprócz kominka w pokoju znajdował się dębowy stół, tak długi, że mógł przy nim zasiąść co najmniej tuzin osób, ale od śmierci matki Randa mało kto go używał. Pod ścianami stało kilka komód i szafek, w większości, całkiem udatnie, wykonanych własnoręcznie przez Tama, a wokół stołu ustawione były krzesła z wysokimi oparciami. Tuż przy kominku stało jeszcze jedno, wyściełane, na którym ojciec lubił zasiadać z książką. Natomiast Rand, czytając, lubił się wyciągnąć na dywaniku leżącym przed samym paleniskiem. Półka na książki, wisząca obok drzwi, nie była tak długa jak półka w oberży „Winna Jagoda", ale wszak niełatwo dostawało się książki. Rzadko który domokrążca miał przy sobie choć kilka, chętnych zaś do ich kupienia było zawsze wielu.

Mimo pewnego nieładu — stojak na fajki Tama i *Podróże Jaina Długi Krok* na stole, na wyściełanym krześle jeszcze jedna oprawiona w drewno książka, na ławie uprząż przyszykowana do naprawy, a na innym krześle stos koszul do cerowania — pokój był prawie tak idealnie wysprzątany jak domy, w których mieszkają kobiety. Nawet jeśli nie odznaczał się nieskazitelną czystością i porządkiem, to obecne w nim życie sprawiało, że był ciepły i przytulny niczym ogień płonący na kominku. Tutaj zapominało się o chłodzie panującym na zewnątrz. Nie było żadnego fałszywego Smoka. Żadnych wojen ani Aes Sedai. Żadnych ludzi w czarnych płaszczach. A teraz dodatkowo całe wnętrze wypełniał smakowity aromat mięsa, dobywający się z garnka zawieszonego nad paleniskiem. Rand poczuł, że umiera z głodu.

Ojciec zamieszał w garnku drewnianą łyżką z długim trzonkiem i spróbował potrawy.

— Jeszcze chwila.

Na szafce obok drzwi stała miska z dzbanem. Rand umył twarz i dłonie. Miał wielką ochotę na gorącą kąpiel, która zmyłaby pot i wypędziła dokuczliwy chłód z ciała, ale musiał na nią poczekać, do czasu aż nadejdzie pora, by w pokoju na tyłach domu zagrzać wielki kocioł z wodą.

Tam poszperał w jednej z komód i wyciągnął z niej długi klucz. Przekręcił go w wielkim żelaznym zamku.

— Lepiej zachować ostrożność. Może się wygłupiam albo ta pogoda tak na mnie wpływa, ale... — Westchnął i podrzucił klucz w dłoni. — Sprawdzę tylne drzwi — powiedział i zniknął w głębi domu.

Rand nie pamiętał, by kiedykolwiek zamykali drzwi na zamek. Nikt tego nie robił w Dwu Rzekach, bo po prostu nie było po co. Przynajmniej dotychczas.

W jego sypialni na górze rozległo się szuranie, jakby jakiś przedmiot wleczono po podłodze. Rand zdziwił się. Ojciec raczej nie mógł wpaść na pomysł przemeblowywania teraz izby, więc najprawdopodobniej wyciągał spod łóżka starą skrzynię. Rand nie pamiętał, by kiedykolwiek przedtem to robił.

Nalał wody do czajnika, zawiesił go na haku nad paleniskiem, a potem poukładał na stole własnoręcznie wyrzeźbione miseczki i łyżki. Frontowe okiennice nie zostały jeszcze zamknięte, więc od czasu do czasu wyglądał na zewnątrz, nie widział jednak nic prócz cieni rzucanych przez księżyc. Starannie odpędził od siebie podejrzenie, że mogłyby łatwo ukrywać czarnego jeźdźca.

Wrócił Tam i Rand zapatrzył się na niego w zdziwieniu. Ojciec przypasał miecz. Czarną pochwę i długi jelec ozdabiały wygrawerowane w brązie wizerunki czapli. Podobne miecze Rand widział tylko u kupieckich strażników. I naturalnie u Lana. Nigdy nie przyszło mu do głowy, że ojciec również może posiadać prawdziwą broń, różniącą się od miecza tamtego jedynie ornamentem.

— Skąd go wziąłeś? — zapytał Ran. — Kupiłeś u jakiegoś domokrążcy? Ile kosztował?

Tam powoli wyciągnął miecz z pochwy, klinga zamigotała odbitym blaskiem ognia. Ta broń całkowicie różniła się od prostych, tępych ostrzy, które Rand widział w rękach strażników. Nie zdobiona ani klejnotami, ani złotem, posiadała jednak jakąś wspaniałość. W stali jednostronnego ostrza, nieznacznie zakrzywionego, była wytrawiona jeszcze jedna czapla. Z obu stron rękojeści wystawało coś na kształt splecionych warkoczy. Miecz wydawał się nieomal kruchy w porównaniu z tymi, w które uzbrojeni byli strażnicy. Tamte, obosieczne i grube, wyglądały jakby z łatwością można było nimi rąbać drewno.

— Kupiłem go dawno temu — powiedział Tam. — Daleko stąd. I bardzo też przepłaciłem, co najmniej dwa razy tyle, ile wynosi rzeczywista wartość. Twoja matka nie pochwalała tego nabytku, ale ona zawsze miała więcej rozsądku niż ja. Nalegała, bym się go pozbył, i nieraz myślałem, że ma rację, że powinienem go zwyczajnie komuś podarować.

Blask ognia pełgał po ostrzu tak, że miecz wydawał się płonąć. Rand obruszył się. Często marzył o posiadaniu miecza.

— Dać go komuś? Jak można zrezygnować z posiadania takiego miecza?

Tam parsknął śmiechem.

— Hodowcy owiec raczej nie jest przydatny, prawda? Nie można nim ani orać, ani kosić. — Przypatrywał się mieczowi przez dłuższą chwilę, zupełnie jakby się zastanawiał, do czego go wykorzystać. Wreszcie westchnął głęboko. — Ale jeśli to wszystko nie jest wyłącznie wymysłem mojej fantazji, jeśli szczęście rzeczywiście odwróciło się od nas, wówczas za kilka dni być może będziemy się cieszyć, że go trzymałem na dnie starej skrzyni. — Schował miecz z powrotem do pochwy i krzywiąc się, wytarł dłoń o koszulę. — Gulasz jest już pewnie gotów. Nałożę go na talerze, a ty tymczasem zrób herbatę.

Rand skinął głową i sięgnął po puszkę z herbatą, ale wciąż zżerała go ciekawość. W jakim celu Tam kupił ten miecz? Do głowy nie przychodziła mu żadna odpowiedź. I dokąd musiał pojechać, aby go zdobyć? Jak daleko? Nikt nigdy nie wyjeżdżał z Dwu Rzek, no najwyżej kilku ludzi. Zawsze niejasno podejrzewał, że ojciec gdzieś kiedyś podróżował — ostatecznie ożenił się z kobietą nie pochodzącą z tych stron — ale taki miecz...? Gdy wreszcie zasiedli do kolacji, w głowie roiło mu się mrowie pytań.

Woda wrzała tak gwałtownie, że musiał owinąć uchwyt czajnika szmatką, by móc go zdjąć z haka. Natychmiast poczuł, jak ogarnia go błogie ciepło. Wyprostował się i w tym momencie usłyszał szczęk zamka spowodowany gwałtownym łomotaniem do drzwi. Od razu zapomniał o mieczu i gorącym czajniku trzymanym w dłoni.

— To jakiś sąsiad — powiedział niepewnym głosem. — Pan Dautry chce pewnie pożyczyć...

Ale z farmy Dautry'ego, ich najbliższego sąsiada, nawet za dnia jechało się do nich całą godzinę, zresztą Oren Dautry, wiecznie coś od nich bezwstydnie pożyczający, niechętnie opuszczał swój dom po zapadnięciu zmroku.

Tam spokojnie postawił miski z dymiącym gulaszem, a potem powoli odszedł od stołu, ujmując obiema rękoma rękojeść miecza.

— Nie sądzę... — urwał w chwili, gdy drzwi otworzyły się z impetem, a szczątki żelaznego zamka posypały się po podłodze.

W przedsionku pojawił się człowiek roślejszy niż wszyscy, których Rand kiedykolwiek spotkał, odziany w czarną kolczugę sięgającą aż do kolan, z kolcami przy nadgarstkach, łokciach i ramionach. W jednej dłoni trzymał ciężki, sierpowaty miecz, drugą przyłożył do oczu, jakby chcąc je osłonić przed światłem.

Rand poczuł coś na kształt ulgi. Niezależnie od wszystkiego, nie był to czarny jeździec. Ale w tym samym niemal momencie zauważył zwinięte baranie rogi, sięgające aż po sufit i owłosiony pysk w miejscu ust i nosa. Ogarnął wszystko w czasie, który normalnie wystarczał do zaczerpnięcia głębokiego oddechu i niewiele myśląc, z okrzykiem przerażenia cisnął gorącym czajnikiem w łeb potwora.

Oblana wrzątkiem bestia zawyła głosem, w którym pobrzmiewał zarówno ból zranionego człowieka, jak i zwierzęca wściekłość. W tej samej chwili, gdy Rand rzucił czajnikiem, błysnęło ostrze miecza Tama. Ryk przeszedł w raptowne rzężenie, ogromny kształt zatoczył się w tył, lecz nim upadł na ziemię, już drugi stwór wdzierał się do środka. Zanim ojciec ponownie zadał cios, Rand dostrzegł następną, identyczną, jakby kaleką głowę zwieńczoną spiczastymi rogami, a potem drzwi zablokowały jeszcze dwa potwory. Wtedy usłyszał, jak ojciec do niego krzyczy.

— Uciekaj, chłopcze! Ukryj się w lesie!

Stwory usiłowały sforsować przedsionek, lecz drogę zagradzały im targane drgawkami ciała towarzyszy. Ojciec podłożył ramię pod masywny stół, z głośnym sapnięciem przewrócił go na kłębowisko ciał.

— Nie damy im rady! Wyjdź tyłem! Uciekaj! Uciekaj! Ja biegnę za tobą!

Rand odwrócił się, by pobiec, ale natychmiast poczuł wstyd, że tak skwapliwie usłuchał rozkazu. Chciał zostać i pomóc ojcu, chociaż nie bardzo wyobrażał sobie, w jaki sposób miałby to zrobić. Strach chwytał go już za gardło, a nogi poruszały się jakby niezależnie od woli. Poruszając się szybciej niż kiedykolwiek w życiu, wybiegł z izby i dopadł do tylnych drzwi. Ścigał go łomot i krzyki.

Już chwytał sztabę blokującą drzwi, gdy jego wzrok padł na zamknięty, po raz pierwszy tej nocy, żelazny zamek. Zostawił sztabę, doskoczył do bocznego okna, otworzył je i rozsunął okiennice. Na zewnątrz panował całkowity mrok. Cętkowane cienie podwórka zdawały się kłębić w świetle pełni księżyca, po którym pędziły stada chmur.

„To tylko cienie" — uspokajał sam siebie.

Usłyszał łomotanie do tylnych drzwi, jakby ktoś albo coś próbowało je wyważyć. Zaschło mu w ustach. Nagle drzwi z łoskotem wyleciały z zawiasów i to wystarczyło; niczym zając dał susa z parapetu okna i przywarł do ściany domu. Z wnętrza dobiegał trzask rozłupywanego drewna.

Przyczajony przy ścianie, bojaźliwie zerknął do wnętrza domu, wystawiając jedno oko tuż ponad dolną krawędź okna. Przez wyrwane z zawiasów drzwi do izby wkradały się ciemne sylwetki, wydające z siebie głębokie, gardłowe głosy. Rand niczego nie rozumiał — dziwny, zgrzytliwy język, nie przystosowany do ludzkiego gardła. Księżyc świecił mętnym blaskiem w ostrzach toporów, włóczni i buzdyganów. Słychać było szuranie wysokich butów oraz rytmiczny łomot przypominający stukot kopyt.

Najgłośniej, jak mu pozwalał głęboki, urywany oddech, wykrzyknął przez zupełnie wyschłe gardło:

— Wchodzą od tyłu! — Słowa zabrzmiały skrzekliwie, ale przecież chwilę wcześniej sądził, że w ogóle nie wydobędzie z siebie głosu. — Jestem na zewnątrz! Uciekaj, ojcze!

Przy ostatnim słowie ruszył pędem przed siebie.

W izbie na tyłach domu rozwrzeszczały się chrapliwe głosy, obce, dziwne słowa. Wśród donośnego, ostrego brzęku tłuczonego szkła, na ziemię tuż za nim zwaliło się coś ciężkiego. Domyślił się, że któryś ze stworów rozbił szybę, zamiast przeciskać się przez wąski otwór, ale nie odwrócił się, by sprawdzić, czy rzeczywiście tak było. Jak lis uciekający przed sforą psów pomknął do najbliższej grupy cieni, udając, że biegnie w stronę lasu. Po chwili jednak padł na brzuch i poczołgał się w kierunku gęstszego mroku, spowijającego zagrodę. Gdy nagle coś upadło mu na ramiona, nie był pewien, czy ma walczyć, czy uciekać, ale było to po prostu nowe stylisko do motyki, wyciosane przed paroma dniami przez Tama.

„Idiota!" — pomyślał o sobie.

Przez chwilę leżał nieruchomo, usiłując uspokoić oddech. Wreszcie przepełzł na tył zagrody, wlokąc stylisko ze sobą. Nie stanowiło szczególnie groźnej broni, ale lepsze to niż nic. Ostrożnie wyjrzał zza rogu.

Nigdzie nie widział stwora, który wyskoczył za nim przez okno. Mógł być wszędzie, może nawet w tej chwili skradał się wprost na niego.

Z owczarni dobiegało go pobekiwanie przerażonych owiec, które tłukły się o ściany, jakby szukały drogi ucieczki. W oświetlonych oknach z przodu domu przemykały się ciemne kształty, stal uderzała o stal. Nagle wśród gradu okruchów szkła i odprysków drewna z okna wyskoczył Tam. Wylądował na równych nogach, ale zamiast uciekać, pobiegł na tył domu, lekceważąc bestie, które już przechodziły w ślad za nim przez wybite okiennice i drzwi.

Rand przypatrywał się tej scenie z niedowierzaniem. Dlaczego ojciec nie ucieka? A potem nagle przypomniał sobie, że Tam po raz ostatni usłyszał jego głos dochodzący właśnie stamtąd.

— Ojcze! — zawołał. — Jestem tutaj!

Tam zawrócił w pół kroku, nie pobiegł jednak w stronę Randa, lecz zaczął okrążać go szerokim łukiem.

— Biegnij, chłopcze! — krzyknął, wymachując mieczem, jakby bronił się przed atakiem. — Ukryj się!

Powietrze aż dygotało od chrapliwych okrzyków i przenikliwego wycia ogromnych bestii nacierających na niego od tyłu.

Rand podczołgał się ku cieniom oblegającym zagrodę, które mogły uczynić go niewidocznym dla oczu obserwujących z okien domu. Był bezpieczny, przynajmniej na chwilę, w odróżnieniu od Tama, który próbował odciągnąć od niego uwagę potworów. Schwycił mocniej stylisko i w tym momencie zacisnął zęby, by nie wybuchnąć głośnym śmiechem. Stylisko motyki. Istniała spora różnica między walką z tymi stworzeniami za pomocą motyki a walką na kije z Perrinem. Nie mógł jednak pozwolić, by Tam samotnie stawił czoło napastnikom.

— Jeżeli będę się poruszał tak, jakbym podchodził królika — szepnął do siebie — to ani mnie nie usłyszą, ani nie zobaczą.

Z trudem przełknął ślinę, słysząc echo upiornego wycia przeszywające ciemności.

„Jeszcze gorzej niż stado wygłodniałych wilków" — pomyślał.

Wyczołgał się spod zagrody najciszej jak potrafił i poszedł w stronę lasu. Kurczowo ściskał stylisko, aż do bólu palców.

Otoczenie drzew uspokoiło go na chwilę. Tu mógł znaleźć schronienie przed wzrokiem przedziwnych stworów, które zaatakowały farmę. Jednak gdy dalej wchodził w las, ruchome nocne cienie natchnęły go grozą. Czuł się tak, jakby wraz z nimi leśny mrok zmieniał się i przemieszczał. Majaczące w górze drzewa budziły lęk, konary wiły się ku niemu, jakby chciały go schwytać w swe macki. Tylko czy to w ogóle są drzewa i konary? Słyszał nieomal warkotliwy, przytłumiony chichot, dobywający się z ich gardeł — coraz głębiej wchodził w pułapkę zaczajonego drapieżcy. Wycie prześladowców Tama ustało wprawdzie, ale za to zapanowała taka cisza, że Rand drżał za każdym razem, gdy słyszał szmer gałęzi poruszanych przez wiatr. Szedł coraz szybciej, z każdym krokiem coraz bardziej skulony. Ledwie odważył się oddychać, z obawy, że ktoś może usłyszeć jego głośne dyszenie.

Nagle czyjaś dłoń zakryła mu usta, nadgarstek otoczył żelazny uścisk. Jak oszalały usiłował schwycić napastnika wolną dłonią.

— Tylko nie złam mi karku, chłopcze — usłyszał chrapliwy szept Tama.

Zalała go fala ulgi, poczuł, jak wiotczeją napięte mięśnie. Gdy ojciec puścił uchwyt, osunął się na ziemię i dyszał ciężko jak po kilkumilowym biegu. Tam położył się obok niego i wsparł na łokciu.

— Normalnie nawet bym nie próbował, bardzo przecież wyrosłeś podczas ostatnich kilku lat — powiedział miękko Tam. Jego wzrok wędrował gdzieś bezustannie, wciąż przepatrując mrok. — Ale nie mogłem pozwolić, żebyś krzyknął. Niektóre trolloki słyszą tak dobrze jak psy, może nawet lepiej.

— Ale trolloki to przecież tylko... — Rand urwał.

Ta noc to nie żadna bajka. Te stwory naprawdę mogły być trollokami. Może nawet towarzyszył im sam Czarny.

— Jesteś pewien? — wyszeptał — że to... trolloki?

— Nie mam żadnych wątpliwości. Nie rozumiem tylko, co je

sprowadziło do Dwu Rzek... Ja sam zetknąłem się z nimi dziś po raz pierwszy, ale znam ludzi, którzy widzieli je na własne oczy i dlatego wiem trochę na ten temat. Ta wiedza może nas uratować, więc posłuchaj mnie uważnie. Trollok widzi w ciemności lepiej niż człowiek, ale bardzo jasne światło go oślepia, przynajmniej na jakiś czas. Chyba właśnie dzięki temu uciekliśmy tak licznemu stadu. Niektóre potrafią tropić ludzi po zapachu lub dźwiękach, ale podobno są leniwe. Jeżeli dostatecznie długo będziemy im się wymykać, to prawdopodobnie zrezygnują z pogoni.

Po tych słowach Rand poczuł się odrobinę lepiej.

— Opowieści mówią, że one nienawidzą ludzi i służą Czarnemu.

— Jeżeli Pasterz Nocy rzeczywiście ma jakieś stada, chłopcze, są to właśnie stada trolloków. Stwory te, jak mi mówiono, zabijają dla samej przyjemności zabijania. Ale na tym moja wiedza się kończy, słyszałem jeszcze, że można im ufać tylko wtedy, gdy się ciebie boją, i to też niecałkowicie.

Rand zadrżał. Ciekawe, kim jest ten ktoś, kto potrafi przerazić trolloka.

— Czy myślisz, że one jeszcze na nas polują?

— Może tak, może nie. Raczej nie są zbyt sprytne. Bez trudu je zwiodłem, gdy dobiegłem do lasu. Szukają nas teraz po górach. — Tam obmacał prawy bok, a potem przyłożył dłoń do twarzy. — Ale lepiej ich nie lekceważyć.

— Jesteś ranny.

— Mów ciszej. To tylko zadrapanie, a zresztą nic z tym na razie nie można zrobić. Za to wyraźnie się ociepliło. — Westchnął ciężko i położył się na wznak. — Może noc poza domem nie będzie taka straszna.

Jednakże w głębi umysłu Randa kołatała się tęskna myśl o zimowym kaftanie i kubraku. Drzewa dawały wprawdzie jakąś ochronę przed wiatrem, on jednak wdzierał się między nie, niczym lodowaty nóż, tnąc wszystko swym powiewem. Z wahaniem dotknął twarzy Tama i skrzywił się.

— Masz gorączkę. Muszę cię zawieźć do Nynaeve.

— Za chwilę, chłopcze.

— Nie mamy czasu do stracenia. W tych ciemnościach to będzie długa droga.

Zerwał się na nogi i usiłował podźwignąć ojca, ale słysząc zduszony jęk, dobywający się zza zaciśniętych zębów, czym prędzej ułożył go z powrotem.

— Pozwól mi chwilę odpocząć. Jestem zmęczony.

Rand walnął się pięścią w udo. W domu, gdzie są koce, ogień, woda i kora brzozowa, mógłby spokojnie poczekać do nadejścia świtu, osiodłać Belę i odwieźć Tama do wsi. Tu natomiast nie było ani ognia i kocy, ani wozu i konia. Wszystko znajdowało się w ich domu. Nie mógł tam zanieść ojca, ale może coś z tych rzeczy uda się przynieść tutaj. O ile trolloki opuściły już farmę. Przecież prędzej czy później będą musiały odejść.

Spojrzał na stylisko, które wciąż ściskał w dłoni i odrzucił je na bok. Zamiast niego ujął miecz Tama. W bladym świetle księżyca jego ostrze zalśniło przyćmionym blaskiem. Dziwnie się czuł z długą rękojeścią w dłoni. Zrobił kilka szerokich zamachów w powietrzu i westchnął. Łatwo jest ciąć pustkę, ale gdy będzie musiał zaatakować trolloka, na pewno ucieknie albo zamrze sparaliżowany strachem, a trollok zamachnie się na niego swoim dziwacznym mieczem i...

„Przestań! To nie prowadzi donikąd!"

Gdy zaczął wstawać, Tam schwycił go za ramię.

— Dokąd idziesz?

— Potrzebujemy wozu — wyjaśnił spokojnie. — I kocy. — Zaszokowała go łatwość, z jaką oderwał dłoń ojca od swego rękawa. — Odpoczywaj, ja zaraz wrócę.

— Bądź ostrożny — wydyszał Tam.

W słabym świetle księżyca nie widział twarzy ojca, ale czuł na sobie jego wzrok.

— Postaram się.

„Będę ostrożny jak mysz penetrująca gniazdo jastrzębia" — pomyślał.

Wsunął się w mrok bezszelestnie, jakby był tylko zwykłym cieniem. Przypomniał sobie czasy, gdy bawił się w tym lesie w podchody razem z innymi chłopcami — trzeba było się podkraść jak najciszej do drugiego uczestnika zabawy i położyć mu dłoń na ramieniu. Teraz jednak ta sytuacja jakoś nie wydawała mu się podobna.

Pełzł powoli od drzewa do drzewa, usiłując opracować jakiś plan, ale nim dotarł do skraju lasu, ułożył ich i odrzucił co najmniej dziesięć. Wszystko zależało od tego, czy trolloki są jeszcze na farmie. Jeśli już ich nie ma, wejdzie po prostu do domu i weźmie to, co mu potrzebne. A jeśli tam jeszcze są... W takim przypadku nic nie wyjdzie z jego przedsięwzięcia i wróci do lasu z pustymi rękami. Była to niezbyt radosna perspektywa, ale przecież nie pomoże w żaden sposób Tamowi, jeśli da się zabić.

Podniósł głowę i zerknął ostrożnie w stronę zabudowań farmy. Na tle poświaty księżyca zagroda i owczarnia wyglądały jak zwykłe cienie. Jednakże z frontowych okien i drzwi domu wylewało się jasne światło.

„Czy to tylko świece, które zapalił ojciec, czy tam nadal czają się trolloki?"

Zerwał się na nogi, przestraszony nagłym, piskliwym krzykiem kozodoja i roztrzęsiony przywarł do drzewa. Stanie w miejscu nie doprowadzi donikąd. Położył się i zaczął niezdarnie pełznąć, miecz trzymał wyciągnięty przed siebie. Przez całą drogę do owczarni szorował brodą po ziemi.

Przycupnął pod kamiennym murem i nasłuchiwał — żaden dźwięk nie zakłócał ciszy nocnej. Wyprostował się ostrożnie, by wyjrzeć zza rogu. Nie dostrzegł ruchu na podwórku, nie widział też cieni przemykających w oświetlonych oknach domu.

„Najpierw Bela i wóz, a potem koce i inne rzeczy".

To światło zadecydowało za niego. W zagrodzie było ciemno. Tylko na własnej skórze mógł się przekonać, czy coś się czai w środku. Stamtąd przynajmniej będzie mógł zobaczyć, jaka jest sytuacja w domu.

Skulony ruszył przed siebie, ale zamarł nagle w pół kroku. Nie słychać żadnego dźwięku! O tej porze owce już układają się do snu, ale zawsze znajdzie się wśród nich parę takich, które nie śpią, szeleszczą w słomie i pobekują od czasu do czasu. Z trudem wypatrzył ciemne pagórki leżących owiec. Jeden znajdował się o krok od niego.

Starając się robić jak najmniej hałasu, podnosił się powoli, przytulony do ściany, aż wreszcie mógł wyciągnąć rękę i dotknąć ciemnego kształtu. Jego palce napotkały skręconą sierść, a potem wilgoć, owca nawet nie drgnęła. Ze ściśniętym gardłem, w pośpiechu wypadł z owczarni. Przewracając się, omal nie wypuścił miecza z rąk. „Zabijają dla przyjemności".

Jak oszalały usiłował zetrzeć krew z palców.

Uporczywie wmawiał sobie, że nic się nie zmieniło. Trolloki dokonały rzezi i odeszły. Uparcie obstając przy tej myśli, czołgał się przez podwórko i rozglądał bacznie na wszystkie strony. Gdy płasko przywarł do ziemi, uświadomił sobie, iż nigdy nie przyszło mu do głowy, że może kiedyś zazdrościć dżdżownicom.

Dotarł do domu, przycisnął się do ściany, tuż pod wybitym oknem, i nasłuchiwał. Najgłośniejszym dźwiękiem był monotonny łomot krwi w uszach. Wyprostował się powoli i zajrzał do środka.

W popiołach paleniska leżał przewrócony do góry dnem garnek z gulaszem. Cały pokój zaśmiecały kawałki połupanego na drzazgi drewna, trolloki połamały wszystkie meble. Nawet stół został przewrócony na bok, zamiast nóg miał już tylko sterczące kikuty. Powyciągały i roztrzaskały wszystkie szuflady, pootwierały szafki i komody. W wielu z nich drzwiczki wisiały tylko na jednym zawiasie. Zawartość leżała porozrzucana i pokryta białym proszkiem, mąką i solą, sądząc po rozerwanych torbach ciśniętych obok kominka. Wśród szczątków mebli leżały bezładnie cztery skręcone ciała. Trolloki.

Rand rozpoznał jednego po baranich rogach, choć pozostałe niewiele się od niego różniły — ich głowy stanowiły obrzydliwy melanż ludzkich rysów, zwierzęcych pysków, rogów, piór i futra. Obraz uzupełniały spotworniałe dłonie, bardzo podobne do ludzkich. Dwa trolloki miały na nogach wysokie buty, pozostałe jedynie gołe kopyta. Rand wpatrywał się w nie tak długo, że aż zapiekły go oczy. Żaden się nie ruszał. Na pewno były martwe. A poza tym czekał na niego Tam.

Wbiegł do środka domu i zatrzymał się, gdy w nozdrza uderzył go potworny, dławiący straszliwie smród, przypominający zapach nawozu ze stajni nie sprzątanej od wielu miesięcy. Całe ściany były pokryte jakimiś ohydnymi plamami. Starając się oddychać przez usta, Rand zaczął pospiesznie grzebać w śmietnisku zalegającym podłogi. W jednym z kredensów znajdował się kiedyś bukłak.

Usłyszawszy za sobą jakieś drapanie, poczuł ciarki na plecach. Odwrócił się tak gwałtownie, że omal nie upadł na szczątki rozbitego stołu. Utrzymał jakoś równowagę i powstrzymując dzwonienie zębami, zacisnął szczęki do bólu.

Jeden z trolloków ożył i właśnie wstawał z podłogi. Nad wilczym pyskiem jarzyły się zapadnięte oczy: płaskie, pozbawione wyrazu, a jednak całkiem ludzkie. Stwór miał owłosione, spiczaste uszy, którymi bezustannie strzygł. Przestąpił przez ciało jednego z martwych towarzyszy, tupiąc kozimi kopytami. Tak jak pozostali, miał na sobie czarną kolczugę, wetkniętą w skórzane spodnie, a u boku przypasany sierpowaty miecz.

Zaszwargotał coś gardłowo, a potem wybełkotał:

— Inni odejść. Narg zostać. Narg mądry.

Trudno było zrozumieć zniekształcone słowa padające z ust niestosownych dla ludzkiej mowy. Chociaż wyraźnie starał się go uspokoić, Rand nie potrafił pominąć wzrokiem długich, pożółkłych i ostrych zębów, które połyskiwały przy każdym słowie.

— Narg wie, niektórzy zaraz wrócić. Narg czekać. Ty nie potrzebować miecz. Ty schować miecz.

Dopóki trollok tego nie powiedział, Rand nie zdawał sobie sprawy, iż cały czas wymachuje trzymanym oburącz mieczem, ostrze kierując prosto w stwora. Sięgał trollokowi zaledwie do piersi, nawet pan Luhhan wyglądałby przy nim jak karzeł.

— Narg nie zrobić krzywdy. — Trollok gestykulując, zrobił krok do przodu. — Schować miecz.

Ciemne włosy porastające jego ręce były gęste jak futro.

— Nie zbliżaj się! — wykrzyknął Rand, żałując, że nie potrafi przemawiać bardziej stanowczym tonem. — Dlaczego to zrobiliście? Dlaczego?

— *Vlja daeg roghda!* — Grymas szybko przeszedł w uśmiech demonstrujący wszystkie zęby. — Schować miecz. Narg nie zrobić krzywdy. Myrddraal chcieć rozmawiać. — Szpetną twarz przeszył nagle błysk emocji. Wyraźnie był to strach. — Inni wrócić, ty rozmawiać z Myrddraal. — Zrobił następny krok, kładąc dłoń na rękojeści miecza. — Schować miecz.

Rand zwilżył wargi językiem. Myrddraal! Dzisiejszego wieczoru najstraszniejsze opowieści stają się rzeczywistością. Jeśli istotnie miał tu przybyć Pomor, to spotkanie z jednym trollokiem wydawało się błahostką. Trzeba uciekać, bo kiedy ten stwór wyciągnie swoją broń, nie będzie miał żadnej szansy. Zmusił wargi do niepewnego uśmiechu.

— W porządku. — Odruchowo raz jeszcze zacisnął dłoń na rękojeści miecza, a potem opuścił ręce do boków. — Będę rozmawiał.

Wilczy uśmiech zmienił się na powrót w grymas i trollok niespodziewanie zaatakował. Rand nigdy nie sądził, że to wielkie stworzenie potrafi się poruszać z taką szybkością. Desperackim ruchem próbował jeszcze unieść miecz, ale monstrualne cielsko wpadło wprost na niego i przygniotło do ściany. Runęli razem na podłogę, wstrząs spowodował, że całe powietrze uciekło mu z płuc. Jak oszalały usiłował się wyślizgnąć spod miażdżącego go ciężaru, wymknąć sięgającym po niego grubym dłoniom i kłapiącym szczękom.

I nagle poczuł, jak ciałem trolloka wstrząsają spazmatyczne drgawki. W chwilę później znieruchomiało. Podrapany, posiniaczony, na pół uduszony przez przygniatającą go górę mięsa, leżał przez chwilę nieruchomo, ledwie dowierzając własnemu szczęściu. Oprzytomniał jednak szybko i zaczął wypełzać spod martwego ciała. Nie było to łatwe. Zobaczył zakrwawione ostrze sterczące z samego środka grzbietu prześladowcy, jednak zdążył w porę wyciągnąć miecz. Krew powalała mu całe dłonie i ciemną plamą rozlała się na przodzie koszuli. Kotłowało mu się w żołądku, z trudem powstrzymywał wymioty. Dygotał w spazmie potwornego strachu; przepełniała go jednak ulga, świadomość tego, że wciąż jeszcze żyje.

Trollok twierdził, że stwory mają zamiar tu wrócić. Na farmę wrócą inne trolloki, a z nimi Myrddraal, Pomor. Powiadano, że Pomory mają dwadzieścia stóp wzrostu, gorejące oczy i zamiast koni dosiadają cieni. Kiedy taki demon chciał uciec, wjeżdżał po prostu w ścianę i żaden mur nie był mu przeszkodą. Przychodził, spełniał swoje zadanie i natychmiast znikał.

Rand, sapiąc z wysiłku, przekręcił ciało trolloka, by móc wyciągnąć swój miecz i omal nie uciekł, gdy spojrzał w otwarte oczy. Dopiero po chwili uzmysłowił sobie, że pokrywa je szklista powłoka śmierci.

Otarł dłonie w szmatę, która jeszcze tego rana służyła Tamowi za koszulę, wyswobodził miecz. Otarł go i z niechęcią odrzucił szmatę na podłogę.

„Nie ma czasu na robienie porządków" — pomyślał i zacisnął zęby, aby się nie roześmiać.

Dom nawet po gruntownym sprzątaniu nie nadawałby się już do zamieszkania. Potworny smród najprawdopodobniej przeniknął wszystko do gołych desek. Nie było jednak czasu na rozmyślanie o takich sprawach.

„Nie ma czasu na robienie porządków. Może nie ma już czasu na nic".

Był przekonany, że zapomniał zabrać całe mnóstwo niezbędnych rzeczy, ale przecież Tam czekał na niego, a trolloki mogły wrócić w każdej chwili. Pozbierał więc tylko to, co w pośpiechu przychodziło mu do głowy. Koce z sypialni na górze, czyste szmatki do obandażowania ran Tama. Płaszcze i kaftany. Bukłak, który zawsze zabierał ze sobą, gdy wyprowadzał owce na pastwisko. Czystą koszulę. Nie wiedział, kiedy będzie miał czas się przebrać, ale pragnął przy najbliższej okazji pozbyć się zakrwawionego ubrania. Małe torebki z korą wierzby i inne lekarstwa utonęły niestety pod zwałami czegoś, co wyglądem przypominało błoto. Do grzebania w nim nie potrafił się zmusić.

Obok kominka stało wiadro z wodą przyniesioną jeszcze przez ojca, jakimś cudem nikt go nie przewrócił ani nie zanieczyścił zawartości. Napełnił bukłak, resztą wody obmył ręce. Rozejrzał się po raz ostatni, sprawdzając, czy czegoś jednak nie zapomniał. Wśród śmieci znalazł swój łuk, przełamany na pół w najgrubszym miejscu. Drgnął nerwowo, gdy broń rozleciała mu się w rękach na kawałki. Te przedmioty, które dotychczas zgromadził, będą musiały jakoś im wystarczyć. Pospiesznie wyniósł wszystko przed dom.

Na koniec wygrzebał jeszcze z rumowiska na podłodze potrzaskaną lampę, nadal pełną oliwy. Odpalił ją od świecy, potem przymknął okiennice — częściowo po to, by osłonić dom przed wiatrem, ale przede wszystkim, by nie przyciągały uwagi — i pośpiesznie wyszedł na zewnątrz, trzymając w jednej dłoni lampę, a w drugiej miecz. Nie był pewien, co go czeka w zagrodzie, widok zastany w owczarni sprawił, że nie liczył na wiele. Potrzebował jednak wozu, by zawieźć Tama do Pola Emonda, a wóz musiała przecież ciągnąć Bela. Konieczność wzbudziła w nim odrobinę nadziei.

Wrota zagrody były otwarte na oścież. Jedno ze skrzydeł, poruszane przez wiatr, kołysało się na jednym tylko zawiasie. Na pierwszy rzut oka we wnętrzu budynku wszystko było bez zmian. Po chwili jego wzrok padł na puste przegrody i powyrywane barierki. Koń i krowa zniknęły. Wóz leżał przewrócony na bok, z wyłamaną połową szprych, po jednym z dyszli pozostał tylko krótki kikut.

Ogarnęła go rozpacz, którą do tej pory jakoś w sobie tłumił. Nie wiedział, czy zdoła donieść ojca na własnych barkach do odległej wsi, a zresztą trudno było przewidzieć, czy Tam przetrzyma taką drogę. Ból mógł go zabić o wiele szybciej niż gorączka. Niemniej jednak zawsze zostawała jakaś szansa. Nie miał tu już czego szukać, zrobił wszystko, co mógł. Kiedy się odwrócił, by odejść, zauważył wyłamany dyszel, leżący na zasłanej sianem podłodze.

Pospiesznie odłożył lampę, miecz i zaczął mocować się z wozem. Nie zważając na trzask pękających szprych, usiłował postawić go na kołach, potem podłożyć pod niego ramię i przerzucić na drugą burtę. Zyskał dzięki temu dostęp do nienaruszonego dyszla. Chwycił miecz i uderzył nim w stare, jesionowe drewno. Zdziwił się przyjemnie, gdy pod wpływem jego ciosów poleciały w bok wióry, a po krótkiej chwili cały dyszel odpadł. Efekt był taki, jakby użył mocnego topora.

Gdy skończył, obejrzał ze zdziwieniem ostrze miecza. Nawet najlepiej zaostrzony topór dawno by się stępił przy rąbaniu stwardniałego ze starości drewna, a tymczasem miecz błyszczał tak samo jak przedtem. Przeciągnął kciukiem wzdłuż ostrza i zaraz musiał go włożyć do ust — cięło jak brzytwa.

Ale nie miał czasu na jałowe zdziwienia. Zgasił lampę — jeszcze pożaru brakowało na domiar tego wszystkiego — podniósł dyszle i podbiegł do stosu wyniesionych z domu rzeczy.

Wszystko razem tworzyło niezgorszy balast: niezbyt ciężki, ale niezmiernie trudny do niesienia. Kiedy brnął chwiejnie przez zaorane pole, dyszle nieprzerwanie wysuwały mu się z rąk, w lesie zrobiło się jeszcze gorzej, ponieważ zahaczały o drzewa, omal go przy tym nie zwalając z nóg. Mógł je co prawda wlec za sobą, ale w ten sposób zostawiałby wyraźny ślad, postanowił więc nie robić tego tak długo, jak się da.

Ojciec leżał dokładnie w tym samym miejscu, w którym go zostawił. Na pierwszy rzut oka wyglądał na pogrążonego we śnie, taką przynajmniej Rand miał nadzieję. Zdjęty nagłym lękiem upuścił swoje ciężary i przyłożył dłoń do twarzy Tama. Ranny nadal oddychał, jednak gorączka jeszcze wzrosła.

Ojciec obudził się, czując dotyk jego dłoni, był jednak ledwie przytomny.

— Czy to ty, chłopcze? — wydyszał. — Martwiłem się o ciebie. Śniłem o dawnych czasach. Same koszmary.

Mrucząc cicho coś jeszcze, ponownie zapadł w sen.

— Nie martw się — szepnął Rand. Okrył Tama płaszczem i kaftanem, by go osłonić przed wiatrem. — Zawiozę cię do Nynaeve najszybciej, jak będę potrafił.

Przemawiał tak jeszcze chwilę, pragnąc uspokoić nie tylko ojca, ale i samego siebie, a potem zdjął zakrwawioną koszulę. Tak bardzo chciał się jej pozbyć, że ledwie zwrócił uwagę na przenikliwe zimno. Szybko włożył świeże ubranie. Po wyrzuceniu koszuli poczuł się tak, jakby dopiero co wziął kąpiel.

— Zaraz dotrzemy do wsi i Wiedząca już wszystko załatwi. Zobaczysz. Wszystko będzie dobrze.

Ta myśl mu przyświecała, kiedy wkładał kaftan i pochylał się nad raną ojca. W wiosce będą już bezpieczni i Nynaeve uleczy Tama. Trzeba tylko tam dotrzeć.

ROZDZIAŁ 6

ZACHODNI LAS

W bladym świetle księżyca Rand nie najlepiej widział, co robi, ale na pierwszy rzut oka rana ojca wydawała się tylko płytkim nacięciem na żebrach, nie dłuższym od dłoni. Potrząsnął głową z niedowierzaniem. Już gorsze skaleczenia widywał u Tama, a wówczas ten przerywał pracę tylko na chwilę, aby się obmyć. Pospiesznie zbadał jego ciało, szukając jakiejś innej rany, która rzeczywiście mogła powodować tak wysoką gorączkę, ale nic więcej nie znalazł.

Okazało się jednak, że nacięcie jest groźne, skóra na jego obrzeżach była bardzo gorąca, o wiele gorętsza niż reszta ciała. Rand aż zacisnął szczęki, kiedy to stwierdził, domyślił się bowiem, że ktoś, kogo opanuje taka gorączka, jest stracony, a nawet jeśli ją przeżyje, pozostanie z niego strzęp człowieka. Nasączył gałganek wodą i przyłożył Tamowi do czoła.

Jak najdelikatniej starał się obmyć i zabandażować ranę, ale głuchy pomruk, nieustannie wydobywający się z ust ojca, co jakiś czas przerywały ciche pojękiwania. Nad ich głowami nagie gałęzie kołysały się groźnie na wietrze. Kiedy trolloki wrócą na farmę i nikogo tam nie znajdą, na pewno odejdą. Wmawiał to sobie uparcie, ale widok bezsensownych spustoszeń, jaki zastał w gospodarstwie, nie dawał mocnych podstaw do takiej wiary. Przekonanie, że te bestie zrezygnują z zamiaru zabijania wszystkiego, co im wejdzie w drogę, mogło okazać się zgubne. Nie mógł sobie pozwolić na taką naiwność.

„Trolloki. Trolloki, o Światłości! Stwory z opowieści bardów, nagle wyłaniające się z mroku, by staranować drzwi naszego domu. I Pomor. O Światłości, zaświeć nade mną, Pomor!”

Nagle uświadomił sobie, że w znieruchomiałych dłoniach trzyma końce bandaża, które przecież powinien zawiązać.

„Sparaliżowany jak królik na widok cienia jastrzębia" — pomyślał z goryczą.

Rozzłoszczony na samego siebie, potrząsnął głową i dokończył opatrywania piersi Tama. Chociaż wiedział, jak postępować, i nawet nieźle sobie z tym radził, nie przestawał się jednak bać. Kiedy trolloki powrócą, z całą pewnością zaczną penetrować las rosnący wokół farmy, szukając śladów ludzi, którzy im uciekli. Znajdą ciało zabitego i domyślą się, że zbiegowie są gdzieś w pobliżu. Kto wie, co Pomor wówczas zrobi, albo co może zrobić? Na domiar wszystkiego w myślach rozbrzmiewało mu ostrzeżenie ojca — tak wyraźnie, jakby je dopiero co usłyszał — przed nadzwyczajnym słuchem trolloków. Omal nie zakrył ust Tamowi, by uciszyć jego jęki i mamrotania.

„Niektóre tropią po zapachu. Jak temu przeciwdziałać? Nijak".

Szkoda czasu na zamartwianie się problemami, z którymi nic nie można zrobić.

— Musisz być cicho — szepnął Tamowi do ucha. — Trolloki tu wrócą.

Z ust ojca wyrwał się właśnie przyciszony, ochrypły głos.

— Jesteś wciąż piękna, Kari. Piękna jak młoda dziewczyna.

Rand skrzywił się. Jego matka umarła piętnaście lat temu. Jeżeli Tam uważa, że ona żyje, to znaczy, że ma większą gorączkę, niż się początkowo wydawało. Jak mu przeszkodzić w mówieniu, teraz, gdy ich życie może zależeć od bezwzględnego zachowania ciszy?

— Matka prosi, byś umilkł — wyszeptał Rand. Urwał, by chrząknąć, czując nagły ścisk w gardle. Miała delikatne dłonie, tyle tylko pamiętał. — Kari prosi, byś był cicho. Masz, pij.

Tam chciwie pił wodę z bukłaka, ale po paru łykach odwrócił głowę w bok i znowu zaczął mamrotać, zbyt cicho, by Rand cokolwiek rozumiał. Miał nadzieję, że nie słyszą tego również polujące na nich trolloki.

Pospiesznie zabrał się do kolejnej, naglącej czynności. Owinął dyszle trzema kocami, tworząc w ten sposób prowizoryczne nosze. Poniesie je tylko za jeden koniec, drugi będzie się wlec po ziemi, ale to musi wystarczyć. Z czwartego koca wyciął długi pas i przywiązał jego końce do dyszli.

Najdelikatniej jak potrafił, ułożył Tama na noszach, krzywiąc się przy każdym jego jęku. Ojciec zawsze wydawał się taki niezniszczalny. Nic go nie mogło zranić ani powstrzymać. Jego obecny stan odbierał Randowi resztki odwagi, jakie do tej pory udało mu się zachować. Musiał jednak jakoś to wszystko wytrzymać. To nie ulegało kwestii, tylko dlatego jeszcze coś robił. Nie miał innego wyjścia.

Gdy Tam leżał już wreszcie na noszach, Rand zawahał się, a potem odpiął mu pas. Dziwnie się poczuł, opinając go sobie wokół bioder. Pas, pochwa i miecz ważyły w sumie zaledwie kilka funtów, ale po schowaniu miecza zdawało mu się, że do ziemi ciągnie go jakieś ogromne brzemię.

Zbeształ samego siebie. Nie była to ani pora, ani miejsce na jakieś głupie fantazjowania. To tylko wielki nóż. Ileż to razy marzył o posiadaniu miecza i przeżywaniu różnych przygód? Skoro mógł tą bronią zabić jednego trolloka, to na pewno z jej pomocą pokona również pozostałe. Z drugiej strony wiedział jednak aż za dobrze, że to, co się stało na farmie, zawdzięcza zwykłemu szczęściu. W jego przygodach z marzeń nigdy nie było miejsca na szczękanie zębami czy bieganie po nocy dla ratowania życia sobie i ojcu stojącemu u wrót śmierci.

Pospiesznie okrył Tama ostatnim kocem i ułożył u jego boku bukłak oraz pozostałe rzeczy. Odetchnął głęboko, ukląkł między dyszlami i przełożył wycięty z koca pas przez głowę, oplatając nim ramiona i pachy. Kiedy schwycił dyszle i stanął wyprostowany, główny ciężar spoczął na jego ramionach. Na razie nie odczuwał tego zbyt dotkliwie. Ruszył w stronę Pola Emonda, starając się iść równym krokiem. Nosze sunęły za nim.

Już wcześniej postanowił, że przedrze się przez las do tak zwanej Drogi Kamieniołomu i dotrze nią do wsi. Co prawda narażał tym ojca i siebie na większe ryzyko, na pewno jednak nie pomoże Tamowi, jeżeli zgubi się pośród ciemnych lasów.

Mrok był tak gęsty, że nawet nie zauważył, gdy dotarli do Drogi

Kamieniołomu. Serce podeszło mu do gardła, kiedy zdał sobie z tego sprawę. Pospiesznie obrócił nosze i zaciągnął je z powrotem do lasu, a potem przystanął na chwilę, by złapać oddech i uspokoić łomoczące serce. Wciąż ciężko sapiąc, skręcił na wschód, w kierunku Pola Emonda.

Przedzieranie się między drzewami było niezwykle trudne, a noc z pewnością nie stwarzała dodatkowego ułatwienia, niemniej wyjście na otwartą drogę byłoby czystym szaleństwem. Musiał dotrzeć do wsi, nie spotykając przy okazji trolloków. Wolał ich nie widzieć nawet z daleka, o ile w ogóle mógł wyrazić takie życzenie. Istniała możliwość, że trolloki ciągle ich ścigają i prędzej czy później domyślą się, że obydwaj wyruszyli w kierunku wsi. Tylko tam bowiem mogli się udać, a najbardziej prawdopodobną trasą była Droga Kamieniołomu. Kiedy się nad tym zastanowił, doszedł do wniosku, że i tak idzie o wiele za blisko drogi. Noc i cienie pod drzewami wydawały się nie zapewniać żadnej ochrony przed czyimś wzrokiem.

Promienie księżyca przesączające się między nagimi gałęziami rozlewały mętne światło, bezustannie mamiące oczy. Każdy krok groził potknięciem o niewidoczne korzenie, stare jeżyny czepiały się nóg i wiele razy omal nie upadł, bo widział coś, co wyglądało jak wykrot albo pagórek, a tymczasem zamiast spodziewanego, twardego gruntu, nogi trafiały w pustkę. Czasami palce stóp zahaczały się, wbijając w ziemię, podczas gdy nogi szły dalej do przodu, i wtedy się potykał. Mamrotanie Tama przechodziło w przeciągły jęk, gdy któryś z dyszli uderzał zbyt gwałtownie o korzeń lub kamień.

Nękany uczuciem stałej niepewności, boleśnie wytężał wzrok i słuch jak jeszcze nigdy w życiu. Wystarczyło, że gałąź otarła się o gałąź, albo że coś zaszeleściło w sosnowych igłach, a natychmiast przystawał i nadstawiał uszu, tłumiąc oddech z obawy, że albo przegapi jakiś ostrzegawczy dźwięk, albo przeciwnie, że usłyszy coś przerażającego. Ruszał dalej dopiero wtedy, gdy się upewnił, że otacza go tylko świst wiatru.

Od bezustannej walki z wiatrem, który targał jego płaszczem i kaftanem, zaczynał już odczuwać potworne zmęczenie w rękach i nogach. Ciężar noszy, tak lekkich na początku, zdawał się teraz przygniatać go do ziemi. Potykał się już nie tylko o zwykłe przeszkody. Rozpaczliwe staranie, by nie upaść, wyczerpywało go równie mocno, jak wleczenie za sobą noszy. Przecież tego dnia wstał bardzo wcześnie i pomijając nawet wyprawę do Pola Emonda, miał za sobą zwykły dzień pracy. Normalnego wieczoru siedziałby teraz przed kominkiem i czytał do snu jakąś książkę z biblioteki Tama. Dokuczliwy ziąb przenikał ciało do kości, żołądek przypominał, że nic nie jadł od czasu, kiedy pani al'Vere poczęstowała go miodowymi ciasteczkami.

Był zły na siebie, że nie zabrał z farmy jakiegoś jedzenia. Nic by się nie stało, gdyby został tam kilka minut dłużej. Tych kilka minut, wystarczających do znalezienia odrobiny chleba i sera. Trolloki nie pojawiłyby się tak szybko. Albo choćby tylko odrobinę chleba. Ale przecież kiedy dotrą już do oberży, pani al'Vere na pewno się uprze, żeby postawić przed nim gorącą strawę. Będzie to prawdopodobnie talerz z parującym gulaszem z jagnięcia. I do tego chleb pieczony przez nią. I mnóstwo gorącej herbaty.

— Przetoczyli się przez Mur Smoka niczym powódź — odezwał się nagle Tam donośnym, pełnym nienawiści głosem — i zalali kraj krwią. Ilu umarło za grzechy Lamana?

Rand omal się nie przewrócił ze zdziwienia. Zupełnie wykończony, postawił nosze na ziemi i obejrzał piekącą bruzdę, jaką wyrył mu w ramionach pas z koca. Zdjął go z siebie, ukląkł obok Tama. Szukał po omacku bukłaka i jednocześnie spoglądał między drzewa, daremnie usiłując obserwować obydwie strony drogi na odległość przynajmniej dwudziestu kroków. Nie było nic prócz cieni. Naprawdę nic prócz cieni.

— Nie grozi nam żaden potop trolloków, ojcze. W każdym razie nie teraz. Wkrótce dotrzemy bezpiecznie do Pola Emonda. Napij się wody.

Tam odepchnął bukłak, wydawało się, jakby jego ręka odzyskała dawną siłę. Chwycił Randa za kołnierz i przyciągnął do siebie tak blisko, że chłopiec poczuł na policzku bijący z jego ciała żar.

— Nazywali ich barbarzyńcami — mówił dalej Tam natarczywym tonem. — Ci głupcy twierdzili, że można ich wymiatać jak śmieci. Ile trzeba było przegrać bitew, ile miast spalić, żeby pojęli, jaka jest prawda? Zanim całe narody sprzymierzyły się przeciwko nim? — Zwolnił uścisk, a w jego głosie rozbrzmiewał teraz smutek. — Całe pole bitwy pod Marath było usłane trupami, człowiek nie słyszał nic oprócz krakania wron i brzęczenia much. Pozbawione szczytów wieże Cairhien płonęły pośrodku nocy niczym pochodnie. Przez całą drogę do Błyszczących Murów nie przestawali palić i wyrzynać wszystkich, dopóki ich nie zatrzymano. Przez całą drogę, aż do...

Rand przycisnął dłoń do ust ojca. Nie mylił się, dźwięk rozległ się ponownie — rytmiczny łomot, pochodzący z niewiadomego kierunku, skądś spośród drzew, łomot, który to zamierał, to narastał, przebijając się przez porywy wiatru. Zdenerwowany obrócił powoli głowę, starając się zlokalizować źródło dźwięku. Kątem oka dostrzegł jakiś ruch i natychmiast przywarł do ciała Tama. W zaciśniętej dłoni poczuł nagle rękojeść miecza, całą uwagę skoncentrował na drodze tak, jakby tylko ona na całym świecie istniała.

Migotliwe cienie nadciągające ze wschodu powoli splotły się w postać jeźdźca na koniu, za nim dreptały wysokie, zwaliste sylwetki, usiłujące dotrzymać kroku zwierzęciu. W trzymanych przez nie włóczniach i toporach odbijało się blade światło księżyca. Rand nawet przez moment nie łudził się myślą, że to mogą być wieśniacy przybywający im z pomocą, pojął od razu, kto kryje się za gęstwą cieni. Czuł to przez skórę, niczym piach skrobiący mu kości, zanim jeszcze zbliżyli się na taką odległość, by mógł dostrzec w świetle księżyca pelerynę z kapturem okrywającą jeźdźca, zupełnie nieruchomą pomimo szarpiącego wiatru. W mroku wszystkie ciemne kształty zlewały się, a kopyta wydawały taki sam odgłos, jakiego spodziewać się można po zwykłych koniach, Rand jednak nie pomyliłby tego zwierzęcia z żadnym innym.

W ślad za ciemnym jeźdźcem podążały koszmarne stwory obdarzone rogami, pyskami i dziobami — podwójny szereg trolloków. Wysokie buty i podkowy wybijały rytm tak równy, jakby kierowała nimi jedna wola. Kiedy maszerowali obok niego, Rand doliczył się dwudziestu. Jaki śmiałek rzuciłby wyzwanie tylu trollokom? Kto stawiłby czoło choć jednemu?

Kolumna maszerujących żwawo stworzeń zniknęła już na zachodzie, łomot ich kroków ucichł, ale Rand wciąż trwał na swoim miejscu, nie ruszając ani jednym mięśniem, nieledwie nie odważając się oddychać. Coś nakazywało mu zdobyć pewność, pewność absolutną, że istotnie odeszły — dopiero wówczas będzie mógł zmienić pozycję. Wreszcie odetchnął głęboko i zaczął się powoli prostować.

Tym razem koń pojawił się zupełnie bezgłośnie. Ciemny jeździec powracał w niesamowitej ciszy, cień jego wierzchowca przystawał co kilka kroków w miarę powolnego pokonywania drogi. Wiatr dął i jęczał w wyższych partiach drzew, ale płaszcz jeźdźca nadal zwisał, nieruchomy jak śmierć. Za każdym razem, gdy koń się zatrzymywał, zakapturzona głowa obracała się w obie strony, najwyraźniej wypatrując czegoś w lesie. W pewnym momencie ciemny kształt przystanął dokładnie naprzeciwko Randa, a ocienione rozcięcie kaptura zwróciło się w kierunku miejsca, w którym się ukryli.

Rand odruchowo zacisnął dłoń na rękojeści miecza. Podobnie jak rano, poczuł na sobie wzrok i znów przeląkł się tej samej nienawiści, pomimo że nie potrafił złapać spojrzenia, które ją niosło. Zakapturzony człowiek nienawidził wszystkich i wszystkiego, wszystkiego, co żyło. Pomimo zimnego wiatru po twarzy Randa spłynęły paciorki potu.

Po chwili koń ruszył dalej, wciąż tym samym rytmem — robił kilka bezdźwięcznych kroków i przystawał, aż w końcu Rand widział już tylko ciemną plamę w oddali, ledwie wyróżniającą się na tle nocy. Patrzył i patrzył, aż w końcu stracił pewność, że widzi cokolwiek innego prócz przypadkowej plątaniny cieni, mimo to nawet na sekundę nie spuszczał z nich oka. Bał się, że jeśli zaprzestanie obserwacji, zobaczy czarnego jeźdźca dopiero wtedy, gdy jego cichy koń stanie tuż obok.

Nagle ciemny kształt zawrócił i minął go w bezszelestnym galopie. Wpatrzony wprost przed siebie jeździec mknął przez noc na zachód, w stronę Gór Mgły. W stronę ich farmy. Rand zachwiał się, z trudem złapał oddech i otarł rękawem zimny pot z czoła. Powód, dla którego pojawiły się trolloki, nagle przestał zajmować jego myśli. Gdy już będzie po wszystkim, ta wiedza i tak do niczego nie będzie potrzebna.

Dygocząc, wstał i pospiesznie zbadał Tama. Ojciec nadal coś mamrotał, tak cicho, że Rand nie rozróżniał słów. Usiłował go napoić, ale wywołał jedynie suchy kaszel. Do gardła dostała się tylko niewielka strużka wody, reszta spłynęła po brodzie. Po chwili zaczął znów coś mruczeć, monotonnie, jakby nawet na moment nie przestawał.

Rand zwilżył mu jeszcze czoło, ułożył bukłak na noszach i ponownie stanął pomiędzy dyszlami.

Ruszył z miejsca ochoczo, rześko jakby miał za sobą dobrze przespaną noc, ale nowy napływ sił nie starczył na długo. Z początku zmęczenie pokonało strach, ale już niebawem, jego zdolność motywująca rozwiała się, a strach powrócił. Niebawem znów zaczął się potykać, na nowo poczuł dokuczliwy głód i ból nieludzko zmęczonych mięśni. Skoncentrował się na uważnym stawianiu stóp, jedna przed drugą, ciągle naprzód, nie liczyło się już nic innego.

Wyobrażał sobie Pole Emonda, otwarte okiennice i domy oświetlone na Zimową Noc, ludzi mijających się w drodze na spotkania z przyjaciółmi i wykrzykujących do siebie pozdrowienia, dźwięki skrzypiec wypełniające ulice melodiami *Zabawy Jaema* czy *Skrzydeł czapli*. Haral Luhhan jak zwykle wypije o jedną brandy za dużo i zacznie śpiewać *Wiatr, co hula w zbożu*, głosem przypominającym żabi rechot, a jego żona będzie go uciszać. Cenn Buie będzie chciał pokazać, że tańczy równie dobrze jak zawsze, a Mat wymyśli coś, aby mu w tym przeszkodzić i wszyscy będą wiedzieli, kto jest winien, ale nikomu nie uda się niczego udowodnić. Niemalże się uśmiechnął, kiedy pomyślał o tym wszystkim.

Po jakimś czasie Tam odezwał się ponownie:

— *Avendesora*. Powiadają, że nie wydaje nasion, ale przywieźli do Cairhien jedno młode drzewko. Królewski cudowny dar dla władcy.

Choć w jego głosie pobrzmiewał gniewny ton, mówił tak cicho, że Rand ledwie zrozumiał cokolwiek. Każdy, kto byłby w stanie go usłyszeć, bez trudu usłyszałby także szuranie noszy po ziemi. Szedł dalej, słuchając tylko jednym uchem.

— Oni nigdy nie żyją w pokoju. Nigdy. Ale przywieźli drzewko, by zaświadczyć o czymś przeciwnym. Rosło sto lat. Sto lat pokoju z tymi, którzy nigdy nie zawierają pokoju. Dlaczego je ściął? Dlaczego? Nagrodą za *Avendesorę* była krew. Krew była nagrodą za dumę Lamana.

Głos ojca przycichł, znowu przechodząc w niezrozumiałe mamrotanie.

Rand, do cna wyczerpany, zastanawiał się, jakie to majaki śnią się teraz Tamowi. *Avendesora*. Powiadano, że Drzewo Życia posiada wszelkie cudowne właściwości, ale nikt nigdy nie wspomniał o jakimś drzewku i jakichś „onych". Jest przecież tylko jedno Drzewo Życia, a ono należy do Zielonego Człowieka.

Jeszcze tego ranka byłoby mu głupio, gdyby przyłapał się na myśleniu o Zielonym Człowieku i Drzewie Życia. To przecież tylko wymysły bardów.

„Czy na pewno? Jeszcze tego ranka trolloki też żyły wyłącznie w opowieściach bardów".

Może wszystko to, o czym opowiadają bardowie i czego się słucha wieczorami przy kominku, jest równie realne jak wieści, które przywożą handlarze i kupcy. Niewykluczone, że następnym razem spotka Zielonego Człowieka, ogira-giganta albo dzikiego Aiela z twarzą ukrytą za czarną zasłoną.

Znowu wychwycił w mamrotaniu Tama słowa wypowiadane wystarczająco głośno, by zrozumieć je dokładnie. Ojciec przerywał od czasu do czasu dla zaczerpnięcia oddechu, a potem kontynuował, ciągnąc majaczącą opowieść.

— ...podczas bitew jest zawsze gorąco, nawet jeśli toczą się na śniegu. Gorączka potu. Gorączka krwi. Tylko śmierć jest zimna. Zbocze góry... jedyne miejsce, które nie cuchnie śmiercią. Trzeba było uciekać od tego zapachu... od tego widoku... słychać było płacz dziecka. Czasami kobiety walczyły ramię w ramię z mężczyznami, ale dlaczego jej na to pozwolono, nie rozumiem... rodziła tam w samotności, a potem umarła od ran... nakryła dziecko peleryną, ale zdmuchnął ją wiatr... dziecko zsiniało z zimna. Dziwne, że tam nie umarło... tak płakało. Płakało na śniegu. Nie mogłem go tak zostawić... nie mieliśmy dzieci... zawsze wiedziałem, że chciałaś mieć dzieci. Wiedziałem, że je pokochasz, Kari. Tak, kochana. Rand to dobre imię. Dobre imię.

Rand stracił nagle resztkę sił. Potknął się i upadł na kolana. Tam jęknął, gdy poczuł wstrząs, ale Rand nawet nie zauważył, że chomąto z koca wpiło mu się jeszcze boleśniej w ramiona. Gdyby teraz znienacka wypadł na niego jakiś trollok, najpewniej po prostu stanąłby nieruchomo i tylko się gapił. Spojrzał przez ramię na Tama, ale ten znów podjął swe bezsłowne mamrotanie.

„Majaki" — pomyślał tępo.

Gorączce zawsze towarzyszą majaki, a ta noc nawet bez gorączki stanowiła ciąg koszmarów.

— Jesteś moim ojcem — powiedział głośno, wyciągając dłoń, by dotknąć Tama — a ja jestem...

Gorączka wzrosła. Bardzo.

Z rozpaczą dźwignął się na nogi. Ojciec znowu coś wymamrotał, ale Rand nie chciał już dłużej go słuchać. Wlókł za sobą prowizoryczne nosze i starał się myśleć wyłącznie o następnym ołowianym kroku wiodącym ku bezpieczeństwu Pola Emonda. Nie potrafił jednak zagłuszyć echa rozlegającego się w jego myślach.

„To mój ojciec. To było tylko majaczenie w gorączce. To jest mój ojciec. To tylko majaczenie w gorączce. Światłości, kim jestem?"

ROZDZIAŁ 7

WYJŚCIE Z LASU

Rozbłysło już pierwsze szare światło brzasku, ale Rand wciąż jeszcze przedzierał się przez las. Z początku nie zauważył, że noc ma się już ku końcowi, dopiero po chwili ze zdziwieniem zapatrzył się w ustępujący mrok. Niezależnie od tego, co mówiły oczy, ledwie wierzył, że mozolna wędrówka do Pola Emonda zabrała mu tyle czasu. Pewnie, że co innego jechać Drogą Kamieniołomu za dnia, a co innego wędrować nocą przez las. Z drugiej jednak strony wydawało mu się, że od tego ranka, kiedy zobaczył czarnego jeźdźca, minęło już wiele dni, a od wieczoru, gdy razem z Tamem zasiedli do kolacji, dzieliły go co najmniej tygodnie. Przestał reagować na wrzynający się w plecy pas z koca, był tak odrętwiały, iż właściwie nic już nie czuł. Oddychał z niewysłowionym trudem, piekło go gardło i płuca, skręcony z głodu żołądek bezustannie wywoływał fale mdłości.

Ojciec umilkł jakiś czas wcześniej. Rand nie był pewien, od jak dawna nie słyszy jego mamrotania, nie odważył się jednak przystanąć i zbadać go. Jeśli się teraz zatrzyma, nie będzie w stanie ruszyć dalej. W każdym razie niezależnie od tego, co działo się z Tamem i tak nie mógł dla niego już nic więcej zrobić. Jedyną szansę dawało dotarcie do wsi. Próbował przyspieszyć kroku, ale zdrewniałe ze zmęczenia nogi poruszały się wolno i niechętnie, jakby brnęły przez gęstą smołę. Zimno i wiatr nie miały już najmniejszego znaczenia.

Po jakimś czasie poczuł zapach dymu. Musieli już być blisko wsi. Na jego twarz wypełzł blady uśmiech, który jednak zaraz przeszedł w grymas. Dym zalegał ciężko w powietrzu, zbyt ciężko. Było tak zimno, że ogień z pewnością płonął na każdym palenisku we wsi, ale ten dym był zbyt gęsty. Oczyma wyobraźni zobaczył na drodze trolloki, nadciągające ze wschodu, wracające właśnie z Pola Emonda. Wytężył wzrok, usiłując wypatrzyć pierwsze domy, gotów wołać o pomoc na widok pierwszej napotkanej osoby, nawet gdyby był to Cenn Buie czy któryś z Coplinów. Jakiś głos szeptał mu w tyle głowy, że wciąż jednak może na kogoś liczyć, że znajdzie się ktoś, kto przyjdzie im z pomocą.

Nagle między nagimi gałęziami dostrzegł dom, tylko dzięki temu był w stanie iść dalej. Z nadzieją przeradzającą się w dojmującą rozpacz skierował kroki do wsi.

Na placach, gdzie dawniej stały domy, zalegały teraz jedynie sterty zwęglonego drewna, a z nich, niczym brudne palce, wystawały okopcone ceglane kominy. Nad ruinami unosiły się wąskie smużki dymu. W popiołach grzebali wieśniacy o ponurych twarzach, niektórzy mieli jeszcze na sobie nocne koszule. To wyciągali ze zgliszczy garnek do gotowania, to po prostu dziabali kijami wśród odpadów. Na ulicach piętrzyły się resztki dobytku uratowane z płomieni: wysokie lustra, wypolerowane kredensy i komody, krzesła i stoły zawalone pościelą, przyborami kuchennymi, skromnymi tobołkami z ubraniem i przedmiotami osobistego użytku.

Zdawało się, że zniszczenia dotknęły wieś w zupełnie przypadkowy sposób. W jednym rzędzie zachowało się aż pięć nietkniętych domów, podczas gdy w innym stał zaledwie jeden.

Na drugim brzegu rzeki Winnej Jagody zaryczały trzy ogromne petardy wystrzelone przez grupkę mężczyzn. Gęste kolumny czarnego dymu, upstrzone beztroskimi iskierkami, pognały wraz z wiatrem na północ. Jeden z rasowych koni pana al'Vere wlókł coś w stronę płonącego Mostu Wozów. Rand nie zdołał dostrzec, co to było.

Nie wyszedł jeszcze na dobre z lasu, a już biegł mu naprzeciw Haral Luhhan. Twarz miał poczerniałą od sadzy, w grubych dłoniach ściskał topór. Nocna koszula, zasmarowana popiołem, zwisała mu do kostek, przez rozdarcie na piersi prześwitywała wściekła czerwień oparzeliny. Luhhan ukląkł na jednym kolanie obok noszy. Ojciec Randa miał zamknięte oczy, oddychał wolno i ciężko.

— Trolloki? — spytał zachrypłym od dymu głosem. — Tu też. Tu też. Cóż, mogliśmy mieć więcej szczęścia, o ile ktokolwiek ma do niego prawo, albo na nie zasłuży. Tamowi potrzebna jest Wiedząca. Ale gdzie, na Światłość, ona może być? Egwene!

Egwene z pełnym naręczem prześcieradeł, podartych na bandaże, wyraźnie zapatrzona na coś w oddali, biegła pędem w ich stronę. Ciemne kręgi pod jej oczami zdawały się jeszcze większe niż zazwyczaj. Zauważyła nagle Randa i przystanęła, z trudem łapiąc oddech.

— Och nie, Rand. To chyba nie twój ojciec? Czy on...? Chodź, zaprowadzę cię do Nynaeve.

Rand był zbyt zmęczony i ogłupiały, by cokolwiek powiedzieć. Przez całą noc Pole Emonda wydawało mu się przystanią, w której on i jego ojciec znajdą schronienie. Teraz potrafił tylko bezmyślnie wpatrywać się w jej okopconą suknię. Dostrzegał dziwne szczegóły, tak jakby one były właśnie w tej chwili ważne: krzywo zapięte guziki i czyste dłonie. Był ciekaw, czemu Egwene ma czyste ręce, skoro jej twarz umazana jest smugami sadzy.

Pan Luhhan wydawał się doskonale wiedzieć o wszystkim, co Rand przeszedł. Kowal położył topór na dyszlach, uniósł tył noszy i pchnął je lekko, nakazując Randowi iść za Egwene. Chłopiec ruszył chwiejnym krokiem, jakby pogrążony we śnie. Przez chwilę zastanawiał się, skąd pan Luhhan wie, że to były trolloki, ale ta myśl zaraz gdzieś się ulotniła. Skoro Tam je rozpoznał, to czemu Haral Luhhan nie miałby umieć tego samego.

— Wszystkie opowieści okazały się prawdziwe — wybełkotał.

— Na to wychodzi, chłopcze — odparł kowal. — Na to wychodzi.

Rand słuchał go tylko jednym uchem, skupiony na smukłej sylwetce Egwene. Wziął się już w garść i nieomal miał pretensje, że dziewczyna się nie spieszy, a przecież ona po to tylko zwolniła kroku, by obciążeni mogli za nią nadążyć. Prowadziła ich przez Łąkę, w stronę domu Caldera. Okap jego strzechy był zwęglony, pobielone ściany poznaczyły plamy sadzy. Po sąsiadujących z nim domach pozostały jedynie fundamenty, stosy popiołów i spalonego drewna.

Jedna z chat należała kiedyś do Berina Thane, brata młynarza, druga do Abella Cauthona, ojca Mata. Nie zostały z nich nawet kominy.

— Poczekajcie tutaj — poprosiła Egwene.

Popatrzyła na nich, jakby czekając na odpowiedź. Ponieważ stali tylko, nie mówiąc nic, wymruczała bezgłośnie jakieś słowo i wbiegła do środka.

— Mat — powiedział Rand. — Czy on...?

— Żyje — odparł kowal. Postawił na ziemi swój koniec noszy i powoli się wyprostował. — Widziałem go jakąś chwilę temu. To cud, że wszyscy żyjemy. Po sposobie, w jaki potraktowali mój dom i kuźnię, mógłbyś sądzić, że trzymałem tam złoto i klejnoty. Alsbet roztrzaskała jedną czaszkę patelnią. Spojrzała dziś rano na zgliszcza naszego domu, tylko raz, a teraz z największym młotkiem, jaki mogła wykopać z ruin kuźni, poluje po wsi, na wypadek, gdyby jakiś trollok gdzieś się jeszcze ukrywał. Jeżeli któregoś znajdzie, to naprawdę mu współczuję. — Skinął głową w stronę domu Caldera. — Pani Calder oraz kilku innych przyjęli do siebie rannych i bezdomnych. Kiedy Wiedząca opatrzy Tama, poszukamy dla niego jakiegoś łóżka. Może znajdzie się coś w oberży. Burmistrz już coś zaofiarował, ale Nynaeve powiedziała, że dla rannych lepiej, jeśli nie będą przebywać razem.

Rand osunął się na kolana. Ledwie żywy, zrzucił z siebie prowizoryczną uprząż i poprawił koce okrywające ojca. Tam nie poruszył się i nie odezwał, kiedy Rand szturchał go swymi zdrewniałymi dłońmi. Na szczęście wciąż oddychał.

„Mój ojciec. To było tylko majaczenie w gorączce".

— A jeśli one wrócą? — spytał apatycznym głosem.

— Koło obraca się tak, jak chce — powiedział niezbyt przekonującym głosem pan Luhhan. — Jeżeli wrócą... Cóż, na razie odeszły. Trzeba więc pozbierać wszystko to, co rozbite, odbudować to, co legło w gruzach.

Westchnął, a jego twarz złagodniała. Podrapał się po plecach. Rand dopiero teraz zauważył, że ten zwalisty mężczyzna jest równie zmęczony, jak on sam, jeśli nie bardziej. Kowal rozejrzał się dookoła i pokręcił głową.

— Coś mi się zdaje, że dzisiaj już nie nacieszymy się Bel Tine. Ale jak zwykle zapewne jakoś sobie poradzimy. — Gwałtownym ruchem podniósł topór, rysy jego twarzy stężały. — Czeka mnie jeszcze praca. Nie martw się, chłopcze. Wiedząca dobrze się nim zaopiekuje, a Światłość nami wszystkimi. A nawet jeśli Ona nie zechce tego zrobić, to cóż, sami o siebie zadbamy. Pamiętaj, jesteśmy ludźmi z Dwu Rzek.

Kowal zaczął się oddalać, a Rand, nadal klęcząc, popatrzył na wieś, popatrzył jakby po raz pierwszy.

„Pan Luhhan ma rację" — pomyślał i poczuł się zdziwiony tym, że widok właściwie wcale go nie zaskoczył.

Ludzie nadal bezradnie przekopywali ruiny swoich domów, niemniej jednak już w ciągu tego krótkiego czasu, od kiedy Rand przybył do wsi, coraz częściej zdobywali się na bardziej sensowne działania. Czuł nieomal ich narastającą determinację. Coś go jednak zastanawiało. Widzieli trolloki, ale czy widzieli również czarnego jeźdźca? Czy poczuli jego nienawiść?

Zerwał się na nogi, gdy z domu Caldera wyszły Nynaeve i Egwene. Właściwie to tylko próbował to zrobić, gdyż natychmiast zatoczył się, omal nie padając twarzą prosto w pył.

Wiedząca uklękła przy noszach, nie obdarzywszy Randa nawet jednym spojrzeniem. Jej twarz i suknia były jeszcze brudniejsze niż u Egwene, identyczne ciemne kręgi podkrążały oczy, biel rąk była równie jasna. Dotknęła twarzy Tama i kciukami podniosła mu powieki. Zmarszczyła czoło, odsunęła koce i odwinęła bandaż skrywający ranę. Zanim Rand zdążył spojrzeć, nasunęła gruby opatrunek z powrotem. Westchnęła i delikatnie nasunęła koc oraz płaszcz aż po brodę Tama, jakby opatulała śpiące dziecko.

— Nie mogę nic zrobić — powiedziała. Musiała wesprzeć ręce na kolanach, aby się wyprostować. — Przykro mi, Rand.

Kiedy zawróciła w stronę domu, stał przez chwilę, nic nie rozumiejąc, a potem pobiegł za nią, chwycił za ramiona, obrócił ku sobie i spojrzał prosto w oczy.

— On umiera! — krzyknął.

— Wiem — odparła spokojnie.

Kolana się pod nim ugięły, gdy usłyszał taką odpowiedź.

— Musisz coś zrobić! Musisz! Jesteś Wiedzącą!

Udręka wykrzywiła jej twarz, ale tylko na chwilę, bo zaraz potem w oczach znowu pojawiła się pustka, stanowczy głos był jak zwykle pozbawiony uczuć.

— Tak, to prawda. Wiem, co mogę zrobić za pomocą moich lekarstw, i wiem, kiedy jest za późno. Czy sądzisz, że nie zrobiłabym wszystkiego, co bym mogła? Ale nie mogę. Nie mogę, Rand. I są jeszcze inni, którzy mnie potrzebują. Ludzie, którym mogę pomóc.

— Przywiozłem go do ciebie tak szybko, jak się dało — wymamrotał.

Wioska była zrujnowana, ale liczył na pomoc Nynaeve. Ona zawiodła i teraz czuł w sobie tylko pustkę.

— Wiem, że tak było — powiedziała łagodnie. Dotknęła dłonią jego policzka. — To nie twoja wina. Mało kto potrafiłby tyle zdziałać. Przykro mi, Rand, ale muszę się zająć innymi. Obawiam się, że to dopiero początek naszych kłopotów.

Patrzył za nią bezmyślnie, dopóki nie weszła do domu i nie zamknęła za sobą drzwi. Potrafił myśleć tylko o tym, że go zawiodła.

Nagle został popchnięty lekko do tyłu przez Egwene, która wpadła na niego i objęła ramieniem. Normalnie taki silny uścisk wywołałby w nim jakąś reakcję, teraz patrzył tylko w milczeniu na drzwi, za którymi pogrzebane zostały wszystkie jego nadzieje.

— Tak mi przykro, Rand — powiedziała, wtulając się w jego pierś. — O Światłości, dlaczego nie mogę nic zrobić?

Zupełnie odrętwiały objął ją.

— Wiem. Ale ja… muszę coś zrobić, Egwene. Nie wiem co, ale nie mogę pozwolić...

Objęła go mocniej, gdy usłyszała drżenie w jego głosie.

— Egwene! — Dziewczyna poruszyła się lekko, słysząc dobiegający z domu głos Nynaeve. — Egwene, jesteś mi potrzebna! Umyj jeszcze raz ręce!

Wyswobodziła się z objęć Randa.

— Ona potrzebuje mojej pomocy, Rand.

— Egwene!

Zdawało mu się, że usłyszał jej szloch, kiedy uciekała od niego i wbiegała do środka. Potem zniknęła, a on stał samotnie obok noszy. Przez chwilę patrzył na Tama, nie czując nic prócz zwykłej bezradności. Nagle rysy jego twarzy stwardniały.

— Burmistrz będzie wiedział, co zrobić — powiedział, chwytając ponownie dyszle. — Burmistrz będzie wiedział.

Bran al'Vere zawsze wiedział, co trzeba zrobić. Zdecydowany na wszystko ruszył w stronę oberży „Winna Jagoda".

Minęły go znowu dhurrany, ciągnące za sobą wielki kształt owinięty w brudny koc. Spod koca wystawały i wlekły się po kurzu ręce porośnięte szorstkim włosem, z drugiej strony wyłaniał się kozi róg. Dwie Rzeki nie były miejscem, w którym legendy mogły się stać tak straszliwie rzeczywiste. Jeżeli trolloki miały jakieś swoje miejsce, to był to świat zewnętrzny, krainy, w których żyły Aes Sedai, fałszywe Smoki, i Światłość tylko wie, jakie jeszcze inne istoty z opowieści bardów. Świat Dwu Rzek i Pola Emonda na pewno nie były miejscem dla nich właściwym.

Kiedy przechodził przez Łąkę, błądzący wśród ruin swych domostw ludzie wołali coś do niego, pytali, czy mogą pomóc. Do Randa jednak te dźwięki dochodziły jakby z oddali, nawet jeśli ktoś, kto do niego mówił, towarzyszył mu jakiś czas. Nie zastanawiając się nawet nad swoimi słowami, odpowiadał, że nie potrzebuje pomocy, bo wszystko już zostało załatwione. Ledwie zauważał, że odchodzą od niego zafrasowani i obiecują, że przyślą Nynaeve. Wszystkie myśli skupił teraz na jednym tylko celu. Bran al'Vere potrafi coś zrobić, aby pomóc Tamowi. Rand nawet nie próbował się zastanowić, co to może być. Ale burmistrz coś zrobi, na pewno coś wymyśli.

Karczma nieomal całkowicie uniknęła zniszczeń, jakim uległa połowa wsi. Ogień pozostawił na ścianach tylko nieliczne ślady, a czerwone dachówki jak zawsze połyskiwały w słońcu. Tylko z fury handlarza pozostały jedynie poczerniałe żelazne obręcze od kół, wsparte o zwęglone resztki całego pojazdu. Wielkie pałąki, na których opięte było płótno, powyginały się dziwacznie, każdy pod innym kątem.

Thom Merrilin siedział ze skrzyżowanymi nogami na starym kamiennym fundamencie, starannie przycinając nożyczkami upalone brzegi swego płaszcza. Na widok Randa przerwał pracę i nie pytając nawet, czy potrzebuje pomocy, zeskoczył z kamienia i schwycił tył noszy.

— Do środka? Pewnie, pewnie. Nie martw się, chłopcze. Wasza Wiedząca zajmie się nim. Od zeszłej nocy obserwuję ją przy pracy, widzę, jak zręcznie dotyka i jaką ma wprawę w leczeniu. Mogło być o wiele gorzej. Kilku ludzi umarło zeszłej nocy. Na szczęście niewielu, ale to i tak za dużo moim zdaniem. Zniknął natomiast stary Fain i to jest najgorsze. Trolloki potrafią pożreć każdego. Powinieneś dziękować Światłości, że twój ojciec jeszcze żyje i Wiedząca będzie go mogła uzdrowić.

— To jest mój ojciec! — wykrztusił z siebie Rand, głosem zmienionym tak, że brzmiał jak bzykanie muchy. Nie mógł już dłużej znosić współczucia ani kolejnych prób podnoszenia go na duchu. Nie w tej chwili. Dopóki Bran al'Vere nie powie mu, jak pomóc Tamowi.

Stwierdził nagle, że na drzwiach jest coś nabazgrane upalonym patykiem — jakaś zakrzywiona linia. Tyle się dotąd wydarzyło, że prawie wcale go nie zdziwił rysunek smoczego kła na drzwiach „Winnej Jagody". Zupełnie go nie interesował powód, dla którego ktoś mógłby oskarżać karczmarza albo jego rodzinę o czynienie zła, albo chcieć na nich sprowadzić zły urok, ale ta noc przekonała go o jednej rzeczy. Wszystko jest możliwe. Absolutnie wszystko.

Ponaglany przez barda uniósł zasuwę i wszedł do środka.

W głównej sali nie było nikogo prócz Brana al'Vere. Panował tam chłód, ponieważ nikt nie znalazł czasu na rozpalenie ognia. Burmistrz siedział przy jednym ze stołów, maczał pióro w kałamarzu i marszczył w skupieniu twarz, jego siwa głowa pochylała się nad arkuszem pergaminu. Miał na sobie nocną koszulę, wepchniętą niedbale w spodnie i odstającą na wydatnym brzuchu. W zamyśleniu drapał łydkę jednej nogi palcami drugiej. Miał brudne stopy, jakby często wychodził na zewnątrz, i to boso, nie zważając na ziąb.

— O co chodzi? — spytał, nie podnosząc głowy. — Tylko mów szybko. Mam mnóstwo rzeczy do zrobienia w tej chwili, a jeszcze więcej powinienem był zrobić godzinę temu. Mam więc niewiele czasu i cierpliwości. No więc jak? Wyduś wreszcie z siebie!

— Panie al'Vere? — powiedział Rand. — Chodzi o mojego ojca.

Burmistrz gwałtownym ruchem podniósł głowę.

— Rand? Tam! — Rzucił pióro i zerwał się na nogi, przewracając przy tym krzesło. — Może jednak Światłość nie opuściła nas wszystkich. Już się bałem, że obydwaj nie żyjecie. Bela dotarła do wsi w godzinę po odejściu trolloków, spieniona i zadyszana, jakby galopowała całą drogę z farmy, więc myślałem… Zresztą nie ma czasu, by o tym gadać. Zaniesiemy go na górę. — Chwycił tył noszy, potrącając stojącego w przejściu barda. — Przyprowadź tu Wiedzącą, panie Merrilin. Powiedz jej, że ma się pospieszyć albo będzie miała ze mną do czynienia! Leż spokojnie, Tam. Wkrótce położymy cię w wygodnym łóżku. Idź, bardzie, biegnij!

Thom Merrilin zniknął za drzwiami, zanim Rand zdołał coś wtrącić.

— Nynaeve nic nie zdziała. Powiedziała, że nie może mu już pomóc. Myślałem… miałem nadzieję, że pan coś wymyśli.

Pan al'Vere przyjrzał się Tamowi uważniej, a potem potrząsnął głową.

— Zobaczymy, chłopcze. Zobaczymy. — Ale w jego głosie nie słychać już było tej pewności. — Zanieśmy go do łóżka. Przynajmniej będzie mu się lepiej leżało.

Rand dał się popchnąć w kierunku schodów znajdujących się na tyłach sali. Z całej siły starał się utrzymać w sobie przekonanie, że ojciec jakoś z tego wyjdzie, ale jego wiara słabła z każdą chwilą, a już zupełnie dobiło go nagłe zwątpienie w głosie burmistrza.

Na piętrze karczmy, od frontu, znajdowało się kilka schludnych, wygodnie urządzonych izb, których okna wychodziły na Łąkę. Korzystali z nich głównie handlarze albo ludzie przybywający z Wzgórza Czat i Deven Ride. Kupców, którzy gościli tu przez cały rok, często dziwił widok tak przyjemnych pomieszczeń. Trzy z nich były obecnie zajęte, burmistrz zaprowadził Randa do jednego z pustych.

Pospiesznie zdjął z szerokiego łóżka narzutę i koce, po czym wspólnie przenieśli Tama na gruby materac i wypchane pierzem poduszki. Podczas tej operacji ojciec oddychał chrapliwie, nie wydawał z siebie żadnych innych odgłosów, nawet nie jęczał. Burmistrz nie pozwolił Randowi tracić czasu na zamartwianie się, tylko kazał rozpalić ogień w kominku. Gdy chłopiec wykonywał niezbędne czynności, on sam rozsunął zasłony w oknie, wpuszczając do środka poranne światło, a potem zaczął delikatnie obmywać twarz Tama. Zanim bard zdążył powrócić, pokój wypełnił się już ciepłem płonącego w palenisku ognia.

— Ona nie przyjdzie — obwieścił Thom Merrilin zaraz po wejściu. Spojrzał na Randa, ściągając mocno swe krzaczaste, siwe brwi. — Nie powiedziałeś mi, że już go widziała. Omal nie urwała mi głowy.

— Myślałem... nie wiem... że może burmistrz coś zrobi, że może ją zmusi... — Rand zacisnął nerwowo pięści, odwrócił się od kominka, by spojrzeć na Brana. — Panie al'Vere, co ja mam robić?

Otyły mężczyzna potrząsnął bezsilnie głową. Przykładał świeżo zwilżony gałganek do czoła Tama, unikając wzroku Randa.

— Nie mogę patrzeć spokojnie, jak on umiera, panie al'Vere. Muszę coś zrobić.

Bard przestąpił z nogi na nogę, jakby chciał coś powiedzieć. Rand spojrzał na niego z nadzieją.

— Czy ma pan jakiś pomysł? Jestem gotów na wszystko.

— Zastanawiałem się tylko — powiedział Thom, postukując kciukiem w swoją długą fajkę — czy burmistrz wie, kto wyrysował smoczy kieł na jego drzwiach. — Zajrzał do miski, potem zerknął na Tama i z westchnieniem włożył nie zapaloną fajkę do ust. — Ktoś wyraźnie nie lubi albo jego, albo jego gości.

Rand spojrzał na niego z niesmakiem i odwrócił się, by popatrzeć na ogień. Jego myśli tańczyły jak te płomienie i podobnie jak one, uporczywie trzymały się jednego miejsca. Nie mógł się poddać. Nie mógł tak stać i patrzeć, jak Tam umiera.

„Mój ojciec — pomyślał zapalczywie. — Mój ojciec".

Kiedy opadnie gorączka, ta sprawa jakoś się wyjaśni. Ale najpierw trzeba się uporać z gorączką. Tylko jak?

Bran al'Vere zacisnął usta, spojrzał na plecy Randa, a wzrok, jakim po chwili obdarzył barda, przyprawiłby o konfuzję nawet niedźwiedzia. Thom jednak tylko patrzył na niego wyczekująco, jakby niczego nie zauważył.

— To dzieło któregoś Congara albo Coplina — odezwał się wreszcie burmistrz — choć tylko Światłość wie to na pewno. Liczny to ród, a tam gdzie można albo nawet nie można powiedzieć o kimś czegoś złego, to oni to zawsze mówią. Przecież zmusili Cenna Buie, żeby zaczął się do nich łasić.

— To ci, którzy tu przyjechali o świcie? — spytał bard. — Nie dotarło do nich zupełnie, że tu były trolloki, i koniecznie chcieli wiedzieć, kiedy zacznie się święto. Jakby w ogóle nie zauważyli, że pół wioski zamieniło się w popiół.

Pan al'Vere skinął ponuro głową.

— To boczna gałąź całej rodziny. Ale prawie się nie różnią między sobą. Ten głupiec Darl Coplin przez połowę nocy domagał się, bym przegonił panią Moiraine i pana Lana z karczmy, a nawet ze wsi, jak gdyby w ogóle istniała tu jakaś wieś.

Rand ledwie przysłuchiwał się ich rozmowie, ale pod wpływem tego ostatniego zdania przemówił:

— Co takiego zrobiło tych dwoje?

— Ona przywołała z czystego nocnego nieba kulisty grom — wyjaśnił pan al'Vere. — Sprawiła, że pomknął prosto na trolloki. Widziałeś potrzaskane drzewa. Trolloki spotkał podobny los.

— Moiraine? — spytał z niedowierzaniem Rand, a burmistrz skinął głową.

— Pani Moiraine. A pan Lan był jak trąba powietrzna ze swoim mieczem. Z mieczem? Całe ciało tego człowieka jest bronią i to pojawiającą się w dziesięciu miejscach na raz, tak się przynajmniej zdawało. Niech sczeznę, ale dalej bym nie wierzył, gdybym tego nie widział na własne oczy... — Potarł dłonią swą łysą czaszkę. — My tu się przygotowujemy do wizyt Zimowej Nocy, ręce pełne prezentów i ciasteczek miodowych, w głowach szumi wino, a tu nagle psy zaczynają warczeć, z karczmy wypada tych dwoje i krzyczą coś o trollokach. Myślałem, że za dużo wypili. Skąd tutaj trolloki? A potem, zanim ktokolwiek się zorientował, co się dzieje, ci... te stwory już były wśród nas na ulicach, kroiły ludzi mieczami, podpalały domy i wyły tak, że człowiekowi zastygała krew w żyłach. — Wydał z siebie dźwięk wyrażający najwyższe obrzydzenie. — Byliśmy jak te kury w kurniku, do którego wpadł lis, dopóki pan Lan nie dodał nam ducha.

— Nie trzeba się tak obwiniać — powiedział Thom. — Robiliście, co można. Nie każdy zabity trollok jest dziełem tamtych dwojga.

— Mhm... ano tak. — Pan al'Vere pokiwał głową. — I tak trudno dać temu wszystkiemu wiarę. Aes Sedai w Polu Emonda. A pan Lan jest Strażnikiem.

— Aes Sedai? — wyszeptał Rand. — To nieprawda. Rozmawiałem z nią. Ona nie jest... ona nie...

— Myślałeś, że one są jakoś oznakowane? — spytał burmistrz z krzywym uśmiechem. — Napis „Aes Sedai" na plecach i może jeszcze „Uwaga, niebezpieczeństwo"? — Uderzył się nagle w czoło. — Aes Sedai. Jestem już stary i głupi, tracę rozum. Masz jedną szansę, Rand, jeśli zechcesz z niej skorzystać. Nie mogę ci kazać tego zrobić i nie wiem, czy na twoim miejscu starczyłoby mi odwagi.

— Szansa? — spytał Rand. — Spróbuję wszystkiego, jeśli to się na coś zda.

— Aes Sedai potrafią uzdrawiać. Niech sczeznę, ale chyba słyszałeś, chłopcze, te opowieści. One leczą tych, którym nie pomagają lekarstwa. Bardzie, powinieneś to wiedzieć lepiej niż ja. W opowieściach bardów pełno jest Aes Sedai. Czemu żeś nic nie mówił, tylko pozwalałeś, żebym tak głupiał?

— Jestem tu obcy — powiedział Thom, patrząc tęsknie na swoją wygasłą fajkę — a Goodman Coplin nie jest jedynym, który nie chce mieć nic wspólnego z Aes Sedai. Lepiej, że ten pomysł wyszedł od ciebie.

— Aes Sedai — wyszeptał Rand, usiłując dopasować do zasłyszanych opowieści kobietę, która uśmiechała się do niego.

Powiadano, że pomoc Aes Sedai bywa gorsza niż żadna, podobna do trucizny dodanej do ciasta, a ich podarunki zawsze mają w sobie haczyk, niczym przynęta na ryby. Nagle moneta w kieszeni, moneta, którą dostał od Moiraine, wydała się mu rozżarzonym węglem. Nie potrafił jednak wyciągnąć jej z płaszcza i wyrzucić za okno.

— Nikt nie chce, żebyś przestawał z Aes Sedai, chłopcze — tłumaczył burmistrz. — Jednakże jest to chyba jedyna szansa i chociaż to trudne, musisz podjąć decyzję. Ja tego nie mogę zrobić za ciebie, ale ze strony pani Moiraine... czy raczej Moiraine Sedai nie spotkało mnie nic prócz samego dobra. Czasami — tu spojrzał znacząco na Tama — trzeba korzystać z szansy, nawet jeśli jest niewielka.

— A poza tym, w niektórych opowieściach jest sporo przesady — dodał Thom niechętnie, jakby wywlekano z niego słowa. — W niektórych. A zresztą, czy masz jakiś wybór, chłopcze?

— Żadnego — westchnął Rand.

Ojciec nie poruszył ani jednym mięśniem, miał zapadnięte policzki, jakby chorował już od co najmniej tygodnia.

— Pójdę... pójdę jej poszukać.

— Szukaj jej po tamtej stronie rzeki — poradził mu bard — tam, gdzie... pozbywają się martwych trolloków. Ale uważaj na siebie. Aes Sedai robią to, co robią, według własnego widzimisię i nie zawsze wiadomo, do czego zmierzają.

To ostatnie, wykrzyczane już zdanie odprowadziło Randa do drzwi. Podczas biegu musiał przytrzymywać rękojeść miecza, aby nie plątał mu się między nogami, ale nie miał czasu wyjąć broni z pochwy. Z łomotem zbiegł ze schodów i wypadł z karczmy, całkowicie zapominając o zmęczeniu. Nadzieja na uratowanie Tama, nawet niewielka, wystarczała, by pokonać skutki nieprzespanej nocy, przynajmniej na jakiś czas. Nie chciał się zastanawiać nad tym, że wszystko zależy od Aes Sedai, ani też jaką mu przyjdzie zapłacić za to cenę. A jeśli chodzi o spotkanie z Aes Sedai... Oddychał głęboko, usiłując jeszcze przyspieszyć kroku.

W dużej odległości od domów położonych na północnym krańcu wsi, po graniczącej z Zachodnim Lasem stronie drogi do Wzgórza Czat, płonęły ogniska. Wiatr roznosił czarne kolumny dymu, ale i tak powietrze wypełniał mdlący, słodkawy odór, przypominający swąd pieczeni pozostawionej zbyt długo na rożnie. Randowi zebrało się na wymioty, gdy zrozumiał, co jest źródłem tego zapachu. Niezłe przeciwieństwo ognisk Bel Tine. Ludzie pracujący przy ogniu mieli obwiązane nosy i usta, ale grymas na ich twarzach nie pozwalał wątpić, że ocet zwilżający opaski nie wystarcza. Nawet jeśli zabijał zapach, wiedzieli i tak, skąd on pochodzi i co właściwie tutaj palą.

Dwóch ludzi uwalniało zwłoki trolloka przywiązane do uprzęży wielkich koni. Lan pochylił się nad ciałem i odrzucił koc, aby odsłonić barki i koźli pysk. Gdy Rand podszedł do niego, odpinał właśnie od kolczugi trolloka metalową odznakę — emaliowany krwistoczerwoną barwą trójząb.

— To Ko'bal — obwieścił. Podrzucił odznakę na dłoni i mruknął coś do siebie bezgłośnie. — Naliczyliśmy dotąd już siedem band.

Moiraine, siedząca nieopodal na skrzyżowanych nogach, pokręciła głową. Przed nią leżała laska, rzeźbiona na całej długości we wzory liści winorośli i kwiatów. Aes Sedai miała na sobie zmiętą od długiego noszenia suknię.

— Siedem band. Siedem! Nie było czegoś takiego od czasu Wojen z Trollokami. Złe wieści piętrzą się na złych wieściach. Boję się, Lan. Myślałam, że przeszliśmy już pewną granicę, ale mamy chyba jeszcze dalej do niej niż kiedykolwiek.

Rand wpatrywał się w nią, niezdolny cokolwiek wykrztusić. Aes Sedai. Usiłował sobie wmówić, że jej wygląd się wcale nie zmienił, odkąd wie, na kogo... na co właściwie patrzy i ku jego zdziwieniu tak się też stało. Nie wyglądała już co prawda na tak czystą, nie z tymi sterczącymi na wszystkie strony włosami i smugą sadzy na nosie, ale wciąż była taka sama. A przecież musi być w niej coś, co ją wyróżnia jako Aes Sedai. Z drugiej jednak strony, jeżeli wygląd zewnętrzny miałby odzwierciedlać wnętrze człowieka i jeśli opowieści bardów mówiły prawdę, to ona powinna przypominać bardziej trolloka niż przystojną kobietę, której dostojeństwo nie zaznało uszczerbku przez to, że siedziała teraz na ziemi. I na dodatek mogła pomóc Tamowi. Niezależnie od ceny, jaką Rand miałby zapłacić, tylko to się liczyło.

Zrobił głęboki wdech.

— Pani Moiraine... chciałem powiedzieć, Moiraine Sedai.

Oboje odwrócili się, by spojrzeć na niego i Rand aż skamieniał, widząc jej oczy. Nie był to ten spokojny, pełen wesołości wzrok, który zapamiętał z Łąki. Miała zmęczoną twarz, ale jej czarne oczy przypominały oczy jastrzębia. Aes Sedai. Niszczycielki świata, traktujące go jak teatr lalek, w którym pociągnięciami za sznurki można zmuszać trony i narody do tańca w takich układach, jakie znały tylko kobiety z Tar Valon.

— Odrobinę światła w ciemności — mruknęła Aes Sedai. Podniosła głos. — Jak tam z twoimi snami, Randzie al'Thor?

Zagapił się na nią.

— Z moimi snami?

— Taka noc jak ta musi sprowadzać na człowieka złe sny, Randzie. Jeżeli śnią ci się koszmary, to powinieneś mi o nich opowiedzieć. Czasami umiem im zaradzić.

— Nie mam żadnych... Chodzi o mojego ojca. Jest ranny. To zwykłe zadrapanie, ale trawi go gorączka. Wiedząca nie chce mu pomóc, twierdzi, że nie da rady. Ale powiadają...

Przerwał i z trudem przełknął ślinę, gdy podniosła brew.

„Światłości, czy jest jakaś opowieść, w której ona nie byłaby czarnym charakterem?"

Spojrzał na Strażnika, ale Lan wydawał się bardziej zainteresowany martwym trollokiem niż słowami Randa. Unikając jej wzroku, zaczął mówić dalej.

— Ja... tego... powiadają, że Aes Sedai potrafią uzdrawiać. Jeżeli możesz mu pomóc... jeżeli możesz coś dla niego zrobić... niezależnie od ceny... to znaczy... — Wziął głęboki oddech i pospiesznie dokończył. — Zapłacę każdą cenę, na jaką mnie będzie stać, jeśli mu pomożesz. Każdą.

— Każdą cenę — zadumała się Moiraine, mówiąc jakby do siebie. — Jeśli w ogóle porozmawiamy o zapłacie, Randzie, to później. Nie mogę składać żadnych obietnic. Wasza Wiedząca zna się na rzeczy. Zrobię, co mogę, ale zatrzymywanie Koła nie leży w mojej mocy.

— Prędzej czy później śmierć przychodzi do każdego — zauważył ponuro Strażnik — jeśli nie służy się samemu Czarnemu, a chyba tylko głupcy chcą płacić taką cenę.

Moiraine zakląskała językiem.

— Nie bądź takim pesymistą, Lanie. Mamy jakiś powód do radości. Mały, ale zawsze powód. — Wsparła się na lasce i wstała. — Zaprowadź mnie do swego ojca, Randzie. Pomogę mu na tyle, na ile jestem w stanie. Zbyt wielu tutaj odrzuciło moją pomoc. Oni też słuchali opowieści bardów — dodała cierpkim tonem.

— Ojciec leży w karczmie — powiedział Rand. — Trzeba iść tędy. I dziękuję. Naprawdę dziękuję!

Poszli za nim, ale Rand, niemalże biegnąc, błyskawicznie pozostawił ich w tyle. Zwolnił, czekając niecierpliwie, aż go dogonią, ale zaraz znów pomknął do przodu i znów musiał czekać.

— Błagam, pospieszcie się! — poprosił. Owładnięty pragnieniem zdobycia pomocy dla Tama, nawet nie zauważał, że bezczelnie pogania Aes Sedai. — Gorączka zupełnie go spala.

Lan spojrzał na niego.

— Nie widzisz, że ona jest zmęczona? Praca, którą wykonywała poprzedniej nocy, przypominała bieganie po wsi z workiem kamieni na plecach. Nie wiem, czy jesteś tego wart, pasterzu, niezależnie od tego, jakie jest jej zdanie o tobie.

Rand zamrugał i ugryzł się w język.

— Spokojnie, przyjacielu — powiedziała Moiraine. — Nie zwalniając kroku, podeszła do Strażnika i poklepała go po ramieniu. Pochylił się nad nią opiekuńczo, jakby chciał samą swą bliskością obdarować ją siłą. — Ty myślisz tylko o opiece nade mną. Dlaczego on nie miałby troszczyć się o swego ojca?

Lan spojrzał na nią chmurnym wzrokiem, ale nic nie powiedział.

— Idę tak szybko, jak mogę, Rand, zapewniam cię.

Rand nie wiedział, w co ma wierzyć: czy w żarliwe spojrzenie, czy w spokój w jej władczym głosie, któremu raczej nie można było przypisać delikatności. A może należało zaufać i jednemu, i drugiemu. Aes Sedai. Już postawił wszystko na jedną kartę. Dostosował swoje tempo do ich kroku i próbował nie myśleć, jaka będzie ta cena, o której mają porozmawiać później.

ROZDZIAŁ 8

BEZPIECZNE MIEJSCE

Rand już od samego progu szukał wzrokiem ojca — swojego ojca, niezależnie od tego, co ktokolwiek mógł mówić. Tam nawet nie drgnął, miał nadal zamknięte oczy, ciężko łapał oddech, głucho i chrapliwie. Siwowłosy bard przerwał rozmowę z burmistrzem, który znowu doglądał Tama, pochylony nad jego łóżkiem, i zerknął nerwowo na Moiraine. Aes Sedai zignorowała go. Prawdę powiedziawszy, ignorowała teraz wszystkich z wyjątkiem Tama, na którego patrzyła z natężeniem, marszcząc czoło.

Thom wsadził do ust niezapaloną fajkę, ale zaraz ją wyjął i obejrzał.

— Nawet nie można spokojnie zapalić — mruknął. — Lepiej sprawdzę, czy jakiś farmer nie kradnie mi płaszcza, by móc ogrzać własną krowę. I przynajmniej sobie zapalę.

Pospiesznie wyszedł z pokoju.

Lan odprowadził go wzrokiem, z twarzą równie pozbawioną wyrazu co skała.

— Ten człowiek mi się nie podoba. Jest w nim coś, czemu nie ufam. Nigdzie go wczoraj nie było.

— Był na miejscu — zapewnił go Bran, obserwując niespokojnie Moiraine. — Z całą pewnością. Jego płaszcz nie zdążył jeszcze wyschnąć przed kominkiem.

Randa zupełnie nie obchodziło, czy bard ukrywał się tej nocy w stajni.

— Co z ojcem? — spytał błagalnym tonem Moiraine.

Bran otworzył usta, ale zanim coś powiedział, przeszkodziła mu Moiraine:

— Zostaw mnie z nim samą, panie al'Vere. Nie pomożesz mi, a tylko będziesz przeszkadzał.

Bran wahał się przez chwilę, rozdarty między niechęcią do słuchania rozkazów we własnej karczmie, a okazaniem nieposłuszeństwa wobec Aes Sedai. Na koniec wyprostował się i poklepał Randa po ramieniu.

— Chodź ze mną, chłopcze. Pozwólmy Moiraine Sedai zrobić... no... Jest mnóstwo rzeczy, w których mi możesz pomóc tam na dole. Zanim się zorientujesz, Tam będzie wołał o fajkę i kufel piwa.

— Czy mogę tu zostać? — spytał Rand Moiraine, chociaż ona zdawała się nie zauważać nikogo prócz Tama. Bran zacisnął dłoń na jego ramieniu, ale Rand go zlekceważył. — Mogę? Nie będę ci przeszkadzał. Nawet nie będziesz wiedziała, że tu jestem. On jest moim ojcem — dodał z żarliwością, która go zaskoczyła. Nawet burmistrz wytrzeszczył oczy ze zdziwienia. Rand miał nadzieję, że inni złożą to na karb jego zmęczenia albo napięcia powodowanego bliskością Aes Sedai.

— Tak, tak — odparła niecierpliwie Moiraine. Cisnęła płaszcz i laskę na jedyne krzesło w pokoju, a potem podwinęła rękawy, obnażając ręce do łokci. Ani razu nie spuściła oka z Tama, nawet kiedy mówiła do nich. — Usiądź tam, ty też, Lan.

Nieokreślonym gestem wskazała długą ławę stojącą pod ścianą. Jej wzrok wędrował wolno od stóp Tama do jego głowy, ale Rand miał dojmujące wrażenie, że w jakiś sposób ona widzi go na wylot.

— Możecie rozmawiać, jeśli chcecie — mówiła dalej nieobecnym głosem — tylko cicho. Ale pan niech odejdzie, panie al'Vere. To pokój chorego, a nie sala zgromadzeń. Nie trzeba mi przeszkadzać.

Burmistrz mruknął coś, choć oczywiście nie tak głośno, by zwrócić tym jej uwagę, ścisnął raz jeszcze ramię Randa, a potem posłusznie, acz niechętnie zamknął za sobą drzwi.

Mrucząc coś do siebie bezgłośnie, Aes Sedai uklękła przy łóżku i ułożyła lekko dłonie na piersi Tama. Zamknęła oczy i przez dłuższy czas nie ruszała się ani nie wydawała żadnych dźwięków.

W opowieściach, cudom czynionym przez Aes Sedai zawsze towarzyszyły błyski, uderzenia piorunów i inne znaki zwiastujące powstawanie potężnych dzieł i działanie wielkich mocy. Moc. Jedyna Moc, czerpana z Prawdziwego Źródła, które napędzało Koło Czasu. Rand raczej nie miał ochoty myśleć o Mocy zaprzęgniętej w celu uzdrowienia ojca, czy o sobie samym, znajdującym się w miejscu, gdzie miała być użyta. Strach go ogarniał już na samą myśl, że wszystko to ma się odbyć w obrębie jego wsi. Na razie wydawało mu się, że Moiraine właśnie zasnęła. Musiała jednak coś robić, bo Tam zaczął oddychać jakby z większą łatwością. Rand obserwował tych dwoje z takim skupieniem, że aż podskoczył, gdy usłyszał cichy głos Lana.

— Masz wspaniały miecz. Czy na jego ostrzu jest może wygrawerowana czapla?

Rand wpatrywał się przez chwilę w Strażnika, nie bardzo rozumiejąc, o czym on mówi. W powodzi wydarzeń całkowicie zapomniał o mieczu ojca, nawet nie czuł już jego ciężaru.

— Tak, jest na nim czapla. Co robi teraz Moiraine?

— Nigdy bym nie pomyślał, że w takim miejscu znajdzie się miecz ze znakiem czapli — powiedział Lan.

— Należy do mojego ojca.

Spojrzał na rękojeść broni Lana, wystającą spod jego płaszcza, obydwa miecze wyglądały nieomal tak samo, tyle że na ostrzu Strażnika nie było emblematu czapli. Ponownie powędrował wzrokiem w stronę łóżka. Ojciec wyraźnie oddychał swobodniej i przestał rzęzić. Tego Rand był pewien.

— Kupił go dawno temu.

— To dziwne, że pasterz kupił sobie taki miecz.

Rand spojrzał z ukosa na Lana. Takie pytania ze strony obcego to zwykłe wścibstwo. A ze strony Strażnika... Ale i tak czuł, że powinien coś powiedzieć.

— Jeśli wiem, nigdy nie miał z niego pożytku. Powiedział, że nie był mu potrzebny. W każdym razie do ostatniej nocy. Wcześniej nawet nie wiedziałem, że go ma.

— A zatem nazwał go bezużytecznym, prawda? Ale nie zawsze

musiał tak uważać. — Lan jednym palcem dotknął przelotnie miecza przymocowanego do pasa Randa. — Są takie miejsca, w których czapla jest symbolem mistrzowskiego władania mieczem. To ostrze musiało przebyć dziwną drogę, skoro zawitało w końcu do pasterza w Dwu Rzekach.

Rand zignorował zawarte w tym stwierdzeniu pytanie. Moiraine nadal się nie ruszała. Czy ta Aes Sedai cokolwiek robi? Zadrżał i potarł ramiona, niepewien, czy w ogóle chce wiedzieć, co ona robi. Aes Sedai.

Nagle w jego myślach pojawiło się pytanie, którego nie chciał wypowiadać, ale na które musiał znać odpowiedź.

— Burmistrz... — chrząknął i nabrał oddechu. — Burmistrz powiedział, że ze wsi zostało jeszcze cokolwiek tylko dzięki tobie i niej. — Zmusił się, by spojrzeć na Strażnika. — Gdybyś usłyszał o człowieku w lesie... człowieku, który budzi strach samym swoim spojrzeniem... czy potraktowałbyś to jako przestrogę? Koń tego człowieka nie wydaje żadnych dźwięków, a wiatr nie porusza jego peleryną. Czy wiedziałbyś, co się wydarzy? Czy ty i Moiraine Sedai moglibyście wszystkiemu zapobiec, gdybyście o nim wiedzieli?

— Nic bym nie zdziałała bez pomocy moich sióstr — odparła Moiraine, zaskakując Randa. Nadal klęczała przy łóżku, ale oderwała dłonie od ciała Tama i zwróciła się częściowo w ich stronę. Ani razu nie podniosła głosu, jej oczy zdawały się przyszpilać Randa do ściany. — Gdybym wiedziała, kiedy opuszczałam Tar Valon, że napotkam tu trolloki i Myrddraala, sprowadziłabym ich tu kilka, a może kilkanaście, choćbym miała je przywlec za karki. Jeśli chodzi o mnie samą, to byłoby trochę inaczej, gdybym wiedziała o tym miesiąc wcześniej. Może zresztą to też by niczego nie zmieniło. Za dużo pracy dla jednej osoby, nawet jeśli ta osoba potrafi wezwać Jedyną Moc. Przecież zeszłej nocy było w tej okolicy co najmniej sto trolloków. Cały taran.

— Ale i tak byłoby lepiej wiedzieć o wszystkim wcześniej — powiedział ostrym tonem Lan, jego gniew skierowany był przeciwko Randowi. — Kiedy i gdzie go dokładnie zobaczyłeś?

— Teraz to już nie ma znaczenia — zauważyła Moiraine. — Nie

sądzę, by ten chłopiec musiał się czuć za wszystko winny, bo tak nie jest. Mnie trzeba winić w równym stopniu. Ten przeklęty kruk wczoraj i sposób, w jaki się zachowywał, powinien był mnie ostrzec. I ciebie też, mój stary przyjacielu. — Zacmokała gniewnie językiem. — Byłam tak pewna siebie, że aż bezczelna, przekonana, że dotyk Czarnego nie sięga teraz tak daleko i tak silnie. Nie miałam co do tego żadnych wątpliwości.

Rand zamrugał.

— Kruk? Nie rozumiem.

— Zalicza się do padlinożerców. — Lan wykrzywił usta z obrzydzeniem. — Słudzy Czarnego często znajdują szpiegów wśród stworzeń, które żywią się umarłymi. Są to głównie kruki i wrony. W miastach szczury.

Rand zadrżał. Kruki i wrony szpiegami Czarnego? Wszędzie dookoła latają teraz te ptaki. Dotyk samego Czarnego, jak powiedziała Moiraine. Czarny jest wszędzie, Rand był o tym przekonany, ale jeśli człowiek starał się podążać ścieżką Światłości, żył sprawiedliwie i nie przyzywał Czarnego, wówczas nie mogło mu się nic stać. W to wierzyli wszyscy, bo taką wiedzę każdy otrzymywał wraz z mlekiem matki. Ale Moiraine zdawała się twierdzić...

Jego spojrzenie padło na Tama i przestał myśleć o innych sprawach. Twarz ojca była wyraźnie mniej rozpalona, a oddech wydawał się prawie normalny. Rand poderwałby się na równe nogi, gdyby Lan nie złapał go za ramię.

— Udało ci się, Moiraine.

Moiraine pokręciła głową i westchnęła.

— Jeszcze nie. Ale mam nadzieję, że mi się uda. Broń trolloków jest wykuwana w kuźniach zbudowanych w dolinie Thakan'dar, na zboczach samego Shayol Ghul. Dlatego metal przekuty w tym miejscu nosi na sobie jego nalot, skazę zła. Te skażone ostrza zadają rany, które nie leczone odpowiednio nie chcą się zagoić albo powodują śmiertelną gorączkę i inne dziwne choroby, na które lekarstwa nie mają wpływu. Uśmierzyłam ból, ale ciało twego ojca nadal ma na sobie ten ślad, skazę. Jeśli ją tak zostawić, rozrośnie się na powrót i pożre go.

— Ale ty go nie zostawisz?!

Rand powiedział to w połowie błagalnie, a w połowie rozkazująco. Był zaszokowany, kiedy uświadomił sobie, jakim tonem rozmawia z Aes Sedai, ale ona zdawała się tego nie zauważać.

— Nie zostawię go — zgodziła się po prostu. — Jestem bardzo zmęczona, Rand, i od ostatniej nocy nie miałam okazji odpocząć. Normalnie nie miałoby to znaczenia, ale w przypadku takiej rany... To — wyjęła ze swego mieszka małe zawiniątko z białego jedwabiu — jest *angreal*. — Zauważyła wyraz jego twarzy. — Wiesz zatem, co to jest *angreal*. To dobrze.

Odruchowo odsunął się od niej i od przedmiotu, który trzymała w ręku. Słyszał o *angrealach*, reliktach Wieku Legend, których Aes Sedai używały do czynienia swych największych cudów. Zdziwił się, gdy odwinęła z jedwabiu nie dłuższą od jej dłoni, gładką figurkę z kości słoniowej, pociemniałą ze starości na głęboki brąz. Figurka przedstawiała postać kobiety w rozwianej szacie, z długimi włosami spadającymi na ramiona.

— Straciłyśmy już umiejętność wytwarzania *angreali* — powiedziała. — Tyle wiedzy zostało zapomniane, być może bezpowrotnie. *Angreali* zostało już tak niewiele, że Zasiadająca na Tronie Amyrlin ledwie pozwoliła mi tego zabrać. Dobrze się stało dla Pola Emonda i twego ojca, że w końcu udzieliła mi zgody. Ale nie możesz żywić zbyt wielkich nadziei. Nawet dzięki *angrealowi* mogę zrobić niewiele więcej, niż bym mogła wczoraj bez niego. Skaza jest duża i miała czas zakrzepnąć.

— Możesz mu pomóc — zapewniał ją gorliwie Rand. — Wiem, że możesz.

Moiraine uśmiechnęła się, ledwie poruszając wargami.

— Zobaczymy.

Potem odwróciła się do Tama. Jedną dłoń położyła mu na czole, a drugą ścisnęła figurkę z kości słoniowej. Zamknęła oczy, a na jej twarzy pojawił się wyraz głębokiego skupienia. Zdawało się, że przestała oddychać.

— Ten jeździec, o którym mówiłeś — odezwał się cicho Lan — ten, który cię przestraszył, to był bez wątpienia Myrddraal.

— Myrddraal! — wykrzyknął Rand. — Przecież Pomory mają dwadzieścia stóp wzrostu i...

Urwał na widok ponurego uśmiechu Strażnika.

— Czasami, pasterzu, ludzie w swych opowieściach wyolbrzymiają pewne rzeczy. Wierz mi, w przypadku Półczłowieka wystarczają gołe fakty. Półczłowiek, Zaczajony, Pomor, Człowiek Cień, różnych nazw się używa w zależności od kraju, w którym się mieszka, ale one wszystkie oznaczają złego Myrddraala. Pomory są pomiotem trolloków, u których na powrót ujawniają się pierwotne cechy ludzkie, wykorzystane przez Władców Strachu do stworzenia trolloków. Jeśli ludzkie cechy są silniejsze, powoduje to skazę, która odmienia trolloki. Półludzie dysponują pewnego rodzaju mocą, którą biorą od samego Czarnego. Tylko najsłabsze Aes Sedai nie potrafią pokonać Pomora w pojedynku, ale uległo im wielu dobrych, prawych ludzi. Od czasu wojen, które zakończyły Wiek Legend, kiedy Przeklęci zostali uwięzieni, oni są mózgami wydającymi rozkazy taranom trolloków. W czasach Wojen z Trollokami, Półludzie z rozkazu Władców Strachu dowodzili trollokami w bitwach.

— Przeraził mnie — powiedział głucho Rand. — Spojrzał tylko na mnie i...

Zadrżał.

— Nie musisz się tego wstydzić, pasterzu. Mnie też przerażają. Widziałem, jak waleczni wojownicy zamierali na widok Półczłowieka, niczym ptak przed wężem. W Ziemiach Granicznych, które sąsiadują z Wielkim Ugorem znają takie powiedzenie: Spojrzenie Bezokiego oznacza strach.

— Bezoki? — spytał Rand, a Lan przytaknął:

— Myrddraale widzą jak sokoły, w nocy i za dnia, ale nie mają oczu. Niewiele znam rzeczy bardziej niebezpiecznych niż spotkanie Myrddraala. Razem z Moiraine Sedai próbowaliśmy zabić go zeszłej nocy i za każdym razem bez powodzenia. Półludziom sprzyja szczęście Czarnego.

Rand przełknął ślinę.

— Jeden trollok powiedział, że Myrddraal chce ze mną rozmawiać. Nie rozumiem, co to oznacza.

Lan podniósł gwałtownie głowę, a jego oczy zamieniły się w błękitne kamienie.

— Rozmawiałeś z trollokiem?

— Niezupełnie — wyjąkał Rand. Wzrok Strażnika więził go niczym pułapka. — To on do mnie mówił. Obiecał, że mi nic nie zrobi, że Myrddraal chce tylko ze mną rozmawiać, a potem usiłował mnie zabić. — Zwilżył wargi i potarł dłonią skórę, którą była pokryta rękojeść jego miecza. Krótkimi, urywanymi zdaniami opowiedział, jak wrócił na farmę. — Więc go zabiłem — dokończył. — To był naprawdę przypadek. Skoczył na mnie, a ja akurat trzymałem miecz w ręku.

Twarz Lana lekko złagodniała, oczywiście, o ile skała może złagodnieć.

— Nawet wtedy jest o czym mówić, pasterzu. Do ostatniej nocy niewielu było ludzi żyjących na południe od Ziem Granicznych, którzy mogli powiedzieć, że widzieli trolloka, a jeszcze mniej takich, którzy zabili choć jednego.

— A jeszcze mniej zabiło trolloka samodzielnie, bez niczyjej pomocy — dodała zmęczonym głosem Moiraine. — Skończyłam, Rand. Lan, pomóż mi się podnieść.

Strażnik doskoczył do niej, ale Rand szybciej dopadł do łóżka. Skóra Tama była chłodna w dotyku, a twarz miała blady i niezdrowy odcień, jakby dawno nie widziała słońca. Ojciec jeszcze nie otwierał oczu, oddychał jednak miarowym oddechem normalnego snu.

— Czy już teraz będzie zdrów? — spytał niespokojnie Rand.

— Tak, tylko musi odpocząć — powiedziała Moiraine. — Kilka tygodni w łóżku i będzie zdrowy jak zwykle.

Szła chwiejnym krokiem, mimo że wspierało ją ramię Lana. Strażnik zgarnął z krzesła jej płaszcz i laskę, by miała na czym usiąść. Usadowiła się z westchnieniem. Starannie owinęła z powrotem *angreal* i schowała go do sakiewki.

Ramiona Randa zatrzęsły się, zagryzł wargi, by powstrzymać się od śmiechu, przetarł dłonią załzawione oczy.

— Dziękuję.

— W Wieku Legend — kontynuowała Moiraine — niektóre Aes

Sedai potrafiły rozpalić na nowo życie i zdrowie, nawet jeśli tliła się tylko maleńka iskierka. Ale te czasy już minęły, być może bezpowrotnie. Tyle zostało zapomniane, nie tylko metody wytwarzania *angreali*. Nawet nie odważamy się marzyć o tym, co można zrobić, o ile w ogóle przychodzi nam cokolwiek jeszcze na myśl. Jest nas teraz o wiele mniej. Niektóre talenty już całkiem zanikły, a te, które pozostały, wydają się słabsze. Teraz potrzeba do nich woli i siły fizycznej, bo inaczej nawet te najsilniejsze z nas nie zrobią nic na drodze Uzdrawiania. Całe szczęście, że twój ojciec jest silny, zarówno ciałem, jak i duchem. Na razie zużył wiele swej tężyzny w walce o życie, może jednak ją jeszcze zregenerować. To potrwa jakiś czas, ale nie ma w nim już skazy.

— Nigdy nie zdołam ci się odwdzięczyć — zapewnił ją Rand, nie odrywając wzroku od ojca. — Ale zrobię dla ciebie, co tylko będę mógł. Absolutnie wszystko. — Przypomniał sobie rozmowę o zapłacie i swoją obietnicę, z której teraz, gdy klęczał obok Tama, jeszcze bardziej pragnął się wywiązać. Wciąż jednak nie było mu łatwo spojrzeć w oczy Moiraine. — Wszystko. Jeśli to nie przyniesie szkody wsi albo moim przyjaciołom.

Moiraine zbyła go machnięciem ręki.

— Jeśli uważasz, że to konieczne. Ale tak czy inaczej, chciałabym z tobą porozmawiać. Niewątpliwie wyjedziesz stąd w tym samym czasie co my i wtedy odbędziemy dłuższą rozmowę.

— Wyjadę? — wykrzyknął, zrywając się na nogi. — Czy naprawdę jest tu tak źle? Zdawało mi się, że wszyscy są gotowi odbudować wioskę. Jesteśmy mocno przywiązani do Dwu Rzek. Nikt stąd nigdy nie wyjeżdża.

— Rand...

— I gdzie mielibyśmy pojechać? Padan Fain mówił, że gdzie indziej pogoda jest równie zła. On jest... on był... handlarzem. Trolloki... — Rand przełknął ślinę, żałując, że dowiedział się od Thoma Merrilina, co jadają trolloki. — Uważam, że najlepiej będzie, jak zostaniemy na własnej ziemi, w Dwu Rzekach, i wszystko odbudujemy. Obsialiśmy już pola i niedługo na pewno ociepli się na tyle, byśmy mogli strzyc owce. Nie wiem, kto zaczął to gadanie o wyjeździe... Założę się, że któryś z Coplinów... ale ten ktoś był...

— Pasterzu — przerwał mu Lan — zamiast słuchać, gadasz.

Chłopiec zamrugał. Uświadomił sobie, że trajkocze tak od dłuższego czasu, i że przerwał Moiraine, kiedy próbowała mu coś powiedzieć. Kiedy Aes Sedai próbowała mu coś powiedzieć. Nie wiedział, jak się teraz zachować, jak przepraszać, ale gdy się nad tym namyślał, Moiraine uśmiechnęła się.

— Wiem, co czujesz, Rand — powiedziała, a on odniósł nieprzyjemne wrażenie, że ona naprawdę wie wszystko. — Nie myśl już o tym. — Zacisnęła usta i potrząsnęła głową. — Teraz widzę, że źle się do tego zabrałam. Chyba powinnam była najpierw odpocząć. To ty masz wyjechać, Rand. Ty musisz wyjechać, aby uratować wieś.

— Ja? — Chrząknął i jeszcze raz zapytał: — Ja? — Tym razem zabrzmiało to nieco lepiej. — Czemu miałbym wyjeżdżać? Nic z tego nie rozumiem. Nie chcę nigdzie jeździć.

Moiraine spojrzała na Lana, Strażnik opuścił skrzyżowane dotąd na piersiach ręce. Popatrzył na Randa, który znowu miał uczucie, że waży się go na niewidzialnych szalach.

— Czy wiesz — powiedział nagle Lan — że niektóre domy nie zostały zaatakowane?

— Połowa wsi zamieniła się w popiół — zaprotestował, ale Strażnik zlekceważył tę uwagę.

— Niektóre domy były podpalane tylko po to, by stworzyć zamieszanie. Trolloki później omijały je i tak samo ich mieszkańców, o ile ci nie znaleźli się na drodze bezpośredniego ataku. Większość ludzi, którzy mieszkają na najbardziej oddalonych farmach, nawet z daleka nie widziała ani włosa trolloka. Większość w ogóle nie wiedziała, że coś się stało, dopóki nie zobaczyli, w jakim stanie jest wieś.

— Mówiono mi rzeczywiście coś takiego o Darlu Coplinie — powiedział wolno Rand. — Pewnie wieści nie zdążyły się roznieść.

— Zostały zaatakowane dwie farmy — mówił dalej Lan. — Wasza i jeszcze jedna. Wszyscy mieszkańcy tej drugiej przyjechali już do wsi na Bel Tine. Wielu ludzi się uratowało, ponieważ Myrddraal nie znał obyczajów panujących w Dwu Rzekach. Nie zdawał sobie sprawy, że święto i Zimowa Noc właściwie uniemożliwią mu wykonanie zadania.

Rand spojrzał na Moiraine rozpartą na krześle. Nic nie powiedziała, przypatrywała mu się tylko z palcem przyłożonym do ust.

— Nasza farma i czyja jeszcze? — zapytał w końcu.

— Farma Aybarów — odparł Lan. — Natomiast tu, w Polu Emonda uderzyli najpierw na kuźnię, dom kowala i dom pana Cauthona.

Randowi nagle zaschło w ustach.

— To niedorzeczne — udało mu się wreszcie wykrztusić, a potem podskoczył na widok prostującej się Moiraine.

— Niezupełnie, Rand — powiedziała. — Celowe. Trolloki nie przybyły do Pola Emonda przypadkiem i nie robiły tego wszystkiego dla samej przyjemności zabijania i podpalania, choć w tym się lubują. Wiedziały, o co, czy raczej o kogo, im chodzi. Trolloki przybyły tu, by zabić albo pojmać pewnego młodego człowieka, w pewnym określonym wieku, który mieszka w pobliżu Pola Emonda.

— Czy on jest w moim wieku? — Randowi załamał się głos, ale nie dbał o to. — Światłości! Mat! Co z Perrinem?

— Żyją i mają się dobrze — zapewniła go Moiraine. — Trochę się tylko ubrudzili sadzą.

— A Ban Crawe i Lem Thane?

— Nic im nawet nie groziło — powiedział Lan. — Przynajmniej nie bardziej niż wszystkim innym.

— Ale oni też widzieli Pomora na koniu i też są moimi rówieśnikami.

— Dom pana Crawe nawet nie został zniszczony — wyjaśniła Moiraine. — A młynarz i jego rodzina przespali pół nocy, zanim obudził ich hałas. Ban jest starszy od ciebie o dziesięć miesięcy, a Lem o osiem młodszy. — Uśmiechnęła się krzywo na widok jego zdziwienia. — Powiedziałam ci, że zadawałam pytania. Powiedziałam też, że chodziło o młodych ludzi w pewnym określonym wieku. Ty i dwaj twoi przyjaciele urodziliście się w odstępie tygodni. To was trzech poszukiwał Myrddraal i nikogo innego.

Rand poruszył się niespokojnie, pragnąc, by ona zaczęła wreszcie patrzeć na niego inaczej, nie tak, jakby przewiercała mu wzrokiem mózg i czytała wszystko z jego zakamarków.

— Czego mogą od nas chcieć? Jesteśmy tylko farmerami, pasterzami.

— Na to pytanie nie znajdziesz odpowiedzi w Dwu Rzekach — powiedziała cicho Moiraine — ale ta odpowiedź jest ważna. Obecność trolloków w miejscu, w którym nie widziano ich od prawie dwóch tysięcy lat, mówi sama za siebie.

— Dużo słyszałem o rajdach trolloków — upierał się Rand. — Po prostu nam się dotąd udawało. Strażnicy walczą z nimi cały czas.

Lan parsknął.

— Chłopcze, walka z trollokami w okolicach Wielkiego Ugoru jest czymś zwyczajnym, ale nie tutaj, prawie sześćset lig na południe. A ten napad ostatniej nocy był równie gwałtowny jak atak, którego spodziewałbym się w Shienarze albo w którejś z Ziem Pogranicza.

— W którymś z was — powiedziała Moiraine — albo we wszystkich trzech jest coś, czego Czarny się boi.

— To... to jest niemożliwe. — Rand podszedł chwiejnie do okna i wyjrzał na wioskę, na ludzi krzątających się wśród ruin. — Nie obchodzi mnie, dlaczego tak się stało, bo to po prostu niemożliwe.

Nagle zauważył na Łące coś, co na moment odwróciło jego uwagę. Przyjrzał się uważniej i zrozumiał, że to upalony kikut Wiosennego Słupa. Nie ma co, świetne Bel Tine, z udziałem handlarza, barda i obcych. Zadrżał i potrząsnął gwałtownie głową.

— Nie. Nie, ja jestem zwykłym pasterzem. Czarny nie może się interesować właśnie mną.

— Sprowadzenie tu tak wielkiej liczby trolloków — tłumaczył ponurym tonem Lan — z tak daleka, bez jednoczesnego wywoływania larum od Ziem Pogranicza po Caemlyn i w jeszcze dalszych krainach, musiało kosztować dużo wysiłku. Szkoda, że nie wiem, jak tego dokonali. Czy naprawdę wierzysz, że tyle się trudzili, by spalić tylko kilka domów?

— One tu wrócą — dodała Moiraine.

Rand już otwierał usta, aby sprzeczać się z Lanem, ale usłyszane słowa sprawiły, że zrezygnował. Obrócił się w jej stronę.

— Wrócą? Czy nie możecie ich powstrzymać? Udało się wam zeszłej nocy, a przecież wtedy zostaliście zaskoczeni. A teraz już wiecie, że one tu są.

— Mogłabym posłać do Tar Valon po kilka moich sióstr — odparła Moiraine — może udałoby im się pokonać tę odległość, zanim okazałyby się potrzebne. Myrddraal wie, że tu jestem i prawdopodobnie nie będzie atakował, w każdym razie nie otwarcie, bo brakuje mu sił, innych Myrddraali i trolloków. Przy dostatecznej liczbie Aes Sedai i Strażników można pokonać trolloki, choć nie umiem określić, ile by się przy tym odbyło bitew.

W głowie Randa zatańczyła wizja całego Pola Emonda leżącego w gruzach. Spalone wszystkie farmy. I Wzgórze Czat, Deven Ride i Taren Ferry. Wszystko w popiołach i krwi.

— Nie — powiedział i poczuł w sobie bolesny skurcz, jakby nagle coś mu odebrano. — Dlatego właśnie muszę wyjechać, prawda? Trolloki nie wrócą, gdy mnie tu nie będzie. — Resztki uporu kazały mu dodać: — Jeśli rzeczywiście chodzi im o mnie.

Moiraine uniosła brwi, jakby dziwiąc się, że jeszcze nie dał się przekonać, a Lan oświadczył:

— Czy chcesz ryzykować losem całej wsi, aby to sprawdzić, pasterzu? Całymi Dwoma Rzekami?

Nieustępliwość Randa zniknęła.

— Nie — powiedział i znowu poczuł w sobie pustkę. — Perrin i Mat też muszą odejść, prawda?

Wyjechać z Dwu Rzek. Opuścić dom i ojca. Przynajmniej Tamowi się poprawiło. Przynajmniej będzie mógł mu powiedzieć, że wtedy, na drodze Kamieniołomu, niczego nie zmyślał.

— Moglibyśmy chyba pojechać do Baerlon czy nawet do Caemlyn. Słyszałem, że w Caemlyn mieszka więcej ludzi niż w całych

Dwu Rzekach. Tam bylibyśmy bezpieczni. — Próbował się roześmiać, ale zabrzmiało to sztucznie. — Często marzyłem o zobaczeniu Caemlyn, ale nigdy nie myślałem, że dojdzie do tego w taki sposób.

Zapadło długie milczenie, po czym odezwał się Lan:

— Nie liczyłbym na to, że w Caemlyn jest bezpiecznie. Jeżeli Myrddraal tak bardzo chce cię dopaść, to znajdzie na to sposób. Mury są kiepską przeszkodą dla Półczłowieka. A ty byłbyś głupcem, gdybyś nie wierzył, że oni naprawdę chcą cię złapać.

Rand myślał, że jego nastrój nie może się już pogorszyć, ale w tej chwili poczuł się beznadziejnie.

— Jest takie jedno bezpieczne miejsce — powiedziała łagodnie Moiraine, a Rand nadstawił uszu. — W Tar Valon znajdziesz się w otoczeniu Aes Sedai i Strażników. Siły Czarnego bały się atakować Błyszczące Mury nawet podczas Wojen z Trollokami. Spróbowały raz i była to wielka porażka od samego początku do końca. A poza tym w Tar Valon przechowywana jest cała wiedza, jaką my, Aes Sedai, gromadziłyśmy od Czasów Szaleństwa. Pewna jej część pochodzi aż z Wieku Legend. Chyba tylko w Tar Valon dowiesz się, do czego jesteś potrzebny Myrddraalowi, dlaczego Ojciec Kłamstw cię szuka. To ci mogę obiecać.

O podróży do samego Tar Valon, miejsca, w którym żyją Aes Sedai, nieomal nie dawało się pomyśleć. Moiraine rzeczywiście uzdrowiła Tama — przynajmniej na razie na to wyglądało — ale jeszcze pozostawały opowieści. Już przebywanie w jednej izbie z taką Aes Sedai było dość nieprzyjemne, a co dopiero w mieście, w którym jest ich mnóstwo… A ona jeszcze nie podała swej ceny. One zawsze żądają zapłaty, wiedział to z opowieści.

— Jak długo mój ojciec będzie spał? — spytał wreszcie Rand. — Muszę… muszę mu powiedzieć. Nie powinien się obudzić i stwierdzić, że po prostu zniknąłem.

Zdawało mu się, że Lan wydał z siebie westchnienie ulgi. Spojrzał z ciekawością na Strażnika, ale jego oblicze było równie kamienne jak zawsze.

— Raczej się nie obudzi przed naszym wyjazdem — powiedziała Moiraine. — Chcę, byśmy wyjechali zaraz po zapadnięciu zmroku. Nawet jeden dzień zwłoki może się okazać fatalny w skutkach. Najlepiej będzie, jeśli zostawisz mu list.

— Mamy jechać nocą? — spytał Rand powątpiewająco, a Lan skinął głową.

— Półczłowiek szybko się zorientuje, że nas tu nie ma. Nie należy mu bardziej ułatwiać sprawy, pominąwszy okoliczności, których nie możemy uniknąć.

Rand zajął się kocami okrywającymi ojca. Droga do Tar Valon była bardzo daleka.

— W takim razie... w takim razie, może pójdę poszukać Mata i Perrina.

— Ja się tym zajmę. — Moiraine zerwała się żwawo z krzesła i z odzyskanym nagle wigorem narzuciła na siebie płaszcz. Ścisnęła ramię Randa, a on całą siłą woli powstrzymał się, by nie odskoczyć. Nie robiła tego mocno, ale był to żelazny uścisk, tak mocny jak uchwyt, jakim się przytrzymuje węża za pomocą rozwidlonego kija. — Najlepiej będzie, jeżeli zachowamy to wszystko dla siebie. Rozumiesz? Ci sami, którzy wyrysowali smoczy kieł na drzwiach, mogliby nam przeszkodzić, gdyby się dowiedzieli.

— Rozumiem.

Odetchnął z ulgą, gdy cofnęła dłoń.

— Każę pani al'Vere przynieść ci coś do zjedzenia — mówiła dalej, jakby nie zauważyła jego reakcji. — A potem musisz się przespać. Ta nocna podróż będzie wyczerpująca, nawet jeśli przedtem wypoczniesz.

Drzwi zamknęły się za nimi i Rand stanął obok Tama. Patrzył na ojca, ale nie widział nic. Dopiero teraz uświadomił sobie, że Pole Emonda jest jego częścią w takim samym stopniu, w jakim on należy do niego. Zrozumiał to teraz, bo wiedział, że już czuje tęsknotę. Już był daleko od wsi. Szukał go Pasterz Nocy. To wydawało się niemożliwe — jest tylko zwykłym pasterzem — ale trolloki pojawiły się tu naprawdę, a Lan nie mylił się co do jednej rzeczy. Nie ma prawa ryzykować losem całej wsi, jeżeli Moiraine przypadkiem ma rację. Nawet nie mógł tego nikomu opowiedzieć — Coplinowie na pewno narobiliby mnóstwo kłopotów z tego powodu. Musiał zaufać Aes Sedai.

Do pokoju wszedł burmistrz wraz z żoną.

— Nie budź go jeszcze — powiedziała pani al'Vere. Wniosła tacę nakrytą ściereczką, z której roznosił się smakowity, przyjemny zapach, i ustawiła ją na komodzie pod ścianą, a potem stanowczym ruchem odciągnęła Randa od łóżka. — Pani Moiraine powiedziała mi, czego mu trzeba — tłumaczyła dobrotliwie — i wcale nie wspominała nic o tym, że masz upaść na niego ze zmęczenia. Przyniosłam ci coś na ząb, nie pozwól, by wszystko wystygło.

— Wolałbym, żebyś nie mówiła o niej w ten sposób — powiedział zrzędliwie Bran. — Właściwa forma to „Moiraine Sedai", mogłaś ją bardzo zdenerwować.

Pani al'Vere poklepała go po policzku.

— Pozwól, że ja się tym będę martwić. Odbyłyśmy ze sobą długą rozmowę. I nie mów tak głośno. Jeżeli obudzisz Tama, będziesz musiał się tłumaczyć przede mną i Moiraine Sedai. — Tytuł Moiraine wypowiedziała z takim naciskiem, że zapalczywość Brana wypadła głupio. — Zejdźcie mi obaj z drogi. — Czule uśmiechnąwszy się do męża, odwróciła się do łóżka.

Pan al'Vere obdarzył Randa zatroskanym spojrzeniem.

— Jest wśród nas Aes Sedai. Jedna połowa kobiet we wsi zachowuje się tak, jakby Aes Sedai zasiadała w Kole Kobiet, a druga, jakby to był trollok. Żadna jednak chyba nie pamięta, że trzeba się obchodzić ostrożnie z Aes Sedai. Mężczyźni patrzą na nią z ukosa, ale przynajmniej nie robią niczego, co mogłoby ją sprowokować.

„Ostrożność — pomyślał Rand. — Jeszcze nie jest za późno na zachowanie ostrożności".

— Panie al'Vere — powiedział powoli — czy wiesz może, ile farm zaatakowano?

— Słyszałem tylko o dwóch, wliczając w to waszą. — Burmistrz umilkł, marszcząc brwi, a potem wzruszył ramionami. — To nie wydaje się wiele w porównaniu z tym, co działo się tutaj. Powinienem się cieszyć, ale... Cóż, prawdopodobnie zanim zakończy się dzień, usłyszymy o jakichś następnych.

Rand westchnął. Nie musiał pytać, które farmy.

— A tutaj we wsi, czy one... To znaczy, czy wiadomo, o co chodziło trollokom?

— Chodziło? Chłopcze! Nie wiem, czy im o coś chodziło, chyba że o zabicie nas wszystkich. Było dokładnie tak, jak mówiłem. Psy szczekały, Moiraine Sedai i Lan biegali po ulicach, a potem ktoś krzyknął, że dom pana Luhhana i kuźnia się palą. Zapalił się też dom Abella Cauthona, co było dziwne, bo stoi prawie w samym środku wsi. W każdym razie zaraz potem było wśród nas pełno trolloków. Nie, nie sądzę, że im o cokolwiek chodziło.

Wybuchnął urywanym śmiechem i umilkł, by spojrzeć z troską na żonę, która nie spuszczała wzroku z Tama.

— Prawdę powiedziawszy — tu zniżył głos — wydawały się równie zdezorientowane jak my. Wątpię, czy spodziewały się tu zastać Aes Sedai albo Strażnika.

— Pewnie nie — powiedział Rand, krzywiąc się w uśmiechu.

Skoro Moiraine nie kłamała w tej kwestii, to prawdopodobnie nie kłamała również w pozostałych. Przez chwilę zastanawiał się, czy nie zapytać burmistrza o radę, ale pan al'Vere najwyraźniej nie wiedział więcej o Aes Sedai niż reszta mieszkańców wsi. A poza tym nie miał ochoty mówić nawet jemu o tym, co się tu naprawdę dzieje, w myśl wyjaśnień Moiraine. Nie wiedział nawet, czy woli, by go wyśmiano, czy też, by mu nie uwierzono. Potarł kciukiem rękojeść miecza Tama. Ojciec jeździł po świecie, na pewno wie więcej o Aes Sedai niż burmistrz. Ale jeśli Tam naprawdę wyjeżdżał z Dwu Rzek, to może to, co powiedział w Zachodnim Lesie... Podrapał się po głowie, aby przepędzić te myśli.

— Powinieneś się przespać, chłopcze — zauważył burmistrz.

— O tak, to prawda — przytaknęła pani al'Vere. — Zupełnie lecisz z nóg.

Rand zamrugał zdziwiony. Nawet nie zauważył, kiedy odeszła od łóżka ojca. Rzeczywiście potrzebował snu, już sama myśl o nim wywołała ziewanie.

— Możesz się położyć w pokoju obok — powiedział burmistrz. — Już rozpaliłem ogień.

Rand spojrzał na ojca. Tam był nadal pogrążony we śnie, na ten widok zaczął znowu ziewać.

— Wolałbym zostać tutaj, jeśli to wam nie przeszkadza. Może się przecież obudzić.

Sprawy chorych były domeną pani al'Vere i burmistrz jej zostawił to pod rozwagę. Wahała się krótko, a potem skinęła głową.

— Ale pozwól mu się obudzić samemu. Jeśli zakłócisz jego sen…

Próbował powiedzieć, że zrobi wszystko, co mu się każe, ale jego słowa przerwało kolejne ziewnięcie. Pokręciła głową z uśmiechem.

— Nawet się nie zorientujesz, kiedy zaśniesz. Jeśli już koniecznie musisz tu zostać, to połóż się przy kominku. A przedtem napij się jeszcze bulionu.

— Zrobię to — obiecał Rand. Zgodziłby się na wszystko, żeby tylko zostać w tej izbie. — I nie będę go budził.

— No, mam nadzieję — powiedziała pani al'Vere stanowczym, choć przyjaznym tonem. — Przyniosę ci poduszkę i jakieś koce.

Gdy drzwi zamknęły się wreszcie za nimi, Rand przystawił sobie krzesło do łóżka i usiadł tak, by móc patrzeć na Tama. Pani al'Vere miała rację, gdy mówiła, że powinien się przespać — szczęki mu trzaskały od tłumionego ziewania — ale nie mógł jeszcze zasnąć. Ojciec może się obudzić w każdym momencie, może odzyskać świadomość tylko na krótką chwilę. Musi poczekać na ten moment.

Krzywił się i wiercił na krześle, bezmyślnie drapiąc się rękojeścią miecza po żebrach. Nadal miał zamiar nie powtarzać nikomu tego, co powiedziała Moiraine, ale to w końcu był jego ojciec. „To jest… — Nieświadomie zacisnął z całej siły zęby. — Mój ojciec. Mojemu ojcu mogę powiedzieć wszystko".

Powiercił się jeszcze trochę na krześle i ułożył głowę na oparciu. Tam jest jego ojcem i nikt mu nie będzie rozkazywał, co ma mówić, a czego nie mówić swemu ojcu. Nie może tylko zasnąć, dopóki Tam się nie obudzi. Nie może tylko…

ROZDZIAŁ 9

NAKAZY KOŁA

Rand biegł, łomotało mu serce, wpatrywał się z przerażeniem w otaczające go nagie wzgórza. Nie było to zwykłe miejsce, do którego wiosna zawitała z opóźnieniem, wiosny nie było tu nigdy i nigdy przyjść nie miała. Z zamarzniętej ziemi, która chrzęściła pod jego stopami, nic nie wyrastało, jedynie jakieś niskie porosty. Przedzierał się między ogromnymi głazami, dwukrotnie wyższymi od niego. Pokryte były pyłem, jakby nigdy nie obmywał ich deszcz. Słońce wyglądało jak nabrzmiała, krwistoczerwona kula, bardziej płomieniste niż w najgorętszy dzień lata i tak jaskrawe, że zdawało się przepalać mu oczy. Stało nieruchomo na tle ołowianego kotła nieba, na którym, po obu stronach nad horyzontem, gotowały się gwałtownie czarne i srebrzyste chmury. Jednak mimo skłębionych chmur, krainy tej nie omiatał nawet najlżejszy podmuch wiatru, i mimo posępnego słońca powietrze buchało mrozem jak w samym środku zimy.

Podczas biegu Rand przez cały czas oglądał się za siebie, ale nie widział swych prześladowców, jedynie wymarłe wzgórza i czarne góry o poszarpanych krawędziach, nad którymi unosiły się wysokie pióropusze ciemnego dymu mieszającego się z wirującymi chmurami. Chociaż nie widział tych, którzy go gonili, słyszał jednak ich gardłowe głosy wykrzykujące swój zachwyt pogonią, wycie wyrażające radość oczekiwania na krew. Trolloki. Były coraz bliżej, a jego siły wyczerpały się.

Z rozpaczliwym pośpiechem wdrapał się na szczyt ostrej grani i tam padł z jękiem na kolana. Pod nim rozciągała się gładka, kamienna ściana: zbocze liczące jakieś tysiąc stóp wysokości, wyrastające ze środka przepastnego kanionu. Dno kanionu pokrywała parująca mgła, której gęsta, szara maź przetaczała się gniewnymi falami i rozbijała o zbocze, wolniej jednak niż fale jakiegokolwiek oceanu. W pewnej chwili strzępy mgły rozjarzyły się na krótko czerwienią, jakby pod nimi rozbłysły nagle wielkie ogniska, a zaraz potem zgasły. W otchłani zahuczał piorun, błyskawica z trzaskiem rozdarła szarość sięgającą w niektórych miejscach do samego nieba.

Nie tylko widok kanionu wysysał z niego wszystkie siły i wypełniał powstałą pustkę poczuciem beznadziejności. Pośrodku rozszalałych oparów wznosił się szczyt, wyższy od wszystkich szczytów, jakie widział w Górach Mgły, szczyt tak czarny jak utrata wszelkiej nadziei. To ta iglica z wyblakłego kamienia, ten sztylet kaleczący niebo stanowił źródło jego samotności. Rand nigdy go przedtem nie widział, a jednak poznawał. Wspomnienie zamigotało jak rtęć, kiedy próbował je pochwycić. Wspomnienie. Wiedział, że należy do tego właśnie miejsca.

Dotykały go jakieś niewidzialne palce, ciągnęły za ręce i nogi, usiłowały zawlec do tej góry. Ciało naprężyło się, gotowe do posłuszeństwa. Ręce i nogi zesztywniały, jakby myślał, że jest w stanie zaryć się palcami w kamień. Serce owijały upiorne struny, ciągnąc go i wzywając na spiczasty wierzchołek. Przywarł do ziemi, po twarzy spływały mu łzy. Czuł, że cała wola ucieka z niego, niczym woda z dziurawego wiadra. Jeszcze chwila, a pójdzie tam, gdzie go wzywają. Musi być posłuszny i zrobić to, co mu się każe. Lecz nagle odkrył w sobie inne uczucie: gniew. Pchają go, ciągną, a przecież nie jest owcą, którą można zapędzić do zagrody. Gniew zasupłał się w ścisły węzeł, więc uczepił się go jak tratwy podczas powodzi.

„Musisz mi służyć" — wyszeptał jakiś głos w jego znieruchomiałym umyśle.

Znajomy głos. Gdyby się w niego lepiej wsłuchał, na pewno by go poznał.

„Musisz mi służyć!"

Potrząsnął głową, jakby chciał się go pozbyć.

„Musisz mi służyć!"

Rand pogroził pięścią czarnej górze.

— Niech cię Światłość pochłonie, Shai'tanie!

Nagle otaczający go zapach śmierci zgęstniał, a nad nim zamajaczyła jakaś postać odziana w płaszcz koloru zaschłej krwi, postać z twarzą... Nie chciał widzieć twarzy, która się nad nim pochylała. Nie chciał myśleć o tej twarzy. Myśl o niej bolała, zamieniała umysł w żar. Zobaczył zbliżającą się ku niemu dłoń. Nie dbając o to, że może spaść z krawędzi, rzucił się całym ciałem w tył. Musiał uciekać. Jak najdalej. Spadał, młócąc ramionami w powietrzu, pragnął krzyczeć, ale do krzyku zabrakło mu oddechu. Oddechu brakowało mu do wszystkiego.

Nagle już nie był w tej wymarłej krainie, już nie spadał. Rozgniatał swymi butami zbrązowiałą po zimie trawę, która przypominała kwiaty. Omal się nie roześmiał, gdy zobaczył bezlistne krzewy i drzewa, porastające z rzadka otaczający go lekko pofałdowany teren. W oddali wznosiła się samotna góra o przełamanym i rozwidlonym wierzchołku, ale nie wywoływała w nim strachu czy rozpaczy. To była zwykła góra, choć dziwne, że stała tak samotnie, nie otoczona żadnymi innymi szczytami.

Obok góry płynęła rzeka, a na wyspie pośrodku jej koryta znajdowało się miasto, podobne do miast opisywanych przez bardów w ich opowieściach, miasto otoczone wysokimi murami, połyskującymi bielą i srebrem w ciepłym słońcu. Z mieszanym uczuciem ulgi i radości ruszył w stronę tych murów, łaknąc bezpieczeństwa i spokoju, które z jakichś powodów spodziewał się za nimi znaleźć.

Podszedł bliżej i dostrzegł niebotyczne wieże, niektóre połączone przedziwnymi pomostami, wijącymi się nad otwartą przestrzenią. Obydwa brzegi rzeki łączyły z miastem wysokie, łukowate mosty. Nawet z oddali widział koronkową strukturę przęseł, pozornie tak delikatną, że mógł ją zmieść wartki nurt płynącej pod nimi wody. Za tymi mostami czekało nań bezpieczeństwo. Azyl.

Nagle poczuł mróz ogarniający mu kręgosłup, skóra stała się lodowata i lepka, powietrze cuchnące i wilgotne. Ruszył, nie oglądając się za siebie, biegł, uciekając przed prześladowcą, którego mroźne palce ocierały się o jego plecy i ciągnęły za płaszcz. Uciekał przed pożerającą światło postacią, której twarz... Nie pamiętał tej twarzy, tylko śmiertelny strach. Nie chciał pamiętać tej twarzy. Biegł, a grunt przemykał pod stopami, falujące wzgórza i płaska równina... aż zapragnął wyć niczym oszalały pies. Miasto cofało się przed nim. Im szybciej biegł, tym dalej odpływały i błyszczące mury, i skryte za nimi bezpieczeństwo. Wszystko stawało się coraz to mniejsze, aż w końcu na horyzoncie została tylko jasna plamka. Zimna dłoń prześladowcy schwyciła go za kołnierz. Wiedział, że oszaleje, jeśli poczuje dotyk tych zimnych palców. Albo będzie z nim jeszcze gorzej. O wiele gorzej. Kiedy już to zrozumiał, potknął się i upadł...

— Nieeee! — wrzasnął i zakrztusił się, gdy upadek na kamienie brukowe odebrał mu na moment oddech. Jakimś cudem pozbierał się jednak i zorientował, że stoi u wejścia na jeden z tych cudownych mostów. Mijali go uśmiechnięci ludzie. Ubrani w niezliczoną rozmaitość barw, jawili mu się jak kwiecista łąka. Niektórzy coś mówili do niego, ale nie rozumiał, choć brzmienie słów nie było zupełnie obce. Mieli przyjazne twarze i gestami zachęcali, by przeszedł przez ten most o skomplikowanej strukturze, w stronę błyszczących, przetykanych srebrem murów i wież. W stronę oczekującego go tam bezpieczeństwa.

Przeszedł razem z tłumem przez most i wszedł do miasta przez masywne wrota osadzone w wysokim, jasnym murze. Dalej znajdowała się kraina cudów, wśród których najpośledniejsza budowla wydawała się pałacem. Miasto wyglądało tak, jakby jego budowniczym nakazano wziąć kamienie, cegły i dachówki i stworzyć piękno, które miało zapierać dech w piersiach śmiertelników. Nie było tam budynku czy pomnika, na który nie musiał się zapatrzeć wytrzeszczonymi oczyma. Ulice tętniły muzyką, setką różnych melodii, ale wszystkie one mieszały się z odgłosem kroków tłumu w jedno wspaniałe, pełne radości harmonijne brzmienie. W powietrzu wirowały zapachy słodkich perfum i ostrych przypraw, smakowitego jedzenia i niezwykłych kwiatów, tak jakby zebrały się tu wszystkie najwspanialsze wonie świata.

Ulica, którą szedł, szeroka, wybrukowana gładkim szarym kamieniem, zaprowadziła go prosto do środka miasta. Na samym jej końcu stała wieża, szersza i wyższa niż wszystkie inne, tak biała jak świeżo spadły śnieg. W tej wieży mógł znaleźć bezpieczeństwo i upragnioną wiedzę. Ale nigdy nawet nie śnił, że zobaczy takie miasto. Przecież to chyba nie będzie miało znaczenia, jeśli odrobinę opóźni swe dojście do wieży? Skręcił w jakąś węższą uliczkę, po której, wśród straganów z dziwnymi owocami, przechadzali się kuglarze.

W oddali zobaczył śnieżnobiałą wieżę. Tę samą wieżę.

„Jeszcze chwilę" — pomyślał i skręcił za następnym rogiem.

Przy końcu tej ulicy również stała biała wieża. Uparcie skręcił za róg, i jeszcze za następny, i za każdym razem jego wzrok padał na alabastrową wieżę. Poderwał się do biegu, pragnąc przed nią uciec... i zatrzymał się z poślizgiem. Przed nim stała biała wieża. Bał się obejrzeć przez ramię, w obawie, że wtedy ją również zobaczy.

Otaczające go twarze były nadal przyjazne, ale wyrażały teraz poczucie straconej nadziei, nadziei, którą on zaprzepaścił. Nadal zachęcali go gestami, wręcz błagali, by szedł naprzód. W stronę wieży. W ich wzroku połyskiwało rozpaczliwe pragnienie ratunku, pragnienie, które on tylko mógł spełnić.

„Znakomicie" — pomyślał. W końcu chciał iść właśnie do wieży.

Już kiedy zrobił pierwszy krok, rozczarowanie zniknęło z otaczających go twarzy, uśmiechających się teraz szeroko. Szli razem z nim, a małe dzieci zasypywały jego drogę płatkami kwiatów. Zmieszany obejrzał się przez ramię, zastanawiając się, po co te kwiaty, ale za nim szli tylko machający do niego ludzie.

„Chyba są przeznaczone dla mnie" — pomyślał i zdziwił się, dlaczego to nagle przestało wydawać się takie niezwykłe. Ale zdziwienie trwało tylko krótką chwilę, wszystko odbywało się tak, jak powinno.

Jakiś człowiek zaczął śpiewać, potem po kolei dołączali do niego inni, aż wszystkie głosy rozbrzmiały monumentalnym hymnem. Nie rozumiał słów pieśni, ale kilkanaście przeplatających się z sobą tonów wyrażało radość i ulgę bliskiego zbawienia. Wśród sunącego tłumu pląsali muzycy, wspomagając hymn fletami, harfami i bębnami. Nagle wszystkie dotychczas słyszane melodie zlały się w jedną. Tańczyły wokół niego dziewczęta, oplatały mu na ramionach i szyi girlandy ze słodko pachnącego kwiecia. Uśmiechały się do niego, coraz bardziej zachwycone każdym jego krokiem. Nie potrafił nie odwzajemniać uśmiechu. W nogach poczuł chęć tańca i w chwili, w której o tym pomyślał, już tańczył i to tak zgrabnie, jakby umiał to robić od dziecka. Zaśmiał się, odrzuciwszy głowę do tyłu, jego stopy wydawały się lżejsze niż kiedykolwiek, a tańczył z... Nie pamiętał tego imienia, ale to nie wydawało się istotne.

To twoje przeznaczenie, zaszeptało mu coś w głowie, a szept był wątkiem peanu.

Tłum, unoszący go niczym fala gałązkę, wlał się na ogromny plac pośrodku miasta i po raz pierwszy zobaczył, że biała wieża wyrasta ze środka wielkiego pałacu, wyrzeźbionego raczej, niźli pobudowanego, w jasnym marmurze. Jego ukośne ściany, nabrzmiałe kopuły i cienkie iglice sięgały nieba. Zobaczywszy to wszystko, aż jęknął z podziwu. Z placu do budowli wiodły szerokie schody z jasnego kamienia i u ich stóp ludzie zatrzymali się, lecz pieśń rozbrzmiała jeszcze głośniej, a głosy zdawały się go unosić.

Nie zatrzymał się, choć przestał tańczyć. Wspiął się na schody bez wahania. Do tego miejsca należał.

Drzwi na szczycie schodów zdobiła ślimacznica, wyrzeźbiona tak misternie i delikatnie, że nie potrafił sobie wyobrazić, jak cienkie musiało być dłuto, które ją wykonało. Gdy drzwi otworzyły się przed nim na oścież, wszedł do środka. Zamknęły się z trzaskiem, którego echo zabrzmiało jak huk pioruna.

— Czekaliśmy na ciebie! — wysyczał Myrddraal.

Rand poderwał się rozdygotany. Z trudem łapał odech i przez chwilę toczył dookoła oszołomionym wzrokiem. Ojciec nadal spał. Na kominku dopalały się kłody drewna, przywalone sporą ilością węgla usypanego wokół żelaznych prętów paleniska. Kiedy spał, ktoś przyszedł i dorzucił do ognia. Na jego stopach leżał koc, który musiał zsunąć się z kolan w momencie gwałtownego przebudzenia. Zniknęły również nosze, a płaszcze, jego i ojca, wisiały na haczykach wbitych w drzwi.

Drżącą dłonią otarł zimny pot z twarzy i zastanowił się, czy nazwanie Czarnego po imieniu podczas snu mogło ściągnąć jego uwagę w taki sam sposób, jak przywołanie go na głos.

Za oknem panował mrok, księżyc już wzeszedł na dobre, okrągły i tłusty, a nad Górami Mgły iskrzyły się wieczorne gwiazdy. Przespał cały dzień. Potarł obolały bok, najwyraźniej cały czas spał z rękojeścią miecza przy żebrach. To wszystko wina pustego żołądka i wydarzeń ostatniej nocy — nic dziwnego, że śniły mu się koszmary.

Zaburczało mu w brzuchu, więc stanął na zesztywniałych nogach i podszedł do stołu, na którym pani al'Vere zostawiła tacę. Zdjął białą ściereczkę. Mimo że spał tak długo, bulion i chrupiący chleb były nadal ciepłe. Pani al'Vere miała czujne oko i po prostu zamieniła tace. Jak już raz postanowiła, że Rand zje ciepły posiłek, to nie ustąpi, dopóki ten nie znajdzie się w jego żołądku.

Przełknął z trudem odrobinę bulionu, dopiero wtedy mógł wepchnąć do ust dwa kawałki chleba z serem i mięsem. Wrócił do łóżka, pochłaniając duże kęsy.

Pani al'Vere najwyraźniej doglądała również Tama. Rozebrała go i nasunęła mu koc pod brodę, a jego ubranie, już czyste, leżało porządnie złożone na stoliku obok łóżka. Rand dotknął jego czoła i Tam otworzył oczy.

— Tu jesteś, chłopcze. Marin mówiła, że tu jesteś, ale nawet nie dałem rady podnieść głowy, aby cię zobaczyć. Powiedziała, że nie trzeba cię budzić, bo taki jesteś zmęczony. Nawet Bran nie jest w stanie jej niczego wytłumaczyć, gdy sobie coś postanowi.

Tam mówił słabym głosem, ale jego spojrzenie było czyste i stanowcze.

„Aes Sedai miała rację — pomyślał Rand — kiedy wypocznie, będzie zdrów jak zawsze".

— Czy mogę dać ci coś do zjedzenia? Pani al'Vere zostawiła tu tacę.

— Już mnie nakarmiła... jeśli tak to można określić. Nie pozwoliła mi zjeść nic więcej prócz bulionu. Jak można uniknąć złych snów, jeśli w żołądku nie ma się nic prócz... Tam wyplątał dłoń spod koca i dotknął miecza, który Rand nosił zawieszony u pasa. — A zatem to nie był sen. Kiedy Marin powiedziała mi, że jestem chory, pomyślałem, że to... Ale tobie nic się nie stało. Tylko to jest ważne. Co z farmą?

Rand odetchnął głęboko.

— Trolloki pozabijały owce, chyba zabrały krowę, a dom wymaga gruntownych porządków. — Zdobył się na słaby uśmiech. — Mieliśmy więcej szczęścia niż inni. Spalili pół wsi.

Opowiedział Tamowi o wszystkich wydarzeniach albo przynajmniej o większości. Ojciec słuchał uważnie i zadawał tak podchwytliwe pytania, że w końcu musiał mu opowiedzieć o tym, jak wrócił do domu z lasu i jak zabił trolloka. Musiał mu też powiedzieć, że zdaniem Nynaeve miał umrzeć i dlatego zajęła się nim Aes Sedai, a nie Wiedząca. Tam wytrzeszczył oczy na wieść, że w Polu Emonda przebywa jakaś Aes Sedai. Ale Rand nie widział potrzeby wdawania się w szczegóły ich ucieczki z farmy, opowiadania o swoim strachu albo o spotkaniu Myrddraala na drodze. A już na pewno nie mógł wspomnieć o koszmarach, jakie mu się przyśniły, gdy czuwał przy łóżku, ani też o majakach owładniętego gorączką Tama. Jeszcze nie przyszedł na to czas. Musiał jednak mu przekazać słowa Moiraine, tego nie dało się uniknąć.

— Oto opowieść, która przyniosłaby chwałę bardowi — mruknął na koniec Tam. — Czego trolloki mogą od was chcieć? Albo Czarny? Czy Światłość nas wesprze?

— Myślisz, że kłamała? Pan al'Vere potwierdził, że tylko dwie farmy zostały zaatakowane, to samo mówił o domach pana Luhhana i pana Cauthona.

Tam nie odzywał się przez chwilę, po czym powiedział:

— Powtórz mi, czego się od niej dowiedziałeś. Tylko dokładnie jej słowami.

Z tym Rand miał trudności. Kto kiedykolwiek pamięta dokładnie czyjeś słowa? Zagryzł wargę, podrapał się po głowie i kawałek po kawałku odtwarzał wszystko najlepiej jak potrafił.

— Nic więcej nie pamiętam — zakończył. — Nie jestem pewien, czy czegoś nie powiedziała trochę inaczej, ale w każdym razie mniej więcej tak to brzmiało.

— Ale to wystarczy, bo musi, nieprawdaż? Widzisz, chłopcze, Aes Sedai potrafią zwodzić. Nie kłamią otwarcie, ale ich prawda nie zawsze jest tym, czym się wydaje. Musisz się jej strzec.

— Słyszałem opowieści o Aes Sedai — odparował Rand. — Nie jestem dzieckiem.

— To prawda, nie jesteś. — Tam westchnął ciężko, a potem zatrząsł się ze złości. — Powinienem jechać z tobą. Świat poza Dwoma Rzekami w niczym nie przypomina Pola Emonda.

Była to okazja, by wypytać Tama o jego podróże i młodość, ale Rand z niej nie skorzystał. Zamiast tego zapytał:

— Tylko tyle? Myślałem, że będziesz się starał wybić mi to wszystko z głowy. Myślałem, że znajdziesz sto powodów, dla których nie powinienem tego robić.

Pojął nagle, że miał nadzieję, iż Tam znajdzie dla niego sto takich powodów i to dobrych.

— Może nie sto — oświadczył Tam — ale parę rzeczywiście przyszło mi na myśl. Tyle, że one się nie liczą. Jeżeli trolloki naprawdę cię szukają, wówczas w Tar Valon będziesz bezpieczniejszy niż kiedykolwiek tutaj. Tylko pamiętaj: bądź czujny. Aes Sedai często robią różne rzeczy dla własnych celów, a są to cele, które mogą się mijać z twoimi.

— Bard też mówił coś takiego — powiedział wolno Rand.

— Bo on wie, co mówi. Słuchaj uważnie, myśl dużo i strzeż swego języka. To dobra rada dla wyjeżdżającego z Dwu Rzek, szczególnie jeśli ma przebywać w towarzystwie Aes Sedai i Strażnika. Jeżeli powiesz coś Lanowi, to tak, jakbyś to powiedział Moiraine. Jeśli on jest Strażnikiem, to jest z nią związany taką mocą, jaka każe słońcu wschodzić każdego ranka, i nie ma przed nią żadnych sekretów.

Rand niewiele wiedział o związkach łączących Aes Sedai ze

Strażnikami, choć odgrywały one niemałą rolę w każdej opowieści o Strażnikach. Może wiązało się to jakoś z Mocą, jaką obdarzeni byli Strażnicy, albo może stanowiło rodzaj jakiejś umowy. Zgodnie z opowieściami Strażnicy posiadali najrozmaitsze przywileje. Zdrowieli szybciej niż zwykli ludzie i dłużej mogli obywać się bez jedzenia, wody lub snu. Przypuszczalnie potrafili wyczuwać z bliższej odległości trolloki oraz inne stwory Czarnego, co wyjaśniało fakt, że Lan i Moiraine starali się ostrzec wieś przed atakiem. Nie wiadomo było, jakie korzyści czerpały z tego Aes Sedai, ale Rand nie dałby sobie wmówić, że nie mają żadnych.

— Będę ostrożny — obiecał Tamowi. — Chciałbym tylko wiedzieć, dlaczego to się wszystko dzieje? Nie widzę w tym żadnego sensu. Dlaczego ja? Dlaczego my?

— Ja też chciałbym to wiedzieć, chłopcze. Krew i popioły, zupełnie nic nie wiem. — Ojciec westchnął ciężko. — Cóż, chyba nie czas rozpaczać z powodu głupstw, jakie się zrobiło. Kiedy masz jechać? Za jakiś dzień lub dwa wstanę na nogi i możemy się zastanowić nad założeniem nowego stada. Oren Dautry ma kilka pięknych sztuk, którymi może zechce się podzielić, skoro i tak brakuje pastwisk. Jon Thane też może pomóc.

— Moiraine... Aes Sedai powiedziała, że musisz leżeć przez kilka tygodni. — Tam otworzył usta, ale Rand mówił dalej: — Rozmawiała o tym z panią al'Vere.

— Ach tak? Może uda mi się przekonać Marin. — Jednakże w głosie Tama nie pobrzmiewała prawdziwa nadzieja. Spojrzał uważnie na Randa. — Uchyliłeś się od odpowiedzi, co oznacza, że musisz wyjechać wkrótce. Jutro? Dzisiaj?

— Dzisiaj — powiedział cicho Rand, a Tam smutno pokiwał głową.

— Cóż, jeśli tak ma być, to lepiej tego nie opóźniać. Ale jeszcze się okaże, jak to będzie z tymi tygodniami w łóżku. — Poprawił swój koc, z irytacją raczej niż z siłą. — Może i tak do was dołączę za kilka dni. Zobaczymy, czy Marin uda się zatrzymać mnie w łóżku, jeśli zechcę wstać.

Rozległo się stukanie do drzwi i do pokoju zajrzał Lan.

— Pożegnaj się szybko, pasterzu, i chodź. Mogą być kłopoty.

— Kłopoty? — zapytał Rand, a Strażnik ofuknął go tylko niecierpliwie.

— Nie gadaj, tylko się spiesz!

Rand pospiesznie schwycił płaszcz. Zaczął odpinać pas z mieczem, ale ojciec przeszkodził mu w tym.

— Weź go sobie. Będziesz go prawdopodobnie potrzebował znacznie bardziej niż ja, choć może z woli Światłości żaden z nas go nie będzie potrzebował. Uważaj na siebie, chłopcze. Będziesz pamiętał?

Ignorując stałe powarkiwania Lana, Rand pochylił się, aby uściskać ojca.

— Wrócę. Przyrzekam ci to.

— Jasne, że wrócisz. — Tam uśmiechnął się. Odwzajemnił słabo uścisk i poklepał Randa po plecach. — Jestem o tym przekonany. A kiedy wrócisz, będziesz musiał się zająć dwa razy większą liczbą owiec. A teraz idź, bo inaczej ten człowiek coś sobie zrobi.

Rand ociągał się, usiłując ubrać w słowa pytanie, którego nie chciał zadawać, ale Lan wszedł do pokoju, chwycił go za ramię i wyciągnął na korytarz. Strażnik miał na sobie szarozieloną tunikę z metalowych łusek. Jego głos aż zgrzytał z rozdrażnienia.

— Musimy się spieszyć. Czy ty nie rozumiesz słowa „kłopot"?

Na korytarzu czekał Mat, ubrany w kaftan i płaszcz. Miał przy sobie łuk, a do pasa przymocowany kołczan. Kołysał się niespokojnie na piętach i stale rzucał w kierunku schodów spojrzenia wyrażające zarówno zniecierpliwienie, jak i strach.

— Tak się nie dzieje w opowieściach, mam rację, Rand? — powiedział ochrypłym głosem.

— Co to za kłopoty? — dopytywał się Rand, ale Strażnik miast odpowiedzieć, wyprzedził go czym prędzej i zbiegł ze schodów.

Mat również rzucił się do biegu, gestem nakazując Randowi, by ruszył za nimi.

Dopadł ich na dole, po drodze nałożywszy płaszcz. Główna sala była ledwie oświetlona, wypaliła się połowa świec, a reszta dopalała się z trzaskiem. Oprócz ich trzech nikogo tam nie było. Mat stanął przy jednym z frontowych okien i wyglądał przez nie ostrożnie, jakby nie chciał, aby go zauważono. Lan wyjrzał przez szczelinę w drzwiach na dziedziniec przed karczmą.

Rand podszedł do nich, zastanawiając się, czego oni tak wypatrują. Strażnik mruknął, że ma uważać, ale otworzył drzwi nieco szerzej, by Rand również mógł wyjrzeć.

Z początku nie był pewien, co dokładnie widzi. Obok kadłuba spalonego wozu handlarza zgromadził się tłum mieszkańców wsi. Było ich z trzydziestu, niektórzy rozświetlali mrok za pomocą pochodni. Przed nimi stała Moiraine, odwrócona plecami do karczmy, wsparta z wyzywającą swobodą na lasce. Z tłumu wystąpił naprzód Hari Coplin wraz ze swym bratem, Darlem i Bilim Congarem. Był tam również Cenn Buie, na jego twarzy malowało się zakłopotanie. Rand zdziwił się, gdy zobaczył, że Hari wygraża Moiraine pięścią.

— Opuść Pole Emonda! — krzyknął farmer, krzywiąc twarz.

To samo powtórzyło kilka osób z tłumu, ale z wyraźnym wahaniem i żadna z nich nie odważyła się wystąpić naprzód. Może chcieli przeciwstawić się Aes Sedai, ale tylko w otoczeniu tłumu, w którym nie można było ich rozpoznać. W każdym razie nie Aes Sedai, która miała wszelkie powody, aby się bronić.

— To ty sprowadziłaś te potwory! — ryknął Darl. Kiedy zamachał pochodnią nad jej głową, dały się słyszeć okrzyki: „Ty je sprowadziłaś!" i „To twoja wina!", w których prym wodził jego kuzyn Bili.

Hari szturchnął łokciem Cenna Buie, stary strzecharz zacisnął usta i spojrzał na niego z ukosa.

— Te stwory... trolloki pojawiły się dopiero po twoim przyjeździe — bąknął Cenn tak cicho, że ledwie słyszalnie. Uparcie obracał głowę na wszystkie strony, jakby wolał być gdzie indziej i teraz szukał drogi wyjścia. — Jesteś Aes Sedai. Nie chcemy takich jak ty w Dwu Rzekach. Aes Sedai wloką za sobą kłopoty. Jeśli tu zostaniesz, będziemy mieć ich jeszcze więcej.

Jego przemówienie nie wywołało żadnej reakcji wśród pozostałych wieśniaków. Rozwścieczony Hari obdarzył ich gniewnym spojrzeniem. Nagle wyrwał z rąk Darla pochodnię i potrząsnął nią w stronę Moiraine.

— Wynoś się! — krzyknął. — Albo wykurzymy cię stąd za pomocą ognia!

Zapadło głuche milczenie, słychać było tylko szuranie nóg wycofujących się mężczyzn. Ludzie z Dwu Rzek potrafili się bronić, jeśli ich zaatakowano, ale przemoc i wygrażanie innym nie leżały w ich naturze. Czasem tylko zdobywali się na potrząsanie komuś pięścią przed nosem. Cenn Buie, Bili Congar i Coplinowie stali osamotnieni, przy czym Bili miał taką minę, jakby też chciał się wycofać.

Pozbawiony poparcia, Hari wybełkotał coś niezrozumiale, szybko jednak odzyskał panowanie nad głosem.

— Wynoś się! — krzyknął znowu.

Darl i Bili, ten drugi zupełnie już cicho, powtórzyli jego słowa. Hari rozejrzał się po twarzach innych. Większość stojących w tłumie unikała jego wzroku.

Nagle z cieni wyłonili się Bran al'Vere i Haral Luhhan, nie podeszli jednak ani do tłumu, ani do Aes Sedai. Burmistrz trzymał w dłoni wielki, drewniany młot, który służył mu do wbijania szpuntów w beczki.

— Czy ktoś tu mówił o podpalaniu mojej karczmy? — spytał spokojnie.

Obydwaj Coplinowie cofnęli się o krok, Cenn Buie wymknął się chyłkiem, natomiast Bili Congar wtopił się w tłum.

— To nie tak — zapewnił go szybko Darl. — Niczego takiego nie mówiliśmy, Branie... burmistrzu.

Bran skinął głową.

— To może groziliście, że zrobicie coś mym gościom?

— To Aes Sedai — zaczął gniewnie Hari, ale przerwał mu Haral Luhhan.

Kowal wyprostował się tylko, napiął swe potężne ramiona i zacisnął ogromne pięści z taką siłą, że wszyscy usłyszeli trzask w kłykciach. Hari patrzył na krępego mężczyznę w taki sposób, jakby jedną z tych pięści potrząśnięto mu przed samym nosem.

— Przepraszam, Hari. Nie chciałem ci przerywać. Co takiego mówiłeś?

Wyglądało na to, że Hari, który kulił się teraz, jakby pragnął skurczyć się i zniknąć, nie ma już nic do dodania.

— Dziwię się wam, ludzie — zagrzmiał Bran. — Al'Car, twój chłopiec złamał wczoraj nogę, ale widziałem go, jak normalnie dzisiaj chodził i to właśnie dzięki niej. Edwardzie Candwin, leżałeś z rozpłatanym grzbietem, niczym ryba czekająca na oskrobanie, dopóki ona nie położyła na tobie dłoni. Teraz wydaje się, że tę ranę zadano ci przed miesiącem i pewnie zostanie po niej tylko mała blizna. A ty, Cenn...

Strzecharz zaczął wtapiać się w tłum, ale pod wpływem wzroku Brana zatrzymał się, do cna już zakłopotany.

— Szokuje mnie widok wszystkich tych ludzi gromadzących się tutaj, ale twój przede wszystkim, Cenn. Gdyby nie ona, twoje ramię nadal by wisiało bezużytecznie u boku, pełne oparzelin i zadrapań. Czy ty nie czujesz żadnej wdzięczności, żadnego wstydu?

Cenn uniósł prawą rękę, a potem ze złością odwrócił od niej wzrok.

— Nie mogę zaprzeczać temu, co zrobiła — wymruczał z wyraźnym wstydem. — Pomogła mnie i innym — ciągnął przepraszającym tonem — ale to przecież Aes Sedai, Branie. Jeśli trolloki nie przyszły tu z jej powodu, to z jakiego innego? Nie chcemy Aes Sedai w Dwu Rzekach. Niech one trzymają swoje kłopoty z dala od nas.

Kilku mężczyzn, ukrytych bezpiecznie w tłumie, podniosło krzyk:

— Nie chcemy Aes Sedai i ich kłopotów! Odesłać ją! Przegonić! Jeśli nie z jej powodu nas zaatakowano, to z jakiego?

W oczach Brana pojawił się gniew, ale zanim zdążył coś powiedzieć, Moiraine nagle uniosła do góry swą rzeźbioną laskę i zakręciła ją obiema rękami. Rand jęknął głośno tak samo jak reszta wieśniaków, na każdym końcu laski zabłysnął bowiem syczący biały płomień, pomimo obrotów wystający nieruchomo jak ostrze włóczni. Cofnęli się nawet Bran i Haral. Po chwili wyprostowała ręce przed sobą, tak że laska zawisła równolegle do ziemi, ale białe płomienie nadal z niej tryskały, jaśniejsze niż pochodnie. Ludzie rozstępowali się na bok i przykładali dłonie do oczu obolałych od jasności.

— Czy to tak się zmieniła krew Aemona? — Głos Aes Sedai nie brzmiał donośnie, ale zagłuszał wszystkie inne dźwięki. — Mały ludek, bełkoczący coś o swym prawie do chowania się przed wszystkim jak króliki? Zapomnieliście, kim jesteście, zapomnieliście, czym jesteście, ale żywiłam nadzieję, że coś w was jeszcze zostało, jakieś wspomnienie krwi i kości. Jakieś strzępy zbroi na nadchodzącą, długą noc.

Nikt się nie odezwał. Obaj Coplinowie wyglądali tak, jakby już nigdy nie chcieli otwierać ust.

W końcu przemówił Bran:

— Zapomnieliśmy, kim jesteśmy? Jesteśmy tymi, co zawsze. Uczciwymi farmerami, pasterzami i rzemieślnikami. Ludźmi z Dwu Rzek.

— Na południe stąd — powiedziała Moiraine — płynie rzeka, którą wy nazywacie Białą, ale na wschodzie żyją ludzie, którzy nazywają ją wciąż jej właściwym imieniem. Manetherendrelle. W Dawnej Mowie oznacza to Wody Górskiego Domu. Roziskrzone wody, które niegdyś płynęły przez kraj pełen odwagi i piękna. Dwa tysiące lat temu Manetherendrelle opływała mury miasta wybudowanego na górze, które było tak piękne, że nawet kamieniarze ogirów przybywali tam, aby się w nie wpatrywać z podziwem. Pełno było w tej okolicy farm i wsi, również tam, gdzie rośnie teraz las zwany przez was Lasem Cieni, a także i dalej za nim. Ale wszyscy ci ludzie uważali siebie za mieszkańców Górskiego Domu, za lud Manetheren.

Władał nimi król Aemon al Caar al Thorin, Aemon syn Caara syna Thorina, a ich królową była Eldrene ay Ellan ay Carlan. Aemon był człowiekiem tak nieustraszonym, że największym dla kogoś komplementem, nawet ze strony wroga, było usłyszeć, że ma serce Aemona. Eldrene zaś była podobno tak piękna, że kwiaty kwitły, aby przywołać uśmiech na jej oblicze. Odwaga, piękno, mądrość i miłość, której nawet śmierć nie mogła rozłączyć. Płaczcie, jeśli macie serca, po ich utracie, nawet po utracie ich pamięci. Płaczcie po utracie ich krwi.

Zamilkła, lecz nikt się nie odzywał. Rand podobnie jak inni uległ czarowi, który na nich rzuciła. Kiedy przemówiła ponownie, zatopił się w jej słowach podobnie jak reszta słuchaczy.

— Przez blisko dwa stulecia, wszędzie, jak cały świat długi i szeroki, szalały Wojny z Trollokami i tam gdzie toczyły się bitwy, na przednich liniach frontu, zawsze powiewał sztandar Manetheren z wizerunkiem Czerwonego Orła. Ludzie z Manetheren byli cierniem w stopie samego Czarnego, kolcem w jego dłoni. Śpiewajcie na chwałę Manetheren, które nigdy nie klękało przed Cieniem. Śpiewajcie na chwałę Manetheren o mieczu, którego nigdy nie złamano.

Razu pewnego ludzie z Manetheren przebywali daleko od domu, na Polu Bekkar, zwanym Polem Krwi, kiedy dowiedzieli się, że armia trolloków ruszyła na ich ojczyznę. Zbyt daleko, by zrobić coś więcej, niż tylko czekać na wieść o śmierci ich kraju, albowiem siły Czarnego postanowiły go zniszczyć. Zabić potężny dąb przez podcięcie jego korzeni. Byli za daleko, by uczynić coś więcej, niż tylko pogrążyć się w żałobie. Byli jednak mieszkańcami Górskiego Domu.

Bez wahania, nie myśląc o odległości, jaką muszą przebyć, wymaszerowali z pola zwycięskiej dla nich bitwy, wciąż okryci pyłem, potem i krwią. Maszerowali dzień i noc, widzieli bowiem potworności, jakie zostawiała za sobą armia trolloków, i nikt z nich nie mógł zasnąć, dopóki takie niebezpieczeństwo wisiało nad Manetheren. Parli naprzód, jakby mieli skrzydła u stóp, maszerowali szybciej, niż ich przyjaciele mogli sobie tego życzyć, a wrogowie obawiać. W każdym innym czasie sam taki marsz mógł być natchnieniem do pieśni. I kiedy armie Czarnego sfruwały na ziemie Manetheren, ludzie z Górskiego Domu już przed nim stali, tyłem do Tarendrelle.

Jakiś wieśniak cicho zawiwatował, ale Moiraine mówiła dalej, jakby tego nie słyszała.

— Horda, z jaką zetknęli się ludzie Manetheren, była tak wielka, że na jej widok mogło podupaść najmężniejsze serce. Całe niebo pociemniało od kruków, ziemia zaś poczerniała od trolloków i ich ludzkich sojuszników. Dziesiątki dziesiątek tysięcy trolloków i Sprzymierzeńców Ciemności, a wszystkimi dowodzili Władcy Strachu. Nocą ich ogniska przewyższały swą liczbą gwiazdy, a o brzasku nad ich głowami załopotał sztandar Ba'alzamona. Ba'alzamona, Serca Ciemności. Takie jest starożytne imię Ojca Kłamstw. Czarny nie mógł się uwolnić ze swego więzienia w Shayol Ghul, gdyby tak się bowiem stało, nawet wszystkie siły ludzkości, zebrane pospołu, nie dałyby mu rady się oprzeć, ale i tak była to wielka potęga. Władcy Strachu i zło, które wykonało ten niszczący Światłość sztandar, wydawali się wystarczać i przepełniali chłodem dusze ludzi, którzy na niego spojrzeli.

Manethereńczycy wiedzieli jednak, co muszą zrobić. Ich ojczyzna została pobudowana na rzece. Musieli uchronić Górski Dom przed tą hordą i jej mocą. Aemon rozesłał posłańców. Obiecano im pomoc, jeżeli utrzymają się trzy dni nad brzegami Tarendrelle. Utrzymają przez trzy dni przeciwko masom, które powinny były ich pokonać w przeciągu godziny. Ale jakimś cudem, broniąc się rozpaczliwie przed krwawymi atakami, wytrzymali jedną godzinę, potem drugą i jeszcze trzecią. Walczyli przez trzy dni i choć ich kraj przypominał już podwórzec rzeźni, nie pozwolili, by wroga horda przekroczyła Tarendelle. Trzeciej nocy jednak nie nadeszła ani pomoc, ani nawet posłańcy, więc walczyli dalej samotnie. Przez sześć dni. Przez dziewięć. A dziesiątego dnia Aemon poznał już gorzki smak zdrady. Żadna pomoc nie miała nadejść, a oni nie mogli już dłużej utrzymać przejść na rzece.

— I co zrobili? — wyrwało się Hariemu.

Pochodnie migotały na mroźnym nocnym wietrze, ale nikt nawet nie drgnął, by otulić się szczelniej płaszczem.

— Aemon przeszedł na drugi brzeg Tarendrelle — wyjaśniła Moiraine — niszcząc za sobą mosty. I rozesłał po całym kraju wieść, że wszyscy mają uciekać, znał bowiem moce, za sprawą których hordy trolloków mogły przeprawić się przez rzekę. Gdy trolloki rozpoczęły już swoją przeprawę, wojownicy Manetheren walczyli nadal, chcąc swym życiem kupić te bezcenne godziny, podczas których ludzie mogliby uciec. Sama Eldrene organizowała ucieczkę swego ludu do najgłębszych lasów i górskich ustroni.

Niektórzy jednak nie uciekali. Najpierw strumykiem, potem rzeką, a w końcu całą powodzią ludzie uchodzili, ale nie po to, by szukać schronienia, lecz po to, by przyłączać się do armii broniącej ich ziemi. Pasterze z łukami, farmerzy z widłami i drwale z toporami. Szły też z nimi kobiety, które zarzucały na ramię wszelką broń, jaką potrafiły sobie wyszukać i maszerowały u boku swych mężczyzn. Nikt nie planował tej wyprawy, z której nie mieli powrócić. Ale to był ich kraj. Należał do ich ojców i miał należeć do ich dzieci, więc szli okupić go własnym życiem. Ani jedna piędź ziemi nie została poddana, dopóki nie przesiąkła krwią, ale w końcu armia Manetheren została przepędzona aż tutaj, do tego miejsca, które wy nazywacie Polem Emonda. I tutaj otoczyły ją hordy trolloków.

W jej chłodnym głosie zabrzmiał teraz szloch.

— Martwe trolloki i ciała ludzkich odszczepieńców piętrzyły się na stosach, ale następni pokonywali te ogromne kostnice falami śmierci, która nie miała końca. Mógł być tylko jeden kres tego wszystkiego. Kiedy zapadła noc, nie było już wśród żywych ani jednego mężczyzny i ani jednej kobiety, którzy jeszcze tego ranka stanęli pod sztandarem Czerwonego Orła. Miecz, którego nie można było złamać, został potrzaskany.

W Górach Mgły, samotna w opustoszałym Manetheren, Eldrene poczuła, że Aemon umiera i jej serce umarło wraz z nim. A w miejscu, gdzie przedtem żyło jej serce, zostało jedynie pragnienie zemsty, zemsty za utraconą miłość, zemsty za śmierć jej ludu i jej kraju. Wiedziona smutkiem sięgnęła do Źródła Prawdy i cisnęła Jedyną Mocą w armię trolloków. I oto Władcy Strachu umarli tam, gdzie się właśnie znajdowali, czy to na tajnych radach, czy to na odprawach swych żołnierzy. Wydawszy ostatnie tchnienie, Władcy Strachu i generałowie hord Czarnego stawali w płomieniach. Ogień trawił ich ciała, a ich zwycięską armię pożerał paniczny strach.

Jęli teraz biegać niczym bestie w płonącym lesie, myśląc wyłącznie o ucieczce. Uciekali na północ i południe. Tysiące utonęło podczas przeprawy przez Tarendrelle, kiedy zabrakło im pomocy Władców Strachu, a gdy już byli w Manetherendrelle, niszczyli mosty ze strachu przed tym, co mogło podążać za nimi. Zabijali i palili wszystkich napotkanych ludzi, ale nadal kierowali się pragnieniem ucieczki. Aż wreszcie nie pozostał ani jeden z nich na ziemiach Manetheren. Rozproszyli się jak kurz zmieciony przez trąbę powietrzną. Ostateczna zemsta nadchodziła powoli, wraz z tym, jak dopadali ich inni ludzie i inne wojska na innych ziemiach. Nikt nie został żywy spośród tych, którzy dokonali mordu na Polu Aemona.

Ale Manetheren zapłaciło zbyt wysoką cenę. Eldrene wzięła na siebie więcej Jedynej Mocy niż jakikolwiek śmiertelnik mógł samodzielnie udźwignąć. Umarła tak, jak umarli generałowie wroga, a ogień, który ją pochłonął, pochłonął puste Manetheren, nawet jego kamienie, aż do żywej górskiej skały. Lud jednak zdołał się uratować.

Nic nie zostało z ich farm, wiosek czy wielkiego miasta. Ktoś mógłby powiedzieć, że zupełnie nic dla nich nie zostało i dlatego powinni byli uciec do innych krajów, gdzie mogli zacząć wszystko od nowa. Ale nikt z nich tego nie zrobił. Okupili swój kraj tak wielką ceną krwi i nadziei, że teraz byli doń przywiązani więzami silniejszymi niż stal. W latach późniejszych niszczyły ich jeszcze kolejne wojny, aż wreszcie zapomniano o tym zakątku świata, a oni zapomnieli o wojnach i sztuce wojennej. Manetheren nigdy się nie odrodziło. Podniebne iglice i pluskające fontanny stały się marzeniem, które szybko zanikało w umysłach jego ludu. Jednakże i oni, i ich dzieci, a potem dzieci ich dzieci nie dali już sobie odebrać własnej ziemi. Bronili jej, choć przez długie stulecia pamięć, dlaczego tak być musi, blakła. Bronili jej aż do dzisiaj, czyli do waszych czasów. Opłakujcie Manetheren. Opłakujcie to, co zostało stracone na zawsze.

Ogniki w lasce Moiraine zamrugały i zgasły, Aes Sedai opuściła ją z takim trudem, jakby ważyła sto funtów. Przez chwilę słychać było tylko jęk wiatru. Potem Paet al'Caar przepchnął się obok Coplinów.

— Nie znałem tej opowieści — powiedział farmer o wydatnej szczęce. — Nie jestem cierniem w stopie Czarnego, co do tego, nie mam żadnych złudzeń. Ale mój Wil chodzi dzięki tobie i przez to wstyd mi, że się tu znalazłem. Nie wiem, czy możesz mi wybaczyć, ale niezależnie od tego, ja stąd ochodzę. I moim zdaniem możesz zostać w Polu Emonda tak długo, jak zechcesz.

Skłonił szybko głowę, nieledwie się kłaniając i przepchał się z powrotem przez tłum. Inni zaczęli coś pomrukiwać, widać było skruchę i zawstydzenie na ich twarzach, a potem również zaczęli się wymykać jeden po drugim. Coplinowie, z kwaśnymi minami, popatrzyli gniewnie na otaczających ich ludzi i zniknęli w mroku, nie wypowiedziawszy ani słowa. Bili Congar zapodział się gdzieś jeszcze wcześniej niż jego kuzyni.

Lan odciągnął Randa od drzwi i zamknął je.

— Chodźmy, chłopcze. — Ruszył w stronę tylnego wyjścia karczmy. — Chodźcie ze mną obaj. Szybko!

Rand zawahał się, wymieniając zdziwione spojrzenia z Matem. W trakcie opowieści Moiraine nawet dhurrany pana al'Vere nie dałyby go rady stamtąd odciągnąć, ale teraz coś innego przykuwało go do tego miejsca. To był prawdziwy początek, wyjazd z karczmy i pójście w mrok w ślad za Strażnikiem… Otrząsnął się i próbował umocnić swoje postanowienie. Musiał odejść, bo nie miał innego wyboru, ale zamierzał powrócić do Pola Emonda, niezależnie od tego jak daleka i długa czekała go wyprawa.

— Na co czekasz? — zapytał Strażnik, który już stał w drzwiach.

Mat poderwał się i pospiesznie dołączył do niego.

Usiłując przekonać samego siebie, że to początek wielkiej przygody, Rand minął wraz z nimi ciemną kuchnię i wyszedł na plac przed stajniami.

ROZDZIAŁ 10

POŻEGNANIE

Pojedyncza latarnia, wisząca na gwoździu wbitym w ściankę stajni, rzucała mętne światło. Większość przegród dla koni była pogrążona w głębokim cieniu. Gdy Rand wszedł do środka, drepcząc po piętach Mata i Strażnika, z siana zgromadzonego tuż przy drzwiach stajni wyskoczył Perrin, opatulony w gruby płaszcz.

Lan przystanął na chwilę, by zapytać:

— Czy sprawdziłeś wszystko, tak jak ci kazałem, kowalu?

— Sprawdziłem — odparł Perrin. — Nikogo tu nie ma oprócz nas. Czemu ktoś miałby się tu ukrywać?

— Rozwaga i długie życie zawsze idą z sobą w parze, kowalu. — Strażnik szybkim spojrzeniem omiótł pociemniałą stajnię i głębszy mrok zalegający stryszek z sianem, a potem potrząsnął głową. — Mamy mało czasu — mruknął, głównie do siebie. — Kazała się spieszyć.

Jakby na poparcie tych słów podszedł prędko do oświetlonej części stajni, w której stało pięć osiodłanych koni. Były wśród nich dwa czarne ogiery i biała klacz, którą Rand widział już wcześniej. Pozostałe dwa, choć nie tak duże i wysmukłe, zostały wyraźnie wybrane spośród najlepszych wierzchowców w okolicy. Pospiesznie, lecz starannie Lan zaczął badać popręgi i odchodzące od nich paski, a także rzemyki podtrzymujące siodła, bukłaki i zrolowane koce.

Rand uśmiechnął się niepewnie do swoich przyjaciół, starając się sprawiać wrażenie, że bardzo chce już ruszyć w drogę.

Mat dopiero teraz zauważył jego miecz i wskazał go palcem.

— Zostałeś Strażnikiem? — Zaśmiał się, a potem zamilkł, rzuciwszy ukradkowe spojrzenie w stronę Lana. Strażnik wyraźnie nic nie zauważył. — Albo członkiem straży jakiegoś kupca — mówił dalej z uśmiechem, który zdawał się tylko trochę wymuszony. Uniósł swój łuk. — Broń uczciwych ludzi już mu nie wystarcza.

Rand pomyślał, że mógłby wyciągnąć swój miecz z pochwy i pokazać go Matowi, ale powstrzymała go obecność Lana. Strażnik nawet nie patrzył w jego kierunku, ale na pewno wiedział o wszystkim, co się działo wokół niego. Powiedział więc tylko z przesadną obojętnością:

— Może się przydać — jakby noszenie przy sobie miecza było rzeczą najzupełniej normalną.

Perrin poruszył się, próbując coś ukryć pod płaszczem. Rand dostrzegł na brzuchu czeladnika kowalskiego szeroki skórzany pas, a przy nim pętlę, za którą zatknięta była rękojeść topora.

— Co ty tam masz? — spytał.

— Istny strażnik kupiecki — kpił dalej Mat.

Potargany młodzieniec obdarzył Mata ponurym spojrzeniem, w którym kryło się stwierdzenie, że już ma dość tych żartów, potem westchnął ciężko i rozchylił płaszcz, aby pokazać topór. Nie było to zwykłe drwalowskie narzędzie. Szerokie ostrze miało kształt półksiężyca, a z drugiej strony rękojeści przechodziło w ostry szpikulec. W Dwu Rzekach takie narzędzie było czymś równie niezwykłym jak miecz Randa. Jednakże dłoń Perrina wspierała się na nim z wyraźną zażyłością.

— Pan Luhhan zrobił go na zamówienie strażnika kupca wełny jakieś dwa lata temu. Kiedy przyszło co do czego, ten człowiek nie chciał zapłacić tyle, ile było umówione, a pan Luhhan nie chciał wziąć mniej. No więc mi dał ten topór. — Tu chrząknął i obdarzył Randa tym samym gniewnym spojrzeniem co Mata. — Kiedyś zauważył, że ćwiczę się we władaniu nim. Powiedział, że mogę go sobie wziąć, skoro i tak jemu się na nic nie przyda.

— Ćwiczenia — parsknął Mat, ale pojednawczo machnął ręką, kiedy Perrin uniósł głowę. — Niech tak będzie. Przynajmniej jeden z nas wie, jak się obchodzić z prawdziwą bronią.

— Twój łuk to też prawdziwa broń — powiedział nagle Lan. Przyglądał im się z powagą, wsparty ramieniem o siodło swego czarnego wierzchowca. — Tak samo jak proce, z którymi was widziałem. Nie ma znaczenia, że dotąd używaliście ich tylko do polowań na króliki albo płoszenia ptaków. Wszystko może być bronią, o ile mężczyzna lub kobieta, którzy jej używają, mają w sobie wystarczająco dużo odwagi. Mamy na karku trolloki i jeśli chcecie dotrzeć do Tar Valon żywi, lepiej abyście to jasno zrozumieli, zanim wyruszymy z Dwu Rzek, zanim opuścimy Pole Emonda.

Jego twarz i głos, zimne jak śmierć i twarde jak grubo ciosany nagrobek, zgasiły im uśmiechy i sparaliżowały języki. Perrin skrzywił się i okrył swój topór płaszczem. Mat wbił wzrok w podłogę i grzebał stopą w pokrywającym ją sianie. Strażnik mruknął i nadal coś sprawdzał. Milczenie przedłużało się.

— Niczego takiego nie było w opowieściach bardów — powiedział wreszcie Mat.

— No, nie wiem — kwaśnym tonem zauważył Perrin. — Trolloki, Strażnik, Aes Sedai. Czego jeszcze chcesz?

— Aes Sedai — wyszeptał Mat takim głosem, jakby nagle ogarnął go chłód.

— Czy ty jej ufasz, Rand? — spytał Perrin. — Czego mogą chcieć od nas trolloki?

Wszyscy jak jeden mąż spojrzeli na Strażnika. Lan wydawał się całkowicie zaabsorbowany popręgiem siodła białej klaczy, ale jakby na komendę cofnęli się do wrót stajni, aby być dalej od niego. Tam, zbici w gromadkę, mówili ściszonymi głosami.

Rand pokręcił głową.

— Nie wiem, co powiedzieć, ale ona rzeczywiście nie myliła się, twierdząc, że tylko nasze farmy zostały zaatakowane. Tu, we wsi, zaatakowały najpierw dom pana Luhhana i kuźnię. Pytałem o to burmistrza. Naprawdę łatwo uwierzyć, że istotnie chodziło im o nas.

Nagle zauważył, że obydwaj wpatrują się w niego z napięciem.

— Wypytywałeś burmistrza? — spytał Mat z niedowierzaniem. — Rozkazała nikomu o niczym nie mówić.

— Nie powiedziałem mu, dlaczego pytam — zaprotestował Rand. — A wy zupełnie z nikim nie rozmawialiście? Nikogo nie powiadomiliście, że wyjeżdżacie?

Perrin obojętnie wzruszył ramionami.

— Moiraine Sedai zabroniła o tym mówić.

— Zostawiliśmy listy do naszych rodzin — wyjaśnił Mat. — Znajdą je rankiem. Rand, moja matka uważa, że Tar Valon jest położone tuż obok Shayol Ghul. — Zaśmiał się, by udowodnić, że on sam nie podziela jej mniemania, ale nie brzmiało to zbyt przekonująco. — Pewnie próbowałaby mnie zamknąć w piwnicy, gdyby wiedziała, że mam tam zamiar jechać.

— Pan Luhhan jest uparty jak głaz — dodał Perrin — a z panią Luhhan jest jeszcze gorzej. Gdybyście ją widzieli, jak grzebała w tym, co zostało z ich domu i mówiła, że życzy tym trollokom, aby nie wracały, bo jak wpadną w jej ręce…

— Niech sczeznę, Rand — powiedział Mat. — Wiem, że to Aes Sedai i tak dalej, ale trolloki naprawdę tu były. Zabroniła mówić komukolwiek. Jeżeli nawet Aes Sedai nie wie, co zrobić z czymś takim, to kto to może wiedzieć?

— Nie wiem. — Rand potarł czoło. Bolała go głowa, wciąż nie potrafił zapomnieć swego snu. — Mój ojciec jej wierzy. A przynajmniej zgodził się, że powinniśmy jechać.

Nagle w drzwiach stanęła Moiraine.

— Rozmawiałeś z ojcem o naszej wyprawie?

Była od stóp do głów opatulona w ciemnoszarą pelerynę, spódnicę miała upiętą do jazdy na oklep, a zdobił ją teraz jedynie pierścień w kształcie węża.

Rand dostrzegł laskę; pomimo tamtych płomieni nie było na niej śladu zwęglenia czy chociaż sadzy.

— Nie mógłbym wyjechać bez jego wiedzy.

Przypatrywała mu się chwilę z zaciśniętymi ustami, zanim odwróciła się do innych.

— A wy, czy również stwierdziliście, że list nie wystarczy?

Mat i Perrin zaczęli mówić jeden przez drugiego, zapewniając ją, że tylko zostawili listy, tak jak im nakazała. Skinęła głową i gestem ręki nakazała zamilknąć, patrząc gniewnie na Randa.

— To, co się stało, jest już wplecione we Wzór. Lan?

— Konie są gotowe — powiedział Strażnik — i mamy dostateczną ilość zapasów, aby dotrzeć do Baerlon bez zatrzymywania się. Możemy wyjechać w każdej chwili, najlepiej zaraz.

— Musicie zabrać mnie z sobą.

Do stajni wślizgnęła się Egwene, w ramionach trzymała owinięte szalem zawiniątko. Rand omal się nie przewrócił na jej widok.

Lan wysunął miecz do połowy, lecz kiedy zobaczył, kto przyszedł, schował ostrze z powrotem, a jego wzrok nagle zobojętniał. Perrin i Mat zaczęli bełkotliwie przekonywać Moiraine, że nie mówili Egwene o wyjeździe. Aes Sedai zignorowała ich, patrzyła zwyczajnie na Egwene, w zamyśleniu dotykając palcem ust.

Egwene nasunęła kaptur ciemnobrązowej peleryny na głowę, ale nie mogła ukryć wyzywającego spojrzenia.

— Mam tu wszystko, co mi potrzebne, łącznie z jedzeniem. Nie uda się wam odjechać beze mnie. Prawdopodobnie nigdy nie będę miała szansy zobaczyć świata poza granicami Dwu Rzek.

— To nie jest wyprawa na piknik w Wodnym Lesie, Egwene — ofuknął ją Mat. Cofnął się o krok, kiedy spojrzała na niego spod nachmurzonych brwi.

— Dziękuję ci, Mat, za to wyjaśnienie. Czy myślicie, że wy trzej jesteście jedynymi, którzy chcą zobaczyć, jak jest gdzie indziej? Marzyłam o tym równie długo jak wy i nie mam zamiaru zmarnować szansy.

— Skąd się dowiedziałaś, że wyjeżdżamy? — dopytywał się Rand. — Zresztą i tak nie możesz jechać z nami. Nie jedziemy dla zabawy. Nas ścigają trolloki.

Zaczerwienił się i znieruchomiał z oburzenia, gdy obdarzyła go wyrozumiałym spojrzeniem.

— Najpierw — wyjaśniła mu cierpliwie — zauważyłam skradającego się Mata, który bardzo się starał, aby go nie zauważono. Potem zauważyłam Perrina, który usiłował ukryć ten absurdalnie wielki topór pod swoim płaszczem. Wiedziałam, że Lan kupił konia i nagle zaczęłam się zastanawiać, po co mu drugi. A skoro kupił jednego, to mógł jeszcze kupować inne. Gdy to połączyłam z widokiem Mata i Perrina przekradających się jak cielęta, które udają lisy... cóż, nie mogło być innego wyjaśnienia. Nie wiem, czy dziwi mnie twój widok tutaj, Rand, po tym, co opowiadałeś o swoich marzeniach. Skoro jest w to zamieszany Mat i Perrin, to chyba powinnam się była domyślić, że ty się też dołączysz do tej wyprawy.

— Ja muszę jechać, Egwene — powiedział Rand. — Wszyscy musimy, bo inaczej trolloki wrócą.

— Trolloki! — Egwene zaśmiała się z niedowierzaniem. — Rand, to mądre i chwalebne, jeśli postanowiłeś zobaczyć trochę świata, ale oszczędź mi tych bzdur.

— To prawda — zawołali Perrin i Mat jednocześnie — trolloki...

— Dosyć — powiedziała cicho Moiraine, urywając ich słowa ostro jak nożem. — Czy jeszcze ktoś to wszystko zauważył? Mówiła spokojnym głosem, ale Egwene przełknęła ślinę i zastanowiła się chwilę nad odpowiedzią.

— Po ostatniej nocy wszyscy myślą tylko o odbudowie wsi i o tym, co zrobić, jeśli coś takiego znowu się przydarzy. Nie widzą niczego, chyba że im to podetkać pod nos. A ja nikomu nie opowiedziałam o moich podejrzeniach. Nikomu.

— Bardzo dobrze — stwierdziła po chwili Moiraine. — Możesz jechać z nami.

Po twarzy Lana przemknął wyraz zdziwienia, który natychmiast niemal zniknął, pozostawiając zwykły spokój. Zaprotestował jednak gniewnie:

— Nie, Moiraine!

— To już część Wzoru, Lan.

— To niedorzeczne! — odparował. — Nie mamy powodu, by brać ją z nami, i ona też nie ma powodu, by z nami jechać.

— Jest jeden powód — powiedziała spokojnie Moiraine. — Część Wzoru, Lan.

Twarz Strażnika nie wyrażała niczego, ale powoli skinął głową.

— Ależ Egwene — wtrącił się Rand — będą nas ścigać trolloki. Nie będziemy bezpieczni, dopóki nie dotrzemy do Tar Valon.

— Nie próbuj mnie odstraszyć — powiedziała. — Jadę z wami.

Rand znał ten ton głosu. Nie słyszał go od czasów, kiedy twierdziała, że tylko dzieci wspinają się na najwyższe drzewa, ale dobrze go sobie zapamiętał.

— Jeśli myślisz, że uciekanie przed trollokami jest zabawne — zaczął, ale przerwała mu Moiraine:

— Szkoda czasu. Do rana musimy przebyć tyle drogi, ile się da. Jeżeli ją zostawimy, Rand, to zanim ujedziemy milę, ona postawi na nogi wieś, a to z pewnością ostrzeże Myrddraala.

— Nie zrobiłabym czegoś takiego! — zaprotestowała Egwene.

— Może jechać na koniu barda — powiedział Strażnik. — Zostawię mu pieniądze, by mógł sobie kupić drugiego.

— To nie będzie możliwe.

Od strony stryszku na siano rozbrzmiał dźwięczny głos Thoma Merrilina. Tym razem Lan wyciągnął cały miecz z pochwy i nie schował go, wpatrując się w barda.

Thom cisnął w dół zwinięty koc, a potem zsunął z pleców futerały z fletem i harfą, a z ramion pękate sakwy podróżne.

— Ta wieś już mnie nie potrzebuje, a poza tym nigdy nie dawałem przedstawień w Tar Valon. I chociaż zazwyczaj podróżuję samotnie, po ostatniej nocy nie będzie mi przeszkadzało czyjeś towarzystwo.

Strażnik popatrzył surowo na Perrina, który poruszył się z zażenowaniem.

— Nie pomyślałem, by zajrzeć na strych — wymamrotał.

Gdy długonogi bard schodził po drabinie ze stryszku, Lan zapytał beznamiętnym, uprzejmym głosem:

— Czy to też część Wzoru, Moiraine Sedai?

— Wszystko jest częścią Wzoru, mój stary przyjacielu — odparła łagodnie Moiraine. — Nie możemy przebierać i wybrzydzać. Będziemy natomiast obserwować.

Thom postawił nogę na podłodze stajni i zszedł z drabiny, otrząsając siano ze swego pstrokatego płaszcza.

— Tak po prawdzie — powiedział bardziej normalnym tonem — to moglibyście rzec, że uparłem się, by podróżować w towarzystwie. Spędziłem wiele godzin nad wieloma kuflami ale, dumając o tym, jak dokonam swego żywota i w żadnej z mych myśli nie było miejsca na garnek trolloków. — Spojrzał krzywo na miecz Strażnika. — To niepotrzebne. Nie jestem serem, który trzeba pociąć na plastry.

— Panie Merrilin — oznajmiła Moiraine — musimy szybko wyjechać i prawie na pewno grozi nam wielkie niebezpieczeństwo. Trolloki są nadal w okolicy, więc będziemy jechać nocą. Czy jesteś pewien, że chcesz z nami?

Thom przypatrywał się całej ich gromadce z zagadkowym uśmiechem.

— Jeśli to nie jest zbyt niebezpieczne dla dziewczyny, to nie będzie też i dla mnie. A poza tym, który to bard nie chciałby stawić czoła niewielkim niebezpieczeństwom, aby móc dać przedstawienia w Tar Valon?

Moiraine pokiwała głową, a Lan schował miecz. Rand zaczął się nagle zastanawiać, co by się stało, gdyby Thom zmienił zamiar, albo Moiraine nie skinęła głową. Bard siodłał swego konia, jakby podobne myśli ani razu nie przyszły mu do głowy, ale Rand zauważył, że kilkakrotnie spoglądał ukradkiem na miecz Lana.

— A co z koniem dla Egwene? — spytała Moiraine.

— Konie handlarza nie wchodzą w rachubę podobnie jak dhurrany — odparł szorstko Strażnik. — Silne, ale powolne, nadają się tylko do pracy w polu.

— Bela — przypomniał sobie Rand, żałując, że się w ogóle odezwał, gdy pochwycił spojrzenie Lana. Zdawał sobie sprawę jednak, że nie odwiedzie Egwene od jej zamiaru, więc nie pozostawało nic innego, jak jej pomóc. — Bela nie jest może tak szybka jak pozostałe konie, ale za to silna. Czasami na niej jeździłem. Jest w stanie wytrzymać taką jazdę.

Land zajrzał do przegrody Beli, mrucząc coś do siebie.

— Może będzie lepsza niż inne — powiedział wreszcie. — Chyba i tak nie mamy innego wyboru.

— No to będzie musiała wystarczyć — stwierdziła Moiraine. — Rand, znajdź siodło dla Beli. Tylko się pospiesz! Już za długo zwlekamy!

Rand pospiesznie wyszukał siodło i koc, po czym wyprowadził

Belę. Kiedy ją siodłał, klacz obejrzała się na niego z sennym zdziwieniem. Dotychczas jeździł na niej na oklep i nie była przyzwyczajona do siodła. Zaciągał rzemienie popręgów, uspokajając ją swym głosem i w końcu zaakceptowała to dziwactwo, kilkakrotnie tylko potrząsnąwszy grzywą.

Odebrał od Egwene tobołek i przymocował go z tyłu siodła. Dziewczyna dosiadła klaczy i podciągnęła spódnicę, nieodpowiednią do konnej jazdy. Widać było aż do kolan jej wełniane pończochy. Miała też buty z miękkiej skóry, takie same jakie nosiły wszystkie wieśniaczki. Zupełnie nie nadawały się do jazdy nawet do Wzgórza Czat, a jeszcze mniej do Tar Valon.

— Uważam, że nie powinnaś jechać — powiedział. — Ja nic nie zmyśliłem, gdy mówiłem o trollokach. Ale obiecuję, że zadbam o ciebie.

— Może to raczej ja będę dbała o ciebie — odparła beztroskim tonem. Widząc jego rozdrażnienie, uśmiechnęła się i pochyliła, aby pogładzić go po włosach. — Wiem, że będziesz o mnie dbał, Rand. Oboje będziemy opiekować się sobą nawzajem. Ale teraz lepiej dosiądź swojego konia.

Dopiero teraz zauważył, że wszyscy pozostali siedzą na swych wierzchowcach i czekają już tylko na niego. Jedynym koniem bez jeźdźca był Obłok, wysoki, siwy ogier z czarną grzywą i ogonem, który należał, albo może już nie należał, do Jona Thane'a. Dosiadł go nie bez trudności, ponieważ siwek podrzucił głową i wierzgnął niespokojnie, gdy Rand włożył stopę w strzemię, a jego miecz zaplątał się między końskie nogi. Nie przypadkiem jego przyjaciele nie wybrali Obłoka. Pan Thane często ścigał się na swym rączym siwku z końmi kupców i o ile Rand się orientował, ani razu nie przegrał. Wiedział jednak aż za dobrze, że przejażdżka na Obłoku nigdy nie należała do spokojnych. Lan musiał dać młynarzowi ogromne pieniądze, skoro zgodził się go sprzedać. Kiedy już usadowił się w siodle, koń zaczął wierzgać jeszcze mocniej, jakby pragnął ruszyć galopem. Rand schwycił mocno wodze i próbował sobie wmówić, że nie będzie miał żadnych kłopotów. Być może, jeśli przekona sam siebie, to siwek również da się przekonać.

W mroku zahukała sowa i wieśniacy aż podskoczyli, zanim uświadomili sobie, co to za dźwięk. Zaśmiali się nerwowo i wymienili zawstydzone spojrzenia.

— Następnym razem schowamy się pewnie za drzewem na widok polnej myszy — powiedziała Egwene, chichocząc niespokojnie.

Lan potrząsnął głową.

— Lepiej się chowajcie przed wilkami.

— Wilki! — krzyknął Perrin, a Strażnik spiorunował go wzrokiem.

— Wilki nie lubią trolloków, kowalu, a trolloki nie lubią wilków, a także psów. Gdy usłyszę wycie wilków, będę pewien, że w okolicy nie czają się trolloki.

Poprowadził powoli swego czarnego konia w sam środek księżycowej nocy.

Moiraine ruszyła za nim bez chwili wahania, a Egwene twardo trzymała się jej boku. W następnej kolejności jechali Mat i Perrin, a za nimi, na samym końcu, Rand oraz bard.

Na tyłach karczmy było ciemno i cicho, podwórzec stajni nakrapiały cienie rzucane przez księżyc. Miękki stukot kopyt szybko zamierał, wchłaniany przez mrok. W ciemności, otulony płaszczem Strażnik również wyglądał jak cień. Tylko dlatego, że musiał prowadzić cały szereg, pozostali jeźdźcy nie mogli zbić się wokół niego w gromadę. Wydostanie się niepostrzeżenie ze wsi nie będzie łatwym zadaniem, stwierdził Rand, gdy już się zbliżali do bram. Przynajmniej nie należy dać się zauważyć mieszkańcom. Wiele okien we wsi promieniowało bladożółtym światłem i chociaż dawało ono na tle nocy słaby poblask, było widać poruszające się sylwetki ludzi stojących na warcie. Tym razem nikt nie chciał dać się zaskoczyć.

Kiedy mijali głębokie cienie spowijające karczmę, tuż przy wyjeździe z dziedzińca, Lan zatrzymał się nagle, stanowczym ruchem ręki nakazując milczenie.

Na Moście Wozów słychać było stukot butów, tu i ówdzie światło księżyca odbijało się od metalu. Odgłos kroków zadudnił na moście, zachrzęścił w żwirze i dał się słyszeć w pobliżu karczmy. Natychmiast w ich okrytej cieniem gromadzie zapanowała głucha cisza. Rand podejrzewał, że jego przyjaciele, podobnie jak on sam, są zbyt przerażeni, by wydać choć najcichszy dźwięk.

Kroki zatrzymały się przed karczmą, w szarości rozciągającej się tuż poza obszarem oświetlanym przez mętne światło padające z jej wnętrza. Rand poznał, kim są ci ludzie dopiero wtedy gdy na ich czoło wysunął się Jon Thane, trzymający na silnym ramieniu włócznię, ubrany w stary kaftan naszywany stalowymi kółkami. Resztę oddziału stanowiło parunastu mieszkańców wsi i okolicznych farm, niektórzy ubrani w hełmy i części zbroi, które od pokoleń leżały pokryte kurzem na ich strychach, wszyscy uzbrojeni — we włócznie, topory lub zardzewiałe halabardy.

Młynarz zajrzał do okna głównej sali, a potem odwrócił się i rzucił lakonicznie:

— Najlepiej tędy.

Pozostali uformowali się za nim w dwa nierówne szeregi i cały oddział pomaszerował w środek nocy, idąc jakby do rytmu nadawanego przez trzy różne bębny.

— Wystarczyliby dwóm trollokom Dha'vol na śniadanie — mruknął Lan, kiedy odgłos butów zamarł w oddali — ale w końcu mają oczy i uszy. — Zawrócił swego czarnego rumaka i rozkazał: — Ruszamy!

Strażnik powoli i prawie bezgłośnie przeprowadził ich z powrotem przez dziedziniec, potem między wierzbami nad brzegiem rzeki, w końcu wkroczyli do Winnej Jagody, której chłodne, szybkie wody, wirujące srebrzyście wokół końskich nóg, były tak głębokie, że jeźdźcy musieli, chcąc nie chcąc, zamoczyć w nich stopy.

Na drugim brzegu rozwinęli się w szereg, zgodnie z celnymi wskazówkami Strażnika, uważając, by jechać w należytej odległości od domów. Choć nikt z nich nic nie słyszał i nie widział, Lan zatrzymywał się od czasu do czasu, nakazując im wszystkim milczenie. Jednakże za każdym razem, gdy tak się działo, zaraz potem mijał ich kolejny oddział złożony z wieśniaków i farmerów. Posuwali się powoli w kierunku północnego skraju wsi.

Rand, wytężając wzrok w ciemności, spoglądał na wysokie dachy domostw. Pragnął zachować w pamięci ich obraz.

„Ale ze mnie udany poszukiwacz przygód" — pomyślał.

Jeszcze nie wyjechał ze wsi, a już tęsknił za domem. Nie mógł jednak przestać patrzeć.

Minęli ostatnie zabudowania na obrzeżach wsi i wjechali między pola położone wzdłuż Drogi Północnej prowadzącej do Taren Ferry. Rand pomyślał, że z całą pewnością żadne niebo nie jest równie piękne nocą jak niebo nad Dwoma Rzekami. Czysta czerń wydawała się bezdenna, a miriady gwiazd błyszczały niczym iskry światła rozsiewanego przez kryształ. Księżyc, któremu brakowało jedynie skrawka do pełni, wydawał się tak bliski, że nieomal wystarczyło wyciągnąć rękę, aby go dotknąć.

Po srebrnej kuli księżyca przeleciał powoli jakiś czarny kształt. Rand zatrzymał siwka, odruchowo ściągnąwszy wodze. To nietoperz, usiłował sobie wmówić, ale wiedział, że to nieprawda. Nietoperze widuje się często o zmierzchu, kiedy uganiają się za muchami i maleńkimi bitemami. Skrzydła tego stworzenia miały może taki sam kształt, ale ich ruchy były powolne i potężne, jak zamachy drapieżnego ptaka. Nietoperz polował. Można to było bez żadnej wątpliwości stwierdzić po sposobie, w jaki wykonywał długie łuki, to w przód, to w tył. Rand poczuł się jeszcze gorzej, gdy uzmysłowił sobie rozmiary stworzenia. Nietoperz, który wydawał się duży w porównaniu z księżycem, musiałby być długi na wyciągnięte ramię. Rand próbował ocenić, jak daleko stworzenie może się znajdować i jakie jest naprawdę duże. Musiało mieć ciało wielkości człowieka, a skrzydła... Znowu przeleciało po tarczy księżyca i nagle poszybowało w dół, pochłonięte przez ciemność.

Nawet nie zauważył, że Lan zawrócił w jego stronę; zorientował się dopiero, kiedy Strażnik złapał go za ramię.

— Czemu tak stoisz i w co się tak wgapiasz, chłopcze? Nie możemy się zatrzymywać.

Inni czekali z tyłu.

Właściwie spodziewając się usłyszeć, że strach przed trollokami odebrał mu rozum, Rand opowiedział mu, co zobaczył. Bardzo pragnął, by Lan stwierdził, że to był nietoperz albo że oczy spłatały mu figla.

Lan wypluł z siebie jakieś słowo; zabrzmiało tak, jakby musiało zostawić po sobie przykry smak w ustach.

— Draghkar.

Egwene i pozostali dwaj chłopcy rozejrzeli się nerwowo po niebie, natomiast bard jęknął tylko cicho.

— Tak — powiedziała Moiraine. — Niestety, nie możemy liczyć, że było to coś innego. A jeśli Myrddraal ma draghkara pod swoim dowództwem, to wkrótce będzie wiedział, gdzie jesteśmy, jeśli już tego nie wie. Musimy jechać szybciej niż dotąd. Może uda nam się dotrzeć do Taren Ferry przed Myrddraalem, bo on i trolloki nie przeprawią się tak szybko przez rzekę.

— Draghkar? — powtórzyła Egwene. — A co to takiego?

Thom Merrilin odpowiedział jej nagle ochrypłym głosem:

— Podczas wojny, która zakończyła Wiek Legend, stworzono coś jeszcze gorszego od trolloków i Półludzi.

Kiedy się odezwał, Moiraine gwałtownym ruchem zwróciła ku niemu głowę. Nawet ciemność nie potrafiła skryć jej przenikliwego spojrzenia.

Zanim ktokolwiek zdążył spytać barda o dalsze wyjaśnienia, Lan podał im dalsze rozkazy.

— Teraz skręcimy w stronę Drogi Północnej. Jeżeli chcecie ujść z życiem, trzymajcie się mnie, zachowujcie tempo i nie rozjeżdżajcie się.

Zawrócił konia i wszyscy bez słowa pogalopowali jego śladem.

ROZDZIAŁ 11

DROGA DO TAREN FERRY

Po ubitej nawierzchni Drogi Północnej koniom biegło się lżej, ich grzywy i ogony powiewały w świetle księżyca, a podkowy dźwięczały stałym rytmem. Otulony w czarną pelerynę Lan jechał na czele; on i czarny wierzchowiec byli zupełnie niewidoczni w chłodnym mroku. Biała klacz Moiraine, znakomicie dotrzymująca kroku ogierowi Strażnika, przypominała jasny punkt pomykający przez ciemność. Reszta jeźdźców jechała za nimi zwartym szeregiem, jakby byli przywiązani do niewidzialnej liny ciągnionej przez Strażnika.

Rand galopował na samym końcu, wyprzedzał go Thom Merrilin, a przed nimi jechała reszta grupy. Bard ani razu nie odwrócił głowy, zainteresowany kierunkiem, w którym podążali, a nie miejscem, z którego uciekli. Gdyby za ich plecami pojawiły się trolloki, Pomor na swym cichym koniu albo tamta latająca bestia, draghkar, wszczęcie alarmu zależało wyłącznie od Randa.

Jechał uczepiony grzywy i wodzy Obłoka, co kilka minut musiał wyciągać szyję, by obejrzeć się za siebie. Draghkar... Thom powiedział, że jest czymś jeszcze gorszym od trolloków i Pomorów. Niebo jednak było puste, a wzrok badający grunt pod końskimi kopytami napotykał jedynie mrok i cienie. Cienie, w których skrywać się mogła cała armia. Siwek, któremu wreszcie pozwolono galopować swobodnie, mknął przez noc niczym duch, bez trudu dotrzymując tempa nadawanego przez ogiera Lana. A zresztą, gdyby mógł, pędziłby jeszcze szybciej, gnany pragnieniem dogonienia czarnego konia. Musiał cały czas silnie ściągać jego wodze, aby do tego nie dopuścić. Obłok nie dawał się okiełznać, jakby uważając, że bierze udział w wyścigu, próbował wyrwać się spod władzy jeźdźca. Rand przywierał do siodła i wodzy, naprężając wszystkie mięśnie. Żarliwie pragnął, by wierzchowiec nie wyczuł jego niepewności. Gdyby tak się stało, straciłby jedyną ostoję, jaka mu pozostała, nawet jeśli była ona tak niepewna. Prawie leżąc na karku Obłoka, nie spuszczał wzroku z Beli i jej jeźdźca. Kiedy twierdził, że kudłata klacz dotrzyma kroku pozostałym koniom, nie brał pod uwagę, że zostanie zmuszona do takiego biegu, choć i tak był zdziwiony, że jednak daje sobie radę. Lan nie chciał, by Egwene jechała razem z nimi. Czy zwolni specjalnie dla niej, jeśli Bela osłabnie? A może będzie się starał zostawić ją na drodze? Z jakiegoś powodu Aes Sedai i Strażnik uważali Randa i jego kolegów za ważnych, ale mimo słów Moiraine o Wzorze, nie przypuszczał, że tak samo będą traktowali Egwene.

Jeżeli Bela padnie, to on też nie pojedzie dalej, cokolwiek Moiraine i Lan by o tym nie mówili. Zostanie tam, gdzie są trolloki i Pomor. Tam, gdzie krąży draghkar. Wkładając w to całe swe serce i rozpacz, bezgłośnie nakazywał Beli pędzić tak szybko jak wiatr, próbując dodać jej sił.

„Biegnij!"

Dostał gęsiej skórki i miał wrażenie, że jego kości są przemarznięte do samego szpiku, gotowe zaraz popękać.

„Światłość, pomóż jej, niech biegnie!"

I Bela biegła.

Mknęli coraz to dalej i dalej na północ, przez mrok, czas upływał jednostajnym rytmem. Miejscami rozbłyskiwały obok nich światła farm, aby zaraz zniknąć, jakby były jedynie tworami imaginacji. Ostre ujadanie psów błyskawicznie cichło w oddali za nimi albo urywało się gwałtownie, jakby psy rozumiały, że trwa tu ucieczka przed pościgiem. Pędzili przez ciemność, kierując się jedynie wodnistobladym światłem księżyca, przez ciemność, z której drzewa wyłaniały się nagle, aby zaraz zniknąć. Dookoła widać było tylko mrok, a miarowy stukot kopyt zakłócały jedynie pojedyncze okrzyki nocnych ptaków, samotne, wróżące żałobę.

W pewnej chwili Lan nagle zwolnił, a potem nakazał im przystanąć. Rand nie wiedział, jak długo trwa ta jazda, ale od ściskania końskiego grzbietu czuł już lekki ból w nogach. Przed nimi roziskrzyły się światła, jakby w jednym miejscu wśród drzew skupiła się wielka chmara świetlików.

Rand wpatrywał się w te światełka z konsternacją, a po chwili aż jęknął ze zdumienia. Te świetliki to były okna domów pobudowanych na zboczach i szczycie jakiegoś wzgórza. Dotarli do Wzgórza Czat. Ledwie wierzył, że przebyli już tak długą drogę, prawdopodobnie pokonując ją szybciej niż ktokolwiek przed nimi. Idąc za przykładem Lana, Rand i Thom Merrilin zsiedli z koni. Obłok stał spokojnie, ze zwieszonym łbem, a jego boki falowały. Kark siwka pokrywała piana, prawie niedostrzegalna na tle jego umaszczenia. Rand pomyślał, że Obłok nie da rady dalej biec tej nocy.

— Cieszę się, że mam już wszystkie te wsie za sobą — obwieścił Thom — i uważam, że kilkugodzinny odpoczynek nie byłby teraz od rzeczy. Chyba osiągnęliśmy już taką przewagę, że możemy sobie na to pozwolić?

Rand rozprostowywał kości, kołysząc biodrami.

— Jeżeli mamy się zatrzymać na resztę nocy w Wzgórzu Czat, to możemy jeszcze podjechać do tej góry.

Zabłąkany powiew wiatru przyniósł im strzęp melodii śpiewanej we wsi i zapach potraw, od którego poczuł napływ śliny w ustach. We Wzgórzu Czat nadal świętowano Bel Tine, którego tu nie przerwały żadne trolloki. Spojrzał na Egwene. Dziewczyna opierała się o grzbiet Beli, słaniając się ze zmęczenia. Pozostali również zsiadali z koni, wzdychając i rozprostowując obolałe mięśnie. Jedynie Strażnik i Aes Sedai nie zdradzali oznak zmęczenia.

— Chętnie bym sobie pośpiewał — wtrącił Mat skonanym głosem — i pojadł gorącego placka z baraniną w „Białym Niedźwiedziu". — Urwał, po czym dodał: — Nigdy nie zajechałem dalej niż do Wzgórza Czat. Ale „Biały Niedźwiedź" nawet się nie równa „Winnej Jagodzie".

— W „Białym Niedźwiedziu" jest całkiem nieźle — powiedział Perrin. — Też bym zjadł placka i napił się herbaty dla rozgrzania kości.

— Nie możemy się zatrzymać, dopóki nie przekroczymy Taren — rzucił ostro Lan. — Będziemy odpoczywać tylko kilka minut.

— A co z końmi? — zaprotestował Rand. — Zajeździmy je na śmierć, jeśli będziemy tak pędzić. Moiraine Sedai, ty z pewnością...

Kątem oka dostrzegł, że robiła coś z końmi, ale ledwie zwrócił na to uwagę. Teraz przeszła obok, ocierając się prawie o niego, aby położyć dłonie na karku Obłoka. Rand umilkł, a koń nagle odrzucił łeb, cicho zarżał i omal nie wyszarpnął wodzy z jego rąk. Po chwili tanecznie uskoczył w bok, najwyraźniej tak pełen wigoru, jakby spędził cały tydzień w stajni. Moiraine bez słowa podeszła do Beli.

— Nie wiedziałem, że ona potrafi robić takie rzeczy — powiedział cicho Rand do Lana, czując, jak się czerwieni.

— Ze wszystkich ludzi nie kto inny jak właśnie ty powinieneś się tego spodziewać — odparł Strażnik. — Widziałeś, co zrobiła z twoim ojcem. Ona wygna całe zmęczenie. Najpierw z koni, a potem z was.

— Z nas. A z ciebie nie?

— Mnie to niepotrzebne, pasterzu, przynajmniej na razie. Jej również nie. Ale ona nie może pomóc samej sobie tak jak innym. Tylko jedna osoba spośród nas zmęczy się tą jazdą. Należy żywić nadzieję, że nie zmęczy się za bardzo, zanim dojedziemy do Tar Valon.

— Za bardzo zmęczy... czym? — spytał Rand.

— Nie myliłeś się co do Beli, Rand — powiedziała stojąca obok klaczy Moiraine. — Ma silne serce i tyle uporu, co wy wszyscy z Dwu Rzek. Chociaż to wydaje się dziwne, ale jest chyba najmniej zmęczona ze wszystkich koni.

Nagle ciemność przeszył wrzask, przypominający krzyk człowieka zabijanego ostrzem, i na całą ich gromadę sfrunęły ogromne skrzydła, spowijając ich w jeszcze głębszy mrok. Konie, rżąc w panice, jęły dziko wierzgać. Czując podmuch wiatru wytworzonego przez skrzydła draghkara, Rand odniósł wrażenie, że dotyka szlamu, jakby babrał się w lepkim mroku nocnego koszmaru. Nawet nie zdążył poczuć strachu, bo Obłok stanął dęba, rżąc i miotając się rozpaczliwie — jakby usiłował strząsnąć z siebie coś, co się w niego wczepiło. Rand zawisł na wodzach, po czym ścięty z nóg, wleczony był po ziemi, a Obłok nadal rżał przenikliwie, jakby w jego pęciny wgryzały się kły wilków.

Randowi jakimś cudem udało się nie wypuścić wodzy i stanąć na nogach. Dalej biegł, skacząc i potykając się, usiłując nie upaść znowu. Dyszał rozpaczliwie, ale nie przestawał trzymać wodzy. Rzucił się jak oszalały do cugli, jakoś je schwycił i wierzgający Obłok uniósł go w powietrze. Rand wisiał na nim bezradnie, bez żadnej nadziei, czekając, aż koń się uspokoi.

Upadek był tak silny, że poczuł, jak zgrzytają mu zęby, ale siwek nagle znieruchomiał. Miał rozdęte chrapy i toczył wściekle oczami, a jego zesztywniałe nogi drżały. Rand również cały się trząsł, ale nadal trzymał cugle.

„Takie uderzenie musiało też wstrząsnąć koniem" — pomyślał.

Zrobił kilka głębokich wdechów i dopiero wtedy mógł się rozejrzeć, aby zobaczyć, co się stało z pozostałymi.

Całą grupę ogarnął chaos. Ściągali wodze przy szarpiących się łbach, z niewielkim powodzeniem starając się uspokoić wierzgające konie, które kłębiły się teraz w jednej masie. Tylko dwie osoby wyraźnie nie miały żadnych kłopotów ze swoimi wierzchowcami. Moiraine siedziała wyprostowana w siodle, a jej biała klacz odstępowała delikatnie od całego zamieszania, jakby nie stało się nic niezwykłego. Stojący na ziemi Lan badał wzrokiem niebo, w jednej ręce trzymając miecz, a w drugiej wodze, jego wysmukły, czarny rumak stał spokojnie obok.

Z Wzgórza Czat nie dochodziły ich już odgłosy zabawy — mieszkańcy wsi musieli również usłyszeć tamten krzyk. Rand wiedział, że będą nasłuchiwali przez jakiś czas i może szukali jego przyczyny, potem jednak powrócą do uciech. Wkrótce zapomną o całym incydencie, topiąc jego wspomnienie w piosence, jedzeniu, tańcu i śmiechu. Być może, gdy usłyszą wieści o wydarzeniach w Polu Emonda, niektórzy przypomną je sobie i zastanowią się. Zresztą, jak było do przewidzenia, już odezwały się skrzypce, zaraz potem dołączył do nich flet. Wieś powracała do obchodów święta.

— Na koń! — rozkazał krótko Lan. Schował miecz do pochwy

i dosiadł rumaka. — Draghkar nie pokazałby się tutaj, gdyby już zdążył donieść Myrddraalowi, gdzie jesteśmy.

Z bardzo wysoka dobiegł ich jeszcze jeden przenikliwy krzyk, znacznie cichszy, ale nie mniej groźny. Muzyka we Wzgórzu Czat urwała się raz jeszcze.

— Teraz nas śledzi i zapamiętuje naszą trasę dla Półczłowieka. Będzie cały czas krążył w pobliżu.

Konie, choć nadal przeżywały swój strach, zupełnie już wypoczęte cofały się, pląsając przed usiłującymi je dosiąść jeźdźcami. W siodle jako pierwszy usiadł ciskający przekleństwa Thom Merrilin, ale innym również w końcu udało się tego dokonać. Wszystkim prócz jednego.

— Pospiesz się, Rand! — krzyknęła Egwene.

Draghkar wydał z siebie jeszcze jeden ostry wrzask i Bela przebiegła kawałek, zanim dziewczyna zdążyła ściągnąć cugle.

— Pospiesz się!

Rand wzdrygnął się i zorientował, że zamiast dosiąść Obłoka, stał tylko i wpatrywał się w niebo, próżno starając się znaleźć źródło tych złowieszczych wrzasków. Zupełnie nieświadomy tego, co robi, wyciągnął miecz Tama, jakby chciał walczyć ze skrzydlatą bestią.

Był zadowolony, że noc kryje rumieniec na jego twarzy. Ponieważ jedną dłonią musiał przytrzymywać wodze, niezgrabnym ruchem schował miecz, cały czas nerwowo oglądając się na pozostałych. Moiraine, Lan i Egwene patrzyli na niego, choć nie był pewien, ile widzą w blasku księżyca. Reszta była zbyt zaabsorbowana zdobyciem panowania nad końmi, by zwracać na niego jakąkolwiek uwagę. Położył dłoń na łęku i jednym skokiem usiadł w siodle, jakby przez całe życie nie robił nic inego. Jeżeli któreś z przyjaciół zauważyło, że wyciągnął miecz, to na pewno usłyszy o tym później. Wtedy będzie pora, aby się przejmować.

W momencie gdy siedział już na koniu, wszyscy znów poderwali wierzchowce do galopu, wybierając drogę, która omijała kopułowate wzgórze. We wsi rozszczekały się psy, ich obecność nie została do końca nie zauważona.

„A może psy wywęszyły trolloki" — pomyślał Rand.

Wkrótce szczekanie oraz światła wsi pozostały za nimi w tyle i zamarły.

Galopowali nazbyt blisko i konie bezustannie wchodziły sobie w drogę. Lan nakazał im ponownie rozwinąć szereg, ale nikt nie chciał być osamotniony tej nocy. Z góry dobiegł ich znowu krzyk. Strażnik dał za wygraną i pozwolił im jechać obok siebie.

Rand znalazł się tuż za Moiraine i Lanem, siwek usiłował wbić się między czarnego konia Strażnika i śnieżnobiałą klacz Aes Sedai. Z boku miał Egwene i barda, jego koledzy jechali tuż za nimi. Obłok, gnany okrzykami draghkara, pędził tak szybko, że Rand, mimo swych starań, nie potrafił zwolnić jego biegu, chociaż siwek i tak nie dałby rady przegonić pierwszych dwóch koni.

Mrok bezustannie przeszywały wyzywające wrzaski draghkara.

Przysadzista Bela biegła z wyciągniętym do przodu łbem, rozwianym w pędzie ogonem i grzywą, cały czas dotrzymując kroku większym koniom. Aes Sedai musiała zrobić coś więcej niż zwykłe uzupełnienie jej sił.

W świetle księżyca widział roześmianą w błogim uniesieniu twarz Egwene. Warkocz dziewczyny powiewał jak końska grzywa, a blask w jej oczach z pewnością nie był tylko odbiciem księżycowych promieni. Rand otworzył usta w zdziwieniu, dopóki połknięta mucha nie wywołała gwałtownego ataku kaszlu.

Lan musiał zadać jakieś pytanie, ponieważ Moiraine nagle odpowiedziała mu, przekrzykując szum wiatru i stukot kopyt.

— Nie mogę! A już na pewno nie z grzbietu galopującego konia. Bardzo trudno je zabić, nawet jeśli są dobrze widoczne. Musimy pędzić naprzód i nie tracić nadziei.

Wpadli w kłąb mgły, rzadkiej i nie sięgającej wyżej niż do końskich kolan. Obłok pokonał ją dwoma skokami i Rand zamrugał, zastanawiając się, czy przypadkiem jej sobie nie wyobraził — noc była zbyt chłodna, by mogła powstać mgła. Po chwili otarli się o kolejny tuman szarzyzny, większy niż tamten pierwszy, narastający powoli, jakby tryskający spod ziemi. Krążący nad nimi draghkar wrzasnął znowu gniewnie. Mgła na krótką chwilę otuliła jeźdźców, po czym zniknęła, pojawiła się ponownie i za chwilę już jej nie było. Pozostawiła jednak lodowatą wilgoć na twarzy i dłoniach Randa. Po jakimś czasie wyłoniła się przed nimi raz jeszcze, tym razem w postaci wysokiej, bladoszarej ściany i opatuliła ich od stóp do głów. Była tak gęsta, że tłumiła odgłos kopyt i ledwie przepuszczała wrzaski dobiegające ich z nieba. Rand ledwie wyróżniał sylwetki jadących z jego obu stron Egwene i Thoma Merrilina. Lan nie zwolnił tempa.

— Możemy jechać tylko do jednego miejsca — zawołał, a jego głos zabrzmiał głucho i jakby znikąd.

— Myrddraale są przebiegłe — odparła Moiraine. — Wykorzystam tę ich przebiegłość przeciwko nim.

Dalej galopowali już w milczeniu.

Ciemnoszara mgła przesłaniała zarówno niebo, jak i ziemię. Jeźdźcy, przemienieni teraz w cienie, wydawali się płynąć wśród nocnych chmur. Było tak, jakby ich konie nie miały nóg.

Rand wiercił się niespokojnie w siodle, wzdragając przed lodowatym zimnem mgły. Ale chociaż wiedział, że Moiraine potrafiła robić różne rzeczy, a nawet sam był tego świadkiem, znowu zadziwiło go, że mgła pozostawia wilgotny osad. Zauważył również, że bezsensownie wstrzymuje oddech i zwymyślał samego siebie od skończonych osłów. Nie dojedzie do Taren Ferry, jeśli nie będzie oddychał. Wykorzystała Jedyną Moc, aby uzdrowić Tama i najwyraźniej to jej się udało. Musiał jednak się zmuszać do wchłaniania i wydychania tego powietrza, które było ciężkie i zimne, ale tak czy inaczej nie różniło się niczym od powietrza każdej innej zimowej nocy. Powtarzał to sobie cały czas, nie był jednak pewien, czy do końca wierzy.

Strażnik nakazał im teraz trzymać się blisko siebie, aby wśród wilgotnej, mroźnej szarości każdy widział sylwetkę drugiego. Nie zwolnił jednak morderczego pędu. Oboje, Lan i Moiraine, zdawali się pokonywać tę mgłę z taką łatwością, jakby doskonale widzieli, co jest przed nimi. Reszta mogła im tylko zaufać i jechać w ślad. I nie tracić nadziei.

Ścigające ich przenikliwe krzyki powoli zamierały, aż wreszcie ucichły, ale nie stanowiło to zbyt wielkiej pociechy. Las, farmy, księżyc i drogę jednakowo skrywała mgła. Nadal szczekały psy, głucho i daleko w szarych oparach, ale oprócz nich i monotonnego dudnienia końskich kopyt nie słychać było żadnych innych dźwięków. Nic nie zmieniało się w spopielałym od mgły otoczeniu. Przemijanie czasu oznaczał ból narastający w udach i plecach.

Rand był pewien, że jadą już od wielu godzin. Ściskał wodze tak mocno, aż w końcu nabrał przekonania, że nigdy nie rozprostuje dłoni, nie wiedział też, czy kiedykolwiek będzie w stanie normalnie chodzić. Obejrzał się za siebie tylko raz. Ścigały go cienie otulone we mgłę, ale nawet nie potrafił określić ich liczby, ani też nie miał pewności, czy to rzeczywiście jego koledzy. Wydawało mu się, że chłód i wilgoć przesiąkły jego płaszcz, kaftan i koszulę, docierając aż do kości. Jedynie pęd powietrza owiewający twarz oraz napinające się mięśnie konia stanowiły dowód, że w ogóle się jeszcze porusza. Na pewno minęło już wiele godzin.

— Zwolnijcie! — zawołał nagle Lan. — Ściągnijcie wodze!

Randa tak zaskoczył ten rozkaz, że pozwolił Obłokowi wepchnąć się pomiędzy Lana oraz Moiraine i gnać jeszcze przed siebie kilkanaście kroków, nim wreszcie jakoś go zatrzymał.

Z obu stron, we mgle, majaczyły jakieś domy, dziwiące swą wysokością nienawykłe oko Randa. Nigdy dotąd nie widział tego miejsca, ale wiele razy słyszał jego opisy. Budynki zawdzięczały swoją wysokość potężnym fundamentom z czerwonego kamienia, które były konieczne wiosną, gdy z Gór Mgły spływał topniejący śnieg i powodował, że Taren występowała z brzegów. Dotarli do Taren Ferry.

Zbliżył się do niego Lan na swym czarnym koniu.

— Nie bądź taki szybki, pasterzu.

Bez słowa wyjaśnienia, zupełnie zmieszany Rand wrócił na swoje miejsce i razem z resztą grupy wjechał do wsi. Znowu się zaczerwienił, w tym momencie mgła okazała się zbawienna.

Na ich widok zaczął ujadać jakiś samotny pies, niewidzialny z powodu mgły, zaraz zresztą uciekł. Tu i ówdzie zapalały się światła w oknach jakichś rannych ptaszków. Oprócz szczekania psa i głuchych odgłosów kopyt żaden dźwięk nie zakłócał ostatniej godziny nocy.

Rand spotkał już kiedyś paru ludzi z Taren Ferry, teraz próbował sobie przypomnieć swoją skąpą wiedzę na ich temat. Rzadko zapuszczali się do małych wiosek, które ich zdaniem były „gorsze" i marszczyli w nich nosy, jakby czuli jakiś nieprzyjemny zapach. Nosili często dziwaczne nazwiska, a poza tym wszyscy co do jednego cieszyli się reputacją szalbierzy i oszustów. Mawiano, że jeśli się poda rękę komuś z Taren Ferry, to trzeba potem przeliczyć sobie palce.

Lan i Moiraine zatrzymali się przed jakimś wysokim, pociemniałym domem, który nie różnił się od pozostałych zabudowań wsi. Mgła niczym dym wirowała wokół sylwetki Strażnika, kiedy zeskakiwał z siodła i szedł po schodach do frontowych drzwi znajdujących się na wysokości ich głów. Stanął przed nimi i załomotał pięścią.

— Myślałem, że mieliśmy się zachowywać cicho — mruknął Mat.

Lan nie przestawał walić do drzwi. W oknie sąsiedniego domu pojawiło się światło, ktoś krzyknął coś gniewnie, ale Strażnik nie przestawał hałasować. Drzwi otworzyły się nagle z rozmachem i stanął w nich mężczyzna ubrany w nocną koszulę sięgającą mu do nagich kostek. Trzymał w jednej dłoni lampkę oliwną, która oświetlała jego wąską twarz obdarzoną spiczastym nosem. Wyraźnie zamierzał wyrazić swoje oburzenie, ale jego usta pozostały niemo otwarte, a tylko wytrzeszczone oczy wbił w mgłę.

— O co chodzi? — zapytał w końcu. — O co chodzi?

Gdy w korytarzu zakłębiły się pasma mgły, pospiesznie cofnął się przed nimi.

— Panie Hightower — powiedział Lan. — Jest pan potrzebny. Chcemy się przeprawić przez rzekę promem.

Człowiek o ostrych rysach twarzy uniósł wyżej lampę i przyjrzał się im podejrzliwie. Po chwili odpowiedział zrzędliwym tonem:

— Prom kursuje tylko za dnia. W żadnym przypadku nocą. I nie w takiej mgle. Wróćcie tutaj, gdy wzejdzie słońce, a mgła opadnie.

Zaczął się wycofywać, ale Lan schwycił go za nadgarstek. Przewoźnik otworzył usta z wyraźnym oburzeniem, a wtedy w świetle lampy błysnęły złote monety, które Strażnik przeliczając, wrzucał do jego dłoni. Hightower oblizywał wargi, słysząc ich brzęk, a jego głowa nachylała się coraz to bliżej do dłoni, jakby nie wierzył własnym oczom.

— I dostanie pan jeszcze raz tyle — obiecał Lan — kiedy będziemy już bezpieczni na drugim brzegu. Ale musimy odpłynąć zaraz.

— Zaraz? — Przestępując z nogi na nogę, przewoźnik zagryzał dolną wargę i przewiercał swym chytrym spojrzeniem mglisty mrok, po chwili skinął usłużnie głową. — Jak zaraz to zaraz. Tylko puśćcie mój nadgarstek, panie. Muszę obudzić pomocników. Chyba nie myślicie, że sam ciągnę swój prom, prawda?

— Będę czekał przy promie, ale bardzo krótko — odparł spokojnie Lan i puścił przewoźnika.

Hightower skinął głową na zgodę, wrzucił garść monet do swojej sakiewki i pospiesznie zamknął za sobą drzwi.

ROZDZIAŁ 12

PRZEPRAWA PRZEZ TAREN

Lan zszedł ze schodów, nakazał wszystkim zsiąść z koni i poprowadzić je w ślad za nim przez mgłę. Znowu musieli uwierzyć, że Strażnik wie, dokąd idzie. Mgła wirowała Randowi wokół kolan tak, że nie widział ani swoich stóp, ani w ogóle niczego w odległości jarda. Nie była co prawda tak gęsta jak za miastem, ale ledwie wyróżniał na jej tle sylwetki swych towarzyszy.

W dalszym ciągu nie pojawił się w mroku żaden człowiek oprócz nich. Coraz więcej świateł zapalało się w oknach, ale we mgle pobłyskiwały jedynie mętną łuną. Ledwie widoczne zarysy pojedynczych domów zdawały się dryfować w morzu chmur, albo wyrastały nagle z oparów, podczas gdy sąsiadujące z nimi zabudowania pozostawały ukryte, jakby były oddalone o wiele mil.

Rand szedł zupełnie zesztywniały od długiej jazdy i zastanawiał się, czy nie ma jakiegoś sposobu, by resztę drogi do Tar Valon przejść pieszo. Naturalnie nie dlatego, że w danej chwili marsz wydawał mu się znacznie lepszy od końskiego grzbietu, ale jego stopy były chyba jedyną nieobolałą częścią ciała. A poza tym był przyzwyczajony do chodzenia pieszo.

Tylko raz ktoś odezwał się na tyle głośno, by Rand mógł go usłyszeć wyraźnie.

— Musisz się tym zająć — odpowiedziała Moiraine na jakieś niesłyszalne pytanie Lana. — Będzie pamiętał za dużo i nie ma na to rady. Jeżeli wejdę do jego umysłu...

Owładnięty złym humorem Rand wygładził swój doszczętnie przemoczony płaszcz i zbliżył się do reszty. Mat i Perrin mruczeli coś do siebie gderliwie, co jakiś czas tłumiąc gniewny okrzyk, gdy któryś z nich potykał się o jakąś nie zauważoną przeszkodę. Thom Merrilin również zrzędził: Randa dobiegły słowa typu „gorąca strawa", „ogień" i „grzane wino", ale ani Strażnik, ani Aes Sedai nie zwracali na to żadnej uwagi. Egwene maszerowała przed siebie bez słowa, wyprostowana i z podniesioną głową, ale była równie nie przyzwyczajona do konnej jazdy jak pozostali, więc i zataczała się tak samo jak oni.

„No i ma swoją przygodę" — myślał posępnie Rand, ale wątpił, czy Egwene w ogóle zauważa takie drobiazgi jak mgła, wilgoć czy chłód.

Przyszło mu na myśl, że widocznie istnieje różnica w postrzeganiu świata, zależna od tego, czy się chce brać udział w przygodach, czy też jest się do tego zmuszonym. W opowieściach bardów takie galopowanie w zimnej mgle, z draghkarem i Światłość wie z czym jeszcze na karku, brzmiałoby podniecająco. Egwene być może ogarniał dreszcz podniecenia, on jednak czuł wyłącznie zimno, chłód i zadowolenie, że znowu znalazł się wśród zabudowań, nawet mimo tego, że należały do Taren Ferry.

Nagle zderzył się z czymś dużym i ciepłym: był to ogier Lana. Strażnik i Moiraine zatrzymali się, za nimi stali pozostali, poklepując swe wierzchowce, aby uspokoić nie tylko je, ale i siebie samych. Mgła była tu rzadsza, dzięki czemu widzieli się odrobinę wyraźniej niż dotychczas, poza tym jednak ich otoczenie w dalszym ciągu pozostawało prawie zupełnie skryte. Nogi nadal okrywał zalegający nisko opar, podobny do szarej wody. Domów wciąż nie było widać, jakby je coś połknęło.

Rand ostrożnie podprowadził Obłoka do wąskiej dróżki i ze zdziwieniem usłyszał zgrzytanie własnych butów na drewnianych deszczułkach. Pomost promu. Wycofał się lękliwie, ciągnąc za sobą siwka. Słyszał kiedyś, że pomost wiodący do promu na rzece Taren przypomina most, który nie prowadzi donikąd prócz promu. Sama rzeka miała być szeroka i głęboka, pełna zdradzieckich wirów, które wciągały najsilniejszych pływaków. Przypuszczał, że jest jeszcze rozleglejsza niż Winna Jagoda. A jeśli dodać do tego wszystkiego mgłę... Z ulgą poczuł znów pod stopami ziemię.

Nagle usłyszał ostre, ostrzegawcze psyknięcie Lana. Strażnik pokazywał mu jakieś gesty, a potem dopadł Perrina i odchylił poły płaszcza zwalistego młodzieńca, eksponując jego wielki topór. Posłusznie, choć nic nie rozumiejąc, Rand rozchylił swój płaszcz, ukazując miecz. Gdy Lan pospiesznie wrócił do swego konia, we mgle pojawiły się rozkołysane światełka, dał się słyszeć stłumiony odgłos kroków.

W ślad za Hightowerem szło sześciu zgrzebnie ubranych mężczyzn o kamiennych twarzach. Nieśli ze sobą pochodnie, które zupełnie przepalały otaczającą ich chmurę mgły. Zatrzymali się i cała grupa z Pola Emonda była teraz jasno oświetlona, choć otaczał ją szary mur, zbyt gęsty, zdawało się, aby przeniknęły go światła. Przewoźnik przypatrywał się im wszystkim z pochyloną głową, marszcząc nos niczym łasica węsząca pułapkę. Lan dosiadł konia pozornie normalnie, ale jedną dłoń oparł wyzywającym gestem na długiej rękojeści miecza. Swym zachowaniem przypominał metalową sprężynę, która ściśnięta czeka, by zaraz odskoczyć.

Rand pospiesznie przybrał podobną pozę jak Strażnik, kładąc również dłoń na swym mieczu, choć nie uważał, że uda mu się wyglądać równie groźnie.

„Pewnie by się śmiali, gdybym choć spróbował".

Perrin wyciągnął swój topór zza skórzanej pętli i stanął w rozkroku. Mat chwycił łuk, mimo iż nie wiadomo było, w jakim stanie jest jego cięciwa, namoknięta w wyniku długiego przebywania we mgle. Thom śmiało wystąpił do przodu, podniósł do góry dłoń i obrócił ją wolno. Nagle zatrzepotał palcami, spomiędzy których wyłonił się sztylet. Złapał silnie rękojeść i z ostentacyjną nonszalancją jął sobie czyścić paznokcie.

Zachwycona Moiraine zaśmiała się gardłowo, a Egwene zaklaskała w dłonie, jakby była widzem świątecznego przedstawienia, zaraz jednak umilkła i spojrzała zawstydzonym wzrokiem, ściągając rozciągnięte w uśmiechu usta.

Hightower natomiast nie wydawał się wcale rozbawiony. Wpatrywał się w Thoma, a potem chrząknął głośno.

— Mówiono, że za przeprawę mamy dostać jeszcze więcej złota. — Obdarzył ich znowu ponurym, chytrym spojrzeniem. — To, co już od was dostałem, leży teraz w bezpiecznym miejscu, rozumiecie? Tam, gdzie moglibyście się do niego dobrać, już nic nie ma.

— Reszta złota — powiedział Lan — trafi do waszych rąk, gdy już będziemy na drugim brzegu. — Potrząsnął lekko zwisającą mu u pasa sakiewką, aby Hightower usłyszał brzęk monet.

Przewoźnik patrzył przez chwilę rozbieganym wzrokiem, ale w końcu skinął głową.

— Niech więc tak będzie — mruknął i podszedł do pomostu, a za nim jego sześciu pomocników.

Idąc, wypalali mgłę, której szare wici splatały się za ich plecami i szybko wypełniały pozostawioną przez nich przestrzeń. Rand wraz z pozostałymi ruszył pospiesznie w stronę promu.

Sam prom miał kształt barki o wysokich burtach, od których odchodziły ruchome trapy. Po obu jego bokach biegły grube jak pięść liny, przymocowane do masywnych pachołków na pomoście i ginące gdzieś w mroku po drugiej stronie rzeki. Pomocnicy przewoźnika wetknęli swoje pochodnie w żelazne zaczepy w bokach promu, poczekali, aż wszyscy wprowadzą na pokład konie, po czym podnieśli trap. Pokład zatrzeszczał pod końskimi kopytami i butami ludzi, a cały kadłub promu ugiął się pod ciężarem.

Hightower mruczał coś pod nosem, warkliwie nakazując uspokoić konie i stanąć na samym środku, aby nie przeszkadzać holującym. Ponaglał krzykiem swych pomocników, którzy przygotowywali prom do przeprawy, ale oni słuchali go z wyraźną niechęcią. Zresztą on sam nie był zbyt stanowczy, często urywał krzyk w połowie, by podnieść wysoko pochodnię i z natężeniem wypatrywać czegoś we mgle. W końcu zupełnie zamilkł, przeszedł na przód promu i stamtąd obserwował rzekę. Ani drgnął, dopóki jeden z pomocników nie złapał go za ramię; podskoczył wówczas jak oparzony i spojrzał nań nieprzytomnie.

— Co? Aha. Mówisz, że gotowe? W samą porę. No dobra, człowieku, na co jeszcze czekasz? — Zamachał ramionami, nie zważając na trzymaną pochodnię i wierzgające konie. — Odbijamy! Odsunąć się! Do roboty!

Mężczyzna odszedł ociężałym krokiem, a Hightower znowu zaczął wytężać wzrok we mgle, wolną prawą dłonią gładził niespokojnie przód swego okrycia.

Odcumowany prom ruszył z szarpnięciem, dał się pochwycić silnemu nurtowi, po czym znowu drgnął, gdy zahamowały go silne liny holownicze. Pomocnicy, po trzech z każdej burty, schwycili liny i jęli z mozołem iść z nimi w tył, stękając z wysiłku, gdy wychylali się ponad szarą wodę.

Pomost zniknął, a między migoczące pochodnie na pokładzie wpełzły pasma mgły. Prąd rzeki łagodnie zakołysał barką, oprócz bezustannego dreptania pomocników ciągnących liny, nie było innych oznak życia. Nikt się nie odzywał. Wieśniacy usiłowali trzymać się środka promu. Słyszeli, że Taren jest o wiele szersza niż strumienie, do których byli przyzwyczajeni, a w wyobraźni mgła jeszcze bardziej rozciągała jej koryto.

Po jakiejś chwili Rand podszedł do Lana. Rzeki, których nie można przejść w bród, przepłynąć ani nawet ogarnąć wzrokiem, wywołują duże zdenerwowanie u kogoś, kto nigdy nie widział czegoś szerszego i głębszego niż staw w Wodnym Lesie.

— Czy oni naprawdę mogliby nas obrabować? — zapytał cicho. — Zachowywał się tak, jakby się bał, że to my go obrabujemy.

Strażnik przypatrzył się uważnie przewoźnikowi i jego pomocnikom, żaden z nich jednak nie podsłuchiwał. Potem spokojnym tonem odpowiedział:

— Mgła by ich kryła... cóż, ludzie często postępują z obcymi zupełnie inaczej niż wtedy, gdy ktoś na to patrzy. A temu, który jest najbardziej skory do uczynienia zła obcemu, najszybciej przychodzi do głowy, że jego może spotkać to samo. Ten człowiek... uważam, że sprzedałby trollokom własną matkę na gulasz, gdyby zapłata była odpowiednio duża. Trochę się dziwię, że pytasz. Słyszałem, co ludzie z Pola Emonda mówią o mieszkańcach Taren Ferry.

— Tak, ale... No bo wszyscy mówią, że oni... Ale nigdy nie sądziłem, że mogliby... — Rand stwierdził, że najlepiej powinien pozbyć się przekonania, iż wie cokolwiek o ludziach spoza jego własnej wioski. — Ale przecież on może powiedzieć Pomorowi, że przeprawialiśmy się tym promem — dodał na koniec — i w ten sposób ściągnąć na nas trolloki.

Lan zaśmiał się ochryple.

— Obrabowanie obcego to jedno, a zawieranie paktu z Półczłowiekiem to drugie. Czy uważasz, że przy takiej mgle odważyłby się przewieźć trolloki, niezależnie od tego, ile złota by mu dawały? Albo że rozmawiałby z Myrddraalem, gdyby miał jakieś inne wyjście? Od samej takiej myśli uciekałby przez miesiąc. Uważam, że nie mamy co się przejmować za bardzo Sprzymierzeńcami Ciemności w Taren Ferry. Nie tutaj. Nic nam nie grozi... przynajmniej przez jakiś czas. W każdym razie nie ze strony tej bandy. Ale bądź czujny.

Hightower przestał wpatrywać się we mgłę. Podniósł wysoko pochodnię i zwrócił swą chytrą twarz w stronę Lana i Randa, jakby po raz pierwszy wyraźnie ich zobaczył. Deski pokładu trzeszczały pod stopami holujących, z rzadka zastukało kopyto. Przewoźnik skrzywił się nagle, gdy zauważył, że wiedzą, iż im się przypatruje. Obrócił się szybko i znowu wbił wzrok w przeciwległy brzeg, wypatrując czegoś we mgle.

— Nie mów już o tym — powiedział Lan tak cicho, że Rand ledwie go zrozumiał. — Nie trzeba mówić o trollokach, Sprzymierzeńcach Ciemności czy Ojcu Kłamstw, gdy słuchają cię obce uszy. Takie gadanie przynosi więcej zła niż Smoczy Kieł wyrysowany na drzwiach.

Rand nie miał ochoty dalej wypytywać. Owładnął nim nastrój jeszcze czarniejszy niż dotychczas. Sprzymierzeńcy Ciemności! Jakby nie dość było Pomorów i trolloków. Trolloka przynajmniej można było odróżnić na pierwszy rzut oka.

Nagle z mgły wyłoniły się przed nimi ciemne pale. Prom uderzył z łomotem o brzeg i zaraz potem pomocnicy pospieszyli, by zacumować liny i z hukiem opuścić trap. Mat i Perrin obwieścili głośno, że Taren nie jest ani w połowie tak szeroka, jak słyszeli. Lan sprowadził swego ogiera na ląd, za nim po trapie przeszła Moiraine i pozostali. Kiedy Rand, jako ostatni, wyprowadził z promu Obłoka, pan Hightower zawołał gniewnie:

— Hej, wy tam! A gdzie moje złoto?

— Będzie ci wypłacone.

Głos Moiraine dochodził gdzieś z mgły. Buty Randa załomotały, gdy przechodził z trapu na pomost.

— I po srebrnej marce dla każdego z twych ludzi — dodała Aes Sedai — za to, że tak szybko się uwinęli.

Przewoźnik zawahał się, wychylając do przodu, jakby wyczuwał niebezpieczeństwo, ale wzmianka o srebrze podniecila jego pomocników. Część z nich zatrzymała się, aby schwycić pochodnie, ale wszyscy zdążyli zbiec z trapu, zanim Hightower otworzył usta. Przewoźnik, krzywiąc się ponuro, zszedł w ślad za swoją załogą.

Kopyta Obłoka załomotały głucho, gdy Rand przeprowadzał go przez pomost. Szara mgła była tu równie gęsta jak na rzece. U stóp pomostu, oświetlony pochodniami przewoźnika i jego kompanów, Strażnik rozdawał monety. Wszyscy pozostali, z wyjątkiem Moiraine, zbici w gromadkę oczekiwali z niepokojem końca tej operacji. Aes Sedai patrzyła na rzekę, choć Rand zasłaniał jej widok. Otulił szczelnie przemoczonym płaszczem swe dygoczące ciało. Zrozumiał, że teraz już wyjechał z Dwu Rzek na dobre i zdało mu się, iż dzieli go od rodzinnej okolicy odległość większa niż szerokość rzeki.

— Bierz, co twoje — powiedział Lan, wręczając ostatnią monetę Hightowerowi. — Tak jak było umówione.

Nie schował jeszcze swej sakiewki; przewoźnik wpatrywał się w nią chciwym okiem.

Pomost zadrżał i głośno zaskrzypiał. Hightower podskoczył w miejscu i odwrócił głowę w stronę spowitego we mgłę promu. Widać było mętne i zamazane światła dwóch pochodni pozostawionych na pokładzie. Deski w podeście zastękały, po czym dał się słyszeć trzask pękającego drewna, a bliźniacze łuny pochyliły się i zaczęły obracać. Egwene wydała z siebie niezrozumiały okrzyk, a Thom cisnął przekleństwo.

— Urwał się! — krzyknął Hightower. Schwycił ramiona dwóch pomocników i pchnął ich w stronę końca pomostu. — Prom się urwał, głupcy! Łapcie go! Łapcie go!

Poganiani przez przewoźnika mężczyźni przebiegli kilka kroków, po czym zatrzymali się. Blade światła na promie obracały się bardzo szybko, a po chwili przyspieszyły jeszcze. Zalegająca nad nimi mgła wirowała spiralnie. Pomost zadrżał, powietrze wypełnił trzask i łomot rozpadającego się promu.

— Trąba powietrzna! — wykrzyknął przerażonym głosem jeden z pomocników.

— Nie ma żadnych trąb powietrznych nad Taren. — Głos Hightowera brzmiał teraz głucho. — Tu nigdy nie było trąby powietrznej...

— Niefortunny wypadek.

Głos Moiraine tłumiła mgła, jej sylwetka wyglądała jak zwykły cień na tle rzeki.

— Rzeczywiście niefortunny — zgodził się beznamiętnie Lan. — Chyba przez jakiś czas nie będziecie mogli przewozić nikogo przez rzekę. Niedobrze, że straciliście prom, kiedyście nam usługiwali. — Sięgnął znowu do naszykowanej sakiewki. — To powinno wynagrodzić stratę.

Hightower wpatrywał się przez chwilę w złoto połyskujące w świetle pochodni na dłoni Lana, a potem zgarbił się i omiótł wzrokiem pozostałych pasażerów. Ledwo widoczni w tej mgle mieszkańcy Pola Emonda stali w milczeniu. Wydawszy przerażony, nieartykułowany okrzyk, przewoźnik porwał monety z ręki Lana, obrócił się błyskawicznie i pobiegł przed siebie. Jego pomocnicy uciekli tuż za nim, światło ich pochodni szybko znikło.

— Nic nas tu więcej nie trzyma — powiedziała Aes Sedai, jakby nic niezwykłego się nie wydarzyło.

Prowadząc za uzdę białą klacz, ruszyła brzegiem rzeki.

Rand stał i wpatrywał się w niewidzialną rzekę. To mógł być przypadek.

„Tamten człowiek twierdził, że tu nie ma żadnych trąb powietrznych, ale przecież..."

Uświadomił sobie nagle, że wszyscy już dawno poszli. Pospiesznie wdrapał się na łagodne zbocze brzegu.

Gdy uszedł trzy kroki, zawiesista mgła zniknęła jak nożem uciął.

Rand znieruchomiał i obejrzał się za siebie. Po jednej stronie niewidzialnej linii biegnącej wzdłuż nabrzeża zalegała gęsta szarość, po drugiej zaś błyszczało wyraźne nocne niebo, nadal pociemniałe, choć ostre krawędzie księżyca wskazywały, że świt jest już niedaleko.

W niewielkiej odległości od miejsca, w którym mgła się urywała, stał Strażnik rozprawiający o czymś z Aes Sedai. Pozostali tłoczyli się nieopodal w gromadzie, mimo ciemności bez trudu można było wyczuć ich zdenerwowanie. Wszystkie oczy wpatrywały się w Lana i Moiraine, wszyscy prócz Egwene niezdecydowanie dreptali w miejscu, jakby bojąc się zgubić tamtych dwoje i jednocześnie nie chcąc podejść do nich zbyt blisko. Rand podbiegł do Egwene, która uśmiechnęła się do niego. Wydawało mu się, że blask w jej oczach jest zbyt jasny, by mógł być zwykłym odbiciem księżyca.

— Ciągnie się wzdłuż rzeki tak równo, jak wyrysowana piórem — stwierdziła Moiraine z satysfakcją w głosie. — W całym Tar Valon nie ma nawet dziesięciu takich, które potrafią to zrobić samodzielnie i to na dodatek z grzbietu galopującego konia.

— Nie chcę się skarżyć, Moiraine Sedai — powiedział Thom z dziwnym, jak na niego, brakiem śmiałości — ale czy nie byłoby lepiej, gdyby nas kryła jeszcze jakiś czas? Powiedzmy do Baerlon? Jeżeli draghkar przeleci na tę stronę rzeki, to stracimy całą przewagę.

— Draghkary nie są takie sprytne, panie Merrilin — skwitowała to oschle Aes Sedai. — Są przerażające i śmiertelnie niebezpieczne, mają też znakomity wzrok, ale za to niewiele inteligencji. Ten powie Myrddraalowi, że ta strona rzeki jest czysta, bo cała rzeka jest zasnuta mgłą na odległości wielu mil. Myrddraal będzie wiedział, że to mnie kosztowało dodatkowy wysiłek i założy, że uciekamy w dół rzeki, co z kolei opóźni jego pogoń. Będzie musiał rozdzielić swoje oddziały. Mgła utrzyma się tak długo, że nie będzie wiedział, czy nie pokonujemy łodzią przynajmniej części drogi. Mogłam rozciągnąć tę mgłę aż do Baerlon, ale wtedy draghkar przeszukałby rzekę w ciągu kilku godzin i Myrddraal by wiedział dokładnie, którędy podążamy.

Thom westchnął głośno i pokręcił głową.

— Przepraszam, Aes Sedai. Mam nadzieję, że cię nie obraziłem.

— Ach, Moi... ach, Aes Sedai. — Mat urwał, by przełknąć ślinę. — Prom... mhm... czy ty... to znaczy... nie rozumiem, jak... Głos mu zamarł i nastąpiła cisza tak głęboka, że własny oddech wydawał się Randowi najgłośniejszym dźwiękiem.

Moiraine przemówiła wreszcie, wypełniając głuchą ciszę swym dobitnym głosem.

— Domagacie się wyjaśnień, ale gdybym wam tłumaczyła wszystko, co robię, nie miałabym czasu na cokolwiek innego. — W świetle księżyca Aes Sedai wydawała się jakby wyższa, prawie górowała nad nimi. — Przyjmijcie do wiadomości, że mam zamiar dowieźć was bezpiecznie do Tar Valon. Tylko to musicie wiedzieć.

— A jeśli będziemy tak tu dalej stali — wtrącił Lan — to draghkar nie będzie musiał przeszukiwać brzegów rzeki. Jeśli dobrze pamiętam...

Poprowadził swego konia w górę brzegu.

Rand odetchnął głęboko, jakby ruch Strażnika odblokował coś w jego piersi. Słyszał, że inni, nawet Thom, robią to samo i przypomniał sobie stare porzekadło: „Lepiej napluć wilkowi w oczy, niż sprzeciwić się Aes Sedai". W każdym razie napięcie opadło, a Moiraine już nie dominowała nad wszystkimi, wszak Randowi ledwie sięgała do piersi.

— To pewnie nie możemy teraz odpocząć — powiedział Perrin z nadzieją w głosie i ziewnął.

Egwene, oparta o bok Beli, westchnęła ze zmęczenia.

Był to pierwszy odgłos choć trochę przypominający skargę, jaki Rand usłyszał z jej strony.

„Może już zrozumiała, że to wcale nie jest taka wspaniała przygoda".

Potem jednak zawstydził się, przypomniawszy sobie, że w odróżnieniu od niego, dziewczyna nie przespała całego dnia.

— Naprawdę potrzebujemy odpoczynku, Moiraine Sedai — powiedział. — W końcu jechaliśmy całą noc.

— No to proponuję obejrzeć, co Lan dla nas szykuje — odparła Moiraine. — Chodźcie.

Poprowadziła ich w górę zbocza, do rosnącego tam lasu. Dzięki nagim gałęziom cienie były tam jeszcze gęstsze. Przeszedłszy dobre sto piędzi od Taren, dotarli do czarnego kopca wznoszącego się obok polany. Dawno temu powódź podmyła i powywracała dużą grupę drzew, zbijając je w jedną wielką, zwartą masę pni. Moiraine zatrzymała się i nagle tuż nad ziemią zabłysnęło światło dobywające się spod sterty drewna.

Spod kopca wypełzł i zaraz stanął na nogi Lan trzymający w dłoni pochodnię.

— Żadnych nieproszonych gości — zapewnił. — Drewno, które tu zostawiłem, jest suche, więc rozpaliłem małe ognisko. Odpoczniemy w cieple.

— Wiedzieliście, że się tu zatrzymamy? — spytała zaskoczona Egwene.

— To niezłe miejsce na postój — odparł Lan. — Lubię być przygotowany na wszelki wypadek.

Moiraine wzięła od niego latarnię.

— Czy możesz zająć się końmi? Kiedy skończysz, zrobię, co będę mogła z naszym zmęczeniem. A teraz chciałabym porozmawiać z Egwene. Egwene?

Rand obserwował obydwie kobiety, które pochyliły się i zniknęły pod wielką stertą pni. Znajdował się w niej niewielki otwór, na tyle duży, by można było wpełznąć do środka. Światło pochodni zniknęło.

Lan zabrał zapasy jedzenia i trochę owsa, ale powstrzymał ich od rozsiodływania koni. Wyciągnął natomiast postronki.

— Powinny wypoczywać bez siodeł, ale gdybyśmy musieli szybko wyruszyć, nie będzie czasu na ich ponowne siodłanie.

— Zdaje się, że nie potrzebują odpoczynku — powiedział Perrin, który próbował ściągnąć torbę z jedzeniem ponad pyskiem swego konia.

Zwierzę potrząsnęło kilkakrotnie głową, zanim pozwoliło nasunąć sobie z powrotem rzemienie. Rand miał podobne kłopoty z Obłokiem, zanim udało mu się ściągnąć z niego płócienny worek.

— Niestety potrzebują — odparł Lan.

Skończył pętać swego konia i wyprostował się.

— Jasne, że potrafią dalej tak pędzić, nawet jeszcze szybciej, gdyby im pozwolić, aż do chwili, w której padną martwe z wyczerpania, nawet go nie czując. To, co robiła z nimi Moiraine, było konieczne, ale wolałbym, żeby nie musiała tego robić.

Poklepał swego ogiera po karku i koń łagodnie zakołysał łbem, jakby odpowiadając na dotyk Strażnika.

— Przez kilka następnych dni musimy im pozwolić jechać wolniej, dopóki zupełnie nie odzyskają sił. Wolniej, niż bym sobie życzył. Ale przy odrobinie szczęścia to powinno wystarczyć.

— Czy ona...? — Mat głośno przełknął ślinę. — Czy ona to samo chce zrobić z naszym zmęczeniem?

Rand poklepał Obłoka po karku i zapatrzył się w coś nie widzącym wzrokiem. Mimo tego, co Moiraine zrobiła dla Tama, nie miał ochoty, żeby wykorzystywała Moc w jego przypadku. Światłości, przecież ona przyznała się do zatopienia promu.

— Mniej więcej coś takiego. — Lan zaśmiał się ochryple. — Ale wy nie musicie się przejmować, że zabiegacie się na śmierć. No chyba, że sytuacja stanie się o wiele gorsza niż teraz. Pomyślcie o tym raczej jak o dodatkowej, przespanej nocy.

Nagle od strony osłoniętej przez mgłę rzeki odezwało się echo przenikliwego wrzasku draghkara. Nawet konie zastygły z przerażenia. Po chwili powtórzyło się, znacznie bliżej, i jeszcze raz, przewiercając się przez czaszkę Randa niczym igła. Po chwili okrzyki zaczęły zamierać, aż ucichły zupełnie.

— Udało się — odetchnął Lan. — Szuka nas na rzece. — Wzruszył ramionami i nagle jego głos na powrót przybrał ton zwykłej rzeczowości. — Wejdźmy do środka. Chętnie napiję się gorącej herbaty, coś bym też przegryzł.

Rand pierwszy wpełzł na czworakach przez otwór w plątaninie gałęzi, za którym ciągnął się krótki tunel. Przeszedłszy go, zatrzymał się, nadal skulony. Widział przed sobą przestrzeń ograniczoną nierównymi ścianami, drewnianą jaskinię wystarczająco dużą, aby pomieścić ich wszystkich. Utworzony z pni i gałęzi dach był tak niski, że mogły pod nim stanąć jedynie kobiety. Dym, dobywający się z paleniska utworzonego z kamieni rzecznych, unosił się w górę. Ciąg powietrza wystarczał, by cała przestrzeń była niezadymiona, lecz dach został spleciony tak gęsto, że nie przedostawał się przezeń najmniejszy nawet poblask płomieni. Moiraine i Egwene zdjęły peleryny i teraz siedziały ze skrzyżowanymi nogami po przeciwnych stronach ogniska.

— Jedyna Moc — mówiła właśnie Moiraine — pochodzi z Prawdziwego Źródła, siły napędowej Stworzenia, siły, którą spłodził Stwórca, aby obrócić Koło Czasu. — Złożyła dłonie i wyciągnęła je przed sobą, po czym znowu rozdzieliła. — *Saidin*, męska połowa Prawdziwego Źródła, i *saidar*, jego żeńska część, pracują wbrew sobie i jednocześnie razem, aby dostarczać tej siły. *Saidin* jest zanieczyszczony dotykiem Czarnego, niczym woda, po której powierzchni pływa cienka warstwa zjełczałej oliwy. Woda jest nadal czysta, ale nie można jej dotknąć, nie brudząc się. Bezpiecznie można używać tylko *saidara*.

Egwene siedziała plecami do Randa. Nie widział jej twarzy, pochylała się do przodu, słuchając z uwagą.

Mat pchnął Randa od tyłu i mruknął coś, więc wszedł głębiej do jaskini. Moiraine i Egwene zignorowały jego obecność. Mężczyźni weszli za nim tłumnie, pościągali z siebie przemoczone okrycia i rozsiedli się wokół ognia, aby ogrzać przemarznięte dłonie. Lan, który pojawił się ostatni, zdjął z haka w ścianie bukłaki z wodą i skórzane sakwy, znalazł gdzieś czajnik i zabrał się do przygotowania herbaty. Nie zwracał uwagi na to, co mówią kobiety, ale przyjaciele Randa wnet zaczęli się na nie gapić, gdy tylko przestali ogrzewać sobie dłonie. Thom udawał, że interesuje się wyłącznie nabijaniem bogato rzeźbionej fajki, zdradził się jednak sposobem, w jaki nachylał się ku kobietom. Natomiast Moiraine i Egwene zachowywały się tak, jakby były same.

— Nie — odpowiedziała Moiraine na jakieś pytanie, które Rand przeoczył. — Prawdziwe Źródło jest niewyczerpalne, bardziej jeszcze niż rzeka, która musi napędzać młyńskie koło. Źródło jest rzeką, Aes Sedai kołem.

— I naprawdę uważasz, że mogłabym się tego nauczyć? — spytała Egwene. Jej ożywiona twarz błyszczała pragnieniem. Rand nigdy nie widział jej tak pięknej, ani tak obcej. — Czy ja mogę naprawdę zostać Aes Sedai?

Rand aż podskoczył, uderzając głową o niski sufit zbudowany z bali. Thom Merrilin schwycił go za ramię i ściągnął w dół.

— Nie bądź głupcem — mruknął bard. Popatrzył na obie kobiety, czego żadna nie zdawała się zauważyć, i obdarzył Randa współczującym spojrzeniem. — To już za tobą, chłopcze.

— Dziecko — powiedziała łagodnie Moiraine. — Tylko nieliczne potrafią się nauczyć dotykania Prawdziwego Źródła i używania Jedynej Mocy. Niektóre potrafią robić to lepiej, inne gorzej. Ty należysz do najmniejszej grupy tych, które w ogóle nie muszą się uczyć. Sama pojmiesz, jak dotykać Źródła, czy tego chcesz, czy nie chcesz. Jednakże bez nauk, jakie otrzymasz w Tar Valon, nigdy nie dowiesz się, jak z niego w pełni korzystać, możesz też nie przeżyć samego kontaktu. Mężczyźni, którzy się rodzą ze zdolnością do dotykania *saidina*, umierają oczywiście, jeśli Czerwona Ajah ich nie znajdzie i nie poskromi...

Thom burknął coś z głębi gardła, a Rand poruszył się niespokojnie. Mężczyźni, o których mówiła Aes Sedai, należeli do wyjątków — przez całe swoje życie słyszał tylko o takich trzech, dzięki Światłości nie pochodzili z Dwu Rzek — ale zło, jakie czynili, zanim Aes Sedai zdążyły ich znaleźć, było zawsze tak ogromne, że wieść o nich krążyła jak wieści o wojnie, trzęsieniu ziemi albo zrujnowanych miastach. Nigdy do końca nie pojął, co takiego właściwie robiły Ajah. Miały rzekomo stanowić społeczności tworzące się wśród Aes Sedai, które bodajże strasznie między sobą spiskowały i waśniły, ale jedno było z całą pewnością jasne. Czerwone Ajah za swój główny obowiązek uważały zapobieganie kolejnemu Pęknięciu Świata i ścigały każdego mężczyznę, który chociażby zamarzył o władaniu Jedyną Mocą. Mat i Perrin mieli takie miny, jakby nagle zapragnęli wrócić do domów i swoich łóżek.

— ...ale niektóre kobiety również umierają. Trudno zdobywać wiedzę bez przewodnika. Te, których nie udaje nam się znaleźć, często stają się... cóż, w tej części świata mogą się stawać Wiedzącymi w rodzinnych wsiach. — Aes Sedai z namysłem dobierała kolejność słów. — Dawna krew jest silna w Polu Emonda, a dawna krew śpiewa. Wiedziałam, kim jesteś, od pierwszego wejrzenia. Żadna Aes Sedai nie może stanąć w obecności kobiety, która potrafi czerpać z Prawdziwego Źródła, albo która jest bliska przemiany, i nie poczuć tego. — Włożyła dłoń do sakiewki przy pasku i wyciągnęła mały niebieski kamyk na złotym łańcuszku, który wcześniej nosiła we włosach. — Ty jesteś bardzo bliska przemiany, twego pierwszego dotknięcia. Będzie lepiej, jeśli cię przez to przeprowadzę. W ten sposób unikniesz... nieprzyjemnych skutków, z jakimi zmagają się te, które robią to na własną rękę.

— Czy... czy w tym jest zawarta Moc? — spytała Egwene.

— Oczywiście, że nie — żachnęła się Moiraine. — Rzeczy nie posiadają Mocy, dziecko. Nawet *angreal* jest tylko narzędziem. To tylko piękny niebieski kamyk. Ale potrafi świecić. Weź go.

Ręce Egwene zadrżały, kiedy Moiraine położyła kamyk na czubkach jej palców. Zaczęła się wzdragać, ale Aes Sedai złapała jedną dłonią jej obydwie ręce, a drugą delikatnie dotknęła jej skroni.

— Spójrz na kamień — łagodnie powiedziała Aes Sedai. — Tak jest lepiej, niż majstrować przy tym samodzielnie. Oczyść umysł z wszystkiego, z wyjątkiem kamienia. Oczyść umysł i rozpłyń się. Istnieje tylko ten kamień i pustka. Ja to rozpocznę. Rozpłyń się i pozwól mi siebie prowadzić. Nie myśl o niczym. Rozpłyń się.

Rand wbił palce w kolana, tak zaciskał szczęki, że aż go zabolały.

„Nie może się jej udać. Nie może".

W kamieniu rozkwitło światło, tylko jeden niebieski błysk, który zaraz znikł. Choć nie był jaśniejszy od świetlika, Rand odskoczył, jakby został oślepiony. Egwene i Moiraine wpatrywały się w kamyk z twarzami pozbawionymi wszelkiego wyrazu. Nastąpił kolejny błysk, potem jeszcze jeden, aż w końcu lazurowe światło zaczęło pulsować niczym bicie serca.

„To dzieło Aes Sedai — wmawiał sobie rozpaczliwie. — To robi Moiraine, nie Egwene".

Jeden ostatni blady błysk i kamień na powrót stał się zwykłą szklaną kulką. Rand wstrzymał oddech.

Egwene przez chwilę jeszcze nie odrywała wzroku od małego kamyka, a potem spojrzała na Moiraine.

— Ja... chyba czułam... coś, ale... Może się mylisz. Przykro mi, że zmarnowałam twój czas.

— Nic nie zmarnowałaś, dziecko. — Na ustach Moiraine zakwitł uśmiech zadowolenia. — To ostatnie światło było wyłącznie twoim dziełem.

— Naprawdę? — krzyknęła Egwene, a potem na powrót spochmurniała. — Ale prawie go nie było widać.

— Teraz się zachowujesz jak głupiutka wieśniaczka. Większość tych, które przybywają do Tar Valon, musi się uczyć wiele miesięcy, zanim dokonają tego, co ty przed chwilą. Możesz daleko zajść. Może nawet zasiądziesz któregoś dnia na Tronie Amyrlin, jeśli będziesz się dużo uczyć i ciężko pracować.

— Chcesz powiedzieć...? — Egwene objęła ramionami Aes Sedai, krzycząc z uniesienia. — Och, jakże ci dziękuję! Rand, słyszałeś? Zostanę Aes Sedai!

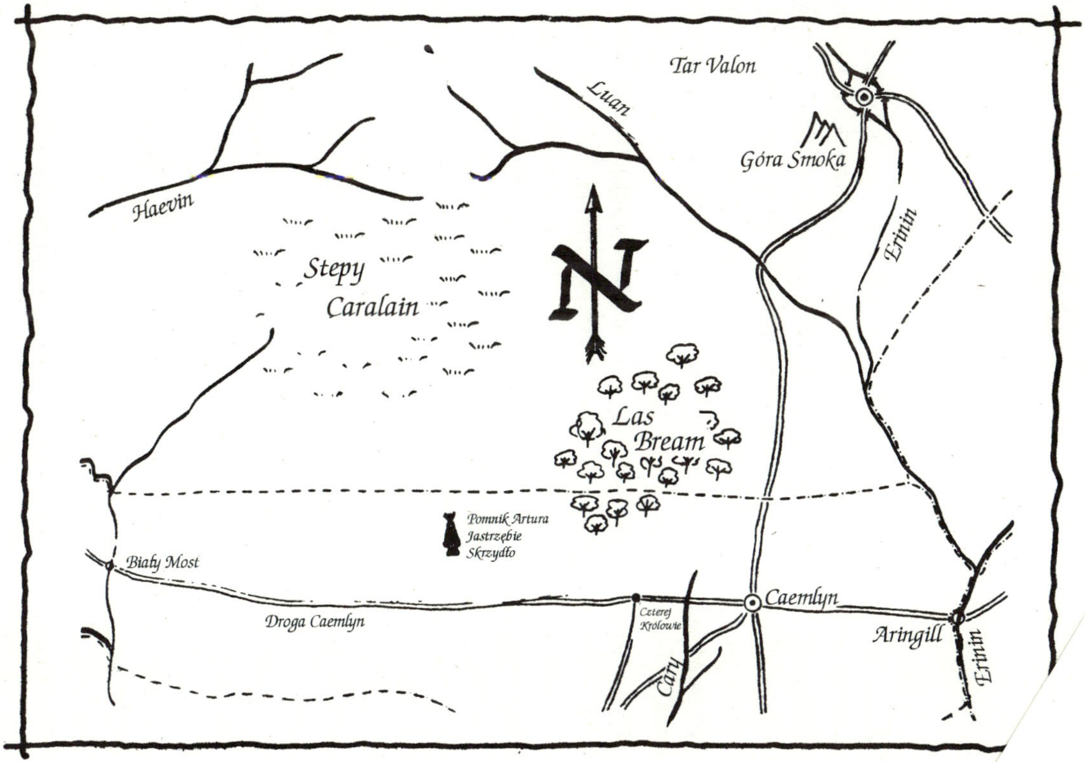
Tar Valon
Luan
Góra Smoka
Haevin
Stepy
Caralain
Erinin
Las
Bream
Pomnik Artura
Jastrzębie
Skrzydło
Biały Most
Droga Caemlyn
Czterej
Królowie
Caemlyn
Aringill
Cary
Erinin

ROZDZIAŁ 13

WYBORY

Zanim poszli spać, Moiraine klękała przy wszystkich po kolei i kładła im ręce na głowach. Lan burknął, że nie powinna marnować swych sił dla niego, bo to niepotrzebne, ale nawet nie próbował jej powstrzymać. Egwene cała się paliła do tego doświadczenia, Mat i Perrin wyraźnie się go bali, ale bali się też odmówić wzięcia w nim udziału. Thom wyrywał się z rąk Aes Sedai, ale skarciła go spojrzeniem za tę dziecinadę i bard przeszedł przez operację z pochmurną miną. Uśmiechnęła się do niego z politowaniem. Kiedy już odjęła dłonie od jego głowy, mars na czole Thoma pogłębił się, ale rzeczywiście wyglądał na wypoczętego. Wszyscy tak wyglądali.

Rand schował się w niszy pod ścianą, gdzie miał nadzieję pozostać niezauważony. Oczy same mu się zamykały, gdy tylko się oparł o plecionkę z gałęzi, ale zmuszał się, by patrzeć. Przycisnął do ust pięść, aby stłumić ziewanie. Odrobina snu, godzinka lub dwie, i będzie jak nowo narodzony. Moiraine jednak nie zapomniała o nim.

Drgnął, gdy poczuł chłodny dotyk jej palców na swoim czole i zaprotestował:

— Ja nie...

Wytrzeszczył oczy ze zdziwienia. Zmęczenie wyciekło z niego niczym woda spływająca po zboczu, po bólu i otarciach pozostało jedynie mgliste wspomnienie, które zresztą również zniknęło. Wpatrywał się w nią z otwartymi ustami. Moiraine uśmiechnęła się tylko i cofnęła ręce.

— Już po wszystkim — powiedziała.

Kiedy wyprostowała się i wydała znużone westchnienie, przypomniało mu się, że samej sobie pomóc nie może. W istocie, wypiła tylko trochę herbaty, ale nie chciała jeść chleba i sera, choć Lan próbował ją namówić. Zwinęła się obok ognia i natychmiast zasnęła.

Wszyscy pozostali, z wyjątkiem Lana, ułożyli się w takich miejscach, w których mogli się swobodnie wyciągnąć i natychmiast również zapadli w sen. Rand nie rozumiał, jak to się mogło stać, bo sam czuł się jak po całej nocy spędzonej w wygodnym łóżku. Jednak gdy tylko oparł się o ścianę, osunął się w objęcia snu. Kiedy Lan obudził go jakąś godzinę później, miał wrażenie, że spał trzy dni.

Strażnik pobudził wszystkich z wyjątkiem Moiraine i stanowczo uciszał wszelkie odgłosy, które mogły ją zbudzić. Pozwolił im zresztą zostać tylko chwilę w zacisznej jaskini z drzew. Zanim słońce zdążyło przewędrować dwa dłuższe odcinki nad horyzontem, wszystkie ślady ich pobytu w tym miejscu zostały uprzątnięte, a oni siedzieli już na koniach i jechali na północ w stronę Baerlon. Aes Sedai miała podkrążone oczy, ale siedziała w siodle prosto i pewnie.

Gęsta mgła w postaci szarej ściany nadal wisiała nad rzeką. Przesłaniając widok na Dwie Rzeki, opierała się wszelkim wysiłkom bladego słońca, które chciało ją przepalić na wylot. Dopóki zamglony brzeg nie zniknął zupełnie z pola widzenia, Rand oglądał się stale przez ramię, mając nadzieję, że dojrzy po raz ostatni choćby i Taren Ferry.

— Nigdy nie myślałem, że odjadę tak daleko od domu — powiedział, gdy drzewa skryły wreszcie mgłę i rzekę. — Pamiętacie czasy, gdy droga do Wzgórza Czat zdawała nam się taka długa?

„To znaczy dwa dni temu, a wydaje się, że minęły już całe wieki".

— Wrócimy za miesiąc lub dwa — stwierdził nienaturalnie swobodnym tonem Perrin. — Pomyślcie, ile będzie do opowiadania.

— Nawet trolloki nie mogą nas ścigać całą wieczność — pocieszał się Mat. — Niech sczeznę, nie mogą.

Wyprostował się z ciężkim westchnieniem i znowu skulił w siodle, jakby nie uwierzył w żadne ze słów, które padło przed chwilą.

— Mężczyźni! — parsknęła Egwene. — Macie tę przygodę, o której zawsze ście trajkotali i co? Już rozmawiacie o domu.

Podniosła dumnie głowę, ale teraz, kiedy już zupełnie nie było widać Dwu Rzek, Rand posłyszał drżenie w jej głosie.

Ani Moiraine, ani Lan nie starali się dodać im otuchy, nie padło z ich strony ani jedno słowo zapewniające, że oczywiście wrócą do domu. Rand starał się nie myśleć, co z tego mogło wynikać. Pomimo odpoczynku miał wystarczająco dużo wątpliwości, aby dopraszać się następnych. Skuliwszy się w siodle, zaczął śnić na jawie o tym, że razem z Tamem wypasają owce na bujnej trawie pastwiska, że towarzyszą im poranne, rozśpiewane skowronki. I o wycieczce do Pola Emonda i Bel Tine takim, jakie zawsze bywało. Tańczył na Łące, nie zważając, że może mylić kroki. Udało mu się na dłuższy czas pogrążyć we wspomnieniach.

Podróż do Baerlon zabrała im prawie tydzień. Lan mruczał coś o opieszałej jeździe, ale to on narzucał tempo i zmuszał resztę do dotrzymywania kroku. Sam nie oszczędzał ani siebie, ani swego ogiera, Mandarba. Jak wyjaśnił, w Dawnej Mowie imię to oznaczało „Ostrze". Strażnik pokonywał dwa razy taką odległość jak pozostali, to galopując z wyprzedzeniem w swym rozwianym na wietrze, mieniącym się płaszczu, aby dokonać zwiadu, to zostając w tyle, by sprawdzić szlak za nimi. Gdy jednak ktoś z pozostałych próbował nieco przyspieszyć kroku, słyszał ostre słowa, że ma dbać o swego konia, bo ciekawe, jak da sobie radę pieszo w razie pojawienia się trolloków. Nawet Moiraine nie dyskutowała z nim i nie usiłowała go dogonić na swej białej klaczy. Klacz zwała się Aldieb, co w Dawnej Mowie oznaczało „Zachodni Wiatr", czyli ten, który sprowadzał wiosenne deszcze.

Podczas zwiadów Strażnik ani razu nie wykrył oznak pogoni albo zasadzki. Mówił jedynie Moiraine, co zobaczył, i to tak cicho, że nie można było go podsłuchać, a Aes Sedai informowała pozostałych tylko o tym, co jej zdaniem powinni byli wiedzieć. Na początku Rand wielokrotnie oglądał się za siebie i nie on jeden był tak ostrożny. Perrin często dotykał swego topora, Mat miał przygotowaną strzałę. Ale w okolicy nie było ani śladu trolloków, ani czarnych jeźdźców, po niebie nie fruwały draghkary. Rand powoli dochodził do przekonania, że chyba udało im się uciec.

Nawet w najgęstszych partiach lasu roślinność nie była zbyt bujna. Wiatr na północ od Taren wiał równie silnie jak w Dwu Rzekach. Gdzieniegdzie szary i nagi las urozmaicały kępy sosen, świerków, drzew skórzanych, oskórów albo wawrzynów, jednakże nawet na najstarszych okazach nie było widać śladu liści. Jedynie na ubitych przez zimowe śniegi zbrązowiałych łąkach z rzadka wybijały się młode pędy, były to jednak głównie parzące pokrzywy, kłujące osty i zgniłosze. W niektórych miejscach na nagiej ziemi lasu jeszcze leżał śnieg, tworząc szare łachy i zaspy pod niskimi gałęziami drzew iglastych. Wszyscy jechali szczelnie opatuleni w swoje okrycia, rzadkie promienie słoneczne nie dawały bowiem żadnego ciepła, a nocny chłód przeszywał ich na wylot. Nie latały tu żadne ptaki, nawet kruki, jak w Dwu Rzekach.

Powolna jazda bez żadnego odpoczynku. Północna Droga — Rand nadal tak ją nazywał, choć jak podejrzewał, od Taren mogła już zmienić nazwę — nadal biegła na północ, ale na życzenie Lana często z niej zbaczali. Całymi milami okrążali wsie, farmy, wszelkie ślady ludzkiej cywilizacji, choć było ich przecież bardzo niewiele. Przez cały pierwszy dzień Rand nie zauważył z drogi żadnych oznak ludzkiej obecności. Miał wrażenie, że nawet kiedy doszedł do podnóża Gór Mgły, nie był tak daleko od wszelkich osiedli jak tamtego dnia.

Widok pierwszej farmy — potężnego drewnianego domu i wysokiej zagrody dla bydła, krytych spadzistymi strzechami — był dla niego zaskoczeniem.

— Nasza wieś wygląda podobnie — stwierdził Perrin, wytężając wzrok w stronę odległych zabudowań, ledwie widocznych wśród drzew. Na dziedzińcu farmy poruszali się jacyś ludzie, nie zauważając jak dotąd podróżników.

— Na pewno inaczej — sprzeciwił się Mat. — Tylko jesteśmy za daleko, aby to zobaczyć.

— Mówię ci, że jest taka sama — upierał się Perrin.

— Na pewno nie. W końcu jesteśmy na północ od Taren.

— Uciszcie się obydwaj — warknął na nich Lan. — Nie chcemy, by nas zauważono, zrozumiane? Tędy.

Skręcił między drzewami na zachód, aby okrążyć farmę.

Oglądając się za siebie, Rand pomyślał, że Perrin miał rację. Farma wyglądała tak samo, jak farmy w Polu Emonda. Zauważył małego chłopca nabierającego wodę ze studni i starszego, który wyprowadzał owcę za ogrodzenie pastwiska. Stała tam nawet szopa na tytoń. Ale Mat również się nie mylił.

„Jesteśmy na północ od Taren. Tu musi być inaczej".

Zawsze zatrzymywali się jeszcze przed zapadnięciem zmroku, by znaleźć jakieś suche miejsce, osłonięte przed wiatrem, który ani na chwilę nie przestawał wiać, a tylko czasem zmieniał kierunek. Rozpalali w ukryciu małe ognisko i gdy herbata była gotowa, natychmiast gasili płomienie, pozostawiając jedynie żar.

Podczas pierwszego takiego odpoczynku, tuż przed zachodem słońca, Lan zaczął uczyć chłopców, jak się posługiwać bronią, którą ze sobą wieźli. Na początku pokazał im, jak strzelać z łuku. Kiedy Matowi udało się z odległości stu kroków trzy razy pod rząd trafić strzałą w zgrubienie wielkości ludzkiej głowy na pękniętym pniu drzewa skórzanego, kazał pozostałym zrobić to samo. Perrin powtórzył wyczyn Mata, a Rand, wezwawszy na pomoc płomień i pustkę, skoncentrował się tak mocno, że łuk stał się jakby częścią niego — albo odwrotnie, on częścią łuku — i wbił swoje trzy strzały nieomal w jedno miejsce. Mat poklepał go z uznaniem po ramieniu.

— Gdybyście wszyscy mieli łuki — rzucił oschle Strażnik, kiedy zaczęli promienieć samozadowoleniem — a trolloki podeszły tak blisko, że nie moglibyście ich użyć…

Uśmiech na ich twarzach zamarł raptownie.

— Pozwólcie, że spróbuję nauczyć was, co wtedy zrobić.

Pokazał Perrinowi, jak używać topora. Zamierzanie się takim ostrzem na kogoś lub coś, co również posiadało broń, nie przypominało wcale rąbania drewna czy wymachiwania nim dla zrobienia wrażenia. Wyznaczywszy czeladnikowi kowalskiemu serię ćwiczeń blokowania, parowania i atakowania, pokazał Randowi, jak posługiwać się mieczem. Nie chodziło o dzikie wymachiwania i cięcia, o jakich myślał Rand, lecz o gładkie ruchy, przechodzące jeden w drugi, jak w tańcu.

— Samo poruszanie ostrzem nie wystarcza — powiedział Lan — choć niektórzy tak uważają. Bardzo ważna, być może najważniejsza, jest przy tym myśl. Oczyść swój umysł, pasterzu. Pozbądź się wszelkiej nienawiści czy strachu. Spal te uczucia. A wy dwaj też posłuchajcie. Przyda się to wam także we władaniu toporem, łukiem, włócznią, maczugą czy nawet gołymi dłońmi.

Rand wpatrywał się w niego.

— Płomień i pustka — powiedział ze zdziwieniem. — O to ci właśnie chodzi, prawda? Mój ojciec mnie tego uczył.

Strażnik obdarzył go zupełnie nieczytelnym spojrzeniem.

— Trzymaj swój miecz tak, jak ci pokazałem, pasterzu. W ciągu godziny nie mogę zrobić z brudnonogiego wieśniaka szermierza, ale może cię uchronię przed rozpłataniem sobie nogi.

Rand westchnął i uniósł trzymany oburącz miecz. Moiraine obserwowała go z obojętną twarzą, ale następnego wieczoru kazała Lanowi kontynuować lekcje.

Wieczorny posiłek był zawsze taki sam jak obiad i śniadanie: chleb, ser i suszone mięso, tyle że wieczorem popijali go herbatą, a nie zwykłą wodą. Po kolacji Thom starał się ich zabawić. Lan nie pozwalał bardowi grać na harfie lub flecie, bo — jak wyjaśnił — lepiej było nie wywoływać poruszenia w okolicy, ale bard żonglował i opowiadał legendy: *Marę i Trzech Głupich Króli*, albo którąś z setek opowieści o Anli, Mądrej Doradczyni, czy też coś pełnego bohaterskich wyczynów, jak *Wielkie Polowanie na Róg*, wszystkie jednak zawsze kończyły się radosnym powrotem do domu.

Mimo że wszędzie dookoła panował spokój, wśród drzew nie pojawiały się trolloki a na niebie draghkary, Randowi zdawało się, iż cały czas sami podsycają napięcie, zwłaszcza wtedy, gdy już prawie zanikało.

Stało się to tego ranka, gdy Egwene przebudziła się i zaczęła rozplatać swój warkocz. Rand zwijał właśnie koc i obserwował ją kątem oka. Każdej nocy, po zgaszeniu ogniska, wszyscy kładli się pod kocami z wyjątkiem Egwene i Aes Sedai. Obie kobiety zawsze odchodziły gdzieś na bok i rozmawiały ze sobą godzinę lub dwie, a wracały, gdy już wszyscy spali. Egwene rozczesywała włosy — policzył, że pociągnęła po nich grzebieniem sto razy — podczas gdy on siodłał Obłoka i troczył torby oraz koc do jego grzbietu. Po chwili schowała grzebień, rozpuściła luźno włosy na ramionach i naciągnęła na głowę kaptur.

— Co ty robisz? — zapytał zaskoczony.

Spojrzała na niego z ukosa i nie odpowiedziała. Uświadomił sobie, że odzywa się do niej po raz pierwszy od dwóch dni, od tamtej nocy w jaskini na brzegu Taren, ale mimo to mówił dalej:

— Całe życie czekałaś, żeby móc zaplatać włosy w warkocz, a teraz rezygnujesz z tego? Dlaczego? Bo ona swoich nie zaplata?

— Aes Sedai nie zaplatają włosów — odpowiedziała zwięźle. — Chyba, że tego sobie życzą.

— Nie jesteś Aes Sedai. Jesteś Egwene al'Vere z Pola Emonda. Kobiety z Koła nieźle by się uśmiały, gdyby cię teraz zobaczyły.

— Niech cię nie obchodzą sprawy Koła Kobiet, Randzie al'Thor. A ja będę Aes Sedai. Jak tylko dojadę do Tar Valon.

Parsknął.

— Jak tylko dotrzesz do Tar Valon. Po co? Wyjaśnij mi to, na Światłość. Nie jesteś Sprzymierzeńcem Ciemności.

— Ty sądzisz, że Moiraine Sedai jest Sprzymierzeńcem Ciemności? Naprawdę? — Obeszła go i stanęła naprzeciwko z zaciśniętymi pięściami, jakby chciała go uderzyć. — Po tym, jak uratowała naszą wieś? Po tym, jak uratowała twego ojca?

— Nie wiem, kim ona jest, ale to, kim jest, nic nie mówi o pozostałychi Aes Sedai. W opowieściach...

— Wydoroślej wreszcie, Rand! Zapomnij o bajkach i otwórz oczy.

— Moje oczy widziały, jak zatapiała prom! Może temu zaprzeczysz? Jak już sobie coś wbijesz do głowy, to się tego nie pozbędziesz, nawet jak ci ktoś powie, że próbujesz stanąć na wodzie. Gdybyś nie była taką oślepioną Światłością idiotką, to byś zobaczyła...!

— Ja jestem idiotką? To pozwól, że ci coś powiem, Randzie al'Thor! To ty jesteś najdurniejszym, najbardziej wełnianogłowym...

— Czy chcecie obudzić wszystkich w promieniu dziesięciu mil? — zapytał Strażnik.

Stojąc tak z otwartymi ustami i starając się znaleźć jakieś obraźliwe słowo, Rand uświadomił sobie, że krzyczał. Oboje zresztą krzyczeli.

Egwene zaczerwieniła się aż po szyję i odwróciła się na pięcie, mruknąwszy tylko:

— Mężczyźni! — co wydawało się przeznaczone również dla uszu Strażnika.

Rand rozejrzał się ukradkiem po całym obozowisku. Wszyscy patrzyli na niego, nie tylko Strażnik. Mat i Perrin mieli pobladłe twarze, Thom był tak napięty, jakby się gotował do walki. Na twarzy Aes Sedai nie malował się żaden wyraz, ale oczami zdawała się przewiercać mu głowę. Desperacko usiłował sobie przypomnieć, co takiego powiedział na temat Aes Sedai i Sprzymierzeńców Ciemności.

— Czas ruszać — powiedziała Moiraine.

Podeszła do swej klaczy, a Rand zadrżał, jakby go właśnie uwolniono z pułapki. Zastanawiał się, czy tak przypadkiem nie było. Dwie noce później, przy płonącym słabo ognisku, Mat zlizał okruchy sera z palców i powiedział:

— Wiecie co? Wydaje mi się, że zgubiliśmy ich na dobre.

Lana przy nich nie było, po raz ostatni tego wieczoru sprawdzał okolicę. Moiraine i Egwene odeszły na bok, aby odbyć kolejną rozmowę. Thom drzemał nad swoją fajką, więc chłopcy mieli całe ognisko dla siebie.

Perrin, bezmyślnie grzebiąc kijem w żarze, zauważył:

— Skoro ich zgubiliśmy, to czemu Lan ciągle chodzi na zwiady?

Prawie zasypiając, Rand obrócił się plecami do ognia.

— Zgubiliśmy ich w Taren Ferry. — Mat ułożył się na plecach z palcami rozcapierzonymi nad głową i wpatrywał się w rozgwieżdżone niebo. — Jeśli w ogóle chodziło im o nas.

— Myślisz, że draghkar nas ścigał, bo mu się spodobaliśmy? — zapytał Perrin.

— Powiadam, że trzeba się przestać przejmować trollokami i im podobnymi — upierał się Mat, jakby Perrin nic nie powiedział — a zacząć myśleć o zwiedzaniu świata. Tu, gdzie jesteśmy, rodzą się opowieści. Jak myślisz, jak wygląda prawdziwe miasto?

— Jedziemy do Baerlon — wtrącił sennie Rand.

— Baerlon brzmi nieźle — żachnął się Mat — ale ja oglądałem starą mapę pana al'Vere. Jeżeli skręcimy na południe, gdy już dotrzemy do Caemlyn, droga nas zawiedzie do Illian i jeszcze dalej.

— A co jest takiego w tym Illian? — ziewając, spytał Perrin.

— W Illian przede wszystkim — odparł Mat — nie ma żadnych Aes Se...

Zapadła cisza, Rand ocknął się raptownie. Moiraine musiała im się przysłuchiwać od dłuższej chwili. Była z nią Egwene, ale uwagę przyciągała głównie Aes Sedai, stojąca na skraju łuny bijącej od ogniska. Mat leżał nadal na plecach i wpatrywał się w nią z rozdziawionymi ustami. Oczy Moiraine odbijały światło niczym ciemne, wypolerowane kamienie. Rand zaczął się nagle zastanawiać, od jak dawna tam stała.

— Chłopcy tylko... — zaczął Thom, ale Moiraine mu przerwała.

— Kilka dni wytchnienia, a wy już chcecie się poddać. — Jej opanowany, beznamiętny głos mocno kontrastował ze spojrzeniem. — Kilka spokojnych dni, a już zapominacie o wydarzeniach Zimowej Nocy.

— Nie zapomnieliśmy — zaprotestował Perrin. — To tylko...

Nadal nie podnosząc głosu, Aes Sedai zlekceważyła go tak samo jak barda.

— Tak się właśnie czujecie? Już chcecie uciekać do Illian i zapomnieć o trollokach, Półludziach i draghkarach? — Ogarnęła ich spojrzeniem. Kamienny błysk jej oczu kontrastujący ze zwykłym tonem głosu sprawiał, że Rand czuł się bardzo nieswojo, ale nie dała im szansy powiedzieć cokolwiek. — Ściga was sam Czarny, wszystkich trzech albo tylko jednego i jeśli pozwolę wam odejść, dokąd tylko zechcecie, wówczas was dopadnie. Sprzeciwiam się wszystkiemu, czego pragnie Czarny, więc słuchajcie mnie i wierzcie mym słowom. Zanim pozwolę wam wpaść w ręce Czarnego, zniszczę was osobiście.

Rand dał się przekonać właśnie tej rzeczowości. Aes Sedai gotowa była zrobić dokładnie to, co mówiła, gdyby uważała, że to konieczne. Trudno mu było zasnąć tej nocy, tak samo zresztą jak i pozostałym. Nawet bard zaczął chrapać dopiero po zagaszeniu żaru ogniska. Po raz pierwszy Moiraine nie przyszła im z pomocą.

Nocne rozmowy Egwene i Aes Sedai drażniły Randa. Kiedy znikały w ciemności, szukając ustronnego miejsca, zastanawiał się, o czym mówią i co robią. Co Aes Sedai robiła z Egwene?

Którejś nocy zaczekał, aż wszyscy mężczyźni ułożyli się do snu, a chrapanie Thoma rozbrzmiało tak głośno, że przypominało piłowanie dębowego pniaka. Wstał wtedy ostrożnie i owinął się kocem. Korzystając z umiejętności, jakich nabył podczas polowań na króliki, przekradł się wśród cieni rzucanych przez księżyc i przykucnął pod potężnym drzewem skórzanym, porośniętym twardymi, szerokimi liśćmi. Był wystarczająco blisko, by słyszeć Moiraine i Egwene, które siedziały na powalonym pniu przy małej lampce.

— Pytaj — mówiła Moiraine — i jeśli będę ci mogła teraz odpowiedzieć, zrobię to. Zrozum, nie jesteś jeszcze gotowa do wielu rzeczy, których nauczyć się nie możesz, dopóki nie poznasz innych rzeczy, które z kolei wymagają nauczenia się przed nimi jeszcze innych. Ale pytaj, o co chcesz.

— Pięć Mocy — powiedziała powoli Egwene. — Ziemia, Wiatr, Ogień, Woda i Duch. To chyba nie jest sprawiedliwe, że mężczyźni najsprawniej władają Ziemią i Ogniem. Dlaczego przypadły im w udziale najpotężniejsze z Mocy?

Moiraine roześmiała się.

— Tak właśnie myślisz, dziecko? Czy istnieje skała tak silna, że wiatr i woda nie mogą jej zniszczyć, ogień tak silny, że woda nie może go ugasić czy wiatr zdmuchnąć?

Egwene milczała przez jakiś czas i dłubała palcem w leśnym poszyciu.

— To... byli ci, którzy... którzy próbowali uwolnić Czarnego i Przeklętych, prawda? Mężczyźni Aes Sedai? — Zrobiła głęboki wdech i zaczęła mówić szybciej. — Kobiety nie są takie. To mężczyźni postradali rozum i doprowadzili do Pęknięcia Świata.

— Ty się boisz — ponuro stwierdziła Moiraine. — Gdybyś nie wyjeżdżała z Pola Emonda, po jakimś czasie zostałabyś Wiedzącą. Taki był plan Nynaeve, prawda? Albo zasiadałabyś w Kole Kobiet i kierowałabyś wszystkimi sprawami Pola Emonda, mimo że członkom Rady Wioski wydawałoby się, że oni to robią. Ale zrobiłaś coś niewiarygodnego. Wyjechałaś z Pola Emonda, opuściłaś Dwie Rzeki w poszukiwaniu przygód. Chciałaś to zrobić i jednocześnie się boisz. I uparcie się nie zgadzasz, aby twój strach wyprowadził cię w pole. W przeciwnym razie nie pytałabyś mnie, jak zostać Aes Sedai. A w każdym razie nie wyrzekłabyś się tak łatwo obyczajów i konwencji.

— Nie — zaprotestowała Egwene. — Ja się nie boję. Naprawdę chcę zostać Aes Sedai.

— Dla ciebie lepiej jeśli się boisz, ale mam nadzieję, że nie pozbędziesz się swego przekonania. Niewiele kobiet w dzisiejszych czasach ma wystarczające zdolności, aby stać się nowicjuszkami, a jeszcze mniej ma na to ochotę. — Głos Moiraine brzmiał tak, jakby snuła te rozważania dla samej siebie. — A z pewnością nigdy nie było dwóch takich w jednej wsi. Dawna krew jest ciągle silna w Dwu Rzekach.

Ukryty w cieniach Rand poruszył się, pod jego stopą trzasnęła gałązka. Zastygł momentalnie i zlany potem wstrzymał oddech, ale żadna z kobiet nie obejrzała się za siebie.

— Dwie? — krzyknęła Egwene. — Kto jeszcze? Kari? Kari Thane? Lara Ayellan?

Rozdrażniona Moiraine cmoknęła językiem, a potem odpowiedziała uroczyście:

— Musisz zapomnieć, że to powiedziałam. Obawiam się, że jej ścieżka biegnie inaczej. Zastanów się raczej nad swoją sytuacją. Nie wybrałaś łatwej drogi.

— Nie zawrócę z niej — zapewniła Egwene.

— Niech tak będzie. Ale nadal chcesz utwierdzenia, a ja nie mogę ci go dać, nie w taki sposób, jak ty chcesz.

— Nie rozumiem.

— Ty chcesz uważać, że Aes Sedai są dobre i czyste, że to ci źli mężczyźni z opowieści spowodowali Pęknięcie Świata, a nie kobiety. Cóż, rzeczywiście mężczyźni są za to odpowiedzialni, ale oni nie byli gorsi od reszty ludzi. Nie postradali zmysłów, nie byli z gruntu źli. Aes Sedai, które poznasz w Tar Valon, są również ludźmi, nie różnią się niczym od innych kobiet, z wyjątkiem pewnych darów. Są i odważne, i tchórzliwe, silne i słabe, łagodne i okrutne, uczuciowe i zimne. Przemiana w Aes Sedai nie zmieni twojej natury.

Egwene odetchnęła głęboko.

— Ja chyba bałam się właśnie tego, że Moc może mnie zmienić. Tego i trolloków. I Pomora. I... Moiraine Sedai, w imię Światłości, dlaczego trolloki napadły na Pole Emonda?

Aes Sedai obróciła głowę i spojrzała prosto w stronę kryjówki Randa. Oddech uwiązł mu w gardle, jej wzrok był teraz tak samo twardy, jak wtedy, gdy im groziła. Miał wrażenie, że potrafi nim przeniknąć bujne gałęzie skórzanego drzewa.

„Światłości, co ona zrobi, jeśli wykryje, że je podsłuchiwałem?"

Próbował stopić się z najgłębszymi cieniami. Nie spuszczając wzroku z kobiet, zaczepił nogą o jakąś gałąź i omal nie przewrócił się w uschły krzak, zdradzając swą obecność trzaskiem łamanych gałązek. Dysząc, stanął na czworakach, cudem chyba nie robiąc więcej hałasu. Bał się, że zdradzić go może nawet ciężki łomot serca.

„Idiota! Podsłuchiwać Aes Sedai!"

Udało mu się jakoś wślizgnąć między pozostałych śpiących. W trakcie gdy się układał pod kocem, Lan się poruszył, ale tylko po to, by się przewrócić na bok i westchnąć coś przez sen. Rand odetchnął przeciągle i bezgłośnie.

Chwilę później z mroku wyłoniła się Moiraine. Przystanęła, aby się przyjrzeć sylwetkom śpiących. Otaczała ją aureola promieni księżyca. Rand zamknął oczy i oddychał miarowo, cały czas nasłuchując, czy nie podchodzi do niego. Tak się jednak nie stało, a kiedy otworzył oczy, Aes Sedai zniknęła.

Sen, który go wreszcie zmożył, był nierówny i pełen wywołujących pot koszmarów, w których wszyscy mężczyźni z Pola Emonda twierdzili, że są Odrodzonymi Smokami, a wszystkie kobiety nosiły we włosach niebieskie kamyki, tak jak Moiraine. Nigdy potem nie próbował już podsłuchiwać Moiraine i Egwene.

Powolna podróż trwała już szósty dzień. Nie dające ciepła słońce przesuwało się leniwie w kierunku wierzchołków drzew, a garstka rzadkich chmur, wysoko na niebie, płynęła ku północy. Przez chwilę wiatr wiał mocniej i Rand narzucił na ramiona płaszcz, coś do siebie mrucząc. Zastanawiał się, czy kiedykolwiek dojadą do Baerlon. Odległość, którą przebyli od rzeki, już była znacznie większa niż między Taren Ferry a Białą Rzeką, ale pytany o to Lan cały czas powtarzał, że to krótka podróż, ledwie zasługująca na miano podróży. Rand czuł się zupełnie zdezorientowany.

Z lasu przed nimi wyłonił się Lan, wracał właśnie z jednego ze swoich wypadów. Ściągnął wodze, podjechał do Moiraine i, pochyliwszy głowę, coś jej cicho tłumaczył. Rand skrzywił się, ale nie zadawał żadnych pytań. Lan po prostu udawał, że nie słyszy kierowanych do niego pytań. Spośród wszystkich jedynie Egwene wydawała się zauważyć powrót Lana, ale ona również przywykła do tego rytuału i trzymała się z dala od niego. Pod wpływem Aes Sedai Egwene zaczęła się tak zachowywać, jakby dowodziła pozostałymi mieszkańcami Pola Emonda, nie miała jednak nic do powiedzenia, gdy Strażnik składał swoje raporty. Pogrążeni w milczeniu, które ogarniało ich coraz częściej, oddalali się coraz bardziej od Dwu Rzek. Mat oddał swój łuk Perrinowi i korzystając z powolnego chodu koni, żonglował trzema kamykami pod czujnym spojrzeniem Thoma Merrilina. Bard uczył ich tego każdego wieczoru, w lekcjach uczestniczył również Lan.

Lan skończył opowiadać coś Moiraine, która odwróciła się, aby ogarnąć wzrokiem pozostałych. Rand próbował zachowywać się normalnie i nie sztywnieć pod jej spojrzeniem, choć miał wrażenie, że na nim spoczywało ono dłużej niż na innych, jakby Aes Sedai wiedziała, kto ją podsłuchiwał tamtej nocy.

— Hej, Rand! — zawołał Mat. — Umiem już żonglować czterema!

Rand machnął ręką w odpowiedzi, nie oglądając się za siebie.

— Mówiłem ci, że dojdę do czterech jeszcze przed tobą. Patrz!

Wspięli się na niskie wzgórze i stamtąd, w odległości mili, wśród nagich drzew oraz wydłużających się wieczornych cieni zobaczyli Baerlon. Rand westchnął głośno, próbując się uśmiechać i patrzeć jednocześnie.

Miasto było otoczone murem z bali, wysokości prawie dwudziestu stóp, i drewnianymi wieżami obserwacyjnymi. Dachy połyskiwały w zachodzącym słońcu, a z kominów unosił się dym. Kominów były całe setki, za to nie widziało się żadnych strzech. Na wschód i zachód od miasta biegły szerokie drogi, a po każdej, w stronę palisady, toczyło się co najmniej kilkanaście fur i dwa razy tyle ciągnionych przez woły wozów. Wokół miasta rozsiane były farmy, najgęściej na północy, a najrzadziej na południu, gdzie rósł gęsty las.

„Jest większe niż Pole Emonda, Wzgórze Czat i Deven Ride razem wzięte! — pomyślał Rand. — Nawet gdyby dodać Taren Ferry".

— Więc tak wygląda miasto — powiedział z podziwem Mat, wsparłszy się na karku swego konia, aby lepiej widzieć.

Perrin kręcił głową.

— Jak to może być, że tylu ludzi mieszka w jednym miejscu?

Egwene patrzyła tylko, nic nie mówiąc.

Thom Merrilin spojrzał na Mata, potem przewrócił oczami i wydął usta.

— Ładne mi miasto! — parsknął.

— A ty, Rand? — zapytała Moiraine. — Co masz do powiedzenia o Baerlon?

— Myślę, że to daleko od domu — odparł powoli, słysząc ostry śmiech Mata.

— Będziecie musieli pojechać jeszcze dalej — oznajmiła Moiraine. — Znacznie dalej. Ale nie ma innego wyjścia, chyba że chcecie uciekać i kryć się przez resztę życia. A byłoby to krótkie życie. Musicie o tym pamiętać nawet wtedy, gdy ta podróż stanie się trudna. Nie macie innego wyboru.

Rand wymienił spojrzenia z Matem i Perrinem. Sądząc po ich minach, myśleli o tym samym, co on. Jak mogła mówić o jakiejś możliwości wyboru po tym wszystkim, co im powiedziała wcześniej? „Aes Sedai wybiera za nas".

Aes Sedai mówiła dalej, jakby ją nie dość jasno zrozumieli.

— Tutaj znowu zaczyna się niebezpieczeństwo. Uważajcie na to, co powiecie w tych murach, a przede wszystkim nie wspominajcie nic o trollokach, Półludziach i im podobnych. O samym Czarnym nawet nie wolno wam myśleć. Niektórzy ludzie w Baerlon kochają Aes Sedai jeszcze mniej niż w Polu Emonda i można tu spotkać Sprzymierzeńców Ciemności.

Egwene ze zgrozy zaparło dech, a Perrin mruknął coś niesłyszalnie. Twarz Mata pobladła, ale Moiraine ciągnęła dalej spokojnie:

— Musimy się starać, by przyciągać jak najmniej uwagi.

Lan zmienił swój połyskujący, szarozielony płaszcz na ciemnobrązowy, bardziej zwyczajny, choć również znakomicie skrojony i uszyty.

— Będziemy tu występować pod innymi imionami — kontynuowała Moiraine. — Mnie będziecie nazywać Alys, a Lana panem Andra. Dobrze to sobie zapamiętajcie. Wjedźmy do tych murów, zanim złapie nas noc. Bramy Baerlon są zamknięte od zmierzchu do świtu.

Lan prowadził drogą w dół wzgórza i przez las w kierunku muru z bali. Minęli kilka oddalonych od siebie farm, nie zauważeni przez ich mieszkańców zajętych codziennymi obowiązkami, aż wreszcie stanęli przed ciężką, drewnianą bramą zamkniętą na szeroką sztabę z czarnego żelaza. Wrota były zawarte, mimo iż słońce jeszcze nie zaszło.

Lan podjechał bliżej do palisady i pociągnął za postrzępioną linę wiszącą obok bramy. Po drugiej stronie zadźwięczał dzwonek, a zza krawędzi wyższego od nich o dobre trzy piędzi muru wyłoniła się jakaś pomarszczona twarz, przesłonięta wymiętą czapką z sukna.

— Co tam znowu? O tej porze dnia już nie otwieram bramy. Za późno, powiadam. Jedźcie do bramy Waterbridge, jeśli chcecie…

Klacz Moiraine weszła w zasięg wzroku człowieka przemawiającego do nich z góry. Nagle jego zmarszczki pogłębiły się od szczerbatego uśmiechu, wyraźnie wahał się, co teraz powiedzieć.

— Nie wiedziałem, że to pani. Czekajcie, już schodzę. Czekajcie chwilkę. Idę, już idę.

Głowa zniknęła, ale Rand nadal słyszał stłumione okrzyki, nakazujące im poczekać tam, gdzie stoją, bo on już idzie. Prawa strona starej bramy zaczęła się powoli otwierać ze zgrzytem i znieruchomiała, gdy powstały otwór był już wystarczająco duży, aby można było przeprowadzić przezeń konia. Dozorca bramy wystawił głowę na zewnątrz, błysnął swymi dziurawymi zębami w uśmiechu i zaraz zszedł im z drogi. Moiraine wjechała tuż za Lanem, za nią Egwene.

Obłok potruchtał w ślad za Belą i Rand znalazł się na wąskiej uliczce zabudowanej wysokimi, drewnianymi ogrodzeniami i wysokimi, pozbawionymi okien spichrzami. Ich szerokie odrzwia były szczelnie pozamykane. Moiraine i Lan już stali na ziemi, rozmawiając ze starym dozorcą, więc Rand również zsiadł z konia.

Niski mężczyzna, ubrany w mocno połatany płaszcz i kaftan, miętosił w dłoniach czapkę i pochylał głowę, gdy mówił. Przyjrzał się pozostałym członkom gromady, którzy właśnie zsiadali z koni, i potrząsnął głową.

— Ludzie z zapadłej wioski. — Znów wyszczerzył się w uśmiechu. — Czemuż to, pani Alys, ciągniesz za sobą ludzi z sianem we włosach? — Po chwili jego wzrok ogarnął również Thoma Merrilina. — A ty nie jesteś pasterzem. Pamiętam, jak cię wpuszczałem kilka dni temu. Nie lubili waszych sztuczek na wsi, prawda, bardzie?

— Mam nadzieję, że zapomnisz, żeś nas tu wpuścił, panie Avin — powiedział Lan, wciskając mu do ręki monetę. — I tak samo nas wypuścisz.

— To niepotrzebne, panie Andra. Niepotrzebne. Już żeście mi dali dużo, jakeście wtedy wyjeżdżali. Bardzo dużo.

Niemniej jednak moneta zniknęła tak zręcznie, jakby Avin sam był kuglarzem.

— Nie powiedziałem wtedy nikomu, to i teraz nie powiem. A już na pewno nie Białym Płaszczom — dokończył i zachmurzył się. Zacisnął usta, chcąc splunąć, ale pohamował się, gdy spojrzał na Moiraine.

Rand zamrugał, ale nie odzywał się. Pozostali również, choć Matowi przychodziło to z trudem.

„Synowie Światłości" — zdziwił się Rand.

To, co o Synach opowiadali domokrążcy, kupcy i ich strażnicy, zawierało wszelkie odcienie uczuć, od podziwu do nienawiści, ale wszyscy zgodnie twierdzili, że Synowie nienawidzą Aes Sedai równie mocno jak Sprzymierzeńców Ciemności. Zastanowił się, czy to oznacza nowe kłopoty.

— Czy Synowie są teraz w Baerlon?

— Na pewno są. — Dozorca pokiwał głową. — Jeśli pamiętam, przyjechali tego samego dnia, co wyście wyjechali. Nikt ich tu nie lubi. Ale większość tego nie pokazuje.

— Czy wiadomo, dlaczego tu są? — spytała Moiraine z napięciem w głosie.

— Dlaczego są tutaj? — Avin był tak zdumiony, że zapomniał pochylić głowę. — Pewnie, że wiadomo, ale zapomniałem. Byliście na wsi i pewnikiem słyszeliście tylko pobekiwanie owiec. Mówią, że tu przyjechali przez to, co się stało w Ghealdan. Smok, no wiecie, ten co tak na siebie mówi. Mówią, że on budzi zło, ja też w to wierzę, i oni chcą go zabić, tylko że on jest w Ghealdan, a nie tutaj. To tylko wymówka, aby się mieszać do cudzych spraw, tak sobie umyśliłem. Już na wielu drzwiach pojawiły się smocze kły.

Tym razem rzeczywiście splunął.

— Więc już sprawili dużo kłopotu, czy tak? — spytał Lan.

Avin potrząsnął energicznie głową i rzekł:

— Nie, żeby nie chcieli, tylko że gubernator nie ufa im już, tak samo jak ja. Nie wpuszcza ich do miasta więcej, jak po dziesięciu naraz, nie bacząc, że to ich złości. Jak słyszałem, reszta ma obóz gdzieś na północy. Ale farmerzy się na nich oglądają. Ci, którym się tu udaje wejść, skradają się w tych swoich białych płaszczach, wtykając nos do spraw uczciwych ludzi. Każą chodzić w Światłości i to jest rozkaz. Nieraz już omal nie doszło do bójki z furmanami, górnikami i hutnikami, a nawet strażnikami, ale gubernator nie chce tu żadnych wojen. Jeśli oni polują na zło, to pytam, czemu nie są w Saldaei? Tam są jakieś kłopoty, jak słyszałem. Albo w Ghealdan? Powiadają, że tam się toczy wielka bitwa.

Moiraine cicho wciągnęła powietrze.

— Słyszałam, że Aes Sedai ciągną do Ghealdan.

— A jakże, pewnie, że jadą. — Avin znowu zaczął kiwać głową. — One pojechały do Ghealdan i od tego się zaczęła bitwa. Ludzie mówią, że te Aes Sedai zginęły. Może nawet wszystkie. Ja wiem, że niektórzy ludzie nie lubią Aes Sedai, ale pytam, kto inny może powstrzymać fałszywego Smoka? Co? I ci przeklęci durnie, mężczyźni, którzy myślą, że mogą być Aes Sedai, czy jakoś tak. A co z nimi? Pewnie, są tacy, co mówią, znaczy się nie Białe Płaszcze, nie ja, ale inni, że może ten człowiek jest rzeczywiście Odrodzonym Smokiem. Jak słyszałem, potrafi co nieco robić. Używa Jedynej Mocy. Idą za nim całe tysiące.

— Nie gadaj tak głupio — żachnął się Lan, a Avin poczuł się wyraźnie urażony.

— Ja tylko powtarzam, co słyszałem, nie? Tylko to, com słyszał, panie Andra. Powiadają, niektórzy, że prowadzi swoją armię na wschód i południe, w kierunku Łzy. — Jego głos nabrzmiał znaczeniem. — Powiadają, że on ich nazywa Ludem Smoka.

— Nazwy niewiele znaczą — oświadczyła spokojnie Moiraine. — Jeżeli cokolwiek, co usłyszała, zaniepokoiło ją, to nie dała tego po sobie poznać. — Gdybyś zechciał, mógłbyś nazwać swego muła Ludem Smoka.

— Oj, chyba nie — zachichotał Avin. — Na pewno nie, jak te Białe Płaszcze się tu kręcą. Ale też nie myślę, by ktoś dobrze patrzył na takie imię. Wiem, o co pani się rozchodzi, ale... nie, pani, nie mojego muła.

— Bez wątpienia roztropna decyzja — odrzekła Moiraine. — Musimy już ruszać.

— I nie martwcie się, pani — powiedział Avin, głęboko skłaniając głowę. — Nikogo żem nie widział. — Pomknął do bramy i parokrotnie szarpiąc jej skrzydłami, zamknął ją. — Nikogo i niczego nie widziałem. — Brama zamknęła się z głuchym łomotem, a Avin ściągnął kratę, pociągając za linę. — Prawdę powiedziawszy, ta brama nie była otwierana od wielu dni.

— Niech Światłość cię oświeca, Avin — pożegnała go Moiraine.

Zaraz potem ruszyli w ślad za nią. Gdy Rand obejrzał się za siebie, Avin stał nadal pod bramą. Polerował monetę brzegiem płaszcza i chichotał.

Podążali wyludnionymi ulicami, tak wąskimi, że mogły się na nich zmieścić obok siebie tylko dwie fury. Otaczały je składy i z rzadka wysokie, drewniane ogrodzenia. Rand jakiś czas jechał obok barda.

— Thom, o co tu chodzi z Łzą i Ludem Smoka? Łza to miasto nad Morzem Burz, prawda?

— *Cykl Karaethoński* — wyjaśnił zwięźle Thom.

Rand zamrugał.

„Proroctwa Smoka".

— Nikt nie opowiadał takich... historii w Dwu Rzekach. W każdym razie nie w Polu Emonda. Gdyby ktoś to spróbował zrobić, Wiedząca obdarłaby go żywcem ze skóry.

— Domyślam się, że mogłaby coś takiego zrobić — powiedział oschle Thom. Spojrzał na Moiraine idącą na przedzie obok Lana, upewnił się, że go nie słyszy i mówił dalej: — Łza jest największym portem nad Morzem Burz, a Kamień Łzy to nazwa strzegącej go fortecy. Mówi się, że Kamień był pierwszą twierdzą zbudowaną po Pęknięciu Świata i przez cały ten czas nigdy się nie rozpadł w gruzy, choć niejedna armia usiłowała do tego doprowadzić. Zgodnie z jednym z Proroctw Kamień Łzy nie rozpadnie się, dopóki nie wejdzie do niego Lud Smoka. Według innego Kamień nigdy się nie rozpadnie, dopóki Smok nie ujmie swą dłonią Miecza Którego Nie Można Dotknąć. — Thom wykrzywił twarz.

— Upadek Kamienia będzie jednym z głównych dowodów na to, że Smok narodził się na nowo. Oby Kamień stał, póki ja nie zamienię się w proch.

— Miecz, którego nie można dotknąć?

— Tak się to nazywa. Nie wiem nawet, czy to naprawdę jest miecz. Ale cokolwiek by to było, spoczywa w Sercu Kamienia, głównej cytadeli fortecy. Nikt prócz Wielkich Lordów Kamienia nie może tam wchodzić, a oni nie mówią, co jest w środku. A w każdym razie nie bardom.

Rand zmarszczył brew.

— Kamień nie upadnie, dopóki Smok nie zawładnie mieczem, ale jak mógłby tego dokonać? Czyżby Smok miał być Wielkim Lordem Kamienia?

— Nie ma na to większej szansy — wyjaśnił mu z poważną miną bard. — W Łzie nienawidzi się wszystkiego, co jest związane z Mocą, jeszcze bardziej niż w Amadorze, a Amador to twierdza Synów Światłości.

— No to jak może się spełnić Proroctwo? — spytał Rand. — Sam bym wolał, aby Smok nigdy nie narodził się na nowo, ale nie widzę sensu w przepowiedni, która nie może się spełnić. Wydaje się, że to opowieść, która zmusza ludzi, by myśleli, że Smok nigdy się powtórnie nie narodzi. Czy nie jest tak?

— Zadajesz mnóstwo pytań, chłopcze — powiedział Thom. — Proroctwo, które spełnia się bez trudu, nie byłoby wiele warte, prawda? — Nagle jego głos złagodniał. — Ale co tam, dojechaliśmy tu, gdziekolwiek to jest.

Lan zatrzymał się przy drewnianym ogrodzeniu, które nie różniło się niczym od tych, jakie mijali po drodze i wepchnął ostrze swego sztyletu między dwie deski. Nagle wydał pomruk satysfakcji, pociągnął i cały kawał ogrodzenia odsunął się jak brama. Zresztą, jak się zaraz okazało, istotnie była to brama, choć taka, która otwierała się tylko z jednej strony. Tak przynajmniej należało sądzić, gdy Lan odsunął sztyletem metalową zasuwę.

Moiraine natychmiast weszła przez nią, prowadząc za sobą klacz. Lan nakazał innym pójść w jej ślady, sam wszedł ostatni i zamknął za sobą bramę.

Płot krył podwórzec oberży. Rand usłyszał krzątaninę i szczęk naczyń w kuchni, najbardziej jednak zadziwiła go wielkość budynku: zajmował dwa razy tyle powierzchni, co karczma „Winna Jagoda" i miał cztery piętra więcej. Ponieważ zapadał już zmierzch, co najmniej połowa okien była oświetlona. Nie mógł się nadziwić, że do jednego miasta przybywa aż tyle ludzi z zewnątrz.

Gdy tylko pojawili się na dziedzińcu, w ogromnych, łukowatych wrotach stajni stanęło trzech mężczyzn w brudnych fartuchach. Jeden z nich, żylasty, jedyny, który nie trzymał wideł w rękach, wyszedł do nich, machając ramionami.

— Ej, wy tam! Tędy nie wolno wchodzić! Musicie wejść od frontu!

Dłoń Lana powędrowała znów do sakiewki, ale w tym samym momencie z oberży wybiegł jeszcze jeden człowiek, swą tuszą mocno przypominający pana al'Vere. Nad uszami sterczały mu kępki włosów, a śnieżnobiały fartuch obwieszczał wyraźnie, że jest to właściciel oberży.

— Wszystko w porządku, Mutch — powiedział. — Wszystko w porządku. Spodziewałem się tych gości. Zajmij się zaraz ich końmi. I to dobrze.

Mutch posępnie potarł czoło, a potem skinął w stronę swych towarzyszy. Rand oraz pozostali pospiesznie zdjęli sakwy i koce z grzbietów koni. Oberżysta zwrócił się tymczasem do Moiraine. Złożył głęboki ukłon i przemówił do niej z szerokim uśmiechem:

— Witajcie, pani Alys. Witajcie. Cieszę się, że was widzę, panią i pana Andra. Naprawdę bardzo się cieszę. Tęskniliśmy do prześwietnych rozmów z wami. To szczera prawda. Muszę powiedzieć, że bardzo się martwiłem, żeście pojechali na wieś. To znaczy, chciałem rzec, że pogoda zupełnie powariowała, tej nocy wilki wyły pod samym murem.

Nagle klepnął się dłońmi po okrągłym brzuchu i potrząsnął głową.

— Ja tu tak gadam, zamiast zabrać was do środka. Chodźcie, chodźcie. Na pewno jesteście spragnieni ciepłej strawy i wygodnego posłania. A tutaj są one najlepsze w całym Baerlon.

— Możemy też wziąć gorącą kąpiel, prawda, panie Fitch? — spytała Moiraine.

Egwene wsparła jej słowa żarliwym: „O, tak!"

— Kąpiel? — powiedział oberżysta. — A jakże, najlepsza i najgorętsza w całym Baerlon. Chodźcie. Witajcie w „Jeleniu i Lwie". Witajcie w Baerlon.

ROZDZIAŁ 14

„JELEŃ I LEW"

Tak jak to zapowiadały dźwięki rozlegające się na dziedzińcu oberży, w jej wnętrzu panował ogromny hałas. Podróżnicy z Pola Emonda weszli za panem Fitchem bocznymi drzwiami i od razu zmieszali się z przemieszczającym się w obie strony sznurem mężczyzn i kobiet ubranych w długie fartuchy, niosących w górze tace z jedzeniem i piciem. Posługacze rzucali na odczepne jakieś krótkie przeprosiny, ale żaden ani na chwilę nie zwolnił kroku. Jeden z nich przyjął pospieszne rozkazy pana Fitcha i natychmiast gdzieś pobiegł.

— Obawiam się, że oberża jest przepełniona po same krokwie — powiedział oberżysta. — We wszystkich lokalach w mieście jest tak samo. Wraz z zimą mieliśmy… cóż, odkąd się ociepliło na tyle, że ludzie mogli zejść z gór, jesteśmy zupełnie zalani, tak, to właściwe słowo, zalani przez robotników z kopalń i hut, a wszyscy opowiadają jakieś straszne historie. O wilkach i jeszcze gorsze. Takie rzeczy, które ludzie opowiadają, kiedy przez całą zimę są odcięci od świata. Mamy tylu gości, że już chyba nikogo nie przyjmiemy. Ale wy się nie bójcie. Może tu trochę tłoczno, ale zrobię, co będę mógł, dla ciebie, pani, i pana Andra. I, oczywiście, dla waszych przyjaciół.

Przyjrzał się z ciekawością Randowi i pozostałym. Ich ubrania zdradzały, że są wieśniakami, a z kolei Thom w swym płaszczu barda również wydawał się dziwnym towarzyszem podróży pani Alys i pana Andra.

— Zrobię, co będę mógł, na pewno dobrze tu wypoczniecie.

Rand wpatrywał się w otaczający ich rejwach i próbował nie dać się podeptać, choć posługaczom jakoś udawało się nie wpadać na niego. Myślał o panu al'Vere i jego żonie, którzy potrafili sami dać sobie radę z obsługą w oberży „Winna Jagoda", czasem tylko prosząc o niewielką pomoc swe córki.

Mat i Perrin z zainteresowaniem wodzili wzrokiem po sali, z której dochodziły ich fale śmiechu, śpiewów i jowialnych okrzyków powitalnych, rozbrzmiewających za każdym razem, gdy otwierały się drzwi wejściowe. Strażnik mruknął, że spróbuje się czegoś dowiedzieć i z ponurym wyrazem twarzy zniknął za wahadłowymi drzwiami, wchłonięty przez falę rozbawienia.

Rand pragnął pójść za nim, ale jeszcze bardziej tęsknił za kąpielą. Chętnie by pogadał i pośmiał się z tamtymi ludźmi, rozumiał jednak, że bardziej docenią jego obecność, gdy będzie czysty. Mat i Perrin najwyraźniej podzielali te odczucia, ten pierwszy nawet drapał się ukradkiem.

— Panie Fitch — powiedziała Moiraine. — Wiem, że w Baerlon są Synowie Światłości. Czy możemy spodziewać się kłopotów?

— Ależ proszę się nie martwić, pani Alys. Oni tylko dokazują po swojemu, twierdzą, że w mieście jest jakaś Aes Sedai. — Moiraine uniosła brew, a oberżysta rozłożył tłuste ramiona. — Nie martwcie się, już kiedyś tak było. W Baerlon nie ma żadnej Aes Sedai i gubernator o tym wie. Białe Płaszcze uważają, że kiedy wskażą jakąś kobietę, która ich zdaniem jest Aes Sedai, to ludzie ich wpuszczą do miasta. Cóż, myślę, że niektórzy tak by zrobili. Niektórzy tak. Ale większość wie, o co chodzi Białym Płaszczom i popiera gubernatora. Nikt nie chce krzywdy jakiejś nieszkodliwej staruszki, by Synowie mieli wymówkę do narobienia wrzawy.

— Miło mi to słyszeć — stwierdziła sucho Moiraine. Położyła dłoń na ramieniu oberżysty. — Czy Min jeszcze tu jest? Bo jeśli tak, to chciałabym z nią porozmawiać.

Rand nie usłyszał odpowiedzi pana Fitcha, zagłuszonej wejściem służących, którzy zaraz zaprowadzili ich do łaźni. Moiraine i Egwene zniknęły za uśmiechającą się usłużnie, obładowaną ręcznikami, zażywną kobietą. Bard, Rand i pozostali dwaj chłopcy poszli za szczupłym, ciemnowłosym posługaczem imieniem Ara.

Rand próbował wypytać Arę o Baerlon, ale ten, z wyjątkiem stwierdzenia, że Rand mówi z zabawnym akcentem, ledwie mu raczył odpowiadać. Potem, na widok łaźni, wszystkie myśli o rozmowie wywietrzały mu z głowy. Na wyłożonej płytkami podłodze stał krąg wysokich, miedzianych wanien, pomiędzy którymi, w samym środku pomieszczenia, znajdował się otwór ściekowy. Na stołkach obok każdej wanny leżały porządnie złożone grube ręczniki i duże kostki żółtego mydła, a na długim palenisku pod jedną ze ścian stały wielkie żelazne kotły z wodą. Przy przeciwległej ścianie znajdował się kominek, płonące w nim bierwiona dodawały ciepła.

— Prawie tak dobrze jak w „Winnej Jagodzie" — zauważył lojalnie, choć nieco rozmijając się z prawdą, Perrin.

Thom wybuchnął śmiechem, a Mat zakpił:

— I może jeszcze przywieźliśmy ze sobą jakiegoś Coplina, tylko że o tym nie wiemy.

Rand zrzucił z siebie płaszcz i resztę rzeczy, a Ara w tym czasie napełnił wodą cztery miedziane wanny. Kiedy ich ubrania leżały już na stołkach, posługacz postawił jeszcze przy każdym wiadro gorącej wody i warząchwie. Zrobiwszy to, usiadł przy drzwiach, oparł się o ścianę i skrzyżował ręce na piersiach, najwyraźniej zamierzając pogrążyć się we własnych myślach.

Gdy namydlali się i spłukiwali całotygodniowy brud warząchwiami pełnymi wrzątku, rozmowa zupełnie się nie kleiła. Potem powoli, pomrukując z zachwytu, zanurzali się w wannach. Ciepłe powietrze w łaźni stało się mgliste i gorące. Przez dłuższy czas nie było słychać innych odgłosów prócz przeciągłych westchnień ulgi, które wydawali, kiedy ich napięte mięśnie rozluźniały się, a z kości uchodziło zimno, o którym przyzwyczaili się myśleć jako o czymś niezmiennym.

— Czy potrzebujecie czegoś jeszcze? — spytał nagle Ara, który nie miał żadnego prawa komentować akcentu innych ludzi, bo obydwaj z panem Fitchem mówili tak, jakby w ustach mieli pełno kaszy. — Może świeże ręczniki albo dolać gorącej wody?

— Nic już nie trzeba — dźwięcznie odpowiedział Thom. Zamknął oczy i leniwie machnął ręką. — Idź się zabawić. Później osobiście dopatrzę, abyś dostał sowitą zapłatę za swoje usługi.

Zanurzył się głębiej w wannie, aż woda zakryła go po same oczy i nos.

Wzrok Ary powędrował w stronę stołków, na których leżały ich ubrania i pozostały dobytek. Chwilę patrzył na łuk, znacznie dłużej na miecz Randa i topór Perrina.

— Czy na wsi też są jakieś kłopoty? — zapytał nagle. — W Rzekach, czy jak wy tam zwiecie swoją okolicę?

— W Dwu Rzekach — powiedział Mat, wymawiając wyraźnie każde słowo z osobna. — Pochodzimy z Dwu Rzek. A te kłopoty, dlaczego...

— Co to znaczy też? — przerwał mu Rand. — Czy tutaj są jakieś kłopoty?

Rozkoszujący się kąpielą Perrin mruknął:

— Ale mi dobrze!

Thom uniósł się odrobinę i otworzył oczy.

— Tutaj? — żachnął się Ara. — Kłopoty? Górnicy, którzy biją się nad ranem, nie sprawiają żadnych kłopotów. Albo... — Urwał i przyglądał im się przez chwilę. — Kłopoty mają w Ghealdan — powiedział wreszcie. — Nie, pewnie nie. Nic się nie dzieje w pasterskich wioskach, co? Nikt ich nie napada. Chciałem powiedzieć, że tam jest jeszcze spokój. Ale i tak to była dziwna zima. Dziwne rzeczy się działy w górach. Słyszałem, że któregoś dnia w Saldaei pojawiły się trolloki. Ale to w Ziemiach Granicznych, prawda?

Skończył mówić, ale usta miał nadal otwarte, zamknął je po chwili wyraźnie zdziwiony, że powiedział tak dużo.

Na dźwięk słowa trolloki Rand poczuł napięcie i próbował je ukryć, wykręcając swoją myjkę nad głową. Odprężył się, gdy Ara nadal mówił, nie wszyscy jednak trzymali usta na kłódkę.

— Trolloki? — zarechotał Mat. Rand prysnął w niego wodą, ale ten otarł ją tylko z twarzy. — Nie wiesz nawet, ile ja potrafiłbym opowiedzieć o trollokach.

Thom odezwał się po raz pierwszy, odkąd wszedł do wanny.

— A może jednak nie? Już mam dosyć słuchania własnych opowieści z twoich ust.

— Thom jest bardem — wyjaśnił Perrin i Ara spojrzał na niego spode łba.

— Widziałem twój płaszcz. Będziesz tu dawał przedstawienia?

— Czekajcie chwilę — zaprotestował Mat. — Twierdzicie, że ja niby powtarzam opowieści Thoma? Czy wy wszyscy...?

— Po prostu nie opowiadasz ich tak dobrze jak Thom — przerwał mu pospiesznie Rand, a Perrin pospieszył z pomocą:

— Stale coś zmieniasz, żeby brzmiały lepiej, ale zupełnie ci to nie wychodzi.

— A poza tym wszystko ci się myli — dodał Rand. — Lepiej zostaw to Thomowi.

Wszyscy mówili tak szybko, że Ara aż rozdziawił usta. Mat też zagapił się na nich, jakby myślał, że powariowali. Rand zastanawiał się, czy nie skoczyć na niego, aby wreszcie zamilknął.

Nagle drzwi otworzyły się z trzaskiem i wszedł Lan z przewieszonym przez ramię brązowym płaszczem. Wniósł ze sobą powiew chłodnego powietrza, od którego para wodna przerzedziła się na chwilę.

— No właśnie — powiedział Strażnik, zacierając dłonie — już nie mogłem się tego doczekać.

Ara podniósł wiadro, ale Lan odprawił go gestem dłoni.

— Dziękuję, sam sobie poradzę. — Rzuciwszy płaszcz na jeden ze stołków, wypchnął posługacza z pomieszczenia, nie zważając na jego protesty, i zamknął za nim drzwi. Postał przy nich przez chwilę, nasłuchując z przekrzywioną głową, a gdy odwrócił się wreszcie w ich stronę, jego głos brzmiał twardo, a stalowy wzrok zdawał się godzić prosto w Mata.

— Wróciłem w samą porę, wieśniaku. Czy ty nigdy nie słuchasz tego, co się do ciebie mówi?

— Nic nie zrobiłem — wykręcał się Mat. — Chciałem mu tylko opowiedzieć o trollokach, a nie o...

Urwał i spuścił wzrok.

— Nie wolno ci opowiadać o trollokach — skarcił go Lan. —

Nie wolno ci nawet o nich myśleć. — Mrucząc coś jeszcze ze złością, zaczął napełniać sobie wannę. — Na krew i popioły, lepiej zapamiętaj sobie, że Czarny ma oczy i uszy tam, gdzie się tego najmniej spodziewasz. A jeśli Synowie Światłości dowiedzą się, że trolloki was ścigają, będą aż się palić, żeby was dostać w swoje ręce. Dla nich to oznacza to samo, co nazwać was Sprzymierzeńcami Ciemności. Może nie jesteś do tego przyzwyczajony, ale dopóki nie dojedziemy do celu, staraj się nie decydować za siebie, chyba że pani Alys albo ja każemy ci postępować inaczej.

Mat drgnął, usłyszawszy przybrane imię Moiraine.

— Jest coś, czego ten człowiek nie chciał nam powiedzieć — rzekł Rand. — Coś, co uważał za kłopoty.

— Prawdopodobnie chodziło mu o Synów — stwierdził Lan, dolewając sobie wody. — Większość ludzi uważa, że oni sprowadzają kłopoty. Niektórzy jednak mają odmienne zdanie, a on nie znał was na tyle, by ryzykować. Moglibyście donieść na niego Białym Płaszczom.

Rand pokręcił głową, to miasto zdawało się jeszcze gorsze od Taren Ferry.

— Powiedział jednak, że w... Saldaei, tak się chyba nazywało to miejsce, są trolloki — odezwał się Perrin.

Lan cisnął z hałasem puste wiadro na podłogę.

— A wy będziecie o tym stale gadać, czy tak? W Ziemiach Granicznych zawsze są trolloki, kowalu. Zapamiętaj więc sobie łaskawie, że nie chcemy ściągać na siebie uwagi bardziej niż polne myszy. Zapamiętaj to sobie. Moiraine chce, żebyście wszyscy dojechali do Tar Valon żywi i ja jej będę w tym pomagał, na ile się da, ale jeśli z waszej winy stanie się jej jakaś krzywda...

Dokończyli kąpieli, a potem ubierali się w całkowitym milczeniu.

Kiedy wyszli z łaźni, napotkali Moiraine stojącą w końcu korytarza obok szczupłej dziewczyny, odrobinę od niej wyższej. To znaczy Rand podejrzewał, że to dziewczyna, choć miała przycięte krótko włosy, a ubrana była w męską koszulę i spodnie. Moiraine powiedziała coś, dziewczyna obdarzyła mężczyzn przenikliwym spojrzeniem, po czym pożegnała ją skinieniem głowy i pospiesznie odeszła.

— Cóż, znakomicie — powiedziała Moiraine, kiedy się do niej zbliżyli. — Jestem pewna, że kąpiel pobudziła wasz apetyt. Pan Fitch wyznaczył dla nas oddzielną salę jadalną.

Prowadziła ich za sobą i mówiła dalej bez związku, o ich izbach, o tłoku w mieście, o tym, że oberżysta prosił, by Thom zabawił jego gości jakimiś pieśniami i opowieściami. O dziewczynie nie wspomniała ani słowem, jakby jej tam wcale nie było.

W sali jadalnej stał wypolerowany dębowy stół, otoczony kilkunastoma krzesłami, na podłodze leżał dywan. Gdy weszli do środka, zastali tam Egwene, która właśnie kończyła ogrzewać dłonie nad ogniem trzaskającym w kominku. Jej rozpuszczone na ramionach włosy błyszczały po umyciu. Rand miał mnóstwo czasu na przemyślenie różnych spraw podczas długiego milczenia w łaźni. Nasłuchawszy się przestróg Lana, że nie mają nikomu ufać, doszedł do wniosku, że są bardzo samotni, wskazywał na to choćby fakt, iż Ara bał się im zaufać. Wydawało się, że nie mogą już polegać na nikim, prócz siebie samych, a wciąż nie był pewien, czy powinien powierzać swój los w ręce Moiraine czy Lana. Mógł wierzyć tylko swym przyjaciołom. Ale Egwene była wciąż tą samą Egwene. Moiraine twierdziła, że cała ta sprawa z dotykaniem Prawdziwego Źródła przydarzyłaby się jej i tak. Dziewczyna nie miała nad tym żadnej kontroli, a to oznaczało, że nie jest niczemu winna. Tak więc była wciąż tą samą Egwene.

Otworzył usta, aby ją za wszystko przeprosić, ale Egwene zesztywniała i odwróciła się od niego, zanim zdążył coś wykrztusić. Spochmurniały wpatrywał się w jej plecy i w końcu nic nie powiedział.

„Niech tak będzie. Jeśli ona chce, żeby tak było, to ja już nic nie mogę zrobić".

W tym samym momencie do sali wtargnął z hałasem pan Fitch, któremu towarzyszyły cztery kobiety w białych fartuchach, jedna niosła półmisek z czterema upieczonymi kurczętami, pozostałe srebra, porcelanę i przykryte miseczki. Natychmiast rozstawiły wszystko na stole, a oberżysta skłonił się przed Moiraine.

— Proszę przyjąć moje ubolewania, pani Alys, że musieliście czekać tak długo, ale przy tłoku w karczmie aż dziw bierze, że ktokolwiek zostaje obsłużony. Obawiam się również, że jedzenie może nie być takie, jak powinno. Tylko kurczęta, odrobina rzepy, groszku i sera. Nie, tak zupełnie nie powinno być. Najmocniej przepraszam.

— Prawdziwa uczta — uśmiechnęła się Moiraine. — W takich trudnych czasach to doprawdy uczta, panie Fitch.

Oberżysta skłonił się ponownie. Jego ukłony wypadały komicznie z powodu sterczących we wszystkie strony, wiecznie rozczochranych włosów, ale uśmiechał się tak miło, że każdy, kto się teraz roześmiał, śmiał się wraz z nim, a nie z niego.

— Wielkie dzięki, pani Alys, wielkie dzięki. — Wyprostował się, zmarszczył brew i wytarł rąbkiem fartucha jakiś wyimaginowany pyłek ze stołu. — Rok temu na pewno nie podałbym wam czegoś takiego. Nie ma mowy. To wszystko przez tę zimę. Tak, tak. Moje piwnice już pustoszeją, a na rynku nic nie ma. Ale czy można winić farmerów? Przecież nie wiadomo, kiedy znów zbiorą plony. Zupełnie nie wiadomo. A wilki napełniają sobie brzuchy jagnięciną i wołowiną, które powinny trafiać na ludzkie stoły, i... — Nagle uświadomił sobie, że przez jego gadanie goście nie mogą zasiąść do stołu. — Alem się zapędził, zupełnie jak wicher. Mari, Cinda, pozwólcie tym dobrym ludziom zjeść w spokoju. — Gestem przegnał kobiety z pokoju i na koniec raz jeszcze skłonił się przed Moiraine. — Mam nadzieję, że posiłek będzie wam smakował, pani Alys. Jeśli będziecie jeszcze czegoś potrzebowali, to tylko powiedzcie, a ja już wszystko załatwię. Tylko powiedzcie. To przyjemność obsługiwać panią i pana Andra. Prawdziwa przyjemność.

Raz jeszcze złożył głęboki ukłon i zamknął za sobą drzwi.

Przez cały ten czas Lan opierał się o ścianę, jakby na poły śpiąc. Tuż po wyjściu oberżysty zerwał się i dwoma długimi krokami podszedł do drzwi. Przycisnąwszy ucho do desek, słuchał z napięciem, licząc powoli do trzydziestu, po czym otworzył drzwi i wytknął głowę na korytarz.

— Nie ma nikogo — powiedział wreszcie, zamykając za sobą drzwi. — Możemy swobodnie rozmawiać.

— Wiem, że kazałeś nikomu nie ufać — odezwała się Egwene

— ale jeśli podejrzewacie nawet oberżystę, to kto jeszcze pozostaje?

— Nie podejrzewam go bardziej niż kogokolwiek innego — odparł Lan. — Ale nie ufam nikomu napotkanemu po drodze do Tar Valon, a tam podejrzewam jedynie połowę mieszkańców.

Rand zaczął się śmiać, myśląc, że Strażnik zażartował, ale zaraz zauważył zupełny brak rozbawienia na jego twarzy. Podejrzewał nawet ludzi z Tar Valon. Gdzie zatem jest bezpiecznie?

— Przesadza — uspokoiła ich Moiraine. — Pan Fitch to dobry, uczciwy i godny zaufania człowiek. Ale niestety ma zwyczaj dużo gadać, a przez to, choćby się nie wiem jak starał, może coś zdradzić jakimś złym uszom. Ja sama nigdy jeszcze nie byłam w takiej oberży, w której pokojówki nie podsłuchują pod drzwiami i nie spędzają większości czasu na plotkach zamiast na ścieleniu łóżek. Proponuję usiąść, zanim wszystko nam wystygnie.

Zajęli miejsca przy stole, przy czym Moiraine usiadła na jego szczycie, a Lan naprzeciwko niej i przez jakiś czas wszyscy byli zbyt zajęci nakładaniem sobie na talerze, żeby cokolwiek mówić. Może rzeczywiście nie była to uczta, ale po całym tygodniu jedzenia wyłącznie placków i suszonego mięsa, taką ów posiłek się wydawał.

Po jakimś czasie odezwała się Moiraine:

— Czego się dowiedziałeś we wspólnej sali?

Wszystkie noże i widelce zastygły w powietrzu, a oczy zwróciły się w stronę Strażnika.

— Niewiele dobrego — odparł. — Avin miał rację, usłyszałem tu to samo, co on mówił. Pod Ghaeldan była bitwa i zwyciężył Logain. Krąży tu jeszcze kilkanaście innych historii, ale co do tej wszyscy się zgadzają.

Logain? To pewnie ten fałszywy Smok. Rand po raz pierwszy usłyszał imię tego człowieka, a Lan mówił o nim takim tonem, jakby go znał.

— A Aes Sedai? — spytała cicho Moiraine.

— Nic nie wiem — rzekł Lan i potrząsnął głową. — Jedni twierdzą, że wszystkie zostały zabite, a drudzy, że żadna nie zginęła. — Skrzywił się z niesmakiem. — Są nawet tacy, którzy mówią, że przeszły na stronę Logaina. Na niczyich słowach nie można polegać, a zresztą uważałem, żeby nie zdradzać zbyt dużego zainteresowania.

— To prawda — powiedziała Moiraine — niewiele dobrego. — Westchnęła głęboko i z powrotem zajęła się jedzeniem. — A jaka jest nasza sytuacja?

— Tutaj jest lepiej. Żadnych dziwnych wydarzeń, żadnych obcych, którzy mogliby być Myrddraalem, a już na pewno nie było tu trolloków. A Białe Płaszcze uwijają się wokół gubernatora Adana, ponieważ chcą mu narobić trudności za odmowę współpracy. Nawet nas nie zauważą, chyba że będziemy głośno krzyczeć.

— To dobrze — orzekła Moiraine. — To zgadza się z tym, co powiedziała pokojówka w łaźni. Plotki naprawdę czasem się przydają. — Zwróciła się teraz do reszty towarzystwa, mówiąc: — A teraz posłuchajcie, czeka nas długa podróż, ale ostatni tydzień też nie należał do łatwych, więc proponuję, żebyśmy zostali tu przez dzisiejszą i jutrzejszą noc. Wyjedziemy pojutrze, wczesnym rankiem.

Wszyscy młodzi wyszczerzyli zęby w uśmiechu, byli w mieście po raz pierwszy. Moiraine uśmiechnęła się również, ale zapytała:

— A co na to pan Andra?

Lan wpatrywał się niewzruszenie w roześmiane twarze.

— Może tak być, jeśli zapamiętają to, co im przykazałem.

Thom skrzywił się pod wąsem.

— Ci wieśniacy, puszczeni samopas w takim... mieście.

Skrzywił się znowu i pokręcił głową.

Z powodu tłoku w oberży znalazły się dla nich tylko trzy wolne pokoje, jeden dla Egwene i Moiraine, a pozostałe dwa dla mężczyzn. Rand dzielił swój z Lanem i Thomem, na czwartym piętrze, tuż pod zwisającym okapem. Zapadła już noc i dzięki światłu padającemu z okien oberży, przez okienko doskonale było widać podwórzec przed stajnią. W małej izdebce mieli dla siebie niewiele miejsca, choć wszystkie trzy łóżka były bardzo wąskie. I twarde, jak stwierdził Rand, rzuciwszy się na jedno z nich. Zdecydowanie nie był to najlepszy z pokoi.

Thom zatrzymał się w nim tylko na chwilę, żeby wyjąć z futerałów flet i harfę, po czym wyszedł, już po drodze ćwicząc teatralne pozy. Lan poszedł z nim.

To dziwne, pomyślał Rand, przewracając się na niewygodnym łóżku. Jeszcze tydzień temu sturlałby się z tych schodów szybko niczym kamień, aby tylko móc posłuchać barda, choćby dla samej wrzawy towarzyszącej jego występowi. Ale już od tygodnia słuchał co wieczór opowieści Thoma, który tu będzie na pewno jutro i pojutrze. Poza tym gorąca kąpiel rozluźniła skurcze w jego mięśniach, choć myślał, że będą go dręczyć już do końca życia, a pierwszy od tygodnia gorący posiłek napełnił go uczuciem senności. Prawie zasypiając, zastanawiał się, czy Lan rzeczywiście znał fałszywego Smoka, Logaina. Mimo iż z dołu dobiegły go stłumione okrzyki ludzi witających Thoma, zasnął niemalże natychmiast.

W pełnym cieni kamiennym korytarzu panował półmrok, prócz Randa nikogo w nim nie było. Nie potrafił określić, skąd dochodzi mętne światło. Na szarych murach nie wisiały żadne świece ani lampy, nic, co mogłoby stanowić źródło bladej łuny. Wydawało się, że ona po prostu tu jest. Powietrze było nieruchome i stęchłe, a gdzieś z oddali dobiegało rytmiczne, głuche kapanie wody. Mógł być wszędzie, tylko nie w oberży. Marszcząc się ze zdziwienia, potarł czoło. Oberża? Bolała go głowa i trudno mu było skupić myśli. Coś było z tą... oberżą? Cokolwiek to było i tak przestało istnieć.

Zwilżył wargi językiem i zapragnął się czegoś napić. Był potwornie spragniony, wyschnięty jak pył. Dlatego gdy posłyszał odgłos kapiącej wody, postanowił coś zrobić. Nie miał przed sobą żadnego celu prócz zaspokojenia pragnienia, ruszył więc tam, skąd dobiegał monotonny plusk.

Korytarz ciągnął się bardzo długo, nie krzyżując z żadnym innym, jego wystrój pozostawał niezmienny. Monotonię przerywały tylko pary zwykłych drzwi, osadzonych naprzeciwko siebie w równych odstępach. Wszystkie z obłażącego drewna, zupełnie wyschłego pomimo wilgotnego powietrza. Cienie cofały się przed Randem, w ogóle nie zmieniając kształtów, kapanie wody cały czas było słychać z takiej samej odległości. Po dłuższej chwili postanowił nacisnąć którąś klamkę. Drzwi otworzyły się bez trudu, mógł wejść do ponurej, kamiennej komnaty.

W jednej ze ścian wykuty był sklepiony serią łuków otwór, wychodzący na balkon z szarego kamienia, a za nim rozciągał się widok nieba, jakiego Rand nigdy dotąd nie widział. Płynęły po nim wartko, jakby napędzane przez burzowe wiatry, czarno-, szaro-, czerwono- i pomarańczowo-pręgowane chmury, bezustannie zlewające się ze sobą. Nikt nigdy nie mógł widzieć takiego nieba, po prostu nie mogło istnieć.

Przestał wyglądać z balkonu, ale widok komnaty nie przedstawiał się lepiej. Dziwaczne łuki i kąty, kolumny, które zdawały się wyrastać z samej posadzki, jakby ten pokój sam się zupełnie przypadkowo wytopił ze skały. Jak u kowala w kuźni huczał ogień na palenisku, ale nie dawał ciepła. Kominek był zbudowany z dziwnych owalnych kamieni; kiedy patrzył na nie wprost, wydawały się normalnymi kamieniami, nie wiadomo dlaczego mokrymi pomimo ognia, ale gdy spoglądał na nie kątem oka, przypominały twarze, twarze mężczyzn i kobiet wijących się w śmiertelnym bólu i krzyczących coś bezgłośnie. Krzesła z wysokimi oparciami i wypolerowany stół pośrodku pomieszczenia były zwyczajne, ale to tylko podkreślało niesamowitość całego otoczenia. Na ścianie wisiało lustro, znowu zupełnie niezwykłe. Kiedy w nie spojrzał, w miejscu gdzie powinien znaleźć swoje odbicie, zobaczył jedynie zamazaną plamę, natomiast cała reszta komnaty odbijała się tak, jak powinna.

Przed kominkiem stał jakiś mężczyzna, Rand z początku go nie zauważył. Gdyby nie wiedział, że to niemożliwe, powiedziałby, że tego człowieka nie było tam dopóty, dopóki na niego nie spojrzał. Był ubrany w ciemne, znakomicie skrojone ubranie, wyraźnie wkraczał właśnie w wiek dojrzały. Rand przypuszczał, że kobiety uważałyby go za przystojnego.

— Znowu spotykamy się twarzą w twarz — powiedział mężczyzna i w tej samej chwili jego oczy i usta przekształciły się w wejścia do bezdennych jaskiń pełnych ognia.

Rand z krzykiem rzucił się do ucieczki, tak gwałtownie, że potknął się na korytarzu i wpadł na przeciwległe drzwi, otwierając je własnym ciałem. Aby nie upaść, przytrzymał się klamki i oto znowu rozglądał się wytrzeszczonymi oczyma po kamiennej komnacie, z kominkiem, z widokiem z balkonu na takie samo niesamowite niebo...

— Nie uciekniesz przede mną tak łatwo — powiedział mężczyzna.

Rand obrócił się błyskawicznie, wypadł z komnaty, tym razem starając się nie potknąć, aby nie stracić tempa. Ale nie było już wyjścia na korytarz. Zastygł w pobliżu stołu z błyszczącym blatem i patrzył na człowieka stojącego obok kominka. To i tak było lepsze niż widok kamieni w kominku czy pasiastego nieba.

— To sen — powiedział i wyprostował się. Za sobą usłyszał szczęk zamykanych drzwi. — To jakiś koszmar.

Zamknął oczy, z całych sił pragnąc się obudzić. Kiedy był dzieckiem, Wiedząca go pouczyła, że tak należy zrobić, gdy śni się koszmar.

„Jaka Wiedząca?"

Żeby choć myśli przestały mu tak umykać. Gdyby tylko głowa przestała go boleć, mógłby pomyśleć rozsądnie.

Otworzył ponownie oczy. Jak przedtem był w tej samej komnacie z balkonem i niebem. A przy kominku stał ten sam mężczyzna.

— Sen czy nie sen — przemówił mężczyzna — jakie to ma znaczenie?

Raz jeszcze, na krótką chwilę jego usta i oczy stały się otworami wypełnionymi piekielnym ogniem rozciągającym się po nieskończoność. Nie zmienił się natomiast jego głos. On sam zdawał się zupełnie nie zauważać zachodzących w nim przemian.

Rand znowu się poderwał, ale udało mu się stłumić okrzyk.

„To na pewno sen".

Znowu wycofał się do drzwi, nie odrywając wzroku od człowieka przy kominku, i nacisnął klamkę. Ani drgnęła, drzwi były zamknięte na klucz.

— Zdaje się, że jesteś spragniony — powiedział mężczyzna. — Napij się.

Na stole stał błyszczący złotem puchar, ozdobiony rubinami i ametystami. Stał tu już wcześniej. Rand usiłował powstrzymać dygotanie. To był tylko sen. Miał wrażenie, że usta ma pełne piachu.

— Rzeczywiście, trochę chce mi się pić — odparł i podniósł puchar.

Mężczyzna pochylił się w jego stronę, wspierając na oparciu krzesła, i przypatrywał z napięciem. Zapach korzennego wina uświadomił Randowi, jak bardzo jest spragniony, jakby nie pił nic od wielu dni.

„Czy na pewno?"

Uniósł już puchar do ust i znieruchomiał. Spomiędzy palców mężczyzny unosiły się smugi dymu. W patrzących ostro oczach migotały płomienie.

Rand oblizał wargi i odstawił wino na stół, nie kosztując go.

— Nie jestem tak spragniony, jak mi się wydawało.

Mężczyzna wyprostował się gwałtownym ruchem; na jego twarzy nie zagościł żaden grymas. Jego rozczarowanie nie mogło jednak być bardziej widoczne, niż gdyby zaklął. Rand zastanawiał się, co zawierało wino. Ale to naturalnie było głupie pytanie. To wszystko jest snem.

„No więc dlaczego się jeszcze nie skończył?"

— Czego chcesz? — zapytał. — Kim jesteś?

Z oczu i ust mężczyzny znowu buchnęły płomienie, Rand miał wrażenie, że słyszy wręcz ich ryk.

— Niektórzy zwą mnie Ba'alzamon.

Rand znowu dopadł do drzwi i jak oszalały zaczął szarpać klamkę. Wszystkie myśli o snach zniknęły. Sam Czarny. Klamka nie ustępowała, ale on nadal się z nią siłował.

— Czy to na pewno ty? — zapytał nagle Ba'alzamon. — Nie możesz się wiecznie przede mną ukrywać. Nie możesz się przede mną ukryć ani na najwyższej górze, ani w najgłębszej jaskini. Znajdę każdy twój włos.

Rand obrócił się do niego twarzą, do człowieka, który twierdził, że jest Ba'alzamonem. Z trudem przełknął ślinę. Koszmar. Ostatni raz schylił się, by szarpnąć klamkę, a potem wyprostował się.

— Oczekujesz chwały? — spytał Ba'alzamon. — Władzy? Czy oni ci obiecali, że Oko Świata będzie ci służyć? Jaka to chwała czy moc należy się lalce? Sznurki, które poruszają tobą, istnieją od stuleci. Twój ojciec został wybrany przez Białą Wieżę, związany jak ogier i wprowadzony na swój urząd. Twoja matka nie była niczym innym w planach jak klaczą rozpłodową. A plany te prowadzą do twojej śmierci.

Rand zacisnął pięści.

— Mój ojciec jest przyzwoitym człowiekiem, a matka była dobrą kobietą. Nie waż się tak o nich mówić!

Płomienie zaśmiały się.

— Więc jednak jest w tobie trochę ducha. Może to jednak ty nim jesteś. Niewiele ci to przysporzy dobrego. Zasiadająca na Tronie Amyrlin będzie cię wykorzystywała dopóty, dopóki nie pożre doszczętnie, tak jak Daviana, Yuriana Stonebow, Guiare Amalasana i Raolina Darksbane. Tak jak wykorzystuje teraz Logaina. Będzie cię wykorzystywała, dopóki nic z ciebie nie zostanie.

— Nie rozumiem...

Rand pokręcił głową. Tamta chwila jasnego myślenia, zrodzonego z gniewu, minęła. Gdy usiłował ponownie odwołać się do niego, nie mógł sobie przypomnieć, jak tego wcześniej dokonał. Teraz myśli wirowały. Uczepił się jednej z nich niczym tratwy podczas powodzi. Wydusił z siebie jakieś słowa, w miarę gdy mówił, jego głos stawał się silniejszy.

— Jesteś... uwięziony... w Shayol Ghul. Ty i wszyscy Przeklęci... uwięzieni przez Stwórcę aż po kres czasu.

— Kres czasu? — zadrwił Ba'alzamon. — Żyjesz jak żuk pod skałą i wierzysz, że twoja szczelina to cały wszechświat. Śmierć czasu da mi taką moc, o jakiej ty nigdy nie mógłbyś marzyć, robaku.

— Jesteś uwięziony...

— Głupcze, nigdy mnie nie uwięziono!

Ognie w oczach rozjarzyły się tak wściekle, że Rand musiał się cofnąć i osłonić rękoma twarz. Pot ściekający z jego palców wysychał od gorąca.

— Stałem za ramieniem Lewsa Therina, Zabójcy Rodu, kiedy popełniał czyn, od którego pochodzi jego imię. To ja mu kazałem zabić własną żonę, dzieci i całą rodzinę, a także wszystkich, którzy go kochali, wszystkich, których sam kochał. To ja dałem mu chwilę przytomności umysłu, aby wiedział, co uczynił. Czy słyszałeś kiedykolwiek człowieka zakrzykującego swą duszę na śmierć, robaku? Wtedy mógł mnie zaatakować. Nie mógł ze mną wygrać, ale mógł spróbować. Zamiast tego wezwał tę swoją drogocenną Jedyną Moc przeciwko sobie samemu, aż ziemia otworzyła się i zrodziła Smoczą Górę, która stała się jego grobem.

Tysiąc lat później kazałem trollokom napaść na południowe ziemie i przez trzy stulecia niszczyły świat. Te ślepe, głupie kobiety w Tar Valon twierdziły, że w końcu pobito mnie, ale Drugie Przymierze, Przymierze Dziesięciu Narodów, zostało rozbite i nigdy nie zawiązano go na nowo. Kto zatem został, aby mi się oprzeć? Szepnąłem słowo do ucha Artura Jastrzębie Skrzydło i jak cały kraj długi i szeroki wszystkie Aes Sedai wyginęły. Szepnąłem znowu i Wysoki Król wysłał swe wojska za Ocean Aryth, za Morze Świata i przypieczętował dwa losy. Los marzenia o jednym kraju i jednym narodzie, a także jego przyszły los. Byłem przy jego łożu śmierci, kiedy doradcy powiedzieli, że tylko Aes Sedai mogą mu uratować życie. Przemówiłem do niego i skazał swych doradców na stos. Przemówiłem raz jeszcze i ostatnimi słowami Wysokiego Króla był krzyk, że trzeba zniszczyć Tar Valon.

Skoro tacy ludzie nie mogli mi się oprzeć, to jaką ty masz szansę, ty, który przypominasz ropuchę przycupniętą obok kałuży w lesie. Musisz mi służyć, bo inaczej będziesz aż do śmierci tańczył na sznurkach Aes Sedai. A wtedy już na pewno będziesz mój. Martwi należą do mnie!

— Nie — wymamrotał Rand — to sen. To musi być sen.

— Czy myślisz, że we śnie jesteś bezpieczny? Patrz! — rozkazał Ba'alzamon i głowa Randa mimowolnie obróciła się zgodnie z ruchem jego dłoni.

Kielich zniknął ze stołu, na jego miejscu przycupnął teraz duży szczur. Oślepiony światłem mrugał i wąchał ostrożnie powietrze. Ba'alzamon zakrzywił palec i zwierzę z piskiem wygięło grzbiet w łuk, wierzgnęło przednimi łapami w powietrzu i chwiejnie stanęło na tylnych. Palec zakrzywił się jeszcze bardziej i szczur przewrócił się na grzbiet, jak oszalały przebierał łapkami w powietrzu, piszczał przenikliwie, a jego grzbiet wyginał się coraz mocniej. W końcu coś w nim chrupnęło głośno, niczym trzask gałązki, zadrżał gwałtownie i znieruchomiał przełamany niemalże na pół.

Rand omal się nie udławił.

— We śnie wszystko się może wydarzyć — wykrztusił.

Nie patrząc na to, co robi, uderzył pięścią w drzwi. Zabolała go ręka, ale nie obudził się.

— No to idź do Aes Sedai! Idź do Białej Wieży i powiedz im! Opowiedz Zasiadającej na Tronie Amyrlin o tym… śnie.

Mężczyzna zaśmiał się. Rand poczuł ciepło płomieni na twarzy.

— To sposób, żeby od nich uciec. Wówczas cię nie wykorzystają. Nie, nie wtedy, gdy będą wiedziały, że ja wiem. Ale czy pozwolą ci żyć, rozpowszechniać prawdę o ich czynach? Czy jesteś aż takim głupcem, aby uwierzyć, że to zrobią? Popioły wielu takich jak ty zalegają stoki Góry Smoka.

— To jest sen — powiedział Rand, dysząc ciężko. — To sen i zaraz się obudzę.

— Na pewno?

Kątem oka dostrzegł, że palec mężczyzny porusza się, celując prosto w niego.

— Czy na pewno się obudzisz?

Palec zgiął się i Rand wrzasnął, gdy jego ciało wygięło się w łuk, a każdy mięsień kurczył się coraz mocniej.

— Czy kiedykolwiek się jeszcze obudzisz?

Rand leżał w ciemności, targany drgawkami, zaciskając dłonie na brzegach koca. Przez pojedyncze okno do pokoju wpadało blade światło księżyca. Na pozostałych łóżkach spoczywały cienie dwóch śpiących. Jednym z nich był Thom Merrilin, którego chrapanie przypominało darcie płótna. Wśród popiołów na palenisku jarzyło się jeszcze kilka węgli.

A więc to jednak był sen, taki sam jak tamten koszmar w oberży „Winna Jagoda", w dzień Bel Tine. Wszystko, co kiedykolwiek usłyszał lub zrobił, zlało się ze starymi opowieściami i bzdurami, które nie wiadomo skąd znał. Naciągnął wyżej koc, choć to nie chłód wywoływał dreszcze. Bolała go głowa. Może Moiraine będzie umiała coś zrobić, żeby już więcej nie miał takich snów.

„Powiedziała, że potrafi zaradzić czemuś takiemu".

Żachnął się i przewrócił na bok. Czy te sny są naprawdę takie straszne, żeby aż wołać na pomoc Aes Sedai? A z drugiej strony, czy mógł zrobić coś jeszcze gorszego, niż robił teraz? Wyjechał z Dwu Rzek u boku Aes Sedai. Ale naturalnie nie miał innego wyjścia. Czy teraz mógł jej zaufać? Zawierzyć Aes Sedai? Myśl o tym wydawała mu się równie straszna jak sny. Skulił się pod kocem i tak jak go uczył Tam, usiłował odnaleźć spokój w pustce. Sen jednak długo nie nadchodził.

ROZDZIAŁ 15

OBCY I PRZYJACIELE

Promienie słoneczne zalewające łóżko Randa obudziły go wreszcie z głębokiego, choć niespokojnego snu. Nakrył głowę poduszką, ale światło wciąż go raziło, zresztą nie chciał już dłużej spać. Po tym pierwszym śnie opadły go jeszcze inne; mimo iż nie zapamiętał ich, miał już dosyć dręczących wizji.

Z westchnieniem odrzucił poduszkę na bok, przeciągnął się i usiadł. Na powrót poczuł ból we wszystkich mięśniach, choć przedtem sądził, że kąpiel go wypędziła. Bolała go również głowa. Nic dziwnego, po takim śnie każdy by miał migrenę. Wspomnienie pozostałych koszmarów rozwiało się, natrętna pamięć wciąż podsuwała obrazy spotkania z Shai'tanem.

Pozostałe łóżka były puste. Światło wlewało się ukośnie przez okno, słońce stało już wysoko na horyzoncie. O tej porze na farmie dawno byłby po śniadaniu, krzątając się przy codziennych obowiązkach. Wygramolił się z łóżka, mrucząc coś do siebie ze złością. Trzeba było zwiedzić miasto, a oni go nawet nie obudzili. Chociaż tyle, że ktoś dopilnował, by znalazła się dla niego woda w dzbanie, nawet jeszcze ciepła.

Umył się i ubrał pospiesznie, wahając chwilę, czy przypasać miecz Tama. Lan i Thom zostawili swoje sakwy i koce w pokoju, ale broni Strażnika nigdzie nie było widać. W Polu Emonda Lan zawsze nosił ją przy sobie, nawet jeśli nie miał po temu żadnych widocznych powodów. Rand pomyślał, że nie zaszkodzi naśladować tamtego i, wmawiając sobie, że nie powodują nim dawne marzenia o paradowaniu po ulicach prawdziwego miasta z mieczem, przypasał go sobie, a płaszcz przerzucił przez ramię.

Pokonując po dwa stopnie naraz, zbiegł do kuchni. Uznał, że stanowi ona z pewnością najzupełniej odpowiednie miejsce, w którym można naprędce coś przegryźć. Na pobyt w Baerlon przeznaczyli wszak tylko jeden dzień, a czas uciekał.

„Krew i popioły, naprawdę mogli mnie obudzić".

W kuchni zastał pana Fitcha, który właśnie kłócił się z zażywną kobietą o rękach po łokcie ubielonych mąką. Najwyraźniej była to kucharka; kłóciła się z oberżystą i wygrażała mu palcem przed samym nosem. Pokojówki, pomywaczki, bufetowi i chłopcy pomagający przy rożnie uwijali się przy swoich obowiązkach, starannie unikając szalejącej obok nich burzy.

— ...mój Cirri to dobry kot — dowodziła ostrym tonem kucharka — i nie chcę słyszeć na jego temat nic złego, zrozumiałeś? Moim zdaniem, nie podoba ci się, że on wykonuje swą pracę aż za dobrze.

— Miałem skargi — wtrącił się w ten potok słów pan Fitch. — Skargi, paniusiu. Połowa gości...

— Nie będę tego słuchać. Nie będę i już. Jeśli oni chcą się skarżyć na mojego kota, to niech sami sobie gotują. Moja biedna, stara kocina, kto będzie tu za ciebie pracował, ty i ja, dwa biedactwa, odejdziemy stąd tam, gdzie nas lepiej docenią, a wtedy zobaczycie.

Rozwiązała fartuch i zaczęła go zdejmować przez głowę.

— Nie! — wrzasnął Fitch i skoczył, aby ją powstrzymać.

Oboje zaczęli kręcić się w kółko — kucharka usiłowała zdjąć fartuch, a on próbował jej w tym przeszkodzić.

— Nie, Saro — wydyszał. — Nie trzeba. Powiadam, nie trzeba! Co ja bym bez ciebie zrobił? Cirri to świetny kot. Znakomity kot. To najlepszy kot w całym Baerlon. Jeśli ktoś jeszcze się poskarży, to rozkażę mu, by podziękował kotu za jego pracę. Tak właśnie, podziękował. Nie wolno ci odejść. Saro? Saro!

Kucharka przestała biegać w kółko, udało się jej wyrwać fartuch z rąk oberżysty.

— No już dobrze. Dobrze. — Ściągnęła tasiemki przy fartuchu, ale jeszcze ich nie zawiązała. — Ale jeśli chcesz, żeby dzisiaj był jakiś obiad, to lepiej się stąd wynieś. Chyba że sam się zabierzesz do gotowania?

Udała, że wręcza mu fartuch. Pan Fitch cofnął się, rozkładając szeroko ręce. Otworzył usta, a potem zatrzymał się i rozejrzał po swym otoczeniu, jakby widział je po raz pierwszy. Pozostałe kobiety nadal ignorowały kucharkę i oberżystę, a Rand zaczął intensywnie przeszukiwać kieszenie płaszcza. Z wyjątkiem monety, którą dostał od Moiraine, znalazł tylko parę miedziaków i garść śmieci z rodzaju tych, które zawsze mogą się do czegoś przydać: nóż, osełkę, dwie zapasowe cięciwy oraz kawałek sznurka.

— Jestem pewien, Saro — zaryzykował Fitch — że wszystko pójdzie po twojej myśli.

Powiedziawszy to, jeszcze raz spojrzał podejrzliwie na posługaczki, a potem wyszedł z największym dostojeństwem, na jakie go było w tej sytuacji stać.

Sara czekała, aż wyjdzie, po czym szybko zawiązała tasiemki przy fartuchu. W tym momencie jej wzrok padł na Randa.

— Pewnie chcesz coś zjeść, co? No podejdź tutaj. — Uśmiechnęła się do niego przelotnie. — Przecież ja nie gryzę, wbrew temu co mogłeś widzieć przed chwilą. Ciel, przynieś temu chłopcu chleba, sera i mleka. To wszystko, co mam teraz pod ręką. Siądź sobie gdzieś, chłopcze. Twoi przyjaciele już wszyscy wyszli, z wyjątkiem jednego, który chyba nie czuje się dobrze. Ty pewnie też chciałbyś pójść do miasta.

Jedna ze służących przyniosła tacę, Rand usiadł przy stole. Jadł i słuchał kucharki, która wróciła do zagniatania ciasta na chleb, nie przerywając potoku słów:

— Nie zważaj na to, co widziałeś. Pan Fitch to dobry człowiek, tyle że uległy. Ludzie się skarżą, on się denerwuje, a czy są powody do skarg? Czy lepiej znajdować żywe szczury zamiast martwych? Chociaż ja nie wierzę, że to Cirri porzucił swoje łupy. I to kilka sztuk od razu? Cirri nie wpuściłby ich do oberży, na pewno nie. To porządny lokal, a nie jakaś spelunka. I na dodatek... wszystkie miały połamane grzbiety.

Pokręciła głową ze zdziwieniem.

Zamiast smaku chleba i sera Rand poczuł w ustach popiół.

— Miały połamane grzbiety?

Kucharka machnęła umączoną dłonią.

— Lepiej myśleć o weselszych rzeczach, takie jest moje zdanie. W głównej sali występuje właśnie bard. Ale ty przecież z nim przyjechałeś, prawda? Należysz do kompanii pani Alys? Tak myślałam. Sama chyba nie będę miała okazji, żeby popatrzeć na tego barda, bo oberża jest pełna, sama hołota z kopalń. — Uderzyła w ciasto ze szczególnie głośnym łomotem. — Normalnie takich tu nie wpuszczamy, pełno ich w całym mieście. Ale i tak są lepsi od niektórych. Nie widziałam żadnego barda od zeszłej zimy i...

Rand jadł mechanicznie, nie czując żadnego smaku i nie słuchając kucharki. Martwe szczury, wszystkie z połamanymi grzbietami. Pospiesznie skończył śniadanie, wyjąkał jakieś podziękowania i wypadł z kuchni. Musiał z kimś porozmawiać.

Główna sala w „Jeleniu i Lwie", poza swym przeznaczeniem, miała niewiele wspólnego z izbą w oberży „Winna Jagoda". Była dwa razy szersza i trzy razy dłuższa, jej ściany ozdabiały malunki przedstawiające bogato ozdobione budowle otoczone wysokimi drzewami i kolorowymi kwiatami. Zamiast jednego ogromnego kominka pod każdą ścianą znajdowało się palenisko, stołów było kilkanaście, prawie każde krzesło, ława czy stołek zostały już zajęte.

Wszyscy goście z fajkami w zębach i kuflami w dłoniach siedzieli pochyleni do przodu, zafascynowani przedstawieniem. Pośrodku sali na stole stał Thom, a na krześle obok leżał ciśnięty niedbale jego wielobarwny płaszcz. Nawet pan Fitch znieruchomiał z zamykanym, srebrnym kuflem w jednej dłoni i szmatką do polerowania w drugiej.

— ...cwał, srebrne podkowy i dumne, wygięte w łuk karki — recytował Thom, wyraźnie naśladując nie tylko samą jazdę na koniu, lecz przynależność do całej procesji jeźdźców. — Trzepoczą jedwabiste grzywy rozkołysanych łbów. Tysiące rozwianych sztandarów biczuje tęcze na bezkresnym niebie. W powietrzu drży dźwięk mosiężnych trąb, a bębny łomoczą niczym grom. Słychać fale wiwatów tysięcy widzów, ich okrzyk przetacza się po dachach i wieżach Illian, po czym pada i rozbija się, nie docierając do uszu tysięcy jeźdźców, których oczy i serca rozświetla święta misja. Oto zaczyna się Wielkie Polowanie na Róg, poszukiwanie Rogu Valere, który wezwie z grobów bohaterów Wieków, aby walczyli o Światłość...

Podczas wieczorów, które spędzali przy ogniskach, bard nazywał to prostą recytacją. Twierdził, że opowieści można wygłaszać trzema stylami: wzniosłym, prostym i potocznym, ten ostatni określał sposób, w jaki można było opowiedzieć sąsiadowi o swoich zbiorach. Thom przekazywał im swoje opowieści, stosując styl potoczny, nie tail jednak przy tym pogardy.

Rand zamknął drzwi, nie wchodząc do środka. Oparł się o ścianę. Thom nic mu nie będzie umiał poradzić. Moiraine — co ona by zrobiła, gdyby wiedziała?

Zauważył nagle, że mijający go ludzie przypatrują mu się dziwnie i pojął, że musiał mówić na głos. Poprawił płaszcz i wyprostował się. Musi z kimś porozmawiać. Kucharka powiedziała, że ktoś z ich grupy pozostał w oberży. Z trudem się powstrzymał, żeby nie pobiec.

Kiedy zastukał do drzwi izby zajmowanej przez pozostałych dwóch chłopców, a następnie wsunął do niej głowę, zobaczył Perrina, który jeszcze nie wstał. Odwrócił głowę, spojrzał na Randa, a potem znów zamknął oczy. W kącie stał łuk i kołczan Mata.

— Słyszałem, że się źle czujesz — powiedział Rand. Wszedł do środka i usiadł na wolnym łóżku. — Chciałem tylko porozmawiać. Ja... — Zrozumiał, że nie wie nawet, jak podjąć temat, więc zaczął się podnosić. — Jeżeli jesteś chory, to może powinieneś spać. Mogę sobie pójść.

— Nie wiem, czy jeszcze kiedykolwiek zasnę — westchnął Perrin. — Miałem zły sen, jeśli chcesz wiedzieć, potem nie mogłem już zasnąć. Mat ci to opowie lepiej. Śmiał się rano, kiedy mu wyjaśniłem, dlaczego nie mogę z nim wyjść, ale jemu też śnił się koszmar. Przez pół nocy słuchałem, jak się przewraca na łóżku i coś mamrocze. — Zakrył oczy swym potężnym ramieniem. — Światłości, alež ja jestem zmęczony. Może jeśli tu jeszcze poleżę jakąś godzinę, to nabiorę ochoty do wstania. Mat nigdy mi nie daruje, jeśli z powodu złego snu nie zwiedzę Baerlon.

Rand powoli usiadł z powrotem na łóżku. Oblizał wargi, a potem zapytał szybko:

— Czy on zabił szczura?

Perrin opuścił ramię i zagapił się na niego.

— Ty też? — przemówił dopiero po chwili. Kiedy Rand skinął głową, dodał: — Wolałbym teraz wrócić do domu. On mi powiedział… on mi powiedział… I co teraz zrobimy? Czy mówiłeś o tym Moiraine?

— Nie. Jeszcze nie. Może jej wcale nie powiem. Nie wiem. A ty?

— Powiedział… Krew i popioły, Rand, ja nie wiem. — Perrin gwałtownym ruchem wsparł się na łokciu. — Czy myślisz, że Mat miał taki sam sen? Śmiał się, ale z wyraźnym przymusem i miał dziwną minę, kiedy powiedziałem, że ten sen nie pozwolił mi już zasnąć.

— Może śniło mu się to samo — stwierdził Rand. Poczuł nie pozbawioną poczucia winy ulgę, iż nie jest osamotniony. — Chciałem spytać Thoma o radę. On jest bywały w świecie. Nie… nie sądzisz chyba, że powinniśmy opowiedzieć o wszystkim Moiraine, prawda?

Perrin opadł z powrotem na poduszkę.

— Słyszałeś te historie o Aes Sedai. Myślisz, że możemy zaufać Thomowi? Nie wiem, czy możemy zaufać komukolwiek. Rand, jeśli wyjdziemy z tego żywi, jeśli kiedykolwiek wrócimy do domu i jeśli usłyszysz, że mówię coś o wyjeździe z Pola Emonda, choćby tylko do Wzgórza Czat, to mnie kopnij. Rozumiemy się?

— Tak nie można mówić — zaprotestował Rand. Zmusił się do możliwie jak najszczerszego uśmiechu. — Jasne, że wrócimy do domu. No chodź, wstawaj. Jesteśmy w mieście i mamy cały dzień na zwiedzanie. Gdzie są twoje rzeczy?

— Idź sam. Ja jeszcze poleżę. — Perrin znowu zakrył oczy rękoma. — Idź. Dogonię cię za jakąś godzinę.

— Szkoda — powiedział Rand i wstał. — Zastanów się, co tracisz. — Zatrzymał się jeszcze raz przy drzwiach. — Baerlon. Ile to razy obiecywaliśmy sobie, że któregoś dnia zobaczymy Baerlon?

Perrin leżał wciąż z zakrytymi oczyma i nic nie mówił. Odczekawszy chwilę, Rand wyszedł z izby, zamykając za sobą drzwi.

Oparł się o ścianę w korytarzu, uśmiech zamarł mu na twarzy. Głowa bolała go coraz mocniej. Zupełnie nie czuł entuzjazmu na myśl o zwiedzaniu Baerlon. Żadna rzecz nie była w stanie wzbudzić w nim entuzjazmu.

Pokojówka, przechodząca obok z naręczem prześcieradeł, przyjrzała mu się z troską. Zanim zdążyła coś powiedzieć, ruszył przed siebie, nakładając po drodze płaszcz. Thom będzie występował jeszcze wiele godzin. Więc może spróbuje coś jednak zobaczyć. Może znajdzie Mata i dowie się, czy on też śnił o Ba'alzamonie. Masował sobie skronie i wolnym tym razem krokiem zszedł na dół.

Schody prowadziły do kuchni, więc wybrał tylne wyjście. W przelocie ukłonił się Sarze, ale widząc, że ma ochotę dalej z nim rozmawiać, przyspieszył kroku. Na dziedzińcu nie zobaczył nikogo prócz Mutcha stojącego na progu stajni i jednego ze stajennych, który niósł jakiś worek. Rand ukłonił się również Mutchowi, ten jednak obdarzył go tylko zaczepnym spojrzeniem i cofnął się do środka. Miał nadzieję, że miasto bardziej przypomina Sarę niż Mutcha. Zdecydowany zwiedzić Baerlon, ruszył przed siebie.

Przystanął w otwartej bramie i wyjrzał na zewnątrz. Ludzie tłoczyli się na ulicach niczym owce w zagrodzie. Opatuleni po uszy w płaszcze i kaftany, w ponaciąganych na głowy kapeluszach przemykali obok siebie szybko, jakby popychał ich wiejący ponad dachami wiatr. Trącali się łokciami, bez słowa przeprosin.

„Wszystko i wszyscy są tu obcy — pomyślał. — Nikt tu nikogo nie zna".

W nosie wierciły go obce zapachy, jedna wielka mieszanina ostrych, kwaśnych i słodkich woni. Nawet podczas Bel Tine nie widział połowy takiej masy ludzi stłoczonych w jednym miejscu. A to była tylko jedna ulica. Pan Fitch i kucharka twierdzili, że miasto jest przepełnione. Czyżby tak miało być wszędzie?

Powoli wycofał się w głąb bramy. To nieładnie tak odejść i zostawić chorego Perrina. A może Thom skończył już swoje przedstawienie? Może bard też zechce się przejść? Rand musiał z kimś porozmawiać. Lepiej, jak jeszcze chwilę zaczeka w oberży. Westchnął z ulgą, gdy gwar ulicy ścichł za jego plecami.

Nie miał jednakże większej ochoty wracać do oberży z takim bólem głowy. Usiadł na pustej beczce, w nadziei, że chłodne powietrze uśmierzy tę dolegliwość.

Mutch co jakiś czas stawał w drzwiach stajni, Rand nawet z tej odległości widział jego chmurne spojrzenia. Czyżby ten człowiek nie lubił ludzi ze wsi? A może było mu głupio, że pan Fitch powitał ich wszystkich tak serdecznie, po tym jak on usiłował przepędzić ich z dziedzińca?

„A może jest Sprzymierzeńcem Ciemności" — pomyślał Rand, i próbował się zaśmiać, lecz to wcale nie była zabawna myśl.

Potarł dłonią rękojeść miecza Tama. Nic już nie wydawało się zabawne w tym świecie.

— Pasterz z mieczem oznakowanym wizerunkiem czapli — usłyszał cichy głos jakiejś kobiety. — Chyba odtąd będę musiała wierzyć we wszystko. Co cię tak trapi, wieśniaku?

Zaskoczony Rand poderwał się na nogi. To była ta dziewczyna z przystrzyżonymi krótko włosami, która rozmawiała z Moiraine na korytarzu. Nadal ubrana w męski płaszcz i spodnie. Stwierdził, że musi być odrobinę tylko starsza od niego, zauważył dziwne napięcie w ciemnych oczach, większych nawet od oczu Egwene.

— Masz na imię Rand, prawda? — ciągnęła. — Ja nazywam się Min.

— Nie mam żadnych zmartwień — odparł.

Nie miał pojęcia, co Moiraine mogła jej powiedzieć, ale pamiętał przykazanie Lana, że nie wolno ściągać na siebie uwagi.

— Niby dlaczego miałbym się czymś martwić? Dwie Rzeki to spokojne miejsce, a my jesteśmy spokojnymi ludźmi. Nie ma tam miejsca na kłopoty, chyba że z owcami albo w czasie żniw.

— Spokojne? — powtórzyła Min z bladym uśmiechem. — Słyszałam, co gadają o was, ludziach z Dwu Rzek. Ci, którzy byli w waszej okolicy, opowiadali kawały o drewnianogłowych pasterzach.

— Drewnianogłowych? — obruszył się Rand. — Co to za kawały?

— Ci, co was poznali — ciągnęła jakby nigdy nic — twierdzą, że wasze wiecznie uśmiechnięte twarze i uprzejmość przypominają miękkie masło. Ale tak jest tylko na powierzchni. Powiadają, że pod spodem jesteście tak twardzi jak korzenie starego dębu. Pogrzeb jeszcze głębiej, mówią, a dokopiesz się do kamienia. Ale w tobie i w twoich przyjaciołach ten kamień nie leży ukryty głęboko, tak jakby burza rozwiała całe poszycie. Moiraine nic mi nie powiedziała, ale ja umiem patrzeć.

Korzenie starego dębu? Kamień? Takie rzeczy mówią kupcy albo ich ludzie. Nagle dotarło do niego znaczenie ostatniego zdania.

Obejrzał się szybko dookoła, dziedziniec był pusty, a najbliższe okna pozamykane.

— Nie znam nikogo o takim imieniu, możesz je powtórzyć?

— Pani Alys, jeśli wolisz — powiedziała Min z wyrazem rozbawienia, na widok którego zarumienił się. — Nie ma tu nikogo, kto by nas mógł słyszeć.

— Dlaczego uważasz, że pani Alys ma jakieś inne imię?

— Bo mi je wyznała — odparła Min tak spokojnie, że znowu się zaczerwienił. — Chyba nie miała wyboru. Od razu widziałam, że jest... inna. To było wtedy, gdy się tu zatrzymała po drodze na wieś. Wiedziała o mnie. Nieraz już rozmawiałam z takimi... jak ona.

— Widziałaś? — spytał Rand.

— Cóż, nie pobiegniesz chyba zaraz do Synów Światłości. Na pewno nie, zważywszy na towarzystwo, w jakim podróżujesz. Białym Płaszczom nie podobałoby się to, co robię, tak samo zresztą jak i jej.

— Nie rozumiem.

— Ona twierdzi, że ja widzę fragmenty Wzoru. — Min roześmiała się i potrząsnęła głową. — Moim zdaniem to przesada. Ja po prostu widzę różne rzeczy, gdy spojrzę na ludzi, czasami znam ich myśli. Spojrzę na mężczyznę i kobietę, którzy się wcale nie znają i wiem, że wezmą ślub. Tak się to odbywa. Chciała, żebym popatrzyła na was. Na wszystkich.

Rand zadrżał.

— I co zobaczyłaś?

— Kiedy jesteście razem? Wokół was wirują tysiące iskier i wielki cień, ciemniejszy od zmierzchu. Jest tak wyraźny, że aż się zastanawiam, dlaczego nikt inny go nie widzi. Iskierki usiłują wypełnić ten cień, a on próbuje je połknąć. — Wzruszyła ramionami. — Jesteście ze sobą związani czymś niebezpiecznym, nic więcej nie wiem.

— My wszyscy? — zapytał Rand. — I Egwene też? Ale jej nie ścigały... to jest, chciałem powiedzieć...

Min zdawała się nie zauważać przejęzyczenia.

— Ta dziewczyna? Też należy do tego. Bard tak samo. Wszyscy. A ty jesteś w niej zakochany.

Rand wytrzeszczył oczy.

— To umiem powiedzieć nawet bez pomocy wizji. Ona też cię kocha, ale nie jest przeznaczona tobie, ani ty jej. Nie tak, jak byście chcieli.

— Co to niby ma oznaczać?

— Kiedy patrzę na nią, widzę to samo, co wtedy, gdy patrzę na... panią Alys. Widzę też inne rzeczy, których nie rozumiem, ale tu akurat nie mam problemu. A zresztą ona się tego nie zapiera.

— To wszystko głupoty — powiedział zdenerwowany Rand. Ból głowy przechodził w odrętwienie, jakby głowę miał wypchaną wełną. Pragnął uciec od tej dziewczyny i jej wizji. Tylko że... — Co widzisz, kiedy patrzysz na... pozostałych?

— Najróżniejsze rzeczy — odparła Min, uśmiechając się, jakby się domyślała, o co pyta. — Straż... och... pan Andra ma w głowie siedem zrujnowanych wież, dziecko w kolebce trzymające miecz i... — Pokręciła głową. — Ludzie tacy jak on, rozumiesz... zawsze mają całe mnóstwo obrazów w głowie. Najsilniejszy obraz otaczający barda przedstawia jakiegoś człowieka, który żongluje ogniem, i Białą Wieżę, co zupełnie nie ma sensu w jego przypadku. U tego dużego chłopca z kręconymi włosami widzę wilka, złamaną koronę i kwitnące drzewa. U tego drugiego czerwonego orła, oko na szali, sztylet z rubinem, róg i czyjąś roześmianą twarz. Są jeszcze inne rzeczy, ale już chyba rozumiesz, o czym mówię. Sama nie potrafię tego wszystkiego połączyć.

Odczekała chwilę, nadal się uśmiechając, aż w końcu chrząknął i zapytał:

— A co ze mną?

Teraz otwarcie wybuchnęła śmiechem.

— To samo, co z resztą. Miecz, który nie jest mieczem, złota korona z laurowych liści, laska żebracza, ty wylewający wodę na piasek, zakrwawiona dłoń i żelazo rozpalone do białości, ty leżący na marach i trzy kobiety obok ciebie, czarna skała mokra od krwi...

— Wystarczy — przerwał jej niespokojnie. — Nie musisz wymieniać wszystkiego.

— Przede wszystkim jednak widzę przy tobie błyskawicę, która równocześnie uderza w ciebie i bije z twego ciała. Nie mam pojęcia, co to oznacza, ale wiem jedno. Ty i ja spotkamy się jeszcze kiedyś.

Zadumała się, jakby sama nie wiedziała, co o tym wszystkim sądzić.

— Dlaczego miałoby tak nie być? — zapytał. — Będę tędy wracał do domu.

— Na tej podstawie myślę tak samo. — Jej uśmiech powrócił nagle, krzywy i tajemniczy. Poklepała go po policzku. — Ale gdybym miała ci opowiedzieć wszystko, co widzę, to włosy by ci się tak samo skręciły, jak twemu barczystemu przyjacielowi.

Jak oparzony cofnął się przed dotykiem jej dłoni.

— Co ty wygadujesz? Czy widziałaś może szczury? Albo coś związanego ze snami?

— Szczury! Nie, nie widziałam żadnych szczurów. A jeśli chodzi o sny, to pamiętaj, że ty o nich mówiłeś, nie ja.

Zastanawiał się, czy ta dziewczyna nie jest przypadkiem szalona, że się tak głupio uśmiecha.

— Muszę już iść — powiedział, obchodząc ją szerokim łukiem. — Jestem... umówiony z przyjaciółmi.

— No to sobie idź. Ale i tak mi nie uciekniesz.

Niby nie uciekał, ale każdy jego kolejny krok był coraz to szybszy.

— Biegnij, jeśli chcesz — zawołała za nim. — Nie możesz przede mną uciec.

Gnany jej śmiechem przebiegł pędem dziedziniec i wypadł na ulicę pomiędzy ludzką ciżbę. Jej ostatnie słowa zbyt przypominały to, co powiedział Ba'alzamon. Wpadał na ludzi, narażając się na ostre spojrzenia i ostre słowa, ale nie zwolnił biegu, dopóki kilka ulic nie dzieliło go od oberży.

Po jakimś czasie znowu zwrócił uwagę na otoczenie. Miał wrażenie, że miejsce głowy zajmuje mu próżny balon, wszystkiemu jednak przypatrywał się z zadowoleniem. Baerlon wydawało mu się zupełnie niezwykłe, prawie takie jak miasta z opowieści Thoma. Wędrował szerokimi, w większości wyłożonymi kamieniem ulicami i wąskimi, krętymi zaułkami, wybierając je przypadkowo, albo podążając w ślad za tłumem. W nocy padał deszcz i nie brukowane ulice pokrywało błoto, ale to nie była dla niego nowość. Żadna z ulic w Pole Emonda nie była brukowana.

Nie widział żadnych pałaców i tylko kilka budowli przewyższało domy jego rodzinnej okolicy, wszystkie jednak kryła dachówka, którą widział dotąd jedynie na dachu „Winnej Jagody". Przypuszczał, że pałace zobaczy dopiero w Caemlyn. Doliczył się natomiast dziewięciu oberży, z których żadna nie była mniejsza od „Winnej Jagody", a większość równie okazała jak „Jeleń i Lew". Na każdej ulicy mijał sklepy, w ich odsłoniętych oknach wystawowych stały stoły zastawiane towarami wszelkiego rodzaju, począwszy od materiałów i książek, a skończywszy na garnkach i butach. Wyglądało to tak, jakby jednocześnie stu handlarzy rozłożyło zawartość swych fur. Gapił się na to wszystko tak długo, że niejednokrotnie musiał uciekać przed podejrzliwymi spojrzeniami właścicieli. Na początku nawet nie rozumiał, czego od niego chcą i trochę się rozeźlił, ale potem przypomniał sobie, że jest tu obcy. A zresztą i tak nie mógł nic kupić. Wzdychał, gdy widział, ile miedziaków wymieniano za tuzin bezbarwnych jabłek albo kilka wyschniętych rzep, jakimi w Dwu Rzekach karmiono wyłącznie konie. Ludzie jednak najwyraźniej chętnie płacili.

Jego zdaniem było tu zdecydowanie za dużo ludzi. Z początku czuł się przytłoczony samą ich liczbą. Niektórzy nosili rzeczy tak dobrze skrojone, jakich nigdy nie widywał w Dwu Rzekach, prawie tak piękne jak ubrania Moiraine, wielu z nich miało na sobie długie, podbite futrem płaszcze, które powiewały im wokół łydek. Górnicy, o których wszyscy mówili w oberży, mieli zgarbione sylwetki typowe dla pracujących pod ziemią. Jednakże wbrew jego przewidywaniom większość przechodniów wcale nie różniła się od ludzi, w otoczeniu których wyrastał, ani ubraniem, ani rysami twarzy. Co więcej, niektórzy mieli w swym zewnętrznym wyglądzie coś tak bliskiego, że prawie mógł ich brać za członków rodzin z Pola Emonda. Bezzębny, siwowłosy mężczyzna, o uszach jak ucha dzbana, który siedział na ławce przed jakąś oberżą i zaglądał osowiałym wzrokiem do pustego kufla, z łatwością mógł być bliskim kuzynem Billego Congara. Obdarzony wydatną szczęką krawiec, szyjący coś przed swoim warsztatem, mógł być bratem Jona Thane'a, miał nawet taką samą łysinę na czubku głowy. Gdy Rand po raz kolejny skręcił za którymś rogiem, potrącił go człowiek — istny Samel Crawe, jego lustrzane odbicie.

Nie wierząc własnym oczom, wgapił się w kościstego, małego człowieczka, obdarzonego długimi rękoma i wydatnym nosem. Przypychał się przez tłum, jego ubranie przypominało stos łachmanów. Mężczyzna miał podkrążone oczy i wyblakłą twarz, jakby nie jadł lub nie spał od wielu dni, ale Rand mógłby przysiąc... Nagle obdartus zauważył go i zastygł w pół kroku, nie zważając na ludzi, którzy wpadali wprost na niego. Z umysłu Randa zniknęły wszelkie wątpliwości.

— Panie Fain! — krzyknął. — Wszyscy myśleliśmy, że...

Przechodzień w mgnieniu oka zerwał się do ucieczki, ale Rand ruszył za nim w pogoń, wykrzykując przeprosiny w stronę ludzi, na których wpadał. Zdołał dostrzec, że Fain skręca w jakąś aleję, więc biegł dalej w tym kierunku. Przebiegłszy kilka kroków, przechodzień przystanął jak wryty, drogę zagrodził mu bowiem wysoki płot. Na widok zatrzymującego się przed nim Randa, Fain kuląc się, zaczął go okrążać, wyraźnie chcąc znowu uciec. Gestami brudnych rąk dawał mu znaki, aby się do niego nie zbliżał. Jego poprzecierany, wyblakły płaszcz był rozdarty w wielu miejscach, jakby noszono go znacznie dłużej niż należało.

— Panie Fain? — spytał z wahaniem Rand. — O co chodzi? To

ja, Rand al'Thor z Pola Emonda. Wszyscy myśleliśmy, że trolloki pana porwały.

Fain zamachał gwałtownie rękami i nadal skulony przebiegł nieporadnie kilka kroków w stronę otwartego końca alei. Nie próbował minąć Randa, czy nawet się do niego zbliżyć.

— Nie podchodź! — wyrzęził. Bezustannie kręcił głową, jakby usiłował dostrzec na ulicy wszystko z wyjątkiem Randa. — Nic nawet nie mów — tu obrócił głowę i rzucił ukradkiem podejrzliwe spojrzenie w stronę Randa, a jego głos przeszedł w chrapliwy szept — o nich. W mieście są Białe Płaszcze.

— Nie mają powodu, żeby się nami interesować — powiedział Rand. — Niech pan wraca ze mną do „Jelenia i Lwa". Jestem tam z przyjaciółmi. Zna pan większość z nich. Ucieszą się, jak pana zobaczą. Wszyscy myśleliśmy, że pan zginął.

— Zginąłem? — Handlarz oburzył się. — Nie Padan Fain. Padan Fain wie, gdzie podskoczyć, a gdzie zeskoczyć. — Wygładził swoje łachmany, jakby to było świąteczne ubranie. — Zawsze tak było i zawsze tak będzie. Jeszcze długo pożyję. Dłużej niż... — Nagle jego twarz się skurczyła, a dłonie obłapiły kurczowo przód kaftana. — Spalili mój wóz i wszystkie towary. Nie mieli żadnego powodu, by to robić, prawda? Nie mogłem się dostać do koni. To moje konie, a ten tłusty oberżysta zamknął je w stajni. Musiałem szybko uciekać, aby mi nie poderżnęli gardła, i co mi z tego przyszło? Zostałem tylko z tym, co miałem wtedy na sobie. No i czy to sprawiedliwe? Pytam, jest czy nie?

— Konie są bezpieczne w stajni pana al'Vere. Może je pan zabrać w każdej chwili. Jeśli pójdzie pan ze mną do oberży, to jestem pewien, że Moiraine pomoże panu wrócić do Dwu Rzek.

— Aaaaach! Ona jest... ona jest Aes Sedai, prawda?

Na twarzy Faina pojawił się czujny wyraz.

— Może, jednak... — Urwał, oblizał nerwowo wargi. — Jak długo będziecie w tym... jak mówiłeś? Jak to się nazywa? „Jeleń i Lew"?

— Wyjeżdżamy jutro — powiedział Rand. — Ale co to ma wspólnego z...?

— Nie wiesz, jak to jest — załkał Fain. — Ty masz pełen brzuch i wysypiasz się w miękkim łóżku. A ja ledwie zmrużyłem oko od tamtej nocy. Zupełnie zdarłem buty, bo tyle biegałem, a jeśli chodzi o jedzenie... — Skrzywił się. — Nie zbliżyłbym się do Aes Sedai ani na milę — warknął — nawet na dziesięć mil, ale nie mam wyboru, prawda? Jak sobie pomyślę, że ona na mnie spojrzy, że w ogóle będzie wiedziała, gdzie ja jestem... — Sięgnął ręką, jakby chciał złapać Randa za płaszcz, ale zawahał się, machnął dłonią i cofnął się o krok. — Obiecaj, że nic nie powiesz. Ja się jej boję. Nie ma potrzeby jej mówić, że w ogóle żyję. Musisz mi to obiecać. Musisz!

— Obiecuję — uspokoił go Rand. — Ale nie ma powodu jej się bać. Proszę iść ze mną. Przynajmniej zje pan coś gorącego.

— Może. Może. — Fain w zamyśleniu pocierał podbródek. — Jutro, powiadasz? O tej porze... Nie zapomnisz, co obiecałeś? Nie pozwolisz jej...?

— Nie dam pana skrzywdzić — odparł Rand, zastanawiając się, czy jest w stanie powstrzymać Aes Sedai przed czymkolwiek.

— Ona mi nic nie zrobi — odgrażał się Fain. — Nie zrobi. Nie dopuszczę do tego.

Nagle przemknął obok Randa jak strzała i zmieszał się z tłumem.

— Panie Fain! — zawołał Rand. — Niech pan poczeka!

Wybiegł w porę z alei, aby dojrzeć sylwetkę w postrzępionym kaftanie, znikającą za następnym rogiem. Nie przestając wołać, pobiegł w tamtym kierunku. Zdążył jeszcze zobaczyć plecy jakiegoś przechodnia, ale to go nie uchroniło przed zderzeniem, razem upadli w błoto.

— Mógłbyś uważać, jak chodzisz? — dobiegł go stłumiony pomruk.

Rand podniósł się ze zdziwieniem.

— Mat?

Mat rzucił nieszczęśliwe spojrzenie i zaczął strzepywać błoto ze swego płaszcza.

— Ty się chyba naprawdę zamieniasz w człowieka z miasta. Cały ranek śpisz, a potem wpadasz na ludzi. — Podniósł się z ziemi, spojrzał na swoje ubłocone dłonie, mruknął coś i otarł je o płaszcz. — Słuchaj, nigdy nie zgadniesz, kogo właśnie widziałem.

— Padana Faina — powiedział Rand.

— Skąd wiedziałeś?

— Rozmawiałem z nim, ale potem uciekł ode mnie.

— A więc tro... — Mat urwał, aby czujnie rozejrzeć się dokoła, ale tłum mijał ich obojętnie. Rand ucieszył się, że przyjaciel nauczył się choć trochę uważać. — Więc jednak go nie dopadły. Zastanawiam się, dlaczego tak bez słowa opuścił Pole Emonda? Pewnie jak zaczął biec, to nie mógł się zatrzymać, dopóki nie dotarł aż tutaj. Ale czemu dalej ucieka?

Rand kręcił głową.

— Wiem tylko, że boi się M... to jest pani Alys. — Niełatwo było się cały czas pilnować. — Nie chce, żeby wiedziała, że on tu jest. Kazał mi obiecać, że jej nic nie powiem.

— Cóż, ja też nie zdradzę tej tajemnicy — powiedział Mat. — Sam bym wolał, żeby nie wiedziała, gdzie ja jestem.

— Mat? — Przechodnie nadal nie zwracali na nich uwagi, ale Rand zniżył na wszelki wypadek głos i przysunął się do niego bliżej. — Mat, czy tobie tej nocy śnił się jakiś koszmar? O człowieku, który zabił szczura?

Mat zapatrzył się na niego szeroko rozwartymi oczami.

— Więc ty też? — spytał wreszcie. — Perrinowi też się chyba to śniło. Wybadałem go rankiem, ale... Na pewno tak. Krew i popioły! Teraz ktoś nas zmusza, żebyśmy śnili o takich rzeczach! Rand, wolałbym, żeby nikt nie wiedział, gdzie jestem.

— W oberży znaleźli dziś mnóstwo martwych szczurów. — Gdy to mówił, nie bał się już tak jak przedtem. Właściwie nic już nie czuł. — Miały poprzetrącane grzbiety.

W uszach dźwięczał mu własny głos. Jeśli jest chory, to będzie musiał iść do Moiraine. Nawet się nie przejął na myśl, że może być leczony Jedyną Mocą i to go zdziwiło.

Mat odetchnął głęboko, zdjął płaszcz i rozejrzał się, zastanawiając, w którą stronę mogą pójść.

— Co się z nami dzieje, Rand? Co to jest?

— Nie wiem. Chcę poprosić Thoma o radę. Albo powiedzieć o tym... komuś innemu.

— Nie! Tylko nie jej. Może jemu tak, ale nie jej.

Rand zdziwił się, słysząc jego zawziętość.

— Więc mu uwierzyłeś?

Nie musiał mówić, o kogo mu chodzi, grymas na twarzy Mata potwierdził, że przyjaciel go zrozumiał.

— Nie — powiedział wolno Mat. — To wszystko jest ryzykowne. Jeżeli jej powiemy, a on kłamał, to może nic się nie stanie. Może. Ale może on sam w naszych snach wystarcza... nie wiem... — Urwał, by przełknąć ślinę. — Jeśli jej nie powiemy, to może nam się znowu coś przyśnić. Szczury, nie szczury, sny są lepsze od... Pamiętasz, co się stało z promem? Ja twierdzę, że powinniśmy trzymać język za zębami.

— Zgoda. — Rand przypomniał sobie prom i groźby Moiraine, ale to wszystko wydawało mu się bardzo odległe. — Niech tak będzie.

— Perrin nic nie powie, prawda? — utwierdzał się Mat, przestępując z nogi na nogę. — Musimy do niego wrócić. Jeśli on jej coś powie, to ona się domyśli reszty. Mogę się o to założyć. Chodźmy.

Żwawo zmieszał się z tłumem. Rand stał bez ruchu, odprowadzając go wzrokiem, dopóki Mat nie zawrócił i nie schwycił go. Poczuwszy dotyk, zamrugał, potem poszedł posłusznie za nim.

— Co z tobą? — spytał Mat. — Masz zamiar znowu spać?

— Chyba się zaziębiłem — wyjaśnił Rand. Głowę miał prawie tak ciężką i tak pustą jak bęben.

— Może dostaniesz rosołu, kiedy wrócimy do oberży — powiedział Mat.

Nie przestawał mówić, kiedy przedzierali się przez zatłoczone ulice, a Rand usiłował słuchać i nawet co jakiś czas wtrącał jakieś słowa i odpowiadał, przychodziło mu to jednak z trudem. Nie był zmęczony i nie chciał spać. Odnosił wrażenie, że cały czas płynie. Przyłapał się w pewnej chwili, że opowiada Matowi o Min.

— Sztylet z rubinem, co? — powtórzył Mat. — To mi się podoba. Ale nie rozumiem tego oka. Jesteś pewien, że ona nie zmyślała?

Mnie się wydaje, że skoro ona jest jasnowidzem, to powinna wiedzieć, co to wszystko oznacza.

— Nie powiedziała, że jest jasnowidzem — poprawił go Rand. — Ja wierzę, że ona widzi różne rzeczy. Pamiętasz, jak wyszliśmy z łaźni, to widzieliśmy ją rozmawiającą z Moiraine. I ona wie, kim jest Moiraine.

Mat skrzywił się.

— Myślałem, że mamy nie wypowiadać tego imienia.

— To prawda. — Rand ze wstydem przyznał mu rację.

Potarł czoło obydwiema dłońmi. Trudno mu się było skupić na czymkolwiek.

— Ty chyba jesteś naprawdę chory — stwierdził Mat, nadal się krzywiąc. Nagle szarpnął Randa za rękaw, aby się zatrzymał. — Popatrz na tamtych.

W stronę Randa i Mata nadchodziło ulicą trzech mężczyzn w napierśnikach i stożkowatych hełmach wypolerowanych do srebrnego połysku. Ich śnieżnobiałe płaszcze z wyhaftowanym na lewej piersi złocistym słońcem były tak długie, że zamiatali nimi błoto i kałuże. Dłonie spoczywały na rękojeściach mieczy, patrzyli na chłopców jak na coś, co właśnie wypełzło spod przegniłej kłody. Nikt jednak nie oglądał się za nimi. Wyglądało na to, że nikt nawet ich nie zauważa. Nie musieli przedzierać się przez tłum, bo ludzie jakby przypadkiem ustępowali im z drogi, pozostawiając pustą przestrzeń.

— Sądzisz, że to Synowie Światłości? — spytał głośno Mat.

Jakiś przechodzień spojrzał na niego ostro i przyspieszył kroku.

Rand skinął głową. Synowie Światłości. Białe Płaszcze. Ci, którzy nienawidzili Aes Sedai. Ci, którzy nakazywali innym, jak mają żyć, i przysparzali kłopotów tym, którzy okazywali się nieposłuszni. O ile spalone farmy i jeszcze gorsze rzeczy można było nazwać tak łagodnym słowem jak kłopot.

„Powinienem się bać — pomyślał. — Albo zaciekawić".

W każdym razie coś poczuć. A tymczasem tylko przypatrywał im się obojętnie.

— Mnie nie wydają się tacy groźni — stwierdził Mat. — Strasznie są w sobie zadufani, prawda?

— Oni się nie liczą — powiedział Rand. — Chodźmy, musimy porozmawiać z Perrinem.

— Jak Eward Congar. On też zawsze zadzierał nosa. — Nagle Mat uśmiechnął się szeroko i mrugnął okiem. — Pamiętasz, jak spadł z Mostu Wozów i wrócił do domu cały mokry? Spuścił z tonu na cały miesiąc.

— Co to ma wspólnego z Perrinem?

— Widzisz tam? — Mat wskazał wóz wsparty na dyszlach w alei, w kierunku której podążali Synowie. Leżał na nim stos beczek podparty pojedynczym kołkiem. — Popatrz tylko!

Śmiejąc się, pomknął w stronę sklepu z nożami znajdującego się po lewej stronie ulicy.

Rand patrzył za nim, wiedząc, że powinien coś przedsięwziąć. Taki wyraz oczu Mata zawsze zapowiadał, że coś zmaluje. Ale, o dziwo, czekał z niecierpliwością na to, co Mat miał zamiar zrobić. Coś mu podpowiadało, że to pragnienie jest niewłaściwe, wręcz niebezpieczne, ale mimo to uśmiechał się radośnie.

Po chwili Mat wychylił się z okna poddasza nad sklepem. W dłoni trzymał wycelowaną procę. Wzrok Randa powędrował z powrotem do wozu. Prawie natychmiast dał się słyszeć ostry trzask i kołek podtrzymujący beczki pękł w tej chwili, w której Synowie wkroczyli do alei. Ludzie uskoczyli z drogi, gdy beczki sturlały się po dyszlach na ulicę, rozbryzgując na wszystkie strony błoto i kałuże. Synowie uskakiwali nie wolniej niż pozostali przechodnie, w ich pełnych wyższości spojrzeniach odmalował się wyraz zaskoczenia. Kilku przechodniów przewróciło się, tamci trzej jednak poruszali się zręcznie, bez trudu wymijając beczki. Nie mogli jednak uchronić się przed bryzgami błota padającymi na ich białe płaszcze.

Z alei wybiegł pospiesznie brodaty mężczyzna w długim fartuchu, wymachiwał rękoma i krzyczał coś ze złością, ale gdy tylko dostrzegł trzech mężczyzn w białych płaszczach, bezskutecznie usiłujących oczyścić się z błota, zniknął jeszcze szybciej, niż się pojawił. Rand spojrzał na dach sklepu, Mat zniknął. Dla chłopca z Dwu Rzek był to z pewnością łatwy strzał, ale trudno było sobie wymarzyć lepszy efekt. Nie mógł powstrzymać śmiechu, widział wszystko jakby za mgłą, ale i tak czuł rozbawienie. Kiedy znów spojrzał na ulicę, Synowie Światłości wpatrywali się prosto w niego.

— Zdaje się, że coś cię tu śmieszy?

Ten, który to powiedział, wystąpił naprzód. Jego wzrok był pełen kamiennej arogancji, za nią jednak czaił się błysk. Jakby wiedział coś, czego nie wiedział nikt inny.

Randowi śmiech uwiązł w gardle. Na ulicy pozostały tylko dzieci, błoto, beczki i on. Ludzie, którzy ich dotychczas tłumnie otaczali, znaleźli natychmiast jakieś pilne sprawy do załatwienia.

— Czy strach przed Światłością związał ci język? — Gniew sprawił, że rysy twarzy Białego Płaszcza wydały się jeszcze ostrzejsze. Natrętnie przypatrywał się rękojeści miecza wystającej Randowi spod płaszcza. — A może to ty jesteś za wszystko odpowiedzialny?

W odróżnieniu od innych, jego wyhaftowane na płaszczu słońce miało doszyty węzeł.

Rand poruszył się, usiłując zakryć miecz, ale niechcący rozchylił płaszcz jeszcze bardziej. Gdzieś w głowie huczało mu zdziwienie wobec własnych poczynań, ale to była odległa myśl.

— Wypadki zdarzają się nawet Synom Światłości — powiedział.

Człowiek o wąskiej twarzy uniósł brew.

— Taki jesteś zadziorny, chłopaczku?

Nie był o wiele starszy od Randa.

— Znak czapli, lordzie Bornhald — ostrzegł go jeden z pozostałych.

Mężczyzna ponownie spojrzał na rękojeść miecza Randa — mosiężna czapla była znakomicie widoczna — i na moment wytrzeszczył oczy. Potem przeniósł wzrok na twarz Randa i lekceważąco pociągnął nosem.

— Jest za młody. Nie jesteś stąd, prawda? — powiedział zimnym tonem. — Skąd pochodzisz?

— Właśnie przybyłem do Baerlon. — Poczuł dreszcz przebiegający po ramionach i nogach. Potem falę gorąca. — Pewnie nie znacie żadnej dobrej oberży?

— Wykręcasz się od odpowiedzi na moje pytania — zdenerwował się Bornhald. — Co ty skrywasz, że nie chcesz odpowiadać?

Jego towarzysze zbliżyli się do niego, stanęli po obu stronach. Twarze mieli zimne i pozbawione wyrazu. Pomimo plam błota na płaszczach nie było w nich już nic zabawnego.

Rand czuł mrowienie w całym ciele, ciepło przeradzało się w gorączkę. Czuł się wspaniale, miał ochotę się śmiać. Jakiś cichy głos podszeptywał mu, że dzieje się coś złego, ale myślał tylko o rozsadzającej go energii. Uśmiechnięty kołysał się na piętach i czekał na rozwój wydarzeń.

Twarz dowódcy pociemniała. Jeden z jego towarzyszy wyciągnął miecz na cal z pochwy i przemówił drżącym z gniewu głosem.

— Kiedy Synowie Światłości zadają pytania, ty szarooka dynio, to albo będzie odpowiedź, albo...

Urwał, gdy mężczyzna o wąskiej twarzy położył mu dłoń na ramieniu. Bornhald gwałtownym ruchem głowy spojrzał w głąb ulicy.

Nadchodziła Straż Miejska, kilkunastoosobowa grupa mężczyzn w okrągłych stalowych hełmach i kaftanach nabijanych ćwiekami. Nieśli w rękach drągi, w taki sposób, jakby demonstrowali, że potrafią się z nimi znakomicie obchodzić. Zatrzymali się w odległości jakichś dziesięciu kroków i teraz milcząc, obserwowali całą scenę.

— To miasto jest stracone dla Światłości — warknął ten, który wyciągnął miecz, po czym podniósł głos, aby krzyknąć w stronę strażników: — Baerlon kryje się w cieniu Czarnego!

Na gest Bornhalda schował miecz z powrotem.

Ten odwrócił się ponownie w stronę Randa. W jego oczach płonęło światło zrozumienia.

— Sprzymierzeńcy Ciemności nie uciekną przed nami, chłopaczku, nawet w mieście, które kryje się w Cieniu. Jeszcze się spotkamy, bądź tego pewien!

Obrócił się na pięcie i pomaszerował przed siebie, a jego towarzysze ruszyli w ślad za nim, jakby Rand przestał nagle istnieć. Przynajmniej na chwilę. Kiedy dotarli do zatłoczonej części ulicy, otworzyła się przed nimi ta sama, jakby przypadkowa, przestrzeń. Strażnicy wahali się, popatrzyli na Randa, a potem oparli drągi na ramionach i poszli za trójką w białych płaszczach. Musieli przepychać się przez tłum i krzyczeć:

— Droga dla Straży!

Mało kto chętnie im ustępował.

Rand nadal kołysał się na piętach i czekał. Mrowienie było tak silne, że prawie drżał, miał wrażenie, że cały płonie.

Mat wyszedł ze sklepu i przyjrzał mu się.

— Ty nie jesteś chory — powiedział. — Ty jesteś szalony!

Rand odetchnął głęboko i nagle poczuł się jak przekłuty balon, jakby z niego uszło całe powietrze. Zachwiał się, gdy zrozumiał, co właśnie zrobił. Zwilżył wargi językiem i napotkał wzrok Mata.

— Lepiej wracajmy do oberży — powiedział niepewnie.

— Tak — stwierdził Mat — chyba tak będzie najlepiej.

Ulica zaczęła się znowu zapełniać, niejeden człowiek przystawał, przypatrywał się obydwu chłopcom i coś mruczał do innego przechodnia. Rand był pewien, że ta historia się rozejdzie. Jakiś szaleniec próbował wszcząć bójkę z trzema Synami Światłości. Było o czym opowiadać.

„Może to te sny doprowadzają mnie do szaleństwa".

Kilkakrotnie gubili drogę w labiryncie ulic, ale po jakimś czasie wpadli na Thoma Merrilina, który wlókł za sobą całą procesję. Bard twierdził, że wyszedł rozprostować kości i zaczerpnąć świeżego powietrza, ale gdy tylko ktoś zaczął uważniej przyglądać się jego kolorowemu płaszczowi, obwieszczał donośnie:

— Zatrzymałem się w „Jeleniu i Lwie"! Tylko jeden wieczór!

Mat zaczął nieskładnie opowiadać Thomowi o ich śnie i o zmartwieniu, czy powiedzieć o nim Moiraine, czy nie, ale Rand wszedł mu w słowo, ponieważ ich wspomnienia nieco się różniły.

„Albo nie wszyscy śniliśmy dokładnie to samo" — pomyślał.

Zasadnicza treść ich snów była jednak taka sama.

Thom przysłuchiwał im się uważnie. Kiedy Rand wspomniał imię Ba'alzamona, bard złapał każdego z nich za ramię, zmuszając, by przestali mówić, po czym pospiesznie zagnał do jakiejś alejki, w której nie było nic prócz krat i żółtego wychudłego psa, chroniącego się tu przed zimnem.

Thom obserwował, czy ktoś z tłumu nie zatrzymuje się, aby ich podsłuchiwać, zanim znów zwrócił uwagę na Randa i Mata. Jego niebieskie oczy przewiercały ich na wskroś, co jakiś czas niespokojnie zerkał w kierunku wylotu alejki.

— Nigdy nie wymawiajcie tego imienia tam, gdzie mogą was słyszeć obcy. — Mówił spokojnym, ale stanowczym głosem. — Nawet tam, gdzie prawie nikt nie słucha. To bardzo niebezpieczne imię, nawet jeśli ulicami nie przechadzają się Synowie Światłości.

Mat prychnął.

— Już ty miałbyś coś o nich do powiedzenia — wycedził, patrząc krzywo na Randa.

Thom zignorował go.

— Gdyby tylko jeden z was miał ten sen... — rzekł i zaczął wściekle miętosić wąsa. — Opowiedzcie mi wszystko, co pamiętacie. Każdy szczegół.

Słuchał, nie przestając rzucać czujnych spojrzeń w stronę ulicy.

— ...wymienił ludzi, którzy według niego zostali wykorzystani — powiedział wreszcie Rand. Uważał, że to już koniec opowieści. — Guaire Amalasan. Raolin Darksbane.

— Davian — wtrącił Mat — I Yurian Stonebow.

— I Logain — skończył Rand.

— Niebezpieczne imiona — mruknął Thom. Jego oczy zdawały się ich przewiercać z jeszcze większą mocą niż przedtem. — Tak czy siak, prawie tak niebezpieczne, jak to pierwsze. Wszyscy już nie żyją, z wyjątkiem Logaina. Niektórzy już od dawna. Raolin Darksbane umarł prawie dwa tysiące lat temu. Ale równie niebezpiecznie jest o nim mówić. Najlepiej nie wymieniajcie tych imion głośno nawet wtedy, gdy będziecie sami. Większość ludzi nie słyszała o nich, ale jeśli posłyszy je nie ten, co trzeba...

— Ale kim oni byli?

— Ludźmi — wymamrotał Thom. — Ludźmi, którzy strzaskali filary nieba i wstrząsnęli podstawami ziemi. — Pokręcił głową. — To nie ma znaczenia. Zapomnijcie o nich. Są już tylko prochem.

— Czy oni... zostali wykorzystani, tak jak on powiedział? — spytał Mat. — I potem zabici?

— Można powiedzieć, że zabiła ich Biała Wieża. Na pewno tak. — Thom zacisnął na moment usta, a potem znowu pokręcił głową.

— Ale wykorzystani...? Nie, tak bym tego nie nazwał. Światłość wie, że Zasiadająca na Tronie Amyrlin zawiązuje wiele spisków, ale tak bym tego nie nazwał.

Mat zadrżał.

— Powiedział tyle różnych rzeczy. Zupełne szaleństwa. Ta historia o Lewsie Therinie Zabójcy Rodu i Arturze Jastrzębie Skrzydło. I o Oku Świata. Co to jest, na Światłość?

— To legenda — wyjaśniał cierpliwie bard. — Może. Tak sławna, jak legenda o Rogu Valere, przynajmniej na Ziemiach Granicznych. Tam młodzi ludzie polują na Oko Świata, tak jak młodzi w Illian polują na Róg. Może to tylko legenda.

— Co mamy robić, Thom? — zapytał Rand. — Czy mamy jej powiedzieć? Nie chcę już takich snów. Może ona mogłaby coś zrobić.

— To, co by zrobiła, mogłoby się nam nie spodobać — warknął Mat.

Thom przypatrywał się im i gładził kłykciem swoje wąsy.

— Ja twierdzę, że powinniście zachować spokój — powiedział wreszcie. — Nikomu nic nie mówcie, przynajmniej na razie. Zawsze możecie zmienić zamiar, ale gdy już o tym powiecie, to będzie po wszystkim i zwiążecie się z nią jeszcze mocniej. — Nagle wyprostował się. — Perrin! Mówicie, że też miał taki sen? Czy ma w sobie tyle rozsądku, żeby trzymać język za zębami?

— Tak mi się wydaje — powiedział Rand w tym samym momencie, gdy Mat stwierdził:

— Szliśmy właśnie do oberży, aby go ostrzec.

— Niechaj Światłość sprawi, abyśmy nie przyszli za późno! Thom ruszył bezzwłocznie do przodu, płaszcz owinął się wokół jego łydek, a łatki zatrzepotały na wietrze. Obejrzał się przez ramię, bez zatrzymywania się. — No, co tam? Nogi wam wrosły w ziemię?

Rand i Mat pospieszyli za nim, ale nie czekał, aż go dogonią. Nie zatrzymywał się nawet, gdy ktoś patrzył na jego płaszcz albo pozdrawiał go. Pędził przez rojne ulice, jakby były puste. Rand i Mat musieli nieomal biec, aby dotrzymać mu kroku. Dotarli do „Jelenia i Lwa" w znacznie krótszym czasie, niż Rand się spodziewał.

W wejściu natychmiast wpadli na Perrina, który właśnie stamtąd wybiegał, narzucając po drodze płaszcz. Omal się nie przewrócił, gdy usiłował ich ominąć.

— Szedłem właśnie was szukać — wysapał, gdy już odzyskał równowagę.

Rand schwycił go za ramię.

— Czy mówiłeś komukolwiek o śnie?

— Powiedz, że nie — zażądał Mat.

— To bardzo ważne — dorzucił Thom.

Perrin patrzył na nich zupełnie zdezorientowany.

— Nie, nie mówiłem. Wstałem z łóżka dopiero godzinę temu. — Zgarbił się. — Aż mnie rozbolała głowa, tak się starałem o tym nie myśleć, a jeszcze bardziej nie mówić. Dlaczego mu powiedzieliście? — Skinął w stronę barda.

— Musieliśmy z kimś porozmawiać, bo inaczej byśmy poszaleli — burknął Rand.

— Wszystko ci później wyjaśnię — dodał Thom, patrząc znacząco na ludzi wchodzących i wychodzących z oberży.

— W porządku — wolno odpowiedział Perrin, nadal wyglądając na zdezorientowanego. Nagle uderzył się w czoło. — Omal nie zapomniałem, dlaczego was szukam. Nynaeve przyjechała.

— Krew i popioły! — zaklął Mat. — Jak ona się tu dostała? Moiraine... Prom...

Perrin prychnął.

— Czy myślisz, że taki drobiazg jak prom mógł ją zatrzymać? Wygrzebała spod ziemi Hightowera. Nie wiem, jak on przepłynął rzekę, ale Wiedząca twierdzi, że ukrywał się we własnej sypialni i nie chciał się nawet zbliżać do wody. W każdym razie omamiła go tak, że znalazł łódź, która pomieściła ją i konia, a potem przewiózł na drugi brzeg. Osobiście. Dała mu tylko odrobinę czasu, by znalazł drugiego człowieka do wioseł.

— Na Światłość! — wydyszał Mat.

— Co ona tu robi? — dopytywał się Rand.

Mat i Perrin spojrzeli na niego spode łba.

— Przyjechała nas zabrać — powiedział Perrin. — Teraz rozmawia z... panią Alys i atmosfera jest tak chłodna, że zaraz pewnie zacznie padać śnieg.

— Czy nie moglibyśmy gdzieś sobie na razie pójść? — spytał Mat. — Mój tata zawsze powtarza, że tylko idiota pcha rękę do gniazda szerszeni bez powodu.

Rand wszedł mu w słowo.

— Ona nie może nas zmusić do powrotu. Zimowa Noc powinna jej była wystarczyć, aby to zrozumiała. Jeśli nie, to my jej wytłumaczymy.

Mat unosił brwi przy każdym słowie, a kiedy Rand skończył, zagwizdał cicho.

— Czy kiedykolwiek próbowałeś zmusić Nynaeve, żeby zrozumiała coś, czego nie chciała zrozumieć? Bo ja tak. Powiadam, poczekajmy na zewnątrz, dopóki się nie ściemni i potem jakoś się prześlizgniemy.

— Na podstawie moich obserwacji tej młodej kobiety — powiedział Thom — nie sądzę, by coś ją powstrzymało od postawienia na swoim. Jeśli nie uda jej się tego zrobić od razu, to dotąd będzie się upierała, aż zwróci na nas uwagę, czego wcale nie chcemy.

Tym ich ściągnął na ziemię. Wymienili spojrzenia, odetchnęli głęboko i wmaszerowali do środka, jakby idąc na spotkanie trolloków.

ROZDZIAŁ 16

WIEDZĄCA

Na czele szedł Perrin. Rand był tak pochłonięty obmyślaniem tego, co powie Nynaeve, że nie zauważył Min, która schwyciła go za rękę i odciągnęła na bok. Pozostali zdążyli ujść jeszcze kilka kroków korytarzem, zanim to zauważyli. Przystanęli więc również, niecierpliwie przestępując z nogi na nogę, bo jednocześnie pragnęli iść dalej i nie mieli na to chęci.

— Nie mamy czasu, chłopcze — ofuknął go Thom.

Min obdarzyła barda ostrym spojrzeniem.

— Idź sobie czymś pożonglować — warknęła, odciągając Randa jeszcze dalej od pozostałych.

— Naprawdę nie mam czasu — tłumaczył jej Rand. — A na pewno nie na tę głupią gadaninę o ucieczce i tak dalej.

Próbował uwolnić rękę, ale nie puszczała.

— Ja też nie mam czasu na twoje głupstwa. Stań wreszcie spokojnie! — Omiotła pozostałych szybkim spojrzeniem, po czym przysunęła się i zniżyła głos. — Jakiś czas temu przyjechała tu kobieta, niższa ode mnie, młoda, ma ciemne oczy i ciemne włosy splecione w warkocz sięgający do pasa. Ona też jest częścią tego, co otacza was wszystkich.

Przez chwilę Rand wpatrywał się w nią bez słowa.

„Nynaeve? Jakim cudem może być w to wmieszana? Światłość, a jak ja mogę być w to wmieszany?"

— To niemożliwe.

— Znasz ją? — szepnęła Min.

— Tak, ale ona nie ma związku z... czymkolwiek, co ty...

— Iskierki, Rand. Wchodząc tu, spotkała panią Alys i widać

było dwie samotne iskierki. Wczoraj nie widziałam żadnych iskier, jeśli nie było was razem, przynajmniej trojga lub czworga, a dzisiaj świecą znacznie wyraźniej i gwałtowniej. — Spojrzała na czekających cierpliwie przyjaciół Randa i zadrżała, nim odwróciła się na powrót w jego stronę. — To prawie cud, że oberża nie stanęła jeszcze w ogniu. Grozi ci jeszcze większe niebezpieczeństwo niż wczoraj. Od czasu jej przyjazdu.

Rand obejrzał się na przyjaciół. Thom zmarszczył swe krzaczaste brwi i wyraźnie miał zamiar go jakoś ponaglić.

— Ona nie zrobi nam żadnej krzywdy — zapewnił dziewczynę. — Ale teraz już muszę iść.

Tym razem udało mu się wyzwolić rękę. Ignorując jej protesty, dołączył do pozostałych i ruszyli znowu przed siebie. Rand obejrzał się raz: Min wygrażała mu pięścią i tupała nogami.

— Co ona ci powiedziała? — spytał Mat.

— Że Nynaeve też należy do tego wszystkiego — powiedział niewiele myśląc Rand i Mat otworzył usta ze zdziwienia. Po chwili na twarzy przyjaciela powoli ukazało się zrozumienie.

— Do czego należy? — spytał cicho Thom. — Czy ta dziewczyna coś wie?

Rand zastanawiał się, co odpowiedzieć, ale Mat odezwał się za niego.

— Oczywiście, że ona do tego należy — oznajmił ponuro. — Jest częścią tego samego pecha, który nas gnębi od Zimowej Nocy. Może przyjazd Nynaeve nie jest dla ciebie czymś ważnym, ale niedługo zobaczymy tu Białe Płaszcze.

— Ona była świadkiem przyjazdu Nynaeve — dodał Rand. — Widziała, jak rozmawiała z panią Alys i myślała, że ona ma coś z nami wspólnego.

Thom spojrzał na niego z ukosa i parsknąwszy, zmierzwił sobie wąsy, ale pozostali wydawali się akceptować wyjaśnienia Randa. Nie podobało mu się, że musi coś ukrywać przed przyjaciółmi, niemniej tajemnica Min mogła być tak samo niebezpieczna dla niej, jak ich tajemnice dla nich.

Perrin zatrzymał się nagle przed jakimiś drzwiami. Jego onieśmielenie wydawało się doprawdy niezwykłe u człowieka takiej postury. Zrobił głęboki wdech, spojrzał na swych towarzyszy, znowu zrobił wdech, powoli otworzył drzwi i wszedł do środka. Pozostali wchodzili za nim gęsiego. Rand, jako ostatni, z najwyższą niechęcią zamknął drzwi.

Była to ta sama izba, w której poprzedniego wieczoru jedli wieczerzę. W kominku płonął ogień, a na stole stała taca z połyskującym srebrnym dzbanem i filiżankami. Moiraine i Nynaeve siedziały przy przeciwległych krańcach stołu, nie spuszczając z siebie wzroku, pozostałe krzesła były wolne. Ręce Moiraine opierały się na stole, równie nieruchome jak jej twarz. Nynaeve przerzuciła warkocz przez ramię i ściskała w dłoni jego koniec. Bezustannie szarpała go, tak samo jak wtedy, gdy upierała się przy czymś podczas posiedzeń Rady Wioski.

„Perrin miał rację".

Pomimo ognia na kominku, wydawało się, że obydwie kobiety emanują mrozem.

Lan, oparty o komodę, wpatrywał się w palenisko i rozcierał zgrabiałe dłonie. Podpierająca plecami ścianę Egwene nasunęła na głowę kaptur płaszcza. Thom, Mat i Perrin zatrzymali się niezdecydowanie na progu.

Wzdrygnąwszy się niespokojnie, Rand podszedł do stołu.

„Czasami trzeba schwycić wilka za uszy" — przypomniał sobie stare porzekadło. Ale pamiętał również inne. „Kiedy już złapiesz wilka za uszy, równie trudno go puścić, jak przytrzymać".

Pod wpływem wzroku Moiraine i Nynaeve poczuł, że oblewa go gorąco, ale mimo to usiadł w równej odległości między obydwiema.

Przez chwilę w pokoju panowała cisza jak makiem zasiał, po czym Egwene, Perrin, a na końcu Mat, ruszyli niechętnie w stronę stołu i zajęli miejsca. Wszyscy starali się usiąść gdzieś pośrodku, w pobliżu Randa. Egwene naciągnęła jeszcze mocniej kaptur, tak że krył teraz połowę jej twarzy. Unikali nawzajem swoich spojrzeń.

— Znakomicie — parsknął Thom ze swego stanowiska przy drzwiach. — Przynajmniej to już mamy za sobą.

— Ponieważ wszyscy już się zeszli — powiedział Lan, odchodząc od kominka i napełniając srebrne pucharki winem — może wreszcie to przyjmiesz. — Podał pucharek Nynaeve, która spojrzała na niego podejrzliwie. — Nie masz się czego obawiać — tłumaczył cierpliwie. — Widziałaś, że to wino przyniósł oberżysta i żadne z nas nie miało okazji, aby coś do niego dodać. Jest absolutnie nieszkodliwe.

Wiedząca gniewnie zacisnęła usta przy słowie „obawiać", ale przyjęła pucharek i burknęła:

— Dziękuję.

— Chciałbym wiedzieć, jak nas tu znalazłaś — oświadczył Lan.

— Ja też. — Wyraźnie spięta Moiraine pochyliła się do przodu. — Może teraz zechcesz coś powiedzieć, skoro Egwene i chłopcy zostali już przyprowadzeni?

Nynaeve upiła łyk wina, po czym zwróciła się do Aes Sedai:

— Mogliście pojechać tylko do Baerlon. Na wszelki wypadek jednak trzymałam się waszych śladów. Z pewnością musieliście kluczyć i jak podejrzewałam, unikaliście spotkań z uczciwymi ludźmi.

— Tropiłaś nasze ślady? — spytał Lan, a Rand po raz pierwszy widział u niego szczere zdumienie. — Pewnie staję się nieuważny.

— Zostawialiście bardzo mało śladów, ale ja potrafię tropić nie gorzej, niż wszyscy mężczyźni w Dwu Rzekach, z wyjątkiem może Tama al'Thora. — Zawahała się, po czym dodała: — Mój ojciec, zanim umarł, często mnie brał na polowania i uczył tego, czego uczyłby swych synów, gdyby ich miał.

Spojrzała wyzywająco na Lana, ale on jedynie skinął głową z uznaniem.

— Twój nauczyciel był znakomity, skoro udało ci się odnaleźć ślady, które ja starałem się zatrzeć. Nawet na Ziemiach Granicznych niewielu jest takich, którzy potrafią to zrobić.

Nagle Nynaeve skryła swą twarz za pucharkiem. Rand wytrzeszczył oczy, gdy dostrzegł, że się zaczerwieniła. Nynaeve nigdy nie okazywała ani śladu zawstydzenia. Gniew owszem, często rozdrażnienie, ale nigdy zmieszanie. W tej chwili z całą pewnością miała na twarzy rumieńce i pijąc wino, próbowała je ukryć.

— Może teraz — przemówiła cicho Moiraine — zechcesz odpowiedzieć na kilka moich pytań. Ja odpowiadałam na twoje wystarczająco chętnie.

— Posługując się przy tym całym workiem opowieści bardów — odparowała Nynaeve. — Dla mnie faktem jest, że czworo młodych ludzi zostało uprowadzonych przez Aes Sedai i Światłość tylko wie, z jakiego powodu.

— Powiedziano ci to, co tutaj jest tajemnicą — skarcił ją Lan. — Musisz nauczyć się poskramiać swój język.

— A to niby dlaczego? — odcięła się Nynaeve. — Niby dlaczego miałabym pomagać wam się ukryć? Przyjechałam tu, by zabrać Egwene i chłopców z powrotem do Pola Emonda, a nie żeby wam pomóc w ich ukrywaniu.

W to wszystko wtrącił się ponurym głosem Thom:

— Jeśli chcesz, by znowu ujrzeli swą wioskę, i ty sama również, to lepiej bądź ostrożniejsza. Są w Baerlon tacy, którzy zabiliby ją — wskazał głową Moiraine — za to, kim jest. I jego tak samo.

Wskazał Lana, po czym gwałtownie podszedł do stołu, aby oprzeć na nim pięści. Górował nad Nynaeve, jego długie wąsy i gęste brwi nadały mu nagle groźnego wyglądu.

Otworzyła szeroko oczy i uchyliła się jakby w strachu, po czym zastygła w buntowniczej pozie. Thom zdawał się nic nie zauważać, mówił nadal złowieszczo cichym tonem:

— Gdy usłyszą choć jedną plotkę, nawet jeśli powiedziana zostanie szeptem, zaroją się w tej oberży jak drapieżne mrówki. Tak silna jest ich nienawiść i pragnienie, by zabić lub pojmać takich, jak ci dwoje. A co z dziewczyną? Z chłopcami? Z tobą? Jesteś z nimi wszystkimi związana, przynajmniej w mniemaniu Białych Płaszczy. Nie spodobałby ci się ich sposób zadawania pytań, szczególnie wtedy, gdy we wszystko zaangażowana jest Biała Wieża. Śledczy Białych Płaszczy zakładają, że człowiek jest winny, jeszcze zanim go o coś zapytają, za taką winę w ich mniemaniu należy się tylko jedna kara. Wymuszają zeznania gorącym żelazem i szczypcami. Lepiej będzie, jak sobie zapamiętasz, że niektóre tajemnice są zbyt groźne, aby je głośno wypowiadać, nawet przed kimś, kogo niby znasz. — Wyprostował się i dodał jeszcze: — Zdaje się, że często mówię to ludziom za późno.

— Dobrze powiedziane, bardzie — pochwalił go Lan. W oczach Strażnika pojawiło się znowu to wnikliwe spojrzenie. — Twoja troska aż mnie samego zdziwiła.

Thom wzruszył ramionami.

— Wszyscy wiedzą, że ja też przybyłem tu z wami. Nie uśmiecha mi się myśl o śledczym, który za pomocą gorącego żelaza mógłby mi kazać odpokutować za grzechy, a później iść w Światłość.

— To jest kolejny powód — wtrąciła ostrym tonem Nynaeve — dla którego oni muszą wrócić ze mną do domu. Jutro rano albo jeszcze dzisiaj. Im szybciej was pożegnamy, tym lepiej.

— Nie możemy tego zrobić — oświadczył Rand.

Ucieszył się, że przyjaciele też zaczęli mówić. Dzięki temu Nynaeve nie mogła skupić wzroku na nikim z osobna. On jednak odezwał się pierwszy, więc pozostali umilkli, wpatrzeni w niego. Nawet Moiraine oparła się w krześle i obserwowała go zza splecionych palców. Zmusił się, by spojrzeć Wiedzącej w oczy.

— Jeśli wrócimy do Pola Emonda, to trolloki też tam wrócą. One... polują na nas. Nie wiem dlaczego, ale tak jest. Może właśnie w Tar Valon znajdziemy wytłumaczenie. Może dowiemy się, jak temu zaradzić. To jedyny sposób.

Nynaeve rozłożyła gwałtownie ręce.

— Mówisz zupełnie jak Tam. Kazał się zanieść na spotkanie mieszkańców Pola Emonda i usiłował tam wszystkich przekonywać. Próbował już to zrobić nawet z Radą Wioski. Światłość tylko wie, jak tej waszej... pani Alys — włożyła w wymówienie tego imienia taką dozę pogardy, na jaką ją było stać — udało się mu to wmówić, bo zazwyczaj ma w sobie więcej rozsądku niż inni mężczyźni. Na szczęście jednak, mimo że w Radzie na ogół zasiadają sami głupcy, w tym przypadku nie byli aż tak głupi, tak zresztą jak i reszta wsi. Wszyscy zgodzili się, że trzeba was odszukać. Potem jeszcze Tam chciał koniecznie osobiście was szukać, chociaż nie może nawet stanąć o własnych siłach. Głupota musiała zarazić całą waszą rodzinę.

Mat chrząknął i wymamrotał:

— A co z moim tatą? Co on powiedział?

— Boi się, że wśród obcych będziesz uprawiał swoje figle i oberwiesz po głowie. Zdaje się, że bał się tego jeszcze bardziej niż tej tutaj... pani Alys. Ale i tak nie okazał się większym orłem niż ty.

Mat wyraźnie nie wiedział, jak przyjąć jej słowa, albo jak i czy w ogóle odpowiedzieć.

— Spodziewam się... — zaczął z wahaniem Perrin — chciałem powiedzieć, że pan Luhhan też nie był pewnie zadowolony, że wyjechałem.

— A myślałeś, że będzie inaczej? — Nynaeve pokręciła głową z odrazą i spojrzała na Egwene. — Może nie powinnam się dziwić objawami zidiocenia ze strony was trzech, ale po innych spodziewałam się więcej rozsądku.

Egwene siedziała tak, że zasłaniał ją Perrin.

— Zostawiłam list — powiedziała cicho. Naciągnęła znowu kaptur płaszcza, jakby bojąc się pokazać, że ma rozpuszczone włosy. — Wszystko wyjaśniłam.

Twarz Nynaeve pociemniała.

Rand westchnął. Wiedząca mogła za chwilę popuścić cugli swojego języka i wyglądało na to, że odbędzie się to w jeszcze gorszy sposób niż zazwyczaj. Jeżeli zapała gniewem i uprze się, że niezależnie od tego, co inni mają do powiedzenia, zabiera ich do Pola Emonda, to prawie niemożliwością będzie ją powstrzymać. Otworzył usta.

— List! — wybuchnęła Nynaeve w tym samym momencie, w którym Moiraine rzekła:

— Musimy jeszcze ze sobą porozmawiać, Nynaeve.

Gdyby Rand potrafił się powstrzymać, to by to zrobił, ale słowa wylały się z niego, jakby zamiast ust otworzył zaporę na rzece.

— Masz rację, ale nie zmienisz tym niczego. Nie możemy wrócić, musimy jechać dalej.

Pod koniec mówił wolniej, a jego głos cichł tak, że przeszedł w szept. Zarówno Wiedząca, jak i Aes Sedai wpatrywały się w niego, takie same spojrzenia napotkałby, gdyby pojawił się na spotkaniu Koła Kobiet albo wszedł tam, gdzie go nie proszono. Opadł na krzesło, nagle zapragnął znaleźć się zupełnie gdzie indziej.

— Nynaeve — powiedziała Moiraine — musisz uwierzyć, że ze mną oni są bezpieczniejsi niż w Dwu Rzekach.

— Bezpieczniejsi! — Wiedząca pokiwała lekceważąco głową. — To ty ich sprowadziłaś do miejsca, w którym są Białe Płaszcze. Te same Białe Płaszcze, które, jeśli bard mówi prawdę, mogą ich skrzywdzić z twojego powodu. Powiedz mi, Aes Sedai, jak niby mogą być bezpieczniejsi?

— Jest wiele niebezpieczeństw, przed którymi obronić ich nie mogę — zgodziła się Moiraine — tak samo, jak ty ich nie uchronisz przed piorunem w drodze powrotnej do domu. Ale oni nie muszą się obawiać ani piorunów, ani Białych Płaszczy. Muszą się bać Czarnego i jego sług, a przed tym mogę ich obronić. Jak każdej Aes Sedai, taką ochronę zapewnia mi dotykanie Prawdziwego Źródła, dotykanie *saidara*.

Nynaeve zacisnęła usta. Moiraine gniewnie zacisnęła swoje, ale mówiła nadal, z trudem zachowując cierpliwość:

— Nawet ci biedni mężczyźni, którzy przez krótki czas władają Mocą, potrafią tyle, choć czasami dotykanie *saidara* chroni, a czasami skaza czyni ich bardziej podatnymi na rany. Ale ja i każda Aes Sedai potrafimy rozciągać tarczę ochronną na tych, którzy są z nami. Żaden Pomor nic im nie zrobi, jeśli są tak blisko mnie, jak ci teraz. Żaden trollok nie zbliży się do nas na ćwierć mili bez wiedzy Lana, który wyczuje jego zło. Czy możesz im ofiarować choć połowę tego, gdy wrócą z tobą do Pola Emonda?

— Manipulujesz kukiełkami — odparła Nynaeve. — Mamy takie porzekadło w Dwu Rzekach: „Czy niedźwiedź zwycięża wilka, czy wilk niedźwiedzia, królik zawsze traci". Walcz sobie gdzie indziej i zostaw ludzi z Pola Emonda w spokoju.

— Egwene — powiedziała Moiraine po chwili namysłu — wyprowadź stąd wszystkich, chcę zostać na chwilę sama z Nynaeve.

Jej twarz zobojętniała, natomiast Nynaeve zgarbiła się nad stołem, jakby gotując do walki wręcz.

Egwene zerwała się na nogi, jej pragnienie bycia wyróżnioną, wyraźnie kłóciło się z chęcią uniknięcia starcia z Wiedzącą w kwestii rozplecionych włosów. Wystarczyło jednakże tylko jedno jej spojrzenie, a wszyscy wstali. Mat i Perrin pospiesznie odsunęli krzesła, pomrukując coś uprzejmie i jednocześnie starając się natychmiast uciec. Nawet Lan ruszył do wyjścia na znak Moiraine i pociągnął za sobą Thoma.

Rand też poszedł. Strażnik zamknął za nimi drzwi. Pozostali, pod wpływem jego wzroku, rozeszli się na miejsca, z których nie mieli najmniejszej szansy niczego podsłuchać. Kiedy oddalili się na zadowalającą go odległość, Lan oparł się o ścianę. Stał tak nieruchomo, iż nawet bez zmiennokolorowego płaszcza trudno go było zauważyć. Trzeba by chyba było wpaść wprost na niego.

Bard mruknął, że ma ciekawsze rzeczy do roboty i opuścił ich, na odchodnym rzucając przez ramię w stronę chłopców:

— Pamiętajcie, co powiedziałem.

Nikt poza nim nie miał zamiaru odchodzić.

— O czym on mówił? — spytała z roztargnieniem Egwene, nie spuszczając wzroku z drzwi, za którymi znajdowały się Moiraine i Nynaeve. Wciąż było widać, że nie wie, czy ukrywać rozpuszczone włosy, czy zdjąć kaptur.

— Udzielił nam pewnej rady — wyjaśnił Mat.

Perrin skarcił go wzrokiem.

— Powiedział, że mamy nic nie mówić, dopóki nie będziemy pewni, co mówić.

— To brzmi jak dobra rada — stwierdziła Egwene, wyraźnie nie zainteresowana.

Rand zatopił się we własnych myślach. Jakim cudem Nynaeve mogła być wplątana w to wszystko? Jak ktokolwiek z nich mógł być związany z trollokami, Pomorami i Ba'alzamonem, pojawiającym się w snach? To było czyste szaleństwo. Zastanawiał się, czy Min powiedziała Moiraine o Nynaeve.

„O czym one tam rozmawiają?"

Gdy drzwi wreszcie otworzyły się, nie potrafił określić, jak długo tak stał na korytarzu. Na zewnątrz wyszła Nynaeve; na widok

Lana drgnęła. Gdy Strażnik mruknął coś, dumnie potrząsnęła głową. Minęli się w drzwiach.

Ruszyła w stronę Randa, który dopiero teraz spostrzegł, że pozostali gdzieś się po cichu wymknęli. Nie miał ochoty samotnie stawiać czoła Wiedzącej, ale kiedy już napotkał wzrok Nynaeve, nie mógł uciec.

„Szczególnie przenikliwy wzrok — pomyślał ze zdziwieniem. — O czym one rozmawiały?"

Wyprostował się, gdy już do niego podeszła.

Przyjrzała się mieczowi Tama.

— Już chyba do ciebie pasuje, choć wolałabym, żeby tak nie było. Wydoroślałeś, Rand.

— W ciągu jednego tygodnia? — roześmiał się z wyraźnym przymusem, a ona pokręciła głową, jakby jej nie zrozumiał.

— Czy ona cię przekonała? — zapytał. — To naprawdę jedyne wyjście... — urwał, myśląc o iskierkach, o których mówiła Min. — Czy jedziesz z nami?

Nynaeve otworzyła szeroko oczy.

— Jechać z wami! A to niby po co? Z Deven Ride przyjechała Mavra Mallen, aby wszystkiego doglądać, dopóki ja nie wrócę, ale na pewno chciałaby jak najszybciej być u siebie. Ciągle mam nadzieję, że odzyskacie rozsądek i wrócicie ze mną.

— Nie możemy.

Wydało mu się, że widzi jakiś ruch w półotwartych drzwiach, ale korytarz był pusty.

— Ty mi to powiedziałeś i ona też. — Nynaeve skrzywiła się. — Jeśli ona nie była w to wszystko zamieszana... nie należy ufać Aes Sedai, Randzie.

— Chyba jednak już nam wierzysz — rzekł wolno. — Co się stało na zebraniu wsi?

Nynaeve, zanim odpowiedziała, spojrzała na tamte drzwi, nie było w nich teraz żadnego ruchu.

— Wybuchła wielka awantura, ale ona nie powinna myśleć, że nie dajemy sobie rady z naszymi kłopotami. A ja wiem jedno: jak długo będziecie z nią, grozi wam niebezpieczeństwo.

— Czy coś się stało? — nalegał. — Dlaczego chcesz, byśmy wracali, skoro wiesz, że być może mamy rację? I dlaczego właśnie ty? Dlaczego burmistrz przysłał tu ciebie?

— Jesteś już dorosły. — Uśmiechnęła się, a on poruszył się niespokojnie na widok jej chwilowego rozbawienia. — Pamiętam czasy, kiedy nie pytałeś mnie, dlaczego ja gdzieś idę albo coś robię, cokolwiek by to było. Jeszcze tydzień temu.

Chrząknął i uparcie obstawał przy swoim.

— To wszystko nie ma sensu. Dlaczego, tak naprawdę, jesteś tutaj?

Zerknęła w stronę nadal otwartych drzwi i ujęła go pod ramię.

— Może się przejdziemy?

Pozwolił się prowadzić, a kiedy odeszli wystarczająco daleko od tamtych drzwi, odezwała się ponownie:

— Tak jak już mówiłam, spotkanie zakończyło się awanturą. Wszyscy się zgadzali, że trzeba kogoś po was wysłać, ale wieś podzieliła się na dwie grupy. Jedni chcieli was ratować, choć zażarcie się kłócili, jak tego dokonać, zważywszy, że przebywacie w... jej towarzystwie.

Był zadowolony, że Nynaeve panuje nad tym, co mówi.

— Więc pozostali uwierzyli Tamowi? — spytał.

— Niezupełnie, bo uważali, że nie powinniście przebywać wśród obcych, szczególnie nie w towarzystwie takich, jak ona. W każdym razie wszyscy mężczyźni chcieli się znaleźć w tej grupie. Tam, Bran al'Vere, z insygniami swego urzędu na szyi, i Haral Luhhan, zanim Alsbet nie przytrzymała go. Nawet Cenn Buie. Światłości, chroń mnie przed mężczyznami, którzy myślą tylko włosami na piersiach. Chociaż nie wiem, czy są gdziekolwiek jacyś inni. — Westchnęła głęboko i spojrzała na niego z wyrzutem. — W każdym razie zrozumiałam, że podjęcie decyzji zabierze im co najmniej jeszcze jeden dzień i jakimś sposobem wiedziałam, że nie możemy czekać tak długo. Zwołałam więc Koło Kobiet i wyjaśniłam, co trzeba zrobić. Nie mogę powiedzieć, żeby im się to spodobało, ale zrozumiały konieczność. I jestem tu właśnie dlatego, że mężczyźni z Pola Emonda to uparte osły. Prawdopodobnie nadal się spierają, kogo wysłać, choć zostawiłam im wiadomość, że ja się wszystkim zajmę.

Opowieść Nynaeve wyjaśniała jej obecność w Baerlon, ale nie poczuł się uspokojony. Wiedząca nadal była zdecydowana zabrać ich ze sobą.

— Co ona ci powiedziała? — zapytał.

Moiraine z pewnością przytoczyła każdy argument, ale jeśli któryś przeoczyła, to on to zrobi za nią.

— Mniej więcej to samo — odparła Nynaeve. — Wypytywała mnie też o was, chłopców. Chciała sprawdzić, czy dowie się czegoś, co by wyjaśniało, dlaczego tak przyciągacie uwagę... tak powiedziała. — Umilkła i obserwowała go kątem oka. — Starała się to ukryć, ale przede wszystkim chciała wiedzieć, czy któryś z was urodził się poza Dwoma Rzekami.

Twarz Randa stała się nagle tak napięta jak skóra na bębnie. Zaśmiał się ochryple.

— Ona stale wymyśla jakieś dziwne rzeczy. Chyba ją zapewniłaś, że wszyscy urodziliśmy się w Polu Emonda.

— Oczywiście — odparła.

Zawahała się tylko na czas jednego uderzenia serca, zanim przemówiła, tak że gdyby jej nie obserwował, nawet by tego nie zauważył.

Zastanawiał się, co powiedzieć, ale miał wrażenie, że język ma z gumy.

„Ona wie".

Była w końcu Wiedzącą, a Wiedząca powinna znać prawdę o wszystkich.

„Jeżeli ona wie, to znaczy, że tamto nie było zwykłym bredzeniem w gorączce. Och, Światłości, dopomóż mi, mój ojciec!"

— Czy ty się dobrze czujesz? — spytała Nynaeve.

— On mi powiedział... powiedział, że ja... nie jestem jego synem. Kiedy majaczył w gorączce. Powiedział, że mnie znalazł. Myślałem, że to tylko...

Poczuł w gardle pieczenie i umilkł.

— Och, Rand!

Ujęła jego twarz w dłonie. Musiała stanąć na palcach, aby to zrobić.

— W gorączce ludzie mówią różne rzeczy. Zupełnie pokrętne. Rzeczy nieprawdziwe lub nierealne. Posłuchaj mnie. Tam al'Thor uciekł ze wsi w poszukiwaniu przygód, kiedy był w twoim wieku. Pamiętam, że wrócił do Pola Emonda już jako dojrzały mężczyzna z rudowłosą, cudzoziemską żoną i dzieckiem w powijakach. Pamiętam Kari al'Thor tulącą to dziecko do siebie z taką samą miłością i zachwytem, jakimi każda matka obdarza swoje dziecko. To byłeś ty, Rand. A teraz uspokój się i przestań pleść głupstwa.

— Oczywiście — powiedział.

„Nie urodziłem się w Dwu Rzekach".

— Oczywiście. — Może Tam tylko coś bredził w gorączce, a może znalazł jakieś dziecko po bitwie. — Dlaczego jej o tym nie powiedziałaś?

— To nie są sprawy dla obcych.

— Czy jeszcze ktoś nie urodził się w Dwu Rzekach?

Zadawszy to pytanie, potrząsnął głową.

— Nie, nie odpowiadaj. To też nie jest moja sprawa.

Ale dobrze byłoby wiedzieć, czy Moiraine przypadkiem nie interesuje się nim bardziej niż pozostałymi.

„Czy na pewno dobrze?"

— Tak, to nie jest twoja sprawa — zgodziła się Nynaeve. — To zresztą może nie być wcale istotne. Może ona na ślepo szuka jakiegoś powodu, jakiegokolwiek powodu, dla którego te stwory was ścigają. Was wszystkich.

Rand zdobył się na uśmiech.

— Zatem uwierzyłaś w to wszystko.

Nynaeve potrząsnęła głową.

— Odkąd ją poznałeś, nauczyłeś się przekręcać słowa.

— Co masz zamiar zrobić? — zapytał.

Przyglądała mu się badawczo, bezustannie napotykał jej wzrok.

— Na razie chciałabym wziąć kąpiel. A co do reszty, to zobaczymy, nieprawdaż?

ROZDZIAŁ 17

OBSERWATORZY I MYŚLIWI

Po odejściu Nynaeve Rand poszedł do głównej sali oberży. Chciał usłyszeć śmiech innych ludzi, zapomnieć o słowach Nynaeve i kłopotach, jakich jeszcze mogła przysporzyć.

W izbie panował niesamowity tłok, ale nikt się nie śmiał. Zajęte były wszystkie krzesła i ławy, ludzie stali nawet pod ścianami. Trwało właśnie przedstawienie Thoma, który stał na stole pod przeciwległą ścianą, a swą imponującą gestykulacją wydawał się wypełniać całą salę. Było to znowu *Wielkie Polowanie na Róg*, ale nikt oczywiście nie narzekał. O każdym z Myśliwych było tyle do opowiadania i każdy z nich miał tyle do powiedzenia, że nie istniały dwa takie same epizody, a przedstawienie całej tej długiej opowieści zabrałoby tydzień albo i więcej. Jedynym dźwiękiem, który współzawodniczył z głosem i harfą barda, był trzask ognia w paleniskach.

— ...Myśliwi dojechali do ośmiu krańców świata, do ośmiu filarów niebios, kędy wieją wichry czasu, a los jednako chwyta za włosy i potężnych, i maluczkich. Najpotężniejszym z Myśliwych jest teraz Rogosh z Talmour, Rogosh Sokole Oko, którego imię wysławiane jest na dworze Wysokiego Króla i budzi strach na zboczach Shayol Ghul...

Wszyscy bez wyjątku Myśliwi zawsze byli sławnymi bohaterami. Rand wypatrzył swoich dwóch kolegów i przecisnął się w stronę ławy, na której Perrin zrobił dla niego miejsce. Kuchenne zapachy unoszące się w powietrzu przypomniały mu, że jest głodny, ale nawet ci ludzie, przed którymi stało jedzenie, nie zwracali na nie uwagi. Kobiety, które powinny były obsługiwać gości, stały jak zaczarowane, miętosiły tylko swe fartuchy, zapatrzone nieprzytomnie w barda i zdawało się, że nikomu to nie przeszkadza. Słuchanie było o wiele ciekawsze od jedzenia, choćby nie wiadomo jak smakowitego.

— ...od dnia narodzin Czarny naznaczył Blaes jako swoją własną, ale nie uważajcie jej, Blaes z Matuchin, za Sprzymierzeńca Ciemności! Wyrosła silna jak jesion, giętka jak gałązka wierzby, piękna jak róża. Złotowłosa Blaes. Gotowa umrzeć bez słowa. Ale słuchajcie uważnie! Oto z wież miasta niesie się echo wielkich, mosiężnych trąb. Heroldzi Blaes ogłaszają przybycie bohatera na jej dwór. Grzmią bębny i śpiewają cymbały! Oto przybywa Rogosh Sokole Oko, aby złożyć hołd...

Targ Rogosha Sokole Oko dobiegł końca, ale Thom przerwał tylko na chwilę, aby zwilżyć gardło łykiem ale i rozpoczął *Obronę Liana*. Po tej opowieści nastąpiły *Upadek Aleth-Loriel*, *Miecz Gaidala Caina* i *Ostatnia jazda Buada z Albhain*. W miarę, jak upływał wieczór, przerwy stawały się coraz dłuższe, a kiedy Thom zamienił swą harfę na flet, wszyscy wiedzieli, że to już koniec opowieści. Do stojącego wciąż na stole barda przyłączyło się dwóch mężczyzn z bębnem i cymbałami.

Trzech młodych ludzi z Pola Emonda zaczęło klaskać w dłonie, gdy usłyszeli pierwsze nuty *Wiatru, który kołysze wierzbą*, nie byli w tym jednak osamotnieni. Pieśń tę lubiano nie tylko w Dwu Rzekach, ale najwyraźniej również w Baerlon. Tu i tam niektórzy podchwytywali słowa, nie fałszując nawet zbytnio, nie trzeba więc było ich uciszać.

Moja miłość zniknęła, uniesiona
przez wiatr, który kołysze wierzbą
I jęczy kraj, owiany przez wiatr,
który kołysze wierzbą.
Lecz ja ją zachowam w myślach swych,
w najdroższych mych wspomnieniach,
zbrojny w jej siłę duszę umocnię,
ogrzeję serca struny i zagram znów

tę samą miłości melodię
choć zimny wiatr kołysze wierzbą.

Druga pieśń nie była już tak smutna. Można by nawet powiedzieć, że *Tylko jedno wiadro wody* zabrzmiało tym razem jeszcze weselej niż zazwyczaj, prawdopodobnie zgodnie z zamysłem barda. Ludzie pospiesznie wynieśli stoły, aby zrobić miejsce do tańca, i zaczęli przytupywać tak, że ściany się zatrzęsły od rytmu i wirowania. Po pierwszej melodii tancerze odeszli na bok, ich miejsca zajęli kolejni chętni do zabawy.

Thom zagrał pierwsze takty *Dzikich gęsi w locie*, po czym przerwał, by ludzie mogli połączyć się w krąg.

— Chyba też spróbuję — powiedział Rand i wstał.

Perrin zerwał się z miejsca zaraz po nim. Mat również chciał do nich dołączyć, ale okazało się, że musi pilnować płaszczy, miecza Randa i topora Perrina.

— Pamiętajcie, że ja też mam ochotę na jeden taniec — zawołał za nimi Mat.

Tancerze uformowali dwa długie szeregi, w jednym mężczyźni, a w drugim kobiety. Rozpoczął bęben, potem odezwały się cymbały i wszyscy tancerze ugięli równocześnie kolana. Dziewczyna naprzeciwko Randa, której długie ciemne warkocze przypominały mu dom, uśmiechnęła się do niego nieśmiało, a potem całkiem odważnie mrugnęła. Do melodii przyłączył się flet Thoma i Rand ruszył na spotkanie ciemnowłosej, która odrzuciła głowę w tył i śmiała się, gdy obchodził ją dookoła i oddawał mężczyźnie tańczącemu obok.

Gdy tańczył z kolejną partnerką, jedną z pokojówek ubraną w trzepoczący fartuszek, Rand zauważył, że wszyscy w izbie się śmieją. Nie śmiał się tylko człowiek siedzący przy kominku, całą jego twarz, od skroni po szczękę, przecinała blizna, wykrzywiająca nos i wyginająca kącik ust. Mężczyzna napotkał jego wzrok i Rand odwrócił się zmieszany, widząc grymas na jego twarzy. Może ten człowiek nie mógł się uśmiechać z powodu blizny.

Złapał kolejną partnerkę i puścił ją w wir, potem przeszedł do następnej. Tańczył jeszcze z trzema kobietami w takt coraz to szybszej muzyki, aby wreszcie w ostatnim pochodzie, podczas którego szeregi zupełnie się przemieszały, powrócić do tej pierwszej, ciemnowłosej dziewczyny. Dziewczyna nie przestawała się śmiać i znowu mrugnęła do niego.

Mężczyzna z blizną patrzył na niego spode łba. Rand pomylił krok i poczuł, że się rumieni. Nie chciał zawstydzać tego człowieka, naprawdę nie chciał się w niego wgapiać. Odwrócił się do następnej partnerki i zapomniał o nim. A następną kobietą, jaka znalazła się w jego ramionach, okazała się Nynaeve.

Natychmiast pomylił krok i potknął się o własne nogi, omal jej nie depcząc. Wiedząca tańczyła z gracją, nadrabiając tym jego niezdarność i przez cały czas się uśmiechała.

— Myślałam, że jesteś lepszym tancerzem — zaśmiała się, kiedy zmienili partnerów.

Ledwie zdążył oprzytomnieć, a już tańczył z inną. Tym razem natknął się na Moiraine. Z Wiedzącą tańczył niezdarnie, ale było to niczym w porównaniu z jego wyczynami w obecności Aes Sedai. Moiraine stawiała kroki gładko, wirując fałdami sukni, natomiast on dwukrotnie omal się nie przewrócił. Uśmiechnęła się do niego współczująco, co było jeszcze gorsze niż ewentualna pomoc. Z ulgą przeszedł do następnej partnerki, mimo iż była to Egwene.

Dopiero teraz odzyskał równowagę. W końcu tańczył z nią od wielu lat. Nadal miała rozpuszczone włosy, ale związała je z tyłu czerwoną wstążką.

„Pewnie nie może zdecydować, czy zadowolić Moiraine, czy Nynaeve" — pomyślał z przekąsem.

Rozchyliła usta, jakby chciała coś powiedzieć, ale nie zrobiła tego, a on nie chciał być pierwszym, który się odezwie. Nie po tym, jak uniemożliwiła mu wcześniejsze próby w pokoju jadalnym. Wpatrywali się w siebie dość ponuro i rozłączyli bez słowa.

Kiedy taniec wreszcie się skończył, chętnie usiadł z powrotem na ławce. Mat pospiesznie włączył się w następny, Perrin zaś osunął na ławkę obok Randa.

— Widziałeś ją? — zaczął dopytywać. — Widziałeś?

— Którą? — spytał Rand. — Wiedzącą czy panią Alys? Tańczyłem z obydwiema.

— Z Aes... z panią Alys też? — krzyknął Perrin. — Ja tańczyłem z Nynaeve. Nawet nie wiedziałem, że ona to potrafi. U nas nigdy tego nie robiła.

— Ciekawe, co by powiedziało Koło Kobiet na widok tańczącej Wiedzącej? — zadumał się Rand. — Może ich się boi.

Po jakimś czasie muzyka, oklaski i śpiewy stały się zbyt głośne, aby można było rozmawiać. Kiedy tancerze okrążali izbę, Rand i Perrin klaskali wraz z innymi. Zauważył, że mężczyzna z blizną nadal wpatruje się w niego. Miał prawo być drażliwy z powodu takiej blizny, ale Rand zupełnie nie wiedział, co może teraz zrobić, aby jeszcze nie pogorszyć sprawy. Skupił się na muzyce i unikał patrzenia w jego stronę.

Tańce i śpiewy przeciągnęły się do późnej nocy. Posługaczki przypomniały sobie wreszcie o swych obowiązkach, Rand z radością wchłonął odrobinę gorącego gulaszu i chleba. Wszyscy jedli tam, gdzie akurat siedzieli lub stali. Rand zatańczył jeszcze trzykrotnie, a gdy trafiał na Nynaeve czy Moiraine, jego kroki były już znacznie pewniejsze. Tym razem pochwaliły go za dobry taniec, co spowodowało, że zaczął się dla odmiany jąkać. Tańczył również z Egwene. Patrzyła na niego ciemnymi oczami, przez cały czas wyraźnie miała ochotę coś powiedzieć, ale nie wymówiła ani słowa. On również milczał, z pewnością jednak nie patrzył na nią spode łba, o czym zapewnił go Mat, gdy usiadł znowu na ławie.

Mniej więcej o północy Moiraine wyszła z izby. Egwene, rzuciwszy jedno spłoszone spojrzenie w stronę Nynaeve, pospieszyła za nią. Wiedząca obserwowała je obydwie z nieodgadnionym wyrazem twarzy, a potem zatańczyła raz jeszcze i również wyszła. Odnosiło się wrażenie, że zdobyła punkt przeciwko Aes Sedai.

Wkrótce Thom schował flet do futerału i wdał się w dobroduszną sprzeczkę z tymi, którzy chcieli, by został dłużej. Lan przyszedł zabrać Randa i pozostałych.

— Musimy wcześnie wyruszyć — oznajmił Strażnik, przysuwając się, aby go usłyszeli w tym hałasie — i potrzebujemy jak najdłuższego odpoczynku.

— Jeden człowiek cały czas się we mnie wgapia — powiedział Mat. — Ten z blizną na twarzy. Czy nie sądzisz, że to może być... jeden z przyjaciół, przed którymi nas ostrzegałeś?

— Z taką? — spytał Rand, nakreślając palcem linię od swego nosa do kącika ust. — Na mnie też się patrzył. — Rozejrzał się po izbie. Ludzie wychodzili tłumnie, a ci, którzy jeszcze zostali, tłoczyli się wokół Thoma. — Już go tu nie ma.

— Zauważyłem tego człowieka — powiedział Lan. — Zdaniem pana Fitcha to szpieg Białych Płaszczy. Nie mamy co się nim przejmować.

Może i tak było, ale Rand widział, że coś niepokoi Strażnika.

Zerknął na Mata, którego znieruchomiała twarz wskazywała jak zawsze, że coś ukrywa.

„Szpieg Białych Płaszczy. Czyżby Bornhald zawziął się na nas tak bardzo?"

— Jak wcześnie wyjeżdżamy? — zapytał.

Może uda im się zniknąć, nim coś się wydarzy.

— O pierwszym brzasku — odparł Strażnik.

Kiedy wyszli z głównej sali, Mat podśpiewywał sobie fragmenty piosenek, a Perrin co jakiś czas zatrzymywał się, aby przećwiczyć kroki, których dopiero co się nauczył. Dogonił ich wkrótce Thom, był w wyjątkowo dobrym nastroju. Twarz Lana natomiast nie wyrażała niczego, kiedy milcząc, szedł w stronę schodów.

— Gdzie śpi Nynaeve? — spytał Mat. — Pan Fitch twierdził, że dostaliśmy ostatnie wolne izby.

— Ma łóżko — odparł sucho Thom — w izbie pani Alys i Egwene.

Perrin gwizdnął przez zęby, a Mat mruknął:

— Krew i popioły! Nie chciałbym być w skórze Egwene za całe złoto Caemlyn!

Rand nie po raz pierwszy zapragnął, by Mat zastanawiał się nad czymś dłużej niż dwie minuty. Poczuł, że uwierają go buty.

— Mam ochotę napić się mleka — powiedział.

Może to mu pomoże zasnąć.

„Może tej nocy nie będę miał snów".

Lan spojrzał na niego surowo.

— Coś tu się dzieje złego. Nie włócz się nie wiadomo gdzie. I pamiętaj, wyjeżdżamy niezależnie od tego, czy się obudzisz, by samodzielnie usiąść w siodle, czy też będzie cię trzeba do niego przywiązać.

Strażnik wszedł na schody, za nim pozostali. Ich rozbawienie nieco przygasło. Rand został sam na korytarzu. Spędziwszy tyle czasu wśród ludzi, poczuł się teraz naprawdę samotnie.

Pospieszył do kuchni, gdzie jeszcze pracowała pomywaczka. Nalała mu do kubka mleka z wielkiej kamiennej stągwi.

Gdy wyszedł z kuchni, pijąc po drodze mleko, z drugiego końca korytarza ruszyła na jego spotkanie odziana na czarno postać. Dopadłszy go, uniosła blade palce, by odrzucić ciemny kaptur, który osłaniał jej twarz. Pomimo ruchu płaszcz wisiał na niej nieruchomo, a twarz... Biała jak ciasto, przypominająca ślimaka pod skałą... twarz pozbawiona oczu. Od smoliście czarnych włosów aż po podpuchnięte policzki była gładka niczym skorupa jajka. Rand zakrztusił się i wylał mleko.

— Jesteś jednym z nich, chłopcze — powiedział Pomor chrapliwym szeptem przypominającym skrobanie kości.

Rand upuścił kubek i cofnął się. Chciał biec, ale zmusił stopy jedynie do stawiania pojedynczych, wolnych kroków. Nie mógł się wyrwać spod władzy tej pozbawionej oczu twarzy, nie mógł oderwać od niej wzroku, czuł kotłowanie w żołądku. Chciał wołać o pomoc, wręcz wrzeszczeć, ale jego gardło zdawało się wykute z kamienia. Każdy urywany oddech sprawiał ból.

Pomor sunął bez pośpiechu w jego stronę. Poruszał się z falistą, śmiertelną gracją jak żmija, podobieństwo podkreślały czarne, zachodzące na siebie płytki zbroi na piersi. Wąskie, bezkrwiste wargi rozchylił okrutny uśmiech, przedziwnie wyglądający na tle gładkiej, białej skóry. Przy jego głosie, ton wypowiedzi Bornhalda wydawał się serdeczny i pełen ciepła.

— Gdzie są pozostali? Wiem, że tu są. Mów chłopcze, a puszczę cię żywego.

Rand uderzył plecami o drewno, w ścianę lub drzwi, ale nie był w stanie się obejrzeć. Odkąd nogi mu zesztywniały, nie mógł wykonać najmniejszego ruchu. Drżał i obserwował Myrddraala, który przysuwał się coraz bliżej.

— Mów, chłopcze, albo…

Z góry dobiegł stukot szybkich kroków, ktoś schodził po schodach. Myrddraal odskoczył, okręcając się, fałdy jego płaszcza ani drgnęły. Przez chwilę przekrzywiał głowę, jakby pomimo braku oczu potrafił wzrokiem przewiercić na wylot drewnianą ścianę. W śmiertelnie bladej dłoni błysnęło ostrze miecza czarne jak płaszcz. Światło na korytarzu pociemniało. Tupot kroków był coraz głośniejszy, Pomor odwrócił się błyskawicznie w stronę Randa, tak płynnie, jakby nie posiadał kości. Czarne ostrze rosło, wąskie wargi rozchylił ohydny grymas.

Trzęsąc się, Rand zrozumiał, że zaraz umrze. Ostrze nocy runęło na jego głowę… i zatrzymało się.

— Jesteś własnością Wielkiego Władcy Ciemności.

Chrapliwe skrzypienie tego głosu brzmiało jak skrobanie paznokciem po dachówce.

— Należysz do niego.

Wykonawszy gwałtowny obrót, Pomor pomknął w głąb korytarza, zostawiając Randa samego. Cienie na przeciwległym krańcu pomknęły mu naprzeciw i wchłonęły go. W tym momencie zniknął.

Z ostatniego stopnia zeskoczył z hałasem Lan, w dłoni trzymał obnażony miecz.

Rand usiłował dobyć głosu.

— Pomor — wyszeptał. — To był…

Nagle przypomniał sobie, że ma miecz. Zapomniał o nim, gdy stał twarzą w twarz z Myrddraalem. Niezręcznie wyszarpnął ostrze ze znakiem czapli, nie zważając, że już jest za późno.

— Uciekł tędy!

Lan skinął w zamyśleniu głową, wydawał się nasłuchiwać czegoś innego.

— Tak. On tak odchodzi, zamiera. Nie ma teraz czasu, aby go ścigać. Wyjeżdżamy, pasterzu.

Znowu na schodach zatupotały czyjeś kroki. Mat, Perrin i Thom, wszyscy objuczeni kocami i sakwami. Mat zwijał po drodze swój koc, w czym mocno przeszkadzał mu wsadzony pod pachę łuk.

— Wyjeżdżamy? — spytał Rand. Schował miecz i odebrał swoje rzeczy z rąk Thoma. — Teraz? Po nocy?

— Chcesz czekać na powrót Półczłowieka, pasterzu? — powiedział niecierpliwie Strażnik. — A może na cały oddział? Już teraz wie, gdzie jesteśmy.

— Pojadę dalej z wami — oświadczył Thom Strażnikowi — jeśli wam nie przeszkadzam. Zbyt wielu ludzi pamięta, że przyjechaliśmy razem. Obawiam się, że jutro lepiej będzie uniknąć sławy waszego przyjaciela.

— Możesz jechać z nami albo prosto do Shayol Ghul, bardzie.

Pochwa Lana aż zaszczękała od siły, z jaką wsunął w nią miecz.

Minął ich pędem stajenny, który wypadł z tylnych drzwi oberży, potem wyłoniła się z nich Moiraine z panem Fitchem, za nimi Egwene, tuląca swój tobołek. A potem Nynaeve. Wydawało się, że Egwene jest bliska płaczu ze strachu, twarz Wiedzącej skrzepła w maskę chłodnego gniewu.

— Musisz potraktować poważnie to, co mówię — tłumaczyła Moiraine oberżyście. — Rano będziecie tu mieli z pewnością kłopoty. Może ze Sprzymierzeńcami Ciemności, może z czymś jeszcze gorszym. Kiedy do tego dojdzie, prędko wyjaśnijcie, że nas już nie ma. Nie stawiajcie oporu. Powiadomcie tylko ich, ktokolwiek to będzie, że wyjechaliśmy w nocy i wtedy powinni was pozostawić w spokoju. To nas właśnie ścigają.

— Nie martwcie się o nic — odparł jowialnym tonem pan Fitch. — Ani trochę. Jeśli ktoś przyjdzie do mojej oberży, aby narobić jakichś kłopotów gościom... to, cóż, ja i moi chłopcy rozprawimy się z nim. I to krótko. Nikt nie usłyszy ani słóweczka o tym, dokąd albo kiedyście odjechali, ani w ogóle, że tu byliście. Nie zwykłem gadać takich rzeczy. Nie powiem nic, żeście tu kiedykolwiek byli. Ani słowa!

— Ale...

— Pani Alys, doprawdy muszę doglądnąć waszych koni, jeśli chcecie wyjechać w jak najlepszym porządku.

Wyrwał się z uścisku jej dłoni i potruchtał w stronę stajni. Moiraine westchnęła z irytacją.

— Strasznie uparty człowiek. Nie chce mnie słuchać.

— Myślisz, że trolloki mogą nas tu szukać? — spytał Mat.

— Trolloki! — żachnęła się Moiraine. — Jasne że nie! Trzeba się bać czegoś innego, przede wszystkim sposobu, w jaki nas tu odnaleziono. — Ignorując przerażenie Mata, mówiła dalej: — Pomor nie uwierzy, że zostaliśmy po tym, jak już nas znalazł, ale pan Fitch traktuje Sprzymierzeńców Ciemności zbyt niefrasobliwie. Myśli, że to jakieś ohydne stwory ukrywające się w cieniach, ale tak naprawdę to można ich spotkać w sklepach i na ulicach każdego miasta, zasiadają nawet w najwyższych władzach. Myrddraal może ich przysłać, aby się czegoś dowiedzieli o naszych planach.

Odwróciła się na pięcie i ruszyła z miejsca, Lan szedł zaraz za nią.

Randowi przypadło towarzystwo Nynaeve. Też miała przy sobie swoje koce i sakwy.

— Więc jednak jedziesz z nami — zagadnął.

Min miała rację.

— Czy tam na dole coś zaszło? — spytała cichym głosem. — Ona powiedziała, że to był...

Przystanęła nagle i spojrzała na niego.

— To był Pomor — odparł. Spokój, z jakim to powiedział, zadziwił nawet jego samego. — Był tam ze mną na korytarzu, dopóki nie pojawił się Lan.

Gdy wyszli z oberży, Nynaeve otuliła się płaszczem.

— Może coś rzeczywiście chce was dopaść. Ale ja przyjechałam, żeby odwieźć wszystkich bezpiecznie do Pola Emonda i nie opuszczę was, dopóki mi się to nie uda. Nie pozostawię was samych z kimś takim jak ona.

W stajniach, gdzie siodłano ich konie, zapaliły się światła.

— Mutch! — krzyknął oberżysta, stając w drzwiach stajni obok Moiraine. — Rusz tyłek!

Odwrócił się z powrotem do niej i zaczął ją uspokajać, zamiast dokładnie słuchać tego, co mówiła. Nieprzerwanie okazywał jej przy tym szacunek, swoje rozkazy wykrzykiwane w stronę stajennych bezustannie przeplatał ukłonami.

Stajenni wyprowadzili konie, pomrukując coś o pośpiechu i późnej porze. Rand przytrzymał tobołek Egwene i podał go jej, gdy już siedziała na grzbiecie Beli. Spojrzała na niego wielkimi, pełnymi strachu oczami.

„Przynajmniej już nie wyobraża sobie, że to wszystko jest przygodą".

Gdy tylko o tym pomyślał, zawstydził się. Tak samo jak jemu i pozostałym groziło jej niebezpieczeństwo. Nawet gdyby wracała samotnie do Pola Emonda, byłaby bezpieczniejsza.

— Egwene, ja...

Słowa uwięzły mu w gardle. Była tak zawzięta, że odwróciła się tylko tyłem do niego, nawet nie mówiąc, że jedzie z nimi aż do Tar Valon. Co ta Min widziała? Że ona do tego należy. Światłość, do czego?

— Egwene — powiedział. — Przepraszam cię. Już nie jestem tak pewien siebie.

Pochyliła się, aby go mocno schwycić za rękę. W świetle padającym ze stajni widział wyraźnie jej twarz. Nie wyglądała na tak przerażoną, jak przedtem.

Kiedy wszyscy dosiedli już koni, pan Fitch uparł się, że odprowadzi ich do bram, stajenny miał oświetlać drogę. Brzuchaty oberżysta cały czas kłaniał się, zapewniając, że dochowa ich tajemnicy, i zapraszał, by znowu go odwiedzili. Mutch natomiast żegnał ich równie kwaśnym spojrzeniem, jakim ich powitał.

Rand pomyślał, że ten człowiek na pewno nie będzie rozprawiał się krótko z kimkolwiek, lecz powie pierwszej osobie, która go o to zapyta, dokąd pojechali i wszystko, co sobie o nich pomyślał. Przejechawszy kawałek ulicy, obejrzał się: odprowadzała ich wzrokiem jedna postać z uniesioną do góry lampą. Rand nie musiał zobaczyć twarzy, by wiedzieć, że to Mutch.

O tej porze ulice Baerlon były opustoszałe, tylko gdzieniegdzie zza szczelnie zamkniętych okiennic padały blade błyski światła. Wśród pędzących z wiatrem chmur to rozbłyskiwał, to bladł księżyc w ostatniej kwadrze. Co jakiś czas po pustych alejach ścigało ich szczekanie psa, ale oprócz stukotu kopyt i świstu wiatru wśród dachów żadne inne dźwięki nie zakłócały nocnej ciszy. Jeźdźcy zachowywali głębokie milczenie, opatuleni w płaszcze, zatopieni we własnych myślach. Na czele szeregu jechał Strażnik, tuż za nim Moiraine i Egwene. Nynaeve trzymała się blisko dziewczyny, a pozostali tworzyli w tyle ciasno zbitą gromadkę. Wszystkie konie raźno jechały stępa, zgodnie z tempem nadawanym im przez Lana.

Rand bacznie obserwował mijane ulice, zauważył, że przyjaciele robią to samo. Migotliwe cienie rzucane przez księżyc przypominały mu tamte cienie w końcu korytarza, które wchłonęły Pomora. Gdy w oddali rozległ się jakiś hałas, jakby turlanie beczki albo szczekanie psa, wszyscy nerwowo podnieśli głowy. Powoli, w miarę jak posuwali się przez miasto, gromadzili się coraz ciaśniej wokół czarnego ogiera Lana i białej klaczy Moiraine.

Przy Bramie Caemlyn Lan zsiadł z konia i załomotał pięścią do drzwi małego, kamiennego budynku stykającego się z murem. Po chwili wyłonił się z niego zmęczony dozorca, sennie przecierając twarz. Na dźwięk słów Lana jego senność zniknęła, dokładnie obejrzał wszystkich, którzy towarzyszyli Strażnikowi.

— Chcecie wyjechać? — krzyknął. — Teraz? Po nocy? Chyba jesteście szaleni!

— Przecież nie ma żadnego rozkazu gubernatora, który by tego zabraniał — powiedziała Moiraine.

Zsiadła z konia, ale nie podchodziła do oświetlonych drzwi.

— Pewnie, że nie. — Dozorca zmarszczył brwi, starając się rozpoznać jej twarz. — Ale bramy pozostają zamknięte od zmierzchu do świtu. Do miasta można wjechać tylko za dnia, taki jest rozkaz. A poza tym na zewnątrz są wilki. W zeszłym tygodniu zagryzły kilkanaście krów. Człowieka dopadną z równą łatwością.

— Nikt nie może wjechać, ale nie ma tu mowy o wyjeżdżaniu — stwierdziła Moiraine, jakby wszystko już zostało przesądzone. — Rozumiesz? Nie żądamy od ciebie, abyś okazał się nieposłuszny względem gubernatora.

Lan wcisnął coś do ręki dozorcy.

— To za fatygę — mruknął.

— No myślę — wycedził obdarowany. — Obejrzał zawartość swej dłoni, złoto błysnęło, zanim zdążył je wsunąć do kieszeni. — Chyba rzeczywiście nic w tym rozkazie nie było o wyjeżdżaniu. Poczekajcie chwilę. — Cofnął się do środka. — Arin! Dar! Chodźcie mi pomóc otworzyć bramę! Tu paru ludzi chce wyjechać. No już, bez gadania.

Z domku wyszło dwóch zaspanych dozorców, stanęli jak wryci na widok ośmioosobowej grupy. Gdy ich ponaglono, poczłapali w stronę wielkiego koła, za pomocą którego podnieśli wielką kratę, następnie z wysiłkiem otworzyli całą bramę na oścież. Korba i koło zapadkowe zaszczękały głośno, ale dobrze naoliwione zawiasy bramy obróciły się bezgłośnie. Zanim jednak dozorcy otworzyli w niej choćby szczelinę, z mroku przemówił do nich zimny głos:

— Co to ma znaczyć? Czy nie ma rozkazu, że bramy mają być zamknięte aż do wschodu słońca?

Z cienia skrywającego domek dozorców wyłoniło się pięciu ubranych w białe płaszcze mężczyzn. Na głowy mieli nasunięte kaptury, dłonie wsparli na rękojeściach mieczy, złote słońca wyhaftowane na lewej piersi wyraźnie obwieszczały, kim są. Mat wyszeptał coś niezrozumiale. Dozorcy przestali kręcić korbą i wymienili niespokojne spojrzenia.

— To nie wasza sprawa — powiedział zaczepnym tonem pierwszy dozorca.

Pięć białych kapturów obróciło się w jego stronę, więc skończył nieco uleglej.

— Synowie nie mają tu władzy. Gubernator…

— Synowie Światłości — upomniał go łagodnie ten, który odezwał się pierwszy — dzierżą władzę tylko tam, gdzie ludzie podążają ku Światłości. Tam natomiast, gdzie panuje Cień Czarnego, tego prawa im się odmawia, czy tak?

Obrócił się w stronę Lana i uważnie mu przyjrzał.

Ten nie drgnął nawet. Niewielu ludzi potrafiło patrzeć na Synów tak lekceważąco. Takim kamiennym spojrzeniem Lan mógł równie dobrze obdarzać pucybuta. W głosie dowódcy oddziału Białych Płaszczy zabrzmiała nuta podejrzliwości.

— A cóż to za ludzie, którzy opuszczają miejskie mury w nocy i to w takich czasach? Przecież zakradają się tu wilki, widziano nad miastem fruwający pomiot Czarnego. — Przypatrywał się opasce z plecionych rzemieni na czole Lana. — Jesteście z północy, zgadza się?

Rand zgarbił się w siodle. Draghkar. To musiał być on, chyba że ten człowiek właśnie powiedział o czymś, co wcale nie było stworem Czarnego. Po pojawieniu się Pomora w „Jeleniu i Lwie" można się było tego spodziewać. Na razie jednak przestał się nad tym zastanawiać. Zdało mu się natomiast, że rozpoznaje głos dowódcy.

— Jesteśmy podróżnikami — spokojnie wyjaśnił Lan. — Nie powinniśmy was interesować.

— Synowie Światłości powinni interesować się wszystkim.

Lan lekko potrząsnął głową.

— Czy naprawdę chcecie kolejnych sporów z gubernatorem? Ograniczył już liczebność waszych szeregów w mieście, kazał nawet was przegnać. Ciekawe, co zrobi, jeśli się dowie, że nękacie uczciwych obywateli u jego bram? — Odwrócił się teraz w stronę dozorców. — Czemu nic nie robicie? Otwierać!

Zawahali się, ale schwycili korbę. Nie zakręcili nią jednak, ponieważ znowu przemówił Biały Płaszcz.

— Gubernator nie wie, co się dzieje za jego plecami. Nie widzi ani nie czuje zła. Ale widzą je Synowie Światłości.

Dozorcy spoglądali po sobie, otwierali i zaciskali dłonie, jakby żałując, że nie mają przy sobie włóczni.

— Synowie Światłości wyczuwają zło. — Biały Płaszcz omiótł wzrokiem jeźdźców. — Wyczuwamy je i wyrywamy z korzeniami. Gdziekolwiek by się znajdowało.

Rand próbował się jeszcze bardziej skulić, ale swym ruchem zwrócił uwagę mężczyzny.

— A kogo my tu widzimy! Czyżby kogoś, kto nie chce, by go zauważono? Co to…? Aha!

Mężczyzna odrzucił kaptur z głowy i Rand zobaczył twarz, którą spodziewał się zobaczyć. Bornhald pokiwał głową z wyraźną satysfakcją.

— No, panie dozorco, uratowałem was przed wielkim nieszczęściem. To Sprzymierzeńcy Ciemności, którym właśnie zamierzaliście pomóc w ucieczce przed Światłością. Powinniście odpowiadać dyscyplinarnie przed gubernatorem, może oddamy was śledczym, aby wykryli, jakie intencje kierowały wami tej nocy. — Urwał, obserwując przerażenie dozorcy, które jednak w żaden sposób nie wywierało na nim wrażenia. — Nie mielibyście na to ochoty, co? Zamiast ciebie, zabiorę tych łotrów do naszego obozu, aby można ich było wybadać w obliczu Światłości, zgoda?

— Zabierzesz mnie do waszego obozu, Biały Płaszczu?

Głos Moiraine dobiegł ich nagle ze wszystkich stron jednocześnie. Przedtem, na widok zbliżających się do ich grupy Synów, skryła się w cieniu.

— Wy będziecie mnie przesłuchiwać? — Kiedy zrobiła krok do przodu, spowił ją mrok, dzięki czemu wydawała się wyższa. — Odważycie się zagrodzić mi drogę?

Jeszcze jeden krok i Rand głośno wciągnął powietrze. Była naprawdę wyższa, jej głowa znajdowała się na poziomie jego oczu, mimo iż siedział na grzbiecie konia. Cienie przywarły do jej twarzy niczym chmury burzowe.

— Aes Sedai! — wrzasnął Bornhald, a z pochew wysunęło się pięć mieczy. — Giń!

Pozostali czterej zawahali się, lecz tamten uderzył.

Rand aż krzyknął, gdy laska Moiraine urosła, by odparować cios, mimo iż na pozór takie delikatne rzeźbione drewno nie mogło przeciwstawić się twardej stali. Miecz uderzył i trysnęła fontanna iskier, w ich syku ciało Bornhalda poleciało pomiędzy jego towarzyszy. Wszyscy runęli na ziemię. Miecz dymił, klinga wygięła się pod kątem prostym, w miejscu gdzie omal nie została przepołowiona.

— Ośmielasz się mnie atakować!

Głos Moiraine huczał teraz jak wiatr. Cień, który do niej przywarł, udrapował się wokół ciała na kształt peleryny z kapturem, sama sięgała już wysokości miejskiego muru. Spoglądała w dół jak olbrzym patrzący na robactwo.

— Ruszamy! — krzyknął Lan. — Z szybkością błyskawicy chwycił wodze klaczy Moiraine i wskoczył na siodło własnego konia. — Teraz! — rozkazał.

Ramionami otarł się niemal o skrzydła bram, kiedy jego ogier rzucił się w wąski otwór niczym ciśnięty kamień.

Przez chwilę Rand tkwił w miejscu jak sparaliżowany. Głowa i ramiona Moiraine wystawały już ponad murem. Zgromadzeni przed wartownią dozorcy i Synowie skulili się ze strachu. Twarz Aes Sedai ginęła w mroku, lecz jej oczy, wielkie jak księżyc w pełni, błyszczały irytacją i gniewem. Rand przełknął ślinę, uderzył piętami boki swego wierzchowca i pogalopował za pozostałymi.

Pięćdziesiąt kroków za murem, gdzie Strażnik zebrał ich wszystkich wokół siebie, Rand obejrzał się. Ciemny kształt Moiraine górował wysoko ponad umocnieniami, jej głowa i ramiona ginęły gdzieś w głębokich ciemnościach nocnego nieba, otoczone srebrną poświatą niewidocznego księżyca. Kiedy tak z otwartymi ustami wgapiał się w ten widok, Aes Sedai przestąpiła przez mur. Ktoś w szaleńczym pośpiechu zamknął bramy od wewnątrz. Gdy tylko znalazła się poza murami, natychmiast wróciła do swych normalnych rozmiarów.

— Nie zamykać bram! — dobiegł ich czyjś niepewny okrzyk.

Rand pomyślał, że to pewnie głos Bornhalda.

— Musimy ich ścigać i pojmać!

Dozorcy jednak nie zwolnili tempa. Bramy zatrzasnęły się z hukiem i chwilę później krata zjechała na swoje miejsce.

„Może pozostali Synowie nie mają aż takiej ochoty stawiać czoła Aes Sedai jak Bornhald".

Moiraine podbiegła do swej klaczy i pogładziła jej chrapy, potem wetknęła laskę pod rzemyk popręgu. Tym razem Rand bez sprawdzania wiedział, że na lasce nie ma ani jednej rysy.

— Byłaś wyższa niż jakiś olbrzym — powiedziała bez tchu Egwene, obracając się na grzbiecie Beli.

Nikt inny się nie odezwał, ale Mat i Perrin starali się nie zbliżać do Aes Sedai.

— Czyżby? — spytała roztargnionym głosem Moiraine, sadowiąc się z powrotem w siodle.

— Sama widziałam — zaprotestowała Egwene.

— Twój umysł płata ci figle najgłębszą nocą, oko widzi to, czego nie ma.

— To nie pora na żarty — zaczęła gniewnie Nynaeve, lecz Moiraine przerwała jej.

— Rzeczywiście nie pora na żarty — rzekła. — Być może utraciliśmy przewagę, którą zyskaliśmy w „Jeleniu i Lwie". — Obejrzała się w stronę bramy i pokręciła głową. — Gdybym tylko wiedziała, czy draghkar rzeczywiście się tu pojawił. — Prychnąwszy pogardliwie, dodała: — I żeby tylko Myrddraal był naprawdę ślepy. Ale wówczas musiałabym żądać niemożliwego. Zresztą nieważne. Wiedzą, którędy musieliśmy uciekać, ale przy odrobinie szczęścia może uda nam się wymknąć. Lan!

Strażnik ruszył Drogą Caemlyn prowadzącą na wschód, a reszta, jak zwykle, jechała tuż za nim. Towarzyszył im rytmiczny stukot kopyt po ubitym trakcie.

Starali się utrzymać miarowe tempo i taką szybkość, by konie wytrzymały wielogodzinny kłus bez pomocy magii Aes Sedai. Jednakże nie upłynęła jeszcze godzina jazdy, gdy Mat coś krzyknął, wskazując za siebie.

— Patrzcie tam!

Wszyscy ściągnęli wodze i obejrzeli się.

Nocne niebo nad Baerlonem rozświetlały płomienie, jakby ktoś rozpalił ognisko wielkości dużego domu. Poszycie chmur zabarwiło się na czerwono, iskry ulatywały wraz z wiatrem w górę.

— Ostrzegałam go — powiedziała Moiraine — ale nie chciał potraktować tego poważnie.

Jej klacz zaczęła wierzgać, jakby podkreślając strapienie Aes Sedai.

— To oberża? — spytał Perrin. — Czy to „Jeleń i Lew"? Skąd wiesz?

— Nie widzisz zbiegu okoliczności? — ofuknął go Thom. — To przecież nie jest ani dom gubernatora, ani jakiś magazyn, czyjś piec wreszcie albo kopa siana twojej babci.

— Może Światłość nam przyświeca dzisiejszej nocy — powiedział Lan, a Egwene okrążyła go i spojrzała gniewnie.

— Jak możesz tak mówić? Pali się oberża biednego pana Fitcha! Jacyś ludzie mogą przy tym zginąć!

— Jeśli zaatakowali oberżę — rzekła Moiraine — to może nasza ucieczka z miasta i mój... pokaz pozostały nie zauważone.

— Chyba że Myrddraal chce, byśmy tak myśleli — dodał Lan.

Moiraine skinęła głową.

— Może. W każdym razie musimy jechać dalej. Niewiele odpoczniemy dzisiejszej nocy.

— Mówisz to tak lekko, Moiraine! — krzyknęła Nynaeve. — A co z ludźmi w oberży? Na pewno są ranni, a oberżysta stracił z twojego powodu cały dobytek! Z całą tą swoją gadaniną o ścieżce w Światłości jesteś gotowa jechać przed siebie, nawet o tym nie pomyślawszy. To z twojej winy popadł w tarapaty!

— Z winy tych trzech chłopców — rzucił ze złością Lan. — Ogień, ranni, jazda: wszystkiemu winni są ci trzej. Sam fakt, że trzeba za to zapłacić, jest dowodem, że płacić warto. Czarny chce ich dopaść, a nie można mu pozwolić, by miał cokolwiek, czego tak mocno pragnie. Chyba że chcesz, by Pomor ich pojmał?

— Uspokój się, Lan — wtrąciła Moiraine. — Uspokój się! Nynaeve, uważasz, że mogłabym pomóc panu Fitchowi i ludziom z jego oberży? Cóż, niestety masz rację.

Nynaeve zaczęła coś mówić, lecz Moiraine zbyła ją machnięciem ręki i kontynuowała:

— Mogłabym zawrócić i udzielić im pomocy, niezbyt wielkiej, oczywiście. A to ściągnęłoby uwagę na tych, którym dotychczas pomagałam, za co raczej nie mogliby mi podziękować, szczególnie że w mieście są Synowie Światłości. I wówczas zostałby tylko Lan, aby was wszystkich chronić. Jest w tym znakomity, ale sam nie dałby rady stawić czoła Myrddraalowi i trollokom. Naturalnie, wszyscy możemy wrócić, choć wątpię, czy dostalibyśmy się do Baerlon niezauważeni. A wówczas ci, którzy podłożyli ten ogień, mieliby nas na widoku, nie wspominając już Białych Płaszczy. Które byś wybrała wyjście, Nynaeve, gdybyś była na moim miejscu?

— Coś bym na pewno zrobiła — mruknęła niechętnie Nynaeve.

— I najprawdopodobniej pozwoliła Czarnemu wygrać — odparła Moiraine. — Przypomnij sobie, czego, czy raczej kogo, on chce. Prowadzimy wojnę, tak samo jak tamci w Ghealdan, mimo że tam walczą tysiące, a nas jest tylko ośmioro. Prześlę panu Fitchowi wystarczającą ilość złota, aby mógł odbudować „Jelenia i Lwa". Będzie to złoto, którego ślad nie doprowadzi nikogo do Tar Valon. Prześlę też pomoc dla rannych. Każde inne rozwiązanie będzie dla nich tylko zagrożeniem. Zrozum, że to wszystko nie jest takie proste. Lan?

Strażnik zawrócił konia i ruszyli dalej.

Rand oglądał się kilkakrotnie za siebie. Po jakimś czasie widział już tylko łunę wśród chmur, a potem nawet ona zniknęła w mroku. Miał nadzieję, że Min nic się nie stało.

Gdy Strażnik zboczył wreszcie z ubitego traktu i zsiadł z konia, wokół nich panowały ciemności choć oko wykol. Zdaniem Randa do świtu brakowało zaledwie paru godzin. Spętali konie, nie zdejmując z nich siodeł i urządzili obozowisko pod gołym niebem.

— Godzina — uprzedził ich Strażnik, gdy wszyscy zaczęli otulać się w koce. On miał czuwać, gdy będą spali. — Jedna godzina i zaraz ruszamy.

Nikt więcej się nie odezwał.

Po paru minutach Mat przemówił do Randa ledwie słyszalnym szeptem:

— Zastanawiam się, co Dav zrobił z tym borsukiem.

Rand milcząco pokręcił głową, a Mat zawahał się, aż wreszcie powiedział:

— Wiesz, Rand, myślałem, że już jesteśmy bezpieczni. Nic się nie działo, odkąd przeprawiliśmy się przez Taren, a poza tym znaleźliśmy się w mieście, otoczeni murami. Myślałem, że nic już się nam nie stanie. A potem ten sen. I Pomor. Czy kiedykolwiek będziemy bezpieczni?

— Nigdy, dopóki nie dotrzemy do Tar Valon — powiedział Rand. — Tak ona twierdzi.

— A tam? — spytał cicho Perrin i wszyscy trzej popatrzyli na ciemny kształt leżącej Aes Sedai.

Lan wtopił się w mrok, właściwie mógł teraz być wszędzie.

Rand ziewnął nagle. Pozostali wiercili się niespokojnie na ziemi.

— Chyba lepiej przespać się trochę — zasugerował. — I tak na razie nie znajdziemy żadnej odpowiedzi.

— Myślę, że jednak powinna była coś zrobić — wyszeptał Perrin.

Nikt mu nie odpowiedział.

Rand przewrócił się na bok, bo uwierał go korzeń, spróbował położyć się na wznak, poczuł kamień, więc przekręcił się na brzuch, ale znowu przeszkadzał mu korzeń. Obozowisko nie zostało najlepiej ulokowane, nie przypominało tamtych miejsc, które dotąd wybierał dla nich Strażnik. Zasypiając, zastanawiał się, czy korzenie wbijające się w żebra sprawią, że znowu przyśni mu się tamten sen, ale po chwili obudził go dotyk ręki Lana. Miał obolałe żebra, czuł jednak ulgę, że nawet jeśli coś mu się śniło, to nic nie pamięta.

Tuż przed świtem zwinęli koce i przywiązali je do siodeł. Lan nakazał im znowu jechać na wschód. Zaraz po wschodzie słońca zjedli w drodze śniadanie składające się z chleba, sera i wody. Mrugali przekrwionymi z niewyspania oczami i owijali się płaszczami dla ochrony przed wiatrem. Wszyscy, z wyjątkiem Lana. Jadł, ale nie miał ani przekrwionych oczu, ani się nie kulił. Przebrał się znowu w swój mieniący płaszcz, który trzepotał, migocząc szarościami i zieleniami, dbał tylko o to, by ramię władające mieczem pozostawało swobodne. Jego twarz była nadal pozbawiona wszelkiego wyrazu, ale wzrok błądził gdzieś bezustannie, jakby w każdej chwili spodziewał się zasadzki.

ROZDZIAŁ 18

DROGA CAEMLYN

Droga Caemlyn niewiele różniła się od Drogi Północnej, przebiegającej przez Dwie Rzeki. Była oczywiście znacznie szersza i bardziej zniszczona, ale nadal wyznaczał ją ubity trakt, po obu stronach porośnięty drzewami, które z pewnością nie byłyby czymś niezwykłym w Dwu Rzekach, szczególnie że ich igły pozostawały zielone nawet zimą.

Sama okolica natomiast była inna, około południa napotkali pierwsze niskie wzgórza, które miały im towarzyszyć przez następne dwa dni — droga niejednokrotnie je przecinała, jeżeli były zbyt szerokie, aby je okrążyć, i nie tak duże, aby wykopanie w nich tunelu stanowiło nadmierny wysiłek. Na podstawie zmieniającego się codziennie kąta, pod którym padały promienie słoneczne, łatwo było stwierdzić, że droga powoli skręcała na południowy wschód. Rand, tak jak pozostali chłopcy z Pola Emonda, zawsze marzył o posiadaniu starej mapy pana al'Vere. Teraz przypomniał sobie, że ta droga obiega wzgórza Absher, a potem dociera do Białego Mostu.

Co jakiś czas, na znak dany przez Lana, zsiadali z koni na szczycie jakiegoś wzgórza, skąd roztaczał się dobry widok na drogę i otaczający ich krajobraz. Strażnik rozglądał się uważnie dookoła, a pozostali rozprostowywali nogi albo siadali pod jakimś drzewem, aby się posilić.

— Dotąd zawsze lubiłam ten ser — powiedziała Egwene trzeciego dnia po opuszczeniu Baerlon. Oparta plecami o pień drzewa, krzywiła się nad obiadem, który był taki sam jak śniadanie i kolacja. — Najmniejszej szansy na herbatę. Pyszną, gorącą herbatę.

Otuliła się szczelniej płaszczem i przesuwała bezskutecznie wokół drzewa, szukając osłony przed przenikliwym wiatrem.

— Herbata z płaskoliścia i korzeń andilaja — wyjaśniła Nynaeve na użytek Moiraine — są najlepsze na zmęczenie. Oczyszczają myśli i tłumią ból zmęczonych mięśni.

— Niewątpliwie pomagają — mruknęła Aes Sedai, obdarzając Nynaeve kosym spojrzeniem.

Nynaeve zacisnęła usta, ale ciągnęła dalej tym samym tonem.

— A skoro trzeba jechać bez snu...

— Żadnej herbaty! — powiedział ostro Lan do Egwene. — Żadnego ogniska! Jeszcze ich nie widać, ale jeden lub dwa Pomory i trolloki są gdzieś za nami i wiedzą, że podążamy tą drogą. Nie należy im zdradzać miejsca naszego pobytu.

— Ja o nic nie prosiłam — odburknęła Egwene. — Tylko narzekałam.

— Skoro oni wiedzą, że jedziemy tą drogą — spytał Perrin — to dlaczego nie pojedziemy na przełaj do Białego Mostu?

— Nawet Lan nie potrafi jechać tak szybko na przełaj jak po drodze — wyjaśniła Moiraine, wchodząc w słowo Nynaeve — a już szczególnie nie przez wzgórza Absher.

Wiedząca westchnęła z rozdrażnieniem. Rand zastanawiał się, do czego ona zmierza, ignorowała Aes Sedai przez cały pierwszy dzień, a ostatnie dwa usiłowała z nią rozmawiać o ziołach. Moiraine oddaliła się od Nynaeve i mówiła dalej:

— Czy uważacie, że zbaczając z drogi, umknęlibyśmy im? Przecież i tak musielibyśmy w końcu wrócić na trakt. Mogliby wtedy nas wyprzedzić, zamiast iść po naszych śladach.

Twarz Randa wyrażała wątpliwości, a Mat wymruczał coś o „długim objeździe".

— Czy widzieliście dziś jakąkolwiek farmę? — spytał Lan. — Albo choć dym z komina? Nie widzieliście, bo między Baerlon i Białym Mostem są tylko pustkowia. W Białym Moście musimy się przeprawić przez Arinelle. Tam jest jedyny most przecinający Arinelle, na południe od Maradon, które leży w Saldei.

Thom prychnął i dmuchnął przez wąsy.

— A jeśli mają już coś przygotowane w Białym Moście?

Z zachodu dobiegł ich przenikliwy lament rogu. Lan natychmiast rozejrzał się dookoła, a Rand poczuł, jak przenika go dreszcz. Potrafił jednak zdobyć się na spokój i ocenić, że ów dźwięk dobiega ich z odległości co najmniej dziesięciu mil.

— Nie można się przed tym uchronić, bardzie — odparł Strażnik. — Musimy zaufać Światłości i szczęściu. Na razie wiemy z całą pewnością, że trolloki są tuż za nami.

Moiraine otrzepała ręce.

— Czas ruszać — powiedziała i dosiadła białej klaczy.

Pozostali również ruszyli do koni, poganiani następnym rykiem rogu. Tym razem odpowiedziały mu inne, a ich brzmienie dolatywało z zachodu, podobne do pogrzebowej pieśni. Rand i pozostali chwycili wodze, gotowi natychmiast ruszyć do galopu. Wszyscy z wyjątkiem Lana i Moiraine. Strażnik i Aes Sedai wymienili przeciągłe spojrzenia.

— Prowadź ich, Moiraine Sedai — przemówił wreszcie Lan. — Powrócę, jak tylko będę mógł. Będziesz wiedziała, jeśli mi się nie powiedzie.

Położywszy dłoń na siodle Mandarba, wskoczył na grzbiet czarnego rumaka i pogalopował w dół wzgórza. Kierował się na zachód. Głos rogów zabrzmiał ponownie.

— Niech Światłość będzie z tobą, ostatni Władco Siedmiu Wież — szepnęła ledwie słyszalnie Moiraine. Wziąwszy głęboki oddech, zawróciła swą klacz na wschód. — Musimy jechać — powiedziała i ruszyła wolnym, równym kłusem.

Pozostali, zwartą grupą, jechali tuż za nią.

Ran obrócił się raz, aby spojrzeć na Lana, ale Strażnik już zniknął pośród niskich wzgórz i bezlistnych drzew. Ostatni Władca Siedmiu Wież, tak go nazwała. Zastanawiał się, co to oznacza. Wydawało mu się, że nikt inny tego nie usłyszał, ale Thom żuł końce wąsów i marszczył w zamyśleniu brwi. Bard najwyraźniej wiedział wiele rzeczy.

Znowu rozległy się rogi, po chwili dołączyły do nich następne. Rand poruszył się niespokojnie w siodle. Był pewien, że słyszy je już znacznie bliżej. Osiem mil. Może siedem. Mat i Egwene oglądali się przez ramię, a Perrin skulił się, jakby w obawie, że coś go zaatakuje od tyłu. Nynaeve podjechała do Moiraine, aby z nią porozmawiać.

— Czy nie możemy jechać szybciej? — spytała. — Te rogi są coraz bliżej.

Aes Sedai potrząsnęła głową.

— A dlaczego chcą, abyśmy wiedzieli, że tu są? Bo pogalopowalibyśmy do przodu, nie zastanawiając się, co nas tam może czekać.

Utrzymywali stałe tempo. Dźwięki rogów rozlegały się w stałych odstępach czasu, za każdym razem coraz bliżej. Rand już miał przestać liczyć, ile bliżej, ale myśl o tym powracała za każdym razem, gdy słyszał mosiężny dźwięk. Pięć mil, pomyślał z niepokojem, kiedy nagle zza wzgórza wypadł galopujący Lan. Zrównał się z Moiraine, ściągając wodze swego wierzchowca.

— Co najmniej trzy tarany trolloków, każdym dowodzi Półczłowiek. Może nawet pięć.

— Jeżeli byłeś tak blisko nich — zaniepokoiła się Egwene — to mogli cię zobaczyć. Pewnie już nam depczą po piętach.

— Nie widzieli go — rzekła spłoszona Nynaeve i wszyscy skierowali na nią wzrok. — Przypomnijcie sobie, że ja jechałam po jego śladach.

— Cisza — zarządziła Moiraine. — Lan twierdzi, że za nami jest około pięciuset trolloków.

Wszyscy umilkli zaskoczeni, potem znowu odezwał się Lan.

— Okrążają nas. Będą przed nami za niecałą godzinę.

— Skoro było ich tak wielu, to czemu ich nie wykorzystali w Polu Emonda? — mruknęła Moiraine, na poły do siebie. — A jeśli nie, to skąd się tu wzięły teraz?

— Rozpraszają się, aby zajechać nam drogę — ciągnął Lan — przy czym wszystkie oddziały wysłały już zwiadowców.

— Dokąd chcą nas zapędzić? — zadumała się Moiraine.

Jakby w odpowiedzi na jej pytanie z zachodu dobiegł ich przeciągły jęk rogu, któremu odpowiedziały inne, tym razem wszystkie były przed nimi. Moiraine zatrzymała Aldieb, reszta poszła jej śladem. Thom oraz wszyscy pozostali rozglądali się przerażeni dookoła. Rogi rozlegały się teraz jednocześnie z tyłu i z przodu. Rand pomyślał, że słychać w nich nutę triumfu.

— Co teraz zrobimy? — zapytała gniewnym tonem Nynaeve. — W którą stronę pojedziemy?

— Została nam tylko północ albo południe — powiedziała Moiraine, bardziej myśląc na głos, niż odpowiadając Nynaeve. — Na południu rozciągają się wzgórza Absher, nagie i martwe, oraz rzeka Taren, przez którą nie ma jak się przeprawić. Jadąc na północ, możemy dotrzeć do Arinelle przed zapadnięciem zmroku, tam może napotkamy łódź jakichś handlarzy. Pod warunkiem, że w Maradonie ruszyły lody.

— Jest jedno miejsce, do którego trolloki nie pojadą — powiedział Lan, lecz Moiraine wykonała gwałtowny ruch głową.

— Nie! — zawołała.

Ruszyła w stronę Strażnika, który pochylił ku niej głowę, aby pozostali nie słyszeli, o czym mówią. Znowu zagrzmiały rogi i spłoszony koń Randa zaczął wierzgać.

— Próbują nas nastraszyć — warknął Thom, usiłując uspokoić swego wierzchowca. W jego głosie brzmiał gniew, a jednocześnie jakby przekonanie, że trolloki już zwyciężyły. — Próbują nas nastraszyć, abyśmy popadli w panikę i rzucili się do ucieczki. Wtedy nas dopadną.

Egwene nerwowo obracała głową po każdym głosie rogu, patrząc najpierw przed siebie, potem za siebie, jakby wypatrywała pierwszych trolloków. Rand miał ochotę robić to samo, ale starał się jednak opanować. Podjechał bliżej do niej.

— Jedziemy na północ — zarządziła Moiraine.

Rogi zawyły przenikliwie, kiedy zboczyli z drogi i wjechali między okoliczne wzgórza.

Na niskich wzniesieniach droga cały czas podnosiła się i opadała, teren nigdzie nie był płaski. Biegła po martwym poszyciu, pod nagimi gałęziami drzew. Konie wspinały się mozolnie na jedno zbocze, aby zaraz zejść z następnego.

Gałęzie chłostały Randa po twarzy i piersiach. Uschłe pnącza i winorośle czepiały się rąk, czasami oplatały nogi i strzemiona. Lament rogów rozbrzmiewał coraz głośniej i częściej.

Mimo iż Lan ostro parł do przodu, wcale nie posuwali się szybciej. Pokonywanie zboczy oznaczało każdorazowo spory wysiłek. A rogi były coraz bliżej.

„Dwie mile — pomyślał Rand. — Może nawet mniej".

Po jakimś czasie Lan zaczął badać wzrokiem kolejne odcinki drogi, a na jego twarzy po raz pierwszy zagościł niepokój. Raz nawet Strażnik stanął w strzemionach, aby obejrzeć się za siebie. Rand widział jedynie drzewa. Lan usadowił się z powrotem w siodle i odruchowo odrzucił poły płaszcza, uwalniając miecz, po czym podjął na nowo ostrożną obserwację lasu.

Rand spojrzał pytająco na Mata, ale ten tylko zrobił grymas w kierunku Strażnika i wzruszył ramionami.

— Tu gdzieś są trolloki — rzekł nagle Lan.

Pokonali kolejne wzgórze.

— To prawdopodobnie część zwiadu, idąca na czele większych sił. Jeżeli się na nich natkniemy, macie za wszelką cenę trzymać się mnie i robić to samo, co ja. Nie możemy zbaczać z drogi.

— Krew i popioły! — zaklął Thom.

Nynaeve podjechała bliżej do Egwene.

Jedyną kryjówkę mogli znaleźć wśród rzadkich zagajników iglastych drzew. Rand starał się patrzeć we wszystkich kierunkach jednocześnie, w jego wyobraźni szare pnie drzew, postrzegane kątem oka, zamieniały się w zaczajone trolloki. Rogi było już słychać coraz bliżej. Tuż za plecami, tego był pewien. Tuż za nimi i wciąż bliżej.

Wjechali na kolejne wzgórze.

Z przeciwnej strony wspinały się trolloki, niosły tyki zakończone wielkimi zwojami lin albo długimi hakami. Było ich bardzo wiele. Szereg ginął poza zasięgiem wzroku, pośrodku, dokładnie naprzeciwko Lana, jechał Pomor.

Myrddraal zawahał się przez chwilę, kiedy na szczycie wzniesienia dostrzegł ludzi, ale zaraz potem wyciągnął miecz z czarnym ostrzem — na jego widok Rand poczuł mdłości — i wykonał zamach nad głową. Szereg trolloków ruszył naprzód.

Lan trzymał miecz w ręku, jeszcze zanim Myrddraal zdążył się poruszyć.

— Trzymajcie się mnie! — krzyknął.

Mandarb pogalopował w dół zbocza, w stronę trolloków.

— Za Siedem Wież! — zawołał.

Rand poczuł ścisk w gardle, ale pognał swego siwka do przodu, wszyscy pozostali ruszyli w ślad za Strażnikiem. Ze zdziwieniem odkrył, że ściska w ręku miecz Tama. Porwany okrzykiem Lana, zdobył się na własny:

— Manetheren! Manetheren!

— Manetheren! Manetheren! — podjął jego zawołanie Perrin.

Mat natomiast krzyczał:

— *Carai an Caldazar! Carai an Ellisande! Al Ellisande!*

Pomor wpatrywał się w szarżujących jeźdźców. Czarne ostrze zastygło nad jego głową, a otwór w kapturze rozchylił się.

Lan dopadł Myrddraala, pozostali rzucili się na trolloki. Miecz Strażnika uderzył w czarną stal wykutą w kuźniach Thakan'daru, rozległ się donośny szczęk przypominający brzmienie dzwonu. Jego echo przetoczyło się po całej kotlinie, a blask niebieskiego światła wypełnił powietrze niczym błyskawica.

Półludzkie bestie o zwierzęcych pyskach zakotłowały się wokół ludzi, wywijając swymi chwytakami i arkanami. Omijały jedynie Lana i Myrddraala, którzy walczyli w pustym kręgu; ich czarne konie krokiem odpowiadały na krok, a miecze parowały cios za ciosem. Powietrze wypełnił błysk i huk.

Obłok wywracał oczami, rżał przenikliwie i wierzgał kopytami na widok warczących, szczerzących ostre zęby paszczy. Ciężkie ciała tłoczyły się przy nim zwartą masą, ale Rand bezlitośnie bił go piętami, nie pozwalając na ucieczkę. Równocześnie wymachiwał mieczem i z ową odrobiną wprawy, którą zawdzięczał Lanowi, ciął, jakby rąbiąc drewno. Egwene! Desperacko zaczął jej szukać, zmuszając siwka do jazdy naprzód, wyrąbywał drogę w murze włochatych ciał jak kosiarz wśród łanów trawy.

Biała klacz to rzucała się do przodu, to uskakiwała, posłuszna rozkazom delikatnych dłoni Aes Sedai, ściskających jej wodze. Moiraine wywijała swą laską z równą zaciętością, jaką można było dostrzec na twarzy Lana. Trolloki ogarnął płomień, który po chwili wybuchł z rykiem, aby pozostawić po sobie na ziemi okaleczone, znieruchomiałe kształty. Nynaeve i Egwene uparcie trzymały się Aes Sedai, obydwie obnażyły zęby, ich twarze wyrażały nieomal taką samą zajadłość, z jaką walczyły trolloki. W dłoniach trzymały noże, których krótkie ostrza mogły się przecież w bliskim starciu okazać zupełnie nieprzydatne. Rand próbował skierować w ich stronę Obłoka, ale siwek zbuntował się. Rżąc i wierzgając, ponosił, pomimo ściągniętych z całej siły wodzy.

Wokół trzech kobiet tworzyła się pusta przestrzeń, w miarę jak trolloki usiłowały uciec przed laską Moiraine. Doganiała je po kolei. Stwory wyły z gniewu i furii, padając łupem płomieni. Ponad hukiem ognia i wyciem górował szczęk mieczy Lana i Myrddraala, powietrze wokół nich co jakiś czas przeszywały niebieskie błyski.

Głowę Randa uchwyciła przyczepiona do żerdzi pętla. Niezgrabnym ruchem przerąbał drąg na pół, potem ciął przez kozią twarz trzymającego go trolloka. Zaraz potem poczuł, że leci na ziemię, ściągany przez wbity w ramię hak. Owładnięty paniką, omal nie wypuścił miecza. Musiał przytrzymać się łęku, aby nie spaść z siodła. Obłok nadal wierzgał i rżał. Rand, desperacko trzymając się wodzy i siodła, czuł, jak ciągniony przez hak, cal po calu, zsuwa się z grzbietu konia. Obłok odwrócił się, Rand na moment dojrzał Perrina, który wychylony niebezpiecznie z siodła usiłował wyrwać topór z rąk trzech trolloków. Trzymali już go za jedno ramię i obydwie nogi. Obłok skoczył do przodu, Rand widział teraz jedynie trolloki.

Któryś ze stworów doskoczył do jego nogi i schwycił ją, wyrywając ze strzemiona. Dysząc ciężko, Rand wychylił się z siodła, aby go odkopnąć, ale hak ściągnął go natychmiast w tył i przed upadkiem uratował go jedynie silny uchwyt wodzy. W tym samym momencie hak przestał ciągnąć, a trollok puścił jego nogę i wrzasnął. Krzyk podniósł się również wśród wszystkich trolloków, brzmiało to tak, jakby wszystkie psy na świecie poszalały i wyły teraz jednocześnie.

Bestie padały, wiły się na ziemi, wydzierały sobie włosy i drapały twarze. Gryzły ziemię, chwytały rozpaczliwie powietrze. I wyły nieprzerwanie.

Wtedy Rand zobaczył Myrddraala. Nadal siedział wyprostowany na grzbiecie swego wściekle wierzgającego ogiera, nadal wymachiwał czarnym mieczem... ale już nie miał głowy.

— Umrze dopiero po zapadnięciu zmroku. — Thom musiał to wykrzyczeć, aby zagłuszyć niesłabnący wrzask. — Ale też nie do końca. Przynajmniej tak słyszałem — dodał, ciężko dysząc.

— Jazda! — krzyknął gniewnie Lan. Pociągnął za sobą Moiraine i pozostałe dwie kobiety, dojechali do połowy zbocza następnego wzniesienia.

— To jeszcze nie wszyscy!

Rzeczywiście, znowu usłyszeli rogi, głośniejsze od skrzeku pokonanych trolloków. Ich dźwięk dobiegał ze wschodu, zachodu i południa.

O dziwo, jedynie Mata spotkał upadek z konia. Rand ruszył w jego stronę, ale chłopak strząsnął pętlę, podniósł łuk i wdrapał się o własnych siłach na siodło, rozcierając sobie szyję.

Rogi ujadały jak ogary, gdy wyczują jelenia. Pierścień obławy zamykał się. Lan przyspieszył galop i konie wspinały się teraz na wzgórza jeszcze bystrzej niż dotychczas, a potem niemalże rzucały w dół zbocza. Jednak dźwięki rogów zbliżały się coraz bardziej, aż zaczęli już słyszeć w przerwach między nimi gardłowe okrzyki ścigających. Gdy w pewnym momencie osiągnęli szczyt kolejnego wzgórza, na pobliskim wierzchołku znowu pojawiły się trolloki. Całe wzniesienie aż poczerniało, widać było wykrzywione pyski, słychać wycie. Dowodziły nimi trzy Myrddraale. Obydwie grupy dzieliła odległość zaledwie stu piędzi.

Serce Randa skurczyło się jak zeschłe winogrono. Trzej Myrddraale!

W jednej chwili Półludzie unieśli czarne miecze, trolloki zakotłowały się na zboczu, wydając niskie okrzyki triumfu. W biegu wymachiwały żerdziami.

Moiraine zsiadła z grzbietu Aldieb. Spokojnym ruchem sięgnęła do swej sakiewki, z zawiniątka błysnęła kość słoniowa. *Angreal*. Z figurką w jednej dłoni i laską w drugiej, Aes Sedai stanęła przodem do nacierających na nich trolloków i Pomorów, podniosła wysoko laskę i wbiła ją z całej siły w ziemię.

Rozległo się dudnienie przypominające uderzenie drewnianego młota w żelazny kocioł. Głuchy brzęk cichł stopniowo, aż końcu zamarł. Przez moment panowała cisza. Cała okolica jakby zastygła, nie było słychać nawet szumu wiatru. Ucichły także okrzyki trolloków, biegły coraz wolniej, aż w końcu stanęły. Wszyscy zamarli na chwilę trwającą tyle, co jedno uderzenie serca. Wtedy powoli zaczął znów powracać tamten głuchy brzęk, przemieniający się w przytłumiony łoskot, który narastał, aż nagle ziemia jęknęła głośno.

Grunt pod kopytami Obłoka zaczął się trząść. O takich właśnie dziełach Aes Sedai mówiły opowieści. Rand nagle zapragnął znaleźć się co najmniej sto mil stąd. Drżenie przeszło w gwałtowne wstrząsy, które poruszyły wszystkimi drzewami rosnącymi dookoła. Siwek Randa potknął się i omal nie upadł. Nawet Mandarb i pozbawiona jeźdźca Aldieb zachwiały się jak pijane, pozostali musieli przytrzymywać się wodzy, grzyw lub czegokolwiek, aby nie pospadać z końskich grzbietów.

Aes Sedai stała w tym samym miejscu co przedtem, z *angrealem* w dłoni, obok swej wbitej w ziemię laski. Ani ona, ani jej broń nie poruszyły się nawet odrobinę, choć wszystkim wokół targały wstrząsy. Nagle ziemia zmarszczyła się i wytrysnęła spod laski, po czym potoczyła w stronę trolloków, niczym mnożące się fale na stawie. Przewracając wielkie krzewy i wzbijając uschnięte liście w powietrze, fale ziemi rosły i parły w kierunku trolloków. Drzewa rosnące w kotlinie pękały niczym wierzbowe witki w dłoniach małych chłopców. Trolloki na przeciwległym wzgórzu padały jak podcięte i staczały się wprost do rozwścieczonej ziemi.

Myrddraale jednak, nie bacząc, że ziemia wokół nich stawała dęba, ruszyły szeregiem do przodu, ich czarne konie ani razu nie zgubiły kroku, stawiając kopyta zgodnym rytmem. Trolloki spadały ze zbocza pod nogi czarnych rumaków, wyjąc i drapiąc falującą ziemię, ale Myrddraale powoli jechały do przodu.

Moiraine uniosła laskę i ziemia znieruchomiała, lecz jej dzieło nie dobiegło jeszcze końca. Wycelowała różdżkę w stronę kotliny pomiędzy wzgórzami i wtedy wytrysnęła tam fontanna ognia wysokości dwudziestu stóp. Rozłożyła ramiona i ogień pomknął wszędzie tam, gdzie sięgał jej wzrok, tworząc ścianę, która oddzieliła ludzi od trolloków. Zapanował żar tak nieznośny, że Rand musiał osłonić rękoma twarz. Czarne wierzchowce Myrddraali, choć obdarzone nie wiadomo jak niezwykłymi mocami, zarżały na widok płomieni, stanęły dęba i jęły się zmagać ze swymi jeźdźcami, którzy biciem usiłowali je zmusić do pokonania płonącej przeszkody.

— Krew i popioły — jęknął słabym głosem Mat.

Rand tylko pokiwał głową w odrętwieniu.

Nagle Moiraine zachwiała się i byłaby upadła, gdyby Lan nie zeskoczył z konia, aby ją podtrzymać.

— Jedźcie dalej! — nakazał pozostałym. Ostry ton jego głosu kłócił się z delikatnością, z jaką posadził Aes Sedai na grzbiecie klaczy. — Ten ogień nie będzie przecież płonął wiecznie. Spieszcie się! Liczy się każda minuta.

Mur ognia huczał, jakby miał płonąć bez końca, ale Rand nie sprzeciwiał się. Pogalopowali na północ tak szybko, jak tylko potrafili zmusić konie. Rogi zabrzmiały w oddali jakby z rozczarowaniem, jakby już wiedziały, co zaszło. Potem ucichły.

Lan i Moiraine wkrótce dołączyli do reszty grupy, chociaż Lan musiał trzymać wodze Aldieb, Aes Sedai bowiem słaniała się i przytrzymywała obiema rękami łęku.

— Zaraz poczuję się lepiej — powiedziała, widząc pełne troski spojrzenia. Oprócz zmęczenia, w jej głosie słyszało się pewność siebie. — Praca z Ziemią i Ogniem trochę mnie wyczerpuje, ale to drobiazg.

Po chwili oboje znaleźli się znów na czele galopującej grupy. Rand pomyślał, że Moiraine nie wytrzyma tak szybkiego tempa. Nynaeve podjechała do Aes Sedai i zatrzymała ją gestem ręki. Przez jakiś czas, gdy pokonywali wzgórza, obydwie kobiety szeptały coś do siebie, po czym Wiedząca sięgnęła do swego płaszcza i wręczyła Moiraine małą paczuszkę. Aes Sedai rozwinęła ją i połknęła zawartość. Nynaeve powiedziała coś jeszcze, po czym powróciła do pozostałych, lekceważąc ich pytające spojrzenia. Randowi wydało się, że pomimo okoliczności jej twarz wyraża satysfakcję.

Właściwie to nie obchodziło go, do czego zmierza Wiedząca. Gładził stale rękojeść swojego miecza, a gdy zdał sobie z tego sprawę, popatrzył na nią ze zdziwieniem.

„Więc tak wygląda bitwa".

Niewiele już z niej pamiętał, przy czym żadnego momentu dokładnie. Wszystko w jego myślach zlało się w jedną masę włochatych twarzy i strachu. Strachu i upału. Bitwa została stoczona w takim upale, jakby to było popołudnie w samym środku lata. Nie potrafił sobie tego wytłumaczyć. Lodowaty wiatr próbował teraz zamrozić paciorki potu na jego twarzy i ciele.

Obejrzał się na swoich przyjaciół: Mat ocierał pot z twarzy rąbkiem płaszcza. Perrin natomiast, wpatrzony w oddali w coś, co mu się wyraźnie nie podobało, zdawał się nie zauważać kropel błyszczących na jego czole.

Wzgórza były coraz niższe, cały teren zamieniał się powoli w równinę, niemniej Lan, zamiast pędzić dalej, zatrzymał się. Nynaeve ruszyła jakby z zamiarem przyłączenia się do Moiraine, ale wzrok Strażnika powstrzymał ją. Razem z Aes Sedai oddalili się nieco od reszty, pochylili ku sobie głowy, z ruchów Moiraine było jasne, że się sprzeczają. Nynaeve i Thom przypatrywali się obojgu, Wiedząca z wyraźną troską, bard zaś mruczał coś do siebie i co jakiś czas oglądał się przez ramię. Pozostali unikali patrzenia na nich. Kto wie, jaki może być efekt kłótni Aes Sedai ze Strażnikiem?

Po kilku minutach Egwene odezwała się cicho do Randa, rzucając niespokojne spojrzenia na wciąż sprzeczającą się parę.

— Te słowa, które krzyczałeś w stronę trolloków... — urwała, jakby nie wiedząc, co jeszcze powiedzieć.

— Bo co? — spytał Rand.

Było mu trochę głupio, okrzyki wojenne pasowały znakomicie do Strażników, ale ludzie z Dwu Rzek nigdy tak się nie zachowywali, cokolwiek Moiraine mówiła na ten temat. Jeśli jednak Egwene miała się z niego teraz śmiać...

— Mat musiał opowiedzieć tę historię z dziesięć razy.

— I to źle — wtrącił Thom, a Mat wydał pomruk protestu.

— Jakby tego nie opowiadał — rzekł Rand — wszyscy ją i tak słyszeliśmy wiele razy. A poza tym musieliśmy coś krzyknąć. No bo w takiej chwili, właśnie tak należy postąpić. Słyszałaś Lana.

— Mieliśmy przecież takie prawo — dodał roztropnie Perrin. — Moiraine twierdzi, że wszyscy jesteśmy potomkami ludu Manetheren. Oni walczyli z Czarnym i my też walczymy z Czarnym. To nam daje do tego prawo.

Egwene prychnęła pogardliwie, jakby chcąc pokazać, co ona o tym myśli.

— Nie o tym mówiłam. A co ty krzyczałeś, Mat?

Mat nerwowo wzruszył ramionami.

— Nie pamiętam. — Patrzył na nich zaczepnie. — No naprawdę. Wszystko pamiętam jak za mgłą. Nie wiem, co to było, skąd mi się wzięło, ani co oznaczało. — Zaśmiał się lekceważąco. — Nie sądzę, by to miało oznaczać cokolwiek.

— A ja myślę, że jednak tak — powiedziała powoli Egwene. — Kiedy krzyknąłeś, pomyślałam, właśnie wtedy, że cię rozumiem. Ale to minęło. — Westchnęła i potrząsnęła głową. — Może masz rację. Człowiek wyobraża sobie dziwne rzeczy w takich chwilach, nieprawdaż?

— *Carai an Caldazar* — powiedziała Moiraine.

Wszyscy odwrócili się gwałtownie, by na nią spojrzeć.

— *Carai an Ellisande. Al Ellisande.* Za honor Czerwonego Orła. Za honor Róży Słońca. Starożytny okrzyk wojenny Manethereńczyków i okrzyk wojenny ich ostatniego króla. Różą Słońca nazywano Eldrene. — Moiraine rozbroiła Egwene i Mata swym uśmiechem, chociaż jej wzrok dłużej zatrzymał się na nim niż na niej. — Krew linii Arada jest nadal silna w Dwu Rzekach. Stara Krew wciąż śpiewa.

Mat i Egwene spojrzeli na siebie, skupiając jednocześnie wzrok pozostałych. Oczy Egwene były rozszerzone, a jej usta bezustannie próbowały się uśmiechnąć, chociaż je zagryzała, nie wiedząc, jak przyjąć te słowa o starej krwi. Mat natomiast wiedział, co dało się wywnioskować z chmurnego wyrazu jego twarzy.

Randowi wydawało się, że zna myśli Mata, sam myślał podobnie. Jeżeli Mat jest potomkiem dawnych władców Manetheren, to może trolloki chcą tak naprawdę dopaść tylko jego, a nie wszystkich trzech. Po chwili zawstydził się tej myśli. Policzki mu poróżowiały i gdy dostrzegł poczucie winy malujące się na twarzy Perrina, domyślił się, że jemu przyszło do głowy to samo.

— Nie umiem stwierdzić, czy już kiedyś coś takiego słyszałem — powiedział po chwili Thom. Otrząsnął się z otępienia i nagle przemówił obcesowo: — Innym razem mógłbym nawet ułożyć o tym jakąś opowieść, ale w tym momencie... Czy zatrzymamy się tutaj na resztę dnia, Aes Sedai?

— Nie — odparła Moiraine i chwyciła wodze.

Z południa rozległ się odgłos rogu trolloków, jakby na potwierdzenie jej słów. Ze wschodu i zachodu rozległy się następne. Konie zarżały i zadreptały nerwowo.

— Przeszli przez ogień — powiedział spokojnie Lan, a zwróciwszy się do Moiraine, dodał: — Nie masz jeszcze siły do przeprowadzenia swoich planów. Musisz najpierw odpocząć. Ani Myrddraal, ani trollok nie pójdą tam.

Moiraine podniosła rękę, jakby chciała go odprawić, po czym westchnęła i opuściła ją.

— No dobrze — odrzekła z irytacją. — Pewnie masz rację, ale wolałabym inne rozwiązanie. — Wyjęła swą laskę z uchwytu przy siodle. — Zbierzcie się wszyscy wokół mnie. Najbliżej jak możecie. Jeszcze bliżej.

Rand podjechał na Obłoku do klaczy Aes Sedai. Stosując się do uporczywych ponagleń Moiraine, otaczali ją zwartym kołem dopóty, dopóki wszystkie konie nie zetknęły się kłębami albo zadami. Dopiero wtedy Aes Sedai była zadowolona. Potem, nic nie mówiąc, stanęła w strzemionach i zrobiła krąg swoją laską ponad ich głowami.

Rand dygotał i czuł mrowienie za każdym razem, gdy laska przechodziła ponad nim. Mógł podążać za jej ruchem, nie widząc jej, tylko obserwując drżenie przechodzące po kolei przez wszystkich ludzi w kręgu. Nie zdziwił się, widząc, że na Lana zupełnie to nie działało.

Nagle Moiraine gwałtownym ruchem wycelowała laskę w stronę zachodu. W powietrzu zawirowały uschłe liście, a gałęzie zakołysały się, jakby wir powietrzny przebiegł po wskazanej przez nią linii. Kiedy niewidzialny wir powietrza zniknął, z westchnieniem opadła z powrotem na siodło.

— To dla trolloków — wyjaśniła. — Ta linia będzie zawierała jakby nasze zapachy i nasze ślady. Myrddraal po jakimś czasie się zorientuje, ale wtedy...

— Wtedy — dopowiedział Lan — my zdążymy już ich zgubić.

— Twoja laska ma wielką siłę — zauważyła Egwene, narażając się na prychnięcie Nynaeve.

Moiraine cmoknęła wargami.

— Powiedziałam ci, dziecko, że rzeczy nie zawierają w sobie mocy. Jedyna Moc pochodzi z Prawdziwego Źródła i tylko żywy umysł może nią władać. Nawet *angreal* stanowi jedynie pomoc w koncentracji. — Znużonym ruchem wsunęła laskę z powrotem do uchwytu przy siodle.

— Lan?

— Jedźcie za mną — powiedział Strażnik — i zachowajcie milczenie. Wszystko pójdzie na marne, jeśli trolloki nas usłyszą.

Poprowadził ich znowu na północ, choć nie z tą samą zawrotną prędkością jak przedtem, ale tak szybko, jak podróżowali Drogą Caemlyn. Teren stawał się nadal coraz bardziej płaski, choć las nie rzedniał.

Nie jechali już prostym szlakiem, ponieważ Lan wybierał trasę, która omijała twardy grunt i występy skalne, nie zmuszał ich też do przedzierania się przez gęste krzaki. Co jakiś czas udawał się na tył szeregu i uważnie czegoś nasłuchiwał. Każdy, kto odważył się choćby zakasłać, narażał się na niemiły pomruk z jego strony.

Nynaeve jechała obok Aes Sedai, a na jej twarzy niepokój walczył z niechęcią. Było w tym spojrzeniu coś jeszcze, jakby Wiedząca dostrzegła przed sobą cel. Moiraine zgarbiła ramiona i przytrzymywała się oburącz wodzy oraz siodła, słaniając się przy każdym kroku Aldieb. Było oczywiste, że utworzenie fałszywego szlaku, co mogło się wydawać niczym w porównaniu z trzęsieniem ziemi czy ścianą ognia, zabrało jej resztki sił.

Rand żałował prawie, że nie słyszy już rogów, bo dzięki nim mógł przynajmniej ocenić odległość, jaka dzieliła ich od trolloków i Pomorów.

Stale oglądał się za siebie i dlatego też nie on pierwszy dostrzegł rozciągający się przed nimi widok. Po chwili jednak wlepił weń zdumiony wzrok. Wielka, nieregularna masa, w wielu miejscach równie wysoka, jak wyrastające z niej drzewa i jeszcze wyższe iglice. Wszystko porastały bezlistne winorośle oraz jakieś inne pnącza. Jakieś wzgórza? Po pnączach łatwo się wspinać, ale konie nigdy przez to nie przejdą.

Gdy podjechali bliżej, zauważył wieżę. Była to z całą pewnością wieża, a nie jakaś skalna formacja zakończona dziwaczną, spiczastą kopułą.

— To miasto! — krzyknął.

Po chwili zauważył również miejskie mury, iglice okazały się wieżami strażniczymi. Otworzył usta ze zdziwienia. To miasto musiało być dziesięć razy większe od Baerlon. Pięćdziesiąt razy większe.

Mat przytaknął.

— To miasto — zgodził się. — Ale skąd się wzięło miasto pośród lasów?

— I na dodatek wyludnione — dodał Perrin. Kiedy spojrzeli na niego, wskazał mury. — Jaki człowiek by dopuścił, aby winorośl tak wszystko obrosła? Wiecie, że pnącza potrafią rozsadzać ściany. Patrzcie, jakie to wszystko zrujnowane.

Rand musiał na nowo przemyśleć to, co zobaczył. Było tak, jak mówił Perrin. Prawie pod każdym niższym fragmentem muru znajdowały się porośnięte chwastami pagórki — gruz. Nie było dwu wież jednakowej wysokości.

— Ciekawe, co to było za miasto — zadumała się Egwene — i co się z nim stało. Na mapie ojca nie ma tu żadnego miasta.

— Nazywało się Aridhol — wyjaśniła Moiraine. — W czasach Wojen z Trollokami należało do sojuszników Manetheren. — Wpatrywała się w potężne mury, jakby niepomna obecności innych, nawet Nynaeve, która podpierała ją ramieniem. — Później Aridhol zostało pokonane i to miejsce otrzymało inną nazwę.

— Jaką? — spytał Mat, ale nie otrzymał odpowiedzi.

— Tutaj — odezwał się Lan.

Zatrzymał Mandarba przed resztkami bramy, wystarczająco szerokiej, by mógł przez nią przemaszerować rząd pięćdziesięciu ludzi. Po samych bramach nie zostało zresztą nic oprócz przełamanych i porośniętych dzikim winem strażnic.

— Wjedziemy tędy.

W oddali zabrzmiały rogi trolloków. Lan spojrzał w kierunku, z którego dobiegł dźwięk, potem na słońce znajdujące się już w połowie drogi do wierzchołków drzew rosnących na zachodzie.

— Już się zorientowali, że to fałszywy szlak. Chodźcie, musimy przed zmierzchem znaleźć jakąś kryjówkę.

— Jak nazwano potem to miasto? — dopytywał się Mat.

Moiraine udzieliła mu odpowiedzi dopiero, gdy już wjeżdżali do miasta.

— Shadar Logoth — powiedziała.

ROZDZIAŁ 19

PRZYCZAJONY CIEŃ

Skruszałe kamienie brukowe chrzęściły pod kopytami koni, kiedy wjeżdżali w ślad za Lanem do miasta. Rand zauważył, że wszystko jest pogrążone w ruinie i, jak słusznie stwierdził Perrin, wymarłe. Ponad nim fruwały jedynie gołębie, a ze szczelin w murach i chodnikach wyrastały uschłe chwasty. W większości budynków sufity zapadły się, z murów na ulice pospadały odłamki cegieł i kamieni. Ponad tym wszystkim sterczały wieże o ostrych, nierównych iglicach, przypominające połamane patyki. Różnej wielkości zwały gruzu, porosłe karłowatymi drzewami, mogły stanowić pozostałości po pałacach albo nawet całych dzielnicach.

Ale i tak to, co zostało, zapierało Randowi dech w piersiach. Największy dom z Baerlon mógł skryć się w cieniu prawie każdej budowli Shadar Logoth. Wszędzie, jak okiem sięgnąć, stały pałace z jasnego marmuru zwieńczone ogromnymi kopułami. Wszystkie zresztą domy miały takie kopuły, niektóre nawet cztery lub pięć, każda o innym kształtcie. Wieże, które zdawały się sięgać nieba, pomimo dzielących je odległości, były między sobą połączone napowietrznymi przejściami otoczonymi szeregami kolumn. Na każdym skrzyżowaniu ulic stała mosiężna fontanna, alabastrowa iglica lub jakiś pomnik. Choć fontanny wyschły, większość iglic się poprzewracała, a wiele pomników legło w gruzach, nadal było co podziwiać.

„A ja myślałem, że Baerlon to miasto! Niech sczeznę, Thom pewnie śmiał się w kułak. Tak samo jak Moiraine i Lan".

Rand był tak pochłonięty wgapianiem się we wszystko, że nie

zauważył, gdy Lan zatrzymał się nagle przed białym, kamiennym budynkiem, dwa razy wyższym od „Jelenia i Lwa". Nie można było stwierdzić, do czego służył ten dom za czasów świetności miasta, ale równie dobrze mogła to być oberża. Z górnych pięter pozostała jedynie pusta skorupa — przez wybite otwory okienne, z których zniknęło wszelkie szkło i drewno, widać było popołudniowe niebo — ale parter wydawał się nienaruszony.

Moiraine, nadal przytrzymując się łęku, obejrzała uważnie budynek, zanim skinęła głową.

— Ten nam wystarczy.

Lan zeskoczył z siodła i ściągnął Moiraine z grzbietu klaczy.

— Wprowadźcie konie do środka — zarządził. — Znajdźcie jakąś izbę na tyłach domu, która się nada na stajnię. No ruszać się, farmerzy. Nie jesteście na łące.

Wziął Aes Sedai na ręce i zniknął z nią we wnętrzu domu.

Nynaeve zsiadła z konia i pobiegła za nimi, ściskając torbę, w której trzymała zioła i maści. Egwene poszła w ślad za nią. Pozostawiły chłopcom swe konie.

— Wprowadźcie konie do środka — burknął Thom i wydął policzki. — Cały zesztywniały powoli zsiadł z wierzchowca, wygiął plecy, przeciągle westchnął, po czym ujął wodze Aldieb. — No, co jest? — zapytał chłopców, unosząc brwi.

Pospiesznie stanęli na ziemi i poprowadzili konie. Pozostały po drzwiach otwór był tak duży, że dałoby się przez niego przeprowadzić nawet dwa konie równocześnie.

Za drzwiami znajdowała się ogromna komnata, szeroka jak cały budynek, podłogę pokrywały brudne płytki, na ścianach wisiało kilka podartych gobelinów wypłowiałych do matowego brązu. Wyglądały, jakby mogły się rozpaść pod dotknięciem. Poza tym pomieszczenie było puste. Lan zrobił w najbliższym rogu posłanie dla Moiraine, kładąc tam ich płaszcze. Nynaeve, mrucząc coś o kurzu, uklękła przy Aes Sedai i zaczęła grzebać w swej torbie, którą usłużnie podsunęła jej Egwene.

— To prawda, że mogę jej nie lubić — mówiła właśnie Nynaeve do Strażnika, gdy Rand wszedł z Belą i Obłokiem do środka — ale pomagam każdemu, kto potrzebuje pomocy, niezależnie od tego, czy go lubię, czy nie.

— Ja cię o nic nie oskarżam, Wiedząca. Powiedziałem tylko, że masz uważać z tymi swoimi ziołami.

Spojrzała na niego kątem oka.

— Faktem jest, że ona potrzebuje moich ziół, ty zresztą także. — Jej głos z początku cierpki, w miarę mówienia stawał się wręcz opryskliwy. — Faktem jest, że nawet władając Jedyną Mocą, ona na razie nie może już zrobić nic więcej. Jest wreszcie faktem, że nie może jej pomóc twój miecz, Władco Siedmiu Wież, natomiast moje zioła tak.

Moiraine położyła dłoń na ramieniu Lana.

— Uspokój się, Lan. Ona nie ma zamiaru zrobić mi nic złego. Ona po prostu nie wie.

Strażnik skrzywił się ironicznie.

Nynaeve przestała grzebać w torbie i spojrzała na niego, marszcząc czoło, ale odezwała się do Moiraine:

— Nie wiem mnóstwa rzeczy. O którą w tej chwili chodzi?

— Po pierwsze — odparła Moiraine — tak naprawdę to potrzebuję wyłącznie odpoczynku. Po drugie, zgadzam się z tobą. Twoje umiejętności i wiedza przydadzą się bardziej niż myślałam. Czy masz może coś, co pomoże mi przespać się godzinę i nie chodzić potem jak pijana?

— Słaba herbata z wyczyńca, żylistka i...

Rand nie usłyszał już ostatniego słowa, gdyż wszedł za Thomem do następnej izby, która była równie wielka i jeszcze bardziej pusta. Pokrywała ją gruba wartwa kurzu, której do czasu ich przybycia nikt nigdy nie naruszył. Na podłodze nie było śladów ani ptaków, ani zwierząt.

Rand rozsiodłał Belę i Obłoka, Thom — Aldieba i wałacha, a Perrin swojego wierzchowca i Mandarba. Nie robił nic tylko Mat, który upuścił wodze na podłogę. W izbie, oprócz drzwi, którymi weszli, były jeszcze dwa wyjścia.

— Aleja — obwieścił Mat, wycofując głowę z pierwszych drzwi.

Pozostali trzej również mogli tyle zobaczyć, nie ruszając się z miejsca. Mat przeszedł powoli przez czarny prostokąt drugich drzwi, znajdujących się w tylnej ścianie, i cofnął się o wiele szybciej, energicznie otrzepując pajęczyny z włosów.

— Nic tam nie ma — powiedział i znowu spojrzał w stronę alei.

— Czy ty się wreszcie zajmiesz koniem? — spytał Perrin. Zakończył już oporządzać swojego wierzchowca i teraz zdejmował siodło z grzbietu Mandarba. O dziwo, płomiennooki rumak nie sprawiał mu żadnych kłopotów, chociaż bacznie obserwował Perrina.

— Nikt nie ma zamiaru robić tego za ciebie.

Mat spojrzał na aleję po raz ostatni i wzdychając smutno, podszedł do swego konia.

Gdy Rand kładł siodło Beli na podłodze, zauważył, że Mat sposępniał. Robił wszystko bezmyślnie, a jego wzrok zdawał się tonąć w czymś odległym o tysiące mil.

— Czy dobrze się czujesz, Mat? — spytał.

Mat rozsiodłał konia i nagle znieruchomiał.

— Mat? Mat!

Mat wzdrygnął się i omal nie upuścił siodła.

— Co? Ach. Nie, tylko się zamyśliłem.

— Zamyśliłeś się? — zagrzmiał Perrin, który zamieniał wędzidło Mandarba na postronek. — Ty spałeś.

Mat spojrzał na niego spode łba.

— Myślałem o wszystkim, co tutaj zaszło. O tych słowach, które... — Wszyscy razem spojrzeli na niego, więc niespokojnie przestąpił z nogi na nogę. — No, słyszeliście, co powiedziała Moiraine. Jest tak, jakby martwi przemawiali przez moje usta. Nie podoba mi się to.

Spochmurniał jeszcze bardziej, gdy Perrin zachichotał.

— Okrzyk wojenny Aemona, tak powiedziała, zgadza się? Może ty jesteś wcieleniem Aemona, który powrócił między żywych. Tyle mówiłeś o nudzie w Polu Emonda, więc bycie królem i odrodzonym bohaterem powinno ci się podobać.

— Nie mów tak!

Thom zrobił głęboki wdech, wszyscy spojrzeli teraz na niego.

— To niebezpieczne i głupie gadanie. Martwi mogą zmartwychwstawać albo wchodzić w ciała żyjących i nie należy o tym mówić tak beztrosko. — Dla uspokojenia znowu zaczerpnął oddechu, zanim powiedział coś jeszcze. — Moiraine mówiła o dawnej krwi, a krew to nie martwy człowiek. Słyszałem, że czasem coś takiego się zdarza. Słyszałem, choć do końca w to nie wierzyłem... To twoje korzenie, chłopcze. Linia, która biegnie od ciebie przez twojego ojca do twojego dziadka i cofa się do samego Manetheren i może jeszcze dalej. Teraz już wiesz, jak stara jest twoja rodzina. Powinieneś przywyknąć do tej myśli i cieszyć się nią. Większość ludzi nie wie nic ponad to, kim był ich ojciec.

„Niektórzy z nas nawet tego nie mogą być pewni — pomyślał z goryczą Rand. — Może Wiedząca miała rację. Światłości, spraw, żeby tak było".

Mat skinął głową, wysłuchawszy barda.

— Chyba masz rację. Ale czy myślisz, że to ma coś wspólnego z tym, co się stało z nami? Chodzi mi o trolloki i tak dalej. To znaczy... ach, i tak nie wiem, o co mi chodzi.

— Myślę, że powinieneś o tym zapomnieć i skupić się nad tym, jak wszystko przeżyć. — Thom wyciągnął fajkę z długim cybuchem. — A ja chyba sobie zapalę.

Machnąwszy fajką w ich kierunku, zniknął w pokoju frontowym.

— Wszyscy w tym tkwimy, nie tylko jeden z nas — powiedział Rand Matowi.

Mat zatrząsł się i zaśmiał urywanie.

— Racja. No to skoro rozmawiamy o byciu razem i skoro już uporaliśmy się z końmi, to może by tak zwiedzić trochę miasto? Prawdziwe miasto, w którym nie ma tłumów trącających człowieka łokciami i kuksających pod żebra. Nikt tu nie będzie zadzierał przed nami nosa. Została jeszcze co najmniej godzina do zmierzchu.

— A nie zapomniałeś o trollokach? — spytał Perrin.

Mat lekceważąco potrząsnął głową.

— Lan powiedział, że one tu nie wejdą, pamiętasz? Trzeba słuchać, co mówią inni ludzie.

— Pamiętam — odparł Perrin — i zawsze słucham. To miasto... Aridhol?... było sprzymierzeńcem Manetheren. Widzisz? Słucham.

— Aridhol było pewnie największym miastem w czasach Wojen z Trollokami — dodał Rand — bo trolloki nadal się go boją. Nie bały się przyjść do Dwu Rzek, a Moiraine powiedziała, że Manetheren, jak ona to ujęła... było cierniem w stopie Czarnego.

Perrin podniósł ręce.

— Nie wspominaj Pasterza Nocy. Dobrze?

— Co ty nie powiesz? — zaśmiał się Mat. — Chodźmy.

— Powinniśmy zapytać Moiraine o zgodę — zaprotestował Perrin.

Mat wyrzucił ręce do góry.

— Zapytać Moiraine? Myślisz, że ona zechce spuścić nas z oczu? A co z Nynaeve? Krew i popioły, Perrin, a może by tak zapytać panią Luhhan, jeśli już tak ci zależy. — Perrin z niechęcią skinął głową, a Mat uśmiechął się szeroko do Randa. — A co ty o tym myślisz? Prawdziwe miasto? Z pałacami! — Zaśmiał się chytrze. — I żadne Białe Płaszcze nie będą nas obserwować.

Rand spojrzał na niego złym okiem, ale wahał się tylko chwilę. Te pałace były jak z opowieści barda.

— Zgoda.

Skradając się, aby nie usłyszano ich w komnacie od frontu, wyszli boczną alejką, okrążyli budynek i trafili na ulicę po jego drugiej stronie. Szli teraz szybko. Kiedy osiągnęli następną przecznicę, Mat nagle puścił się w jakiś oszalały taniec.

— Wolność. — Roześmiał się. — Wolność!

Powoli przestawał podskakiwać i krążył tylko wkoło, wpatrując się we wszystko i wciąż się śmiejąc. Cienie późnego popołudnia wydłużały się i załamywały, a zachodzące słońce oświetlało miasto złotym blaskiem.

— Czy kiedykolwiek śniło się wam, że zobaczycie takie miejsce?

Perrin również się roześmiał, ale Rand wzruszył tylko ramionami. To było nic w porównaniu z miastem z jego pierwszego snu, ale jednak...

— Jeśli mamy zamiar zobaczyć cokolwiek — powiedział — to lepiej się pospieszmy. Zostało już niewiele czasu do zmierzchu.

Mat chciał chyba obejrzeć wszystko, z entuzjazmem ciągnął za sobą Randa i Perrina. Wspinali się na zakurzone fontanny, z basenami tak dużymi, że pomieściłyby wszystkich mieszkańców Pola Emonda, zwiedzali przypadkowo wybrane budowle, ale zawsze większe od poprzednio widzianych. Przeznaczenia jednych domyślali się, lecz innych nie zawsze. Pałac był na pewno pałacem, ale do czego mógł służyć ogromny budynek, który składał się z jednej białej kopuły wielkiej jak góra i tylko jednego pomieszczenia? Albo czemu służył otoczony murem plac, tak wielki, że mógł pomieścić całe Pole Emonda, wypełniony rzędami kamiennych ławek?

Mat denerwował się, że znajdują jedynie kurz, gruz albo bezbarwne szmaty na ścianach, które rozłaziły się pod palcami. W pewnym miejscu znaleźli kilka drewnianych krzeseł opartych o ścianę, ale kiedy Perrin próbował podnieść jedno z nich, rozpadło się na kawałki.

Pałace wraz z ich ogromnymi pustymi komnatami, które mogły pomieścić całą oberżę „Winna Jagoda" z okładem, skłoniły Randa do rozmyślań o ludziach, którzy je kiedyś zamieszkiwali. Doliczył się, że pod okrągłą kopułą mogli stanąć wszyscy mieszkańcy Dwu Rzek, a tamten budynek z kamiennymi ławkami... Wyobrażał sobie ludzi stojących pośród cieni i patrzących z dezaprobatą na trzech intruzów, którzy zakłócali im spokój.

W końcu wspaniałością miasta zmęczył się nawet Mat, który przypomniał sobie, że poprzedniej nocy spał tylko godzinę. O tym samym pomyśleli również pozostali. Ziewając, usiedli na stopniach wysokiej budowli obramowanej rzędem wysokich kamiennych kolumn i zaczęli się sprzeczać, co robić dalej.

— Wracamy — zarządził Rand. — Trzeba się trochę przespać. — Przyłożył dłoń do ust. — Jedyne, czego teraz pragnę, to sen — dodał, gdy już przestał ziewać.

— Spać możesz zawsze — stwierdził Mat. — Popatrz, gdzie jesteśmy. W zrujnowanym mieście. Tu muszą być skarby.

— Skarby? — Perrinowi od ziewania aż trzasnęło coś w szczęce. — Tu nie ma żadnych skarbów. Tu nie ma nic prócz kurzu.

Rand osłonił oczy przed słońcem, które wyglądało teraz jak czerwona piłka spoczywająca na dachach domów.

— Robi się późno, Mat. Zaraz zapadnie zmrok.

— Tu mogą być skarby — upierał się Mat. — A zresztą chciałbym się jeszcze wspiąć na którąś z tych wież. Popatrzcie na tamtą, najwyraźniej nie jest zrujnowana. Założę się, że z niej rozciąga się widok na kilkanaście mil. Co wy na to?

— Te wieże są niebezpieczne — odezwał się jakiś męski głos za ich plecami.

Rand poderwał się na nogi i obrócił, ściskając rękojeść miecza, pozostali zareagowali z równą szybkością.

W cieniach pod kolumnami, na szczycie schodów, stał jakiś mężczyzna. Zrobił pół kroku do przodu, podniósł dłoń, aby osłonić oczy i cofnął się znowu.

— Wybaczcie — powiedział z prostotą. — Od dawna przebywałem w tych ciemnościach. Moje oczy nie nawykły jeszcze do światła.

— Kim pan jest?

Rand pomyślał, że mężczyzna nie pochodzi chyba z Baerlon, bo tak dziwnie brzmiał jego akcent, trudno było nawet zrozumieć niektóre ze słów.

— Co pan tu robi? Myśleliśmy, że w mieście nie ma nikogo.

— Nazywam się Mordeth. — Urwał, jakby spodziewając się, że będą znali jego imię. Kiedy żaden z nich nie pokazał tego po sobie, wymruczał coś bezgłośnie, a potem ciągnął dalej: — Mógłbym wam zadać to samo pytanie. W Aridhol od dawna nikogo nie było. Od bardzo, bardzo dawna. Nigdy bym nie pomyślał, że napotkam trzech młodych ludzi wędrujących po jego ulicach.

— Jedziemy do Caemlyn — wyjaśnił Rand. — Zatrzymaliśmy się tu na noc.

— Caemlyn — powtórzył wolno Mordeth, obracając tę nazwę na języku, po czym pokręcił głową. — Na noc, powiadacie? To może przyłączycie się do mnie.

— Nadal pan nie powiedział, co pan tu robi — zauważył Perrin.

— Cóż, jestem poszukiwaczem skarbów, oczywiście.

— I znalazł pan coś? — zapytał podniecony Mat.

Randowi wydało się, że Mordeth się uśmiecha, ale nie był tego pewien, bo zasłaniały go cienie.

— Tak — odparł mężczyzna. — Więcej niż się spodziewałem. Znacznie więcej. Więcej, niż mogę unieść. Nigdy nie przypuszczałem, że spotkam tu trzech silnych i zdrowych młodzieńców. Jeśli pomożecie mi zanieść to do koni, to będziecie mogli się podzielić resztą tego, co zostanie. Weźmiecie teraz tylko tyle, ile zdołacie unieść. Cokolwiek tu pozostawię, zniknie, zabrane przez innego poszukiwacza skarbów, zanim powrócę.

— A nie mówiłem wam, że w takim miejscu muszą być skarby? — wykrzyknął Mat. Wbiegł na schody. — Pomożemy panu to zanieść. Proszę nas tylko zaprowadzić.

Razem z Mordethem weszli głębiej w cienie pod kolumnami.

Rand wbił wzrok w Perrina.

— Nie możemy go tak zostawić.

Perrin spojrzał na zachodzące słońce i skinął głową. Ostrożnie weszli na schody, kowal wysunął odrobinę swój topór z pętli u pasa, a Rand schwycił rękojeść miecza. Mat i Mordeth czekali na nich pod kolumnami. Mężczyzna miał skrzyżowane na piersiach ręce, a Mat zaglądał niecierpliwie do wnętrza.

— Chodźcie — powiedział Mordeth. — Pokażę wam skarb.

Wsunął się do środka budynku, a zaraz za nim Mat. Reszcie nie pozostawało nic innego, jak również pójść.

W wewnętrznym holu panował mrok, ale Mordeth niezwłocznie skręcił w bok i wszedł na wąskie schody skręcające w dół ku jeszcze głębszym ciemnościom, aż w końcu, w kompletnej czerni, musieli znajdować drogę po omacku. Rand przesuwał dłonią po ścianie, niepewny, czy jego stopa natrafi na kolejny stopień. Nawet Mat czuł się teraz dziwnie, co było słychać w jego głosie, gdy powiedział:

— Tu jest okropnie ciemno.

— Tak, tak — zgodził się Mordeth.

Mężczyzna zdawał się nie mieć żadnych trudności z poruszaniem się w ciemnościach.

— Na dole są światła. Chodźcie.

Rzeczywiście, kręte schody nagle spotkały się z korytarzem słabo oświetlonym przez nieliczne dymiące pochodnie, osadzone w żelaznych uchwytach w murach. Dzięki ich migoczącym płomieniom Rand mógł po raz pierwszy lepiej przyjrzeć się Mordethowi, który nie zatrzymując się, parł do przodu i gestem dłoni nakazywał iść za nim.

Było w nim coś dziwnego, lecz Rand nie umiał określić co. Mordeth był ugrzecznionym, nieco tęgawym mężczyzną, a jego opadające powieki sprawiały wrażenie, że wypatruje czegoś z ukrycia. Niski i zupełnie łysy, w marszu jednak wydawał się jakby wyższy od nich. Rand nigdy dotąd nie widział takich ubrań, jakie tamten miał na sobie. Obcisłe czarne bryczesy i buty z miękkiej czerwonej skóry z wywiniętymi cholewami. Długa, czerwona kamizela gęsto haftowana złotem i śnieżnobiała koszula z szerokimi rękawami, końce jej mankietów zwisały prawie do kolan. Z pewnością nie było to ubranie, w którym można poszukiwać skarbów w zrujnowanym mieście. Ale nie był to również jedyny powód dziwnego wrażenia, jakie sprawiał.

Korytarz nagle zakończył się wyłożoną płytkami komnatą i tam Rand zapomniał o wyglądzie Mordetha. Krzyknął z zachwytu, podobnie jak jego koledzy. Światło padające z kilku pochodni dymiących w sufit i przydające każdemu z nich więcej niż jeden cień, odbijało się po tysiąckroć od drogocennych kamieni i złota, spiętrzonych na posadzce w postaci kopców monet i biżuterii, pozłacanych pucharów, talerzy i półmisków, inkrustowanych klejnotami mieczy i sztyletów.

Mat z okrzykiem wybiegł do przodu i ukląkł przed jednym ze stosów.

— Sakwy — wydyszał, grzebiąc w złocie. — Będą nam potrzebne sakwy, by to wszystko zabrać.

— Wszystkiego zabrać nie możemy — zauważył Rand.

Rozglądał się dookoła z poczuciem bezradności, całe złoto, jakie przywozili kupcy w ciągu roku do Pola Emonda, nie równało się nawet choć tysięcznej części zawartości jednego takiego kopca.

— Nie teraz. Jest już prawie ciemno.

Perrin wyciągnął skądś topór i bezmyślnie przebierał w oplatających go złotych łańcuchach. Na wypolerowanym czarnym trzonku zalśniły klejnoty, podwójne ostrze pokrywały delikatne złote ryty.

— W takim razie jutro — powiedział, podnosząc z uśmiechem topór. — Moiraine i Lan zrozumieją nas, kiedy im to pokażemy.

— Nie jesteście sami? — spytał Mordeth. Wpuścił ich przodem do komnaty ze skarbem, ale teraz podszedł bliżej. — Kto jeszcze jest z wami?

Mat, z ręką zanurzoną głęboko w bogactwie, odpowiedział mechanicznie:

— Moiraine, Lan, Nynaeve, Egewne i Thom, który jest bardem. Jedziemy do Tar Valon.

Rand wstrzymał oddech. Po chwili milczenia coś kazało mu spojrzeć na Mordetha. Twarz mężczyzny wykrzywiały wściekłość i strach. Otwarte usta ukazywały wyszczerzone zęby.

— Tar Valon! — Potrząsnął w ich stronę pięścią. — Tar Valon! Mówiliście, że jedziecie do Caemlyn! Okłamaliście mnie!

— Jeżeli jeszcze pan chce — powiedział Perrin — przyjdziemy tu jutro i pomożemy. — Ostrożnie odłożył topór na stos inkrustowanych klejnotami kielichów i biżuterii. — Jeśli pan chce...

— Nie. To znaczy... — Dysząc ciężko, Mordeth kręcił głową, jakby nie mógł się zdecydować. — Bierzcie, co chcecie. Tylko nie... tylko nie...

Nagle Rand zrozumiał, co go tak niepokoiło w tym człowieku. Nieliczne pochodnie w korytarzu nadawały każdemu krąg cienia, tak samo jak światło w komnacie ze skarbem. Tylko... Był tak zaszokowany, że wypowiedział to na głos.

— Pan nie ma cienia.

Puchar, który właśnie trzymał Mat, poleciał z trzaskiem na podłogę.

Mordeth skinął głową i po raz pierwszy otworzył do końca opadające powieki. Jego gładka twarz nagle wydała się ostra i drapieżna.

— A więc — wyprostował się, stając się jakby wyższy — zdecydowało się.

Nagle wszelkie pozory zniknęły. Mordeth zaczął rosnąć i pęcznieć niczym balon, aż głową dotknął sufitu, a ramionami ściany, wypełniając ogromną część komnaty i odcinając im drogę ucieczki. Jego policzki zapadły się, a zęby obnażyły w drapieżnym uśmiechu, wyciągnął ku nim dłonie tak wielkie, że mógł nimi obłapić ludzką głowę.

Rand z krzykiem odskoczył w tył. Zaplątał się w jakiś złoty łańcuch i upadł na podłogę. Upadek spowodował, że zabrakło mu tchu w płucach. Oddychając z trudem, niezdarnie usiłował schwycić miecz, całkowicie zaplątany w fałdach płaszcza. Komnatę wypełniały wrzaski jego przyjaciół oraz szczęk złotych półmisków i kielichów. Nagle uszy Randa przeszył okrzyk śmiertelnego bólu.

Prawie łkając ze strachu, odzyskał wreszcie zdolność oddychania i jednocześnie wyciągnął miecz z pochwy. Wstał ostrożnie, zastanawiając się, który z jego przyjaciół tak krzyczał. Spod przeciwległej ściany patrzył na niego wytrzeszczonymi oczami Perrin, skulony ściskał swój topór, jakby miał właśnie zamiar rąbać drewno. Zza stosu skarbów wyzierał Mat, dzierżąc porwany skądś sztylet.

Wszyscy podskoczyli, gdy w najgłębszych cieniach coś się poruszyło. Mordeth przyciskał kolana do piersi i kulił się w najdalszym kącie.

— Oszukuje nas — wydyszał Mat. — To była jakaś sztuczka.

Mordeth zawył z głową odchyloną do tyłu, a z drżących ścian posypał się kurz.

— Wszyscy jesteście martwi! — krzyknął. — Wszyscy martwi!

I z tymi słowami zerwał się, dając susa przez całą komnatę.

Rand rozdziawił usta i omal nie wypuścił miecza. Mordeth, szybując w powietrzu, wyciągał się i chudł jak smuga dymu. Cienki jak palec wybił szczelinę w ścianie i wniknął do niej. Po jego zniknięciu w komnacie rozbrzmiewał jeszcze ostatni okrzyk, ucichł dopiero po chwili.

— Wszyscy jesteście martwi!

— Wynośmy się stąd — powiedział słabym głosem Perrin, chwytając mocniej swój topór i rozglądając się dookoła.

Nie zauważył nawet, że depcze złote ozdoby i klejnoty.

— A co ze skarbem? — zaprotestował Mat. — Nie możemy go tak zostawić.

— Ja nic z tego nie chcę — oświadczył Perrin, nadal obracając się we wszystkie strony. — Podniósł głos i krzyknął w stronę murów. — To twój skarb, słyszysz? Niczego nie zabieramy!

Rand wpatrywał się gniewnie w Mata.

— Chcesz, żeby on nas ścigał? Będziesz napychał sobie kieszenie i spokojnie czekał, aż on tu wróci z całą bandą jemu podobnych?

Mat tylko gestykulował w stronę złota i kamieni. Zanim jednak zdążył coś powiedzieć, Rand i Perrin schwycili go za ramiona i wywlekli z komnaty. Mat wyrywał się, krzycząc jeszcze coś o skarbie.

Zanim zdążyli ujść dziesięć kroków, mętne światło zaczęło przygasać, pochodnie dopalały się. Mat przestał krzyczeć. Przyspieszyli kroku. Zamrugała pierwsza pochodnia na korytarzu, potem następna. Zanim dotarli do krętych schodów, nie musieli już go ciągnąć. Zaczęli biec, a ciemność zamykała się za nimi. Wahali się tylko chwilę, gdy dotarli do czerni panującej na schodach, a potem pomknęli do góry, krzycząc co sił w płucach. Krzyczeli, by odstraszyć wszystko, co mogło tam na nich czekać, krzyczeli, by przypomnieć sobie, że wciąż jeszcze żyją.

Wpadli do górnego holu. Ślizgając się i przewracając na zakurzony marmur, z trudem znajdowali drogę między kolumnami, aby wreszcie stoczyć się ze schodów i wylądować na ulicy.

Rand wyplątał się pierwszy z kłębowiska ciał i podniósłszy z chodnika miecz Tama, rozejrzał się niespokojnie dookoła. Już tylko połowa tarczy słonecznej była widoczna ponad dachami. Cienie wydłużały się jak dłonie, czerniejąc w ostatnich promieniach światła, niemalże zapełniając ulicę. Zadygotał. Cienie wyglądały jak olbrzymiejący Mordeth.

— Przynajmniej udało nam się wydostać. — Mat pozbierał się i otrzepał, niepewnie naśladując swój zwykły sposób bycia. — A ja przynajmniej...

— Na pewno? — spytał Perrin.

Rand zrozumiał, że tym razem to nie jest dzieło jego wyobraźni. Włosy zjeżyły mu się na głowie, coś ich obserwowało z ciemności pod kolumnami. Odwrócił się, by spojrzeć na domy po przeciwległej stronie ulicy. Tam też wyczuwał wpatrzone w nich oczy. Ścisnął mocniej swój miecz, choć nie za bardzo wiedział, czy na cokolwiek mu się przyda. Zdawało się, że obserwujące ich oczy są wszędzie. Pozostali również rozglądali się czujnie; wiedział, że podzielają jego odczucia.

— Trzymajmy się środka ulicy — zachrypiał. Napotkał ich wzrok, wyglądali na równie przerażonych. Z trudem przełknął ślinę. — Chodźmy szybko środkiem ulicy, starając się nie zbliżać do cieni.

— Idźmy jak najszybciej — zgodził się Mat.

Obserwujący wyraźnie im towarzyszyli, albo było ich bardzo wielu, te oczy wyzierały z każdego budynku. Rand z całej siły wytężał wzrok, ale nie dostrzegał żadnego ruchu, tylko cały czas czuł obecność oczu, spragnionych i głodnych. Nie wiedział, co może być gorsze. Tysiące oczu, czy tylko kilka idących w ślad za nimi.

W miejscach, gdzie jeszcze docierało słońce, zwalniali odrobinę, zerkając ukradkiem w stronę ciemności, która zawsze zdawała się rozpościerać przed nimi. Żaden z nich nie miał ochoty wejść w cień, żaden nie był pewien, czy coś tam na nich nie czyha. Tam, gdzie cienie rozciągały się w poprzek ulicy, zagradzając im drogę, wyczuwali nieomal obecność obserwujących. Przez takie ciemne miejsca biegli z krzykiem. Randowi zdawało się, że słyszy suchy, skrzypiący śmiech.

Wraz z zapadnięciem ciemności w zasięgu ich wzroku pojawił się wreszcie biały budynek, z którego, jak im się zdawało, wyszli wiele dni temu. I nagle obserwujące ich oczy zrezygnowały. Zniknęły błyskawicznie, pomiędzy jednym krokiem a drugim. Rand i jego koledzy bez słowa przyspieszyli kroku, potem rzucili się do biegu i zatrzymali dopiero, gdy sforsowali drzwi i padli za nimi, ciężko dysząc.

Na środku posadzki płonęło niewielkie ognisko, a dobywający

się z niego dym znikał w otworze w suficie. Randowi nieprzyjemnie przypomniało to jaskinię Mordetha. Wszyscy, z wyjątkiem Lana, siedzieli wokół ogniska, a ich reakcje okazały się mocno zróżnicowane. Egwene, ogrzewająca sobie dłonie, zerwała się, gdy wpadli do pokoju. Widząc, że są cali i zdrowi, westchnęła z ulgą, i oczywiście nie mogła już zmiażdżyć ich spojrzeniem, jak uprzednio planowała. Thom mruknął tylko coś do siebie, ale Rand posłyszał słowo „głupcy", zanim bard powrócił do grzebania patykiem w ognisku.

— Durne barany! — wybuchnęła Wiedząca. — Była zupełnie zjeżona, jej oczy błyszczały, a policzki płonęły z gniewu. — Czemu na Światłość tak biegacie? Co was napadło? Czy zupełnie nie macie rozumu? Lan poszedł was szukać, a wy będziecie mieli więcej szczęścia niż zasługujecie, jeśli po swoim powrocie nie wbije wam rozumu do głowy.

Twarz Aes Sedai nie zdradzała żadnego podniecenia, ale na ich widok przestała ściskać zbielałymi dłońmi fałdę sukni. Środek, który dała jej Nynaeve, musiał pomóc, wstała już bowiem z posłania.

— Nie powinniście byli tego robić — powiedziała głosem tak czystym i jasnym jak woda w stawach Wodnego Lasu. — Później o tym porozmawiamy. Coś się musiało stać, bo inaczej nie wpadlibyście tu jak burza. Chcę o tym posłuchać.

— Mówiłaś, że tu jest bezpiecznie — poskarżył się Mat, wstając z podłogi. — Powiedziałaś, że Aridhol było sojusznikiem Manetheren, że trolloki nie wejdą do tego miasta i...

Moiraine ruszyła do przodu tak gwałtownie, że Mat umilkł z otwartymi ustami, a Rand i Perrin, którzy właśnie wstawali, zamarli w pozycji klęczącej.

— Trolloki? Widzieliście trolloki w tych murach?

Rand przełknął ślinę.

— To nie były trolloki — odparł i wszyscy trzej zaczęli z podnieceniem opowiadać jednocześnie.

Każdy z nich zaczął od innego miejsca. Mat opowiedział o znalezieniu skarbu tak, jakby go znalazł sam, natomiast Perrin zaczął się tłumaczyć, dlaczego wyszli, nie powiadamiając o tym nikogo. Rand przeskoczył do najważniejszego, jego zdaniem, momentu, czyli do spotkania obcego pod kolumnami. Wszyscy trzej byli jednak tak zdenerwowani, że nikt nie pojął, w jakim porządku wszystko to się działo. Przypominali sobie coś i natychmiast starali się o tym opowiedzieć, nie zważając na to, co było przedtem lub potem, albo do kogo to mówią. Obserwatorzy. Wszyscy trzej trajkotali o obserwatorach.

Mimo iż cała ich historia prawie nie dawała się zrozumieć, to jednak pozostałym udzielił się strach. Egwene zaczęła niespokojnie zerkać w stronę pustych okien wychodzących na ulicę. Na zewnątrz blakły ostatnie światła zmierzchu, ognisko wydawało się małe i blade. Thom wyjął z ust fajkę, przysłuchiwał się wszystkiemu z pochyloną głową i marsem na czole. Oczy Moiraine wyrażały niepokój, choć nie przesadny. Aż...

Nagle Aes Sedai syknęła i silnie schwyciła Randa za łokieć.

— Mordeth! Jesteś pewien, że tak się nazywał? Wszyscy się zastanówcie. Mordeth?

— Tak — wymamrotali chórem, zaskoczeni napięciem Aes Sedai.

— Czy on was dotykał? — zapytała. — Czy podał wam cokolwiek albo czy coś dla niego zrobiliście? Muszę to wiedzieć.

— Nie — odparł Rand. — Żaden z nas nic takiego nie zrobił.

Perrin poparł go skinieniem głowy i dodał:

— On nas tylko próbował zabić. Czy to nie wystarczy? Napęczniał tak, że wypełnił sobą połowę komnaty, krzyczał, że wszyscy jesteśmy martwi i zniknął. — Gestykulował, jakby chcąc to zademonstrować. — Jak dym.

Egwene aż pisnęła.

Mat skrzywił się z rozdrażnieniem.

— Mówiłaś, że tu nam się nic nie stanie! Twierdziłaś, że trolloki tu nie wejdą. Cóż więc mieliśmy myśleć?

— Najwyraźniej w ogóle nie myśleliście — odparła lodowatym tonem Moiraine, na powrót opanowana. — Każdy, kto choć odrobinę myśli, strzeże się miejsca, do którego trolloki boją się wejść.

— To sprawka Mata — wtrąciła Nynaeve z pełnym przekonaniem. — On zawsze namawia do złego i wtedy wszyscy w jego otoczeniu tracą tę odrobinę rozsądku, z jaką się urodzili.

Moiraine przytaknęła, ale nie spuszczała wzroku z Randa i jego dwóch kolegów.

— Pod koniec Wojen z Trollokami obozowała w tych ruinach armia: trolloki, Sprzymierzeńcy Ciemności, Myrddraale, Władcy Strachu, w sumie były ich tysiące. Ponieważ nie wracali, przysłano zwiadowców, którzy znaleźli porzuconą broń, fragmenty zbroi i bryzgi krwi dookoła. A na ścianach w języku trolloków nagryzmolone było wezwanie do Czarnego, aby przyszedł im z pomocą w ich ostatniej godzinie. Ludzie, którzy tu przyszli później, nie znaleźli ani śladów krwi, ani tych napisów. Zostały zatarte. Półludzie i trolloki pamiętają wszystko do dziś i to ich trzyma z dala od tego miejsca.

— I ty wybrałaś to miasto na naszą kryjówkę? — spytał Rand, nie dowierzając własnym uszom. — Przecież bezpieczniej byłoby uciekać przed trollokami.

— Gdybyście nie wymknęli się stąd po kryjomu — powiedziała cierpliwie Moiraine — wiedzielibyście, że nałożyłam pas ochronny na ten dom. Myrddraale nawet by nie wiedziały o tych umocnieniach, bo one zatrzymują się przed innym rodzajem zła, ale to, co zamieszkuje Shadar Logoth nigdy tego nie przekroczy, ani nawet tu nie podejdzie. Rankiem bezpiecznie stąd odjedziemy, bo te stworzenia nie wytrzymują światła słonecznego. Będą się ukrywały głęboko pod ziemią.

— Shadar Logoth? — spytała lękliwie Egwene. — Myślałam, że nazywałaś to miasto Aridhol.

— Kiedyś nazywało się Aridhol — odparła Moiraine — należało do jednego z Dziesięciu Narodów zamieszkujących ziemie Drugiego Przymierza, ziemie, które opierały się Czarnemu od pierwszych dni po Pęknięciu Świata. W czasach, gdy Thorin al Toren al Ban był królem Manetheren, królem Aridhol był Balwen Mayel, Balwen Żelazna Dłoń. W okresie największej rozpaczy podczas Wojen z Trollokami, kiedy wydawało się, że Ojciec Kłamstw musi zwyciężyć, na dwór Balwena przybył mężczyzna zwący się Mordeth.

— Ten sam człowiek? — krzyknął Rand.

— Nie może być! — dodał Mat.

Moiraine uciszyła ich jednym spojrzeniem. W pokoju nie słychać było nic prócz głosu Aes Sedai.

— Mordeth stał się na długi czas zausznikiem królewskim i wkrótce odpowiadał jedynie przed królem. Pewnego razu wyszeptał trujące kłamstwa do ucha Balwena i Aridhol zaczęło się zmieniać, zbezczelniało, zhardziało. Powiadano, że niektórzy ludzie woleli spotykać trolloki zamiast mieszkańców Aridholu. Zwycięstwo nad Światłością jest wszystkim. Taki był okrzyk wojenny, jakiego nauczył ich Mordeth, i ludzie stamtąd wykrzykiwali go, gdy swymi uczynkami wyrzekali się Światłości.

Historia ta jest zbyt długa i zbyt ponura, by ją opowiedzieć w całości, nawet w Tar Valon znana jest tylko we fragmentach. Jak syn Thorina, Caar, przybył w celu odbicia Aridholu dla Drugiego Przymierza, a Balwen siedział na swym tronie jako wyschła skorupa z szaleństwem w oczach, śmiał się do Mordetha i wydał rozkaz zabicia Caara i ambasadorów jako Sprzymierzeńców Ciemności. Jak księcia Caara zaczęto nazywać Caarem Jednorękim. Jak uciekł z lochów Aridholu aż do Ziem Granicznych z nieludzkimi skrytobójcami Mordetha na karku. Jak tam spotkał Rheę, która go nie znała, więc ją poślubił i wprządł nić do Wzoru, co doprowadziło do jego śmierci na jej rękach i jej śmierci zadanej własną ręką na jego grobie i o upadku Aleth-loriel. Jak armie Manetheren przybyły pomścić Caara i zastały pustkę zamiast bram Aridholu, a za murami żadnej ludzkiej istoty, tylko coś gorszego od śmierci. Wrogiem Aridholu był sam Aridhol. Podejrzliwość i nienawiść zrodziła coś, co się żywiło tym, co oni tam stworzyli, coś zamkniętego w skalnym podłożu, na którym spoczywa miasto... Mashadar wciąż czeka i głoduje. Ludzie przestali rozmawiać o Aridholu. Nazwali je Shadar Logoth, Miejsce w Którym Przyczaił się Cień, albo jeszcze prościej: Przyczajony Cień.

Sam Mordeth nie został pożarty przez Mashadara, ale wpadł w jego sidła i również czeka od stuleci w tych murach. Inni też go widzieli. Niektórzy doświadczyli jego wpływu, przyjmując dary, które odbierają rozum i kalają ducha. Skaza rośnie i maleje, dopóki nie zapanuje nad resztą i nie zabije. Kiedy mu się uda przekonać kogoś, by towarzyszył mu za te mury, które są granicami władzy Mashadara, będzie mógł pożreć duszę takiej osoby. Mordeth odejdzie stąd wówczas w ciele takiego człowieka, aby znów szerzyć swe zło po świecie.

— Skarb — wymamrotał Perrin, kiedy przestała mówić. — Chciał, abyśmy pomogli mu go zanieść do koni. — Jego twarz przybrała dziki wyraz. — Założę się, że musiały czekać gdzieś poza miastem.

Rand zadygotał.

— Ale teraz już nam nic nie grozi, prawda? — upewniał się Mat. — Niczego nam nie dał i nie dotykał nas. Jesteśmy bezpieczni dzięki twemu pasowi ochronnemu.

— Naprawdę nic nam nie grozi — uspokoiła go Moiraine. — Ani on, ani żaden z mieszkańców tego miasta nie przekroczą zabezpieczeń. A poza tym muszą się kryć przed światłem słonecznym, więc możemy stąd bezpiecznie wyjechać za dnia. A teraz postarajcie się zasnąć. Pas ochronny będzie nas strzegł, dopóki nie powróci Lan.

— Wyszedł już dawno temu.

Nynaeve z niepokojem wyjrzała na zewnątrz. Zapadł już całkowity mrok.

— Lanowi nic się nie stanie — zapewniła ją Moiraine i mówiąc to, rozkładała swe koce obok ogniska. — Jeszcze w kolebce ślubował walczyć z Czarnym, a w jego dziecinnych dłoniach umieszczono wówczas miecz. A poza tym wiedziałabym, w którym momencie umrze oraz w jaki sposób, tak samo jak on będzie wiedział o mojej śmierci. Odpocznij, Nynaeve. Wszystko będzie dobrze.

Przerwała jednak przygotowania do snu i zapatrzyła się w stronę ulicy, jakby ona również chciała wiedzieć, co zatrzymało Strażnika.

Rand odnosił wrażenie, że jego ręce i nogi są z ołowiu, a oczy same się zamykają, sen jednak jakoś nie chciał nadejść, a kiedy już do tego doszło, śnił, mrucząc coś i rozkopując koce. Obudził się nagle i rozglądał przez chwilę dookoła, zanim sobie przypomniał, gdzie jest.

Księżyc już wzeszedł, ostatni cienki płatek przed nową kwadrą, noc pożerała jego blade światło. Wszyscy pozostali leżeli pogrążeni w niespokojnym śnie. Egwene i obydwaj chłopcy wiercili się i pomrukiwali coś do siebie. Chrapanie Thoma, tym razem ciche, co jakiś czas przerywały bełkotliwe słowa. Nadal nie było ani śladu Lana.

Nagle zdało mu się, że zabezpieczenia nie są żadną ochroną. Wszystko mogło się kryć w tym mroku. Powtarzając sobie, że jest idiotą, dodał drewna do dopalających się węgli. Płomień był zbyt mały, aby dać więcej ciepła, zrobiło się za to jaśniej.

Nie miał pojęcia, co go mogło obudzić z nieprzyjemnego snu. Był w nim na powrót małym chłopcem, z mieczem Tama w dłoni i z kołyską przywiązaną do pleców biegł przez puste ulice, ścigany przez Mordetha, który krzyczał, że chce go tylko wziąć za rękę. Był tam też jakiś starzec, który ich obserwował i cały czas zanosił się oszalałym śmiechem.

Uporządkował koce i położył się na nich, wpatrując się w sufit. Bardzo chciał spać, nawet gdyby miał śnić tak jak przed chwilą, ale nie potrafił zamknąć oczu.

Nagle z ciemności bezszelestnie wyłonił się Strażnik. Moiraine przebudziła się i usiadła, jakby zadzwonił dzwonek. Lan otworzył dłoń, na podłogę upadły z brzękiem trzy małe przedmioty. Trzy zakrwawione odznaki w kształcie rogatych czaszek.

— W mieście są trolloki — powiedział Lan. — Będą tu za niecałą godzinę. Co gorsza, są wśród nich Dha'vol.

Zaczął budzić pozostałych.

Moiraine zaczęła sprawnie składać swe koce.

— Ilu? Czy wiedzą, że tu jesteśmy?

Brzmiało to tak, jakby nie czuła żadnego zdenerwowania.

— Chyba nie — odparł Lan. — Jest ich ponad stu, tak przerażonych, że gotowi są zabijać wszystko, co się rusza, łącznie z sobą nawzajem. Półludzie, których jest aż czterech, mimo iż to tylko jeden taran, muszą ich poganiać, ale nawet oni zdaje się chcą jedynie przejść jak najszybciej przez miasto. Wyraźnie nie zamierzają szukać niczego po drodze i są tak nieuważni, że gdyby nie szli prosto na nas, powiedziałbym, że nie mamy się czym martwić...

Zawiesił głos.

— Coś jeszcze?

— Tylko to — wolno odrzekł Lan. — Myrddraale wpędziły trolloków do miasta. A co zmusiło do tego Myrddraali?

Wszyscy słuchali w milczeniu. Nagle Thom zaklął ledwie słyszalnie, a Egwene wypowiedziała to pytanie:

— Czarny?

— Nie pleć bzdur, dziewczyno — ofuknęła ją Nynaeve. — Czarny jest w Shayol Ghul, gdzie uwięził go Stwórca.

— Przynajmniej na razie — zgodziła się Moiraine. — Nie, Ojca Kłamstw tu nie ma, ale tak czy inaczej musimy stąd uciekać.

Nynaeve patrzyła na nią zmrużonymi oczyma.

— Zostawić zabezpieczenia i przejść przez Shadar Logoth pod osłoną nocy?

— Albo zostać tutaj i stawić czoło trollokom — powiedziała Moiraine. — Odparcie ich wymagałoby użycia Jedynej Mocy, która zniszczyłaby zabezpieczenia i przyciągnęła wszystkie stwory, przed którymi nas chronią. Poza tym wzniecenie ognia na którejś z tych wież zaalarmowałoby wszystkich Półludzi w promieniu dwudziestu mil. Wolałabym teraz stąd nie wyjeżdżać, ale to my jesteśmy zającami, a ogary dyktują warunki gonitwy.

— A jeśli będzie ich więcej poza tymi murami? — spytał Mat. — Co wtedy zrobimy?

— Wykorzystamy mój pierwotny plan — odparła Moiraine. Lan spojrzał na nią. Podniosła dłoń i dodała: — Przedtem byłam zbyt zmęczona, aby go zrealizować. Teraz dzięki Wiedzącej już wypoczęłam. Udamy się w kierunku rzeki. Tam, od tyłu chroniona przez wodę, utworzę mniejszy pas ochronny, który zatrzyma trolloków i Półludzi, a my w tym czasie zbudujemy tratwy i przeprawimy się na drugi brzeg. Może nawet uda się nam przywołać jakąś łódź handlową płynącą z Saldei.

Twarze ludzi z Pola Emonda były pozbawione wyrazu. Lan zauważył to.

— Trolloki i Myrddraale czują wstręt do głębokiej wody. Trolloki się jej boją, żaden z nich nie potrafi pływać. Półczłowiek nie zanurzy się głębiej niż do pasa, szczególnie jeśli ta woda płynie. Trolloki nie robią tego, nawet gdy nie mają innego wyjścia.

— Więc jak już się przeprawimy, będziemy bezpieczni — powiedział Rand, a Strażnik przytaknął.

— Zmuszenie trolloków do zbudowania tratw będzie dla Myrddraali zadaniem równie ciężkim, jak zapędzenie ich do Shadar Logoth. Jeśli jednak się uprą, połowa stworów ucieknie, a reszta prawdopodobnie utonie.

— Idźcie do koni — zarządziła Moiraine. — Jeszcze nie przeprawiliśmy się przez rzekę.

ROZDZIAŁ 20

PYŁ NA WIETRZE

Gdy opuszczali białą budowlę, siedząc już na grzbietach pląsających nerwowo koni, zerwał się lodowaty wicher, który jęczał wśród dachów, miotał ich płaszczami jak sztandarami i napędzał rzadkie chmury na wąski skrawek księżyca. Lan cichym głosem nakazał wszystkim trzymać się blisko i ruszył w dół ulicy. Konie wierzgały i ściągały cugle, pragnąc być już jak najdalej od nieprzyjemnego miejsca.

Rand obserwował czujnie mijane budynki, majaczące teraz niewyraźnie na tle nocy, ich puste okna przypominały oczodoły ślepców. Cienie zdawały się poruszać. Gdzieniegdzie słychać było jakieś szczęki — to gruz osypywał się na wietrze.

„Przynajmniej te oczy zniknęły".

Poczucie ulgi było jednak chwilowe.

„Dlaczego zniknęły?"

Thom i młodzi zbili się w gromadę, jadąc tak blisko siebie, że dotykali się nawzajem. Egwene zgarbiła się, jakby próbowała zmusić Belę do szybowania nad ulicą. Rand zapragnął nagle nie oddychać. Każdy dźwięk mógł przyciągnąć uwagę wroga.

Nagle zauważył przestrzeń, która rozdzieliła ich od Strażnika i Aes Sedai. Obydwoje stanowili teraz niewyraźne kształty jadące dobre trzydzieści kroków przed nimi.

— Zostajemy w tyle — mruknął i zmusił Obłoka do szybszego kroku.

Przez ulicę przeleciało rzadkie pasmo srebrzystoszarej mgły.

— Zatrzymać się! — wydała zduszony okrzyk Moiraine, tonem ostrym i alarmującym, ale tak cichym, by nie rozszedł się za daleko.

Niepewny co robić, Rand przyhamował. Na ulicy zalegała teraz duża chmura mgły. Gęstniała powoli, jakby tryskała z budynków po obu stronach ulicy. Była już grubości ludzkiego ramienia. Obłok zarżał i usiłował się cofnąć, gdy Egwene, Thom i pozostali wpadli wprost na niego. Ich konie również potrząsały łbami, za nic nie chciały podejść do mgły.

Lan i Moiraine wolno zbliżyli się do mgły, która osiągnęła już grubość ludzkiego uda, i zatrzymali się w odpowiedniej odległości po jej drugiej stronie. Aes Sedai przyjrzała się mgielnemu konarowi, który ich rozdzielił. Rand wzdrygnął się, czując nagłe ukłucie strachu między łopatkami. Mgle towarzyszyło blade światło, rosnące wraz z nią, ale i tak ciemniejsze od blasku księżyca. Konie nerwowo dreptały w miejscu, nawet Aldieb i Mandarb.

— Co to jest? — spytała Nynaeve.

— Zło Shadar Logoth — odparła Moiraine. — Mashadar. Nie widzi, nie myśli, porusza się po mieście równie bezcelowo, jak dżdżownice w ziemi. Jeżeli was dotknie, umrzecie.

Wszyscy pozwolili swym koniom cofnąć się odrobinę. Choć Rand dałby wiele, aby uwolnić się od Aes Sedai, teraz jednak, w porównaniu z tym co ich otaczało, przywodziła na myśl swojskość rodzinnego domu.

— Jak więc mamy się z wami połączyć? — spytała Egwene. — Czy możecie to zabić... oczyścić drogę?

Moiraine zaśmiała się sarkastycznie.

— Mashadar jest ogromny, tak ogromny jak sam Shadar Logoth. Cała Biała Wieża nie potrafiłaby go zabić. Gdybym go uszkodziła Jedyną Mocą na tyle, abyście mogli się przedostać, przyciągnęłoby to Półludzi niczym zadęcie w trąby. A Mashadar pospieszyłby naprawić wszelkie uszkodzenia i pewnie złapałby was w swe sidła.

Rand i Egwene spojrzeli na siebie, dziewczyna powtórzyła swoje pytanie. Moiraine westchnęła, zanim odpowiedziała.

— Nie podoba mi się to, ale trzeba zrobić to, co należy. Są tu miejsca, gdzie tej mgły nie ma. Na innych ulicach będzie pusto. Widzicie tamtą gwiazdę? — Odwróciła się, by wskazać czerwoną gwiazdę wiszącą nisko nad wschodnim horyzontem. — Trzymajcie się jej, a ona was doprowadzi do rzeki. Cokolwiek by się działo, przez cały czas starajcie się dotrzeć do rzeki. Jedźcie najszybciej jak możecie, ale postarajcie się nie robić hałasu. Pamiętajcie, że tu nadal są trolloki i czterech Półludzi.

— Ale jak was znajdziemy? — zapytała Egwene, głosem pełnym protestu.

— Ja was znajdę — powiedziała Moiraine. — Bądźcie pewni, że was znajdę. A teraz ruszajcie. To coś jest zupełnie bezmyślne, ale wyczuwa pokarm.

Istotnie, z większej masy zaczęły się wyodrębniać srebrnoszare wici. Unosiły się i drżały jak macki sturamiennicy na dnie stawu w Wodnym Lesie.

Gdy Rand oderwał wzrok od mętnej mgły, Strażnik i Aes Sedai już zniknęli. Zwilżył językiem wargi i spojrzał na swych towarzyszy. Byli równie zdenerwowani jak on, co gorsza wszyscy zdawali się czekać, aż ktoś wykona za nich pierwszy ruch. Otaczały ich noc i ruiny. Gdzieś tu były Pomory i trolloki, być może za następnym rogiem. Macki mgły zbliżały się coraz bardziej i przestały już drżeć. Wybrały ofiarę. Rand nagle rozpaczliwie zatęsknił za Moiraine.

Wszyscy wciąż tylko wytrzeszczali oczy, nie wiedząc, w którą stronę ruszyć. Rand pogonił Obłoka i siwek ruszył półstępa, szarpał wodze — chciał poruszać się szybciej. Tak jakby pierwszy ruch uczynił Randa dowódcą, wszyscy ruszyli w ślad za nim.

Od czasu zniknięcia Moiraine nikt już ich nie chronił, na wypadek gdyby na przykład pojawił się Mordeth. Tak samo było w przypadku trolloków. I... Rand usiłował przestać myśleć. Będzie jechał w kierunku tej czerwonej gwiazdy i myślał tylko o niej.

Trzykrotnie musieli zawracać z ulic zatarasowanych stosami kamieni i cegieł, których konie nie mogły sforsować. Rand słyszał urywane oddechy pozostałych, ściszone panicznym strachem. Zacisnął zęby, aby nie dyszeć głośno.

„Powinieneś wmówić im przynajmniej, że się nie boisz. Dobrze się sprawujesz, ty barania głowo! Wyprowadzisz stąd wszystkich bez szwanku".

Okrążyli kolejny róg. Mur mgły oblewał wyrwy w chodniku światłem tak jasnym jak promienie księżyca w pełni. Nikt nie czekał, aż strumienie grubości końskich tułowi pognają w ich stronę. Zawrócili i pogalopowali ciasną gromadą w odwrotnym kierunku, nie zważając na łoskot kopyt.

Nieopodal na ulicy przed nimi pojawiły się dwa trolloki.

Przez chwilę ludzie i trolloki tylko patrzyli na siebie, jedni bardziej zdumieni od drugich. Potem dołączyła następna para trolloków, potem następna i jeszcze jedna, wpadając na tych pierwszych i kłębiąc się w szoku na widok ludzi. Jednakże sparaliżowało ich tylko na chwilę. Gardłowe okrzyki odbiły się echem od ścian domów i trolloki pognały do przodu, ludzie zaś umknęli jak spłoszone ptaki.

Siwek Randa puścił się galopem już po trzech krokach.

— Tędy! — krzyknął Rand, ale usłyszał to samo z pięciu gardeł.

Gdy obejrzał się pospiesznie przez ramię, zobaczył, że jego towarzysze znikają w rozmaitych kierunkach. Trolloki ruszyły w pogoń za wszystkimi.

Jego śladem biegły trzy trolloki, wymachując chwytakami. Ścierpła mu skóra, gdy spostrzegł, że dotrzymują kroku Obłokowi. Opuścił się nisko na kark konia i popędzał go ostro, słysząc za plecami gardłowe okrzyki.

Ulica się zwężała, a zrujnowane szczyty domów pochylały niebezpiecznie. Powoli puste okna zaczęła wypełniać srebrna łuna, wytrysnęła z nich gęsta mgła. Mashadar.

Rand odważył się obejrzeć za siebie. Trolloki biegły za nim w odległości mniejszej niż pięćdziesiąt kroków, dzięki światłu bijącemu z mgły widziały go bez trudu. Za nimi pojawił się Pomor i zdawało się, że ścigając Randa, jednocześnie uciekają przed Półczłowiekiem. Z okien przed nim wyłaniały się drżące pasma i wypełniały powietrze. Obłok podrzucił łbem i zarżał, ale gdy Rand uderzył go bezlitośnie piętami, koń rzucił się jak oszalały do przodu.

Pasma mgły tężały. Rand przegalopował między nimi, przywarł do grzbietu Obłoka i starał się nic nie widzieć. Dalej droga była czysta.

„Jeżeli któreś mnie dotknie... Światłości!"

Pognał mocniej Obłoka i koń wskoczył w upragniony cień. Łuna Mashadara zaczęła blednąć. Obejrzał się z grzbietu galopującego wierzchowca.

Połowę ulicy blokowały drżące, szare pasma Mashadara. Trolloki oganiały się przed nimi, lecz Pomor trzaskał batem ponad ich głowami, wydając przy tym odgłos podobny do uderzenia gromu i wzniecając w powietrze skry. Skulone trolloki pomknęły w ślad za Randem. Półczłowiek zawahał się i spod czarnego kaptura zmierzył uważnie ramiona Mashadara, zanim również pognał do przodu.

Gęstniejące wici mgły na moment zawisły niepewnie, po czym uderzyły jak żmije. Każdego trolloka schwyciły co najmniej dwie, oblewając go szarym światłem; z pysków stworów wydarł się wrzask, lecz mgła wpływała im prosto do gardeł i tłumiła wycie. Pomora oplotły cztery, grube jak nogi, wstęgi. Półczłowiek oraz jego koń skręcili się jakby w tańcu, czarny kaptur opadł, obnażając bladą, pozbawioną oczu twarz. Wrzasnął przenikliwie.

Okrzyk ten nie różnił się pozornie niczym od odgłosów wydawanych przez trolloki, lecz zadrgała w nim jakaś nieomal ogłuszająca, świdrująca nuta, jakby jednocześnie odezwały się wszystkie szerszenie na świecie, wtłaczając w uszy Randa cały strach, jaki kiedykolwiek istniał. Obłok zadrżał konwulsyjnie, na niego też tak to podziałało i pobiegł szybciej niż kiedykolwiek. Rand ledwie trzymał się jego grzbietu i dyszał; gardło miał suche jak piasek. Po jakimś czasie uświadomił sobie, że nie słyszy już zduszonego wrzasku umierającego Pomora, i nagle stukot kopyt wydał mu się głośniejszy od krzyku. Z całej siły ściągnął wodze Obłoka i zatrzymał się przy częściowo zrujnowanym murze, tuż przy zbiegu dwóch ulic. W ciemnościach majaczyły kształty jakiegoś pomnika.

Skulony w siodle nasłuchiwał, ale nie słyszał nic prócz pulsowania krwi w uszach. Po twarzy spływały mu krople potu; zadygotał, gdy wiatr targnął połami jego płaszcza.

Wreszcie wyprostował się. W bezchmurnych miejscach niebo było usiane gwiazdami, ale łatwo mógł odnaleźć czerwoną iskrę we wschodniej części nieba.

„Czy ktokolwiek przeżył, aby ją zobaczyć?"

„Czy pozostali są wolni, czy też wpadli w ręce trolloków?"

„Egwene, niech mnie Światłość oślepi, czemu nie pojechałaś za mną?"

Jeżeli żyją i są wolni, to będą jechać w stronę gwiazdy. Jeżeli zaś nie... Ruiny były bezkresne, mógł je przeszukiwać przez wiele dni i nie znaleźć nikogo, o ile udałoby mu się nie wpaść w ręce trolloków, Pomorów, Mordetha i Mashadara. Niechętnie skierował się w stronę rzeki.

Schwycił wodze. Na ulicy krzyżującej się z tą, którą właśnie jechał, kamień uderzył głośno o kamień. Zastygł, przestał nawet oddychać. Stał ukryty w cieniach, o krok od rogu ulicy. Gorączkowo zastanawiał się, czy nie zawrócić. Co się kryło za jego plecami? Co mogło narobić hałasu i zdradzić się tym? Nie wiedział i bał się oderwać wzrok od rogu budynku.

Nagle ciemność w tym miejscu wybrzuszyła się i wysunęła cień, długi i cienki. Chwytak! Ledwie ta myśl zabłysła w jego głowie, a już poganiał piętami Obłoka, wyrywając miecz z pochwy. Szarży towarzyszył bezsłowny okrzyk. Wymachiwał z całej siły bronią i zatrzymał go dopiero rozpaczliwy krzyk. Mat z jękiem potoczył się do tyłu, omal nie spadając z konia, ale nie zgubił łuku.

Rand wziął głęboki wdech i opuścił miecz. Jego ręka drżała.

— Czy widziałeś jeszcze kogoś? — wykrztusił.

Mat z trudem przełknął ślinę, zanim usiadł poprawnie w siodle.

— Ja... ja... tylko trolloki. — Przyłożył dłoń do gardła i oblizał wargi. — Tylko trolloki. A ty?

Rand potrząsnął głową.

— Pewnie próbują dostać się do rzeki. Lepiej zróbmy to samo.

Mat przytaknął milcząco, nadal obmacując szyję. Razem ruszyli w kierunku czerwonej gwiazdy.

Zanim pokonali sto piędzi, pośrodku miasta rozbrzmiał lament rogu trolloków. Odpowiedział mu następny, tym razem z jakiegoś miejsca za murami.

Rand dygotał, ale utrzymywał powolne tempo, obserwując najciemniejsze miejsca i unikając ich, kiedy tylko mógł. Gdy tylko szarpnął wodzami, jakby chciał pogalopować, Mat robił to samo. Nie usłyszeli więcej dźwięku rogu i w ciszy dotarli do otworu w obrośniętym winoroślą murze; niegdyś była to brama. Pozostały jedynie wieże, odznaczające się ułamanymi wierzchołkami na tle czarnego nieba.

Przy bramie Mat zawahał się, lecz Rand zapytał cicho:

— Czy w mieście jest bezpieczniej niż tu?

Nie zwolnił konia i po chwili Mat opuścił w ślad za nim Shadar Logoth, usiłując rozglądać się na wszystkie strony jednocześnie.

„Uda nam się. Światłości, musi nam się udać!"

Mury zniknęły za nimi, pochłonięte przez noc i las. Nasłuchując każdego dźwięku, Rand kierował się wprost na czerwoną gwiazdę.

Nagle z tyłu przygalopował Thom, który zwolnił tylko po to, by krzyknąć:

— Jechać dalej, głupcy!

Chwilę później okrzyki i trzaski w krzakach zdradziły, że trolloki są na jego tropie.

Rand uderzył konia piętami i Obłok pomknął w ślad za wałachem barda.

„Co się stanie, jeśli dotrzemy do rzeki, a tam nie będzie Moiraine? Światłości, co się stało z Egwene?"

Perrin siedział na koniu, ukryty w cieniach, i z niewielkiej odległości obserwował otwartą bramę. W roztargnieniu przesuwał kciukiem po ostrzu topora. Wydawało się, że bez żadnych przeszkód może tędy wyjechać z miasta, ale siedział tak i przyglądał się bramie przez pięć minut. Wiatr rozwiewał jego zmierzwione włosy i próbował zerwać z niego okrycie, ale Perrin opatulił się tylko szczelniej, nawet nie zauważając, co robi.

Wiedział, iż Mat oraz prawie wszyscy pozostali mieszkańcy Pola Emonda uważali, że myśli powoli. Częściowo to mniemanie zawdzięczał swemu wzrostowi i ospałości ruchów — stale się bał, że może coś przypadkiem zgnieść, albo zrobić komuś krzywdę, bo był znacznie większy od swych rówieśników — ale zawsze lubił wszystko przemyśleć dokładnie. Mat przez swoje błyskawiczne, szaleńcze pomysły nierzadko pakował się w tarapaty, Rand często go w tym naśladował, czasami pakowali się w nie obaj.

Poczuł ścisk w gardle.

„Światłości, nie wolno mi nawet myśleć o kłopotach".

Próbował ponownie uporządkować myśli. Jedynym ratunkiem było staranne zastanowienie się nad sytuacją.

Przed bramą znajdował się kiedyś skwer z ogromną fontanną pośrodku. Pozostały jeszcze resztki fontanny, w wielkim, okrągłym basenie stało kilka połamanych figur, dookoła rozciągała się otwarta przestrzeń. Aby dotrzeć do bramy, będzie musiał przejechać prawie sto piędzi. Jedynie noc może go chronić przed czyimś czujnym wzrokiem. Niezbyt mu się to uśmiechało. Aż nadto dobrze pamiętał niewidzialnych obserwatorów.

Pomyślał o dźwiękach rogu, które rozbrzmiały nieco wcześniej w mieście. Już miał zawrócić, sądząc, że ktoś z ich grupy mógł zostać porwany, ale uświadomił sobie, że w pojedynkę i tak nikomu nie pomoże.

„Lan powiedział, że trolloków jest stu, a Pomorów czterech. Moraine kazała dotrzeć do rzeki".

Ponownie zaczął obmyślać przejazd przez bramę. Głęboki namysł nie pomógł wiele, jednak wreszcie podjął decyzję. Wyjechał z głębokiego cienia w półmrok.

W tym momencie po drugiej stronie placu pojawił się koń. Perrin zatrzymał się i wymacał swój topór, bynajmniej nie przyniosło mu to uspokojenia. Jeżeli ten ciemny kształt to Pomor…

— Rand? — dobiegł go cichy, niepewny głos.

Odetchnął z ulgą.

— Egwene, to ja, Perrin! — zawołał równie cicho w odpowiedzi. We wszechogarniającej ciszy i tak zabrzmiało to zbyt głośno.

Oboje podjechali do fontanny.

— Czy jest tu jeszcze ktoś z naszych? — zapytali jednocześnie i oboje odpowiedzieli sobie potrząśnięciem głowy.

— Nic im się nie stanie, prawda? — wyszeptała Egwene, klepiąc Belę po karku.

— Moiraine Sedai i Lan będą ich szukać — odparł Perrin. — Będą szukać nas wszystkich, gdy już dotrzemy do rzeki.

Miał nadzieję, że tak się stanie.

Poczuł wielką ulgę, gdy już wyjechali za bramy. W lesie były wprawdzie trolloki i Pomory, ale o tym starał się nie myśleć. Nagie gałęzie nie przesłaniały im czerwonej gwiazdy, a poza tym nic już im nie groziło ze strony Mordetha, którego Perrin obawiał się bardziej niż trolloków.

Wkrótce dotrą do rzeki, spotkają się z Moiraine, a ona już zadba, by trolloki ich nie dopadły. Wierzył w to, ponieważ potrzebował wiary. Słychać było ocieranie się gałęzi na wietrze, szelest uschłych liści i igieł na drzewach. W mroku rozległ się okrzyk nocnego jastrzębia, oboje podjechali bliżej siebie, jakby chcieli się ogrzać. Czuli się bardzo samotni.

Nagle, gdzieś w tyle, rozległ się odgłos rogu trolloków, krótkie, płaczliwe akordy nakazywały ścigającym pośpiech. Po chwili na ich szlaku rozległo się nieludzkie wycie, popędzane dźwiękiem rogu. Wycie stało się jeszcze bardziej przenikliwe, gdy stwory wyczuły ludzki zapach.

Perrin poganiał konia i krzyczał:

— No dalej!

Egwene pędziła w ślad za nim, oboje bodli wierzchowce piętami, nie zważając na biczujące ich gałęzie.

Kiedy tak pędzili wśród drzew, kierując się instynktem i mętnym światłem, Bela nagle została w tyle. Perrin obejrzał się: Egwene poganiała klacz i szarpała cugle, ale to nie wystarczało. Sądząc po odgłosach, trolloki były coraz bliżej. Zwolnił, aby jej nie zostawić.

— Pospiesz się! — zawołał. — Już widział ogromne, ciemne kształty trolloków przedzierających się między drzewami, stwory wyły i warczały, aż krew stygła w żyłach. Ściskał rękojeść topora tak mocno, że bolały go dłonie. — Pospiesz się, Egwene! Pospiesz się!

Nagle jego koń zarżał i potknął się, a Perrin zleciał na ziemię. Rozłożył ręce, aby się czegoś schwycić, ale wpadł głową w lodowatą wodę. Okazało się, że dojechał do samego skraju urwistego brzegu Arinelle.

Szok wywołany zetknięciem z lodowatą rzeką odebrał mu oddech. Mimo woli napił się porządnie wody, zanim wypłynął na powierzchnię. Wydało mu się, że słyszy jeszcze jeden plusk, i pomyślał, że pewnie Egwene wpadła do rzeki tuż po nim. Brnął przez wodę, dysząc i plując. Nie było łatwo utrzymać się na powierzchni, jego ubranie już całkiem przesiąkło. Szukał wzrokiem Egwene, ale dostrzegł tylko odbicia księżycowych promieni od czarnej powierzchni wody marszczącej się na wietrze.

— Egwene? Egwene!

Tuż przed jego oczami błysnęła włócznia, woda zalała mu twarz. Po chwili zasypał go grad włóczni, a od brzegu dały się słyszeć gardłowe wrzaski wyraźnie spierających się o coś trolloków. Włócznie przestały lecieć w jego stronę, na razie jednak postanowił więcej się nie odzywać.

Prąd spychał go w dół rzeki, ale basowe wrzaski i warczenia, rozlegające się na brzegu, wciąż mu towarzyszyły. Gdy zdjął płaszcz i pozwolił mu odpłynąć wraz z prądem rzeki, uzyskał większą swobodę ruchów. Płynął wytrwale w stronę przeciwległego brzegu. Miał nadzieję, że tam nie będzie trolloków.

Płynął tak, jak w stawie w Wodnym Lesie, machając i kopiąc, wysuwając głowę ponad wodę. Nie było to łatwe, ponieważ nawet sam kaftan i buty zdawały się ważyć tyle samo, ile ciało. Ciążył mu również topór, ciągle grożąc zachwianiem równowagi, jeśli nie wręcz pociągnięciem na dno. Perrin zastanawiał się, czy jego też nie ofiarować rzece. To byłoby proste, o wiele łatwiejsze niż pozbycie się, na przykład, butów. Ale za każdym razem, gdy o tym myślał, wyobrażał sobie, że gdy wypełznie na brzeg, napotka tam trolloki. Topór nie zda się na wiele przeciwko kilkunastu trollokom — czy może nawet przeciwko jednemu — ale i tak jest lepszy od gołych dłoni.

Po jakimś czasie nie był już nawet pewien, czy da radę go unieść, gdyby na brzegu były trolloki. Miał wrażenie, że jego ręce i nogi odlano z ołowiu, poruszał nimi z wielkim wysiłkiem i nie zawsze był w stanie unieść głowę ponad powierzchnię. Krztusił się wodą, która wdzierała się do nosa.

„Cały dzień w kuźni jest niczym w porównaniu z tym" — pomyślał ostatkiem sił i w tym momencie jego stopa w coś uderzyła.

Dopiero gdy wierzgnął po raz drugi, zrozumiał, że dotyka dna. Dopłynął na płyciznę. Udało mu się dostać na drugi brzeg.

Wstał, wciągając głęboko powietrze. Na uginających się nogach, wzniecając bryzgi, przedzierał się gwałtownie przez wodę. Gdy dobrnął do brzegu, wyciągnął topór zza pasa. Zadygotał w podmuchach zimnego wiatru. Nie widział ani trolloków, ani Egwene. Na brzegu rosło tylko kilka drzew, rzekę oświetlała wstęga księżycowego światła.

Kiedy odzyskał oddech, zaczął wywoływać imiona towarzyszy. Odpowiedziały mu niewyraźne okrzyki z drugiej strony rzeki, nawet z daleka rozpoznał głosy trolloków. Żaden z przyjaciół nie odezwał się jednak.

Wiatr dął z całej siły, unosząc ze sobą wrzaski trolloków. Perrin dostał dreszczy. Nie było aż tak zimno, by miał zamarznąć w przemoczonym ubraniu, niemniej nie mógł pozbyć się wrażenia, że to mu właśnie grozi. Wiatr ciął do kości lodowatym ostrzem. Obejmował się ramionami, ale był to tylko gest, który bynajmniej nie powstrzymywał drżenia. Samotny wspiął się na brzeg, szukając osłony przed wiatrem.

Rand poklepał Obłoka po karku i wyszeptał uspokajające słowa. Koń podrzucał łbem i wierzgał. Trolloki pozostały gdzieś z tyłu — tak się przynajmniej zdawało — ale Obłok wyczuwał je wrażliwymi nozdrzami. Mat trzymał łuk w pogotowiu, wypatrując wszelkich zasadzek, jakie mogła im gotować noc, natomiast Rand i Thom szukali czerwonej gwiazdy, która miała im posłużyć za przewodnika. Dopóki jechali prosto, nietrudno było mieć ją stale na oku, mimo gałęzi przesłaniających widok. Potem jednak pojawiły się następne trolloki i musieli zboczyć z drogi, uciekając przed dwiema bandami wyjącymi z tyłu. Trolloki równie szybkie jak konie biegły za nimi przez jakiś czas, aż wreszcie zaniechały pogoni. Ich wycie zostało daleko w tyle. Niestety, tyle razy skręcali i kluczyli, że stracili z oczu gwiazdę.

— Ja twierdzę, że ona jest tam — upierał się Mat, wskazując na prawo. — Pod koniec jechaliśmy na północ, a to oznacza, że wschód jest tam.

— Widzę ją — powiedział nagle Thom.

Wskazał, przez plątaninę gałęzi po ich lewej stronie, prosto na czerwoną gwiazdę. Mat wymamrotał coś niezrozumiale.

Kątem oka Rand zauważył ruch, zza drzewa wyskoczył bezszelestnie trollok, zamachnął się chwytakiem. Rand wbił pięty w boki konia i zwierzę pognało do przodu w tym samym momencie, gdy z cieni wyskoczyły jeszcze dwa stwory. Pętla otarła mu się o szyję, poczuł jak przeszywa go dreszcz.

Matowi udało się z galopującego konia trafić strzałą w oko jednej z bestii. Rand zorientował się, że mkną w stronę rzeki, ale wątpił, czy im się uda. Trolloki biegły tuż z tyłu, tak blisko, że niemal były w stanie schwycić konie za ogon. Jeszcze chwila i arkany ściągną ich z siodeł.

Przywarł do karku Obłoka, chcąc choćby minimalnie zwiększyć odległość pomiędzy własną szyją i pętlami. Mat niemalże zagrzebał się w końskiej grzywie. Nie wiadomo było, gdzie zniknął Thom. Czyżby bard, wykorzystując fakt, że wszystkie trzy trolloki pognały za chłopcami, spróbował ucieczki na własną rękę?

Nagle z mroku, tuż za trollokami, wyłonił się wałach Thoma. Starczyło im tylko tyle czasu, aby się obejrzeć, a już ręka barda wykonała zamach. W świetle księżyca błysnęła stal. Trollok stracił równowagę, potoczył się do przodu i znieruchomiał, w tym samym niemalże momencie drugi zwalił się z krzykiem na kolana, obiema rękami próbując sięgnąć pleców. Trzeci warknął, ukazując paszczę pełną ostrych zębów, ale widząc porażkę towarzyszy, zdecydował się na ucieczkę w stronę lasu. Dłoń Thoma wykonała znowu ten sam ruch, trollok zaskrzeczał i pognał jeszcze szybciej, jego wrzask powoli cichł.

Rand i Mat zatrzymali się, by spojrzeć na barda.

— Moje najlepsze noże — burknął Thom, ale nie kwapił się, by zsiąść z konia i je odzyskać.

— Ten jeden sprowadzi innych. Mam nadzieję, że jest już blisko do rzeki. Mam nadzieję...

Zamiast powiedzieć, na co ma jeszcze nadzieję, potrząsnął tylko głową i zmusił konia do galopu. Rand i Mat pognali za nim.

Wkrótce dotarli do niskiego brzegu, gdzie drzewa rosły aż nad samym skrajem czarnej jak noc wody. Jej oświetloną przez księżyc powierzchnię marszczył wiatr. Rand nie był w stanie dostrzec drugiego brzegu. Nie podobał mu się pomysł przeprawy tratwą, ale jeszcze gorszym wyjściem wydawało się pozostanie na brzegu pełnym trolloków.

„Popłynę, jeśli będę musiał".

Gdzieś w oddali rozległ się ostry i naglący odgłos rogu, usłyszeli go po raz pierwszy, odkąd opuścili ruiny. Rand zaniepokoił się, czy to przypadkiem nie oznacza, że inni zostali schwytani.

— Nie ma sensu zostawać tu na noc — powiedział Thom. — Wybierzcie kierunek. W górę albo w dół rzeki.

— Ale Moiraine może być wszędzie — zaprotestował Mat. — Dokąd byśmy nie pojechali, zawsze będziemy się oddalać.

— Trudno. — Thom cmoknął na swego wałacha i ruszył w dół rzeki, trzymając się blisko brzegu. — Nie mamy innego wyjścia.

Rand spojrzał na Mata, ten wzruszył ramionami. Pojechali w ślad za bardem.

Przez jakiś czas nic się nie zmieniało. Brzeg był w niektórych miejscach wyższy, w innych niższy, drzewa to rosły gęściej, to przerzedzały się, tworząc niewielkie polany, wiatr wszędzie wiał taki sam — zimny i groźny. Nigdzie nie było trolloków. Tę zmianę Rand przywitał z zadowoleniem.

Nagle zobaczył przed sobą światło — pojedynczy punkt. Kiedy podjechali bliżej, zauważył, że ono unosi się nad rzeką, jakby zawieszone na drzewie. Thom przyspieszył kroku i zaczął coś nucić pod nosem.

W końcu zorientowali się, że to światło latarni przymocowanej do masztu dużej łodzi handlowej, zacumowanej na noc obok małej przecinki wśród drzew. Łódź, długości dobrych osiemdziesięciu stóp, chybotała się nieznacznie wraz z prądem, naciągając liny, którymi przywiązano ją do drzew. Takielunek brzęczał i trzeszczał na wietrze. Blask latarni mieszał się ze światłem księżyca, nigdzie nie było nawet żywej duszy.

— To chyba lepsze od tratwy Aes Sedai, prawda? — powiedział Thom, zsiadając z konia. Stał, wsparłszy dłonie o boki, i nawet w ciemności widzieli, jak bardzo jest zadowolony z siebie. — Wygląda na to, że tego statku nie zbudowano do przewożenia koni, ale jeśli wytłumaczymy kapitanowi, w jakim jest niebezpieczeństwie, być może zachowa się rozsądnie. Pozwólcie tylko, że ja będę z nim rozmawiał. Na wszelki wypadek zdejmijcie swoje koce i siodła.

Rand zsiadł z konia i zaczął zdejmować swój dobytek z jego grzbietu.

— Nie zamierzasz chyba odjechać sam?

Thom nie miał szansy odpowiedzieć, jakie są jego zamiary, bowiem na polanę wtargnęły dwa trolloki, wyjąc i wymachując chwytakami. Tuż za nimi biegły następne cztery. Dobiegające z oddali krzyki wskazywały na obecność całej sfory.

— Do łodzi! — krzyknął Thom. — Szybko! Zostawcie to wszystko! Biegnijcie! — Pobiegł natychmiast w stronę łodzi, poły jego płaszcza łopotały, a zawieszone na plecach instrumenty obijały się o siebie. — Ej, wy tam, na łodzi! — krzyknął. — Obudźcie się, durnie! Trolloki!

Rand wyswobodził wreszcie swój koc i sakwy i dogonił barda. Przerzucił dobytek przez burtę, wskoczył na pokład. Zdążył tylko zauważyć jakiegoś mężczyznę zwiniętego w kłębek na pokładzie, który powoli siadał, jakby właśnie się przebudził. Wylądował na jego plecach. Mężczyzna głośno jęknął, a Rand potknął się. Zakrzywiony chwytak trafił w burtę, dokładnie w tym miejscu, przez które właśnie przeskoczył. Na całej łodzi podniósł się krzyk, po pokładzie zadudnił tupot stóp biegnących marynarzy.

Włochate ręce chwyciły krawędź burty, w miejscu gdzie przed chwilą wbił się chwytak, jednocześnie ukazała się kozioroga głowa. Rand, nim upadł na pokład, zdążył jeszcze wyciągnąć miecz i ciąć. Trollok z wrzaskiem runął w dół. Pokład zaroił się ludźmi, którzy krzyczeli i odcinali toporami liny. Łódź zachybotała, jakby chciała odpłynąć. Na dziobie trzech mężczyzn walczyło z trollokiem. Ktoś zamierzał się włócznią, celując w mrok. Inny napinał raz za razem cięciwę łuku. Mężczyzna, na którego Rand wpadł, wygramolił się spod niego i podniósł ręce do góry.

— Oszczędź mnie! — krzyknął. — Bierz, co tylko chcesz, zabierz łódź, zabierz wszystko, tylko mnie oszczędź.

Nagle coś uderzyło Randa w plecy, przygniatając go do pokładu. Miecz wypadł z wyciągniętej dłoni. Szeroko otwierając usta, usiłował bezskutecznie złapać oddech i pochwycić miecz. Jego mięśnie reagowały niesamowicie wolno, wił się tylko jak ślimak. Człowiek, który chciał, aby go oszczędzono, rzucił tylko jedno przerażone spojrzenie na miecz i zniknął w mroku.

Rand z najwyższym trudem obejrzał się przez ramię i zrozumiał, że jego szczęście prysło. Na brzegu burty balansował trollok z wilczym pyskiem, w ręku dzierżył ułamany kawałek chwytaka, którym go wcześniej niemalże pozbawił przytomności. Rand próbował dosięgnąć miecza, ruszyć się, uciekać, ale jego kończyny, nieposłuszne rozkazom woli, uginały się i rozchodziły w różnych kierunkach. Targały nimi drgawki. Miał wrażenie, że jego piersi oplatają żelazne wstęgi, przed oczyma tańczyły gwiazdy. Jak oszalały rozglądał się za sposobem ucieczki. Czas zwolnił bieg. Gdy trollok podniósł ostro zakończony drąg, chcąc go nim przeszyć na wylot, Rand odniósł wrażenie, że stwór porusza się jak we śnie. Obserwował zamach grubego ramienia, czuł niemalże ułamany hak przeszywający mu kręgosłup, czuł już rozdzierający go ból. Pomyślał, że zaraz wybuchną mu płuca.

„Umieram! Światłości, dopomóż mi, zaraz...!"

Ramię trolloka ruszyło do przodu i Rand zdołał krzyknąć:

— Nie!

Nagle łódź zakołysała się, z plątaniny cieni wysunęła się z łoskotem belka bomu, który wśród chrzęstu łamanych kości zmiażdżył trollokowi pierś. Stwór wyleciał za burtę.

Przez chwilę Rand leżał nieruchomo i wpatrywał się w rozkołysany bom.

„To już zupełnie wyczerpało mój zapas szczęścia — pomyślał. — Po tym wszystkim już nic mnie takiego nie spotka".

Drżąc cały, wstał i podniósł miecz. Tym razem trzymał go oburącz, tak jak nauczył się od Lana, ale nie było już nikogo, przeciwko komu mógł go użyć. Przestrzeń dzieląca łódź od brzegu powiększała się szybko, okrzyki trolloków cichły pośród nocy.

Wsunął miecz do pochwy, osunął się pod burtę, a wtedy na pokład wkroczył mężczyzna ubrany w długi płaszcz do kolan i zaczął mu się przyglądać. Długie włosy spadały na potężne ramiona, a okrągłą twarz okalała broda wygolona nad górną wargą. Okrągłą, wcale jednak nie łagodną. Bom ponownie się zakołysał, a brodacz poświęcił mu odrobinę uwagi, ujmując drzewce w szeroką dłoń.

— Gelb! — zawył. — Fortuno! Gdzieś ty jest, Gelb?

Mówił tak szybko, że jego słowa zlewały się ze sobą. Rand ledwie go rozumiał.

— Nie schowasz się przede mną na moim własnym statku! Sprowadzić mi tu Florana Gelba!

Pojawił się jakiś marynarz z lampą, a za nim dwóch następnych, którzy wepchnęli do kręgu światła człowieka o wąskiej twarzy. Rand rozpoznał w nim tego, który chciał mu podarować łódź. Mężczyzna toczył rozbieganym wzrokiem, starannie omijając zwalistą postać. To pewnie kapitan, pomyślał Rand. Na czole Gelba nabrzmiewał siniak — efekt spotkania z butem Randa.

— Czy ty przypadkiem nie miałeś chronić bomu, Gelb? — spytał kapitan z zadziwiającym spokojem, ale równie szybko jak przedtem.

Gelb wyglądał na szczerze zaskoczonego.

— Przecież uważałem. Mocno go przywiązałem. Przyznaję, że czasem jestem w tym czy tamtym zbyt powolny, kapitanie Domon, ale tego dopatrzyłem.

— Więc jesteś powolny, tak? Ale nie za wolny do spania. Śpisz, kiedy powinieneś stać na warcie. Przez ciebie mogliśmy zostać wymordowani w pień.

— Nie, kapitanie, nie. To jego wina. — Gelb wskazał Randa. — Stałem na straży, tak jak być powinno, kiedy on się tu zakradł i uderzył mnie pałką. — Dotknął siniaka na czole, skrzywił się i spojrzał na Randa. — Walczyłem z nim, ale potem pojawiły się trolloki. On jest z nimi sprzymierzony, kapitanie. To Sprzymierzeniec Ciemności. Sprzymierzony z trollokami.

— Sprzymierzony z moją babcią! — ryknął kapitan Domon. — Czy już cię nie ostrzegałem ostatnim razem, Gelb? Wysiadasz w Białym Moście! A teraz wynoś się, bo każę cię wysadzić już teraz.

Gelb umknął z kręgu światła, a Domon zaciskał i otwierał dłonie, patrząc niewidzącym wzrokiem.

— Te trolloki stale mnie ścigają. Dlaczego nie zostawią mnie w spokoju? Dlaczego?

Rand spojrzał ponad burtą i zdziwił się, nie zobaczywszy już brzegu. Dwóch ludzi obsługiwało długie wiosło sterujące, które wystawało z rufy, prócz tego na burtach pracowało teraz sześć wioseł, nadając łodzi wygląd wodnego owada.

— Kapitanie — powiedział Rand — tam są moi przyjaciele. Jeśli zawrócisz i zabierzesz ich ze sobą, z pewnością cię nagrodzą.

Kapitan zwrócił okrągłą twarz w stronę Randa, a kiedy w krąg światła weszli Thom oraz Mat, ich również obdarzył tym samym pozbawionym wyrazu spojrzeniem.

— Kapitanie — zaczął Thom, kłaniając się — pozwól, że...

— Pójdziecie ze mną — przerwał mu Domon. — Chcę zobaczyć, co się przywlokło na mój pokład. Opuść mnie, Fortuno. I niech ktoś się zajmie tym przeklętym bomem!

Kiedy członkowie załogi pospiesznie podeszli do bomu, ruszył w stronę rufy. Rand i jego dwaj towarzysze poszli za nim.

Kapitan zajmował schludną kabinę na rufie, do której schodziło się po krótkiej drabince. Miało się wrażenie, że wszystko jest tam na odpowiednim miejscu, łącznie z płaszczami i kaftanami wiszącymi na kołkach za drzwiami. Kabina rozciągała się na całą szerokość statku, w jedną ścianę wbudowano szeroką koję, w drugą masywny stół. Stało tam tylko jedno krzesło z wysokim oparciem i szerokimi poręczami. Kapitan usiadł na nim, nakazując pozostałym zająć miejsca na rozmaitych skrzyniach i ławach, które stanowiły resztę umeblowania. Mat chciał już rozsiąść się na koi, ale przeszkodziło mu głośne chrząknięcie.

— No dobrze — zaczął kapitan, kiedy już wszyscy zajęli miejsca. — Nazywam się Bayle Domon, jestem kapitanem „Spraya", znaczy się tej łodzi. A teraz chcę wiedzieć, kim wy jesteście i dlaczego nie powinienem was wyrzucić za burtę przez te kłopoty, których mi narobiliście.

Rand w dalszym ciągu miał trudności z rozumieniem szybkiej mowy Domona. Kiedy dotarło do niego znaczenie ostatniego zdania, zamrugał ze zdziwienia.

„Wyrzucić nas za burtę?"

— Nie chcieliśmy ściągać na was kłopotów — pospiesznie powiedział Mat. — Podróżujemy do Caemlyn, a stamtąd…

— Tam, gdzie nas wiatry poniosą — gładko przerwał mu Thom. — Tak podróżują bardowie, niczym pył na wietrze. Jestem bardem, rozumiesz, zwę się Thom Merrilin. — Poruszył swym płaszczem tak, że zamigotały pstrokate łatki, jakby można było ich od razu nie dostrzec. — Tych dwóch prostaków ze wsi chce zostać moimi uczniami, choć jeszcze nie jestem pewien, czy ich wezmę.

Rand spojrzał na Mata, który wyszczerzył zęby w uśmiechu.

— Wszystko to znakomite, człowieku — powiedział spokojnie kapitan Domon — ale nie wyjaśnia nic, a nawet jeszcze mniej. Okalecz mnie, Fortuno, ale to miejsce nie leży przy żadnej drodze do Caemlyn, o niczym takim nie słyszałem.

— Bo to było tak — powiedział Thom i zaczął gładko opowiadać ich historię.

Zgodnie z jego słowami, Thom miał zostać uwięziony przez śnieg w górniczym miasteczku położonym pośród Gór Mgły, za Baerlon. Tam usłyszał legendy o skarbach z czasów Wojen z Trollokami w zapomnianych ruinach miasta zwanego Aridhol. Tak się złożyło, że wcześniej poznał położenie Aridholu z mapy, którą wiele lat temu podarował mu umierający przyjaciel w Illian, któremu on kiedyś uratował życie. Gdy ów człowiek wydawał ostatnie tchnienie, powiedział, że ta mapa uczyni Thoma bogatym, w co Thom nigdy nie uwierzył, dopóki nie usłyszał tych legend. Kiedy śniegi stopniały, ruszył w drogę wraz z kilkoma towarzyszami, a także tymi dwoma uczniami, i po niezwykle trudnej wyprawie znaleźli istotnie to zrujnowane miasto. Okazało się jednak, że ów skarb był własnością jednego z Władców Strachu i trolloki miały go zabrać z powrotem do Shayol Ghul. Thom snuł swoją opowieść w taki sposób, jakby wszystkie niebezpieczeństwa, jakim stawiali czoło — trolloki, Myrddraale, draghkary, Mordeth, Mashadar — zagrażały przede wszystkim jemu, on zaś radził sobie z nimi z niezwykłą zręcznością. Z wielkim bohaterstwem, głównie Thoma, uciekali przed trollokami, choć ostatniej nocy rozdzielili się i w rezultacie Thom oraz jego dwaj towarzysze byli zmuszeni szukać schronienia w ostatnim miejscu, jakie im zostało, czyli na gościnnej łodzi kapitana Domona.

Kiedy bard skończył opowiadać, Rand uświadomił sobie, że od dłuższego czasu słuchał go z rozdziawionymi ustami, teraz zamknął je ze szczękiem. Mat natomiast wpatrywał się w Thoma wybałuszonymi oczyma.

Kapitan Domon zabębnił palcami po poręczy krzesła.

— Mało kto uwierzyłby w taką opowieść. No, ale rzeczywiście widziałem trolloki, czyż nie?

— To wszystko szczera prawda — powiedział bezczelnie Thom. — Sam przez to wszystko przeszedłem.

— A czy macie przypadkiem przy sobie jakieś skarby?

Thom rozłożył ręce zrezygnowanym gestem.

— Niestety, wszystko, co udało się zabrać, zostało przy naszych koniach, które uciekły wraz z pojawieniem się trolloków. Wszystko, co mi zostało, to flet, harfa, kilka miedziaków i te parę łachów na grzbiecie. Ale wierz mi, kapitanie, nie chciałbyś uszczknąć ani odrobiny tego skarbu. Został bowiem skażony przez Czarnego. Lepiej pozostawić go ruinom i trollokom.

— A więc nie macie pieniędzy, aby zapłacić za przewóz. Nie przewiózłbym nawet własnego brata, gdyby nie miał czym zapłacić, szczególnie gdyby sprowadził ze sobą trolloki, a do tego jeszcze poniszczył takielunek. Czemu nie miałbym wam kazać popłynąć tam, skąd przyjechaliście?

— Chyba nie wysadzilibyście nas na brzeg, skoro tam są trolloki? — powiedział Mat.

— Kto tu mówił o brzegu? — odparł sucho Domon. Przyglądał im się przez chwilę, po czym rozprostował palce na blacie stołu. — Bayle Domon to rozsądny człowiek. Nie wyrzuciłbym was za burtę, gdyby nie było innego wyjścia. A widzę, że jeden z twych uczniów ma miecz. Potrzebuję dobrego miecza i jako że uczciwy ze mnie człowiek, mogę was za niego przewieźć aż do Białego Mostu.

Thom rozdziawił usta, a Rand zaprotestował gwałtownym:

— Nie!

Nie po to dostał ten miecz od Tama, aby nim handlować. Przejechał dłonią po rękojeści, wyczuwając mosiężną czaplę. Dopóki miał przy sobie to ostrze, dopóty miał wrażenie, że razem z nim jest Tam.

Domon pokręcił głową.

— Cóż, nie to nie. Ale Bayle Domon nie przewiezie nikogo za darmo, nawet własnej matki.

Rand z niechęcią opróżnił kieszenie. Niewiele w nich znalazł, kilka miedziaków i srebrną monetę, którą dostał od Moiraine. Podał wszystko kapitanowi. Po chwili Mat westchnął i zrobił to samo. Thom rzucił wściekłe spojrzenie, ale ponieważ chwilę później już się uśmiechał, Rand nie miał pewności, czy rzeczywiście tak było.

Kapitan Domon zgrabnie wyłowił dwie srebrne monety z dłoni chłopców i z mosiężnej skrzyni stojącej za jego krzesłem wyciągnął małą wagę oraz pobrzękującą sakiewkę. Po skrupulatnym zważeniu monet wrzucił je do sakiewki i wręczył każdemu z nich trochę mniejszych monet, srebrnych oraz miedzianych. Głównie jednak miedzianych.

— Tylko do Białego Mostu — powiedział, odnotowując starannie przypływ gotówki w oprawionej skórą księdze.

— To drogo jak za przejazd do Białego Mostu — burknął Thom.

— Oraz zniszczenia mojej łodzi — wyjaśnił spokojnie kapitan. Schował wagę i sakiewkę z powrotem do skrzyni i zamknął ją z wyraźnym zadowoleniem. — A także za sprowadzenie na mnie trolloków, przez co muszę płynąć po nocy rzeką, na której jest pełno mielizn.

— A co z tamtymi? — zapytał Rand. — Czy ich też zabierzecie? Już pewnie dotarli do rzeki albo niebawem to zrobią i zobaczą latarnię na waszym maszcie.

Kapitan Domon uniósł brwi w zdziwieniu.

— Tobie się chyba wydaje, że my stoimy w miejscu, młody człowieku. Okalecz mnie, Fortuno, odpłynęliśmy już jakieś trzy albo cztery mile od tego miejsca, w którym wsiedliście na pokład. Pod wpływem trolloków moi ludzie nieźle machają wiosłami, znają trolloki o wiele lepiej, niż by chcieli, a jeszcze pomaga im w tym prąd rzeki. Ale to i tak nie robi różnicy. Nie przybiję dzisiejszej nocy do brzegu, choćby stała na nim moja babcia. Może nawet nie zrobię tego, dopóki nie dopłyniemy do Białego Mostu. Na dzisiaj mam trolloków powyżej uszu, nic na to nie poradzę.

Thom przysłuchiwał mu się z zainteresowaniem.

— Czy już przedtem napotykaliście trolloki? Może niedawno?

Domon zawahał się, popatrując na Thoma z ukosa, ale kiedy się odezwał, w jego głosie zabrzmiało nieomal obrzydzenie.

— Przeczekałem zimę w Saldaei, człowieku. Nie z własnego wyboru, ale rzeka wcześnie zamarzła, a lód roztopił się zbyt późno. Powiadają, że z najwyższych wież Maradonu widać Ugór, ale mnie to nie obchodzi. Byłem już tam wcześniej, zawsze gadano o napadach trolloków na farmy i tym podobne. Tej zimy jednak co noc płonęły jakieś farmy. Czasami nawet całe wsie. Trolloki podchodziły do samych murów miasta. I nie dość tego, ludzie powiadali, że to Czarny mąci i że nadchodzą Dni Sądu. — Zadygotał i podrapał się po głowie, jakby zaswędziała go czaszka od tych myśli. — Nie mogę się doczekać, kiedy wrócę tam, gdzie ludzie uważają, że trolloki występują tylko w bajkach, takich, które, moim zdaniem, są kłamstwami podróżników.

Rand przestał słuchać. Zapatrzył się na przeciwległą ścianę. Rozmyślał o Egwene i pozostałych. Nieomal wydawało mu się niesprawiedliwe, że on jest bezpieczny na „Sprayu", a tamci gdzieś błądzą po nocy. Kabina kapitana przestała się wydawać tak wygodna jak przedtem.

Zdziwił się, gdy Thom nakazał mu wstać. Bard popchnął jego

i Mata w stronę drabinki, przepraszając jednocześnie Domona za zachowanie tych prostaków ze wsi. Rand wszedł na górę bez słowa.

Kiedy już byli na pokładzie, Thom rozejrzał się szybko dookoła, aby się upewnić, czy nikt ich nie podsłuchuje, a potem warknął:

— Mogłem załatwić nam przejazd za kilka pieśni i opowieści, gdybyście tak szybko nie wyciągnęli tego srebra.

— Nie jestem taki pewien — odparł Mat. — Moim zdaniem mówił całkiem poważnie o wyrzuceniu nas za burtę.

Rand powoli podszedł do burty i oparł się o nią, aby spojrzeć na spowitą w mroku rzekę. Nie widział nawet brzegu — wszędzie panowała ciemność. Po chwili poczuł dłoń Thoma na swoim ramieniu, ale nie poruszył się.

— Nie możesz nic zrobić, chłopcze. A poza tym, pewnie już są pod ochroną Moiraine i Lana. Czy może im być lepiej, skoro pilnuje ich tych dwoje?

— Próbowałem ją przekonać, aby nie jechała — powiedział Rand.

— Zrobiłeś, co mogłeś, chłopcze. Nikt nie mógłby zrobić więcej.

— Obiecałem jej, że będę się nią opiekował. Powinienem był się bardziej starać.

W trzasku wioseł i szumie wiatru gwiżdżącego w takielunku dała się słyszeć żałobna nuta.

— Powinienem był się bardziej starać — wyszeptał.

ROZDZIAŁ 21

POSŁUCHAJ WIATRU

Promienie słońca wschodzącego nad Arinelle dotarły do kotliny nieopodal brzegu rzeki, gdzie siedziała Nynaeve oparta plecami o pień młodego dębu i oddychała głęboko przez sen. Jej koń również spał, zwiesiwszy łeb i rozłożywszy nogi. Kiedy słońce padło na jego powieki, zwierzę otworzyło oczy i podniosło łeb, szarpiąc wodze, które Nynaeve owinęła sobie wokół nadgarstka. Wiedząca przebudziła się gwałtownie.

Otworzyła szeroko oczy, zastanawiając się, gdzie jest, a potem potoczyła dookoła oszalałym wzrokiem, kiedy wróciła jej pamięć. Zobaczyła jednak tylko drzewa, konia i dywan z suchych liści zalegający dno kotliny. Tam, gdzie utrzymywał się najgłębszy cień, zeszłoroczne grzyby tworzyły kręgi na powalonej kłodzie.

— Niech cię Światłość strzeże, kobieto — mruknęła, rozluźniając się — skoro choć jednej nocy nie potrafisz czuwać. — Odwiązała wodze, wstała i rozmasowała sobie przegub dłoni. — Mogłaś się obudzić w garnku trolloków.

Gdy wspinała się do krawędzi kotliny, uschłe liście szeleściły pod jej stopami. Wyjrzała na zewnątrz. Od rzeki dzieliła ją rzadka kępa jesionów. Popękane pnie i nagie gałęzie sprawiały wrażenie zupełnie martwych. Za nimi widać było rozległe, toczące się niebieskozielone wody. Pustka. Zupełna pustka. Na drugim brzegu rosło kilka wiecznie zielonych drzew, wierzby i świerki, ale było ich prawdopodobnie jeszcze mniej niż tutaj. Jeśli jest tu gdzieś Moiraine albo któreś z młodych, to nieźle się ukryli. Z pewnością nawet nie próbowali przeprawić się na drugi brzeg w takim miejscu.

Mogli zresztą być zupełnie gdzie indziej, oddaleni o dziesięć mil w górę lub w dół rzeki.

„Jeśli w ogóle przeżyli ostatnią noc".

Zła na siebie za takie myśli, zsunęła się z powrotem na dno kotliny. Nawet przeżycia Zimowej Nocy, ani bitwa przed Shadar Logoth, nie przygotowały jej na coś takiego, jak ten Mashadar. Była zła na całą tę szaleńczą galopadę, gorączkowe zastanawianie się, kto jeszcze przeżył, oczekiwanie, że stanie zaraz twarzą w twarz z Pomorem albo trollokiem. Słyszała dobiegające z oddali wycia i krzyki trolloków oraz przenikliwe dźwięki ich rogów, które przeszywały ją głębszym dreszczem niż jakikolwiek wiatr. Jednakże prócz tego pierwszego spotkania w ruinach widziała trolloki tylko raz, a wtedy nic jej się nie stało. Tuż przed nią, jakby spod ziemi, wyrosło dziesięć potworów, które wyły, krzyczały i potrząsały chwytakami. Kiedy jednak zawróciła konia, umilkły i uniosły pyski, wciągając powietrze nozdrzami. Zbyt zaskoczona, by uciekać, patrzyła, jak odwracają się od niej i znikają w mroku. I to właśnie przeraziło ją najbardziej.

— Znają zapach tych, których chcą złapać — powiedziała do swojego konia — a to nie jestem ja. Aes Sedai ma chyba rację, niech ją Pasterz Nocy pochłonie.

Podjąwszy decyzję, ruszyła w dół rzeki, prowadząc za sobą konia. Szła wolno, czujnie obserwując otaczający ją las. To, że trolloki nie tknęły jej ostatniej nocy, nie oznaczało wcale, że ją puszczą, jeśli znowu się na nie natknie. Równie uważnie jak las, badała grunt, bo jeśli inni dotarli tutaj nocą, to powinna wypatrzyć ich ślady, niedostrzegalne z końskiego grzbietu. Może nawet znajdzie ich jeszcze na tym brzegu. Jeśli nie, to dotrze tą drogą do Białego Mostu, stamtąd do Caemlyn i potem, jeśli zajdzie taka potrzeba, pojedzie aż do Tar Valon.

Taka perspektywa nieomal ją przerażała. Przedtem nie wyjeżdżała z Pola Emonda dalej niż chłopcy. Taren Ferry wydało jej się obce, na Baerlon patrzyłaby z podziwem, gdyby tak usilnie nie chciała odszukać Egwene i pozostałych. Nie pozwalała jednak, by to wpłynęło na zmianę jej decyzji. Prędzej czy później znajdzie

Egwene i chłopców. Albo wymusi na Aes Sedai wyjaśnienie tego, co mogło się z nimi stać. Przysięgła sobie, że nie może stać się inaczej.

W niektórych miejscach znajdywała mnóstwo śladów, ale mimo największych starań, nie była w stanie określić, czy ci, którzy je zrobili, byli szukającymi, ścigającymi czy ściganymi. W niektórych rozpoznawała odbicia podeszew butów, mogły należeć zarówno do ludzi, jak i do trolloków. Widziała też ślady kopyt, jakby kozłów lub wołów, to były na pewno ślady trolloków. Ale ani razu nie znalazła śladu z całą pewnością zrobionego przez któregoś z tych, których szukała.

Pokonała już jakieś cztery mile, gdy wiatr przywiał zapach dymu. Wahała się tylko chwilę, po czym przywiązała konia do świerka rosnącego w sporej odległości od rzeki, w gęstym zagajniku, gdzie zwierzę było znakomicie ukryte. Dym mógł oznaczać obecność trolloków, ale żeby to sprawdzić, musiała się o tym przekonać naocznie. Starała się nie myśleć, na co trollokom mogło być potrzebne ognisko.

Skulona przemykała od drzewa do drzewa, przeklinając w duchu spódnice, które bezustannie musiała podkasywać. Zwolniła kroku, kiedy usłyszała tętent kopyt, a gdy wreszcie odważyła się wyjrzeć zza pnia jesionu, na małej polance nieopodal rzeki zobaczyła Strażnika zsiadającego właśnie z czarnego wierzchowca. Na kłodzie obok niewielkiego ogniska siedziała Aes Sedai, woda w czajniku postawionym na ogniu zaczynała wrzeć. Wśród rzadkich chwastów pasła się biała klacz Moiraine. Nynaeve nie ruszyła się z miejsca.

— Wszyscy zniknęli — ponurym głosem obwieścił Strażnik. — Mniej więcej dwie godziny przed świtem czterech Półludzi wyruszyło na południe, nie zostawiając za sobą wyraźnych śladów, natomiast trolloki zniknęły. Nie ma nawet ciał, a trolloki na ogół nie zabierają ze sobą swych ofiar. Chyba że są głodne.

Moiraine wrzuciła garść czegoś do gotującej wody i odstawiła czajnik z ognia.

— Można jeszcze mieć nadzieję, że zawróciły do Shadar Logoth i dały mu się pochłonąć, ale to już by było aż za dobrze.

Nynaeve poczuła upojny aromat herbaty. Światłości, nie pozwól, aby mi zaburczało w brzuchu.

— Nie ma żadnych wyraźnych śladów ani chłopców, ani reszty. To, co widać, jest tak przemieszane, że trudno cokolwiek wyczytać.

Nynaeve uśmiechnęła się, porażka Strażnika usprawiedliwiała ją odrobinę.

— Ale jedna rzecz jest istotna, Moiraine — mówił dalej Lan, marszcząc czoło. Gestem dłoni odmówił herbaty i zaczął krążyć niespokojnie wokół ognia w swym mieniącym się płaszczu, dłonią obejmował rękojeść miecza. — Obecność trolloków w Dwu Rzekach mogła mnie nie zdziwić, nawet jeśli było ich stu. Ale tutaj? Wczoraj musiało polować na nas z tysiąc.

— Mieliśmy dużo szczęścia, że wszystkie nie zabrały się do przeszukiwania Shadar Logoth. Myrddraale pewnie nie wierzyły, że moglibyśmy się tam ukryć, bały się jednak powrócić do Shayol Ghul bez sprawdzenia wszystkich możliwości. Czarny nigdy nie był wyrozumiałym panem.

— Nie zmieniaj tematu, wiesz, o czym mówię. Jeżeli te tysiące miały być wysłane do Dwu Rzek, to czemu tam nie dotarły? Jest tylko jedna odpowiedź. Zostały wysłane dopiero wtedy, gdy przeprawiliśmy się przez Taren, kiedy już było wiadomo, że jeden Myrddraal i setka trolloków nie wystarczą. Jak do tego doszło? Jak im się udało? Skoro tak szybko i niepostrzeżenie można wysłać tysiąc trolloków tak daleko na południe od Ugoru, nie wspominając już o tym, że zebrano ich w taki sam sposób, to pewnie można wyprawić ich dziesięć tysięcy do samego serca Saldei, Arafel albo Shienaru. Całe Ziemie Graniczne mogą zostać opanowane w przeciągu roku.

— Cały świat zostanie opanowany w pięć lat, jeśli nie znajdziemy tych chłopców — powiedziała Moiraine. — To pytanie także mnie martwi, ale nie znam odpowiedzi. Drogi są zamknięte i od Czasów Szaleństwa nie było Aes Sedai tak potężnej, by potrafiła Podróżować. Niechaj Światłość nie dopuści, żeby tak było, teraz lub kiedykolwiek, ale o ile któryś z Przeklętych się nie uwolnił, nadal nie istnieje nikt, kto potrafiłby tego dokonać. W każdym razie nie sądzę, by wszyscy Przeklęci razem byliby w stanie przenieść tysiąc trolloków. Zajmijmy się jednak problemami, które musimy rozwiązać tu i teraz, wszystko inne może zaczekać.

— Chłopcy.

Nie było to pytanie.

— Nie próżnowałam podczas twej nieobecności. Jeden jest za rzeką, żyje. Jeśli chodzi o innych, to był niewyraźny ślad w dole rzeki, ale zanikł, kiedy go znalazłam. Więź została przerwana wiele godzin temu, zanim zaczęłam poszukiwania.

Przycupnięta za drzewem Nynaeve zmarszczyła czoło w zdziwieniu.

Lan zatrzymał się.

— Myślisz, że Półludzie, którzy kierowali się na południe, dopadli ich?

— Być może. — Moiraine nalała sobie herbaty i ciągnęła dalej: — Ale nie dopuszczam możliwości, że mogli zginąć. Nie mogę. Nie ośmielam się. Ty wiesz, jakie to jest ważne. Muszę mieć tych młodych ludzi. Spodziewam się, że Shayol Ghul będzie na nich polować. Akceptuję sprzeciw Białej Wieży, a nawet Tronu Amyrlin. Zawsze są takie Aes Sedai, które zgodzą się na jedno tylko rozwiązanie. Ale... — Nagle odstawiła filiżankę, skrzywiła się i wyprostowała. — Kto za bardzo strzeże się wilka — powiedziała półgłosem — tego mysz ugryzie w łydkę. — Spojrzała prosto w stronę drzewa, za którym ukrywała się Nynaeve. — Pani al'Meara, możesz stamtąd wyjść, jeśli chcesz.

Nynaeve zerwała się na nogi i pospiesznie otrzepała uschłe liście, które przylgnęły do jej sukni. Lan odwrócił twarz w stronę drzewa w tym samym momencie, w którym Moiraine skierowała tam wzrok. Zanim wymówiła nazwisko Nynaeve, zdążył już wyjąć miecz, zaraz jednak go schował, gwałtowniej niźli było trzeba. Jego twarz pozostała równie beznamiętna jak zawsze, ale Nynaeve pomyślała, że w układzie jego ust widać smutek. Poczuła pewną satysfakcję, sam Strażnik nie wiedział, że ukrywała się za drzewem.

Zadowolenie trwało jednak tylko chwilę. Utkwiła wzrok w Moiraine i zdecydowanym krokiem ruszyła w jej stronę. Miała zamiar zachować lodowaty spokój, ale jej głos drżał gniewem:

— W co wyście wmieszali Egwene i chłopców? Do jakich to brudnych spisków Aes Sedai chcecie ich wykorzystać?

Aes Sedai podniosła filiżankę i spokojnie wypiła łyk herbaty. Jednak gdy Nynaeve podeszła bliżej, Strażnik wysunął ramię, aby zagrodzić jej drogę. Próbowała odsunąć tę przeszkodę i zdziwiła się, gdy ramię Strażnika, silne jak konar dębu, ani drgnęło. Ona sama nie była słaba, ale jego mięśnie wydawały się zrobione z żelaza.

— Herbaty? — zaproponowała Moiraine.

— Nie, nie chcę żadnej herbaty. Nie napiłabym się twojej herbaty, nawet gdybym miała umrzeć z pragnienia. Nie wykorzystasz nikogo z Pola Emonda do swoich brudnych planów.

— Niewiele masz powodów, by tak mówić, Nynaeve. — Moiraine zdawała się być bardziej zainteresowana gorącym płynem niż tą rozmową. — Sama też mogłabyś jako tako władać Jedyną Mocą.

Nynaeve jeszcze raz pchnęła ramię Lana, które znowu nawet nie drgnęło, postanowiła więc je zignorować.

— A może na dodatek jestem trollokiem?

Uśmiech Moiraine był tak znaczący, że Nynaeve miała ochotę ją uderzyć.

— Czy sądzisz, że nie jestem niczego świadoma, kiedy mam do czynienia z kobietą, która potrafi dotykać Prawdziwego Źródła i przenosić Jedyną Moc? Ty wyczułaś ten potencjał w Egwene. Skąd, twoim zdaniem, wiedziałam, że stoisz za tym drzewem? Gdybym nie była zaprzątnięta czym innym, zauważyłabym od razu, że się tu skradasz. Z całą pewnością nie jesteś trollokiem, bo nie wyczuwam w tobie zła Czarnego. Cóż więc takiego wyczułam, Nynaeve al'Meara, Wiedząca z Pola Emonda, która nieświadomie władasz Jedyną Mocą?

Nynaeve nie podobał się sposób, w jaki Lan na nią patrzył; choć nic się nie zmieniło w jego twarzy, wyraz oczu mówił, że jest zaskoczony i coś obmyśla. Egwene jest wyjątkowa, Nynaeve zawsze to wiedziała. Byłaby z niej znakomita Wiedząca.

„One współpracują ze sobą — pomyślała — próbują mnie pozbawić wpływu".

— Nie mam zamiaru dłużej tego słuchać. Ty...

— Musisz tego wysłuchać — powiedziała stanowczo Moiraine. — Miałam pewne podejrzenia względem Pola Emonda, zanim cię spotkałam. Ludzie mi opowiadali, jaka zmartwiona była ich Wiedząca, gdy nie przewidziała srogiej zimy i późnej wiosny. Opowiedzieli mi, jak znakomicie przepowiada pogodę i zbiory. Opowiedzieli, jak wspaniale leczy, że czasami uzdrawia rany, które miast okaleczyć na dobre, pozostawiają tylko ślad w postaci niewielkiej blizny. Jedyne złe słowa, jakie słyszałam na twój temat, pochodziły od tych, którzy uważali cię za zbyt młodą na branie na siebie takiej odpowiedzialności, a to tylko umocniło moje podejrzenia. Tyle umiejętności u tak młodej kobiety?

— Pani Barran była dobrą nauczycielką.

Próbowała spojrzeć na Lana, ale jego wzrok wciąż ją niepokoił, więc patrzyła ponad głową Aes Sedai na rzekę.

„Jak mieszkańcy wsi ośmielili się plotkować przed obcą!"

— Kto twierdził, że jestem za młoda? — zapytała ostrym tonem.

Moiraine uśmiechnęła się, nie dając zbić się z tropu.

— W odróżnieniu od większości kobiet, które twierdzą, że potrafią słuchać wiatru, ty czasami naprawdę potrafisz to robić. Choć oczywiście nie ma to nic wspólnego z wiatrem. To Powietrze i Woda. To nie jest coś, czego trzeba cię uczyć, z tym się urodziłaś, tak samo jak Egwene. Ale ty nauczyłaś się tym władać, a ona dopiero musi tego dokonać. Dwie minuty po pierwszym zetknięciu się z tobą, wiedziałam. Czy pamiętasz, jak zapytałam, czy to ty jesteś Wiedzącą? Dlaczego to zrobiłam, jak sądzisz? Byłaś taka sama jak inne piękne młode kobiety przygotowujące się do święta. Szukając młodej Wiedzącej, spodziewałam się mimo wszystko ujrzeć kogoś trochę starszego.

Nynaeve znakomicie pamiętała to spotkanie, kobietę, znacznie bardziej opanowaną od innych w Kole Kobiet, ubraną w najpiękniejszą suknię, jaką kiedykolwiek widziała i przemawiającą do niej jak do dziecka. Pamiętała, jak Moiraine nagle zamrugała, jakby czymś zdziwiona, i ni stąd, ni zowąd, zapytała...

Zwilżyła językiem nagle wyschłe wargi. Oboje patrzyli na nią. Aes Sedai z sympatią, choć bardzo uważnie. Strażnik miał twarz równie nieodgadnioną jak kamień. Nynaeve potrząsnęła głową.

— Nie! To niemożliwe! Wiedziałabym o tym. Chcecie mnie oszukać, a to wam się nie uda.

— To oczywiste, że o niczym nie wiesz — powiedziała łagodnie Moiraine. — Na jakiej podstawie mogłabyś to podejrzewać? Całe życie słyszałaś o słuchaniu wiatru. W każdym razie prędzej byś obwieściła całemu Polu Emonda, że jesteś Sprzymierzeńcem Ciemności, niż przyznała się, nawet przed sobą, w najgłębszych zakamarkach swego umysłu, że masz cokolwiek wspólnego z Jedyną Mocą albo tymi strasznymi Aes Sedai. — Na twarzy Moiraine przelotnie pojawił się błysk rozbawienia. — Ale mogę ci powiedzieć, jak to się wszystko zaczęło.

— Nie mam zamiaru wysłuchiwać dłużej twoich kłamstw — oświadczyła Nynaeve, ale Aes Sedai nie przestała mówić:

— Być może stało się to osiem lub dziesięć lat temu. Zdarzają się różnice wiekowe, ale zawsze dzieje się to we wczesnej młodości. Było coś, czego pragnęłaś bardziej niż czegokolwiek na świecie, coś, czego potrzebowałaś. I dostałaś to. Opadła nagle gałąź, po której mogłaś wydostać się ze stawu, zamiast utonąć. Mógł też wyzdrowieć przyjaciel albo ulubiony zwierzak, choć wszyscy uważali, że umrze.

Nie czułaś wtedy nic wyjątkowego, ale tydzień lub dziesięć dni później zareagowałaś po raz pierwszy na dotknięcie Prawdziwego Źródła. Być może nagle dostałaś gorączki i dreszczy, i musiałaś położyć się do łóżka, ale te objawy zniknęły po kilku godzinach. Żadna z tych ewentualnych reakcji nie trwa dłużej niż kilka godzin. Bóle głowy, odrętwienie i wyczerpanie mieszają się ze sobą i ulegająca im osoba postępuje tak, jak dyktuje jej przypadek albo beztroska. Potyka się, przy każdym ruchu czuje zawroty głowy, nie potrafi wymówić zdania, by nie poplątały się jej słowa. Bywają jeszcze inne objawy. Pamiętasz je?

Nynaeve siadła ciężko na ziemi, nogi odmówiły jej posłuszeństwa. Pamiętała, ale przekornie pokręciła głową. To mógł być zbieg okoliczności. A zresztą Moiraine mogła zadać znacznie więcej pytań w Polu Emonda. Ta Aes Sedai zadała całe mnóstwo pytań. Tak na pewno było. Lan podał jej dłoń, ale nawet tego nie zauważyła.

— Pójdę jeszcze dalej — powiedziała Moiraine, gdy Nynaeve w dalszym ciągu milczała. — Pewnego razu wykorzystałaś Moc, aby uzdrowić Perrina albo Egwene. Więzy umacniają się. Wyczuwasz obecność kogoś, kogo uzdrowiłaś. W Baerlon przyszłaś prosto do „Jelenia i Lwa", chociaż ta oberża wcale nie znajduje się w pobliżu którejkolwiek z bram, przez które mogłaś wejść do miasta. Kiedy dotarłaś do oberży, byli w niej tylko Perrin i Egwene. Perrin czy Egwene? Może obydwoje?

— Egwene — wymamrotała Nynaeve.

Zawsze uważała za normalne, że potrafi powiedzieć, kto do niej się zbliża, nawet jeśli go nie widziała, dopiero teraz zorientowała się, że za każdym razem dotyczyło to osób, które uzdrowiła w cudowny nieomal sposób. Zawsze wiedziała, kiedy dane lekarstwo na pewno okaże się skuteczne, zawsze czuła pewność, kiedy twierdziła, że plony nadzwyczaj się udadzą albo że pora deszczów opóźni się lub nastąpi wcześniej. Uważała jednak, że tak być po prostu powinno. Nie wszystkie Wiedzące potrafiły słuchać wiatru, ale najlepszym to się udawało. Tak zawsze twierdziła pani Barran, mówiąc jednocześnie, że Nynaeve będzie jedną z tych najlepszych.

— Zachorowała na dungę. — Nynaeve nie podnosiła głowy i przemawiała z wzrokiem wbitym w ziemię. — Byłam nadal uczennicą pani Barran, ona kazała mi zająć się Egwene. Nie miałam wtedy pojęcia, nad czym potrafi zapanować Wiedząca. Okropnie było obserwować przebieg tej choroby. Dziecko, całe zlane potem, jęczało i miało drgawki, wydawało mi się, że popękają mu kości. Pani Barran powiedziała, że gorączka przejdzie za jeden lub dwa dni, ale ja uważałam, że stara się mnie oszczędzić. Myślałam, że Egwene umrze. Czasami pilnowałam jej, gdy jeszcze była raczkującym niemowlakiem, kiedy jej matka była zajęta, i zaczęłam płakać, bo miałam teraz patrzeć na jej śmierć. Gdy pani Barran wróciła godzinę później, gorączka opadła. Była zdziwiona, ale więcej uwagi poświęciła mnie niż Egwene. Potem wydawało mi się, że jej zdaniem dałam coś dziecku i tylko boję się przyznać. Zawsze uważałam, że pani Barran usiłuje mnie pocieszyć, przekonać, że nie zrobiłam krzywdy Egwene. Tydzień później upadłam na podłogę w jej bawialni, trzęsłam się i jednocześnie płonęłam z gorączki. Położyła mnie do łóżka, ale do kolacji wszystko minęło.

Skończywszy mówić, ukryła twarz w dłoniach.

„Aes Sedai wybrała dobry przykład — pomyślała. — A żeby sczezła w Światłości! Używać Mocy jak Aes Sedai. Obrzydliwa Aes Sedai, Sprzymierzeniec Ciemności!"

— Miałaś dużo szczęścia — powiedziała Moiraine, a Nynaeve wyprostowała się.

Lan odsunął się, jakby to, o czym rozmawiały, nie interesowało go. Zajęty czymś u siodła Mandarba, nawet nie patrzył w ich stronę.

— Szczęścia!

— Udało ci się zapanować nad Mocą, mimo iż dotykałaś Prawdziwego Źródła nieświadomie. W innym przypadku Moc by cię zabiła. Tak wedle wszelkiego prawdopodobieństwa może się stać z Egwene, jeśli nie dopuścisz, by pojechała do Tar Valon.

— Skoro ja nauczyłam się ją kontrolować… — Nynaeve z trudem przełknęła ślinę. Zabrzmiało to jak przyznanie się, że potrafi robić to, o czym mówiła Aes Sedai. — Skoro ja nauczyłam się ją kontrolować, to i jej się uda. Ona nie musi jechać do Tar Valon i mieszać się do waszych intryg.

Moiraine powoli pokręciła głową.

— Aes Sedai szukają dziewcząt, które spontanicznie potrafią dotykać Prawdziwego Źródła, tak samo jak szukamy mężczyzn, którzy to potrafią. Nie wynika to z pragnienia powiększania naszych szeregów, a przynajmniej nie tylko tym się kierujemy, ani też nie ze strachu, że te kobiety źle wykorzystają Moc. Zwykła kontrola nad Mocą, jaką mogą osiągnąć, jeśli Światłość im przyświeca, rzadko przyczynia się do powstania większych szkód, głównie dlatego, że prawdziwe dotykanie Źródła jest dla nich nieosiągalne bez nauczyciela i przydarza się zupełnie przypadkowo. I naturalnie nie ulegają temu szaleństwu, które powoduje, że mężczyźni czynią zło albo postępują bezrozumnie. Pragniemy ratować im życie. Życie tych, którym nigdy nie udaje się osiągnąć żadnej kontroli.

— Taka gorączka i dreszcze, jakie ja miałam, nie mogły mnie zabić — upierała się Nynaeve. — To trwało tylko trzy czy cztery godziny. Przydarzyły mi się również inne rzeczy i też trudno byłoby od tego umrzeć. A zresztą to wszystko ustało po kilku miesiącach. I co na to powiesz?

— To były tylko zwykłe reakcje — cierpliwie tłumaczyła Moiraine. — Za każdym razem taka reakcja zbliża do rzeczywistego dotknięcia Źródła, aż w końcu prawie zbiegają się ze sobą. Potem występują już reakcje wyłącznie niezauważalne, ale to jest tak jak z tykaniem zegara. Rok. Dwa lata. Znam jedną kobietę, która przeżyła tak pięć lat. Na każde cztery kobiety, które mają takie wrodzone zdolności jak ty i Egwene, trzy umierają, jeśli ich nie znajdziemy i nie wyszkolimy. Nie jest to taka straszna śmierć, jak w przypadku mężczyzn, ale nie jest też piękna, o ile śmierć można nazwać piękną. Konwulsje. Krzyk. Trwa to wiele dni, a kiedy już się zacznie, nie mogą tego zahamować nawet wszystkie Aes Sedai z Tar Valon.

— Kłamiesz. Zadawałaś w Polu Emonda pytania. Dowiedziałaś się o gorączce Egwene, o mojej gorączce i dreszczach. Całą resztę zmyśliłaś.

— Wiesz, że tak nie jest — łagodnie powiedziała Moiraine.

Nynaeve skinęła głową z niechęcią, większą niźli odczuwała kiedykolwiek w życiu. Był to ostatni wysiłek zaprzeczenia temu, co było oczywiste, i nie był zbyt przekonujący, tak jakby w istocie wszystko nie było aż tak nieprzyjemne. Pierwsza uczennica pani Barran umarła właśnie w sposób opisany przez Aes Sedai, kiedy Nynaeve jeszcze się bawiła lalkami i to samo przydarzyło się młodej kobiecie w Deven Ride zaledwie kilka lat temu. Ona też była uczennicą Wiedzącej, też potrafiła słuchać wiatru.

— Moim zdaniem dysponujesz wielkim potencjałem — ciągnęła Moiraine. — Po wyszkoleniu możesz się stać jeszcze potężniejsza od Egwene, a sądzę, że ona jest jedną z najpotężniejszych Aes Sedai, jakie żyły w ciągu ostatnich stuleci.

Nynaeve odsunęła się od Aes Sedai, jakby to była żmija.

— Nie! Nie mam nic wspólnego z…

„Z czym? Ja?"

Skuliła się, a jej głos przepełniło wahanie.

— Bardzo cię proszę, abyś nikomu o tym nie mówiła. Dobrze?

Słowa nieomal więzły jej w gardle. Wolałaby chyba zobaczyć teraz trolloki, niż prosić o cokolwiek tę kobietę. Jednak gdy Moiraine skinieniem głowy wyraziła zgodę, wróciła jej odrobina zwykłej hardości. — Ale nadal nie rozumiem, czego chcecie od Randa, Mata i Perrina.

— Czarny chce ich dopaść — odparła Moiraine. — A jeśli Czarny czegoś chce, to ja się temu sprzeciwiam. Czy może być prostszy albo lepszy powód? — Dopiła swoją herbatę, obserwując Nynaeve znad brzegu filiżanki. — Lan, musimy ruszać. Chyba na południe. Obawiam się, że Wiedząca nie zechce nam towarzyszyć.

Nynaeve zacisnęła usta, słysząc, jak Aes Sedai wypowiada słowo „Wiedząca". Zabrzmiało tak, jakby ona odwracała się od ważnych spraw na rzecz czegoś mało istotnego.

„Ona nie chce mnie zabrać. Próbuje mnie odstraszyć, żebym wróciła do domu i pozostawiła jej chłopców oraz Egwene".

— Ależ oczywiście, że pojadę z wami. Nie możecie mnie przed tym powstrzymać.

— Nikt cię nie próbuje powstrzymać — powiedział Lan, który właśnie do nich wrócił. Wylał zawartość czajnika do ogniska i rozgrzebał popioły patykiem. — Część Wzoru? — spytał Moiraine.

— Być może — odparła z zadumą w głosie. — Powinnam była porozmawiać z Min.

— Zrozum, Nynaeve, cieszymy się, że jedziesz z nami.

Lan wypowiedział jej imię z wahaniem, jakby chciał do niego dodać „Sedai".

Nynaeve zjeżyła się, uważając to za drwinę, nie spodobał jej się nadto sposób, w jaki rozmawiali o różnych sprawach w jej obecności — o rzeczach, o których nie miała pojęcia — nie racząc jej nic wyjaśnić. Nie powinna jednak dać im satysfakcji, zadając pytania.

Strażnik rozpoczął przygotowania do odjazdu, jego oszczędne

ruchy były tak pewne i szybkie, że wszystko trwało tylko chwilę, sakwy, koce i pozostały dobytek zostały przywiązane do siodeł Mandarba i Aldieba.

— Przyprowadzę twojego konia — powiedział do Nynaeve, skończywszy wiązać ostatni rzemień.

Ruszył w górę rzeki, a ona pozwoliła sobie na zjadliwy uśmieszek. Sądząc po tym, jak się do tego zabierał, miał zamiar znaleźć konia bez jej pomocy. Przekona się jednak, że nie zostawiła po sobie prawie żadnych śladów. To będzie przyjemność, kiedy wróci z pustymi rękami.

— Dlaczego na południe? — spytała Moiraine. — Słyszałam, jak mówiłaś, że jeden z chłopców jest na drugim brzegu. Skąd to wiesz?

— Każdemu z chłopców dałam monetę. To stworzyło między nami swoistą więź. Dopóki żyją i mają te monety przy sobie, będę potrafiła ich odnaleźć.

Oczy Nynaeve zwróciły się w kierunku, w którym poszedł Strażnik, a Moiraine potrząsnęła głową.

— Nie w taki sposób. Dzięki temu wiem tylko, czy żyją i mogę ich znaleźć, gdyby nas rozdzielono. Roztropne w naszej sytuacji, nie uważasz?

— Nie podoba mi się, że cokolwiek łączy cię z ludźmi z Pola Emonda — twierdziła uparcie Nynaeve. — Ale jeśli to ma nam pomóc w ich odnalezieniu...

— Na pewno pomoże. Gdybym mogła, sprowadziłabym najpierw tego chłopca, który jest na drugim brzegu. — Przez chwilę w głosie Aes Sedai brzmiało przygnębienie. — Dzieli nas odległość zaledwie kilku mil. Ale nie mogę sobie pozwolić na stratę czasu. Powinien bezpiecznie dostać się do Białego Mostu, skoro już nie gonią go trolloki. Ci dwaj, którzy kierują się w dół rzeki, mogą mnie bardziej potrzebować. Stracili swoje monety i Myrddraale albo są na ich tropie, albo będą starały się przeszkodzić nam wszystkim w dotarciu do Białego Mostu. — Westchnęła. — Najpierw muszę się zająć tym, co najważniejsze.

— Myrddraale mogły ich zabić — powiedziała Nynaeve.

Moiraine potrząsnęła lekko głową, zaprzeczając tej sugestii, jakby była zbyt trywialna, aby ją w ogóle rozpatrywać. Nynaeve zacisnęła usta.

— No a gdzie jest Egwene? Nawet o niej nie wspomniałaś.

— Nie wiem — przyznała Moiraine. — Ale mam nadzieję, że nic się jej nie stało.

— Nie wiesz? Masz nadzieję? Twierdziłaś, że zabierasz ją do Tar Valon, aby uratować jej życie, a tymczasem ona już może nie żyje!

— Mogłabym jej teraz szukać i przez to dać więcej czasu Myrddraalom, zanim przyjdę z pomocą tym dwóm chłopcom, którzy podążają na południe. To ich chce dopaść Czarny, nie Egwene. Nie będą się interesowali dziewczyną dopóty, dopóki nie zrealizują głównego celu polowania.

Nynaeve przypomniała sobie własne spotkanie z trollokami, ale nie chciała dostrzec sensu w tym, co mówiła Moiraine.

— Więc jedyne, co możesz mi ofiarować, to przekonanie, że ona żyje, jeśli miała szczęście. Żyje, prawdopodobnie jest sama, może nawet ranna, o wiele dni oddalona od najbliższej wsi, od możliwości uzyskania jakiejś pomocy. I ty masz zamiar ją tak zostawić.

— Równie dobrze może być z tym chłopcem za rzeką. Albo razem z pozostałymi dwoma właśnie podąża do Białego Mostu. W każdym razie trolloki jej nie zagrażają, a ona jest silna, inteligentna i zdolna samodzielnie znaleźć drogę do Białego Mostu, jeśli zajdzie taka potrzeba. Czy wolisz obstawać przy możliwości, że to ona potrzebuje pomocy, czy też chcesz pomóc tym, którzy tego naprawdę potrzebują? Czy chcesz, żebym jej szukała i pozwoliła chłopcom paść łupem Myrddraali, którzy z pewnością ich ścigają? Tak samo jak pragnę bezpieczeństwa Egwene, Nynaeve, walczę z Czarnym i to wyznacza moją drogę.

Moiraine ani razu nie straciła panowania nad sobą, kiedy wykładała te potworne rozwiązania; Nynaeve miała ochotę krzyknąć. Tłumiąc łzy, odwróciła twarz, aby Aes Sedai nie zauważyła, że płacze.

„Światłości, Wiedząca powinna opiekować się wszystkimi ludźmi ze swej wioski. Dlaczego muszę dokonywać takiego wyboru?”

— Oto Lan — powiedziała Moiraine, zarzucając płaszcz na ramiona.

Kiedy Strażnik wyprowadził jej konia zza drzew, dla Nynaeve był to już tylko łagodny cios. Niemniej jednak zacisnęła wargi, gdy podał jej wodze. Gdyby zamiast tego nieznośnego, kamiennego spokoju zobaczyła choć ślad zainteresowania na jego twarzy, jej nastrój polepszyłby się odrobinę. W jego oczach rozbłysło wyraźne zdumienie, kiedy zobaczył jej twarz, więc odwróciła się, aby obetrzeć łzy.

„Jak on śmie naigrawać się z moich łez?"

— Zbierasz się do drogi, Wiedząca? — spytała chłodno Moiraine.

Ostatni raz popatrzyła uważnie w głąb lasu, zastanawiając się, czy jest tam gdzieś Egwene, zanim ze smutkiem dosiadła konia... Lan i Moiraine już to zrobili. Ruszyli na południe. Sztywno wyprostowana pojechała za nimi, nie oglądając się za siebie, nie spuszczała natomiast wzroku z Moiraine. Aes Sedai jest pewna swej mocy i planów, myślała, ale jeśli nie znajdą Egwene i wszystkich trzech chłopców, żywych i całych, cała Moc już nie wystarczy, aby ją ochronić. Nawet cała Moc.

„Umiem ją wykorzystać, kobieto! Sama mi to powiedziałaś. Potrafię jej użyć przeciwko tobie!"

ROZDZIAŁ 22

WYBRANA ŚCIEŻKA

Ukryty w małej kępie drzew, nakryty cedrowymi gałęziami narwanymi w ciemności, Perrin spał długo jeszcze po wschodzie słońca. Jednakże pomimo śmiertelnego wyczerpania poczuł w końcu igły cedru kłujące go przez nasiąkłe wodą ubranie. Wciąż pogrążony we śnie o Polu Emonda i pracy w kuźni pana Luhhana, otworzył oczy, nie bardzo wiedząc, gdzie teraz się znajduje. Leżał pod słodko pachnącymi gałęziami oplatającymi mu twarz i czuł przesączające się przez nie promienie słońca.

Kiedy usiadł zdziwiony, większość gałęzi opadła z niego, ale część zwisała dalej z ramion i karku, przez co sam wyglądał trochę jak drzewo. Wizja Pola Emonda zblakła, gdy wróciły mu najświeższe wspomnienia, tak żywe, że przez chwilę ostatnia noc wydawała mu się znacznie bardziej realna niż całe obecne otoczenie.

Dysząc i miotając się, wyciągnął topór ze stosu gałęzi. Ścisnął go oburącz i wstrzymując oddech, rozejrzał się ostrożnie dookoła. Nie zauważył żadnego ruchu. Poranne powietrze było chłodne i nieruchome. Jeżeli na wschodnim brzegu Arinelle były jakieś trolloki, to nie poruszały się, przynajmniej nie w pobliżu. Wziąwszy głęboki oddech dla uspokojenia nerwów, opuścił topór i czekał, aż serce przestanie bić jak oszalałe.

Mała kępa iglastych drzew była pierwszym schronieniem, jakie znalazł w nocy. Jednakże gdy stanął wyprostowany, okazała się zbyt rzadka, aby ochronić przed poszukującym go wzrokiem. Wyplątał gałązki z ramion i włosów, zsunął z siebie resztę kłującego okrycia i wypełzł na czworakach na skraj zagajnika. Leżał tam chwilę, obserwując brzeg i wciąż wydłubując ostre igły z ciała.

Przenikliwy wicher wiejący nocą zmienił się teraz w spokojny wietrzyk, który ledwie mącił powierzchnię toczącej leniwie swe wody rzeki. Była z całą pewnością zbyt szeroka i głęboka, aby Pomory mogły się przez nią przeprawić. Na jej drugim brzegu, gdziekolwiek nie spojrzał, widział litą ścianę drzew. Z całą pewnością tam również nie dostrzegł żadnego ruchu.

Perrin nie umiał określić, jak się czuje w obecnej sytuacji. Bez Pomorów i trolloków mógł sobie znakomicie poradzić, nawet na drugim brzegu rzeki, ale cała lista innych zmartwień znikłaby dopiero wraz z obecnością Aes Sedai, Strażnika albo jeszcze lepiej, któregoś z przyjaciół.

„Gdyby życzenia miały skrzydła, owce potrafiłyby fruwać". Tak zwykł mawiać pan Luhhan.

Jego koń zniknął bez śladu, odkąd przelecieli przez urwisko — miał nadzieję, że zwierzęciu udało się bezpiecznie wydostać z wody — ale Perrin i tak wolał chodzić pieszo niż jeździć konno, a jego buty były solidne i dobrze podzelowane. Nie miał nic do jedzenia, ale przecież została mu jeszcze proca i wnyki, więc pewnie uda mu się upolować jakiegoś królika. Przybory do rozpalenia ognia stracił wraz z sakwami, ale przy odrobinie wysiłku rozpali go za pomocą drewna cedrowego, hubki i krzesiwa.

Zadygotał, gdy wiatr owiał kryjówkę. Jego płaszcz spłynął wraz z rzeką, a kaftan i reszta ubrania jeszcze nie wyschły. W nocy był zbyt zmęczony, by czuć zimno i wilgoć, teraz jednak doskwierał mu każdy powiew chłodu. Z tego samego powodu postanowił nie rozwieszać ubrania na gałęzi, by wyschło. Ten dzień nie był może mroźny, ale też nie zasługiwał na miano ciepłego.

Problemem jest czas, pomyślał z westchnieniem. Wysuszenie ubrania potrwa chwilę. Upolowanie królika i rozpalenie ognia, aby go nad nim upiec, też potrwa chwilę. Burczało mu w brzuchu, ale postarał się zapomnieć o jedzeniu. Ten czas należy wykorzystać na najpilniejsze zadania. Nie można robić jednocześnie wielu rzeczy, tylko jedną i to tę najważniejszą. Tak zawsze postępował.

Jego wzrok pobiegł w dół wartkiego nurtu Arinelle. Był lepszym pływakiem niż Egwene. Jeżeli udało się jej przepłynąć... Nie, nie ma żadnego „jeżeli". Miejsce, w którym dopłynęła na drugi brzeg, musi być gdzieś w dole rzeki. Zabębnił palcami po ziemi, rozważając wszystko i przemyśliwując.

Podjąwszy decyzję, nie marnował czasu. Szybko schwycił topór i ruszył w dół rzeki.

Inaczej niż na zachodnim brzegu Arinelle, las był tu rzadki. Kępy drzew porastały z rzadka tereny, które wiosna zmienia w łąki. Niektóre należało nawet nazwać zagajnikami, oprócz drzew iglastych rosły w nich nagie jesiony, olchy i gumowce. Nędzna to była osłona, ale zawsze.

Skulony przemykał od jednej kępy drzew do drugiej, przypadając do ziemi, gdy chciał zbadać wzrokiem obydwa brzegi rzeki. Strażnik twierdził, że rzeka będzie stanowiła przeszkodę dla Pomorów i trolloków, ale czy na pewno miał rację? Jeżeli go zauważą, to niewykluczone, że pokonają swą niechęć do głębokiej wody. Uważnie więc obserwował zza drzew okolicę i pochylony biegł szybko od jednej kryjówki do drugiej.

Pokonał w ten sposób kilka mil, gdy nagle, w połowie drogi do bujnej kępy wierzb, mruknął i stanął jak wryty, z wzrokiem wbitym w ziemię. Brązowa mierzwa zeszłorocznej trawy była upstrzona łatami nagiej ziemi, pośrodku jednej z nich zauważył wyraźny odcisk kopyta. Na jego twarzy powoli wykwitał uśmiech. Niektóre trolloki miały kopyta, ale wątpił, czy którekolwiek były podkute i to podkowami z podwójną poprzeczką, jaką wzmacniał swe wyroby pan Luhhan.

Zapominając o oczach, które mogły go obserwować z drugiego brzegu, zaczął pospiesznie szukać następnych śladów. Na wygniecionym dywanie z martwej trawy odciski podków nie były zbyt wyraźne, wyłapywał je jednak swym ostrym wzrokiem. Skąpy ślad powiódł go od rzeki do gęstej kępy, pełnej drzew skórzanych i cedrów, które tworzyły mur osłaniający przed wiatrem i oczyma obserwatorów. Pośrodku tego wszystkiego wznosiły się rozłożyste gałęzie samotnego pietrasznika.

Nie przestając się uśmiechać, przedarł się między splecionymi gałęziami, nie dbając o to, że robi sporo hałasu. Nagle wszedł na małą polankę i przystanął. Obok niewielkiego ogniska kuliła się Egwene ze spochmurniałą twarzą. Wsparta o bok Beli, ściskała w dłoni gruby kij niczym pałkę.

— Chyba powinienem był zawołać — powiedział zmieszany.

Odrzuciła swój kij i podbiegła do niego z wyciągniętymi ramionami.

— Już myślałam, że utonąłeś. Jeszcze jesteś mokry. Chodź, usiądź przy ogniu i ogrzej się. Straciłeś swojego konia, prawda?

Pozwolił się doprowadzić do ognia i rozpostarł nad nim dłonie, wdzięczny za ciepło. Egwene wyciągnęła ze swojej sakwy przy siodle pakunek owinięty w natłuszczany papier i dała mu trochę chleba i sera. Zawiniątko było opakowane tak szczelnie, że nawet po zanurzeniu w wodzie jedzenie było nadal suche.

„Ty się o nią martwiłeś, a ona poradziła sobie lepiej".

— Bela przewiozła mnie przez rzekę — wyjaśniła Egwene, poklepując wynędzniałą klacz. — Uciekała przed trollokami i przyholowała mnie tu za sobą. — Urwała. — Nikogo poza tym nie widziałam, Perrin.

Usłyszał w jej głosie pytanie. Z żalem obserwował, jak Egwene chowa pakunek, i zanim coś powiedział, zlizał z palców ostatnie okruchy jedzenia.

— Od ostatniej nocy nie spotkałem nikogo prócz ciebie. Nie widziałem też Pomorów ani trolloków.

— Randowi nie mogło się nic stać — powiedziała Egwene i pospiesznie dodała: — Nikomu nie mogło się nic stać. Na pewno teraz nas szukają. Mogą nas znaleźć w każdej chwili. Moiraine to w końcu Aes Sedai.

— Stale o tym pamiętam — odrzekł Perrin. — Niech sczeznę, ale wolałbym zapomnieć.

— Nie narzekałeś, kiedy uchroniła nas przed trollokami — stwierdziła oziębłym tonem Egwene.

— Wolałbym po prostu radzić sobie bez niej. — Wzruszył niespokojnie ramionami pod jej uporczywym spojrzeniem. — Ale to chyba niemożliwe. Zastanawiałem się właśnie...

Uniosła brwi, ale ludzie zawsze się dziwili, kiedy mówił, że ma jakiś pomysł. Nawet gdy jego pomysły były równie dobre, oni zawsze pamiętali, z jakim wysiłkiem do nich dochodził.

— Możemy poczekać, aż Lan i Moiraine nas znajdą — dorzucił po chwili.

— Oczywiście — wtrąciła Egwene. — Moiraine Sedai powiedziała, że będzie nas szukać, jeśli się rozdzielimy.

Pozwolił jej dokończyć, po czym ciągnął dalej:

— Albo przedtem nas znajdą trolloki. A Moiraine mogła zginąć. Mogło się tak stać z wszystkimi. Nie, Egwene, przykro mi, ale tak może być. Mam nadzieję, że nikomu nic się nie stało. Mam nadzieję, że podejdą za chwilę do tego ogniska. Ale nadzieja przypomina kawałek sznurka. Kiedy toniesz, nie wystarczy, aby się wyratować.

Egwene zamknęła usta i wpatrywała się w niego. Wreszcie powiedziała:

— Chcesz pójść w dół rzeki, do Białego Mostu? Moiraine Sedai będzie tam na nas czekała, jeżeli nas tutaj nie znajdzie.

— Wydaje mi się — powiedział wolno — że powinniśmy iść do Białego Mostu. Ale Pomory też o tym wiedzą. Tam będą nas szukały i tym razem Aes Sedai oraz Strażnik nas nie ochronią.

— Masz chyba zamiar zaproponować, abyśmy gdzieś uciekli, tak jak chciał Mat? Ukryć się tam, gdzie Pomory i trolloki nas nie znajdą? I Moiraine Sedai również?

— Nie myśl, że się nad tym nie zastanawiałem — odparł cicho. — Ale za każdym razem, kiedy myślimy, że już jesteśmy bezpieczni, Pomory i trolloki nas znajdują. Nie wiem, czy jest gdziekolwiek takie miejsce, w którym moglibyśmy się ukryć. Nie podoba mi się to, ale potrzebujemy Moiraine.

— To już nic nie rozumiem, Perrin. Dokąd pójdziemy?

Zamrugał ze zdziwienia. Ona czekała na jego odpowiedź. Czekała, aż on jej powie, co ma robić. Nigdy nie przyszło mu do głowy, że ona się zgodzi, by nią pokierował. Egwene nigdy nie lubiła postępować zgodnie z cudzymi wskazówkami i nigdy nie pozwalała, aby ktoś jej coś nakazywał. Może tylko słuchała czasami Wiedzącej, ale nawet jej potrafiła się sprzeciwić. Strzepnął błoto ze swojego ubrania i chrząknął.

— Tu jesteśmy teraz, a tu jest Biały Most. — Zaznaczył na ziemi dwa punkty. — A zatem Caemlyn powinno być gdzieś tutaj.

Zrobił z boku trzeci znak.

Urwał, wpatrując się w trzy kropki na ziemi. Cały plan opierał się na tym, co zapamiętał ze starej mapy ojca Egwene. Pan al'Vere twierdził, że nie jest zbyt dokładna, a poza tym nigdy tyle nad nią nie ślęczał co Rand i Mat. Ale Egwene nic nie powiedziała. Kiedy podniósł wzrok, nadal wpatrywała się w niego z rękoma splecionymi na kolanach.

— Caemlyn?

Wydawała się zaskoczona.

— Caemlyn. — Wykreślił linię łączącą dwie kropki. — Dotrzemy tam prostą drogą i na dodatek oddalimy się od rzeki. Nikt nie będzie się tego spodziewał. Zaczekamy na nich w Caemlyn.

Otrzepał ręce z ziemi i czekał. Uważał, że to dobry plan, ale spodziewał się teraz jej sprzeciwu. Spodziewał się, że Egwene go zaatakuje — zawsze znęcała się nad nim z jakiegoś powodu — ale traktował to normalnie.

Ku jego zdziwieniu skinęła głową.

— Tam muszą być jakieś wsie. Będziemy mogli pytać o drogę.

— Martwi mnie jedno — powiedział Perrin — co zrobimy, jeśli Aes Sedai nas tam nie znajdzie. Światłości, kto kiedykolwiek by pomyślał, że będę się czymś takim przejmował? Co zrobimy, jeśli ona nie dotrze do Caemlyn? Może myśli, że nie żyjemy? Może zabierze Randa i Mata prosto do Tar Valon?

— Moiraine Sedai powiedziała, że potrafi zawsze dowiedzieć się, gdzie jesteśmy — zaprzeczyła mu stanowczo Egwene. — Jeśli nie znajdzie nas tutaj, to będzie szukała w Caemlyn.

Perrin przytaknął powoli.

— Może masz rację, ale jeśli ona nie pojawi się w Caemlyn w ciągu kilku dni, to pojedziemy aż do Tar Valon i przedstawimy całą sprawę przed Tronem Amyrlin.

Zrobił głęboki wdech.

„Dwa tygodnie temu nawet nie widziałeś żadnej Aes Sedai, a teraz gadasz o Tronie Amyrlin. Światłości!"

— Lan twierdził, że do Caemlyn wiedzie dobra droga.

Spojrzał na zawiniątko z jedzeniem leżące obok Egwene i chrząknął z zakłopotaniem.

— Czy mógłbym dostać jeszcze trochę chleba i sera?

— To, co mamy, będzie musiało starczyć na długo — oświadczyła. — Chyba że ty potrafisz lepiej zastawiać sidła niż ja. Przynajmniej poradziłam sobie z rozpaleniem ognia.

Roześmiała się serdecznie, jakby powiedziała dowcip i schowała pakunek do sakwy.

Najwyraźniej istniały jakieś granice podporządkowania się, jakie była skłonna zaakceptować. Perrinowi zaburczało w brzuchu.

— W takim razie — powiedział, wstając — możemy zaraz ruszać.

— Ale ty jesteś jeszcze mokry — zaprotestowała.

— Wyschnę po drodze — oznajmił stanowczo i zaczął zasypywać ognisko ziemią. Jeśli miał być przywódcą, to czas zacząć przewodzić.

Od rzeki zrywał się wiatr.

ROZDZIAŁ 23

WILCZY BRAT

Perrin wiedział od samego początku, że wyprawa do Caemlyn będzie co najmniej trudna, już choćby z powodu uporu Egwene, która chciała, aby na zmianę jechali na koniu. Oboje nie wiedzą, jak to daleko, twierdziła, ale jej zdaniem na pewno za daleko, aby tylko ona miała jechać konno. Przy tych słowach jej usta wykrzywił grymas uporu, a wbite w niego, szeroko otwarte oczy nawet nie mrugnęły.

— Jestem za ciężki, aby dosiadać Beli — powiedział. — Przywykłem do maszerowania piechotą i wolę to od jazdy konnej.

— A ja to niby nie przywykłam do chodzenia piechotą? — spytała ostro Egwene.

— To nie dlatego, że...

— Niby tylko ja mam się poobcierać od siodła, czy tak? A kiedy już przejdziesz tyle, że będą ci odpadać nogi, sądzisz, że ja się tobą zajmę.

— Niech już tak będzie — wykrztusił, gdyż najwyraźniej gotowa była kłócić się bez końca. — Ale ty pojedziesz pierwsza.

Jej twarz przybrała jeszcze bardziej uparty wyraz, postanowił jednak nie dopuścić, by coś dopowiedziała.

— Jeśli sama nie wsiądziesz na siodło, to ja cię na nie wsadzę.

Spojrzała na niego zaskoczona, a na jej ustach pojawił się lekki uśmiech.

— W takim razie...

Brzmiało to tak, jakby zaraz miała się roześmiać w głos, ale posłusznie dosiadła klaczy.

Pomrukiwał coś do siebie, gdy oddalali się od rzeki. Przywódcy w opowieściach nigdy nie musieli się borykać z takimi rzeczami.

Egwene stale się upierała, że ma się z nią zamienić i choć próbował tego uniknąć, zmuszała go, by dosiadł konia. Od pracy w kuźni nie jest się szczupłym, a Bela nie była duża w porównaniu z innymi rumakami. Za każdym razem, gdy wkładał stopę w strzemię, kosmata klacz patrzyła na niego wzrokiem pełnym odrazy. Były to może drobiazgi, ale irytowały. Po iluś takich razach wzdragał się, gdy Egwene obwieszczała:

— Twoja kolej, Perrin.

W opowieściach przywódcy raczej rzadko się wzdragali i nigdy ich nie zastraszano. Perrin pomyślał, że nie mieli jednak nigdy do czynienia z Egwene.

Została im tylko odrobina chleba i sera, zjedli to wszystko pod koniec pierwszego dnia. Perrin ustawił sidła tam, gdzie mogły biegać króliki, a Egwene zajęła się rozpaleniem ognia. Kiedy skończył swoje zadanie, postanowił wypróbować pętlę, zanim zajdzie słońce. Nie widzieli ani śladu żadnych żywych istot, ale... Ku swemu zdziwieniu prawie natychmiast natrafił na kościstego królika. Był tak zaskoczony, kiedy zwierzę wyprysnęło spod krzaka prosto pod jego nogi, że prawie pozwolił mu uciec, dopadł je jednak po czterdziestu krokach, gdy usiłowało wbiec między drzewa.

Kiedy wrócił do obozowiska z królikiem, Egwene połamała już szczapy na ognisko, ale teraz z zamkniętymi oczami siedziała obok stosu.

— Co ty robisz? Samym życzeniem nie rozpalisz ognia.

Egwene zerwała się na dźwięk jego słów i odwróciła. Spojrzała na niego, trzymając dłoń przyciśniętą do gardła.

— Przestraszyłeś mnie!

— Miałem szczęście — oznajmił, unosząc królika w górę. — Weź hubkę i krzesiwo. Przynajmniej dzisiaj sobie dobrze podjemy.

— Nie mam hubki — powiedziała powoli. — Miałam ją w kieszeni i zgubiłam w rzece.

— No to jak...?

— Tam nad rzeką to było łatwe, Perrin. Tak, jak mi to pokazała Moiraine Sedai. Wyciągnęłam po prostu rękę i... — Zrobiła gest, jakby coś chwytała, a potem z westchnieniem opuściła dłoń. — Już nie potrafię tego znaleźć.

Perrin oblizał niespokojnie wargi.

— ...Mocy?

Przytaknęła, a on zagapił się na nią.

— Czyś ty zwariowała? Ty używasz... Jedynej Mocy? Nie możesz się czymś takim zabawiać.

— To było takie łatwe, Perrin. Potrafię to robić. Potrafię przenosić Moc.

Wziął głęboki wdech.

— Zrobię to za pomocą dwu kawałków drewna, Egwene. Obiecaj, że więcej nie będziesz używała... tej rzeczy.

— Nie mogę.

Westchnął, gdy zobaczył sposób, w jaki zacisnęła szczęki.

— Czy ty byś się pozbył swego topora, Perrinie Aybara? Potrafiłbyś żyć z ręką przywiązaną do pleców? Bo ja nie!

— Zrobię, jak mówiłem — powiedział znużony. — A przynajmniej nie próbuj tego robić dzisiejszej nocy, dobrze?

Przytaknęła niechętnie i nawet wtedy, gdy królik już się piekł nad ogniskiem, dawała do zrozumienia, że mogła zrobić to lepiej. Miała wyraźnie zamiar próbować podczas kolejnych nocy, mimo że na razie udało jej się wytworzyć jedynie smużkę dymu, która natychmiast zniknęła. Jej wzrok zabraniał mu wymówić choć słowo, więc roztropnie zamknął usta.

Był to ich jedyny gorący posiłek, potem jedli twarde, dzikie bulwy oraz młode pędy roślin. Wiosna w dalszym ciągu nie nadchodziła, więc nawet tego nie mieli w nadmiarze, a zresztą niezbyt im smakowało to pożywienie. Żadne z nich nie narzekało, ale nie było ani jednego posiłku, żeby któreś nie westchnęło ze smutkiem, i oboje wiedzieli, że tęsknią za kawałkiem sera albo choćby zapachem chleba. Kiedy któregoś popołudnia w cienistej części lasu znaleźli grzyby — królewskie korony — wydały im się wielką ucztą. Zbierali je, śmiejąc się i wymieniając wspomnieniami z Pola Emonda, które zaczynały się od słów:

— A pamiętasz, jak...

Ale grzybów nie było wiele i krótko też się śmiali. Była to niewielka pociecha. To, które szło pieszo, zawsze trzymało w pogotowiu pętlę, aby jej zaraz użyć, na widok królika lub wiewiórki, kończyło się jednak na tym, że z przygnębieniem rzucali kamieniami. W sidłach, zastawionych starannie wieczorami, rankiem nie znajdowali nic. Ani razu nie odważyli się spędzić całego dnia w jednym miejscu, aby poczekać, aż coś się w nie złapie. Nie wiedzieli, jak daleko jest do Caemlyn, i uważali, że dopiero gdy tam dotrą, będą bezpieczni. Perrin zaczął się zastanawiać, czy jego żołądek nie skurczy się tak, że w brzuchu powstanie dziura.

Według jego obliczeń posuwali się w niezłym tempie, ale choć oddalali się coraz bardziej od Arinelle, nie napotkali żadnych wsi, ani nawet samotnych farm, w których mogliby zapytać o drogę. Zaczął mieć wątpliwości, czy jego plan jest na pewno słuszny. Egwene wydawała się nadal o tym przekonana, ale Perrin był pewien, że prędzej, czy później oświadczy, iż lepiej było zaryzykować spotkanie z trollokami, niż tak się błąkać przez resztę życia. Wprawdzie ani razu nie powiedziała czegoś takiego, on wciąż jednak tego się spodziewał.

Trzeciego dnia wędrówki dotarli do gęsto zalesionych wzgórz, równie znękanych zimą jak wszystko inne, następnego dnia teren ponownie stał się płaski, w lasach pojawiły się przecinki, czasami szerokości mili. W ukrytych kotlinach nadal leżał śnieg, poranne powietrze było mroźne, a wiatr zawsze zimny. Nigdzie nie widzieli żadnych dróg, zaoranych pól, dymu z komina w oddali, ani żadnych śladów ludzkich osiedli — przynajmniej takich, w których wciąż mieszkali ludzie.

Pewnego razu przechodzili obok wzgórza otoczonego resztkami wysokiego, kamiennego wału obronnego. Las dawno go już pochłonął, wszystko poprzerastały drzewa, kamienne bloki oplotły uschłe pnącza. Innym razem natknęli się na kamienną wieżę z ułamanym szczytem, całą zbrązowiałą od starego mchu, wspartą o ogromny dąb, którego korzenie powoli ją przewracały. Nie znaleźli jednak żadnego miejsca, które by pamiętało ludzi. Wspomnienie Shadar Logoth odstraszało ich od wszelkich ruin. Pospiesznie je omijali, aby znów znaleźć się w miejscu, którego najwyraźniej nigdy nie tknęła ludzka stopa.

Perrina podczas snu nawiedzały straszne koszmary. Pojawiał się w nich Ba'alzamon, który ścigał go po jakichś labiryntach, nigdy jednak Perrin nie spotkał się z nim twarzą w twarz tak blisko, by to zapamiętać. Już same trudy wyprawy mogły być powodem tych złych snów. Egwene uskarżała się, że śni o Shadar Logoth, szczególnie następnego dnia po tym, jak znaleźli zrujnowany fort i porzuconą wieżę. Perrin natomiast nie opowiadał jej o swej tajemnicy, nawet wtedy, gdy budził się w mroku cały spocony i rozdygotany. Jej zależało na tym, by dotarli bezpiecznie do Caemlyn, nie musiała dzielić z nim zmartwień, na które żadne z nich nie mogło poradzić.

Szedł obok Beli, zastanawiając się, czy tego wieczoru znajdą cokolwiek do jedzenia, i wtedy pierwszy poczuł zapach. Klacz rozdęła chrapy i obróciła łeb. Schwycił jej wędzidło, zanim zdążyła zarżeć.

— To dym! — ożywiła się Egwene. Pochyliła się do przodu, zrobiła głęboki wdech. — To ognisko. Ktoś sobie coś piecze. Królika.

— Może — stwierdził ostrożnie Perrin i jej ochoczy uśmiech zbladł.

Zamienił pętlę na złowieszczy półksiężyc topora. Otwierał i zamykał dłonie na potężnym trzonku. To była broń, ale ani jego sekretne nauki na tyłach kuźni, ani nauki Lana nie przygotowały go tak naprawdę do jej używania. Nawet bitwa przed Shadar Logoth zbyt mgliście żyła w jego pamięci, żeby czuł się choć odrobinę pewny siebie. Nigdy do końca nie poradził sobie z pustką, o której rozmawiali Rand i Strażnik.

Promienie słońca padały ukośnie między drzewami, las stanowił masę nakrapianych cieni. Owiał ich odległy zapach dymu przemieszany z aromatem pieczonego mięsa.

„To chyba rzeczywiście królik" — pomyślał i zaburczało mu w brzuchu.

To może być równie dobrze coś innego, upominał samego siebie. Spojrzał na Egwene, obserwowała go. Bycie przywódcą wymuszało pewne obowiązki.

— Poczekaj tutaj — przykazał cicho. Zmarszczyła brwi i już otwierała usta, by coś powiedzieć, ale przerwał jej słowami: — I milcz! Jeszcze nie wiemy, kto to jest.

Skinęła głową z niechęcią. Perrin zadał sobie pytanie, dlaczego jego słowa nie odnoszą takiego skutku, kiedy usiłuje ją zmusić do jazdy. Zaczerpnął oddechu i ruszył w stronę, skąd dochodził dym.

Nie bywał tak często w lasach otaczających Pole Emonda jak Rand i Mat, ale też zdarzało mu się brać udział w polowaniach na króliki. Pełzł teraz od drzewa do drzewa, łamiąc tylko drobne gałązki. Chwilę potem wyjrzał zza pnia wysokiego dębu, którego rozłożyste konary były tak wygięte, że wrastały w ziemię. Pod nim płonęło ognisko, obok niego leżał szczupły, opalony mężczyzna.

Nie był co prawda trollokiem, ale za to bez wątpienia najdziwniejszym człowiekiem, jakiego Perrin kiedykolwiek widział. Całe jego ubranie, łącznie z wysokimi butami i czapką z płaskim denkiem, było uszyte ze zwierzęcych skór jeszcze pokrytych futrem. Płaszcz stanowił wariacką mieszaninę króliczych i wiewiórczych skórek, materiału na spodnie dostarczyły prawdopodobnie długowłose, brązowe i białe, kozy. Siwiejące rude włosy, które sięgały mu do pasa, miał związane na plecach wstążką, a gęsta broda kryła całą pierś. Zawieszony u pasa nóż wyglądał prawie jak miecz, a pod drzewem stały w zasięgu ręki łuk i kołczan. Mężczyzna półleżał z zamkniętymi oczami, najwyraźniej pogrążony we śnie, jednak Perrin nie poruszał się w swej kryjówce. Nad ogniskiem wisiało sześć patyków, a na każdym skwierczał królik. Były już upieczone na brązowo i co jakiś czas ociekały sokiem, który skapywał z sykiem w płomienie. Zapach sprawił, że Perrinowi ślina napłynęła do ust.

— Zaśliniłeś się? — Mężczyzna otworzył jedno oko i spojrzał w stronę kryjówki Perrina. — Możesz tu podejść ze swoją przyjaciółką i najeść się. Nie widziałem, żebyście zbyt dużo jedli podczas ostatnich dwóch dni.

Perrin zawahał się, po czym powoli wstał, nadal mocno ściskając topór.

— Obserwowałeś mnie od dwóch dni?

Mężczyzna zaśmiał się gardłowo.

— Tak, ciebie i tę piękną dziewczynę. Przegania cię jak koguta, co? Przede wszystkim jednak was słyszałem. Koń jest jedynym z was, który nie tupie wystarczająco głośno, żeby go słyszano w promieniu pięciu mil. Masz zamiar ją tu przywołać, czy chcesz sam zjeść królika?

Perrin najeżył się, wiedział, że nie robił aż tyle hałasu. Nie można polować na króliki w Wodnym Lesie, jeśli się robiło hałas. Ale zapach królika przypomniał mu, że Egwene też jest głodna, nie mówiąc już o tym, że niepokoi się, czy przypadkiem nie natrafili na ognisko trolloków.

Przypasał z powrotem swój topór i zawołał:

— Egwene! Wszystko w porządku! To królik! — Podał mężczyźnie dłoń i dodał nieco ciszej: — Nazywam się Perrin. Perrin Aybara.

Mężczyzna przyjrzał się jego dłoni, zanim ją ujął niezgrabnie, jakby nieprzyzwyczajony do tego obyczaju.

— Ja się nazywam Elyas — powiedział, podnosząc wzrok. — Elyas Machera.

Perrinowi zaparło dech i omal nie wypuścił dłoni Elyasa. Oczy mężczyzny były żółte, niczym jasne, wypolerowane złoto. Jakieś wspomnienie pojawiło się w zakamarku umysłu Perrina, po czym zniknęło. Myślał teraz tylko o tym, że wszystkie trolloki, jakie dotąd widział, miały czarne oczy.

Pojawiła się Egwene, lękliwie prowadząc za sobą Belę. Przywiązała wodze klaczy do konaru dębu i odpowiedziała uprzejmie, gdy Perrin przedstawił ją Elyasowi, ale jej wzrok bezustannie wędrował w stronę królików. Zdawała się nie zauważać oczu mężczyzny. Kiedy Elyas gestem dłoni zaprosił ich do jedzenia, usłuchała go skwapliwie. Perrin wahał się tylko chwilę dłużej, zanim do niej dołączył.

Elyas cierpliwie czekał, aż skończą jeść. Perrin był tak głodny, że rozdzierał kawałki bardzo gorącego mięsa i musiał je przerzucać z ręki do ręki, aby móc potem włożyć do ust. Nawet Egwene nie była tak schludna jak zazwyczaj, tłusty sok spływał jej po brodzie. Kiedy wreszcie zaczęli jeść wolniej, dzień już przechodził w zmierzch, a wokół ognia zamykała się bezksiężycowa ciemność. Wtedy dopiero Elyas się odezwał.

— Co wy tutaj robicie? W promieniu pięćdziesięciu mil nie ma żadnych domów.

— Wędrujemy do Caemlyn — wyjaśniła Egwene. — Może mógłbyś…

Chłodno uniosła brwi, gdy Elyas odrzucił głowę w tył i ryknął śmiechem. Perrin wlepił w niego oczy, królicze udko zamarło w połowie drogi do ust.

— Caemlyn? — wyrzęził Elyas, gdy już mógł mówić. — Drogą, którą podążacie od dwóch dni, będziecie musieli przewędrować co najmniej dwieście mil na północ do Caemlyn.

— Mieliśmy zamiar pytać o drogę — powiedziała zaczepnie Egwene. — Po prostu jeszcze nie napotkaliśmy żadnych wsi albo farm.

— I nie spotkacie — odparł Elyas, chichocząc. — Tą drogą zajdziecie nawet do Grzbietu Świata, nie napotykając żadnego człowieka. A jeśli jakoś pokonacie Grzbiet, co jest możliwe w kilku miejscach, to znajdziecie ludzi w Pustkowiu Aiel, ale nie będzie wam tam najprzyjemniej. Gotowalibyście się za dnia, a zamarzali na kość w nocy i cały czas umierali z pragnienia. Trzeba być Aielem, by umieć znaleźć wodę w Pustkowiu, a poza tym tam nie lubią obcych. — Znowu porwał go jeszcze bardziej obłąkańczy wybuch śmiechu, tym razem aż się poturlał po ziemi. — Wcale ich nie lubią — wykrztusił w końcu.

Perrin poruszył się niespokojnie.

„Czy to wieczerza z szaleńcem?"

Egwene zmarszczyła czoło, ale czekała, aż wesołość Elyasa nieco osłabnie, po czym powiedziała:

— Może więc ty nam pokażesz drogę. Zdaje się, że o wiele lepiej znasz położenie różnych miejsc niż my.

Elyas przestał się śmiać. Podniósł głowę i poprawił czapkę, która przekrzywiła się trochę, gdy tarzał się ze śmiechu, i spojrzał na nią spod nastroszonych brwi.

— Niezbyt lubię ludzi — odparł beznamiętnym głosem. — Miasta są pełne ludzi. Raczej nie zbliżam się do wsi albo farm. Wieśniacy i farmerzy nie lubią moich przyjaciół. Wcale bym wam nie pomógł, gdybyście nie błądzili tak bezradnie i niewinnie jak nowo narodzone szczenięta.

— Ale chyba możesz nam wytłumaczyć, którędy mamy pójść — nalegała. — Jeśli nas skierujesz do najbliższej wsi, nawet oddalonej o pięćdziesiąt mil, to tam już z pewnością nam powiedzą, gdzie leży Caemlyn.

— Zamilcz — ostrzegł ją Elyas. — Nadchodzą moi przyjaciele.

Bela nagle zarżała ze strachu i zaczęła się szarpać, jakby chciała zerwać wodze. Perrin już wstawał, gdy z ciemniejącego lasu wyszły bezgłośnie jakieś ledwie widoczne stwory i natychmiast otoczyły ich kręgiem. Bela stawała dęba, wierzgając i rżąc.

— Uspokójcie klacz — nakazał Elyas. — One nic jej nie zrobią. Wam też nic, jeśli zachowacie spokój.

Światło ogniska oświetliło cztery wilki. Miały zmierzwioną sierść i sięgały człowiekowi do pasa, swoimi szczękami mogły zgruchotać ludzką nogę. Jak gdyby nigdy nic podeszły do ognia i położyły się wśród ludzi. Światło odbiło się w oczach reszty stada, ukrytej wśród rosnących dookoła drzew.

„Żółte oczy" — pomyślał Perrin.

Takie same jak oczy Elyasa. Właśnie to próbował sobie przypomnieć. Uważnie obserwując wilki, sięgnął po topór.

— Nie rób tego — ostrzegł go Elyas. — Jeśli pomyślą, że chcesz im coś zrobić, przestaną zachowywać się przyjaźnie.

Perrin zauważył, że cztery wilki przypatrują mu się. Miał wrażenie, że wpatrują się w niego wszystkie, również te ukryte wśród drzew. Poczuł nagle gęsią skórkę. Ostrożnie zdjął dłonie z topora. Wyobraził sobie, że wyczuwa, jak napięcie wilków zelżało. Usiadł powoli na ziemi, jego ręce tak się trzęsły, że musiał je włożyć między kolana. Egwene z kolei tak zesztywniała, że omal się nie przewróciła. Jeden z wilków, prawie cały czarny z jaśniejszą szarą łatką na pysku, leżał tak blisko, że prawie jej dotykał.

Bela przestała rżeć i wierzgać. Zamiast tego drżała i przestępowała z nogi na nogę, chciała mieć wszystkie wilki na widoku i ryła co jakiś czas kopytem ziemię, aby im pokazać, że drogo sprzeda swą skórę. Wilki zdawały się ją ignorować, jak zresztą wszystkich pozostałych. Czekały z wywalonymi jęzorami, demonstrując zupełną obojętność.

— No, tak już lepiej — powiedział Elyas.

— Czy one są oswojone? — spytała słabym, choć pełnym nadziei głosem Egwene. — To twoje zwierzęta?

Elyas parsknął.

— Wilki nie dają się oswoić, dziewczyno, tak jak ludzie. To moi przyjaciele. Dotrzymujemy sobie towarzystwa, razem polujemy, rozmawiamy na swój sposób. Tak jak zwykli to robić przyjaciele. Czy nie mam racji, Łatka?

Wilczyca, której futro mieniło się kilkoma odcieniami jasnej i ciemnej szarości, odwróciła łeb i spojrzała na niego.

— Rozmawiasz z nimi? — dziwił się Perrin.

— To nie jest dokładnie rozmowa — powoli odpowiedział Elyas. — Słowa tu nic nie znaczą i nie są też specjalnie ważne. Ona nie ma na imię Łatka. Jej prawdziwe imię oznacza coś, co określa sposób, w jaki cienie grają na leśnej sadzawce podczas zimowego świtu, gdy bryza mąci jej powierzchnię, a także posmak lodu, gdy język dotknie wody i zapowiedź nocnych opadów śniegu. Ale to też nie jest dokładnie to. Tego nie da się wypowiedzieć słowami. To bardziej przypomina uczucie. Tak właśnie rozmawiają wilki. Pozostałe to Żar, Skoczek i Wiatr.

Żar miał starą bliznę na łopatce, co mogło wyjaśniać pochodzenie jego imienia, ale u pozostałych nie dawało się dostrzec żadnych cech tłumaczących, dlaczego tak się wabiły.

Pomimo całej gburowatości tego człowieka, Perrin odniósł wrażenie, że Elyasa cieszy okazja do rozmowy z ludźmi. A przynajmniej sprawiał wrażenie, że robi to z ochotą. Perrin zapatrzył się na zęby wilków połyskujące w świetle ogniska i pomyślał, że chyba należy podtrzymać rozmowę.

— Jak... jak się nauczyłeś rozmawiać z wilkami, Elyas?

— One to odkryły — odparł Elyas — nie ja. To nie ja zacząłem.

Wydaje mi się, że zawsze tak się dzieje. To wilki cię znajdują, nie ty je. Niektórzy ludzie uważali, że zostałem dotknięty przez Czarnego, bo gdzie nie poszedłem, tam pojawiały się wilki. Zdaje się, że sam tak czasami myślałem. Większość porządnych ludzi zaczęła mnie unikać, a ci, którzy mnie szukali, z takich czy innych powodów, nie byli tymi, których chciałem poznać. Potem zauważyłem, że czasami wilki wydają się wiedzieć, co ja myślę, reagować na to, co się dzieje w mojej głowie. To był prawdziwy początek. Ja je ciekawiłem. Wilki zazwyczaj wyczuwają charakter człowieka. Cieszyły się, gdy mnie znalazły. Powiadają, że minęło dużo czasu, odkąd polowały razem z ludźmi, a kiedy słyszę od nich o długim czasie, to czuję coś, jakby zimny wiatr wyjący od samego Pierwszego Dnia.

— Nigdy nie słyszałam, by ludzie polowali razem z wilkami — powiedziała Egwene.

Jej głos nie był zbyt spokojny, ale fakt, że wilki tylko leżą obok nich, wyraźnie dodawał jej odwagi.

Jeśli nawet Elyas ją usłyszał, to nie dał tego po sobie poznać.

— Wilki mają inną pamięć niż ludzie — ciągnął.

Jego dziwne oczy zapatrzyły się gdzieś daleko, tak jakby dał się ponieść własnym wspomnieniom.

— Każdy wilk pamięta historię wszystkich wilków albo przynajmniej jej zarys. Jak już mówiłem, trudno to opowiedzieć słowami. Pamiętają, jak uganiały się za zdobyczą u boku ludzi, ale było to tak dawno temu, że wspomnienie bardziej przypomina cień cienia niźli pamięć.

— To bardzo interesujące — powiedziała Egwene, a Elyas spojrzał na nią podejrzliwe. — Naprawdę tak myślę. — Zwilżyła wargi językiem. — Czy... tego... czy mógłbyś nas nauczyć rozmawiania z nimi?

Elyas znowu parsknął.

— Tego nie można nauczyć. Jedni to potrafią, a inni nie. One twierdzą, że on potrafi.

Wskazał Perrina.

Perrin spojrzał na palec Elyasa, jakby to był nóż. On jest naprawdę szaleńcem. Wilki znowu wpatrywały się w niego. Poruszył się niespokojnie.

— Mówiliście, że wybieracie się do Caemlyn — powiedział Elyas — ale to nadal nie wyjaśnia, dlaczego znaleźliście się tutaj, oddaleni o wiele dni od jakichkolwiek ludzkich domostw.

Odrzucił swój płaszcz z kawałków futra, ułożył się na boku i wsparty na jednym łokciu, czekał.

Perrin spojrzał na Egwene. Wcześniej wymyślili historyjkę, którą będą opowiadali ludziom, aby nie narobić sobie kłopotów. Nikt nie miał się dowiedzieć, skąd oni pochodzą, ani dokąd naprawdę wędrują. Kto wiedział, jakie bezmyślne słowo mogło dotrzeć do uszu Pomora? Pracowali nad tą historią każdego dnia, wspólnie ją sklecając i wygładzając nieścisłości. Postanowili również, że będzie ją opowiadać Egwene. Ona była znacznie sprawniejsza w mowie, a poza tym twierdziła, iż po twarzy Perrina od razu widać, że kłamie.

Egwene zaczęła z miejsca gładko opowiadać. Pochodzą z północy, z Saldei, z farm leżących na obrzeżach maleńkiej wsi. Żadne z nich nie wyjeżdżało dotychczas z domu dalej niż dwadzieścia mil. Słyszeli jednak opowieści bardów oraz kupców i chcieli zobaczyć trochę świata. Caemlyn i Illian. Morze Sztormów i może nawet bajeczne wyspy Ludu Morza. Perrin przysłuchiwał się temu z satysfakcją. Nawet Thom Merrilin nie mógłby wymyślić lepszej opowieści na podstawie tak skąpych wiadomości, jakie oni posiadali o świecie leżącym poza granicami Dwu Rzek, ani lepiej pasującej do ich potrzeb.

— Z Saldaei, powiadacie? — zapytał Elyas, gdy skończyła mówić.

Perrin skinął głową.

— Zgadza się. Mieliśmy zamiar najpierw zwiedzić Maradon. Na pewno chciałbym zobaczyć króla. Ale nasi ojcowie będą nas szukać przede wszystkim w stolicy.

Na tym właśnie polegała jego rola; miał dać jasno do zrozumienia, że nigdy nie byli w Maradonie. Dzięki temu nikt nie będzie się spodziewał, że wiedzą cokolwiek o tym mieście, na wypadek gdyby napotkali kogoś, kto naprawdę tam był. Od Pola Emonda i wydarzeń Zimowej Nocy dzieliła ich przepaść. Nikt, kto usłyszy taką opowieść, nie będzie miał żadnych powodów, aby coś pomyśleć o Tar Valon albo Aes Sedai.

— Niezła opowieść. — Elyas pokiwał głową. — Tak, niezła opowieść. Parę szczegółów się nie zgadza, no i przede wszystkim Łatka twierdzi, że to kupa kłamstw. Co do ostatniego słowa.

— Kłamstwa! — krzyknęła Egwene. — Po co mielibyśmy kłamać?

Cztery wilki nie poruszyły się, ale wyraźnie nie leżały już spokojnie dookoła ogniska, lecz przyczaiły się i swymi żółtymi oczami wpatrywały się w nich dwoje, źrenice miały zupełnie nieruchome.

Perrin nic nie powiedział, ale wyciągnął dłoń do zawieszonego u pasa topora. Cztery wilki wstały jednocześnie i jego ręka zastygła. Nie wydały z siebie ani jednego dźwięku, ale ich gęsta sierść na karku zjeżyła się. Mrok rozniósł warkotliwe wycie jednego z wilków siedzących wśród drzew. Odpowiedziało mu najpierw pięć innych, potem dziesięć, dwadzieścia, aż cała ciemność rozbrzmiała tym dźwiękiem. Jednakże nagle wszystkie się uspokoiły. Po twarzy Perrina ściekał zimny pot.

— Jeśli uważacie...

Egwene urwała, by przełknąć ślinę. Pomimo chłodu w powietrzu jej twarz również była spocona.

— Jeśli myślisz, że kłamiemy, to pewnie wolałbyś, żebyśmy rozbili gdzieś własny obóz, z dala od twojego.

— Normalnie tak bym wolał, dziewczyno. Ale w tej chwili chciałbym posłuchać o trollokach i Półludziach.

Perrin próbował przybrać obojętny wyraz twarzy, miał nadzieję, że jemu udaje się to lepiej niż Egwene. Elyas ciągnął dalej towarzyskim tonem.

— Łatka twierdzi, że wyczuła Półludzi i trolloki w waszych myślach, kiedy opowiadaliście tę głupią historię. Wszystkie wilki to wyczuły. Jesteście w jakiś sposób powiązani z trollokami i Bezokimi. Wilki nienawidzą trolloków i Półludzi bardziej niż dzikiego ognia, bardziej niż czegokolwiek, więc i ja też. Żar pragnie was wykończyć. To trollok mu zrobił tę ranę, kiedy był szczeniakiem. Twierdzi, że niewiele mają rozrywek, a wy macie na sobie więcej tłuszczu niż te jelenie, które widywał w ciągu ostatnich miesięcy i w związku z tym powinniśmy z wami skończyć. Ale Żar zawsze się niecierpliwi. Więc może jednak opowiecie mi o wszystkim? Mam nadzieję, że nie jesteście Sprzymierzeńcami Ciemności. Nie lubię zabijać ludzi po tym, jak już ich nakarmiłem. Pamiętajcie tylko, że wyczują każde kłamstwo, a nawet Łatka jest równie zdenerwowana jak Żar.

Oczy Elyasa, równie żółte jak ślepia wilków, nie mrugały tak samo jak one.

„To są oczy wilka" — pomyślał Perrin.

Zorientował się, że Egwene patrzy na niego i czeka, aż zdecyduje, co mają zrobić.

„Światłości, znowu muszę być przywódcą".

Na samym początku postanowili, że nie będą ryzykowali opowiadaniem prawdziwej historii komukolwiek, ale nie widział żadnej szansy na ucieczkę stąd, nawet gdyby udało mu się wcześniej wyciągnąć topór...

Łatka warknęła głucho w głębi gardła, a pozostałe trzy wilki siedzące wokół ogniska podjęły ten dźwięk, a zaraz po nich wilki zaczajone w ciemności. Groźny warkot wypełnił znowu noc.

— W porządku — powiedział szybko Perrin. — W porządku!

Wycie ustało raptownie. Egwene rozprostowała dłonie i przytaknęła.

— Wszystko zaczęło się na parę dni przed Zimową Nocą — zaczął Perrin — kiedy nasz przyjaciel, Mat, zobaczył człowieka w czarnym płaszczu...

Leżący cały czas na boku Elyas ani razu nie zmienił wyrazu twarzy, lecz coś w nachyleniu jego głowy mówiło, że nadstawia uszu. Cztery wilki usiadły, gdy Perrin ciągnął dalej. Miał wrażenie, że one także słuchają. Historia była długa i opowiedział ją prawie w całości. Nie wspomniał tylko o śnie, który on i pozostali dwaj mieli w Baerlon. Czekał, czy wilki dadzą jakiś znak świadczący, że przyłapały go na tym, ale one tylko obserwowały. Łatka wydawała się przyjaźnie usposobiona, Żar był chyba zły. Perrin ochrypł, zanim skończył opowiadać.

— ...więc jeśli ona nie znajdzie nas w Caemlyn, pojedziemy do Tar Valon. Nie mamy innego wyboru, jak tylko szukać pomocy u innych Aes Sedai.

— Trolloki i Półludzie tak daleko na południu — zadumał się Elyas. — To coś, nad czym trzeba się zastanowić.

Sięgnął ręką za siebie, nawet nie patrząc, po czym cisnął w stronę Perrina skórzany bukłak. Wydawał się bardzo zamyślony. Czekał, aż Perrin się napije i zakorkuje bukłak, potem znowu się odezwał.

— Nie trzymam z Aes Sedai. Czerwone Ajah, czyli te, które polują na mężczyzn parających się Jedyną Mocą, chciały mnie kiedyś poskromić. Rzuciłem im prosto w twarz, że są Czarnymi Ajah, że służą Czarnemu i to im się wcale nie podobało. Nie mogły mnie jednak złapać, kiedy już wpadłem do lasu, ale próbowały to zrobić. Tak, naprawdę tak było. Z tego powodu wątpię, czy jakaś Aes Sedai byłaby dla mnie przyjazna po tym wszystkim. Czerwone Ajah straciły kilku Strażników. To zła rzecz zabijać Strażników. Nie lubię tego.

— Te rozmowy z wilkami — zapytał niespokojnie Perrin. — Czy... czy to ma coś wspólnego z Mocą?

— Jasne, że nie — warknął Elyas. — Mnie się poskromić nie da, kochaneczku, ale wkurzyłem się, że próbowały. To stara sprawa, chłopcze. Starsza niż Aes Sedai. Starsza niż ktokolwiek, kto używa Jedynej Mocy. Stara jak ludzkość. Stara jak wilki. Aes Sedai też się to nie podoba. Powrót starych spraw. Ja nie jestem jedyny. Są jeszcze inne rzeczy, inni ludzie. Aes Sedai denerwują się tym, marudzą coś o osłabianiu starożytnych barier. Twierdzą, że wszystko się rozpada. Boją się, że Czarny się uwolni dzięki temu. Niektóre tak na mnie patrzyły, jakbym to ja był wszystkiemu winien. Nie tylko Czerwone Ajah, ale także inne. Tron Amyrlin... Aaaach! Ja trzymam się od nich z daleka, tak samo jak od przyjaciół Aes Sedai. Wy też tak powinniście zrobić, jeżeli macie choć trochę sprytu.

— Niczego bardziej nie pragnę, jak uwolnić się od Aes Sedai — powiedział Perrin.

Egwene obdarzyła go oskarżycielskim spojrzeniem. Miał nadzieję, że zaraz nie wybuchnie i nie oświadczy, że też chce być Aes Sedai. Jednakże tylko zacisnęła usta, więc Perrin mówił dalej:

— Ale nie mamy wyboru. Ścigają nas trolloki, Pomory i draghkary. Sami Sprzymierzeńcy Ciemności. Nie możemy się ukryć i nie możemy samotnie z nimi walczyć. No bo kto nam pomoże? Kto jest równie silny jak Aes Sedai?

Elyas milczał jakiś czas, popatrując na wilki, a najczęściej na Łatkę albo Żara. Perrin poruszał się niespokojnie i starał się tego nie widzieć, miał wrażenie, że nieomal słyszy, o czym Elyas i wilki rozmawiają. Nawet jeśli to nie miało nic wspólnego z Mocą, nie chciał brać w tym udziału.

„To na pewno jakiś wariacki dowcip. Ja nie potrafię rozmawiać z wilkami".

Jeden z wilków — chyba Skoczek — spojrzał na niego i uśmiechnął się. Perrin zdziwił się, skąd zna jego imię.

— Możecie zostać ze mną — powiedział wreszcie Elyas. — Z nami.

Egwene gwałtownie uniosła brwi, a Perrinowi opadła szczęka.

— No bo gdzie możecie być bezpieczniejsi? — zapytał Elyas. — Trolloki korzystają z każdej okazji, żeby zabić wilka, ale nadkładają całe mile, aby uniknąć spotkania ze stadem. Nie musicie też się obawiać Aes Sedai. One niezbyt często zaglądają do lasu.

— Sam nie wiem. — Perrin unikał patrzenia na otaczające go wilki. Czuł na sobie wzrok Łatki. — Przede wszystkim tu nie chodzi tylko o trolloki.

Elyas zaniósł się lodowatym śmiechem.

— Widziałem, jak stado dopadło Bezokiego. Wyginęła ich wtedy połowa, ale one nigdy się nie poddają, gdy wyczują jego zapach. Trollok czy Myrddraal dla wilków to jedno i to samo. A one chcą mieć ciebie, chłopcze. Słyszały o istnieniu innych ludzi, którzy potrafią rozmawiać z wilkami, ale ty jesteś pierwszym, którego spotkały, oprócz mnie. Zaakceptują także twoją przyjaciółkę, wśród nich będziecie bezpieczniejsi niż w jakimkolwiek mieście. W miastach są Sprzymierzeńcy Ciemności.

— Posłuchaj — powiedział niespokojnie Perrin — wolałbym, żebyś tak nie mówił. Ja nie potrafię tego robić... tego, o czym ty mówisz.

— Jak sobie życzysz, chłopcze. Udawaj głupiego, jeśli ci się tak podoba. Nie chcesz być bezpieczny?

— Ja siebie nie oszukuję. Nie mam żadnych powodów ku temu. My tylko chcemy...

— Jedziemy do Caemlyn — powiedziała stanowczym tonem Egwene. — A potem do Tar Valon.

Perrin napotkał jej gniewny wzrok. Wiedział, że ona go słucha wtedy tylko, gdy tego chce, ale przynajmniej mogłaby mu pozwolić odpowiadać za siebie.

— A co ty o tym myślisz, Perrin? — zapytał i sam sobie odpowiedział: — Ja? Poczekaj, niech pomyślę. Tak. Tak, chyba pojedziemy dalej. — Uśmiechnął się teraz do niej łagodnie i rzekł: — Cóż, Egwene, to oznacza, że chyba się nie rozstaniemy. Dobrze jest wszystko wspólnie obgadać, zanim się podejmie decyzję, nieprawdaż?

Zaczerwieniła się, ale nie złagodniała.

Elyas mruknął coś.

— Łatka twierdzi, że to twoja decyzja. Mówi, że dziewczyna tkwi mocno w ludzkim świecie, ale ty — skinął na Perrina — stoisz pośrodku drogi. W takich okolicznościach uważam, że najlepiej będzie, jak razem z wami powędrujemy na południe. W innym przypadku pewnie zagłodzicie się na śmierć, zagubicie, albo...

Żar wstał nagle i Elyas odwrócił głowę, aby spojrzeć na wielkiego wilka. Po chwili Łatka również wstała. Zbliżyła się do Elyasa tak, że widziała również wzrok Żara. Wszyscy zastygli na chwilę, po czym Żar odwrócił się gwałtownie i zniknął w mroku. Łatka otrząsnęła się i zajęła z powrotem swe miejsce, jakby nic się nie stało.

Elyas napotkał pytający wzrok Perrina.

— Łatka przewodzi stadu — wyjaśnił. — Niektóre samce mogłyby ją pokonać, gdyby jej rzuciły wyzwanie, ale ona jest od nich sprytniejsza i one to wiedzą. Niejednokrotnie ratowała wszystkich. Żar jednak uważa, że stado marnuje z wami czas. Tak bardzo nienawidzi trolloków, że już chce ruszać i zabijać je, jeśli rzeczywiście są na południu.

— To całkiem zrozumiałe — odparła Egwene z wyraźną ulgą.

— Naprawdę możemy sami znaleźć drogę... jeśli naturalnie podasz nam jakieś wskazówki.

Elyas machnął ręką.

— Powiedziałem chyba, że to Łatka przewodzi stadu? Rankiem wyruszę razem z wami na południe i one też z nami pójdą.

Egwene miała taką minę, jakby to była jedna z najgorszych wieści, jakie kiedykolwiek usłyszała.

Perrin siedział pogrążony w milczeniu. Czuł, jak Żar odchodzi. Poparzony samiec nie był zresztą jedynym, który to zrobił, w ślad za nim pobiegło susami jeszcze kilkanaście innych młodych samców. Perrin usilnie starał się wierzyć, że to Elyas manipuluje jego wyobraźnią, ale bezskutecznie. W chwili, gdy odchodzące wilki znikały z jego umysłu, poczuł myśl, o której wiedział, że pochodzi od Żara, poczuł równie ostro i wyraźnie, jakby to była jego własna myśl. Nienawiść. Nienawiść i smak krwi.

ROZDZIAŁ 24

UCIECZKA BRZEGIEM ARINELLE

W oddali słychać było kapanie wody, monotonny plusk odbijał się echem, a potem echem echa, na zawsze gubiąc swe źródło. Z szerokich, kamiennych wież o płaskich wierzchołkach, wypolerowanych i gładkich, pomalowanych w czerwone i złote pasy, niczym pędy roślin wyrastały kamienne mosty i balustrady. Spowite w mroku kolejne poziomy labiryntu rozchodziły się we wszystkich kierunkach, pozbawione widocznego początku lub końca. Każdy most prowadził do wieży, a każde schody do kolejnej wieży i następnych mostów. Gdziekolwiek spojrzał, wbijając wytężony wzrok w ciemność, widział, że wszędzie jest tak samo, zarówno w górze, jak i na dole. Nieledwie był zadowolony, że z powodu braku światła nie ogarnia wszystkich szczegółów. Niektóre schody wiodły do podestów, które musiały się znajdować dokładnie nad podestami położonymi niżej. Nie widział jednak, gdzie się zaczynają. Niezmordowanie szedł dalej, szukając wyjścia na wolność, i wiedział, że to złudzenie. Wszystko było złudzeniem.

Znał ten miraż, zbyt wiele razy dał się mu zwieść, by go teraz nie rozpoznać. Gdziekolwiek poszedł, w górę, w dół czy w jakimś innym kierunku, zawsze natrafiał tylko na błyszczący kamień. Czuł powietrze przesiąknięte wilgocią świeżo spulchnionej ziemi i mdlącym odorem rozkładu. Grobowy zapach przelał się tutaj ze swego czasu. Rand starał się nie oddychać, lecz ten zapach wciąż wypełniał jego nozdrza. Przywierał do skóry niczym oliwa.

Kątem oka dostrzegł jakiś ruch, więc zastygł w miejscu, przyczajony pod wypolerowanym murem otaczającym szczyt jednej z wież. Nie było to żadne schronienie. Obserwujący mógł go widzieć z tysiąca miejsc. Jednakże mrok nie tworzył nigdzie głębszych cieni, w których mógłby się ukryć. Źródłem światła nie były lampy, latarnie czy pochodnie — po prostu było, jakby się wysączało z powietrza. Wystarczało, by jako tako widzieć, wystarczało, by być widzianym. Jednak bezruch nie osłaniał najlepiej.

Znowu dostrzegł ruch, tym razem wyraźnie. Z odległych schodów szedł ku niemu jakiś człowiek, nie dbając o to, że brak balustrad może spowodować upadek w przepaść. Płaszcz falował w rytm pospiesznych kroków, mężczyzna bezustannie odwracał głowę i czegoś szukał. Z daleka Rand nie widział nic więcej prócz sylwetki w mroku, ale odległość była na tyle mała, by nie mógł mieć wątpliwości, że płaszcz tamtego pokrywa czerwień świeżej krwi, a oczy płoną jak dwa węgle.

Próbował ogarnąć wzrokiem cały labirynt, by obliczyć, ile zakrętów Ba'alzamon musi pokonać, lecz po chwili dał za wygraną. Odległości zwodziły — kolejna nauczka. To, co wydawało się dalekie, mogło się nagle pojawić za następnym rogiem. To, co zdawało się bliskie, mogło się okazać niedosiężne. Mógł tylko iść do przodu. Iść i nie myśleć. Wiedział, że niebezpiecznie jest myśleć.

Kiedy jednak odwrócił się od dalekiej sylwetki Ba'alzamona, nie wiadomo dlaczego pomyślał o Macie. Czy Mat jest gdzieś w tym labiryncie?

„Czy są może dwa labirynty, dwóch Ba'alzamonów?"

Jego umysł odrzucił tę myśl, zbyt potworną, by ją roztrząsać.

„Czy to będzie tak, jak w Baerlon? To dlaczego on nie może mnie znaleźć?"

Odetchnął odrobinę. Niewielka pociecha.

„Pociecha? Krew i popioły, gdzie tu jakaś pociecha?"

Nie pamiętał tych starć dokładnie, miał już ich za sobą dwa albo trzy, a przecież uciekał od bardzo, bardzo dawna — od jak dawna? — i Ba'alzamon wciąż nie mógł go dopaść. Czy teraz będzie tak jak w Baerlon, czy to tylko senny koszmar, taki sam jaki potrafi się przyśnić innym ludziom?

Przez chwilę — tak długo, ile trwa jeden oddech — wiedział, dlaczego niebezpiecznie jest myśleć i które myśli są niebezpieczne. Tak, jak przedtem, wystarczało, że pozwolił sobie uważać to co go otacza za sen, a wtedy powietrze zaczynało połyskiwać i zamazywało pole widzenia. Zmieniało się w galaretę, chwytało go. Tylko przez chwilę.

Czuł, że skóra go szczypie od palącego żaru, w gardle zaschło mu już dawno temu, gdzieś na szlakach ciernistego labiryntu. Ile odtąd minęło czasu? Jego pot wyparowywał, zanim zdążył ściec, piekły oczy. Nad głową — nie tak wysoko — wrzały wściekłe, stalowe chmury przetykane czarnymi pasmami, ale w labiryncie nie czuło się najlżejszego podmuchu wiatru. Na krótki moment odniósł wrażenie, że coś się zmieniło, ale i tę myśl wypędziło gorąco. Jest już tutaj od bardzo dawna. Wiedział, że niebezpiecznie jest myśleć.

Zarys chodnika tworzyły gładkie kamienie, blade i okrągłe, częściowo spalone na pył, którego tumany unosiły się przy każdym, najlżejszym nawet ruchu. Rand czuł, jak wierci go w nosie, bał się, że kichnie, zdradzając tym swoją obecność. Jednak kiedy próbował oddychać przez usta, pył zatkał mu gardło tak, że omal się nie udławił.

To było niebezpieczne miejsce — to też wiedział. Zobaczył przed sobą trzy otwory w wysokim murze z cierni, a dalej drogę, skręcającą gdzieś, nie wiadomo dokąd. W każdej chwili, zza jednego z tych rogów mógł się wyłonić Ba'alzamon. Rand spotkał się już z nim dwa albo trzy razy, ale niewiele zapamiętał, prócz tego, jak doszło do spotkań oraz to, że jakimś cudem udało mu się uciec... Niebezpiecznie jest zbyt wiele myśleć.

Dysząc z gorąca, zatrzymał się i zbadał ścianę labiryntu. Gęsto splecione cierniste krzewy, brązowe i wyglądające na martwe. Wystawały z nich okrutne czarne kolce, niczym haki długości cala. Zbyt wysokie, aby spojrzeć ponad nimi, zbyt gęste, aby przejrzeć je na wylot. Ostrożnie dotknął ściany i z bólu zabrakło mu tchu w piersiach. Mimo że był bardzo ostrożny, jeden cierń wbił się w palec i oparzył go jak rozpalona igła. Zachwiał się do tyłu, zahaczając piętami o kamienie, strząsnął z dłoni gęste krople krwi. Rana zaczęła się zamykać, ale w całej dłoni czuł pulsowanie.

Nagle zapomniał o bólu. Gdy tracił równowagę, podważył jeden z gładkich kamieni i wyrwał go z suchej ziemi. Zobaczył wpatrujące się w niego puste oczodoły. Czaszka. Ludzka czaszka. Obejrzał całą ścieżkę wyłożoną identycznymi, gładkimi i bladymi kamieniami. Pospiesznie podniósł stopę, ale nie potrafił iść, nie następując na któryś z kamieni. Przyszła mu do głowy dziwna myśl, że to wszystko nie jest może takie, na jakie wygląda, ale odegnał ją bezlitośnie. Tutaj myślenie oznaczało niebezpieczeństwo.

Usiłował wziąć się w garść. Pozostawanie w jednym miejscu było również niebezpieczne. To była jedna z tych rzeczy, które wiedział nie wiadomo skąd, ale których był pewien. Palec przestawał już krwawić, a pulsowanie nieomal ustało. Włożył palec do ust i ruszył w dół ścieżki, w stronę, w którą akurat spojrzał. Tutaj każda droga była tak samo dobra jak pozostałe.

Przypomniał sobie, jak kiedyś usłyszał, że najlepszy sposób na wydostanie się z labiryntu polega na skręcaniu zawsze w jednym kierunku. Przy pierwszym napotkanym otworze w murze z cierni skręcił w prawo, po czym przy następnym znowu w prawo. I wtedy stanął twarzą w twarz z Ba'alzamonem.

Na twarzy Ba'alzamona błysnął przelotnie wyraz zdumienia, a zakrwawiony płaszcz przestał falować. W jego oczach jarzyły się płomienie, ale w labiryncie panował taki skwar, że Rand ledwie je czuł.

— Wydaje ci się, że jeszcze długo mnie będziesz tak unikał, chłopcze? Jak długo możesz uciekać przed swym przeznaczeniem? Należysz do mnie!

Rand zatoczył się do tyłu, a jego dłoń powędrowała odruchowo do pasa, jakby w poszukiwaniu miecza.

— Światłości, pomóż mi — wyszeptał. — Światłości, pomóż mi.

Nie mógł sobie przypomnieć, co to oznacza.

— Światłość ci nie pomoże, chłopcze, a Oko Świata nie będzie ci służyć. Jesteś moim psem i jeśli nie podporządkujesz się mym rozkazom, uduszę cię w splotach Wielkiego Węża!

Ba'alzamon wyciągnął dłoń i Rand nagle domyślił się, jaki jest sposób ucieczki. Mgliste, ledwie sformułowane wspomnienie krzykliwie ostrzegało przed niebezpieczeństwem, ale nic nie równało się z niebezpieczeństwem dotyku samego Czarnego.

— Sen! — krzyknął Rand. — To sen!

Oczy Ba'alzamona rozszerzyły się ze zdziwienia i gniewu, potem powietrze zalśniło i jego twarz zaczęła się zamazywać, aż wreszcie zniknęła. Rand obejrzał się i zobaczył tysiące odbić własnej twarzy. Dziesięć tysięcy. Na górze i na dole panowała czerń, ale on sam otoczony był lustrami, ustawionymi pod najróżniejszym kątem. Gdzie nie sięgnął wzrokiem, wszędzie były te lustra i wszystkie pokazywały jego skuloną, chwiejącą się postać z wytrzeszczonymi, przerażonymi oczyma.

W lustrach zamigotała czerwona plama. Obrócił się, próbując pochwycić ją wzrokiem, ale w każdym lustrze znikała za jego odbiciem. Po chwili pojawiła się znowu, ale już nie jako zamazana plama. Przez lustra kroczył teraz Ba'alzamon, dziesięć tysięcy Ba'alzamonów, szukających, wchodzących i wychodzących z lustrzanych tafli.

Rand nagle spostrzegł odbicie własnej twarzy, bladej i drżącej z przenikliwego zimna. Tuż za nią pojawiło się oblicze wpatrzonego weń Ba'alzamona — nie widział go, lecz twardo się w niego wpatrywał. Płomienie w tych oczach ścigały go w każdym lustrze, ogarniały, pochłaniały i pożerały. Rand chciał krzyknąć, ale miał ściśnięte gardło. W tych niezliczonych lustrach była już tylko jedna twarz. Jego własna. Twarz Ba'alzamona. Jedna twarz.

Rand zerwał się i otworzył oczy. Otaczała go ciemność, odrobinę zmącona bardzo bladym światłem. Ledwie oddychał, był w stanie poruszać jedynie powiekami. Leżał pod szorstkim wełnianym kocem z głową wtuloną w ramiona. Pod sobą czuł gładkie drewniane deski. Deski pokładu. Nocną ciszę zakłócało jedynie trzeszczenie takielunku. Zrobił głęboki wdech. Jest na pokładzie „Spray" i płynie. Już po wszystkim... przynajmniej do następnej nocy.

Odruchowo włożył palec do ust. Nagle przestał oddychać, kiedy poczuł smak krwi. Powoli podniósł dłoń do twarzy, chcąc ją lepiej obejrzeć w bladym świetle księżyca, i wtedy zobaczył paciorek krwi ściekającej z czubka palca. Krew od ukłucia cierniem.

„Spray” sunęła opieszale w dół Arinelle. Zerwał się silny wiatr, ale kierunek, z którego wiał, powodował, że żagle były bezużyteczne. Mimo że kapitan Domon nakazywał przyspieszyć, łódź wlokła się powoli. Wraz z nadejściem zmroku mężczyzna ustawiony na dziobie zapalił łojową latarnię i ostrzegł sternika, że znów wpłynęli na głębokie wody. Wciągnięto wiosła, nurt pchał teraz łódź pod wiatr. W Arinelle nie było żadnych podwodnych skał, których należało się obawiać, ale za to wiele mielizn i płycizn, w których łódź mogła się zaryć — potem długo trzeba byłoby czekać na pomoc. Za dnia wiosła pracowały od świtu do zmierzchu, lecz wiatr walczył z nimi, jakby chciał zepchnąć łódź z powrotem w górę rzeki.

Nie przybijali do brzegu ani za dnia, ani nocą. Bayle Domon kierował łodzią i jej załogą bez żadnej litości, urągając przeciwnym wiatrom i przeklinając powolne tempo. Traktował wioślarzy jak próżniaków i nie pozostawiał na nich suchej nitki za każdą źle przeciągniętą linę. Bezustannie też straszył wszystkich, że na pokład wpadną trolloki i rozprują im gardła. Jednakże po jakimś czasie szok wywołany atakiem trolloków zaczął blednąć, ludzie przebąkiwali o chęci spędzenia choć godziny na brzegu dla rozprostowania nóg, skarżyli się na ryzyko, jakie towarzyszy nocnej żegludze.

Utyskiwali tak wyłącznie po kryjomu, obserwując kątem oka, czy w pobliżu nie ma kapitana Domona, ale on zdawał się słyszeć każde słowo, jakie pada na jego łodzi. Za każdym razem, gdy podnosiły się głosy niezadowolenia, nic nie mówiąc, przynosił długi, zakrzywiony miecz i budzący trwogę topór, które znaleziono na pokładzie po ataku trolloków. Zawieszał je na godzinę na maszcie, a wtedy ci, którzy odnieśli rany, dotykali swych opatrunków i narzekania cichły... po czym upływał jakiś dzień i znowu któryś z marynarzy dochodził do wniosku, że z pewnością uciekli już trollokom, i rytuał się powtarzał.

Rand zauważył, że odkąd żeglarze zaczęli tak szeptać i marszczyć czoła, Thom Merrilin trzyma się od nich z dala, choć normalnie zwykł ich klepać po plecach, opowiadać dowcipy i żartować z nich w taki sposób, że wywoływał uśmiech na twarzach nawet największych ponuraków. Przysłuchiwał się bacznie tym sekretnym rozmowom, udając jednocześnie, że jest zaabsorbowany wyłącznie swą fajką z długim cybuchem albo strojeniem harfy. Rand nie pojmował, o co mu chodzi. Załoga zdawała się winić nie tych trzech, którzy wpadli na pokład ścigani przez trolloków, lecz Florana Gelba.

Pierwszego czy drugiego dnia niejednokrotnie widywało się kościstą sylwetkę Gelba, który dopadał każdego, kogo tylko mógł, i opowiadał mu własną wersję wydarzeń tej nocy, podczas której Rand i pozostali dwaj dostali się na statek. Gelb to się odgrażał, to skarżył jękliwym głosem, wykrzywiając wargi, gdy wskazywał Thoma, Mata, a szczególnie Randa, starając się zwalić na nich całą winę.

— To są obcy — dowodził szeptem, nie spuszczając wzroku z kapitana. — Co my o nich wiemy? Wiemy tylko, że razem z nimi pojawiły się trolloki. Oni są z nimi w zmowie.

— Na Fortunę, Gelb, dość tych bredni! — warknął mężczyzna z włosami związanymi w kitę i małą niebieską gwiazdą wytatuowaną na policzku. Mówiąc to, nawet nie spojrzał na Gelba, tylko spokojnie zwijał linę, przytrzymując ją bosymi stopami. — Nazwałbyś nawet swoją matkę Sprzymierzeńcem Ciemności, gdyby to ci dało okazję do próżnowania. Daj mi wreszcie spokój!

Splunął Gelbowi pod nogi i na powrót zabrał się do zwijania liny.

Cała załoga pamiętała dobrze, że Gelb nie pełnił warty należycie i odpowiedź mężczyzny z kitą można było określić jako wyjątkowo uprzejmą. Nikt nawet nie chciał z nim pracować. Gelb został skazany na samotne wykonywanie najbrudniejszych prac, takich jak szorowanie tłustych garnków albo wpełzanie na brzuchu do zęzy, gdzie musiał szukać przecieków wśród nagromadzonego tam przez lata szlamu. Wkrótce przestał z kimkolwiek rozmawiać. Chodził zgarbiony i obnosił się ze swym pełnym urazy milczeniem —

im więcej ludzi na niego patrzało, tym ta uraza była głębsza — choć w zamian nie zyskiwał nic prócz pomruków zniecierpliwienia. Jednakże gdy tylko wzrokiem obejmował Randa, Mata czy Thoma, w jego długonosej twarzy pojawiała się żądza mordu.

Gdy Rand napomknął Matowi, że prędzej czy później Gelb przysporzy im kłopotów, ten rozejrzał się po łodzi i powiedział:

— Czy możemy ufać któremukolwiek z nich?

Rzekłszy to, powędrował poszukać sobie jakiegoś miejsca, gdzie mógł być sam, jeśli można było być samotnym na łodzi, mierzącej zaledwie trzydzieści kroków od zakrzywionego dziobu do rufowego wiosła steru. Rand zauważył, że od tamtej nocy w Shadar Logoth Mat spędza zbyt wiele czasu w odosobnieniu, pogrążony w zadumie.

— Jak już przyjdzie co do czego, to ze strony Gelba kłopotów nie należy się spodziewać, chłopcze — powiedział Thom. — Przynajmniej jeszcze nie teraz. Nikt z załogi go nie poprze, a on nie ma w sobie tyle odwagi, by zrobić cokolwiek w pojedynkę. Ale co z pozostałymi...? Domon zdaje się uważać, że trolloki ścigają właśnie jego, natomiast reszta jest chyba przekonana, że niebezpieczeństwo już za nami. Niewykluczone, że stwierdzą zwyczajnie, że to wszystko im się znudziło. Widać, że są rozdrażnieni.

Wygładził połę pstrokatego płaszcza, a Rand miał wrażenie, że szuka swych ukrytych noży, tego gorszego kompletu.

— Jeżeli się zbuntują, to nie zostawią przy życiu swych pasażerów jako świadków, chłopcze. Tak daleko od Caemlyn Nakazy Królowej mogą nie mieć zbyt wielkiej mocy, ale burmistrz byle wioski na pewno coś z tym zrobi.

Od tego momentu Rand również dbał o to, by go nie zauważano, kiedy przebywał w pobliżu członków załogi.

Thom starał się jak mógł, by odwieść załogę od myśli o buncie. Każdego ranka i wieczoru opowiadał im różne historie z wszelkimi możliwymi upiększeniami, a tymczasem grał melodie, jakich tylko sobie życzyli. Aby uwiarygodnić twierdzenie, że Rand i Mat uczą się jego rzemiosła, przerabiał z nimi codziennie lekcje, które również stanowiły rozrywkę dla załogi. Nie pozwalał im co prawda dotykać harfy, nauka gry na flecie zaś wywoływała zbolałe miny i śmiech ze strony żeglarzy, mimo że zatykali sobie uszy.

Nauczył chłopców niektórych łatwiejszych opowieści, kilku prostych sztuk akrobatycznych oraz, naturalnie, żonglerki. Mat skarżył się, że Thom żąda od nich zbyt wiele, ale bard tylko wydymał wąsy i piorunował go wzrokiem.

— Nie umiem udawać, że cię uczę, chłopcze. Albo czegoś uczę, albo nie. Ale dość gadania! Nawet prostak ze wsi potrafi stanąć na głowie. No dalej!

Ci członkowie załogi, którzy akurat nie pracowali, otaczali ich ciasnym kręgiem. Niektórzy próbowali nawet korzystać z lekcji Thoma, śmiejąc się z własnej niezdarności. Gelb stawał samotnie z boku i obserwował wszystko z wyrazem ponurej nienawiści.

Większą część dnia Rand spędzał przy nadburciu, opierał się o balustradę i obserwował brzeg. Nie spodziewał się, że nagle zobaczy Egwene albo kogoś z pozostałych na brzegu rzeki, jednakże łódź płynęła tak wolno, że czasami miał wątłą nadzieję. Konno mogli przecież dogonić ich bez specjalnego trudu. O ile jeszcze żyli.

Leniwe wody rzeki toczyły się bez żadnych oznak życia, a „Spray" była jak dotąd jedyną płynącą po nich łodzią. Nie znaczyło to jednak, że nie było czego oglądać albo podziwiać. Pierwszego dnia Arinelle wpłynęła między dwa urwiste cyple, które z obu stron ciągnęły się przez połowę mili. Na całej ich długości stały kamienne rzeźby wysokości stu stóp, przedstawiające mężczyzn i kobiety w koronach, z czego należało wnosić, że to jacyś królowie i królowe. Żadna z rzeźb w tej paradzie nie była jednakowa i długie lata dzieliły wykonanie pierwszej od ostatniej. Wiatr i deszcz sprawiły, że figury znajdujące się na północnym krańcu szeregu były już zupełnie gładkie i pozbawione szczegółów, za to następne stawały się coraz bardziej zróżnicowane, w miarę jak płynęli na południe. Rzeka bezustannie oblewała stopy rzeźb, przez co część z nich rozmyła się już doszczętnie, a pozostałe zamieniły w wypolerowane kikuty.

„Od jak dawna one tu stoją? — zamyślił się Rand. — Od jak dawna rzeka podmywa te kamienie?"

Członkowie załogi musieli już wielokrotnie oglądać te starożytne rzeźby, ponieważ nikt z nich nawet na nie nie spojrzał.

Innym razem, kiedy wschodnie nabrzeże ponownie przekształciło się w równinę porośniętą trawą, z rzadka przetykaną krzewami, w oddali promienie słoneczne odbiły się od czegoś.

— Co to może być? — Rand zastanowił się na głos. — Wygląda jak metal.

Przechodzący właśnie obok kapitan Domon zatrzymał się i spojrzał zmrużonymi oczyma w tamtą stronę.

— To jest metal — potwierdził.

Nadal wymawiał wszystkie słowa jednym ciągiem, ale Rand nauczył się go rozumieć.

— To metalowa wieża. Widziałem ją z bliska, więc wiem to na pewno. Handlarze podróżujący po rzece używają jej jako drogowskazu. Przy takim tempie będziemy w Białym Moście za dziesięć dni.

— Metalowa wieża? — spytał Rand, a Mat, który siedział na skrzyżowanych nogach wsparty o beczkę, wyrwał się na moment z zadumy, chcąc usłyszeć odpowiedź.

Kapitan skinął głową.

— A jakże. Z wyglądu i z dotyku błyszcząca stal, ale bez śladu rdzy. Ma dwieście stóp wysokości i jest tak szeroka jak jakiś dom, ale w jej gładkich murach nie ma żadnego otworu, przez który dałoby się wejść do środka.

— Założę się, że ona kryje skarb — powiedział Mat. Wstał i zapatrzył się w stronę odległej wieży. — Na pewno zbudowano ją po to, by coś schować.

— Może i tak, chłopcze — zagrzmiał kapitan. — Są jednak na tym świecie i dziwniejsze rzeczy. Na Tremalking, jednej z wysp Ludu Morza, ze wzgórza wystaje kamienna dłoń wysokości pięćdziesięciu stóp, która trzyma kryształową kulę tak wielką jak ta łódź. Pod tym wzgórzem jest na pewno skarb, o ile w ogóle gdziekolwiek jest jakiś, ale ci z Ludu Morza nie życzą sobie, by ktoś obcy tam kopał, a ich samych nie interesuje nic prócz żeglowania i poszukiwania Coramoora, ich Wybranego.

— Ja tam bym kopał — oświadczył Mat. — Jak daleko jest to... Tremalking?

Błyszczącą wieżę zasłoniła już kępa drzew, lecz on nie przestawał patrzeć w tamtym kierunku.

Kapitan Domon pokręcił głową.

— Nie, chłopcze, żaden skarb nie zastąpi oglądania świata. Dobrze jest znaleźć garść złota albo klejnoty po jakimś umarłym królu, jednak tak naprawdę to do następnego horyzontu ciągną tylko nowe dziwy. W Tanchico, to port nad oceanem Aryth, stoi pałac Panarch, jak powiadają, zbudowano go jeszcze w Wieku Legend. Jest tam mur z frezem przedstawiającym zwierzęta, jakich nikt nigdy nie widział.

— Każde dziecko potrafi narysować zwierzę, jakiego nikt nigdy nie widział — powiedział Rand, a kapitan zaśmiał się.

— Jasne, chłopcze, że potrafi. Ale czy dziecko potrafi wymyślić kości takich zwierząt? W Tanchico wszystkie mają kości, połączone z sobą dokładnie tak jak u żywych zwierząt. Stoją w takiej części pałacu Panarch, do której każdy może wejść i je oglądać. Pęknięcie Świata pozostawiło po sobie tysiące cudów i od tego czasu powstało wiele mocarstw, niektóre równie wielkie, jak królestwo Artura Jastrzębie Skrzydło, i po każdym coś zostało. Świetlne laski, stalowe koronki, prakamień. Kryształowa krata pokrywająca wyspę, która brzęczy, gdy wschodzi księżyc. Góra wyżłobiona na kształt misy, ze środka której wznosi się srebrny szpikulec wysokości stu piędzi i każdy, kto stanie w odległości mili od niego, umiera. Zardzewiałe ruiny, skorupy i różne inne rzeczy znalezione na dnie morza, o których wzmianki nie znajdziesz nawet w najstarszych księgach. Sam zebrałem parę takich przedmiotów dla siebie. Rzeczy, o których nigdy się nawet nie śniło, są tam w takiej ilości, jakiej nie znajdziesz nawet przez dziesięć swoich żywotów. Oto dziwy, które ciągną człowieka naprzód.

— W Piaszczystych Wzgórzach wykopaliśmy kiedyś kości — powiedział powoli Rand. — Dziwne kości. Pochodziły z ryby, tak myślę, że z ryby, wielkiej jak ta łódź. Niektórzy powiadali, że kopanie na tych wzgórzach przynosi pecha.

Kapitan przyglądał mu się bacznie.

— Dopiero co wyprawiłeś się w świat, chłopcze, a już myślisz o domu? Świat zarzuci na ciebie haczyk i ty go połkniesz. Wyruszysz na poszukiwanie wschodu słońca, poczekasz i zobaczysz... a jeśli kiedykolwiek wrócisz, twoja wioska już zawsze będzie ci się wydawała za mała.

— Na pewno nie! — obruszył się Rand. Ile czasu już upłynęło, odkąd po raz ostatni myślał o Polu Emonda? O tym, co dzieje się z Tamem? Pewnie wiele dni, a miał wrażenie, że miesiące. — Któregoś dnia wrócę do domu, jeśli tylko będę mógł. Będę hodował owce, jak... jak mój ojciec i tak prędko już stamtąd nie odjadę. Czy nie mam racji, Mat? Jak tylko będziemy mogli, wrócimy do domu i zapomnimy o wszystkim innym.

Mat z wyraźnym wysiłkiem oderwał wzrok od znikającej wieży.

— Co? Ach tak, oczywiście. Pojedziemy do domu, to jasne.

Odwrócił się, by odejść, a Rand usłyszał jeszcze, jak mruczy pod nosem:

— Założę się, że on nie chce, by ktokolwiek inny szukał tego skarbu.

Wyraźnie nie zdawał sobie sprawy, że powiedział to trochę za głośno.

Czwartego dnia podróży Rand wdrapał się na maszt i usiadł na jego szczycie, zaczepiając nogi o sztagi. „Spray" sunęła spokojnie po rzece, lecz szczyt masztu znajdujący się na wysokości pięćdziesięciu stóp kołysał się gwałtownie, zataczając szerokie łuki. Rand odrzucił głowę w tył i śmiał się głośno do wiatru, który wiał mu prosto w twarz.

Wiosła były wyciągnięte, z tej perspektywy łódź przypominała pająka o dwunastu odnóżach pełznącego w dół Arinelle. Bywał już na takich wysokościach, gdy wspinał się na drzewa w Dwóch Rzekach, ale tym razem gałęzie nie przesłaniały mu widoku. Wszystko na pokładzie — wiosłujący marynarze, ludzie szorujący pokład na klęczkach, uwijający się przy linach i lukach — wyglądało tak dziwnie z tego punktu, spłaszczone i skrócone, że przypatrywał im się całą godzinę, nie przestając się przy tym zaśmiewać.

Śmiał się jeszcze za każdym razem, gdy na nich spojrzał, ale teraz obserwował uciekające brzegi rzeki. Mimo że kołysał się, miał wrażenie, że sam znieruchomiał i to brzegi powoli przesuwają się obok niego, drzewa i wzgórza maszerują obok siebie. On był nieruchomy, a cały świat pełzł dookoła.

Pod wpływem nagłego impulsu wyplątał nogi ze sztag i wystawiwszy ręce oraz nogi na boki, zaczął balansować. Wykonał tak trzy łuki, po czym nagle stracił równowagę. Zamachał rękoma i nogami, runął do przodu i uchwycił się forsztagu. Dyndał nogami po obu stronach masztu, przytrzymując się tej bezcennej żerdzi tylko rękoma zaczepionymi o sztagi i śmiał się. Połykał duże hausty rześkiego, zimnego wiatru i śmiał się z radości.

— Chłopcze! — dobiegł go ochrypły głos Thoma. — Chłopcze, jeśli powziąłeś zamiar złamania tego swojego głupiego karku, to nie rób tego, spadając na mnie.

Rand spojrzał w dół. Thom przywarł do drabinki tuż pod nim i patrzył gniewnym wzrokiem w górę. Podobnie jak Rand, bard zostawił swój płaszcz na dole.

— Thom! — zawołał z zachwytem. — Thom, kiedy tu wszedłeś?

— Kiedy przestałeś zwracać uwagę na krzyczących do ciebie ludzi. Niech sczeznę, chłopcze, wszyscy pomyśleli, żeś zwariował.

Spojrzał w dół i ze zdziwieniem zauważył, że wszystkie twarze zwrócone są ku niemu. Jedynie Mat, który siedział ze skrzyżowanymi nogami na dziobie, tyłem do masztu, nie patrzył. Nawet ludzie przy wiosłach pozwolili, by rytm ich pracy uległ zakłóceniu. Nikt im za to nie wymyślał. Rand obrócił głowę, aby spojrzeć w stronę rufy. Kapitan Domon stał przy sterze, wsparłszy swe wielkie jak bochny chleba dłonie o pośladki i też patrzył. Rand obrócił się i uśmiechnął szeroko do Thoma.

— Chcesz, żebym zszedł?

Thom pokiwał energicznie głową.

— Bardzo by mnie to ucieszyło.

— W porządku.

Przesunął dłonie po forsztagu, a potem skoczył przed siebie z masztu. Usłyszał, jak Thom przeżuwa w ustach przekleństwo, gdy jego skok się nie powiódł i zawisł ponownie w powietrzu, uczepiony rękoma forsztagu. Bard spojrzał na niego chmurnie i wyciągnął dłoń, aby go schwycić. Uśmiechnął się znowu do Thoma.

— Już schodzę na dół.

Machając nogami w powietrzu, zaczepił kolanem o grubą linę, która biegła z masztu do dzioba, po czym oplótł ją łokciem i rozprostował dłonie. Powoli, z narastającą szybkością, zsuwał się w dół. Gdy znalazł się tuż nad dziobem, zeskoczył na pokład przed siedzącym tam Matem, zrobił krok dla złapania równowagi i odwrócił się w stronę wnętrza łodzi z wyciągniętymi szeroko ramionami, w taki sam sposób, w jaki to robił Thom po wykonaniu sztuczki akrobatycznej.

Członkowie załogi zgotowali mu skąpe oklaski, ale on patrzył ze zdziwieniem na Mata i na dotychczas ukrywany przed wszystkimi przedmiot, który trzymał w ręku. Zakrzywiony sztylet z pochwą pokrytą dziwnymi symbolami. Rękojeść miał oplecioną cienkim złotym drutem i ozdobioną rubinem tak wielkim jak paznokieć kciuka Randa, poprzeczki tworzyły złote węże, obnażające kły.

Mat przez chwilę wsuwał i wysuwał sztylet z pochwy. Powoli podniósł wzrok, nie przerywając zabawy, w zamglonych oczach czaiła się pustka. Nagle zauważył Randa, wzdrygnął się i schował sztylet w zakamarkach płaszcza.

Rand przykucnął i wsparł dłonie na kolanach.

— Skąd to masz?

Mat nic nie odpowiedział, tylko rozejrzał się szybko dookoła, czy ktoś jeszcze na nich nie patrzy. O dziwo, byli zupełnie sami.

— Nie zabrałeś tego chyba z Shadar Logoth, prawda?

Mat spojrzał na niego.

— To twoja wina. Twoja i Perrina. Wy obydwaj odciągnęliście mnie od skarbu, a ja wtedy trzymałem już go w ręce. Mordeth mi go nie dał. Sam go wziąłem, więc ostrzeżenia Moiraine, abyśmy nie przyjmowali podarunków, nie liczą się. Nie mów o tym nikomu, Rand. Mogą chcieć mi to ukraść.

— Nikomu nie powiem — obiecał Rand. — Kapitan Domon jest

chyba uczciwy, ale nie ręczyłbym za nikogo z pozostałych, a szczególnie za Gelba.

— Absolutnie nikomu — nalegał Mat. — Ani Domonowi, ani Thomowi, ani nikomu. Tylko my dwaj zostaliśmy z Dwóch Rzek, Rand. Nie możemy nikomu ufać.

— Oni żyją, Mat. Egwene i Perrin. Wiem, że żyją.

Mat wyglądał na zawstydzonego.

— Ale zachowam twój sekret. Zostanie między nami. Przynajmniej teraz nie musimy się martwić o pieniądze. Możemy go sprzedać za taką kwotę, że dojedziemy do Tar Valon jak królowie.

— Pewnie — powiedział Mat po chwili namysłu. — O ile będziemy musieli. Tylko nie mów o tym nikomu, dopóki na to nie pozwolę.

— Już obiecałem, że tego nie zrobię. Słuchaj, czy miałeś tu na łodzi jakieś sny? Takie jak w Baerlon? Po raz pierwszy mam okazję zapytać o to bez świadków.

Mat odwrócił głowę, patrząc na niego z ukosa.

— Może.

— Co niby ma znaczyć to „może"? Miałeś albo nie miałeś.

— No dobrze, już dobrze, miałem. Ale nie chcę o tym rozmawiać. Nie chcę nawet o tym myśleć. To się na nic nie zda.

Zanim którykolwiek z nich zdążył coś powiedzieć, pojawił się Thom z płaszczem przewieszonym przez ramię. Wiatr rozwiewał jego siwe włosy, a długie wąsy zdawały się jeżyć.

— Udało mi się przekonać kapitana, że nie postradałeś rozumu — obwieścił — i że to wszystko było częścią twych nauk. — Schwycił linę forsztagu i potrząsnął nim. — Ta twoja durna sztuczka z zsuwaniem się po linie okazała się pomocna, ale i tak masz szczęście, że nie złamałeś sobie karku.

Wzrok Randa powędrował od forsztagu aż po sam wierzchołek masztu i w tym momencie opadła mu szczęka. Ześlizgnął się z czegoś takiego. I siedział na czubku…

Nagle zobaczył tam samego siebie z rozpostartymi rękami i ramionami. Usiadł ciężko na pokładzie i omal nie przewrócił się na plecy. Thom przypatrywał mu się z uwagą.

— Nie myślałem, że masz taką dobrą głowę do wysokości, chłopcze. Moglibyśmy występować w Illian, Ebou Dar albo w Tear. Ludzie w wielkich miastach na południu lubią linoskoczków.

— Przecież jedziemy do...

W ostatniej chwili Rand przypomniał sobie, że powinien się rozejrzeć, czy ktoś ich nie podsłuchuje. Obserwowało ich kilku członków załogi łącznie z Gelbem, ale nikt nie słyszał, co mówi.

— Do Tar Valon — dokończył. Mat wzruszył ramionami, jakby mu było wszystko jedno, dokąd jadą.

— Na razie — powiedział Thom, siadając obok nich — ale jutro, kto wie? Różnie to bywa, gdy się jest bardem. — Wyjął z jednego ze swych szerokich rękawów kilka kolorowych piłeczek. — A ponieważ już cię ściągnąłem na dół, to popracujemy nad żonglowaniem trzema piłeczkami.

Wzrok Randa ponownie powędrował do szczytu masztu. Przeszył go dreszcz.

„Co się ze mną dzieje? Światłości, odpowiedz".

Musi znaleźć odpowiedź. Musi się dostać do Tar Valon, zanim oszaleje.

ROZDZIAŁ 25

LUD WĘDROWCÓW

Bela spokojnym krokiem pokonywała drogę oświetloną promieniami bladego słońca, zupełnie jakby trzy wilki, drepczące za nią w niewielkiej odległości, były zwykłymi wioskowymi psami. Jednakże sposób, w jaki od czasu do czasu spoglądała w ich stronę, błyskając białkami oczu, wskazywał, że czuje coś wręcz przeciwnego. Egwene, jadąca na grzbiecie klaczy, przeżywała równie przykre chwile. Nie przestawała obserwować wilków kątem oka i co jakiś czas obracała się w siodle, by obejrzeć się za siebie. Perrin był pewien, że wypatruje reszty stada. Kiedy jednak to zasugerował, zaprzeczyła ze złością, twierdząc, że wcale się nie boi ani podążających za nimi trzech wilków, ani reszty stada oraz jego zamiarów. Zaprzeczyła, a jednak stale wodziła dokoła czujnym wzrokiem i nerwowo oblizywała wargi.

Całe stado było bardzo daleko, mógł jej to powiedzieć.

„No i co z tego, gdyby mi nawet uwierzyła? Zwłaszcza gdyby mi uwierzyła?"

Nie miał zamiaru wyciągać wszystkich asów z rękawa dopóty, dopóki nie będzie musiał. Nie chciał się zastanawiać nad tym, skąd wie. Ubrany w futro mężczyzna szedł przed nimi, stawiając długie kroki. Sam czasami przypominał wilka, a gdy pojawiały się Łatka, Skoczek i Wiatr, nawet bez oglądania się wiedział, że są blisko.

Tamtego pierwszego poranka wstali o świcie. Elyas znowu piekł królika i przypatrywał im się obojętnie znad swej gęstej brody. Wszystkie wilki, z wyjątkiem Łatki, Skoczka i Wiatru, gdzieś się pochowały. Pomimo bladego światła brzasku pod wielkim dębem wciąż utrzymywał się głęboki cień, a otaczające ich nagie drzewa sterczały dookoła jak palce odarte do gołych kości.

— Są niedaleko — odparł Elyas, kiedy Egwene spytała, gdzie się podziała reszta stada. — Wystarczająco blisko, by przyjść z pomocą w razie potrzeby, i dostatecznie daleko, by uniknąć ludzkich kłopotów, w jakie możemy się wpakować. Wystarczy, że przynajmniej dwoje ludzi przebywa razem, a prędzej czy później rodzą się kłopoty. Wilki pojawią się obok nas, w razie gdybyśmy ich potrzebowali.

Perrin, który właśnie wbił zęby w kawałek pieczonego królika, poczuł łaskotanie gdzieś w głębi umysłu. Jakiś kierunek, ledwie wyczuwalny.

„Oczywiście! One są właśnie..."

Gorący sok wypełniający usta stracił nagle wszelki smak. Nadgryzł jedną z bulw, które Elyas upiekł w żarze ogniska — smakowały trochę jak rzepa — ale jego apetyt zniknął.

Kiedy wyruszyli w drogę, Egwene uparła się, że obydwoje będą jechali na zmianę. Perrin już nawet nie próbował się spierać.

— Pierwsza kolejka jest twoja — powiedział.

Skinęła głową.

— Potem ty, Elyas.

— Wystarczą mi własne nogi — odrzekł Elyas. Spojrzał na Belę, która przewróciła oczami, jakby był jednym z wilków. — A poza tym, ona chyba nie chce, bym jej dosiadał.

— Bzdura — stanowczym głosem odparła Egwene. — Nie ma po co tak się przy tym upierać. To sensowne, jeśli każdy będzie od czasu do czasu jechał. Sam powiedziałeś, że czeka nas długa droga.

— Powiedziałem nie, dziewczyno.

Zrobiła głęboki wdech, a Perrin zaczął się zastanawiać, czy uda jej się sterroryzować Elyasa tak samo jak jego, gdy nagle spostrzegł, że Egwene stoi z otwartymi ustami, nie mówiąc ani słowa. Elyas patrzył na nią, po prostu patrzył, żółtymi oczyma wilka. Dziewczyna cofnęła się przed wychudłym mężczyzną, oblizała wargi i znowu się cofnęła. Zanim Elyas zdążył się odwrócić, podeszła do Beli i wdrapała się na jej grzbiet. Gdy ruszyli na południe, Perrin uznał, że jego uśmiech również ma w sobie coś ze szczerzącej się wilczej paszczy.

Podróżowali w taki sposób przez trzy dni, kierując się na południowy wschód, na zmianę idąc i jadąc, a zatrzymywali się dopiero wtedy, gdy zmierzch zaczynał już gęstnieć. Elyas zdawał się pogardzać pośpiechem ludzi z miasta, ale nie zwykł marnować czasu, kiedy już trzeba było ruszać w drogę.

Rzadko kiedy widywali trzy towarzyszące im wilki. Każdej nocy podchodziły na jakiś czas do ogniska, a czasami pokazywały się na krótko za dnia, pojawiając się blisko w najmniej spodziewanym momencie i znikając w taki sam sposób. Jednakże Perrin wyczuwał ich obecność i wiedział, gdzie są. Wiedział, kiedy przeprowadzają zwiady na drodze przed nimi i kiedy obserwują pokonaną już przez nich drogę. Wiedział, że opuściły tereny, na których zazwyczaj polują, i że Łatka odesłała stado, by na nią zaczekało. Czasami myśl o trzech wilkach blakła w jego umyśle, ale na długo przedtem, zanim pojawiały się ponownie, wiedział, że niebawem wrócą. W dowolnym momencie mógł po prostu wskazać palcem, gdzie są, nawet wtedy, gdy wychodzili z lasu i wkraczali w rzadkie zagajniki porozdzielane wielkimi pokosami martwej trawy, w których wilcze cienie przemykały jak duchy. Nie wiedział, skąd to wie i próbował sobie wmówić, że to wyobraźnia płata mu figle, ale daremnie. Wiedział tak samo, jak wiedział Elyas.

Starał się zapomnieć o wilkach, ale one i tak wślizgiwały się w jego myśli. Odkąd spotkał Elyasa i wilki, przestał śnić o Ba'alzamonie. Jego sny, z tego co pamiętał po przebudzeniu, opowiadały o wydarzeniach z poprzedniego dnia i były takie same, jakie mógłby śnić w domu... przed Zimową Nocą... przed Baerlon. Normalne sny — z jednym wyjątkiem. W każdym śnie przypominał sobie chwile ze swojego życia, jak prostował się nad miechem kowalskim pana Luhhana, by otrzeć pot z twarzy, jak odwracał się od dziewcząt z wioski tańczących na Łące, jak podnosił głowę znad książki czytanej przed kominkiem. Niezależnie od tego, czy był pod dachem, czy na dworze, zawsze towarzyszył mu wilk. Wilk był zawsze zwrócony do niego tyłem, a on zawsze wiedział — co w snach wydawało się rzeczą normalną, nawet przy stole jadalnym Alsbet Luhhan — że żółte oczy wilka wypatrują tego, co może się zdarzyć, strzegą przed tym, co może się zdarzyć. Dopiero po przebudzeniu te sny wydawały się dziwne.

Wędrowali już trzy dni. Łatka, Skoczek i Wiatr przynosiły im króliki i wiewiórki, a Elyas pokazywał rośliny, w większości Perrinowi nie znane, które nadawały się do jedzenia. Jednego razu niemal spod samych kopyt Beli wyprysnął królik i zanim Perrin zdążył nałożyć kamyk na procę, Elyas zabił go nożem z odległości dwudziestu kroków. Innym razem Elyas upolował z łuku tłustego bażanta, trafiając go w skrzydło. Jadali o wiele lepiej niż wtedy, gdy byli zdani wyłącznie na siebie, jednak Perrin z przyjemnością wróciłby do tamtych skąpych racji, gdyby to się wiązało ze zmianą towarzystwa. Nie był pewien, co czuje Egwene, lecz sam z chęcią chodziłby głodny, gdyby mógł to robić pod nieobecność wilków. I tak trwało to trzeciego dnia, aż do popołudnia.

Przed nimi rozciągała się kępa drzew, większa od innych, które napotkali na drodze, mierząca dobre cztery mile szerokości. Słońce wisiało nisko na zachodzie, rzucając skośne cienie po prawej stronie; zrywał się wiatr. Perrin poczuł, że wilki przestały węszyć za nimi i niespiesznie wysforowały się naprzód. Nie wywęszyły i nie wypatrzyły niebezpieczeństwa. Egwene korzystała ze swojej zmiany jazdy na Beli. Nadszedł czas szukania miejsca na nocne obozowisko, a ten zagajnik wydawał się odpowiednim schronieniem.

Kiedy dojechali bliżej drzew, zza osłony roślinności wypadły trzy mastify, psy o szerokich pyskach, równie ogromne jak wilki, nawet cięższe. Błysnęły zęby obnażone w donośnym, dudniącym warkocie. Gdy tylko wybiegły na otwartą przestrzeń, zatrzymały się w miejscu, a od trojga ludzi nie dzieliło ich więcej niż trzydzieści stóp. Ich ciemne oczy płonęły morderczym światłem.

Bela, wystarczająco podenerwowana obecnością wilków, zarżała i byłaby zrzuciła Egwene ze swego grzbietu, gdyby Perrin natychmiast nie zamachnął się swoją procą. Nie było sensu używać topora, kamień ciśnięty prosto w żebra może zmusić najgroźniejszego psa do ucieczki.

Elyas machnął w jego stronę ręką, nie odrywając wzroku od zesztywniałych stworzeń.

— Tsst! Nie teraz!

Perrin uniósł brwi ze zdziwienia, ale posłusznie zwolnił obroty procy, aż w końcu opadła luźno u jego boku. Egwene udało się opanować zdenerwowaną klacz i teraz obie nie spuszczały oka z psów.

Mastify zjeżyły się i położyły płasko uszy, warkot dobywający się z ich gardeł przypominał odgłosy trzęsienia ziemi. Nagle Elyas podniósł rękę i wydał długi, przenikliwy gwizd, który zdawał się nie mieć końca i z każdą chwilą przechodził w coraz wyższy ton. Warczenie urwało się nagle. Psy cofnęły się, skowycząc i odwracając łby, zupełnie jakby chciały odejść, coś jednak trzymało je w miejscu. Nie odrywały wzroku od palca Elyasa.

Elyas powoli opuszczał rękę, a ton gwizdu stawał się coraz niższy. Psy przysiadały jednocześnie, aż w końcu położyły się płasko na ziemi, z jęzorami wywieszonymi z paszcz. Trzy ogony zamerdały.

— Widzicie? — powiedział Elyas, podchodząc do psów. Mastify zaczęły lizać go po dłoniach, a on drapał je po szerokich łbach i gładził uszy. — Nie są takie złe, na jakie wyglądają. Chciały nas nastraszyć, ale na pewno by nas nie pogryzły, chyba żebyśmy wjechali między te drzewa. W każdym razie nie ma się czego bać. Możemy pokonać następne zarośla przed zapadnięciem mroku.

Perrin spojrzał na Egwene — miała otwarte usta. Zamknął swoje, głośno szczęknąwszy zębami.

Elyas przypatrywał się rosnącym przed nim drzewom i nie przestawał głaskać psów.

— Tu na pewno są Tuatha'anowie. Lud Wędrowców. — Gdy popatrzyli na niego, nie rozumiejąc, dodał: — Druciarze.

— Druciarze?! — wykrzyknął Perrin. — Zawsze chciałem zobaczyć Druciarzy. Czasami rozbijają obóz po drugiej stronie rzeki, blisko Taren Ferry, ale nie przychodzą do Dwu Rzek, o ile mi wiadomo. Nie wiem, dlaczego.

Egwene pociągnęła nosem.

— Prawdopodobnie dlatego, że ludzie z Taren Ferry są takimi samymi złodziejami jak Druciarze. Bez wątpienia któregoś dnia ograbią się nawzajem do sucha. Panie Elyasie, jeśli rzeczywiście są tu gdzieś Druciarze, to czy nie powinniśmy opuścić tego miejsca? Nie można dopuścić, żeby nam ukradli Belę i... no cóż, raczej nic więcej nie mamy, ale każdy wie, że Druciarze kradną wszystko.

— Łącznie z niemowlętami? — spytał kwaśnym tonem Elyas. — Porywają dzieci i w ogóle?

Splunął, a Egwene się zaczerwieniła. Ludzie opowiadali czasami jakieś historie o dzieciach, choć głównie celowali w tym Cenn Buie, Coplinowie albo Congarowie. Pozostałe opowieści były wszystkim znajome.

— Mdli mnie czasem na myśl o Druciarzach, ale oni nie kradną więcej niż inni ludzie. Znacznie mniej niż niektórzy, których znam.

— Niedługo się ściemni, Elyasie — zauważył Perrin. — Musimy rozbić gdzieś tutaj obóz. Może więc u nich, jeśli zgodzą się nas przyjąć?

Pani Luhhan miała garnek naprawiony przez Druciarza i twierdziła, że jest lepszy od nowego. Pan Luhhan nie był wprawdzie szczególnie szczęśliwy, gdy słyszał z ust żony pochwały na temat ich dzieła, ale Perrin miał ochotę zobaczyć, jak oni to robią. Niemniej jednak w wyrazie twarzy Elyasa doszukał się śladu niechęci, której nie potrafił pojąć.

— Czy jest jakiś powód, dla którego nie powinniśmy?

Elyas pokręcił głową, ale niechęć wciąż było widać, w układzie ramion i w zaciśniętych ustach.

— Czemu nie? Tylko nie zwracajcie uwagi na to, co oni mówią. Same głupoty. Wędrowcy zazwyczaj niczym się nie przejmują, ale czasami narzucają pewien określony sposób bycia, więc postępujcie tak samo jak ja. I nie zdradzajcie swoich tajemnic. Nie ma powodu, by opowiadać o wszystkim światu.

Gdy Elyas wprowadził ich między drzewa, psy wlokły się tuż obok, merdając ogonami. Perrin poczuł, że wilki zwalniają i wiedział, że nie przyjdą do tego miejsca. Nie bały się psów — pogardzały psami, które wyrzekły się wolności, by móc spać przy ogniu — unikały ludzi.

Elyas szedł pewnym krokiem, jakby znał drogę, a gdy doszli prawie do samego środka zagajnika, zobaczyli wozy Druciarzy, rozproszone wśród dębów i jesionów.

Jak każdy z Pola Emonda, Perrin wiele słyszał o Druciarzach, chociaż nigdy żadnego nie widział, ich obóz okazał się dokładnie taki, jak się spodziewał. Mieszkali w wozach — wysokich, drewnianych skrzyniach, polakierowanych i pomalowanych na jaskrawe kolory: czerwienie, błękity, żółcie i zielenie, a także inne barwy, których nazw nawet nie znał. Wędrowcy krzątali się wokół różnych zajęć, które ku jego rozczarowaniu okazały się bardzo zwyczajne: gotowanie, szycie, opieka nad dziećmi, naprawianie uprzęży, jednakże ich ubiory były jeszcze bardziej jaskrawe niż wozy — i najwyraźniej dobierane na chybił trafił, czasami płaszcz i spodnie albo suknia i szal miały takie kolory, że aż bolały oczy. Przypominali motyle krążące wśród dzikich kwiatów.

Czterech czy pięciu mężczyzn, znajdujących się w różnych miejscach obozowiska, grało na skrzypcach i fletach, a kilku ludzi tańczyło w takt muzyki, przypominając tęczowe kolibry. Pomiędzy ogniskami goniły się dzieci; bawiły się z psami. Były to również mastify, dokładnie takie same jak te, które na nich napadły, jednak dzieci ciągnęły je za uszy i ogony, wspinały się na ich grzbiety, a ogromne psiska przyjmowały to wszystko ze spokojem. Trójka stworzeń towarzyszących Elyasowi z wywieszonymi jęzorami wpatrywała się w brodatego mężczyznę, jakby to był ich najlepszy przyjaciel. Perrin potrząsnął głową. Były przecież tak wielkie, że mogły dosięgnąć jego gardła, prawie nie odrywając przednich łap od ziemi.

Muzyka nagle przestała grać i wtedy zauważył, że Druciarze patrzą na niego i jego towarzyszy. Nawet dzieci i psy przystanęły w miejscu i przypatrywały im się czujnie, jakby zaraz miały się rzucić do ucieczki.

Przez chwilę nie słychać było żadnego dźwięku, po czym zbliżył się do nich niski, siwowłosy starzec i pokłonił uroczyście Elyasowi. Był ubrany w czerwony kaftan z wysokim kołnierzem i w workowate, jaskrawozielone spodnie, z nogawkami wetkniętymi w cholewy wysokich butów.

— Witajcie przy naszych ogniskach. Czy znacie pieśń?

Elyas odkłonił się w ten sam sposób, przyciskając obie ręce do piersi.

— Twe powitanie podnosi mnie na duchu, Mahdi, a wasze ogniska ogrzewają me ciało, jednakże pieśni nie znam.

— A więc będziemy nadal szukali — odparł dobitnym głosem siwowłosy mężczyzna. — Jak było, tak będzie, musimy tylko pamiętać, szukać i znaleźć. — Z uśmiechem zatoczył ręką łuk w stronę ognisk, a w jego głosie pojawił się beztroski, radosny ton. — Strawa jest już prawie gotowa. Bardzo proszę, przyłączcie się do nas.

Jakby te słowa stanowiły sygnał, znowu zabrzmiała muzyka, a dzieci na nowo zaczęły się śmiać i biegać z psami. Wszyscy mieszkańcy obozu powrócili do przerwanych zajęć, jakby przybysze byli ich znanymi od dawna przyjaciółmi.

Jednakże siwowłosy mężczyzna wahał się. Spojrzał na Elyasa.

— A twoi... przyjaciele? Powinni uważać. Tak bardzo przerażają te biedne psiska.

— Będą uważali, Raenie. — Elyas pokręcił głową z ledwie dostrzegalną pogardą. — Powinieneś już to wiedzieć.

Starzec rozłożył ręce, jakby chciał dać do zrozumienia, że nic nigdy nie jest pewne. Kiedy się odwrócił, żeby ich zaprowadzić do obozu, Egwene zsiadła z klaczy i podeszła do Elyasa.

— Czy wy dwaj jesteście przyjaciółmi?

Uśmiechnięty Druciarz zabrał Belę. Egwene oddała mu z niechęcią wodze, usłyszawszy wrogie prychnięcie Elyasa.

— Znamy się — odparł zwięźle mężczyzna odziany w futra.

— Czy on ma na imię Mahdi? — spytał Perrin.

Elyas odburknął coś ledwie słyszalnie.

— Nazywa się Raen. Mahdi to jego tytuł. Poszukujący. Jest przywódcą tej grupy. Możecie go nazywać Poszukującym, jeśli inne imiona wydają wam się dziwne. Jemu to nie będzie przeszkadzało.

— O co chodziło z tą pieśnią? — spytała Egwene.

— To z jej powodu wędrują — wyjaśnił Elyas — a przynajmniej tak twierdzą. Szukają pieśni. Jej właśnie szuka Mahdi. Mówią, że zgubili ją podczas Pęknięcia Świata i jeśli ją znajdą, wówczas na nowo nastanie raj Wieku Legend. — Omiótł wzrokiem cały teren obozowiska i wycedził: — Nawet nie wiedzą, jak brzmi ta pieśń. Twierdzą, że kiedy ją znajdą, to rozpoznają. Nie wiedzą też, jakim sposobem pieśń ma sprowadzić na powrót raj, ale szukają jej od blisko trzech tysięcy lat, od samego Pęknięcia. Spodziewam się, że będą jej tak szukać do chwili, gdy Koło przestanie się obracać.

Doszli już do ogniska Raena, płonącego w samym sercu obozu. Wóz Poszukującego był żółty i obrzeżony na czerwono, a szprychy wysokich kół o czerwonych obręczach na przemian czerwone i żółte. Z wozu wyłoniła się przysadzista kobieta, równie siwowłosa jak Raen, o wciąż jednak gładkich policzkach. Przystanęła na tylnych schodkach, poprawiając na ramionach szal z niebieskimi frędzlami. Miała żółtą bluzkę i czerwoną spódnicę, bardzo jaskrawe. Widząc tę kombinację, Perrin zamrugał gwałtownie, a Egwene wydała z siebie zduszony okrzyk.

Na widok ludzi idących tuż za Raenem zeszła na dół, uśmiechając się na powitanie. Ila, żona Raena, o głowę przewyższała swego męża. Perrin wkrótce zapomniał o barwach jej ubioru. Miała w sobie macierzyńskość, która przypominała mu panią al'Vere i już od jej pierwszego uśmiechu czuł, że jest tu mile widziany.

Ila powitała Elyasa jak starego znajomego, jednakże z pewnym dystansem, który wydawał się ranić Raena. Elyas obdarzył ją cierpkim grymasem i skinieniem głowy. Perrin i Egwene przedstawili się, a ona uścisnęła ich dłonie ze znacznie większym ciepłem niż to, które okazała Elyasowi. Egwene nawet uściskała.

— Jakaś ty śliczna, maleńka — powiedziała z uśmiechem, ujmując podbródek dziewczyny. — Pewnie przemarzłaś do szpiku kości. Usiądź blisko ognia, Egwene. Wszyscy usiądźcie. Kolacja już prawie gotowa.

Wokół ogniska poukładano kłody, na których można było usiąść. Elyas nie zgodził się nawet na takie ustępstwo względem cywilizowanych obyczajów i przycupnął na ziemi. Na żelaznych trójnogach porozstawianych nad ogniskiem wisiały dwa małe kociołki, a na skraju węgli stał piecyk. Ila zakrzątnęła się przy nich.

Gdy Perrin i pozostali zajmowali miejsca, do ogniska podszedł szczupły młody mężczyzna, ubrany w pasiasty zielony strój. Uściskał Raena i ucałował Ilę, natomiast Elyasa i mieszkańców Pola Emonda obdarzył chłodnym spojrzeniem. Był mniej więcej w tym samym wieku co Perrin, a poruszał się w taki sposób, jakby przy następnym kroku miał zacząć tańczyć.

— Cóż, Aramie... — Ila uśmiechnęła się dobrotliwie. — Czyżbyś postanowił zjeść dla odmiany kolację z dziadkami? — Jej uśmiech prześlizgnął się po Egwene, kiedy przyklękała, by zamieszać w garnku wiszącym nad ogniskiem. — Ciekawe dlaczego?

Aram przykucnął z gracją — z dłońmi wspartymi na kolanach — po przeciwległej stronie ogniska, dokładnie naprzeciwko Egwene.

— Mam na imię Aram — powiedział do niej niskim, porozumiewawczym głosem. Od tego momentu wydawał się nie dostrzegać nikogo oprócz niej. — Czekałem na pierwszą różę wiosny, a znalazłem ją przy ognisku mego dziadka.

Perrin czekał na jakieś wzgardliwe parsknięcie Egwene, jednak ona wpatrywała się tylko w Arama. Spojrzał ponownie na młodego Druciarza. Musiał przyznać, że Aramowi natura nie poskąpiła urody, po jakiejś chwili zorientował się, kogo mu przypomina. Wila al'Seena, za którym wodziły wzrokiem i o którym szeptem rozprawiały wszystkie dziewczęta, gdy tylko przyjeżdżał z Deven Ride do Pola Emonda. Wil adorował każdą dziewczynę, jaka pojawiła się w zasięgu jego wzroku i udawało mu się przekonać każdą, że wobec wszystkich pozostałych jest tylko uprzejmy.

— Te wasze psy — powiedział głośno Perrin, a Egwene aż podskoczyła w miejscu — są takie wielkie, że przypominają niedźwiedzie. Dziwię się, że pozwalacie dzieciom bawić się z nimi.

Uśmiech na ustach Arama znikł, lecz gdy spojrzał na Perrina, pojawił się znowu, jeszcze pewniejszy.

— Nie zrobią ci nic złego. Popisują się, aby odstraszać niebezpieczeństwo i ostrzegać nas, ale są wytrenowane zgodnie z Drogą Liścia.

— Droga Liścia? — spytała Egwene. — Co to takiego?

Aram wskazał ręką drzewa, nie odrywając od niej wzroku.

— Liść żyje w wyznaczonym mu czasie i nie walczy z wiatrem, który go unosi. Liść nie czyni szkody i ostatecznie spada, by żywić następne liście. Tak być powinno z wszystkimi mężczyznami. I kobietami.

Egwene spojrzała mu w oczy, a na jej policzkach wykwitł blady rumieniec.

— Ale co to oznacza? — spytał Perrin.

Aram zlustrował go zirytowanym spojrzeniem, ale zamiast niego odpowiedział Raen.

— To oznacza, że żaden człowiek nie powinien nigdy czynić krzywdy drugiemu. — Oczy Poszukującego błysnęły w stronę Elyasa. — Nie ma wytłumaczenia dla przemocy. Żadnej i nigdy.

— A jeśli ktoś cię atakuje? — dopytywał się Perrin. — Jeśli ktoś cię uderzy, chce cię obrabować albo zabić?

Raen westchnął, westchnieniem pełnym cierpliwości, jakby Perrin nie wiedział tego, co dla niego było oczywiste.

— Gdyby jakiś człowiek mnie uderzył, to spytałbym, dlaczego to zrobił. Gdyby nadal chciał mnie bić, wówczas uciekłbym. Tak samo bym postąpił, gdyby chciał mnie obrabować albo zabić. Znacznie lepiej pozwolić, by zabrał mi to, co chce, nawet życie, niż samemu uciekać się do przemocy. I miałbym nadzieję, że jemu samemu nie stała się zbyt wielka krzywda.

— Powiedziałeś przecież, że byś go nie zranił — zauważył Perrin.

— Nie zraniłbym, jednakże przemoc rani tego, który ją stosuje w równym stopniu jak tego, przeciwko komu jest skierowana.

Perrin spojrzał na niego z powątpiewaniem.

— Mógłbyś ściąć drzewo swoim toporem — powiedział Raen. — Topór oznacza przemoc wobec drzewa, sam wychodzi bez szwanku. Czy tak na to właśnie patrzysz? Drewno jest miękkie w porównaniu ze stalą, lecz stal się tępi od rąbania, a soki drzewa wżerają się w nią i sprawiają, że rdzewieje. Potężny topór zadaje gwałt bezbronnemu drzewu i sam jest przez nie raniony. Tak samo jest z ludźmi, choć krzywda dotyczy ich dusz.

— Ale…

— Dosyć — warknął Elyas, przerywając Perrinowi w pół słowa. — Raen, niedobrze, że starasz się nawracać wioskowych młodzików na te bzdury. To przez nie przecież nieomal wszędzie ściągacie na siebie kłopoty, czyż nie tak? Nic ci jednak z tego nie przyjdzie, jak będziesz tak nad nimi pracował. Zostaw to.

— I zostawić ich tobie? — zapytała Ila. Kruszyła właśnie w palcach zioła i wsypywała je do kociołków. Mówiła spokojnym głosem, lecz jej dłonie rozcierały zioła z wściekłością. — Będziesz ich uczył swoich sposobów: zabij, bo inaczej zginiesz? Czy chcesz ich skazać na los, jakiego sam się dopraszasz, na samotną śmierć, po której kruki i twoi... twoi przyjaciele będą walczyć o trupa?

— Zachowaj spokój, Ila — powiedział łagodnie Raen, jakby słyszał już to wszystko setki razy. — On został przyjęty do naszego ogniska, żono moja.

Ila poddała się, jednak Perrin zauważył, że nie wygłosiła żadnych przeprosin. Spojrzała tylko na Elyasa, ze smutkiem potrząsnęła głową, a potem otrzepała dłonie i zaczęła wyjmować gliniane miseczki oraz łyżki z czerwonej szafki przymocowanej do ściany wozu.

Raen zwrócił się znowu do Elyasa.

— Mój stary przyjacielu, ile razy mam ci powtarzać, że nam nie wolno nikogo nawracać. Kiedy ludzie z wioski pytają o nasze życie, to zaspokajamy ich ciekawość. Pytają najczęściej młodzi, to prawda, a czasami jeden z nich zabiera się z nami, kiedy wyruszamy w drogę, ale czyni to wyłącznie z własnej woli.

— Spróbuj to powiedzieć jakiejś żonie farmera, która właśnie odkryła, że jej syn albo córka uciekli do was, Druciarzy — odparł kwaśnym tonem Elyas. — Dlatego właśnie w większych miastach nie pozwalają wam rozbijać obozu w okolicy. Ludzie ze wsi trzymają z wami, bo naprawiacie im różne rzeczy, ale w miastach tego nie potrzebują i nie lubią, jak namawiacie młodzież, by z wami uciekała.

— Nie wiem, na co pozwalają w miastach. — Cierpliwość Raena wydawała się nie mieć końca. Najwyraźniej nie miał w ogóle zamiaru się zezłościć. — W każdym razie nie sądzę, by udało nam się odnaleźć naszą pieśń w jakimś mieście.

— Nie chcę cię obrazić, Poszukujący — powiedział powoli Perrin — ale... Cóż, ja sam nie pragnę przemocy. Od wielu lat raczej z nikim się nie biłem, najwyżej podczas turniejów świątecznych. Gdyby jednak ktoś mnie uderzył, to bym mu oddał. Gdybym tego nie zrobił, to byłoby to tak, jakbym go zachęcał, żeby mnie bił, kiedy tylko zapragnie. Niektórzy ludzie uważają, że mogą wykorzystywać innych i jeśli im się nie pokaże, że nie mogą, to będą tak bez końca znęcali się nad słabszymi od siebie.

— Niektórzy ludzie — rzekł Aram z przytłaczającym smutkiem w głosie — nie potrafią nigdy opanować swoich najprostszych instynktów.

Mówił to, spoglądając wymownie w stronę Perrina, wyraźnie dając do zrozumienia, że nie ma na myśli wyłącznie tych znęcających się nad innymi, o których mówił Perrin.

— Założę się, że często bywasz zmuszony do ucieczki — powiedział Perrin, a twarz młodego Druciarza zwęziła się w sposób wyraźnie nie mający nic wspólnego z Drogą Liścia.

— Moim zdaniem to ciekawe — wtrąciła Egwene, patrząc groźnie na Perrina — spotkać kogoś, kto nie wierzy, że mięśnie potrafią rozwiązać każdy problem.

Aramowi powrócił dobry nastrój. Wstał i z uśmiechem podał jej rękę.

— Pozwól, że pokażę ci obóz. Właśnie odbywają się tańce.

— Bardzo chętnie. — Odwzajemniła uśmiech.

Ila, która do tej pory wyciągała bochenki chleba z ognia, wyprostowała się.

— Ale kolacja już gotowa, Aramie.

— Zjem z matką — rzucił Aram przez ramię, prowadząc Egwene za rękę. — Oboje zjemy u mojej matki.

Błysnął triumfalnym uśmiechem w stronę Perrina. Egwene roześmiała się i obydwoje pobiegli.

Perrin już miał biec za nimi, ale powstrzymał się. Nic jej się nie powinno stać, jeżeli zgodnie z zapewnieniami Raena ludzie z obozu postępują wedle nakazów Drogi Liścia. Spojrzawszy na Raena i Ilę, odprowadzających przygnębionym wzrokiem swego wnuka, powiedział:

— Przepraszam. Jestem gościem i nie powinienem…

— Nie mów głupstw — uspokoiła go Ila. — To ani jego wina, ani twoja. Usiądź i jedz.

— Aram jest zagubionym młodym mężczyzną — dodał ze smutkiem Raen. — To dobry chłopiec, jednak czasem mi się zdaje, że trudno mu żyć zgodnie z Drogą Liścia. Tak bywa z niektórymi, obawiam się. Proszę. Moje ognisko należy do was. Usiądziecie?

Perrin powoli usiadł, nadal czując się niezręcznie.

— Co się dzieje z kimś, kto nie przestrzega nakazów Drogi? — spytał. — Chodzi mi oczywiście o Druciarzy.

Raen i Ila wymienili zmartwione spojrzenia, a Raen odparł:

— Opuszczają nas. Straceni idą żyć do wiosek.

Ila popatrzyła w kierunku, w którym odszedł jej wnuk.

— Straceni nie mogą zaznać szczęścia.

Westchnęła, lecz jej twarz była na powrót łagodna, gdy podawała im miseczki i łyżki.

Perrin wbił wzrok w ziemię, żałując, że w ogóle pytał i już więcej nie rozmawiali, ani wtedy gdy Ila napełniała miski gęstym gulaszem z warzyw i podawała im grube pajdy chrupiącego chleba, ani też podczas jedzenia. Gulasz był doskonały i Perrin zjadł trzy miski. Elyas, co zauważył z uśmiechem, zjadł cztery.

Po posiłku Raen nabił fajkę, a Elyas wyciągnął swoją i napełnił ją zawartością nieprzemakalnego mieszka Raena. Zapalili, ubili tytoń i ponownie zapalili, a potem rozsiedli się wygodnie, nadal nic nie mówiąc. Ila przyniosła sobie jakąś robótkę. Zachodzące słońce jarzyło się czerwienią nad wierzchołkami drzew. Obóz był już przygotowany do nocy, ale gwar jeszcze nie ucichł, lecz tylko się zmienił. Muzyków, którzy grali, gdy wkraczali do obozu, zastąpili inni i jeszcze więcej ludzi niż przedtem tańczyło w świetle ognisk, ich cienie podskakiwały na ścianach wozów. Gdzieś rozległ się chór męskich głosów. Perrin zsunął się z kłody na ziemię i wkrótce poczuł, że zbiera mu się na drzemkę.

Po jakimś czasie odezwał się Raen:

— Czy odwiedzałeś jakichś Tuatha'anów, Elyasie, od czasu, gdy widziałeś się z nami ubiegłej wiosny?

Oczy Perrina otworzyły się i zaraz przymknęły do połowy.

— Nie — odparł Elyas, nie wyciągając fajki z ust. — Nie lubię, jak otacza mnie zbyt wielu ludzi.

Raen parsknął śmiechem.

— Szczególnie tacy ludzie, którzy żyją w zupełnie odmienny sposób niż ty, co? Nie, mój stary przyjacielu, nie przejmuj się. Już wiele lat temu porzuciłem nadzieję, że wstąpisz na Drogę. Jednakże od czasu, kiedy się po raz ostatni spotkaliśmy, słyszałem pewną opowieść i być może ona cię zaciekawi, jeśli jej jeszcze nie słyszałeś. Mnie ona bawi i wysłuchuję jej wielokrotnie za każdym razem, gdy spotykamy innych Wędrowców.

— Wysłucham.

— Wszystko zaczęło się dwa lata temu, od grupy Wędrowców, którzy pokonywali Pustkowie północną trasą.

Perrin otworzył szeroko oczy.

— Pustkowie? Pustkowie Aiel? Pokonywali Pustkowie Aiel?

— Niektórzy ludzie potrafią bez żadnych kłopotów przejść teren Pustkowia — powiedział Elyas. — Bardowie. Handlarze, jeśli są uczciwi. Lud Tuatha'anów bezustannie przekracza Pustkowie. Przed Drzewem i Wojną z Aielami robili to także kupcy z Cairhien.

— Ludzie z Pustkowia Aiel nas unikają — powiedział ze smutkiem Raen — choć wielu próbowało nawiązać z nimi rozmowę. Obserwują nas z oddali, nie podchodzą blisko ani nie pozwalają nam się zbliżyć. Czasami martwię się, że to oni mogą znać pieśń, aczkolwiek sądzę, że to mało prawdopodobne. Nikt nie śpiewa w Pustkowiu Aiel. Czy to nie dziwne? Kiedy mały Aiel staje się mężczyzną, nie śpiewa już niczego prócz melodii wojennych lub pieśni pogrzebowych dla zabitych. Słyszałem, jak śpiewają umarłym, ale tylko tym, którzy polegli w walce. To pieśń, która kamienie zmusza do płaczu.

Słuchająca go Ila przytaknęła znad swojej robótki.

Perrin przemyślał wszystko błyskawicznie. Dotychczas uważał, że Druciarze cały czas się boją, zważywszy na to ich gadanie o uciekaniu, jednakże nikt, kto się boi, nawet by nie pomyślał o przejściu przez Pustkowie Aiel. Z tego, co słyszał, wynikało, że nikt przy zdrowych zmysłach nie próbowałby przechodzić przez Pustkowie.

— Jeśli to ma być opowieść o jakiejś pieśni... — zaczął Elyas, ale Raen potrząsnął głową.

— Nie, mój stary przyjacielu, nie o pieśni. Nie jestem pewien, czy w ogóle wiem, o czym ona jest. — Przeniósł uwagę na Perrina. — Młodzi Aielowie często podróżują do Wielkiego Ugoru. Jedni idą tam samotnie, z jakiegoś powodu uważając, że są powołani do zabicia Czarnego. Większość jednak udaje się tam w małych grupach. Żeby polować na trolloki. — Raen smutno pokręcił głową, a kiedy znowu zaczął mówić, w jego głosie pobrzmiewało przygnębienie. — Dwa lata temu grupa Wędrowców, przekraczająca Pustkowie w odległości jakichś stu mil na południe od Ugoru, natknęła się na jedną z takich grup.

— Młode kobiety — wtrąciła Ila, równie zbolałym tonem jak jej mąż. — Jeszcze prawie dziewczęta.

Perrin wydał odgłos zdumienia, a Elyas uśmiechnął się krzywo.

— Dziewczęta z Pustkowia Aiel nie muszą doglądać domu i gotować, kiedy nie chcą, chłopcze. Natomiast te, które pragną zostać wojowniczkami, przyłączają się do *Far Dareis Mai*, czyli Panien Włóczni, i walczą u boku mężczyzn.

Perrin pokręcił głową. Elyas roześmiał się, widząc wyraz jego twarzy.

Raen podjął przerwaną opowieść, a w jego głosie mieszały się niesmak i zakłopotanie.

— Te młode kobiety były martwe, z wyjątkiem jednej, a i ta umierała. Podpełzła do wozów. Oczywiście wiedziała, że są Tuatha'anami. Choć jej odraza była większa od bólu, miała wiadomość tak dla niej ważną, że koniecznie chciała ją przekazać komukolwiek przed śmiercią. Mężczyźni poszli sprawdzić, czy nie mogą jakoś pomóc pozostałym... wiodły do nich ślady jej krwi... jednakże wszystkie były martwe, a obok leżała trzykrotnie większa liczba zabitych trolloków.

Elyas wyprostował się, fajka omal nie wypadła mu z ust.

— Sto mil w głębi Pustkowia? Niemożliwe! *Djevik K'Shar*, tak właśnie trolloki nazywają Pustkowie. Umierająca Ziemia. Nie zapuściłyby się sto mil w głąb Pustkowia, nawet gdyby wszystkie Myrddraale z Ugoru próbowały je tam zapędzić.

— Bardzo dużo wiesz o trollokach, Elyasie — zauważył Perrin.

— Mów dalej — powiedział gburowatym tonem Elyas do Raena.

— Sądząc po trofeach, które miała przy sobie tamta kobieta Aiel, wszystkie właśnie wracały z Ugoru. Trolloki szły w ślad za nimi, jednakże z pozostałości po bitwie widać było, że bardzo niewiele z nich przeżyło, mimo iż wybiły całą grupę. Jeśli zaś chodzi o dziewczynę, to nie pozwoliła nikomu się dotknąć, nawet opatrzyć ran. Schwyciła jednak Poszukującego z tamtej grupy za rąbek kaftana i oto, co powiedziała, dokładnie słowo w słowo: „Ten Który Zabija Liść chce oślepić Oko Świata, Straceni. Chce zabić Wielkiego Węża. Ostrzeżcie Lud, Straceni. Nadchodzi Ten Który Odbiera Wzrok. Powiedzcie im, że mają się przygotować na Tego Który Przychodzi o Świcie. Powiedz im..." I w tym momencie umarła. Ten Który Zabija Liść i Ten Który Odbiera Wzrok — Raen zwrócił się do Perrina — to imiona, które lud Aiel nadał Czarnemu, ale poza tym nic nie rozumiem z tego wszystkiego. Jednakże ona musiała to uważać za wyjątkowo ważne, skoro zbliżyła się do ludzi, którymi najwyraźniej pogardzała, chcąc przekazać te słowa tuż przed wydaniem ostatniego tchnienia. Ale komu? My sami jesteśmy Ludem, ale raczej nie sądzę, by myślała o nas. Ludowi Aiel? Nie pozwoliliby nam ich powtórzyć, nawet gdybyśmy próbowali. — Westchnął ciężko. — Nazwała nas Straconymi. Nigdy przedtem nie wiedziałem, że tak bardzo nami gardzą.

Ila odłożyła robótkę na kolana i delikatnie dotknęła jego skroni.

— Czegoś się dowiedziały w Ugorze — zadumał się Elyas. — Jednakże nie ma w tym żadnego sensu. Zabije Wielkiego Węża? Zabije sam czas? I oślepi Oko Świata? To znaczy tyle samo, co powiedzieć, że zagłodzi skałę na śmierć. Może ona bredziła, Raen. Ranna, umierająca, mogła stracić kontakt z rzeczywistością. Może nawet nie wiedziała, kim są Tuatha'anowie.

— Wiedziała, co mówi i do kogo to mówi. To było coś ważniejszego niż jej życie, a my tego nie rozumiemy. Kiedy zobaczyłem, że wchodzisz do naszego obozu, pomyślałem, że może ty wreszcie znajdziesz na to wszystko odpowiedź, skoro byłeś...

Elyas wykonał szybki ruch ręką i Raen powiedział coś innego, niż zamierzał.

— ...jesteś przyjacielem i znasz się na wielu dziwnych rzeczach.

— Nie na takich — odparł Elyas tonem ucinającym całą rozmowę.

Milczenie panujące teraz wokół ogniska przerywały jedynie muzyka i śmiechy dolatujące z innych części otulonego w nocny mrok obozowiska.

Spoczywając z ramionami wspartymi o jedną z kłód leżących dookoła ogniska, Perrin starał się rozwikłać zagadkę przesłania kobiety Aiel, ale nie potrafił się w nim dopatrzyć więcej sensu niż Raen albo Elyas. Oko Świata. Pojawiało się w jego snach i to niejeden raz, jednak on nie chciał myśleć o tych snach. No i jeszcze Elyas. Bardzo pragnął uzyskać odpowiedź na pewne pytanie. Co Raen chciał powiedzieć na temat Elyasa i dlaczego ten mu przerwał? Z tym też mu się nie powiodło. Usiłował sobie wyobrazić, jak wyglądają dziewczęta z Pustkowia — udające się do Ugoru, dokąd, z tego co słyszał, udawali się tylko Strażnicy, walczący z trollokami, i wtedy usłyszał śpiew powracającej Egwene.

Podniósł się niezdarnie i wyszedł jej na spotkanie, na skraj łuny światła padającej z ogniska. Zatrzymała się w pół kroku, patrząc na niego z przechyloną głową. W ciemności nie był w stanie odczytać wyrazu jej twarzy.

— Długo cię nie było — zauważył. — Dobrze się bawiłaś?

— Zjedliśmy kolację z jego matką — odparła. — A potem tańczyliśmy... i śmialiśmy się. Mam wrażenie, że minęły wieki, odkąd ostatni raz tańczyłam.

— On mi przypomina Wila al'Seena. Zawsze miałaś wystarczająco dużo rozsądku, by nie dać się kupić Wilowi.

— Aram to miły chłopiec, jest z nim wesoło — powiedziała ściśniętym głosem. — Dzięki niemu się śmiałam.

Perrin westchnął.

— Przepraszam. Cieszę się, że się dobrze bawiłaś na tańcach.

Nagle zarzuciła mu ramiona na szyję i zaczęła wylewać łzy prosto na jego koszulę. Pogładził ją niezdarnie po włosach.

„Rand wiedziałby, co robić" — pomyślał.

Rand wiedział, jak postępować z dziewczętami. Nie tak, jak on, który nigdy nie wiedział, co zrobić albo powiedzieć.

— Powiedziałem ci, że przepraszam, Egwene. Naprawdę się cieszę, że się dobrze bawiłaś na tańcach. Naprawdę.

— Powiedz mi, że oni żyją — wymamrotała w jego pierś.

— Co?

Odsunęła się na długość wyciągniętej ręki, trzymając dłonie na jego ramionach, i spojrzała mu w twarz w ciemnościach.

— Rand i Mat. Pozostali. Powiedz mi, że oni żyją.

Wziął głęboki oddech i rozejrzał się niepewnie dookoła.

— Żyją — odparł w końcu.

— To dobrze. — Otarła szybko policzki palcami. — To właśnie chciałam usłyszeć. Dobrej nocy, Perrin. Śpij dobrze.

Stanęła na czubkach palców, pocałowała go w policzek i odbiegła od niego, zanim zdążył coś powiedzieć.

Odwrócił się i odprowadził ją wzrokiem. Ila wstała, by ją przywitać, i obydwie kobiety weszły do wozu, cicho o czymś rozmawiając.

„Rand by to zrozumiał — pomyślał — ale ja nie".

Gdzieś w oddali, w mroku, wilki zawyły do pierwszego cienkiego sierpa nowiu wschodzącego na horyzoncie. Zadrżał. Jutro będzie dość czasu, by martwić się wilkami. Mylił się. Czekały, by powitać go w snach.

ROZDZIAŁ 26

BIAŁY MOST

Ostatnia, niepewna nuta ledwie rozpoznawalnego *Wiatru, który kołysze wierzbą* zamarła litościwie i Mat odjął od ust ozdobiony złotem i srebrem flet Thoma. Rand odjął ręce od uszu. Jakiś marynarz zwijający w pobliżu linę wydał z siebie głośne westchnienie ulgi. Przez chwilę słychać było tylko plusk wody obijającej się o kadłub, rytmiczne trzaskanie wioseł i co jakiś czas skrzypienie takielunku, targanego przez wiatr. Wiatr przestał dąć w dziób „Spray" i bezużyteczne żagle zostały zwinięte.

— Zdaje się, że powinienem ci podziękować — mruknął wreszcie Thom — za przekonanie mnie, ile jest prawdy w pewnym starym powiedzeniu: „Choćbyś nie wiem jak ją uczył, świnia nigdy nie zagra na flecie".

Marynarz wybuchnął śmiechem, a Mat podniósł flet, jakby chciał nim w niego rzucić. Thom zręcznie wyrwał instrument z ręki Mata i schował go do skórzanego futerału.

— Myślałem, że wszyscy pasterze zabijają czas spędzany przy wypasie stada, grając na piszczałce albo flecie. To mi dowiodło, że nie należy ufać temu, czego się nie wie z pierwszej ręki.

— Rand jest pasterzem — burknął Mat. — To on gra na piszczałce, nie ja.

— No cóż, rzeczywiście wykazuje odrobinę zdolności. Chyba powinniśmy popracować nad żonglerką, chłopcze. Przynajmniej do tego masz trochę talentu.

— Thom — powiedział Rand — nie rozumiem, dlaczego tak się starasz. — Zerknął na marynarza i zniżył głos. — Przecież wcale nie próbujemy zostać bardami. Dzięki temu możemy się tylko zakamuflować, dopóki nie znajdziemy Moiraine i pozostałych.

Thom skubał koniec wąsów i przyglądał się gładkiej, ciemnobrązowej skórze futerału fletu, leżącego na jego kolanach.

— A jeśli ich nie znajdziemy, chłopcze? Nie ma podstaw, by sądzić, że jeszcze żyją.

— Oni żyją — stwierdził stanowczo Rand.

Odwrócił się w stronę Mata w poszukiwaniu wsparcia, jednakże brwi Mata były ściągnięte aż do nasady nosa, usta stanowiły cienką kreskę, a wzrok miał wbity w pokład. — No powiedz coś — rzucił w jego stronę. — Nie możesz się tak wściekać o to, że nie umiesz grać na flecie. Ja też tego nie robię najlepiej. Nigdy przedtem nie chciałeś grać na flecie.

Mat podniósł wzrok, ale nadal się marszczył.

— A jeśli oni nie żyją? — spytał spokojnie. — Powinniśmy przyjmować fakty do wiadomości, racja?

W tym momencie pełniący wachtę na dziobie zakrzyknął:

— Biały Most! Przed nami Biały Most!

Przez dłuższą chwilę, ledwie wierząc, że Mat mógł powiedzieć coś takiego tak zwyczajnym tonem, Rand patrzył w oczy przyjacielowi. Dookoła nich krzątali się żeglarze, gotujący się do przybicia do brzegu. Mat patrzył na niego chmurnym wzrokiem, z głową wciągniętą między ramiona. Rand tak wiele pragnął powiedzieć, jednak nie potrafił ująć tego w słowa. Muszą wierzyć, że pozostali żyją. Muszą.

„Dlaczego? — dręczył go głos, rozbrzmiewający gdzieś w jego umyśle. — Więc to wszystko ma się odbyć tak, jak w opowieściach Thoma? Bohaterowie znajdują skarb, pokonują jakiegoś rzezimieszka, a potem żyją długo i szczęśliwie? Niektóre z jego opowieści tak się nie kończą. Czasami nawet bohaterowie giną. Czy jesteś bohaterem, Randzie al'Thor? Czy jesteś bohaterem, pasterzu?"

Nagle Mat zaczerwienił się i odwrócił wzrok. Uwolniony od swoich myśli Rand zerwał się, by przepchnąć się przez powstały harmider do relingu. Mat ruszył za nim wolno, nawet nie starając się ustępować żeglarzom, którzy zachodzili mu drogę.

Mężczyźni biegali po całej łodzi, łomocząc bosymi stopami, ciągnąc liny, rozwiązując i związując jakieś sznury. Niektórzy wyciągali wielkie nieprzemakalne worki, wypchane taką ilością wełny, że omal nie pękały, a inni z kolei szykowali łańcuchy kotwiczne, grube jak przegub dłoni Randa. Pomimo całego pośpiechu poruszali się z wprawą ludzi, którzy robili to już tysiące razy, natomiast kapitan Domon tupał głośno w deski pokładu, wykrzykując rozkazy i przeklinając tych, którzy nie pracowali dostatecznie szybko, aby go zadowolić.

Uwaga Randa była zwrócona na wszystko, co leżało przed nimi, wszystko, co właśnie wyłaniało się zza łagodnego zakrętu Arinelle. Słyszał o tym w pieśniach, opowieściach i wspomnieniach handlarzy, ale teraz widział legendę naprawdę.

Biały Most giął się wysokim łukiem nad szeroko rozlanymi wodami, był co najmniej dwa razy wyższy od masztu „Spray", od końca do końca połyskiwał mleczną bielą w blasku słońca, tak przyciągając światło, że aż wydawał się płonąć. Pająkowate filary z tego samego budulca pogrążały się w rwącym nurcie, sprawiając wrażenie, że są zbyt kruche, by utrzymać wagę i wielkość mostu. Zdawał się wykonany z jednego kawałka, jakby wyrzeźbiła go z kamienia albo odlała z metalu ręka olbrzyma. Wysoki i rozłożysty, przeskakiwał rzekę z niedbałą gracją, dzięki której oko nieomal zapominało o rozmiarach. Przy nim miasteczko, położone u jego stóp na wschodnim brzegu, wydawało się skarlałe, mimo iż było o wiele większe od Pola Emonda, ze swymi domami z kamienia i cegły równie wysokimi jak domostwa w Taren Ferry i drewnianymi przystaniami, przypominającymi szczupłe palce wystające z rzeki. Przestrzeń Arinelle była gęsto usiana małymi łodziami, rybacy ciągnęli sieci. A nad tym wszystkim górował i błyszczał Biały Most.

— Wygląda jak szklany — powiedział Rand w przestrzeń.

Kapitan Domon zatrzymał się tuż za nimi i wetknął kciuki za swój szeroki pas.

— Nie, chłopcze. Cokolwiek to jest, to nie może być szkło. Choćby nie wiem jak ulewne deszcze tu padały, nigdy nie jest śliski, nawet najlepsze dłuto i najsilniejsza dłoń nie zostawi na nim rysy.

— Pozostałość po Wieku Legend — dodał Thom. — Zawsze uważałem, że tak jest.

Kapitan wydał z siebie chłodny pomruk.

— Może. Ale i tak ciągle jest użyteczny. Mógł go jednak wybudować ktoś inny. Nie musi być dziełem Aes Sedai, niech mnie Fortuna ukarze. Wcale też nie musi być taki stary. Ciągnij mocniej, ty durny głupcze!

Pognał w głąb pokładu.

Rand patrzył z jeszcze większym podziwem.

„Z Wieku Legend".

A więc wybudowany przez Aes Sedai. To dlatego kapitan Domon tak się o nim wyrażał, pomimo wszystkiego, co opowiadał o cudach i dziwach świata. Dzieło Aes Sedai. Co innego o nim słyszeć, a co innego widzieć i dotykać.

„Wiesz o tym, prawda?"

Przez chwilę Randowi wydawało się, że po mlecznobiałej konstrukcji biegnie jakiś cień. Odwrócił wzrok w stronę zbliżającego się nabrzeża, ale most nadal majaczył w polu jego widzenia.

— Udało nam się, Thom — powiedział, a potem zmusił się do śmiechu. — I nie było żadnego buntu.

Bard tylko coś odburknął i wydął wąsy, jednakże dwóch żeglarzy, szykujących obok łańcuch kotwiczny, obdarzyło Randa ostrymi spojrzeniami, po czym szybko pochylili się na powrót nad swoją pracą. Przestał się śmiać i starał się na nich nie patrzeć, dopóki nie dopłynęli do Białego Mostu.

„Spray" wykonała łagodny skręt tuż obok pierwszej przystani, wybudowanej z grubych kłód osadzonych na ciężkich, pokrytych smołą palach, a potem cofające się wiosła zatrzymały ją, wytwarzając pianę na powierzchni wody wokół piór. Po wciągnięciu wioseł żeglarze rzucili łańcuchy w stronę ludzi stojących na przystani, którzy przymocowali je zamaszystymi ruchami rąk, podczas gdy inni członkowie załogi przewiesili worki z wełną za burtę, aby ochronić kadłub przed otarciem o nabrzeże.

Jeszcze zanim łódź zawinęła gładko do przystani, na jej końcu pojawiły się powozy, wysokie i polakierowane błyszczącą czernią, na drzwiach każdego była wymalowana jakaś nazwa, wielkimi, złotymi albo szkarłatnymi literami. Powozy dojeżdżały na miejsce i ich pasażerowie od razu biegli do trapu — mężczyźni o gładkich twarzach, ubrani w długie aksamitne surduty, płaszcze podbite jedwabiem i sukienne kamasze, a za każdym z nich podążał służący w prostym ubraniu, niosąc okutą żelazem kasetkę na pieniądze.

Podeszli do kapitana Domona z uśmiechami wymalowanymi na twarzach, które natychmiast zbladły, gdy ryknął w ich stronę:

— Ty!

Wystawił tłusty palec, zatrzymując Florana Gelba, który przebiegał wzdłuż burty łodzi. Siniak pozostawiony na jego czole przez but Randa zdążył już zniknąć, jednakże Gelb jeszcze od czasu do czasu dotykał palcem tego miejsca, jakby chciał o nim sobie przypomnieć.

— Po raz ostatni przesypiałeś wachty na mojej łodzi! Lub na jakiejkolwiek innej, już ja się o to postaram. Wybieraj, co wolisz, przystań albo rzeka, ale wynoś się z mojej łodzi, i to zaraz!

Gelb stulił ramiona, a jego oczy zalśniły nienawiścią do Randa i jego przyjaciół, dla samego Randa przeznaczył szczególnie jadowite spojrzenie. Rozejrzał się po przystani w poszukiwaniu wsparcia, ale jego wzrok krył niewiele nadziei. Wszyscy członkowie załogi, jeden po drugim, prostowali się znad swoich zajęć i patrzyli na niego chłodno. Gelb wiądł pod tymi spojrzeniami, po chwili jednak znowu zaczął piorunować wszystkich wzrokiem, dwakroć silniej niż poprzednio. Wymamrotał pod nosem jakieś przekleństwo i zbiegł pod pokład, do kajut. Domon posłał za nim dwóch ludzi, by dopatrzyli, czy nie robi tam jakiejś szkody, po czym odprawił go mruknięciem. Kiedy kapitan zwrócił się w stronę kupców, ponownie zaczęli się uśmiechać i kłaniać, jakby nic im nie przerwało.

Na hasło dane przez Thoma, Mat i Rand zaczęli zbierać swoje rzeczy. Nie było tego zbyt wiele, prócz ubrań noszonych na grzbiecie. Rand miał swoją derkę i sakwy siodła, a także miecz ojca. Trzymał miecz w ręku przez chwilę, tęsknota naparła na niego z taką mocą, że aż poczuł szczypanie w oczach. Zastanawiał się, czy jeszcze kiedykolwiek zobaczy Tama. Albo dom. Dom?

„Spędzisz resztę życia uciekając, uciekając i bojąc się własnych snów".

Poczuł, że przebiega go dreszcz, westchnął i wsunął miecz za pas opinający mu kaftan.

Na pokładzie pojawił się ponownie Gelb w towarzystwie swych bliźniaczych cieni. Patrzył prosto przed siebie, jednakże Rand nadal czuł bijące od niego fale nienawiści. Dumnie wyprostowany, z pociemniałą twarzą, zszedł na sztywnych nogach po trapie i wepchnął się brutalnie w rzadki tłum ludzi stojących na przystani. Po chwili zniknął za powozami kupców.

Na przystani stała niewielka grupa ludzi. Prosto odziani robotnicy, rybacy naprawiający sieci i kilku ludzi z miasteczka, którzy wyszli powitać pierwszą łódź przypływającą tego roku z Saldaei. Wśród dziewcząt nie było Egwene i nikt nie przypominał choć trochę Moiraine, Lana albo kogokolwiek, kogo Rand miał nadzieję zobaczyć.

— Może nie przyszli na przystań — powiedział.

— Może — odparł krótko Thom. — Pieczołowicie umocował swoje instrumenty na plecach. — Obaj strzeżcie się Gelba. Będzie się starał narobić kłopotów, jeśli tylko znajdzie taką możliwość. Musimy przejechać przez Biały Most tak niepostrzeżenie, że już pięć minut po tym, jak znikniemy, nikt nie powinien pamiętać, że tu byliśmy.

Kiedy szli w stronę trapu, poły ich płaszczy łopotały na wietrze. Mat niósł swój łuk przyciśnięty do piersi. Pomimo wszystkich tych dni, które spędzili na pokładzie łodzi, nadal przyciągał wzrok niektórych marynarzy, bowiem ich własne łuki były bardzo krótkie.

Kapitan Domon opuścił kupców i zagrodził drogę Thomowi.

— Opuszczasz mnie już, bardzie? Czy nie dasz się namówić do dalszej żeglugi? Płynę aż do Illian, gdzie ludzie odpowiednio poważają bardów. Nie znajdziesz lepszego miejsca na świecie dla swojej sztuki. Przywiozę cię tam w sam czas na Święto Sefan. Zawody, sam zresztą wiesz. Sto złotych marek dla tego, kto najlepiej opowie *Wielkie polowanie na Róg*.

— To wysoka nagroda, kapitanie… — odparł Thom, kłaniając się wymyślnie i wywijając płaszczem w taki sposób, że wszystkie łatki zatrzepotały. — …I wspaniałe zawody, które słusznie ściągają bardów z całego świata. Jednakże — dodał oschłym tonem — obawiam się, że nie moglibyśmy sobie pozwolić na twoje ceny.

— No tak, cóż, jeśli chodzi o to...

Kapitan wyciągnął skórzaną sakiewkę z kieszeni kaftana i rzucił ją Thomowi. W środku coś zaszczękało, gdy Thom ją złapał.

— To zwrot twoich opłat i jeszcze coś ponadto. Szkody nie są takie duże, jak myślałem, a ty zapracowałeś sobie z nawiązką na podróż swoimi opowieściami i harfą. Być może mógłbym ci zapłacić tyle samo, gdybyś został na moim pokładzie aż do samego Morza Sztormów. I wysadziłbym cię na brzeg w Illian. Dobry bard może tam zarobić fortunę, nawet pomimo silnej konkurencji.

Thom zawahał się, ważąc sakiewkę w dłoni, lecz w tym momencie odezwał się Rand.

— Mamy się tu spotkać z przyjaciółmi, kapitanie, i potem razem jedziemy do Caemlyn. Odwiedzimy Illian innym razem.

Thom wykrzywił usta, wydął swe długie wąsy i schował sakiewkę do kieszeni.

— No chyba że tu nie ma tych ludzi, z którymi mieliśmy się spotkać, kapitanie.

— Ach tak — odparł Domon kwaśnym tonem. — Przemyślcie to. Szkoda, że nie mogę trzymać na pokładzie Gelba, aby ściągał na siebie gniew innych, ale zawsze robię to, co postanowię. Zdaje się, że muszę teraz złagodnieć, nawet jeśli to oznacza, że będę płynął do Illian trzy razy dłużej niż trzeba. Cóż, może te trolloki ścigały was trzech.

Rand zamrugał, ale nie odezwał się ani słowem, jednakże Mat nie był taki ostrożny.

— A niby czemu nie? — spytał podniesionym tonem. — Polowały na ten sam skarb, co my.

— Może — mruknął kapitan, wyraźnie jednak nieprzekonany. Przeczesał grubymi palcami swoją brodę, po czym wskazał kieszeń, do której Thom schował sakiewkę i rzekł: — Dwa razy tyle, jeśli zechcesz odwracać uwagę moich ludzi od tego, jak bardzo ich wykorzystuję. Przemyśl to. Wypływam jutro wraz z pierwszym brzaskiem.

Odwrócił się na pięcie i podszedł z powrotem do kupców, rozkładając szeroko ręce, by ich przeprosić, że kazał im tak długo czekać.

Thom nadal się wahał, ale Rand ponaglił go do zejścia z trapu, nie dając mu szansy na żadną dyskusję. Bard posłusznie poszedł za nim. Przez tłum ludzi przeszedł szmer, kiedy zobaczyli naszywany łatkami płaszcz Thoma, a niektórzy nawet zaczęli coś wołać, chcąc się dowiedzieć, jakiego rodzaju występy proponuje.

„A mieliśmy przejść nie zauważeni" — pomyślał Rand z przerażeniem.

Zanim zajdzie słońce, w całym Białym Moście będzie głośno o tym, że do miasteczka przybył bard. Pogonił jednak Thoma, który pogrążony w ponurym milczeniu nawet nie próbował zwolnić, by pysznić się uwagą, jaką na siebie ściągał.

Stangreci powozów z zainteresowaniem spoglądali na Thoma ze swych wysokich siedzeń, ale najwyraźniej godność zajmowanego przez nich stanowiska zabraniała im krzyczeć. Nie mając żadnego pomysłu, dokąd się teraz udać, Rand ruszył ulicą, która biegła równolegle do rzeki.

— Musimy znaleźć Moiraine i pozostałych — stwierdził. — I to szybko. Szkoda, że nie przyszło nam do głowy, żeby Thom zmienił płaszcz.

Thom nagle się otrząsnął i stanął jak wryty.

— Jakiś karczmarz będzie nam mógł powiedzieć, czy oni tu są albo czy już tędy przejeżdżali. Prawdziwy karczmarz. Tacy ludzie znają wszystkie wieści i plotki. Jeśli ich tu nie ma...

Spojrzał w przód i w tył, na Randa i Mata.

— Musimy porozmawiać.

Ruszył w stronę miasta, odchodząc od rzeki tak szybko, że płaszcz zawirował wokół jego łydek. Rand i Mat musieli przyspieszyć kroku, żeby go dogonić.

Szeroki, mlecznobiały łuk, który nadał miastu jego nazwę, przytłaczał Biały Most tak samo z bliska, jak z daleka, lecz w chwili, w której Rand znalazł się wśród ulic, stwierdził, że miasteczko jest równie duże jak Baerlon, choć nie tak tłoczne. Po ulicach jeździło kilka fur ciągniętych przez konie, woły, osły albo ludzi, ale nie było wśród nich żadnych powozów. Najprawdopodobniej tylko kupcy je posiadali i teraz wszystkie były zgromadzone przy przystani.

Na ulicach ciągnęły się szeregi sklepów najrozmaitszego rodzaju, wielu rzemieślników pracowało przed swoimi warsztatami, pod szyldami huśtającymi się na wietrze. Minęli człowieka naprawiającego garnki i krawca wystawiającego zwój tkaniny ku światłu, by klient mógł ją lepiej obejrzeć. Siedzący w drzwiach warsztatu szewc stukał młotkiem w obcas wysokiego buta. Domokrążcy krzykiem zachwalali swoje usługi w dziedzinie ostrzenia noży i nożyc albo usiłowali zainteresować przechodniów skromnymi tacami owoców czy warzyw, żaden jednak nie ściągał na siebie większego zainteresowania. Sklepy, w których sprzedawano jedzenie, dysponowały równie żałosnymi wystawami towarów jak te, które Rand zapamiętał z Baerlon. Nawet rybacy wystawiali na sprzedaż nędzne stosy małych ryb, jako że wszystkie łodzie były akurat na rzece. Czasy nie były jeszcze takie ciężkie, jednakże każdy wiedział, co się stanie, jeśli pogoda wkrótce się nie zmieni, a te twarze, których nie wykrzywiało zmartwienie, wydawały się wpatrywać w coś niewidzialnego, coś nieprzyjemnego.

W samym środku miasta, tam, gdzie zaczynał się most, znajdował się wielki brukowany plac. Otaczały go karczmy, sklepy i wysokie domy z czerwonej cegły, na froncie których wisiały tablice z tymi samymi nazwami, które Rand zauważył na drzwiach powozów. Do jednej z takich karczm, najwyraźniej wybranej na chybił trafił, zajrzał Thom. Kołyszący się na wietrze szyld nad drzwiami pokazywał z jednej strony wędrowca z tobołkiem na plecach, a z drugiej tego samego człowieka z głową ułożoną na poduszce i obwieszczał, że jest to „Przystań Podróżnika".

We wspólnej izbie było pusto, z wyjątkiem tłustego karczmarza nalewającego piwo z beczki i dwóch mężczyzn w prostym robotniczym odzieniu, którzy siedzieli przy stole na tyłach sali i ponurym wzrokiem wpatrywali się w swoje kufle. Tylko karczmarz podniósł wzrok, kiedy weszli do środka. Całą salę dzieliła od frontu do samego tyłu ścianka sięgająca na wysokość ramienia i po obu jej stronach znajdowały się stoły i kominki, w których płonął ogień. Rand zaczął jałowo dociekać, czy wszyscy karczmarze są grubi i łysiejący.

Żwawo rozcierając dłonie, Thom wygłosił uwagę o wieczornym chłodzie i zamówił grzane wino korzenne, po czym dodał cicho:

— Czy jest tu jakieś miejsce, gdzie mógłbym bez przeszkód porozmawiać z przyjaciółmi?

Karczmarz wskazał skinieniem głowy niską ściankę.

— Po drugiej stronie będzie najlepiej, chyba że chcecie wynająć pokój. Na ten czas, kiedy przyjdą tu żeglarze znad rzeki. Zdaje się, że połowa wszystkich załóg ma na pieńku z tą drugą. Nie chciałem, żeby mi zrujnowali karczmę, więc przedzieliłem ją na pół. — Przypatrywał się płaszczowi Thoma dłuższą chwilę, potem przekrzywił głowę z chytrym błyskiem w oczach. — Zostaniecie? Od jakiegoś czasu nie było tu żadnego barda. Ludzie zapłacą naprawdę godziwie, jeśli pozwoli im się zapomnieć o codziennych sprawach. Wziąłbym od was taniej za jedzenie i pokój.

„Nie zauważeni" — ponuro pomyślał Rand.

— Jesteś zbyt hojny — odparł Thom i zgrabnie się ukłonił. — Być może przyjmę twą propozycję. Na razie jednak potrzebujemy odrobinę prywatności.

— Przyniosę wam wina. Bardowie dostają tu duże pieniądze.

Przy stołach po drugiej stronie ścianki było zupełnie pusto, lecz Thom wybrał stojący na samym środku.

— Dzięki temu nikt nas nie będzie podsłuchiwał niezauważony — wyjaśnił. — Słyszeliście, co mówił ten człowiek? Weźmie od nas mniej. Pewnie, samym siedzeniem tutaj podwoję mu obroty. Każdy uczciwy karczmarz daje bardowi pokój, wikt i jeszcze sporą zapłatę.

Nagi blat stołu nie był zbyt czysty, a podłogi nikt nie zamiatał od wielu dni, o ile nie tygodni. Rand rozejrzał się dookoła i skrzywił. Pan al'Vere nie dopuściłby do takiego bałaganu w swojej karczmie, nawet jeśli z tego powodu musiałby wstać z łoża boleści.

— Przyszliśmy tu tylko po to, by zdobyć informacje. Pamiętacie?

— Dlaczego tutaj? — spytał podniesionym tonem Mat. — Mijaliśmy inne karczmy, w których było czyściej.

— Prosto od mostu — powiedział Thom — biegnie droga do Caemlyn. Każdy, kto przejeżdża przez Biały Most, przechodzi przez ten plac, chyba że podąża brzegiem rzeki, a my wiemy, że nasi przyjaciele tego nie robią. Jeśli nie zostawili żadnej wiadomości tutaj, to nie zostawili jej nigdzie. Pozwólcie, że ja będę mówił. To trzeba zrobić ostrożnie.

W tym właśnie momencie pojawił się karczmarz z trzema powyginanymi cynowymi kuflami w dłoni. Tłusty mężczyzna przejechał niedbale ścierką po blacie stołu i przyjął pieniądze od Thoma.

— Jeśli zostaniecie, to nie będziecie musieli płacić za trunki. A mamy tu dobre wino.

Uśmiech Thoma był ledwie widoczny.

— Przemyślę to, karczmarzu. Jakie tu macie wieści? Od jakiegoś czasu niczego nie słyszeliśmy.

— Niezwykłe wieści, ot co. Niezwykłe.

Karczmarz przerzucił ścierkę przez ramię i przystawił sobie krzesło. Skrzyżował ręce na stole, rozparł się z przeciągłym westchnieniem, mówiąc, że to ulga wreszcie usiąść. Nazywał się Bartim i dalej szczegółowo opowiadał o swoich stopach, o odciskach, bolesnych guzach, o tym, ile to czasu spędza na nogach, w czym je moczy, aż wreszcie Thom upomniał się znowu o wieści i wtedy przeszedł do nich, prawie nie robiąc przerwy w monologu.

Wieści były rzeczywiście tak niezwykłe, jak powiedział. Logain, fałszywy Smok, został pojmany po wielkiej bitwie w pobliżu granicy Lugard, kiedy starał się przemieścić swoją armię z Ghealdan do Łzy. Proroctwa, rozumieją chyba? Thom przytaknął, a Bartim mówił dalej. Drogi na południu są pełne ludzi, szczęśliwców niosących to, co dali radę unieść na grzbiecie. Tysiące uciekają we wszystkich kierunkach.

— Nikt — Bartim zaśmiał się krzywo — oczywiście nie wspierał Logaina. O nie, niełatwo będzie teraz znaleźć takich, którzy przyznają się do tego. Sami uchodźcy, starający się znaleźć bezpieczne miejsce na trudne czasy.

W pojmaniu Logaina brały naturalnie udział Aes Sedai. Mówiąc to, Bartim splunął na podłogę i potem jeszcze raz, gdy opowiedział, jak zabierały fałszywego Smoka na północ do Tar Valon. Zaznaczył, że jest uczciwym człowiekiem, szanowanym, i jeśli o niego chodzi, to wszystkie Aes Sedai mogą sobie wracać do Ugoru, skąd się wzięły, i zabrać tam z sobą Tar Valon. Nie podszedłby do żadnej Aes Sedai bliżej niż na tysiąc mil, gdyby miał możliwość wyboru. Słyszał, że one oczywiście zatrzymują się w każdej wiosce i mieście po drodze na północ, żeby pokazywać Logaina. Żeby pokazać ludziom, iż fałszywy Smok został pojmany i że świat jest na powrót bezpieczny. Chętnie by to zobaczył, nawet gdyby to oznaczało podejście blisko do Aes Sedai. Czuł sporą pokusę, żeby się przejechać do Caemlyn.

— Zabierają go tam, żeby pokazać królowej Morgase. — Karczmarz z szacunkiem dotknął swego czoła. — Nigdy nie widziałem królowej. Człowiek powinien zobaczyć swoją królową, nie uważacie?

Logain potrafił robić różne „rzeczy", a sposób, w jaki Bartim przewrócił oczami i przesunął językiem po wargach, wyjaśniał, co ma na myśli. Ostatni raz widział fałszywego Smoka przed dwoma laty, kiedy przemierzał okolice na czele parady, ale był to tylko jakiś prosty człowiek, który myślał, że zostanie królem. Wtedy nie trzeba było wzywać Aes Sedai. Żołnierze przykuli go łańcuchami do wozu; wyglądał nader żałośnie, kiedy tak pojękiwał na deskach i zakrywał sobie głowę rękoma, bo ludzie obrzucali go kamieniami albo poszturchiwali kijami. Bardzo się przykładali, a żołnierze nie robili nic, aby to ukrócić, dopóki nie zaistniała groźba, że zostanie zabity. Pozwolili ludziom zobaczyć, że nie był nikim szczególnym. Nie potrafił robić żadnych „rzeczy". Ale w przypadku tego Logaina byłoby na co popatrzeć. To coś, o czym Bartim mógłby opowiadać wnukom. Gdyby tylko mógł się wyrwać z karczmy.

Słuchając tego wszystkiego, Rand nie musiał udawać zainteresowania. Kiedy Padan Fain przywiózł do Pola Emonda wieści o fałszywym Smoku, mężczyźnie, który potrafi władać Mocą, to były to najniezwyklejsze wieści, jakie od wielu lat dotarły do Dwu Rzek. Wydarzenia, które nastąpiły potem, zepchnęły tamtą opowieść w głębsze zakamarki pamięci, ale nadal był to temat, o którym ludzie rozprawiają całymi latami i o którym opowiadają swoim wnukom. Bartim prawdopodobnie opowie swoim wnukom, że widział Logaina, niezależnie od tego, czy tak rzeczywiście było. Nikomu nawet nie przyjdzie na myśl, że to, co się zdarzyło wieśniakom z Dwu Rzek, jest warte opowiadania, co najwyżej może ludziom z Dwu Rzek.

— Z tego wyszłaby niezła opowieść, opowieść, jaką się powtarza przez tysiąc lat — powiedział Thom. — Żałuję, że mnie tam nie było. — Powiedział to takim głosem, jakby to była szczera prawda i Rand stwierdził, że tak pewnie jest. — Ale mógłbym choć się postarać go zobaczyć. Nie wyjaśniłeś, jaką drogą oni podążają. Może są tu jacyś podróżnicy stamtąd? Mogli coś słyszeć.

Bartim zbył go machnięciem brudnej ręki.

— Na północy wszyscy o tym wiedzą. Jak chcecie go zobaczyć, to jedźcie do Caemlyn. Tyle tylko wiem, a jeśli o czymkolwiek wiadomo w Białym Moście, to wiem o tym ja.

— Nie wątpię — odparł bez zająknięcia Thom. — Pewnie wielu obcych tu przyjeżdża. Twój szyld przykuwał moje oko od samych stóp Białego Mostu.

— Musisz wiedzieć, że przyjeżdżają nie tylko z zachodu. Dwa dni temu był tu jeden człowiek, mieszkaniec Illian z odezwą ozdobioną pieczęciami i wstęgami. Odczytał ją na samym środku placu. Mówił, że jedzie z nią aż do samych Gór Mgły, może nawet do Oceanu Aryth, jeśli uda mu się pokonać przełęcze. Mówił, że posłańcy z tą odezwą zostali wysłani do wszystkich krajów na świecie. — Karczmarz pokręcił głową. — Góry Mgły. Słyszałem, że są okryte mgłą przez cały okrągły rok, a w niej kryją się stworzenia, które obedrą całe twoje ciało do kości, zanim zdążysz uciec.

Mat parsknął pogardliwie, ściągając tym ostre spojrzenie Bartima.

Thom pochylił się z napięciem do przodu.

— O czym mówiła ta odezwa?

— No jakże, o polowaniu na Róg, oczywiście — wykrzyknął Bartim. — A nie powiedziałem tego? Illiańczycy wzywali wszystkich, którzy pragną oddać swe życie polowaniu, aby zebrali się w Illian. Możecie to sobie wyobrazić? Oddać swe życie legendzie? Myślę, że znaleźli jakichś głupców. Głupców wszędzie pełno. Ten człowiek twierdził, że zbliża się koniec świata. Ostatnia bitwa z Czarnym. — Zaśmiał się, ale był to pusty dźwięk, jakby starał się przekonać samego siebie, że jest się z czego śmiać. — Zdaje się, że ich zdaniem trzeba znaleźć Róg Valere, zanim to się stanie. No i co o tym myślicie? — Przez chwilę w zamyśleniu obgryzał jeden ze stawów dłoni. — Jasne, że nie wiedziałbym, jak się z nimi sprzeczać po tej zimie. Zima, ten cały Logain, a także dwaj inni przed nim. Dlaczego w ciągu ostatnich lat ci wszyscy ludzie twierdzili, że są Smokami? I ta zima. To musi coś oznaczać. Co wy o tym myślicie?

Thom zdawał się go nie słuchać. Łagodnym głosem barda zaczął recytować, jakby tylko dla siebie:

W ostatniej, samotnej bitwie
Przeciwko długiej nocy nastaniu
Góra będzie strażnikiem
A martwy oddany czuwaniu
Bo nie jest grób przeszkodą
Na moje wezwanie.

— O właśnie. — Bartim wyszczerzył zęby w uśmiechu, jakby już widział tłumy wręczające mu pieniądze podczas słuchania Thoma. — O właśnie. *Wielkie polowanie na Róg*. Powiesz im to, a będą siadali nawet na tych krokwiach. Każdy słyszał o odezwie.

Thom nadal wydawał się przebywać tysiąc mil dalej, więc Rand powiedział:

— Szukamy kilku przyjaciół, którzy mieli tutaj przyjechać. Z zachodu. Czy było tu wielu przybyszów w ciągu ostatnich dwóch tygodni?

— Kilku — wolno odparł Bartim. — Zawsze ktoś tu przyjeżdża, i ze wschodu, i z zachodu. — Popatrzył kolejno na każdego z nich, nagle stając się czujny. — Jak oni wyglądali, ci wasi przyjaciele?

Rand otworzył usta, ale Thom, nagle powracając do nich duchem, obdarzył go ostrym spojrzeniem, które nakazywało zamilknąć. Z rozdrażnionym westchnieniem zwrócił się do karczmarza:

— Dwaj mężczyźni i trzy kobiety — powiedział z niechęcią. — Mogą być razem albo nie.

Zwięźle opisał każde z nich, wystarczająco dokładnie jednak, by mogli być rozpoznani przez tego, kto ich ostatnio widział. Nie zdradził jednak, kim są.

Bartim przejechał dłonią po głowie, mierzwiąc swe rzadkie włosy, po czym powoli wstał.

— Zapomnij o występach w tym miejscu, bardzie. Prawdę mówiąc, byłbym rad, gdybyście dopili swoje wino i wyjechali. Wyjechali z Białego Mostu, jeśli macie dość rozumu.

— Czy ktoś jeszcze o nich pytał? — Thom upił łyk wina, jakby odpowiedź na to była najmniej ważną rzeczą na całym świecie i uniósł brew. — Kto by to mógł być?

Bartim znowu podrapał się po głowie i przestąpił z nogi na nogę, jakby zaraz miał odejść, po czym przytaknął samemu sobie.

— Będzie z tydzień temu, chyba tak mogę powiedzieć, jak do Mostu przyszedł jakiś podejrzany jegomość. Szalony, tak wszyscy myśleli. Cały czas mówił do siebie, ani na chwilę nie przestawał się ruszać, nawet gdy stał w miejscu. Wypytywał o tych samych ludzi… niektórych z nich. Pytał, jakby to było ważne, a potem tak się zachowywał, jakby nie dbał o odpowiedź. Raz mówił, że musi na nich poczekać, a innym razem, że musi jechać dalej, że mu spieszno. W jednej chwili skamlał i błagał, a w drugiej wydawał rozkazy jak jakiś król. Ludzie ledwie nie złoili mu skóry, szalony czy nie szalony. Straż omal nie zabrała go do aresztu dla jego własnego bezpieczeństwa. Ruszył do Caemlyn tego samego dnia, cały czas mówiąc do siebie i płacząc. Szalony, jak powiedziałem.

Rand popatrzył pytająco na Thoma i Mata, a oni pokręcili przecząco głowami. Nawet jeśli ten podejrzany jegomość ich szukał, to nie był to ktoś, kogo rozpoznali.

— Jesteś pewien, że szukał tych samych ludzi? — spytał Rand.

— Niektórych. Tego wojownika i kobiety ubranej w jedwabie.

Jednak nie o nich mu tak bardzo chodziło. Szukał trzech chłopców ze wsi.

Jego wzrok prześlizgnął się po twarzach Randa i Mata tak szybko, że Rand nie był pewien, czy na pewno zauważył to spojrzenie, czy tylko je sobie wyobraził.

— Szukał ich z wielką desperacją. Ale to był szaleniec, jak już mówiłem.

Rand zadrżał i zastanowił się, kim mógł być ów szalony człowiek i dlaczego ich szukał.

„Sprzymierzeniec Ciemności? Czy Ba'alzamon wykorzystałby szaleńca?"

— Ten był szalony, ten drugi zaś... — Bartim niepewnie zamrugał oczami i przejechał językiem po wargach, jakby miał zbyt mało śliny, aby je zwilżyć. — Następnego dnia... następnego dnia po raz pierwszy pojawił się ten drugi.

Umilkł.

— Ten drugi? — ponaglił go w końcu Rand.

Bartim rozejrzał się dookoła, choć w ich części sali nadal nie było nikogo. Stanął nawet na palcach i spojrzał ponad barierką. Kiedy się wreszcie odezwał, mówił szybko i pospiesznie.

— Jest cały ubrany na czarno. Kaptur płaszcza trzyma nasunięty na głowę, więc nie da się zobaczyć jego twarzy, ale czuje się, że patrzy na ciebie, czuje się to tak, jakby po kręgosłupie wędrowała ci bryłka lodu. On... rozmawiał ze mną. — Drgnął i zanim znowu przemówił, zagryzł dolną wargę. — Jego głos przypomina szuranie węża pełznącego po uschłych liściach. Czułem, jak żołądek zamienia mi się w bryłę lodu. Za każdym razem, kiedy tu wraca, zadaje te same pytania. Te same pytania, co tamten szaleniec. Nikt nigdy nie widział, skąd przychodzi. Pojawia się nagle, nocą albo dniem, paraliżując cię na miejscu, w którym stoisz. Ludzie zaczęli oglądać się za siebie. A co najgorsze, strażnicy przy bramach mówią, że nigdy nie przeszedł przez żadną z nich, ani nie wszedł, ani nie wyszedł.

Rand usilnie starał się zachować obojętny wyraz twarzy, zaciskał szczęki tak mocno, że aż go rozbolały zęby. Mat spoglądał spode łba, a Thom wbił wzrok w wino. W dzielącym ich powietrzu zawisło słowo, którego żaden z nich nie chciał wypowiedzieć. Myrddraal.

— Pewnie bym zapamiętał, gdybym kiedykolwiek spotkał kogoś takiego — powiedział po chwili Thom.

Bartim z wściekłością pokiwał głową.

— Niech sczeznę, na pewno byś zapamiętał. Na prawdę Światłości! Na pewno byś zapamiętał. On... szuka tych samych ludzi, co szaleniec, tylko mówi, że jest wśród nich dziewczyna. I — zerknął z ukosa na Thoma — i siwowłosy bard.

Thom uniósł gwałtownie brwi z niekłamanym, zdaniem Randa, zdziwieniem.

— Siwowłosy bard? No cóż, nie jestem bodajże jedynym bardem, który jest już w swoich latach. Zapewniam cię, że nie znam tego człowieka i że on nie ma powodu, aby mnie szukać.

— Może tak być — odparł ponuro Bartim. — Nie mówił o tym zbyt wiele, ale odniosłem wrażenie, że byłby wielce niezadowolny, gdyby ktoś starał się pomóc tym ludziom albo ukrywał ich przed nim. W każdym razie powiedziałem wam to, co jemu. Nie widziałem nikogo z nich, ani też o nich nie słyszałem i taka jest prawda. Żadnego z nich — zakończył dobitnie. Położył nagle z trzaskiem pieniądze Thoma na stół. — Dokończcie to swoje wino i idźcie już. Zgoda? Zgoda?

I z tym oddalił się od ich stołu najszybciej jak potrafił, oglądając się przez ramię.

— Pomor — ledwie słyszalnie wyszeptał Mat, kiedy karczmarz już zniknął. — Trzeba się było domyślić, że będą nas tu szukać.

— I on tu wróci — dodał Thom, pochylając się nad stołem i zniżając głos. — Powiadam, że trzeba przekraść się z powrotem do łodzi i skorzystać z propozycji kapitana Domona. Będą na nas polowali przy drodze do Caemlyn, a tymczasem my udamy się do Illian, tysiąc mil od miejsca, w którym Myrddraal nas się spodziewa.

— Nie — odparł stanowczo Rand. — Poczekamy w Białym Moście na Moiraine i pozostałych albo pojedziemy do Caemlyn. Albo jedno, albo drugie, Thom. Tak przecież postanowiliśmy.

— To szaleństwo, chłopcze. Wszystko się zmieniło. Posłuchaj

mnie. Nieważne, co mówi ten karczmarz, wystarczy, że Myrddraal spojrzy tylko na niego, a wszystko mu opowie, łącznie z tym, co piliśmy i ile kurzu mieliśmy na butach.

Rand zadrżał, przypominając sobie bezokie spojrzenie Pomora.

— A jeśli chodzi o Caemlyn... Myślisz, że Półludzie nie wiedzą, że chcesz się dostać do Tar Valon? Najlepiej popłynąć teraz łodzią na południe.

— Nie, Thom. — Rand musiał wyduszać z siebie słowa, gdy pomyślał o tysiącu mil dzielącym ich od miejsca, w którym szukają ich Pomory, wziął jednak głęboki wdech i udało mu się zdobyć na bardziej stanowczy ton. — Nie!

— Pomyśl, chłopcze, Illian! Nie masz wspanialszego miasta na całej ziemi. I Wielkie Polowanie na Róg! Nie było Polowania na Róg od blisko czterystu lat. Cały nowy cykl opowieści czeka, by go ułożyć. Pomyśl tylko. Nigdy o niczym takim nie śniłeś. Zanim Myrddraal się domyśli, dokąd pojechałeś, będziesz już stary, siwy i tak zmęczony pilnowaniem swych wnucząt, że nie będziesz dbał o to, czy cię znajdzie.

Na twarzy Randa pojawił się upór.

— Ile razy muszę mówić nie? Znajdą nas, gdziekolwiek nie pójdziemy. W Illian też będą czekały Pomory. A jak uciekniemy przed snami? Chcę wiedzieć, co się ze mną dzieje, Thom, i dlaczego. Jadę do Tar Valon. Z Moiraine, jeśli mi się uda, bez niej, jeśli będę musiał. Sam, jeśli będę musiał. Muszę wiedzieć.

— Ale Illian, chłopcze! I bezpieczna droga w dole rzeki, podczas gdy oni będą cię szukali całkiem gdzie indziej. Krew i popioły, sen nie może cię skrzywdzić.

Rand milczał.

„Czy sen nie może skrzywdzić? Czy ciernie ze snu kłują do prawdziwej krwi?"

Nieomal żałował, że nie powiedział Thomowi o tym śnie.

„Odważysz się opowiedzieć komukolwiek? Ba'alzamon jest w twoich snach, ale co jest między snem a przebudzeniem? Komu odważysz się powiedzieć, że sam Czarny cię dotyka?"

Thom wydawał się rozumieć. Jego twarz złagodniała.

— Nawet te sny, chłopcze. To ciągle są tylko sny, nieprawdaż? Na Światłość, Mat, pogadaj z nim. Wiem, że ty przynajmniej nie chcesz jechać do Tar Valon.

Twarz Mata poczerwieniała, częściowo z zażenowania, częściowo ze złości. Unikał wzroku Randa, a zamiast tego spojrzał spode łba na Thoma.

— Po co te całe kłótnie i zamieszanie? Chcesz wracać na łódź? To wracaj. Sami się sobą zajmiemy.

Wąskie ramiona barda zatrzęsły się od bezgłośnego śmiechu, lecz mówił głosem zduszonym od gniewu.

— Myślisz, że wiesz tyle o Myrddraalu, że uciekniesz przed nim bez niczyjej pomocy, czy tak? Jesteś gotów pojechać sam do Tar Valon i oddać się w ręce Tronu Amyrlin? Czy w ogóle potrafisz odróżnić jedną Ajah od drugiej? Niech mnie Światłość spali, chłopcze, ale jeśli uważasz, że sam dojedziesz do Tar Valon, to każ mi odejść.

— Odejdź! — warknął Mat, wsuwając rękę pod płaszcz.

Oszołomiony Rand pojął, że chwycił sztylet z Shadar Logoth i może nawet jest gotów go użyć.

Zza drugiej strony przepierzenia dzielącego izbę rozległ się ochrypły śmiech, głośno przemówił czyjś pogardliwy głos.

— Trolloki? Włóż płaszcz barda, człowieku! Upiłeś się! Trolloki! Bajki z Ziem Granicznych!

Słowa ociekały gniewem niczym garniec wypełniony po brzegi zimną wodą. Nawet Mat obrócił się w stronę ściany, wytrzeszczając oczy.

Rand wstał, by spojrzeć ponad ścianką, po czym pochylił się z mdlącym uczuciem w żołądku. Po drugiej stronie, przy stole na tyłach sali siedział Floran Gelb w towarzystwie tych dwóch ludzi, którzy już tam byli wcześniej. Śmiali się z niego, ale jednocześnie słuchali. Bartim wycierał stół, nie patrząc na Gelba i dwóch mężczyzn, jednakże sam też słuchał, bez końca szorując ścierką jedną plamę i pochylając się w ich stronę tak mocno, że wydawało się, że zaraz się przewróci.

— Gelb — wyszeptał Rand i opadł z powrotem na krzesło, a pozostali stężeli.

Thom szybko obiegł wzrokiem ich część izby.

Po tamtej stronie ściany zadźwięczał głos drugiego mężczyzny.

— Nie, nie, trolloki naprawdę kiedyś żyły. Ale wszystkie zostały wybite podczas Wojen z Trollokami.

— Bajki z Ziem Granicznych! — powtórzył pierwszy mężczyzna.

— To prawda, powiadam wam — głośno zaprotestował Gelb. — Byłem w Ziemiach Granicznych. Widywałem wcześniej trolloki i to były trolloki, czego jestem pewien tak jak tego, że tu siedzę. Ci trzej twierdzili, że trolloki ich ścigają, ale ja wiem lepiej. Dlatego właśnie nie mogłem zostać na „Spray". Już od jakiegoś czasu miałem podejrzenia względem Bayle'a Domona, ale ci trzej są Sprzymierzeńcami Ciemności, na pewno. Powiadam wam...

Dalszy ciąg tego, co Gelb miał do powiedzenia, zagłuszyły śmiech i grubiańskie żarty.

Kiedy, zastanawiał się Rand, karczmarz usłyszy opis „tych trzech"? O ile już nie usłyszał. Jeśli już nie zerwał się w stronę tych trzech obcych, z którymi dopiero co się spotkał. Droga do jedynego wyjścia ze wspólnej izby wiodła tuż obok stołu Gelba.

— Może z tą łodzią to nie jest taki zły pomysł — mruknął Mat, ale Thom potrząsnął głową.

— Już nie. — Bard mówił spokojnie i szybko. Wyciągnął skórzaną sakiewkę, którą dał mu kapitan Domon, i pospiesznie podzielił pieniądze na trzy stosy. — Za godzinę o całej tej historii będzie głośno w mieście, choćby nawet nikt nie miał w nią uwierzyć, a Półczłowiek może ją usłyszeć w każdej chwili. Domon nie wypłynie do jutra rano. W najlepszym wypadku trolloki będą go ścigały przez połowę drogi do Illian. Cóż, on zdaje się tego jakby spodziewać, ale to nam wcale w niczym nie pomoże. Nie możemy zrobić nic innego, jak tylko uciekać. I to jak najszybciej.

Mat szybko schował do kieszeni pieniądze, które Thom przesunął w jego stronę. Rand podnosił swój stosik nieco wolniej. Monety, którą ofiarowała mu Moiraine, wśród nich nie było. Domon dał im równowartość w srebrze, jednak Rand, z powodu którego nie potrafił odgadnąć, żałował, że nie ma monety Moiraine. Schował pieniądze do kieszeni i spojrzał pytająco na barda.

— Na wypadek, gdyby nas rozdzielono — wyjaśnił Thom. — Tak się prawdopodobnie nie stanie, ale jeśli tak będzie… cóż, obydwaj dacie sobie radę sami. Dobrzy z was chłopcy. Tylko trzymajcie się z dala od Aes Sedai, jeśli wam życie miłe.

— Myślałem, że zostajesz z nami — powiedział Rand.

— Zostaję, chłopcze, zostaję. Ale oni są już blisko i Światłość tylko wie, co się stanie. Cóż, nieważne. Nie wiadomo, czy w ogóle coś się stanie. — Thom umilkł na chwilę i popatrzył na Mata. — Mam nadzieję, że już ci nie przeszkadza, że zostaję z wami — stwierdził ozięble.

Mat wzruszył ramionami. Popatrzył na każdego z nich i znowu wzruszył ramionami.

— Jestem po prostu zdenerwowany. Jakoś nie potrafię sobie z tym poradzić. Za każdym razem, kiedy się zatrzymujemy, żeby odsapnąć, pojawiają się oni i polują na nas. Cały czas mam uczucie, że ktoś wlepia wzrok w tył mojej głowy. Co teraz zrobimy?

Po drugiej stronie ścianki rozległ się śmiech zagłuszający głos Gelba, który starał się przekonać obu mężczyzn, że powiedział prawdę. „Ile jeszcze mamy czasu?" — zastanawiał się Rand. Prędzej czy później Bartim będzie musiał z ich trójką skojarzyć ludzi, o których opowiedział Gelb.

Thom odsunął krzesło i wstał, ale nie wyprostował się. Nikt, kto patrzałby zwyczajnie w stronę ścianki, nie mógł go zobaczyć. Gestem dłoni nakazał im iść za sobą, szepcząc:

— Zachowujcie się jak najciszej.

Okna po drugiej stronie kominka wychodziły na jakąś boczną uliczkę. Thom przyjrzał się uważnie jednemu z nich, zanim uniósł je na taką wysokość, by mogli się pod nim przecisnąć. Okno prawie nie wydało żadnego dźwięku, siedzący w odległości trzech stóp po drugiej stronie niskiej ścianki mężczyźni, spierający się i śmiejący hałaśliwie, nie mogli nic usłyszeć.

Gdy już się znaleźli w uliczce, Mat chciał pomaszerować prosto przed siebie, jednak Thom schwycił go za ramię.

— Nie tak szybko — powiedział. — Jeszcze nie wiemy, co robić.

Bard zasunął za sobą okno na tyle, na ile mógł to zrobić, znajdując się na zewnątrz, odwrócił się i rozejrzał dookoła.

Rand powiódł wzrokiem w ślad za jego oczyma. Z wyjątkiem kilku beczek na deszczówkę stojących pod murem karczmy i następnym budynkiem, w którym mieścił się warsztat krawiecki, w pokrytej wyschłym błotem i piachem alei było pusto.

— Czemu to robisz? — spytał znowu podniesionym tonem Mat. — Byłbyś bezpieczniejszy, gdybyś nas zostawił. Czemu zostałeś z nami?

Thom wpatrywał się w niego przez chwilę.

— Miałem bratanka, Owyna — powiedział znużonym głosem, strząsając swój płaszcz z ramion. Nie przestając mówić, rzucił go na stos razem z derką, po czym ostrożnie położył na nim futerały z instrumentami. — Jedyny syn mojego brata, mój jedyny krewny. Wdał się w kłopoty z Aes Sedai, a ja byłem zbyt zajęty... innymi sprawami. Nie wiem, co mogłem zrobić, ale kiedy wreszcie się do tego zabrałem, było za późno. Owyn umarł kilka lat potem. Można powiedzieć, że to Aes Sedai go zabiły.

Wyprostował się, nie patrząc na nich. Mówił nadal beznamiętnym tonem, jednak kiedy Rand odwrócił głowę, dostrzegł łzy w jego oczach.

— Jeśli uda mi się uwolnić was od Tar Valon, to może przestanę myśleć o Owynie. Poczekajcie tutaj.

Nadal unikając ich wzroku, pospieszył do wyjścia z uliczki, zwalniając, kiedy był już prawie u celu. Rozejrzał się raz szybko dookoła, normalnym krokiem wyszedł na większą ulicę i zniknął im z oczu.

Mat uniósł się, chcąc iść w jego ślady, ale zaraz usiadł z powrotem.

— Nie zostawi tych rzeczy — powiedział, dotykając skórzanych futerałów. — Wierzysz w tę opowieść?

Rand przykucnął obok beczek na deszczówkę, uzbrajając się w cierpliwość.

— Co z tobą, Mat? Przecież ty jesteś zupełnie inny. Od wielu dni nie słyszałem twojego śmiechu.

— Nie lubię, gdy na mnie polują jak na jakiegoś królika — warknął Mat.

Westchnął, a jego głowa wsparła się bezwładnie o ceglany mur karczmy. Nawet w tej pozycji wyglądał na spiętego. Toczył dookoła niespokojnym wzrokiem.

— Przepraszam. To przez to uciekanie, tych wszystkich obcych i... i w ogóle wszystko. Przez to jestem taki drażliwy. Patrzę na kogoś i zaraz się zastanawiam, czy nie powie o nas Pomorom albo nas nie oszuka, obrabuje albo... Na Światłość, Rand, czy ciebie to wszystko nie denerwuje?

Śmiech Randa zabrzmiał jak urywany szczek z głębi gardła.

— Za bardzo się boję, żeby się denerwować.

— Jak myślisz, co Aes Sedai zrobiły jego bratankowi?

— Nie wiem — odparł nieswoim głosem Rand.

Znał tylko jeden rodzaj kłopotów z Aes Sedai, w jakie mógł wdać się człowiek.

— Wydaje mi się, że nie to, co nam.

— Nie. Nie to, co nam.

Przez jakiś czas siedzieli tylko oparci o mur, nic nie mówiąc. Rand nie wiedział, jak długo trwa to wszystko. Prawdopodobnie kilka minut, ale miał wrażenie, że czekają już całą godzinę na powrót Thoma albo na chwilę, w której Bartim i Gelb otworzą okno i obwieszczą wszem i wobec, że oni są Sprzymierzeńcami Ciemności. W pewnej chwili na końcu uliczki pojawił się jakiś człowiek, wysoki mężczyzna, który miał kaptur nasunięty na głowę, a płaszcz tak ciemny jak noc na tle oświetlenia ulicy.

Rand zerwał się na nogi, chwytając rękojeść miecza Tama tak mocno, że aż go zabolały kłykcie. Zaschło mu w ustach i przełykanie śliny nie pomagało. Mat uniósł się, wsuwając dłoń pod płaszcz.

Mężczyzna szedł w ich stronę i w miarę, jak się zbliżał, Rand czuł coraz silniejszy ścisk w gardle. Mężczyzna zatrzymał się nagle i odrzucił kaptur. Kolana omal nie ugięły się pod Randem. To był Thom.

— Cóż, skoro mnie nie poznajecie — bard uśmiechnął się szeroko — to znaczy, że w takim przebraniu uda mi się przejść przez bramy.

Thom przepchnął się między nimi i zaczął przekładać rzeczy ze swojego łaciatego płaszcza do nowego, tak szybko, że Rand ledwie je odróżniał. Widział teraz, że nowy płaszcz jest ciemnobrązowy. Głęboko, urywanie wciągnął powietrze do płuc, ale nadal miał uczucie, że jego gardło zacisnęło się niczym pięść. Brązowy, nie czarny. Mat nadal trzymał rękę pod płaszczem, jakby zamierzał użyć ukrytego sztyletu.

Thom zerknął na nich przelotnie, po czym obdarzył ich ostrzejszym spojrzeniem.

— To nie pora, żeby tak się bać.

Zaczął zręcznie tworzyć tobołek ze swojego starego płaszcza, w taki sposób, że łatki zostały schowane w środku.

— Będziemy stąd wychodzili kolejno, w takiej odległości, żeby nie stracić się z oczu. Dzięki temu nikt nas nie powinien zapamiętać. Czy nie mógłbyś się przygarbić? — dodał w stronę Randa. — Ten twój wzrost jest jak sztandar.

Zarzucił sobie tobołek na plecy, wstał i nasunął kaptur na głowę. Zupełnie nie przypominał siwowłosego barda. Był po prostu zwykłym wędrowcem, człowiekiem zbyt biednym, by móc sobie pozwolić na konia, a tym bardziej na powóz.

— Chodźmy. Już zmarnowaliśmy za dużo czasu.

Rand zgodził się skwapliwie, ale mimo to wciąż bał się wyjść z uliczki na plac. Nikt spośród rzadkich grup ludzi, rozproszonych na placu, nie obdarzył ich niczym więcej niż tylko przelotnym spojrzeniem — większość w ogóle na nich nie patrzyła — on jednak skulił ramiona, czekając na okrzyk ostrzegający przed Sprzymierzeńcem Ciemności, który zmieni tych zwykłych mieszczan w żądny krwi motłoch. Obiegł wzrokiem otwartą przestrzeń, ludzi krzątających się wokół swych codziennych spraw, a kiedy wreszcie dostrzegł Myrddraala, zdążył już pokonać połowę placu.

Nawet nie zdążył się domyślić, skąd przyszedł Pomor, który kroczył teraz w ich stronę śmiertelnie wolno, niczym drapieżnik wpatrzony w swoją ofiarę. Ludzie pospiesznie rozstępowali się przed odzianą w czerń sylwetką, starając się na nią nie patrzeć. Plac wyludniał się w miarę jak stwierdzali, że mają coś do zrobienia gdzie indziej.

Czarny kaptur przykuł Randa do miejsca, w którym stał. Usiłował przeniknąć tę próżnię, ale przypominało to szukanie czegoś po omacku w oparach dymu. Ukryty wzrok Pomora ciął go do kości jak nóż i przemieniał jego szpik w bryłki lodu.

— Nie patrz na jego twarz — wysyczał przez zęby Thom. Jego głos trząsł się, skrzypiał, brzmiał teraz tak, jakby każde słowo musiał z siebie wyduszać. — Niech cię Światłość spali, nie patrz na jego twarz.

Rand oderwał wzrok — omal nie jęknął głośno, bo było to tak, jakby odrywał sobie pijawkę od twarzy — ale mimo że wpatrywał się w kamienie, którymi brukowana była ulica, nadal wiedział, iż Myrddraal idzie w jego stronę niczym kot, który bawi się z myszą, igrając z jej nędznymi próbami ucieczki, zanim zaciśnie na niej swe szczęki. Pomor pokonał już połowę odległości.

— Będziemy tak tutaj stali? — wymamrotał. — Musimy biec... uciekać.

Nadal jednak nie potrafił zmusić swych stóp do ruchu.

Mat wyciągnął wreszcie drżącą dłonią swój sztylet z rubinową rękojeścią. Jego wargi rozchyliły się w grymasie strachu, obnażając zęby.

— Myślisz... — Thom urwał, by przełknąć ślinę, i mówił dalej ochrypłym głosem: — Myślisz, że uda ci się przed nim uciec, chłopcze?

Zaczął coś mruczeć do siebie, jednakże jedynym słowem, jakie Rand zdołał wyróżnić, było „Owyn". Nagle warknął:

— Nie trzeba było mieszać się do waszych spraw, chłopcy. Nie trzeba było. — Zrzucił z pleców swój tobołek zrobiony z płaszcza i wcisnął go w ręce Randa. — Zaopiekujcie się tym. Kiedy powiem „biegnijcie", to biegnijcie i nie zatrzymujcie się dopóty, dopóki nie znajdziecie się w Caemlyn. „Błogosławieństwo Królowej". To oberża. Zapamiętajcie tę nazwę na wypadek... Po prostu zapamiętajcie.

— Nie rozumiem — powiedział Rand.

Myrddraal znajdował się już nie dalej niż w odległości dwudziestu kroków. Miał wrażenie, że zamiast stóp ma ołowiane odważniki.

— Po prostu zapamiętajcie! — warknął Thom. — „Błogosławieństwo Królowej". Teraz. BIEGNIJCIE!

Popchnął ich obydwu, kładąc im ręce na ramionach. Rand potknął się, gdy ruszając chwiejnym krokiem, zderzył się z Matem.

— BIEGNIJCIE!

Thom również ruszył z miejsca, wydając z siebie przeciągły, bezsłowny okrzyk. Nie biegł za nimi, lecz w stronę Myrddraala. Jego dłonie zatrzepotały, jakby wykonywał najlepszą część swego przedstawienia i w tym momencie błysnęły sztylety. Rand zatrzymał się, ale Mat zaraz pociągnął go za sobą.

Pomor był równie zaskoczony. Leniwe tempo jego kroków uległo zakłóceniu. Sięgnął do rękojeści czarnego miecza wiszącego u pasa, lecz długie nogi barda szybko pokonały dzielącą ich odległość. Thom zdążył dopaść Myrddraala, zanim czarne ostrze do połowy zdołało opuścić pochwę i obydwaj wpadli na siebie. Ostatni ludzie, którzy jeszcze byli na placu, uciekli.

— BIEGNIJCIE!

Powietrze na placu błysnęło oślepiającym błękitem, a Thom zaczął krzyczeć, lecz nawet w samym środku tego krzyku udało mu się wydobyć jedno słowo.

— BIEGNIJCIE!

Rand usłuchał. Ścigały go okrzyki barda.

Przyciskając tobołek Thoma do piersi, biegł najszybciej jak potrafił. Panika rozprzestrzeniała się z placu po całym mieście, a Rand i Mat uciekali, unoszeni przez falę strachu. Mijani przez chłopców sklepikarze porzucali swoje towary. Okiennice na frontach sklepów zamykały się z trzaskiem, a w oknach domów pojawiały się zatrwożone twarze i natychmiast znikały. Ludzie, którzy nie byli dostatecznie blisko, by zobaczyć, co się stało, biegli przez ulice jak oszalali, na nic nie zważając. Wpadali jeden na drugiego, a ci, których powalono, z trudem podnosili się na nogi, czasami dawali się deptać. W Białym Moście zawrzało jak w rozkopanym mrowisku.

Kiedy razem z Matem biegli ciężko w stronę bram, Rand przypomniał sobie nagle, co Thom powiedział o jego wzroście. Nie zwalniając, skulił się najmocniej jak mógł, tak żeby to nie rzucało się w oczy. Bramy, zbudowane z grubych pali okutych sztabami z czarnego żelaza, były otwarte. Dwóch strażników, w stalowych hełmach i kolczugach nałożonych na tanie czerwone kaftany z białymi kołnierzami, ściskało halabardy i patrzyło niespokojnie w stronę miasta. Jeden z nich spojrzał przelotnie na Mata i Randa, ale nie byli oni jedynymi, którzy biegli w stronę bram. Razem z nimi napływał gęsty strumień spoconych ludzi, zadyszanych mężczyzn ciągnących swe żony, łkających kobiet niosących niemowlęta i wlokących za sobą dzieci, rzemieślników z pobladłymi twarzami, wciąż ubranych w fartuchy i bezcelowo ściskających narzędzia.

Nikt nie będzie w stanie powiedzieć, w którą stronę uciekli, myślał podczas biegu oszołomiony Rand.

„Thom. Och, Światłości, ratuj mnie. Thom".

Biegnący za nim Mat zatoczył się, odzyskał równowagę, pędzili potem dalej tak długo, aż w końcu wyprzedzili ostatnich ludzi, a potem stracili z oczu i miasteczko, i Biały Most.

W końcu Rand runął na kolana w pył, gwałtownie wciągając wielkie hausty powietrza do rozpalonego gardła. Na drodze za nimi, aż do miejsca, w którym droga ginęła z zasięgu wzroku wśród nagich drzew, było zupełnie pusto. Mat szarpnął go za ramię.

— No dalej, dalej — wydyszał. Z jego twarzy spływał pot zmieszany z kurzem, przyjaciel wyglądał tak, jakby zaraz miał się przewrócić. — Nie możemy się zatrzymywać, Thom — powiedział Rand. Objął silniej tobołek zrobiony z płaszcza Thoma, czuł w środku twarde bryły futerałów z instrumentami. — Thom.

— On nie żyje. Widziałeś. Słyszałeś. Na Światłość, Rand, on nie żyje!

— Twoim zdaniem Egwene, Moiraine i pozostali też nie żyją. Jeżeli nie żyją, to czemu Myrddraal nadal ich ściga? Wyjaśnisz mi to?

Mat osunął się na kolana obok niego.

— W porządku. Może oni żyją. Ale Thom... Widziałeś! Krew i popioły, Rand, to samo może stać się z nami.

Rand powoli skinął głową. Droga za nimi wciąż była pusta. Trochę się spodziewał — a przynajmniej miał taką nadzieję — że zobaczy Thoma, jak kroczy drogą i wydyma wąsy, chcąc im powiedzieć, jakim są utrapieniem. „Błogosławieństwo Królowej" w Caemlyn. Podniósł się z trudem z ziemi i zarzucił sobie na plecy tobołek Thoma razem z derką. Mat przypatrywał mu się zmrużonymi, czujnymi oczyma.

— Chodźmy — powiedział Rand i ruszył drogą wiodącą do Caemlyn. Słyszał, jak Mat coś mruczy, po chwili jednak go dogonił.

Wlekli się pylistym traktem, ze zwieszonymi głowami, nie mówiąc ani słowa. Wiatr wzniecał tumany kurzu, jednak droga za nimi pozostawała cały czas pusta.

ROZDZIAŁ 27

SCHRONIENIE PRZED BURZĄ

Perrin nie umiał zachować spokoju podczas dni spędzonych z Tuatha'anami, kiedy wędrowali leniwie na południowy wschód. Wędrowcy nie znali powodów, które mogłyby skłonić ich do pośpiechu, taki mieli styl życia. Kolorowe wozy wytaczały się na drogę dopiero wtedy, gdy słońce stało wysoko nad horyzontem, a zatrzymywały się po południu, po znalezieniu odpowiedniego miejsca na rozbicie obozu. Psy, a czasami również dzieci, biegały swobodnie obok karawany, nie mając żadnych trudności z ewentualnym dogonieniem jej. Na wszelkie sugestie, że mogliby poruszać się szybciej albo pokonywać większe dystanse, odpowiedzią był śmiech i ironiczne uwagi w rodzaju: „Tak, ale czy rzeczywiście należy zmuszać te biedne konie do ciężkiej pracy?"

Perrin był zdziwiony, że Elyas nie podziela jego odczuć. Łowca nie korzystał z wozu, wolał maszerować, włócząc się swobodnie obok czoła kolumny, nigdy jednak nie dawał do zrozumienia, iż chciałby opuścić ją lub poruszać się szybciej.

Dziwny, brodaty mężczyzna, w niezwykłym ubraniu ze skóry, różnił się zdecydowanie od łagodnych Tuatha'anów. Kiedy przechadzał się pomiędzy wozami, nie można go było pomylić z nikim innym. Nawet w obozowisku Elyas nie wyglądał na Wędrowca i to nie tylko z powodu ubrania. Poruszał się z leniwą wilczą gracją, uwydatnioną dodatkowo przez skóry i futrzaną czapę, jednak kontrast pomiędzy nim a Tuatha'anami był wyraźny, ponieważ jego postać tchnęła groźbą, tak jak ogień promieniuje ciepłem. Wędrowcy, zarówno młodzi, jak i starzy, żyli radością. W ich pełnych wdzięku ruchach nie dostrzegało się niebezpieczeństwa, lecz jedynie zadowolenie. Dzieci bezustannie biegały, rozpierane czystym pragnieniem ruchu, dorośli zaś, nawet siwobrodzi staruszkowie i babcie, stąpali lekko, lecz nie przesadnie, rytmem statecznym, pełnym godności. Zawsze miało się wrażenie, że zaraz zaczną tańczyć, nawet jeśli stali nieruchomo, nawet podczas tych rzadkich chwil, gdy obóz nie rozbrzmiewał muzyką. Skrzypce, flety, cymbały, cytry i bębny nieomal nieustannie rozsiewały wśród wozów harmonię i kontrapunkty, niezależnie od tego, czy obozowali, czy jechali. Pieśni były pełne radości i szczęścia, śmiechu i smutku; wystarczało, że ktoś w obozie nie spał, aby zaraz zagrała muzyka.

Z każdego mijanego wozu witały Elyasa przyjazne ukłony i uśmiechy, przy każdym ognisku, przy którym się zatrzymał, czekały na niego serdeczne słowa. Zapewne takie właśnie oblicza Wędrowcy ukazywali ludziom z zewnątrz — otwarte i uśmiechnięte. Niemniej jednak Perrin rozumiał, że skrywają czujność częściowo tylko poskromionego jelenia. W uśmiechach przeznaczonych dla gości z Pola Emonda tkwiło zawsze pytanie o zagrożenie, jakie mogą stanowić, ale też niepewność, która nieznacznie tylko zacierała się wraz z upływem dni. Wobec Elyasa czujność przybierała na sile, niczym wystygły żar rozdmuchiwany lada powiewem wiatru, iskrzący się i nigdy do końca nie wygasły. Gdy patrzył w inną stronę, obserwowali go otwarcie, jakby niepewni jego zamiarów. Gdy szedł przez obóz, chętne do tańca stopy zdawały się jednocześnie gotować do ucieczki.

Filozofia Drogi Liścia sprawiała, że Elyas nie czuł się przy nich bardziej swobodnie niż oni przy nim. W obecności Tuatha'anów jego usta pozostawały zawsze lekko skrzywione. Nie dlatego, by czuł się lepszy od nich, z pewnością nie odczuwał również wobec nich pogardy, miało się jednak wrażenie, że pragnie być zupełnie gdzie indziej, że każde inne miejsce byłoby lepsze od tego. Jednakże gdy Perrin napomykał o opuszczeniu obozu, Elyas lekceważąco machał ręką i przekonywał, że powinni odpoczywać, przynajmniej przez kilka dni.

— Przeżyliście ciężkie chwile, zanim mnie spotkaliście — powiedział za trzecim czy czwartym razem — a czekają was jeszcze gorsze, skoro ścigają was trolloki i Półludzie, a jedynej pomocy możecie się spodziewać od Aes Sedai.

Uśmiechnął się. Usta pełne miał placka z suszonymi jabłkami upieczonego przez Ilę. W Perrinie spojrzenie żółtych oczu nadal wzbudzało niepokój, nawet wtedy, gdy towarzyszył mu uśmiech. Być może zwłaszcza wtedy, ponieważ uśmiech niezwykle rzadko gościł na twarzy łowcy. Elyas półleżał teraz obok ogniska Raena, jak zwykle wzgardziwszy kłodą, z której tworzono prowizoryczne siedzenie.

— Nie spiesz się tak, żeby wpaść w ręce Aes Sedai.

— A jeśli znajdzie nas jakiś Pomor? Kiedy tak siedzimy tu i bezczynnie czekamy? Trzy wilki nas przed nim nie ochronią, a na Wędrowców raczej nie można liczyć. Oni nie będą bronić nawet siebie. Trolloki ich wymordują i to będzie nasza wina. Zresztą, tak czy owak, będziemy musieli ich opuścić, wcześniej czy później. Ale lepiej zrobić to wcześniej.

— Coś każe mi czekać. Tylko kilka dni.

— Coś?

— Uspokój się, chłopcze. Bierz życie takie, jakim jest. Uciekaj, kiedy musisz, walcz, kiedy trzeba, odpoczywaj, kiedy możesz.

— Co to jest to „coś", o czym mówisz?

— Skosztuj placka. Ila mnie nie lubi, ale bez wątpienia zawsze jak ich odwiedzam, daje mi dobrze zjeść. W obozach Wędrowców dobrze się jada.

— Jakie „coś"? — nie ustępował Perrin. — Wiesz o czymś, a nie chcesz nam powiedzieć...

Elyas spojrzał krzywo na kawałek ciasta w swoim ręku, odłożył go i otrzepał ręce.

— Coś... — powiedział w końcu, wzruszając ramionami, jakby sam do końca nie rozumiał — coś mi mówi, że trzeba poczekać. Jeszcze kilka dni. Nieczęsto miewam przeczucia, ale nauczyłem się im ufać. Nieraz ratowały mi życie. Tym razem czuję inaczej, ale z jakiegoś powodu jest to ważne. Nie ma wątpliwości. Chcecie uciekać, to uciekajcie. Beze mnie.

Choć Perrin pytał wiele razy, niczego więcej się nie dowiedział. Elyas odpoczywał, rozmawiał z Raenem, objadał się, drzemał w swojej czapie nasuniętej na oczy i odmawiał wszelkich rozmów o wyjeździe. Coś kazało mu czekać. Coś mu mówiło, że tak trzeba. Będzie wiedział, kiedy należy odejść. Skosztuj placka, chłopcze. Nie złość się. Spróbuj trochę gulaszu. Uspokój się. To były jego rady.

Perrin nie potrafił zachować spokoju. Nocami błąkał się wśród tęczowych wozów, zamartwiając się choćby tym, że najwyraźniej nikt tutaj nie widział żadnych powodów do zmartwień. Tuatha'anowie śpiewali i tańczyli, gotowali i jedli przy swoich ogniskach owoce, orzechy, jagody i warzywa — mięsa nie jedli, i stale podejmowali chóralne śpiewy, jakby nic na świecie ich nie obchodziło. Dzieci biegały i bawiły się wszędzie, chowały się wśród wozów, wspinały na drzewa rosnące wokół obozowiska, śmiały się i razem z psami tarzały po ziemi. Nie dbały o nic i o nikogo na świecie.

Patrzył na nich i aż palił się, by odejść.

„Odejść, zanim ściągniemy na nich pościg. Wzięli nas do siebie, zaopiekowali się nami, a my przecież stanowimy zagrożenie. Oni mają powody do beztroski. Nikt na nich nie poluje. My natomiast..."

Z Egwene trudno było zamienić choćby dwa słowa. Albo rozmawiała z Ilą, nachylając blisko niej głowę, co było znakiem, że obecność mężczyzn nie jest mile widziana, albo tańczyła z Aramem, wirując przy dźwiękach fletów, skrzypiec i bębnów. Tuatha'anowie zbierali melodie po całym świecie, ich własne pieśni zaś, niezależnie od tego czy były szybkie, czy wolne, przeszywały głęboko duszę, wibrując w sercu. Znali niezliczoną mnogość pieśni, niektóre rozpoznawał, choć często nosiły inne tytuły niż w Dwu Rzekach. *Trzy dziewczyny na łące*, na przykład, Druciarze nazywali *Pięknymi pannami w tańcu*, mówili też, że *Wiatr z północy* to w jednych krajach *Ulewny deszcz*, a w innych *Ucieczka Berina*. Kiedy niezbyt rozważnie zapytał o *Druciarza, który ukradł moje garnki*, wybuchnęli śmiechem. Znali to, ale jako *Nastrosz pióra*.

Potrafił zrozumieć, dlaczego przy melodiach Wędrowców miało się ochotę tańczyć. W Polu Emonda nikt nie uważał go za bodaj znośnego tancerza, tutaj natomiast te pieśni same porywały stopy i nigdy w życiu nie tańczył tak często, z taką pasją, ani tak dobrze. Niczym zahipnotyzowany. Krew tętniła w żyłach rytmem bębnów.

Drugiego wieczoru Perrin po raz pierwszy zobaczył kobiety tańczące wolne melodie. Ogniska ledwie się tliły, noc zawisła tuż nad wozami, palce na bębnach wolno wybijały takt. Najpierw pierwszy bęben, potem drugi, aż w końcu wszystkie razem rozbrzmiały głuchym, natarczywym rytmem. Dookoła panowała cisza zakłócana jedynie dźwiękami bębnów. Jakaś dziewczyna w czerwonej sukni zakołysała się w świetle ogniska i rozluźniła swój szal. Z włosów zwisały jej paciorki, była bosa. Jakiś flet zakwilił cicho i dziewczyna zaczęła tańczyć. Rozłożywszy ręce, rozpostarła szal za plecami. Zafalowały biodra, bose stopy zaszurały w takt melodii wybijanej na bębnach. Dziewczyna wbiła spojrzenie ciemnych oczu w Perrina, uśmiech na jej twarzy rozkwitał powoli, jakby z głębi serca dobywał go niespieszny rytm tańca. Zataczała niewielkie kręgi, uśmiechając się do niego przez ramię.

Z trudem przełknął ślinę. Twarz mu płonęła i to bynajmniej nie gorącem ognia. Druga dziewczyna przyłączyła się do pierwszej, frędzle ich szali rozkołysały się w takt muzyki i powolnego kołysania bioder. Uśmiechały się do niego. Kilka razy ochryple kaszlnął. Bał się rozejrzeć, twarz miał czerwoną jak burak, z pewnością każdy, kto akurat nie patrzył na tancerki, śmiał się z niego. Był tego pewien.

Najbardziej niedbale jak tylko potrafił, zsunął się z kłody, jakby chciał zająć wygodniejszą pozycję. Odwrócił twarz od ognia, od tancerek. W Polu Emonda nie zdarzały się takie rzeczy. Nawet świąteczne tańce z dziewczętami na łące były zupełnie inne. Zapragnął, by zerwał się wiatr i ochłodził jego rozpaloną głowę.

Dziewczęta znowu pojawiły się w polu jego widzenia, teraz tańczyły już trzy. Jedna z nich mrugnęła do niego ukradkiem. Natychmiast odwrócił wzrok.

„Światłości — pomyślał. — Co mam teraz zrobić? Co by zrobił Rand? On się zna na dziewczynach".

Tańczące dziewczyny śmiały się cicho, pobrzękiwały paciorki, gdy podrzucały długimi włosami opadającymi im na ramiona, a Perrin miał wrażenie, że płonie mu twarz. Po chwili do dziewcząt dołączyła nieco starsza kobieta, jakby chcąc im pokazać, jak się naprawdę powinno to robić. Skapitulował z jękiem i zamknął oczy, a mimo to ten śmiech ciągle go kusił i drażnił. Nawet pod zamkniętymi powiekami wciąż je widział. Pot zrosił mu czoło, coraz bardziej żałował, że nie wieje wiatr.

Zgodnie z tym, co mówił Raen, dziewczęta nieczęsto tańczyły ten taniec, kobiety zaś jeszcze rzadziej. Jednak według Elyasa rumieńce Perrina spowodowały, iż tańczyły go odtąd co wieczór.

— Muszę ci podziękować — powiedział mu Elyas ponurym i uroczystym tonem. — W przypadku was, młodych ludzi, jest inaczej, ale w moim wieku trzeba czegoś więcej niż tylko ognia, aby rozgrzać kości.

Perrin nachmurzył się. W postawie oddalającego się Elyasa było coś, co powiedziało mu, że tamten śmieje się w duchu, nawet jeśli jawnie tego nie okazywał.

Wkrótce przyzwyczaił się odwracać wzrok od tańczących kobiet i dziewcząt, jednak pomimo tych mrugnięć okiem i uśmiechów wciąż żałował, że nie może na nie patrzeć. Z jedną by sobie poradził — ale pięć, sześć, i przy wszystkich... Nigdy do końca nie nauczył się opanowywać rumieńców.

Potem Egwene zaczęła uczyć się tańczyć. Dwie dziewczyny, które tańczyły tamtego pierwszego wieczoru, pokazywały jej figury, wyklaskując rytm, a ona naśladowała ich płynne kroki, kołysząc pożyczonym szalem. Perrin próbował coś powiedzieć, ostatecznie jednak stwierdził, że lepiej trzymać język za zębami. Gdy dziewczęta zademonstrowały jej ruchy bioder, Egwene zaczęła się śmiać, a wraz z nią trzy inne, potem padły sobie w ramiona, głośno chichocząc. Egwene nie porzuciła nauki, tańczyła z błyszczącymi oczyma i ciemnymi rumieńcami na policzkach.

Aram, rozpalonym, pożądliwym wzrokiem patrzył, jak tańczy. Przystojny młody Wędrowiec podarował jej sznur niebieskich paciorków, które nosiła przez cały czas. Uśmiech na twarzy Ili ustąpił miejsca zmartwieniu, gdy po raz pierwszy zauważyła zainteresowanie, jakim jej wnuk obdarza Egwene. Perrin postanowił nie spuszczać Arama z oczu.

Raz udało mu się spotkać Egwene na osobności, obok wozu pomalowanego w zielone i żółte kolory.

— Dobrze się bawisz, prawda? — spytał.

— A niby czemu nie miałabym się dobrze bawić? — Przesunęła palcami po błękitnych paciorkach otaczających jej szyję i uśmiechnęła się do nich. — Nie wszyscy muszą być tacy wiecznie przygnębieni jak ty. Czy nie zasługujemy na odrobinę prawdziwej rozrywki?

Aram stał obok — obecnie zawsze trzymał się blisko Egwene — z rękoma założonymi na piersi, na jego ustach pełgał uśmieszek. Było w nim zadowolenie z siebie i jednocześnie wyzwanie. Perrin zniżył głos.

— Myślałem, że chcesz dotrzeć do Tar Valon. Tu się nie nauczysz, jak być Aes Sedai.

Egwene odrzuciła głowę.

— A ja myślałam, że to ty nie chcesz, żebym została Aes Sedai — powiedziała nieco zbyt przymilnie.

— Krew i popioły, czy twoim zdaniem jesteśmy tu bezpieczni? Czy ci ludzie są bezpieczni z nami? W każdej chwili może nas znaleźć jakiś Pomor.

Dłonie gładzące paciorki zadrżały. Opuściła je i zrobiła głęboki wdech.

— Cokolwiek ma się zdarzyć, zdarzy się, niezależnie od tego, czy wyjedziemy dzisiaj czy w przyszłym tygodniu. Tak myślę. Baw się, Perrin. Może ostatni raz mamy taką szansę.

Ze smutkiem pogładziła go po twarzy czubkami palców. Potem Aram wyciągnął ku niej rękę i zaraz pomknęła do niego, na powrót roześmiana. Po chwili rozległy się dźwięki skrzypiec, a Aram przez ramię triumfalnie uśmiechnął się do Perrina, jakby chciał powiedzieć: „Nie jest twoja, ale moja będzie na pewno".

„Wszyscy troje za bardzo ulegamy czarowi Wędrowców — rozmyślał Perrin. — Elyas ma rację. Nie muszą cię nawracać na Drogę Liścia. Człowiek sam nią przesiąka".

Żonie Raena dość było spojrzeć na niego tylko jeden raz, by zauważyć, jak kuli się przed wiatrem, wyciągnęła więc gruby, wełniany płaszcz ze swojego wozu. Zauważył z zadowoleniem, że płaszcz jest koloru ciemnej zieleni, a nie czerwony albo żółty, jakie nosili inni. Kiedy zarzucił go sobie na ramiona, zdziwiło go, że tak dobrze na niego pasuje.

— Mógłby pasować lepiej — powiedziała Ila troskliwym tonem. Zerknęła na wiszący u jego pasa topór, a kiedy znów spojrzała mu w oczy, w jej uśmiechu zamigotał cień smutku. — Mógłby pasować znacznie lepiej.

Wszyscy Druciarze tak się zachowywali. Nigdy nie przestawali się uśmiechać, nigdy nie wahali się zaprosić na poczęstunek albo wspólne słuchanie muzyki, ale ich wzrok zawsze zatrzymywał się na toporze i czuł wtedy, co myślą. Narzędzie do zadawania gwałtu. Nie ma wytłumaczenia dla przemocy zadawanej drugiemu człowiekowi. Droga Liścia.

Czasami miał ochotę na nich krzyczeć. Na świecie są trolloki i Pomory. Są tacy, którzy pozrywaliby wszystkie liście. Gdzieś czyha Czarny, Droga Liścia stanęłaby w ogniu pod spojrzeniem Ba'alzamona. Dalej uparcie nosił topór. Chadzał w rozpiętym płaszczu nawet wtedy, gdy dął zimny wiatr. Sierp ostrza lśnił blado. Co jakiś czas spotykał wzrok Elyasa, który badawczo spoglądał na broń wiszącą ciężko u jego pasa i uśmiechał się szeroko żółtymi oczyma, które zdawały się przenikać jego myśli. Wtedy miał czasami niemalże ochotę zakryć topór. Czasami.

Mimo że podczas pobytu w obozie Tuatha'anów wciąż był zdenerwowany, to miał przynajmniej normalne sny. Czasami budził się zlany potem, gdyż śnił o wpadających jak nawałnica do obozowiska trollokach i Pomorach, o tęczowych wozach zamienionych w ogniska przez ciśnięte w nie płonące głownie, o ludziach padających w kałużach krwi, mężczyznach, kobietach i dzieciach, którzy biegali, krzyczeli i umierali, nie próbując nawet bronić się przed ciosami zakrzywionych mieczy. Noc w noc siadał wyprostowany na posłaniu, dysząc ciężko, i chwytał za topór, zanim pojął, że wozy nie stoją w płomieniach, że żadne stwory z zakrwawionymi pyskami nie wykrzywiają się nad stosami rozdartych i połamanych ciał. Ale to były zwykłe koszmary i nawet go na swój sposób uspokajały. Jeśli w jakichś snach miałby przyjść Czarny, to właśnie w tych, jednak ani razu się nie pojawił. Żadnego Ba'alzamona. Tylko zwykłe koszmary.

Jednak przez cały czas, kiedy nie spał, wyczuwał obecność wilków. Trzymały się na dystans od obozowisk i jadącej karawany, ale zawsze wiedział, że są gdzieś w pobliżu. Czuł ich pogardę dla psów strzegących Tuatha'anów. Dla tych hałaśliwych bestii, które zapomniały, do czego służą szczęki, zapomniały, jak smakuje świeża krew, które potrafiły przerażać ludzi, lecz na widok wilczego stada pełzałyby na brzuchach. Każdego dnia jego świadomość ich obecności stawała się coraz ostrzejsza, coraz wyraźniejsza.

Z każdym zachodem słońca Łatka stawała się coraz bardziej niecierpliwa. Skoro Elyas chciał zabrać tych ludzi na południe, to widocznie wiedział, co robi; niech już się stanie, co się ma stać. Niech się wreszcie skończy ta powolna wędrówka. Choć życie wilków to włóczęga, Łatka nie lubiła jednak rozstawać się na dłużej ze stadem. Irytacją płonął również Wiatr. Polowanie na tych terenach udawało się gorzej niż źle, gardził zaś polnymi myszami, czyli czymś, co mogą podchodzić szczeniaki, kiedy uczą się polować, co nadaje się na pokarm dla starych, niezdolnych do powalenia łosia albo okaleczenia dzikiego byka. Wiatr uważał czasami, że Żar miał rację: ludzkie kłopoty należy zostawiać ludziom. Wystrzegał się jednak takich myśli w obecności Łatki, bardziej jeszcze w pobliżu Skoczka. Skoczek był wojownikiem — posiwiałym, pokrytym bliznami, niewzruszonym dzięki wiedzy zbieranej przez lata doświadczeń, obdarzonym sprytem, którym nadrabiał wszystko to, czego pozbawił go wiek. Ludzie go nie obchodzili, ponieważ jednak Łatka sobie tego życzyła, Skoczek czekał, kiedy ona czekała, i biegł, kiedy ona biegła. Wilk czy człowiek, byk albo niedźwiedź, cokolwiek zaatakowałoby Łatkę, trafiłoby w szczęki Skoczka czekające, by posłać je prosto w długi sen. Na tym polegał sens życia Skoczka i dlatego właśnie Wiatr zachowywał ostrożność. Łatka zdawała się ignorować myśli ich obydwu.

Perrin doskonale sobie z tego wszystkiego zdawał sprawę. Ze wszech miar pragnął teraz znaleźć się w Caemlyn, bliżej Moiraine i Tar Valon. Nawet jeśli nie czekały na niego żadne wyjaśnienia, to przynajmniej tam mogło się wszystko wreszcie skończyć. Elyas patrzył na niego w taki sposób, jakby o tym wiedział.

„Błagam, niech się to już skończy".

Początek tego snu był zdecydowanie milszy, niż treść wszystkich innych, które przyśniły mu się ostatnimi czasy. Siedział przy kuchennym stole Alsbet Luhhan, ostrzył kamieniem swój topór. Pani Luhhan nie pozwalała wykonywać w domu żadnych prac związanych z kuźnią. Kowal nawet noże do naostrzenia musiał wynosić na zewnątrz. Teraz jednak, zajęta wyłącznie gotowaniem, nie powiedziała ani słowa na temat topora. Nie powiedziała nic nawet wtedy, gdy z wnętrza domu wyłonił się wilk i zwinął w kłębek na podłodze pomiędzy Perrinem a drzwiami wychodzącymi na podwórko. Perrin ostrzył dalej. Niebawem nadejdzie czas, by użyć topora, już niedługo.

Nagle wilk wstał i warknął gardłowo. Gęsta sierść, porastająca jego kark, zjeżyła się. Z podwórka do kuchni wszedł Ba'alzamon. Pani Luhhan nadal zajęta była gotowaniem.

Perrin wstał niezdarnie, podnosząc topór, lecz Ba'alzamon zignorował broń, zwracając uwagę wyłącznie na wilka. W miejscu gdzie powinien mieć oczy, migotały płomienie.

— Czy to twój obrońca? No cóż, już kiedyś stawiałem czoło temu stworzeniu. Wiele razy.

Zakrzywił palec i wilk zawył, gdy ogień wytrysnął z jego oczu, uszu i paszczy, kiedy przeniknął całą powierzchnię skóry. Kuchnię wypełnił swąd palonego mięsa i sierści. Alsbet Luhhan podniosła pokrywę garnka i zamieszała w nim drewnianą łyżką.

Perrin wypuścił topór i skoczył naprzód, starając się zdusić płomienie dłońmi. Wilk kruszył się w palcach na czarny popiół. Cofnął się, wpatrzony w bezkształtny stos spalenizny na zamiecionej do czysta podłodze pani Luhhan. Pragnął zetrzeć tłustą sadzę z dłoni, jednak na myśl o wytarciu jej o ubranie przewracało mu się w żołądku. Schwycił trzonek leżącego na ziemi topora z taką siłą, że aż zatrzeszczały mu stawy palców.

— Zostaw mnie w spokoju! — krzyknął.

Pani Luhhan postukała łyżką o brzeg garnka i z powrotem przykryła go pokrywką, nucąc coś do siebie.

— Nie uciekniesz — powiedział Ba'alzamon. — Nie dasz rady ukryć się przede mną. Jeśli nim jesteś, to należysz do mnie.

Z jego twarzy bił taki żar, że Perrin cofał się przez całą kuchnię, aż w końcu wpadł na ścianę. Pani Luhhan otworzyła piecyk, by sprawdzić chleb.

— Oko Świata cię pochłonie — powiedział Ba'alzamon. — Naznaczam cię, jesteś mój!

Zamachnął zaciśniętą dłonią, jakby czymś rzucał, potem rozpostarł palce i ku twarzy Perrina pomknął kruk.

Perrin krzyknął, gdy czarny dziób wwiercił się w jego lewe oko...

...i usiadł, przyciskając dłonie do twarzy. Dookoła Lud Wędrowców spał w swoich wozach. Powoli opuszczał ręce. Nie było bólu, żadnej krwi. Ale pamiętał — kłujący, śmiertelny ból.

Wstrząsnęły nim dreszcze. W bladym świetle świtu zobaczył nagle przykucniętego obok Elyasa, jedną rękę trzymał wyciągniętą, jakby chciał go obudzić. Za drzewami, wśród których stały wozy, wyły wilki, przenikliwy skowyt wyrywał się z trzech gardzieli. Wiedział, co czują.

„Ogień. Ból. Ogień. Nienawiść. Nienawiść! Mord!"

— Tak — powiedział spokojnie Elyas. — Już czas. Wstawaj, chłopcze. Pora odejść.

Perrin wyplątał się z kocy. Nie uporał się jeszcze ze swym tobołkiem, gdy z wozu wyszedł Raen, przecierając zaspane oczy. Spojrzał na niebo i zastygł w pół kroku, rękoma wciąż dotykając twarzy. Poruszając tylko oczami, Poszukujący uważnie przyglądał się niebu. Perrin nie pojmował, co on widzi. Na wschodzie wisiało kilka chmur, ich poszycie przecinały różowe promienie słońca, które dopiero miało wzejść, poza tym nie było nic do oglądania. Raen wydawał się czegoś nasłuchiwać i wąchać powietrze, ale słychać było tylko szum wiatru wśród gałęzi drzew, a oprócz niewyraźnego zapachu dymu, sączącego się z wieczornych ognisk, żadna inna woń nie unosiła się w powietrzu.

Gdy Elyas powrócił ze swym skąpym dobytkiem, Raen zszedł z wozu.

— Musimy zmienić kierunek wędrówki, mój stary przyjacielu. — Poszukujący znowu z niepokojem spojrzał na niebo. — Dzisiaj pojedziemy inną drogą. Czy będziecie nam towarzyszyć?

Elyas pokręcił głową, a Raen przytaknął, jakby cały czas o tym wiedział.

— No cóż, dbaj o siebie, przyjacielu. W tym dniu jest coś... — Znowu miał zamiar spojrzeć w górę, jednak spuścił wzrok, zanim spojrzenie powędrowało ponad dachy wozów. — Wozy pojadą chyba na wschód. Może aż do Grzbietu Świata. Być może znajdziemy jakiś *stedding* i zostaniemy w nim przez pewien czas.

— W *stedding* nie dzieje się nigdy nic złego — zgodził się Elyas. — Jednakże ogirowie nie są zbyt przyjaźni dla obcych.

— Wszyscy są przyjaźni dla Ludu Wędrowców — powiedział Raen i szeroko się uśmiechnął. — A poza tym, nawet ogirowie mają garnki i inne rzeczy, które wymagają napraw. Chodźcie, zjemy jakieś śniadanie i porozmawiamy o tym.

— Nie ma czasu — odparł Elyas. — My też dzisiaj wyruszamy. Najszybciej jak się da. Uważam, że trzeba natychmiast ruszyć w drogę.

Raen starał się go przekonać, żeby przynajmniej coś zjedli, a Ila, która wyszła z wozu razem z Egwene, dostarczyła dodatkowych argumentów, jednakże nie robiła tego tak zawzięcie, jak jej mąż. Ujmowała wszystko we właściwe słowa, ale w jej uprzejmości dostrzegało się pewną rezerwę. Jasne było, że z ulgą zobaczy nie tylko plecy Elyasa, lecz może nawet równie chętnie pozbędzie się Egwene.

Egwene nie dostrzegała pełnych żalu, rzucanych spode łba spojrzeń, którymi obdarzała ją Ila. Chciała wiedzieć, co się dzieje, a Perrin już się spodziewał, że zapragnie zostać z Tuatha'anami, gdy jednak Elyas jej odpowiedział, z namysłem skinęła głową i pospiesznie pobiegła do wozu, by zebrać swoje rzeczy.

W końcu Raen podniósł ręce do góry.

— W porządku. Nie wiem, czy kiedykolwiek wypuściłem gościa

z obozu bez pożegnalnej uczty, ale… — Niepewnie znowu uniósł oczy ku niebu. — Cóż, sami chyba powinniśmy wyruszyć jak najwcześniej. Być może zjemy już w drodze. Przynajmniej jednak pozwólmy wszystkim się pożegnać.

Elyas zaczął protestować, ale Raen już spieszył od wozu do wozu, łomocząc do drzwi tam, gdzie nikt jeszcze się nie obudził. Zanim ktoś przyprowadził Belę, pojawili się wszyscy mieszkańcy obozu w swych najlepszych i najbardziej jaskrawych ubraniach. W lawinie barw czerwono-żółty wóz Raena i Ili wyglądał nieomal blado. Dookoła błąkały się psy z wywieszonymi jęzorami, poszukując kogoś, kto by je podrapał po uszach, natomiast Perrin i pozostali cierpliwie wymieniali kolejne uściski ręki i objęcia. Dziewczęta, które tańczyły wieczorami, nie zadowoliły się zwykłym podaniem ręki i tak wyściskały Perrina, że nagle zaczął żałować wyjazdu — dopóki sobie nie przypomniał, ilu ludzi na to patrzy, a wtedy barwa jego twarzy zlała się prawie z kolorem wozu Poszukującego.

Aram odciągnął Egwene na bok. Z powodu ogłuszającego chóru pożegnań Perrin nie dosłyszał, co do niej mówił, widział natomiast, że przez cały czas kręciła przecząco głową, najpierw powoli, a bardziej stanowczo wtedy, kiedy on zaczął błagalnie gestykulować. Na jego twarzy gościły na przemian to prośba, to perswazja, Egwene jednak wciąż uparcie kręciła głową. W końcu Ila ją wyratowała, wypowiadając kilka ostrych słów do swego wnuka. Zachmurzony Aram przepchnął się przez tłum, nie żegnając się już z nikim więcej. Ila odprowadziła go wzrokiem, wyraźnie wahając się, czy go nie przywołać z powrotem.

„Jej też ulżyło — pomyślał Perrin. — Ulżyło, że nie chciał pojechać z nami, z Egwene”.

Gdy przynajmniej raz uścisnął wszystkie ręce w obozie, a każdą dziewczynę przynajmniej dwa razy, tłum cofnął się, zostawiając niewielką przestrzeń dookoła Raena, Ili i trojga gości.

— Przybyliście w pokoju — zaintonował Raen, kłaniając się ceremonialnie i przyciskając dłonie do piersi. — Odjedźcie więc teraz w pokoju. Nasze ogniska zawsze będą was witać, w pokoju. Droga Liścia jest pokojem.

— Pokój wam wszystkim — odparł Elyas — i całemu ludowi. — Zawahał się i dodał: — Odnajdę pieśń albo odnajdzie ją kto inny, lecz będzie śpiewana, tego roku albo tego, który nadejdzie. Tak jak było kiedyś, tak będzie znowu, na wieki wieków.

Raen zamrugał ze zdziwieniem, a Ila wyglądała na zupełnie oszołomioną, a pozostali Tuatha'anowie zaszemrali w odpowiedzi:

— Na wieki wieków. Na wieki wieków, aż po krańce świata.

Raen i jego żona pospiesznie powtórzyli za pozostałymi.

Wtedy już naprawdę trzeba było ruszać. Kilka ostatnich pożegnań, kilka ostatnich napomnień, by dbali o siebie, kilka ostatnich uśmiechów, mrugnięć i wyszli z obozu. Raen towarzyszył im aż do skraju drzew, z parą psów brykających u jego boku.

— Doprawdy, mój stary przyjacielu, musisz bardzo uważać. Ten dzień... Obawiam się, że zło rozproszyło się po świecie i choćbyś nie wiem jak udawał, nie jesteś aż tak zły, by nie chciało cię pożreć.

— Pokój z tobą — powiedział Elyas.

— I z tobą — ze smutkiem odparł Raen.

Kiedy Raen odszedł, Elyas zachmurzył się, widząc, że tamtych dwoje mu się przypatruje.

— Nie wierzę w tę ich głupią pieśń — warknął. — Nie należy jednak psuć im ceremonii, nieprawdaż? Mówiłem wam, że oni czasami przywiązują wielką wagę do rytuału.

— Naturalnie — odparła łagodnie Egwene. — Oczywiście, że nie należy.

Elyas odwrócił się, mrucząc coś do siebie.

Pojawiły się Łatka, Wiatr i Skoczek, żeby przywitać się z Elyasem. Nie figlowały tak jak psy, traktowały go z godnością, jak równego sobie. Perrin pojął, co mu przekazały.

„Płonące oczy. Ból. Skurcz serca. Śmierć. Skurcz serca".

Perrin wiedział, o co im chodzi. Czarny. Opowiadały o jego śnie. O ich śnie.

Przeszył go dreszcz. Wilki wysforowały się na zwiady, Egwene dosiadała teraz Beli, Perrin wędrował pieszo obok niej. Jak zwykle prowadził Elyas, równym, długim krokiem szybko pokonywał trasę.

Perrin nie miał ochoty myśleć o swoim śnie. Wydawało mu się, że dzięki wilkom są bezpieczni.

„Nie całkiem. Pogódź się. Całym sercem. Całym umysłem. Jeszcze się opierasz. Będziecie, kiedy się pogodzisz".

Wypędził myśli wilków ze swego umysłu i zdziwiony zamrugał. Nie zdawał sobie sprawy, że potrafi to robić. Postanowił, że nie pozwoli im wrócić. Nawet we snach? Nie wiedział, czy to jest jego myśl czy ich.

Egwene nadal nosiła sznur paciorków, które podarował jej Aram, a we włosach gałązkę z drobnymi, jasnoczerwonymi listkami, inny podarek od młodego Tuatha'ana. Perrin był pewien, że Aram starał się namówić ją do pozostania z Ludem Wędrowców. Cieszył się, że się nie zgodziła, pragnął jednak, żeby nie gładziła tak czule tych paciorków.

W końcu zapytał:

— O czym rozmawiałaś z Ilą tyle czasu? Gdy nie tańczyłaś z tym długonogim, to rozmawiałaś z nią, jakbyście miały jakiś wspólny sekret.

— Ila dawała mi rady dotyczące bycia kobietą — odparła Egwene roztargnionym tonem.

Gdy zaczął się śmiać, obdarzyła go pochmurnym, groźnym spojrzeniem, którego jednak nie zauważył.

— Rady! Nam nikt nie mówi, jak być mężczyzną. Po prostu nimi jesteśmy.

— I pewnie właśnie dlatego — oświadczyła Egwene — tak wam to źle wychodzi.

Idący przed nimi Elyas głośno się roześmiał.

ROZDZIAŁ 28

ŚLADY W POWIETRZU

Nynaeve z podziwem oglądała widok w dole rzeki. Biały Most połyskiwał w słońcu mleczną łuną. Jeszcze jedna legenda, pomyślała, zerkając na Strażnika i Aes Sedai, którzy jechali tuż przed nią. Jeszcze jedna legenda, a oni zdają się wcale jej nie zauważać. Postanowiła patrzeć bardziej dyskretnie. Będą się śmiali, gdy zauważą, że gapi się jak jakiś wiejski przygłup. Wszyscy troje jechali w milczeniu w stronę bajkowego Białego Mostu.

Od tamtego ranka po nocy w Shadar Logoth, kiedy odnalazła Moiraine i Lana na brzegu Arinelle, odbyła z Aes Sedai niewiele zwyczajnych rozmów. Naturalnie odzywały się do siebie, ale nie było to nic poważnego, przynajmniej zdaniem Nynaeve. Na przykład Moiraine próbowała ją namówić, żeby pojechała do Tar Valon. Tar Valon. Pojedzie tam, jeśli będzie trzeba i podda się ich naukom, ale nie z powodów, jakie sobie wymyśliła Aes Sedai. Jeśli Moiraine wyrządziła krzywdę Egwene i chłopcom…

Nynaeve przyłapywała się czasem, że mimo woli zastanawia się, cóż Wiedząca może mieć wspólnego z Jedyną Mocą, do czego miałaby jej użyć. Wystarczyło jednak, żeby uświadomiła sobie, co jej chodzi po głowie, a wtedy natychmiast fala gniewu rozpraszała te myśli. Moc to plugastwo. Nie będzie z nią miała nic wspólnego. Do niczego nie mogłaby jej użyć. Chyba żeby musiała.

Ta przeklęta kobieta nie chciała rozmawiać o niczym więcej jak tylko o zabraniu jej na naukę do Tar Valon. Moiraine nie będzie jej do niczego nakłaniała! Wcale nie ma ochoty wiedzieć za dużo.

— W jaki sposób masz zamiar ich znaleźć? — nie przestawała jej stale wypytywać.

— Jak już ci mówiłam — odparła Moiraine, nawet nie racząc odwrócić się w jej stronę — będę wiedziała, gdy znajdę się w pobliżu tych dwóch, którzy zgubili swoje monety.

Nynaeve pytała o to nie po raz pierwszy, ale głos Aes Sedai przypominał nieruchomy staw, którego powierzchnia nie chce zafalować, choćby nie wiadomo ile wrzucać weń kamieni. Wiedząca czuła, jak burzy się w niej krew za każdym razem, gdy spotykała się z tym tonem. Moiraine jechała przed siebie, jakby nie czuła oczu Nynaeve wbitych w jej plecy, a ta z kolei sądziła, że powinna je czuć, przecież patrzyła tak uporczywie.

— Im dłużej to potrwa, tym bliżej będę musiała się znaleźć, ale będę wiedziała. Jeśli zaś chodzi o tego, który wciąż ma przy sobie monetę, to dopóki jest w jej posiadaniu, dopóty będę mogła go gonić, choćby i przez pół świata, jeśli zajdzie taka potrzeba.

— I co wtedy? Co masz zamiar z nimi zrobić, jak już ich znajdziesz, Aes Sedai?

Ani przez chwilę nie wierzyła, że poszukiwałaby ich tak pilnie, gdyby nie miała jakichś ukrytych planów.

— Tar Valon, Wiedząca.

— Tar Valon, Tar Valon. Wiecznie to powtarzasz, a ja staję się…

— Część nauk, jakie otrzymasz w Tar Valon, Wiedząca, będzie dotyczyła panowania nad sobą. Nic nie zrobisz z Jedyną Mocą, gdy twoimi myślami zawładną emocje. — Nynaeve otworzyła już usta, ale Moiraine mówiła dalej: — Lan, muszę z tobą chwilę porozmawiać.

Obydwoje pochylili ku sobie głowy, a Nynaeve pozostała z ponurym grymasem na twarzy, z grymasem, którego tak bardzo nienawidziła. Pojawiał się zbyt często, głównie wtedy, gdy Aes Sedai zręcznie zmieniała temat, unikając jej pytań, z łatwością omijając zastawiane podczas rozmowy pułapki albo wręcz ignorując jej okrzyki, przez co rozpływały się w ciszy. Z nachmurzoną twarzą czuła się jak dziewczyna przyłapana na czymś głupim przez którąś z Koła Kobiet. Było to uczucie, do którego Nynaeve nie nawykła, łagodny uśmiech na twarzy Moiraine tylko wszystko pogarszał.

Gdyby istniał jakiś sposób na pozbycie się tej kobiety. Z samym Lanem byłoby łatwiej — Strażnik po prostu umiałby zająć się tym, co trzeba, wmawiała sobie pospiesznie, czując, że się rumieni — ale jedno nie rozstawało się z drugim.

A poza tym Lan rozwścieczał ją jeszcze bardziej niż Moiraine. Nie potrafiła zrozumieć, jak to się dzieje, że on z taką łatwością działa jej na nerwy. Rzadko mówił cokolwiek — czasami zaledwie kilkanaście słów w ciągu dnia — i nigdy nie brał udziału w żadnej... dyskusji z Moiraine. Często oddalał się, przeprowadzając zwiad w okolicy, a wtedy, gdy był z nimi, trzymał się odrobinę na uboczu, obserwując je tak, jakby obserwował pojedynek. Nynaeve wolała, żeby przestał. Jeśli to był pojedynek, to jej ani razu nie udało się zdobyć przewagi, a Moiraine wydawała się nie zauważać, że bierze udział w walce. Nynaeve radziłaby sobie lepiej bez tych jego chłodnych, niebieskich oczu, nawet bez jego milczącego towarzystwa.

Tak, z grubsza rzecz biorąc, wyglądała ich podróż. Spokojnie, chyba że złość brała w niej górę, a czasami, kiedy krzyknęła, dźwięk jej głosu wydawał się rozbijać ciszę, jakby to było szkło. Okolicę spowijało milczenie, jakby świat zatrzymał się tutaj dla zaczerpnięcia oddechu. Wiatr jęczał wśród gałęzi drzew, ale poza tym wszędzie zalegała cisza. Ten wiatr też wydawał się odległy, mimo że przeszywał jej płaszcz na wylot.

Z początku spokój przynosił wytchnienie po tym wszystkim, co się wydarzyło przedtem. Miała wrażenie, że od Zimowej Nocy nie zaznała ani chwili wytchnienia. Jednakże pod koniec pierwszego dnia spędzonego samotnie z Aes Sedai i Strażnikiem zaczęła oglądać się przez ramię i wiercić w siodle, jakby plecy swędziały ją w miejscu, do którego nie mogła dosięgnąć ręką. Ta cisza przypominała kryształ skazany na rozbicie, oczekiwała więc, aż pierwszy zgrzyt przeszyje ją dreszczem.

Na Moiraine i Lana też to wywierało swój wpływ, choć pozornie wyglądali na niewzruszonych. Wkrótce zauważyła, że pod maską spokoju z każdą godziną robią się coraz bardziej spięci, niczym sprężyny zegara nakręcone do tego stopnia, że grozi im pęknięcie. Moiraine jakby nasłuchiwała czegoś, co nie istnieje, a to, co słyszała, wywoływało mars na jej czole. Lan obserwował las i rzekę, jakby bezlistne drzewa i szerokie, powolne wody niosły ostrzeżenia o pułapkach i zasadzkach czyhających przy drodze.

Częściowo była zadowolona, że nie ona jedna wyczuwa tę chwiejność świata, ale skoro oddziaływało to również na nich, zagrożenie musiało być realne, toteż jakaś inna część jej umysłu pragnęła, aby wszystko okazało się tylko tworem jej wyobraźni. Coś drażniło zakamarki jej umysłu, jak wtedy, gdy słuchała wiatru, teraz jednak wiedziała, że było to związane z wykorzystywaniem Jedynej Mocy i nie potrafiła się zmusić do interpretacji wirujących na skraju myśli podszeptów.

— To nic — odparł spokojnie Lan, gdy go zapytała.

Mówiąc tak, nie spojrzał nawet na nią, jego oczy ani na moment nie przestały patrzeć w przestrzeń. Po chwili, zaprzeczając temu co właśnie powiedział, dodał:

— Kiedy dotrzemy do Białego Mostu i Drogi Caemlyn, powinnaś zawrócić do swoich Dwu Rzek. Tu jest zbyt niebezpiecznie. Nic ci nie będzie groziło podczas drogi powrotnej.

Była to najdłuższa przemowa, jaką wygłosił tego dnia.

— Ona jest częścią Wzoru, Lan — upomniała go Moiraine. Jej wzrok również błądził w przestrzeni. — To Czarny, Nynaeve. Burza ominęła nas... przynajmniej na razie. — Uniosła rękę, niejako głaszcząc powietrze, po czym odruchowo wytarła ją o suknię, jakby dotknęła czegoś brudnego. — On jednak wciąż patrzy — westchnęła — a jego wzrok jest coraz silniejszy. Nie obserwuje nas, lecz świat. Ile czasu upłynie, nim stanie się dostatecznie silny, by...

Nynaeve skuliła się, nagle odnosząc wrażenie, że jest obserwowana. To było właśnie to wyjaśnienie, którego wolałaby nigdy nie usłyszeć.

Lan jechał przodem, jednak o ile dotychczas on wybierał drogę, teraz robiła to Moiraine z taką pewnością, jakby podążała jakimś niewidzialnym szlakiem, prosto po śladach zawieszonych w powietrzu, prowadzona jakąś zapamiętaną wonią. Lan jedynie sprawdzał obrany kierunek, upewniając się, że jest bezpieczny. Nynaeve miała uczucie, że nawet gdyby się okazało, iż podążają wprost w zasadzkę, to Moiraine i tak by się uparła, żeby jechać prosto. A on też by pojechał, tego była pewna. Prosto z biegiem rzeki do...

Czując, jak przeszywa ją dreszcz, pozbyła się tych myśli. Stali u stóp Białego Mostu. Blady łuk błyszczał w promieniach słońca, przerzucona przez Arinelle mleczna pajęczyna, zbyt delikatna, by na niej stanąć. Połamałby się pod ciężarem człowieka, a co dopiero pod koniem. Z pewnością w każdej chwili groziło mu zawalenie pod własnym ciężarem.

Lan i Moiraine jechali beztrosko do przodu po błyszczącym białym podjeździe, a potem po moście, na którym kopyta dźwięczały nie, jakby się można spodziewać, stalą po szkle, lecz stalą po stali. Powierzchnia mostu rzeczywiście lśniła jak szkło, mokre szkło, ale kopyta koni znajdowały mocne, pewne oparcie.

Nynaeve zmusiła się, by pojechać za nimi, mimo że częściowo oczekiwała, stawiając pierwszy krok, iż cała budowla roztrzaska się pod nimi.

„Gdyby robiono koronki ze szkła — pomyślała — to tak by właśnie wyglądały".

Dopiero gdy pokonali połowę drogi, poczuła zapach spalenizny gęstniejący w powietrzu. Po chwili zobaczyła...

Dookoła placu u stóp Białego Mostu piętrzyły się sterty poczerniałego drewna, pozostałe po kilkunastu budynkach, nad nimi nadal unosiły się smugi dymu. Ludzie w źle dopasowanych czerwonych mundurach i zaśniedziałych zbrojach patrolowali ulice, maszerowali jednak tak szybko, jakby bali się, że coś znajdą i bezustannie oglądali się za siebie. Mieszkańcy miasteczka — ci nieliczni, którzy wyszli z domów — biegli, z głowami wtulonymi w ramiona, jakby coś ich ścigało.

Lan, choć zwykle był posępny, teraz wyglądał tak ponuro, że ludzie i żołnierze rozstępowali się szeroko wokół całej trójki. Strażnik wciągnął powietrze w nozdrza i skrzywiony burknął coś bezgłośnie. Nynaeve to nie zdziwiło, zapach spalenizny był bardzo silny.

— Koło obraca się tak, jak chce — mruknęła Moiraine. — Żadne oko nie dostrzeże Wzoru, dopóki nie zostanie utkany.

W następnej chwili zsiadła z Aldieb, aby porozmawiać z mieszkańcami miasteczka. Nie zadawała pytań, wyrażała współczucie, ku zdziwieniu Nynaeve najwyraźniej szczere. Ludzie, którzy ustępowali drogi Lanowi, gotowi uciekać przed każdym obcym, zatrzymywali się, by porozmawiać z Moiraine. Dziwili się jakby samym sobie, a mimo to otwierali się do pewnego stopnia pod wpływem jasnego wzroku Moiraine i jej uspokajającego głosu. Oczy Aes Sedai wydawały się rozumieć ludzką boleść, współodczuwać ich zamęt i dzięki temu języki mieszkańców same się rozwiązywały.

Niemniej jednak kłamali. Większość z nich. Niektórzy twierdzili, że w miasteczku w ogóle nie stało się nic złego. Absolutnie nic. Moiraine wspomniała spalone budynki otaczające plac. Wszystko jest w jak najlepszym porządku, twierdzili uparcie, omijając wzrokiem to, czego nie chcieli widzieć.

Jakiś gruby mężczyzna rozmawiał z pozorną szczerością, lecz jego policzki drgały nerwowo przy każdym głośniejszym dźwięku, jaki rozlegał się za jego plecami. Z gasnącym co chwilę uśmiechem twierdził, że to przewrócona lampa była początkiem pożaru, który rozproszył się wraz z wiatrem, zanim zdołano cokolwiek zrobić. Jedno spojrzenie wystarczyło Nynaeve, aby przekonać się, że żaden ze spalonych budynków nie stał blisko drugiego.

Sprzecznych opowieści było mniej więcej tyle samo, ile opowiadających. Niektóre kobiety konspiracyjnie zniżały głos. Prawda była taka, że w mieście przebywał człowiek, który zabawiał się Jedyną Mocą. Ich zdaniem należało od razu zwrócić się do Aes Sedai, niezależnie od tego, co mężczyźni mówili o Tar Valon. Niechaj Czerwone Ajah wszystko uporządkują.

Jeden człowiek twierdził, że był to atak bandytów, inny, że bunt Sprzymierzeńców Ciemności.

— Tych, którzy jadą zobaczyć fałszywego Smoka, rozumiecie — dowodził ponuro. — Oni są tu wszędzie. Wszyscy to Sprzymierzeńcy Ciemności.

Jeszcze inni mówili o jakichś kłopotach, nie precyzując dokładnie jakich, które przypłynęły łodzią.

— Pokazaliśmy im — wyszemrał mężczyzna o wąskiej twarzy,

nerwowo rozcierając dłonie. — Niech się takie rzeczy dzieją w Ziemiach Granicznych, tam, gdzie ich miejsce. Poszliśmy na przystań i...

Zamknął usta tak nagle, że aż mu zaszczękały zęby. Nie mówiąc więcej ani słowa, uciekł, spoglądając ukradkiem przez ramię, jakby się spodziewał, że będą go ścigać.

Ta łódź odpłynęła — tyle przynajmniej dało się ustalić — odcięli cumy i uciekli w dół rzeki zaledwie dzień przedtem, zanim do przystani wtargnęli napastnicy. Nynaeve zastanawiała się, czy na pokładzie łodzi była Egwene i chłopcy. Jakaś kobieta powiedziała, że na pokładzie był bard. Może to Thom Merrilin...

Zasugerowała Moiraine, że łodzią mogli płynąć niektórzy uczestnicy ich wyprawy. Aes Sedai wysłuchała jej cierpliwie i skwitowała uwagę skinieniem głowy.

— Może — powiedziała, ale w jej głosie słychać było nutę powątpiewania.

Karczma nadal stała przy placu, główna sala była podzielona niską ścianką na dwie połowy. Moiraine zatrzymała się zaraz po wejściu do środka, badając dłonią powietrze. Cokolwiek wyczuła, uśmiechnęła się do tego, ale nie powiedziała nic.

Spożyli posiłek w milczeniu, cisza panowała nie tylko przy ich stole, lecz w całej izbie. Nieliczni goście skupieni byli wyłącznie na swoich talerzach i własnych myślach. Karczmarz, wycierający stoły rąbkiem fartucha, bezustannie mruczał coś pod nosem, ale zawsze zbyt cicho, by dało się cokolwiek usłyszeć. Nynaeve uznała, że nieprzyjemnie byłoby tu spędzić noc, gdyż nawet powietrze było tu ciężkie od strachu.

Mniej więcej w tym samym momencie, w którym odsuwali od siebie talerze, wytarte do czysta ostatnimi kawałkami chleba, na progu stanął jeden z ubranych na czerwono żołnierzy. Nynaeve uważała, że w swoim stożkowatym hełmie i wypolerowanym napierśniku wyglądał wspaniale, dopóki poza, którą przybrał, nie zatarła przyjemnego wrażenia. Wsparł dłoń o rękojeść miecza, na twarz przywołał uroczyste spojrzenie, palcem rozluźnił zbyt ciasny kołnierz. Przypomniał jej Cenna Buie w roli wiejskiego radnego.

Lan rzucił jedno spojrzenie i powiedział rozdrażnionym tonem:

— Milicja. Bezużyteczna.

Żołnierz rozejrzał się po sali, po czym jego wzrok spoczął na nich. Zawahał się, zrobił głęboki wdech, dopiero potem, głośno tupiąc, podszedł i rozkazującym tonem spytał, kim są, co ich sprowadza do Białego Mostu i jak długo mają zamiar w nim pozostać.

— Wyjedziemy zaraz, jak dopiję moje ale — powiedział Lan. Powoli wziął kolejny łyk i podniósł wzrok na żołnierza. — Niechaj Światłość oświeca dobrą królową Morgase.

Mężczyzna w czerwonym mundurze już otwierał usta, jednak przyjrzawszy się oczom Lana zrobił krok w tył. Natychmiast się opanował, obrzucając spojrzeniem Moiraine i Nynaeve. Przez chwilę myślała, że zrobi coś głupiego, by nie wypaść na tchórza przy dwóch kobietach. Wiedziała z doświadczenia, że mężczyźni często zachowują się w taki idiotyczny sposób. Jednakże w Białym Moście zbyt wiele się wydarzyło, zbyt wiele wątpliwości wymknęło się z zakamarków ludzkich umysłów. Wyraz twardej twarzy Strażnika pozostawał obojętny, za to w zimnych, niebieskich oczach miał niebezpieczny błysk.

Ostatecznie milicjant poprzestał na energicznym skinieniu głową.

— Mam nadzieję, że tak uczynicie — rzekł. — Ostatnimi czasy kręci się tu zbyt wielu obcych, by spokój królowej mógł pozostać niezmącony.

Obrócił się na pięcie i wyszedł, ćwicząc po drodze surowe spojrzenie. Miejscowi udawali, że go nie widzą.

— Dokąd jedziemy? — spytała Strażnika Nynaeve. Nastrój panujący w izbie kazał jej zniżyć głos, nie omieszkała jednak dodać mu stanowczości. — Za tą łodzią?

Lan spojrzał na Moiraine, która nieznacznie pokręciła głową i powiedziała:

— Najpierw muszę znaleźć tego, którego jestem pewna, że znajdę, a obecnie jest on gdzieś na północy. W każdym razie nie sądzę, by pozostali dwaj płynęli łodzią. — Na jej ustach pojawił się nieznaczny uśmiech satysfakcji. — Byli w tej izbie, być może dzień temu, a nie dalej jak dwa. Bali się, ale wyjechali żywi. Ten ślad by nie przetrwał, gdyby nie silne emocje.

— Którzy dwaj? — Nynaneve pochyliła się z przejęciem nad stołem. — Czy wiesz?

Aes Sedai ledwie dostrzegalnie pokręciła głową i Nynaeve odchyliła się do tyłu.

— Skoro wyprzedzają nas zaledwie o jeden albo dwa dni drogi, to czemu nie pojechać najpierw za nimi?

— Wiem, że byli tutaj — odparła Moiraine tym swoim nieznośnie spokojnym głosem — ale mimo to nie umiem stwierdzić, czy skierowali się na wschód, północ czy południe. Wierzę, że są dość sprytni, by jechać na wschód, w stronę Caemlyn, ale ponieważ nie mają swoich monet, nie będę wiedziała, gdzie są, dopóki nie znajdę się w odległości pół mili od nich. W ciągu dwóch dni mogli ujechać dwadzieścia albo i czterdzieści mil, w dowolnym kierunku, jeśli popędzał ich strach, a z pewnością strach towarzyszył ich wyjazdowi.

— Ale...

— Wiedząca, choćby nie wiem jak się bali, to niezależnie od tego, w którym kierunku uciekli, przypomną sobie w końcu o Caemlyn i tam właśnie ich znajdę. Ale najpierw pomogę temu, którego mogę znaleźć.

Nynaeve ponownie otworzyła usta, ale Lan przerwał jej spokojnym głosem.

— Mają powody do strachu. — Rozejrzał się dookoła i zniżył głos. — Był tu jakiś Półczłowiek. — Potem skrzywił się, tak samo jak na placu, i dodał: — Nadal wyczuwam tu jego zapach.

Moiraine westchnęła.

— Dopóty będę miała nadzieję, dopóki się nie przekonam, że wszystko przepadło. Nie uwierzę, że Czarnemu uda się tak bez trudu zwyciężyć. Znajdę ich wszystkich, żywych i całych. Muszę w to wierzyć.

— Ja też chcę odnaleźć chłopców — powiedziała Nynaeve. — Ale co z Egwene? Ani razu o niej nie wspomniałaś i ignorujesz mnie, kiedy o nią pytam. Myślałam, że zamierzasz ją zabrać do… — zerknęła ukradkiem na inne stoły i zniżyła głos — …do Tar Valon.

Aes Sedai wpatrywała się przez chwilę w blat stołu, zanim podniosła wzrok na Nynaeve. Kiedy to zrobiła, Wiedząca aż się cofnęła na widok gniewu, który rozjarzył jej oczy. Po chwili plecy jej zesztywniały i sama poczuła, jak wrze w niej gniew, ale zanim zdążyła wypowiedzieć choć jedno słowo, Aes Sedai przemówiła zimnym głosem:

— Mam również nadzieję znaleźć Egwene, żywą i całą. Niełatwo rezygnuję z młodych kobiet o takich zdolnościach, kiedy już je znajdę. Będzie jednak tak, jak obraca się Koło.

Nynaeve poczuła zimną kulę w żołądku.

„Czy ja jestem jedną z tych młodych kobiet, z których nie rezygnujesz? Zobaczymy, Aes Sedai. Niech cię Światłość spali, zobaczymy!"

Dokończyli posiłek w milczeniu i także bez słowa wszyscy troje wyjechali przez bramy na Drogę Caemlyn. Oczy Moiraine badały horyzont na północnym wschodzie. Za nimi kuliło się ze strachu spowite dymem miasto Biały Most.

ROZDZIAŁ 29

BEZLITOSNE OCZY

Elyas pędził ich na południe po porośniętej brązową trawą równinie, jakby chciał nadrobić cały czas spędzony z Ludem Wędrowców. Narzucał takie tempo, że nawet Bela zatrzymała się z ulgą, gdy wreszcie nastał zmierzch. Jednakże mimo pośpiechu stosował środki zapewniające bezpieczeństwo, czego przedtem zaniedbywał. Nocą rozpalali ognisko tylko wtedy, gdy znaleźli na ziemi uschłe drewno. Nie pozwalał im odłamać ani jednej gałązki ze stojącego drzewa. Jego ogniska były małe i zawsze ukryte w dole wykopanym w miejscu, z którego wycinał kawał darni. Zaraz po przygotowaniu posiłku zasypywał węgle i na powrót przykrywał darnią. Przed wyruszeniem w drogę o szarym świcie sprawdzał obozowisko cal po calu, żeby się upewnić, że nie pozostał ani jeden ślad czyjejkolwiek bytności. Poprawiał nawet przewrócone kamienie i prostował pogięte chwasty. Robił to szybko, nigdy dłużej niż kilka minut, ale nie odszedł, dopóki nie był zadowolony.

Zdaniem Perrina te środki ostrożności nie mogły się przydać na wiele w przypadku snów, ale kiedy zaczął myśleć, do czego mogą się przydać, żałował, że nie chodzi tu tylko o sny. Za pierwszym razem Egwene spytała z niepokojem, czy pojawiły się trolloki, ale Elyas tylko pokręcił głową i pognał ich do przodu. Perrin nic nie mówił. Wiedział, że w pobliżu nie ma żadnych trolloków, wilki czuły jedynie zapach trawy, drzew i drobnych zwierząt. To nie strach przed trollokami tak go ponaglał, lecz coś innego, coś, czego nawet sam Elyas nie rozumiał. Wilki też nie wiedziały, co to takiego, ale wyczuły niepokój Elyasa i zaczęły przeprowadzać zwiady, jakby niebezpieczeństwo deptało im po piętach albo czekało w zasadzce za najbliższym wzniesieniem.

Zmieniał się powoli kształt terenu, drogę zaczęły im zagradzać długie, łagodne wzniesienia, zbyt niskie, by można je było nazwać wzgórzami. Podróżowali po dywanie z twardej trawy, nadal zwiędłej po zimie i z rzadka poprzetykanej chwastami, która falowała w podmuchach wschodniego wiatru, bez przeszkód przewiewającego stumilowe pustkowie. Kępy drzew rosły tu w znacznie większym rozproszeniu. Słońce wschodziło niechętnie, nie dając ciepła.

Elyas starał się, najlepiej jak umiał, radzić sobie z ukształtowaniem terenu i w miarę możliwości unikał wspinaczki na grzbiety przysadzistych wzniesień. Rzadko mówił, a kiedy już się odezwał…

— Wiecie, jak długo trwa obchodzenie każdego przeklętego pagórka? Krew i popioły! Nie pozbędę się was do lata. Nie, nie możemy iść w linii prostej! Ile razy mam wam to powtarzać? Czy choć w przybliżeniu wiecie, jak wyraźnie widać człowieka na szczycie wzniesienia w takiej okolicy jak ta? Niech sczeznę, ale tu trzeba iść nie tylko do przodu, ale także tam i z powrotem. Musimy wić się jak węże. Co do mnie, to szedłbym szybciej, nawet gdybym miał związane nogi. No co, będziecie tak się na mnie gapić, czy zamierzacie iść?

Perrin i Egwene wymienili spojrzenia. Egwene pokazała Elyasowi język, kiedy odwrócił się do nich plecami. Żadne z nich nie powiedziało ani słowa. Kiedy Egwene raz tylko zwróciła uwagę, że to przecież Elyas chciał obchodzić wzgórza, więc nie powinien ich winić, usłyszała wykład o tym, jak się przenoszą dźwięki. Został on wygłoszony takim rykiem, że z pewnością słychać go było z odległości mili. Wykładu tego Elyas udzielił przez ramię i w trakcie nie zwolnił ani na chwilę.

Czy mówił, czy milczał, jego wzrok stale błądził dookoła, czasami tylko wpatrywał się w jeden punkt, jakby można było tam cokolwiek dostrzec poza tą samą szorstką trawą. Jeśli coś rzeczywiście tam było, to ani Perrin, ani wilki nic o tym nie wiedzieli. Na czole

Elyasa wystąpiły dodatkowe bruzdy, nie wyjaśnił jednak, dlaczego ich popędza, ani też czyjego lęka się pościgu.

Czasami drogę tarasowało im dłuższe wzniesienie, ciągnące się całymi milami na wschód i zachód. Wówczas nawet Elyas musiał się zgodzić, że obchodzenie go będzie się wiązało ze zbyt wielkim nadkładaniem drogi. Nie pozwalał jednak przejść go zwyczajnie w poprzek. Pozostawiał ich u stóp zbocza, wczołgiwał się na szczyt i zaglądał ostrożnie na drugą stronę, jakby wilki nie przeprowadziły tam zwiadów dziesięć minut wcześniej. Czekali u stóp wzniesienia, minuty rozciągały się w godziny, niecierpliwili się, bo nieznane poganiało ich do przodu. Egwene zagryzała wargi i nieświadomie postukiwała obracanymi w palcach paciorkami, które podarował jej Aram. Perrin posłusznie czekał. Zbierało mu się na mdłości, twarz jednak miał spokojną, nie zdradzającą wrzącego w nim niepokoju.

„Wilki ostrzegą przed niebezpieczeństwem. Byłoby cudownie, gdyby odeszły, gdyby po prostu zniknęły, teraz jednak... właśnie teraz, wysyłają ostrzeżenie. Czego on szuka? Czego?"

Elyas zawsze długo badał wzrokiem teren, wystawiając tylko oczy ponad wzniesienie, a potem gestem ręki nakazywał im iść do przodu. Droga wolna, przynajmniej do następnego razu, kiedy dojdą do kolejnego wzniesienia, którego nie będą mogli obejść. Za trzecim razem Perrinowi żołądek podszedł do gardła. Poczuł kwaśny smak w ustach i zrozumiał, że jeśli będzie musiał czekać jeszcze pięć minut, to zwymiotuje.

— Ja... — Przełknął ślinę. — Już idę.

— Pochyl się — tylko tyle powiedział Elyas.

Kiedy to mówił, Egwene zeskoczyła z Beli.

Ubrany w futra mężczyzna zsunął swój kolisty kapelusz na czoło i popatrzył na dziewczynę spod ronda.

— Spodziewasz się, że klacz będzie się czołgać? — spytał kwaśnym tonem.

Poruszyła ustami, ale nie dobyła z nich żadnego dźwięku. W końcu wzruszyła ramionami. Elyas odwrócił się i nie mówiąc już ani słowa, zaczął się wspinać na łagodne zbocze. Perrin pospieszył za nim.

Tuż przed samym szczytem Elyas powoli zdjął kapelusz, a potem równie wolno uniósł głowę. Ponad kępą kolczastych krzewów Perrin widział jedynie taki sam pofałdowany teren, jaki zostawili za sobą. Zbocze po drugiej stronie było nagie, dopiero w kotlinie oddalonej o jakieś pół mili od wzniesienia rosła kępa drzew o szerokości mniej więcej stu kroków. Wilki już ją pokonały, nie wyczuwając ani śladu trolloków, ani Myrddraali.

Na wschodzie i zachodzie teren był wszędzie taki sam, jak daleko Perrin sięgał wzrokiem, dostrzegał pagórkowate łąki i ubogie poszycie. Nigdzie żadnego ruchu. Wilki znajdowały się co najmniej milę dalej, poza zasięgiem wzroku, ledwie je wyczuwał z tej odległości. Kiedy pokonywały ten teren, nie zauważyły niczego.

„Czego on szuka? Nic tutaj nie ma".

— Marnujemy czas — powiedział.

Już miał się zatrzymać, gdy spomiędzy rosnących niżej drzew wzbiło się do lotu stado kruków. Pięćdziesiąt, może sto czarnych ptaków, uniosło się spiralnym lotem ku niebu. Zastygł w bezruchu, kiedy zaczęły krążyć wokół drzew.

„Oczy Czarnego. Czy one mnie zauważyły?"

Twarz spłynęła mu potem.

Zdawało się, że nagle w setce miniaturowych kruczych umysłów błysnęła jedna myśl, bo oto wszystkie kruki zerwały się do gwałtownego lotu w tym samym kierunku. Na południe. Zniżając lot, stado zniknęło za następnym wzniesieniem. Gęstwa drzew rosnących na wschodzie wypluła z siebie jeszcze więcej kruków. Czarna ciżba wykonała podwójne okrążenie i skierowała się na południe.

Perrin drżąc cały, opuszczał się powoli na ziemię. Usiłował coś powiedzieć, ale zaschło mu w gardle. Dopiero po jakiejś minucie ślina napłynęła do ust.

— Czy tego tak się bałeś? Dlaczego nic nie powiedziałeś? Dlaczego wilki ich nie widziały?

— Wilki raczej nie patrzą na drzewa — warknął Elyas. — A poza tym nie tego szukałem. Powiedziałem wam, nie wiedziałem, co...

Daleko na zachodzie, z jeszcze jednego zagajnika uniosła się czarna chmura i poszybowała na południe. Byli za daleko, by odróżnić poszczególne ptaki.

— To nie jest wielkie polowanie, dzięki Światłości. One nic nie wiedzą. Mimo to...

Odwrócił się i spojrzał na drogę, którą przebyli.

Perrin przełknął ślinę. Mimo tego snu, chciał powiedzieć Elyas.

— Nie jest wielkie? — spytał Perrin. — U nas nie zobaczysz tylu kruków przez cały rok.

Elyas pokręcił głową.

— Na Ziemiach Granicznych widywałem, jak grasują w stadach liczących po tysiąc sztuk. Niezbyt często, tutaj bowiem krukom wiedzie się lepiej, niemniej takie bywały. — Nadal patrzył na północ. — Uciszcie się teraz.

Perrin poczuł to wtedy — mozolne nawiązywanie kontaktu z oddalonymi wilkami. Elyas chciał, by Łatka i jej towarzysze zaprzestały rekonesansu z przodu, tylko jak najszybciej zawróciły i sprawdziły przebytą już drogę. Jego zazwyczaj ponura twarz zwęziła się i wychudła od napięcia. Wilki były tak daleko, że Perrin nawet ich nie czuł.

„Pospieszcie się. Obserwujcie niebo. Pospieszcie się".

Perrin złapał ledwie słyszalną, daleką odpowiedź z południa: „Przybywamy".

W myślach błysnął obraz — biegnące wilki, pyski owiane wiatrem, biegnące, jakby poganiały je błyskawice, biegnące — obraz rozbłysnął i zaraz zniknął.

Elyas skulił się i zrobił głęboki wdech. Zmarszczył czoło, wyjrzał na drugą stronę wzniesienia, potem obejrzał się w stronę północy i mruknął coś bezgłośnie.

— Sądzisz, że lecą za nami jeszcze jakieś inne kruki? — spytał Perrin.

— Może — niejasno odparł Elyas. — Czasami tak się zachowują. Znam takie jedno miejsce, tylko musimy tam dojść przed zmrokiem. Zresztą i tak nie wolno się nam zatrzymywać, dopóki się zupełnie nie ściemni. Nawet jeśli tam nie dotrzemy, nie możemy iść tak szybko, jakbym chciał. Nie możemy się zanadto zbliżyć do tych kruków, które lecą przed nami. A jeśli dodatkowo tamte będą nas gonić...

— Czemu przed zmrokiem? — spytał Perrin. — Jakie miejsce? Gdzieś, gdzie kruki nie będą nam zagrażały?

— Kruki nie będą zagrażały — powiedział Elyas — ale zbyt wielu ludzi wie... Kruki śpią nocą. Nie ma się co martwić, że nas znajdą po ciemku. Niech Światłość sprawi, abyśmy musieli się przejmować tylko krukami. — Raz jeszcze wyjrzał ponad szczytem wzniesienia, wstał i machnięciem ręki nakazał Egwene wprowadzić Belę na szczyt. — Do zmroku czeka nas jeszcze daleka droga. Musimy cały czas iść. — Długimi susami zbiegł po zboczu na drugą stronę, nie zważając na to, że grozi mu to upadkiem. — No ruszaj, a żebyś sczezł!

Perrin ruszył w ślad za nim, częściowo biegnąc, a częściowo się zsuwając.

Egwene stanęła na szczycie wzniesienia, piętami spinając Belę w kłus. Na ich widok uśmiechnęła się z ulgą.

— Co się dzieje? — zawołała, poganiając kudłatą klacz. — Kiedy tak zniknęliście, pomyślałam... Co się stało?

Perrin oszczędzał głos, dopóki ich nie dogoniła. Wtedy opowiedział o krukach i bezpiecznym miejscu Elyasa, ale była to mało spójna opowieść. Po zduszonym słowie „kruki!", stale przerywała mu pytaniami, na które najczęściej nie potrafił odpowiedzieć. Tymczasem zdążyli dotrzeć do następnego wzniesienia.

Normalnie — jeśli w tej wyprawie było cokolwiek normalnego — obeszliby je, zamiast przechodzić górą, ale Elyas i tak uparł się, by najpierw sprawdzić teren.

— Masz zamiar wleźć prosto na nie, chłopcze? — spytał kwaśnym tonem.

Egwene patrzyła na szczyt wzniesienia i oblizywała wargi, jakby chciała tym razem pójść z Elyasem i jednocześnie zostać w miejscu. Łowca był jedynym, który się nie wahał.

Perrin zastanawiał się, czy krukom zdarza się zawracać w locie. Głupio byłoby dojść na samą górę i wpaść prosto na stado.

Uplasował się tuż pod szczytem, wystawił odrobinę głowę, tylko tyle, by móc coś zobaczyć i westchnął z ulgą, gdy nie zauważył nic oprócz kępy drzew na zachodzie. Nie widać było żadnych kruków. Nagle spomiędzy drzew wypadł lis, biegnący ile sił w nogach. W ślad za nim z gałęzi sfrunęły kruki. Łopot ich skrzydeł nieomal zagłuszył rozpaczliwy skowyt zwierzaka. Czarna, wirująca masa opadła w dół i otoczyła go. Lis atakował ptaki zębami, lecz one tylko sfrunęły na niego i zaraz znów umykały, wychodząc z tego bez szwanku. Ich czarne dzioby połyskiwały wilgocią. Lis zawrócił w stronę drzew, próbując ukryć się bezpiecznie w swej norze. Biegł niezdarnie, z pochylonym łbem, pociemniałym i zakrwawionym futrem, a kruki — których było coraz więcej — trzepotały obok niego skrzydłami. Rozfurkotana masa gęstniała, aż w końcu zupełnie przykryła lisa. Równie nagle jak opadły w dół, wzbiły się do góry, zatoczyły krąg i zniknęły na południu, za następnym wzniesieniem. Na miejscu lisa pozostała zniekształcona kupka futra.

Perrin z trudem przełknął ślinę.

„Światłości! Mogły to zrobić z nami. Sto kruków. Mogły..."

— Ruszaj! — warknął Elyas, dając susa w górę. — Dał Egwene znak, żeby wjechała na zbocze i nie czekając, zbiegł w stronę drzew. — Biegnij, do jasnej cholery! — zawołał przez ramię. — Biegnij!

Egwene zmusiła Belę do pokonania wzniesienia galopem i dogoniła ich, zanim dotarli do podnóża zbocza. Nie było czasu na wyjaśnienia, ale jej oczy z miejsca odnalazły lisi zewłok. Twarz jej zbielała jak śnieg.

Elyas dobiegł do skraju kępy drzew, tam się odwrócił i energicznie machając rękoma, nakazywał pośpiech. Perrin usiłował przyspieszyć i w tym momencie się potknął. Młócąc rękoma, omal nie upadł jak długi.

„Krew i popioły! Biegnę najszybciej, jak potrafię!"

Z zagajnika wyleciał samotny kruk. Okrążył ich, zaskrzeczał i zawrócił na południe. Choć Perrin wiedział, że jest już za późno, wyszukał mimo to procę wiszącą u pasa. Próbował jeszcze wydobyć kamyk z kieszeni, gdy kruk nagle złożył skrzydła w powietrzu i runął na ziemię. Perrin ze zdziwienia otworzył szeroko usta i wtedy zobaczył procę zwisającą z dłoni Egwene. Uśmiechnęła się do niego niepewnie.

— Nie stój tu jak zamurowany! — zawołał Elyas.

Perrin drgnął, wbiegł między drzewa i zaraz musiał uskoczyć z drogi, by nie dać się stratować Beli.

Daleko na zachodzie, prawie poza zasięgiem wzroku, w górę wzbiło się coś, co przypominało czarną mgłę. Perrin wyczuł, że biegnące tamtędy wilki skierowały się na północ. Zauważyły kruki, na lewo i na prawo od nich, ale nie zwolniły. Ciemna mgła kłębiła się, pełznąc na północ, jakby ścigała wilki, lecz po chwili zatrzymała się nagle i pomknęła na południe.

— Myślisz, że one nas widziały? — spytała Egwene. — Byliśmy już wśród drzew, prawda? Nie mogły nas dostrzec z takiej odległości. Prawda, że nie? Nie z tak daleka.

— My je widzieliśmy z tej odległości — stwierdził Elyas kwaśnym tonem.

Perrin niespokojnie przestąpił z nogi na nogę, a Egwene ze strachu aż wstrzymała oddech.

— Gdyby nas zobaczyły — ciągnął — to już by na nas spadły, jak na tego lisa. Myślcie, jeśli chcecie przeżyć. Strach was zabije, jeśli nie będziecie go kontrolować. — Jego przenikliwy wzrok spoczął przez chwilę na obojgu. W końcu skinął głową. — Ale już ich tu nie ma, my też powinniśmy ruszać. Trzymajcie te proce pod ręką. Mogą się znowu przydać.

Kiedy wyszli z zagajnika, Elyas kazał im zboczyć na zachód od dotychczasowej linii marszu. Perrinowi oddech uwiązł w gardle, wydawało się, że teraz to oni ścigają kruki. Elyas parł niezmordowanie do przodu, a im nie pozostawało nic innego, jak iść jego śladem. Ostatecznie Elyas znał bezpieczne miejsce. Gdzieś. Tak powiedział.

Podbiegli do następnego wzgórza, poczekali, aż kruki pofruną dalej, znowu podbiegli, znowu czekali, znowu biegli. Już wcześniej utrzymywane tempo zdążyło ich zmęczyć, a teraz wszyscy, z wyjątkiem Elyasa, zaczęli się słaniać, wykończeni nerwowym tempem marszu. Klatka piersiowa Perrina mocno falowała. Łapczywie łykał powietrze, wykorzystując każdą nadarzającą się okazję. Leżał na szczycie kolejnego wzniesienia, pozwalając Elyasowi przeprowadzać w tym czasie zwiad. Przy każdym przystanku Bela przystawała ze zwieszonym łbem i rozdętymi chrapami. Strach poganiał ich do przodu jak bicz, a Perrin wcale nie wiedział, czy już go opanowali. Pragnął tylko, by wilki powiedziały, co jest za nimi, choćby to miało być nie wiadomo co.

Przed nimi leciało tak dużo kruków, że Perrin wprost nie ważył się pomyśleć, ile ich mogło być. Czarne ptasie wstęgi unosiły się z ziemi zarówno po lewej, jak i po prawej stronie, kierując się na południe. Kilkakrotnie udało im się znaleźć kryjówkę w jakimś zagajniku albo schronić na zboczu i popatrzeć na kruki, zanim rozpełzły się po niebie. Raz, kiedy słońce zaczynało już się zsuwać ze swego południowego szczytu, zatrzymali się na otwartej przestrzeni, zastygając jak pomniki w połowie mili od najbliższego schronienia, a tymczasem w odległości niecałej mili od nich, na wschodzie, mignęła im setka skrzydlastych szpiegów Czarnego. Pomimo wiatru twarz Perrina ociekała potem, dopóki ostatni czarny kształt nie zmniejszył się do rozmiarów małej kropki i nie zniknął. Stracił już rachubę, ilu maruderów strąciły proce.

Na drodze pokonanej przez stada zobaczył wystarczająco wiele dowodów na uzasadnienie swego strachu. Bliski mdłości i jednocześnie zafascynowany zapatrzył się na królika rozdartego na strzępy. Pozbawiona oczu głowa leżała na ziemi, a pozostałe części ciała — łapy, wnętrzności — spoczywały wokół niej porozrzucane szerokim kręgiem. Ptaki, zamienione przez krucze dzioby w bezkształtne masy z piór. I jeszcze dwa lisy.

Przypomniał sobie coś, co powiedział mu Lan. Wszystkie stworzenia należące do Czarnego uwielbiają zabijać. Moc Czarnego jest oparta na śmierci. A gdyby kruki ich znalazły? Bezlitosne oczy, połyskujące jak paciorki. Pracowite dzioby wirujące wokół nich. Dzioby ostre jak igła, kaleczące do krwi. Cała setka.

„A może mogą wezwać więcej stworzeń swojego gatunku? Może wszystkie wezmą udział w polowaniu?"

W jego myślach zrodziła się przyprawiająca o mdłości wizja.

Wielki jak góra stos kruków, wijących się jak robactwo i walczących między sobą o kilka krwawych strzępów.

Nagle tę wizję wymiotły inne obrazy, każdy pojawiał się wyraźnie na ułamek sekundy, wirował i przenikając, przemieniał się w następny. Wilki znalazły kruki na północy. Skrzeczące ptaki frunęły w dół, zataczały krąg, znowu frunęły w dół, ich dzioby za każdym razem upuszczały krew. Warczące wilki to uskakiwały, to atakowały, skręcając się w powietrzu i kłapiąc szczękami. Perrin co jakiś czas czuł w ustach ohydny smak piór i mięsa wyrywających się gwałtownie kruków, które miażdżono zębami, całym ciałem czuł ból głębokich ran, z których wytryskiwały potoki krwi, czuł rozpacz, że cały jego wysiłek nie wystarczy, mimo że ani myślał się poddać. Nagle kruki rozpierzchły się i zatoczyły krąg w górze, po raz ostatni wrzeszcząc z furią na wilki, które nie umierały tak łatwo jak lisy, a poza tym miały swoją misję. Rozległ się łopot czarnych skrzydeł i już ich nie było, tylko kilka czarnych piór opadło na martwe ciała ich towarzyszy. Wiatr wylizywał ranę na swej lewej przedniej łapie. Coś złego stało się z okiem Skoczka. Nie zważając na rany, Łatka przywołała ich do siebie i razem wyruszyli bolesnymi susami w kierunku, w którym zniknęły kruki. Ich zmierzwioną sierść pozlepiała krew.

„Nadchodzimy. Niebezpieczeństwo idzie przed nami".

Potykający się w powolnym biegu Perrin wymienił spojrzenia z Elyasem. Żółte oczy mężczyzny były pozbawione wyrazu. Nic nie mówił, tylko obserwował Perrina i czekał, cały czas bez najmniejszego wysiłku sadząc długie susy.

„Czeka na mnie. Czeka, aż przyznam, że wyczuwam wilki".

— Kruki — wydyszał z niechęcią Perrin. — Za nami.

— On miał rację — wysapała Egwene. — Potrafisz się z nimi porozumiewać.

Perrin miał wrażenie, że jego stopy zamieniły się w bryły żelaza przymocowane do drewnianych słupów, mimo to usiłował je zmusić do szybszego biegu. Gdyby tylko potrafił uprzedzić ich oczy, wyprzedzić kruki, wyprzedzić wilki, przede wszystkim oczy Egwene, które teraz wiedziały, kim on jest.

„Kim ty jesteś? Skażony, niech mnie Światłość oślepi! Przeklęty!"
Nigdy go tak nie piekło w gardle, nawet gdy wdychał dym i żar w kuźni pana Luhhana. Zachwiał się, przywarł do strzemienia Egwene i wisiał na nim dopóty, dopóki dziewczyna nie zsiadła i nie wepchnęła go na siodło, mimo jego zapewnień, że jest w stanie iść dalej. Jednak niedługo potem sama przytrzymywała się strzemienia podczas biegu, drugą ręką podkasując spódnicę. Chwilę później zsiadł, czując, jak uginają się pod nim kolana. Musiał ją podnieść, by mogła zająć jego miejsce, lecz była zbyt zmęczona, żeby się opierać.

Elyas nie chciał zwolnić. Popędzał ich urąganiami. Od kruków lecących na południe dzieliła ich tak niewielka odległość, że zdaniem Perrina wystarczyłoby, żeby obejrzał się choć jeden ptak, a...

— Nie zatrzymujcie się, a niech was licho! Myślicie, że jak nas dopadną, poradzicie sobie lepiej niż tamten lis? Ten z wnętrznościami na głowie?

Egwene wychyliła się z siodła i hałaśliwie zwymiotowała.

— Wiedziałem, że sobie przypomnisz. Po prostu jeszcze przejdźcie kawałek. To wszystko. Jeszcze tylko trochę. A niech was, myślałem, że tacy młodzi wieśniacy są bardziej wytrzymali. Podobno pracujecie cały dzień i tańczycie całą noc. Moim zdaniem wy śpicie cały dzień i śpicie całą noc. Przebierajcie tymi waszymi przeklętymi nogami!

Początkowo schodzili ze zboczy, gdy tylko ostatni kruk zniknął za wzniesieniem, potem zbiegali, już wtedy gdy ostatni maruderzy jeszcze łopotali nad pagórkiem. „Jeśli choć jeden ptak się obejrzy". Kruki przeszukiwały wschód i zachód, a oni pokonywali biegiem dzielące ich otwarte przestrzenie. „Wystarczy jeden ptak".

Szybko nadlatywały kruki mknące w ślad za nimi. Łatka i pozostałe wilki okrążały je i biegły przed siebie, nie zatrzymując się, by wylizać rany, ale dostały już wszelkie możliwe nauczki związane z obserwowaniem nieba.

„Jak blisko? Jak daleko?"

Wilki nie postrzegały czasu w taki sam sposób jak ludzie, nie miały powodów, by dzielić dzień na godziny. Do oznaczania czasu wystarczały im pory roku, przemiany światła w mrok. Nie trzeba było więcej. Perrinowi udało się wreszcie uzyskać obraz miejsca, w którym słońce będzie stało na niebie, kiedy dogonią ich kruki lecące z tyłu. Obejrzał się przez ramię na zachodzące słońce i oblizał wargi wyschłym językiem. Za godzinę, może wcześniej, kruki ich dopadną. Za godzinę, a do zmierzchu brakowało jeszcze dobrych dwóch godzin, przynajmniej do zapadnięcia całkowitego mroku.

„Umrzemy o zachodzie słońca" — pomyślał, zataczając się w biegu.

Zamordowani jak lis. Przejechał palcem po ostrzu swojego topora, potem dotknął procy. Bardziej się przyda. Ale nie wystarczy. Nie przeciwko stu krukom, stu przemieszczającym się błyskawicznie celom, stu ostrym dziobom.

— Twoja kolej na jazdę, Perrin — powiedziała Egwene zmęczonym głosem.

— Za chwilę — wydyszał. — Mogę przebiec jeszcze kilka mil.

Skinęła głową i została w siodle.

„Jest zmęczona. Powiedzieć jej? Czy lepiej, żeby myślała, że mamy szansę uciec? Godzina nadziei, nawet jeśli zrodzonej z rozpaczy, czy godzina rozpaczy?"

Elyas znowu mu się przypatrywał, nic nie mówiąc. On na pewno wie, ale nic nie mówi. Perrin znowu spojrzał na Egwene i zamrugał, by odpędzić piekące łzy. Dotknął topora i zastanowił się, czy będzie go stać na odwagę. Podczas tych ostatnich chwil, kiedy sfruną na nich kruki, kiedy zgaśnie ostatnia nadzieja, czy będzie miał odwagę oszczędzić jej śmierci, jaką zginął lis?

„Światłości, daj mi siłę".

Nagle wydało mu się, że lecące przed nimi kruki zaczynają gdzieś znikać. Perrin nadal widział ciemne, mgliste chmury, daleko na wschodzie i zachodzie, ale przed nimi… nic.

„Dokąd one poleciały? Światłości, jeśli je dogonimy…"

Wtem przeszył go dreszcz, poczuł chłodne, czyste mrowienie, jakby wskoczył do Winnej Jagody w samym środku zimy. Dreszcz przetoczył się przez niego jak fala i jakby odebrał część zmęczenia, bólu nóg i pieczenia w płucach. Pozostawił po sobie... coś. Nie potrafił powiedzieć, co to jest, ale czuł się inaczej. Stanął, potykając się, i przerażony rozejrzał dookoła.

Elyas patrzył na niego, patrzył na nich oboje z błyskiem w oczach. Wiedział, co to takiego, Perrin był tego pewien, jednak tylko obserwował ich, nic nie mówiąc.

Egwene ściągnęła wodze i rozejrzała się dokoła niepewnie, na poły z ciekawością, na poły ze strachem.

— To dziwne — wyszeptała. — Tak się czuję, jakbym coś zgubiła.

Nawet klacz podniosła wyczekująco łeb, rozdymając nozdrza, jakby wyczuwała woń świeżo skoszonego siana.

— Co... co to było? — spytał Perrin.

Elyas zarechotał znienacka. Śmiech wstrząsał jego ramionami. Zgiął się wpół, by wesprzeć dłonie na kolanach.

— Jesteśmy bezpieczni, ot co. Udało się, wy cholerni głupcy. Żaden kruk nie przeleci przez tę linię... nie taki, przez którego patrzy Czarny. Trolloka trzeba by tu przygnać siłą, a już wyjątkowej zawziętości wymagałoby zmuszenie jakiegoś Myrddraala, żeby to zrobił. Żadnych Aes Sedai. Jedyna Moc tu nie działa, nie dotkną stąd Prawdziwego Źródła. Nawet go nie wyczują, jakby przestało istnieć. Tylko by je świerzbiło coś od środka. Trzęsło by nimi, jak po siedmiu dniach pijaństwa. To bezpieczeństwo!

Z początku Perrinowi trudno było stwierdzić, czym różni się ta okolica od łagodnych wzgórz i wzniesień, które pokonywali przez cały dzień. Po chwili zauważył jednak zielone pędy wśród traw. Nie było ich wiele i przebijały powierzchnię ziemi z wielkimi trudnościami, niemniej wydawały się gęstsze niż gdziekolwiek indziej. W trawie rosło też mniej chwastów. Nie mógł pojąć, co to takiego, niemniej jednak coś... coś się działo w tym miejscu. I coś z tego, co powiedział Elyas, poruszyło strunę w pamięci.

— Co to jest? — spytała Egwene. — Czuję... Co to za miejsce? Chyba mi się nie podoba.

— To *stedding* — zawołał głośno Elyas. — Nie słyszeliście żadnych opowieści? Jasne, że ogirów nie było tu od ponad trzech tysięcy lat, od czasu Pęknięcia Świata, ale to *stedding* tworzy ogirów, a nie odwrotnie.

— Zwykła legenda — wybąkał Perrin.

W opowieściach *stedding* było zawsze przystanią, miejscem, w którym można się ukryć, zarówno przed Aes Sedai, jak i przed istotami należącymi do Ojca Kłamstw.

Elyas wyprostował się. Może nie wyglądał specjalnie świeżo, ale zupełnie nie było po nim widać, że przez cały dzień biegł.

— No dalej. Lepiej wejdźmy głębiej w tę legendę. Kruki nie polecą za nami, ale tak blisko skraju nadal nas widzą i jest ich wystarczająco dużo, by mogły strzec całej granicy. Niech sobie tam polują.

Perrin wolał zostać tam, gdzie się zatrzymał, nogi mu drżały i najchętniej położyłby się na tydzień do łóżka. Nawrót sił był tylko chwilowy, całe zmęczenie i ból wróciły. Zmusił się do zrobienia jednego kroku, potem drugiego. Nie przyszły łatwo, ale jakoś się udało. Egwene potrząsnęła wodzami, by zmusić Belę do ruchu. Elyas bez żadnego wysiłku zaczął sadzić długie susy, zwalniając dopiero wtedy, gdy było wyraźnie widać, że nie dotrzymają mu kroku. Zwolnił do szybkiego marszu.

— Dlaczego nie możemy tu zostać? — wysapał Perrin. Wyduszał z siebie słowa między głębokimi, urywanymi oddechami. — Jeśli to naprawdę... *stedding*. Tu bylibyśmy bezpieczni. Żadnych trolloków. Żadnych Aes Sedai. Dlaczego nie zostać tutaj, dopóki to wszystko się nie skończy?

„Może wilki też tu nie przyjdą".

— Jak długo by to potrwało? — Elyas obejrzał się przez ramię i uniósł brew. — Co byście jedli? Trawę jak konie? A poza tym inni też wiedzą o tym miejscu i żadna siła ich nie zatrzyma, nawet tych najgorszych. Zresztą jest tu tylko jedno źródło.

Z niepokojem obejrzał się dookoła i zbadał wzrokiem okolicę. Potrząsnął głową i mruknął coś do siebie. Perrin poczuł, że wzywa wilki.

„Pospieszcie się, pospieszcie".

— Ryzykujemy, zmuszeni do wyboru mniejszego zła, a przed krukami nie da się uciec. Chodźcie. Jeszcze tylko mila, może dwie.

Perrin jęknąłby, ale wolał oszczędzać oddech.

Na niskich wzgórzach zaczęły się pojawiać szare plamy, zarysy ogromnych głazów, nieregularne bryły z szarego, pokrytego porostami kamienia, zagrzebane do połowy w ziemi, niektóre wielkości domu. Oplecione bluszczem kryły się najczęściej za niskimi krzewami. Tu i ówdzie, wśród wyschłego brązu bluszczu i krzewów, samotny, zielony pęd obwieszczał, że jest to szczególne miejsce. Cokolwiek okaleczyło ziemie leżące poza jego granicami, dosięgło także i jego, lecz tu rana nie była aż tak głęboka.

W końcu z najwyższym trudem pokonali jeszcze jedno wzniesienie, a u jego podnóża znaleźli staw. W bród można go było przemierzyć dwoma krokami, za to woda w nim była tak przezroczysta, że piaszczyste dno przypominało taflę szkła. Nawet Elyas zbiegł ochoczo w dół zbocza.

Perrin runął całym ciałem na ziemię, gdy tylko dotarł do stawu, i zanurzył w nim głowę. Chwilę później pluł chłodną wodą, która wytryskiwała z samych głębin ziemi. Potrząsnął głową, z jego długich włosów spadł deszcz kropli. Egwene roześmiała się i też zaczęła na niego pryskać. Wzrok Perrina spochmurniał. Skrzywiła się i już otworzyła usta, lecz wtedy na powrót schował twarz pod wodą.

„Żadnych pytań. Nie teraz. Żadnych wyjaśnień. Nigdy, żadnych".

Nękał go jednak jakiś wewnętrzny głos.

„Zrobiłbyś to, prawda?"

W końcu Elyas kazał im odejść od stawu.

— Wszyscy musimy coś zjeść. Potrzebuję pomocy.

Egwene krzątała się z radością, śmiejąc się i żartując podczas przygotowywania skromnego posiłku. Nie zostało im już nic prócz sera i suszonego mięsa, nie było na co polować. Na szczęście mieli jeszcze herbatę. Perrin brał we wszystkim udział, ale w milczeniu. Czuł na sobie wzrok Egwene, widział rosnący niepokój na jej twarzy, ale gdy tylko mógł, unikał wzroku dziewczyny. Jej uśmiech bladł, a żarty stawały się coraz rzadsze, coraz bardziej wymuszone. Elyas się przypatrywał, ale nic nie mówił. Owładnął nimi ponury nastrój i zaczęli swój posiłek w milczeniu. Słońce czerwieniało na zachodzie, cienie stawały się długie i wąskie.

„Niecała godzina do zmierzchu. Gdyby nie *stedding*, to wszyscy bylibyśmy już martwi. Czy uratowałbyś ją? Czy ściąłbyś ją tak jak krzaki? Krzaki nie krwawią, prawda? Nie krzyczą i nie patrzą w oczy, nie pytają: dlaczego?"

Perrin coraz bardziej zamykał się w sobie. Czuł, że coś się z niego śmieje, w najgłębszych zakamarkach jego umysłu. Coś okrutnego. Nie Czarny. Nieomal żałował, że to nie on. Nie Czarny, on sam.

Elyas po raz pierwszy złamał swoje zasady dotyczące rozpalania ogniska. Drzewa tu wprawdzie nie rosły, jednakże obłamał uschłe gałązki z krzaka i zbudował ognisko przy wielkim głazie wystającym ze zbocza. Sądząc po warstwach sadzy na powierzchni kamienia, Perrin uznał, że miejsce to musiały wykorzystywać całe pokolenia wędrowców.

Wystająca ponad powierzchnią ziemi skała była nieco zaokrąglona, jeden z jej boków, którego nierówną powierzchnię skrywał stary i zbrązowiały mech, przecinało głębokie pęknięcie. Rowki i zagłębienia wytrawione w zaokrąglonej części wydawały się Perrinowi dziwne, jednak za bardzo był przygnębiony, by się nad tym zastanawiać. Egwene natomiast przyglądała im się w trakcie jedzenia.

— To — stwierdziła w końcu — wygląda jak oko.

Perrin zamrugał ze zdziwienia, to rzeczywiście wyglądało jak oko, pomimo warstw sadzy.

— Bo to jest oko — powiedział Elyas.

Siedział tyłem do ognia i skały, badając wzrokiem okolicę i żuł pasek suszonego mięsa, twardego jak skóra.

— Oko Artura Jastrzębie Skrzydło. Oko samego Wysokiego Króla. Taki oto był kres jego władzy i chwały.

Powiedział to roztargnionym głosem. Żuł nawet z roztargnieniem, całą jego uwagę pochłaniały wzgórza.

— Artur Jastrzębie Skrzydło! — wykrzyknęła Egwene. — Chyba sobie ze mnie żartujesz. To wcale nie jest oko. Czemu ktoś miałby rzeźbić oko króla w tej skale?

Elyas spojrzał na nią przez ramię i mruknął:

— Czego was uczą na tej wsi, dzieciaki? — Prychnął lekceważąco i znowu się wyprostował, żeby mieć lepszy widok, a po chwili dodał: — Artur Paendrag Tanreall, Artur Jastrzębie Skrzydło, Wysoki Król, zjednoczył wszystkie ziemie od Wielkiego Ugoru po Morze Burz, od Oceanu Aryth po Pustkowie Aiel, a także kilka krain leżących za Pustkowiem. Wysłał nawet armie na drugą stronę Oceanu Aryth. Powiadają, że władał całym światem, ale to, czym naprawdę władał, już i tak wystarczało dla każdego człowieka niewystępującego w opowieściach. Sprowadził też pokój i sprawiedliwość do swego kraju.

— Wszyscy stali się równi wobec prawa — dodała Egwene — i odtąd żaden człowiek nie podnosił ręki na drugiego.

— A więc przynajmniej te historie słyszeliście — zaśmiał się sucho Elyas. — Artur Jastrzębie Skrzydło sprowadził pokój i sprawiedliwość, lecz uczynił to za pomocą ognia i miecza. Dziecko mogło przejechać samotnie z torbą pełną złota od Oceanu Aryth do Pustkowia Aiel i nie bać się ani przez chwilę, ale sprawiedliwość Wysokiego Króla była twarda jak skała dla każdego, kto sprzeciwił się jego władzy. Zwykły lud żył w pokoju, sprawiedliwości i z pełnym brzuchem, on natomiast oblegał Tar Valon przez dwadzieścia lat i wyznaczył nagrodę tysiąca złotych koron za głowę każdej Aes Sedai.

— Myślałam, że nie lubisz Aes Sedai — powiedziała Egwene.

Elyas uśmiechnął się krzywo.

— Nieważne, co ja lubię, dziewczyno. Król Artur był dumnym głupcem. Każda uzdrowicielka Aes Sedai mogła go uratować, kiedy zachorował albo został otruty, jak twierdzą niektórzy, jednak wszystkie pozostałe przy życiu Aes Sedai były uwięzione za Błyszczącymi Murami i używały całej swej Mocy, by odeprzeć armię, która rozświetlała noc ogniskami swoich obozowisk. W każdym razie nie chciał żadnej dopuścić do siebie. Nienawidził Aes Sedai tak samo jak Czarnego.

Egwene ściągnęła usta, powiedziała jednak tylko:

— Co to wszystko ma wspólnego z okiem Artura?

— Właśnie to, dziewczyno. Dzięki temu, że wszędzie, z wyjątkiem drugiej strony oceanu, panował pokój, ludzie oddawali mu cześć, gdziekolwiek się pokazał. Naprawdę go kochali, rozumiesz, bo choć był oschły, to nigdy w stosunku do prostego ludu. Cóż, w tej sytuacji stwierdził, że najwyższa pora wybudować sobie stolicę. Nowe miasto, w umysłach ludzi nie powiązane z żadną starą sprawą, frakcją albo czyimś współzawodnictwem. Chciał je zbudować tutaj, w samym sercu krainy otoczonej morzami, Pustkowiem i Ugorem. Tutaj, gdzie nie mogły przyjść żadne Aes Sedai, które chciałyby albo były w stanie wykorzystać Moc. Stolicę, z której pewnego dnia cały świat miał otrzymać pokój i sprawiedliwość. Słysząc takie obwieszczenie, lud ofiarował dość pieniędzy, by dało się za nie wybudować pomnik. Większość uważała, że Artur Jastrzębie Skrzydło stoi o jeden tylko stopień niżej od samego Stwórcy. Niewysoki stopień. Rzeźba i budowa trwały pięć lat. Pomnik samego Artura, w skali sto do jednego. Postawili go właśnie tutaj, dookoła miało powstać miasto.

— Tu nigdy nie było miasta — zaprotestowała Egwene. — Coś by przecież po nim zostało. Cokolwiek.

Elyas skinął głową, nie przestając obserwować okolicy.

— Bo rzeczywiście nie powstało. Król umarł tego samego dnia, w którym ukończono pomnik, a jego synowie i reszta krewnych zaczęli się bić o to, kto zasiądzie na tronie. Pomnik stał samotnie wśród tych wzgórz. Synowie, bratankowie i kuzyni pomarli — i tak ostatni, którzy mieli w sobie krew Artura, zniknęli z powierzchni ziemi, z wyjątkiem może tych paru, którzy przeprawili się przez Ocean Aryth. Byli tacy, którzy, gdyby mogli, wymazaliby po nim pamięć. Palono książki tylko dlatego, że było w nich wymienione jego imię. W końcu nie pozostało po nim nic prócz opowieści, a większość z nich jest kłamliwa. Oto jaki kres spotkał jego chwałę.

Walki nie ustały naturalnie, mimo że król Artur i jego ród wymarli. Pozostał tron, który można było zdobyć, dążyli do niego każdy władca lub władczyni, którzy potrafili dowodzić wojownikami. To był początek Wojny Stuletniej. Naprawdę trwała sto dwadzieścia trzy lata i większa część historii tamtych czasów zatraciła się w dymie płonących miast. Wielu zdobyło dla siebie jakąś część kraju, ale nikt nie zdobył całości i w którymś momencie tamtych czasów obalono pomnik. Może nie mogli już dłużej ścierpieć porównywania się z nim.

— Najpierw tak mówiłeś, jakbyś nim pogardzał — stwierdziła Egwene — a teraz tak mówisz, jakbyś go podziwiał.

Pokręciła głową.

Elyas obrócił się, by na nią spojrzeć obojętnym, nieruchomym wzrokiem.

— Napijcie się jeszcze herbaty, jeśli chcecie. Przed zmrokiem musimy zgasić ognisko.

Perrin widział teraz oko wyraźnie, pomimo bladego światła. Było większe od ludzkiej głowy, padające na nie cienie sprawiały, że przypominało oko kruka, twarde, czarne i bezlitosne. Żałował, że nie śpią w jakimś innym miejscu.

ROZDZIAŁ 30

SYNOWIE CIENIA

Egwene siedziała przy ognisku, wpatrzona we fragment pomnika, Perrin natomiast, pragnąc samotności, poszedł nad staw. Światło dnia bladło, a na wschodzie podnosił się już nocny wiatr, marszcząc powierzchnię wody. Wyjął topór z pętli u pasa i obrócił go w dłoniach. Trzonek z jesionowego drewna był tak długi jak jego ręka, gładki i chłodny w dotyku. Nienawidził go. Wstydził się, że w Polu Emonda był taki dumny z tego topora. Wtedy jeszcze nie wiedział, co będzie chciał z nim zrobić.

— Tak bardzo jej nienawidzisz? — spytał stojący za nim Elyas.

Zaskoczony, zerwał się na równe nogi i uniósł topór, nim się zorientował, kto do niego mówi.

— Czy...? Czy w moich myślach też potrafisz czytać? Tak jak w myślach wilków?

Elyas przekrzywił głowę i przyjrzał mu się badawczo.

— Ślepiec wyczytałby wszystko z twej twarzy, chłopcze. No dobra, mów. Czy nienawidzisz tej dziewczyny? Gardzisz nią? No właśnie. Byłeś gotów ją zabić, bo nią gardzisz, bo zawsze się wlecze, bo cię krępuje swym babskim zachowaniem.

— Egwene nigdy w życiu się nie włóczyła — zaprotestował. — Zawsze wykonuje to, co do niej należy. Nie gardzę nią, ja ją kocham. — Spojrzał chmurnie na Elyasa, wywołując tym jego śmiech. — To znaczy nie tak. Chcę powiedzieć, że nie tak jak siostrę, tylko że ona i Rand... Krew i popioły! Gdyby te kruki nas dopadły... Gdyby... Nie wiem.

— Ależ wiesz. Gdyby miała wybierać, w jaki sposób chce umrzeć, to, jak ci się wydaje, co by wybrała? Jeden porządny cios topora, czy tak, jak umierały te zwierzęta, które widzieliśmy dzisiaj? Ja wiem, co bym wybrał.

— Nie mam prawa wybierać w jej imieniu. Nie powiesz jej o tym, prawda? O tym…

Zacisnął dłonie na trzonku topora z całą siłą mięśni ramion, skręconych jak powrozy, silnych mimo jego młodego wieku, rozwiniętych dzięki długim godzinom wymachiwania młotem w kuźni pana Luhhana. Przez chwilę miał wrażenie, że gruby drewniany trzonek pęknie na pół.

— Nienawidzę tego paskudztwa — warknął. — Nie wiem, co ja z nim robię, tak się pysząc jak jakiś dureń. Wiesz, że nie potrafiłbym tego zrobić. Skoro to wszystko było udawane, mogłem się przechwalać i zachowywać jakbym… — Westchnął, ledwie było słychać jego głos. — Teraz jest inaczej. Już nigdy w życiu go nie użyję.

— Użyjesz go.

Perrin uniósł topór, żeby go wrzucić do stawu, ale Elyas schwycił go za nadgarstek.

— Użyjesz go, chłopcze, i dopóty, dopóki będziesz go nienawidził, będziesz go używał mądrzej niż większość ludzi. Zaczekaj. Jeśli kiedyś przestaniesz go nienawidzić, to wtedy będziesz musiał go wyrzucić i uciec w przeciwną stronę.

Perrin ważył topór w dłoniach, nadal czując pokusę, by wrzucić go do stawu.

„Łatwo mu mówić o czekaniu. A co się stanie, jeśli poczekam i potem nie będę potrafił go wyrzucić?"

Otworzył usta, by zapytać o to Elyasa, ale żadne słowa nie padły. Przesłanie od wilków było tak natarczywe, że aż zaszkliło mu wzrok. Przez chwilę zapomniał, co miał do powiedzenia, zapomniał, że w ogóle miał zamiar powiedzieć cokolwiek, zapomniał wręcz, jak się mówi i oddycha. Podobnie zapadła się twarz Elyasa, a oczy wydawały się oglądać coś w jego własnym wnętrzu, coś bardzo oddalonego. Po chwili to wszystko minęło, równie szybko, jak się pojawiło. Trwało zaledwie jedno uderzenie serca, tyle jednak wystarczyło.

Perrin otrząsnął się i wciągnął głęboko powietrze do płuc. Elyas nie zatrzymał się, gdy tylko mgła zeszła z jego oczu, nie ociągając się pospieszył w stronę ognia. Perrin pobiegł bez słowa w ślad za nim.

— Zagaś ogień! — zawołał ochrypłym głosem Elyas do Egwene. Gestykulował wymownie, niemalże krzyczał szeptem. — Zagaś!

Uniosła się, patrząc na niego niepewnie, potem podeszła bliżej ognia, bardzo jednak wolno, wyraźnie nie rozumiejąc, co się dzieje.

Elyas przepchnął się brutalnie obok niej i chwycił czajnik z herbatą, oparzył się, głośno zaklął. Przerzucając gorące naczynie z ręki do ręki, przechylił je nad ogniskiem. Biegnący tuż za nim Perrin stanął przy ognisku w chwili, gdy lały się doń już ostatnie krople herbaty. Z miejsca zabrał się za zasypywanie węgli, nad którymi unosił się syk i smugi pary. Nie przerywał pracy, dopóki ostatni ślad ognia nie zniknął pod ziemią.

Elyas cisnął czajnik w stronę Perrina, ten natychmiast upuścił go ze zduszonym okrzykiem. Dmuchał na swoje ręce i patrzył krzywo na łowcę, jednakże ubrany w futro mężczyzna był zbyt zajęty pospieszną lustracją ich obozowiska, by zwracać na niego uwagę.

— Nie da się ukryć, że ktoś tu był — powiedział Elyas. — Po prostu musimy się spieszyć i nie tracić nadziei. Może nie zwrócą uwagi. Krew i popioły, byłbym przysiągł, że to kruki.

Perrin pospiesznie narzucił siodło na grzbiet Beli, a gdy pochylał się, by zacieśnić popręg, skaleczył się toporem.

— Co się stało? — spytała Egwene, a głos jej drżał. — Trolloki? Pomory?

— Jedźcie na wschód albo na zachód — przykazał Perrinowi Elyas. — Znajdźcie jakąś kryjówkę, a ja dołączę do was najszybciej, jak będę mógł. Jeśli zauważyli któregoś wilka...

Pomknął przed siebie, pochylony tak nisko, jakby miał zamiar biec na czworakach i zniknął w wydłużających się cieniach wieczoru.

Egwene pospiesznie zebrała swój nieliczny dobytek, wciąż jednak domagała się wyjaśnień. Mówiła natarczywym głosem, z każdą chwilą coraz bardziej przerażonym, lecz Perrin cały czas milczał. Sam był przerażony, lecz strach przyspieszył ich ruchy. Zwlekał z odpowiedzią, dopóki nie wyruszyli w stronę zachodzącego słońca. Biegł przed Belą, przyciskał topór do piersi i ponad ramieniem przekazywał jej fragmenty tego, co wiedział, wypatrując jednocześnie jakiegoś miejsca, w którym mogliby przypaść do ziemi i poczekać na Elyasa.

— Jedzie tu wielu ludzi na koniach. Pojawili się z tyłu za wilkami, ale nie zauważyli ich. Kierują się w stronę stawu. Być może nie mają nic przeciwko nam, jest to jedyna woda na przestrzeni wielu mil. Łatka jednak mówi...

Obejrzał się przez ramię. Wieczorne słońce wymalowało dziwne cienie na jej twarzy, cienie, pośród których nie było widać wyrazu oczu.

„O czym ona myśli? Czy patrzy na mnie tak, jakby już mnie znała? Czy zechce mnie znać?"

— Łatka twierdzi, że wydzielają zły zapach. Tak... mniej więcej jak pachnie wściekły pies.

Zostawili za sobą staw, tracąc go z zasięgu wzroku. W gęstniejącym zmierzchu jeszcze widział głazy — szczątki posągu Artura Jastrzębie Skrzydło — ale nie potrafił powiedzieć, pod którym z tych kamieni rozpalili swoje ognisko.

— Będziemy trzymali się od nich z daleka, znajdziemy jakieś miejsce, w którym zaczekamy na Elyasa.

— Czemu mielibyśmy się nimi przejmować? — spytała podniesionym głosem. — Podobno tu jesteśmy bezpieczni. Podobno tu jest bezpiecznie. Światłości, przecież musi gdzieś istnieć jakieś bezpieczne miejsce.

Perrin zaczął się uważniej rozglądać za jakąś kryjówką. Z pewnością nie oddalili się daleko od stawu, jednakże zmierzch już gęstniał. Wkrótce będzie za ciemno, by móc się przemieszczać. Grzbiety wzgórz były wciąż skąpane w bladym świetle. W porównaniu z dzielącymi ich kotlinami, w których nie było prawie nic widać, wydawały się jaskrawe. Po lewej stronie na tle nieba wyróżniał się wyraźnie jakiś ciemny kształt, duży płaski głaz, wystający ukośnie z boku wzgórza, okrywający cieniem jego zbocze.

— Tędy — powiedział.

Pobiegł w stronę wzgórza, oglądając się przez ramię i próbując dostrzec nadjeżdżających. Niczego nie zobaczył — na razie. Nieraz musiał się zatrzymać i poczekać, podczas gdy one doganiały go chwiejnym krokiem. Egwene przywarła do grzbietu Beli, klacz ostrożnie wyszukiwała drogę na nierównym terenie. Perrin uznał, że obydwie są pewnie bardziej zmęczone, niż mu się dotychczas wydawało.

„Niech to będzie dobra kryjówka. Chyba już nie uda nam się znaleźć innej".

U stóp wzgórza przyjrzał się masywnej, płaskiej skale. Odznaczała się na tle nieba, sięgając nieomal do samego szczytu. Było coś dziwnie znajomego w sposobie, w jaki wierzchołek tej ogromnej bryły zdawał się tworzyć nieregularne występy, trzy wyżej, jeden niżej. Wspiął się tam i idąc po kamieniu, obmacał go. Wyczuł, że są to cztery połączone kolumny, bardzo zniszczone przez całe stulecia oddziaływań atmosferycznych. Spojrzał w górę na przypominający schody szczyt kamienia, górujący nad jego głową niczym ogromna nadbudówka. Palce.

„Schronimy się w dłoni Artura. Może została w niej resztka jego sprawiedliwości".

Dał ręką znak Egwene, by dołączyła do niego. Nie poruszyła się, więc zsunął się z powrotem do stóp zbocza i opowiedział jej, co znalazł.

Egwene zerknęła ukradkiem na wzgórze, wysuwając głowę do przodu.

— Jak ty możesz widzieć cokolwiek? — spytała.

Perrin otworzył usta i zaraz je zamknął. Obejrzał się dookoła, oblizując wargi, po raz pierwszy świadom tego, co widzi. Słońce zaszło. Zaszło zupełnie i księżyc w pełni schował się za chmurami, a mimo to jemu się wydawało, że widzi ciemnopurpurową łunę brzasku.

— Zbadałem tę skałę — powiedział wreszcie. — Musi nam wystarczyć. Nie wypatrzą nas w tym cieniu, nawet jeśli tu dojdą.

Chwycił wodze Beli, by poprowadzić ją do schronienia w dłoni. Czuł wzrok Egwene na swoich plecach.

Kiedy pomagał jej zsiąść, nocny mrok przeszyły okrzyki dobiegające z okolic stawu. Egwene położyła dłoń na ramieniu Perrina i usłyszał nie wypowiedziane przez nią pytanie.

— Ci ludzie widzieli Wiatra — odparł z niechęcią. Trudno było doszukać się znaczenia w myślach wilków. — Mają pochodnie. — Wepchnął ją pod palce i sam przykucnął obok. — Rozbijają się na grupy, by prowadzić poszukiwania. Jest ich wielu, a wszystkie wilki są ranne. — Starał się, by w jego głosie zabrzmiała serdeczniejsza nuta. — Łatka i pozostałe raczej nie wejdą im w drogę, nawet jeśli są ranne, a nas się nie spodziewają. Ludzie nie widzą tego, czego się nie spodziewają. Niedługo zrezygnują i rozbiją obóz.

Razem z wilkami był Elyas, który nie potrafiłby opuścić ich w niebezpieczeństwie.

„Tylu jeźdźców. Tacy uparci. Czemu są tacy uparci?"

Zobaczył, że Egwene kiwa głową, ale ona nie zdała sobie z tego sprawy z powodu mroku.

— Nic nam się nie stanie, Perrin.

„Światłości, pomyślał ze zdziwieniem, ona próbuje mnie pocieszyć".

Krzyki nie ustawały. W oddali poruszały się maleńkie plamki pochodni, migotliwe świetlne punkciki w ciemności.

— Perrin — spytała cicho Egwene — czy zatańczysz ze mną w niedzielę? Jeśli wrócimy do domu do tego czasu?

Zadrżały mu ramiona. Nic nie mówił i sam nie wiedział, czy się śmieje, czy płacze.

— Zatańczę. Obiecuję. — Jego dłonie wbrew woli, zacisnęły się na trzonku topora, przypominając mu o tym, że nadal go trzyma. Głos przeszedł w szept. — Obiecuję — powtórzył i naprawdę w to wierzył.

Po wzgórzach jechały teraz grupy mężczyzn z pochodniami, liczące od dziesięciu do dwunastu osób. Perrin nie potrafił stwierdzić, ile jest tych grup. Czasami było widać ich jednocześnie trzy albo cztery, szukali we wszystkich kierunkach. Cały czas coś do siebie wołali, nocny mrok przeszywały krzyki, rżały konie.

Oglądał to wszystko z wielu punktów widzenia. Przycupnął

na zboczu obok Egwene, obserwując pochodnie poruszające się w mroku niczym świetliki, a w myślach biegł przez noc razem z Łatką, Wiatrem i Skoczkiem. Wilki zostały zbyt mocno poranione przez kruki, by mogły teraz biec szybko i daleko, postanowiły więc przegnać tych ludzi z mroku, zepchnąć na powrót w obszar ognisk. Ludzie zawsze szukają bezpieczeństwa przy ognisku, gdy po nocy włóczą się wilki. Niektórzy poszukujący prowadzili konie bez jeźdźców, te rżały i wierzgały, przewracając wytrzeszczonymi oczyma, gdy pod ich nogami przemykały się szare kształty, rżały przeraźliwie i wyrywały wodze z rąk ludzi, a potem, najszybciej jak się dało, uciekały we wszystkich możliwych kierunkach. Te konie, które niosły na swoich grzbietach jeźdźców, również głośno rżały, gdy z ciemności wyskakiwały znienacka szare cienie z boleśnie kaleczącymi kłami, a czasami krzyk wyrywał się także z gardeł ich jeźdźców, w następnej chwili gryzionych przez silne szczęki. Był tam również Elyas, niewyczuwalny wyraźnie, który przekradał się przez mrok z długim nożem, niczym dwunogi wilk z jednym ostrym, stalowym zębem. Słychać było częste przekleństwa, jednakże poszukujący za nic nie chcieli zrezygnować.

Nagle Perrin pojął, że ludzie z pochodniami postępują według jakiegoś planu. Za każdym razem, gdy w zasięgu jego wzroku pojawiało się kilka grup, przynajmniej jedna z nich podjeżdżała bliżej zbocza, na którym ukrył się razem z Egwene. Elyas kazał im się ukryć, ale…

„A może tak pobiec? Może mrok by nas skrył, gdybyśmy cały czas biegli. Może. Do tego musi być dostatecznie ciemno".

Obrócił się w stronę Egwene, lecz w tym momencie podjęto za niego decyzję. U podstawy wzgórza pojawiła się grupa kilkunastu pochodni, migoczących w rytm końskiego biegu. W ich świetle połyskiwały groty lanc. Zastygł w miejscu, wstrzymując oddech, dłonie objęły stylisko topora.

Jeźdźcy minęli wzgórze, lecz jeden z mężczyzn krzyknął i wtedy pochodnie zakołysały się w przeciwnym kierunku. Zaczął się gorączkowo zastanawiać, którędy powinni uciekać. Gdyby jednak ruszyli z miejsca, zaraz by ich zauważono, o ile już to się nie stało, a kiedy już zostaną zauważeni, nie będą mieli żadnej szansy, nawet ciemność im nie pomoże.

Jeźdźcy zebrali się u stóp wzgórza, każdy trzymał w jednej ręce pochodnię, a w drugiej długą lancę, kierowali konie naciskiem kolan. W świetle pochodni Perrin dostrzegł białe płaszcze Synów Światłości. Trzymali głownie w górze, pochylali się do przodu w swych siodłach i wytężali wzrok, próbując przebić głębokie cienie palców Artura Jastrzębie Skrzydło.

— Tam coś jest — powiedział jeden z nich. Mówił nieco za głośno, jakby się bał, że poza kręgiem światła jego pochodni coś się czai. — Mówiłem wam, że ktoś mógł się tam ukryć. Czy to nie jest koń?

Egwene położyła rękę na ramieniu Perrina, patrzyła na niego zogromniałymi oczyma. Milczące pytanie było oczywiste, pomimo cienia skrywającego jej rysy. Co robić? Elyas i wilki nadal buszowali w mroku. Stojące niżej konie nerwowo przestępowały z nogi na nogę.

„Jeśli teraz pobiegniemy, będą nas ścigać".

Jeden z Białych Płaszczy nakazał swemu wierzchowcowi iść do przodu i krzyknął w górę zbocza:

— Jeśli rozumiecie ludzką mowę, to zejdźcie na dół i poddajcie się. Nie stanie wam się żadna krzywda, jeśli podążacie drogą Światłości. Jeśli się nie poddacie, wszyscy zginiecie. Macie minutę.

Lance zostały opuszczone, długie stalowe groty zalśniły w świetle pochodni.

— Perrin — szepnęła Egwene — nie wygramy z nimi. Jeśli się nie poddamy, to nas zabiją. Perrin?

Elyas i wilki byli nadal wolni. Kolejny odległy, bulgotliwy wrzask świadczył o tym, że znowu jakiś Biały Płaszcz zanadto zbliżył się do Łatki.

„Jeśli pobiegniemy..."

Egwene patrzyła na niego, czekała aż jej powie, co ma robić.

„Jeśli pobiegniemy..."

Znużonym ruchem potrząsnął głową, jak pogrążony w transie wyprostował się i ruszył w dół zbocza chwiejnym krokiem, prosto w stronę Synów Światłości. Usłyszał, że Egwene wzdycha i idzie za nim, niechętnie powłócząc nogami.

„Czemu oni są tacy uparci, jakby nienawidzili wilków z całego serca? Czemu wydzielają taki przykry zapach?"

Wydawało mu się, że sam nieomal czuje to zło, niesione podmuchem wiatru od jeźdźców.

— Rzuć ten topór na ziemię — warknął przywódca.

Perrin zatoczył się w jego stronę, marszcząc nos, by się pozbyć tego zapachu.

— Rzuć go, ty głąbie!

Grot lancy mierzył w pierś Perrina.

Przez chwilę wpatrywał się w grot, tak ostry, że przeszyłby go na wylot i nagle krzyknął:

— Nie!

Jednakże okrzyk ten nie był przeznaczony dla jeźdźca.

Z mroku wyłonił się Skoczek, ich umysły się zjednoczyły. Skoczek, szczeniak, który przyglądał się szybującym orłom i bardzo pragnął latać po niebie tak samo jak one. Szczeniak, który podrywał się w górę, dawał długie susy i skakał tak często, że w końcu potrafił skakać wyżej niż jakikolwiek inny wilk. Który nigdy nie stracił swego szczenięcego pragnienia szybowania po niebie. Skoczek wyłonił się z mroku i opuścił ziemię jednym skokiem, szybując jak orzeł. Białym Płaszczom została tylko chwila, nim zaczęli kląć, gdy szczęki Skoczka zatrzasnęły się na gardle człowieka z lancą wymierzoną w Perrina. Siła rozpędu wielkiego wilka przerzuciła ich obu przez bok konia. Perrin poczuł miażdżenie gardła, poznał smak krwi.

Skoczek wylądował z gracją, oderwawszy się już od człowieka, którego zabił. Sierść miał zlepioną krwią, własną i cudzą. Strumień, cieknący mu przez cały pysk, przecinał pusty oczodół, w którym kiedyś tkwiło lewe oko. Zdrowe oko na moment napotkało dwoje oczu Perrina.

„Biegnij, bracie!"

Obrócił się błyskawicznie, by znowu skoczyć, by po raz ostatni poszybować i wtedy lanca przygwoździła go do ziemi. Drugie stalowe ostrze przeszyło mu żebra i wbiło się w ziemię. Wierzgał łapami i chwytał zębami groty, które go unieruchomiły.

„Szybuj!"

Perrina wypełnił ból i wtedy krzyknął, bezsłownym krzykiem, który przypominał trochę wilcze wycie. Nie myśląc, skoczył do przodu, nadal krzycząc. Wszystkie myśli gdzieś odeszły. Jeźdźcy zbili się w zbyt ciasną gromadę, by móc użyć lanc, a on trzymał topór, ten pojedynczy, ogromny wilczy kieł ze stali, jakby to było piórko. Coś trzasnęło w jego głowie i kiedy padał, nie wiedział, czy to Skoczek umarł, czy on.

„...szybować jak orły".

Mamrocząc coś, Perrin otworzył zmętniałe oczy. Bolała go głowa, ale nie pamiętał dlaczego. Przymykając powieki przed rażącym światłem, rozejrzał się dookoła. Egwene klęczała obok niego i patrzyła mu w oczy. Znajdowali się w kwadratowym namiocie wielkości przeciętnej izby w farmerskim domu, na ziemi leżał dywan. We wszystkich rogach namiotu stały oliwne lampy na wysokich stojakach, dające dużo światła.

— Dzięki Światłości, Perrin — westchnęła. — Już się bałam, że cię zabili.

Zamiast odpowiedzieć, zapatrzył się na siwowłosego mężczyznę, który siedział na jedynym krześle w namiocie. Ciemnooka twarz dobrego dziadunia zwróciła się ku niemu, twarz, jego zdaniem, nie pasująca zupełnie do biało-złotego kaftana i wypolerowanej zbroi, zapiętej pod śnieżnobiałym płaszczem. Wydawało się, że jest to łagodna twarz, prostoduszna i szlachetna, było w niej coś znakomicie pasującego do eleganckiej prostoty wnętrza namiotu. Stół i składane łóżko, umywalka ze zwykłą białą miską i dzbanem, samotna drewniana skrzynia inkrustowana prostymi geometrycznymi wzorami. Wszelkie drewniane elementy były wypolerowane do łagodnego połysku, pobłyskiwał też każdy metalowy detal, lecz nie oślepiająco. Wszystko w namiocie było wykonane przez najznamienitszych rzemieślników, jednak dostrzec mógł to tylko ten, kto oglądał dzieła mistrzów rzemiosła — takich jak pan Luhhan czy pan Aydaer, wyrabiający szafki.

Marszcząc czoło, mężczyzna rozgarniał gołym palcem przedmioty leżące na stole w dwóch niewielkich stosach. Perrin rozpoznał zawartość swoich kieszeni i nóż. Gdy wytoczyła się srebrna moneta, którą dała mu Moiraine, mężczyzna odsunął ją na bok z namysłem. Wydymając wargi, zostawił przedmioty w spokoju i uniósł ze stołu topór Perrina, ważąc go w dłoniach. Jego uwaga została ponownie skierowana na ludzi z Pola Emonda.

Perrin usiłował wstać. Ostry ból, przeszywający jego ręce i nogi, sprawił, że to przedsięwzięcie skończyło się fiaskiem. Dopiero teraz dotarło do niego, że jest związany. Jego wzrok powędrował ku Egwene. Ze smutkiem wzruszyła ramionami i obróciła się, dzięki czemu widział teraz jej plecy. Nadgarstki i kostki oplatało kilka rzemieni wrzynających się głęboko w ciało. Między tymi pętami przebiegał kawałek powroza, tak krótki, że nie mogła się wyprostować dalej jak tylko do przysiadu.

Perrin wytrzeszczył oczy. Nie dość, że byli związani, to jeszcze powrozami tak długimi, iż starczyłoby ich do spętania koni.

„Za kogo oni nas uważają?"

Siwowłosy starzec patrzył na nich, zaciekawiony i zadumany, jak pan al'Vere, gdy rozwiązywał jakiś problem. Trzymał topór w taki sposób, jakby o nim zapomniał.

Klapa zasłaniająca wejście do namiotu odsunęła się i do środka wszedł jakiś wysoki mężczyzna. Miał pociągłą, ponurą twarz, z oczami osadzonymi tak głęboko, że wyglądały jak dwie jaskinie. Ciała nie miał w nadmiarze, ani grama tłuszczu, skóra ciasno opinała mięśnie i kości.

Perrin zdążył zauważyć panujący na zewnątrz mrok, ogniska i dwóch ubranych w białe płaszcze strażników przy wejściu do namiotu, po czym klapa opadła na swoje miejsce. Nowo przybyły wszedł do środka i natychmiast znieruchomiał, sztywny jak żelazny pręt, zapatrzony na przeciwległą ścianę namiotu. Jego zbroja, składająca się z pancerza i kolczugi, błyszczała jak srebro na tle śnieżnobiałego płaszcza i kaftana.

— Lordzie kapitanie! — Jego głos był równie sztywny jak sylwetka i mimo że skrzypiał, brzmiał jakoś dziwnie płasko, bez wyrazu.

Siwowłosy mężczyzna niedbale machnął ręką.

— Spocznij, Byar. Czy obliczyłeś, jakie są koszty tego... spotkania?

Wysoki mężczyzna rozstawił nogi, lecz Perrin nie widział, by w jakikolwiek inny sposób rozluźnił postawę.

— Dziewięciu naszych ludzi zabitych, lordzie kapitanie, a dwudziestu trzech jest rannych, w tym siedmiu poważnie. Wszyscy jednak są w stanie jechać konno. Trzydzieści koni trzeba ubić. Zostały zagryzione! — Ostatnie słowo podkreślił swym bezbarwnym głosem, jakby to, co się stało z końmi, było gorsze od śmierci i ran ludzi. — Wiele zapasowych uciekło. Może o świcie znajdziemy kilka, lordzie kapitanie, ale ponieważ spłoszyły je wilki, zebranie ich wszystkich potrwa wiele dni. Ludzie, którzy mieli ich pilnować, zostali wyznaczeni do pełnienia nocnych straży aż do chwili dotarcia do samego Caemlyn.

— Nie mamy wiele czasu, Synu Byar — odparł łagodnie siwowłosy. — Wyruszymy o świcie. Nic nie może tego zmienić. Musimy na czas dotrzeć do Caemlyn, zrozumiano?

— Jak każesz, lordzie kapitanie.

Siwowłosy mężczyzna zerknął na Perrina i Egwene, potem odwrócił od nich wzrok.

— A co uzyskaliśmy w zamian, oprócz tych dwojga młodzików?

Byar zrobił głęboki wdech i zawahał się.

— Kazałem obedrzeć ze skóry wilka, który towarzyszył tym dwojgu, lordzie kapitanie. Powinien być z niego niezły dywan do namiotu mego lorda kapitana.

„Skoczek!"

Nawet nie uświadamiając sobie, co robi, Perrin warknął i usiłował wyrwać się z więzów. Sznury wbiły mu się w skórę — nadgarstki stały się śliskie od krwi — ale nie poddały się.

Byar po raz pierwszy spojrzał na więźniów. Egwene cofnęła się pod jego wzrokiem. Twarz Byara była równie pozbawiona wyrazu jak głos, lecz w zapadniętych oczach jarzyło się światło okrucieństwa, równie jasno jak płomienie w oczach Ba'alzamona. Byar nienawidził ich, jakby byli jego odwiecznymi wrogami a nie ludźmi, których zobaczył tego wieczoru po raz pierwszy.

Perrin buńczucznie odwzajemnił spojrzenie. Jego usta rozciągnęły się w nieznacznym uśmiechu, gdy pomyślał o swoich zębach rozdzierających gardło tego człowieka.

Nagle otrząsnął się, a jego uśmiech zbladł.

„Moje zęby? Jestem człowiekiem, nie wilkiem! Światłości, to się musi skończyć!"

Nadal jednak wytrzymywał groźne spojrzenie Byara, odwzajemniał nienawiść nienawiścią.

— Nie obchodzą mnie dywany z wilczej skóry, Synu Byar.

Lord kapitan wygłosił tę reprymendę łagodnym tonem, jednak Byar natychmiast ponownie zesztywniał i wbił wzrok w ścianę namiotu.

— Miałeś spisać raport o tym, co osiągnęliśmy tej nocy, prawda? O ile cokolwiek osiągnęliśmy.

— Szacuję, że stado, które nas zaatakowało, liczyło pięćdziesiąt albo i więcej bestii, lordzie kapitanie. Z tego ubiliśmy co najmniej dwadzieścia, a może i trzydzieści. Uznałem, że nie warto ryzykować utraty kolejnych koni i zajmować się dzisiaj padliną. Rankiem każę ją zebrać i spalić, jeśli w ciągu nocy nie zostanie rozwleczona. Poza tym dwojgiem było tam jeszcze kilkunastu innych ludzi. Sądzę, iż pozbyliśmy się czterech albo pięciu, ale raczej mało prawdopodobne, że znajdziemy jakieś ciała, zważywszy na skłonności Sprzymierzeńców Ciemności do zabierania swych zmarłych celem ukrycia strat. Wydaje się, że była to zorganizowana zasadzka, jednakże to rodzi pytanie…

Perrin poczuł ścisk w gardle, gdy tego słuchał.

Ponury mężczyzna mówił dalej. Elyas? Ostrożnie, z niechęcią, szukał Elyasa, wilków… i nie znalazł nic. Jakby nigdy nie był w stanie poczuć umysłu wilka.

„Albo są martwe, albo cię opuściły".

Miał ochotę się śmiać, gorzkim śmiechem. Miał wreszcie to, czego chciał, jednak ktoś zapłacił za to zbyt wysoką cenę.

Siwy mężczyzna natomiast rzeczywiście się zaśmiał, właśnie wtedy, głośnym, złośliwym chichotem, od którego na policzkach Byara wykwitły czerwone plamy.

— A więc, Synu Byar, zgodnie z twymi starannymi szacunkami zostaliśmy zaatakowani z zasadzki przez stado pięćdziesięciu wilków i co najmniej tuzin Sprzymierzeńców Ciemności? Tak? Być może, gdybyś zobaczył jeszcze kilka takich akcji...

— Ależ mój lordzie...

— Moim zdaniem wilków było sześć, może osiem, Synu Byar. I być może żadnych innych ludzi prócz tych dwojga. Masz prawdziwy zapał, ale żadnego doświadczenia poza miastem. Sprowadzanie Światłości jest czymś innym, gdy ulice i domy są daleko. Nocą wilki potrafią udawać, że jest ich więcej niż w rzeczywistości... i ludzie też. Najwyżej sześć albo osiem, tak myślę.

Rumieniec Byara powoli się pogłębiał.

— Podejrzewam także, że znaleźli się tutaj z tego samego powodu co my: jedyna woda w odległości dnia podróży, w którą stronę by nie pojechać. Prościej to wytłumaczyć niż istnienie szpiegów albo zdrajców wśród Synów Światłości, a najprostsze wyjaśnienie jest zawsze najprawdziwsze. Zdobędziesz tę wiedzę wraz z doświadczeniem.

Twarz Byara stała się śmiertelnie biała, kiedy słuchał tego przypominającego dobrego dziadka mężczyzny, a plamy na jego wklęsłych policzkach pociemniały i przeszły z czerwieni w purpurę. Przez chwilę piorunował więźniów wzrokiem.

„Teraz nas nienawidzi jeszcze bardziej — pomyślał Perrin — bo to słyszeliśmy. Ale czemu nas nienawidził od samego początku?"

— Co o tym myślisz? — spytał lord kapitan, podnosząc topór Perrina.

Byar spojrzał pytająco na swego dowódcę, zaczekał, aż ten skinie zezwalająco głową i dopiero wtedy przestał stać na baczność i wziął broń. Zważył topór w dłoniach i mruknął ze zdziwieniem, po czym zamachnął się nim wysoko ponad swoją głową, zaledwie o ułamek mijając szczyt namiotu. Trzymał go tak pewnie, jakby urodził się z toporem w dłoniach. Na jego ponurej twarzy na moment mignął zazdrosny podziw, lecz kiedy opuścił topór, znowu stała się pozbawiona wszelkiego wyrazu.

— Doskonale wyważony, lordzie kapitanie. Wykonany zwyczajnie, ale przez bardzo dobrego snycerza, być może nawet mistrza. — Jego oczy zapłonęły ciemno, gdy spojrzał w stronę więźniów. — To nie jest wiejska broń, lordzie kapitanie. Nie należała do żadnego farmera.

— Nie.

Siwy mężczyzna odwrócił się w stronę Perrina i Egwene ze zmęczonym, lekko karcącym uśmiechem dobrodusznego staruszka, który wie, że jego wnuczęta stać na różne bezeceństwa.

— Nazywam się Geofram Bornhald — powiedział. — Ty jesteś Perrin, jak rozumiem. A ty, młoda kobieto, jak ci na imię?

Perrin spojrzał na niego spode łba, lecz Egwene potrząsnęła głową.

— Nie bądź głupi, Perrin. Mam na imię Egwene.

— Po prostu Perrin i po prostu Egwene — mruknął Bornhald. — Ale przypuszczam, że gdybyście naprawdę byli Sprzymierzeńcami Ciemności, to chcielibyście ukryć swą tożsamość jak najlepiej.

Perrin dźwignął się na kolana, tak związany nie mógł się bardziej wyprostować.

— Nie jesteśmy Sprzymierzeńcami Ciemności — zaprotestował gniewnie.

Jeszcze nie wszystkie słowa opuściły jego usta, a Byar już go atakował ruchami przypominającymi węża. Zdążył dostrzec, że trzonek jego własnego topora spada prosto na niego i usiłował się cofnąć, jednakże gruba drewniana pałka uderzyła go za uchem. Tylko dzięki temu, że uchylił się przed ciosem, ocalił swoją czaszkę przed rozpołowieniem, ale w oczach rozbłysły mu gwiazdy. Bez tchu padł na ziemię. Zaszumiało mu w głowie, po policzku pociekła krew.

— Nie macie prawa — zaczęła Egwene i krzyknęła przeraźliwie, gdy trzonek topora runął wprost na nią.

Rzuciła się w bok, cios zaświstał w pustej przestrzeni, a ona upadła na dywan leżący na ziemi.

— Na waszych językach winna gościć uprzejmość — powiedział Byar — kiedy przemawiacie do Pomazańca Światłości, bo inaczej owe języki stracicie.

Najgorsze było to, że w jego głosie nadal nie było ani śladu emocji. Gdyby im odciął języki, nie poczułby ani przyjemności, ani żalu, zrobiłby to tak po prostu.

— Uspokój się, Synu Byar. — Bornhald ponownie spojrzał na pojmanych. — Jak sądzę niewiele wiecie o Pomazańcach albo o Lordach Kapitanach Synów Światłości, nieprawdaż? Tak myślałem. Cóż, przez wzgląd na Syna Byara przynajmniej, starajcie się nie spierać, ani nie krzyczeć, dobrze? Chcę, byście podążali drogą Światłości, niczego więcej nie pragnę. Nikomu tutaj to nie pomoże, jeśli pozwolicie, by owładnął wami gniew.

Perrin spojrzał na stojącego nad nimi ponurego mężczyznę.

„Przez wzgląd na Byara?"

Zauważył, że lord kapitan nie kazał Byarowi, by pozostawił ich w spokoju. Byar napotkał jego wzrok i uśmiechnął się. Ten uśmiech ledwie tknął jego wargi, za to skóra twarzy napięła się, przez moment upodabniając się do trupiej czaszki. Perrin zadrżał.

— Słyszałem co nieco o ludziach, którzy uganiają się razem z wilkami — powiedział z zadumą Bornhald — choć nigdy wcześniej ich nie widziałem. Ludzie, którzy rzekomo rozmawiają z wilkami i innymi stworzeniami Czarnego. Obrzydliwa sprawa. Na myśl o tym lękam się, że nadchodzi już Ostatnia Bitwa.

— Wilki nie są... — wtrącił Perrin, ale przerwał, gdy but Byara szurgnął.

Zrobił głęboki wdech i mówił dalej bardziej pojednawczym tonem. Byar opuścił nogę z wyrazem rozczarowania na obliczu.

— Wilki nie są stworzeniami Czarnego. One nienawidzą Czarnego. A już na pewno nienawidzą trolloków i Pomorów.

Zdziwił się, gdy spostrzegł, że ponury mężczyzna przytakuje jakby własnym myślom.

Bornhald uniósł brew.

— Kto ci to powiedział?

— Pewien Strażnik — odezwała się Egwene. Cofnęła się na widok gorejących oczu Byara. — Powiedział, że wilki nienawidzą trolloków, a trolloki boją się wilków.

Perrin cieszył się, że nic nie wspomniała o Elyasie.

— Pewien Strażnik — westchnął siwowłosy mężczyzna. — Istota stworzona przez wiedźmy z Tar Valon. Co jeszcze mógł wam powiedzieć ten, który sam jest Sprzymierzeńcem Ciemności i sługą Sprzymierzeńców Ciemności? Czy nie wiecie, że trolloki mają wilcze pyski, wilcze zęby i wilczą sierść?

Perrin zamrugał, starając się wprowadzić ład do swoich myśli. Nadal miał wrażenie, że jego mózg to obolała galareta, a tymczasem tu się działo coś złego. Nie potrafił pozbierać myśli i rozwiązać zagadki.

— Nie wszystkie — mruknęła Egwene.

Perrin spojrzał czujnie na Byara, ale ponury mężczyzna tylko jej się przypatrywał.

— Niektóre mają rogi, jak barany czy kozły, albo dzioby jastrzębi, albo... albo... różne inne rzeczy.

Bornhald ze smutkiem potrząsnął głową.

— Dają wam tyle szans, a wy się pogrążacie z każdym słowem. — Podniósł palec w górę. — Przebywacie w towarzystwie wilków, stworzeń Czarnego. — Drugi palec. — Przyznajecie się do znajomości ze Strażnikiem, innym stworzeniem Czarnego. Wątpię, czy zdradziłby wam, czym się zajmuje, gdyby był u was tylko przejazdem. — Trzeci palec. — Ty, chłopcze, masz w kieszeni monetę z Tar Valon. Większość ludzi nie należących do Tar Valon pozbywa się takich monet najszybciej, jak potrafi. Z wyjątkiem tych, którzy służą wiedźmom. — Czwarty. — Nosisz przy sobie broń wojownika, mimo że ubierasz się jak chłopiec z farmy. Jesteś więc oszustem. — Podniósł kciuk. — Wiecie, czym są trolloki i Myrddraale. Tak daleko na południu tylko kilku uczonych, a także ci, którzy podróżowali do Ziem Granicznych uważają, że te stwory nie występują tylko w opowieściach. A może byliście w Ziemiach Granicznych? Jeśli tak, to powiedzcie mi gdzie? Ja dużo podróżowałem do Ziem Granicznych, dobrze je znam. Nie? No cóż, trudno.

Spojrzał na swą rozcapierzoną dłoń, potem ułożył ją ciężko na stole. Miną dobrodusznego dziadunia mówił, że jego zdaniem wnuki musiały spłatać jakiegoś wyjątkowo występnego figla.

— A może powiecie mi prawdę, jak do tego doszło, że biegacie po nocy w towarzystwie wilków?

Egwene otworzyła usta, a Perrin dostrzegł, że jej wargi zacisnęły się w upartą kreskę i wiedział od razu, że ma zamiar opowiedzieć jedną z tych historii, które wspólnie wymyślili. Co się na nic nie zda. Nie teraz, nie tutaj. Bolała go głowa i żałował, że brak mu czasu na przemyślenie wszystkiego. Kto wie, dokąd podróżował ten Bornhald, jakie kraje i miasta poznał? Jeśli ich przyłapie na kłamstwie, to już będzie za późno na prawdę. A wtedy Bornhald nabierze przekonania, że istotnie są Sprzymierzeńcami Ciemności.

— Pochodzimy z Dwu Rzek — powiedział pospiesznie.

Egwene otwarcie zamurowało i zanim się połapała, on brnął dalej, mówiąc prawdę — albo przynajmniej pewną jej wersję. Oboje wyjechali z Dwu Rzek, żeby zobaczyć Caemlyn. Po drodze dowiedzieli się o ruinach wielkiego miasta, lecz kiedy znaleźli Shadar Logoth, były tam trolloki. Udało im się uciec przez rzekę Arinelle, ale wtedy zupełnie się zgubili. Potem napotkali człowieka, który zaproponował, że ich zaprowadzi do Caemlyn. Powiedział, że jego imię nie jest ich sprawą i raczej nie wyglądał przyjaźnie, ale oni naprawdę potrzebowali przewodnika. Wilki zobaczyli po raz pierwszy, kiedy zjawili się Synowie Światłości. Próbowali się tylko ukryć, żeby te wilki ich nie rozszarpały, albo żeby nie zabili ich ludzie na koniach.

— ...Gdybyśmy wiedzieli, że jesteście Synami Światłości — dokończył — przybylibyśmy wam z pomocą.

Byar parsknął z niedowierzaniem. Perrin nie zainteresował się tym specjalnie, bo jeśli lord kapitan dał się przekonać, wówczas Byar nic im nie zrobi. To było oczywiste, że Byar przestanie oddychać, jeśli lord kapitan Bornhald tak mu rozkaże.

— Brakuje mi w tym Strażnika — powiedział po chwili siwy mężczyzna.

Wyobraźnia zawiodła Perrina, wiedział, że trzeba było chwilę odczekać i coś wymyślić na ten temat. Wtedy wskoczyła Egwene.

— Poznaliśmy go w Baerlon. Miasto było pełne ludzi z kopalń, którzy zjechali tam, gdy skończyła się zima, i usadzono nas przy tym samym stole. Rozmawialiśmy z nim tylko podczas posiłku.

Perrin znowu odetchnął.

„Dziękuję ci, Egwene".

— Oddaj im ich dobytek, Synu Byar. Oprócz broni, oczywiście. — Kiedy Byar spojrzał na niego zdumiony, Bornhald dodał: — Czy może należysz do tych, którzy zabrali się za ograbianie nieoświeconych, Synu Byar? Zły to interes, prawda? Żaden człowiek nie może być złodziejem i jednocześnie podążać drogą Światłości.

Byar wyraźnie przyjął z niedowierzaniem tę sugestię.

— A więc puszcza nas pan wolno?

W głosie Egwene słychać było zdumienie. Perrin uniósł głowę i wlepił wzrok w lorda kapitana.

— Jasne, że nie, dziecko! — odparł ze smutkiem Bornhald. — Może naprawdę pochodzicie z Dwu Rzek, skoro wiecie o istnieniu Baerlon i kopalni. Ale Shadar Logoth? To nazwa, którą zna niewielu, głównie Sprzymierzeńcy Ciemności, a każdy kto poznał tę nazwę, wie, że nie należy tam jechać. Proponuję, byście po drodze do Amadoru wymyślili lepszą historię. Czasu wam starczy, zatrzymamy się bowiem w Caemlyn. Najlepiej mówić prawdę, dziecko. W prawdzie jest wolność i Światłość.

Byar trochę zapomniał o obowiązku zachowania rezerwy wobec siwowłosego mężczyzny. Odwrócił się od więźniów, a w jego słowach słychać było zapiekłe oburzenie.

— Nie pozwalam! Tak nie wolno!

Bornhald uniósł pytająco brew, a Byar skulił się, z trudem przełykając ślinę.

— Wybacz mi, mój lordzie kapitanie. Zapomniałem się i pokornie proszę o wybaczenie, gotów do przyjęcia kary, lecz jak mój lord kapitan sam wskazał, musimy przybyć w porę do Caemlyn, a ponieważ straciliśmy większość naszych zapasowych koni, to nawet bez więźniów będzie nam bardzo brakowało czasu.

— To co proponujesz? — spytał spokojnie Bornhald.

— Karą dla Sprzymierzeńców Ciemności jest śmierć. — Beznamiętny ton głosu sprawił, że zabrzmiało to jeszcze bardziej wstrząsająco. Byar w ten sam sposób mógł proponować zdeptanie żuka.

— Nie można zawrzeć rozejmu z Cieniem. Nie ma litości dla Sprzymierzeńców Ciemności.

— Gorliwości należy się poklask, Synu Byar, jednakże, jak często muszę powtarzać memu synowi, Dainowi, nadgorliwość może się okazać poważnym błędem. I przypomnij sobie, co mówią Dogmaty: „Żaden człowiek nie jest tak stracony, by nie dało się go odzyskać dla Światłości". Ci dwoje są młodzi. Nie mogli jeszcze zatonąć tak głęboko w Cieniu. Można ich jeszcze doprowadzić do Światłości, jeśli tylko pozwolą, by zdjęto im Cień z oczu. Musimy dać im tę szansę.

Przez chwilę Perrin czuł nieomal uwielbienie dla tego dobrodusznego dziadka, który stał między nimi i Byarem. Po chwili Bornhald przeniósł swój dobroduszny uśmiech na Egwene.

— Jeśli nie zechcesz dojść do Światłości, nim dotrzemy do Amadoru, będę zmuszony oddać cię Śledczym, a przy nich gorliwość Byara jest niczym świeca w świetle słońca.

Siwowłosy mężczyzna mówił to takim tonem, jakby wprawdzie żałował tego, co musi zrobić, lecz nad wszystko przedkładał obowiązek.

— Ukorz się, wyrzecz się Czarnego, przyjdź do Światłości, wyznaj swe grzechy i powiedz wszystko, co jest ci wiadome o uprawianiu bezeceństw z wilkami, a będzie ci to oszczędzone. Odejdziesz wolna, w Światłości.

Przeniósł wzrok na Perrina i westchnął z wyraźnym smutkiem. Perrin poczuł lód w okolicy kręgosłupa.

— Ale ty, Perrinie z Dwu Rzek, zabiłeś dwóch Synów. — Dotknął topora wciąż trzymanego przez Byara. — Obawiam się, że na ciebie czeka w Amadorze szubienica.

ROZDZIAŁ 31

WIDOWISKO ZA KOLACJĘ

Rand zmrużył oczy, przypatrując się smudze pyłu, która uniosła się nad drogą, trzy czy cztery zakręty od miejsca, gdzie się znajdowali. Mat już szedł w stronę dzikiego żywopłotu, który porastał pobocze. Ciemnozielone liście i gęsto splecione gałęzie mogły ukryć ich równie dobrze jak kamienny mur, musieli tylko znaleźć przejście na drugą stronę. Drugie pobocze wytyczały rzadkie, brązowe szkielety wysokich krzaków, a za nimi ciągnęło się aż do lasu otwarte pole długości połowy mili. Mogło należeć do niedawno opuszczonej farmy, jednak nie było to miejsce, w którym można się szybko schować w razie konieczności. Próbował ocenić szybkość przemieszczania się smugi i kierunek wiatru.

Nagły gwałtowny powiew uniósł pył z drogi, przesłaniając okolicę. Rand zamrugał i poprawił gładki, ciemny szal, którym osłaniał nos i usta. Szal nie był najczystszy, swędziała go od niego skóra twarzy, ale przynajmniej nie wdychał pyłu. Dał mu go pewien farmer, długonosy mężczyzna, któremu zmartwienia wyryły głębokie bruzdy w policzkach.

— Nie wiem, przed czym uciekacie — powiedział, krzywiąc się z niepokojem — i nie chcę wiedzieć. Rozumiecie? Mam rodzinę. — Nagle wyjął z kieszeni kaftana dwa długie szale i pchnął ten zwój wełny w ich stronę. — Nie jest to wiele, ale bierzcie. Należą do moich chłopców, a oni mają jeszcze inne. Nie znacie mnie, zrozumieliście? Czasy są trudne.

Rand bardzo sobie cenił ten szal. Lista zaznanych uprzejmości, które zapisał sobie w pamięci podczas wędrówki z Białego Mostu, była krótka, nie sądził, by istniały wielkie szanse na jej wydłużenie.

Mat, który owinął sobie szal wokół głowy, skrywając wszystko oprócz oczu, myszkował wzdłuż wysokiego żywopłotu, odsuwając liściaste gałęzie. Rand dotknął zatkniętej za pasem rękojeści z wizerunkiem czapli, ale zaraz cofnął rękę. Już raz, kiedy wycinali otwór w żywopłocie, omal nie zdradzili swej obecności. Pasmo pyłu zbliżało się w ich stronę, wisiało już dość długo w powietrzu. Nie było wiatru. Dobrze, że nie padało. Deszcz osadzał pył. Choćby nie wiadomo jak ulewny, nie zmieniał ubitej drogi w błoto, tylko sprawiał, że pył znikał. A był on jedynym ostrzeżeniem, że ktoś nadchodzi. Czasami za późno.

— Tutaj! — zawołał cicho Mat.

Wydawało się, że przeszedł żywopłot.

Rand pospiesznie podszedł do tego miejsca. Ktoś wyciął tam kiedyś otwór. Był już częściowo zarośnięty i z odległości trzech stóp miejsce to wydawało się równie gęste jak reszta, lecz z bliska okazywało się, że warstwa gałęzi jest cienka. Kiedy je odgarnął, usłyszał odgłos nadjeżdżających koni. To nie był wiatr.

Przycupnął za ledwie zasłoniętym otworem, ściskając rękojeść miecza, a tymczasem obok przejechali jeźdźcy. Pięciu... sześciu... siedmiu. Mężczyźni w prostych ubraniach, lecz ich miecze i włócznie wskazywały, że nie są wieśniakami. Niektórzy mieli na sobie skórzane tuniki nabijane metalowymi ćwiekami, a dwóch okrągłe stalowe hełmy. Strażnicy kupców, być może, chwilowo bezrobotni. Być może.

Jeden z nich przypadkiem skierował wzrok w stronę żywopłotu, kiedy przejeżdżał obok otworu. Rand wyciągnął cal ostrza swego miecza. Mat warknął cicho jak zagoniony borsuk, mrużąc oczy nad brzegiem szala. Dłoń miał schowaną pod kaftanem, zawsze chwytał sztylet z Shadar Logoth, gdy groziło im jakieś niebezpieczeństwo. Rand nie miał już pewności, czy on w ten sposób chroni siebie czy ten sztylet o rubinowej rękojeści. Ostatnimi czasy Mat zdawał się czasami zapominać, że jest posiadaczem łuku.

Jeźdźcy minęli ich wolnym kłusem, jechali z jakimś zadaniem, lecz bez wielkiego pośpiechu. Pył przesiąkł przez żywopłot.

Rand odczekał, aż tętent kopyt ucichnie, zanim ostrożnie wystawił głowę przez otwór. Smuga pyłu była już daleko, podążała w ślad za jeźdźcami. Na wschodzie niebo pojaśniało. Wydostał się na drogę, obserwując pełznącą na zachód kolumnę kurzu.

— Nie szukali nas — powiedział, ni to stwierdzając, ni to pytając.

Mat wygramolił się w ślad za nim, rozejrzał się uważnie w obydwu kierunkach.

— Może — dorzucił. — Może.

Rand nie miał pojęcia, czego dotyczy ta wypowiedź, ale skinął głową. Może. Początek ich wędrówki po Drodze Caemlyn był dziwny.

Przez dłuższy czas po opuszczeniu Białego Mostu Rand czasami przyłapywał się na tym, że ogląda się za siebie. Czasami wstrzymywał oddech na widok wysokiego, chudego mężczyzny, spieszącego drogą, albo jakiegoś wymizerowanego, siwowłosego starca obok woźnicy na koźle, lecz zawsze okazywało się, że jest to wędrowny kupiec albo farmer udający się na targ, a nigdy Thom Merrilin. Nadzieja gasła w miarę upływu dni.

Na drodze panował spory ruch, wozy i fury, ludzie na koniach i piechurzy. Podróżowali pojedynczo i w grupach, karawany kupieckich wozów i kilkunastu jeźdźców. Nie torowali drogi i często w zasięgu wzroku nie było nic prócz nagich drzew wyznaczających ubity trakt, lecz z całą pewnością podróżowało tędy więcej ludzi, niż Rand kiedykolwiek widział w Dwu Rzekach.

Większość udawała się w tym samym kierunku co oni, na wschód, do Caemlyn. Czasami jakiś farmerski wóz podwoził ich kawałek, od mili do pięciu, lecz najczęściej szli. Ludzi na koniach unikali. Gdy spostrzegli w oddali choć jednego jeźdźca, schodzili z drogi i ukrywali się dopóty, dopóki ich nie minął. Żaden z tych ludzi nia miał na sobie czarnego płaszcza, a Rand nie sądził, że Pomor pozwoli im się zorientować, że nadjeżdża, jednak nie warto było ryzykować. Na początku bali się głównie Półludzi.

Pierwsza wioska, jaką napotkali po Białym Moście, tak bardzo przypominała Pole Emonda, że Rand zwolnił kroku na jej widok. Strzechy o wysokich wierzchołkach, gospodynie w fartuchach, plotkujące ponad płotami dzielącymi ich domostwa i dzieci bawiące się na wioskowej łące. Kobiety nie zaplatały włosów i były też inne drobne różnice, lecz ogółem przypominało to dom. Na łące pasły się krowy, a na drodze kołysały wyniośle gęsi. Dzieci turlały się ze śmiechem po ziemi, z której całkowicie zniknęła trawa. Nawet się nie obejrzały, kiedy Rand i Mat je mijali. Kolejna różnica. Obcy nie byli tu niczym dziwnym, jacyś dwaj kolejni nie zasługiwali nawet na spojrzenie. Wioskowe psy tylko podnosiły łby, by powąchać powietrze, gdy szli tamtędy razem z Matem, jednak żaden się nie zaniepokoił.

Miało się ku wieczorowi, gdy wędrowali przez tę wieś. Na widok świateł zapalających się w oknach, poczuł tęsknotę.

„Nieważne, jak tu jest — usłyszał cichy głos w myślach — to nie jest twój dom. Nawet gdybyś wszedł do któregoś z tych domów, nie zastaniesz tam Tama. A gdyby był, czy mógłbyś spojrzeć mu w oczy? Wiesz teraz, prawda? Wszystko, z wyjątkiem takich drobiazgów jak to, skąd pochodzisz i kim jesteś. To nie były majaczenia w gorączce".

Skulił się na dźwięk sarkastycznego śmiechu rozbrzmiewającego w jego głowie.

„Przecież możesz się tu zatrzymać — szydził głos. — Każde miejsce jest równie dobre jak inne, kiedy pochodzisz znikąd i zostałeś naznaczony przez Czarnego".

Mat pociągnął go za rękaw, ale wyswobodził się i zapatrzył na domy. Nie chciał się zatrzymywać, tylko popatrzeć i przypomnieć sobie.

„Przypomina dom, ale ty swojego już nigdy nie zobaczysz, prawda?"

Mat znowu go pogonił. Miał napiętą twarz, skórę wokół ust i oczu zbielałą.

— No chodźże — mruknął. Patrzył na wioskę w taki sposób, jakby się spodziewał, że coś się w niej czai. — No chodź. Jeszcze się nie możemy zatrzymać.

Rand wykonał pełny obrót, ogarniając wzrokiem całą wioskę i westchnął. Byli jeszcze blisko Białego Mostu. Skoro Myrddraal mógł się przedostać niezauważenie przez mur otaczający miasto, to bez żadnego trudu przeszuka tę małą wioskę. Potulnie dawał się dalej wlec przez okolicę, dopóki nie zostawili krytych strzechami domostw za sobą.

Zdążyła zapaść noc, zanim znaleźli odpowiednie miejsce oświetlone łuną księżyca, pod krzakami, na których jeszcze wisiały uschłe liście. Napełnili brzuchy zimną wodą z płynącego nieopodal płytkiego strumyka i skulili się na ziemi, owinięci w płaszcze, nie rozpalając ogniska. Ognisko mógł ktoś zobaczyć, lepiej było marznąć.

Niepokojony wspomnieniami Rand często się budził, za każdym razem słyszał wtedy mamroczącego coś i rzucającego się przez sen Mata. Nie śniło mu się nic, co by zapamiętał, ale nie spał najlepiej.

„Już nigdy nie zobaczysz domu".

Nie była to jedyna noc, podczas której przed wiatrem, a czasami deszczem, zimnym i przemakającym, chroniły ich tylko płaszcze. Nie był to jedyny posiłek, który składał się z samej zimnej wody. Mieli kilka monet, które starczyłyby na parę posiłków w jakiejś karczmie, jednak łóżko na jedną noc kosztowałoby za dużo. Poza obrębem Dwu Rzek wszystko było drogie, droższe po tej stronie Arinelle niż w Baerlon. Należało zachować tę resztę pieniędzy, która im jeszcze została, na jakąś wyjątkową okazję.

Któregoś popołudnia, gdy wlekli się po drodze z brzuchami tak pustymi, że nawet im nie burczały, Rand napomknął o sztylecie z rękojeścią ozdobioną rubinem. Na nadchodzącą noc nie mieli nic w perspektywie oprócz kolejnych krzaków. Nad głowami zbierały się ciemne chmury wróżące nocny deszcz. Miał nadzieję, że będą mieli szczęście — może nie grozi im nic więcej prócz lodowatej mżawki.

Uszedł jeszcze kilka kroków, zanim do niego dotarło, że Mat się zatrzymał. Przystanął również, kurcząc palce w swych butach z wysokimi cholewami. Przynajmniej było mu ciepło w nogi. Poluźnił rzemyki wpijające mu się w ramię. Zrolowana derka i tobołek z płaszcza Thoma nie były ciężkie, ale nawet te kilka funtów ważyło sporo, kiedy się pokonało wiele mil z pustym żołądkiem.

— Co się stało, Mat? — zapytał.

— Czemu tak bardzo chcesz go sprzedać? — natarł na niego

Mat. — W końcu to ja go znalazłem. Czy wreszcie do ciebie dotrze, że może chciałbym go zatrzymać? Przynajmniej przez jakiś czas. Jeśli już chcesz coś sprzedać, to sprzedaj ten twój przeklęty miecz!

Rand przejechał dłonią po rękojeści z wizerunkiem czapli.

— Ten miecz ofiarował mi mój ojciec. Należał przedtem do niego. Nie prosiłbym, żebyś sprzedał coś, co dostałeś od własnego ojca. Krew i popioły, Mat, czy lubisz chodzić głodny? W każdym razie, nawet gdybym znalazł na niego kupca, to ile dostałbym za miecz? Co by jakiś farmer robił z mieczem? A za taki rubin moglibyśmy dojechać do Caemlyn powozem. Może nawet do Tar Valon. Jedlibyśmy posiłki w karczmach i co noc spalibyśmy w łóżkach. A może podoba ci się pomysł przewędrowania połowy świata połączonego z sypianiem na ziemi?

Spojrzał spode łba na Mata, a przyjaciel odwzajemnił spojrzenie.

Stali tak na środku drogi, gdy nagle Mat wzruszył niepewnie ramionami i spuścił oczy.

— Komu miałbym go sprzedać, Rand? Farmer musiałby za niego zapłacić kurczętami, a za kurczęta nie kupilibyśmy powozu. A nawet gdybym go pokazał w którejś z tych wiosek, które minęliśmy, to pewnie pomyśleliby, że go ukradliśmy. Światłość wie, co by się wtedy stało.

Po chwili Rand z niechęcią przytaknął.

— Masz rację. Rozumiem. Przepraszam, nie chciałem na ciebie napadać. To tylko dlatego, że jestem głodny i bolą mnie nogi.

— Mnie też.

Znowu zaczęli iść, jeszcze bardziej zmęczeni niż przedtem. Zerwał się silny wiatr, dmuchając im kurzem w twarze.

— Mnie też — wykasłał Mat.

Dzięki farmom kilka razy coś jedli i nocowali w cieple. Stóg siana był nieomal tak ciepły jak izba z kominkiem, przynajmniej jeśli się go porównało z legowiskiem pod krzakiem, a poza tym taki stóg siana, nawet nie nakryty płachtą, chronił nie tylko przed najbardziej ulewnym deszczem, jeśli się w niego głęboko zagrzebali. Czasami Mat próbował kraść jajka, a raz usiłował wydoić krowę zostawioną bez dozoru na polu, gdzie pasła się uwiązana na długim powrozie. Niestety, większości farm strzegły psy, a psy są czujne. Zdaniem Randa dwumilowy bieg z ujadającymi psami u pięt był zbyt wysoką ceną za dwa albo trzy jajka, szczególnie wtedy, gdy psy całymi godzinami pilnowały drzewa, na którym się przed nimi schowali. Żałował właśnie tych godzin.

Nie lubił tego specjalnie, ale wolał podejść do farmerskiego domu otwarcie przy dziennym świetle. Niekiedy spuszczano na nich psy, bez powiedzenia choć słowa, ponieważ krążące pogłoski i czasy sprawiały, że każdy, kto żył z dala od innych ludzi, robił się nerwowy w obecności obcych, niemniej jednak często za godzinę rąbania drewna albo noszenia wody można było zarobić posiłek i łóżko, nawet jeśli tym łóżkiem była wiązka siana w stodole. Jednakże godzina lub dwie takich posług to była godzina lub dwie dziennego światła, podczas których stali w miejscu, godzina lub dwie, podczas których Myrddraal mógł nadrobić dzielący ich dystans. Czasami zastanawiał się, ile drogi pokonuje Myrddraal w ciągu godziny. Żałował każdej minuty — nieco mniej wtedy, gdy żarłocznie pochłaniał gorącą zupę. A kiedy nie mieli jedzenia, to świadomość, że spędzili każdą minutę na posuwaniu się w stronę Caemlyn, raczej nie uspokajała pustego żołądka. Rand nie potrafił zdecydować, co jest gorsze — strata czasu czy głodowanie — lecz Mat posunął się jeszcze dalej i to, co zaprzątało jego umysł, nie było zwykłym zmartwieniem z powodu pustego brzucha czy pościgu.

— Co my o nich wiemy? — spytał któregoś popołudnia, kiedy sprzątali stajnię na jakiejś małej farmie.

— Światłości, Mat, co oni wiedzą o nas? — zakpił Rand. Pracowali rozebrani do pasa, cali pokryci potem i sianem, w powietrzu unosiły się kłęby kurzu. — Ja o nich wiem to, że chcą dać nam trochę pieczonej jagnięciny i prawdziwe łóżko do spania.

Mat wbił widły w siano zmieszane z odchodami i spojrzał krzywo na farmera nadchodzącego z tyłu stodoły, z wiadrem w jednym ręku i zydlem do dojenia w drugim. Zgarbiony starzec o stwardniałej skórze i rzadkich siwych włosach zwolnił, gdy zobaczył Mata patrzącego na niego, po czym szybko odwrócił wzrok i wybiegł ze stodoły, z pośpiechu rozlewając mleko.

— On coś knuje, powiadam ci — marudził Mat. — Zauważyłeś, że nie potrafił spojrzeć mi w oczy? Dlaczego oni tu są tacy przyjaźni dla dwóch wędrówców, których nigdy dotąd nie widzieli na oczy? Powiedz mi.

— Jego żona twierdzi, że przypominamy ich wnuków. Czy przestaniesz się wreszcie nimi przejmować? To, czym się powinniśmy przejmować, zostało za nami. Na to liczę.

— On coś knuje — mruknął Mat.

Po pracy umyli się w korycie przed stodołą, ich cienie wyciągały się wraz z zachodzącym słońcem. Po drodze do domu Rand wytarł się koszulą. Farmer powitał ich w drzwiach, stał w jakby trochę zbyt niedbałej pozie, wspierając się drągiem. Stojąca za nim żona ściskała fartuch i wyzierała ponad jego ramieniem, zagryzając wargi. Rand westchnął — nie wyglądało na to, że on i Mat nadal przypominają im wnuki.

— Nasi synowie przyjeżdżają dzisiaj z wizytą — powiedział starzec. — Wszyscy czterej. Zapomniałem o tym. Przyjeżdżają wszyscy czterej. Wielkie chłopaki. Silne. Będą tu lada moment. Obawiam się, że nie mamy łóżka, które wam obiecaliśmy.

Jego żona wyciągnęła rękę z niewielkim tobołkiem zrobionym z serwety.

— Proszę. To chleb, ser, pikle i jagnięcina. Starczy pewnie na dwa posiłki. Proszę.

Jej pomarszczona twarz błagała ich, by wzięli posiłek i sobie poszli.

Rand wziął tobołek.

— Dziękuję. Rozumiem. Chodź, Mat.

Mat ruszył za nim, mamrocząc coś i nakładając koszulę przez głowę. Rand uznał, że lepiej będzie, jak pokonają w miarę spory odcinek drogi i dopiero wtedy zjedzą. Stary farmer miał psa.

Mogło być gorzej, pomyślał. Trzy dni wcześniej, jeszcze podczas pracy, poszczuto ich psami. Psy, farmer i jego dwaj synowie wymachujący pałkami ścigali ich do Drogi Caemlyn, a po niej jeszcze pół mili, zanim im się odechciało. Ledwie zdążyli pochwycić swój dobytek i uciec. Farmer miał łuk z naciągniętą strzałą o płaskim grocie.

— Nie wracajcie tu, słyszycie? — krzyczał za nimi. — Nie wiem, czego tu szukacie, ale nie chcę więcej widzieć waszych rozbieganych oczu!

Mat zaczął się odwracać, majstrując przy swoim kołczanie, lecz Rand pociągnął go za sobą.

— Zwariowałeś?

Mat spojrzał na niego ponuro, ale przynajmniej nie przestał biec.

Rand zastanawiał się czasami, czy warto się zatrzymywać na farmach. Im więcej drogi mieli za sobą, tym bardziej Mat stawał się podejrzliwy względem obcych i tym mniej był w stanie to ukryć. Albo nie chciał. Za tę samą pracę otrzymywali coraz bardziej skąpe posiłki, czasami nie pozwalano im przespać się nawet w stodole. Wtedy Rand znalazł rozwiązanie dla wszystkich tych problemów, albo przynajmniej tak mu się zdawało. Stało się to na farmie Grinwella.

Pan Grinwell i jego żona mieli dziewięcioro dzieci, najstarsza córka była zaledwie rok młodsza od Randa i Mata. Pan Grinwell był silnym mężczyzną, a dzięki dzieciom prawdopodobnie wcale nie potrzebował dodatkowej pomocy, niemniej jednak zmierzył ich wzrokiem od stóp do głów, ogarniając brudne ubranie i zakurzone buty, wreszcie stwierdził, że dodatkowe ręce zawsze się przydadzą. Pani Grinwell powiedziała, że jeśli chcą jeść przy jej stole, to na pewno nie w tych brudnych rzeczach. Właśnie się zabierała za pranie i niektóre ze starych ubrań jej męża pasowałyby znakomicie na nich, mogą je więc włożyć na czas pracy. Mówiąc to, uśmiechała się i przez chwilę, mimo jasnych włosów, przypominała Randowi panią al'Vere. Nigdy przedtem nie widział włosów tej barwy. Nawet Mat przestał być taki spięty, kiedy zobaczył jej uśmiech. Inaczej sprawy się miały z najstarszą córką.

Ciemnowłosa, wielkooka i piękna Else uśmiechała się do nich bezczelnie za każdym razem, gdy nie widzieli tego rodzice. Kiedy zabrali się za przenoszenie beczek i worków z ziarnem, zawisła na drzwiach przegrody w stajni i zaczęła im się przypatrywać, nucąc coś do siebie i żując koniec długiego warkocza. Głównie przypatrywała się Randowi. Starał się ją ignorować, jednak po kilku minutach włożył koszulę, którą pożyczył mu pan Grinwell. Była za ciasna w ramionach i za krótka, ale lepsza taka niż nic. Else roześmiała się głośno, kiedy się w nią wciskał. Zaczął myśleć, że tym razem to nie będzie wina Mata, kiedy będą ich ścigać.

„Perrin by wiedział, jak sobie z tym poradzić — pomyślał. — Wygłosiłby zaraz jakąś uwagę, a ona śmiałaby się z jego żartów, zamiast tak się obijać, nie dbając o to, że ojciec może to zobaczyć".

Tylko że on nie potrafił na poczekaniu nic wymyślić — żadnego okrągłego zdania, żadnego żartu. Za każdym razem, gdy spojrzał w jej stronę, uśmiechała się do niego w taki sposób, że jej ojciec po prostu musiałby spuścić psy, gdyby to zobaczył. Raz mu powiedziała, że lubi wysokich mężczyzn. Wszyscy chłopcy z okolicznych farm są niscy. Mat złośliwie zarechotał. Żałując, że nie potrafi obrócić tego w żart, Rand starał się skupić na swoich widłach.

Obecność młodszych dzieci Rand odebrał jak błogosławieństwo. Podejrzliwość Mata zawsze słabła, kiedy w pobliżu były dzieci. Po kolacji wszyscy zasiedli przed kominkiem, pan Grinwell na swoim ulubionym krześle nabijał tytoń do fajki, pani Grinwell zajęła się skrzyneczką z przyborami do szycia i koszulami, które im wyprała. Mat wydobył kolorowe piłeczki Thoma i zaczął żonglować. Nigdy tego nie robił, chyba że obok były dzieci. Dzieci śmiały się, gdy udawał, że upuszcza piłeczki, a potem chwytał je w ostatniej chwili, klaskały w dłonie na widok fontanny, ósemki i sześciokrotnego koła, które dla odmiany naprawdę upuścił. Nikomu to nie przeszkadzało, a pan Grinwell i jego żona klaskali równie głośno jak dzieci. Kiedy Mat skończył swój występ i ukłonił się wszystkim, używając takich samych wymyślnych gestów jak Thom, Rand wyjął z futerału flet Thoma.

Nie potrafił wziąć do ręki tego instrumentu, nie czując przy tym ukłucia smutku. Dotykanie jego złoto-srebrnych ślimacznic przypominało Thoma. Za harfę w ogóle się nie brał, najwyżej po to, by sprawdzić, czy jest w dobrym stanie i nie zamokła — Thom bez przerwy powtarzał, że harfa nie pasuje do niezręcznych rąk wiejskiego chłopca — zawsze jednak, gdy jakiś farmer pozwalał zatrzymać się u niego, grał po kolacji jedną melodię na flecie. Było to coś w rodzaju dodatkowej zapłaty dla farmera, a może i sposób na podtrzymanie pamięci o Thomie.

Pośród wesołego nastroju, który Mat wytworzył swoim żonglowaniem, zagrał *Trzy dziewczęta na łące*. Pan i pani Grinwell klaskali rytmicznie, a młodsze dzieci tańczyły po całej izbie, przytupywał nawet najmniejszy chłopiec, który ledwie umiał chodzić. Rand wiedział, że podczas Bel Tine nie zdobyłby żadnych nagród, jednakże dzięki naukom Thoma nie wstydziłby się podczas niego wystąpić.

Else siedziała ze skrzyżowanymi nogami przed kominkiem, a kiedy opuścił flet po wygraniu ostatniej nuty, pochyliła się do przodu z przeciągłym westchnieniem i uśmiechnęła do niego.

— Jak ty pięknie grasz. Nigdy nie słyszałam czegoś równie pięknego.

Pani Grinwell nagle przestała szyć, uniosła brew w stronę swojej córki, po czym obdarzyła Randa uważnym, taksującym spojrzeniem.

Podniósł skórzany futerał, by schować flet, lecz pod wpływem tego spojrzenia upuścił go, omal nie wypuszczając z rąk instrumentu. Jeśli go oskarży o bałamucenie córki… Zdesperowany ponownie przyłożył flet do ust i zagrał drugą piosenkę, potem następną i jeszcze jedną. Pani Grinwell nie przestawała go obserwować. Zagrał: *Wiatr, który kołysze wierzbą*, *Powrót do domu z Tarwin Gap*, *Koguta pani Aynora* i *Starego, czarnego niedźwiedzia*. Grał wszystkie piosenki, jakie tylko mógł sobie przypomnieć, ale ona ani na moment nie oderwała od niego wzroku. Nie powiedziała też ani słowa, tylko patrzyła i myślała.

Było już późno, gdy pan Grinwell wreszcie wstał, śmiejąc się i zacierając ręce.

— Cóż, rzadka to uciecha, ale już dawno powinniście być w łóżkach. Wy, wędrowcy, wyznaczacie sobie własne godziny, ale na farmie ranek wcześnie nastaje. Powiem wam, chłopcy, w niejednej karczmie zapłaciłbym spore pieniądze za rozrywkę wcale nie lepszą od tej, którą miałem dzisiejszego wieczoru. Za gorszą nawet.

— Moim zdaniem powinni dostać nagrodę — powiedziała pani Grinwell, podnosząc najmłodszego synka, który już wcześniej zasnął przed kominkiem. — Stodoła nie nadaje się do spania. Mogą dziś spać w izbie Else, a ona będzie spała ze mną.

Else skrzywiła się. Na wszelki wypadek pochyliła głowę, jednak Rand to zauważył. Wydało mu się, że matka też to zauważyła.

Pan Grinwell skinął głową.

— Prawda, prawda, znacznie lepiej niż w stodole. To znaczy, jeśli wam nie przeszkodzi, że będziecie spali we dwóch w jednym łóżku.

Rand zaczerwienił się, bo pani Grinwell wciąż patrzyła na niego.

— Naprawdę chętnie bym jeszcze posłuchał tego fletu — rzekł pan Grinwell. — I jeszcze popatrzył, jak żonglujesz. To mi się podoba. Wiecie, mam taką pracę, w której moglibyście mi jutro pomóc i...

— Oni chcą wyruszyć wcześnie rano, ojciec — przerwała mu pani Grinwell. — Następną wioską, jaką mają po drodze, jest Arien i jeśli chcą spróbować szczęścia w tamtejszej karczmie, muszą iść cały dzień, żeby dotrzeć przed zmierzchem.

— Tak, proszę pani — powiedział Rand. — Tak zrobimy. I dziękujemy.

Uśmiechnęła się do niego z zaciśniętymi wargami, jakby uznała, że podziękował jej raczej za radę, niźli za kolację czy ciepłe łóżko.

Cały następny dzień, gdy wędrowali drogą, Mat wypominał mu Else. Stale więc próbował zmienić temat, a to, co Grinwellowie zasugerowali odnośnie występowania w karczmach, było czymś, co najczęściej przychodziło mu do głowy. Po tym poranku, gdy Else pożegnała go z naburmuszoną miną, a pani Grinwell ostrym spojrzeniem mówiącym „Baba z wozu, koniom lżej" oraz „Im mniej słów, tym lepiej", omawiając ten pomysł, nie pozwalał Matowi rozpuszczać języka. Gdy dotarli do następnej wioski, okazało się, że korzyści zeń wynikające mogą być jeszcze większe.

Wraz z zapadającym zmierzchem weszli do jedynej karczmy w Arien i Rand zagadał do karczmarza. Zagrał *Prom na rzece* — który zażywny karczmarz nazwał *Ukochaną Sarą* — i część *Drogi do Dun*

Aren, a Mat pokazał, jak żongluje. Rezultat był taki, że tej nocy spali w łóżku, a jedli pieczone ziemniaki i gorącą wołowinę. Dostali oczywiście najmniejszą izdebkę w całej karczmie, tuż pod samym podstrzeszem dachu, a posiłek podano im w samym środku długiej nocy grania i żonglerki, ale koniec końców było to łóżko pod dachem. Zdaniem Randa wyszło nawet jeszcze lepiej, bowiem przez cały poprzedni dzień przecież wędrowali. A gościom karczmy wyraźnie nie przeszkadzało, że Mat patrzy na nich podejrzliwie. Niektórzy z nich sami patrzyli na siebie z ukosa. Czasy były takie, że obcy w miejscu publicznym budzili podejrzliwość, ale w karczmie naturalną koleją rzeczy zawsze przebywali jacyś obcy.

Od czasu opuszczenia Białego Mostu Rand nie spał nigdzie tak dobrze jak tutaj, mimo tego, że dzielił łóżko z Matem i narażony był na jego posępne mamrotanie. Rankiem karczmarz próbował ich namówić, żeby zostali jeszcze dzień lub dwa, ale kiedy mu się nie powiodło, zawołał jakiegoś farmera o zmętniałym wzroku, który wypił za dużo ubiegłego wieczoru, by odjechać wozem do swego domu. Godzinę później znajdowali się o pięć mil dalej na wschód, wyciągnięci na pełnym siana wozie Eazila Forneya.

Tak odtąd podróżowali. Dzięki odrobinie szczęścia i jednemu lub dwóm wozom, które ich podwiozły, nieomal zawsze docierali do następnej miejscowości o zmierzchu. Jeżeli w wiosce było więcej karczm niż tylko jedna, karczmarze zaczynali się o nich targować natychmiast po usłyszeniu fletu Randa i zobaczeniu próbki żonglerki Mata. Nawet razem wzięci jeszcze nie przypominali barda, ale wioska nie widziała przez cały rok kogoś takiego. Dwie albo trzy karczmy w miasteczku oznaczały lepszą izbę, z dwoma łóżkami i obfitsze porcje mięsa, a czasami nawet kilka miedziaków w kieszeni na odchodne. Rankiem ktoś zawsze ofiarowywał się ich podwieźć, jakiś farmer, który zanadto się zasiedział i wypił za dużo, albo kupiec, któremu tak się podobał ich występ, że mu nie przeszkadzało, jeśli wskoczyli na któryś z jego wozów. Rand już zaczynał myśleć, że bez kłopotów dotrą do Caemlyn. Ale właśnie przyjechali do Czterech Króli.

ROZDZIAŁ 32

CZTEREJ KRÓLOWIE W CIENIU

Czterej Królowie byli wioską większą od innych, ale i tak zbyt nędzną, by zasługiwać na swoją nazwę. Droga Caemlyn jak zwykle biegła prosto przez sam środek miejscowości, lecz z południa dochodził tu także inny, mocno zjeżdżony gościniec. W większości wiosek znajdowały się targowiska i miejsca zgromadzeń dla okolicznych farmerów, tutaj jednak niewielu ich się widywało. Czterej Królowie pełniły rolę przystanku dla karawan wozów kupieckich udających się do Caemlyn i do górniczych osad w Górach Mgły za Baerlon, jak również wsi leżących przy drodze. Południowa droga pośredniczyła w handlu Lugard z kopalniami na zachodzie. Kupcy lugardzcy udający się do Caemlyn, mieli dzięki temu bezpośredni szlak. W okolicy było niewiele farm, ledwie dających radę wykarmić siebie i miasteczko, a wszystko we wsi skupiało się na kupcach i ich wozach, ludziach, którzy nimi powozili oraz robotnikach, którzy ładowali towary.

Grudy nagiej gliny, częściowo rozdeptane na pył, pokrywały ziemię na całym terenie Czterech Króli, pełnych wozów stojących koło w koło i pozostawionych niemalże na pastwę losu, jeżeli nie liczyć kilku znudzonych strażników. Stajnie i końskie zagrody wytyczały tu ulice, wszystkie dostatecznie szerokie, by mogły przez nie przejeżdżać wozy, i pokryte głębokimi koleinami od zbyt wielu kół. Nie było żadnych błoni wioskowych, a w koleinach bawiły się dzieci umykające przed wozami i przekleństwami woźniców. Kobiety, z głowami okrytymi chustkami, miały spuszczone oczy i chodziły szybkim krokiem, czasami z wozów ścigały je takie uwagi, że Rand, słysząc je, czerwienił się i nawet Mat czasami się wzdrygał. Żadna kobieta nie plotkowała przez płot z sąsiadką. Ponure, drewniane domy stały jeden przy drugim, przedzielone jedynie wąskimi alejkami. Czasami były pobielone wapnem — tam, gdzie komuś chciało się bielić zmurszałe deski — na ogół jednak stały wyblakłe, jakby ich nie odświeżano od lat. Ciężkich okiennic nie otwierano od tak dawna, że zawiasy stanowiły lite grudy rdzy. Nad wszystkim wisiał hałas, szczękanie dochodzące z kuźni, okrzyki woźniców, ochrypłe śmiechy z karczm.

Rand zsunął się z nakrytego płótnem wozu kupieckiego, kiedy zrównali się z jaskrawo pomalowaną karczmą, całą w zieleniach i żółciach, które w otoczeniu szarych, ołowianych domów z daleka przyciągały wzrok. Szereg wozów nie przestawał się toczyć dalej. Żaden z woźniców nie wydawał się zauważać, że Rand z Matem zniknęli. Zapadał zmierzch, interesował ich już tylko wyprzęg koni i dotarcie do karczmy. Rand potknął się o koleinę i szybko zerwał z ziemi, by uniknąć obładowanego wozu nadjeżdżającego z turkotem z przeciwległej strony. Kiedy wóz przetaczał się obok niego, woźnica cisnął przekleństwo. Wyminęła go jakaś kobieta i pospieszyła przed siebie, nawet nie spojrzawszy mu w oczy.

Mat obrzucił go wzgardliwym spojrzeniem i wzniósł oczy ku niebu. W górze gęstniały ciemne chmury.

— Chcesz dzisiaj spać pod płotem? Tutaj? Ja już się przyzwyczaiłem do łóżka. — Przekrzywił głowę, nasłuchując, po czym mruknął: — Może gdzieś tutaj nie ma muzyków. W każdym razie założę się, że nie mają żonglera.

Przesunął łuk na plecy i ruszył w stronę jaskrawożółtych drzwi, przyglądając się wszystkiemu zmrużonymi oczyma. Rand szedł za nim, pełen wątpliwości.

W środku byli muzycy, dźwięki ich cytry i bębna nieomal tonęły w ochrypłym śmiechu i pijackich okrzykach. Rand nawet nie próbował znaleźć właściciela. W kolejnych dwóch karczmach też mieli muzyków i tę samą ogłuszającą kakofonię. Przy stołach siedzieli zwyczajnie ubrani ludzie, inni, potykając się i wymachując kuflami, zaczepiali usługujące panny, które umykały z przylepionymi, cierpiętniczymi uśmiechami. Budynek trząsł się od wrzawy, wisiał w nim kwaśny zapach, odór starego wina i niemytych ciał. Po kupcach w jedwabiach, aksamitach i koronkach nie było ani śladu, prywatne izby jadalne na górze chroniły ich uszy i nosy. Razem z Matem wsunęli tylko głowy przez drzwi i zaraz odeszli. Rand już zaczynał myśleć, że nie mają innego wyboru, tylko ruszać w dalszą drogę.

W czwartej karczmie, nazywającej się „Tańczący Furman", było cicho.

Gospoda była równie jaskrawa jak inne, żółta, obramowana jasną czerwienią i żółtawą, wykrzywiającą oko zielenią. Pomimo że farba popękała i łuszczyła się, Rand i Mat weszli do środka.

Przy stołach wypełniających główną izbę siedziało zaledwie kilku ludzi, zgarbionych nad kuflami, każdy ponuro osamotniony ze swoimi myślami. Interes najwyraźniej szedł kiepsko, ale kiedyś był lepszy. Dokładnie tyle samo posługaczek, ilu było gości, krzątało się dookoła. Miały mnóstwo roboty — podłogę zalegały okruchy, a narożniki sufitu wypełniały pajęczyny — lecz większość z nich nie robiła czegokolwiek użytecznego, jakby poruszały się tylko po to, by nie stać w miejscu.

Kiedy weszli do środka, kościsty mężczyzna z długimi, kręconymi włosami spadającymi mu na ramiona obrzucił ich chmurnym spojrzeniem. Przez Czterech Króli przetoczył się pierwszy, powolny łoskot grzmotu.

— Czego chcecie?

Ocierał ręce o tłusty fartuch zwisający mu do kostek. Rand zastanowił się, czy więcej brudu zostawało na fartuchu czy na rękach mężczyzny. Po raz pierwszy widział tak chudego karczmarza.

— No co jest? Gadajcie, kupcie sobie wina albo wynoście się stąd! Czy ja przypominam skrzynkę z osobliwościami?

Czerwieniąc się, Rand wystąpił z pokazem, który udoskonalał we wszystkich dotychczasowych karczmach.

— Ja gram na flecie, mój przyjaciel żongluje, przez rok nie zobaczysz lepszych od nas. Za dobry pokój i dobry posiłek napełnimy tę twoją karczmę ludźmi.

Przypomniał sobie zatłoczone karczmy, które widział tego wieczoru, szczególnie mężczyznę, który w ostatniej z nich wymiotował na podłogę, tuż przed nim. Musiał natychmiast uskoczyć, żeby nie ubrudził mu butów. Zawahał się, ale wziął się garść i mówił dalej.

— Zapełnimy twoją karczmę ludźmi, którzy dwudziestokroć spłacą nas tym jedzeniem i piciem, które tu kupią. Dlaczego mielibyśmy…

— Mam człowieka, który gra na cymbałach — odparł kwaśnym tonem karczmarz.

— Masz pijaka, Samlu Hake — powiedziała jedna z posługaczek. Przechodziła właśnie obok z tacą i dwoma kuflami, zatrzymała się, obdarzając Randa i Mata serdecznym uśmiechem. — Na ogół widzi tak źle, że nie jest w stanie znaleźć głównej izby — zwierzyła im się głośnym szeptem. — Od dwóch dni go nie widziałam.

Nie odrywając oczu od Randa i Mata, Hake najzwyczajniej w świecie uderzył ją w twarz. Mruknęła ze zdziwieniem i upadła ciężko na brudną podłogę, jeden z kufli rozbił się, a rozlane wino pociekło strumyczkami po brudnej nodze.

— Zapłacisz za wino i rozbite naczynie. Przynieś im świeże napoje. I pospiesz się. Ludzie nie płacą za to, żebyś się tu wałkoniła.

Jego głos był równie bezceremonialny jak tamten cios. Żaden z gości nie podniósł wzroku znad swojego wina, pozostałe posługaczki odwróciły oczy.

Zażywna kobieta potarła policzek i popatrzyła na Hake'a spojrzeniem, w którym czaiła się żądza mordu, odstawiła jednak pusty kielich na tacę, pozbierała okruchy szkła i odeszła bez słowa.

Hake w zamyśleniu wciągnął powietrze, przyglądając się Randowi i Matowi. Jego wzrok na moment przywarł do miecza ze znakiem czapli.

— Wiecie co — powiedział w końcu. — Mam kilka sienników w pustym magazynie na tyłach. Pokoje są zbyt drogie, bym je rozdawał za darmo. Zjecie, jak już wszyscy sobie pójdą. Powinno coś zostać.

Rand żałował, że w Czterech Królach nie ma jeszcze jakiejś karczmy, w której mogliby spróbować. Od czasu ucieczki z Białego Mostu spotykał się z chłodem, obojętnością i otwartą wrogością, nic jednak nie wywoływało w nim takiego uczucia niepokoju, jak ten człowiek i ta wieś. Powtarzał sobie, że to tylko przez brud, nędzę i harmider, jednakże złe przeczucia go nie opuszczały. Mat przypatrywał się Hake'owi, jakby podejrzewał jakąś pułapkę, nie dał jednak znaku, że woli zrezygnować z „Tańczącego Furmana" na rzecz noclegu pod płotem. Łoskot grzmotu zawibrował w szybach okien. Rand westchnął.

— Sienniki wystarczą, jeśli są czyste i jeśli dostaniemy kilka czystych kocy. Ale zjemy dwie godziny po zapadnięciu zmroku, nie później, i to najlepszą strawę, jaką macie. To tyle. Pokażemy teraz, co potrafimy.

Sięgnął po futerał z fletem, ale Hake pokręcił głową.

— Nie trzeba. Tej bandzie spodoba się każde rzępolenie, byleby brzmiało jak muzyka. —Jego wzrok ponownie przemknął się po mieczu Randa, blady uśmiech rozciągał wyłącznie usta. — Zjecie, kiedy będziecie chcieli, ale jeśli nie sprowadzicie tu tłumów, będziecie musieli wynieść się na ulicę.

Skinął teraz przez ramię w stronę dwóch mężczyzn o ponurych twarzach, którzy siedzieli pod ścianą. Nie pili, ich ramiona były równie grube jak uda. Kiedy Hake na nich skinął, obdarzyli Randa i Mata tępym, pozbawionym wyrazu spojrzeniem.

Rand dotknął dłonią rękojeści miecza, mając nadzieję, że jego twarz nie odzwierciedla tego, co dzieje się z jego żołądkiem.

— Jeśli dostaniemy to, co umówione — odparł spokojnym tonem.

Hake zamrugał i przez chwilę sam wyglądał na zdenerwowanego. Nagle skinął głową.

— To właśnie powiedziałem, czy tak? Dobra, zaczynajcie. Nie sprowadzicie tu nikogo, jak będziecie tak stali.

Odszedł, rzucając groźne spojrzenia i pokrzykując na posługaczki, jakby w karczmie siedziało pięćdziesięciu klientów, których zaniedbywały.

W przeciwległym końcu sali znajdowało się niewielkie podwyższenie, tuż obok tylnych drzwi. Rand ustawił na nim ławkę, za nią umieścił swój płaszcz, koc i zwinięty płaszcz Thoma, a na tym wszystkim położył miecz.

Zastanawiał się, czy to rozsądne, że nosi otwarcie swój miecz. Miecze były dość powszechne, ale znak czapli przyciągał uwagę i domysły. Nie ze strony wszystkich, ale każdy wzrok, w którym widzieli rozpoznanie, sprawiał, że czuli się niezręcznie. Mógł zostawiać wyraźny ślad dla Myrddraala — jeśli Pomory potrzebują tego typu śladów. Nie było to takie oczywiste. W każdym razie nie miał ochoty przestać go nosić. Dał mu go Tam. Jego ojciec. Dopóki będzie nosił miecz, dopóty między nim a Tamem będzie istniał jakiś związek, więź, która nadawała mu prawo nazywania Tama ojcem.

„Już za późno" — pomyślał.

Nie był pewien, co to właściwie miałoby znaczyć, ale był pewien, że to prawda.

„Za późno".

Przy pierwszej nucie *Koguta z północy* kilku gości we wspólnej izbie podniosło głowy znad swojego wina. Nawet dwóch porządkowych pochyliło się odrobinę do przodu. Wszyscy klaskali, gdy skończył, łącznie z dwoma drabami, a potem raz jeszcze, gdy Mat pokazał deszcz kolorowych piłeczek, które obracał w rękach. Niebo na zewnątrz znowu zamruczało. Deszcz jeszcze się ociągał, ale wyczuwało się już stężenie powietrza, im dłużej zwlekał, tym ulewniej miał potem padać.

Wieść o ich przybyciu rozeszła się i zanim zapadł zmierzch, w karczmie było pełno ludzi, śmiejących się i mówiących tak głośno, że Rand ledwie słyszał, co gra. Jedynie grzmoty zagłuszały hałas panujący w głównej izbie. W oknach błyszczały błyskawice, o dach bębniły krople deszczu. Z ludzi, którzy teraz przychodzili, ściekały na podłogę strumienie wody.

Za każdym razem, gdy przestawał grać, z ogólnej wrzawy podnosiły się głosy wykrzykujące nazwy melodii. Wielokrotnie nic mu nie mówiły, ale gdy udało mu się kogoś namówić, aby mu zanucił, okazywało się, że znał tę piosenkę. Tak bywało już przedtem, w innych miejscach. *Wesoły Jaim* był tutaj *Pchłą Rhei*, a gdzie indziej *Barwami słońca*. Niektóre tytuły brzmiały tak samo, inne zmieniały się na przestrzeni dziesięciu kilometrów, nauczył się też nowych piosenek. *Pijany kupiec* był nowy, choć czasami nazywano go *Druciarzem w kuchni*. *Dwóch królów na polowaniu* zwano także *Dwoma pędzącymi końmi* i oprócz tego kilkoma innymi tytułami. Grał te, które znał, a ludzie walili w stoły, chcąc jeszcze.

Inni wołali, by Mat znowu żonglował. Czasami wybuchały bójki między tymi, którzy chcieli muzyki, a tymi, którzy byli wielbicielami żonglerki. Raz błysnął nóż, jakaś kobieta krzyknęła przeraźliwie, a mężczyzna odpadł od stołu z twarzą zalaną krwią, lecz Jak i Strom, dwaj porządkowi, wkroczyli szybko i z całkowitą bezstronnością wyrzucili na ulicę z guzami na głowach wszystkich, którzy mieli udział w zajściu. Taka była ich taktyka w przypadku wszelkich kłopotów. Rozmowy i śmiech nie ustawały, jakby nic się nie zdarzyło. Nikt się nawet nie rozejrzał dookoła, z wyjątkiem tych, których porządkowy potrącił w drodze do drzwi.

Goście mieli też lekkie ręce, jeśli któraś z posługaczek zrobiła się nieuważna. Nieraz Jak albo Strom musieli ratować którąś z kobiet, choć żaden z nich nie był przy tym zbyt szybki. Hake zawsze krzyczał i potrząsał taką kobietą, całą winę przypisując jej, a załzawione oczy i wyjąkane przeprosiny mówiły, że ona woli uznać jego zdanie. Kobiety drgały nerwowo, gdy tylko Hake się zmarszczył, nawet jeśli patrzył gdzie indziej. Rand zastanawiał się, dlaczego żadna z tym nie skończy.

Hake uśmiechał się, gdy patrzył na Randa i Mata. Po jakimś czasie Rand pojął, że Hake nie uśmiecha się do nich, uśmiech pojawiał się w momencie, gdy jego wzrok prześlizgnął się dalej, tam, gdzie leżał miecz ze znakiem czapli. Raz, kiedy Rand odłożył srebrno-złoty flet obok swojego zydla, instrument również doczekał się uśmiechu.

Następnym razem, gdy zmienili się z Matem miejscami przed podwyższeniem, pochylił się, by przemówić przyjacielowi do ucha. Nawet z tak bliska musiał mówić głośno, jednak dzięki hałasowi raczej nikt nie mógł ich podsłuchać.

— Hake ma zamiar nas okraść.

Mat skinął głową, jakby niczego innego się nie spodziewał.

— Będziemy musieli się zabarykadować dzisiejszej nocy.

— Zabarykadować? Jak i Strom wyważą drzwi pięściami. Wynośmy się stąd.

— Ale najpierw przynajmniej coś zjedzmy. Jestem głodny. Tutaj nic nam nie zrobią — odparł Mat.

Ludzie stłoczeni w głównej izbie pokrzykiwali do nich niecierpliwie, pragnąc dalszej zabawy. Hake patrzył na nich groźnie.

— Mimo wszystko chcesz dzisiaj spać na dworze?

Szczególnie głośny huk gromu zagłuszył wszystkie inne dźwięki, przez moment światło wpadające przez okna było jaśniejsze niż lampy.

— Chcę tylko się stąd wydostać bez rozbitej głowy — wyjaśnił Rand, ale Mat już się pochylał, by usiąść na zydlu.

Rand westchnął i zagrał *Drogę do Dun Aren*. Wielu ludziom ta melodia wydawała się nadzwyczaj podobać, grał ją już cztery razy, a nadal krzykiem prosili o jeszcze.

Kłopot polegał na tym, że Mat miał rację. On też był głodny. Nie widział sposobu, w jaki Hake mógłby im narobić kłopotów w izbie, w której było tłoczno i wciąż robiło się pełniej. Na miejsce każdego człowieka, który wyszedł, albo został wyrzucony przez Jaka i Stroma, przybywało z ulicy dwóch następnych. Krzykiem żądali żonglerki albo jakiejś określonej melodii, lecz na ogół interesowało ich picie i zaczepianie posługaczek. Jednak jeden z mężczyzn zachowywał się inaczej.

Wyróżniał się na tle tłumu w „Tańczącym Furmanie" i to pod każdym prawie względem. Kupcy najwyraźniej nie musieli szukać noclegu w tak nędznej karczmie, i o ile się zorientował, nie było tu nawet dla nich prywatnych pokoi. Wszyscy goście byli licho ubrani, na ich twarzach wyryło znaki zarówno piekące słońce, jak i smagający wiatr. Ten mężczyzna był smukły i umięśniony, miał delikatne dłonie, odziany był w aksamitny kaftan i ciemnozielony płaszcz podbity błękitnym jedwabiem. Całe ubranie zostało uszyte przez drogiego krawca. Jego buty — miękkie, aksamitne trzewiki, a nie zwykłe wysokie buty ze skóry — nie nadawały się na błotniste drogi Czterech Króli, ani w ogóle na żadne ulice.

Przyszedł do karczmy, kiedy już było ciemno, otrząsnął płaszcz z deszczu i rozejrzał się dookoła, krzywiąc usta z niesmakiem. Raz jeszcze obiegł wzrokiem izbę, już zawracając, by wyjść, gdy nagle drgnął na widok czegoś, czego Rand nie widział i usiadł przy stole, który właśnie opuścili Jak i Strom. Posługaczka stanęła przy nim, po czym przyniosła mu kielich wina, który odsunął na bok i którego później już nie tknął. Za każdym razem dziewczyna wyraźnie chciała jak najszybciej odejść od jego stołu, mimo że nie próbował jej dotknąć, nawet na nią nie patrzył. Cokolwiek takiego w nim było, co wywoływało jej niepokój, widzieli także inni, którzy podchodzili bliżej. Pomimo jego łagodnego wyglądu, za każdym razem, gdy jakiś woźnica o dłoniach pokrytych odciskami decydował się usiąść obok niego, wystarczało jedno spojrzenie, by odesłać go gdzieś indziej. Siedział tak, jakby w izbie nie było nikogo innego oprócz niego... oraz Randa i Mata. To na nich patrzył ponad splecionymi dłońmi, a każdy palec połyskiwał pierścieniami. Obserwował ich z zadowolonym uśmiechem rozpoznania.

Rand szepnął do Mata, kiedy znowu zamieniali się miejscami, a ten skinął głową.

— Widziałem go — mruknął. — Kto to jest? Stale mi się wydaje, że go znam.

Ta sama myśl przyszła do głowy Randowi, usadowiła się łaskotliwie gdzieś w głębi jego umysłu, lecz pomimo wysiłku za nic nie potrafił jej wydobyć na wierzch. Był jednak pewien, że jest to twarz, której nigdy dotąd nie widział.

Występowali już dwie godziny, na ile Rand był w stanie ocenić, wsunął więc flet do futerału i pozbierali swój dobytek. Kiedy już schodzili z niskiego podium, nadbiegł w ich stronę brutalnie torujący sobie drogę Hake, jego wąską twarz wykrzywiała złość.

— Pora coś zjeść — ubiegł go Rand — i nie chcemy, aby nam ukradziono rzeczy. Czy powiesz kucharzowi?

Hake zawahał się, nadal rozzłoszczony, bez powodzenia starając się oderwać wzrok od tego, co Rand trzymał w objęciach. Rand swobodnym ruchem przemieścił swoje tobołki, dzięki czemu mógł wesprzeć jedną dłoń na mieczu.

— Albo spróbuj nas stąd wyrzucić. — Powiedział to ze specjalnym naciskiem i dodał: — Możemy jeszcze grać do późnej nocy. Musimy podtrzymać siły, jeśli mamy występować wystarczająco dobrze, aby ten tłum nadal wydawał tu pieniądze. Jak długo, twoim zdaniem, w tej izbie będzie tłoczno, jeśli pomdlejemy z głodu?

Oczy Hake'a przeleciały po izbie pełnej ludzi napychających mu kieszeń pieniędzmi, odwrócił się i wetknął głowę za drzwi znajdujące się w tyle karczmy.

— Nakarmić ich! — krzyknął. Kiedy obchodził Randa i Mata, skrzywił się. — Tylko nie jedzcie przez całą noc — dorzucił. — Spodziewam się, że będziecie tu, dopóki nie wyjdzie ostatni gość.

Niektórzy z gości krzykiem domagali się muzyka i żonglera, Hake odwrócił się, aby ich uspokoić. Do tych zaniepokojonych zaliczał się mężczyzna w aksamitnym płaszczu. Rand dał znak Matowi, żeby poszedł za nim.

Kuchnię od pozostałej części karczmy oddzielały grube drzwi i z wyjątkiem chwil, w których otwierały się, by przepuścić posługaczkę, deszcz uderzający o dach zagłuszał okrzyki rozlegające się w głównej sali. Było to duże pomieszczenie, gorące, wypełnione parą z kuchni i pieców, z ogromnym stołem zastawionym jedzeniem oraz talerzami uszykowanymi do podania. Na ławie, obok tylnych drzwi siedziało kilka posługaczek, rozcierały stopy i wszystkie naraz prowadziły rozmowę z grubą kucharką, która na przemian im odpowiadała, machając wielką łyżką, aby podkreślić wagę swoich słów. Wszystkie podniosły wzrok, kiedy pojawili się Rand i Mat, ale nie przestały rozmawiać ani rozcierać stóp.

— Powinniśmy stąd odejść, kiedy mamy okazję — powiedział cicho Rand.

Mat jednak potrząsnął głową, utkwiwszy wzrok w dwóch talerzach, które kucharka napełniła wołowiną, ziemniakami i grochem. Ledwie na nich spojrzała, podtrzymując rozmowę z kobietami, jednocześnie łokciem odsunęła przedmioty ze stołu, ustawiła talerze, kładąc obok nich widelce.

— Kiedy już zjemy, będzie dość czasu.

Mat osunął się na ławę i wziął do ręki widelec; posługiwał się nim niczym łopatą.

Rand westchnął, zaraz jednak poszedł w ślad Mata. Od poprzedniej nocy zjadł tylko jedną kromkę chleba. Jego brzuch był tak pusty jak sakiewka żebraka, a zapachy wypełniające kuchnię nie sprzyjały heroicznym próbom opanowania głodu. Szybko napełniał usta, a widząc, że Mat prosi o dokładkę, podał swój talerz kucharce, zanim opróżnił go do połowy.

Nie miał zamiaru podsłuchiwać rozmowy kobiet, ale niektóre słowa dotarły do niego i przykuły jego uwagę.

— Moim zdaniem to szaleństwo.

— Szaleństwo czy nie, ale to właśnie słyszałam. Obszedł połowę karczm w mieście, zanim tutaj przyszedł. Po prostu wchodził, rozglądał się dookoła i wychodził, nie mówiąc ani słowa, nawet w Oberży Królewskiej. Jakby wcale nie padało.

— Może uznał, że tu mu będzie najwygodniej.

To wywołało lawinę śmiechu.

— Słyszałam, że dotarł do Czterech Króli dopiero po zmierzchu, a jego konie są tak zdyszane, jakby całą drogę je popędzano.

— Skąd on jest, że dotarł tu dopiero po ciemku? Nikt poza głupcem albo szaleńcem tak nie podróżuje i nie planuje tak źle swojej podróży.

— Cóż, może to i głupiec, ale za to bogaty. Słyszałam, że ma jeszcze jeden powóz ze służącymi i bagażem. Ma pieniądze, pamiętajcie moje słowa. Widziałyście jego płaszcz? Sama bym chciała taki mieć.

— Jest trochę za gruby jak na mój gust, ale zawsze powiadam, że żaden mężczyzna nie jest za tłusty, jeśli ma dość złota.

Zachichotały jeszcze głośniej, a kucharka odchyliła głowę i ryknęła śmiechem.

Rand odłożył widelec. W głowie zawirowała mu myśl, która mu się wcale nie spodobała.

— Wracam za minutę — powiedział.

Mat ledwie skinął głową, zajęty wpychaniem do ust ziemniaka.

Powstawszy, Rand podniósł miecz i płaszcz, po czym skierował swe kroki do tylnych drzwi. Nikt nie zwrócił na niego uwagi.

Lało jak z cebra. Narzucił płaszcz na ramiona, nasunął kaptur na głowę i przytrzymując płaszcz, przeszedł przez dziedziniec. Wszystko skrywały kurtyny wody i choć tylko rzadko błyskały błyskawice, znalazł to, czego szukał. Konie zostały zaprowadzone do stajni, lecz stały tam dwa polakierowane na czarno, połyskujące od wilgoci powozy. Zahuczał grzmot, a nad karczmą przemknęła błyskawica. W krótkim przebłysku światła odczytał nazwisko wypisane złotymi literami na drzwiczkach powozu. Howal Gode.

Nie zważając na siekący deszcz, niewidzącym wzrokiem wpatrywał się w nazwisko. Pamiętał, gdzie ostatni raz widział polakierowane na czarno powozy z nazwiskami właścicieli na drzwiczkach i przylizanych, przekarmionych mężczyzn w aksamitnych trzewikach i takiż płaszczach podbitych jedwabiem. Biały Most. Kupiec z Białego Mostu miałby doskonale uzasadniony powód, żeby jechać do Caemlyn.

„Powód, który każe mu odwiedzić połowę karczm w mieście, zanim zdecyduje się na taką, w której ty jesteś? Powód, który każe mu patrzeć na ciebie, jakby właśnie znalazł to, czego szukał?"

Rand zadrżał i nagle poczuł, że po plecach ściekają mu strumyczki deszczu. Jego grubo tkany płaszcz nie był jednak przeznaczony na taką ulewę. Pospiesznie wrócił do karczmy, rozbryzgując kałuże. Kiedy przechodził przez drzwi, drogę zastąpił mu Jak.

— Proszę, proszę. Samotny w takich ciemnościach. Ciemności są niebezpieczne, chłopcze.

Deszcz przylepił Randowi włosy do czoła. Na dziedzińcu nie było nikogo oprócz nich. Zastanawiał się, czy Hake nie stwierdził, że pragnie jego miecza i fletu tak bardzo, iż nie dba już o liczbę gości.

Jedną ręką otarł wodę z oczu, a drugą położył na rękojeści. Mimo że była mokra, pewnie uchwycił elegancką skórę.

— Czyżby Hake stwierdził, że wszyscy ci ludzie zostaną tu, zamiast iść tam, gdzie też jest rozrywka? Jeśli tak, to nazwij ten posiłek zapłatą za wszystko, co do tej pory zrobiliśmy, a teraz ruszamy w dalszą drogę.

Stojący w suchym wejściu wielki mężczyzna wyjrzał na deszcz i parsknął.

— W taką pogodę? — Jego wzrok prześlizgnął się ku dłoni Randa spoczywającej na mieczu. — Wiesz, ja i Strom założyliśmy się. On uważa, że ukradłeś go swojej babce. Ja zaś myślę, że twoja babka powinna cię kopniakami przegonić dookoła chlewika i powiesić, abyś wysechł. — Wyszczerzył w uśmiechu krzywe, żółte zęby. Z tym uśmiechem wyglądał jeszcze bardziej paskudnie. — Noc jest jeszcze długa, chłopcze.

Rand przeszedł obok, niemalże ocierając się o niego, porządkowy poszedł w ślad za nim, śmiejąc się obrzydliwie.

W środku zrzucił z siebie płaszcz i osunął się na ławę przy stole, który opuścił zaledwie kilka minut wcześniej. Mat skończył drugi talerz i właśnie zmagał się z trzecim, jedząc już wolniej, ale z namaszczeniem, zdecydowany zjeść każdy kęs, nawet gdyby go to miało zabić. Jak zajął miejsce przy drzwiach wychodzących na dziedziniec, wsparty o ścianę obserwował ich. Nawet kucharka wyraźnie nie miała ochoty rozmawiać, kiedy tam stał.

— On jest z Białego Mostu — powiedział cicho Rand.

Nie było potrzeby wyjaśniać, jaki „on". Głowa Mata obróciła się w jego stronę, kawałek wołowiny na końcu widelca zawisł w połowie drogi do ust. Wiedząc, że Jak go obserwuje, Rand zaczął grzebać w talerzu z jedzeniem. Nie był w stanie przełknąć ani kęsa, mimo że wcześniej umierał z głodu. Starał się jednak udawać, że jest zainteresowany grochem i jednocześnie opowiadał Matowi o powozach i o tym, co mówiły kobiety, na wypadek gdyby przyjaciel ich nie słuchał.

Najwyraźniej nie słuchał, bo zamrugał ze zdziwienia i gwizdnął przez zęby, potem skrzywił się do mięsa nabitego na widelec i chrząknął, odrzucając je na talerz. Rand z całych sił pragnął, żeby przynajmniej postarał się zachować ostrożność.

— Goni nas — powiedział Mat, kiedy skończył. Bruzdy na jego czole pogłębiły się. — Sprzymierzeniec Ciemności?

— Może. Nie wiem. — Rand zerknął na Jaka, wielki mężczyzna przeciągał się energicznie, wstrząsając ramionami równie grubymi jak u kowala. — Myślisz, że uda się nam przejść obok niego?

— Na pewno nie tak, by nie narobił hałasu, który sprowadzi tu Hake'a i tego drugiego. Wiedziałem, że nie powinniśmy się tu zatrzymywać.

Rand wytrzeszczył oczy, ale zanim zdążył cokolwiek powiedzieć, przez drzwi z głównej izby wepchnął się Hake. Ponad jego ramieniem górował zwaliście Strom. Jak zasłonił swoim ciałem tylne drzwi.

— Macie zamiar jeść całą noc? — warknął Hake. — Nie karmię was po to, żebyście się tu wylegiwali.

Rand spojrzał na przyjaciela. Nie teraz, dał mu do zrozumienia Mat. Czując na sobie baczny wzrok Hake'a, Stroma i Jaka pozbierali rzeczy.

Gdy tylko Rand i Mat pojawili się w głównej izbie, natychmiast podniosły się wołania o żonglowanie i rzucano nazwy piosenek. Mężczyzna w aksamitnym płaszczu — Howal Gode — nadal wydawał się ignorować wszystkich wokół niego, niemniej jednak siedział na brzegu krzesła. Na ich widok rozparł się wygodniej, na jego wargi wrócił uśmiech zadowolenia.

Rand wystąpił pierwszy, ale kiedy grał *Nabieranie wody ze studni*, jedynie część myśli poświęcił muzyce. Nikt, jak się wydawało, nie zauważył kilku fałszywych nut. Usiłował wymyślić jakiś sposób ucieczki, starał się również uniknąć patrzenia na Godego. Jeśli on ich ścigał, to lepiej było mu nie pokazywać, że o tym wiedzą. Jeśli zaś chodzi o ucieczkę…

Dotychczas nie rozumiał, jaką dobrą pułapką jest ta karczma. Hake, Jak i Strom nawet nie musieli bez przerwy na nich patrzeć, zgromadzeni ludzie daliby im znać, że on albo Mat opuścili podium. Tak długo jak główna izba była pełna ludzi, Hake nie mógł napuścić na nich Jaka i Stroma, ale w tym czasie nie mogli też uciec bez jego wiedzy. Gode również obserwował każdy ich ruch. To było tak śmieszne, że pewnie śmiałby się, gdyby go nie mdliło ze strachu. Należało zachować czujność i czekać na okazję.

Rand jęknął w duchu, kiedy zastąpił go Mat. Przyjaciel spode łba obserwował Hake'a, Stroma i Jaka, nie dbając zupełnie o to, czy to zauważają ani czy przypadkiem nie zacznie ich to zastanawiać. Kiedy nie podrzucał piłek, jego dłoń spoczywała w zanadrzu płaszcza. Rand syknął, ale Mat nie zwrócił na niego uwagi. Jeśli Hake zauważy ten rubin, to może nie czekać do czasu, gdy będą sami. Jeśli ludzie w głównej izbie go zobaczą, to połowa z nich może się przyłączyć do Hake'a.

Co gorsza, Mat wpatrywał się w kupca z Białego Mostu — Sprzymierzeńca Ciemności? — dwa razy uporczywiej niż w kogokolwiek innego i Gode to zauważył. Nie mógł nie zauważyć. Bynajmniej nie zakłóciło to jego pewności siebie. Uśmiech pogłębił się, potem skinął głową w stronę Mata, jak do starego znajomego, a spojrzawszy na Randa, uniósł pytająco brew. Rand nie chciał wiedzieć, czego dotyczy pytanie. Starał się uniknąć patrzenia na mężczyznę, wiedział jednak, że jest już za późno.

„Za późno. Znowu za późno".

Tylko jedna rzecz zdawała się zakłócać równowagę mężczyzny w aksamitnym płaszczu. Miecz Randa. Tym razem nie zasłaniał rękojeści. Dwóch czy trzech ludzi podeszło doń chwiejnie, by spytać, czy jego zdaniem gra tak źle, że potrzebuje takiej obrony, żaden z nich jednak nie zauważył czapli na rękojeści. Gode zauważył. Zacisnął swe blade dłonie w pięści i marszcząc czoło, długo się przyglądał mieczowi, dopiero po chwili jego uśmiech powrócił. Nie był już jednak tak pewny jak przedtem.

„Przynajmniej jedna dobra rzecz — pomyślał Rand. — Jeśli on myśli, że żyję zgodnie z tym znakiem, to może zostawi nas w spokoju. Zatem będziemy się przejmowali tylko karczmarzem i jego łobuzami".

Nie była to nazbyt pocieszająca myśl i, miecz, nie miecz, Gode nie przestawał patrzyć. Wciąż się uśmiechał.

Rand miał wrażenie, że noc trwa już cały rok. Wszystkie te oczy: Hake, Jak i Strom, jak sępy wpatrzone w owcę, która ugrzęzła w bagnie, i wyczekujący Gode, jeszcze gorsze niebezpieczeństwo. Zaczął myśleć, że wszyscy w izbie patrzą nań, skrywając jakieś straszliwe zamiary. Od oparów kwaśnego wina i smrodu brudnych, spoconych ciał kręciło mu się w głowie, harmider spowodował, że zaćmiło mu się w oczach i nawet dźwięk własnego głosu drażnił uszy.

Trzask piorunów zdawał się rozlegać we wnętrzu czaszki. Zmęczenie ciążyło mu niczym żelazny odważnik.

Wreszcie konieczność wstania o świcie zaczęła wyciągać niechętnych ludzi w mrok. Farmerzy odpowiadali tylko przed sobą, ale kupcy byli znani z tego, że nie przepadają za kacem, kiedy muszą płacić woźnicom. Po północy główna izba powoli opustoszała, nawet ci, którzy mieli pokoje na górze, chwiejnie udali się na poszukiwanie swych łóżek.

Gode był ostatnim gościem. Kiedy Rand, ziewając, sięgnął po skórzany futerał na flet, Gode wstał i przewiesił płaszcz przez ramię. Posługaczki sprzątały, pomrukując coś między sobą na temat rozlanego wina i rozbitych naczyń. Hake zamykał frontowe drzwi wielkim kluczem. Gode na chwilę przyparł go do ściany i Hake zawołał jedną z kobiet, aby dała mu jakiś pokój. Mężczyzna w aksamitnym płaszczu pożegnał Randa i Mata porozumiewawczym uśmiechem i zniknął na górze.

Hake patrzył na Randa i Mata. Jak i Strom stali obok siebie, ramię w ramię.

Rand pospiesznie umieścił swoje rzeczy na ramieniu, przytrzymując je niezgrabnie lewą ręką, tak, by móc swobodnie dosięgnąć miecza. Dłoń nie wykonała najmniejszego ruchu w jego kierunku, był jednak przygotowany. Stłumił ziewnięcie, nie chciał, by wiedzieli, jak bardzo jest zmęczony.

Mat niezdarnie zarzucił łuk i resztę swego nędznego dobytku na ramię, rękę wsunął pod kaftan i obserwował podchodzącego do nich Hake'a i jego zbirów.

Hake trzymał w ręku oliwną lampę, ku zdziwieniu Randa skłonił się nieznacznie i gestem wskazał boczne drzwi.

— Tędy do waszych sienników.

Jedynie lekkie skrzywienie warg zmąciło elegancję jego wystąpienia.

Mat wysunął podbródek w stronę Jaka i Stroma.

— Czy ci dwaj muszą nam pokazać drogę?

— Jestem majętnym człowiekiem — odparł Hake, wygładzając

przód brudnego fartucha — a majętnym ludziom nigdy nie dość ostrożności.

Okna zabrzęczały od huku pioruna, karczmarz spojrzał znacząco na sufit i uśmiechnął się do nich, szczerząc zęby.

— Chcecie zobaczyć swoje łóżka czy nie?

Rand zastanawiał się, co by się stało, gdyby powiedział, że chcą odejść.

„Gdybyś wiedział choć trochę więcej o używaniu miecza oprócz tych kilku ćwiczeń, które pokazał ci Lan..."

— Prowadźcie — powiedział, starając się, by jego głos brzmiał stanowczo. — Nie chcę, żeby ktoś szedł za moimi plecami.

Strom zrobił szyderczy grymas, lecz Hake pojednawczo skinął głową i skierował się ku bocznym drzwiom, a dwóch rosłych mężczyzn ruszyło chwiejnym krokiem za nim. Jeśli Hake już zamknął tylne drzwi, to próba ucieczki rozpoczęłaby tylko to, czego miał nadzieję uniknąć. Ponuro ruszył w ślad za karczmarzem.

Przy bocznych drzwiach zawahał się, Mat wpadł mu na plecy. Powód, dla którego Hake trzymał lampę, był oczywisty. Drzwi prowadziły do korytarza, w którym było ciemno, choć oko wykol. Tylko dzięki tej jedynej lampie, którą niósł karczmarz, ukazującej sylwetki Jaka i Stroma, miał odwagę iść dalej. Gdyby tamci zawrócili, wiedziałby o tym.

„I co wtedy bym zrobił?"

Podłoga zatrzeszczała pod jego butami.

Korytarz kończył się schodami z surowego, nie malowanego drewna. Nie widział, czy po drodze są jeszcze jakieś inne drzwi. Hake i jego zbiry szli dalej, podążał szybko za nimi, żeby nie zdążyli zastawić jakiejś pułapki. Hake jednak tylko uniósł lampę do góry i gestem wskazał im pokój.

— To tutaj.

Stary magazyn, jak go nazwał, z wyglądu nie używany od jakiegoś czasu. Część podłogi zastawiono zmurszałymi beczkami i rozbitymi skrzyniami. Z kilku miejsc w suficie ciekły nieprzerwanie strumienie wody, a przez rozbitą szybę w brudnym oknie wpadał swobodnie deszcz. Na półkach zalegały niezidentyfikowane graty, a wszystko było pokryte grubą warstwą kurzu. Obecność obiecanych sienników stanowiła niespodziankę.

„Ten miecz go denerwuje. Nie zrobi niczego, dopóki nie będziemy głęboko spali".

Rand nie miał zamiaru spać pod dachem Hake'a. Gdy tylko karczmarz wyjdzie, natychmiast uciekną przez okno.

— Wystarczy — powiedział.

Nie spuszczał wzroku z Hake'a, wyczekując na jakiś znak, który karczmarz mógł dać dwóm wyszczerzonym mężczyznom. Z trudem powstrzymał się, by nie zwilżyć warg językiem.

— Zostawcie tu lampę.

Hake coś burknął, ale wepchnął lampę na półkę. Spojrzał na nich z wahaniem, Rand był przekonany, że zaraz każe Jakowi i Stromowi rzucić się na nich, lecz oczy karczmarza spoczęły na mieczu, twarz wykrzywił pełen wahania grymas, po czym gwałtownie uniósł głowę i spojrzał na dwóch osiłków. Przez ich szerokie twarze przemknął błysk zdziwienia, jednak posłusznie wyszli z izby, nie oglądając się za siebie.

Rand czekał, aż skrzypienie ich kroków ucichnie, po czym policzył do pięćdziesięciu i wytknął głowę za drzwi. Czerń mącił jedynie prostokąt światła — równie odległy jak księżyc — drzwi do głównej izby. Kiedy chował głowę, coś wielkiego poruszyło się w ciemnościach obok odległych drzwi. Jak albo Strom stojący na straży.

Szybkie zbadanie drzwi powiedziało mu wszystko, co chciał wiedzieć, to znaczy niewiele dobrego. Deski były grube i mocne, ale nie było w nich ani zamka, ani sztaby. Otwierały się do wewnątrz.

— Myślałem, że idą, żeby się z nami rozprawić — powiedział Mat. — Na co oni czekają?

Wyciągnął sztylet, trzymał go w uścisku zbielałej pięści. W ostrzu migotało światło lampy. Jego łuk i kołczan leżały zapomniane na podłodze.

— Aż pójdziemy spać. — Rand zaczął myszkować wśród beczek i skrzyń. — Pomóż mi znaleźć coś, żebyśmy mogli zastawić drzwi.

— Po co? Nie masz tu chyba zamiaru spać, prawda? Wyjdźmy przez okno i w nogi. Wolę być mokry niż martwy.

— Jeden z nich stoi na drugim końcu korytarza. Wystarczy trochę hałasu, a powalą nas, zanim zdążymy mrugnąć. Myślę, że Hake wolałby rozprawić się z nami zaraz, niż ryzykować, że uciekniemy.

Mrucząc coś, Mat pomógł mu szukać, ale wśród śmieci na podłodze nie znaleźli nic użytecznego. Beczki były puste, skrzynie się rozpadały, ułożone w stos przed drzwiami nie powstrzymałyby nikogo. Wtem coś znajomego na półce przykuło oko Randa. Dwa kliny, pokryte kurzem i rdzą. Wziął je z uśmiechem.

Pospiesznie wsunął pod drzwi, a kiedy następny łomot grzmotu wstrząsnął posadami karczmy, wbił je dwoma szybkimi kopnięciami obcasa. Grzmot ucichł, wstrzymał oddech, nasłuchując. Słyszał tylko deszcz bębniący o dach. Żadnego trzasku podłogi pod biegnącymi stopami.

— Okno — powiedział.

Nie otwierane od wielu lat, całe było zalepione brudem. Naprężyli się obydwaj, pchając ile sił. Kolana Randa drżały, wreszcie framuga ustąpiła, niechętnie jęcząc przy każdym calu. Kiedy otwór był dostatecznie duży, by mogli się przez niego przecisnąć, przykucnął, a potem się zatrzymał.

— Krew i popioły! — zaklął Mat. — Nic dziwnego, że Hake się nie martwił, że uciekniemy.

W świetle lampy zalśniła wilgoć osiadła na żelaznej kracie. Rand popchnął ją, była solidna jak głaz.

— Coś zauważyłem — powiedział Mat.

Zaczął pospiesznie przetrząsać śmieci na półkach, wydostał z nich wreszcie zardzewiały łom. Wbił jego koniec pod żelazną framugę. Rand skrzywił się.

— Pamiętaj, żeby nie narobić hałasu, Mat.

Mat mruknął coś pod nosem, jednak przerwał na moment. Rand ujął łom i spróbował znaleźć dobre oparcie dla stóp w rosnącej kałuży wody pod oknem. Kiedy rozległ się grzmot, pociągnęli. Przy nieznośnym pisku gwoździ, od którego włosy na głowie stanęły Randowi dęba, framuga przesunęła się — o ćwierć cala, w najlepszym przypadku. Czekali na kolejne łoskoty grzmotów i trzaski błyskawic, wtedy napierali na łom. Nic. Ćwierć cala. Nic. O włos. Nic. Nic.

Nagle stopy Randa poślizgnęły się w wodzie i obaj runęli z hałasem na podłogę. Łom zaszczękał o kraty niczym gong. Leżeli w kałuży, wstrzymując oddech i nasłuchując. Nie było słychać nic oprócz deszczu.

Mat rozcierał otarte kłykcie i patrzył ponuro na Randa.

— W takim tempie nigdy się stąd nie wydostaniemy.

Żelazna rama dała się wypchnąć z okna na taką odległość, że można tam było wsunąć najwyżej dwa palce. W wąskim otworze sterczało kilkanaście grubych gwoździ.

— Musimy dalej próbować — powiedział Rand, wstając.

Jednak gdy tylko wsunął łom pod ramę, drzwi zatrzeszczały, jakby ktoś usiłował je otworzyć. Kliny blokowały je skutecznie. Wymienił z Matem przerażone spojrzenia. Mat ponownie wyciągnął sztylet. Drzwi znowu zatrzeszczały.

Rand zrobił głęboki wdech, starając się, by jego głos zabrzmiał stanowczo.

— Odejdź, Hake. Próbujemy zasnąć.

— Obawiam się, że bierzecie mnie za kogoś innego.

Głos był tak przymilny i pewien siebie, że zdradził jego właściciela. Howal Gode.

— Pan Hake i jego... słudzy nie będą nam przeszkadzać. Śpią mocno, a rankiem będą się mogli tylko dziwić, gdzie żeście się podziali. Wpuśćcie mnie, moi młodzi przyjaciele. Musimy porozmawiać.

— Nie mamy o czym z sobą rozmawiać — odparł Mat. — Odejdź i pozwól nam spać.

Śmiech Godego brzmiał nieprzyjemnie.

— Oczywiście, że mamy o czym rozmawiać. Wiecie o tym równie dobrze jak ja. Widziałem to w waszych oczach. Ja wiem, kim jesteście, być może wiem lepiej niż wy sami. Czuję, jak to płynie od was falami. Już częściowo należycie do mojego pana. Przestańcie uciekać i pogódźcie się z tym. Wszystko okaże się dla was łatwiejsze. Jeśli wiedźmy z Tar Valon was znajdą, to zanim z wami skończą, zapragniecie poderżnąć sobie gardła, ale nie będziecie już w stanie. Tylko mój pan może was przed nimi ochronić.

Rand z trudem przełknął ślinę.

— Nie wiemy, o czym mówisz. Zostaw nas w spokoju.

Deski w podłodze korytarza zatrzeszczały. Gode nie był sam. Ilu ludzi mógł przywieźć w dwóch powozach?

— Przestańcie się wygłupiać, moi młodzi przyjaciele. Wy wiecie. Wiecie bardzo dobrze. Wielki Władca Ciemności naznaczył was. Jesteście jego własnością. Zapisano, że przy jego przebudzeniu będą obecni nowi Władcy Strachu, aby go wielbić. Wy musicie do nich należeć, bo inaczej nie wysłano by mnie, abym was znalazł. Pomyślcie o tym. Czeka was wieczne życie i władza, o jakiej wam się nie śniło.

Jego głos aż ociekał własną żądzą władzy.

Rand obejrzał się na okno w chwili, gdy błyskawica oświetliła niebo i omal nie jęknął. Krótki błysk światła ukazał mężczyzn zaczajonych na zewnątrz, ludzi czekających w deszczu, pilnujących jedynej drogi ucieczki.

— Jestem tym zmęczony — obwieścił Gode. — Poddacie się memu panu, waszemu panu, albo zostaniecie do tego zmuszeni. To nie będzie dla was przyjemne. Wielki Władca Ciemności rządzi śmiercią i może wybrać, czy da wam życie w śmierci, czy śmierć w życiu. Otwórzcie te drzwi. Tak czy inaczej wasza ucieczka dobiegła końca. Otwórzcie je, nakazuję!

Musiał powiedzieć coś jeszcze, bo nagle czyjeś ciężkie ciało runęło z całym impetem na deski. Drzwi zadrżały, kliny przesunęły się o ułamek cala, posypała się garść rdzy startej o drewno. Drzwi drżały raz za razem, w miarę jak rzucały się na nie kolejne ciała. Kliny czasami tkwiły w miejscu, czasami przesuwały się odrobinę i tak kawałek po kawałku drzwi nieubłaganie otwierały się.

— Poddajcie się — żądał Gode — albo spędzicie całą wieczność żałując, żeście tego nie zrobili!

— Skoro nie mamy żadnego wyboru... — Mat oblizał wargi pod wpływem spojrzenia Randa. Miał oczy rozbiegane jak borsuk w potrzasku, twarz zbielałą, dyszał, gdy mówił. — Możemy powiedzieć tak i potem uciec. Krew i popioły, Rand, nie mamy wyjścia!

Randowi wydawało się, że te słowa płyną do niego przez wełnę w uszach.

„Nie ma wyjścia".

W górze rozległ się pomruk pioruna, który zatonął w świście błyskawicy.

„Trzeba znaleźć jakieś wyjście".

Gode wołał do nich, żądał, namawiał, szpara w drzwiach powiększyła się o kolejny cal.

„Wyjście!"

Światło wypełniło izbę, zamazując pole widzenia, powietrze zaryczało i zadrżało gorącem. Rand poczuł, że coś go unosi i ciska na ścianę. Osunął się bezwładnie, w uszach mu dźwięczało, a każdy włos na ciele usiłował stanąć na baczność. Oszołomiony podniósł się chwiejnie. Kolana uginały się pod nim, musiał podeprzeć się ręką o ścianę, żeby utrzymać równowagę. Ze zdumieniem rozejrzał się dookoła.

Lampa, przewrócona na brzegu jednej z półek wciąż wiszących na ścianach, jeszcze się paliła, dając światło. Wszystkie beczki i skrzynie, niektóre poczerniałe i dymiące, leżały przewrócone tam, gdzie nimi rzuciło. Okno, łącznie z kratami i częścią ściany, zniknęło, pozostawiając nierówny otwór. Dach zapadł się, a smugi dymu wsiąkały w deszcz wokół poszarpanych krawędzi otworu. Drzwi zostały wybite z zawiasów i bokiem przepchnięte przez framugę na korytarz.

Przekonany, że to jakieś pijane zwidy, podniósł lampę. Wydało mu się, że najważniejszą rzeczą na świecie jest sprawdzenie, czy się nie zbiła.

Nagle stos skrzyń wybrzuszył się i w samym jego środku stanął Mat. Chwiał się, mrugał i obmacywał swoje ciało, jakby nie wierząc, że jeszcze jest cały. Przypatrzył się Randowi.

— Rand? Czy to ty? Żyjesz. Myślałem, że obydwaj...

Urwał, zagryzając wargę i trzęsąc się. Rand pojął dopiero po chwili, że się śmieje, doprowadzony niemalże na skraj histerii.

— Co się stało, Mat? Mat? Mat! Co się stało?

Mata przeszył jeszcze jeden wstrząs, aż wreszcie znieruchomiał.

— Piorun, Rand. Patrzyłem na okno, kiedy trafił w kraty. Piorun. Nie znam... — Urwał, patrząc zmrużonymi oczyma na przekrzywione drzwi, a w jego głosie pojawił się ostry ton. — Gdzie jest Gode?

W ciemnym korytarzu za drzwiami nic się nie poruszało. Po Godem i jego towarzyszach nie było śladu, choć w tej ciemności mogło się kryć wszystko. Rand pojął, że liczy na to, iż nie żyją, ale, choćby ofiarowano mu królestwo, nie miał ochoty wystawiać głowy na korytarz, aby się o tym przekonać. W mroku za drzwiami nic się nie poruszało, lecz pozostali wrogowie byli na górze i wszędzie dookoła. Z piętra karczmy dochodziły ich okrzyki zamieszania i łomot biegnących stóp.

— Uciekajmy, póki możemy! — zawołał Rand.

Pospiesznie powybierał swój dobytek spomiędzy rumowiska, chwycił Mata za ramię i częściowo go ciągnąc, częściowo prowadząc, wyszedł w noc przez otwór ziejący w murze. Mat, trzymając go za rękę, kuśtykał obok. Wyciągał głowę, usiłując wzrokiem przebić mrok.

Kiedy pierwsze krople deszczu uderzyły Randa w twarz i błyskawica rozszczepiła się nad karczmą, odruchowo przystanął. Ludzie Godego wciąż tam byli, leżeli zwróceni stopami w stronę otworu. Zalani deszczem wpatrywali się otwartymi oczyma w niebo.

— Co to jest? — spytał Mat. — Krew i popioły! Nie widzę własnej przeklętej ręki.

— Nic — odparł Rand.

„Szczęście. Światłości... Czy naprawdę?"

Drżąc, ostrożnie poprowadził Mata wokół ciał.

— To tylko błyskawica.

Oprócz błyskawic nie było żadnego światła i kiedy odchodzili chwiejnym krokiem od karczmy, bez przerwy wpadali w wyżłobione koleiny. Mat nieomal wisiał na przyjacielu, każdy krok groził upadkiem, lecz dreptali, dyszeli i biegli.

Rand obejrzał się raz za siebie. Tylko raz, bo potem deszcz zgęstniał i przybrał formę ogłuszającej zasłony, która przesłoniła widok na „Tańczącego Furmana". Błyskawica oświetliła sylwetkę mężczyzny na tyłach karczmy, mężczyzny wygrażającego pięścią albo im, albo niebu. Gode czy Hake? Nie zobaczył, ale to nie miało znaczenia, bo każdy z nich był równie zły. Nastąpiło oberwanie chmury, zalewając ich ścianą wody. Biegli przez noc, na tle burzy, nasłuchując odgłosów pościgu.

ROZDZIAŁ 33

CZARNY CZEKA

Wóz o wysokich kołach podskakiwał pod ołowianym niebem na wybojach Drogi Caemlyn. Rand uniósł się ze słomy, by móc wyglądać ponad burtą. Poszło mu teraz znacznie lepiej niż przed godziną. Odnosił wrażenie, że jego ręce rozciągają się, zamiast go podciągnąć, głowa przez chwilę miała wyraźnie ochotę gdzieś odpłynąć, jakoś się jednak udało. Zaczepił łokcie o niskie listewki i wpatrywał się w mijany krajobraz. Słońce, wciąż skryte za ciemnymi chmurami, stało już wysoko na niebie, a wóz wtaczał się hałaśliwie do następnej wioski, pomiędzy szeregi oplecionych winoroślą domostw z czerwonej cegły. Od Czterech Króli odległości między osadami stawały się coraz mniejsze.

Kilku ludzi pomachało dłonią, wykrzykując pozdrowienia do Hyama Kincha, farmera, do którego należał wóz. Pan Kinch, małomówny mężczyzna o ospowatej twarzy, za każdym razem odkrzykiwał kilka słów, nie wypuszczając fajki z ust. Z powodu zaciśniętych zębów to, co mówił, było raczej niezrozumiałe, ale brzmiało jowialnie i wydawało się wystarczać — ludzie wracali do swoich prac, nie oglądając się w stronę pojazdu. Zdawało się, że nikt nie zwraca uwagi na dwóch pasażerów.

W zasięgu wzroku Randa pojawiła się wioskowa karczma. Pobielona, z szarym spadzistym dachem. Ludzie wchodzili i wychodzili, kłaniając się niedbale i machając do siebie. Niektórzy przystawali, by porozmawiać. Znali się wzajemnie. Byli to, sądząc po ubiorach, głównie wieśniacy. Wysokie buty, spodnie i kaftany niewiele się różniły od tego, który sam nosił, może inne było tylko to przesadne upodobanie do kolorowych prążków. Kobiety nosiły głębokie czepki, skrywające im twarze, oraz białe fartuchy w paski. Może oni wszyscy byli mieszkańcami wioski i miejscowych farm.

„Czy to coś zmienia?"

Wyciągnął się z powrotem na słomie, patrząc, jak wioska zmniejsza się pomiędzy jego stopami. Drogę wytyczały otoczone płotami pola, żywopłoty i niewielkie domy farmerskie, nad którymi unosił się dym z kominów z czerwonej cegły. Drzewa obok drogi rosły w zagajnikach, spokojnych jak farmerskie podwórka, dbano o nie, stanowiły bowiem źródło opału. Jednakże gałęzie odznaczały się na tle nieba brakiem liści, równie nagie jak w dzikich lasach na zachodzie.

Przez środek drogi ciągnął sznur wozów udających się w przeciwnym kierunku i spychających ich wóz na pobocze. Pan Kinch przesunął fajkę w kąt ust i splunął przez zęby. Nie spuszczając oka z koła po jego stronie wozu, które mogło się zaplątać w żywopłocie, w dalszym ciągu jechał do przodu. Zacisnął usta, obrzuciwszy wzrokiem kupiecką karawanę.

Żaden z woźniców trzaskających batem nad ósemkami koni, żaden ze strażników o twardych obliczach, przykucniętych w siodłach z boku wozów, nie spojrzał na ich furę. Rand oglądał się za nim, czując ucisk w piersiach. Trzymał dłoń pod płaszczem, na rękojeści miecza, dopóki nie minął ich ostatni wóz.

Kiedy ostatni pojazd odjechał z turkotem w stronę wsi, z której właśnie wyjechali, Mat obrócił się na siedzeniu obok farmera i odchylił do tyłu, napotykając wzrok Randa. Szal, pomyślany jako osłona przed pyłem, złożony w grubą warstwę i zawiązany nisko na czole, ocieniał mu oczy. Nawet mimo to mrużył je w szarym świetle.

— Widzisz tam z tyłu cokolwiek? — spytał cicho. — Co z tymi wozami?

Rand zaprzeczył, a Mat przytaknął. On też nic nie widział.

Pan Kinch zerknął na nich kątem oka, po czym znowu przesunął fajkę i szarpnął wodzami. To było wszystko, lecz jednak zauważył. Konie nabrały tempa.

— Nadal bolą cię oczy? — spytał Rand.

Mat dotknął chusty owijającej mu głowę.

— Nie. Nie bardzo. Jeśli tylko nie spojrzę prosto na słońce. A jak z tobą? Czujesz się lepiej?

— Trochę.

Uświadomił sobie, że naprawdę czuje się lepiej. To dziwne, że tak szybko przestało go mdlić. To musi być coś więcej, dar od Światłości.

„To Światłość. Musi tak być".

Nagle furę minęła grupa jeźdźców, podobnie jak wozy kupców, kierujących się na zachód. Długie białe kołnierze zwisały im na kolczugi i pancerze, a ich płaszcze i kaftany były czerwone jak mundury strażników bram w Białym Moście, lecz lepiej uszyte i dopasowane. Stożkowe hełmy błyszczały srebrem. Siedzieli w siodłach z wyprostowanymi plecami, na ich lancach, tuż pod grotami powiewały cienkie czerwone wstążki. Wszystkie lance były ustawione pod jednakowym kątem jak na paradzie.

Kilku jeźdźców się obejrzało, gdy dwiema kolumnami mijali furę. Twarze kryły się za stalowymi kratami. Rand był zadowolony, że płaszcz okrywa jego miecz. Kilku z nich skinęło w stronę pana Kincha, jakby go znali, ale było to raczej neutralne pozdrowienie. Pan Kinch odkłonił im się mniej więcej w ten sam sposób, lecz pomimo nie zmienionego wyrazu twarzy w ukłonie pojawiło się coś na kształt aprobaty.

Konie szły stępa, ale w porównaniu z szybkością fury poruszały się chyżo. Rand, niewiele myśląc, zaczął je liczyć. Dziesięć... dwadzieścia... trzydzieści... trzydzieści dwa. Uniósł głowę, by obserwować kolumny jadące po Drodze Caemlyn.

— Kim oni są? — spytał Mat, częściowo dziwując się, częściowo podejrzliwie.

— Gwardia Królowej — powiedział pan Kinch, nie wyjmując fajki z ust. — Wzrok miał wbity w drogę przed sobą. — Nie jeżdżą dalej niż do Źródła Breen, chyba że zostaną wezwani. Nie tak jak kiedyś. — Zaciągnął się fajką i dodał: — Zdaje się, że w dzisiejszych czasach w niektórych częściach Królestwa nie widzą Gwardii przez rok albo i dłużej. Nie tak, jak w dawnych czasach.

— Czym oni się zajmują? — spytał Rand.

Farmer spojrzał na niego.

— Utrzymują pokój w imieniu królowej i stoją na straży jej prawa. — Skinął głową, jakby spodobało mu się samo brzmienie tego stwierdzenia i dodał: — Szukają złoczyńców i doprowadzają ich do magistratu. Mmmph! — Wypuścił długi kłąb dymu. — Musicie być pewnie z daleka, skoro nie rozpoznaliście Gwardii Królowej. Skąd jesteście?

— Z daleka — oświadczył Mat dokładnie w tej samej chwili, w której Rand odparł:

— Z Dwu Rzek.

Żałował, że nie może już tego cofnąć. Nadal nie myślał zbyt jasno. Starali się ukryć tę nazwę, bo wspomnienie jej w obecności jakiegoś Pomora mogło zabrzmieć jak dzwon.

Pan Kinch zerknął na Mata kątem oka i w milczeniu pykał swoją fajkę.

— Rzeczywiście daleko, to prawda — powiedział w końcu. — Prawie na granicy Królestwa. Jednak jest gorzej, niż myślałem, skoro są takie miejsca w Królestwie, w których ludzie nawet nie rozpoznają Gwardii Królowej. Nie tak, jak w dawnych czasach.

Rand zastanawiał się, co by powiedział pan al'Vere, gdyby ktoś mu powiedział, że Dwie Rzeki są częścią Królestwa. Królestwa Andoru, jak przypuszczał. Być może burmistrz to wiedział — wiedział mnóstwo rzeczy, którymi zadziwiał Randa — i może inni też to wiedzieli, ale nigdy nie słyszał, by ktoś o tym wspomniał. Dwie Rzeki to były Dwie Rzeki. Każda wioska zajmowała się własnymi problemami, a jeśli jakiś problem dotyczył więcej niż jednej wsi, burmistrze, a czasami Rady rozwiązywały go.

Pan Kinch ściągnął wodze, zatrzymując furę.

— Dalej już nie jadę.

Stąd wiodła na północ wąska droga. Z daleka widać było kilka farmerskich domostw za szczerymi polami, zaoranymi, lecz wciąż jeszcze niczym nie obsadzonymi.

— Za dwa dni będziecie w Caemlyn. Jeśli twój przyjaciel utrzyma się na nogach.

Mat zeskoczył na dół, ściągnął łuk i resztę rzeczy, po czym pomógł Randowi zsunąć się z wozu. Tobołki bardzo mu ciążyły, aż uginały się pod nim nogi, ale odtrącił dłoń przyjaciela i próbował samodzielnie zrobić kilka kroków. Nadal czuł się niepewnie, jednak nogi go utrzymały. Wydały się nawet silniejsze, kiedy zaczął ich używać.

Farmer nie od razu ruszył. Przyglądał im się przez chwilę, ssąc swoją fajkę.

— Możecie u mnie odpocząć, dzień albo dwa, jeśli chcecie. Myślę, że niczego nie stracicie. A jeśli chodzi o tę twoją chorobę, chłopcze… cóż, moja stara i ja przeszliśmy przez wszystkie choroby, jakie możesz sobie wyobrazić, jeszcze zanim ty się urodziłeś i wyleczyliśmy też z nich nasze dzieciaki. W każdym razie zaraziłeś się niedawno.

Mat zmrużył oczy, a Rand zmarszczył mimowolnie brwi.

„Nie każdy do nich należy. To niemożliwe".

— Dziękujemy — powiedział. — Ale nic mi nie jest. Naprawdę. Jak daleko do następnej wsi?

— Carysford? Piechotą dotrzecie tam przed zmierzchem. — Pan Kinch wyjął fajkę z ust i w zamyśleniu wydął usta, zanim zaczął mówić dalej. — Z początku myślałem, że jesteście zbiegłymi czeladnikami, ale teraz się domyślam, że uciekacie przed czymś poważniejszym. Nie wiem, co to jest. Nie obchodzi mnie to. Wiem jedno, nie jesteście Sprzymierzeńcami Ciemności i raczej nikogo nie obrabujecie ani nie skrzywdzicie. Nie jak niektórzy na drodze w ostatnich czasach. Kiedy byłem w waszym wieku, nieraz popadałem w tarapaty. Potrzebujecie miejsca, żeby się ukryć przez kilka dni, a moja farma jest położona o pięć mil stąd — ruchem głowy wskazał boczną drogę — i nikt tam nigdy nie zagląda. Cokolwiek i ktokolwiek was ściga, tam raczej nie zajrzy.

Chrząknął, jakby się wstydził, że powiedział tyle słów naraz.

— Skąd możesz wiedzieć, jak wyglądają Sprzymierzeńcy Ciemności? — spytał podniesionym tonem Mat. Odszedł od fury i wsunął dłoń pod kaftan. — Co wiesz o Sprzymierzeńcach Ciemności?

Twarz pana Kincha stężała.

— Radźcie sobie sami — powiedział i cmoknął na konia. Fura potoczyła się wąską drogą, a on ani razu nie obejrzał się za siebie.

Mat spojrzał na Randa i chmury na jego twarzy rozpłynęły się.

— Przepraszam, Rand. Potrzebujesz odpoczynku. Może gdybyśmy za nim poszli... — Wzruszył ramionami. — Po prostu nie mogę się wyzbyć wrażenia, że wszyscy nas ścigają. Światłości, naprawdę chciałbym wiedzieć, dlaczego. Chciałbym, żeby to się skończyło. Chciałbym... — Nieszczęśliwy, zawiesił głos.

— Bywają jeszcze dobrzy ludzie — powiedział Rand.

Mat ruszył w stronę bocznej drogi, z zaciśniętą szczęką, jakby to była ostatnia rzecz, którą chciał zrobić, ale Rand go zatrzymał.

— Nie możemy się zatrzymywać tylko po to, żeby wypocząć, Mat. A poza tym, nie sądzę, żeby istniało bezpieczne ukrycie.

Mat skinął głową z wyraźną ulgą. Chciał wziąć od Randa kilka jego ciężarów, torby i płaszcz Thoma owinięty wokół harfy, lecz ten mu nie pozwolił. Czuł, że jego nogi są naprawdę silniejsze.

„Coś nas ściga? — myślał, kiedy ruszyli drogą. — Nie ściga. Czeka".

Deszcz nie ustawał. Padał od czasu, kiedy chwiejnym krokiem wyruszyli spod „Tańczącego Furmana", bijąc w nich z równą siłą jak grzmoty z czarnego nieba rozdzieranego błyskawicami. Z każdą chwilą ich ubrania coraz bardziej nasiąkały wodą, po godzinie Rand miał wrażenie, że jego skóra też przemokła. Jednak przynajmniej zostawili za sobą Czterech Króli. Mat był zupełnie ślepy w ciemnościach, zezował boleśnie na przeszywające błyski ukazujące na moment nagie drzewa. Rand prowadził go za rękę, lecz Mat nadal stawiał niepewne kroki. Zmartwienia wyryły na czole Randa głębokie bruzdy. Jeśli Mat nie odzyska wzroku, to będą musieli zwolnić i chyba pełznąć. Nigdy nie uda im się uciec.

Mat zdawał się czytać mu w myślach.

— Rand — powiedział — nie zostawisz mnie, prawda? Jeśli nie dotrzymam ci kroku?

Głos mu drżał.

— Nie zostawię cię. — Rand uścisnął mocniej rękę przyjaciela. — Nie zostawię cię, choćby nie wiem co.

„Światłości, dopomóż nam!"

W górze zahuczał grzmot, Mat potknął się i omal nie upadł, pociągając Randa za sobą.

— Musimy się zatrzymać, Mat. Jeśli będziemy szli dalej, połamiesz sobie nogi.

— Gode.

Błyskawica rozświetliła mrok, kiedy Mat wypowiedział to słowo i, mimo iż grzmot wbił wszystkie dźwięki w ziemię, w blasku Rand rozpoznał je po ruchach warg.

— On nie żyje.

„Na pewno nie żyje. Światłości, spraw, żeby on nie żył".

Poprowadził Mata do krzaków, które zauważył w świetle błyskawicy. Miały wystarczająco dużo liści, by dać im odrobinę schronienia przed ulewnym deszczem. Bujne drzewo byłoby lepsze, nie chciał jednak ryzykować uderzenia pioruna. Następnym razem mogą nie mieć takiego szczęścia.

Przyciśnięci do siebie pod krzakami starali się tak ułożyć swoje płaszcze na gałęziach, by utworzyły niewielki namiot. Było już za późno, by myśleć o wyschnięciu, ale powstrzymanie bezustannego potoku wody stanowiłoby jakieś osiągnięcie. Przywarli do siebie, dzieląc się resztką ciepła, które wydzielały ich ciała. Mimo że ociekali wodą, a następne krople wciąż przeciekały przez płaszcze, zasnęli targani dreszczami.

Rand wiedział od razu, że to sen. Znalazł się znowu w Czterech Królach, ale w miasteczku nie było nikogo oprócz niego. Jakieś wozy, ale żadnych ludzi, koni ani psów. Nic żywego. Wiedział jednak, że ktoś na niego czeka.

Kiedy szedł wyboistą ulicą, mijane budynki wydawały się zamieniać w niewyraźne smugi. Gdy odwrócił głowę, stały tam, masywne jak zawsze, lecz na obrzeżach pola widzenia jawiły się niewyraźnie. Jakby naprawdę istniało tylko to, co widział, a też tylko wtedy, gdy patrzył. Był pewien, że jeśli odwróci się dostatecznie szybko, zobaczy... Nie bardzo wiedział co, ale czuł niepokój, kiedy o tym myślał.

Pojawił się przed nim „Tańczący Furman". Jaskrawy tynk wydawał się jakiś szary, pozbawiony życia. Wszedł do środka. Gode siedział przy stole.

Rozpoznał go tylko po ubraniu, po jedwabiu i ciemnych aksamitach. Skóra Godego była czerwona, poparzona i popękana, ociekała ropą. Jego twarz wyglądała nieomal jak czaszka, skurczone wargi ukazywały obnażone zęby i dziąsła. Kiedy Gode odwrócił głowę, część jego włosów popękała, rozsypując się jak sadza na ramionach. Wpatrywał się w Randa oczyma pozbawionymi powiek.

— Więc ty nie żyjesz — powiedział Rand.

Był zdziwiony, że wcale się nie boi. Może dlatego, iż tym razem zdawał sobie sprawę, że tylko śni.

— Tak — usłyszał głos Ba'alzamona — ale za to znalazł cię dla mnie. To zasługuje na jakąś nagrodę, nie uważasz?

Rand odwrócił się i odkrył, że może się bać, pomimo świadomości, iż to sen. Ubranie Ba'alzamona miało barwę zaschniętej krwi, a na jego twarzy walczyły z sobą wściekłość, nienawiść i triumf.

— Sam widzisz, młodzieńcze, nie możesz się wiecznie przede mną ukrywać. Znajdę cię w taki czy inny sposób. To, co cię chroni, sprawia też, że jesteś podatny na ciosy. Jednego razu się ukryjesz, innego rozpalasz sygnalne ognisko. Podejdź do mnie, młodzieńcze. — Wyciągnął rękę do Randa. — Moje psy gończe nie będą delikatne, jeśli będę je musiał spuścić. Są zazdrosne o to, kim ty się staniesz, kiedy już uklękniesz u mych stóp. To twoje przeznaczenie. Należysz do mnie.

Spalony język Godego, ruszając się, czynił wściekły bulgot w jego ustach.

Rand usiłował zwilżyć wyschłe wargi, lecz w ustach zabrakło mu śliny.

— Nie — wykrztusił, a potem słowa pojawiły się z większą łatwością. — Należę do siebie samego. Nie do ciebie. Nigdy. Do siebie samego. Nawet jeśli twoi Sprzymierzeńcy mnie zabiją i tak nigdy nie będziesz mnie miał.

Płomienie tryskające z twarzy Ba'alzamona tak rozgrzały wnętrze izby, że aż zawirowało powietrze.

— Żywy czy martwy, młodzieńcze, jesteś mój. Grób należy do mnie. Łatwiej z martwym, choć lepiej mieć żywego. Lepiej dla ciebie, młodzieńcze. Żywi mają zazwyczaj większą moc.

Gode znowu zabulgotał.

— Tak, mój dobry psie. Oto twoja nagroda.

Rand spojrzał w porę na Godego, by zobaczyć, jak jego ciało rozpada się na proch. Przez chwilę spalona twarz przybrała wyraz najwyższego uniesienia, które w ostatnim momencie przemieniło się w śmiertelne przerażenie, jakby zobaczył, że czeka go los, jakiego się nie spodziewał. Sflaczały aksamitny ubiór osunął się z krzesła na pokrytą popiołem podłogę.

Kiedy się odwrócił, wyciągnięta dłoń Ba'alzamona zwinięta była w pięść.

— Jesteś mój, młodzieńcze, żywy czy martwy. Oko Świata nie będzie ci nigdy służyć. Naznaczam cię. Jesteś mój.

Pięść otworzyła się i wyskoczyła z niej płomienna kula. Trafiła w twarz Randa, eksplodując i parząc.

Rand obudził się gwałtownie w środku nocy, woda ściekała z płaszczy prosto na jego twarz. Ręka mu się trzęsła, gdy dotykał nią policzków. Skóra była podrażniona, jakby spalona słońcem.

Nagle zauważył, że Mat skręca się i jęczy przez sen. Potrząsnął nim, przyjaciel obudził się, skowycząc.

— Moje oczy! Och, Światłości, moje oczy! On mi zabrał oczy!

Rand przyciągnął go, tuląc do siebie jak małe dziecko.

— Nic ci się nie stało, Mat. Nic ci nie jest. On nam nie może nic zrobić. Nie pozwolimy mu. — Czuł, jak Mat się trzęsie, łka wtulony w jego płaszcz. — Nie może nam nic zrobić — szeptał i pragnął w to uwierzyć.

„To, co was chroni, czyni was podatnymi na ciosy. Popadam w szaleństwo".

Wraz z pierwszym brzaskiem ulewa osłabła, wraz z nadejściem świtu przestało mżyć. Chmury na niebie pozostały, srożąc się swą obecnością aż do późnego ranka. Zerwał się wiatr, przepędził chmury na południe, odsłonił nie dające ciepła słońce i dął, przeszywając ich ociekające wilgocią ubrania. Nie zasnęli już. Chwiejąc się na nogach, wbili się w swoje płaszcze i ruszyli na wschód. Rand prowadził Mata za rękę. Po jakimś czasie Mat poczuł się na tyle lepiej, że zaczął narzekać na to, co deszcz zrobił z cięciwą jego łuku.

Rand jednak nie chciał mu pozwolić, by wymienił ją na tę suchą schowaną w kieszeni, jeszcze nie teraz.

W południe dotarli do następnej wsi. Na widok przytulnych ceglanych domostw i dymu unoszącego się z kominów Randa chwyciły silniejsze dreszcze, ale trzymał się, prowadząc Mata przez lasy i pola na południe. Jedyną osobą, jaką zauważył, był samotny farmer kopiący widłami błotniste pole. Rand zadbał tylko, aby nie spostrzegł ich, przekradających się pomiędzy drzewami. Farmer zwracał uwagę wyłącznie na swoją pracę, lecz Rand nie spuszczał go z oka, dopóki nie znikł z zasięgu wzroku. Jeśli któryś z ludzi Godego przeżył, to jeżeli nie znajdzie nikogo we wsi, kto ich widział, może pomyśli, że z Czterech Króli ruszyli drogą na południe. Kiedy ze wsi nie mogli już być widziani, wrócili na drogę i szli dalej, wciąż w wilgotnych rzeczach.

W godzinę po tym, jak zostawili za sobą tamtą wioskę, jakiś farmer podwiózł ich na furze do połowy wypełnionej sianem. Pogrążony w zmartwieniu z powodu Mata Rand pozwolił się zabrać przez zaskoczenie. Mat osłaniał sobie ręką oczy przed słońcem, mimo że dawało słabe, popołudniowe światło, zezując przez zmrużone powieki, i stale mruczał do siebie, że to słońce jest takie jaskrawe. Gdy Rand usłyszał turkot kół fury, było już za późno. Rozmiękła droga wygłuszała wszelkie dźwięki, wóz zaprzężony w dwa konie znajdował się w odległości zaledwie pięćdziesięciu jardów za nimi, a woźnica oczywiście już ich zdążył zobaczyć.

Ku zdziwieniu Randa zatrzymał się i zaproponował, że ich podwiezie. Rand zawahał się, ale było za późno, by nie dać się zauważyć, a gdyby odmówili, woźnica mógłby ich zapamiętać. Pomógł Matowi usiąść na koźle obok farmera, sam usadowił się za nimi.

Alpert Mull był flegmatycznym człowiekiem, obdarzonym kwadratową twarzą i kwadratowymi dłońmi, jednakowo zniszczonymi i porytymi zmarszczkami od ciężkiej pracy i zmartwień. Potrzebował kogoś, z kim mógłby porozmawiać. Jego krowy nie dawały mleka, kury przestały nieść i nie miał nawet pastwiska zasługującego na to miano. Po raz pierwszy, jak sięgał pamięcią, musiał kupić siano, a pół fury było wszystkim, co „stary Bain" mógł mu odstąpić. Zastanawiał się, czy tego roku będzie miał choćby cień szansy na zebranie siana albo w ogóle jakichkolwiek plonów z własnej ziemi.

— Królowa powinna coś zrobić, niechaj Światłość ją oświeci — mruknął, pocierając czoło z szacunkiem i jednocześnie z roztargnieniem. Ledwie spojrzał na Randa i Mata, lecz kiedy wysadził ich przy wąskiej, porytej koleinami drodze prowadzącej do jego farmy, zawahał się, a potem powiedział, nieomal do samego siebie: — Nie wiem, przed czym uciekacie i nie chcę tego wiedzieć. Mam żonę i dzieci. Rozumiecie? Mam rodzinę. W dzisiejszych czasach źle jest pomagać obcym.

Mat usiłował wepchnąć rękę pod kaftan, lecz Rand chwycił go za nadgarstek i przytrzymał. Stał przy drodze, patrzył na mężczyznę bez słowa.

— Gdybym był dobrym człowiekiem — powiedział Mull — zaproponowałbym dwóm przemoczonym do kości chłopakom dom, w którym mogliby się wysuszyć i ogrzać przed kominkiem. Ale czasy są ciężkie i obcy... Nie wiem, przed czym uciekacie i nie chcę wiedzieć. Rozumiecie? Mam rodzinę. — Nagle z kieszeni płaszcza wyciągnął dwa długie wełniane szale, ciemne i grube. — To niewiele, ale proszę, weźcie. Należą do moich chłopców. Oni mają inne. Nie znacie mnie, rozumiecie? Czasy są ciężkie.

— W ogóle cię nie spotkaliśmy — zgodził się Rand, przyjmując szale. — Jest pan dobrym człowiekiem. To najlepsza rzecz, jaka nas spotkała od wielu dni.

Farmer wyglądał na zaskoczonego, potem na wdzięcznego. Ująwszy wodze, skierował konie na wąską dróżkę. Zanim wykonał pełny zakręt, Rand prowadził już Mata po Drodze Caemlyn.

Wraz ze zmierzchem wzmógł się wiatr. Mat zaczął się płaczliwie dopytywać, kiedy się zatrzymają, lecz Rand szedł dalej, ciągnąc Mata za sobą, szukając jakiegoś lepszego schronienia niż miejsce pod płotem. Z powodu wciąż wilgotnych ubrań i wiatru ochładzającego się z każdą chwilą nie był przekonany, czy przetrwają jeszcze jedną noc na otwartej przestrzeni. Zapadała ciemność, a on nic nie wypatrzył. Wiatr zrobił się lodowaty, przeszywał jego kaftan na wskroś. Wtedy wśród otaczającego ich mroku dostrzegł światła. Wioska.

Wsunął dłoń do kieszeni, wymacując schowane tam monety. Więcej niż trzeba na posiłek i pokój dla nich obydwóch. Pokój ratujący przed zimną nocą. Jeśli zostaną w wilgotnych rzeczach na otwartej przestrzeni, na wietrze i chłodzie, narażeni będą na śmierć i ten, kto ich znajdzie, znajdzie najprawdopodobniej tylko dwa trupy. Nie powinni jednak przyciągać uwagi. Żadnego grania na flecie, a z powodu oczu Mat z pewnością nie mógł żonglować. Ponownie chwycił go za rękę i ruszyli w stronę tych zapraszających świateł.

— Kiedy się zatrzymamy? — spytał ponownie Mat.

Po sposobie, w jaki patrzył przed siebie, wystawiając głowę do przodu, Rand nie był pewien, czy Mat w ogóle go widzi, nie mówiąc już o światłach wioski.

— Kiedy znajdziemy jakieś ciepłe miejsce — odparł.

Strugi światła wylewające się z okien domostw oświetlały ulice miasteczka, ludzie mijali ich, nie przejmując się tym, co mógł skrywać mrok. Jedyna karczma była rozłożystym budynkiem, składającym się z jednego piętra, który wyglądał tak, jakby przez całe lata, bez żadnego planu, dodawano do niego kolejne izby. Frontowe drzwi otworzyły się, by wypuścić kogoś, a w ślad za tą osobą wytoczyła się fala śmiechu.

Rand zastygł na środku ulicy, w jego głowie rozbrzmiało echo pijackiego śmiechu z „Tańczącego Furmana". Obserwował mężczyznę, który niezbyt pewnym krokiem odchodził w dół ulicy, po czym wziął głęboki wdech i pchnął drzwi. Zadbał o to, by płaszcz zakrywał miecz. Śmiech przetoczył się wokół niego.

Lampy zwisające z wysokiego pułapu sprawiały, że w izbie było niezwykle jasno, od razu więc dostrzegł, wręcz wyczuł różnicę, jaka dzieliła to miejsce od karczmy Samla Hake'a. Przede wszystkim nie odbywało się tu żadne pijaństwo. Izba była pełna ludzi wyglądających na farmerów i mieszkańców miasteczka, niezupełnie trzeźwych, ale niezbyt od tego stanu dalekich. Śmiech brzmiał szczerze, odrobinę może wymuszony. Ludzie śmiali się, by zapomnieć o swoich kłopotach, lecz była w tym też prawdziwa wesołość. We wspólnej izbie panował porządek i czystość, z ognia huczącego na dużym kominku biło ciepło. Uśmiechy posługaczek były równie ciepłe jak ten ogień, a Rand mógł stwierdzić, że śmieją się, bo same tego chcą.

Karczmarz był równie czysty jak jego karczma, brzuch miał opasany śnieżnobiałym fartuchem. Rand z zadowoleniem zauważył, że jest tęgi, wątpił bowiem, czy kiedykolwiek jeszcze zaufa kościstemu karczmarzowi. Nazywał się Rulan Allwine — co Rand uznał za dobry omen, ponieważ brzmienie jego nazwiska przypominało nazwiska spotykane w Polu Emonda. Karczmarz zlustrował ich od stóp do głów, po czym uprzejmie wspomniał o zapłacie z góry.

— Nie daję przez to do zrozumienia, że jesteście byle kim, rozumiecie, ale po drogach kręcą się ostatnimi czasy tacy, którzy lubią nie płacić rankiem. Zdaje się, że dużo młodzieży wyprawia się do Caemlyn.

Rand nie poczuł się urażony, bynajmniej nie wówczas, kiedy był w takim stanie, przemoczony i zszargany. Kiedy jednak pan Allwine wspomniał cenę, wytrzeszczył oczy, a Mat wydał z siebie dźwięk, jakby się czymś udławił.

Karczmarz wysunął szczęki, z żalem pokręcił głową, ale najwyraźniej był do tego przyzwyczajony.

— Czasy są ciężkie — powiedział zrezygnowanym głosem. — Niewiele zostało, a to, co jest, kosztuje pięć razy więcej niż kiedyś. Za miesiąc będzie jeszcze drożej, mogę to przysiąc.

Rand wydobył swoje pieniądze i spojrzał na Mata. Ten zacisnął tylko usta.

— Chcesz spać pod płotem? — spytał Rand.

Mat westchnął i z niechęcią opróżnił kieszeń. Po uregulowaniu rachunku Rand skrzywił się, widząc, jak niewiele już im zostało.

Jednakże dziesięć minut później jedli gulasz przy stole ustawionym obok kominka, napychając go na łyżki kawałami chleba. Porcje nie były tak duże, jak Rand by sobie życzył, ale przynajmniej gorące i sycące. Ciepło z paleniska powoli zaczynało ich przenikać. Udawał, że nie odrywa wzroku od talerza, ale bacznie pilnował drzwi. Wszyscy wchodzący i wychodzący wyglądali jak farmerzy, to jednak nie wystarczało, by uciszyć jego obawy.

Mat jadł powoli, rozkoszując się każdym kęsem, mruczał coś tylko o świetle lamp. Po jakimś czasie wyciągnął szal ofiarowany mu przez Alperta Mulla i obwiązał nim czoło, naciągając go tak, że nieomal zakrył oczy. To ściągnęło na nich kilka spojrzeń, których Rand wolał uniknąć. Pospiesznie opróżnił talerz do czysta, ponaglając Mata, by zrobił to samo, po czym poprosił pana Allwine, aby ich zaprowadził do pokoju.

Karczmarz wyraźnie się zdziwił, że tak wcześnie udają się na spoczynek, jednak nie wygłosił żadnego komentarza. Zabrał świecę i poprowadził ich przez plątaninę korytarzy do niewielkiej izdebki, z dwoma wąskimi łóżkami, w dalekim kącie karczmy. Po jego wyjściu Rand rzucił tobołki na podłogę obok łóżka, cisnął płaszcz na krzesło i nie rozebrawszy się, padł na pościel. Ubranie było wciąż wilgotne i nieprzyjemne, ale chciał być przygotowany, na wypadek gdyby musieli uciekać. Nie odpinając nawet miecza, zasnął z dłonią na rękojeści.

Rankiem ze snu wyrwało go pianie koguta. Leżał wpatrzony w świt rozjaśniający okno i zastanawiał się, czy odważyć się na jeszcze odrobinę snu. Sen za dnia, mimo że mogliby już ruszać? Ziewnął tak, aż coś mu trzasnęło w szczęce.

— Hej! — wykrzyknął Mat. — Widzę! — Usiadł na łóżku, zmrużonymi oczyma rozglądał się po pokoju. — W każdym razie trochę. Twoja twarz jest nadal zamazana, ale już mogę stwierdzić, że to ty. Wiedziałem, że wszystko będzie dobrze. Do wieczora będę widział lepiej niż ty. Nareszcie!

Rand wyciągnął się na łóżku, drapiąc się, gdy sięgał po płaszcz. Ubranie, wysychając na nim podczas snu, zmięło się, skóra pod nim swędziała.

— Marnujemy dzień — powiedział.

Mat, który też się drapał, pozbierał się najszybciej jak potrafił.

Rand czuł się naprawdę dobrze. Znajdowali się o dzień drogi od Czterech Króli i nie spotkali żadnego z ludzi Godego. Dzień bliżej do Caemlyn, gdzie miała na nich czekać Moiraine. Będzie czekała. Jak tylko znajdą się znowu razem z Aes Sedai i Strażnikiem, nie będą się dłużej musieli obawiać Sprzymierzeńców Ciemności. Dziwne to było, tak niecierpliwe wyczekiwanie na spotkanie Aes Sedai.

„Światłości, kiedy znowu zobaczę Moiraine, to ją ucałuję!" Zaśmiał się na samą myśl. Czuł się tak dobrze, że postanowił zainwestować część ich szczupłego zapasu monet w śniadanie — wielki bochen chleba i dzban mleka, prosto z chłodnej piwnicy.

Jedli w głębi głównej izby, kiedy do środka wszedł jakiś młody mężczyzna, wieśniak, sądząc po wyglądzie. Idąc, podskakiwał sprężyście i obracał na palcu sukienną czapkę z piórem. Oprócz nich w izbie był jeszcze staruszek zamiatający podłogę, który ani na moment nie oderwał wzroku od swej miotły. Młodzieniec ogarnął izbę roześmianymi oczyma, lecz kiedy dostrzegł Randa i Mata, czapka spadła mu z palca. Patrzył na nich całą minutę, zanim poderwał czapkę z podłogi, potem znowu wpatrywał się przez chwilę, przeczesując palcami gęste, czarne loki. Wreszcie podszedł do ich stołu, powłócząc nogami.

Był starszy od Randa, jednak stał i patrzył na nich nieśmiało.

— Czy mogę się przysiąść? — spytał i zaraz z trudem przełknął ślinę, jakby powiedział coś złego.

Rand pomyślał, że młodzieniec liczy pewnie na to, że podzielą się z nim śniadaniem, choć wyglądał na takiego, którego na nie stać. Jego koszula w niebieskie paski miała haftowany kołnierz, haftowany był też cały brzeg granatowego płaszcza. Wysokie skórzane buty nigdy nie zbliżyły się nawet do jakiejś pracy, od której mogłyby się zniszczyć. Tyle Rand dostrzegł. Wskazał krzesło, skinąwszy głową.

Mat przypatrywał się chłopcu, kiedy ten przysuwał sobie krzesło do stołu. Rand nie potrafił stwierdzić, czy patrzy na niego spode łba, czy tylko próbuje lepiej widzieć. W każdym razie mars na czole Mata odniósł skutek. Młody mężczyzna zastygł w połowie siadania i nie usiadł dopóty, dopóki Rand nie skinął ponownie.

— Jak się nazywasz? — spytał Rand.

— Jak się nazywam? Jak się nazywam. Ach... mówcie na mnie Paitr. — Jego oczy biegały nerwowo. — Ach... to nie mój pomysł, rozumiecie. Ja to muszę robić. Nie chciałem, ale mnie zmusili. Musicie to zrozumieć. Ja nie...

Rand zaczynał czuć napięcie, kiedy Mat warknął:

— Sprzymierzeniec Ciemności.

Paitr drgnął i uniósłszy się z krzesła, potoczył dzikim wzrokiem po izbie, jakby siedziało w niej pięćdziesięciu ludzi, którzy mogli to słyszeć. Głowa starca była nadal pochylona nad miotłą, jego uwaga skupiona na podłodze. Paitr usiadł z powrotem i patrzył niepewnie to na Randa, to na Mata. Nad jego górną wargą zebrały się paciorki potu. Od takiego oskarżenia każdy mógł się spocić, on jednak nie próbował się wybronić nawet słowem.

Rand powoli pokręcił głową. Po spotkaniu z Godem wiedział, że Sprzymierzeńcy Ciemności wcale nie muszą mieć wyrysowanego Smoczego Kła na czole, lecz gdyby nie to ubranie, Paitr z powodzeniem pasowałby do Pola Emonda. Nie było w nim nic takiego, co przywodziłoby na myśl mord albo gorsze rzeczy. Niczym się nie wyróżniał. Gode przynajmniej był... inny.

— Zostaw nas w spokoju — powiedział Rand. — I przekaż swoim przyjaciołom, że mają nas zostawić w spokoju. Nie chcemy od nich niczego i oni też nic od nas nie dostaną.

— Jeśli nie odejdziesz — dodał zapalczywie Mat — to nazwę cię tym, kim jesteś. Sprawdź, co myślą o tym twoi znajomi z wioski.

Rand miał nadzieję, że Mat nie powie tego, co rzeczywiście myśli. To mogło im obydwóm przysporzyć tyle samo kłopotów co Paitrowi.

Paitr wydawał się traktować tę groźbę poważnie. Twarz mu pobladła.

— Ja... ja słyszałem, co się stało w Czterech Królach. W każdym razie częściowo. Wieści się roznoszą. Mamy sposoby na dowiadywanie się o wszystkim. Tu jednak nikt na was nie zastawi pułapki. Ja jestem sam i... ja tylko chciałem porozmawiać.

— O czym? — spytał Mat dokładnie w tym samym momencie, w którym Rand powiedział:

— Nie jesteśmy zainteresowani.

Popatrzyli na siebie, a Mat wzruszył ramionami.

— Nie jesteśmy zainteresowani — powtórzył.

Rand wypił ostatni łyk mleka i wepchnął piętkę swojej połowy chleba do kieszeni. Mógł to być ich następny posiłek, ponieważ wydali już prawie wszystkie pieniądze.

Jak wyjść z karczmy? Jeśli Paitr odkrył, że Mat jest prawie ślepy, powie innym... innym Sprzymierzeńcom Ciemności. Rand widział kiedyś, jak wilk oddziela kulawą owcę od reszty stada, dookoła były inne wilki i nie mógł ani zostawić stada, ani dobrze wycelować z łuku. Gdy tylko owca zniknęła, pobekując w śmiertelnym strachu i gwałtownie kuśtykając na trzech nogach, ten samotny wilk, który ją ścigał, jakby za sprawą czarów przemienił się w dziesięć wilków. Na samo wspomnienie przewracało mu się w żołądku. Tutaj też nie mogli zostać. Nawet jeśli Paitr mówił prawdę, gdy twierdził, że jest sam, to jak długo będzie sam?

— Czas iść, Mat — powiedział i wstrzymał oddech. Kiedy Mat zaczął wstawać, ściągnął wzrok Paitra na siebie, pochylając się do przodu i mówiąc: — Zostaw nas samych, Sprzymierzeńcze Ciemności. Nie będę tego powtarzał. Zostaw-nas-w-spokoju.

Paitr przełknął ślinę i usiadł głębiej w krześle, z jego twarzy odpłynęła cała krew. To Randowi przypomniało Myrddraala.

Kiedy znów spojrzał na Mata, ten już stał, skrywając swoją niezdarność. Rand pospiesznie zarzucił na plecy swoje sakwy i inne tobołki, starając się, by miecz nie wychylił się spod płaszcza. Być może Paitr już o nim wiedział, może Gode powiedział Ba'alzamonowi, a Ba'alzamon Paitrowi, ale nie sądził, by tak było. Uznał, że Paitr ma jedynie mgliste pojęcie o tym, co zaszło w Czterech Królach. Dlatego właśnie był taki przestraszony.

Stosunkowo jasny zarys drzwi pomógł Matowi dojść do nich w linii prostej, jeśli nie szybko, to przynajmniej nie tak wolno, żeby to się wydawało nienaturalne. Rand szedł tuż za nim, modląc się, żeby się nie przewrócił. Cieszył się, że Mat ma prostą drogę, nie zastawioną żadnymi stołami albo krzesłami.

Paitr nagle zerwał się na nogi.

— Czekajcie — powiedział z rozpaczą w głosie. — Musicie poczekać.

— Zostaw nas w spokoju — rzucił Rand, nie oglądając się za siebie.

Byli już prawie przy drzwiach, a Mat jeszcze ani razu nie stąpnął źle.

— Tylko mnie wysłuchajcie — powiedział Paitr i położył dłoń na ramieniu Randa, chcąc go zatrzymać.

W głowie wirowały mu różne wizje. Trollok Narg — skaczący na niego we własnym domu. Myrddraal — grożący mu pod „Jeleniem i Lwem" w Baerlon. Wszędzie Półludzie, Pomory ścigające ich od Shadar Logoth, przybywające po nich do Białego Mostu. Wszędzie Sprzymierzeńcy Ciemności. Obrócił się błyskawicznie na pięcie, zwinął dłoń w pięść.

— Powiedziałem, że masz nas zostawić w spokoju!

Cios wywołał strumień z nosa Paitra. Sprzymierzeniec Ciemności z rozmachem upadł na ziemię. Siedział na podłodze, wpatrując się jak oniemiały w Randa. Z jego nosa kapała krew.

— Nie uciekniecie — wyrzucił z siebie ze złością. — Choćbyście byli nie wiem jak silni, Wielki Władca Ciemności jest silniejszy. Cień was pochłonie!

Z wnętrza głównej izby dobiegł ich okrzyk przestrachu i stukot miotły padającej na podłogę. Starzec wreszcie usłyszał. Stał i wpatrywał się wytrzeszczonymi oczyma w Paitra. Krew odbiegła z jego pomarszczonej twarzy, usta poruszały się, lecz nie padł z nich żaden dźwięk. Paitr przez chwilę odwzajemniał spojrzenie, po czym zaklął gwałtownie i zerwawszy się na równe nogi, wymknął się z karczmy prosto na ulicę, jakby deptało mu po piętach stado wygłodniałych wilków. Stary człowiek przeniósł uwagę na Randa i Mata, wyglądając na równie przerażonego jak przed chwilą.

Rand wypchnął Mata z karczmy, a potem z wioski, cały czas nasłuchując odgłosów pościgu i krzyku, który nie rozlegał się, a mimo to dźwięczał w jego uszach.

— Krew i popioły! — zaklął Mat. — Oni tu zawsze są, zawsze nam depczą po piętach. Nigdy nie uciekniemy.

— Ale ich tu wcale nie ma — odparł Rand. — Gdyby Ba'alzamon wiedział, że tu jesteśmy, to czy myślisz, że zleciłby to temu człowiekowi? Byłby tu inny Gode i dwudziestu albo trzydziestu drabów. Oni wciąż szukają, ale nie będą wiedzieć, jeśli Paitr im nie powie, on jest rzeczywiście sam. Z tego, co wiemy, być może będzie musiał wracać, a niewykluczone, że aż do Czterech Króli.

— Ale on powiedział...

— Nie dbam o to. Nie położymy się i nie będziemy czekać, aż nas dogonią.

W ciągu dnia podwożono ich sześć razy na niewielkie odległości. Jakiś farmer powiedział im, że pewien stary szaleniec w karczmie w Market Sheran twierdził, iż w wiosce są Sprzymierzeńcy Ciemności. Farmer ledwie mógł mówić, tak się śmiał, stale ocierał łzy z twarzy. Sprzymierzeńcy Ciemności w Market Sheran! Była to najlepsza historia, jaką słyszał od czasu, gdy Ackley Farren się upił i przespał całą noc na dachu karczmy.

Człowiek o okrągłej twarzy, trudniący się naprawą wozów, którego wehikuł obwieszony był po bokach narzędziami, a z tyłu miał przytroczone dwa koła, opowiedział im inną historię. Dwudziestu Sprzymierzeńców Ciemności zorganizowało spotkanie w Market Sheran. Mężczyźni o powykręcanych ciałach, a kobiety w jeszcze gorszym stanie, całe brudne i w łachmanach. Na sam widok człowiekowi uginały się kolana i kotłowało mu się w żołądku. Śmiali się obrzydliwym rechotem, który dzwonił w uszach jeszcze przez wiele godzin i wywoływał wrażenie, że zaraz pęknie ci głowa. Widział ich osobiście, tyle że z daleka, z dostatecznej odległości, żeby być bezpiecznym. Jeśli Królowa czegoś nie zrobi, to ktoś powinien zwrócić się o pomoc do Synów Światłości. Ktoś powinien coś zrobić.

Poczuli ulgę, gdy wreszcie rozstali się ze specjalistą od wozów.

Gdy wchodzili do niewielkiej wioski, podobnej do Market Sheran, za ich plecami zachodziło słońce. Droga Caemlyn dzieliła miejscowość na dwie równe części, po obu jej stronach stały rzędy małych domków krytych strzechami. Ceglane mury porastała winorośl, aczkolwiek niewiele było na niej liści. W wioseczce stała jedna karczma, skromny lokal nie przekraczający wielkością karczmy „Winna Jagoda", oznaczony zawieszoną na haku tabliczką, która kołysała się jękliwie na wietrze. „Sługa Królowej".

Dziwnie było uważać karczmę „Winna Jagoda" za małą. Rand pamiętał jeszcze, jak kiedyś myślał, że żaden budynek nie może być większy. Wszystko większe byłoby pałacem. Do tej pory jednak zobaczył już niejedno i nagle dotarło do niego, że już nic nie będzie dla niego wyglądało tak samo, kiedy wróci do domu.

„Jeśli wrócisz".

Zawahał się przed karczmą. Nawet jeśli ceny w „Słudze Królowej" nie okażą się tak wysokie jak w Market Sheran, nie będą mogli pozwolić sobie ani na posiłek, ani na pokój, ani nawet na jedno z dwojga.

Mat zarejestrował, co jego oczy dostrzegły, i poklepał kieszeń, w której trzymał kolorowe piłeczki Thoma.

— Widzę całkiem nieźle, nie mogę tylko robić nic wymyślnego.

Stan oczu poprawiał się, choć nadal nosił przepaskę na czole i mrużył je za każdym razem, gdy spojrzał na niebo podczas dnia. Rand nic nie powiedział, więc Mat mówił dalej:

— To niemożliwe, by w każdej karczmie po drodze stąd do Caemlyn byli jacyś Sprzymierzeńcy Ciemności. A poza tym nie lubię spać pod krzakiem, kiedy mogę spać w łóżku.

Nie wykonał jednak najmniejszego ruchu w stronę karczmy, stał po prostu w miejscu i czekał na Randa.

Po chwili Rand skinął głową. Był zmęczony nie mniej niż przez cały czas, odkąd wyjechał z domu. Od samej myśli o spaniu pod gołym niebem rozbolały go kości.

„To wszystko nie ma sensu. Całe to uciekanie, oglądanie się przez ramię".

— Nie mogą być wszędzie — zgodził się.

Już po pierwszym kroku, który dał do głównej izby, zaczął się zastanawiać, czy przypadkiem nie popełnił błędu. Lokal okazał się czysty, ale i tłoczny. Wszystkie stoły były zajęte, a kilku ludzi opierało się o ściany, ponieważ nie mieli gdzie usiąść. Sądząc po sposobie, w jaki posługaczki przemykały się między stołami z minami pełnymi udręki — podobnie jak właściciel — był to znacznie liczniejszy tłum niż zazwyczaj. Za duży, jak na taką małą wioskę. Z łatwością dawało się rozpoznać ludzi, którzy z niej nie pochodzili. Ubrani byli podobnie jak pozostali, ale oczy mieli wbite w jedzenie i picie. Miejscowi obserwowali obcych takim samym wzrokiem jak wszystko inne.

W powietrzu unosił się jednostajny szum rozmów, tak głośny, że karczmarz zaprowadził ich do kuchni, gdy Randowi udało się wreszcie wytłumaczyć, że chcą z nim porozmawiać. Tutaj hałas był nieomal taki sam, kucharz i jego pomocnice pobrzękiwali bowiem garnkami, biegając z miejsca na miejsce.

Karczmarz wytarł twarz dużą chustką.

— Domyślam się, że jedziecie do Caemlyn, żeby obejrzeć fałszywego Smoka, tak samo jak wszyscy inni durnie w Królestwie. No cóż, na jeden pokój przypada sześciu i po dwóch albo trzech na jedno łóżko. Nie mam dla was nic innego, jeśli to was nie interesuje.

W trakcie zachwalania swego występu i programu Rand czuł mdłości. Drogą wędrowało tylu ludzi, każdy mógł być Sprzymierzeńcem Ciemności i nie było możliwości, by odróżnić takiego od reszty. Mat zademonstrował, jak żongluje — ograniczając się do zaledwie trzech piłeczek, a nawet wtedy bardzo uważał — Rand wyjął flet Thoma. Po kilku nutach *Starego czarnego niedźwiedzia* karczmarz niecierpliwie skinął głową.

— Możecie wystąpić. Przyda mi się ktoś, kto oderwie myśli tych durniów od Logaina. Dopiero co wybuchły trzy bójki o to, czy on naprawdę jest Smokiem. Połóżcie w kącie swoje rzeczy, a ja pójdę przygotować dla was trochę wolnej przestrzeni. Durnie. Świat jest pełen durniów, którzy nie mają dość rozsądku, aby zostać tam, gdzie ich miejsce. To właśnie jest powodem wszystkich kłopotów. Ludzie, którzy nie trzymają się miejsca, do którego należą.

Raz jeszcze przetarł twarz i wybiegł z kuchni, mrucząc coś pod nosem.

Kucharz i jego pomocnice zignorowali chłopców. Mat stale poprawiał przepaskę na czole, unosił ją do góry, po czym mrugał na widok światła i na powrót zsuwał. Rand zastanawiał się, czy on widzi dostatecznie dobrze, by zrobić coś bardziej skomplikowanego niż żonglowanie trzema piłeczkami. Sam zaś...

Mdłości w żołądku stawały się coraz silniejsze. Usiadł ciężko na niskim stołku, obejmując głowę rękoma. W kuchni panował chłód. Zadrżał. Powietrze było pełne pary, pod kuchniami i w piecach trzaskał ogień. Dreszcze nasiliły się, szczękały mu zęby. Objął się ramionami, ale to się na nic nie zdało. Miał wrażenie, że kości mu zamarzły na lód.

Pojął niejasno, że Mat go o coś pyta, potrząsa za ramię i że ktoś zaklął, a potem wybiegł z kuchni. Potem pojawił się karczmarz. Patrzący groźnie kucharz stał u jego boku, a Mat głośno się z nimi wykłócał. Nie potrafił zrozumieć, o czym mówią, słowa zlewały się w szum, myśli krążyły gdzieś bezładnie.

Nagle Mat pociągnął go za rękę, postawił na nogi. Wszystkie ich rzeczy — torby, koce, zwinięty w tobołek płaszcz Thoma i futerały z instrumentami — wisiały na ramionach Mata razem z jego łukiem. Karczmarz obserwował ich, nerwowo ocierając twarz. Na chwiejnych nogach, nieomal całkowicie wspierany przez Mata, Rand pozwolił przyjacielowi poprowadzić się w stronę tylnych drzwi.

— P-p-przepraszam, M-m-mat — wykrztusił. Nie potrafił przestać szczękać zębami. — T-t-to chy-chyba... p-p-przez t-t-ten deszcz. J-j-jeszcze j-j-jedna noc... pod gołym niebem... chyba n-n-nie zaszkodzi.

Zmierzch zaciemnił niebo nakrapiane garścią gwiazd.

— Ani trochę — powiedział Mat.

Usiłował mówić pogodnym tonem, lecz Rand słyszał w nim skrywane zmartwienie.

— On nie chciał, żeby inni się dowiedzieli, że w jego karczmie jest chory. Powiedziałem mu, że jeśli nas wyrzuci, to zabiorę cię do głównej izby i przez to w jego karczmie po dziesięciu minutach będzie o połowę mniej ludzi. Pomimo całej tej gadaniny o durniach, wcale nie miał na to ochoty.

— T-to gdzie?

— Tutaj — odparł Mat, otwierając drzwi stajni, wśród głośnego skrzypienia zawiasów.

W środku było ciemniej niż na zewnątrz, pachniało ziarnem, zbożem i końmi, wszystko to podszyte silną wonią nawozu. Gdy Mat ułożył go na zasłanej słomą podłodze, przyciągnął kolana do piersi, nadal się obejmując i trzęsąc od stóp do głów. Wszystkie jego siły wydawały się ulatywać wraz z tymi dreszczami. Usłyszał, jak Mat potknął się o coś, zaklął i znowu potknął, potem znowu szczęk metalu. Nagle wykwitło światło. Mat trzymał w górze starą, rozbitą latarnię.

Tłoczno było nie tylko w karczmie, ale również w stajni. W każdej przegrodzie stał koń, niektóre podniosły łby i mrugały na widok światła. Mat zbadał wzrokiem drabinę prowadzącą na stryszek, potem spojrzał na Randa skulonego na podłodze i potrząsnął głową.

— Nigdy cię tam nie wsadzę — mruknął.

Powiesił latarnię na gwoździu, wspiął się na drabinę i zaczął zrzucać na dół bele siana. Pospiesznie wrócił na dół, w tylnej części stajni zrobił posłanie i ułożył na nim Randa. Nakrył go obydwoma płaszczami, lecz Rand natychmiast strącił je z siebie.

— Gorąco — wymamrotał. Niewyraźnie sobie jednak przypominał, że przed chwilą było mu zimno, a teraz miał wrażenie, że znalazł się w piecu. Rozchylił kołnierz i odrzucił głowę. — Gorąco.

Poczuł na czole dłoń Mata.

— Zaraz wracam — powiedział ten i zniknął.

Skręcał się spazmatycznie na sianie, jak długo, nie wiedział, dopóki Mat nie powrócił z kopiastym talerzem jedzenia w jednym ręku, dzbanem w drugim i dwiema białymi filiżankami dyndającymi mu z palców.

— Nie ma tu żadnej Wiedzącej — oznajmił, klękając obok Randa.

Napełnił jedną z filiżanek i przyłożył ją do ust przyjaciela. Rand łapczywie przełknął wodę, czuł się tak, jakby od wielu dni nic nie pił.

— Oni nawet nie wiedzą, kim jest Wiedząca. Mają tu tylko jakąś Matkę Brune, ale ona odbiera gdzieś poród i nikt nie wie, kiedy wróci. Zdobyłem natomiast trochę chleba, sera i kiełbasy. Dobry pan Inlow da nam wszystko, dopóki będziemy trzymali się poza zasięgiem wzroku jego gości. No weź, zjedz trochę.

Rand odwrócił głowę od jedzenia. Jego widok, wręcz sama myśl o nim, sprawiały, że kłębiło mu się w żołądku. Po chwili Mat westchnął i rozsiadł się wygodnie, by samemu coś zjeść. Rand odwrócił oczy i starał się nie słuchać.

Znowu poczuł dreszcze, a potem gorączkę, po której znowu nastąpiły dreszcze i potem znowu gorączka. Mat przykrywał go, kiedy się trząsł i poił go wodą, kiedy się uskarżał na pragnienie. Noc stawała się coraz ciemniejsza, wnętrze stajni drżało w migotliwym świetle latarni. Cienie nabrały kształtu i ruszały się jakby wypuszczone na wolność. Potem zobaczył kroczącego przez sam środek stajni Ba'alzamona z płonącymi oczyma i Myrddraale po obu jego stronach, z twarzami ukrytymi w głębi czarnych kapturów.

Rand próbował wstać, szukał na oślep rękojeści miecza i krzyczał:

— Mat! Mat, oni tu są! Światłości, oni tu są!

Wyrwany ze snu Mat usiadł na skrzyżowanych nogach pod ścianą.

— Co? Sprzymierzeńcy Ciemności? Gdzie?

Unosząc się chwiejnie na kolana, Rand pokazywał oszalałymi gestami wnętrze stajni... i otworzył usta ze zdziwienia. Cienie drgały, konie szurały kopytami przez sen. Nic więcej. Opadł z powrotem na słomę.

— Nikogo tu nie ma oprócz nas — powiedział Mat. — Poczekaj, daj mi to.

Wyciągnął rękę w stronę pasa, przy którym Rand nosił swój miecz. Rand jednak chwycił mocniej rękojeść.

— Nie. Nie. Muszę go mieć przy sobie. Należy do mojego ojca. Rozumiesz? Należy do m-m-mojego ojca!

Raz jeszcze targnęły nim dreszcze, przywarł do miecza, jakby to była linia życia.

— M-mojego o-ojca!

Mat przestał mu go wyrywać i przykrył z powrotem płaszczami.

Tej nocy, podczas gdy Mat drzemał, nachodziły go jeszcze inne koszmary. Rand ani na moment nie był pewien, czy te widma tam są, czy nie. Czasami patrzył na Mata, leżącego z głową opartą na piersi, zastanawiając się, czy on je też zobaczy, jeśli się obudzi.

Z cieni wyłoniła się Egwene, z włosami splecionymi w długi, ciemny warkocz, taki sam jaki nosiła w Polu Emonda, z obolałą i ponurą twarzą.

— Dlaczego nas opuściłeś? — spytała. — Umarliśmy, bo nas opuściłeś.

Rand słabo pokręcił głową.

— Nie, Egwene. Nie chciałem was zostawić. Uwierz.

— Wszyscy umarliśmy — powiedziała ze smutkiem — a śmierć jest królestwem Czarnego. Czarny nas posiadł, ponieważ ty nas opuściłeś.

— Nie. Nie miałem wyboru, Egwene. Uwierz, proszę. Egwene, nie odchodź. Wracaj, Egwene!

Ona jednak zawróciła w stronę cieni i stała się cieniem.

Moiraine miała pogodną twarz, mimo że bezkrwistą i bladą. Jej płaszcz przypominał całun, a głos świszczał jak bicz.

— Tak jest dobrze, Randzie al'Thor. Nie masz wyboru. Musisz jechać do Tar Valon, bo inaczej Czarny zabierze cię dla siebie. Wieczność skuta łańcuchami w Cieniu. Tylko Aes Sedai mogą cię teraz uratować. Tylko Aes Sedai.

Thom uśmiechał się do niego sardonicznie. Ubranie barda wisiało na nim w postaci upalonych łachmanów, przez które widział błyski światła, gdy Thom mocował się z Pomorem, by dać im czas na ucieczkę. Ciało pod łachmanami było sczerniałe i spalone.

— Zaufasz Aes Sedai, chłopcze, a pożałujesz, że w ogóle żyjesz. Pamiętaj, cena za pomoc Aes Sedai jest zawsze wyższa, niż możesz uwierzyć, zawsze większa, niż możesz sobie wyobrazić. A jeśli pierwsze odnajdą cię Ajah, co? Czerwone? Albo Czarne? Najlepiej uciekać, chłopcze. Uciekaj!

Wzrok Lana był twardy jak granit, twarz miał zalaną krwią.

— To dziwne zobaczyć ostrze ze znakiem czapli w rękach pasterza. Czy jesteś go wart? Powinieneś. Jesteś teraz sam. Nie masz już nic ani przed sobą, ani za sobą, na czym mógłbyś się oprzeć, a Sprzymierzeńcem Ciemności może być każdy. — Uśmiechnął się wilczym uśmiechem, a z jego ust polał się strumień krwi. — Każdy.

Przyszedł Perrin, oskarżał, błagał o pomoc. Pani al'Vere, opłakująca swą córkę, i Bayle Domon, przeklinający go za to, że sprowadził Pomory na jego statek, i pan Fitch, załamujący ręce nad popiołami swojej karczmy, i Min, wyrywająca się z krzykiem z uścisku trolloka, ludzie, których znał, ludzie, których raz tylko spotkał. Jednak najgorzej było z Tamem. Tam stanął nad nim, marszcząc czoło i potrząsając głową, nie wymówił ani słowa.

— Musisz mi powiedzieć — błagał go Rand. — Kim jestem? Powiedz mi, proszę. Kim ja jestem? Kim ja jestem?

Krzyczał.

— Spokojnie, Rand.

Przez chwilę myślał, że to Tam mu odpowiedział, ale wtedy spostrzegł, że Tam zniknął. Pochylał się nad nim Mat, przykładał kubek z wodą do jego warg.

— Po prostu leż spokojnie. Nazywasz się Rand al'Thor, nim właśnie jesteś, z tą swoją najszpetniejszą gębą i najbardziej zakutym łbem w całych Dwu Rzekach. Hej, ty się pocisz! Gorączka opada.

— Rand al'Thor? — wyszeptał Rand.

Mat skinął głową i było w tym coś tak kojącego, że Rand odpłynął w sen, nawet nie dotykając wody.

Był to sen nie zakłócany koszmarami — przynajmniej nic nie pamiętał — ale tak lekki, że otwierał oczy, kiedy Mat go badał. W którymś momencie zastanowił się, czy Mat w ogóle spał, ale zapadł z powrotem w sen, zanim ta myśl zdążyła rozwinąć się dalej.

Obudził go ostatecznie dopiero pisk zawiasów w drzwiach, jednakże przez chwilę leżał bez ruchu na sianie, żałując, że już nie śpi. Przez sen nie miał świadomości swojego ciała. Teraz mięśnie go tak bolały, jakby to były wyżęte szmaty i siły miał mniej więcej tyle samo. Próbował lekko unieść głowę, udało mu się to dopiero przy drugiej próbie.

Mat siedział na swoim starym miejscu pod ścianą, w odległości wyciągniętej ręki od Randa. Miał podbródek wsparty na piersi, unosił się i opadał w spokojnym rytmie głębokiego snu. Chustka opadła mu na oczy.

Rand spojrzał w stronę drzwi.

Stała przy nich kobieta i przytrzymywała je, by się nie zamknęły. Przez chwilę widział tylko ciemny kształt w sukni, obrysowany bladym światłem wczesnego poranka, potem kobieta weszła do środka, pozwalając drzwiom zamknąć się za nią. W świetle latarni mógł jej się przyjrzeć wyraźniej. Była mniej więcej w tym samym wieku co Nynaeve, jak mu się zdawało, ale nie była wieśniaczką. Bladozielony jedwab jej sukni błyszczał, kiedy się poruszała. Płaszcz miał barwę głębokiej, miękkiej szarości, włosy nosiła spięte pienistą siatką z koronki. W zamyśleniu patrzyła na Mata i niego, przesuwając palcami po ciężkim złotym naszyjniku.

— Mat — powiedział Rand, a potem głośniej zawołał: — Mat!

Mat zachrapał i budząc się, omal nie upadł. Przetarł zaspane oczy i ze zdumieniem zagapił się na kobietę.

— Przyszłam do swojego konia — powiedziała, niejasnym gestem wskazując przegrody. Ani na moment jednak nie oderwała wzroku od nich obu. — Czy jesteś chory?

— Nic mu nie jest — odparł sztywno Mat. — Tylko się przeziębił na deszczu, to wszystko.

— Może mogłabym go obejrzeć — zaproponowała. — Trochę się znam...

Rand zastanawiał się, czy to jest Aes Sedai. Bardziej jeszcze niż ubranie przekonywał go jej sposób bycia pełen pewności siebie, sposób, w jaki trzymała głowę, jakby zaraz miała wydać jakiś rozkaz.

„A jeśli ona jest Aes Sedai, to z jakich Ajah?"

— Już jestem zdrów — powiedział. — Naprawdę, nie ma potrzeby.

Ona jednak przeszła przez całą stajnię, unosząc spódnice do góry i stawiając ostrożnie szare trzewiki. Krzywiąc się na widok słomy, uklękła przy nim i dotknęła jego czoła.

— Nie masz gorączki — stwierdziła, badając go z marsem na czole.

Była piękna, pomimo ostrych rysów, lecz jej twarzy nie brakowało ciepła. Nie tchnęła również chłodem, po prostu nie zdradzała jakichkolwiek uczuć.

— Ale byłeś chory. Tak. Tak. I jesteś nadal słaby jak jednodniowy kociak. Myślę...

Sięgnęła pod płaszcz i nagle wszystko zaczęło się dziać tak szybko, że Rand zdążył wydać z siebie tylko zduszony okrzyk.

Jej dłoń wyłoniła się spod płaszcza z błyskiem, coś zalśniło, gdy rzuciła się ponad Randem w stronę Mata. Mat przewrócił się na bok, ruchem na oślep i wtedy rozległ się trzask metalu wbijanego w drewno. Wszystko to trwało zaledwie ułamek sekundy, potem zapanował spokój.

Mat leżał częściowo na plecach, jedną ręką trzymając ją za nadgarstek, tuż za sztyletem, który wbiła w ścianę, dokładnie w tym miejscu, w którym przedtem znajdowała się jego pierś, a drugą ręką przykładał ostrze z Shadar Logoth do jej gardła.

Nie ruszając niczym prócz oczu, usiłowała spojrzeć na sztylet trzymany przez Mata. Wytrzeszczając wzrok, wciągnęła powietrze i usiłowała mu się wyrwać, lecz on nadal przykładał krawędź ostrza do jej skóry. Po chwili znieruchomiała jak kamień.

Oblizując spieczone wargi, Rand przypatrywał się rozgrywającej się nad nim scenie. Nawet gdyby nie był taki słaby, nie mógłby się chyba poruszyć. Potem jego wzrok padł na sztylet i zaschło mu w ustach. Drewno wokół ostrza czerniało i unosiły się z niego cienkie smużki dymu.

— Mat! Mat, jej sztylet!

Mat zerknął na sztylet, potem znowu na kobietę, jednak ona ani drgnęła i tylko nerwowo oblizywała wargi. Mat brutalnie oderwał jej dłoń od rękojeści i popchnął ją; potoczyła się w tył, padając daleko od nich, lecz nadal obserwując ostrze w jego dłoni.

— Nie ruszaj się — ostrzegł. — Użyję go, jeśli się ruszysz. Możesz wierzyć, że to zrobię.

Wolno skinęła głową, ani na moment nie odrywając wzroku od sztyletu Mata.

— Obserwuj ją, Rand.

Rand nie bardzo wiedział, co miałby zrobić, gdyby próbowała czegokolwiek — może krzyknąć, z pewnością nie mógłby jej gonić, gdyby próbowała uciec — ona jednak siedziała bez ruchu, podczas gdy Mat wyrwał ostrze ze ściany. Czarna plama przestała się rozrastać, mimo że wciąż wydobywała się z niej cienka smuga dymu.

Mat rozejrzał się dookoła w poszukiwaniu jakiegoś miejsca, na którym mógłby położyć sztylet, po czym podał go Randowi. Wziął go ostrożnie, jakby to była żmija. Wyglądał zwyczajnie, mimo że był ozdobny, z rękojeścią z jasnej kości słoniowej i wąskim, połyskliwym ostrzem nie dłuższym od jego dłoni. Po prostu sztylet. Tylko że on widział, co ten sztylet potrafi. Rękojeść nie była nawet ciepła, a mimo to jego dłoń ociekała potem. Miał nadzieję, że nie upuści go na siano.

Kobieta nie podniosła się, cały czas jednak patrzyła na zwróconego w jej stronę Mata. Obserwowała go, jakby ciekawa tego, co on teraz zrobi, Rand natomiast zauważył zwężające się oczy Mata, jego dłoń zaciskającą sztylet.

— Mat, nie!

— Ona próbowała mnie zabić, Rand. Ciebie też by zabiła. Ona jest Sprzymierzeńcem Ciemności.

To ostatnie słowo zabrzmiało jak splunięcie.

— My natomiast nie jesteśmy nimi — powiedział Rand.

Kobieta głośno krzyknęła, kiedy pojęła, jakie zamiary miał Mat.

— Nie jesteśmy nimi, Mat.

Przez chwilę Mat trwał w bezruchu, a światło latarni odbijało się od ostrza. Potem skinął głową.

— Idź tam — rozkazał kobiecie, wskazując sztyletem drzwi prowadzące do komórki.

Wstała powoli, zatrzymując się, by otrzepać słomę z sukni. Ruszyła w kierunku wskazanym przez Mata takim krokiem, jakby nie było żadnych powodów do pośpiechu. Rand jednak zauważył, że bacznie obserwowała sztylet z rubinową rękojeścią w dłoni Mata.

— Naprawdę powinniście przestać się opierać — powiedziała. — Ostatecznie tak będzie dla was najlepiej. Zobaczycie.

— Najlepiej? — spytał z krzywym uśmiechem Mat, pocierając pierś w miejscu, w którym zniknęłoby ostrze, gdyby się nie poruszył. — Stań tam!

Usłuchała, niedbale wzruszając ramionami.

— Błąd. Wyniknęło sporo… zamieszania z powodu tego, co przytrafiło się temu głupiemu egoiście, Godemu. Nie wspominając już o tym idiocie, który wzniecił panikę w Market Sheran. Nikt nie wie dokładnie, co się tam stało, ani dlaczego. Z tego powodu wszystko staje się dla was jeszcze bardziej niebezpieczne, rozumiecie? Zajmiecie honorowe miejsca, jeśli przyjdziecie do Wielkiego Pana dobrowolnie, ale dopóki będziecie uciekać, dopóty pościg będzie trwał, i kto wie, co stanie się później?

Rand poczuł chłód.

„Moje psy są zazdrosne, mogą nie być delikatne".

— A zatem macie kłopot z parą wiejskich chłopców. — Śmiech Mata był ponury. — Może wy, Sprzymierzeńcy Ciemności, nie jesteście aż tacy groźni, jak mi zawsze wmawiano.

Otworzył na oścież drzwi do komórki i odsunął się.

Zatrzymała się na samym progu, oglądając się na niego przez ramię. Jej wzrok był lodowaty, a głos jeszcze zimniejszy.

— Dowiecie się, jak bardzo jesteśmy niebezpieczni. Kiedy przybędzie tu Myrddraal...

Nie wiadomo, co jeszcze miała do powiedzenia, Mat bowiem zatrzasnął i zaryglował drzwi. Kiedy się odwrócił, w jego oczach widniało zmartwienie.

— Pomor — mruknął ściśniętym głosem, chowając sztylet pod płaszcz. — On tu jedzie, powiedziała. Jak tam twoje nogi?

— Nie zatańczę — odparł Rand — ale jak pomożesz mi wstać, to pójdę. — Spojrzał na ostrze w swoim ręku i zadrżał. — Krew i popioły, pobiegnę.

Mat pospiesznie obwiesił się ich dobytkiem i pomógł Randowi wstać. Pod osłabionym Randem uginały się nogi i musiał się wesprzeć na przyjacielu, żeby ustać, ale starał się nie spowalniać Mata. Trzymał sztylet kobiety z daleka od siebie. Za drzwiami stało wiadro z wodą. Po drodze wrzucił do niego sztylet. Ostrze wsunęło się do wody z sykiem, nad powierzchnią uniosła się para. Krzywiąc się z bólu, starał się iść szybciej.

Wraz z brzaskiem, pomimo wczesnej pory, na ulicach pojawiło się mnóstwo ludzi. Zajmowali się jednak własnymi sprawami i nikt nie zechciał obdarzyć uwagą dwóch młodych ludzi wychodzących ze wsi, nie wobec tak licznych rzesz obcych. Przy każdym kroku Rand zastanawiał się, czy przypadkiem wszyscy mijający ich biegiem ludzie nie są Sprzymierzeńcami Ciemności.

„Czy któryś z nich czeka na kobietę ze sztyletem? Na Pomora?"

Milę za wioską stracił siły. Najpierw dyszał, wisząc na przyjacielu, potem obydwaj padli na ziemę. Mat zaciągnął go na pobocze drogi.

— Musimy iść dalej — powiedział Mat. Przeczesał włosy palcami, potem zsunął chustkę na oczy. — Prędzej czy później ktoś ją wypuści i znowu zaczną nas ścigać.

— Wiem — wysapał Rand. — Wiem. Podaj mi rękę.

Mat znowu poderwał go z ziemi. Stanął chwiejnie, wiedząc, że nic z tego nie wyjdzie. Gdy tylko spróbuje zrobić krok, znowu padnie na twarz.

Podtrzymując go, Mat czekał niecierpliwie, aż będzie ich mijał jakiś konny wóz ze wsi. Mruknął ze zdziwieniem, gdy zatrzymała się przed nimi fura. Z siedzenia woźnicy spojrzał na nich człowiek o skórzastej twarzy.

— Coś z nim nie tak? — spytał mężczyzna, nie wyjmując fajki z ust.

— Jest tylko zmęczony — odparł Mat.

Rand widział, że nic z tego nie będzie, jeśli będzie się tak opierał na przyjacielu. Puścił Mata i zrobił krok dalej. Nogi się pod nim ugięły, ale siłą woli stał wyprostowany.

— Nie spałem dwa dni — wyjaśnił. — Zjadłem coś, od czego się rozchorowałem. Już mi lepiej, ale brak mi snu.

Mężczyzna wypuścił kłąb dymu kątem ust.

— Idziecie pewnie do Caemlyn? Gdybym był w waszym wieku, też bym pojechał zobaczyć fałszywego Smoka.

— Tak — przytaknął Mat. — Zgadza się. Jedziemy zobaczyć fałszywego Smoka.

— No dobra, wsiadajcie. Twój przyjaciel z tyłu. Jeśli się znowu rozchoruje, to lepiej na słomie, a nie tutaj. Nazywam się Hyan Kinch.

ROZDZIAŁ 34

OSTATNIA WIOSKA

Zmierzch już zapadł, kiedy dotarli do Carysford, trwało to dłużej niż Rand się spodziewał, po tym co usłyszał od pana Kincha. Zastanawiał się, czy przypadkiem nie jest na bakier z poczuciem czasu. Zaledwie trzy noce od Howala Godego i Czterech Króli, dwie odkąd Paitr ich zaskoczył w Market Sheran. Zaledwie jeden dzień wcześniej bezimienna kobieta — Sprzymierzeniec Ciemności próbowała ich zabić w stajni „Sługi Królowej", a nawet od tego wydarzenia wydawał się dzielić go rok, albo i nawet całe życie.

Cokolwiek stało się z czasem, Carysford wyglądało dość normalnie, przynajmniej na pierwszy rzut oka. Czyste, obrośnięte winoroślą ceglane domki i wąskie dróżki, wyjąwszy oczywiście samą Drogę Caemlyn, ciche i pozornie spokojne.

„Co jednak kryje się pod tym wszystkim?" — zastanawiał się niespokojnie.

Market Sheran też wyglądało na spokojne i tak samo wioska, w której tamta kobieta... Nie poznał nigdy jej imienia i nie miał ochoty nawet o tym myśleć.

Światło wylewało się z okien domów na zupełnie wyludnione ulice. Randowi to się podobało. Przekradając się od rogu do rogu, unikał nielicznych ludzi. Mat przywarł do jego ramienia, zastygając w bezruchu, gdy zgrzytanie żwiru obwieszczało nadchodzącego wieśniaka, a przemykając się od cienia do cienia, kiedy niewyraźny kształt już ich minął.

Rzeka Cary miała tu zaledwie trzydzieści jardów szerokości i jej czarne wody toczyły się ospale, jednakże już dawno temu wzniesiono most przez bród. Wieki deszczy i wiatrów zniszczyły kamienne wsporniki, przez co przypominały nieomal naturalne formacje. Całe lata koła wozów i karawan kupieckich ryły koleiny w grubych drewnianych podkładach. Luźne deski klekotały pod ich stopami, głośno jak bębny. Jeszcze długo potem, jak minęli wieś i wyszli na otwartą przestrzeń, Rand czekał, aż jakiś głos zapyta, kim są. Lub jeszcze gorzej, że będzie to wiedział.

Okolica, w miarę jak się w nią zagłębiali, stawała się coraz gęściej zasiedlona. Zawsze w zasięgu wzroku były jakieś światła padające z okien farmerskich domów. Drogę i pola za nią otaczały żywopłoty i płoty z drutu kolczastego. Pola rozciągały się wszędzie, nigdzie najmniejszego pasma lasu w pobliżu drogi. Wydawało się, że cały czas są na skraju jakiejś wioski, nawet jeśli od najbliższej dzieliły ich całe godziny. Wszystko zadbane i spokojne. I ani śladu Sprzymierzeńców Ciemności czy jeszcze czegoś gorszego, co mogło tu na nich czyhać.

Nagle Mat usiadł przy drodze. Zsunął chustę na czubek głowy, bo jedynym źródłem światła był teraz księżyc.

— Dwa kroki to piędź — mruknął. — Tysiąc piędzi to mila, cztery mile to liga... Nie ujdę następnego tysiąca kroków, jeśli dalej nie będzie jakiegoś miejsca do spania. Coś do jedzenia byłoby też mile widziane. Nie chowasz przypadkiem czegoś w kieszeniach, prawda? Na przykład jabłka? Nie miałbym do ciebie o to pretensji. Dałbym ci nawet popatrzeć.

Rand rozejrzał się po drodze. Tylko oni wędrowali nocą. Zerknął na Mata, który ściągnął but i rozcierał stopę. Jego też bolały nogi. Drgawki szarpały wszystkie mięśnie, jakby chcąc mu powiedzieć, że bynajmniej nie odzyskał jeszcze sił.

Na polu tuż przed nimi stały jakieś ciemne kopce. Stogi siana, zmalałe od zimowego dokarmiania zwierząt, ale jednak stogi siana.

Trącił Mata stopą.

— Tam się prześpimy.

— Znowu stogi — westchnął Mat, ale włożył but i wstał.

Zrywał się wiatr, noc stawała się coraz chłodniejsza. Pokonali gładkie słupy ogrodzenia i szybko zaryli się w siano. Brezent, który chronił siano przed deszczem, dawał również osłonę przed wiatrem.

Rand kręcił się w zagłębieniu, które sobie wymościł, dopóki wreszcie nie znalazł wygodnej pozycji. Siano kłuło przez ubranie, ale nauczył się nie zwracać na to uwagi. Próbował policzyć wszystkie stogi siana, w których spał od Białego Mostu. Bohaterowie opowieści nigdy nie musieli spać w stogach, nawet bardzo krótko. Z westchnieniem postawił kołnierz, w nadziei, że siano nie będzie mu się wślizgiwało pod ubranie.

— Rand? — powiedział cicho Mat. — Rand, czy myślisz, że nam się uda?

— Tar Valon? To jeszcze daleko, ale...

— Caemlyn. Czy myślisz, że dojdziemy do Caemlyn?

Rand podniósł głowę, jednak w ich jamie było ciemno, obecność Mata potwierdzał tylko jego głos.

— Pan Kinch mówił, że to dwa dni drogi. Dojdziemy tam pojutrze.

— O ile przy drodze nie będzie na nas czekało stu Sprzymierzeńców Ciemności albo ze dwa Pomory. — Na moment zapadła cisza, po chwili Mat dodał: — Chyba zostaliśmy już tylko my dwaj, Rand. — W jego głosie słychać było lęk. — Niezależnie od tego, o co w tym wszystkim chodzi, teraz jesteśmy już tylko my dwaj. Tylko my.

Rand pokręcił głową. Wiedział, że Mat nie widzi w ciemności, ale zrobił to bardziej dla siebie niż dla niego.

— Śpij, Mat — powiedział zmęczonym głosem.

Sam jednak długo leżał, nie mogąc zasnąć.

„Tylko my".

Obudziło go pianie koguta, wygramolił się na blady świt, otrzepując siano. Pomimo środków ostrożności, źdźbła dostały się pod ubranie, przykleiły do pleców i drażniły skórę. Zdjął kaftan i wyciągnął koszulę ze spodni, żeby się ich pozbyć. Właśnie trzymał jedną rękę na karku, a drugą wsunął na plecy, gdy wyczuł obecność ludzi.

Słońce jeszcze nie całkiem wzeszło, lecz drogą wędrował już stały pochód, pojedynczo lub parami, maszerujący mozolnie w stronę Caemlyn, niektórzy z pakunkami lub tobołkami na plecach, inni tylko z kijem do podpierania się, niektórzy bez niczego. Większość stanowili młodzi mężczyźni, tu i ówdzie jednak widziało się dziewczynę albo kogoś starszego. Wszyscy bez wyjątku mieli w sobie to samo zmęczenie podróżą, wyraz twarzy ludzi, którzy przebyli długą drogę. Niektórzy wbijali wzrok w swoje stopy i garbili się ze znużenia mimo tak wczesnej pory, inni mieli wzrok utkwiony w czymś, czego jeszcze nie było widać, w czymś, co miało przyjść razem ze świtem.

Ze stogu wytoczył się Mat, drapiąc się energicznie. Znieruchomiał tylko na chwilę, żeby owinąć chustę wokół głowy, tego ranka nieco mniej zasłaniała mu oczy.

— Myślisz, że uda nam się dzisiaj zdobyć coś do jedzenia?

Randowi znacząco zaburczało w brzuchu.

— Pomyślimy o tym po drodze — powiedział.

Pospiesznie poprawił ubranie i wyciągnął ze stogu swoje tobołki.

Zanim dotarli do płotu, Mat również zauważył ludzi. Spojrzał krzywo i zatrzymał się na polu, mimo że Rand już się wdrapywał na płot. Patrzył na nich przechodzący właśnie młody mężczyzna, niewiele od nich starszy. Jego ubranie było zakurzone, podobnie jak tobołek przywiązany do pleców.

— Dokąd idziesz? — zawołał Mat.

— A niby dokąd, do Caemlyn, zobaczyć Smoka! — odkrzyknął, nie zatrzymując się. Uniósł brew na widok pakunków zwisających z ich ramion i dodał: — Tak samo jak wy!

Śmiejąc się, szedł dalej, z wzrokiem wbitym tęsknie w dal.

Mat zadawał to pytanie jeszcze kilka razy tego dnia, jedynymi ludźmi, którzy nie odpowiadali podobnie, byli miejscowi, ale dla odmiany nie odpowiadali prawie wcale, tylko spluwali i odwracali się z obrzydzeniem. Odwracali się, a mimo to patrzyli czujnym wzrokiem. Patrzyli na wszystkich wędrowców w taki sam sposób, kątem oka. Ich twarze mówiły, że takich obcych stać na wszystko, jeśli nie będzie się ich pilnowało.

Ludzie mieszkający w tej okolicy nie tylko wystrzegali się obcych, wyglądali również na co najmniej zirytowanych. Dość podróżujących było na drodze, dostatecznie od siebie oddalonych, a kiedy wraz ze słońcem wyzierającym ponad horyzontem pojawiły się fury i powozy farmerów, nawet ich zazwyczaj niespieszny krok zwolnił się o połowę. Nikt z nich nie miał ochoty ich podwieźć. Bardziej prawdopodobny był kwaśny grymas, a nawet i przekleństwo za pracę, którą tracili.

Wozy kupców przetaczały się obok bez specjalnych przeszkód, wśród wygrażających pięści, niezależnie od tego, czy jechały do Caemlyn, czy z niego wracały. Kiedy wczesnym rankiem pojawił się pierwszy tabor kupców, nadjeżdżający powolnym jednostajnym rytmem, ledwie oświetlony słońcem, które dopiero co wzeszło ponad horyzont, Rand wyszedł na drogę. Wozy wyraźnie nie miały zamiaru zwolnić, widział też innych ludzi wychodzących na środek traktu. Szedł z najwyższą trudnością, ale jednak jakoś szedł.

Jedynym ostrzeżeniem, gdy pierwszy wóz przetoczył się z głośnym turkotem obok niego, był nieznaczny ruch. Rozłożył się na ziemi jak długi, gdy bicz woźnicy świsnął w miejscu, w którym przed chwilą znajdowała się jego głowa. Już leżąc, napotkał wzrok woźnicy mijającego go wozu. Twarde oczy ponad zaciśniętymi ustami. Woźnicy nie obchodziło, że mógł go pokaleczyć do krwi albo wybić mu oko.

— Niech cię Światłość oślepi! — zawołał Mat w ślad za wozem. — Nie możesz...

W tym momencie strażnik na koniu pchnął go czubkiem włóczni w ramię, sprawiając, że przewrócił się na leżącego Randa.

— Precz z drogi, wy brudni Sprzymierzeńcy Ciemności! — warknął strażnik, nie zwalniając.

Po tym wszystkim już nie podchodzili do wozów. Z pewnością było ich sporo. Szczęk i turkot ledwie zdążył ucichnąć, gdy rozlegał się następny. Strażnicy i woźnice patrzyli na wędrowców kierujących się do Caemlyn, jakby to był ruchomy brud.

Któregoś razu Rand nie zdążył się uchylić i został trafiony końcem pejcza. Przyłożył natychmiast dłoń do strumienia krwi, który popłynął z jego łuku brwiowego, z trudem się powstrzymał, aby nie zwymiotować. Tak blisko oka. Woźnica uśmiechnął się szyderczo. Drugą ręką Rand schwycił Mata, który już napinał strzałę.

— Daj spokój — powiedział.

Ruchem głowy wskazał strażników jadących z boku wozów. Niektórzy z nich się śmiali, inni obdarzyli ciężkim spojrzeniem łuk Mata.

— Jak będziemy mieli szczęście, to tylko obiją nas włóczniami. Jeżeli będziemy mieli szczęście.

Mat burknął coś kwaśnym tonem, pozwolił jednak, by Rand pociągnął go do dalszego marszu.

Dwukrotnie drogą cwałowały szwadrony Gwardii Królowej, wstążki na ich lancach furkotały na wietrze. Niektórzy farmerzy ich pozdrawiali, domagając się, by zrobili coś z obcymi, a gwardziści zawsze się zatrzymywali, by ich cierpliwie wysłuchać. Około południa Rand przystanął, chcąc przysłuchać się takiej rozmowie.

Usta kapitana Gwardii, skryte za przyłbicą, wyglądały jak cienka kreska.

— Jeśli któryś z nich coś ukradnie albo wejdzie na twoją ziemię — grzmiał na przysadzistego farmera rzucającego krzywe spojrzenia na jego ostrogi — wówczas zawiodę go do magistratu. Nie łamią jednak żadnego Prawa Królowej, idąc po Królewskim Gościńcu.

— Ale oni są tu wszędzie — protestował farmer. — Kto wie, kim albo czym są. Całe to gadanie o Smoku...

— Na Światłość, człowieku! Jest ich tu tylko garstka. Mury Caemlyn już od nich pękają, a z każdym dniem jest ich coraz więcej. — Grymas na twarzy kapitana pogłębił się, gdy spostrzegł Randa i Mata stojących nieopodal przy drodze. Gestem dłoni w rękawicy ze stalowym wierzchem wskazał drogę. — Ruszajcie, bo inaczej aresztuję was za tarasowanie ruchu.

Nie przemówił do nich bardziej szorstkim tonem niż do farmera, posłusznie jednak ruszyli. Wzrok kapitana towarzyszył im jakiś czas, Rand czuł go na swoim grzbiecie. Podejrzewał, że gwardzistom pozostało niewiele cierpliwości dla wędrowców i że zupełnie by im jej zabrakło, gdyby spotkali głodnego złodzieja. Postanowił zniechęcić Mata, kiedy ten znowu zaproponuje kradzież jajek.

W obecności wszystkich tych wozów i ludzi na drodze można

się też było dopatrzyć i dobrej strony, szczególnie w obecności wszystkich młodych mężczyzn kierujących się do Caemlyn. Gdyby szukali ich jacyś Sprzymierzeńcy Ciemności, to byłoby to jak szukanie dwóch wybranych gołębi w całym stadzie. Skoro tamten Myrddraal podczas Zimowej Nocy nie wiedział dokładnie, kogo szuka, to jakiemuś jego koleżce nie mogło się tu powieść lepiej.

Często burczało mu w żołądku, przypominając, że nie zostało im prawie wcale pieniędzy, z pewnością nie tyle, by starczyło na jakiś posiłek przy takich cenach, jakie musiały obowiązywać w pobliżu Caemlyn. Raz przyłapał się na tym, że trzyma dłoń na futerale z fletem, jednak stanowczo przewiesił go na plecy. Gode wiedział o flecie i o żonglowaniu. Nie wiadomo było, ile Ba'alzamon dowiedział się od niego pod koniec — jeśli to, co widział Rand, stanowiło jakiś koniec — albo jakie wieści przekazano innym Sprzymierzeńcom Ciemności.

Spojrzał z żalem na farmę, którą właśnie mijali. Jakiś człowiek pilnował płotów w towarzystwie pary psów, warczących i próbujących się urwać ze smyczy. Mężczyzna miał taką minę, jakby tylko czekał na wymówkę, by móc je puścić. Nie na każdej farmie widać było psy, jednak na żadnej nie oferowano podróżnikom pracy.

Do zachodu słońca minęli jeszcze dwie wioski. Stały w nich grupki wieśniaków, rozmawiających z sobą i obserwujących stały strumień wędrowców. Nie mieli bardziej przyjaznych twarzy niż farmerzy, woźnice czy gwardziści Królowej. Wszyscy ci obcy, idący obejrzeć fałszywego Smoka, byli dla nich zagrożeniem. Głupcy, którzy nie wiedzą, że powinni zostać tam, gdzie ich miejsce! Mogli być wyznawcami fałszywego Smoka. Może nawet Sprzymierzeńcami Ciemności. O ile między jednymi i drugimi była jakaś różnica.

Wraz z nadchodzącym wieczorem, przy drugiej wsi, tłum idących zaczął rzednieć. Ci, którzy mieli pieniądze, zniknęli w karczmie, mimo że najwyraźniej wybuchł spór, czy wpuścić ich do środka, inni zaczęli poszukiwać dogodnych żywopłotów albo pól, których nie pilnowały psy. O zmierzchu Rand i Mat mieli całą Drogę Caemlyn dla siebie. Mat zaczął coś mówić o znalezieniu stogu siana, Rand jednak upierał się, by iść dalej.

— Przynajmniej dopóki widzimy drogę — powiedział. — Im dłużej będziemy szli bez zatrzymywania się, tym dalej zajdziemy.

„Jeśli cię ścigają? Po co mieliby cię teraz ścigać, skoro czekali, aż sam do nich przyjdziesz?"

Matowi ten argument wystarczył. Często, oglądając się przez ramię, przyspieszał kroku. Rand musiał bardzo się starać, aby go dogonić.

Nocny mrok gęstniał, rozjaśniany nieznacznie skąpym światłem księżyca. Mat, po swoim początkowym wybuchu energii, osłabł i znowu zaczął narzekać. Rand czuł, jak w nogach tworzą mu się grudy bólu. Wmawiał sobie, że podczas dnia ciężkiej pracy na farmie pokonywał dłuższą drogę razem z Tamem, jednak choć często to sobie powtarzał, nie potrafił jakoś uwierzyć. Zaciskając zęby, ignorował ból i nie zatrzymywał się.

Przy akompaniamencie narzekań Mata, skupieni na wysiłku, jakiego wymagało postawienie każdego kroku, niemal dotarli do następnej wioski, kiedy niespodziewanie Rand zobaczył światła. Zatrzymał się chwiejnie, nagle świadom palącego bólu, który biegł od stóp przez całe nogi. Poczuł, że na prawej stopie ma pęcherz.

Na widok świateł wioski Mat opadł z jękiem na kolana.

— Czy możemy się już zatrzymać? — wydyszał. — Czy może chcesz znaleźć jakąś karczmę i wywiesić na niej znak przeznaczony dla Sprzymierzeńców Ciemności? Albo jakiegoś Pomora?

— Przejdziemy do końca wioski — odparł Rand, wpatrując się w światła.

Z oddali, w ciemnościach, można było wziąć to miejsce za Pole Emonda.

„Cóż tam na nas czeka?"

— Jeszcze tylko milę.

— Milę! Ja nie ujdę nawet piędzi!

Nogi Randa wydawały się płonąć, zmusił się jednak do jednego kroku, potem do jeszcze jednego. Z każdym następnym nie robiło się łatwiej, szedł jednak, krok po kroku. Zanim uszedł dziesięć, usłyszał, że Mat człapie za nim i mruczy coś do siebie. Pomyślał, że być może to on nie rozumie, co mówi Mat.

Z powodu późnej pory ulice wioski już opustoszały, mimo że w większości domów światło paliło się w co najmniej jednym oknie. Karczma na środku wioski była jasno rozświetlona, otoczona złotą łuną, która przeganiała ciemność. Z budynku niosły się muzyka i śmiech tłumione przez grube mury. Tablica nad drzwiami kołysała się, skrzypiąc na wietrze. Obok oberży, przy Drodze Caemlyn, stał wóz i koń, a jakiś człowiek sprawdzał uprząż. Po drugiej stronie budynku, na samym skraju światła, rozmawiało dwóch mężczyzn.

Rand zatrzymał się w cieniu nieoświetlonego domu. Był zbyt zmęczony, by szukać wśród bocznych uliczek okrężnej drogi. Minuta odpoczynku nie zaszkodzi. Dopóki ci ludzie nie odejdą. Mat uwalił się pod ścianą z wdzięcznym westchnieniem, układając się tak, jakby miał zamiar tu spać.

W tych dwóch mężczyznach, stojących na skraju cienia, było coś takiego, co spowodowało, że Rand poczuł niepokój. Nie potrafił tego z początku nazwać, zauważył jednak, że człowiek przy wozie czuje to samo. Złapał za koniec rzemienia, który właśnie sprawdzał, poprawił coś przy pysku konia, przeszedł do tyłu i zaczął to samo od nowa. Cały czas miał pochyloną głowę, skupiony wyłącznie na tym, co robił i w ogóle nie patrzył w stronę tamtych dwóch. Mogło tak być, że ich po prostu nie widział, mimo że dzieliło ich zaledwie pięćdziesiąt stóp, jednakże w jego ruchach widać było pewne napięcie, czasami odwracał się od tego, co akurat robił w taki sposób, jakby za nic nie chciał spojrzeć w ich kierunku.

Jeden z mężczyzn był widoczny tylko w postaci ciemnego zarysu, drugi natomiast, lepiej oświetlony, stał tyłem do Randa. Mimo to dawało się zauważyć, że prowadzona rozmowa nie sprawia mu zbytniej przyjemności. Reagował na to, co mówi ten drugi, gestykulując rękoma i wbijając wzrok w ziemię albo co jakiś czas gwałtownie unosząc głowę. Rand nie słyszał wszystkiego, miał jednak wrażenie, że głównie mówi ten skryty w cieniu, jego nerwowy towarzysz tylko słuchał, przytakiwał i z niepokojem wymachiwał rękoma.

W końcu ten skryty w ciemnościach odwrócił się, a nerwowy wszedł z powrotem w krąg światła. Pomimo chłodu wycierał twarz długim fartuchem, jakby cały ociekał potem.

Czując ciarki, Rand obserwował postać odchodzącą w głąb nocy. Nie wiedział dlaczego, ale jego niepokój wydawał się go ścigać, czuł niewyraźne łaskotanie po karku i włosy jeżące się na ramionach, jakby nagle pojął, że coś na niego się czai. Szybko potrząsnąwszy głową, potarł energicznie ramiona.

„Głupiejesz już zupełnie, jak Mat, nieprawdaż?"

W tym momencie po skraju światła padającego z okna wyślizgnął się jakiś kształt — po samej jego krawędzi — i Rand poczuł zimny dreszcz. Tablica z nazwą karczmy cały czas skrzypiała, lecz ciemny płaszcz ani drgnął.

— Pomor — wyszeptał, a Mat zerwał się na równe nogi, jakby on krzyknął.

— Co...?

Przycisnął dłoń do ust Mata.

— Ciszej.

Ciemny kształt zniknął w mroku.

„Gdzie?"

— Już poszedł. Chyba. Mam nadzieję.

Cofnął rękę, Mat nie wydał z siebie żadnego dźwięku, tylko wciągnął głęboko powietrze do płuc.

Nerwowy mężczyzna był już prawie przy drzwiach karczmy. Zatrzymał się i wygładził swój fartuch, najwyraźniej uspokajając się przed wejściem do środka.

— Dziwnych masz przyjaciół, Raimunie Holdwin — powiedział nagle mężczyzna przy wozie. Głos z pewnością należał do starego człowieka, był jednak dźwięczny. Mówca wyprostował się, pokręcił głową. — Jak na karczmarza, dziwni przyjaciele w ciemnościach.

Nerwowy mężczyzna podskoczył, kiedy tamten się odezwał, rozglądając się dookoła, jakby nie widział ani wozu, ani tego człowieka, który do niego mówił. Zrobił głęboki wdech, opanował się i spytał ostrym tonem:

— Co chcesz przez to powiedzieć, Almenie Bunt?

— To, co właśnie powiedziałem, Holdwin. Dziwni przyjaciele. On nie jest stąd, prawda? Dużo dziwnych ludzi przechodzi tędy ostatnimi czasy. Strasznie dużo dziwnych ludzi.

— Dobrze się z tobą gada. — Holdwin spojrzał z ukosa na mężczyznę przy wozie. — Znam wielu ludzi, nawet z Caemlyn. Nie takich jak ty, zamkniętych samotnie na farmie. — Urwał, po czym zaczął mówić dalej, jakby uznał, że musi to dokładniej wyjaśnić. — To człowiek z Czterech Króli. Szuka dwóch złodziei. Młodych ludzi. Ukradli mu miecz ze znakiem czapli.

Randowi zaparło dech, gdy usłyszał o Czterech Królach, na wzmiankę o mieczu zerknął na Mata. Jego przyjaciel wbił się plecami w mur i przepatrywał ciemność oczyma tak wytrzeszczonymi, że widać w nich było całe białka. Rand też miał ochotę tak zapatrzyć się w mrok — Półczłowiek mógł być wszędzie — lecz jego oczy powędrowały z powrotem do dwóch ludzi przed karczmą.

— Miecz ze znakiem czapli! — wykrzyknął Bunt. — Nic dziwnego, że chce go odzyskać.

Holdwin pokiwał głową.

— Tak, ale ich również chce dopaść. Mój znajomy jest bogatym człowiekiem... kupcem, a oni narobili kłopotów ludziom, którzy dla niego pracują. Opowiadali niestworzone historie i denerwowali ludzi. To Sprzymierzeńcy Ciemności i wyznawcy Logaina.

— Sprzymierzeńcy Ciemności i wyznawcy fałszywego Smoka? Opowiadają niestworzone historie? To dużo jak na młodych chłopców. Powiadasz, że są młodzi?

W głosie Bunta dało się słyszeć rozbawienie, oberżysta jednak wydawał się tego nie dostrzegać.

— Tak. Jeszcze nie mają dwudziestu lat. Jest za nich wyznaczona nagroda, sto złotych koron. — Holdwin zawahał się i dodał: — Obaj mają przebiegłe języki. Światłość tylko wie, jakie historie potrafią opowiadać, kiedy próbują skłócić z sobą ludzi. Są też niebezpieczni, mimo że nie wyglądają na takich. Podstępni. Lepiej trzymać się od nich z daleka, jak się ich zobaczy. Dwaj młodzi ludzie, jeden z mieczem, obaj stale oglądają się przez ramię. W razie czego, mój... mój znajomy natychmiast ich pojmie, jak już zostaną wytropieni.

— Mówisz zupełnie tak, jakbyś ich znał.

— Poznam ich zaraz, jak zobaczę — oznajmił pewnym siebie głosem Holdwin. — Tylko ty nie próbuj sam ich pojmać. Nie trzeba, by komuś stało się coś złego. Przyjdź i mi powiedz, jak ich spotkasz. Mój... znajomy sam się z nimi rozprawi. Sto koron, tylko muszą być obydwaj.

— Sto koron za dwóch — zadumał się Bunt. — A ile za ten miecz, którego on tak potrzebuje?

Holdwin nagle pojął, że tamten wyśmiewa się z niego.

— Nie wiem, dlaczego ci to wszystko mówię — żachnął się. — Nadal się upierasz przy tym swoim głupim planie.

— To nie taki głupi plan — odparł spokojnie Bunt. — Może nie uda mi się zobaczyć drugiego fałszywego Smoka przed śmiercią... Światłości spraw, aby tak było! Jestem zaś zbyt stary, by wdychać kurz po jakichś kupcach na drodze do samego Caemlyn. Mam drogę dla samego siebie i znajdę się w Caemlyn wczesnym rankiem, cały wesół.

— Dla siebie? — W głosie karczmarza słychać było nieprzyjemne brzmienie. — Nigdy nie wiadomo, co czyha w mroku, Almenie Bunt. Zupełnie sam na drodze, w ciemnościach. Nawet jeśli ktoś usłyszy twój krzyk, to nikt nie otworzy drzwi, żeby ci pomóc. Nie w dzisiejszych czasach, Bunt. Nawet twój najbliższy sąsiad.

Farmer najwyraźniej wcale się tym wszystkim nie zmartwił, odpowiedział równie spokojnie jak przedtem.

— Skoro Gwardia Królowej nie jest w stanie utrzymać bezpieczeństwa na drodze tak blisko Caemlyn, to znaczy, że nie jesteśmy bezpieczni nawet we własnych łóżkach. Gdybyś mnie spytał, co gwardziści powinni zrobić, żeby drogi były bezpieczne, to kazałbym zakuć tego twojego znajomego w dyby. Przemyka się przez mrok, boi się, żeby nikt na niego nie spojrzał. Nie wmówisz mi, że on czegoś nie knuje.

— Boi się! — wykrzyknął Holdwin. — Ty stary głupcze, gdybyś wiedział... — Zamknął hałaśliwie szczękę i otrząsnął się. — Nie wiem, dlaczego marnuję z tobą czas. Zabieraj się stąd zaraz! Przestań mi tu hałasować przed moim interesem.

Drzwi karczmy zamknęły się za nim z hukiem.

Mrucząc coś do siebie, Bunt przytrzymał się brzegu kozła i ustawił stopę na piaście koła.

Rand wahał się tylko chwilę. Mat złapał go za ramię, gdy ruszał przed siebie.

— Zwariowałeś? On nas z pewnością rozpozna!

— Wolisz tu zostać? Kiedy w pobliżu jest Pomor? Jak daleko, twoim zdaniem, uda nam się zajść, zanim on nas znajdzie?

Starał się nie myśleć, jak daleko zajadą wozem, jeśli ich znajdzie. Wyrwał się Matowi i podbiegł do drogi. Uważnie przytrzymywał płaszcz, by miecz pozostał zakryty, wiatr i zimno były wystarczającą wymówką.

— Niechcący podsłuchałem, że pan jedzie do Caemlyn — powiedział.

Bunt wzdrygnął się, wyszarpnął z wozu drąg. Jego skórzastą twarz pokrywała sieć zmarszczek i nie miał połowy zębów, jednakże sękate dłonie silnie trzymały drąg. Po chwili opuścił jeden koniec drąga ku ziemi i wsparł się na nim.

— Więc wy dwaj jedziecie do Caemlyn? Żeby zobaczyć Smoka, co?

Rand nie wiedział, że przyjaciel szedł tuż za nim. Mat trzymał się jednak w sporej odległości, z dala od światła, obserwując karczmę i starego farmera z taką samą podejrzliwością, z jaką obserwował noc.

— Fałszywego Smoka — powiedział dobitnie Rand.

Bunt pokiwał głową.

— Jasne, jasne.

Spojrzał z ukosa na karczmę, potem gwałtownym ruchem wepchnął swój drąg pod ławkę.

— Cóż, jeśli chcecie, abym was podwiózł, to wsiadajcie. Już dość zmarnowałem czasu.

Mówiąc to, wspinał się na kozioł.

Rand wgramolił się od tyłu, a farmer już potrząsał lejcami. Mat musiał ich gonić, ponieważ wóz zdążył ruszyć. Rand złapał go za rękę i wciągnął do góry.

Wioska szybko zniknęła w ciemnościach, farmer jechał dosyć prędko. Rand ułożył się na nagich deskach, walcząc z usypiającym skrzypieniem kół. Mat tłumił pięścią ziewanie, czujnie rozglądając się po okolicy. Mrok, zalegający ciężko nad polami i farmami, przetykały gdzieniegdzie światła farmerskich domów. Iskierki wydawały się bardzo odległe, jakby na próżno zmagały się z nocą. Rozległ się krzyk sowy, żałobny krzyk, wiatr jęczał niczym dusze zagubionych w Cieniu.

„Może być tu wszędzie" — pomyślał Rand.

Najwyraźniej Bunt również poczuł ucisk nocy, bo nagle się odezwał.

— Byliście już kiedyś w Caemlyn? — Zaśmiał się urywanie. — Pewnie nie. To poczekajcie, aż je zobaczycie. To największe miasto na świecie. Och, słyszałem dużo o Illian, Ebou Dar, Łzie i innych, zawsze znajdzie się taki głupi, który uważa, że coś jest większe i lepsze tylko dlatego, że skryte gdzieś za horyzontem, ale ja bym się założył, że Caemlyn jest najwspanialsze. Już wspanialsze być nie może. Nie, nie może. Chyba że królowa Morgase, niechaj ją Światłość oświeci, pozbędzie się tej wiedźmy z Tar Valon.

Rand leżał z głową wspartą na swoim zwiniętym kocu, ułożonym na tobołku z płaszcza Thoma, obserwował przepływającą obok noc i pozwalał, by słowa farmera przelatywały przez jego uszy. Ludzki głos osaczał ciemność i zagłuszał żałobny wiatr. Przekręcił się na drugi bok, by spojrzeć na ciemny zarys pleców Bunta.

— Ma pan na myśli Aes Sedai?

— A kogo innego? Siedzi sobie w pałacu jak jakiś pająk. Jestem dobrym poddanym królowej, nigdy nie mówiłem, że nie, ale tak być nie powinno. Nie należę do tych, którzy twierdzą, że Elaida ma za duży wpływ na królową. Nie ja. A jeśli chodzi o tych durniów, którzy mówią, że tak naprawdę to Elaida jest królową, mimo że się tak nie nazywa… — Splunął w mrok. — To na nich. Morgase nie jest kukłą, która tańczy, jak chce jakaś wiedźma z Tar Valon.

Kolejna Aes Sedai. Jeśli… kiedy Moiraine przybędzie do Caemlyn, być może uda się do swej siostry Aes Sedai. W najgorszym razie ta Elaida, być może, pomoże im dotrzeć do Tar Valon. Spojrzał na Mata i zupełnie tak, jakby to powiedział na głos, Mat potrząsnął głową. Nie widział jego twarzy, wiedział jednak, że widnieje na niej zaprzeczenie.

Bunt mówił dalej, potrząsając lejcami za każdym razem, gdy koń zwolnił, na ogół jednak trzymał ręce na kolanach.

— Jestem dobrym poddanym królowej, jak już powiedziałem, ale nawet durnie mówią coś wartościowego od czasu do czasu. Nawet ślepej świni trafi się czasem żołądź. Coś musi się zmienić. Ta pogoda, te nieudane zbiory, wysychające krowy, cielaki i jagnięta które rodzą się martwe albo z dwoma głowami. Te paskudne kruki nawet nie czekają, aż coś zdechnie. Ludzie się boją. Muszą kogoś winić. Na wielu drzwiach pojawia się Smoczy Kieł. Różne stwory skradają się nocą. Stodoły się palą. Pojawiają się ludzie tacy jak ten znajomy Holdwina, którzy straszą innych. Królowa musi coś z tym zrobić, zanim będzie za późno. Rozumiecie to, prawda?

Rand wydał z siebie jakiś nieokreślony odgłos. Wychodziło na to, że niespodzianie dopisało im szczęście, bo znaleźli tego starszego człowieka i jego wóz. Nie dotarliby dalej niż do tej ostatniej wioski, gdyby czekali na światło dzienne. Różne stwory skradające się nocą. Podniósł głowę, by wyjrzeć ponad burtą wozu w ciemność. W mroku wydawały się wić jakieś cienie i kształty. Cofnął głowę, nim wyobraźnia zdołała go przekonać, że coś tam naprawdę jest.

Bunt przyjął to za znak zgody.

— No właśnie. Jestem dobrym poddanym królowej i przeciwstawię się każdemu, kto będzie chciał jej coś zrobić, ale mam rację. Weźcie na przykład lady Elayne i lorda Gawyna. Można tu coś zmienić bez szkody dla nikogo, a na pewno by się przydało. Pewnie, wiem, że my tak zawsze postępujemy w Andorze. Posyła się Dziedziczkę Tronu do Tar Valon, na nauki do Aes Sedai i najstarszego syna po nauki do Strażników. Naprawdę wierzę w tradycję, ale zobaczcie, do czego nas to zaprowadziło ostatnim razem. Luc zginął w Ugorze, zanim został pomazany na Pierwszego Księcia Miecza, a Tigraine zniknęła, uciekła albo umarła, kiedy przyszła pora, by ona przejęła tron. Nadal nas to nęka.

Niektórzy mówią, że ona ciągle żyje, rozumiecie, że Morgase nie jest prawowitą królową. Cholerni głupcy. Pamiętam, co się wydarzyło. Pamiętam, jakby to było wczoraj. Nie było Dziedziczki do przejęcia tronu, kiedy umarła stara królowa i wszystkie Domy w Andorze spiskowały i walczyły o to prawo. I Taringail Damodred. Nie pomyślelibyście, że on stracił żonę, tak gorączkowo czekał na to, który Dom zwycięży, żeby móc się znowu ożenić i zostać Księciem Małżonkiem. No i udało mu się, choć czemu Morgase wybrała... ach, kto wie, o czym myśli kobieta, a królowa jest podwójnie kobietą, bo poślubiona mężczyźnie i poślubiona krajowi. W każdym razie dostał, co chciał, nawet jeśli nie w taki sposób, jaki sobie umyślił.

Rozpętał spiski w Cairhien, zanim umarł, i wiecie, jak to się skończyło. Drzewo zostało ścięte, a Aielowie przeszli przez Mur Smoka. Cóż, poległ jak się należy, po tym jak spłodził Elayne i Gawyna, więc jak myślę, sprawa na tym zakończona. Ale po co ich wysyłać do Tar Valon? Czas, by ludzie przestali myśleć o tronie Andor i Aes Sedai tak jak do tej pory. Skoro już muszą gdzieś jeździć, by uczyć się tego, czego potrzebują, to przecież w Illian są biblioteki równie dobre jak w Tar Valon i tam nauczą lady Elayne, jak władać krajem i jak knuć intrygi równie dobrze jak tamte wiedźmy. Nikt nie zna się lepiej na spiskach niż Illianin. A skoro w Gwardii nie potrafią nauczyć lorda Gawyna żołnierki, to przecież w Illian też są żołnierze. A i w Shienar, i w Łzie, skoro już o tym mowa. Jestem wiernym poddanym królowej, ale powiadam, dość tych układów z Tar Valon. Trzy tysiące lat wystarczy. Za długo. Królowa Morgase może nami władać i właściwie kierować wszystkim bez pomocy z Białej Wieży. Powiadam wam, to kobieta, która sprawia, że człowiek jest dumny, jak może na klęczkach przyjąć jej błogosławieństwo. No bo kiedyś...

Rand walczył ze snem, o który dopominało się jego ciało, lecz rytmiczne skrzypienie i kołysanie wozu utuliło go i przy akompaniamencie jednostajnego monologu Bunta zapadł w sen. Śnił mu się Tam. Na początku siedzieli przy wielkim dębowym stole w ich domu, pili herbatę, a Tam opowiadał mu o Książętach Małżonkach,

Dziedziczkach Tronu, Murze Smoka i Aielach z osłoniętymi twarzami. Miecz ze znakiem czapli leżał między nimi na stole, lecz żaden z nich na niego nie patrzył. Nagle znalazł się w Zachodnim Lesie, ciągnął prowizoryczne nosze w księżycową noc. Kiedy obejrzał się przez ramię, na noszach był Thom, nie jego ojciec, siedział na skrzyżowanych nogach i żonglował w świetle księżyca.

— Królowa jest poślubiona krajowi — powiedział Thom, a jaskrawe piłeczki zawirowały w kręgu — ale Smok... Smok jest tym samym co kraj, a kraj jest tym samym co Smok.

Daleko w tyle Rand spostrzegł zbliżającego się Pomora, w czarnym płaszczu, którego nie rozwiewał wiatr, na koniu przemykającym się bezszelestnie wśród drzew. U jego siodła wisiały dwie ucięte głowy ociekające krwią, która spływała ciemnymi strumieniami po czarnym jak węgiel kłębie wierzchowca. Lan i Moiraine, twarze wykręcone grymasem bólu. Pomor, nie zatrzymując się, wyciągnął garść powrozów. Każdy powróz prowadził do związanych dłoni jednego z tych, którzy biegli za bezgłośnymi podkowami, z twarzami pobladłymi z rozpaczy. Mat i Perrin. I Egwene.

— Tylko nie ona! — krzyknął Rand. — A żebyś sczezł w Światłości, ty chcesz mnie, nie ją!

Półczłowiek wykonał gest i Egwene stanęła w płomieniach, jej ciało zwęgliło się na popiół, kości sczerniały i rozpadły się na okruchy.

— Smok jest tym samym, co kraj — powiedział Thom, nadal beztrosko żonglując — a kraj jest tym samym, co Smok.

Rand krzyknął przeraźliwie... i otworzył oczy. Wóz skrzypiał na Drodze Caemlyn, pełen zapachów, słodyczy dawno już zebranego siana i niewyraźnej końskiej woni. Na jego piersi spoczywał kształt czarniejszy od nocy, a w oczy zaglądały mu oczy czarniejsze od śmierci.

— Jesteś mój — zaskrzeczał kruk i wbił mu w oko swój ostry dziób. Rand krzyknął, gdy wyrwał mu gałkę oczną z głowy.

Z rozdzierającym gardło krzykiem usiadł, przyciskając dłonie do twarzy.

Wóz był skąpany we wczesnym świetle poranka. Oszołomiony

Rand zapatrzył się na swoje ręce. Ani śladu krwi. Żadnego bólu. Reszta snu zbladła, ale to... Ostrożnie badał twarz i drżał.

— Przynajmniej... — Mat ziewnął z trzaskiem szczęk. — Przynajmniej ty się trochę przespałeś. — W jego mętnych oczach było niewiele sympatii. Kulił się pod płaszczem. Zwiniętą derkę, dodatkowo złożoną na pół, wcisnął pod głowę. — On gadał całą noc.

— Obudziłeś się już? — zapytał Bunt ze swojego siedzenia. — Napędziłeś mi stracha, jakżeś tak krzyknął. No dobra, przyjechaliśmy. — Zatoczył ręką wielki łuk. — Caemlyn, najwspanialsze miasto świata.

ROZDZIAŁ 35

CAEMLYN

Rand skręcił tułów, by móc klęknąć za kozłem woźnicy. Nie był w stanie powstrzymać pełnego ulgi śmiechu.

— Udało nam się, Mat! Mówiłem ci, że...

Słowa zamarły mu na ustach, kiedy objął Caemlyn wzrokiem. Po zobaczeniu Baerlon, a nade wszystko po nocy spędzonej w ruinach Shadar Logoth, wydawało mu się, że wie, czym jest wielkie miasto, ale to... to przekraczało wszystko, co mógł sobie wyobrazić.

Skupione wokół wysokiego muru budynki sprawiały wrażenie, jakby zgromadzono tu i zestawiono razem wszystkie miasta, przez jakie Rand do tej pory przejeżdżał. Jakby wszystkie stały tutaj obok siebie, stłoczone na jednym miejscu. Wyższe oberże wystawały ponad kryte dachówką dachy domostw. Pomiędzy nie wciśnięto przysadziste bloki magazynów, szerokie i pozbawione okien. Wszędzie, jak okiem sięgnął, rozciągała się gmatwanina czerwonych cegieł, szarego kamienia oraz białego tynku. Mogło się tu zmieścić całe Baerlon, a miasto nie wydałoby się przez to większe, dwadzieścia miejscowości takich jak Biały Most dodane doń nie tworzyłoby wielkiej różnicy.

No i oczywiście same mury. Pionowy, wysoki na pięćdziesiąt stóp masyw bladoszarego kamienia, pręgowany srebrem i bielą, wyginał się w wielkie półkole, zakrzywiając ku południu i północy, rodząc niejasne domniemania co do tego, jak w istocie daleko sięgają. Na całej długości murów wznosiły się wieże, okrągłe, wystające dużo wyżej niźli same mury. Z ich szczytów powiewały na wietrze czerwono-białe sztandary. Wewnątrz murów wystrzeliwały w niebo iglice innych wież, smuklejszych, wyższych od tych na murach. W blasku słońca ich kopuły lśniły bielą i złotem. Obraz miasta w pamięci Randa ukształtowały tysiące opowieści, opowieści o wielkich miastach królów i królowych, o tronach i władzy, o legendach. Caemlyn wtapiało się w te głęboko utrwalone obrazy z równą łatwością, z jaką woda wsiąka w piasek.

Wóz turkotał na drodze, która opadała ku otoczonym wieżami bramom miasta. Pojazdy kupieckich karawan wytaczały się spod sklepionych kamiennych łuków, pod którymi z łatwością przejść mógłby olbrzym, a nawet szereg dziesięciu gigantów idących ramię w ramię. Po obu stronach drogi stały pozbawione ścian magazyny o dachach połyskujących czerwienią i purpurą, pomiędzy nimi pobudowano zagrody i stajnie. Cielęta meczały, bydło ryczało, gęsi krzyczały, kurczęta piszczały, kozły kwiczały, owce beczały, a ludzie targowali się co sił w płucach. Droga do bram Caemlyn otoczona była ścianami hałasu.

— No i co ci mówiłem? — Bunt musiał niemalże krzyczeć, aby być słyszanym. — Największe miasto na świecie. Zbudowane przez ogirów, rozumiecie. Ostatecznie na pewno Miasto Wewnętrzne i Pałac. Tak, stare jest Caemlyn. A dobra Królowa Morgase, niech ją Światłość oświeca, tworzy prawo i strzeże pokoju w całym Andorze. Największe miasto na ziemi.

Rand gotów był się zgodzić. Z otwartymi ustami wpatrywał się w otaczający chaos, mając ochotę zasłonić uszy dłońmi, aby powstrzymać wlewający się w nie zgiełk. Ludzie tłoczyli się na drodze tak ciasno jak mieszkańcy Pola Emonda na Łące podczas Bel Tine. Przypomniało mu się, że w Baerlon uważał za niemożliwe, by mogło przebywać w jednym miejscu tak wielu ludzi, i niemalże się roześmiał. Spojrzał w stronę Mata i nie mógł powstrzymać uśmiechu. Przyjaciel siedział z dłońmi przyciśniętymi do uszu, ramiona miał przygarbione, jakby cały chciał się pod nimi schować.

— Jak mamy się tutaj schronić? — dopytywał się Mat, gdy zobaczył, że Rand patrzy na niego. — W jaki sposób przekonać się, komu wśród tych mas można zaufać? I, na Światłość, ten hałas!

Rand obrzucił Bunta spojrzeniem, zanim odpowiedział. Farmer wydawał się zapatrzony w miasto, hałas z pewnością zagłuszał słowa. Rand na wszelki wypadek jednak zbliżył usta do ucha Mata.

— W jaki sposób mają nas znaleźć pośród takiego mrowia? Nie rozumiesz tego, ty pustogłowy durniu? Będziemy bezpieczni, pod warunkiem, że będziesz uważał i nie mielił tak ozorem! — Wyciągnął przed siebie rękę, jakby chciał pochwycić w nią wszystko, i magazyny, i mury miasta rozciągające się przed nimi. — Spójrz na to, Mat! Wszystko się tu może zdarzyć. Wszystko! Możemy nawet spotkać Moiraine, czekającą na nas. I Egwene. I wszystkich pozostałych.

— O ile oni żyją. Według mnie, są równie martwi jak bard.

Uśmiech zniknął z twarzy Randa. Odwrócił się i zapatrzył na coraz bliższą bramę. Wszystko może się zdarzyć w mieście takim, jak Caemlyn. Uparcie trwał przy tej myśli.

Pomimo lekkich uderzeń bata, koń nie mógł już poruszać się szybciej. W miarę jak zbliżali się do bramy, tłum gęstniał, ludzie przepychali się, wpadając na siebie, napierając na wozy torujące sobie drogę w ciżbie. Rand był zadowolony, widząc, iż większość w tłoku stanowili pokryci kurzem młodzi wędrowcy, pozbawieni dużego bagażu. Zresztą niezależnie od wieku lwią część tłumu prącego do bram stanowili ludzie wyglądający na podróżnych, ubrani w odzież pomiętą od wielu nocy przespanych pod gołym niebem. Zmęczone konie ciągnęły rozklekotane wozy. Piesi powłóczyli nogami i patrzyli znużonym wzrokiem. Oczy ożywiały się jednak czasami, wtedy gdy patrzyli w stronę bram, jakby dostanie się do środka miało usunąć całe zmęczenie.

Bram strzegło pół tuzina Gwardzistów Królowej, ich czyste czerwono-białe kaftany i wypolerowane do połysku pełne pancerze stanowiły jaskrawy kontrast w ludzkim strumieniu przepływającym pod bramą. Wyprostowane plecy, uniesione głowy. Przypatrywali się przybyszom z pogardliwą ostrożnością. Wyglądali tak, jakby właśnie zawrócili większość z usiłujących dostać się do środka. Jednak oprócz dbania o swobodny ruch wychodzących i ganienia tych, którzy tłoczyli się zbyt gwałtownie, nie zatrzymywali nikogo.

— Pozostańcie na swoich miejscach. Nie pchajcie się. Nie pchajcie się, na Światłość! Miejsca starczy dla wszystkich, z woli Światłości. Pozostańcie na miejscach.

Zgodnie z ruchem tłumu wóz Bunta przetoczył się powoli przez bramę i wjechał do Caemlyn.

Miasto położone było na wzgórzach, jakby na kolejnych stopniach wznoszących się ku centrum. Otaczał je następny mur, lśniący czystą bielą i przecinający wzgórza. Za murem liczne wieże i kopuły, białe, złote i purpurowe, ze szczytów wzgórz, na których je pobudowano, wydawały się spoglądać w dół, obejmując spojrzeniem pozostałe partie Caemlyn. Rand pomyślał, że musi to być owo Wewnętrzne Miasto, o którym mówił Bunt.

Sama Droga Caemlyn zmieniła się w momencie, w którym wjechali do miasta w szeroki bulwar ograniczony szerokimi pasami trawy i drzew. Trawa była brązowa, a gałęzie drzew nagie, ludzie jednak spieszyli dookoła, jakby nie widząc niczego niezwykłego. Śmiali się, rozmawiali, kłócili, robili to wszystko, co ludzie zazwyczaj robią. Tak jakby nie zdawali sobie sprawy, że tego roku nie było wiosny i może jej nie być w ogóle. Ich oczy obojętnie prześlizgiwały się po bezlistnych gałęziach, deptali po martwej, usychającej trawie nawet nie spojrzawszy w dół. To, czego nie widzieli, było im obojętne. To, czego nie widzieli, nie istniało.

Zagapionego na miasto i ludzi Randa zaskoczyło nagłe szarpnięcie. Wóz skręcił w boczną uliczkę, węższą od bulwaru, ale przynajmniej dwukrotnie szerszą niż jakakolwiek ulica w Polu Emonda. Tłum był tutaj rzadszy, nie powodowali więc żadnego zatoru w ruchu. Bunt zatrzymał konie, odwrócił się i niepewnie popatrzył na chłopców.

— Czy to, co chowasz pod płaszczem, to rzeczywiście to, o czym mówił Holdwin?

Rand właśnie przewieszał torby przez ramię. Nie drgnął nawet.

— Co masz na myśli? — zapytał. Głos również mu nie zadrżał. Żołądek skręcał się w węzeł, lecz w tonie głosu brzmiała pewność.

Mat jedną ręką stłumił ziewnięcie, drugą trzymał wciąż pod płaszczem. Rand wiedział, że ściska sztylet z Shadar Logoth. W jego oczach pod przewiązanym przepaską czołem pojawiło się umęczone, spłoszone spojrzenie. Bunt unikał patrzenia w jego stronę, jakby wiedział, że on w ukrytej dłoni trzyma broń.

— O nic szczególnego mi nie chodzi. Jeżeli wtedy usłyszeliście, że jadę do Caemlyn, to znaczy, że byliście tam wystarczjąco długo, by usłyszeć inne rzeczy. Gdyby chodziło mi o nagrodę, wymyśliłbym jakąś wymówkę i wrócił pod „Gęś i Koronę", aby pomówić z Holdwinem. Z tym że ja nie za bardzo go lubię, a tego jego znajomego w ogóle. Wydawało się, jakby bardziej chciał mieć was dwóch niż... niż cokolwiek innego.

— Nie wiem, czego on chciał — powiedział Rand. — Nigdy przedtem go nie widzieliśmy.

To nawet mogła być prawda, nie był w stanie odróżnić jednego Pomora od drugiego.

— Mhm... Cóż, jak już mówiłem, nic nie wiem i chyba nie chcę wiedzieć. Dookoła jest wystarczająco dużo kłopotów dla wszystkich, po co powiększać ich liczbę, szukając własnych.

Mat pakował się tak wolno, że Rand zdążył już znaleźć się na ulicy, zanim tamten w ogóle zaczął schodzić z wozu. Czekał teraz niecierpliwie. Mat gramolił się sztywno z wozu, mrucząc coś pod nosem i przyciskając do piersi łuk, kołczan oraz zrolowany koc. Miał mocno podkrążone oczy.

Randowi zaczęło burczeć w brzuchu. Skrzywił się. Kwaśny smak w ustach i głód skręcający wnętrzności powodowały, że chciało mu się wymiotować. Mat patrzył na niego, w oczach miał pytanie: „Dokąd pójść? Co teraz zrobić?"

Bunt pochylił się i skinął na Randa. Ten podszedł, spodziewając się usłyszeć jakąś radę odnoszącą się do Caemlyn.

— Schowałbym ten...

Stary farmer przerwał i uważnie rozejrzał się dookoła. Ludzie przeciskali się po obu stronach wozu, lecz poza paroma przekleństwami na temat tarasowania drogi, nikt nie zwracał na nich uwagi.

— Przestańcie to nosić — powiedział — schowajcie, sprzedajcie. Wyrzućcie. Taka jest moja rada. Takie rzeczy przyciągają uwagę, a jak mi się wydaje, wam na tym specjalnie nie zależy.

Wyprostował się nagle, cmoknął na konia i nie mówiąc więcej ani słowa, nie obejrzawszy się nawet, pojechał w dół zatłoczonej ulicy. Załadowany beczkami wóz wjechał niemalże prosto na nich. Rand odskoczył i zachwiał się. Kiedy ponownie spojrzał, Bunt i jego wóz zniknęli z pola widzenia.

— Co powinniśmy teraz zrobić? — dopytywał się Mat. Szeroko otwartymi oczyma patrzył na tłoczących się dookoła ludzi, na budynki wznoszące się sześć pięter nad ulicą. — Jesteśmy w Caemlyn, ale co mamy zrobić?

Odsłonił już uszy, ale ręce mu drżały, jakby chciał zaraz z powrotem je zatkać. Nad miastem zalegało brzęczenie, jednostajny pomruk pracy w setkach sklepów, rozmów tysięcy ludzi. Rand czuł się tak, jakby znajdował się w ogromnym ulu, pośród ciągłego bzyczenia.

— Nawet jeżeli oni są tutaj, Rand, w jaki sposób, w tym wszystkim, mielibyśmy ich odnaleźć?

— Moiraine nas znajdzie — odparł wolno Rand.

Ogrom miasta przytłaczał go swym ciężarem, miał ochotę uciec, ukryć się przed tymi wszystkimi ludźmi, przed hałasem. Pustka opuściła go, nic nie pomogły nauki Tama, przed oczyma wciąż stawały obrazy miasta. Próbował zamiast tego skoncentrować się na bezpośrednim otoczeniu, ignorując wszystko, co znajdowało się poza nim. Należy patrzeć tylko na tę jedną ulicę, jest taka sama jak w Baerlon. Baerlon, ostatnie miejsce, w którym wydawało się wszystkim, że są bezpieczni.

„Nikt nie jest już bezpieczny. Może oni wszyscy są już martwi. Co wtedy zrobię?"

— Żyją! Egwene żyje! — powiedział gwałtownie i kilku przechodniów spojrzało na niego dziwnym wzrokiem.

— Może... — odrzekł Mat. — Może... Co zrobimy, jeśli Moiraine nas nie odnajdzie? Co, jeżeli nie odnajdzie nas nikt oprócz... oprócz...

Wzdrygnął się, niezdolny wypowiedzieć tego, co przyszło mu na myśl.

— Będziemy się nad tym zastanawiać wtedy, kiedy to nastąpi. — Rand uspokajał go. — Jeśli nastąpi.

Najgorszym wyjściem byłoby zwrócenie się do Elaidy, Aes Sedai rezydującej w pałacu. Pierwej winien jechać do Tar Valon. Nie wiedział, czy Mat pamięta to, co Thom mówił o Czerwonych Ajah — a także o Czarnych — ale on oczywiście pamiętał. Żołądek skurczył się ponownie.

— Thom kazał nam odszukać oberżę zwaną „Błogosławieństwo Królowej". Tam pójdziemy najpierw.

— Po co? Nie stać nas nawet na jeden posiłek.

— W ostateczności jest to jakiś punkt wyjścia. Thom mówił, że możemy tam prosić o pomoc.

— Nie mogę... Rand, oni są wszędzie.

Mat spuścił oczy i wbił wzrok w bruk, wydawało się, jakby kurczył się w sobie, desperacko starając się odsunąć od otaczających ich ludzi.

— Dokądkolwiek pójdziemy, oni będą tuż za nami, albo będą tam na nas czekać. W „Błogosławieństwie Królowej" będą również. Ja już nie mogę... Ja... Nic nie powstrzyma Pomora.

Rand mocno schwycił Mata za kołnierz, starał się usilnie, by mu nie drżała ręka. Potrzebował go. Być może pozostali również żyją — „Światłości, błagam!" — ale tu i teraz byli tylko oni dwaj. Myśl o samotnej dalszej podróży... Odetchnął głęboko, przełykając żółć.

Szybko rozejrzał się dookoła. Najwyraźniej nikt nie zwrócił uwagi, gdy padło imię Pomora, ludzie przechodzili obok, pogrążeni we własnych zmartwieniach. Nachylił głowę do twarzy Mata.

— Jak dotąd nam się udawało, czyż nie? — zapytał chrapliwym szeptem. — Nie złapali nas jeszcze. Nadal możemy sobie radzić, pod warunkiem, że nie zrezygnujemy. Ja nie mam zamiaru się poddawać i czekać jak owca na rzeź. Nie poddam się! No i jak? Masz zamiar sterczeć tutaj, dopóki nie umrzesz z głodu? Albo czekać na nich, by przyszli i wpakowali cię do worka?

Odwrócił się i odszedł na bok. Wbił paznokcie w dłonie, ale ręce wciąż drżały. Wtedy zobaczył, że Mat idzie obok z wzrokiem wbitym w ziemię i głęboko odetchnął.

— Przepraszam, Rand — mruknął Mat.

— Zapomnijmy o tym.

Mat uważał na tyle, aby unikać wpadania na ludzi, jednocześnie wyrzucał z siebie słowa głosem zupełnie pozbawionym życia.

— Nie mogę przestać myśleć o tym, że już nigdy nie zobaczę domu. Chcę wrócić do domu. Śmiej się, jeśli chcesz, nie dbam o to. Czego nie oddałbym, aby moja matka wyklęła mnie teraz za coś. jakbym miał w mózgu kamienie, rozpalone kamienie. Dookoła sami obcy i nie ma jak się przekonać, komu można zaufać. O ile w ogóle komukolwiek można. Światłości, Dwie Rzeki są tak daleko, że równie dobrze mogłyby się znajdować na drugim końcu świata. Jesteśmy sami i nigdy nie wrócimy do domu. Umrzemy, Rand.

— Jeszcze nie, jeszcze nie umrzemy — odparował Rand. — Wszyscy umierają. Koło obraca się. Ja jednak nie mam zamiaru zwinąć się w kłębek i czekać, aż to nastąpi.

— Mówisz jak pan al'Vere — sarknął Mat, ale w jego głosie było jakby więcej życia.

— No i dobrze — powiedział Rand.

„Światłości, spraw, żeby im się nic nie stało. Błagam, nie zostawiaj nas samych".

Zaczął rozpytywać się o drogę do „Błogosławieństwa Królowej". Odpowiedzi mieściły się w całej szerokiej gamie możliwości, najczęściej spotykało ich wyklinanie na wszystkich tych, którzy nie potrafią trzymać się miejsca, do jakiego przynależą, albo wzruszenia ramion i niewidzące spojrzenia. Niektórzy ludzie w ogóle nie zwracali na nich uwagi, spieszyli przed siebie, nie obdarzając pytających nawet spojrzeniem.

Człowiek o kwadratowej twarzy, niemalże tak szeroki w ramionach jak Perrin, podniósł głowę i powiedział:

— Ejże, „Błogosławieństwo Królowej"? Wy, wiejskie chłopaki, jesteście poddanymi Królowej? — Nosił białą kokardę na szerokoskrzydłym kapeluszu i białą opaskę na płaszczu. — Cóż, spóźniliście się.

Odszedł, zanosząc się od śmiechu, a Mat i Rand popatrzyli na siebie w całkowitym zmieszaniu. Rand wzruszył ramionami, na pewno w Caemlyn jest wielu dziwacznych ludzi, jakich dotąd nigdy w życiu nie spotkał.

Niektórzy wyróżniali się w tłumie, mieli skórę zbyt jasną lub zbyt ciemną, płaszcze o niezwykłym kroju albo przeraźliwie jaskrawych kolorach, szpiczaste kapelusze, czasami ozdobione niezwykle długimi piórami. Zdarzały się kobiety o twarzach zasłoniętych woalką, albo w sztywnych szatach równie szerokich jak długich, względnie w sukniach, które odsłaniały więcej nagiej skóry, niźli Rand widział dotąd u jakiejkolwiek dziewki karczemnej. Od czasu do czasu przez zatłoczone ulice przeciskał się powóz, jaskrawo malowany i pozłacany, ciągnięty przez czwórkę lub szóstkę koni z uprzężą przystrojoną piórami. Wszędzie widać było lektyki, niosący przepychali się przez tłum, nie zwracając najmniejszej uwagi na tych, których odpychali na bok.

Rand widział początek bójki wywołanej w ten sposób. Grupa mężczyzn wymachiwała pięściami, podczas gdy jasnoskóry człowiek w czerwono paskowanym kapeluszu gramolił się z przewróconej na bok lektyki. Dwaj nędznie ubrani ludzie, którzy przed chwilą zdawali się być najzwyklejszymi przechodniami, rzucili się na niego, zanim zrozumiał, co się stało. Tłum widzów zaczynał wpadać w rozdrażnienie, szemrano i potrząsano pięściami. Rand pociągnął Mata za rękaw i szybko ruszył z miejsca. Ten nie potrzebował dodatkowego ponaglenia. Wrzaski uczestników awantury ścigały ich wzdłuż ulicy.

Kilka razy różni ludzie zbaczali z drogi i podchodzili do nich. Zakurzone ubrania wskazywały, iż niedawno przybyli do miasta, a na niektórych działało to jak magnes. Jacyś mężczyźni, o skradających się sylwetkach i rozbieganych oczach, gotowi w każdej chwili do ucieczki, oferowali relikwie Logaina. Rand obliczył, że zaoferowano im taką ilość strzępów płaszcza i kawałków miecza fałszywego Smoka, że wystarczyłoby to na dwa miecze i pół tuzina płaszczy. Twarz Mata rozjaśniła się zainteresowaniem, przynajmniej za pierwszym razem, Rand jednak zbywał ich szorstką odmową, którą akceptowali skinieniem głowy, po czym wymamrotawszy szybkie — „Niech Światłość opromienia królową, dobry panie" — znikali. Prawie na wszystkich wystawach sklepowych stały talerze i kubki ozdobione wyimaginowanymi scenami, mającymi wyobrażać fałszywego Smoka doprowadzonego przed oblicze Królowej. Na ulicach można było zobaczyć również Białe Płaszcze. Każdy z nich szedł otoczony kręgiem pustej przestrzeni, która przemieszczała się wraz z nim, dokładnie tak, jak to było w Baerlon.

Randowi najbardziej zależało właśnie na tym, by pozostać niezauważonym. Miecz schował pod płaszczem, ale to nie mogło się zdać na długo... Wcześniej czy później ktoś zechce sprawdzić, co tam ukrywa. Nie chciał — nie mógł — zastosować się do rady Bunta i przestać go nosić. Była to więź łącząca go z Tamem. Z ojcem.

Wielu przechodniów również nosiło miecze, ale u żadnego z nich znak czapli nie przykuwał wzroku. Jednak wszyscy mieszkańcy Caemlyn i niektórzy przyjezdni nosili swoje miecze owinięte w pasy materiału, zakrywające i pochwę, i rękojeść — czerwony materiał przewiązany był białym sznurem, a biały czerwonym. Setki znaków czapli mogły być pod tym ukryte i nikt niczego by nie zauważył. Ponadto podporządkowanie się obowiązującym zwyczajom sprawiłoby, że bardziej zlaliby się z tłumem.

Przed wieloma sklepami stały stoły, na których wystawiono materiał i sznur. Rand przystanął przed jednym z nich. Czerwony był tańszy niż biały, a ponieważ poza barwą nie różniły się niczym, to pomimo skarg Mata na temat tych żałosnych resztek pieniędzy, jakie im zostały, Rand nabył czerwony materiał i biały sznur. Sprzedawca o zaciśniętych wargach obejrzał ich od stóp do głów i wykrzywiając usta, wziął od Randa miedziaki. Kiedy zapytali o miejsce, w którym mogliby owinąć miecz, obrzucił ich przekleństwami.

— Nie przyjechaliśmy po to, by zobaczyć Logaina — powiedział spokojnie Rand. — Chcemy tylko zwiedzić Caemlyn. — Przypomniał sobie słowa Bunta i dodał: — Największe miasto na świecie.

Grymas nie opuścił twarzy sprzedawcy.

— Niech Światłość oświeca dobrą Królową Morgase — spróbował jeszcze raz Rand.

— Jeżeli zachciewa wam się kłopotów — odparł tamten kwaśno — to w zasięgu mojego głosu jest około setki ludzi i oni zajmą się wami, nawet jeśli nie uczyni tego Gwardia. — Przerwał, by splunąć, mijając but Randa jedynie odrobinę. — Wynoście się do swoich brudnych spraw.

Rand kiwnął głową, jakby właśnie został niezwykle uprzejmie pożegnany i pociągnął Mata za sobą. Ten przez cały czas oglądał się przez ramię na sklep i mruczał coś do siebie, dopóki Rand nie wepchnął go do pustego zaułka. Odwróceni plecami do ulicy mogli zrobić, co zamierzali, nie zwracając uwagi przechodniów. Rand odpiął pas i zabrał się do owijania miecza.

— Założę się, że policzył ci podwójną cenę za ten cholerny materiał — powiedział Mat. — Potrójną.

Cała rzecz nie była taka prosta, jak się wydawało, należało dokładnie zabezpieczyć miecz pasami materiału, a potem ściśle okręcić sznurem tak, aby nie wypadł.

— Oni wszyscy będą usiłowali nas oszukać, Rand. Myślą, że tak jak inni przyjechaliśmy tutaj zobaczyć fałszywego Smoka. Będziemy mieli szczęście, jeżeli ktoś nie da nam po głowie, gdy będziemy spali. To nie jest dobre miejsce dla nas. Za dużo ludzi. Lepiej od razu jedźmy do Tar Valon. Albo na południe do Illian. Nie miałbym nic przeciwko zobaczeniu, jak przygotowują Polowanie na Róg. Jeżeli nie możemy jechać do domu, po prostu jedźmy gdzieś indziej.

— Ja zostaję — odrzekł Rand. — Jeśli jeszcze ich tu nie ma, to przyjadą wcześniej czy później, będą nas szukać.

Nie bardzo wiedział, czy owinął miecz dokładnie w taki sposób, w jaki czynili to wszyscy, ale czaple na pochwie i rękojeści nie były widoczne, pomyślał więc, że to wystarczy. Kiedy wracali na ulicę, pewien był, że pozbył się jednej z rzeczy, które mogły spowodować kłopoty. Mat szedł za nim tak bezwolnie, jakby był ciągnięty na smyczy.

Krok po kroku udało mu się uzyskać pożądane wskazówki. Były początkowo niejasne, w rodzaju: „gdzieś w tym kierunku” czy „dalej tą drogą”. Im bardziej jednak zbliżali się do celu, tym jaśniejsze stawały się informacje, aż wreszcie stanęli przed szerokim, kamiennym budynkiem. Ponad skrzypiącymi na wietrze drzwiami widniał znak. Mężczyzna klęczał przed złotowłosą kobietą w koronie, która jedną rękę opierała na jego pochylonej głowie. „Błogosławieństwo Królowej".

— Jesteś pewien? — zapytał Mat.

— Oczywiście — odrzekł Rand.

Wziął głęboki oddech i pchnął drzwi.

Główna sala była wielka, wyłożona ciemnym drewnem. Ogrzewał ją ogień rozpalony na dwóch kominkach. Jedna ze służących myła podłogę pomimo tego, że była zupełnie czysta, inna w kącie polerowała lichtarze. Obie uśmiechnęły się do wchodzących, po czym wróciły do pracy.

Jedynie przy kilku stołach siedzieli ludzie, aczkolwiek o tak wczesnej porze kilkunastu gości bez wątpienia stanowiło tłum. Mimo to nikt nie wyglądał na szczególnie uszczęśliwionego widokiem Randa i Mata, choć wyglądali przecież czysto i byli trzeźwi. Woń smażonego mięsa i pieczonego chleba spowodowała, że Randowi ślina napłynęła do ust.

Oberżysta był gruby, miał rumianą twarz, sztywno wykrochmalony biały fartuch, siwiejące włosy zaczesane do tyłu na łysinę, której nie zakrywały całkowicie. Ostrym wzrokiem objął ich od stóp do głów, zauważając zakurzone odzienie, tobołki i znoszone buty, ale z jego twarzy nie zniknął jednak uprzejmy, pełen gotowości uśmiech. Nazywał się Basel Gill.

— Panie Gill — zaczął Rand — skierował nas tutaj przyjaciel. Nazywa się Thom Merrilin. On...

Uśmiech oberżysty zniknął. Rand popatrzył na Mata, ale ten zbyt był zajęty wąchaniem zapachów dochodzących z kuchni, by zwracać uwagę na coś więcej.

— Coś nie tak? Pan przecież go zna?

— Znam go — odpowiedział lakonicznie Gill. Wydawał się bardziej zainteresowany skrzynką kieliszków, które stały obok Randa, niźli czymkolwiek innym. — Chodźcie ze mną.

Odrzucił głowę do tyłu. Rand skinął na Mata i poszedł za oberżystą, zastanawiając się, o co w tym wszystkim chodzi.

W kuchni pan Gill zatrzymał się na chwilę, aby powiedzieć coś do kucharki. Okrągła kobieta, o włosach związanych w kok z tyłu głowy, niemalże dorównywała wagą gospodarzowi. Podczas gdy Gill mówił, wciąż mieszała coś w garnkach. Zapachy były niesamowite. Wprawdzie po dwudniowej głodówce każde jedzenie pachniało wyśmienicie, ale to było bez wątpienia tak dobre jak potrawy pani al'Vere. Żołądek Randa zawył. Mat, z nosem wysuniętym do przodu, szedł prosto w stronę garnków. Rand trącił go łokciem, Mat pośpiesznie obtarł podbródek, po którym ściekła mu ślina.

Oberżysta poprowadził ich śpiesznie w kierunku tylnych drzwi. W stajni obejrzał się dookoła, aby sprawdzić, czy nikogo nie ma w pobliżu i natarł na nich. To znaczy na Randa.

— Co masz w tym futerale, chłopcze?

— Flet Thoma — odpowiedział Rand powoli.

Otworzył futerał, jakby pokazywanie cyzelowanego złotem i srebrem fletu mogło w czymś pomóc. Ręka Mata wślizgnęła się pod płaszcz.

Pan Gill nie spuszczał oczu z Randa.

— Tak, poznaję go. Wystarczająco często widziałem, jak na nim grał i z pewnością nie ma dwóch takich samych poza królewskim dworem. — Uprzejmy uśmiech zniknął z jego twarzy, ostre spojrzenie cięło nagle jak sztylet. — Skąd go masz? Thom prędzej pozbyłby się ręki niż tego fletu.

— Dał mi go. — Rand zdjął z pleców zwinięty płaszcz Thoma i rozpostarł go częściowo na podłodze, wystarczająco, by można było zauważyć kolorowe łaty i jeden koniec futerału harfy. — Thom nie żyje, panie Gill. Jeżeli był twoim przyjacielem, to bardzo mi przykro. Moim był również.

— Nie żyje powiadasz. Jak?

— Jeden... człowiek próbował nas zabić. Thom wepchnął mi w ręce te rzeczy i kazał uciekać. — Łaty powiewały na wietrze jak motyle. Rand poczuł, jak go ściska w gardle, zaczął pieczołowicie zwijać płaszcz. — Zostalibyśmy zabici, gdyby nie on. Razem podążaliśmy do Caemlyn. Kazał nam przyjechać tutaj, do pańskiej karczmy.

— Uwierzę w to, że jest martwy — powiedział wolno oberżysta — kiedy zobaczę jego ciało. — Trącił czubkiem buta zwinięty w tobołek płaszcz i gwałtownie kaszlnął. — Nie. Nie. Wierzę wam, że widzieliście, coście widzieli, nie wierzę po prostu, że zginął. Zabić starego Thoma Merrilina jest trudniej niźli wam się wydaje.

Rand położył dłoń na ramieniu Mata.

— Wszystko w porządku, Mat. To przyjaciel.

Pan Gill spojrzał na Mata i westchnął.

— Przypuszczam, że tak jest.

Mat wyprostował się powoli, splatając ręce na piersiach. Nadal bardzo uważnie przyglądał się oberżyście.

— Podążaliście do Caemlyn, powiadasz? — Oberżysta potrząsnął głową. — To jest chyba ostatnie miejsce na ziemi, w którym spodziewałbym się spotkać Thoma, z wyjątkiem może Tar Valon. — Poczekał, aż prowadzący konia stajenny przeszedł obok, a mimo to zniżył głos. — Macie kłopoty z Aes Sedai, jak rozumiem.

— Tak — wymamrotał Mat, a w tym samym momencie Rand zapytał:

— Dlaczego pan tak uważa?

Pan Gill zaśmiał się sucho.

— Znałem tego człowieka, oto dlaczego. On właśnie wpakowałby się w ten rodzaj kłopotów, szczególnie po to, by pomóc chłopcom w waszym wieku… — W jego oczach zamigotało jakieś wspomnienie, po chwili wyprostował się i uważnie na nich spojrzał. — Teraz… hm… Nie rzucam żadnych oskarżeń, zrozumcie, lecz… hm… Nie uważam, abyście mogli… hm… O co mi chodzi… hm… na czym dokładnie polegają wasze kłopoty z Tar Valon, jeśli mogę zapytać?

Rand dostał gęsiej skórki, gdy zrozumiał, co ten człowiek sugeruje. Jedyna Moc.

— Nie, nie, nic z tych rzeczy, przysięgam. Jedna z Aes Sedai nawet nam pomagała. Moiraine…

Ugryzł się w język, ale wyraz twarzy oberżysty nie zmienił się nawet na jotę.

— Miło to słyszeć. Nie żebym specjalnie kochał Aes Sedai, ale lepiej one niż… niż inne rzeczy. — Wolno skinął głową. — Za dużo mówi się ostatnio o tych rzeczach, odkąd sprowadzili tu Logaina.

Nie chciałem was obrazić, rozumiecie, ale... cóż, po prostu musiałem wiedzieć, nieprawdaż?

— Żadnej obrazy — powiedział Rand.

Mamrotanie Mata było zupełnie niezrozumiałe, pan Gill postanowił jednak wziąć je za dobrą monetę.

— Obaj wyglądacie na ludzi właściwego rodzaju i wierzę, że byliście, że jesteście, przyjaciółmi Thoma, ale wszak są to ciężkie czasy i trudne dni. Nie przypuszczam, byście mogli zapłacić? Nie, nie myślę tak. A teraz niczego nie ma w wystarczającej ilości, a to co jest, kosztuje majątek, dlatego też dam wam łóżka nie najlepsze, ale za to ciepłe i suche, oraz coś do zjedzenia. Niestety nie mogę obiecać więcej, niezależnie od tego, co powinienem.

— Dziękuję — odpowiedział Rand, patrząc kpiąco na Mata. — To więcej, niż się spodziewaliśmy.

„Co to jest właściwy rodzaj ludzi i dlaczego powinien obiecać więcej?"

— Cóż, Thom to dobry przyjaciel. Stary przyjaciel. Gorąca głowa i nazbyt skłonny do mówienia najgorszych z możliwych rzeczy, i to jedynej osobie, której tego robić nie powinien, ale dobry przyjaciel w każdym razie. Jeżeli nie pokaże się... cóż, wtedy coś wymyślimy. Najlepiej żebyście nic nie mówili, nic o pomagających wam Aes Sedai. Jestem wiernym poddanym królowej, ale zbyt wielu jest teraz w Caemlyn takich, którzy mogliby to źle zrozumieć, i nie mówię tylko o Białych Płaszczach.

Mat parsknął.

— Wedle mnie kruki mogłyby zanieść wszystkie Aes Sedai prosto do Shayol Ghul!

— Powściągnij język, chłopcze — warknął oberżysta. — Powiedziałem, że ich nie lubię, a nie że jestem głupcem, który uważa, że stoją za każdym złym wydarzeniem. Królowa udziela swojego poparcia Elaidzie, a za królową stoi Gwardia. Z woli Światłości wszystko nie idzie jeszcze tak źle, aby to się miało zmienić. W każdym razie ostatnimi czasy niektórzy gwardziści tak potracili głowy, że bywają odrobinę nieprzyjemni dla ludzi, o których wiadomo, że rozmawiają o Aes Sedai. Oczywiście nie na służbie, Światłości dzięki, niemniej jednak to się zdarza, co właściwie nie robi różnicy. Nie życzę sobie, by jacyś gwardziści po godzinach służby zdemolowali mi oberżę, tylko po to, by udzielić wam nauczki, wcale nie pragnę, by Białe Płaszcze podburzyły kogoś, by ten namalował Smoczy Kieł na moich drzwiach. Dlatego też, jeśli chcecie mi jakoś pomóc, swoje poglądy na temat Aes Sedai zatrzymajcie dla siebie, niezależnie od tego, jaki jest ich charakter. — Na chwilę pogrążył się w zadumie, po czym dodał: — Prawdopodobnie najlepiej będzie, jeżeli imienia Thoma również przy nikim nie będziecie wymieniać. Niektórzy gwardziści mają długą pamięć, podobnie zresztą jak królowa. Nie należy kusić losu.

— Thom miał kłopoty z królową? — zapytał Rand, nie dowierzając, a karczmarz roześmiał się.

— A więc nie opowiedział wam wszystkiego. Zresztą nie wiem, dlaczego miałby. Z drugiej strony jednak dlaczego nie mielibyście wiedzieć? Nie jest to właściwie żadna tajemnica. Czy myślicie, że każdy bard myśli tyle o sobie, ile myślał Thom? Cóż, jeśli się nad tym zastanowić, to chyba tak jest, ale zawsze wydawało mi się, że Thomowi przydawało się to myślenie o sobie. Rozumiecie, przecież nie zawsze był bardem wędrującym od wioski do wioski i przesypiającym połowę nocy pod płotem. Był czas, kiedy Thom Merrilin był Dworskim Bardem, właśnie tutaj w Caemlyn i znano go na wszystkich dworach, od Łzy do Maradon.

— Thom? — zapytał Mat.

Rand wolno pokiwał głową. Z łatwością mógł sobie wyobrazić Thoma, z jego wytwornymi manierami i wzniosłymi gestami, na dworze Królowej.

— Tak było — powiedział pan Gill. — Było to niedługo po tym, jak umarł Taringail Damodred i po tym jak... wyszły na jaw te kłopoty z jego bratankiem. Niektórzy mówili, że Thom, można powiedzieć, bliższy był królowej, niźli to stosowne. Lecz Morgase była wówczas młodą wdową, a Thom znajdował się w kwiecie wieku, zresztą uważam, że królowa może przecież zawsze robić to, czego pragnie. Z tym że łatwo wpadała w złość, nasza dobra królowa Morgase, a on wyjechał bez słowa, kiedy dowiedział się, w jaki to rodzaj kłopotów popadł jego bratanek. Królowej niezbyt się to spodobało. I nie spodobało jej się również, że mieszał się w sprawy Aes Sedai. Nie umiem orzec, czy Thom postąpił właściwie, bratanek czy nie bratanek. W każdym razie, kiedy wrócił, wypowiedział te słowa. Słowa, których nie należy mówić królowej. Których nie należy mówić żadnej kobiecie pokroju Morgase. Elaida była nastawiona przeciwko niemu, ponieważ usiłował ingerować w sprawę swojego bratanka, i znalazłszy się pomiędzy gniewem królowej i niechęcią Aes Sedai, Thom opuścił Caemlyn, gdyż tutaj czekało go zapewne więzienie, o ile nie wręcz topór kata. Z tego, co wiem, nakaz jest ciągle w mocy.

— To było dawno temu — powiedział Rand — może nikt już nie pamięta.

Pan Gill potrząsnął głową.

— Kapitan Gareth Bryne jest Kapitanem-Generałem Gwardii Królowej. Osobiście dowodził gwardzistami, których Morgase wysłała, aby pochwycili Thoma i dostarczyli go jej w łańcuchach, i wątpię, czy kiedykolwiek zapomni, jak przyjechał z pustymi rękoma, by przekonać się, że Thom wrócił do Pałacu i ponownie wyjechał. A królowa nigdy niczego nie zapomina. Czy w ogóle, czy znacie jakąkolwiek kobietę, która potrafiłaby zapomnieć? A Morgase dała się temu wszystkiemu pochłonąć bez reszty. Przysięgam, przez miesiąc całe miasto szepcząc chodziło cicho na palcach. Żyją jeszcze gwardziści, którzy to wszystko pamiętają. Nie, lepiej zachowajcie sprawę Thoma w takim samym sekrecie, jak wasze Aes Sedai. Chodźcie, dam wam coś do jedzenia. Wyglądacie, jakby wasze żołądki zaczęły już trawić same siebie.

ROZDZIAŁ 36

SPLOT WZORU

Pan Gill zaprowadził ich do sali głównej, posadził przy stojącym w kącie stole i kazał jednej ze służących przynieść jedzenie. Rand pokiwał głową, kiedy zobaczył talerze, a na nich kilka cienkich płatów polanej sosem wołowiny, łyżeczkę żółtawej zieleniny i dwa ziemniaki. Nie było jednak złości w tym geście, raczej smutek i rezygnacja. Niczego nie ma wystarczająco dużo, powiedział oberżysta. Podnosząc nóż i widelec, Rand zastanawiał się, co będzie, kiedy już nic nie zostanie. Wobec takich myśli na poły pusty talerz wydał się prawdziwą ucztą. Przeszył go dreszcz.

Stół wybrany przez pana Gilla stał w znacznej odległości od pozostałych, sam gospodarz usiadł w kącie, skąd mógł obserwować salę. W ten sposób nikt nie mógł zbliżyć się na tyle, by podsłuchać, o czym mówią. Kiedy służąca odeszła, powiedział miękko:

— A może mi teraz opowiecie o waszych kłopotach? Jeżeli mam wam pomóc, wolałbym wiedzieć, w co się wdaję.

Rand spojrzał na Mata, lecz ten marszczył czoło, wpatrzony w swój talerz, jakby oszalał na punkcie krojonego właśnie ziemniaka. Wziął głęboki oddech.

— Sam do końca nie rozumiem ich natury — zaczął.

Przedstawił całą historię w najprostszy sposób, pomijając jednak trolloki i Pomory. Jeżeli ktoś oferuje ci pomoc, nie należy raczyć go w rewanżu opowiadaniem bajek. Nie sądził, aby właściwym było podkreślanie niebezpieczeństwa, ani też wciąganie kogoś w sprawę, podczas gdy sami właściwie nie wiedzieli, w co się wdali. Jacyś ludzie ścigali jego, Mata oraz garstkę ich przyjaciół. Pojawiali się w miejscach najbardziej nieoczekiwanych, byli śmiertelnie niebezpieczni, zamierzali zabić ich wszystkich, może nawet coś jeszcze gorszego. Moiraine mówiła, iż niektórzy z nich to Sprzymierzeńcy Ciemności. Thom nie do końca jej ufał, niemniej został z nimi, utrzymując, że czyni tak ze względu na swojego bratanka. Rozdzielili się podczas ataku, który nastąpił na drodze do Białego Mostu, a później, już w samym Białym Moście, Thom zginął, ratując ich przed kolejną napaścią. Potem jeszcze kilka razy znaleźli się w niebezpieczeństwie. Zdawał sobie sprawę, iż jego opowieść nie jest zupełnie spójna, niemniej to było wszystko, na co go było stać w krótkim sprawozdaniu, a nie chciał nawiązywać do rzeczy, które mogły okazać się niebezpieczne.

— Mieliśmy się nie zatrzymywać, dopóki nie dotrzemy do Caemlyn — wyjaśnił. — Taki był pierwotny plan. Caemlyn, a później Tar Valon. — Wiercił się, siedząc niewygodnie na samej krawędzi krzesła. Po tak długim czasie zachowywania ścisłej tajemnicy, czuł się dziwnie, wyznając komuś choćby tylko tyle, ile właśnie powiedział. — Jeżeli będziemy trzymać się tej trasy, nasi przyjaciele wcześniej czy później nas odnajdą.

— Jeśli jeszcze żyją — wymruczał Mat, z nosem wbitym w talerz.

Rand nawet na niego nie spojrzał. Coś mu kazało dodać jeszcze:

— Pomagając nam, może pan mieć kłopoty.

Pan Gill machnął lekceważąco pulchną dłonią.

— Nie mogę powiedzieć, żebym pragnął kłopotów, ale nie byłyby to pierwsze, które mi się przydarzają. Żaden przeklęty Sprzymierzeniec Ciemności nie skłoni mnie, abym odwrócił się plecami od przyjaciół Thoma. Ta wasza przyjaciółka z północy... cóż, jeśli przybędzie do Caemlyn, to będę o tym wiedział. Ludzie tutaj zwracają uwagę na przyjazdy i wyjazdy osób tego rodzaju, a plotki szerzą się szybko.

Rand zawahał się na moment, a potem zapytał:

— A Elaida?

Karczmarz również zastanawiał się przez chwilę, jednak po krótkim namyśle przecząco potrząsnął głową.

— Raczej nie. Gdyby nie wasze związki z Thomem, wszystko może wyglądałoby inaczej. Ona przejrzy was na wylot i co wówczas? Trudno powiedzieć, co się z wami stanie. Może skończycie w celi? Może jeszcze gorzej. Powiadają, że ona ma sposoby na poznanie różnych rzeczy, zarówno tych, które się zdarzyły, jak i tych, które dopiero będą. Że potrafi przeniknąć właśnie to, co człowiek najbardziej stara się ukryć. Nie wiem, jak to z tym jest, ale ja bym nie ryzykował. Gdyby Thom nie był w to zamieszany, moglibyście zwrócić się do gwardzistów. Już oni zajęliby się tymi Sprzymierzeńcami Ciemności. A nawet gdybyście zataili przed Gwardzistami wasz związek z Thomem, wzmianka o Sprzymierzeńcach Ciemności mogłaby dotrzeć do Elaidy, no i w tym momencie znowu jesteśmy w punkcie wyjścia.

— Żadnych gwardzistów — zgodził się Rand.

Mat z zapałem przytaknął i jednocześnie wepchnął widelec do ust, rozsmarowując sobie sos na policzku.

— Kłopot, chłopcze, polega na tym, że niezależnie od tego, jakie by były wasze zamiary, wkroczyliście na teren polityki, a polityka jest jak mgliste bagno pełne węży.

— A co... — zaczął Rand, lecz twarz oberżysty wykrzywił nagły grymas. Krzesło zatrzeszczało, kiedy się gwałtownie wyprostował.

W drzwiach wiodących do kuchni stanęła kucharka, wycierając ręce w fartuch. Kiedy pochwyciła spojrzenie oberżysty, gestem przywołała go, po czym wróciła do kuchni.

— Równie dobrze mógłbym ją poślubić — westchnął pan Gill. — Zawsze wie, co należy załatwić, zanim ja w ogóle zorientuję się, że coś jest nie w porządku. Jeśli nie zatkała się rura doprowadzająca wodę albo zlew, to na pewno chodzi o szczury. Rozumiecie, dbam o czystość, ale w tak zatłoczonym mieście szczury są wszędzie. Każ ludziom tłoczyć się na jednym miejscu i od razu masz również szczury. Caemlyn niespodziewanie przeżywa teraz prawdziwą plagę szczurów. Nie macie pojęcia, ile dobry kot, taki prawdziwy łowca, dzisiaj kosztuje. Wasz pokój jest na strychu. Powiem dziewczętom który, każda z nich wskaże wam drogę. I nie bójcie się Sprzymierzeńców Ciemności. Niewiele dobrego mogę powiedzieć o Białych Płaszczach, ale dzięki ich obecności w mieście, ich i gwardzistów, nikt taki nie śmie pokazać swojej paskudnej gęby w Caemlyn. — Jego krzesło zaskrzypiało ponownie, gdy odsuwał je i wstawał. — Mam nadzieję, że to nie jest znowu zlew.

Rand powrócił do swego posiłku, lecz nagle spostrzegł, że Mat przestał jeść.

— Myślałem, że jesteś głodny — powiedział.

Mat wpatrywał się w swój talerz, po którym toczył widelcem kawałek ziemniaka.

— Musisz jeść, Mat. Musimy zachować siły, jeśli chcemy dotrzeć do Tar Valon.

Mat odpowiedział długim, gorzkim śmiechem.

— Tar Valon! Cały czas to było Caemlyn. Moiraine będzie czekać na nas w Caemlyn. Odnajdziemy w Caemlyn Egwene i Perrina. Wszystko będzie dobrze, jeśli tylko dotrzemy do Caemlyn. No i cóż, jesteśmy tutaj i nie jest dobrze. Nie ma Moiraine, nie ma Perrina, nie ma nikogo. A teraz mówisz, że wszystko będzie dobrze, jeśli tylko dojedziemy do Tar Valon.

— Żyjemy — odparł Rand tonem ostrzejszym, niż zamierzał. Wziął głęboki oddech i spróbował nadać głosowi łagodniejsze brzmienie. — Żyjemy. Dopóki żyjemy, jest dobrze. A ja chcę zostać przy życiu. Chcę się dowiedzieć, dlaczego jesteśmy tak ważni. Nie mam zamiaru się poddawać.

— Wszyscy ci ludzie razem i każdy z osobna może być Sprzymierzeńcem Ciemności. Pan Gill coś zbyt szybko zgodził się nam pomóc. Pokaż mi człowieka, który lekceważy zarówno Aes Sedai, jak i Sprzymierzeńców Ciemności. To nie jest naturalne. Każdy przyzwoity człowiek kazałby nam się wynosić, albo... albo... coś innego.

— Jedz — powiedział Rand delikatnie i patrzył, dopóki Mat nie włożył sobie do ust kawałka pieczeni.

Przez jakiś czas pozwolił swym dłoniom spoczywać obok talerza, przyciskał je do stołu, usiłując powstrzymać drżenie. Był przerażony. Nie bał się oczywiście pana Gilla, ale nawet wobec braku zagrożenia ze strony oberżysty, miał tego wszystkiego już dosyć. Wysokie mury obronne miasta nie są w stanie zatrzymać Pomora. Być może jednak powinien powiedzieć o tym oberżyście. Ale nawet jeśli tamten by uwierzył, czy wówczas równie chętnie pospieszyłby z pomocą? Wiedząc, że Pomor może nachodzić „Błogosławieństwo Królowej”? No i szczury! Pośród tak wielu ludzi szczury najpewniej nie stanowią zagrożenia, ale pamiętał Baerlon, ten sen, który nie był snem i trzask cieniutkiego kręgosłupa. „Czarny wysługuje się czasami oczyma padlinożerców — powiedział Lan. — Kruków, wron, szczurów...”

Zjadł, ale kiedy skończył, nie pamiętał smaku potraw.

Służąca, ta która zajęta była polerowaniem lichtarzy, kiedy weszli do gospody, pokazała im drogę do pokoju na strychu. Łóżka stały po obu stronach wybitego w ukośnej ścianie dymnikowego okienka, w drzwi wbito haczyki, na których mogli powiesić swoje rzeczy. Ciemnooka dziewczyna okręcała na palcu rąbek swej spódnicy i chichotała, kiedy tylko spojrzała na Randa. Była ładna, wiedział jednak, że kiedy odezwie się do niej, zrobi z siebie głupca. Żałował, iż nie potrafi być tak obojętny wobec dziewcząt jak Perrin, a kiedy wyszła, poczuł ulgę.

Spodziewał się jakichś złośliwych komentarzy ze strony Mata, lecz zaraz po tym jak dziewczyna zniknęła za drzwiami, ten rzucił się na jedno z łóżek i, nie zdejmując nawet płaszcza i butów, odwrócił głowę do ściany.

Rand wieszał swoje rzeczy, spoglądając na plecy przyjaciela. Był pewien, że Mat trzyma rękę pod płaszczem, znowu ściskając sztylet.

— Masz zamiar cały czas tak leżeć tutaj i ukrywać się? — zapytał ostatecznie.

— Jestem zmęczony — wymamrotał Mat w odpowiedzi.

— Ale musimy jeszcze zadać kilka pytań panu Gillowi. Być może będzie w stanie nam powiedzieć, w jaki sposób odnaleźć Egwene i Perrina. Jeśli udało im się zachować konie, to mogą już od pewnego czasu być w Caemlyn.

— Nie żyją — burknął Mat do ściany.

Rand wahał się przez moment, po czym zrezygnował. Cicho zamknął za sobą drzwi, w nadziei, że Mat w końcu zaśnie.

Na dole rozejrzał się za panem Gillem. Nigdzie nie mógł go jednak znaleźć. Po ostrym błysku w oczach kucharki zorientował się, że ona również go szuka. Przez jakiś czas siedział w głównej sali, lecz wkrótce zorientował się, że wpatruje się w każdego wchodzącego gościa, w każdego obcego, który mógł okazać się kimkolwiek — lub czymkolwiek — szczególnie w momencie, gdy na tle jasnych drzwi majaczyła tylko ciemna sylwetka w płaszczu. Pomor w sali byłby jak lis w kurniku.

Z ulicy wszedł umundurowany w czerwień gwardzista. Stanął w drzwiach i chłodnym spojrzeniem obrzucił wszystkich tych, którzy wyglądali na przyjezdnych. W momencie gdy oczy mężczyzny spoczęły na nim, Rand wbił wzrok w powierzchnię stołu. Kiedy podniósł wzrok, gwardzisty już nie było.

Czarnooka służąca właśnie przechodziła obok z naręczem ręczników.

— Czasami tak robią — powiedziała poufnym tonem, gdy podeszła bliżej. — Po prostu sprawdzają, czy nic się nie dzieje. Sprawdzają poddanych naszej dobrej królowej. Nie masz czym się przejmować.

Zachichotała.

Rand potrząsnął głową. Nie ma czym się przejmować. Przecież Gwardzista nie podszedł do niego i nie dopytywał się, czy zna Thoma Merrilina. Zaczynał popadać w to samo, co Mat. Wbił paznokcie w krzesło.

Druga służąca uzupełniała właśnie oliwę w lampach.

— Czy jest tu jakaś inna sala, w której mógłbym posiedzieć? — zapytał ją. Nie miał ochoty wracać na górę i milczeć w atmosferze ponurej obojętności Mata. — Może jakiś nie używany właśnie gabinet?

— Jest biblioteka. — Wskazała dłonią drzwi. — Prosto, przy końcu korytarza na prawo. O tej porze może być pusta.

— Dziękuję. Jeśli zobaczysz pana Gilla, to proszę powiedz mu, że o ile znajdzie chwilę czasu, Rand al'Thor chciałby z nim porozmawiać.

— Dobrze, powiem — odrzekła, po czym zmarszczyła brwi. — Kucharka również chce z nim porozmawiać.

Kiedy odwracał się i odchodził, przyszło mu na myśl, że oberżysta prawdopodobnie gdzieś się schował.

Kiedy wszedł do izby, do której go skierowano, zatrzymał się i rozejrzał zdumiony. Półki musiały zawierać jakieś trzysta czy czterysta książek, więcej niźli kiedykolwiek w życiu widział zgromadzonych w jednym miejscu. Oprawione w płótno, oprawione w skórę o połyskujących złotem grzbietach. Przejrzał szybko tytuły, odnajdując swoje ulubione. *Podróże Jaina Długi Krok. Eseje Willima Manechesa.* Ścisnęło go w gardle, gdy zobaczył oprawioną w skórę kopię *Podróży do Ludu Morza.* Tam zawsze chciał ją przeczytać.

Wyobraził sobie Tama, jak z uśmiechem obraca książkę w dłoniach, oswajając się z jej kształtem i fakturą, po czym z fajką zasiada przed kominkiem, aby oddać się lekturze. Opanowało go tak przemożne poczucie straty i pustki, że ręka mimowolnie zacisnęła się na rękojeści miecza, a radość obcowania z książkami zniknęła zupełnie.

Za jego plecami ktoś kaszlnął i Rand nagle zorientował się, że nie jest sam. Odwrócił się, gotów przeprosić za najście. Przywykł do tego, że jest wyższy od większości ludzi, których spotykał, dlatego gdy teraz jego oczy wędrowały coraz wyżej w poszukiwaniu twarzy, ze zdziwienia aż rozdziawił usta. Postać sięgała głową niemalże aż po znajdujący się dziesięć stóp nad podłogą sufit. Szeroki na całą twarz nos należałoby właściwie nazwać ryjem. Zwisające niczym ogony brwi otaczały jasne oczy, wielkie jak spodki. Uszy sterczały aż po czub włochatej, czarnej grzywy.

Trollok!

Rand krzyknął i cofając się usiłował dobyć miecza. Zamiast tego nogi zaplątały się pod nim i ciężko usiadł na podłodze.

— Jakże bym chciał, abyście wy, ludzie, zachowywali się inaczej — zagrzmiał głos głęboki jak ton bębna. Istota zastrzygła gwałtownie uszami i dodała smutno: — Tak niewielu z was nas pamięta. Zapewne to nasza wina. Niewielu z nas przebywa pośród ludzi, od czasu gdy Cień spoczął na Drogach. To… och, teraz już sześć pokoleń. Od końca Wojen z Trollokami. — Kudłata głowa zatrzęsła się, z jej ust wydobyło się westchnienie, którego nie powstydziłby się byk. — Zbyt długo, zbyt długo i tak niewielu chcących podróżować i oglądać, jakby nie było nikogo…

Rand siedział przez chwilę z otwartymi ustami, wpatrując się w niesamowitą postać, odzianą w szerokonose, wysokie do kolan buty, w ciemnoniebieski płaszcz zapięty od pasa po szyję, poszerzany ku dołowi i spływający szeroko jak spódnica na obszerne spodnie. W jednej dłoni trzymała książkę, maleńką wobec ogromu sylwetki, potrójnie szeroki palec zaznaczał miejsce, w którym przerwała czytanie.

— Myślałem, że jesteś... — zaczął Rand, ale przerwał, by odkaszlnąć. — Czym...? — Nie wyszło to ani odrobinę lepiej. Wstał i ostrożnie wyciągnął dłoń. — Nazywam się Rand al'Thor.

Ręka szeroka jak patelnia ujęła jego dłoń, towarzyszył temu formalny ukłon.

— Loial, syn Arendta, syna Halana. Twoje imię śpiewa w moich uszach, Randzie al'Thor.

Rand pomyślał, że musi to być zwyczajowe pozdrowienie. Odwzajemnił ukłon.

— Twoje imię śpiewa w moich uszach, Loialu, synu Arendta... och... syna Halana.

Cała ta sytuacja wydawała się nierealna. Wciąż nie wiedział, czym jest Loial. Uścisk ogromnych palców był zaskakująco delikatny, niemniej jednak poczuł ulgę, gdy okazało się, że jego dłoń jest nienaruszona.

— Wy, ludzie, łatwo dajecie się wyprowadzić z równowagi — powiedział Loial, swoim głosem przypominającym basowy grzmot. — Słyszałem opowieści, czytałem książki, ale jakoś nie docierało to do mnie. Kiedy przybyłem do Caemlyn, wywołałem niewiarygodne poruszenie. Dzieci płakały, kobiety krzyczały, a tłum zbrojny w pałki, noże i pochodnie ścigał mnie przez całe miasto wrzeszcząc: „Trollok!" Obawiam się, że początkowo trochę się zdenerwowałem. Trudno powiedzieć, co by się stało, gdyby oddział Gwardii Królowej nie przechodził akurat w pobliżu.

— Rzeczywiście szczęście — odparł Rand nieśmiało.

— Tak, z tym że nawet Gwardziści byli równie przerażeni moim widokiem jak pozostali. Dzisiaj mija czwarty dzień mojego pobytu w Caemlyn i nie mogę wystawić nosa poza tę gospodę. Dobry pan Gill prosił mnie nawet, bym nie korzystał z głównej sali. — Zastrzygł uszami. — Nie chodzi o to, że jest niegościnny, rozumiesz. Ale pierwszej nocy wywołałem niewielkie zamieszanie. Wszyscy ludzie chcieli natychmiast wyjść. Wrzask, krzyk, wszyscy jednocześnie usiłują dostać się do drzwi. Niektórzy mogli zrobić sobie krzywdę.

Rand zafascynowany patrzył na strzygące uszy.

— Muszę ci powiedzieć, że nie po to opuściłem *stedding*.

— Ty jesteś ogirem! — wykrzyknął Rand. — Zaraz. Sześć pokoleń? Powiedziałeś Wojny z Trollokami! Ile masz lat?

Kiedy już wypowiedział te słowa, zrozumiał, że nie było to zbyt grzeczne, ale Loial wydawał się raczej trochę przestraszony niż urażony.

— Dziewięćdziesiąt — odpowiedział ogir, w jego głosie pobrzmiewało lekkie napięcie. — Za dziesięć lat będę wystarczająco dojrzały, aby móc przemawiać na Zgromadzeniu. Uważam, że Starsi powinni pozwolić mi mówić, ponieważ decydowali, czy zezwolić mi na wyjazd. Zawsze martwią się o każdego, niezależnie od jego wieku, kto wyrusza na Zewnątrz. Wy, ludzie, jesteście tak niecierpliwi, postępujecie w tak nieprzemyślany sposób. — Zamrugał i przepraszając szybko skinął głową. — Wybacz mi. Nie chciałem tego powiedzieć. Ale walczycie ze sobą przez cały czas, nawet wtedy, gdy nie ma takiej potrzeby.

— To prawda — zgodził się Rand.

Wciąż próbował objąć myślami to, co usłyszał. Dziewięćdziesiąt lat. Starszy od Cenna Buie, a jednak wciąż zbyt młody na... Usiadł na jednym z krzeseł o wysokich oparciach. Loial zestawił ze sobą dwa, wypełniając je ogromem swej postaci. Siedząc, dorównywał wzrostem wyprostowanemu człowiekowi.

— Ostatecznie pozwolili ci pójść.

Loial patrzył w podłogę i marszczył nos, pocierając go jednocześnie grubym palcem.

— No, ale powróćmy do sprawy. Pień nie obradował długo, nawet nie przez rok, ale na podstawie tego, co usłyszałem, zanim podjęliby jakąś decyzję w mojej sprawie, byłbym wystarczająco dorosły, aby wyjechać bez ich pozwolenia. Obawiam się, że ich zdaniem umocowałem swój topór na nieco za długim trzonku, ale cóż, po prostu… odszedłem. Starsi zawsze mówili, że jestem trochę w gorącej wodzie kąpany, boję się więc, iż czyniąc tak, dowiodłem tylko słuszności ich osądu. Ciekaw jestem, czy już zdali sobie sprawę, że wyruszyłem? Ale musiałem iść.

Rand mocno zacisnął wargi, aby powstrzymać się od śmiechu. Jeżeli Loiala uważano za niecierpliwego, to jacy muszą być inni ogirowie. Ich spotkania nie ciągną się długo, nawet nie przez rok? Pan al'Vere dopiero by się zdziwił. Te posiedzenia Rady Wioski, które trwały pół dnia, powodowały, że wszyscy, nawet pan Luhhan, siedzieli jak na szpilkach. Fala tęsknoty zalała jego serce, wspomnienia o Tamie, Egwene, „Winnej Jagodzie", Bel Tine i Łące, z czasów badziej szczęśliwych niż obecne, zaparły mu dech w piersiach. Siłą oddalił te myśli.

— Jeżeli mogę zapytać — kaszlnął — dlaczego tak bardzo pragnąłeś udać się… hm, na Zewnątrz? Ja żałuję, że w ogóle wyjeżdżałem z domu.

— Dlaczego? Żeby zobaczyć. — Loial powiedział to takim tonem, jakby stanowiło to najbardziej oczywistą rzecz na świecie. — Czytałem książki, wszystkie relacje podróżników i one rozniecíły we mnie pragnienie, by zobaczyć to, o czym pisali. — Jego jasne oczy rozbłysły, uszy zesztywniały. — Czytałem każdy strzęp na temat podróży, jaki wpadł mi w ręce, czytałem o Drogach, o obyczajach panujących w ludzkich krainach, o miastach, które dla was, ludzi, zbudowaliśmy po Pęknięciu Świata. A im więcej czytałem, tym silniejszego nabierałem przekonania, że muszę udać się na Zewnątrz, pojechać do tych miejsc, w których kiedyś żyliśmy i na własne oczy zobaczyć gaje.

Rand zamrugał.

— Gaje?

— Tak, gaje. Drzewa. Oczywiście kilka tylko Wielkich Drzew wspinających się ku niebu i zachowujących świeżą pamięć *stedding*.

Krzesło zajęczało, kiedy nachylił się do przodu, gwałtownie gestykulując dłońmi, z których jedna wciąż dzierżyła książkę. Jego oczy jaśniały jeszcze silniej niż dotąd, uszy niemalże trzepotały.

— Zazwyczaj używali drzew rosnących w danej krainie, na danym miejscu. Nie można ziemi skierować przeciwko niej samej. Nie na długo, zbuntuje się. Trzeba kształtować wizję w zgodzie z ziemią, a nie ziemię wedle wizji. Każde drzewo sadzone w gaju, miało tam rosnąć i owocować, każde współistnieć w harmonii z następnym, każde umieszczone było tak, by stanowiło dopełnienie innego, dzięki czemu mogły lepiej rosnąć, oczywiście, ale także po to, by ich harmonia zaśpiewała w oku i sercu. Ach, książki mówią o gajach i wywołują u Starszych płacz i śmiech jednocześnie, mówią o gajach, które w pamięci pozostaną wiecznie zielone.

— A miasta? — zapytał Rand.

Loial obdarzył go nierozumiejącym spojrzeniem.

— Miasta. Miasta, które zbudowali ogirowie. Na przykład to. Caemlyn. Ogirowie zbudowali Caemlyn, nieprawdaż? Tak mówią opowieści.

— Praca w kamieniu... — Ramionami ogira zatrząsł potężny dreszcz. — To jest coś, czego nauczono się w latach, które przyszły po Pęknięciu, podczas Wygnania, kiedy wciąż usiłowaliśmy na nowo odnaleźć *stedding*. To jest dobra rzecz, ale nieprawdziwa. Próbuj, jeśli chcesz, a czytałem, że ogirowie, którzy budowali te miasta, naprawdę próbowali, ale nie jesteś w stanie ożywić kamienia. Niektórzy do dziś pracują w kamieniu, ale tylko dlatego, by naprawiać szkody, jakie powodują wasze ludzkie wojny. Garstka ogirów jest w... ach... w Cairhien, jak to się dzisiaj nazywa... Przechodziłem tamtędy. Na szczęście pochodzili z innego *stedding*, chociaż i tak byli podejrzliwi, dziwiąc się, że taki młody i sam przebywam na Zewnątrz. Przypuszczam, że dobrze się stało, bo i tak nie było żadnych powodów, abym miał tam dłużej zostać. W każdym razie, zrozum, praca z kamieniem jest czymś, co zostało narzucone nam przez splot Wzoru, gaje pochodzą z serca.

Rand potrząsnął głową. Połowa opowieści, wśród których wyrósł, została nagle przewrócona na nice.

— Loialu, nie wiedziałem, że ogirowie wierzą we Wzór.

— Oczywiście, że wierzymy. Koło Czasu tka Wzór Wieków, a żywoty stanowią jego przędzę. Nikt nie jest w stanie powiedzieć, w jaki sposób wątek jego własnego życia zostanie wpleciona we Wzór, ani też w jaki sposób spleciony będzie wątek jakiegoś narodu. To przyniosło nam już Pęknięcie Świata, Wygnanie, Kamień oraz Tęsknotę, a ostatecznie być może, zanim wszyscy pomrzemy, zwróci nam *stedding*. Czasami uważam, że wy ludzie jesteście tacy, jacy jesteście, bo wasze wątki są tak krótkie. Muszą miotać się na wszystkie strony w splocie. Och, znowu, znowu to zrobiłem. Starsi mówią, że wy, ludzie, nie lubicie, aby wam przypominać, jak krótko żyjecie. Mam nadzieję, że cię nie uraziłem.

Rand zaśmiał się i potrząsnął głową.

— Wcale. Przypuszczam, że to może być zabawne, żyć tak długo jak ty, ale nigdy naprawdę o tym nie myślałem. Sądzę, iż wystarczy mi, jeśli będę żył tak długo jak Cenn Buie.

— A on jest bardzo stary?

Rand tylko pokiwał głową. Nie miał ochoty tłumaczyć, że stary Cenn Buie jest młodszy od Loiala.

— Cóż — powiedział Loial — być może wy, ludzie, rzeczywiście żyjecie krótko, lecz potraficie tyle zrobić ze swoim życiem, wciąż miotacie się, wciąż tacy niecierpliwi. I macie dla siebie cały świat. My, ogirowie, jesteśmy związani z naszym *stedding*.

— Ty jesteś na Zewnątrz.

— Tylko czasowo, Rand. Kiedyś będę musiał wrócić. Ten świat należy do ciebie, do ciebie i twojego rodzaju. *Stedding* są moje. Na Zewnątrz jest za dużo tumultu i zamieszania. I tak wiele zmieniło się w porównaniu z tym, o czym czytałem.

— Cóż, rzeczy zmieniają się wraz z upływem lat. Przynajmniej niektóre.

— Niektóre? Połowa miast, o których czytałem, już nie istnieje, a reszta nosi inne nazwy. Weź Cairhien. Właściwa nazwa tego miasta brzmi: Al'cair'rahienallen, Wzgórze Złotego Brzasku. Jego mieszkańcy nawet nie pamiętają o tym, pomimo wschodzącego słońca zdobiącego ich sztandary. No i gaj, który się tam znajduje. Wątpię, czy ktokolwiek dbał o niego od czasu Wojen z Trollokami. Dla nich stanowi po prostu jeszcze jeden las, w którym wycinają drzewo na opał. Wszystkie Wielkie Drzewa zniknęły i nikt o nich nie pamięta. A tutaj? Caemlyn wciąż nazywa się tak samo, ale rozbudowali miasto dokładnie tam, gdzie był gaj. Siedzimy właśnie niecałe ćwierć mili od jego centrum, to znaczy od miejsca, gdzie to centrum powinno być. Nie ocalało żadne drzewo. Byłem również w Illian i Łzie. Inne nazwy, żadnych wspomnień. W Łzie na miejscu gaju znajduje się pastwisko dla koni, a w Illian gaj jest parkiem króla, w którym ten poluje na swoje jelenie, nikomu nie wolno wchodzić do środka bez zezwolenia. Wszystko się zmieniło, Rand. Mocno się obawiam, że tak będzie wszędzie, dokądkolwiek pójdę. Wszystkie gaje uschły, wspomnienia sczezły, marzenia umarły.

— Nie możesz się poddawać, Loialu. Nigdy nie można się poddawać. Jeżeli zrezygnujesz, równie dobrze możesz umrzeć.

Rand wbił się w krzesło tak mocno, jak tylko potrafił, na twarz wypełzł mu rumieniec. Spodziewał się, że ogir go wyśmieje, ale Loial tylko poważnie pokiwał głową.

— To jest właśnie sposób, w jaki twój rodzaj żyje, nieprawdaż? — Jego głos zmienił się, jakby coś cytował. — Póki stanie cienia, póki stanie wody, z zaciśniętymi zębami, gdzie panuje mrok, by ostatnim tchem jeszcze wyszeptać przekleństwo, by splunąć w twarz Temu Który Odbiera Wzrok, w ten Dzień Ostatni.

Loial pochylił w oczekiwaniu swą kudłatą głowę, ale Rand nie miał pojęcia, czego się po nim spodziewa.

Minęła minuta, potem druga. Loial wciąż czekał, jego długie brwi obwisły w zakłopotaniu. Wciąż jednak czekał, cisza zaczynała już powoli Randowi ciążyć.

— Te Wielkie Drzewa — powiedział ostatecznie i to po to tylko, by przerwać ciszę — czy są takie jak *Avendesora?*

Loial wyprostował się gwałtownie, krzesło pod nim zatrzeszczało i zaskrzypiało tak mocna że Rand wystraszył się, iż się rozpadnie.

— Sam wiesz lepiej. Właśnie ty, spośród wszystkich ludzi.

— Ja? Skąd mogę wiedzieć?

— Żartujesz sobie ze mnie? Czasami wy, Aielowie, uważacie, że najdziwaczniejsze rzeczy są śmieszne.

— Co? Ja nie jestem Aielem! Pochodzę z Dwu Rzek. Nigdy nawet nie widziałem Aielów!

Loial potrząsnął głową, pędzelki na jego uszach obwisły.

— No i widzisz? Wszystko się zmieniło i połowa tego co wiem, jest bezużyteczna. Mam nadzieję, że cię nie uraziłem. Pewien jestem, że twoje Dwie Rzeki są bardzo miłym miejscem, niezależnie od tego, gdzie się znajdują.

— Ktoś powiedział mi — odrzekł Rand — że kiedyś to miejsce nazywało się Manetheren. Ja nigdy nie słyszałem tej nazwy, lecz może ty…

Uszy ogira uniosły się ze szczęścia.

— Ach! Tak. Manetheren. — Pędzelki opadły na powrót. — Był tam bardzo piękny gaj. Twój ból śpiewa w moim sercu, Randzie al'Thor. Nie zdążyliśmy na czas.

Loial pochylił się na krześle, Rand również się przygarbił. Spodziewał się, że Loialowi może być przykro, jeśli zachowa się inaczej i ostatecznie jednak okaże się niegrzeczny. Zastanawiał się, czy ogir uważa, że ma on taką samą pamięć, jaką wydawali się mieć ogirowie. Kąciki oczu i ust Loiala pozostawały opuszczone, tak jakby dzielił ból straty Randa, tak jakby zniszczenie Manetheren nie nastąpiło dwa tysiące lat temu, lecz niedawno i jakby nie było czymś, o czym Rand dowiedział się wyłącznie z opowieści Moiraine.

Po chwili Loial westchnął.

— Koło się obraca — powiedział — i nikt nie zna kierunku obrotów. Lecz ty oddaliłeś się od domu równie daleko jak ja. Na bardzo znaczącą odległość, biorąc pod uwagę dzisiejszy kształt świata. Kiedy Drogi były otwarte, wszystko oczywiście wyglądało inaczej… ale to daleka przeszłość. Powiedz mi, co zawiodło cię tak daleko? Czy również chciałeś coś zobaczyć?

Rand otworzył usta, by powiedzieć, że przybyli tutaj, aby zobaczyć fałszywego Smoka — ale nie mógł skłamać. Być może dlatego, iż Loial zachowywał się, jakby nie był starszy od niego, jakby miał dziewięćdziesiąt lat i jednocześnie wcale nie. Może dla ogira dziewięćdziesiąt lat oznaczało wiek podobny do tego, w jakim sam był. Minęło dużo czasu, odkąd mógł szczerze powiedzieć komuś o tym, co naprawdę się zdarzyło. Cały czas powstrzymywał go strach, że słuchacz może okazać się Sprzymierzeńcem Ciemności, albo pomyśli w ten sposób o nim. Mat był tak zatopiony w sobie, karmiąc własne strachy swoimi podejrzeniami, że nie był dobrym partnerem do rozmowy. Rand zorientował się, że opowiada Loialowi o Zimowej Nocy. I to nie mglistą historyjkę o Sprzymierzeńcach Ciemności, ale prawdę o trollokach włamujących się przez drzwi i o Pomorze na Drodze Kamieniołomu.

Coś w nim przeraziło się tym, co robi, ale było tak, jakby składał się z dwóch ludzi, jeden usiłował pohamować swój język, podczas gdy drugi czuł tylko ulgę, spowodowaną możliwością opowiedzenia prawdy. W rezultacie potykał się, jąkał i gubił wątek. Shadar Logoth i nagłe rozstanie z przyjaciółmi, niepewność czy w ogóle żyją. Pomor w Białym Moście i Thom ginący, aby umożliwić im ucieczkę. Pomor w Baerlon. Później Sprzymierzeńcy Ciemności, Howal Gode i chłopiec, który ich się bał, kobieta która chciała zabić Mata. Półczłowiek pod drzwiami „Gęsi i Korony".

Kiedy zaczął paplać o snach, nawet ta część jego osoby, która chciała mówić, nie mogła nie zwrócić uwagi na mrówki biegające po krzyżu. Ugryzł się w język i mocno zacisnął zęby. Oddychając gwałtownie przez nos, uważnie obserwował ogira i miał nadzieję, iż wspomniał, że chodzi tu tylko o koszmary. Światłość jedna wiedziała, że to wszystko brzmiało jak relacja z sennego koszmaru albo asumpt do wywołania takiego koszmaru u słuchacza. Może Loial pomyśli po prostu, że oszalał. Może...

— *Ta'veren* — powiedział ogir.

Rand zamrugał.

— Co?

— *Ta'veren.* — Loial podrapał się za uchem grubym palcem i lekko wzruszył ramionami. — Starszy Haman mówił zawsze, że nie uważam, ale czasami słuchałem. Czasami uważałem. Wiesz oczywiście, jak splata się Wzór?

— Nigdy o tym nie myślałem — odpowiedział Rand. — On po prostu jest.

— Hm... tak... cóż... Niezupełnie. Koło Czasu tka Wzór Wieków, wykorzystując wasze żywoty jako wątki. Wzór nie jest ustalony, nie zawsze. Jeżeli człowiek chce zmienić kierunek swego życia, a we Wzorze jest na to miejsce, wówczas Koło po prostu wplata zmianę we Wzór. Zawsze jest miejsce na niewielkie odstępstwa, lecz czasami Wzór zwyczajnie nie akceptuje dużej zmiany, niezależnie od tego, jak usilnie staramy się jej dokonać. Rozumiesz?

Rand pokiwał głową.

— Mogę mieszkać na farmie albo w Polu Emonda, i decyzja oznacza tutaj dokonanie niewielkiej zmiany. Ale gdybym chciał zostać królem, wtedy...

Roześmiał się. Loial zrobił grymas, który niemalże rozpołowił mu twarz. Zęby miał białe, szerokie jak dłuta.

— Tak, o to właśnie chodzi. Lecz czasami zmiany wybierają ciebie, czy też Koło ciebie wybiera. A czasami Koło skręca wątek życia, czy też kilka wątków, w taki sposób, że wszystkie otaczające go wątki muszą owijać się dookoła niego, a to pociąga za sobą inne wątki, które z kolei pociągają za sobą jeszcze inne, i tak dalej, i tak dalej. To pierwsze skręcenie, które tworzy Splot, to jest właśnie *ta'veren* i nic nie można zrobić, aby go odmienić, dopóki ten Wzór sam się nie zmieni. Splot — *ta'maral'ailen,* jak to się nazywa — może utrzymywać się przez tygodnie lub całe lata. Obejmować może jedną miejscowość albo cały Wzór. Artur Jastrzębie Skrzydło był *ta'veren.* Podobnie, jeśli już o to chodzi, uważam, że był nim również Lews Therin Zabójca Rodu. — Zaniósł się dudniącym śmiechem. — Starszy Haman byłby ze mnie dumny. On zawsze tak nudnie mówił, a książki o podróżach były niezwykle interesujące, niemniej czasami słuchałem.

— To wszystko brzmi bardzo pięknie — powiedział Rand — ale nie rozumiem, co to ma wspólnego ze mną. Jestem pasterzem, a nie kolejnym Arturem Jastrzębie Skrzydło. Mat i Perrin również nie. To jest po prostu... bezsensowne.

— Wcale nie twierdzę, że nim jesteś, ale słuchając twojej opowieści niemalże wyczuwam wirowanie Wzoru, a przecież nie mam tu Talentu. Jesteś *ta'veren* i tyle. Ty, a może również twoi przyjaciele. — Ogir przerwał i w namyśle potarł krawędź swego szerokiego nosa. Ostatecznie pokiwał głową, jakby potwierdzając powziętą decyzję. — Chciałbym podróżować z tobą, Rand.

Przez chwilę Rand patrzył tylko na niego, zastanawiając się, czy dobrze usłyszał.

— Ze mną? — wykrzyknął, kiedy już był w stanie dobyć z siebie głosu. — Czy nie słyszałeś, jak mówiłem o...

Nagle spojrzał na drzwi. Były szczelnie zamknięte i wystarczająco grube, by ktoś podsłuchujący z drugiej strony mógł usłyszeć jedynie niewyraźne mruczenie, nawet gdyby przycisnął ucho do drewnianej płyty. Kontynuował jednak przyciszonym głosem:

— O tym, kto mnie ściga? Tak czy owak, myślałem, że zależy ci na zobaczeniu swoich drzew.

— W Tar Valon jest piękny gaj. Słyszałem, że Aes Sedai dobrze się nim opiekują. A poza tym nie tylko drzewa chciałem zobaczyć. Być może nie jesteś kolejnym Arturem Jastrzębie Skrzydło, lecz na pewien czas część świata kształtuje się wokół ciebie, najprawdopodobniej nawet teraz to się dzieje. Nawet Starszy Haman chciałby to zobaczyć.

Rand wahał się. W drodze dobrze byłoby mieć jeszcze kogoś. Sposób, w jaki zachowywał się Mat, czynił jego towarzystwo czymś niewiele lepszym od zupełnej samotności. Wygląd Loiala dodawał otuchy. Być może był młody, biorąc pod uwagę rachubę wieku, jaką stosowali ogirowie, ale zdawał się być niewzruszony jak skała, dokładnie tak jak Tam. A nadto był w wielu różnych miejscach, wiedział też dużo o innych. Spojrzał na szeroką twarz ogira, siedzącego obok niczym uosobienie cierpliwości. Wyższego w pozycji siedzącej, niźli większość ludzi na stojąco.

„Jak można ukryć kogoś mierzącego niemalże dziesięć stóp wzrostu?"

Westchnął i potrząsnął głową.

— Loialu, nie uważam, aby to był dobry pomysł. Nawet jeśli

Moiraine znajdzie nas tutaj, będziemy w niebezpieczeństwie przez całą drogę do Tar Valon. A jeżeli nie…

„Jeżeli się nie spotkamy, to znaczy, że ona nie żyje i najprawdopodobniej wszyscy inni też nie. Och, Egwene".

Przywołał się do porządku. Egwene nie jest martwa, a Moiraine na pewno ich odnajdzie.

Loial spojrzał ze współczuciem, dotykając jego ramienia.

— Jestem pewien, że twoim przyjaciołom nic się nie stało, Rand.

Rand podziękował skinieniem głowy. Gardło miał za bardzo ściśnięte, by cokolwiek powiedzieć.

— Ale ostatecznie może zechcesz ze mną czasami porozmawiać? — powiedział Loial z westchnieniem, które zabrzmiało jak daleki grzmot. — Albo zagramy w kamienie? Całymi dniami nie mam tu z kim rozmawiać, wyjąwszy dobrego pana Gilla, a on przez większość czasu jest zajęty. Kucharka, jak się wydaje, zupełnie bezlitośnie pędzi go do pracy. Być może to ona naprawdę jest właścicielką oberży?

— Oczywiście, że zechcę — odparł Rand ochrypłym głosem. Kaszlnął i spróbował się uśmiechnąć. — A jeśli spotkamy się w Tar Valon, pokażesz mi tamtejszy gaj.

„Nie mogło im się nic stać. Światłości spraw, aby wszystko było z nimi w porządku".

ROZDZIAŁ 37

DŁUGI POŚCIG

Nynaeve ścisnęła wodze trzech koni i spojrzała w noc, jakby w jakiś sposób potrafiła przebić wzrokiem mrok i dosięgnąć Aes Sedai oraz Strażnika. Otaczały ją podobne do szkieletów drzewa, nagie i czarne w mętnym świetle księżyca. Las i noc skutecznie kryły tajemnicze praktyki Moiraine i Lana, niezależnie od ich natury — żadne nie raczyło nawet się zatrzymać i poinformować jej, o co chodzi. Stłumione: „Zaopiekuj się końmi", ze strony Lana i już ich nie było, a ona została sama jak jakiś chłopiec stajenny. Zerknęła na konie i westchnęła z rozdrażnieniem.

Sylwetka Mandarba wtapiała się w noc nieomal równie doskonale jak płaszcz jego pana. Ułożony do udziału w bitwach ogier pozwalał zbliżyć się do siebie tylko dzięki temu, że Lan osobiście wręczył jej wodze. W tej chwili stał spokojnie, pamiętała jednak aż nazbyt dobrze ściągnięte bez jednego nawet parsknięcia wargi, gdy któregoś razu sięgnęła do jego uzdy, nie czekając na aprobatę Strażnika. Ten spokój sprawiał, że obnażone zęby wyglądały jeszcze groźniej. Ostatni raz ogarnęła ogiera czujnym spojrzeniem i odwróciła się, by popatrzeć w kierunku, w którym zniknęło tamtych dwoje, machinalnie gładząc łeb własnego wierzchowca. Drgnęła nerwowo, gdy Aldieb wepchnęła swój blady pysk pod jej dłoń, lecz po chwili poklepała również białą klacz.

— Chyba nie mogę mieć do ciebie pretensji — wyszeptała — tylko z tego powodu, że twoja pani jest nieczułą...

Znowu wytężyła wzrok.

„Co oni robią?"

Po wyjeździe z Białego Mostu przejeżdżali przez wioski, które wydawały się nieomal nierzeczywiste w swojej normalności, zwykłe wioski targowe, które dla Nynaeve wyglądały tak, jakby należały do zupełnie innego świata, świata, w którym nie ma Pomorów, trolloków i Aes Sedai. Jechali Drogą Caemlyn, aż wreszcie w pewnej chwili Moiraine nachyliła się nad karkiem Aldieb i spojrzała na wschód w taki sposób, jakby była w stanie ogarnąć wzrokiem cały gościniec, wszystkie mile wiodące do Caemlyn, i zobaczyć, kto czeka na jego końcu.

W końcu Aes Sedai wydała z siebie przeciągłe westchnienie i odchyliła się do tyłu.

— Koło obraca się tak, jak chce — mruknęła — ale nie wierzę, by jego obroty miały przynieść kres nadziei.

Ściągnąwszy wodze swej klaczy, skręciła na północ i zjechała w las. Gdzieś tam znajdował się jeden z chłopców, będący w posiadaniu monety, którą ofiarowała mu Moiraine. Lan pojechał w ślad za nią.

Nynaeve po raz ostatni obrzuciła długim spojrzeniem Drogę Caemlyn. Niewielu podróżowało nią ludzi — kilka fur na wysokich kołach, jeden pusty powóz w oddali, paru pielgrzymów z dobytkiem na grzbiecie albo ciągnionym ręcznym wózku. Niektórzy z nich przyznawali, że wędrują do Caemlyn, by obejrzeć fałszywego Smoka, lecz większość gwałtownie się tego wypierała, szczególnie ci, którzy wędrowali przez Biały Most. W Białym Moście zaczęła wierzyć Moiraine. Do pewnego stopnia. W każdym razie bardziej niż przedtem. To jednak nie przynosiło pociechy.

Strażnik i Aes Sedai zdążyli już prawie zniknąć wśród drzew, kiedy wreszcie zdecydowała się ruszyć w ślad za nimi. Przyspieszyła, żeby ich dogonić. Lan oglądał się często w jej stronę i popędzał gestem dłoni, niemniej jednak cały czas jechał ramię w ramię z Moiraine, ta zaś nawet nie odwróciła wzroku.

Któregoś wieczoru, po tym jak zboczyli z drogi, niewidoczny ślad znikł. Moiraine, ta niewzruszona Moiraine, nagle stanęła wyprostowana, z rozszerzonymi oczyma, przy niewielkim ognisku, na którym grzał się imbryk z herbatą.

— Zniknął — wyszeptała w mrok.

— Czy on...? — Nynaeve nie dokończyła pytania. „Światłości, nawet nie wiem, który to z nich!”

— On nie umarł — wolno powiedziała Moiraine — ale nie ma już przy sobie monety. — Usiadła, jej głos był spokojny, ręce nie zadrżały nawet, gdy zdejmowała czajnik z ognia i wrzucała do niego garść herbaty. — Rankiem pojedziemy w tym samym kierunku co dotychczas. Gdy będę dostatecznie blisko, znajdę go bez monety.

Kiedy z płomieni ogniska pozostał tylko żar, Lan owinął się płaszczem i ułożył do snu. Wiedząca nie mogła zmrużyć oka. Obserwowała Aes Sedai. Moiraine miała zamknięte oczy, ale siedziała wyprostowana i Nynaeve wiedziała, że tamta nie śpi.

Długo po tym, jak zgasł ostatni żar ogniska, Moiraine otworzyła oczy i spojrzała na nią. Nawet w tych ciemnościach poczuła, że Aes Sedai się uśmiecha.

— On odzyskał monetę, Wiedząca. Wszystko będzie dobrze.

Ułożyła się na swych kocach i nieomal natychmiast zaczęła miarowo oddychać przez sen.

Niezależnie od zmęczenia Nynaeve trudno było pójść w jej ślady. Pomimo iż z całych sił starała się uspokoić, przed oczyma wirowały jej najbardziej nieprzyjemne obrazy.

„Wszystko będzie dobrze”.

Po Białym Moście nie potrafiła już tak łatwo w to uwierzyć.

Ze wspomnień gwałtownie powróciła w mrok, gdy na ramieniu poczuła zaciskający się uchwyt. Zdusiwszy krzyk, który zrodził się w jej gardle, sięgnęła do rękojeści noża. Dopiero po chwili pojęła, że to Lan.

Strażnik odrzucił kaptur, lecz jego zmienny jak skóra kameleona płaszcz tak dobrze stapiał się z mrokiem, że niewyraźna plama twarzy zdawała się unosić pośród nocy. Ręka na jej ramieniu jakby się wyłaniała z nicości.

Gwałtownie wciągnęła powietrze. Spodziewała się komentarza na temat tego, jak łatwo ją zaskoczyć, Strażnik jednak bez słowa odwrócił się i zaczął szukać czegoś w torbach przy siodle.

— Jesteś potrzebna — powiedział i ukląkł, by spętać konie.

Gdy tylko konie zostały powiązane, wyprostował się, wziął ją za rękę i znowu ruszył w mrok. Jego ciemne włosy zlewały się z nocą prawie tak samo dobrze jak płaszcz, poruszał się jeszcze ciszej niż ona. Niechętnie musiała przyznać, że nigdy nie udałoby się jej podążać jego śladem, gdyby jej nie wiódł za rękę. Zresztą nie była pewna, czy potrafiłaby mu się wyrwać, gdyby nie chciał jej puścić. Miał bardzo silny uchwyt.

Gdy doszli do niewielkiego wzniesienia, ledwie zasługującego na miano wzgórza, Lan przykląkł na jedno kolano, pociągając ją za sobą. Po chwili spostrzegła, że Moiraine już tu jest. Zastygłą w bezruchu, owiniętą w ciemny płaszcz Aes Sedai można było pomylić z jednym z leśnych cieni. Lan wskazał ręką dużą polanę wśród drzew, poniżej zbocza.

Nynaeve wytężyła wzrok w mglistym świetle księżyca, po czym uśmiechnęła się ze zrozumieniem. Jasne plamy ustawione w równych rzędach to były namioty tworzące pociemniałe obozowisko.

— Białe Płaszcze — szepnął Lan. — Jest ich dwustu, może więcej. Mają wodę zdatną do picia. I chłopca, którego szukamy.

— W obozie?

Lan skinął głową, co raczej wyczuła niż zobaczyła.

— W samym środku obozu. Moiraine może wskazać namiot. Podszedłem dostatecznie blisko, by się upewnić, że jest pilnowany przez straże.

— Jest więźniem? — spytała Nynaeve. — Dlaczego?

— Nie wiem. Synowie raczej nie powinni się interesować wiejskim chłopcem, chyba że zaszło coś, co wzbudziło ich podejrzenia. Światłość wie, że niewiele trzeba, by zrodzić podejrzenia w Białych Płaszczach, ale i tak się niepokoję.

— W jaki sposób chcesz go uwolnić?

Dopiero gdy na nią spojrzał, pojęła bezgraniczność zaufania, jakim go obdarzyła, bezwiednie przekonana, że wejdzie sam pośród dwustu ludzi i wróci z chłopcem.

„Cóż, wszak to Strażnik. Niektóre z opowieści muszą być prawdziwe".

Przez chwilę dręczyła ją myśl, czy przypadkiem nie naraziła się na śmieszność, jednak głos Lana był spokojny i rozważny.

— Mogę go wyprowadzić, tylko trzeba to zrobić niepostrzeżenie. Jeśli ktoś nas zauważy, dwieście Białych Płaszczy natychmiast rzuci się za nami w pogoń, a do tego będziemy mieli po jednym koniu na dwoje. Chyba że będą zanadto czymś zajęci, żeby nas ścigać. Jesteś gotowa zaryzykować?

— Żeby pomóc mieszkańcowi Pola Emonda? Oczywiście! Jakie to ryzyko?

Wskazał znowu w kierunku ciemności, za namiotami. Tym razem nie wypatrzyła nic oprócz cieni.

— To ich konie. Powrozy, którymi są spętane muszą zostać przecięte, nie do końca, lecz wystarczająco, by konie się uwolniły, kiedy Moiraine zrobi, co trzeba. Wówczas oni będą zbyt zajęci pogonią za swymi końmi, żeby nas ścigać. Z tej strony obozu koni pilnuje dwóch strażników, lecz jeśli jesteś tak dobra, jak mi się wydaje, to cię nie zauważą.

Z trudem przełknęła ślinę. Podchodzenie królików to jedno, a strażnicy, z włóczniami i mieczami...

„A więc jemu się wydaje, że ja jestem dobra?"

— Zrobię to.

Lan znowu skinął głową, jakby nie spodziewał się innej odpowiedzi.

— Jeszcze jedno. Kręcą się tu wilki. Widziałem dwa, a skoro widziałem aż tyle, to jest ich prawdopodobnie więcej. — Urwał i mimo iż ton jego głosu nie uległ zmianie, miała wrażenie, że jest zakłopotany. — Doszło do tego zupełnie tak, jakby one chciały, żebym je zobaczył. W każdym razie nie powinnaś się nimi przejmować. Wilki zazwyczaj trzymają się z dala od ludzi.

— Zupełnie jakbym o tym nie wiedziała — odparła słodko brzmiącym głosem. — Ja się przecież wychowywałam tylko wśród pasterzy.

Lan chrząknął, a ona uśmiechnęła się w mrok.

— A zatem zrobimy to zaraz — zarządził.

Uśmiech zgasł na jej twarzy, gdy spojrzała na obóz pełen uzbrojonych ludzi. Dwustu ludzi z włóczniami, mieczami i... Nie pozwalając sobie na powtórny namysł, wyciągnęła nóż z pochwy i już miała się wymknąć, gdy Moiraine schwyciła ją za rękę uściskiem równie silnym jak poprzednio Lan.

— Uważaj na siebie — powiedziała cicho Aes Sedai. — Jak już przetniesz pęta, wracaj najszybciej, jak będziesz mogła. Ty też jesteś częścią Wzoru i nie chciałabym cię narażać na większe ryzyko niż pozostałych, teraz gdy cały świat jest narażony na niebezpieczeństwo.

Nynaeve ukradkiem potarła ramię, gdy Moiraine ją wreszcie puściła. Nie życzyła sobie, by Aes Sedai wiedziała, że jej uścisk jest bolesny. Tamta jednak od razu odwróciła się, by obserwować położony niżej obóz. A Strażnik zniknął. Nynaeve zauważyła to i aż się wzdrygnęła.

„Niechaj Światłość oślepi tego przeklętego człowieka!"

Pospiesznie podkasała spódnice, ułatwiając sobie swobodę ruchów i pobiegła prosto w mrok.

Po chwili pośpiechu, którego efektem był trzask gałęzi pękających pod jej stopami, zwolniła, ciesząc się, że nikt nie widzi jej rumieńca. Wszystko polegało na tym, żeby poruszać się jak najciszej, a poza tym w żaden sposób nie konkurowała przecież ze Strażnikiem.

„Ach, czyżby?"

Odtrąciła tę myśl i skupiła się wyłącznie na wędrówce przez ciemny las. Nie było to trudne samo w sobie, blade światło ubywającego księżyca zupełnie wystarczało komuś, komu własny ojciec udzielał nauk, a zmiany terenu następowały powoli i spokojnie. Niemniej jednak drzewa, bezlistne i zesztywniałe na tle nocnego nieba, stale jej przypominały, że to nie jest żadna dziecinna zabawa, a szum przenikliwego wiatru nazbyt przypominał brzmienie rogów trolloków. Teraz, gdy została sama w ciemności, przypomniała sobie, że wilki, które zazwyczaj uciekały przed ludźmi, w Dwu Rzekach tej zimy zachowywały się inaczej.

Gdy wreszcie wychwyciła zapach koni, poczuła, jak zalewa ją ciepła fala ulgi. Prawie nie oddychając, położyła się na brzuchu i zaczęła czołgać pod wiatr, w kierunku zapachu.

Omal nie wpadła prosto na strażników. Nim ich zobaczyła, wyszli z mroku prosto na nią, poły ich białych płaszczy łopotały na wietrze, nieledwie lśniły w poświacie księżyca. Nie byliby lepiej widoczni, nawet gdyby nieśli pochodnie. Zastygła w miejscu, starając się wtopić w leśne poszycie. Zakończyli swój marsz tuż przed nią, trzaskając cholewami butów w odległości nawet nie dziesięciu kroków. Stanęli naprzeciwko siebie, z włóczniami wspartymi na ramionach. Tuż za nimi widziała kształty, które musiały należeć do wierzchowców. Zapach stajni, koni i nawozu był bardzo silny.

— Nic nie dzieje się w mroku — obwieściła postać w białym płaszczu. — Światłości, oświeć nas i uchroń przed Cieniem.

— Nic nie dzieje się w mroku — odparł drugi. — Światłości, oświeć nas i uchroń przed Cieniem.

Z tymi słowy odwrócili się i ponownie odmaszerowali w ciemność.

Nynaeve czekała i liczyła, oni tymczasem pojawili się jeszcze dwukrotnie. Za każdym razem rytuał trwał tak samo długo i za każdym razem sztywno powtarzali tę samą formułę, nie dodając ani nie opuszczając żadnego słowa. Nikt nie rozglądał się na boki, patrzeli na wprost, zarówno wtedy, gdy dochodzili do siebie, jak i kiedy się rozchodzili. Zastanawiała się, czy w ogóle by ją zauważyli, nawet gdyby stała wyprostowana.

Zanim noc po raz trzeci zdążyła pochłonąć jasne fałdy ich płaszczy, Nynaeve wstała z ziemi i pochylona pobiegła w stronę koni. Gdy była już blisko, zwolniła, by nie przestraszyć zwierząt. Strażnicy Białych Płaszczy mogli nie spostrzec tego, co im przemykało tuż przed nosem, lecz z pewnością zainteresowaliby się nagłym popłochem wśród koni.

Konie przywiązano do palików w kilku rzędach. Stały z pochylonymi łbami, pojedyncze sylwetki ledwie dawały się wyróżnić spośród jednej olbrzymiej plamy ciemności. Co jakiś czas któryś z nich parskał albo stukał kopytem przez sen. Światło księżyca było tak blade, że doszła do palika zamykającego szereg, zanim go w ogóle dostrzegła. Wyciągnęła rękę na oślep i zamarła w bezruchu, gdy stojący najbliżej koń uniósł łeb i spojrzał na nią. Jego pojedyncze wodze były przywiązane do wielkiej pętli zrobionej na powrozie grubości palca, która kończyła się przy słupie.

„Jedno parsknięcie".

Serce waliło jej tak, jakby chciało się wyrwać z piersi, głośno, niemalże zdolne przyciągnąć uwagę strażników.

Ani na chwilę nie odrywając wzroku od konia, nacięła powróz, trzymając palec przytknięty do ostrza, by kontrolować głębokość cięcia. Oddech jej zamarł, gdy koń potrząsnął łbem.

„Tylko jedno parsknięcie".

Wyczuła pod palcami, że pozostało już tylko kilka cienkich włókienek. Powoli ruszyła w stronę następnego powroza, obserwując konia do chwili, w której już nie wiedziała, czy na nią patrzy, potem zaczerpnęła powietrza. Jeśli one wszystkie takie są, to najpewniej niebawem będzie już po niej.

Jednakże przy kolejnym paliku, przy następnym i jeszcze następnym, konie się nie obudziły, pomimo tego nawet, że jęknęła z bólu, gdy zacięła się w palec. Ssąc ranę, obejrzała się ostrożnie w kierunku, z którego przyszła. Ponieważ stała pod wiatr, nie słyszała już słów, które wymieniali z sobą strażnicy, za to oni mogli ją usłyszeć, jeśli znaleźliby się we właściwym miejscu. Gdyby przyszli sprawdzić, co to za szmer, nie usłyszałaby, że nadchodzą, dopóki nie weszliby prosto na nią.

„Czas iść. Nie będą nikogo ścigać, jeśli stracą cztery z pięciu koni".

Nie poruszyła się jednak. Potrafiła sobie wyobrazić wzrok Lana, gdyby usłyszał, co zrobiła. Nie byłoby w nim oskarżenia, jej rozumowanie było uzasadnione i on nie oczekiwałby od niej nic więcej. Jest Wiedzącą, a nie jakimś wspaniałym i niezwyciężonym, przeklętym Strażnikiem, który potrafił stawać się zupełnie niewidzialny. Z zaciśniętymi zębami ruszyła do ostatniego palika. Stała przy nim Bela.

Nie mogło być wątpliwości, czym jest ten krępy, kudłaty kształt. Identyczny koń, w tym właśnie miejscu stanowiłby zbyt duży zbieg okoliczności. Ucieszyła się tak bardzo, iż nie bacząc na to, że cała się trzęsie, zrezygnowała z decyzji pominięcia ostatniego szeregu. Dygotały jej ręce i nogi, bała się nawet dotknąć powroza, lecz umysł pozostał czysty jak nurt Winnej Jagody. Niezależnie od tego, który z chłopców był w obozie, była w nim również Egwene. I jeśli będą uciekać, we dwoje dosiadając jednego konia, Synowie Światłości ich złapią, pomimo rozproszonych koni i wówczas niektórzy zginą. Była tego pewna tak jak myśli, które pojawiały się wtedy, gdy słuchała wiatru. Żołądek przeszyła włócznia strachu, strachu przed nieodwołalnym charakterem tej wiedzy właśnie. Nie miało to nic wspólnego z pogodą, zbiorami albo chorobą.

„Po co Moiraine mi powiedziała, że mogę używać Mocy? Dlaczego nie zostawiła mnie w spokoju?"

O dziwo, skurcz lęku uspokoił drżenie dłoni. Ruchami tak pewnymi, jakby kruszyła zioła we własnym domu, przecięła pierwszy powróz, później pozostałe. Schowała sztylet do pochwy i odwiązała wodze Beli. Kudłata klacz wzdrygnęła się, kiedy ją przebudzono, podrzuciła łeb, lecz Nynaeve pogładziła ją po chrapach i wyszeptała kilka uspokajających słów do jej ucha. Bela parsknęła z wyraźnym zadowoleniem.

Pozostałe konie stojące w tym szeregu również się przebudziły i patrzyły na nią. Ze strachem przypomniała sobie reakcje Mandarba i sięgnęła po następne wodze, koń jednak wcale się nie opierał obcej dłoni. W rzeczy samej wydawało się, że też pragnie, aby go pogładzono po chrapach tak jak Belę. Chwyciła mocno wodze Beli i owinęła sobie drugie wokół przegubu dłoni, cały czas nerwowo obserwując obóz. Niewyraźne zarysy namiotów znajdowały się w odległości zaledwie trzydziestu jardów, widziała przechodzących pośród nich ludzi. Gdyby zauważyli poruszenie wśród koni i przyszli sprawdzić, co jest tego powodem...

Desperacko pragnęła, by Moiraine nie czekała na jej powrót. Cokolwiek Aes Sedai zamierzała zrobić, niech lepiej zrobi to teraz.

„Światłości, niech ona zrobi to teraz, zanim..."

Nagle niebo nad jej głową roztrzaskała błyskawica, na krótki moment rozpraszając ciemność. Grzmot poraził jej uszy z taką siłą, że omal nie padła na kolana, gdy poszarpany trójząb, rozbryzgujący fontannę pyłu i kamieni, ugodził w ziemię niemalże tuż obok. Donośny trzask pękającej ziemi zlał się z rykiem grzmotu. Konie oszalały, zaczęły rżeć i wierzgać, powrozy pękały jak cienkie nici w miejscach, w których je ponacinała. Nim jeszcze zgasło lśnienie poprzedniego wyładowania, z nieba runęła kolejna błyskawica.

Nynaeve była zbyt zajęta, by napawać się triumfem. Po pierwszym uderzeniu Bela rzuciła się w jedną stronę, zaś drugi koń wierzgał, wyrywając się w przeciwnym kierunku. Miała wrażenie, że wyrwą jej ramiona ze stawów. Przez jedną, nie kończącą się chwilę wisiała w powietrzu, ze stopami oderwanymi od ziemi, jej krzyk zagłuszył kolejny łoskot. Rozbłysła następna błyskawica, po niej następna i jeszcze jedna, przy wtórze nieprzerwanego, wściekłego ryku walącego się z nieba. Konie, gdy wędzidła szarpnęły im pyski, zawróciły. Nynaeve runęła na ziemię. Miała ochotę przykucnąć i rozetrzeć storturowane dłonie, lecz nie było czasu. Bela i ten drugi koń wpadły prosto na nią, przewracając białymi, rozszalałymi oczyma, w każdej chwili mogąc ją przewrócić i stratować. Jakimś cudem uniosła ręce, wczepiła dłonie w grzywę Beli i podciągnęła się na grzbiet klaczy. Drugie wodze, nadal owinięte wokół przegubu, wpiły się głęboko w jej ciało.

Szczęka niemalże opadła jej ze zdumienia, gdy zobaczyła podłużny, szary cień kłębiący się obok, który najwyraźniej ignorował ją i jej konie, szczerzył natomiast kły w stronę rozszalałego stada, uciekającego teraz we wszystkich kierunkach. Tuż za nim podążał następny śmiercionośny cień. Nynaeve zapragnęła jeszcze raz krzyknąć, ale nie potrafiła wydobyć dźwięku ze ściśniętego gardła.

„Wilki! Światłości, dopomóż nam! Co robi Moiraine?"

Niepotrzebnie wbijała pięty w boki Beli. Klacz ruszyła w cwał, drugi koń nadzwyczaj chętnie poszedł w jej ślady. Gnać naprzód, dokądkolwiek, tak daleko, jak tylko można, jak najdalej uciec przed tym ogniem, który lunął z nieba i zabił noc...

ROZDZIAŁ 38

ODSIECZ

Pomimo związanych na plecach nadgarstków, Perrin usiłował znaleźć wygodniejszą pozycję, aż wreszcie westchnął i poddał się. Za każdym razem, gdy przestawał go gnieść jeden kamień, pojawiały się dwa następne. Niezdarnie owinął się płaszczem. Noc była zimna, ziemia wysysała całe ciepło. I trwało to tak, odkąd pojmały ich Białe Płaszcze. Zdaniem Synów Światłości więźniowie nie potrzebowali ani kocy, ani dachu nad głową.

Egwene, skulona w kłębek, wtulona w jego plecy w poszukiwaniu ciepła, spała głębokim snem wyczerpania. Nawet nie mruknęła, kiedy się poruszył. Perrina bolały wszystkie mięśnie, w rezultacie całodniowej wędrówki za koniem z postronkiem na szyi. Jednakże sen nie chciał do niego przyjść.

Kolumna poruszała się stosunkowo powoli. Jako że większość zapasowych koni przepadła podczas potyczki z wilkami w *stedding*, Synowie Światłości nie parli na południe tak szybko, jak by chcieli. Zwłoka ta była przedmiotem jeszcze jednego zarzutu, jaki wysuwano przeciwko dwojgu mieszkańcom Pola Emonda. Niemniej jednak podwójny, wijący się szereg posuwał się naprzód stałym tempem — lord Bornhald miał zamiar dotrzeć za wszelką cenę do Caemlyn na czas — i Perrin czuł bezustannie czający się gdzieś w zakamarku umysłu lęk, że jeśli upadnie, to wówczas Biały Płaszcz trzymający jego smycz nie zatrzyma się, nie dbając o rozkaz Bornhalda, w myśl którego miano ich zachować przy życiu, aby mogli stanąć przed Śledczymi w Amadorze. Wiedział, że jeśli do tego dojdzie, nic go nie uratuje. Ręce rozwiązywano mu jedynie wtedy, gdy jadł oraz na czas wizyt przy dole kloacznym. Z powodu postronka każdy krok był ważny, każdy kamyk pod stopą mógł się okazać zgubny. Szedł, cały czas napięty, badając grunt pełnym niepokoju wzrokiem. Gdy patrzył na Egwene, widział, że postępuje tak samo. Kiedy spotykała jego wzrok, jej twarz robiła się napięta i przestraszona. Żadne z nich nie ważyło się oderwać oczu od ziemi na dłużej niż tylko na chwilę.

Gdy tylko Białe Płaszcze przystawały, osuwał się na ziemię niczym wyżęta szmata, tego jednak wieczoru myśli cwałowały. Skóra mu cierpła ze strachu, strachu, który gromadził się od wielu już dni. Wystarczyło, że zamknął oczy, a widział to wszystko, co według Byara czekało ich zaraz po przybyciu do Amadoru.

Był przekonany, że Egwene nadal nie wierzy w wizje, jakie Byar rysował tym swoim beznamiętnym głosem. Gdyby wierzyła, nie byłaby w stanie spać, choćby nie wiadomo jak zmęczona. Z początku on też nie dowierzał. Nadal nie chciało mu się to pomieścić w głowie — ludzie po prostu nie robią takich rzeczy innym ludziom. Jednakże Byar właściwie wcale nie groził, opowiadał o rozpalonym żelazie i kleszczach, o nożach do cięcia skóry i igłach do nakłuwania w taki sposób, jakby mówił o piciu wody. I na pozór wcale nie po to, aby ich przestraszyć. W jego wzroku nie było nawet śladu przyjemności czerpanej z czyjegoś przerażenia. Po prostu zupełnie nie dbał o to, czy boją się tortur, ani też, czy będą żyć, czy umrą. W chwili kiedy Perrin to zrozumiał, zimny pot spłynął mu po twarzy. Dotarło do niego, że Byar po prostu mówi prawdę.

Płaszcze dwóch strażników zalśniły szaro w bladym świetle księżyca. Nie widział ich twarzy, wiedział jednak, że go obserwują. Jakby ze związanymi nogami i rękoma mógł próbować cokolwiek zrobić. Dopóki jeszcze było dostatecznie dużo światła, widział obrzydzenie w ich oczach i ostre spojrzenia, jakby strzegli jakichś plugawych potworów, cuchnących i wstrętnych. Wszyscy Synowie Światłości tak na nich patrzyli. Przez cały czas.

„Światłości, jak mam ich przekonać, że nie jesteśmy Sprzymierzeńcami Ciemności, skoro oni są tego pewni?"

Mdłości skręcały mu żołądek. W końcu prawdopodobnie przyzna się do wszystkiego, po to tylko, by Śledczy dali mu spokój.

Ktoś nadchodził, jakiś Biały Płaszcz z latarnią w ręku. Zatrzymał się, by zagadać do strażników. Odpowiedzieli mu z wyraźnym szacunkiem. Perrin nie dosłyszał, o czym mowa, rozpoznał natomiast wysoką, posępną postać.

Zmrużył oczy, gdy latarnię przystawiono mu do twarzy. Byar trzymał w drugiej ręce jego topór, najwyraźniej już zdążył go sobie przywłaszczyć. W każdym razie Perrin nie zauważył, żeby się z nim rozstawał choćby na chwilę.

— Obudź się — powiedział obojętnie Byar, jakby uważał, że Perrin śpi z podniesioną głową.

Słowa poparł silny kopniak w żebra.

Perrin mruknął przez zaciśnięte zęby. Jego boki były już sine od butów Byara.

— Powiedziałem, obudź się.

Noga podniosła się ponownie, więc Perrin szybko odpowiedział:

— Nie śpię.

Należało zawsze uważać na to, co mówił Byar, w przeciwnym razie znajdował inne sposoby na przykucie uwagi.

Byar postawił latarnię na ziemi i pochylił się, by sprawdzić więzy Perrina. Szarpnął brutalnie za nadgarstek, wykręcając ręce w stawach. Stwierdziwszy, że węzły są równie mocne jak wtedy, gdy je zadzierzgał, pociągnął za sznur przy kostkach. Nogi chłopca zaszurały gwałtownie na kamienistym podłożu. Byar wyglądał na zbyt kościstego, aby można było spodziewać się po nim takiej siły, radził sobie jednakże z Perrinem jak z dzieckiem. Ten rytuał powtarzał się co noc.

Kiedy Byar się prostował, Perrin spostrzegł, że Egwene wciąż śpi.

— Obudź się! — krzyknął. — Egwene! Obudź się!

— C-co...? Co takiego?

Pełen strachu głos Egwene był wciąż lekko przytłumiony przez sen. Uniosła głowę, mrugając na widok światła latarni.

Byar nie okazał rozczarowania, że nie może jej obudzić kopniakiem, nigdy niczego nie okazywał. Ignorując pojękiwania, szarpnięciami sprawdził więzy dziewczyny, podobnie jak postąpił wcześniej z Perrinem. Ból sprawiany innym był jedną z tych rzeczy, które zdawały się nie wywierać na nim żadnego wrażenia, tylko w przypadku Perrina potrafił zrezygnować z tej postawy. Chciał, żeby go bolało. Perrin mógł tego nie pamiętać, ale Byar nigdy nie zapomni, że to on zabił dwóch Synów.

— Dlaczego Sprzymierzeńcy Ciemności mogą spać — powiedział beznamiętnie Byar — kiedy uczciwi ludzie nie śpią, żeby ich strzec?

— Powtarzam po raz setny — odparła zmęczonym głosem Egwene — nie jesteśmy Sprzymierzeńcami Ciemności.

Perrin stężał. Czasami takie zaprzeczenie wywoływało wygłaszany zgrzytliwym, jednostajnym tonem wykład na temat przyznania się do winy i skruchy, wykład prowadzący w konkluzji do opisu metod, jakie stosowali Śledczy, aby je uzyskać. Czasami wywoływało wykład połączony z kopniakami. Ku jego zdziwieniu tym razem Byar zupełnie zignorował odpowiedź.

Przykucnął zamiast tego przed nim, w pokrzywionej i pokrytej płytkimi wklęśnięciami zbroi. Topór ułożył na kolanach. Złote słońce na piersi oraz dwie złote gwiazdy umieszczone pod nim zalśniły w świetle latarni. Zdjął z głowy hełm i położył go obok latarni. W jego twarzy oprócz pogardy i nienawiści pojawiło się coś nowego, coś naglącego i nieodgadnionego. Oparł dłonie na trzonku topora i w milczeniu przypatrywał się Perrinowi. Ten starał się nieruchomo wytrzymać spojrzenie zapadłych oczu.

— Opóźniasz nasz marsz, Sprzymierzeńcze Ciemności, ty i twoje wilki. Rada Pomazańców zna doniesienia o podobnych przypadkach, a ponieważ chciałaby dowiedzieć się czegoś więcej, musisz zostać zabrany do Amadoru i przekazany Śledczym. Jednakże ty nas opóźniasz. Miałem nadzieję, że będziemy się poruszali dostatecznie szybko, nawet bez zapasowych koni... myliłem się jednak.

Umilkł, patrzył na nich spod zmarszczonego czoła.

Perrin czekał; Byar mu powie, kiedy ma odpowiedzieć.

— Lord kapitan ma przed sobą dylemat — powiedział wreszcie Byar. — Z powodu tych wilków musi cię postawić przed obliczem Rady, jednakże musimy również dotrzeć do Caemlyn. Nie mamy zapasowych koni, na których moglibyście jechać, gdy jednak pozwolimy ci iść dalej pieszo, nie dotrzemy do Caemlyn w wyznaczonym czasie. Lord kapitan traktuje swe obowiązki sumiennie i ma zamiar postawić cię przed Radą.

Egwene wydała z siebie jakiś nieokreślony dźwięk. Byar zapatrzył się na Perrina, a on zapatrzył się na niego, bojąc się nawet mrugnąć.

— Nie rozumiem — powiedział wolno.

— Nie ma tu nic do rozumienia — odparł Byar. — Nic prócz jałowych rozważań. Gdybyście uciekli, nie mielibyśmy czasu, żeby was gonić. Nie możemy zmarnować ani godziny, jeśli chcemy dotrzeć na czas do Caemlyn. Gdybyście, powiedzmy, przetarli sznury o ostry kamień i zniknęli w nocy, wówczas problem lorda kapitana znalazłby swoje rozwiązanie.

Ani na moment nie odrywając wzroku od Perrina, zagłębił dłoń w zanadrzu płaszcza i rzucił coś na ziemię.

Perrin odruchowo skierował wzrok w tę stronę. Kiedy pojął, co to takiego, aż jęknął głośno ze zdziwienia. Ułamek skały z ostrym końcem.

— To tylko jałowe rozważania — oświadczył Byar. — Wasi strażnicy też się pogrążą w rozważaniach dzisiejszej nocy.

Perrinowi nagle zaschło w ustach.

„Przemyśl to! Światłości, dopomóż, przemyśl to i nie popełnij żadnego błędu!"

Czy to mogła być prawda? Czy konieczność szybkiego dotarcia do Caemlyn była dla Białych Płaszczy aż tak ważna, żeby pozwolili na coś takiego? Pozwolili podejrzanym o sprzyjanie Ciemności na ucieczkę? Strach ryzykować, za mało wiedział. Byar był jedynym Białym Płaszczem, który z nimi rozmawiał, oprócz lorda kapitana Bornhalda, a żaden z nich nie był skory do udzielania informacji. Jakiś inny sposób. Jeśli Byar chce, żeby uciekli, to czemu zwyczajnie nie poprzecina im więzów? Czy Byar naprawdę chce, żeby uciekli? Byar, który jest do szpiku kości przesiąknięty przekonaniem, że są Sprzymierzeńcami Ciemności. Byar, który nienawidzi Sprzymierzeńców Ciemności bardziej niż samego Czarnego. Byar, który szuka jakiejkolwiek wymówki, by zadać mu ból za to, że zabił dwa Białe Płaszcze. Byar miałby chcieć, żeby uciekli?

Jeśli mu się wydawało, że przedtem jego umysł cwałował, to tym razem myśli pędziły lawiną. Pomimo chłodu pot strumieniami ściekał mu z twarzy. Spojrzał na strażników. Wyglądali jak bladoszare cienie, lecz jemu się wydawało, że zaczaili się i czekają. Gdyby on oraz Egwene zostali zabici podczas próby ucieczki i znaleziono ich więzy przecięte kamieniem, który mógł tu leżeć przypadkiem… Dylemat lorda kapitana znalazłby znakomite rozwiązanie. A Byar miałby ich martwych, tak jak tego pragnął.

Ponury mężczyzna podniósł leżący obok latarni hełm i zaczął się podnosić.

— Czekaj — powiedział ochryple Perrin.

Myśli mu wirowały, na próżno szukał jakiegoś wyjścia.

— Czekaj, chcę porozmawiać. Ja…

„Nadchodzi pomoc!"

Ta myśl, wykwitła w jego głowie niczym promień czystego światła pośrodku chaosu, była tak zadziwiająca, że przez chwilę zapomniał o wszystkim, nawet o tym, gdzie jest. Łatka żyła.

„Elyas" — pomyślał, pytając wilka bez słów, czy tamten żyje. Odpowiedź nadeszła w postaci wizji. Elyas, leży na posłaniu z zielonych gałązek, obok niewielkiego ogniska w jakiejś jaskini i opatruje ranę w boku. Obraz trwał zaledwie krótką chwilę. W tym czasie Perrin gapił się na Byara, rozciągając twarz w głupawym uśmiechu. Elyas żył. Nadchodziła pomoc.

Byar znieruchomiał i lekko uniesiony na piętach, patrzył na niego.

— Jakaś myśl przyszła ci do głowy, Perrinie z Dwu Rzek, ale ja się dowiem, co to takiego.

Przez chwilę Perrin sądził, że tamten mówi o myśli, którą przekazała mu Łatka. Na moment owładnęła nim panika, zaraz po niej jednak przyszła ulga. Byar nie mógł tego wiedzieć.

Syn Światłości obserwował zmiany wyrazu na twarzy chłopca, potem jego spojrzenie po raz pierwszy objęło kamień leżący na ziemi.

Perrin pojął, że rozpatruje wszystko od nowa. Jeżeli zmieni zamiary względem tego kamienia, to czy odważy się zostawić ich żywych, by mogli potem wszystko opowiedzieć? Sznury można przeciąć już po tym, jak spętani ludzie są martwi, nawet jeśli zwiększa to ryzyko. Spojrzał w oczy Byara — w ciemnych wgłębieniach oczodołów świeciły jakby z mroku jaskiń — i dostrzegł w nich śmierć.

Perrin przygotował się na ogłoszenie wyroku. Jednak w chwili, gdy Byar już otworzył usta, wydarzenia zaczęły się toczyć z prędkością, która nie pozwalała zebrać myśli.

Nagle jeden ze strażników zniknął. W jednej chwili stały tam dwie niewyraźne sylwetki, w następnej noc pochłonęła jedną z nich. Drugi strażnik obrócił się, składając usta do krzyku, lecz zanim zdołał wypowiedzieć pierwszą sylabę, runął jak ścięte drzewo przy wtórze głośnego trzasku.

Byar obrócił się błyskawicznie, szybki jak atakująca żmija. Topór w jego dłoniach ze świstem rozciął powietrze. Perrin wytrzeszczył oczy — noc zdawała się wlewać w obszar światła latarni. Otworzył usta, by krzyknąć, lecz strach ścisnął mu gardło. Przez chwilę zapomniał nawet, że Byar chciał ich zabić. Biały Płaszcz był przecież istotą ludzką, a tutaj noc ożyła, żeby zabrać ich wszystkich.

I wtedy mrok pożerający światło przybrał kształt ludzkiej sylwetki... Strażnik! Rozwiane poły jego płaszcza przy każdym ruchu zmieniały odcienie szarości i czerni. Topór w dłoniach Byara runął niczym błyskawica... a Lan tylko uchylił się lekko, jakby najzwyczajniej odsuwał się na bok, pozwalając, by ostrze minęło go tak blisko, że musiał poczuć pęd powietrza. Siła uderzenia pozbawiła Byara równowagi, jego oczy rozszerzyły się z przerażenia i w tym momencie Strażnik przeszedł do ataku. Rękoma i nogami zadał serię ciosów tak prędkich, że Perrin nie był w stanie odróżnić ich od siebie. Tylko efekt był widoczny — Byar zwalił się na ziemię jak szmaciana lalka. Nim jeszcze jego ciało rozciągnęło się na ziemi, Strażnik już klęczał i gasił latarnię.

Gdy nagle na powrót zapadł mrok, Perrin rozejrzał się dookoła. Nic nie widział, Lan zniknął znowu.

— Czy to naprawdę...? — Egwene wydała z siebie zduszony

szloch. — Myśleliśmy, że nie żyjesz. Myśleliśmy, żeście wszyscy zginęli.

— Jeszcze nie.

W głębokim szepcie Strażnika pobrzmiewało rozbawienie.

Jakieś dłonie dotknęły Perrina, znalazły jego więzy. Nóż przeciął sznury, ledwie je tylko szarpiąc. Był wolny. Obolałe mięśnie zaprotestowały, gdy usiadł. Rozcierając nadgarstki, przyglądał się szaremu kopcowi, który przed chwilą był Byarem.

— Czy ty...? Czy on...?

— Nie — usłyszał z ciemności cichy głos Lana. — Nie zabijam, chyba że chcę. On jednak na razie nikomu się nie będzie naprzykrzał. Przestań zadawać pytania i zdobądź dwa płaszcze. Nie mamy za wiele czasu.

Perrin podpełzł do miejsca, w którym leżał Byar. Kosztowało go to sporo wysiłku, a kiedy poczuł, że pierś tamtego unosi się i opada, miał ochotę natychmiast uciec. Skóra na nim cierpła, gdy rozpinał i zdejmował biały płaszcz. Pomimo tego co powiedział Lan, wyobraził sobie nagle, że Syn Światłości porusza się, wstaje, że jego podobna do czaszki twarz ożywa. Pospiesznie pomacał na oślep i znalazł swój topór, potem podczołgał się do drugiego strażnika. Z początku wydawało mu się dziwne, że tym razem nie czuje strachu, zaraz jednak zrozumiał dlaczego. Wszyscy Synowie Światłości nienawidzili go, ale była to zwyczajna, ludzka nienawiść. Byar był nieludzki, nie czuł żadnej nienawiści, żadnych emocji, tylko proste, nie podlegające wątpliwości przekonanie, że on, Perrin, powinien umrzeć.

Przewiesił oba płaszcze przez ramię, odwrócił się... i ogarnęła go panika. W ciemności znienacka stracił wyczucie kierunku, nie wiedział, jak ma znaleźć Lana i resztę przyjaciół. Nogi wrosły mu w ziemię, bał się w ogóle poruszyć. Pozbawioną białego płaszcza sylwetkę Byara również pochłonęły ciemności. Zniknęły wszystkie punkty orientacyjne. Idąc na ślepo, mógł wejść prosto do obozowiska.

— Tutaj.

Szedł chwiejnie w stronę, z której dobiegł go szept Lana, dopóki nie zatrzymały go czyjeś ręce. Egwene była niewyraźnym cieniem, twarz Strażnika stanowiła plamę pośród ciemności, reszta jego sylwetki zdawała się nie istnieć. Czując na sobie ich wzrok, zastanawiał się, czy potrzebne są jakieś wyjaśnienia.

— Włóżcie płaszcze — powiedział cicho Lan. — Szybko. Swoje zwińcie. Tylko cicho. Jeszcze nie jesteśmy bezpieczni.

Z ulgą, że nie wymaga się od niego opowieści o własnym strachu, Perrin pospiesznie podał jeden z płaszczy Egwene. Swój zwinął w tobołek i wdział białe okrycie. Poczuł ciarki, kiedy go na siebie wkładał, coś jakby ukłucie pomiędzy łopatkami. Czy przypadł mu płaszcz Byara? Zdało mu się nieomal, że otoczyła go chmura zapachu posępnego mężczyzny.

Lan złączył ich dłonie. Perrin trzymał teraz w jednym ręku topór, w drugim dłoń Egwene i z całych sił pragnął, by Strażnik dał wreszcie znak do ucieczki. Jakikolwiek ruch pozwoliłby opanować szalejącą wyobraźnię. Wciąż jednak stali w miejscu, otoczeni namiotami Synów, trzy postacie — dwie bielą odcinające się od mroku, tę trzecią można było tylko wyczuć, ale nie zobaczyć.

— Zaraz — szepnął Lan. — Już zaraz.

Nocne niebo nad obozowiskiem przeszyła błyskawica, tak bliska, że Perrin poczuł, jak włosy na jego ramionach i głowie unoszą się od naładowanego powietrza. Nim światło zdążyło zblednąć, Lan poprowadził ich za sobą.

Nim uczynili pierwszy krok, kolejny piorun przeciął czerń. Błyskawica runęła niczym grad, potem następna. Noc migotała kalejdoskopem ciemności i blasku. Grzmoty dudniły szaleńczo, jeden ryk przechodził w następny ciągłym, rozdzierającym ciosem. Zdjęte paniką konie rżały, ale słychać je było tylko w tych krótkich chwilach, gdy ustawał łoskot kolejnego grzmotu. Ludzie wypadali z namiotów, niektórzy w białych płaszczach, inni ubrani jedynie do połowy, jedni biegali tam i z powrotem, drudzy stali jak ogłuszeni.

Biegli przez sam środek tego zamieszania, Perrin zamykał pochód. Po drodze mijali wpatrzonych w nich dzikim wzrokiem Synów Światłości. Niektórzy coś krzyczeli w ich stronę, ale słowa głuszył łomot dobiegający z nieba. Dzięki białym płaszczom, w które byli otuleni, nikt nie próbował ich zatrzymywać. Wpadli pomiędzy namioty, wybiegli z obozowiska i nie tknięci zniknęli w mroku.

Perrin poczuł, że grunt pod jego stopami robi się nierówny. Parł nieustępliwie do przodu, mimo że gałęzie krzaków smagały go po twarzy. Błyskawica zamigotała spazmatycznie i zniknęła. Po niebie przetaczały się echa grzmotów i po chwili zamierały. Perrin obejrzał się przez ramię. Między namiotami płonął ogień. Musiał w to miejsce trafić piorun, może zdjęci paniką ludzie poprzewracali latarnie. Wciąż słychać było dławione przez mrok krzyki tych, którzy usiłowali przywrócić porządek albo dowiedzieć się, co zaszło. Teren zaczął się wznosić, namioty, ogień i pokrzykiwania zostały z tyłu.

Omal nie wpadł na Egwene, gdy Lan zatrzymał się gwałtownie. Przed nimi w świetle księżyca stały trzy konie.

Pomiędzy nimi poruszył się jakiś cień, usłyszeli przepełniony rozdrażnieniem głos Moiraine.

— Nynaeve nie wróciła. Obawiam się, że ta młoda kobieta zrobiła coś głupiego.

Lan obrócił się na pięcie, jakby chciał zawrócić tą samą drogą, którą przybyli, ale Moiraine zatrzymała go jednym słowem, ostrym jak trzaśnięcie bicza.

— Nie!

Stał i patrzył na nią z ukosa, widać było tylko jego twarz i dłonie w postaci zamazanych, rozmytych plam. Moiraine przemówiła po chwili łagodniejszym tonem, łagodniejszym, lecz nie mniej stanowczym.

— Niektóre rzeczy są ważniejsze od innych. Wiesz o tym.

Strażnik ani drgnął, jej głos na powrót stwardniał.

— Przypomnij sobie, co przysięgałeś, al'Lanie Mandragoran, lordzie Siedmiu Wież! Co z przysięgą Koronowanego Marszałka Malkier?

Perrin zamrugał. Czyżby Lan był tym wszystkim? Egwene coś pomrukiwała, on jednak nie potrafił oderwać oczu od rozgrywającej się przed nim sceny. Lan stojący niczym wilk ze stada Łatki, wilk osaczony przez drobną Aes Sedai, na próżno próbujący uciec przed swoim przeznaczeniem.

W tę zastygłą w bezruchu scenę wdarł się donośny trzask łamanych gałęzi. Dwoma długimi krokami Lan znalazł się między Moiraine a tym dźwiękiem, blada poświata księżyca zafalowała w ostrzu jego miecza. Trzask tratowanego poszycia narastał, jego śladem spośród drzew wybiegła dwójka koni, jeden niósł jeźdźca.

— Bela! — wykrzyknęła Egwene, nieomal w tym samym momencie, w którym Nynaeve zawołała z grzbietu kudłatej klaczy:

— Tym razem omal cię nie zgubiłam. Egwene! Dzięki Światłości, ty żyjesz!

Zsunęła się z grzbietu Beli i już chciała pobiec w stronę dziewczyny, gdy Lan schwycił ją za ramię. Przystanęła w pół kroku i spojrzała na niego.

— Musimy jechać, Lan — powiedziała Moiraine znowu opanowanym tonem.

Strażnik zwolnił uścisk.

Nynaeve potarła ramię, podbiegła uściskać Egwene, a Perrinowi wydało się, że słyszy też cichy śmiech. Ten śmiech go zastanowił, ponieważ nie sądził, by miał coś wspólnego z radością odczuwaną na ich widok.

— Gdzie są Rand i Mat? — spytał.

— Gdzieś tam — odparła Moiraine.

Nynaeve mruknęła coś tak ostrym tonem, że Egwene wydała głośny okrzyk zdumienia. Perrin aż zamrugał, gdy usłyszał fragment wulgarnego przekleństwa, jakby żywcem wziętego z języka woźniców.

— Oby Światłość sprawiła, by im się powiodło — ciągnęła Aes Sedai, jakby nic nie słyszała.

— Nikomu z nas się nie powiedzie — powiedział Lan — jeśli Synowie Światłości nas znajdą. Zmieńcie płaszcze i dosiądźcie koni.

Perrin wdrapał się niezdarnie na wierzchowca, którego Nynaeve przyprowadziła razem z Belą. Brak siodła mu nie przeszkadzał, w rodzinnej wiosce rzadko jeździł konno, kiedy już jednak to robił, była to najczęściej jazda na oklep. Wciąż jeszcze miał na sobie biały płaszcz, podkasany i związany pasem. Strażnik powiedział, że mają zostawiać jak najmniej śladów, dzięki którym Synowie mogliby ich znaleźć. Nadal mu się wydawało, że wraz z płaszczem towarzyszy mu duch Byara.

Wyruszyli w drogę, Strażnik prowadził na swym wysokim, czarnym ogierze. Perrin znowu poczuł dotknięcie Łatki w swoim umyśle.

„Któregoś dnia znów..."

Bardziej uczuciami niż słowami wilk szeptał o obietnicy wyznaczonego spotkania, o oczekiwaniu na to, co miało się zdarzyć, o rezygnacji wobec tego, co musiało się zdarzyć. Wszystko naraz, w jednym przesłaniu. Perrin próbował sformułować pytanie — kiedy, dlaczego, szukając myśli w pośpiechu i nagłym lęku. Ślad obecności wilków robił się coraz bledszy, zanikał. Gorączkowo zadawane pytania wywoływały jedynie wciąż tę samą, brzemienną w wielorakie znaczenia odpowiedź.

„Któregoś dnia znów..."

To zdanie odbijało się echem w jego myślach, jeszcze długo po tym, jak świadomość obecności wilków wygasła.

Lan wiódł ich na południe, powolnym lecz stałym tempem. Nie mogli jechać szybciej, nie w tych warunkach. Otaczała ich noc, dzicz, łagodnie pofałdowany teren, poszycie niewidoczne, dopóki nie dotknęło się go stopą, gęste drzewa skryte w cieniu. Strażnik dwukrotnie ich opuszczał, zawracając w stronę sierpu księżyca. Dwa razy jego i Mandarba pochłaniał mrok. Kiedy powracał, nie wspominał nic o pościgu.

Egwene trzymała się blisko Nynaeve. Do uszu Perrina wpadały niewyraźne strzępy ich głosów, pogrążonych w pełnej podniecenia rozmowie. Obydwie były tak rozradowane, jakby na powrót znalazły się w domu. Sam wlókł się w ogonie niewielkiej kolumny. Wiedząca czasami obracała się w siodle, by popatrzeć na niego, wtedy kiwał do niej ręką, jakby chciał powiedzieć, że wszystko jest w porządku, ale nie opuszczał swej pozycji. Miał nad czym się zastanawiać, nie potrafił jednak uporządkować myśli.

„Co ma się zdarzyć? Co ma się zdarzyć?"

Dopiero tuż przed świtem Moiraine wreszcie zarządziła postój.

Lan zjechał do wąwozu, w niszy jednego ze zboczy można było bezpiecznie rozpalić ognisko.

Pozwolono im zdjąć z siebie białe płaszcze i zakopać je w dziurze wygrzebanej obok ogniska. Perrin już miał zrzucić swój, gdy jego wzrok objął nagle wyhaftowane na piersi złote słońce i dwie złote gwiazdy pod nim. Jak oparzony wypuścił tkaninę z rąk, odszedł na bok i wycierając ręce o kaftan, usiadł samotnie.

— A teraz — powiedziała Egwene, gdy Lan zasypał już dziurę ziemią — czy ktoś mi powie, gdzie są Rand i Mat?

— Sądzę, że w Caemlyn — odparła z namysłem Moiraine — albo przynajmniej w drodze do Caemlyn.

Nynaeve prychnęła głośno i lekceważąco, jednakże Aes Sedai mówiła dalej, jakby jej nikt nie przerywał.

— Jeśli nie, to i tak ich znajdę. Obiecuję.

W milczeniu zjedli posiłek składający się z chleba, sera i gorącej herbaty. Nawet Egwene poddała się zmęczeniu. Wiedząca wyciągnęła ze swej torby maści, jedną, by nasmarować pręgi, które więzy pozostawiły na nadgarstkach Egwene, inną na pozostałe obrażenia. Kiedy podeszła do Perrina siedzącego na skraju światła padającego z ogniska, nawet na nią nie spojrzał.

Stała i patrzyła na niego w milczeniu przez jakiś czas, po czym przykucnęła obok ze swą torbą, mówiąc rozkazującym tonem:

— Zdejmij kaftan i koszulę, Perrin. Powiedziała mi, że jeden z Białych Płaszczy bardzo cię nie lubił.

Wolno wykonywał zalecenia, częścią swego umysłu nadal rozpamiętując przesłanie, które otrzymał od Łatki, dopóki w pewnym momencie Nynaeve nie jęknęła głośno. Zdziwiony spojrzał na nią, a potem na swoją nagą pierś. Stanowiła jedną plątaninę barw, nowsze, purpurowe plamy nakładały się na starsze, które zdążyły już przejść w odcienie brązu i żółci. Tylko grube węzły mięśni nabytych podczas godzin spędzonych w kuźni pana Luhhana uratowały go przed połamaniem żeber. Myśli skupione na wilkach spowodowały, że udało mu się zapomnieć o cierpieniu, teraz jednak ból skwapliwie powrócił. Mimowolnie zrobił głęboki wdech i jęknął przez zaciśnięte wargi.

— Dlaczego tak bardzo cię nie znosił? — zapytała Nynaeve z niedowierzaniem.

„Zabiłem dwóch ludzi".

— Nie wiem — powiedział na głos.

Poszperała w swojej torbie i Perrin wzdrygnął się, gdy zaczęła smarować sińce jakąś tłustą maścią.

— Ziemny bluszcz, pięciopalec i promiennik — wyjaśniła.

Maść grzała i zarazem ziębiła, sprawiając, że drżał i jednocześnie się pocił, ale nie protestował. Miał już wcześniej doświadczenia z maściami i okładami Nynaeve. Delikatnie wcierała palcami maść, a gorąco i zimno tymczasem zanikało, zabierając ze sobą ból. Purpurowe plamy nabierały brązowego odcienia, a brązowe i żółte bladły, niektóre całkowicie zniknęły. Gdy zrobił na próbę głęboki wdech, poczuł jedynie pojedynczy skurcz.

— Wyglądasz na zdziwionego — zauważyła Nynaeve. Sama wyglądała na nieco zdziwioną i jakoś dziwnie przestraszoną. — Następnym razem będziesz mógł pójść do niej.

— Nie jestem zdziwiony — uspokoił ją — po prostu zadowolony.

Maści Nynaeve czasami działały szybko, a czasami wolno, ale działały zawsze.

— Co... co się stało z Randem i Matem?

Nynaeve zaczęła chować swoje fiolki i słoiczki do torby, wciskając każdy z nich na siłę, jakby coś odpychało jej ręce.

— Ona mówi, że nic im nie jest i że ich znajdziemy. W Caemlyn, powiada. Mówi, że dla nas jest to zbyt ważne, żeby miało stać się inaczej, cokolwiek by to miało znaczyć. Mówi mnóstwo rzeczy.

Perrin uśmiechnął się mimo woli. O ile wszystko inne uległo zmianie, o tyle Wiedząca nadal pozostała sobą, równie daleka od zaprzyjaźnienia się z Aes Sedai jak poprzednio.

Nagle Nynaeve zesztywniała i zapatrzyła się w jego twarz. Wypuściła torbę, przykładając dłonie do jego policzków i czoła. Usiłował się wyrwać, lecz przytrzymała mu głowę rękoma, kciukami uniosła powieki, zajrzała w oczy i coś do siebie mruknęła. Pomimo drobnej postury nie sprawiło jej to większych trudności, nigdy nie było łatwo wyrwać się Nynaeve, jeśli ona sobie tego nie życzyła.

— Nie rozumiem — powiedziała w końcu. Uwolniła go i przysiadła z powrotem na piętach. — Gdyby to była gorączka żółtych oczu, to nie dałbyś rady ustać. Ty jednak nie masz gorączki, a twoje białka nie są żółte, tylko tęczówki.

— Żółte? — spytała Moiraine, a Perrin i Nynaeve aż podskoczyli w miejscu.

Aes Sedai podeszła do nich zupełnie bezszelestnie. Perrin widział, że Egwene śpi przy ognisku, otulona w swój płaszcz. Jego powieki również opadały ciężko.

— To nic takiego — powiedział.

Moiraine jednak ujęła jego podbródek, uniosła twarz i zajrzała w oczy w taki sam sposób, w jaki zrobiła to Nynaeve. Szarpnął się, cały zjeżony. Obydwie kobiety traktowały go tak, jakby był dzieckiem.

— Powiedziałem, że to nic takiego.

— To nie zostało przepowiedziane — rzekła Moiraine, jakby wyłącznie do siebie. Jej wzrok utkwiony był w punkt gdzieś za jego plecami. — Utkało się, bo takie było zrządzenie, czy też to jakaś zmiana we Wzorze? Jeśli zmiana, to kto ją wprowadził? Koło obraca się tak, jak chce. Tak być musi.

— Czy wiesz, co to jest? — spytała z niechęcią Nynaeve, a po chwili wahania dodała: — Czy możesz coś z nim zrobić? Za pomocą twego Uzdrawiania?

Ta prośba o pomoc, przyznanie się, że ona nie potrafi nic zrobić, została wygłoszona takim tonem, jakby ją wywleczono przemocą.

Perrin spojrzał spode łba na obydwie kobiety.

— Jeśli macie zamiar rozmawiać o mnie, to rozmawiajcie ze mną. Siedzę przecież tutaj.

Żadna nie spojrzała na niego.

— Uzdrawianie? — Moiraine uśmiechnęła się. — Uzdrawianie nic tu nie pomoże. To nie jest choroba i nie...

Na moment się zawahała. Obrzuciła przy tym Perrina przelotnym spojrzeniem, w jej wzroku był żal, jakby zrozumiała, że zbyt dużo już się stało. Perrin zdał sobie sprawę, iż uczucie to nie jest przeznaczone dla niego, mruknął więc tylko coś gorzkim tonem. Moiraine jednak zwróciła się na powrót do Nynaeve.

— Chciałam powiedzieć, że nic mu się przez to nie stanie, kto jednak może stwierdzić, jak to się wszystko skończy? Na pewno jednak nic mu nie grozi bezpośrednio.

Nynaeve wstała, otrzepała kolana i spojrzała Aes Sedai prosto w oczy.

— To nie wystarczy. Co jest z...

— Jest jak jest. Nie da się zmienić tego, co już zostało utkane. — Moiraine odwróciła się niespodzianie. — Póki można, musimy się przespać, by ruszyć w drogę wraz z pierwszym brzaskiem. Jeśli siła dłoni Czarnego będzie wciąż rosła... Musimy jak najszybciej dotrzeć do Caemlyn.

Nynaeve ze złością chwyciła swą torbę i odeszła, nim Perrin zdążył coś powiedzieć. Już miał warknąć jakieś przekleństwo, gdy nagle pewna myśl uderzyła go niczym cios i wtedy znieruchomiał, w milczeniu wytrzeszczając oczy. Moiraine wiedziała. Aes Sedai wiedziała o wilkach. I jej zdaniem mogła to być sprawka Czarnego. Przeszył go dreszcz. Pospiesznie naciągnął na siebie koszulę, wepchnął ją niezgrabnie w spodnie, a na to włożył kaftan i płaszcz. Ubranie niezbyt pomagało, czuł, że dreszcz przenika go do kości, szpik zmienił się w zastygłą galaretę.

Lan usiadł przed nim na ziemi i krzyżując nogi, odrzucił poły swego płaszcza. Perrina to ucieszyło. Było mu nieprzyjemnie, kiedy Strażnik unikał jego wzroku.

Przez chwilę patrzyli na siebie zwyczajnie. Twarde rysy twarzy Strażnika pozostały nieprzeniknione, lecz w jego wzroku Perrin dostrzegł... coś. Współczucie? Ciekawość? Mieszaninę jednego i drugiego?

— Wiesz? — spytał, a Lan skinął głową.

— Wiem trochę, nie wszystko. Spotkało cię to niespodzianie, czy też spotkałeś przewodnika, kogoś, kto pośredniczył?

— Spotkałem pewnego człowieka — wolno odparł Perrin. „On wie, ale czy myśli o tym w taki sam sposób jak Moiraine?"

— Powiedział, że nazywa się Elyas. Elyas Machera.

Lan zrobił głęboki wdech, Perrin spojrzał na niego podejrzliwie.

— Znasz go?

— Znałem. Wiele mnie nauczył, o Ugorze i o tym. — Lan dotknął rękojeści swego miecza. — Był Strażnikiem, zanim... zanim to się stało. Czerwone Ajah...

Zerknął na Moiraine leżącą przy ogniu.

Perrin zdumiał się. Odkąd pamiętał, Strażnik nigdy nie pozwalał sobie na zdradzenie uczucia niepewności. W Shadar Logoth był pewny i silny, wtedy gdy stawiał czoło Pomorom i trollokom. Nie bał się w tej chwili niczego — tego Perrin był pewien — ale pilnował się, by nie powiedzieć za dużo. Jakby to, co powie, mogło być niebezpieczne.

— Słyszałem o Czerwonych Ajah — powiedział Lanowi.

— I większość tego, co słyszałeś, jest nieprawdą, nie ma wątpliwości. Musisz pojąć, że są... pewne frakcje w Tar Valon. Jedne walczą z Czarnym tak, pozostałe inaczej. Cel jest ten sam, lecz różnice... różnice mogą oznaczać zmianę albo kres życia. Życia poszczególnych ludzi albo całych narodów. Czy Elyas jest zdrów?

— Tak myślę. Białe Płaszcze powiedziały, że go zabiły, jednak Łatka... — Perrin zerknął niepewnie na Strażnika. — Nie wiem. — Ponieważ Lan miał taką minę, jakby uwierzył, że on rzeczywiście nie wie, nabrał śmiałości i mówił dalej. — To porozumiewanie się z wilkami. Moiraine chyba myśli, że to coś... coś, co zrobił Czarny. Nie jest tak, prawda?

Nie potrafił uwierzyć, że Elyas może być Sprzymierzeńcem Ciemności.

Lan jednak się wahał, a na twarz Perrina wystąpił pot, paciorki chłodu, które noc oziębiała jeszcze bardziej. Zanim Strażnik się odezwał, zdążyły spłynąć po policzkach.

— Nie bezpośrednio. Niektórzy tak myślą, ale się mylą, to się stało dawno i dawno zostało zapomniane, jeszcze zanim pojawił się Czarny. Ale taki zbieg okoliczności, kowalu? Czasami we Wzorze są elementy przypadkowe... przynajmniej tak nam się wydaje... ale cóż za przypadek kazał ci spotkać właśnie tego człowieka, który mógł cię wprowadzić? Wzór tworzy Wielki Splot, który bywa nazywany Koronką Wieków, a wy, chłopcy, stanowicie jej centrum. Myślę, że teraz w waszym życiu nie ma już raczej miejsca na przypadek. Czy zatem zostaliście wybrani? A jeśli tak, to przez Światłość czy przez Cień?

— Czarny nie może nas dotknąć, o ile nie wymówimy jego imienia. — Mówiąc to, Perrin natychmiast przypomniał sobie sny o Ba'alzamonie, sny, które były czymś więcej niż snami. Otarł pot z twarzy. — Nie może.

— Uparty jesteś i twardy jak skała — zadumał się Strażnik. — Może tak uparty, że ostatecznie sam się uratujesz. Pamiętaj, w jakich czasach żyjemy, kowalu. Pamiętaj o tym, co powiedziała wam Moiraine Sedai. W dzisiejszych czasach wiele rzeczy niszczeje i rozpada się. Stare bariery słabną, stare mury kruszeją. Bariery między tym, co jest i tym, co było, między tym, co jest i tym, co będzie. — Jego głos stał się ponury. — Mury więzienia Czarnego. To może być koniec Wieku. Być może jeszcze przed śmiercią ujrzymy narodziny nowego Wieku. A może jest to koniec wszystkich Wieków, koniec samego czasu. Koniec świata. — Uśmiechnął się niespodzianie, lecz jego uśmiech był posępny jak grymas, oczy rozjskrzył wisielczy uśmiech. — Jednak nie nam się tym martwić, prawda, kowalu? Będziemy walczyć z Cieniem, dopóki nam starczy oddechu, a jeśli on nas pokona, będziemy gryźć i drapać. Wy, ludzie z Dwu Rzek, jesteście zbyt uparci, żeby się poddać. Nie martwcie się, że Czarny wtrącił się do waszego życia. Znowu znajdujecie się wśród przyjaciół. Pamiętajcie, że Koło obraca się tak, jak chce, i nawet Czarny nie może tego zmienić, nie wtedy, gdy opiekuje się wami Moiraine. Lepiej jednak, abyśmy jak najszybciej odnaleźli waszych pozostałych przyjaciół.

— Co chcesz przez to powiedzieć?

— Nie chroni ich żadna Aes Sedai dotykająca Prawdziwego Źródła. Kowalu, być może mury osłabły dostatecznie, by sam Czarny mógł pokierować wydarzeniami. Nie swobodną dłonią, bo inaczej byłoby już po nas, lecz dokonując drobnych przesunięć w pasmach. Przypadek wyłaniający się z jednego kąta zamiast z innego, jakieś przypadkowe spotkanie, przypadkowe słowo, albo coś, co wydaje się zupełnie nieważne, a zawędrują tak daleko w Cień, że nawet Moiraine nie sprowadzi ich z powrotem.

— Musimy ich odnaleźć — powiedział Perrin, a Strażnik roześmiał się gardłowo.

— Przecież wciąż to powtarzam. Prześpij się trochę, kowalu.

Gdy wstawał, poły jego płaszcza zawirowały. W bladym świetle ogniska i księżyca sylwetka Lana zdawała się zlewać z zalegającymi dalej cieniami.

— Zanim dotrzemy do Caemlyn, czeka nas kilka ciężkich dni. Módl się po prostu, żebyśmy ich tam znaleźli.

— Przecież Moiraine... może ich znaleźć wszędzie, prawda? Ona twierdzi, że może.

— Ale czy znajdzie ich na czas? Jeśli Czarny jest dostatecznie silny, by zacząć działać samodzielnie, znaczy to, że czas się skończył. Módl się, abyśmy ich znaleźli w Caemlyn, kowalu, bo inaczej wszystkich nas czeka zguba.

ROZDZIAŁ 39

SPLOT ZADZIERZGA SIĘ

Rand przypatrywał się tłumom z wysokiego okna swej izdebki w „Błogosławieństwie Królowej". Ludzie biegli z krzykiem przez ulice, wszyscy w jednym kierunku, wymachując proporcami i sztandarami. Biały lew na czerwonym tle rozbłyskiwał po tysiąckroć. Mieszkańcy Caemlyn i przybysze z innych ziem wędrowali zgodnie, dla odmiany tym razem nikt najwyraźniej nie miał ochoty rozbijać nikomu głowy. Dzień dzisiejszy, być może, był świętem jednej tylko frakcji.

Odwrócił się od okna z szerokim uśmiechem. To był właśnie ten dzień, którego od dawna nie mógł się doczekać. Pomijając oczywiście chwilę, gdy wreszcie pojawią się Egwene i Perrin, żywi, śmiejący się z tego, co widzieli. Żadne wydarzenie nie mogło go bardziej ucieszyć.

— Idziesz? — spytał raz jeszcze.

Mat, zwinięty na łóżku w ciasny kłębek, spojrzał na niego spode łba.

— Weź ze sobą tego trolloka, z którym się tak zaprzyjaźniłeś.

— Krew i popioły, Mat, on nie jest trollokiem. Jesteś głupi jak but. Ile razy jeszcze chcesz się o to wykłócać? Światłości, zupełnie jakbyś nigdy nie słyszał o ogirach.

— Nigdy nie słyszałem, żeby ogiry wyglądały jak trolloki.

Mat wtulił twarz w poduszkę i zwinął się jeszcze ciaśniej.

— Głupi jak but — mruknął Rand. — Jak długo masz zamiar się tu ukrywać? Nie mam ochoty wiecznie przynosić posiłków na górę. Poza tym przydałaby ci się kąpiel.

Mat rzucał się na łóżku, jakby próbował wygrzebać sobie w nim norkę. Rand westchnął i podszedł do drzwi.

— Ostatnia szansa, żebyśmy wyszli razem. Ja już idę.

Otworzył powoli drzwi, mając nadzieję, że Mat zmieni zdanie, ale przyjaciel się nie poruszył. Drzwi zamknęły się z trzaskiem.

W korytarzu oparł się o framugę. Pan Gill powiedział, że dwie ulice dalej mieszka pewna staruszka, matka Grubb, która nie tylko odbiera porody, leczy chorych i przepowiada przyszłość, ale również sprzedaje zioła i kataplazmy. Wynikało z tego, że jest jakby rodzajem Wiedzącej. Mat potrzebował Nynaeve, albo może Moiraine, ale miał pod ręką tylko matkę Grubb. Jednak sprowadzenie jej do „Błogosławieństwa Królowej" oznaczałoby ściąganie niepotrzebnej uwagi. Zarówno na nią, jak na nich obu.

Zielarze i znachorzy nie byli obecnie najlepiej notowani w Caemlyn, źle się wyrażano o tych, którzy uzdrawiali czy przepowiadali przyszłość. Każdej nocy, a czasami nawet za dnia, bez przeszkód malowano smocze kły. Kiedy podnosił się krzyk na Sprzymierzeńców Ciemności, ludzie łatwo zapominali, kto leczył ich gorączki i bóle zębów. Takie nastroje panowały w mieście.

Mat nie był, w ścisłym tego słowa znaczeniu, chory. Jadł wszystko, co Rand przynosił z kuchni — choć nie przyjąłby niczego z cudzej ręki — i ani razu nie skarżył się na żadne bóle ani gorączkę. Po prostu odmówił wyjścia z pokoju. Jednak Rand był przekonany, że tego dnia wyciągnie go na zewnątrz.

Narzucił płaszcz na ramiona i przesunął pas, dzięki czemu owinięty czerwoną tkaniną miecz był lepiej ukryty.

U stóp schodów spotkał pana Gilla, który właśnie wchodził na górę.

— Ktoś się o was wypytywał na mieście — powiedział oberżysta, nie wyjmując fajki z ust.

Rand poczuł przypływ nadziei.

— Pytał o ciebie i twoich przyjaciół, nazywając was po imieniu. W każdym razie chodziło mu o was, młodych. Wydaje się, że przede wszystkim interesowało go trzech chłopców.

Nadzieja ustąpiła miejsca niepokojowi.

— Kto to był? — spytał Rand.

Wciąż nie mógł się powstrzymać, by nie toczyć wzrokiem po korytarzu. Od wyjścia do bocznej uliczki aż po drzwi do głównej izby nie było w nim nikogo prócz ich dwóch.

— Nie znam jego imienia. Tylko o nim słyszałem. Ja tu słyszę o wszystkim, co się dzieje w Caemlyn. Jakiś żebrak. — Oberżysta kaszlnął. — Podobno lekko szalony. A przecież mógł przyjąć Dar Królowej w Pałacu, mimo że to teraz bardzo trudne. Podczas Dni Jej Wysokości królowa rozdaje go własnoręcznie i nikomu nigdy go nie odmówiono z żadnego powodu. Nikt nie musi żebrać w Caemlyn. Nawet człowiek, na którego jest nakaz, nie może zostać aresztowany, jeśli przyjmuje Dar Królowej.

— Sprzymierzeniec Ciemności? — spytał z niechęcią Rand. „Jeśli Sprzymierzeńcy znają nasze imiona..."

— Strasznie cię dręczą ci Sprzymierzeńcy Ciemności, młody człowieku. Kręcą się tu, nie ma wątpliwości, ale tylko dlatego, że Białe Płaszcze narobiły takiego zamieszania, nie ma powodu myśleć, że całe miasto jest ich pełne. Czy wiesz, o czym ci idioci ostatnio rozpowiadali? O „dziwnych postaciach". Dasz temu wiarę? Dziwne postacie, które niby kręcą się nocą wokół miasta.

Oberżysta śmiał się tak, że aż mu się brzuch trząsł.

Randowi nie było skoro do śmiechu. Hyam Kinch mówił o dziwnych postaciach, bez wątpienia widzieli również Pomora.

— Jakie to postacie?

— Jakie postacie? Nie wiem, jakie. Dziwne. Podobnież trolloki. Człowiek Cień. Sam Lews Therin Zabójca Rodu wrócił i ma pięćdziesiąt stóp wzrostu. Jak myślisz, jakie postacie wymyślą sobie ludzie, kiedy wbić im taki pomysł do głowy? To nie twoje zmartwienie. — Pan Gill przyglądał mu się uważnie przez chwilę. — Wychodzisz na miasto, prawda? Cóż, ja osobiście nie mam na to ochoty, nawet w taki dzień, ale oprócz mnie mało kto został dziś w oberży. Bez przyjaciela?

— Mat nie czuje się najlepiej. Może później.

— Cóż, niech i tak będzie. A ty się pilnuj. Nawet dzisiaj dobrzy poddani królowej będą w mniejszości, Światłości, niech sczeźnie ten dzień, kiedy muszę na coś takiego w ogóle patrzeć. Najlepiej wyjdź bocznym wyjściem. Po drugiej stronie ulicy siedzą ci dwaj przeklęci zdrajcy i obserwują moje drzwi. Wiedzą, za czym stoję, na Światłość!

Rand wytknął głowę na zewnątrz i rozejrzał w obydwie strony, zanim wyślizgnął się w boczną uliczkę. W miejscu, w którym łączyła się z główną ulicą, stał zwalisty mężczyzna wynajęty przez pana Gilla. Wsparty na włóczni obserwował przebiegających obok ludzi, demonstrując pozorny brak zainteresowania. Rand wiedział, że to tylko pozór. Mężczyzna — nazywał się Lamgwin — widział wszystko swymi skrytymi za ciężkimi powiekami oczyma, a pomimo mylącej ociężałości umiał poruszać się jak kot. Co więcej, uważał, iż królowa Morgase jest ucieleśnieniem Światłości lub czymś bardzo do niego zbliżonym. Kilkunastu ludzi, takich jak on, trzymało wartę dookoła „Błogosławieństwa Królowej".

Ucho Lamgwina zadrgało, gdy Rand dotarł do wylotu uliczki, lecz ani na moment nie oderwał pozornie nic nie widzącego wzroku od ulicy. Rand wiedział, że mężczyzna usłyszał jego kroki.

— Pilnuj dziś swego grzbietu, człowieku — brzmienie głosu Lamgwina przypominało żwir przesypujący się po patelni. — Jak się zaczną kłopoty, bardziej przydasz się tutaj niż w jakimś rynsztoku z nożem w plecach.

Rand zerknął na rosłego mężczyznę, niemo wyrażając zdumienie. Cały czas się starał, by jego miecz nie rzucał się w oczy, a mimo to nie po raz pierwszy któryś z ludzi pana Gilla uznawał, iż ma on doświadczenie w walce. Lamgwin nie spojrzał więcej na niego. Jego zadaniem było strzec oberży i wywiązywał się z niego sumiennie.

Dokładniej otulił miecz płaszczem i włączył się w strumień ludzi. Zauważył dwóch mężczyzn, o których wspomniał oberżysta. Stali na przewróconych do góry dnem beczkach po drugiej stronie ulicy, skąd mogli obserwować tłum. Uznał, że nie zauważyli, jak wychodził z uliczki. Ich przynależność nie budziła najmniejszych wątpliwości. Miecze spowijała biała tkanina obwiązana czerwonymi sznurkami, identyczny kolor miały opaski na rękawach i kokardy przyczepione do kapeluszy.

Nawet po tak krótkim pobycie w Caemlyn wiedział, że czerwona osłona na mieczu, względnie czerwona opaska albo kokarda, oznacza wyraz poparcia dla królowej Morgase. Biali natomiast twierdzili, że to właśne królową, a w szczególności jej związki z Aes Sedai i Tar Valon obarczyć należy winą za wszelkie zło. Włącznie ze złą pogodą i nieudanymi zbiorami. Być może nawet przypisywano jej odpowiedzialność za pojawienie się fałszywego Smoka.

Nie chciał się mieszać do polityki Caemlyn. Tyle że teraz było na to za późno. Po pierwsze, dlatego że już się opowiedział po jednej ze stron — przypadkiem, bo przypadkiem, ale zawsze. Nadto sprawy w mieście przybrały taki obrót, iż zachowanie neutralności było niemożliwe. Nawet przybysze z zewnątrz nosili kokardy i opaski, albo w określony sposób owijali miecze. Biel przeważała. Może nawet niektórzy w głębi ducha myśleli inaczej, jednakże znajdowali się daleko od własnych domów, a w Caemlyn takie właśnie nastroje dominowały. Zwolennicy królowej, jeśli w ogóle odważyli się wyjść na miasto, czynili to zawsze w grupie.

Tego dnia jednak było inaczej. Przynajmniej na pozór. Dzisiaj Caemlyn świętowało zwycięstwo Światłości nad Cieniem. Do miasta sprowadzano fałszywego Smoka, aby go zaprezentować królowej przed zabraniem na północ, do Tar Valon.

O tym aspekcie całej sprawy nie mówiono. Wprawdzie nikt prócz Aes Sedai nie mógł się zająć człowiekiem, który prawdziwie władał Jedyną Mocą, wszyscy jednak pomijali to milczeniem. Światłość pokonała Cień. Dzisiaj tylko to się liczyło. Dziś można było zapomnieć o całej reszcie.

„Czy na pewno?" — zastanawiał się Rand.

Po ulicach uganiały się tłumy ludzi wznoszących pieśni, wymachujących sztandarami, roześmianych, a jednak ci, którzy nosili czerwień, trzymali się razem w dziesięcio- albo dwudziestoosobowych grupach, nie było wśród nich ani kobiet, ani dzieci. Zauważył, że na każdego człowieka demonstrującego poparcie dla królowej przypada co najmniej dziesięciu ludzi obnoszących biel. Nie po raz pierwszy żałował, że białe sukno nie jest tańsze.

„Czy jednak pan Gill pomógłby ci, gdybyś wtedy kupił biel?"

Tłum był tak gęsty, że chcąc nie chcąc trzeba się było przepychać. Nawet Białym Płaszczom nie udostępniano zwykłej przestrzeni w takim ścisku. Rand pozwalał tłumowi nieść się w stronę Wewnętrznego Miasta, widząc po drodze, że bynajmniej nie wszystkie animozje zostały okiełznane. Był świadkiem, jak pewien Syn Światłości, jeden z trzyosobowego oddziału, omal nie upadł, gdy ktoś wpadł na niego całym ciałem. Potrącony ledwie odzyskał równowagę, już miał gniewnie zrugać człowieka, który go potrącił, lecz w tym momencie ktoś inny pchnął go umyślnie wyciągniętym ramieniem. Zanim sprawy zdążyły zajść za daleko, pozostali Synowie Światłości odciągnęli go na bok i schronili się w czyichś drzwiach. Cała trójka popadła w stan całkowitego osłupienia, w takiej sytuacji zwykły pogardliwy wzrok, jakim obdarzali otoczenie, był nie na miejscu, zamarli więc, nie dowierzając własnym oczom. Tłum płynął dalej, jakby nikt niczego nie zauważył, może zresztą i tak było.

Jeszcze dwa dni wcześniej nic takiego nie mogłoby się wydarzyć. Co więcej, jak zauważył Rand, ludzie, którzy spowodowali incydent, nosili białe kokardy na kapeluszach. Powszechnie uważano, że Białe Płaszcze wspierają przeciwników królowej i doradzającej jej Aes Sedai, w tym jednak przypadku to nie miało znaczenia. Ludzie robili rzeczy, które wcześniej nie przyszłyby im do głowy. Dziś potrącali Białe Płaszcze. Jutro być może obalą królową. Nagle pożałował, że nie ma przy nim innych ludzi noszących czerwień, popychany przez białe kokardy i opaski poczuł się raptem bardzo samotny.

Synowie Światłości zauważyli, że na nich patrzy i wbili w niego wzrok, z którego biła odpowiedź na wyzwanie. Pozwolił, by rozśpiewany krąg w tłumie wypchnął go poza zasięg ich oczu i razem z innymi podjął pieśń.

Naprzód, Lwie,
Naprzód, Lwie,

Biały Lew do walki staje.
Cieniowi opiera się swym gniewem.
Naprzód, Lwie,
Naprzód, Andorze zwycięski.

Trasa, którą fałszywy Smok miał zostać wprowadzony do Caemlyn, była dobrze znana. Dostępu do tych ulic broniły zwarte szeregi Gwardii Królowej oraz ubranych na czerwono pikinierów, wszędzie jednak za nimi cisnęli się stojący ramię w ramię ludzie, okna i dachy były pełne. Rand przepychał się w stronę Wewnętrznego Miasta, usiłując dotrzeć jak najbliżej do Pałacu. Miał niemałą ochotę zobaczyć, jak będą pokazywali Logaina królowej. Zobaczyć fałszywego Smoka i królową, oboje… w domu nigdy nawet nie marzył o czymś takim.

Wewnętrzne Miasto zostało wzniesione na wzgórzach, jeszcze dziś widoczne w nim były ślady po tym, co zbudowali ogirowie. O ile w Nowym Mieście ulice przeważnie rozbiegały się we wszystkich możliwych kierunkach, tworząc wariacką plątaninę, to tutaj nakładały się na krzywizny wzgórz, jakby stanowiły naturalną część krajobrazu. Za każdym zakrętem zamaszyste wzniesienia i spadki przynosiły zupełnie nowe, zaskakujące widoki. Parki, widziane z najrozmaitszych perspektyw, nawet z góry, pełne były pieszczących oko układów ścieżek i pomników, choć ledwie tknięte zielenią. Niespodzianie wyrastające wieże, mozaikowe mury połyskujące w słońcu setkami zmieniających się barw. Nagłe wzniesienia, z których wzrok obejmował całe miasto, łącznie z otaczającymi je lekko pofałdowanymi równinami i lasami. Krótko mówiąc, byłoby na co popatrzeć, gdyby nie tłum, który kazał mu przyspieszać kroku, zanim zdążył lepiej się czemuś przyjrzeć. I wszystkie te kręte uliczki, które przesłaniały dalszą perspektywę.

Nagle przegnano go przez jakiś zakręt, za nim stał już Pałac. Ulice, mimo iż biegły zgodnie z naturalnym ukształtowaniem terenu, zostały wytyczone w taki sposób, że spiralnie oplatały budowlę — marzenie poety o jasnych iglicach, złotych kopułach i kunsztownych kamiennych maswerkach, o sztandarach Andoru powiewających z każdego wystającego elementu, o ozdobie ozdób, której podporządkowano wszystkie inne widoki. Pałac był dziełem artysty, wyrzeźbionym raczej niźli zbudowanym jak zwykłe domy.

Na pierwszy rzut oka zrozumiał, że bliżej podejść się nie da. Nikogo nie dopuszczano do samego Pałacu. Obu stron pałacowych bram strzegły dwa purpurowe szeregi Gwardii Pałacowej, w każdym dziesięciu ludzi. Gwardziści stali także na szczytach białych murów, na wysokich balkonach i wieżach, z łukami idealnie równo przecinającymi uzbrojone piersi. Oni również wyglądali jak element poetyckiej opowieści — gwardia honorowa. Rand jednak nie sądził, iż tylko dlatego tam stoją. Zgiełkliwy tłum, zalegający ulice, tworzył nieomal lity mur osłoniętych bielą mieczy, białych opasek i białych kokard, tu i ówdzie przerwany przez narośl czerwieni. Bariera utworzona przez umundurowanych na czerwono gwardzistów w tym zalewie bieli wyglądała niezwykle krucho.

Rezygnując z dalszego torowania sobie drogi w kierunku Pałacu, wyszukał miejsce, w którym mógł skorzystać ze swojego wzrostu. Nie musiał stać w pierwszym rzędzie, żeby wszystko widzieć. Tłum bezustannie się przemieszczał, jedni usiłowali dopchać się do czoła, inni pospiesznie przechodzili na bok, do lepszego, ich zdaniem, punktu obserwacyjnego. Po jednym z takich przetasowań zaledwie trzech ludzi dzieliło go od pustej przestrzeni na środku ulicy, prawie wszyscy stojący przed nim byli niższego wzrostu, łącznie z pikinierami. Ludzie napierali na niego z obu stron, spoceni w obecności tylu ciał. Stojący za nim szemrali gniewnie, że nic nie widzą i usiłowali przecisnąć się do przodu. Nie dawał się ruszyć z miejsca, tworząc razem z otaczającymi go z boków ludźmi szczelny mur. Był zadowolony. Kiedy powiozą fałszywego Smoka, będzie dostatecznie blisko, by móc wyraźnie zobaczyć twarz tego człowieka.

Przez ulicę, a potem dalej, w stronę bram Nowego Miasta, po zwartym tłumie przeszła fala; skłębieni wokół zakrętu ludzie rozstępowali się, by coś przepuścić. Nie była to ta pusta przestrzeń, która we wszystkie inne dni towarzyszyła Białym Płaszczom. Ci ludzie uskakiwali gwałtownie w tył, z wyrazem zdumienia, który przeradzał się w grymas obrzydzenia. Ustępując miejsca, wchodzili na siebie i odwracali twarze od źródła tego zamętu, obserwując go jednak kątem oka dopóty, dopóki nie przeszedł dalej.

Stojący blisko niego również zauważyli to zamieszanie. Nastawiony na oglądanie przyjazdu Smoka, nie posiadający nic innego do roboty prócz czekania motłoch szukał wszystkiego, co było warte choć komentarza. Słyszał, jak spekulują, kto to może być, począwszy od Aes Sedai, a skończywszy na samym Logainie, dotarło też do niego kilka bardziej dosadnych sugestii, które wywołały prostacki śmiech mężczyzn i zgorszone pociągnięcia nosem kobiet.

Fala przelewała się zakosami przez tłum, zbliżając się miarowo do środka ulicy. Nikt najwyraźniej się nie wahał, żeby ją przepuścić, nawet jeśli to oznaczało utratę dogodnego punktu obserwacyjnego, szła tam, gdzie chciała, a tłum przelewał się w głąb siebie, cofając przed tymi, którzy ustępowali miejsca. Wreszcie, dokładnie po przeciwnej stronie od miejsca, w którym stał Rand, tłum wybrzuszył się w stronę środka ulicy, rozpychając szereg odzianych na czerwono pikinierów, którzy usiłowali wtłoczyć go z powrotem, lecz po chwili ulegli rozsypce. Zgarbiona postać, która wyczłapała niepewnie na otwartą przestrzeń, przypominała bardziej stos brudnych łachmanów niż człowieka. Rand słyszał dookoła siebie pomruki obrzydzenia.

Człowiek w łachmanach zatrzymał się po przeciwnej stronie ulicy, jego kaptur był rozerwany i sztywny od brudu. Kołysał się na boki, jakby czegoś szukał albo nasłuchiwał. Nagle wydał z siebie bezsłowny okrzyk i wyciągnął brudną szponiastą dłoń, wskazując nią Randa. Zaraz potem podreptał na drugą stronę ulicy niczym spłoszony żuk.

„Żebrak".

Nieważne, jakie licho pozwoliło temu człowiekowi go znaleźć, nieważne, czy był Sprzymierzeńcem Ciemności czy nie, Rand pojął nagle, że nie ma ochoty stanąć z nim twarzą w twarz. Wzrok żebraka oblepiał jego skórę niczym tłusta ciecz. Zupełnie zaś nie miał ochoty, by ten człowiek podszedł do niego tutaj, w otoczeniu tych ludzi zdolnych lada chwila do przemocy. Te same głosy, które dopiero co zanosiły się śmiechem, obrzuciły go przekleństwami, gdy przepychał się do tyłu, uciekając od ulicy.

Spieszył się, wiedząc, że gęsto zbita masa, przez którą musi się przecisnąć, rozstąpi się przed plugawym żebrakiem. Torował sobie drogę przez tłum, a gdy uwolnił się znienacka, zatoczył się i omal nie upadł. Młócąc ramionami dla zachowania równowagi, zamienił swój chwiejny krok w bieg. Ludzie pokazywali go sobie, był jedynym człowiekiem, który parł w przeciwnym kierunku i na dodatek biegł. Ścigały go okrzyki. Poły płaszcza wydęły się z tyłu za nim, odsłaniając owinięty w czerwień miecz. Zaczął biec jeszcze szybciej, gdy to zauważył. Samotny poplecznik królowej, biegnący, mógł znakomicie ściągnąć na siebie pościg motłochu ubranego w białe kokardy, nawet w taki dzień. Biegł, pokonując swymi długimi nogami kamienie brukowe ulicy. Dopiero wtedy, gdy okrzyki pozostały daleko za nim, ciężko zdyszany odważył się rzucić bezwładnie na jakiś mur.

Nie wiedział, gdzie się znajduje, oprócz tego, że nadal jest w Wewnętrznym Mieście. Nie mógł sobie przypomnieć, ile zakrętów i zaułków pokonał wśród tego galimatiasu ulic. Ważąc pomysł dalszego biegu, obejrzał się na drogę, która go tu przywiodła. Tylko jedna osoba poruszała się po tej ulicy, jakaś kobieta z koszykiem na zakupy, wędrująca spokojnym krokiem. Prawie wszyscy w mieście zgromadzili się w tłumie, chcąc przez chwilę oglądać fałszywego Smoka.

„Nie mógł za mną pobiec. Na pewno go zgubiłem".

Żebrak nie zrezygnuje, był tego pewien, choć nie miał pojęcia, na jakiej podstawie. W tej chwili obdartus przepycha się przez tłum i dalej szuka. Jeśli Rand zawróci, by zobaczyć Logaina, narazi się na ryzyko spotkania. Przez chwilę zastanawiał się, czy nie wrócić do „Błogosławieństwa Królowej", był jednak przekonany, że już nigdy nie będzie miał drugiej okazji zobaczyć królowej i jak miał nadzieję, nigdy innej, żeby zobaczyć fałszywego Smoka. To wyglądało na tchórzostwo, że tak się godzi, by jakiś garbaty żebrak, choćby nawet Sprzymierzeniec Ciemności, zmuszał go do ukrywania się przed jego pościgiem.

Niepewny, co zrobić, rozejrzał się dookoła. Zgodnie z planem, na podstawie którego pobudowano Wewnętrzne Miasto, wszelkie budynki, jakie w nim w ogóle postawiono, były niskie, dzięki czemu komuś, kto stanął w odpowiednim miejscu, nic nie było w stanie zakłócić widoku. Muszą być gdzieś jakieś stanowiska, z których dałoby się obejrzeć przejście procesji z fałszywym Smokiem. Nawet jeśli nie będzie mógł zobaczyć królowej, uda mu się zobaczyć Logaina. Nagle zdeterminowany ruszył z miejsca.

Po godzinie znalazł kilka takich miejsc, wszystkie co do jednego zatłoczone ludźmi stojącymi głowa przy głowie, którzy nie chcieli dać się zmiażdżyć na trasie przejścia procesji. Tworzyli gęsty mur białych kokard i opasek. Nie było wśród nich żadnej czerwieni. Rozumiejąc, co widok jego miecza mógłby wywołać w takim tłumie, umykał przed nim pospiesznie.

Z Nowego Miasta wznosiły się ku niebu okrzyki, zawołania, brzmienie trąb, wojenne bicie w bębny. Logain i jego eskorta znajdowali się w Caemlyn, kierowali się już do Pałacu.

Zniechęcony przewędrował wszystkie puste ulice, bez specjalnego przekonania, lecz wciąż jeszcze licząc, że uda mu się znaleźć jakiś sposób na zobaczenie Logaina. Jego wzrok padł na zbocze, na którym nie stały żadne budynki. Wznosiło się ono nad ulicą, którą właśnie szedł. Podczas normalnej wiosny pokrywałby je kobierzec kwiatów i trawy, teraz jednak było zupełnie zbrunatniałe, aż po wysoki mur na jego szczycie, mur, ponad którym wystawały wierzchołki drzew.

Ta część ulicy nie prezentowała żadnego olśniewającego widoku, natomiast w oddali, ponad dachami widział iglice Pałacu, z wierzchołków których łopotały sztandary z Białym Lwem. Nie był dokładnie pewien, dokąd ta ulica wiedzie od miejsca, w którym okrążała wzgórze i ginęła z zasięgu jego wzroku, lecz nagle wpadł mu do głowy pomysł w związku z murem na szczycie zbocza.

Bębny i trąbki były coraz bliżej, okrzyki rosły w siłę. Pełen napięcia wspiął się po zboczu. Nie nadawało się wprawdzie do wspinaczki, lecz wbijał mocno buty w martwą glebę i podciągał się, czepiając nagich zarośli. Dysząc, nie tylko z wysiłku, ale również z przepełniających go chęci, ostatnie jardy pokonał, czołgając się. Stojący przed nim mur był wyższy od niego co najmniej dwukrotnie, a może i więcej. Powietrze tętniło od uderzeń w bębny, wibrowało głosami trąb.

Mur zbudowano z kamienia ociosanego w postaci ogromnych bloków, dopasowanych do siebie tak dobrze, że spoiny były niemal niewidoczne, a dzięki chropowatej powierzchni wydawało się, że jest to naturalne skalne zbocze. Rand uśmiechnął się szeroko. Zbocza Piaskowych Wzgórz były wyższe, a nawet Perrin potrafił się na nie wspinać. Jego dłonie znalazły zgrubienia w skale, obute stopy natrafiły na wystające krawędzie. Rytm bębnów ścigał się z jego wspinaczką. Nie chciał pozwolić, żeby z nim wygrały. Dotrze do szczytu, zanim one dotrą do Pałacu. Z pośpiechu otarł sobie dłonie i kolana, niemniej jednak w końcu przewiesił ręce przez szczyt muru i podźwignął się do góry, czując, jak przepełnia go triumf.

Pospiesznie okręcił się, by usiąść na płaskim, wąskim szczycie muru. Tuż nad jego głową zwisały gałęzie dużo wyższego drzewa, okryte liśćmi, lecz zupełnie ich nie zauważał. Przed nim rozciągały się kryte dachówkami dachy, lecz linię wzroku miał niczym nie zasłoniętą. Wychylił się trochę i zobaczył bramę Pałacu, ustawioną tam Gwardię Królowej i wyczekujący tłum. Wyczekujący. Ludzkie okrzyki ginęły w łomocie bębnów i trąbek, lecz wszyscy jeszcze czekali. Uśmiechnął się szeroko.

„Wygrałem".

Dokładnie w chwili gdy sadowił się wygodnie, czoło procesji pokonało ostatni zakręt przed Pałacem. Na samym początku maszerowało dwadzieścia szeregów trębaczy, rozdzierających powietrze fanfarami zwycięstwa, jedną triumfalną salwą za drugą. Za nimi grzmiało tyleż samo doboszy. Po nich szły sztandary Caemlyn, białe lwy na czerwonym polu, niesione przez ludzi na koniach, za którymi podążali żołnierze Caemlyn, kolejne szeregi jeźdźców w połyskliwych zbrojach, z dumnie uniesionymi lancami, na czubkach których powiewały szkarłatne proporce. Z obu stron towarzyszyły im potrójne szeregi pikinierów i łuczników; razem maszerowali tak w nieskończoność, dopóki jeźdźcy nie zaczęli mijać gwardzistów i bram Pałacu.

Ostatni pieszy żołnierz pokonał zakręt i za nim ukazał się wielki wóz. Ciągnęło go szesnaście koni zaprzężonych czwórkami. Na samym środku płaskiej platformy stała wielka żelazna klatka, a we wszystkich rogach wozu siedziały po dwie kobiety, obserwujące klatkę z taką uwagą, jakby ta procesja i ten tłum nie istniały. Aes Sedai! Nie miał wątpliwości. Na odcinku dzielącym wóz od piechurów, a także po obu stronach wozu jechało po dwunastu Strażników, przyciągających wzrok swymi rozwianymi płaszczami. O ile Aes Sedai ignorowały tłum, o tyle Strażnicy omiatali go wzrokiem w taki sposób, jakby nie było tu żadnych innych straży oprócz nich.

Wzrok Randa przykuwał jednak przede wszystkim mężczyzna zamknięty w klatce. Nie był dostatecznie blisko, by widzieć twarz Logaina tak dokładnie jak chciał, ale nagle pomyślał sobie, że właśnie taki dystans mu odpowiada. Fałszywy Smok był wysokim mężczyzną, o długich ciemnych włosach opadających w puklach na szerokie ramiona. Mimo kołysania wozu trzymał się idealnie prosto, przytrzymując się jedną ręką prętów klatki ponad swoją głową. Jego ubiór wyglądał zwyczajnie, płaszcz, kaftan i spodnie, które w żadnej wiosce farmerskiej nie wywołałyby niczyjego komentarza. W odróżnieniu od sposobu, w jaki je nosił. W odróżnieniu od jego postawy. Logain był królem w każdym calu. Klatki równie dobrze mogło tam nie być. Stał prosto, z uniesioną wysoko głową i patrzył na tłumy w taki sposób, jakby zgromadziły się tutaj, aby oddać mu hołd. A tam, gdzie padł jego wzrok, ludzie milkli i patrzyli na niego ze zgrozą. Gdy zaś Logain przestawał na nich patrzeć, podnosili krzyk ze zdwojoną furią, jakby chcieli nadrobić milczenie, lecz to w żaden sposób nie wpływało na postawę tego człowieka ani na towarzyszącą mu ciszę. Kiedy wóz przetoczył się przez bramy Pałacu, odwrócił się, by popatrzeć na zgromadzone masy. Zawyły w jego stronę, bez słów, zafalowały z czystej zwierzęcej nienawiści i strachu, a Logain odrzucił w tył głowę i zanosząc się śmiechem, pozwolił, by pochłonął go Pałac.

Kolejne oddziały maszerowały za wozem, kolejne sztandary reprezentujące tych, którzy walczyli i pokonali fałszywego Smoka. Złote Pszczoły Illian, trzy Białe Półksiężyce Łzy, Wschodzące Słońce Cairhien, i jeszcze wiele, wiele innych, należących do krajów, miast i wielkich ludzi, ze swymi własnymi trąbami, własnymi bębnami, łomoczącymi na cześć ich splendoru. Po Logainie stanowiło to spory kontrast.

Rand wychylił się nieco do przodu, by po raz ostatni przyjrzeć się uwięzionemu w klatce mężczyźnie.

„Został pokonany, nieprawdaż? Światłości, nie siedziałby w tej przeklętej klatce, gdyby nie został pokonany".

Straciwszy równowagę, ześlizgnął się i w ostatniej chwili przytrzymał szczytu muru. Podciągnął się z powrotem i wyszukał nieco bezpieczniejsze siedzisko. Gdy Logain zniknął z zasięgu wzroku, poczuł dopiero, że pieką go wnętrza dłoni i palce otarte o kamienie. Nie potrafił się jeszcze otrząsnąć po tym, co widział. Klatka i Aes Sedai. Logain, niepokonany. Pal licho klatkę, to nie był pokonany człowiek. Zadrżał i potarł rozpalone dłonie o uda.

— Czemu pilnują go Aes Sedai? — spytał głośno.

— Pilnują go, żeby nie dotknął Prawdziwego Źródła, ty głupi.

Nerwowo podniósł wzrok w stronę, skąd dobiegł go ten dziewczęcy głos i nagle jego mało pewne siedzisko gdzieś zniknęło. Zdążył jeszcze pojąć, że koziołkuje w tył i spada, po czym coś go uderzyło w głowę, a roześmiany Logain ruszył za nim w pościg, w głąb wirującej ciemności.

ROZDZIAŁ 40

SPLOT SIĘ ZACIEŚNIA

Randowi wydawało się, że siedzi przy stole razem z Logainem i Moiraine. Aes Sedai i fałszywy Smok przypatrywali mu się w milczeniu, każde z nich zdawało się nie widzieć tego drugiego. Nagle zauważył, że ściany izby stają się niewyraźne, że płowieją do szarej barwy. Przepełnił go niepokój. Wszystko zanikało, zamazywało się. Kiedy znów spojrzał w stronę stołu, zamiast Moiraine i Logaina siedział tam Ba'alzamon. Całe jego ciało wibrowało niepokojem, niepokój szumiał w głowie, z każdą chwilą coraz głośniej. Szum przeszedł w łomot krwi w uszach.

Usiadł gwałtownie i natychmiast z jękiem chwycił się za głowę, zakołysał. Bolała go cała czaszka, lewa dłoń natrafiła na kleistą wilgoć we włosach. Siedział na ziemi, na zielonej trawie. To go zaniepokoiło, lecz w głowie miał wir, a wszystko, na co spojrzał, chybotało się. Mógł się tylko położyć i czekać, dopóki to wszystko nie ustanie.

„Mur! Głos dziewczyny!"

Wyprostował się, wsparłszy dłoń płasko na trawie, i wolno rozejrzał się dookoła. Musiał to zrobić powoli, bo kiedy próbował obrócić głowę szybko, wszystko na nowo zaczynało wirować. Był w jakimś ogrodzie albo parku, między kwitnącymi krzewami, rosnącymi w odległości sześciu stóp od niego, wił się tu wyłożony łupkami chodnik, obok stała ławka z białego kamienia, ocieniona liściastym drzewem. Spadł na drugą stronę muru.

„A co z dziewczyną?"

Znalazł drzewo, tuż obok, i ją też znalazł — schodziła z tego drzewa. Stanęła na ziemi i obróciła się twarzą do niego. Zamrugał i znowu jęknął. Na ramionach miała pelerynę z granatowego aksamitu, obrzeżoną jasnym futrem, kaptur peleryny sięgający jej do pasa był ozdobiony pękiem srebrnych dzwoneczków. Pobrzękiwały przy każdym ruchu. Długie złocistorude włosy spinał misterny diadem ze srebra, z uszu zwisały cieniutkie srebrne koła, a szyję oplatał naszyjnik z grubych srebrnych ogniw i ciemnozielonych kamieni, szmaragdów jak mu się zdawało. Błękitną suknię pokrywały ślady kory, pozostałość po wspinaczce na drzewo, ale i tak widać było, że to jedwab, który pracowita dłoń pokryła zawiłym haftem. Rozcięcia w spódnicy wypełniała inna materia, o soczystej, kremowej barwie. W talii przepasana była szerokim pasem utkanym ze srebra, a spod rąbka sukni wyglądały aksamitne trzewiki.

Dotychczas widział tylko dwie kobiety ubrane na taką modłę, Moiraine i kobietę–Sprzymierzeńca Ciemności, która usiłowała zabić jego i Mata. Nie przychodziło mu do głowy, kto w takim ubraniu mógłby się wspinać po drzewach, był jednak pewien, że to jakaś ważna osoba. Wrażenie to pogłębił sposób, w jaki na niego patrzyła. Wyraźnie ani trochę się nie zaniepokoiła, że jakiś obcy wpadł znienacka do jej ogrodu. Miała w sobie opanowanie, którym przypominała Nynaeve albo Moiraine.

Trapiąc się, czy przypadkiem nie narobił sobie jakichś kłopotów, czy ona nie jest przypadkiem kimś, kto może zawołać Gwardię Królowej, mimo że tego dnia Gwardia była zaprzątnięta innymi sprawami, dopiero po kilku chwilach wpatrywania się w ten wyszukany strój i wyniosłą postawę dostrzegł również samą dziewczynę. Była mniej więcej dwa lub trzy lata młodsza od niego, wysoka jak na swój wiek i urodziwa. Idealny owal twarzy otaczała burza promienistych loków, usta były pełne i czerwone, ledwie dawał wiarę, że mogą istnieć oczy tak błękitne. Wzrostem, twarzą i sylwetką różniła się krańcowo od Egwene, lecz w pełni dorównywała jej urodą. Ukłuty poczuciem winy, natychmiast sobie powiedział, że zaprzeczanie świadectwu własnych oczu nie spowoduje, że Egwene dotrze bezpiecznie do Caemlyn choć krztynę wcześniej.

Z wyższej partii drzewa rozległ się odgłos drapania, posypały się kawałki kory, a zaraz potem na ziemię tuż obok dziewczyny zgrabnie zeskoczył jakiś chłopiec. Był od niej o głowę wyższy i odrobinę starszy, lecz twarz i włosy mówiły, że jest jej bliskim krewnym. Jego płaszcz i kaftan był uszyty z czerwieni, bieli i złota, pokrytych haftami i brokatem, jak na mężczyznę jeszcze zdobniejsze od jej stroju. To zwiększyło zaniepokojenie Randa. Zwykły człowiek ubrałby się tak tylko w świąteczny dzień, a w ogóle nigdy z takim przepychem. To nie był jakiś publiczny park. Oby tylko gwardziści mieli za dużo innych zajęć, by się kłopotać intruzami.

Chłopiec przypatrywał się Randowi ponad ramieniem dziewczyny, gładząc palcami sztylet wiszący u pasa. Wyglądało to bardziej na nerwowy nawyk niż na zapowiedź, że zaraz go użyje. Nie do końca jednak. Chłopiec miał w sobie to samo opanowanie jak dziewczyna i oboje patrzyli na niego tak, jakby był jakąś zagadką, którą trzeba rozwiązać. Rand miał dziwne uczucie, że dziewczyna kataloguje w nim wszystko, począwszy od stanu jego butów, a skończywszy na sfatygowanym płaszczu.

— Będziemy mieli za swoje, Elayne, kiedy matka się dowie — odezwał się nagle chłopiec. — Kazała nam zostać w naszych komnatach, ale ty uparłaś się, żeby zobaczyć Logaina, prawda? Zobacz teraz, do czego nas to zawiodło.

— Cicho bądź, Gawyn. — Mimo że wyraźnie młodsza od niego, przemawiała w taki sposób, jakby z góry zakładała, że on jej usłucha.

Na twarzy chłopca widać było walkę, jakby chciał jeszcze coś dodać, lecz ku zdziwieniu Randa zachował milczenie.

— Czy nic ci się nie stało? — spytała znienacka.

Do Randa dopiero po chwili dotarło, że ona mówi do niego. Pojąwszy to, niezdarnie usiłował wstać.

— Nic mi nie jest. Ja tylko... — Zachwiał się i nogi się pod nim ugięły. Usiadł ciężko na ziemi, czując w głowie wir. — Zaraz wdrapię się z powrotem na mur — wybąkał.

Próbował znowu się podnieść, jednak ona położyła dłoń na jego ramieniu, przyciskając go do ziemi. Tak mu się kręciło w głowie, że lekki nacisk wystarczył, by przytrzymać go w miejscu.

— Jesteś ranny. — Uklękła przy nim z gracją. Delikatnymi palcami rozsunęła sklejone krwią włosy na lewej skroni. — Pewnie uderzyłeś się o jakąś gałąź, kiedy spadałeś. Masz szczęście, jeśli nie skaleczyłeś czegoś więcej oprócz głowy. Chyba nie widziałam dotąd nikogo, kto by tak zręcznie wspinał się na drzewa, ale w spadaniu nie jesteś już taki dobry.

— Zakrwawisz sobie dłonie — zaprotestował, cofając się.

Przyciągnęła jego głowę stanowczym ruchem, tak, by mogła ją wygodnie dotykać.

— Nie ruszaj się. — Nie rozkazywała, lecz w jej głosie znowu pojawiła się ta sama nuta domagająca się posłuszeństwa. — Nie wygląda to aż tak źle, Światłości niech będą dzięki. — Z wewnętrznej kieszeni płaszcza zaczęła wyjmować szereg maleńkich fiolek i opakowanych w papier paczuszek, a na koniec zwój miękkiego bandaża.

Wpatrywał się w tę kolekcję ze zdumieniem. Jego zdaniem takie przedmioty mogła nosić przy sobie jakaś Wiedząca, a nie ktoś w takim stroju. Zauważył, że pobrudziła sobie palce krwią, jednak bynajmniej się tym nie przejmowała.

— Daj mi bukłak z wodą, Gawynie — rozkazała. — Muszę przemyć ranę.

Chłopiec, którego nazywała Gawynem, odczepił skórzany bukłak od pasa i wręczył go jej, po czym bez skrępowania przykucnął obok stóp Randa, z rękoma oplecionymi wokół kolan. Elayne wykonywała swoje czynności w wielce fachowy sposób. Nawet nie drgnął, kiedy poczuł ziąb wody, którą przemywała ranę w czaszce. Ona tymczasem przytrzymywała go za czubek głowy, jakby się spodziewała, że on się jej wyrwie i cała praca na nic. Maść, którą potem go posmarowała, pochodząca z jednej z małych fiolek, uśmierzała ból tak samo jak jedna z mikstur Nynaeve.

Gawyn uśmiechał się do niego, w czasie gdy ona pracowała, uspokajającym uśmiechem, jakby on również się spodziewał, że Rand się wyrwie, a może nawet ucieknie.

— Ona wiecznie znajduje koty-przybłędy i ptaki ze złamanymi skrzydłami. Jesteś pierwszą ludzką istotą, którą musiała się zająć. — Zawahał się i dodał: — Nie czuj się urażony. Nie nazywam ciebie przybłędą.

Nie były to przeprosiny, tylko stwierdzenie faktu.

— Nie obraziłem się — odparł sztywno Rand. Tych dwoje traktowało go jak narowistego konia.

— Ona naprawdę wie, co robi — stwierdził Gawyn. — Miała najlepsze nauczycielki. Nie lękaj się więc, jesteś w dobrych rękach.

Elayne przyłożyła kawałek bandaża do jego skroni i wyciągnęła zza pasa jedwabną szarfę, niebiesko-kremowo-złotą. Dla każdej dziewczyny z Pola Emonda byłaby to strzeżona jak skarb rzecz noszona tylko od święta. Elayne zaczęła ją zręcznie owijać wokół jego głowy, by przytrzymać zwitek bandaża.

— Nie możesz tego tak użyć — zaprotestował.

Dalej owijała jego głowę.

— Powiedziałam ci, że masz się nie ruszać — odparła spokojnie.

Rand spojrzał na Gawyna.

— Czy ona zawsze się spodziewa, że każdy usłucha jej rozkazów?

Twarz młodego mężczyzny przeszył błysk zdumienia, a usta rozciągnęło rozbawienie.

— Zazwyczaj tak robi. I prawie zawsze wszyscy jej słuchają.

— Przytrzymaj to — powiedziała Elayne. — Przyłóż tu dłoń, kiedy będę wiązała... — Krzyknęła na widok jego rąk. — Nie zrobiłeś sobie tego przy upadku. To przez to, że wspinałeś się po tym, po czym nie było ci wolno.

Szybko zacisnęła supeł, obróciła jego dłonie wnętrzami do góry, mrucząc do siebie, że zostało już bardzo mało wody. Od przemywania piekły go otarcia, jednakże dotykała go zadziwiająco delikatnie.

— Teraz się nie ruszaj — rzekła.

Pojawiła się znowu fiolka z maścią. Rozprowadziła ją cieniutką warstewką po zadrapaniach, wyraźnie bardzo się starając, by nie sprawić mu bólu podczas wcierania maści. Poczuł chłód rozlewający się w jego rękach, jakby rozdzierała skaleczone miejsca.

— Na ogół wszyscy postępują tak, jak ona chce — ciągnął Gawyn z uśmiechem uwielbienia ponad jej głową. — Większość ludzi. Nie matka, oczywiście. Albo Elaida. Ani też Lini. Lini była jej nianką.

Nie można wydawać rozkazów komuś, kto ci dawał lanie za podkradanie fig, gdy byłeś mały. I to nawet nie taki mały.

Elayne uniosła wysoko głowę, dzięki czemu mogła go obdarzyć spojrzeniem, w którym czaiła się groźba. Chrząknął i starannie zobojętniał na twarzy, zanim pospiesznie zaczął mówić dalej.

— I oczywiście Gareth. Nikt nie rozkazuje Garethowi.

— Nawet matka — dodała Elayne, pochylając głowę nad dłońmi Randa. — Ona proponuje, a on zawsze robi to, co ona proponuje, ale nigdy nie słyszałam, żeby mu rozkazywała. — Pokręciła głową.

— Nie wiem, dlaczego to cię zawsze dziwi — odpowiedział jej Gawyn. — Nawet ty nie próbujesz mówić Garethowi, co ma robić. Służył trzem królowym jako Kapitan-Generał, a dla dwóch był Pierwszym Księciem Regentem. Ośmielę się stwierdzić, że zdaniem niektórych tutaj jest bardziej symbolem Tronu Andor niż królowa.

— Matka powinna się zdecydować i poślubić go — powiedziała nieobecnym tonem. Cała jej uwaga była skupiona na rękach Randa. — Przecież ona tego chce, tego przede mną nie ukryje. I to by rozwiązało tyle problemów.

Gawyn potrząsnął głową. — Jedno z nich musi być tym pierwszym, które się ugnie. Matka nie może, a Gareth nie chce.

— Gdyby mu rozkazała...

— Posłuchałby. Tak myślę. Ale ona tego nie zrobi. Wiesz, że nie.

Nagle odwrócili się i spojrzeli na Randa. Miał wrażenie, że zapomnieli o jego obecności.

— Kim...? — Musiał umilknąć, by zwilżyć wargi. — Kim jest wasza matka?

Oczy Elayne rozszerzyły się ze zdumienia, za to Gawyn przemówił jak najzwyklejszym tonem, przez co jego słowa zabrzmiały tym bardziej wstrząsająco.

— Morgase, z łaski Światłości, Królowa Andoru, Protektorka Królestwa, Obrończyni Ludu, Głowa Dynastii Trakand.

— Królowa — wymamrotał Rand, czując, jak szok przepływa przez niego falami odrętwienia. Przez chwilę myślał, że w jego głowie zbiera się na kolejne wirowanie.

„Nie przyciągaj uwagi. Wpadnij sobie po prostu do ogrodu królowej i pozwól, by Dziedziczka Tronu opatrzyła twe skaleczenia jak jakaś znachorka".

Miał ochotę się roześmiać i czuł, że to wynika z faktu, że jest na skraju paniki.

Zrobił głęboki wdech i pospiesznie poderwał się na nogi. Ze wszystkich sił poskramiał chęć ucieczki, mimo że cały był owładnięty pragnieniem, by stąd zniknąć; zniknąć, zanim ktoś jeszcze odkryje, że on tu jest.

Elayne i Gawyn przypatrywali mu się spokojnie, a kiedy podskoczył, podnieśli się z gracją, bez najmniejszego pośpiechu. Podniósł rękę, by zerwać szarfę z głowy, lecz Elayne chwyciła go za łokieć.

— Nie rób tego. Znowu zaczniesz krwawić. — Nadal mówiła opanowanym głosem, wciąż pewna, że on zrobi to, co ona mu każe.

— Muszę iść — powiedział Rand. — Po prostu wdrapię się z powrotem na mur i...

— Ty naprawdę nie wiedziałeś. — Po raz pierwszy wydawała się równie zdziwiona jak on. — Twierdzisz, że wspiąłeś się na ten mur, by zobaczyć Logaina, nie wiedząc nawet, gdzie jesteś? Z ulicy mogłeś mieć lepszy widok.

— Ja... nie lubię tłumów — wymamrotał. Skłonił się przed każdym z nich z osobna. — Jeśli wybaczycie, ach... moja pani.

W opowieściach dwory królewskie były pełne ludzi tytułujących się nawzajem panami i paniami, królewskimi wysokościami i mościami, jednakże nawet jeśli słyszał kiedykolwiek poprawną formę zwracania się do Dziedziczki Tronu, to nie był teraz w stanie myśleć dostatecznie jasno, by ją sobie przypomnieć. Nie potrafił pomyśleć o niczym jasno, jak tylko o tym, że musi stąd jak najszybciej odejść.

— Jeśli wybaczycie, to chciałbym już stąd odejść. Aha... dziękuję za... — Dotknął szarfy owiniętej wokół głowy. — Dziękuję.

— Nie mówiąc nam nawet, jak się nazywasz? — spytał Gawyn. — Mizerna to zapłata za opiekę Elayne. Ciekawisz mnie. Po mowie wydajesz się mieszkańcem Andoru, choć z pewnością nie jesteś caemlyńczykiem, wyglądasz jednak jak... Cóż, nasze imiona znasz. Uprzejmość podpowiada, byś podał nam swoje.

Spojrzawszy z tęsknotą w stronę muru, Rand podał swe prawdziwe imię, zanim zdążył się zastanowić nad tym, co robi, i dodał nawet:

— Z Pola Emonda w Dwu Rzekach.

— To na zachodzie — mruknął Gawyn. — Bardzo daleko na zachodzie.

Rand spojrzał na niego czujnie. W głosie młodzieńca zabrzmiała nuta zdziwienia, a Rand jeszcze zdążył dostrzec trochę tego zdziwienia na jego twarzy, gdy na niego spojrzał. Zwątpił, czy ono tam rzeczywiście było, tak szybko bowiem Gawyn zastąpił je uprzejmym uśmiechem.

— Tytoń i wełna — dodał Gawyn. — Jestem obowiązany znać podstawowe wyroby z wszystkich stron Królestwa. Z każdej krainy, mówiąc ściśle. To część moich nauk. Podstawowe produkty, rzemiosła i jacy są ludzie. Ich obyczaje, dobre i złe cechy. Mówi się, że ludzie z Dwu Rzek są uparci. Dadzą sobą kierować, jeśli dojdą do przekonania, że jesteś tego wart, ale im bardziej będziesz się starał ich naciskać, tym mocniej się zaprą. Elayne powinna sobie wybrać stamtąd męża. Trzeba człowieka o woli jak kamień, żeby się nie dał jej stratować.

Rand zapatrzył się na niego. Elayne też patrzyła. Gawyn niby nie stracił swego zwykłego opanowania, a jednak zaczął chaotycznie paplać. Dlaczego?

— Co to wszystko ma znaczyć?

Wszyscy troje podskoczyli w miejscu, gdy znienacka usłyszeli ten głos i odwrócili się w stronę, z której ich dobiegł.

Młodzieniec, który tam stał, był najprzystojniejszym mężczyzną, jakiego Rand kiedykolwiek widział, nieomal zbyt pięknym, by zasługiwał na miano mężczyzny. Wysoki i szczupły, lecz przez jego ruchy przemawiała siła uderzenia bicza i pewność siebie. Ciemnowłosy i ciemnooki, swe czerwono-białe szaty, tylko trochę mniej zdobne od szat Gawyna, nosił w taki sposób, jakby wcale nie były ważne. Jedną dłoń wsparł na rękojeści miecza, a wzrok utkwił w Randzie.

— Odejdź od niego, Elayne — powiedział mężczyzna. — I ty też, Gawynie.

Elayne stanęła przed Randem, osłaniając go przed nowo przybyłym, z uniesioną wysoko głową i pewna siebie jak dotąd.

— On jest lojalnym poddanym naszej matki i wiernym sługą królowej. I jest pod moją ochroną, Galadzie — rzekła.

Rand usiłował sobie przypomnieć, co usłyszał od pana Kincha i później od pana Gilla. Galadedrid Damodred był przyrodnim bratem Elayne, no i Gawyna, jeśli zapamiętał właściwie; wszyscy troje pochodzili od tego samego ojca. Pan Kinch nie przepadał specjalnie za Taringailem Damodredem — podobnie zresztą jak inni, od których o nim słyszał — lecz o jego synu dobrze myśleli zarówno noszący czerwień jak i biel, o ile można się było kierować tym, o czym gadano na mieście.

— Znam twoje upodobanie do przybłęd, Elayne — tłumaczył rozsądnym tonem szczupły mężczyzna. — Ale ten chłopak jest uzbrojony i raczej nie wygląda na godnego zaufania. Nie dość ostrożności w dzisiejszych czasach. Jeśli jest lojalnym poddanym królowej, to co on robi w miejscu, do którego nie należy? Łatwo jest zmienić osłonę na mieczu, Elayne.

— On przebywa tutaj jako mój gość, Galadzie, i ja ręczę za niego. Czy może zatrudniłeś się jako moja niańka, by decydować, z kim i kiedy mogę rozmawiać?

Jej głos był pełen pogardy, lecz na Galada to zdawało się wcale nie działać.

— Wiesz, że nie uzurpuję sobie prawa do kontroli nad twoim postępowaniem, Elayne, ale ten... twój gość nie jest odpowiedni i ty wiesz o tym równie dobrze jak ja. Gawynie, pomóż mi ją przekonać. Nasza matka...

— Dość! — przerwała mu krótko Elayne. — Masz rację, mówiąc, że nie masz nic do powiedzenia na temat mojego postępowania, nie masz także prawa go osądzać. Pozwalam ci odejść. I to zaraz!

Galad obdarzył Gawyna ponurym spojrzeniem, które zawierało prośbę o wsparcie i mówiło zarazem, że Elayne jest zbyt uparta, by można jej było pomóc. Twarz Elayne pociemniała, lecz w chwili, gdy otwierała usta, Galad skłonił się, zgodnie z wszelkimi regułami etykiety i jednocześnie, z kocią gracją, zrobił krok w tył, odwrócił się i odszedł brukowaną ścieżką. Długie nogi powiodły go w stronę drzewa, które po chwili go skryło.

— Nienawidzę go — wydyszała Elayne. — Jest podstępny i pełen zawiści.

— Tu już posuwasz się za daleko, Elayne — powiedział Gawyn. — Galad nie wie, co to zawiść. Dwukrotnie uratował mi życie i nikt by o tym nie wiedział, gdyby to zależało tylko od niego. Mógł postąpić inaczej i zająć moje miejsce jako twój Pierwszy Książę Miecza.

— Nigdy, Gawynie. Wybrałabym każdego tylko nie Galada. Obojętnie kogo. Najlichszego chłopca stajennego. — Uśmiechnęła się nagle i spojrzała z komiczną powagą na brata. — Twierdzisz, że lubię wydawać rozkazy. Cóż więc, rozkazuję ci, żebyś nie dopuścił, by ci się cokolwiek stało. Rozkazuję ci być moim Pierwszym Księciem Miecza, kiedy zasiądę na tronie... niech Światłość sprawi, by dzień ten był jak najdalszy!... i poprowadzić armie Andoru z takimi honorami, o jakich Galad nie może nawet marzyć.

— Jak każesz, moja pani. — Gawyn roześmiał się, ukłonem parodiując Galada.

Elayne spojrzała na Randa, krzywiąc się w zamyśleniu.

— Teraz musimy cię stąd jak najszybciej wyprowadzić.

— Galad zawsze postępuje właściwie — wyjaśnił Gawyn — nawet kiedy nie powinien. W tym przypadku po spotkaniu obcego w ogrodach właściwą rzeczą jest powiadomienie strażników pałacowych. Co, jak sądzę, ma zamiar zrobić właśnie w tej chwili.

— A zatem czas najwyższy, bym przeszedł z powrotem przez mur — powiedział Rand.

„Znakomity dzień, by nie dać się zauważyć! Równie dobrze mógłbym nosić jakiś znak!"

Obrócił się w stronę muru, ale Elayne chwyciła go za ramię.

— Nie po tym, jak się tak namęczyłam z twoimi rękoma. Narobisz sobie nowych skaleczeń, a potem jakaś starucha z ciemnego zaułka opatrzy ci je, Światłość wie czym. Po drugiej stronie ogrodu znajduje się niewielka brama. Jest zarośnięta i nikt oprócz mnie nie pamięta o niej.

Nagle Rand usłyszał ciężkie łomotanie butów po kamiennej ścieżce.

— Za późno — mruknął Gawyn. — Pewnie zaczął biec, jak tylko znalazł się poza zasięgiem wzroku.

Brwi Randa uniosły się w zdziwieniu, gdy usłyszał, jak Elayne klnie pod nosem. Słyszał to przekleństwo z ust stajennego z „Błogosławieństwa Królowej" i już wtedy ono go zaszokowało. W następnej chwili na powrót uległa chłodnemu opanowaniu.

Gawynowi i Elayne najwyraźniej odpowiadało pozostanie tam, gdzie stali, on jednak nie potrafił czekać na Gwardię Królowej z takim spokojem. Ponownie ruszył w stronę muru, wiedząc, że uda mu się pokonać najwyżej połowę drogi przed przybyciem gwardzistów, niemniej jednak nie potrafił stać w miejscu.

Zdołał zrobić trzy kroki, gdy znienacka w zasięgu wzroku pojawili się ludzie w czerwonych mundurach, promienie słońca odbijały się od ich napierśników, kiedy pędzili ścieżką. Pozostali napływali nierównymi falami szkarłatu i polerowanej stali, najwyraźniej ze wszystkich stron. Jedni trzymali w ręku wyciągnięte już z pochew miecze, inni tylko czekali, by się ustawić z uniesionymi łukami. Oczy skryte za przyłbicami były ponure, a wszystkie groty pierzastych strzał wycelowane nieubłaganie prosto w niego.

Elayne i Gawyn zerwali się z miejsca jak jeden mąż, stając między nim i strzałami, rozkładając ręce, aby go osłonić. Wyprostował się i podniósł ręce, wyraźnie odsuwając je od swego miecza.

Łomot ciężkich butów i trzask cięciw jeszcze unosiły się w powietrzu, gdy jeden z żołnierzy, ze złotym węzłem oficera na ramieniu, zawołał donośnie:

— Moja pani, mój panie, połóżcie się szybko na ziemi!

Pomimo rozłożonych rąk Elayne przybrała władczą postawę.

— Ośmielasz się obnosić z nagą stalą w mej obecności, Tallanvorze? Za coś takiego Gareth Bryne każe ci zastąpić najnędzniejszego szeregowca przy sprzątaniu stajni, o ile dopisze ci szczęście.

Żołnierze wymienili zdziwione spojrzenia, a kilku łuczników niepewnie opuściło do połowy swe łuki. Elayne dopiero wtedy opuściła ręce, jakby dotychczas trzymała je w górze tylko dlatego, bo tak jej się podobało. Gawyn zawahał się, potem poszedł za jej przykładem. Rand mógł policzyć łuki, które nie zostały opuszczone. Mięśnie jego brzucha napięły się, jakby potrafiły powstrzymać grot wystrzelony z odległości dwudziestu kroków.

Mężczyzna z węzłem oficerskim wyglądał na najbardziej zdezorientowanego ze wszystkich.

— Wybacz mi, moja pani — rzekł — ale lord Galadedrid doniósł, że do ogrodu zakradł się jakiś brudny wieśniak, uzbrojony i zagrażający mojej lady Elayne i memu lordowi Gawynowi. — Jego wzrok powędrował w stronę Randa, a głos nabrał stanowczości. — Jeśli moja pani i mój pan zechcą się odsunąć, to aresztuję tego rzezimieszka. Za dużo hołoty przebywa ostatnimi czasy w mieście.

— Wątpię, czy Galad istotnie doniósł o czymś takim — oświadczyła Elayne. — Galad nie kłamie.

— Czasami wolałbym, żeby kłamał — powiedział cicho Gawyn do ucha Randa. — Choć raz. Dzięki temu żyłoby się z nim łatwiej.

— Ten człowiek jest moim gościem — ciągnęła Elayne — i jest tutaj pod moją ochroną. Możesz odejść, Tallanvorze.

— Żałuję, ale to niemożliwe, moja pani. Jak moja pani wie, królowa, matka mej pani, wydała rozkazy odnośnie wszystkich, którzy znajdą się na terenach pałacowych bez jej zezwolenia. Wieść o tym intruzie została już Jej Wysokości przekazana.

W głosie Tallanvora słychać było coś więcej niż tylko cień satysfakcji. Rand podejrzewał, że oficer musiał nieraz akceptować inne rozkazy Elayne, których nie uważał za stosowne. Tym razem nie miał zamiaru tego zrobić, nie teraz, gdy miał doskonałą wymówkę.

Elayne wbiła wzrok w Tallanvora, przez chwilę wydawało się, że znalazła się w kropce.

Rand spojrzał pytająco na Gawyna. Gawyn zrozumiał.

— Więzienie — mruknął.

Randowi zbielała twarz, a młody mężczyzna dodał pospiesznie:

— Tylko kilka dni i nie stanie ci się żadna krzywda. Zostaniesz przesłuchany osobiście przez Garetha Bryne'a, Kapitana-Generała, jednakże zostaniesz uwolniony jak tylko będzie jasne, że nie chciałeś zrobić nic złego. — Urwał, w jego wzroku czaiły się jakieś skryte myśli. — Mam nadzieję, że mówiłeś prawdę, Randzie al'Thor z Dwu Rzek.

— Zaprowadzisz nas wszystkich troje do mojej matki — obwieściła nagle Elayne, przywołując tym szeroki uśmiech na oblicze Gawyna.

Sądząc po wyrazie skrytej za stalową kratą twarzy, Tallanvorowi z zaskoczenia odjęło mowę.

— Moja pani, ja…

— Albo zaprowadź nas wszystkich do celi — powiedziała Elayne. — Zostajemy razem. Czy może wolisz wydać rozkaz, by naruszono nietykalność mojej osoby?

Uśmiechała się zwycięsko, a po sposobie, w jaki Tallanvor rozejrzał się dookoła, jakby się spodziewał znaleźć pomoc gdzieś wśród drzew, widać było, że on też uznał jej wygraną.

„Co ona wygrała? Jak?"

— Matka ogląda Logaina — powiedział cicho Gawyn, jakby czytał w myślach Randa. — A nawet gdyby nie była zajęta, Tallanvor nie odważyłby się wkroczyć przed jej oblicze z Elayne i mną pod strażą. Matka potrafi być czasem nieco gwałtowna.

Rand przypomniał sobie, co pan Gill opowiadał o królowej Morgase. „Nieco gwałtowna?"

W tym momencie ścieżką nadbiegł jeszcze jeden żołnierz w czerwonym uniformie, zatrzymał się z poślizgiem i zasalutował, kładąc rękę na piersi. Powiedział coś cicho do Tallanvora, przywracając swymi słowami wyraz satysfakcji na twarz dowódcy.

— Królowa, wasza pani matka — obwieścił Tallanvor — rozkazuje natychmiast sprowadzić do niej intruza. Również z jej rozkazu lady Elayne i lord Gawyn mają stanąć u jej boku. Także natychmiast.

Gawyn skrzywił się, a Elayne nerwowo przełknęła ślinę. Opanowała się na twarzy, zaczęła pracowicie otrzepywać brud z sukni. Mimo że pozbyła się kilku kawałków kory, był to raczej próżny wysiłek.

— Czy moja pani pozwoli? — spytał z zadowoloną miną Tallanvor. — Panie?

Żołnierze utworzyli wokół nich nierówny szpaler i ruszyli brukowaną ścieżką z Tallanvorem na czele. Gawyn i Elayne szli po obu stronach Randa, oboje wyglądali na pogrążonych w nieprzyjemnych myślach. Żołnierze pochowali miecze do pochew, a strzały do kołczanów, jednak zachowali taką samą czujność jak wtedy, gdy mieli broń w dłoniach. Obserwowali Randa, jakby się spodziewali, że w każdej chwili wyciągnie miecz i spróbuje za jego pomocą wyrąbać sobie drogę do wolności.

„Spróbować coś zrobić? Nie będę niczego próbował. Niezauważony! Nie ma co!"

Spoglądał na obserwujących go żołnierzy i nagle spostrzegł ogród. Wydarzenia następowały jedne po drugich, każdy nowy szok nadchodził w chwili, gdy poprzedni jeszcze nie zdążył zblednąć, a jego otoczenie stanowiło zamazaną plamę, z wyjątkiem muru i szczerej chęci znalezienia się po jego drugiej stronie. Teraz natomiast widział zieloną trawę, która dotychczas jedynie łaskotała go w głębi umysłu.

„Zieleń!"

Setki odcieni zielonego. Drzewa i krzewy, zielone i kwitnące, gęste od liści i owoców. Bujne winorośle oplatające drzewa rosnące przy ścieżce. Wszędzie kwiaty. Całe mnóstwa kwiatów zalewających ogród barwami. Niektóre z nich znał — jaskrawozłote promienniki i drobniutkie, różowe smokrzyny, szkarłatne gwiazdobłyski i purpurowe Glorie Emonda, róże wszystkich kolorów, od śnieżnobiałych po ciemnoczerwone — pozostałe natomiast były mu obce, a tak wymyślne w kształcie i barwie, że nieomal wątpił w ich prawdziwość.

— To zieleń — wyszeptał. — Zieleń.

Żołnierze zaszemrali coś do siebie i umilkli, gdy Tallanvor spiorunował ich wzrokiem przez ramię.

— Dzieło Elaidy — powiedział Gawyn roztargnionym głosem.

— To niesprawiedliwe — stwierdziła Elayne. — Spytała, czy chcę wybrać sobie jedną farmę, z którą ona zrobi to samo w czasie, gdy dookoła ciągle jeszcze nic nie rośnie, a przecież to niesprawiedliwe, że my mamy kwiaty, podczas gdy niektórzy ludzie nie mają co jeść. — Zrobiła głęboki wdech i na powrót się opanowała.

— Nie zapominaj się — powiedziała szybko do Randa. — Odpowiadaj jasno, kiedy coś do ciebie mówią, w innym przypadku milcz. I kieruj się moim przykładem. Wszystko będzie dobrze.

Rand żałował, że brak mu jej pewności. Szkoda, że Gawyn też wyraźnie jej nie miał. Kiedy Tallanvor wprowadził ich do pałacu, obejrzał się w stronę ogrodu, na zieleń upstrzoną kwiatami.

Sale wypełniała pałacowa służba, w czerwonych liberiach z białymi kołnierzykami i mankietami oraz Białym Lwem po lewej stronie piersi. Gdy pojawili się tam gromadnie żołnierze z Elayne, Gawynem i Randem między nimi, służący stanęli jak wryci, by zapatrzyć się na nich z otwartymi ustami.

Pośród całej tej konsternacji przez komnatę przewędrował beztrosko kot o futrze w szare prążki, lawirując między nogami zagapionych służących. Nagle ten kot wydał się Randowi dziwny. Wystarczająco długo przebywał w Baerlon, by wiedzieć, że nawet w najnędzniejszym sklepie z każdego kąta wygląda jakiś kot. Od momentu wejścia do Pałacu ten był pierwszy, którego tu zobaczył.

— Czy tutaj nie ma szczurów? — spytał z niedowierzaniem. Szczury były wszędzie.

— Elaida nie lubi szczurów — mruknął niejasno w odpowiedzi Gawyn. Marszcząc się, z przejęciem toczył wzrokiem po hallu, najwyraźniej już sobie wyobrażając nadchodzące spotkanie z królową. — U nas w ogóle nie ma szczurów.

— Uciszcie się obaj. — Głos Elayne był ostry, lecz równie nieobecny jak głos jej brata. — Próbuję myśleć.

Rand długo oglądał się przez ramię na kota, dopóki strażnicy nie powiedli go za narożnik, w wyniku czego zwierzę zniknęło z zasięgu wzroku. Poczułby się lepiej, gdyby tam było dużo kotów, gdyby w Pałacu znajdowała się przynajmniej jedna normalna rzecz, choćby i szczury.

Droga, którą podążał Tallanvor, skręcała tyle razy, że Rand stracił poczucie kierunku. W końcu młody oficer zatrzymał się przed wysokimi, podwójnymi drzwiami z ciemnego drewna o głębokim połysku, nie tak wspaniałymi jak niektóre, które minęli, ale pokrytymi wyrzeźbionymi szeregami lwów, wycyzelowanych w najdrobniejszym szczególe. Po obu stronach stali ubrani w liberie służący.

— Dobrze, że nie w Wielkiej Sali. — Gawyn roześmiał się niepewnie. — Nie słyszałem, by Matka wydała w tym miejscu rozkaz ścięcia komuś głowy.

Tak to zabrzmiało, jakby się spodziewał, że może zrobić wyjątek.

Tallanvor wyciągnął rękę po miecz Randa, lecz Elayne mu przeszkodziła.

— On jest moim gościem, a zgodnie z obyczajami i prawem goście rodziny królewskiej mogą być uzbrojeni nawet w obecności Matki. No chyba że zaprzeczysz memu słowu, że jest moim gościem?

Tallanvor zawahał się, przez chwilę krzyżując z nią wzrok, po czym skinął głową.

— Proszę bardzo, moja pani.

Elayne uśmiechnęła się do Randa, gdy Tallanvor usunął się na bok, lecz był to przelotny uśmiech.

— Pierwszy szereg do mnie — rozkazał Tallanvor. — Zapowiedzcie Jej Wysokości lady Elayne i lorda Gawyna — powiedział odźwiernym. — A także porucznika straży Tallanvora z rozkazu Jej Wysokości z pojmanym intruzem.

Elayne spojrzała spode łba na Tallanvora, lecz drzwi już otworzyły się na oścież. Zabrzmiał donośny głos, obwieszczający, kto przybywa.

Elayne przeszła przez drzwi wyniosłym krokiem, trochę niszcząc swe królewskie wejście poprzez wskazanie gestem Randowi, że ma iść tuż za nią. Gawyn zgarbił ramiona i kroczył obok niej, w odległości starannie odmierzonego kroku. Rand szedł z tyłu, niepewnie dotrzymując kroku Gawynowi z drugiej strony. Tallanvor trzymał się blisko Randa, a za nim szło dziesięciu żołnierzy. Drzwi zamknęły się za nimi bezgłośnie.

Nagle Elayne dygnęła głęboko, jednocześnie składając się w pasie i w takiej pozycji znieruchomiała, przytrzymując szeroko fałdy spódnicy. Rand drgnął, po czym pospiesznie poszedł w ślady Gawyna i pozostałych, niezgrabnie przestępując z nogi na nogę, dopóki nie wykonał wszystkiego prawidłowo. Klęczał na prawym kolanie, z pochyloną głową, podany do przodu, wspierając kłykcie prawej dłoni o marmurowe płyty posadzki, lewą dłoń ułożył na końcu rękojeści miecza. Gawyn, który nie miał miecza, w taki sam sposób ułożył dłoń na rękojeści sztyletu.

Rand już sobie gratulował, że tak mu to dobrze wyszło, gdy spostrzegł, że Tallanvor, nie podnosząc głowy, piorunuje go wzrokiem zza przyłbicy. „Czy ja miałem zrobić coś innego?" Nagle go rozzłościło, że Tallanvor spodziewa się po nim, że będzie wiedział, co ma robić, mimo że nikt go tego nie nauczył. Złościło go też, że boi się strażników. Nie zrobił niczego, co mogło być powodem do obaw. Wiedział, że boi się nie z winy Tallanvora, ale i tak był na niego zły.

Wszyscy zachowali tę samą postawę, zastygli jakby w oczekiwaniu na wiosenną odwilż. Nie wiedział, na co czekają, ale skorzystał z okazji, by przyjrzeć się wnętrzu, do którego go wprowadzono. Nadal pochylał głowę i obracał się tylko tyle, by móc coś zobaczyć. Groźba we wzroku Tallanvora uległa natężeniu, ale ignorował to.

Kwadratowa komnata była mniej więcej taka duża jak główna sala w „Błogosławieństwie Królowej", jej ściany pyszniły się scenami z polowania wyrzeźbionymi w śnieżnobiałym kamieniu. Wiszące między płaskorzeźbami gobeliny przedstawiały delikatne wizerunki kolorowych kwiatów i jaskrawo upierzonych kolibrów, z wyjątkiem dwóch wiszących na przeciwległej ścianie, z Białym Lwem Andoru i niższym od niego mężczyzną na szkarłatnych polach. Te dwa dzieła wisiały po bokach podwyższenia z rzeźbionym i pozłacanym tronem, na którym siedziała królowa.

Po prawej ręce królowej stał zwalisty mężczyzna o szorstkiej powierzchowności, z gołą głową, ubrany w czerwień Gwardii. Na ramieniu kaftana miał naszyte cztery złote węzły, a biel mankietów przełamywały szerokie, złote pasy. Skronie miał mocno posiwiałe, lecz wyglądał na silnego i nieugiętego jak skała. Musiał to być Kapitan-Generał Gareth Bryne. Po drugiej stronie tronu, z tyłu, na niskim zydlu siedziała kobieta ubrana w ciemnozielony jedwab, robiła coś na drutach z ciemnej, prawie czarnej wełny. Z początku Rand uznał ją za starą z powodu tych drutów, jednak po drugim spojrzeniu nie potrafił już wcale określić jej wieku. Młoda, stara, nie wiedział. Jej uwaga wydawała się skupiona wyłącznie na drutach i włóczce, zupełnie jakby w zasięgu jej ręki nie siedziała królowa. Była przystojną kobietą, pozornie pogodną, niemniej jednak w tym jej skupieniu było coś strasznego. W komnacie nie słyszało się żadnego dźwięku prócz szczękania drutów.

Usiłował obejrzeć wszystko, jednakże jego wzrok bezustannie powracał do kobiety w połyskującym na czole wieńcu z misternie wykutych róż, w Różanym Wieńcu Andoru. Przez jej jedwabną suknię w czerwono-białą kratę przewieszony był długi, czerwony szal z maszerującym na całej długości Lwem Andoru, a kiedy lewą dłonią dotknęła ramienia Kapitana-Generała, zalśnił pierścień w kształcie Wielkiego Węża pożerającego własny ogon. Jednakże to nie przepych szat, biżuterii albo nawet korony przyciągał bezustannie wzrok Randa: to ta kobieta, która je nosiła.

Morgase miała urodę swej córki, tyle że dojrzalszą. Jej twarz i sylwetka, w ogóle jej obecność przepełniały komnatę światłem, które przyćmiewało pozostałe dwie kobiety stojące przy niej. Gdyby była wdową z Pola Emonda, pod jej drzwiami ustawiłby się sznur konkurentów, nawet gdyby była najgorszą kucharką i najniechlujniejszą gospodynią w całych Dwu Rzekach. Zauważył, że mu się przypatruje, więc pochylił głowę, bojąc się, że wyczyta jego myśli z twarzy.

„Światłości, myśleć o królowej jakby była zwykłą wieśniaczką! Ty głupcze!"

— Możecie wstać — powiedziała królowa dźwięcznym, ciepłym głosem, który sto razy przewyższał wymóg posłuszeństwa zawarty w głosie Elayne.

Rand wstał razem z pozostałymi.

— Matko... — zaczęła Elayne, lecz Morgase przerwała jej.

— Zdaje się, że wspinałaś się na drzewa, córko.

Elayne wydłubała zabłąkany kawałek kory z sukni i nie znajdując miejsca, gdzie mogłaby go odłożyć, zacisnęła go w dłoni.

— W rzeczy samej — ciągnęła spokojnie Morgase — najwyraźniej pomimo mych zakazów znalazłaś sposób, by popatrzeć na Logaina. Gawynie, spodziewałam się po tobie czegoś lepszego. Musisz się nauczyć nie tylko jak być posłusznym swej siostrze, lecz jednocześnie jak stanowić jej przeciwwagę celem uniknięcia katastrofy.

Wzrok królowej przemknął się ku stojącemu obok niej zwalistemu mężczyźnie, po czym szybko się cofnął. Bryne stał niewzruszony, jakby tego nie zauważył, jednakże zdaniem Randa te oczy widziały wszystko.

— To, Gawynie, jest takim samym obowiązkiem Pierwszego Księcia jak dowodzenie armiami Andoru. Być może, jeśli twe nauki nabiorą intensywności, będziesz miał mniej czasu na pozwalanie swej siostrze, by cię wciągała w tarapaty. Poproszę Kapitana-Generała, żeby dopatrzył, aby nie brakowało ci zajęć w związku z twą podróżą na północ.

Gawyn przestąpił z nogi na nogę, jakby chciał zaprotestować, lecz zamiast tego skłonił głowę.

— Jak każesz, matko.

Elayne skrzywiła się.

— Matko, Gawyn nie uchroni mnie przed kłopotami, jeśli go nie będzie przy mnie. Z tego wyłącznie powodu opuścił swe pokoje. Matko, z pewnością z samego patrzenia na Logaina nie mogło wyniknąć nic złego. Prawie każdy w mieście był bliżej niego niż my.

— Dziedziczka Tronu to nie każdy. — W głosie królowej krył się ostry ton. — Widziałam tego Logaina z bliska, on jest niebezpieczny, dziecko. Mimo że zamknięty w klatce i cały czas strzeżony przez Aes Sedai, wciąż jest równie niebezpieczny jak wilk. Żałuję, że w ogóle go sprowadzono w pobliże Caemlyn.

— Zajmą się nim w Tar Valon. — Kobieta siedząca na zydlu nie oderwała wzroku od swej robótki, kiedy to mówiła. — Ważne, by ludzie widzieli, że Światłość raz jeszcze pokonała Ciemność. I żeby widzieli, że ty masz swój udział w tym zwycięstwie, Morgase.

Morgase machnęła niecierpliwie ręką.

— Dalej wolałabym, żeby nigdy nie pojawiał się w pobliżu Caemlyn. Elayne, znam twoje myśli.

— Matko — zaprotestowała Elayne — naprawdę pragnę ci być posłuszna. Szczerze tego pragnę.

— Doprawdy? — spytała Morgase w udawanym zdziwieniu i zaśmiała się. — O tak, ty istotnie starasz się być posłuszną córką. Stale jednak sprawdzasz, do jakich granic możesz się posunąć. Cóż, ja postępowałam tak samo z moją matką. Taka natura okaże się dla ciebie bardzo pożyteczna, kiedy wstąpisz na tron, jednakże jeszcze nie jesteś królową, dziecko. Sprzeciwiłaś mi się i obejrzałaś sobie Logaina. Niech cię to zadowoli. Podczas podróży na północ nie będziesz do niego dopuszczana na odległość stu kroków, ani ty, ani Gawyn. Gdybym nie wiedziała, jak trudne nauki otrzymasz w Tar Valon, wysłałabym z tobą Lini, by pilnowała, czy jesteś posłuszna. Ona przynajmniej potrafi cię zmusić, abyś postępowała zgodnie ze swymi powinnościami.

Elayne z ponurą miną schyliła głowę.

Kobieta za tronem wydawała się zajęta liczeniem oczek.

— Już po tygodniu — powiedziała nagle — zapragniesz wrócić do swej matki. Po miesiącu będziesz miała ochotę uciec z Ludem Wędrowców. Jednakże moje siostry będą cię trzymały z dala od niewiernych. Takie sprawy nie są dla ciebie, na razie. — Obróciła się nagle, by spojrzeć uważnie na Elayne, a cała jej pogoda zniknęła, jakby nigdy nie istniała. — Jest coś w tobie, dzięki czemu staniesz się największą królową, jaką Andor kiedykolwiek widział, jaką widziała jakakolwiek kraina od tysiąca lat. Na to cię właśnie kształtujemy, o ile starczy ci sił.

Rand wpatrywał się w nią jak ogłupiały. To musiała być Elaida, Aes Sedai. Nagle ucieszył się, że nie zwrócił się do niej o pomoc, niezależnie od tego, do jakich Ajah należała. Emanowała z niej surowość daleko większa niż z Moiraine. Myślał czasami o Moiraine jako o stali obleczonej w aksamit, w przypadku Elaidy ten aksamit był jedynie złudzeniem.

— Dość, Elaido — rzekła Morgase, marszcząc czoło z niepewną miną. — Słyszała to aż za często. Koło obraca się tak, jak chce. — Przez chwilę patrzyła w milczeniu na córkę. — Pozostaje jeszcze problem z tym młodym człowiekiem — wskazała Randa, nie odrywając oczu od twarzy Elayne — jak i dlaczego się tu znalazł, a także dlaczego domagałaś się od swego brata, by traktował go jak gościa.

— Czy mogę przemówić, matko?

Kiedy Morgase przyzwoliła skinieniem głowy, Elayne opowiedziała w skrócie przebieg wydarzeń, od chwili, gdy po raz pierwszy zobaczyła Randa, jak wspinał się po zboczu w stronę muru. Spodziewał się, że skończy zapewnieniem o niewinności tego, co zrobił, ona jednak powiedziała:

— Matko, często mi powtarzasz, że powinnam znać nasz lud, tych urodzonych najwyżej i tych najniżej, jednakże za każdym razem, gdy kogoś z nich spotkam, musi się to odbyć w towarzystwie kilkunastu świadków. Jak mogę się dowiedzieć czegoś rzeczywistego albo prawdziwego w takich okolicznościach? Z rozmowy z tym młodym człowiekiem z miejsca dowiedziałam się o wiele więcej o Dwu Rzekach i jakiego pokroju mieszkają tam ludzie, niźli kiedykolwiek mogłam dowiedzieć się z ksiąg. To coś znaczy, że on dotarł tak daleko i że nałożył czerwień, mimo że tak wielu przybyszów nosi ze strachu biel. Matko, błagam cię, nie potraktuj źle swego lojalnego poddanego, kogoś, kto nauczył mnie tak wiele o ludzie, którym władasz.

— Lojalny poddany z Dwu Rzek. — Morgase westchnęła. — Dziecko moje, powinnaś uważniej studiować te księgi. Dwie Rzeki nie widziały poborcy podatków od sześciu pokoleń, a Gwardzistów Królowej od siedmiu. Ośmielę się stwierdzić, że rzadko kiedy przychodzi im w ogóle do głowy, że stanowią część Królestwa.

Rand drgnął niespokojnie, przypominając sobie swoje zdziwienie, kiedy mu powiedziano, że Dwie Rzeki są częścią Królestwa Andoru. Królowa spojrzała na niego i uśmiechnęła się ponuro do swej córki.

— Widzisz, dziecko?

Rand zauważył, że Elaida odłożyła robótkę i teraz mu się przypatruje. Podniosła się ze swego zydla, zeszła powoli z podwyższenia i stanęła obok niego.

— Z Dwu Rzek? — spytała. Wyciągnęła rękę w stronę jego głowy, uchylił się przed dotykiem, a ona opuściła rękę. — Z takimi rudymi włosami i szarymi oczyma? Ludzie z Dwu Rzek mają ciemne włosy i oczy, rzadko też taki wzrost. — Jej ręka pomknęła, by odsunąć rękaw jego kaftana, ukazując jaśniejszą skórę, do której słońce nie docierało tak często. — Albo taką karnację.

Z trudem się powstrzymał, by nie zacisnąć pięści.

— Naprawdę pochodzę z Pola Emonda — powiedział sztucznym tonem. — Moja matka była cudzoziemką, dlatego mam takie oczy. Mój ojciec nazywa się Tam al'Thor, jest pasterzem i farmerem, tak samo jak ja.

Elaida wolno przytaknęła, ani na moment nie odrywając oczu od jego twarzy. Wytrzymał jej wzrok ze spokojem. Widział, że dostrzega upór w jego spojrzeniu. Nadal prowadząc z nim taką walkę, powoli wyciągnęła rękę w jego stronę. Postanowił, że tym razem się nie cofnie.

Dotknęła miecza, nie jego ciała, obłapiając rękojeść na samym końcu. Zacisnęła palce, a jej oczy rozszerzyły się ze zdziwienia.

— Pasterz z Dwu Rzek — powiedziała cicho, szeptem przeznaczonym dla uszu wszystkich — który ma miecz ze znakiem czapli.

Te ostatnie kilka słów tak podziałały na zgromadzonych, jakby obwieściła przybycie Czarnego. Z tyłu za Randem zaskrzypiały skóra i metal, wysokie buty zaszurały na marmurowych płytach. Kątem oka widział, jak Tallanvor i pozostali strażnicy cofają się, by rozstawić się dookoła wnętrza komnaty, jednocześnie sięgając rękojeści mieczy, gotowi je zaraz wyciągnąć i, co było widać po twarzach, gotowi umrzeć. Gareth Bryne dwoma szybkimi krokami stanął przed podwyższeniem, pomiędzy Randem a królową. Nawet Gawyn wyraźnie przejęty, zasłonił sobą Elayne, kładąc dłoń na rękojeści sztyletu. Sama Elayne patrzyła na niego w taki sposób, jakby go widziała po raz pierwszy. Morgase nie zmieniła wyrazu twarzy, tylko zacisnęła ręce na pozłacanych oparciach tronu.

Jedynie Elaida zareagowała jeszcze mniej gwałtownie niż królowa. Aes Sedai nie dała po sobie znać, że powiedziała cokolwiek niezwykłego. Odjęła rękę od miecza, potęgując napięcie w żołnierzach. Jej wzrok pozostał w nim utkwiony, niezmącony i przenikający go na wskroś.

— Z pewnością — powiedziała Morgase opanowanym głosem — jest zbyt młody, by mógł zasłużyć na ostrze ze znakiem czapli. Nie może być starszy od Gawyna.

— Miecz należy do niego — oświadczył Gareth Bryne.

Królowa spojrzała na niego ze zdziwieniem.

— Jak to możliwe?

— Nie wiem, Morgase — wolno odparł Bryne. — Jest zbyt młody, a jednak miecz należy do niego, a on do miecza. Popatrz na jego oczy. Popatrz, jak on stoi, jak ten miecz do niego pasuje, a on do miecza. Jest za młody, a jednak to jego miecz.

Kiedy Kapitan-Generał umilkł, odezwała się Elaida:

— Jak wszedłeś w posiadanie tej broni, Randzie al'Thor z Dwu Rzek? — Powiedziała to takim tonem, jakby wątpiła nie tylko w jego pochodzenie, lecz również w jego imię.

— Podarował mi go mój ojciec — odparł Rand. — Przedtem należał do niego. Uznał, że w dalekim świecie będę potrzebował miecza.

— Jeszcze jeden pasterz z Dwu Rzek z ostrzem ze znakiem czapli.

Od uśmiechu Elaidy zaschło mu w ustach.

— Kiedy przybyłeś do Caemlyn?

Miał dość mówienia prawdy tej kobiecie. Bał się jej tak, jakby była Sprzymierzeńcem Ciemności. Nadszedł czas, by na nowo wszystko ukrywać.

— Dzisiaj — oświadczył. — Dzisiaj rano.

— W samą porę — mruknęła. — Gdzie się zatrzymałeś? Nie mów, że nie znalazłeś sobie nigdzie pokoju. Wyglądasz na nieco sponiewieranego, ale miałeś możliwość się odświeżyć. Gdzie?

— W „Pod Koroną i Lwem". — Przypomniał sobie, że mijał „Pod Koroną i Lwem", kiedy szukał „Błogosławieństwa Królowej".

Ten lokal znajdował się po przeciwległej stronie Nowego Miasta od oberży pana Gilla. — Mam tam łóżko. Na poddaszu. — Miał wrażenie, że ona rozpoznała kłamstwo, jednak Aes Sedai tylko skinęła głową.

— Cóż to za ślepy traf? — powiedziała. — Dzisiaj do Caemlyn sprowadzono niewiernego. Za dwa dni zostanie zabrany do Tar Valon, a wraz z nim jedzie Dziedziczka Tronu, by zostać tam poddana naukom. I właśnie w takich okolicznościach w pałacowych ogrodach pojawia się młody człowiek, który twierdzi, że jest lojalnym poddanym z Dwu Rzek...

— Ja naprawdę mieszkam w Dwu Rzekach. — Wszyscy na niego patrzyli, a jednocześnie go ignorowali. Wszyscy z wyjątkiem Tallanvora i strażników, ich oczy nawet nie mrugnęły.

— ...uzbrojony w opowieść obliczoną na oczarowanie Elayne i miecz ze znakiem czapli. Nie nosi opaski albo kokardy, które by oznaczały jego przynależność, a tylko osłonę, która starannie skrywa czaplę przed ciekawskim wzrokiem. Cóż to za ślepy traf, Morgase?

Królowa gestem dłoni nakazała Kapitanowi-Generałowi się odsunąć, a kiedy to zrobił, zlustrowała Randa zaniepokojonym spojrzeniem. Przemówiła jednak do Elaidy:

— Jak go nazwiesz? Sprzymierzeńcem Ciemności? Wyznawcą Logaina?

— Czarny wywołuje zamęt w Shayol Ghul — odparła Aes Sedai. — Cień pada na Wzór, a równowaga przyszłości balansuje na łebku od szpilki. On jest niebezpieczny.

Nagle Elayne poderwała się ze swego miejsca i padła na kolana przed tronem.

— Matko, błagam cię, nie rób mu nic złego. Poszedłby sobie, gdybym go nie zatrzymała. On chciał odejść, a ja kazałam mu zostać. Nie wierzę, że on jest Sprzymierzeńcem Ciemności.

Morgase uspokoiła córkę gestem dłoni, lecz nie odjęła wzroku od Randa.

— Czy to Przepowiednia, Elaido? Czy odczytujesz Wzór? Twierdzisz, że to cię nachodzi wtedy, kiedy się najmniej spodziewasz i znika równie nagle, jak się pojawia. Jeśli to Przepowiednia, Elaido, to rozkazuję ci powiedzieć prawdę jasno, bez twego obyczaju ubierania wszystkiego w takie zagadki, że nikt nie jest w stanie stwierdzić, czy powiedziałaś tak, czy nie. Co widzisz?

— Oto Przepowiednia — odparła Elaida — której, jak przysięgam na Światłość, jaśniej wygłosić nie potrafię. Od dzisiejszego dnia Andor maszeruje prosto w stronę bólu i rozłamu. Cień jeszcze nie ściemniał do swej najgłębszej czerni i nie widzę, czy potem nastanie Światłość. Tam, gdzie świat uronił jedną łzę, uroni ich jeszcze tysiące. To właśnie Przepowiadam.

Do wnętrza komnaty przywarł całun milczenia. Zakłóciła je tylko Morgase, która wypuściła oddech tak głośno, jakby miał być jej ostatnim.

Elaida nadal wpatrywała się w oczy Randa. Odezwała się ponownie, ledwie poruszając ustami, tak cicho, że prawie jej nie słyszał, mimo iż dzieliła ich odległość zaledwie wyciągniętego ramienia.

— Oto co jeszcze Przepowiadam. Ból i rozłam nastanie na całym świecie, a w samym sercu tego wszystkiego stoi ten człowiek. Jestem posłuszna mej królowej — wyszeptała — i mówię to jasno.

Rand miał uczucie, że jego stopy zapuściły korzenie w marmurowej posadzce. Chłód i twardość kamienia popełzły mu po nogach i wywołały chłodny dreszcz wzdłuż kręgosłupa. Nikt inny nie mógł tego słyszeć. Ona jednak wciąż na niego patrzyła, a on to usłyszał.

— Jestem pasterzem — obwieścił całej komnacie. — Z Dwu Rzek. Pasterzem.

— Koło obraca się tak, jak chce — powiedziała głośno Elaida, a on nie był w stanie stwierdzić, czy rzeczywiście słyszy w jej głosie drwiącą nutę, czy mu się to tylko wydaje.

— Lordzie Gareth — powiedziała Morgase — potrzebuję rady mego Kapitana-Generała.

Zwalisty mężczyzna pokręcił głową.

— Elaida Sedai twierdzi, że ten chłopak jest niebezpieczny, moja królowo, i gdyby powiedziała o tym coś więcej, rzekłbym: wezwij kata. Jednakże ona mówi tylko o tym, co każdy z nas widzi. Nie ma takiego farmera w całym kraju, który by nie powiedział, że wszystko ma się ku gorszemu, bez żadnej Przepowiedni. Ja sam wierzę, iż chłopiec znalazł się tu za sprawą zwykłego zbiegu okoliczności, jakkolwiek okazał się on dla niego niefortunny. Powiem ci, moja królowo, że bezpieczeństwo nakazuje zamknąć go w celi, dopóki lady Elayne i lord Gawyn nie znajdą się daleko w drodze, a potem trzeba będzie go puścić. Chyba że, Aes Sedai, wygłosisz jeszcze jakąś Przepowiednię na jego temat?

— Powiedziałam wszystko, co odczytałam we Wzorze, Kapitanie-Generale — oznajmiła Elaida. Błysnęła twardym uśmiechem w stronę Randa, uśmiechem, który ledwie wykrzywił jej wargi, drwiąc z jego niemożności zarzucenia jej kłamstwa. — Kilka tygodni w zamknięciu nie przyniesie mu krzywdy, a mnie da szansę dowiedzenia się czegoś więcej. — Jej oczy przepełniło łaknienie pogłębiające jego dreszcz. — Być może spłynie na mnie jeszcze jedna Przepowiednia.

Morgase zastanawiała się chwilę, wsparłszy podbródek dłonią, a łokieć na oparciu tronu. Rand miał ochotę się usunąć spod tego zamyślonego spojrzenia, gdyby w ogóle mógł się poruszyć, jednakże oczy Elaidy przeszywały go do szpiku kości. Wreszcie królowa przemówiła:

— Podejrzenia zalewają Caemlyn, być może cały Andor. Strach i najgorsze podejrzenia. Kobiety denuncjują swe sąsiadki jako Sprzymierzeńców Ciemności. Mężczyźni malują smocze kły na drzwiach ludzi, których znali od lat. Nie wezmę w tym udziału.

— Morgase… — zaczęła Elaida, ale królowa przerwała jej.

— Nie wezmę w tym udziału. Kiedy wstąpiłam na tron, przysięgłam stać na straży sprawiedliwości, zarówno względem wysoko, jak i nisko urodzonych, i będę jej bronić nawet wtedy, jeśli będę tym ostatnim mieszkańcem Andoru, który pamięta o sprawiedliwości. Randzie al'Thor, czy przysięgasz na Światłość, że to twój ojciec, pasterz z Dwu Rzek, dał ci ten miecz ze znakiem czapli?

Rand poruszył ustami, w poszukiwaniu wilgoci, która pomogłaby mu przemówić.

— Przysięgam — rzekł i kiedy przypomniał sobie, do kogo mówi, dodał pospiesznie: — Moja królowo.

Lord Gareth uniósł gęstą brew, lecz Morgase to najwyraźniej nie obeszło.

— I że wspiąłeś się na mur ogrodu tylko po to, by popatrzeć na fałszywego Smoka?

— Tak, moja królowo.

— Czy masz zamiar wyrządzić szkodę tronowi Andoru, mojej córce albo mojemu synowi? — Ton jej głosu mówił, że za tych dwoje ostatnich rozprawiono by się z nim o wiele krócej niż za to pierwsze.

— Nie chciałem nikomu zrobić nic złego, moja królowo. A już najmniej tobie i twoim bliskim.

— Postąpię więc z tobą sprawiedliwie, Randzie al'Thor — oznajmiła. — Po pierwsze, góruję nad Elaidą i Garethem tym, że za młodu słyszałam mowę Dwu Rzek. Nie masz tamtejszego wyglądu, ale jeśli mogę się posłużyć mymi mglistymi wspomnieniami, przemawiasz językiem Dwu Rzek. Po drugie, nikt, kto ma takie włosy i oczy, nie twierdziłby, że jest pasterzem z Dwu Rzek, gdyby było inaczej. I to że twój ojciec dał ci miecz ze znakiem czapli jest zbyt niedorzeczne, by mogło być kłamstwem. I po trzecie, ten głos, który mi podszeptuje, że najlepsze kłamstwo jest często zbyt śmieszne, by mogło być uznane za kłamstwo… ten głos nie jest dowodem. Będę stała na straży ustanowionego przez siebie prawa. Zwracam ci twoją wolność, Randzie al'Thor, sugeruję jednak, byś w przyszłości pilnował się, gdy wkroczysz na cudzy teren. Jeśli raz jeszcze znajdziesz się na terenach pałacowych, sprawy już nie potoczą się dla ciebie tak gładko.

— Dziękuję ci, moja królowo — odparł ochrypłym głosem. Niezadowolenie Elaidy czuł nieomal jak gorący podmuch.

— Tallanvorze — powiedziała Morgase — wyprowadź tego… wyprowadź gościa mej córki z Pałacu, z zachowaniem wszelkiej uprzejmości. Reszta niech też stąd odejdzie. Nie, Elaido, ty zostajesz. I ty też, lordzie Gareth, jeśli chcesz. Muszę podjąć decyzję w kwestii pobytu Białych Płaszczy w mieście.

Tallanvor i strażnicy z niechęcią pochowali miecze, gotowi wyciągnąć je w każdym momencie. Niemniej jednak Rand chętnie pozwolił żołnierzom utworzyć wokół siebie szpaler i ruszył za Tallanvorem. Elaida tylko połowicznie zwracała uwagę na to, co mówi królowa, czuł jej wzrok na swoich plecach.

„Co by się stało, gdyby królowa nie zatrzymała Aes Sedai przy sobie?"

Wraz z tą myślą zapragnął, by żołnierze maszerowali szybciej.

Ku jego zdziwieniu za drzwiami Elayne i Gawyn zamienili z sobą kilka słów, po czym stanęli przy jego boku. Tallanvora też to zdziwiło. Młody oficer przeniósł wzrok z nich na drzwi, już się zamykające.

— Moja matka — powiedziała Elayne — rozkazała wyprowadzić go z Pałacu, Tallanvorze. Z zachowaniem wszelkiej uprzejmości. Na co czekasz?

Tallanvor spojrzał chmurnie w stronę drzwi, za którymi królowa konferowała ze swymi doradcami.

— Na nic, moja pani — powiedział kwaśnym tonem i bezzwłocznie wydał rozkaz wyruszenia.

Pałacowe cuda przemykały obok Randa niezauważone. Był zbity z tropu, strzępy myśli wirowały zbyt szybko, by dać się uchwycić.

„Nie masz tego wyglądu. Ten człowiek stoi w samym sercu tego wszystkiego".

Eskorta zatrzymała się. Zamrugał zdziwiony, że znajduje się na wielkim podwórcu przed Pałacem, przed wysokimi, pozłacanymi bramami. Tych bram nie otworzono by dla jednego człowieka, szczególnie nie dla intruza, nawet jeśli Dziedziczka Tronu żądała przestrzegania prawa gościnności w jego przypadku. Tallanvor bez słowa podniósł kraty bramy wypadowej, osadzonej w głównej bramie.

— To taki obyczaj — wyjaśniła Elayne — odprowadza się gości aż do samych bram, ale nie patrzy się, jak odchodzą. Powinno się pamiętać przyjemność płynącą z towarzystwa gościa, a nie smutek rozstania.

— Dziękuję ci, moja pani — powiedział Rand. Dotknął szarfy, którą miał zabandażowane czoło. — Za wszystko. W Dwu Rzekach jest taki obyczaj, że gość przynosi z sobą jakiś mały podarunek.

Obawiam się, że nic nie mam. Chociaż — dodał sucho — najwyraźniej nauczyłem cię czegoś o ludzie z Dwu Rzek.

— Gdybym powiedziała Matce, że moim zdaniem jesteś przystojny, z pewnością kazałaby cię zamknąć w celi. — Elayne zaszczyciła go promiennym uśmiechem. — Żegnaj, Randzie al'Thor.

Oniemiały patrzył jak odchodzi, urodziwa i majestatyczna jak Morgase, tyle że w młodszej wersji.

— Nigdy nie próbuj walczyć z nią na słowa. — Gawyn roześmiał się. — Ona zawsze wygrywa.

Rand w zamyśleniu skinął głową. „Przystojny? Światłości, Dziedziczka Tronu Andor!" Otrząsnął się, żeby rozjaśnić myśli.

Gawyn wydawał się na coś czekać. Rand patrzył na niego przez chwilę.

— Mój lordzie, kiedy mówiłem ci, że jestem z Dwu Rzek, zdziwiłeś się. I wszyscy pozostali, twoja matka, lord Gareth, Elaida Sedai... — poczuł dreszcz na plecach — żadne z nich... — Nie wiedział, jak skończyć, nie wiedział nawet, dlaczego zaczął.

„Jestem synem Tama al'Thora, nawet jeśli nie urodziłem się w Dwu Rzekach".

Gawyn skinął głową, jakby właśnie na to czekał. Nadal się jednak ociągał. Rand otworzył usta, żeby cofnąć niewypowiedziane pytanie, a Gawyn powiedział:

— Owiń sobie głowę *shoufą*, Randzie, a będziesz wyglądał, wypisz wymaluj jak Aiel. To dziwne, skoro przynajmniej matka zdaje się uważać, że mówisz jak człowiek z Dwu Rzek. Szkoda, że nie poznaliśmy się nawzajem, Randzie al'Thor. Żegnaj.

„Aiel".

Rand odprowadzał Gawyna wzrokiem, dopóki Tallanvor nie zakaszlał ze zniecierpliwieniem, przypominając mu, gdzie jest. Pochyliwszy głowę, przeszedł przez bramę wypadową, a Tallanvor omal mu nie przytrzasnął pięt. Wewnętrzne kraty natychmiast zjechały z łoskotem na swoje miejsce.

Owalny plac przed Pałacem był teraz pusty. Wszyscy żołnierze odeszli, cały tłum, trąbki i bębny zniknęły, zastąpiła je cisza. Nic nie zostało, prócz śmieci, które wiatr przetaczał po chodniku, a jacyś ludzie uwijali się na powrót wokół swoich codziennych spraw, teraz gdy wreszcie całe podniecenie opadło. Nie widział, czy obnoszą się z czerwienią, czy bielą.

„Aiel".

Ze zdumieniem uświadomił sobie, że stoi tuż przed pałacowymi bramami, w miejscu, w którym Elaida mogła go bez trudu odnaleźć, jak tylko skończy omawiać sprawy z królową. Otulił się kaftanem i ruszył do wolnego biegu, przez plac, a potem ulice Wewnętrznego Miasta. Często oglądał się, by sprawdzić, czy ktoś go nie ściga, ale ostre zakręty nie pozwalały mu widzieć zbyt daleko. Niemniej jednak aż za dobrze zapamiętał oczy Elaidy i wyobrażał je sobie, jak obserwują. Zanim dotarł do bram Nowego Miasta, biegł już co sił w nogach.

ROZDZIAŁ 41

STARZY PRZYJACIELE I NOWE ZAGROŻENIA

Po powrocie do „Błogosławieństwa Królowej" mocno zziajany Rand padł prawie bezwładnie w głównych drzwiach oberży. Całą drogę biegł, nie dbając o to, czy ktokolwiek zauważy, że nosi czerwień, albo czy jego bieg zostanie uznany za dostateczny powód do pościgu. Nawet nie przyszło mu na myśl, że mógłby go dostrzec jakiś Pomor.

W czasie gdy nadbiegał, Lamgwin siedział na ławce przy drzwiach, na rękach trzymał cętkowanego kota. Mężczyzna wstał, by sprawdzić, co się dzieje na drodze, którą przybiegł Rand, nie przestając drapać kota za uszami. Ponieważ nic nie zobaczył, usiadł z powrotem, uważając, by nie zdenerwować zwierzaka.

— Dopiero co jacyś durnie próbowali ukraść koty — wyjaśnił i zanim na nowo zaczął drapać kota, starannie obejrzał swoje kłykcie. — Na kotach robi się niezłe pieniądze ostatnimi czasy.

Rand zauważył, że dwaj mężczyźni noszący biel wciąż stoją po drugiej stronie ulicy, jeden miał podbite oko i opuchniętą szczękę. Obserwował oberżę z kwaśnym grymasem na twarzy i z ponurym zapałem pocierał rękojeść miecza.

— Gdzie jest pan Gill? — spytał Rand.

— W bibliotece — odparł Lamgwin. Uśmiechnął się szeroko, słysząc, że kot zaczyna mruczeć. — Kot nie potrafi długo się czymś zadręczać, nawet jeśli ktoś usiłuje wpakować go do worka.

Rand wszedł pospiesznie do oberży, minął główną salę, jak zwykle pełną o tej porze mężczyzn ubranych na czerwono, pogrążonych w rozmowach nad kuflami piwa. Rozmawiali o fałszywym Smoku i o tym, czy Białe Płaszcze będą przyczyną kłopotów, teraz, kiedy już go wywieziono na północ. Nikogo nie obchodziło, co się dzieje z Logainem, wszyscy jednak wiedzieli, że Dziedziczka Tronu i lord Gawyn wyruszają w podróż z towarzyszącą mu grupą i żaden z tych ludzi nie popierał tego ryzyka, na jakie ich w ten sposób narażano.

Znalazł pana Gilla w bibliotece, grał w kamienie z Loialem. Na stole leżała spasiona, bura kotka. Podkuliła łapki i przypatrywała się dłoniom wędrującym po planszy.

Mimo grubych palców ogir przestawił kolejny kamień niezwykle delikatnym ruchem. Pan Gill wykorzystał pojawienie się Randa, by móc się odwrócić od stołu. Loial prawie zawsze wygrywał w grze w kamienie.

— Już zaczynałem się niepokoić, gdzieś ty przepadł, chłopcze. Myślałem, że może wdałeś się w kłopoty ze zdrajcami, co kłują w oczy bielą, albo że na przykład nadziałeś się na tego żebraka.

Rand stał przez jakąś chwilę z szeroko otwartymi ustami. Zupełnie zapomniał o człowieku przypominającym kłąb szmat.

— Widziałem go — wykrztusił w końcu — ale to nic. Ja spotkałem królową i Elaidę, stąd całe moje kłopoty.

Pan Gill parsknął śmiechem.

— Ach tak, królową? Co ty powiesz. Jakąś godzinę temu wyrzuciliśmy z głównej izby Garetha Bryne'a, który walczył wręcz z Lordem Kapitanem-Komandorem Synów Światłości, ale królowa, no... to już coś.

— Krew i popioły — warknął Rand — wszyscy dziś uważają, że ja kłamię.

Cisnął swój płaszcz na oparcie krzesła, a sam osunął się na inne. Był tak zdenerwowany, że nie potrafił rozsiąść się wygodniej. Przycupnął na brzegu i otarł twarz chusteczką.

— Widziałem żebraka i on widział mnie, więc pomyślałem... Nieważne. Wdrapałem się na mur otaczający ogród, skąd mogłem widzieć plac przed Pałacem, do którego zaprowadzili Logaina. I wpadłem do środka.

— Prawie wierzę, że się nie zgrywasz — powiedział wolno oberżysta.

— *Ta'veren* — wymruczał Loial.

— Och, tak naprawdę było — zapewnił ich Rand. — Światłości, dopomóż, naprawdę.

W trakcie gdy to mówił, sceptycyzm pana Gilla ulatniał się, ustępując miejsca milczącemu zatrwożeniu. Oberżysta pochylał się coraz mocniej do przodu, tak że w końcu siedział na skraju krzesła tak samo jak Rand. Loial słuchał niewzruszenie i tylko co jakiś czas pocierał swój szeroki nos, a kępki włosów na jego uszach nieznacznie drgały.

Rand zrelacjonował wszystkie wydarzenia, pomijając to, co powiedziała mu szeptem Elaida. I to, co Gawyn powiedział przy bramie Pałacu. O jednym nie chciał myśleć, drugie nie miało z tym wszystkim nic wspólnego.

„Jestem synem Tama al'Thora, nawet jeśli się nie urodziłem w Dwu Rzekach. Jestem! Pochodzę z Dwu Rzek i Tam jest moim ojcem".

Uświadomił sobie nagle, że przestał mówić, pogrążony w swoich myślach, a oni na niego patrzą. Na moment uległ panice, zastanawiając się, czy przypadkiem nie powiedział za dużo.

— Cóż — stwierdził pan Gill — nie masz już po co czekać na swoich przyjaciół. Musisz wyjechać z miasta i to jak najszybciej. Najpóźniej za dwa dni. Czy zdołasz w tym czasie postawić Mata na nogi, czy też mam posłać po matkę Grubb?

Rand obdarzył go zdumionym spojrzeniem.

— Dwa dni?

— Elaida jest doradczynią królowej Morgase, zaraz po samym Kapitanie-Generale, Garethcie Bryne. Może nawet przed nim. Jeśli każe Gwardii Królowej cię szukać, lord Gawyn nie powstrzyma jej, o ile nie stanie to na zawadzie innym obowiązkom. Cóż, gwardzistom wystarczą dwa dni na przeszukanie wszystkich karczm w Caemlyn. A to tyle, co powiedzieć, że tylko jakimś ślepym trafem nie dotrą tu już pierwszego dnia, o ile nie w pierwszej godzinie. Może zostanie czasu, jeśli zaczną od „Pod Koroną i Lwem", ale nie ma co się ociągać.

Rand powoli skinął głową.

— Jeśli nie wyciągnę Mata z łóżka, to pośle pan po matkę Grubb. Zostało mi trochę pieniędzy. Może starczy.

— Zajmę się matką Grubb — burknął oberżysta. — I chyba będę mógł pożyczyć wam parę koni. Gdybyś spróbował iść do Tar Valon piechotą, to już w połowie drogi zdarłbyś te strzępy, które ci zostały z butów.

— Prawdziwy z pana przyjaciel — powiedział Rand. — Wydaje się, że nie przynieśliśmy panu nic prócz kłopotów, a pan nadal chcesz nam pomagać. Prawdziwy przyjaciel.

Pan Gill wyraźnie się speszył. Wzruszył ramionami, kaszlnął i spuścił oczy. Dzięki temu jego wzrok padł na planszę do gry w kamienie, więc natychmiast go od niej oderwał. Bez żadnej wątpliwości Loial wygrywał.

— No cóż, Thom był zawsze moim najlepszym przyjacielem. Skoro on zechciał dla was zboczyć trochę ze swej drogi, to i ja mogę co nieco zrobić.

— Chciałbym wyruszyć razem z wami, Rand — oświadczył niespodziewanie Loial.

— Myślałem, że to już załatwione, Loialu. — Zawahał się, bo pan Gill nadal nie znał rozmiarów niebezpieczeństwa, i dodał: — Wiesz, kto szuka mnie i Mata, wiesz, kto nas ściga.

— Sprzymierzeńcy Ciemności — zagrzmiał pogodnie ogir — a także Aes Sedai i Światłość wie, kto jeszcze. Albo Czarny. Wybieracie się do Tar Valon, a rośnie tam piękny gaj, o który, jak słyszałem, Aes Sedai dobrze dbają. A zresztą jest dużo więcej do oglądania na tym świecie niż gaje. Jesteś prawdziwym *ta'veren*, Rand. Wzór cię oplata, a ty znajdujesz się w samym jego sercu.

„Ten człowiek znajduje się w sercu tego wszystkiego".

Rand poczuł chłodny dreszcz.

— Nie jestem w sercu niczego — odparł cierpkim tonem.

Pan Gill zamrugał i nawet Loial wydawał się zaskoczony jego gniewem. Oberżysta i ogir popatrzyli na siebie, a potem wbili wzrok w podłogę. Rand, głęboko oddychając, zmusił swą twarz, by złagodniała. O dziwo, odnalazł tę pustkę, która ostatnio tak często mu się wymykała, a dzięki niej uspokojenie. Oni niczym nie zasłużyli na jego gniew.

— Możesz jechać, Loialu — powiedział. — Nie wiem, po co ci

to, ale będę wdzięczny za towarzystwo. Wiesz… wiesz, jaki jest Mat.

— Wiem — odparł Loial. — Nadal nie mogę wyjść na ulicę, bo zaraz gawiedź krzyczy za mną „trollok". A Mat przynajmniej używa zwykłych słów. Nie próbował mnie zabić.

— Pewnie, że nie — rzekł Rand. — Nie Mat.

„Nie posunąłby się tak daleko. Nie Mat".

Rozległo się pukanie do drzwi i do środka zajrzała jedna ze służących, Gilda. Miała ściągnięte usta, a w jej oczach czaił się niepokój.

— Panie Gill, proszę zaraz przyjść. W głównej sali są Białe Płaszcze.

Pan Gill poderwał się z przekleństwem na ustach, a strącony ze stołu kot wywędrował z pokoju, prężąc ogon z obrazy.

— Już idę. Biegnij im powiedzieć, że już idę, a potem trzymaj się od nich z daleka. Słyszysz, co mówię, dziewczyno? Trzymaj się od nich z daleka.

Gilda pokiwała głową i zniknęła.

— Ty lepiej tu zostań — powiedział Loialowi.

Parsknięcie ogira zabrzmiało jak rozdzieranie prześcieradeł.

— Nie mam najmniejszej ochoty na następne spotkanie z Synami Światłości.

Oko pana Gilla padło na planszę do gry w kamienie i jego nastrój jakby się polepszył.

— Zdaje się, że później będziemy musieli zacząć grę od nowa.

— Nie ma potrzeby. — Loial wyciągnął rękę w stronę półek i wyciągnął jedną z książek. Oprawiony w płótno tom zniknął w jego dłoniach. — Możemy grać dalej od tego miejsca, w którym skończyliśmy. Teraz twoja kolej.

Pan Gill skrzywił się.

— Jak nie jedno, to drugie — mruknął, wychodząc z pokoju.

Rand szedł za nim, ale wolnym krokiem. Podobnie jak Loial nie miał najmniejszej ochoty spotkać się z Synami.

„Ten człowiek jest w sercu tego wszystkiego".

Zatrzymał się przy drzwiach do głównej sali, skąd widział, co się dzieje w środku, i dostatecznie daleko, by — jak na to liczył — nikt go tam nie dojrzał.

W sali panowała głucha cisza. Na samym jej środku stało pięciu Białych Płaszczy, ostentacyjnie ignorowanych przez ludzi siedzących przy stołach. Jeden z nich miał pod słońcem na płaszczu wyszytą dodatkowo srebrną błyskawicę podoficera. Lamgwin stał oparty o ścianę przy frontowych drzwiach, pracowicie czyścił sobie drzazgą paznokcie. Pozostali czterej strażnicy wynajęci przez pana Gilla stali rozstawieni w równych odstępach pod tą samą ścianą, wszyscy mocno się pilnowali, by nie zwracać uwagi na Białe Płaszcze. Jeśli Synowie Światłości zauważyli cokolwiek, to nie dali tego po sobie poznać. Jedynie podoficer wykazywał jakiekolwiek emocje, w oczekiwaniu na oberżystę niecierpliwie otrzepywał o dłoń swe rękawice ze stalowymi wierzchami.

Pan Gill przeszedł przez izbę w jego stronę, przezornie zachowując neutralny wyraz twarzy.

— Niechaj was Światłość oświeci — powiedział, kłaniając się starannie, nie głęboko, lecz też nie na tyle lekko, by ten ukłon uznano za lekceważący — i naszą dobrą królową Morgase. W czym mogę pomóc...

— Nie mam czasu wysłuchiwać twych bzdur, człowieku — warknął podoficer. — Byłem już dziś w dwudziestu oberżach, każda po kolei to gorszy chlew niż poprzednia, i odwiedzę jeszcze dwadzieścia do zachodu słońca. Szukam Sprzymierzeńców Ciemności, pewnego chłopca z Dwu Rzek...

Twarz pana Gilla ciemniała z każdym jego słowem. Nadął się tak, jakby miał zaraz eksplodować, aż wreszcie eksplodował, sam teraz wchodząc w słowo Białemu Płaszczowi.

— W moim przybytku nie ma Sprzymierzeńców Ciemności! Tu każdy człowiek jest wiernym poddanym królowej!

— Tak, a już my wszyscy wiemy, jakie są poglądy Morgase — podoficer wypowiedział imię królowej z szyderczym grymasem — i jej wiedźmy z Tar Valon, nieprawdaż?

Szuranie krzeseł było głośne. Nagle wszyscy ludzie przebywający w izbie powstali. Stali nieruchomo jak posągi, wszyscy jednak wpatrywali się groźnie w Białe Płaszcze. Podoficer zdawał się tego nie zauważać, lecz stojąca za jego plecami czwórka rozejrzała się niespokojnie dookoła.

— Pójdzie nam z tobą łatwiej, oberżysto — powiedział podoficer — jeśli będziesz współpracował. Czasy nie są łaskawe dla tych, którzy ukrywają Sprzymierzeńców Ciemności. Nie sądzę, by oberża ze smoczym kłem na drzwiach potrafiła przyciągnąć gości. Nietrudno o pożar, jak się ma coś takiego.

— Wynoście się stąd natychmiast — rzekł spokojnie pan Gill — bo inaczej poślę po gwardzistów królowej, żeby wywieźli to, co z was zostanie, na śmietnisko.

Miecz Lamgwina wysunął się zgrzytliwie z pochwy i zaraz takie samo chropawe tarcie stali o skórę rozległo się wielokrotnym echem w całej izbie, gdy nagle we wszystkich dłoniach pojawiły się miecze i sztylety. Służące umknęły w stronę drzwi.

Podoficer rozejrzał się dookoła z pełnym pogardy niedowierzaniem.

— Smoczy kieł...

— Ci nie pomoże, kiedy doliczę do pięciu — dokończył za niego pan Gill. Podniósł zaciśniętą pięść i wystawił palec wskazujący. — Jeden...

— Chyba jesteś szalony, oberżysto, skoro ośmielasz się grozić Synom Światłości.

— Białe Płaszcze nie mają prawa pobytu w Caemlyn. Dwa...

— Naprawdę myślisz, że to się na tym skończy?

— Trzy...

— Wrócimy — warknął podoficer, a potem pospiesznie dał swym ludziom znak do odwrotu, udając przy tym, że wychodzi zgodnie z instrukcjami i w dogodnym dla siebie momencie. Na zawadzie stanęła mu w tym skwapliwość, z jaką pozostali Synowie ruszyli do drzwi, nie biegiem co prawda, jednak wcale nie tając, że pragną znaleźć się jak najszybciej na zewnątrz.

Lamgwin zastawił drzwi, sobą i swoim mieczem, ustępując drogi dopiero w odpowiedzi na gwałtowne machanie pana Gilla. Kiedy

Białe Płaszcze już sobie poszły, oberżysta opadł ciężko na krzesło. Potarł dłonią czoło, a potem zagapił się na tę dłoń, jakby się dziwił, że nie jest pokryta potem. Wszyscy ludzie w izbie usiedli z powrotem, śmiejąc się z tego, co zrobili. Kilku podeszło do pana Gilla, żeby go poklepać po ramieniu.

Na widok Randa oberżysta wstał chwiejnie z krzesła i podszedł do niego.

— Kto by pomyślał, że ze mnie taki bohater — powiedział ze zdumieniem. — Światłości, oświeć mnie. — Otrząsnął się nagle, a jego głos odzyskał już prawie normalną barwę. — Będziecie musieli się ukryć, dopóki jakoś nie wywiozę was z miasta.

Obejrzawszy się ostrożnie przez ramię w stronę izby, popchnął Randa w głąb korytarza.

— Ta banda tu wróci — rzekł. — Może też się pojawić kilku szpiegów, którzy za dnia noszą czerwień. Po tym moim skromnym przedstawieniu, wątpię, czy ich obchodzi, czy wy tu jesteście, czy nie, ale postąpią tak, jakbyście tu jednak byli.

— To szaleństwo — zaprotestował Rand. Na gest oberżysty, zniżył głos. — Białe Płaszcze nie mają powodu, żeby mnie szukać.

— Nie wiem, jakie to powody, chłopcze, ale z całą pewnością szukają ciebie i Mata. W coś ty się wdał? Elaida i na dodatek Białe Płaszcze.

Rand podniósł ręce w geście sprzeciwu, ale zaraz pozwolił im opaść. To nie miało żadnego sensu, ale słyszał przecież, co mówił podoficer.

— A co z panem? Białe Płaszcze narobią panu kłopotów, nawet jeśli nas nie znajdą.

— Tym się nie przejmuj, chłopcze. Gwardia Królowej nadal broni prawa, nawet jeśli pozwala zdrajcom chełpić się tutaj swą bielą. Jeśli chodzi o noc... cóż, Lamgwin i jego kompani nie zaznają za wiele snu, ale aż mi żal tego, kto spróbuje zostawić znak na moich drzwiach.

Pojawiła się Gilda, dygnęła pospiesznie przed panem Gillem i powiedziała:

— Panie, jest... jest tu jakaś dama. W kuchni. — Była wyraźnie zgorszona taką kombinacją. — Pyta o pana Randa, sir, i pana Mata, po imieniu.

Rand i oberżysta wymienili zdziwione spojrzenia.

— Chłopcze — powiedział pan Gill — gdyby naprawdę udało ci się ściągnąć lady Elayne z Pałacu do mojej oberży, to wszyscy skończylibyśmy przed obliczem kata.

Gilda pisnęła na wzmiankę o Dziedziczce Tronu i obdarzyła Randa okrągłookim spojrzeniem.

— A idźże już stąd, dziewczyno — przykazał ostrym tonem oberżysta. — I nie powtarzaj tego, coś usłyszała. To niczyj interes.

Gilda raz jeszcze dygnęła i zniknęła w korytarzu, ukradkiem oglądając się przez ramię na Randa.

— Za pięć minut — westchnął pan Gill — będzie opowiadała innym kobietom, że jesteś księciem w przebraniu. Przed zapadnięciem zmroku będzie o tym głośno w całym Nowym Mieście.

— Panie Gill — powiedział Rand — nie opowiadałem Elayne o Macie. To nie może być...

Nagle jego twarz rozświetlił szeroki uśmiech i pobiegł w stronę kuchni.

— Poczekaj! — zawołał za nim oberżysta. — Poczekaj, dopóki się nie dowiesz. Poczekaj, ty głupcze!

Rand otworzył z rozmachem drzwi do kuchni i znalazł ich tam wszystkich. Moiraine spojrzała na niego spokojnie, bez śladu zdziwienia. Nynaeve i Egwene podbiegły ze śmiechem, by objąć go ramionami, Perrin pchał się tuż za nimi, wszyscy troje poklepywali go po plecach, jakby musieli się przekonać, że to naprawdę on. W drzwiach prowadzących do dziedzińca stajennego stał Lan i nonszalancko wspierając ugiętą w kolanie nogę o framugę, dzielił swą uwagę między kuchnię a zewnętrzny dziedziniec.

Rand usiłował wyściskać obie kobiety i potrząsnąć ręką Perrina, jedno i drugie jednocześnie, i wynikła z tego w rezultacie plątanina rąk i śmiechu, dodatkowo komplikowana przez Nynaeve, która chciała sprawdzić, czy Rand nie ma gorączki. Wyglądali nie najlepiej — Perrin miał posiniaczoną twarz i nabrał zwyczaju spuszczania wzroku, czego nigdy dotąd nie robił — ale żyli i znów byli razem. Miał tak ściśnięte gardło, że ledwie mógł mówić.

— Bałem się, że już was nigdy nie zobaczę — wykrztusił wreszcie. — Bałem się, że wszyscy...

— Ja wiedziałam, że wy żyjecie — powiedziała Egwene z twarzą wtuloną w jego pierś. — Cały czas to wiedziałam. Cały czas.

— A ja nie — oświadczyła Nynaeve. Jej głos zabrzmiał w tym momencie ostro, lecz zaraz w następnym złagodniał. Uśmiechnęła się do niego. — Dobrze wyglądasz, Rand. Żadną miarą nie przekarmiony, ale cóż, niech Światłości będą dzięki.

— Cóż — odezwał się stojący za nim pan Gill — domyślam się, że jednak znasz tych ludzi. To właśnie tych przyjaciół szukałeś?

Rand skinął głową.

— Tak, to moi przyjaciele. — Przedstawił ich wszystkich po kolei, choć nadal czuł się dziwnie, nazywając Lana i Moiraine ich prawdziwymi imionami. Obydwoje lustrowali go przenikliwym wzrokiem, kiedy to robił.

Oberżysta przywitał wszystkich ze szczerym uśmiechem, jednakże poznanie Strażnika, a jeszcze bardziej Moiraine, uczyniło na nim widoczne wrażenie. Zagapił się na nią zupełnie otwarcie — dowiedzieć się, że chłopcom pomaga jakaś Aes Sedai to jedno, a co innego pojawienie się jej w tej kuchni — po czym złożył głęboki ukłon.

— Z radością witam cię w „Błogosławieństwie Królowej", Aes Sedai, jako swego gościa. Mimo że jak przypuszczam zechcesz się zatrzymać w Pałacu wraz z Elaidą Sedai i tymi Aes Sedai, które przybyły razem z fałszywym Smokiem.

Skłonił się ponownie i obdarzył Randa przelotnym, zafrasowanym spojrzeniem. Można było w sumie stwierdzić, że wprawdzie nie chce mówić nic złego o Aes Sedai, ale bynajmniej nie życzy sobie, by jakakolwiek spała pod jego dachem.

Rand zachęcająco pokiwał głową, próbując go zapewnić bez słów, że wszystko jest w porządku. Moiraine nie przypominała Elaidy, u której za każdym spojrzeniem, za każdym słowem kryła się groźba.

„Jesteś pewien? Nadal jesteś tego pewien?"

— Chyba zostanę tutaj — stwierdziła Moiraine — na czas mojego krótkiego pobytu w Caemlyn. I musi mi pan pozwolić, bym zapłaciła.

Z korytarza leniwym krokiem wszedł kot, z zamiarem otarcia się o łydki oberżysty. Nie zdążył jednak, gdyż spod stołu wyprysnął kłąb szarego puchu, wygiął grzbiet w łuk i zasyczał. Warcząc groźnie, kot przyczaił się i kłąb szarości przemknął jak błyskawica obok Lana w stronę dziedzińca stajennego.

Pan Gill zaczął przepraszać za koty i jednocześnie zarzekał się, że to dla niego zaszczyt gościć u siebie Moiraine, ale czy ona jest pewna, że nie wolałaby zatrzymać się w Pałacu, co on by absolutnie zrozumiał, jakkolwiek ma nadzieję, że ona przyjmie jego najlepszą izbę jako podarunek. Wyszła z tego wszystkiego paplanina, na którą Moiraine zdawała się w ogóle nie zwracać uwagi. Pochyliła się natomiast, by podrapać pomarańczowo-białego kota, który bezzwłocznie porzucił łydki pana Gilla i przytulił się do jej nóg.

— Widziałam tu już cztery koty — powiedziała. — Macie kłopoty z myszami albo szczurami?

— Ze szczurami, Moiraine Sedai. — Oberżysta westchnął. — Straszny kłopot. Żebym tu choć nie utrzymywał czystości, rozumiecie. To wszystko przez ludzi. Całe miasto jest pełne ludzi i szczurów. Ale moje koty mają na to baczenie. Wam się nie dadzą we znaki, obiecuję.

Rand zdołał na moment uchwycić przelotne spojrzenie Perrina, który natychmiast spuścił wzrok. Z oczami Perrina działo się coś dziwnego. I był taki milczący. Perrinowi nieomal zawsze nie było skoro do mówienia, natomiast obecnie nie mówił zupełnie nic.

— Może to wszystko przez ludzi — stwierdził.

— Z twoim pozwoleniem, panie Gill — powiedziała Moiraine, jakby przyjęła to wszystko za rzecz zrozumiałą. — Przepędzenie szczurów z twojej ulicy to drobiazg. Jak szczęście dopisze, to nawet nie zauważą, że się je stąd przepędza.

Słysząc to ostatnie, pan Gill zmarszczył brew, lecz przyjął jej propozycję z ukłonem.

— Jeśli na pewno nie chcesz się zatrzymać w Pałacu, Aes Sedai — rzekł.

— Gdzie jest Mat? — spytała nagle Nynaeve. — Ona powiedziała, że on też tutaj jest.

— Na górze — odparł Rand. — On... nie czuje się najlepiej.

Nynaeve gwałtownie uniosła głowę.

— Jest chory? Jej zostawię szczury, a nim zajmę się sama. Zaprowadź mnie do niego, Rand.

— Wszyscy pójdziecie na górę — oświadczyła Moiraine. — Dołączę do was za kilka minut. Robimy tłok w kuchni pana Gilla, a dobrze by było, gdybyśmy mogli gdzieś ochłonąć. — Jej głos zawierał jeszcze dodatkową informację.

„Zejdźcie innym z oczu. Jeszcze nie przestaliśmy się ukrywać".

— Chodźcie — powiedział Rand. — Wejdziemy na górę bocznymi schodami.

Ludzie z Pola Emonda gromadnie poszli za nim do bocznych schodów, pozostawiając Aes Sedai i Strażnika w kuchni razem z panem Gillem. Wciąż do niego nie docierało, że znowu są razem. Było to nieomal tak, jakby wrócił do domu. Nie potrafił opanować szerokiego uśmiechu.

Pozostali najwyraźniej ulegli temu samemu odprężeniu, wprawiającemu ich w stan radosnego uniesienia. Wybuchali śmiechem i stale chwytali go za ramię. Perrin mówił jakby stłumionym głosem i wiecznie spuszczał głowę, rozgadał się jednak, gdy wchodzili po schodach.

— Moiraine powiedziała, że potrafi odnaleźć ciebie i Mata, i to jej się rzeczywiście udało. Kiedy wjechaliśmy do miasta, nie potrafiliśmy się nie gapić... cóż, to znaczy wszyscy z wyjątkiem Lana, oczywiście... na ludzi, domy, na to wszystko. — Gęste pukle jego włosów zakołysały się, kiedy z niedowierzaniem potrząsnął głową. — Tu wszystko jest takie wielkie. I tylu tu ludzi. Niektórzy też się na nas gapili i krzyczeli „Czerwoni czy biali?", jakby w tym był jakiś sens.

Egwene dotknęła miecza Randa, gładząc palcami czerwoną osłonę.

— Co to oznacza? — spytała.

— Nic — odparł. — Nic ważnego. Jedziemy do Tar Valon, pamiętasz?

Egwene spojrzała na niego, jednak zdjęła rękę z miecza i podjęła opowieść w miejscu, w którym skończył Perrin.

— Tak samo jak Lan, Moiraine też się raczej niczemu nie przyglądała. Tyle razy prowadziła nas tam i z powrotem po tych wszystkich ulicach, jak pies szukający tropu, że już myślałam, że was tu nie ma. Potem, zupełnie znienacka, ruszyła w dół jakiejś ulicy i nim się zorientowałam, oddawaliśmy konie stajennym i maszerowaliśmy do kuchni. Nawet nie spytała, czy tam jesteście. Po prostu powiedziała kobiecie wyrabiającej ciasto, żeby powiedziała Randowi al'Thorowi i Matowi Cauthonowi, że ktoś chce się z nimi zobaczyć. I pojawiłeś się — uśmiechnęła się szeroko — jak piłeczka wpadająca znikąd do ręki barda.

— Gdzie jest bard? — spytał Perrin. — Czy jest z wami?

Rand poczuł szarpnięcie w żołądku i radość z przebywania wśród przyjaciół przygasła.

— Thom nie żyje — rzekł. — Tak myślę. Pojawił się Pomor...

Nie potrafił powiedzieć nic więcej. Nynaeve potrząsnęła głową, mrucząc coś pod nosem.

Cisza zgęstniała wokół nich, tłumiąc chichot, przygaszając radość, i tak doszli do szczytu schodów.

— Mat właściwie nie jest chory — powiedział wtedy. — To... Zobaczycie... — Otwarł drzwi izby, którą dzielił z Matem. — Spójrz, kto przyszedł, Mat.

Mat nadal leżał zwinięty w kłębek, tak jak Rand go zostawił. Uniósł głowę, by spojrzeć na nich.

— Skąd wiesz, że oni są naprawdę tymi, na kogo wyglądają? — spytał ochryple. Miał zaczerwienioną twarz, skórę napiętą i błyszczącą od potu. — Skąd mam wiedzieć, że jesteście tymi, na kogo wyglądacie?

— Nie jest chory? — Nynaeve obdarzyła Randa wzgardliwym spojrzeniem, przepychając się obok niego i już zdejmując torbę z ramienia.

— Każdy się zmienia — zaskrzypiał Mat. — Jak mogę być pewien? Perrin? To ty? Zmieniłeś się, prawda? — Jego śmiech zabrzmiał bardziej podobnie do kaszlu. — Och tak, zmieniłeś się.

Ku zdziwieniu Randa Perrin osunął się na skraj drugiego łóżka, objął głowę dłońmi i wbił wzrok w podłogę. Urywany kaszel Mata wydawał się przewiercać go na wylot.

Nynaeve przyklękła obok łóżka Mata i przyłożyła dłoń do jego twarzy, zsuwając chustę opasującą głowę. Cofnął się gwałtownie z pogardliwym spojrzeniem. Oczy miał rozjarzone i szkliste.

— Cały płoniesz — zauważyła — ale przy takiej gorączce nie powinieneś się pocić. — Nie potrafiła ukryć zmartwienia w głosie. — Rand, zdobądźcie razem z Perrinem jakieś czyste rzeczy i tyle zimnej wody, ile zdołacie unieść. Najpierw zbiję ci temperaturę, Mat, a...

— Piękna Nynaeve — prychnął Mat. — Wiedząca nie powinna myśleć o sobie jako o kobiecie, prawda? O pięknej kobiecie. Ale ty tak myślisz, prawda? Teraz. Nie potrafisz już zapomnieć, że jesteś piękną kobietą i to cię przeraża. Każdy się zmienia.

Twarz Nynaeve zbielała, kiedy to mówił — albo z gniewu, albo z jakiegoś innego powodu. Rand nie umiał tego stwierdzić. Mat zaśmiał się urągliwie, a jego rozgorączkowany wzrok prześlizgnął się na Egwene.

— Piękna Egwene — zarechotał. — Piękna jak Nynaeve. A teraz łączą was również inne rzeczy, nieprawdaż? Inne marzenia. O czym teraz marzysz?

Egwene odsunęła się od łóżka.

— Na razie jesteśmy bezpiecznie ukryci przed wzrokiem Czarnego — obwieściła Moiraine, wchodząc do pokoju wraz z idącym tuż za nią Lanem. Gdy przestąpiła próg, jej wzrok padł na Mata i syknęła tak, jakby przypadkiem dotknęła gorącego pieca. — Odejdźcie od niego!

Nynaeve nie zrobiła żadnego ruchu, tylko odwróciła się, by spojrzeć ze zdziwieniem na Aes Sedai. Dwa szybkie kroki — Moiraine chwyciła Wiedzącą za ramiona i powlokła ją po podłodze jak worek zboża. Nynaeve wyrywała się i głośno protestowała, jednak

Moiraine nie puszczała jej, dopóki Wiedząca nie znalazła się w sporej odległości od łóżka. Nadal protestując, stanęła na nogi, gniewnym ruchem wygładziła suknie, Moiraine natomiast zupełnie ją ignorowała. Nie zważając na resztę otoczenia, obserwowała Mata takim wzrokiem, jakby on był jadowitym wężem.

— Odsuńcie się od niego wszyscy — powiedziała. — I bądźcie cicho.

Mat przypatrywał jej się z jednakim natężeniem. Obnażył zęby w milczącym, wzgardliwym grymasie i zwinął się w jeszcze ciaśniejszy kłębek, ani na moment nie odrywając od niej wzroku. Moiraine stopniowo przybliżała do niego rękę, kładąc ją delikatnie na przyciśniętym do piersi kolanie. Od jej dotyku targnęły nim drgawki, po chwili spazmatyczne drżenie ogarnęło całe ciało i znienacka wyciągnął rękę, zamierzając się na twarz Aes Sedai sztyletem z rubinową rękojeścią.

Lan, który w jednej chwili stał na progu, w następnej już znajdował się przy łóżku, jakby wcale nie pokonywał dzielącej go przestrzeni. Jego ręka uchwyciła przegub dłoni Mata, zatrzymując cios w połowie, jakby ostrze natrafiło na kamień. Mat wciąż leżał zwinięty w kłębek. Tylko ręka ściskająca sztylet usiłowała się ruszyć, walcząc z żelaznym uściskiem Strażnika. Płonące nienawiścią oczy Mata ani na moment nie opuściły Moiraine.

Moiraine także nie drgnęła. Nie cofnęła się przed ostrzem znajdującym się w odległości zaledwie kilku cali od jej twarzy, tak samo, jak tego nie zrobiła, kiedy ją zaatakował.

— Jak to do niego trafiło? — spytała stalowym głosem. — Pytałam, czy Mordeth wam coś dał. Spytałam, ostrzegłam, a wy powiedzieliście, że nic wam nie dał.

— Bo nie dał — odparł Rand. — On... Mat zabrał to z komnaty, w której był skarb.

Moiraine spojrzała na niego oczyma, które zdawały się płonąć tak samo jak oczy Mata. Omal się przed nią nie cofnął, na szczęście odwróciła głowę z powrotem w stronę łóżka.

— Nie wiedziałem, dopóki nas nie rozdzielono. Nie wiedziałem.

— Nie wiedziałeś.

Moiraine przyglądała się badawczo Matowi. Wciąż leżał z kolanami podciągniętymi do piersi, nadal warczał na nią bezgłośnie, a jego dłoń wciąż walczyła z Lanem, dążąc do ugodzenia jej sztyletem.

— To niesamowite, że udało wam się z tym zajść tak daleko. Ja poczułam zło, dotyk Mashadara, gdy tylko na niego spojrzałam, natomiast jakiś Pomor wyczułby to z odległości wielu mil. Nawet gdyby nie znał dokładnie miejsca, wiedziałby, że to gdzieś blisko, poza tym Mashadar przyciągałby jego ducha, a w jego kościach odezwałaby się pamięć, że takie samo zło pochłonęło całą armię: Władców Strachu, Pomorów, trolloki i im podobnych. Niektórzy Sprzymierzeńcy Ciemności też by to prawdopodobnie wyczuli. Ci, którzy na zawsze utracili dusze. Nie mogą nic na to poradzić, wyczuwanie czegoś takiego owłada nimi, jakby ich świerzbiło od samego powietrza. Ulegają przymusowi szukania źródła tego zła. Ono ich do siebie przyciąga tak, jak magnes przyciąga opiłki żelaza.

— Spotykaliśmy Sprzymierzeńców Ciemności — powiedział Rand — i to nie raz, ale im uciekliśmy. I jednego Pomora, w noc poprzedzającą nasz przyjazd do Caemlyn. Nie zauważył nas. — Kaszlnął. — Mówi się, że jakieś dziwne postacie kręcą się nocą wokół miasta. To mogły być trolloki.

— Och, to są trolloki, pasterzu — stwierdził z kwaśną miną Lan. — A tam, gdzie są trolloki, są też Pomory. — Od wysiłku, jaki wkładał w ściskanie ręki Mata, w jego dłoni naprężyły się ścięgna, jednak w głosie nie słychać było napięcia. — Starają się ukryć swój przemarsz, ale ja od dwóch dni znajduję różne znaki. Słyszałem też, co farmerzy i wieśniacy przebąkują o różnych postaciach widywanych nocą. Myrddraalowi udało się jakoś niepostrzeżenie uderzyć na Dwie Rzeki, ale z każdym dniem podchodzą coraz bliżej tych, którzy są władni nasłać na nich żołnierzy. Już się teraz nie zatrzymają, pasterzu.

— Przecież jesteśmy w Caemlyn — zaprotestowała Egwene. — Nie dopadną nas dopóty, dopóki...

— Nie dopadną? — przerwał jej brutalnie Strażnik. — Pomory gromadzą coraz większe siły w okolicy. Tak wynika ze śladów, jeśli się wie, czego szukać. Już jest więcej trolloków niż potrzeba do pilnowania wszystkich dróg wyjazdowych z miasta, co najmniej kilkanaście taranów. Powód może być tylko jeden: kiedy Pomory zgromadzą dostatecznie liczebne siły, wejdą po was do miasta. To może spowodować, że połowa wojsk z południa pomaszeruje do Ziem Granicznych, jednak istnieją dowody, że oni są gotowi pójść na takie ryzyko. Wszyscy trzej zbyt długo już przed nimi uciekacie. Wygląda na to, pasterzu, że z waszego powodu w Caemlyn wybuchnie nowa wojna z trollokami.

Egwene załkała spazmatycznie, a Perrin potrząsnął głową, jakby chciał zaprzeczyć. Rand poczuł, jak skręca mu się żołądek na myśl o trollokach na ulicach Caemlyn. Wszyscy ci ludzie skaczący sobie do gardeł, zupełnie niepomni prawdziwego niebezpieczeństwa, które tylko czeka, by sforsować mury. Co oni zrobią, gdy znienacka znajdą wokół siebie mordujące ich trolloki i Pomory? Wyobraźnia podsuwała mu płonące wieże, płomienie przeżerające kopuły, trolloki grasujące po krętych ulicach i zaułkach Wewnętrznego Miasta. Sam Pałac w płomieniach. Elayne, Gawyn i Morgase... martwi.

— Jeszcze nie — powiedziała Moiraine roztargnionym głosem. Jej uwaga była wciąż skupiona na Macie. — Gdyby udało nam się jakoś wymknąć z Caemlyn, Półludzi nic tu nie zainteresuje. Gdyby. Tyle tych „gdyby".

— Byłoby lepiej, gdybyśmy wszyscy byli martwi — oświadczył niespodzianie Perrin, a Rand poderwał się, słysząc echo własnych myśli. Perrin nadal wpatrywał się gniewnie w podłogę, a w jego głosie słychać było gorycz. — Gdzie nie pojedziemy, ciągniemy za sobą ból i cierpienie. Lepiej byłoby dla wszystkich, gdybyśmy byli martwi.

Nynaeve już chciała go zaatakować, z twarzą na poły rozwścieczoną, a na poły zmartwioną i pełną lęku, lecz Moiraine ją ubiegła.

— Jaki, twoim zdaniem, byłby zysk, dla ciebie czy kogoś innego, ze śmierci? — spytała Aes Sedai. Mówiła spokojnym choć ostrym tonem. — Jeśli Pan Grobu zdobył tyle swobody, że mógł, jak się obawiam, dotknąć Wzoru, to z jeszcze większą łatwością dopadnie was martwych niż żywych. Jako martwi nikomu już nie pomożecie — ani ludziom, którzy wam pomogli, ani przyjaciołom, ani też swym rodzinom w Dwu Rzekach. Cień zapada nad światem i żaden z was nie stawi mu oporu, jeśli będzie martwy.

Perrin uniósł głowę, by na nią spojrzeć, a Rand wzdrygnął się. Tęczówki oczu przyjaciela były bardziej żółte niż brązowe. Z tymi zmierzwionymi włosami i pełnym napięcia spojrzeniem, było w nim coś... Rand nie potrafił określić, co to takiego.

Perrin przemawiał cichym, jednostajnym głosem, który nadawał jego słowom więcej wagi, niż gdyby krzyczał.

— Nie stawimy mu oporu również jako żywi ludzie, prawda?

— Później się będę z tobą kłócić — powiedziała Moiraine. — Twój przyjaciel mnie teraz potrzebuje.

Stanęła z boku, dzięki czemu wszyscy widzieli Mata wyraźnie. Wciąż wpatrywał się w nią wzrokiem przepełnionym wściekłością, nie poruszył się i nie zmienił pozycji. Na twarzy wystąpił mu pot, a wargi wykrzywione niezmiennym grymasem były bezkrwiste. Wydawało się, że całą swoją moc koncentruje na tym, by dosięgnąć Moiraine sztyletem przytrzymywanym przez Lana.

— Czy może już o nim zapomniałeś?

Perrin z zażenowaniem wzruszył ramionami i nie mówiąc słowa, rozłożył ręce.

— Co mu jest? — spytała Egwene, a Nynaeve dodała:

— Czy to zaraźliwe? Mogę się jeszcze nim zająć. Jakoś się nie zaraziłam, niezależnie od tego, co to jest.

— Och, to jest zaraźliwe — powiedziała Moiraine — a twoja... ochrona nie uratuje cię.

Wskazała sztylet z rubinową rękojeścią, uważając, by nie dotknąć go palcem. Ostrze zadrżało, gdy Mat naprężył się, by ją dosięgnąć.

— Sztylet pochodzi z Shadar Logoth. Nie ma ani jednego kamyka w tym mieście, który nie byłby skażony i niebezpieczny, by można go było wynieść poza jego mury, a to jest coś większego niż kamyk. Kryje się w nim zło, które zabiło Shadar Logoth, i to zło kryje się teraz także w Macie. Podejrzliwość i nienawiść tak silna, że nawet najbliżsi wydają mu się wrogami, zakorzeniona tak głęboko, że w końcu potrafi myśleć tylko o zabijaniu. Wynosząc sztylet poza mury Shadar Logoth, uwolnił ziarno zła od tego, co przywiązywało je do miasta. Zło będzie się w nim burzyło, a czasami zanikało, jednakże bitwa w jego wnętrzu już prawie się dokonała i on sam nieomal został pokonany. Wkrótce, jeśli go najpierw nie zabije, będzie szerzył tę plagę wszędzie, gdzie tylko się uda. Tylko jedno zadrapanie tym ostrzem wystarczy, by zarazić i zniszczyć, więc niedługo kilka minut z Matem będzie równie śmiertelne.

— Czy możesz coś zrobić? — wyszeptała Nynaeve ze zbielałą twarzą.

— Mam nadzieję — westchnęła Moiraine. — Przez wzgląd na losy świata, mam nadzieję, że nie jest za późno. — Zagłębiła dłoń w mieszku przymocowanym u pasa i wydobyła zeń owinięty w jedwab *angreal*. — Zostawcie mnie z nim. Trzymajcie się razem i znajdźcie jakieś miejsce, w którym was nikt nie będzie widział, ale zostawcie mnie samą. Zrobię dla niego, co będę mogła.

ROZDZIAŁ 42

WSPOMNIENIE SNÓW

Ludzie, których Rand poprowadził na dół, byli zupełnie przybici. Żadne z nich nie chciało teraz rozmawiać ani z nim, ani ze sobą. On też nie miał ochoty nic mówić.

Słońce stało już nisko na nieboskłonie, więc na tylnej klatce schodowej oberży panował mrok, lecz lampy jeszcze nie zostały zapalone. Stopnie przecinały pasma światła i cienia. Twarz Perrina była równie zamknięta jak twarze innych, lecz o ile ich czoła zmarszczył frasunek, o tyle jego pozostało gładkie. Rand uznał, że na twarzy przyjaciela maluje się rezygnacja. Zastanawiał się, skąd się wzięła, i miał ochotę o to zapytać, lecz gdy tylko Perrin wchodził w plamę głębszego cienia, jego oczy zdawały się wchłaniać wszelkie znajdujące się w niej światło i rozjarzały się miękko niczym wypolerowany bursztyn.

Rand zadrżał i usiłował się skoncentrować na swoim otoczeniu, na ścianach wyłożonych leszczynową boazerią i dębowych poręczach schodów, na przedmiotach mocno osadzonych w codzienności. Kilkakrotnie ocierał dłonie o płaszcz, lecz za każdym razem na nowo występował na nich pot.

„Teraz już wszystko będzie dobrze. Jesteśmy znowu razem i... Światłości, Mat".

Zaprowadził ich do biblioteki boczną drogą prowadzącą przez kuchnię i unikając głównej sali. Niewielu podróżników korzystało z biblioteki; potrafiący czytać zatrzymywali się głównie w eleganckich lokalach w Wewnętrznym Mieście. Pan Gill miał ją bardziej dla własnej przyjemności niźli dla garstki bywalców, którzy co jakiś czas sięgali po lekturę. Rand nie miał ochoty się zastanawiać, dlaczego Moiraine chciała, by nie rzucali się w oczy, ciągle jednak pamiętał podoficera Białych Płaszczy, który zapowiedział, że jeszcze wróci i oczy Elaidy, gdy pytała, gdzie się zatrzymał. Były to dostateczne powody, niezależnie od tego, czego chciała Moiraine.

W bibliotece zrobił jeszcze pięć kroków, nim zauważył, że wszyscy pozostali się zatrzymali, stłoczeni w przejściu, z rozdziawionymi ustami i wytrzeszczonymi oczyma. Na kominku jaskrawa łuna ognia wydawała donośny trzask, a na długiej kanapie leżał zaczytany Loial. Na jego brzuchu drzemał mały czarny kot z podwiniętymi białymi łapkami. Gdy weszli, zamknął książkę, zaznaczając ogromnym palcem miejsce, w którym skończył czytać, delikatnie zestawił kota na podłogę i wstał, by złożyć ceremonialny ukłon.

Rand tak się przyzwyczaił do ogira, że dopiero po chwili pojął, że to Loial jest obiektem tych zagapionych spojrzeń.

— To są ci przyjaciele, na których czekałem, Loialu — powiedział. — To Nynaeve, Wiedząca z mojej wioski. To Perrin. A to Egwene.

— A tak — rozpromienił się Loial — Egwene. Rand bardzo dużo opowiadał o tobie. Tak. Ja jestem Loial.

— On jest ogirem — wyjaśnił Rand i patrzył, jak zmienia się natura ich zdumienia. Mimo że na własne oczy widzieli trolloki i Pomory, spotkanie z legendą, która chodzi i oddycha, nadal szokowało. Uśmiechnął się ponuro na wspomnienie swej pierwszej reakcji na widok Loiala. Im to wyszło lepiej niż jemu.

Loial z łatwością poradził sobie z ich ogłupiałymi spojrzeniami. Rand przypuszczał, że po doświadczeniach z tłumem krzyczącym „trollok", specjalnie ich nawet nie zauważył.

— A Aes Sedai, Rand? — spytał Loial.

— Jest na górze z Matem.

Ogir uniósł krzaczastą brew w zamyśleniu.

— A więc jest chory. Proponuję, byśmy wszyscy usiedli. Czy ona do nas dołączy? Tak. Zatem nie ma nic innego do roboty, jak tylko czekać.

Wydawało się, że akt siadania coś poluźnił w ludziach z Pola Emonda, jakby wyściełane krzesła, ogień płonący na kominku i kot zwinięty w kłębek przed paleniskiem sprawiły, że poczuli się jak w domu. Usiedli i z miejsca zasypali ogira pytaniami. Ku zdziwieniu Randa pierwszy przemówił Perrin.

— *Stedding*, Loialu. Czy naprawdę można się w nich schronić, jak mówią opowieści? — Pytał z przejęciem, jakby miał jakiś szczególny powód, by o to pytać.

Loial z chęcią opowiedział o *stedding*, o tym, skąd się wziął w „Błogosławieństwie Królowej" i co widział podczas swych podróży. Rand wkrótce rozsiadł się wygodniej, słuchając tylko częściowo. Słyszał już to wszystko ze szczegółami. Loial lubił opowiadać i to jak najdłużej, jeśli tylko miał taką okazję. Zazwyczaj zdawał się uważać, że dana historia wymaga dwustu albo trzystuletniego tła, by mogła być zrozumiana. Jego wyczucie czasu było bardzo dziwne. Zawsze mówił o opuszczeniu *stedding*, jakby to się stało przed zaledwie kilku miesiącami, a na końcu okazywało się, że nie było go w nim od ponad trzech lat.

Myśli Randa odpłynęły w stronę Mata.

„Sztylet. Śmiercionośne ostrze, które mogło go zabić tylko dlatego, że nosił je przy sobie. Światłości, nie chcę już żadnych przygód. Jeśli ona go uzdrowi, to wszyscy powinniśmy pojechać... nie do domu. Nie możemy wracać do domu. Gdzie indziej. Wszyscy pojedziemy do jakiegoś miejsca, w którym nigdy nie słyszano o Aes Sedai albo o Czarnym. Dokądkolwiek".

Otworzyły się drzwi i przez moment Rand myślał, że wciąż błądzi gdzieś w wyobraźni. Stał tam Mat w zapiętym po szyję płaszczu i czarnym szaliku owiniętym wokół czoła. Potem zobaczył Moiraine, obejmującą Mata za ramię i stojącego za nimi Lana. Aes Sedai przyglądała się uważnie Matowi, tak jak się patrzy na kogoś, kto dopiero co wstał z łoża boleści. Natomiast Lan, jak zawsze, zlustrował wszystko wzrokiem, choć pozornie nie patrzył na nic.

Mat wyglądał tak, jakby nie chorował ani dnia. Obdarzył wszystkich swoim pierwszym, pełnym wahania uśmiechem, jednakże na widok Loiala zagapił się z rozdziawionymi ustami, jakby widział ogira po raz pierwszy. Wzruszył ramionami, pokręcił głową i przeniósł uwagę na swoich przyjaciół.

— Ja... tego... to znaczy... — Zrobił głęboki wdech. — Ja chyba... ja chyba... zachowywałem się... no... jakby dziwnie. Naprawdę niewiele pamiętam. — Rzucił niespokojne spojrzenie w stronę Moiraine. Uśmiechnęła się porozumiewawczo, więc mówił dalej: — Od Białego Mostu wszystko jest zamglone. Thom i... — Zadrżał, ale mówił dalej. — Im dalej od Białego Mostu, tym wszystko jest bardziej mgliste. W ogóle nie pamiętam, jak przyjechaliśmy do Caemlyn. — Zerknął z ukosa na Loiala. — Niezupełnie. Moiraine Sedai twierdzi, że ja... na górze, ja... ach... — Uśmiechnął się szeroko i nagle stał się znów dawnym Matem. — Nie można winić człowieka za to, co robi, kiedy jest szalony, prawda?

— Zawsze byłeś szalony — powiedział Perrin i przez chwilę on także wydawał się taki jak zawsze.

— Nie — dodała Nynaeve. Oczy jej pojaśniały od łez, ale była uśmiechnięta. — Nikt z nas cię nie wini.

Wówczas Rand i Egwene zaczęli mówić jedno przez drugie, przekonując Mata, jacy są szczęśliwi, że widzą go zdrowym, i że tak dobrze wygląda, dodali też kilka żartobliwych komentarzy, że liczą teraz na to, że on skończy ze swoimi sztuczkami, odkąd tak się zabawiono jego kosztem. Mat odpłacał kpiną za kpinę, gdy tylko znalazł oparcie w swojej dawnej buńczuczności. Kiedy usiadł, nadal szeroko się uśmiechając, machinalnie dotknął płaszcza, jakby się upewniał, że coś co miał zatknięte za pas, nadal tam jest. Randowi zaparło dech.

— Tak — powiedziała cicho Moiraine — wciąż ma przy sobie sztylet.

Pozostali ludzie z Pola Emonda nie przestali się śmiać i rozmawiać, Aes Sedai zauważyła jednak, że Rand raptownie nabrał oddechu i rozumiała, co jest przyczyną. Podeszła bliżej do jego krzesła, nie chcąc mówić zbyt głośno.

— Nie mogę mu zabrać sztyletu, bo inaczej go zabiję. Więź utrwalała się zbyt długo i stała się zbyt mocna. Rozwiązać ją będzie można dopiero w Tar Valon; ja tego nie dokonam, ani też żadna inna Aes Sedai w pojedynkę, nawet z pomocą *angreala*.

— Przecież on już nie wygląda na chorego. — Po chwili namysłu spojrzał na Moiraine. — Dopóki on trzyma przy sobie sztylet, Pomory będą wiedziały, gdzie jesteśmy. Tak samo niektórzy Sprzymierzeńcy Ciemności. Sama tak powiedziałaś.

— Zapanowałam nad tym jako tako. Jeżeli podejdą tak blisko, że go wyczują, to i tak będą nad nami górą. Sczyściłam z niego skazę, Rand, i zrobiłam, co mogłam, by spowolnić jej nawrót, ale ona powróci za jakiś czas, dopóki Mat nie otrzyma pomocy w Tar Valon.

— Dobrze, że się tam wybieramy, prawda? — Pomyślał, że to pewnie ta rezygnacja w jego głosie, wbrew jej nadziejom na coś innego, kazały Moiraine obdarzyć go ostrym spojrzeniem, zanim się odwróciła.

Loial wstał, złożył jej ukłon.

— Jestem Loial, syn Arenta syna Halana, Aes Sedai. *Stedding* ofiarowuje azyl Sługom Światłości.

— Dziękuję ci, Loialu, synu Arenta — odparła sucho Moiraine — ale na twoim miejscu nie witałabym się tak swobodnie. W danym momencie w Caemlyn przebywa jakieś dwadzieścia Aes Sedai i wszystkie prócz mnie są Czerwonymi Ajah.

Loial przytaknął roztropnie, jakby rozumiał. Rand potrafił tylko pokręcić głową z powodu swojej niewiedzy; byłby Światłością oślepiony, gdyby wiedział, o co jej chodzi.

— Dziwne, że cię tu spotykam — mówiła dalej Aes Sedai. — Niewielu ogirów opuszcza *stedding* ostatnimi laty.

— Dawne opowieści mnie uwiodły, Aes Sedai. Dawne księgi napełniły mą nic nie wartą głowę obrazami. Pragnąłem zobaczyć gaje. I miasta, które zbudowaliśmy. Zdaje się, że niewiele jeszcze stoi i jednych, i drugich, jednakże skoro budynki są nędzną namiastką drzew, to warto je oglądać. Starsi uważają mnie za dziwaka, że tak mnie ciągnie do podróży. Ja swoje, a oni swoje. Ich zdaniem poza granicami *stedding* nie ma nic godnego oglądania. Być może kiedy powrócę i opowiem im, co widziałem, zmienią poglądy. Mam nadzieję, że kiedyś tak się stanie.

— Może zmienią — powiedziała Moiraine głosem pełnym słodyczy. — No cóż, Loialu, musisz mi wybaczyć mą raptowność. To wada ludzkości, wiem. Moi towarzysze i ja musimy natychmiast opracować plan naszej wyprawy. Czy nam wybaczysz?

Teraz była kolej Loiala, żeby przybrać zmieszany wyraz twarzy. Na ratunek pospieszył mu Rand.

— On jedzie z nami. Obiecałem mu to.

Moiraine patrzyła na ogira, jakby tego nie słyszała, wreszcie skinęła głową.

— Koło obraca się tak, jak chce — mruknęła. — Lan, dopilnuj, by nikt nas nie zaskoczył.

Strażnik zniknął z izby, prawie bezgłośnie, gdyby nie szczęk zamykających się za nim drzwi.

Zniknięcie Lana zadziałało jak sygnał; rozmowy urwały się. Moiraine podeszła do kominka, a kiedy się odwróciła, oczy wszystkich skupiły się na niej. Mimo iż była drobnej budowy, swoją obecnością dominowała nad całą grupą.

— Nie możemy zostać zbyt długo w Caemlyn, nie jesteśmy też bezpieczni w „Błogosławieństwie Królowej". W mieście są już oczy Czarnego. Jeszcze nie znalazły tego, czego szukają, bo inaczej już przestałyby się rozglądać. Pod tym względem mamy przewagę. Rozmieściłam zabezpieczenia, aby ich nie dopuścić, a zanim Czarny się zorientuje, że jest taka część miasta, do której nawet szczury już się nie prześlizgną, nas już tu nie będzie. Jednakże każde zabezpieczenie, które zawróci stąd człowieka, jak ogień latarni morskiej przysłuży się Myrddraalowi, a poza tym w Caemlyn są Synowie Światłości, którzy szukają Perrina i Egwene.

Randowi wyrwał się jakiś dźwięk, a Moiraine uniosła brew w jego stronę.

— Myślałem, że oni szukają mnie i Mata — powiedział.

Słysząc to wyjaśnienie, Aes Sedai uniosła brwi.

— Co każe ci myśleć, że Białe Płaszcze szukają właśnie was?

— Słyszałem jednego z nich, jak mówił, że szukają kogoś z Dwu Rzek. Sprzymierzeńca Ciemności, powiedział. Co innego miałem pomyśleć? Mam szczęście, że jeszcze w ogóle potrafię myśleć, pomimo tych wszystkich wydarzeń.

— Wiem, że trudno się w tym połapać, Rand — wtrącił Loial —

lecz przecież ty potrafisz myśleć znacznie jaśniej. Synowie Światłości nienawidzą Aes Sedai. Elaida nie...

— Elaida? — przerwała mu raptownie Moiraine. — Co ma z tym wszystkim wspólnego Elaida Sedai?

Patrzyła na Randa tak twardym wzrokiem, że miał ochotę uchylić się w tył.

— Chciała mnie wtrącić do więzienia — powiedział wolno. — Ja tylko chciałem popatrzeć na Logaina, ale ona nie wierzyła, że znalazłem się przypadkiem w ogrodach pałacowych, w towarzystwie Elayne i Gawyna.

Wszyscy zapatrzyli się na niego z takim zdumieniem, jakby mu nagle wyrosło trzecie oko, wszyscy z wyjątkiem Loiala.

— Królowa Morgase pozwoliła mi odejść. Powiedziała, że brak jakichkolwiek dowodów, że chciałem zrobić coś złego i że ona będzie przestrzegała prawa, niezależnie od tego, co podejrzewa Elaida. — Potrząsnął głową, wspomnienie Morgase w całym jej blasku sprawiło, że na moment zapomniał, że wszyscy na niego patrzą. — Czy do was dociera, że ja się spotkałem z królową? Ona jest taka piękna, zupełnie jak te królowe z opowieści. Tak samo Elayne. I Gawyn... Polubiłbyś Gawyna, Perrinie. Perrin? Mat? — Nadal wpatrywali się w niego. — Krew i popioły, ja tylko wspiąłem się na mur, żeby popatrzeć na fałszywego Smoka. Nie zrobiłem nic złego.

— To właśnie zawsze powtarzam — powiedział szyderczym tonem Mat, mimo że na jego twarzy pojawił się znienacka szeroki uśmiech.

— Kto to jest Elayne? — spytała Egwene ostentacyjnie neutralnym głosem.

Moiraine fuknęła gniewnie.

— Królowa — odparł Perrin, kręcąc głową. — Ty to naprawdę masz przygody. My spotkaliśmy tylko Druciarzy i kilka Białych Płaszczy. — Unikał spojrzenia na Moiraine w sposób tak jawny, że nie mogło to umknąć uwadze Randa. Perrin dotknął swej posiniaczonej twarzy. — W sumie śpiewanie z Druciarzami było znacznie bardziej zabawne niż Białe Płaszcze.

— Lud Wędrowców żyje dla swych pieśni — powiedział Loial. — Właściwie dla wszystkich pieśni. A przynajmniej dla samego ich poszukiwania. Spotkałem kilku Tuatha'anów parę lat temu, pragnęli nauczyć się pieśni, które my śpiewamy drzewom. Prawdę powiedziawszy, drzewa nie chcą już za bardzo słuchać i mało który ogir uczy się pieśni. Posiadam pewien szczątek tego talentu, więc Starszy Arent nalegał, bym się uczył. Nauczyłem Tuatha'anów tyle, ile byli w stanie się nauczyć, jednakże drzewa zupełnie nie słuchają ludzi. Dla Ludu Wędrowców były to tylko pieśni i tak też je odebrali, bowiem żadna z tych pieśni nie była tą, której poszukują. Dlatego też nazywają przywódcę każdej swej grupy Poszukującym. Czasami przyjeżdżają do Stedding Shangtai. Niewielu ludzi to robi.

— Jeśli pozwolisz, Loialu — przerwała mu Moiraine, lecz on chrząknął nagle i mówił dalej potoczystym łoskotem, jakby się bał, że ona go zatrzyma.

— Właśnie sobie coś przypomniałem, Aes Sedai, coś, o co zawsze chciałem zapytać jakąś Aes Sedai, jeśli taką spotkam, bo wy wiecie tyle rzeczy i macie w Tar Valon wielkie biblioteki, a teraz, skoro cię spotkałem i… czy mogę?

— Tylko się streszczaj — odparła szorstkim tonem.

— Streszczać — powtórzył, jakby się zastanawiał, co to znaczy. — Tak. Dobrze. Będę streszczać. Całkiem niedawno temu do Stedding Shangtai przybył pewien człowiek. To samo w sobie nie było aż tak niezwykłe, bowiem wielu uchodźców przybywa do Grzbietu Świata, uciekając przed tym, co wy ludzie nazywacie Wojną o Aiel.

Rand uśmiechnął się szeroko. Całkiem niedawno temu: prawie przed dwudziestoma laty.

— Był bliski śmierci, choć na jego ciele nie było ani śladu najmniejszej rany. Starsi uznali, że mogło to być coś, co zrobiły mu Aes Sedai — Loial spojrzał przepraszająco na Moiraine — bo natychmiast wydobrzał, jak tylko znalazł się w *stedding*. Po kilku miesiącach, którejś nocy, odszedł, nie mówiąc nikomu ani słowa, po prostu wymknął się, gdy księżyc zaszedł. — Spojrzał na twarz Moiraine i znowu chrząknął. — Tak. Już się streszczam. Zanim odszedł, opowiedział pewną ciekawą historię, którą, jak przyznał, chciał zanieść do Tar Valon. Powiedział, że Czarny zamierza oślepić Oko Świata i zabić Wielkiego Węża, zabić sam czas. Starsi orzekli, że jest on tak samo zdrowy na umyśle jak na ciele, ale tak właśnie powiedział. Ja zaś chciałem zapytać, czy Czarny może zrobić coś takiego? Zabić sam czas? I Oko Świata? Czy może oślepić oko Wielkiego Węża? Co to znaczy?

Rand spodziewał się nieomal wszystkiego po Moiraine, z wyjątkiem tego, co zobaczył. Zamiast udzielić Loialowi odpowiedzi, albo powiedzieć, że teraz nie ma na nią czasu, stała w miejscu, patrząc na ogira, marszcząc w zamyśleniu czoło.

— To samo mówili nam Druciarze — powiedział Perrin.

— Tak — dodała Egwene — opowieść o Aielach.

Moiraine wolno odwróciła głowę. Nie poruszyła żadną inną częścią ciała.

— Jaka opowieść?

Patrzyła na nich wzrokiem pozbawionym wszelkiego wyrazu, Perrin jednak był zmuszony wziąć głęboki oddech, choć kiedy się odezwał, mówił tak samo rozważnie jak zawsze.

— Druciarze, którzy przeprawiali się przez Pustkowie znaleźli grupę Aielów umierających po bitwie z trollokami. Zanim umarła ostatnia, bo to najwyraźniej były same kobiety, powiedziała Druciarzom to samo, co właśnie powiedział Loial. Czarny, nazywały go Tym Który Odbiera Wzrok, ma zamiar oślepić Oko Świata. To stało się zaledwie trzy lata temu, nie dwadzieścia. Czy to cośkolwiek oznacza?

— Być może wszystko — stwierdziła Moiraine. Jej twarz pozostała nieruchoma, lecz Rand miał uczucie, że jej mózg wręcz cwałuje za tymi ciemnymi oczami.

— Ba'alzamon — powiedział nagle Perrin. To imię sprawiło, że zamarły wszystkie dźwięki w izbie. Wydawało się, że wszyscy przestali oddychać. Perrin popatrzył na Randa, potem na Mata, oczyma dziwnie spokojnymi i jeszcze bardziej żółtymi niż dotąd. — Zastanowiło mnie wtedy, gdzie wcześniej słyszałem tę nazwę... Oko Świata. Teraz sobie przypominam. A wy?

— Nie chcę niczego pamiętać — odparł nienaturalnym głosem Mat.

— Musimy jej wyznać — ciągnął dalej Perrin. — Teraz to ważne. Dłużej już nie możemy trzymać tego w tajemnicy. Rozumiesz to, prawda, Rand?

— Gadajcie, o co chodzi? — Głos Moiraine brzmiał szorstko i wydawała się przygotowywać na cios. Jej wzrok był utkwiony w Randa.

Nie chciał odpowiedzieć. Nie chciał niczego pamiętać, podobnie jak Mat, niemniej jednak pamiętał — i wiedział, że Perrin ma rację.

— Ja...

Popatrzył na swych przyjaciół. Mat skinął głową z niechęcią a Perrin zdecydowanie, lecz ostatecznie obydwaj dali znak. Nie musiał samotnie stawiać jej czoła.

— Mieliśmy... sny. — Potarł miejsce na palcu, w które ukłuł go cierń, przypominając sobie krew po przebudzeniu. Przypominając sobie z uczuciem mdłości opaleniznę na twarzy innym razem. — Tylko, że być może nie były to całkiem sny. Był w nich Ba'alzamon. — Wiedział, dlaczego Perrin tak go nazwał; tak było łatwiej, niż powiedzieć, że w jego własnych snach, w jego własnej głowie był Czarny. — Mówił... mówił różne rzeczy, ale raz powiedział, że Oko Świata nie będzie mi nigdy służyć. — Przez chwilę wnętrze jego ust było suche jak piach.

— Mnie powiedział to samo — rzekł Perrin, a Mat westchnął ciężko i pokiwał głową. Rand stwierdził, że na powrót ma ślinę w ustach.

— Nie gniewasz się na nas? — spytał Perrin wyraźnie zdziwiony, a Rand stwierdził, że Moiraine nie wygląda na zagniewaną. Przypatrywała im się, lecz jej oczy pozostały czyste i spokojne, nawet jeśli pełne troski.

— Bardziej na siebie niż na was. Ale ja przecież was pytałam, czy macie dziwne sny. Pytałam na samym początku. — Mimo iż jej głos pozostał beznamiętny, w oczach pojawił się błysk gniewu, który natychmiast zniknął. — Gdybym się od razu dowiedziała, to mogłabym... w Tar Valon nie było Śniącej od blisko tysiąca lat, ale mogłam spróbować. Teraz jest za późno. Za każdym razem, kiedy Czarny was dotyka, ułatwia sobie następne dotknięcie. Być może moja obecność pozwoli nadal was przed czymś osłonić, ale i tak... Pamiętacie te historie o Przeklętych, którzy przywiązywali do siebie ludzi? Silnych ludzi, ludzi, którzy od samego początku walczyli z Czarnym. Te historie są prawdziwe, a żaden z Przeklętych nie ma dziesiątej siły swego pana, ani Aginor czy Lanfear, Balthamel czy Demandred, nawet sam Ishamael, Zdrajca Nadziei.

Rand widział, że Nynaeve i Egwene patrzą na niego, na wszystkich trzech, na niego, Mata i Perrina. Na obliczach obu kobiet, obliczach, z których odpłynęła wszelka krew, malowała się mieszanina strachu i zgrozy.

„One boją się o nas czy nas?"

— Co możemy zrobić? — spytał. — Coś na pewno można.

— Trzymajcie się blisko mnie — odparła Moiraine. — To pomoże. Odrobinę. Pamiętajcie, że zabezpieczenie uzyskane dzięki dotykaniu Prawdziwego Źródła rozciąga się trochę dookoła mnie. Ale nie zawsze możecie być blisko. Możecie się bronić, jeśli macie na to siłę, lecz tej siły i woli musicie szukać w samych sobie. Tego dać wam nie mogę.

— Sądzę, że ja już znalazłem swoje zabezpieczenie — powiedział Perrin, bardziej z rezygnacją niż zadowoleniem.

— Tak — zgodziła się Moiraine — myślę, że znalazłeś. — Wpatrywała się w niego długo, aż w końcu spuścił wzrok, lecz jeszcze wtedy stała i zastanawiała się. W końcu zwróciła uwagę na pozostałych. — Macie w sobie bariery, które zagradzają drogę mocy Czarnego. Ugnijcie się choć na chwilę, a przywiąże powróz do waszych serc, powróz, którego być może nigdy nie przetniecie. Poddacie się i już należycie do niego. Stawicie mu opór i jego moc nic nie zdziała. Nie jest to łatwe, kiedy on dotyka waszych snów, ale to się da zrobić. Nadal może posyłać Półludzi, trolloki, draghkary i inne stworzenia przeciwko wam, ale nie może was posiąść, dopóki mu na to nie pozwolicie.

— Już same Pomory wystarczą — powiedział Perrin.

— Nie chcę, by znowu wszedł mi do głowy — warknął Mat. — Czy nie ma sposobu, aby go odpędzić?

Moiraine potrząsnęła głową.

— Loial nie ma się czego obawiać, podobnie Egwene i Nynaeve. W całej masie ludzkości Czarny może dotknąć człowieka tylko przypadkiem, chyba że ta osoba tego chce. Jednakże przynajmniej przez jakiś czas wy trzej jesteście najważniejsi dla Wzoru. Przędzie się Splot Przeznaczenia i każde jego pasmo wiedzie prosto do was. Co jeszcze powiedział wam Czarny?

— Nie pamiętam wszystkiego dokładnie — odparł Perrin. — Coś o tym, że jeden z nas został wybrany, coś właśnie takiego. Pamiętam, jak się śmiał — zakończył niewesołym głosem — z tych, przez których zostaliśmy wybrani. Powiedział, że ja… że my będziemy mu służyć albo zginiemy. A potem i tak będziemy mu służyć.

— Powiedział, że Zasiadająca na Tronie Amyrlin będzie się starała nas wykorzystać — dodał Mat, a jego głos ścichł, kiedy sobie przypomniał, komu to mówi. Przełknął z trudem ślinę i mówił dalej. — Opowiadał, jak Tar Valon wykorzystuje, podał jakieś imiona. Davian, zdaje mi się. Ale też nie najlepiej pamiętam.

— Raolin Darksbane — podpowiedział Perrin.

— Tak — potwierdził Rand, marszcząc brew. Usiłował całkowicie zapomnieć te sny. Nieprzyjemnie je było teraz wspominać. — Innym był Yurian Stonebow i Guaire Amalasan. — Urwał nagle, z nadzieją, że Moiraine tego nie zauważy. — Żadnego z nich nie znam.

Rozpoznał jednak jednego z nich, teraz, kiedy wyłowił ich z głębin pamięci. Imię, od wypowiedzenia którego powstrzymał się w ostatniej chwili. Logain. Fałszywy Smok.

„Światłości! Thom powiedział, że to niebezpieczne imiona. Czy o to chodziło Ba'alzamonowi? Że Moiraine chce wykorzystać jednego z nas jako fałszywego Smoka? Aes Sedai polują na fałszywych Smoków, nie wykorzystują ich. Czyżby? Światłości dopomóż, naprawdę?"

Moiraine patrzyła na niego, ale nie potrafił nic wyczytać z jej twarzy.

— Czy ich znasz? — spytał. — Czy te imiona cokolwiek oznaczają?

— Ojciec Kłamstw to dobre imię dla Czarnego — odparła Moiraine. — On zawsze zaszczepiał robaka wątpliwości, gdziekolwiek mógł. Ten robak wyżera ludziom mózg jak rak. Ten, kto wierzy Ojcu Kłamstw, stawia pierwszy krok ku poddaniu się. Pamiętajcie, kiedy poddacie się Czarnemu, on was posiądzie.

„Aes Sedai nie kłamią, jednakże ich prawda nie zawsze jest tym, czym się wydaje". Tak powiedział Tam, a poza tym ona właściwie nie odpowiedziała na pytanie. Nie zmieniał wyrazu twarzy i trzymał ręce nieruchomo na kolanach, starając się nie ocierać spoconych dłoni o spodnie.

Egwene cicho płakała. Nynaeve objęła ją ramionami, ale sama wyglądała na bliską płaczu. Rand nieomal żałował, że tego nie potrafi.

— Oni są wszyscy *ta'veren* — odezwał się nagle Loial.

Cały promieniał, iż otwiera się przed nim taka perspektywa, że z tak bliska będzie mógł obserwować, jak oplata ich Wzór. Rand popatrzył na niego z niedowierzaniem i nieco speszony ogir wzruszył ramionami, ale to nie wystarczyło, by przytłumić jego zapał.

— To prawda — powiedziała Moiraine. — I to aż trzech, mimo że spodziewałam się jednego. Wydarzyło się mnóstwo rzeczy, których się nie spodziewałam. Te wieści dotyczące Oka Świata wiele zmieniają. — Umilkła i zmarszczyła brwi. — Od jakiegoś czasu Wzór rzeczywiście zdaje się wirować wokół was trzech, tak jak mówi Loial, a ten wir będzie rozpędzał się coraz szybciej, zanim ustanie. Bycie *ta'veren* oznacza czasami, że Wzór jest zmuszony nagiąć się do was, a czasami to on narzuca tę drogę, którą macie podążyć. Splot wciąż może się tkać na wiele sposobów, a niektóre z jego układów mogą być katastrofalne. Dla was, dla świata.

Nie możemy zostać w Caemlyn, ale niezależnie od tego, którą drogę wybierzemy, Myrddraale i trolloki dopadną nas, zanim ujedziemy dziesięć mil. I właśnie w tym momencie słyszymy o zagrożeniu dla Oka Świata, nie z jednego źródła, ale z trzech, przy czym każde wydaje się być niezależne od pozostałych. Wzór wymusza naszą drogę. Wzór wciąż się tka wokół was trzech, tylko jaka dłoń ustawia osnowę, a jaka kontroluje wątek? Czyżby mury więzienia Czarnego aż tak osłabły, że może wywierać taki wpływ?

— To niepotrzebne gadanie! — wtrąciła ostro Nynaeve. — Tylko ich nastraszysz.

— Ale nie ciebie? — spytała Moiraine. — Mnie to przeraża. Cóż, być może masz rację. Nie należy dopuszczać, by strach wpływał na nasze postępowanie. Czy jest to pułapka, czy też ostrzeżenie, które przyszło w samą porę, trzeba zrobić to, co trzeba, a to oznacza szybkie dotarcie do Oka Świata. Zielony Człowiek musi się dowiedzieć o tej groźbie.

Rand wzdrygnął się. „Zielony człowiek?" Pozostali też spojrzeli zdziwieni, wszyscy prócz Loiala, na którego szerokiej twarzy pojawiło się zmartwienie.

— Nie mogę ryzykować i jechać do Tar Valon po pomoc — kontynuowała Moiraine. — Czas nas niewoli. Nawet jeśli uda się nam niepostrzeżenie wymknąć z miasta, upłynie wiele tygodni, zanim dotrzemy do Ugoru, a obawiam się, że nie mamy już tygodni.

— Ugór! — Rand usłyszał chóralne echo swego głosu, lecz Moiraine zignorowała ich wszystkich.

— Wzór zawiera w sobie kryzys i jednocześnie sposób na jego przezwyciężenie. Gdybym nie wiedziała, że to niemożliwe, nieomal bym uwierzyła, że sam Stwórca bierze w tym udział. Jest pewien sposób. — Uśmiechnęła się, jakby to był tylko dla niej zrozumiały żart i zwróciła się do Loiala: — Tu w Caemlyn był kiedyś gaj ogirów i Nowe Miasto wyrasta teraz na jego miejscu, więc Brama musi być wewnątrz murów. Wiem, że obecnie niewielu ogirów zna Drogi, ale taki, który ma talent i zna stare Pieśni Sadzenia powinien posiadać taką wiedzę, nawet jeśli uważa, że ona nigdy nie zostanie wykorzystana. Czy znasz Drogi, ogirze?

— Znam, Aes Sedai, ale… — odparł ogir, przestępując nerwowo z nogi na nogę.

— Czy potrafisz w Drogach odszukać szlak wiodący do Fal Dara?

— Nigdy nie słyszałem o Fal Dara — odparł Loial z wyraźną ulgą.

— Za czasów Wojen z Trollokami to miasto było znane jako Mafal Dadaranell. Czy znasz tę nazwę?

— Znam ją — odparł z niechęcią Loial — ale...

— A zatem znajdziesz dla nas szlak — oświadczyła Moiraine. — Ciekawy obrót spraw, doprawdy. Nie możemy ani zostać, ani wyjechać normalnym sposobem, dowiaduję się o groźbie dla Oka i jednocześnie znajduję kogoś, kto może nas tam zabrać w ciągu kilku dni. Czy jest to Stwórca, czy los, czy nawet Czarny, Wzór wybrał dla nas drogę.

— Nie! — zadudnił Loial głosem jak grom. Wszyscy spojrzeli na niego, a on zamrugał, gdy poczuł, ile uwagi jest na nim skupione, ale w jego słowach nie było słychać wahania. — Jeśli wejdziemy do Dróg, to wszyscy umrzemy... albo połknie nas Cień.

ROZDZIAŁ 43

DECYZJE I OBJAWIENIA

Aes Sedai wydawała się rozumieć, o co chodziło Loialowi, nic jednak nie powiedziała. Loial wbił wzrok w podłogę, trąc się pod nosem grubym palcem, jakby się speszył swoim wybuchem. Nikt nie miał ochoty się odezwać.

— Dlaczego? — spytał w końcu Rand. — Dlaczego mamy umrzeć? Co to są Drogi?

Loial zerknął na Moiraine. Obróciła się i usiadła na krześle stojącym przed kominkiem. Mały kot przeciągnął się, wczepiając pazurami w kamienny brzeg paleniska, i ospałym krokiem podszedł do jej nóg, by otrzeć o nie głowę. Podrapała go za uszami jednym palcem. Mruczenie kota stanowiło dziwaczny kontrapunkt dla spokojnego głosu Aes Sedai.

— Ty się na tym znasz, Loialu. Drogi to nasze jedyne dojście do bezpieczeństwa, nasz jedyny sposób na przechytrzenie Czarnego, nawet jeśli tylko na jakiś czas, jednakże to ty winieneś o nich opowiedzieć.

Jej słowa raczej nie uspokoiły ogira. Zanim zaczął opowieść, poprawił się nerwowo na krześle.

— W Czasie Szaleństwa, kiedy świat wciąż był pęknięty, a ziemia się wypiętrzała, ludzkość rozproszyła się niczym pył na wietrze. My, ogirowie, także byliśmy rozproszeni, wyparci ze *stedding* na wygnanie i długą tułaczkę, a Tęsknota wryła się głęboko w nasze serca. — Ponownie zerknął z ukosa na Moiraine. Jego długie brwi ściągnęły się w kształcie dwóch punktów. — Spróbuję się streszczać, ale nie jest to coś, co można streścić. Mówić muszę teraz o innych, o tych niewielu ogirach, którzy trwali w swoich *stedding*, podczas gdy świat wokół nich ulegał rozdarciu. I o Aes Sedai... — unikał teraz patrzenia na Moiraine — Aes Sedai mężczyznach, którzy owładnięci szaleństwem niszczyli świat, mimo że to ich zabijało. To tym Aes Sedai, tym, którym dotychczas udało się uniknąć szaleństwa, jako pierwszym *stedding* ofiarowało swój azyl. Wielu z nich go przyjęło, bowiem w *stedding* byli chronieni przed skazą Czarnego, która zabijała ich gatunek. Jednakże zostali odcięci od Prawdziwego Źródła. Nie tylko nie mogli już władać Jedyną Mocą albo dotykać Źródła; nie czuli już nawet, że Źródło istnieje. Ostatecznie żaden z nich nie mógł wytrzymać izolacji i jeden po drugim opuszczali *stedding*, mając nadzieję, że do tego czasu skaza zdążyła już zniknąć. Tak się nigdy nie stało.

— Niektóre w Tar Valon — powiedziała cicho Moiraine — twierdzą, że sanktuarium ogirów przedłużyło Pęknięcie i jeszcze je pogorszyło. Inne mówią, że gdyby tym wszystkim mężczyznom pozwolono od razu oszaleć, na świecie nic by nie zostało. Wywodzę się z Błękitnych Ajah, Loialu, w odróżnieniu od Czerwonych Ajah my się skłaniamy do tego drugiego poglądu. Sanktuarium pomogło uratować to, co mogło być uratowane. Kontynuuj, proszę.

Loial skinął z wdzięcznością głową. Uwolniony od problemu, zauważył Rand.

— Jak powiedziałem — ciągnął ogir — Aes Sedai, Aes Sedai rodzaju męskiego, odeszli. Przed odejściem jednak dali ogirom podarunek w podzięce za ofiarowanie im azylu. Drogi. Przechodzi się przez Bramę, wędruje cały dzień i wychodzi przez inną Bramę sto mil od miejsca, z którego się zaczęło. Albo pięćset. Czas i przestrzeń są dziwne w Drogach. Różne ścieżki, różne mosty prowadzą do różnych miejsc i czas zajmujący dotarcie do nich zależy od tego, którą się ścieżkę wybrało. To był wspaniały dar, który z czasem stał się jeszcze wspanialszy, bowiem Drogi nie należą do tego świata, który widzimy wokół nas, ani też do żadnego świata, który je otacza. Dzięki temu darowi ogirowie chcący dotrzeć do jakiegoś *stedding* nie musieli podróżować po świecie, na którym jeszcze po Pęknięciu ludzie walczyli jak zwierzęta o swoje przeżycie, a poza tym Pęknięcie nie dosięgło Dróg. Kraina dzieląca dwa *stedding* mogła ulec rozdarciu na głębokie kaniony albo wypiętrzyć w postaci górskich łańcuchów, jednakże na łączącej je Drodze ta zmiana nie następowała.

Kiedy ostatni Aes Sedai opuścili *stedding*, dali Starszym klucz, talizman, który można było użyć do hodowania. Drogi i Bramy są w pewnym sensie żywymi istotami. Ja tego nie rozumiem, żaden ogir tego nigdy nie rozumiał i nawet Aes Sedai zapomniały, jak się dowiaduję. Po upływie lat nasze wygnanie skończyło się. Kiedy ci ogirowie, którzy otrzymali dar od Aes Sedai, znaleźli *stedding*, do którego powrócili z Długiej Tułaczki, inni ogirowie wyhodowali do niego Drogę. Korzystając z umiejętności wznoszenia kamiennych budowli, którą nabyliśmy podczas wygnania, wybudowaliśmy ludziom miasta i zasadziliśmy gaje, by dać wytchnienie ogirom, którzy budowali, aby nie pokonała ich Tęsknota. Wyhodowano Drogi do gajów. Przy Mafal Dadaranell stał kiedyś gaj i Brama, ale miasto zostało zrównane z ziemią podczas Wojen z Trollokami, nie został kamień na kamieniu, a gaj wycięto i spalono w ogniskach trolloków.

Nie było wątpliwości, którą z tych zbrodni uważa za największą.

— Bramy nie dały się zniszczyć — dodała Moiraine — tak samo jak ludzie. W Fal Dara wciąż żyją ludzie, mimo że nie jest to tamto wspaniałe miasto zbudowane przez ogirów, a także Brama ciągle jeszcze tam stoi.

— Jak oni je stworzyli? — spytała Egwene, swym zadziwionym spojrzeniem ogarniając zarówno Moiraine jak i Loiala. — Aes Sedai, mężczyźni. Jeśli nie potrafili użyć Jedynej Mocy w *stedding*, to jak mogli stworzyć Drogi? Czy w ogóle używali Mocy? Ich część Prawdziwego Źródła została skażona. Jest skażona. Wciąż zbyt mało wiem o tym, co potrafią dokonać Aes Sedai. Może to głupie pytanie.

— Na granicy każdego *stedding* stoi Brama, ale stoi ona na zewnątrz — wyjaśnił Loial. — Twoje pytanie nie jest głupie. Znalazłaś ziarno prawdy, dlaczego nie odważamy się podróżować Drogami. Żaden ogir nie używał Dróg za mojego życia, ani też przedtem. Zgodnie z edyktem Starszych, wszystkich Starszych we wszystkich *stedding*, nikt tego nie może — ani człowiek, ani ogir.

Drogi zostały stworzone przez ludzi władających Mocą zanieczyszczoną przez Czarnego. Około tysiąca lat temu, podczas wojny, którą wy, ludzie, nazywacie Wojną Stu Lat, Drogi zaczęły się zmieniać. Na początku tak wolno, że nikt tego nawet nie zauważył, robiły się wilgotne i mroczne. Potem ciemność ogarnęła mosty. Niektórych, którzy tam weszli, nigdy już nie zobaczono. Inni podróżnicy mówili, że coś ich obserwowało z mroku. Rosły liczby tych, którzy zniknęli, a ci, którzy stamtąd wyszli, popadali w szaleństwo i bredzili coś o *Machin Shin*, Czarnym Wietrze. Uzdrowicielki Aes Sedai potrafiły niektórym pomóc, ale nawet z pomocą Aes Sedai nigdy już nie byli tacy sami. I nie potrafili sobie przypomnieć, co się tam zdarzyło. Tak to wyglądało, jakby mrok przesiąknął ich aż do kości. Nigdy już się nie śmiali i bali się dźwięku wiatru.

Przez chwilę w izbie panowała cisza przerywana jedynie mruczeniem kota, wylegującego się obok krzesła Moiraine, oraz trzaskiem plującego iskrami ognia.

I nagle Nynaeve wybuchnęła ze złością:

— I ty się spodziewasz, że wejdziemy razem z tobą w coś takiego? Chyba jesteś szalona!

— A co wolisz w zamian? — spytała cicho Moiraine. — Białe Płaszcze w Caemlyn czy trolloki za miastem? Pamiętaj, że sama moja obecność daje częściową ochronę przeciwko dziełom Czarnego.

Nynaeve opadła z powrotem na krzesło, wzdychając z rozdrażnieniem.

— Jeszcze mi nie wyjaśniłaś — powiedział Loial — dlaczego mam naruszać nakazy edyktu Starszych. A poza tym nie mam ochoty wchodzić do Dróg. Ludzkie drogi, mimo że błotniste, dobrze mi służą, odkąd opuściłem Stedding Shangtai.

— Ludzkość i ogirowie, wszystko, co żyje, toczy wojnę z Czarnym — powiedziała Moiraine. — Większa część świata jeszcze tego nie wie, a ci, którzy to wiedzą, biorą przeważnie udział w zwykłych utarczkach i sądzą, że to wielkie bitwy. Mimo że świat nie chce w to uwierzyć, Czarny jest może bliski zwycięstwa. W Oku Świata kryje się dostatecznie dużo mocy, która może otworzyć jego więzienie. Jeśli Czarny znalazł jakiś sposób, by wykorzystać Oko Świata do swego użytku…

Rand zapragnął, by ktoś zapalił wreszcie lampy. Wieczór zakradł się do Caemlyn, a ogień na kominku nie dawał dostatecznego światła. Pragnął, by w tej izbie nie było żadnych cieni.

— Co możemy zrobić? — wybuchnął Mat. — Dlaczego jesteśmy tacy ważni? Dlaczego musimy iść do Ugoru? Do Ugoru?!

Głos Moiraine wypełnił izbę, zniewalając wszystkich, mimo że wcale go nie podniosła. Jej krzesło stojące przy ogniu nagle zaczęło wyglądać jak tron. Nawet Morgase zbladłaby w jej obecności.

— Możemy zrobić jedną rzecz. Możemy spróbować. To, co wygląda jak przypadek, jest zwykle częścią Wzoru. Trzy wątki się zbiegły, każdy ostrzega: Oko. To nie może być przypadek, to Wzór. Wy trzej nie wybieraliście, wybrał was Wzór. I znaleźliście się tutaj, gdzie niebezpieczeństwo jest wiadome. Możecie stanąć na uboczu i być może skazać świat na zagładę. Uciekanie, ukrywanie się nie uratuje was przed tkaniem się Wzoru. Albo możecie próbować. Możecie się udać do Oka Świata, wy trzej *ta'veren*, trzy punkty zbiegowe Splotu, umieszczone tam, gdzie jest niebezpieczeństwo. Pozwólcie, by Wzór was oplótł, a być może uratujecie świat przed Cieniem. Wybór należy do was. Nie mogę was zmusić, byście poszli.

— Ja pójdę — oznajmił Rand, starając się, by jego głos brzmiał stanowczo. Mimo że z całych sił poszukiwał pustki, w jego głowie bezustannie błyskały obrazy. Ojciec, farma, stado na pastwisku. To było dobre życie, nigdy nie pragnął innego. Dlatego odczuł ulgę — niewielką ulgę — gdy usłyszał, że Perrin i Mat zgadzają się razem z nim. W ustach wyraźnie zaschło im tak samo jak jemu.

— Przypuszczam, że Egwene i ja też nie mamy żadnego wyboru — orzekła Nynaeve.

Moiraine skinęła głową.

— W pewien sposób wy obie też jesteście częścią Wzoru. Może nie jako *ta'veren*, ale i tak jesteście ważne. Wiem to od Baerlon. I nie ma już wątpliwości, że Pomory też to wiedzą. I Ba'alzamon. Macie jednak taką samą możliwość wyboru jak ci młodzi mężczyźni. Możecie tu zostać i jechać do Tar Valon, kiedy my już odejdziemy.

— Schować się! — wykrzyknęła Egwene. — Pozwolić wam pogrążyć się w niebezpieczeństwie, a same schować się pod pierzynami? Ja tego nie zrobię! — Pochwyciła spojrzenie Aes Sedai i nieco się zmitygowała, lecz ani trochę nie wyzbyła się buntowniczego zapału. — Ja tego nie zrobię — powtórzyła upartym tonem.

— Przypuszczam, że musicie się zatem liczyć z towarzystwem nas obu. — Nynaeve mówiła zrezygnowanym tonem, ale oczy jej błyszczały, gdy dodała: — Nadal potrzebujesz moich ziół, Aes Sedai, chyba że niespodzianie nabyłaś jakichś umiejętności, o których nic nie wiem.

W jej głosie zabrzmiało wyzwanie, którego Rand nie zrozumiał, lecz Moiraine tylko skinęła głową i zwróciła się do ogira:

— I cóż, Loialu, synu Arenta syna Halana?

Loial dwukrotnie otworzył usta, a jego włochate uszy zadrgały, nim przemówił.

— Tak, dobrze. Zielony Człowiek. Oko Świata. Są o nich wzmianki w księgach, naturalnie, ale nie sądzę, by jakikolwiek ogir był rzeczywiście u nich od, och, całkiem długiego czasu. Przypuszczam… Czy to muszą być Drogi?

Moiraine skinęła głową, a jego długie brwi opadły tak, że końce dotknęły policzków.

— No to bardzo dobrze. Chyba muszę was poprowadzić. Starszy Haman powiedziałby, że nie zasługuję na nic lepszego za to, że zawsze tak się spieszę.

— Zatem wszyscy dokonaliśmy wyboru — powiedziała Moiraine. — A skoro już go dokonaliśmy, musimy teraz postanowić, co z nim zrobić i w jaki sposób.

Planowali do późnej nocy. Głównie brała w tym udział Moiraine, korzystająca z rad Loiala odnośnie Dróg, lecz wysłuchała również pytań i propozycji pozostałych. Raz przyłączył się do nich pochmurny Lan, zrobił kilka uwag, jak zwykle cedząc słowa stalowym tonem głosu. Nynaeve zrobiła listę niezbędnych zapasów, maczając pióro w kałamarzu pewną ręką, mimo że cały czas coś pomrukiwała pod nosem.

Rand żałował, że nie ma tak praktycznej natury jak Wiedząca. Nie potrafił przestać chodzić tam i z powrotem, jakby rozsadzała go energia, od której mógł spłonąć albo wybuchnąć. Wiedział, że podjął decyzję, wiedział, że to jedyna decyzja, jaką mógł podjąć ze swoją wiedzą, ale i tak ona mu się wcale nie podobała. Ugór. Gdzieś w Ugorze, za Spustoszonymi Ziemiami, było Shayol Ghul.

Widział niepokój i strach w oczach Mata, i wiedział, że to samo widać w jego oczach. Mat siedział z dłońmi zaciśniętymi tak silnie, że aż mu zbielały kłykcie. „Gdyby mu pozwolić — pomyślał Rand — ściskałby sztylet z Shadar Logoth".

Niepokoju w twarzy Perrina nie było, za to coś znacznie gorszego: maska rezygnacji wywołanej znużeniem. Perrin wyglądał tak, jakby dotychczas walczył z czymś, czegoś nie potrafił pokonać i teraz tylko czekał, aż to coś go dobije. Tylko czasem...

— Robimy to, co musimy, Rand — powiedział. — Ugór...

Na moment pragnienie rozświetliło jego żółte oczy, błyszczące na tle skamieniałej ze zmęczenia twarzy, jakby żyły własnym życiem, z którym czeladnik kowalski nie miał nic wspólnego.

— W Ugorze się dobrze poluje — wyszeptał. Potem zadrżał, jakby właśnie usłyszał swoje słowa, i raz jeszcze na jego twarzy pojawiła się rezygnacja.

I Egwene. W pewnym momencie Rand odciągnął ją na bok, do kominka, gdzie planujący przy stole nie mogli ich słyszeć.

— Egwene, ja... — Te oczy, jak wielkie ciemne kałuże przewiercające go na wskroś, sprawiły, że umilkł i przełknął ślinę. — To mnie ściga Czarny, Egwene. Mnie, Mata i Perrina. Nie obchodzi mnie, co mówi Moiraine Sedai. Rankiem ty i Nynaeve mogłybyście pojechać do domu albo do Tar Valon, albo gdziekolwiek wam się zachce i nikt nie będzie próbował was zatrzymać. Ani trolloki, ani Pomory, ani nikt inny. Pod warunkiem, że nie będziecie z nami. Wracaj do domu, Egwene. Albo jedź do Tar Valon. Tylko odejdź.

Czekał, aż mu odpowie, że ma takie samo prawo jechać, gdzie

chce, że on nie ma prawa jej mówić, co ma robić. Ku jego zdziwieniu uśmiechnęła się i dotknęła jego policzka.

— Dziękuję ci, Rand — powiedziała łagodnie. Zamrugał i zamknął usta, a tymczasem ona mówiła dalej: — Wiesz przecież, że nie mogę. Moiraine Sedai powiedziała nam, co widziała Min, w Baerlon. Powinieneś był mi powiedzieć, kim jest Min. Myślałam... Cóż, Min twierdzi, że ja też jestem tego częścią. I Nynaeve. Może nie jestem *ta'veren* — zająknęła się przy tym słowie — ale najwyraźniej Wzór posyła również mnie do Oka Świata. Cokolwiek dotyczy ciebie, dotyczy także mnie.

— Ale, Egwene...

— Kto to jest Elayne?

Przez chwilę wpatrywał się w nią, po czym powiedział szczerą prawdę.

— Ona jest Dziedziczką Tronu Andor.

Odniósł wrażenie, że jej oczy zajęły się ogniem.

— Skoro nie potrafisz być poważny dłużej niż minutę, Randzie al'Thor, to ja nie chcę z tobą rozmawiać.

Z niedowierzaniem wpatrywał się w jej wyprostowane plecy, kiedy wracała do stołu, wspierała łokcie obok Moiraine i wsłuchiwała się w to, co akurat mówił Strażnik.

„Muszę porozmawiać z Perrinem, pomyślał. On wie, jak sobie radzić z kobietami".

Pan Gill wchodził kilkakrotnie do izby, najpierw żeby zapalić lampy, potem żeby osobiście podać im posiłek, a jeszcze poźniej, by donieść, co się dzieje na zewnątrz. Białe Płaszcze obserwowały oberżę z ulicy z obu jej stron. Przy bramach Wewnętrznego Miasta wybuchły zamieszki, Gwardia Królowej brała do aresztu jednakowo czerwone i białe kokardy. Ktoś usiłował wydrapać smoczy kieł na frontowych drzwiach, lecz przegnał go stamtąd but Lamgwina.

Jeśli nawet oberżysta się dziwił, że Loial jest z nimi, to nie dał tego po sobie poznać. Odpowiedział na kilka pytań Moiraine, nie próbując się dowiedzieć, jakie są ich zamiary; za każdym razem uprzedzał swoje przyjście pukaniem i czekał, aż Lan mu otworzy, zupełnie jakby to nie była jego oberża i jego biblioteka. Podczas ostatniej wizyty Moiraine wręczyła mu arkusz pergaminu, zapisany staranną dłonią Nynaeve.

— Tak późno w nocy nie będzie to łatwe — powiedział, kręcąc głową w trakcie czytania listy — ale załatwię wszystko.

Moiraine dołożyła niewielką irchową sakiewkę, która zadźwięczała, kiedy podawała mu ją za ściągające ją tasiemki.

— Znakomicie. I proszę dopilnować, aby nas obudzono przed świtaniem. Obserwujący będą wtedy najmniej czujni.

— Każemy im obserwować puste przegrody w stajni, Aes Sedai. — Pan Gill wyszczerzył zęby w uśmiechu.

Rand zaczął ziewać jeszcze wcześniej, nim wyczłapał z izby wraz z pozostałymi, którzy udawali się na poszukiwanie łaźni i pokoi. W trakcie gdy szorował się za pomocą szorstkiej ścierki i dużej kostki żółtego mydła, jego wzrok powędrował do stołka przy wannie Mata. Spod skraju starannie złożonego kaftana wyzierał czubek złotej pochwy sztyletu z Shadar Logoth. Lan też kilkakrotnie na niego zerknął. Rand zastanawiał się, czy naprawdę bezpiecznie mieć go w pobliżu, jak twierdziła Moiraine.

— Myślisz, że mój tato w ogóle w to uwierzy? — zaśmiał się Mat, szorując plecy szczotką na długim trzonku. — Że niby ja ratuję świat? Moje siostry nie będą wiedziały, czy się śmiać, czy płakać.

Wydawało się, że to mówi dawny Mat. Rand żałował, że nie potrafi zapomnieć o sztylecie.

Było ciemno choć oko wykol, gdy on i Mat wreszcie dobili do swojej izdebki pod okapem, chmury zasłoniły gwiazdy. Po raz pierwszy od dłuższego czasu Mat rozebrał się przed pójściem spać, niemniej jednak wsunął machinalnie sztylet pod poduszkę. Rand zdmuchnął świecę i wpełzł do swojego łóżka. Czuł zło emanujące z drugiego posłania, nie od Mata, lecz spod jego poduszki. Nie przestał się tym przejmować, dopóki wreszcie nie zmorzył go sen.

Od samego początku wiedział, że to sen, jeden z tych snów, które nie do końca są snami. Stał wpatrzony w drewniane drzwi o ciemnej, popękanej i nierównej od odprysków powierzchni. Powietrze było chłodne i wilgotne, ciężkie od zapachu zgnilizny.

Z oddali dochodziło kapanie wody, echo jej monotonnego plusku rozchodziło się po kamiennych korytarzach.

„Zaprzecz temu. Zaprzecz mu, a wówczas jego moc osłabnie".

Zamknął oczy i skupił się na „Błogosławieństwie Królowej", na swoim łóżku, na sobie samym na nim śpiącym. Kiedy otworzył oczy, drzwi wciąż tam były. Echo plusku wody zrównało się z rytmem bicia serca, jakby jego puls odmierzał czas. Zagłębił się w płomień i pustkę tak, jak go tego uczył Tam, i odnalazł wewnętrzny spokój, nic jednak na zewnątrz niego nie uległo zmianie. Powoli otworzył drzwi i wszedł do środka.

Wszystko było takie samo, jak zapamiętał, jak w tamtej komnacie, która wyglądała jak wypalona w żywej skale. Wysokie, zakończone łukami okna wychodziły na balkon bez balustrady, a w oddali warstwy chmur płynęły niczym wezbrana od powodzi rzeka. Lampy z czarnego metalu, o płomieniach zbyt jaskrawych, by można było na nie patrzeć, czarne, a jednak tak roziskrzone jakby były ze srebra. Ogień ryczał, lecz ze straszliwego paleniska nie rozchodziło się ciepło, każdy kamień, z którego było zbudowane, drgał, przypominając twarz wykrzywioną udręką.

Wszystko było takie same z wyjątkiem jednej rzeczy. Na wypolerowanym blacie stołu stały trzy małe figurki przedstawiające grubo ciosane, bezkształtne sylwetki ludzi, jakby rzeźbiarz rył w glinie zbyt pospiesznie. Obok jednej z figurek stał wilk, dopracowany w każdym szczególe, co jeszcze bardziej podkreślało brak wykończenia ludzkiego kształtu, druga figurka ściskała mikroskopijny sztylet, czerwona plamka na jego rękojeści odbijała światło. Ostatnia postać trzymała w ręku miecz. Z włosami zjeżonymi na głowie podszedł bliżej i zobaczył czaplę wyrytą z każdym najdrobniejszym szczegółem na niewielkim ostrzu.

Zdjęty paniką uniósł gwałtownie głowę i spojrzał wprost w lustro. Jego odbicie stanowiło zamazaną plamę, lecz już nie tak niewyraźną. Prawie potrafił rozróżnić rysy własnej twarzy. Jeśli sobie nie wyobraził tego, co widział zmrużonymi oczyma, mógł nieomal powiedzieć, kto to jest.

— Zbyt długo już się przede mną ukrywasz.

Błyskawicznie odwrócił się od stołu, oddech zaskrzypiał mu w gardle. Jeszcze chwilę temu był sam, teraz jednak pod rzędem okien stał Ba'alzamon. Gdy przemówił, w miejscu jego oczu i ust pojawiły się płonące jaskinie.

— Zbyt długo, ale to już koniec.

— Zaprzeczam tobie — wychrypiał Rand. — Zaprzeczam, jakobyś miał nade mną jakąkolwiek moc. Zaprzeczam twemu istnieniu.

Ba'alzamon zaśmiał się dudniącym śmiechem, wytaczającym się prosto z ognia.

— Myślisz, że to łatwe? Ale to znaczy, że tak zawsze robiłeś. Za każdym razem kiedy tak staliśmy, tobie się wydawało, że możesz mi się sprzeciwić.

— Co masz na myśli, mówiąc „za każdym razem"? Zaprzeczam tobie!

— Zawsze to robisz. Od samego początku. Ta walka toczyła się między nami już niezliczoną ilość razy. Za każdym razem masz inną twarz i nazywasz się inaczej, jednak za każdym razem to jesteś ty.

— Zaprzeczam tobie. — Był to szept rozpaczy.

— Za każdym razem dobywasz przeciwko mnie swych nędznych sił i za każdym razem ostatecznie przekonujesz się, który z nas jest panem. Wiek za Wiekiem padasz przede mną na klęczki albo umierasz, żałując, że nie masz już siły klęczeć. Biedny głupcze, nigdy ze mną nie wygrasz.

— Kłamca! — krzyknął. — Ojciec Kłamstw. Ojciec Głupców, skoro nie potrafisz kłamać lepiej. Ludzie odkryli cię w ostatnim Wieku, w Wieku Legend i uwięzili cię w miejscu, do którego należysz.

Ba'alzamon ponownie ryknął śmiechem, jedna salwa szyderstwa goniła drugą, sprawiając, że Rand zapragnął zakryć sobie uszy. Zmusił ręce, by pozostały przywarte do boków. Pustka nie pustka, drżały, mimo że śmiech wreszcie ucichł.

— Ty robaku, ty nic nie wiesz. Jesteś takim ignorantem, jak żuk pod kamieniem, i równie łatwo cię zdeptać. Ta walka skończyła się wraz z momentem stworzenia. Ludziom zawsze się wydaje, że to nowa wojna, a to jest po prostu ta sama wojna tylko wszczęta na nowo. Dopiero teraz wiatry czasu przynoszą zmianę. Zmianę. Tym razem nie będzie cofania się. Te dumne Aes Sedai, które uważają, że ty rzucasz mi wyzwanie. Zakuję je w łańcuchy i każę im biegać nago, by wykonywały me rozkazy, albo wepchnę ich dusze do Szczeliny Zagłady, by tam wyły przez całą wieczność. Wszystkie z wyjątkiem tych, które już mi służą. Te staną u mego boku. Możesz wybrać, czy chcesz stanąć obok nich, ze światem płaszczącym się pod twymi stopami. Proponuję to raz jeszcze, jeden ostatni raz. Możesz stanąć ponad nimi, ponad wszelką mocą i władzą prócz mojej. Bywały też czasy, kiedy dokonywałeś takiego wyboru, czasy, w których żyłeś dostatecznie długo, by poznać swoją moc.

„Zaprzecz mu!"

Rand uczepił się tego, czemu mógł zaprzeczyć.

— Żadna Aes Sedai ci nie służy. Kolejne kłamstwo!

— Czy to ci właśnie wmówiono? Dwa tysiące lat temu przeprowadziłem moje trolloki przez świat i nawet wśród Aes Sedai znalazłem takie, które znały rozpacz, które wiedziały, że świat nie oprze się Shai'tanowi. Przez dwa tysiące lat Czarne Ajah zamieszkiwały wśród innych, skryte w cieniach. Być może to właśnie one twierdzą, że ci pomagają.

Rand potrząsnął głową, starając się pozbyć wątpliwości, które wytrysnęły w nim nagle, wszystkie wątpliwości, które żywił względem Moiraine, względem tego, co Aes Sedai od niego chciały, względem zamiarów, które ona wobec niego powzięła.

— Czego chcesz ode mnie? — krzyknął.

„Zaprzecz mu! Światłości, dopomóż, bym mu zaprzeczył!"

— Klękaj! — Ba'alzamon wskazał posadzkę pod swymi stopami. — Klękaj i uznaj mnie za swego pana! I tak to w końcu zrobisz. Będziesz należał do mnie, bo inaczej zginiesz.

Ostatnie słowo rozbrzmiało echem po całym wnętrzu, odbijając się od siebie samego, podwajając, a potem podwajając w dwójnasób, aż wreszcie Rand podniósł gwałtownie ręce, jakby chciał osłonić głowę przed ciosem. Zatoczył się w tył, wpadając z głośnym łomotem na stół i krzyknął, starając się zagłuszyć ten dźwięk wypełniający mu uszy.

— Nieeeeeeeee!

Jego krzyk ustał, a on obrócił się dookoła własnej osi, zamaszystym ruchem strącając figurki na podłogę. Coś ugodziło go w rękę, lecz to zignorował, miażdżąc stopami glinę na bezkształtne smugi. Przestał krzyczeć, lecz echo jego krzyku wciąż rozbrzmiewało, przybierając na sile.

Zgi-niesz-zgi-niesz-zgi-niesz-ZGI-NIESZ-ZGI-NIESZ-ZGI-NIESZ-ZGI-NIESZ-ZGI-NIESZ-ZGI-NIESZ.

Dźwięk ten wciągał go jak wir, wsysał do środka, rozdzierając pustkę w jego umyśle na strzępy. Światło pociemniało, a pole widzenia zwęziło się w tunel, na samym końcu którego stała wysoka sylwetka Ba'alzamona, opromieniona jaskrawym tłem. Zmniejszała się stopniowo, ostatecznie osiągając rozmiar jego dłoni, paznokcia, niczego. Okręcające się dookoła, nie kończące się echo wciągało go, wciągało w czerń i śmierć.

Obudził go łomot własnego ciała padającego na podłogę, nadal usiłującego dopłynąć do powierzchni tej czerni. W pokoju panował mrok, lecz nie tak ciemny jak ta czerń. Jak oszalały usiłował skoncentrować się na płomieniu, wdusić w niego strach, jednakże spokój pustki wymykał mu się. Jego ręce i nogi ogarnęło drżenie, on jednak wczepiał się w obraz pojedynczego płomienia, dopóki krew nie przestała mu tętnić w uszach.

Mat rzucał się i przewracał na swoim łóżku, jęcząc głośno przez sen.

„...zaprzeczam ci, zaprzeczam ci, zaprzeczam ci..."

Krzyk w końcu ucichł i przeszedł w niezrozumiałe stękanie.

Rand wyciągnął rękę, żeby go obudzić, i już od pierwszego dotknięcia Mat usiadł, wydawszy zduszony pomruk. Przez chwilę rozglądał się dookoła oszalałym wzrokiem, potem zaczerpnął długi, drżący oddech i objął rękoma swą pochyloną głowę. Nagle obrócił się i zaczął szperać pod poduszką, po czym z powrotem na nią opadł, przyciskając sztylet z rubinową rękojeścią do piersi. Obrócił głowę, by spojrzeć na Randa, skrywając twarz w cieniu.

— On wrócił, Rand.

— Wiem.

Mat pokiwał głową.

— Były tam takie trzy figurki...

— Też je widziałem.

— On wie, kim ja jestem, Rand. Podniosłem tę ze sztyletem, a wtedy powiedział: „Więc to jesteś ty". A kiedy znowu spojrzałem, figurka miała moją twarz. Moją twarz, Rand! Wyglądała jak ciało. W dotyku przypominała ciało. Światłości, dopomóż, czułem, jak ściska mnie własna ręka, jakbym to ja był tą figurką.

Rand milczał chwilę.

— Musisz mu cały czas zaprzeczać, Mat.

— Zrobiłem to, a on mnie wyśmiał. Stale mówił o wiecznej wojnie i twierdził, że spotykaliśmy się już tysiąc razy przedtem, i... Światłości, Rand, Czarny mnie zna.

— Mnie powiedział to samo. Nie sądzę, by rzeczywiście nas znał — dodał powoli. — Nie sądzę, by wiedział, który z nas...

„Który z nas, co?"

Kiedy wsparł się na łokciu, by usiąść, poczuł w ręce ukłucie bólu. Doszedł po omacku do stołu, po trzech próbach zapalił wreszcie świecę, po czym przystawił rękę do światła. W dłoń miał wbitą grubą drzazgę z ciemnego drewna, gładką i wypolerowaną z jednej strony. Wbił w nią wzrok, nie oddychając. Nagle zaczął dyszeć, wyrywać drzazgę, pospiesznie ją wydłubywać.

— Co się stało? — spytał Mat.

— Nic.

Wreszcie powiodło mu się, wyrwał ją jednym mocnym szarpnięciem. Mruknął z obrzydzeniem i rzucił to na podłogę, ale pomruk zamarł mu w gardle. Drzazga natychmiast zniknęła, gdy tylko została oderwana od jego dłoni.

Natomiast rana na ręce nie zniknęła, krwawiła. W kamionkowym dzbanie była woda. Nalał jej do umywalki, dłonie trzęsły mu się tak mocno, że rozlał wodę na stół. Umył pospiesznie ręce, ugniatając dłoń, by wycisnąć więcej krwi z kciuka, potem znowu je umył. Przerażała go myśl, że w jego ciele mogła jeszcze zostać jakaś mała drzazga.

— Światłości — powiedział Mat — ja też czuję się przez niego brudny.

Mimo tego jednak leżał bez ruchu, trzymając oburącz sztylet.

— Tak — przytaknął Rand. — Brudny.

Ze stosu rzeczy leżących obok umywalki wyciągnął ręcznik. Na dźwięk pukania do drzwi podskoczył nerwowo.

— Tak? — powiedział.

Moiraine wsunęła głowę do pokoju.

— Już się obudziliście. To dobrze. Ubierzcie się szybko i zejdźcie na dół. Musimy wyjechać przed pierwszym brzaskiem.

— Już? — jęknął Mat. — Nie przespaliśmy nawet godziny.

— Godziny? — spytała. — Spaliście cztery. Pospieszcie się, nie mamy czasu.

Rand wymienił z Matem zmieszane spojrzenia. Pamiętał wyraźnie każdą sekundę snu. Sen przyszedł jednocześnie z chwilą, w której zamknął oczy i trwał zaledwie kilka minut.

Coś z tej wymiany musiało dotrzeć do Moiraine. Obdarzyła ich przenikliwym spojrzeniem i z miejsca zajęła się sprawą.

— Co się stało? Sny?

— On wie, kim ja jestem — wyznał Mat. — Czarny zna moją twarz.

Rand bez słowa podniósł rękę, wnętrzem dłoni w jej stronę. Krew było widać nawet w mętnym świetle świecy.

Aes Sedai zrobiła krok do przodu i ścisnęła jego uniesioną rękę, przykładając kciuk do rany na dłoni. Chłód przeszył go do kości, tak lodowaty, że skurczyły mu się palce, i musiał dołożyć wszystkich sił, żeby je rozprostować. Kiedy odjęła palce, chłód też odszedł.

Odwrócił wtedy rękę, oszołomiony, wytarł cienką warstwę rozmazanej krwi. Rana zniknęła. Powoli podniósł oczy i napotkał oczy Aes Sedai.

— Spieszcie się — powiedziała cicho. — Czas się kurczy.

Wiedział, że tym razem nie mówiła o czasie, który im został do wyjazdu.

ROZDZIAŁ 44

CIEMNE DROGI

Tuż przed świtem Rand zszedł w ślad za Moiraine na dół, gdzie czekali już pan Gill i pozostali. Nynaeve i Egwene zachowywały się równie niespokojnie jak Loial, Perrin z nieomal takim samym opanowaniem jak Strażnik. Mat deptał Randowi po piętach, jakby się bał zostać teraz choć na chwilę sam, nawet jeśli miała ich dzielić odległość kilku stóp. Kucharka i jej pomocnice wyprostowały się, zagapione na ludzi wchodzących kolejno do kuchni, już jasno oświetlonej i rozgrzanej przygotowaniami do śniadania. Goście oberży zazwyczaj nie wstawali i nie wyjeżdżali tak wcześnie. Pod wpływem uspokajających słów pana Gilla kucharka pociągnęła głośno nosem i z całej siły cisnęła bryłę ciasta na stolnicę. Wszystkie jej pomocnice zabrały się ponownie do doglądania patelni i zagniatania ciasta, jeszcze zanim Rand dotarł do drzwi stajni.

Na zewnątrz panowały ciemności, że oko wykol. Sylwetki pozostałych wyglądały co najwyżej jak ciemniejsze cienie. Szedł po omacku za oberżystą i Lanem, właściwie zupełnie na ślepo, licząc na to, że dzięki wiedzy pana Gilla o jego własnej stajni oraz instynktom Lana dotrą do niej, nie łamiąc sobie przy tym nóg. Loial nie raz się potykał.

— Nie rozumiem, dlaczego nie możemy mieć choć jednego światła — zadudnił Loial. — My nie biegamy w ciemnościach po *stedding*. Jestem ogirem, nie kotem.

Rand wyobraził sobie nagle drgające nerwowo kępki na czubkach uszu Loiala.

Niespodzianie z mroku wyłonił się zarys stajni, ogromnej bryły budzącej grozę dopóty, dopóki nie rozległo się głośne skrzypienie drzwi, zza których wylał się na dziedziniec wąski strumyk światła. Oberżysta uchylił drzwi na taką tylko odległość, dzięki której mogli kolejno wejść do środka i pospiesznie zamknął je za Perrinem, o mały włos nie przytrzaskując mu pięt. Rand zamrugał, gdy nagle światło poraziło mu oczy.

Stajenni nie zdziwili się na ich widok tak jak kucharka. Konie były już osiodłane i gotowe do drogi. Mandarb stał wyniośle, ignorując wszystkich prócz Lana, natomiast Aldieb wyciągnęła pysk, chcąc trącić dłoń Moiraine. Był tam również koń juczny, obładowany wiklinowymi koszami oraz ogromne zwierzę z kudłatymi pęcinami, wyższe jeszcze od rumaka Strażnika, przeznaczone dla Loiala. Wyglądało na tak duże, jakby mogło w pojedynkę uciągnąć furę załadowaną sianem, jednakże w porównaniu z ogirem przypominało kucyka.

Loial zmierzył wzrokiem wielkiego konia i mruknął powątpiewawczo.

— Dotychczas wystarczały mi własne nogi.

Pan Gill machnął ręką w stronę Randa. Oberżysta pożyczał mu gniadosza o sierści nieomal tej samej barwy co jego włosy, wysokiego i szerokiego w piersi, jednak bez tego ognia w chodzie, jaki miał Obłok, co Rand z zadowoleniem zauważył. Pan Gill powiedział, że koń nazywa się Rudy.

Egwene ruszyła od razu w stronę Beli, a Nynaeve do swej długonogiej klaczy.

Mat podszedł ze swym ciemnobrązowym koniem do Randa.

— Perrin mnie denerwuje — wymamrotał i Rand spojrzał na niego przenikliwie. — No, zachowuje się dziwnie. Nie widzisz tego? Przysięgam, że to nie moja wyobraźnia albo... albo...

Rand pokiwał głową.

„Tym razem to nie wpływ sztyletu, dzięki Światłości".

— To prawda, Mat, ale tak się tym nie przejmuj. Moiraine wie, co... cokolwiek to jest. Z Perrinem wszystko w porządku. — Bardzo pragnął w to wierzyć, ale Mata to wyraźnie zadowoliło, przynajmniej trochę.

— Oczywiście — powiedział pospiesznie Mat, nadal kątem oka obserwując Perrina. — Nigdy nie mówiłem, że jest inaczej.

Pan Gill omawiał coś z głównym stajennym, człowiekiem o stwardniałej skórze, z twarzą przypominającą koński pysk. Stajenny potarł kłykciem czoło i pospiesznie przeszedł na tył stajni. Oberżysta odwrócił się do Moiraine z uśmiechem satysfakcji na okrągłej twarzy.

— Ramey twierdzi, że droga wolna, Aes Sedai.

Tylna ściana stajni wyglądała na twardą i mocną, stał pod nią rząd stojaków z narzędziami. Ramey i drugi stajenny odstawili na bok widły, grabie i szpadle, potem weszli za stojaki, żeby odsunąć ukryte rygle. Nagle ta część ściany otwarła się do wewnątrz na zawiasach tak dobrze ukrytych, że Rand nie był pewien, czy zauważyłby je nawet wtedy, gdyby tajemne drzwi były otwarte na oścież. Światło padające ze stajni oświetliło ceglany mur znajdujący się w odległości zaledwie kilku stóp.

— To tylko wąski pasaż między budynkami — wyjaśnił oberżysta — ale nikt spoza tej stajni nie wie, że można tu z niego wejść. Białe Płaszcze czy białe kokardy nie zauważą, którędy wyszliście.

Aes Sedai skinęła głową.

— Pamiętaj, dobry oberżysto, jeśli kiedyś będziesz miał z naszego powodu jakieś kłopoty, napisz do Sheriam Sedai, z Błękitnych Ajah, w Tar Valon, ona ci pomoże. Obawiam się, że moje siostry i ja jesteśmy wiele winne tym, którzy mi pomogli.

Pan Gill zaśmiał się; nie był to śmiech człowieka zatroskanego.

— Ależ Aes Sedai, dzięki tobie mam jedyną oberżę w Caemlyn, w której nie ma szczurów. O co więcej mógłbym prosić? Już dzięki temu liczba mych gości może ulec zdwojeniu. — Jego uśmiech zbladł, ustępując miejsca powadze. — Nieważne, czym się kierujecie, królowa popiera Tar Valon, a ja popieram królową, więc życzę wam jak najlepiej. Niech cię Światłość oświeci, Aes Sedai. Niech Światłość oświeci was wszystkich.

— Niechaj i ciebie oświeci Światłość, panie Gill — odparła Moiraine, pochylając głowę w ukłonie. — Jeśli jednak Światłość ma przyświecać nam wszystkim, to musimy się pospieszyć.

Odwróciła się żwawo w stronę Loiala.

— Jesteś gotów?

Ogir ujął wodze wielkiego konia, nawet na chwilę nie spuszczając czujnego spojrzenia z jego zębów. Pilnując, by pysk zwierzęcia znajdował się z dala od jego dłoni na odległość wodzy, poprowadził zwierzę w stronę otworu w tylnej ścianie stajni. Ramey przeskakiwał z nogi na nogę, płonąc z niecierpliwości, by jak najszybciej zamknąć te drzwi. Loial przystanął na chwilę i przekrzywił głowę, jakby na swoim policzku czuł powiew wiatru.

— Tędy — powiedział i skręcił w wąską uliczkę.

Moiraine szła tuż za koniem Loiala, za nią Rand i Mat. Randowi przypadło pierwszeństwo w prowadzeniu jucznego konia. Nynaeve i Egwene tworzyły środek kolumny, za nimi podążał Perrin, a całość zamykał Lan. Ukryte drzwi zatrzasnęły się pospiesznie, gdy tylko Mandarb stanął na błotnistym podłożu bocznej uliczki. Trzask zamykanych rygli, odcinających ich od oberży, zabrzmiał, zdaniem Randa, nienaturalnie głośno.

Uliczka nazwana przez pana Gilla pasażem była istotnie bardzo wąska i panował w niej jeszcze głębszy mrok niż na dziedzińcu stajni, o ile to w ogóle było możliwe. Z obu stron otaczały ją wysokie, gładkie mury z cegły albo drewna, nad nią czernił się wąski pas nieba. Wielkie plecione kosze przymocowane do boków jucznego konia ocierały się o ściany budynków. Kosze były wypełnione zapasami na podróż, głównie glinianymi dzbanami z oliwą. Wzdłuż końskiego grzbietu przymocowano wiązkę tyczek z latarniami zaczepionymi na końcu. W Drogach, powiedział Loial, jest ciemniej niż podczas najciemniejszej nocy.

W połowie napełnione latarnie chlupotały w rytm końskich kroków i obijały się o siebie, wydając blaszany brzęk. Nie był to specjalnie głośny hałas, niemniej jednak na godzinę przed świtem Caemlyn było zupełnie ciche. Milczało. Wydawało się, że z powodu tego głuchego, metalicznego poszczękiwania słychać ich z odległości mili.

W miejscu, gdzie pasaż łączył się z ulicą, Loial wybrał kierunek dalszej marszruty bez zatrzymywania się. Sprawiał teraz wrażenie, że dokładnie wie, dokąd idzie, tak jakby szlak, którym miał się kierować, stał się wyraźniejszy. Rand nie pojmował, jakim cudem ogir będzie umiał znaleźć Bramę, a Loial nie potrafił tłumaczyć najlepiej. Po prostu to wie, powiedział, czuje tę drogę. Twierdził, że to tak, jakby próbował wyjaśnić, na czym polega oddychanie.

Kiedy spieszyli w górę ulicy, Rand obejrzał się w stronę zaułka, w którym stało „Błogosławieństwo Królowej". Lamgwin twierdził, że w pobliżu wciąż kręci się kilku Synów Światłości. Całą uwagę skupiali wyłącznie na budynku oberży, jednakże hałas z pewnością mógł ich przyciągnąć. O takiej godzinie żaden człowiek nie mógł przebywać poza domem bez uzasadnionego powodu. Stukot kopyt po ulicznym bruku brzmiał donośnie jak dzwon, latarnie poszczękiwały, jakby juczny koń potrząsał nimi celowo. Rand nie przestał oglądać się przez ramię, dopóki nie minął następnego rogu. Słyszał westchnienia ulgi pozostałych z Pola Emonda, gdy im także udało się go pokonać.

Loial najwyraźniej zdążał najprostszą drogą do Bramy, niezależnie od tego, którędy biegła. Czasami podążali szerokimi alejami, pustymi gdyby nie bezpańskie psy kulące się w mroku. Czasami szli zaułkami tak wąskimi, jak tamten pasaż przy stajni, gdzie nieuważny krok nieraz wystarczał, by wdepnąć w coś, co rozmazywało się z cichym mlaśnięciem. Nynaeve narzekała półgłosem na powstałe z tego wonie, nikt jednak nie zwalniał.

Ciemność zaczynała ustępować, bladła do ciemnej szarości. Na niebie nad dachami po wschodniej stronie miasta zaperliły się nieśmiałe promyki brzasku. Na ulicach pojawili się pierwsi ludzie, okutani przed chłodem wczesnego poranka, z głowami pochylonymi i wciąż pełnymi marzeń o ciepłym łóżku. Większość nie zwracała uwagi na innych. Jedynie nieliczni zerkali na szereg koni i ludzi z Loialem na czele, a wśród tych jedynie jedna osoba zauważyła ich naprawdę.

Człowiek ten omiótł ich przelotnie wzrokiem, tak jak inni przechodnie, i już miał na powrót zatopić się w swoich myślach, gdy nagle odwrócił się z wytrzeszczonymi oczyma, potknął się i omal nie upadł. Przy takiej ilości światła można było jedynie wyróżniać kształty, ale w ich przypadku było go nawet za dużo. Ogir z daleka, gdyby szedł sam, mógł ujść za wysokiego człowieka, prowadzącego zwykłego konia albo za człowieka przeciętnego wzrostu prowadzącego nieco za małego konia. Na tle szeregu podążających w ślad za nim ludzi Loial wyglądał na dokładnie tak rosłego, jakim był w rzeczywistości, pół raza wyższy od najwyższego człowieka. Przechodzień zmierzył go wzrokiem i wydawszy zduszony okrzyk, zerwał się do biegu. Poły płaszcza załopotały z tyłu za nim.

Niebawem — już zupełnie niebawem — na ulicach miało się pojawić więcej ludzi. Rand przyjrzał się kobiecie mijającej ich pospiesznie po drugiej stronie ulicy, nie widzącej nic prócz chodnika pod stopami. Wkrótce ludzie ich zauważą. Niebo na wschodzie robiło się jaśniejsze.

— Tutaj — obwieścił wreszcie Loial. — To tutaj, pod spodem. — Wskazywał jakiś sklep, jeszcze zamknięty z powodu nocnej pory. Stojące przed nim stoły były puste, markizy nad nimi zwinięte, drzwi zamknięte na głucho. W oknach na górze, za którymi mieszkał właściciel sklepu, było jeszcze ciemno.

— Pod spodem? — wykrzyknął z niedowierzaniem Mat. — Jakże, na Światłość, mamy...?

Moiraine przerwała mu, podnosząc rękę i gestem dłoni nakazała im wejść w ślad za nią do zaułka obok sklepu. Konie i ludzie stłoczyli się razem w przesmyku między dwoma budynkami. Mury rzucały cień, więc panował tam głębszy mrok, taki jak w samym środku nocy.

— Muszą tu być gdzieś drzwi do piwnicy — mruknęła Moiraine. — Ach, tu są.

Nagle rozkwitło światło. Nad dłonią Moiraine zawisła kula wielkości ludzkiej pięści, jarząca się chłodnym blaskiem. Poruszała się zgodnie z ruchami jej ręki. Rand uznał, że wszyscy przyjęli to za rzecz zupełnie zwyczajną, bo niczym się to nie różniło od tego, co do tej pory przeszli. Przybliżyła kulę do znalezionych przez siebie drzwi, nachylonych tak mocno, że nieomal leżały płasko na ziemi. Skobel przytrzymywały grube bolce i żelazna kłódka, większa od dłoni Randa i pokryta warstwą zastarzałej rdzy.

Loial szarpnął za kłódkę.

— Mogę wszystko wyrwać, skobel i tak dalej, ale wyjdzie z tego taki hałas, że pobudzą się wszyscy sąsiedzi.

— Nie niszczmy czyjejś własności, jeśli możemy tego uniknąć. — Moiraine przez chwilę przyglądała się kłódce w skupieniu. Nagle klepnęła zardzewiałe żelazo swoją laską i kłódka otworzyła się bez oporu.

Loial pospiesznie zdjął kłódkę i podniósłszy drzwi do góry, podparł je od tyłu. Moiraine zeszła na dół po rampie, która się odsłoniła po otwarciu drzwi, oświetlając sobie drogę rozjarzoną kulą. Tuż za nią zeszła ostrożnym krokiem Aldieb.

— Zaświećcie latarnie i zejdźcie na dół — zawołała półgłosem. — Jest tu mnóstwo miejsca. Spieszcie się. Wkrótce zrobi się widno.

Rand czym prędzej odwiązał latarnie na tyczkach od grzbietu jucznego konia, lecz jeszcze zanim zapalili pierwszą, zauważył, że widzi już rysy twarzy Mata. Lada chwila na ulicach zaroi się od ludzi, a właściciel sklepu zejdzie na dół i będzie zachodził w głowę, czemu cały zaułek jest pełen koni. Mat ze zdenerwowaniem mruczał coś na temat zabierania koni do piwnicy, Rand jednak z zadowoleniem sprowadził swego wierzchowca w dół rampy. Mat poszedł jego śladem, równie szybkim krokiem, mimo że nie przestawał gderać.

Latarnia Randa zakołysała się na końcu tyczki i gdyby nie zachował ostrożności, z pewnością rozbiłaby się o sklepienie, a na domiar tego rampa nie spodobała się ani Rudemu, ani jucznemu koniowi. Po chwili stał już na dole i ustępował drogi Matowi. Moiraine pozwoliła, by jej fruwające światełko zgasło, gdy jednak dołączyli do nich pozostali, dodatkowe latarnie oświetliły otwartą przestrzeń.

Piwnica miała taką samą szerokość i długość jak stojący nad nią budynek, przy czym dużą część wolnej przestrzeni wypełniały ceglane filary, rozszerzające się od wąskiej bazy do pięciokrotnie większej szerokości przy sklepieniu. Całe wnętrze wyglądało tak, jakby składały się nań całe serie łuków. Było tam mnóstwo miejsca, Rand jednak czuł się przytłoczony. Loial ocierał czubkiem głowy o sklepienie. Jak już to przepowiedziała zardzewiała kłódka, piwnica nie była używana od bardzo dawna. Na posadzkach nic nie leżało, z wyjątkiem kilku rozbitych beczek pełnych rupieci oraz grubej warstwy kurzu. W świetle latarni zaiskrzyły się ćmy, przepłoszone przez las nóg.

Lan wszedł na samym końcu i gdy tylko sprowadził na dół Mandarba, wspiął się z powrotem na górę, by zatrzasnąć drzwi.

— Krew i popioły — zaklął Mat. — Czemu oni zbudowali tę ich bramę w takim miejscu?

— Tu nie zawsze tak było — powiedział Loial. Jego grzmiący głos rozniósł się echem po przepastnym wnętrzu. — Nie zawsze. Nie!

Randa zaszokowało odkrycie, że ogir jest rozzłoszczony.

— Kiedyś stały tu drzewa. Wszelkie gatunki drzew, jakie mogły wyrosnąć w tym miejscu. Wielkie okazy sięgające setki piędzi wysokości. Konary dawały cień, a chłodne wiatry przechwytywały wonie liści i kwiatów, przechowując wspomnienie o pokoju, jaki panował w *stedding*. Wszystko to zamordowano na rzecz tego! — Uderzył pięścią w jeden z filarów.

Filar jakby się zatrząsł pod wpływem tego uderzenia. Rand był pewien, że słyszy, jak pękają cegły. Z filaru osunęły się kaskady suchej zaprawy murarskiej.

— Nie da się zawrócić tego, co już utkane — łagodnie przemówiła Moiraine. — Drzewa nie wyrosną na nowo, jeśli zwalisz nam ten budynek na głowy.

Żadna ludzka twarz nie mogła być bardziej speszona niż oblicze Loiala z jego obwisłymi brwiami.

— Z twoją pomocą, Loialu, być może uda nam się zachować te gaje, na które jeszcze nie padł Cień. Przywiodłeś nas do miejsca, którego szukaliśmy.

Gdy podeszła do jednej ze ścian, Rand zauważył, że jest to ściana różniąca się od innych. Wszystkie były zbudowane ze zwykłej cegły, ta z kamienia bogato rzeźbionego w fantazyjne sploty liści i pnączy winorośli, jasnych pomimo patyny kurzu. Cegły i łącząca je zaprawa były stare, jednak wygląd tego kamiennego muru świadczył w jakiś sposób, iż stoi tu od dawna, dawniej niż wypalono te cegły. Późniejsi budowniczowie, sami żyjący wiele stuleci wcześniej, przyłączyli to, co już stało, a jeszcze dalsze pokolenie ludzi uczyniło z niego część piwnicy.

Jedna strona rzeźbionej kamiennej ściany, dokładnie w samym środku, była bardziej zdobna niż jej pozostałe fragmenty. Mimo iż równie doskonale wykonana, w porównaniu z nią reszta prezentowała się jak niewykończona kopia. Wykute w twardym kamieniu liście wyglądały jak żywe, zastygłe na mgnienie oka w rozkołysaniu przez łagodny, letni wiatr. I wyczuwało się w tym upływ lat, o wiele większy niż w przypadku reszty kamiennego muru, który z kolei był tyle samo starszy od ceglanego. Loial popatrzył na te kamienie, jakby wolał być w jakimś innym miejscu, obojętnie gdzie, nawet wśród tłumów na ulicach.

— *Avendesora* — mruknęła Moiraine, kładąc dłoń na wykutym w kamieniu trójdzielnym liściu.

Rand omiótł wzrokiem płaskorzeźby, był to jedyny tego typu liść, jaki mógł znaleźć.

— Liść Drzewa Życia jest kluczem — wyjaśniła Moiraine i liść został jej w ręku.

Rand zamrugał, z tyłu doszły go głośne okrzyki zdumienia. Ten liść nie wyglądał na nic innego jak część muru. W równie prosty sposób Aes Sedai umieściła go we fragmencie wzoru znajdującym się jedną piędź niżej. Rozszczepiony na trzy części liść pasował tam jak ulał i raz jeszcze stał się częścią całości. Gdy tylko znalazł się na swoim miejscu, cały wygląd głównej części kamiennego muru uległ zmianie.

Był teraz pewien, że widzi liście poruszane przez niewyczuwalny powiew wiatru, wydawało mu się nieomal, że mimo warstwy kurzu są zielone i tworzą gobelin z gęstej wiosennej roślinności w tej oświetlonej latarniami piwnicy. Z początku, prawie niedostrzegalnie, w samym środku starożytnej płaskorzeźby otworzyła się szczelina, poszerzająca się w miarę jak dwie połowy rozsuwały się w głąb piwnicy i w końcu wysunęły się do samego końca. Tylna strona była wykonana tak jak przód, z taką samą gęstwiną winorośli i liści, wyglądających nieomal jak żywe. Za nimi, gdzie powinna być ziemia albo piwnica następnego budynku, lustrzany połysk pochwycił niewyraźnie ich odbicia.

— Słyszałem — powiedział Loial, częściowo żałobnym, a częściowo przerażonym tonem — że dawno temu Bramy błyszczały jak lustra. Dawno temu ten, kto wszedł do Dróg, wędrował pod słońcem i niebem. Dawno temu.

— Nie możemy zwlekać — upomniała go Moiraine.

Lan szedł tuż za nią, w jednej ręce trzymał uzdę Mandarba, w drugiej latarnię na tyczce. Z naprzeciwka zbliżało się ku niemu jego niewyraźne odbicie prowadzące niewyraźnego konia. Wydawało się, że ten człowiek i jego odbicie następują na siebie na połyskującej powierzchni, po czym obydwoje zniknęli. Przez chwilę czarny ogier sprzeciwiał się, najwyraźniej uzda łączyła go z ciemnym kształtem jego własnego obrazu. Uzda naprężyła się i wojenny rumak także zniknął.

Przez moment wszyscy zgromadzeni stali i wpatrywali się wytrzeszczonymi oczyma w Bramę.

— Spieszcie się — ponagliła ich Moiraine. — Ja muszę wejść jako ostatnia. Nie możemy zostawić tego przejścia otwartego, bo ktoś je może przypadkiem znaleźć. Spieszcie się.

Loial wszedł w migoczącą przestrzeń z ciężkim westchnieniem. Jego wielki koń, podrzucając łbem, usiłował się opierać przed wejściem w lustrzaną powierzchnię, ale został do niej zaciągnięty. Obaj zniknęli tak samo jak Strażnik i Mandarb.

Rand z wahaniem wsunął swoją latarnię do wnętrza Bramy. Latarnia zatopiła się w swym odbiciu, zmieszała z nim i razem z nim zniknęła. Zmusił się, by iść do przodu, wpatrzony w tyczkę, która znikała w sobie cal po calu, a potem wszedł sam w siebie, w ten sposób wchodząc do Bramy. Otworzył usta. Po jego skórze przemknęło coś lodowatego, jakby przechodził przez mur zbudowany z zimnej wody. Czas się rozciągnął, zimno ogarniało wszystkie jego włosy po kolei, dygotało na każdym włóknie ubrania.

Nagle chłód prysnął jak mydlana bańka, zatrzymał się dla zaczerpnięcia oddechu. Był w Drogach. Tuż przed nim Lan i Loial czekali cierpliwie przy swoich koniach. Dookoła nich panowała czerń, która wydawała się rozciągać bez żadnego kresu. Latarnie otaczały ich niewielką kałużą światła, zbyt małą, jakby coś wciskało światło z powrotem do latarni albo ją pożerało.

Zdjęty nagłym lękiem szarpnął gwałtownie uzdę. Rudy i juczny koń wskoczyli do środka, omal nie powalając go na ziemię. Zatoczywszy się, zaraz odzyskał równowagę i podbiegł do Strażnika i ogira, ciągnąc za sobą zdenerwowane konie. Zwierzęta rżały cicho. Nawet Mandarb z wyraźną ulgą przyjął obecność innych koni.

— Idź spokojnym krokiem, kiedy przechodzisz przez Bramę, Rand — ostrzegł go Loial. — W Drogach wszystko wygląda... inaczej. Spójrz.

Obejrzał się w kierunku wskazanym przez Loiala, myśląc, że zobaczy to samo zamglone lśnienie. Zamiast tego zobaczył wnętrze piwnicy, jakby w czerni osadzona była wielka tafla dymnego szkła. Ciemność, otaczająca to okno wychodzące na piwnicę, dawała poczucie niepokojącej głębi, jakby ten otwór był zawieszony w próżni wypełnionej czernią. Powiedział to z nerwowym śmiechem, Loial jednak odebrał tę uwagę poważnie.

— Mógłbyś je całe obejść dookoła i nic byś nie zobaczył z drugiej strony. Nie radziłbym jednak tego robić. Księgi nie wyrażają się dość jasno na temat tego, co się kryje za Bramami. Myślę, że mógłbyś się tam zagubić i nigdy nie znaleźć drogi powrotnej.

Rand potrząsnął głową i starał się skupić na samej Bramie zamiast na tym, co się znajdowało poza nią, lecz i ona była niepokojąca na swój sposób. Gdyby było co oglądać w tej czerni oprócz Bramy, chętnie by oparł na tym swój wzrok. Znajdujący się jeszcze w piwnicy Moiraine i pozostali byli dość wyraźni, mimo że spowici w przydymionym półmroku, poruszali się jednak jakby we śnie. Każde mrugnięcie powieką wyglądało jak wykonany celowo, przesadny gest. Mat brnął w stronę Bramy, jakby zanurzony w galarecie, jego nogi zdawały się płynąć do przodu.

— Koło obraca się szybciej w Drogach — wyjaśnił Loial. Popatrzył na otaczający ich mrok i wtulił głowę między ramiona. — Nikt z żywych nie zna ich lepiej jak tylko we fragmentach. Obawiam się, że nic nie wiem o Drogach, Rand.

— Czarnego — powiedział Lan — nie można zwyciężyć bez narażania się na ryzyko. Jednak jeszcze żyjemy i wciąż jest przed nami nadzieja, że przeżyjemy. Nie poddawaj się, dopóki jeszcze nie przegrałeś, ogirze.

— Nie byłbyś taki pewny siebie, gdybyś już przedtem tu był. — Zwykły daleki łoskot głosu Loiala był przytłumiony. Wpatrywał się w czerń, jakby coś w niej widział. — Ja też tu nigdy nie byłem, ale spotkałem ogirów, którzy weszli przez Bramę i wyszli z niej na powrót. Nie powinieneś tak mówić, jakbyś już tu był.

Mat przeszedł przez Bramę i zaczął iść normalnym tempem. Przez chwilę wpatrywał się w najwyraźniej bezkresną ciemność, potem pobiegł, żeby do nich dołączyć. Latarnia, którą trzymał w ręku, zakołysała się gwałtownie na końcu tyczki, a jego koń skoczył tuż za nim, omal nie powalając go na ziemię. Pozostali przechodzili jedno po drugim: Perrin, Egwene i Nynaeve, każde zatrzymywało się i milkło zaszokowane, po czym pospiesznie przyłączało się do reszty grupy. Każda latarnia powiększała krąg światła, lecz nie tak jak powinna. Wydawało się, że ciemność pogłębiała się w miarę, jak przybywało światła, jakby gęstnieniem walczyła ze swym ubywaniem.

Nie takim tokiem rozumowania Rand chciał podążyć. Niedobry był już sam fakt, że swoją obecnością tutaj pozwalali ciemności kierować się własną wolą. Każdy zresztą czuł tę przygnębiającą atmosferę. Mat nie wygłaszał tu cierpkich komentarzy, a Egwene miała taką minę, jakby żałowała, że nie przemyślała swojej decyzji przyjścia w to miejsce. Wszyscy w milczeniu wpatrywali się w Bramę, to ostatnie okno na znajomy im świat.

Wreszcie już tylko Moiraine została w piwnicy, ledwie oświetlonej przez jedną latarnię. Jej dłoń zaczęła wolno pełznąć, gdy znalazła liść *Avendesory*. Rand zauważył, że po tej stronie jest umieszczony niżej w kamiennej płaskorzeźbie, dokładnie na tym poziomie, na którym ona go umieściła z tamtej strony. Wyjąwszy go, umieściła z powrotem na pierwotnej pozycji. Zastanawiał się, czy liść po tamtej stronie też się przemieścił.

Aes Sedai przechodziła, prowadząc za sobą Aldieb, a kamienne odrzwia zaczęły się wolno zamykać w ślad za nią. Podeszła do nich, a światło jej latarni pozostało między skrzydłami, dopóki się nie zamknęły do końca. Czerń pochłonęła zwężający się obraz piwnicy. Zamknięci w zduszonym kręgu światła latarni, patrzyli na zamykającą się wokół nich czerń.

Nagle zaczęło się wydawać, że te latarnie to jedyne źródło światła, jakie pozostało na świecie. Rand zauważył, że stoi ściśnięty ramię w ramię między Perrinem a Egwene. Egwene spojrzała na niego szeroko rozwartymi oczyma i przycisnęła się mocniej, a Perrin nie wykonał żadnego ruchu, żeby zrobić jej miejsce. Było coś uspokajającego w dotykaniu drugiej ludzkiej istoty, gdy świat został właśnie połknięty przez ciemność. Nawet konie wyraźnie czuły, jak Drogi wpychają je w coraz to ciaśniejszy kłąb.

Pozornie niczym się nie przejmujący Moiraine i Lan wskoczyli na siodła i Aes Sedai pochyliła się do przodu, wspierając ręce na swej rzeźbionej lasce umocowanej przy wysokim łęku.

— Musimy już ruszać, Loialu.

Loial wzdrygnął się i przytaknął skwapliwie.

— Tak. Tak, Aes Sedai, masz rację. Ani minuty dłużej niż to konieczne.

Wskazał szeroki pas bieli biegnący pod ich stopami i Rand pospiesznie odsunął się od niego. Zrobili tak wszyscy z Pola Emonda. Randowi przyszło do głowy, że ta podłoga była kiedyś gładka, lecz jej gładkość zrobiła się dziobata, jakby kamień przeszedł ospę. Biała linia przerywała się w kilku miejscach.

— Prowadzi od Bramy do pierwszego Drogowskazu. Z tego miejsca... — Loial rozejrzał się z niepokojem dookoła, potem wdrapał na grzbiet swojego konia bez śladu tej niechęci, którą demonstrował wcześniej. Koń miał założone największe siodło, jakie stajenny mógł znaleźć, lecz Loial wypełniał je całkowicie, od przedniego łęku po tylny. Stopy zwisały mu po obu bokach, sięgając aż do samych stawów kolanowych zwierzęcia. — Ani minuty dłużej niż to konieczne — wymruczał.

Pozostali niechętnie dosiedli koni.

Moiraine i Lan jechali po bokach ogira, kierując się błyszczącą w mroku białą linią. Pozostali tłoczyli się z tyłu, najbliżej jak tylko mogli, nad głowami kołysały się latarnie. Latarnie powinny były dawać tyle światła, ile jest potrzebne do oświetlenia całego domu, jednakże tutaj urywało się ono nagle w odległości dziesięciu stóp. Czerń je blokowała, jakby światło uderzało o mur. Wydawało się, że skrzypienie siodeł i stukot końskich kopyt na kamieniach rozlegają się wyłącznie tam, dokąd sięgało światło.

Dłoń Randa stale wędrowała do miecza, mimo że wcale nie uważał, że jest tu gdzieś cokolwiek, przeciwko czemu mógłby się bronić za jego pomocą, wydawało się raczej, że tutaj nie ma takiego miejsca, w którym mogłoby coś się kryć. Otaczająca ich bańka światła równie dobrze mogła być wnętrzem kamiennej jaskini, całkowicie zamkniętej, bez żadnego wyjścia. Konie mogłyby dreptać wokół niej w kieracie. Chwytał rękojeść miecza, jakby naciskiem dłoni potrafił wypchnąć ciążący na nim kamień. Dotykając miecza, przypominał sobie nauki Tama. Na krótką chwilę udawało mu się odnaleźć spokój pustki. Ciężar jednakże zawsze powracał, sprężając pustkę do takiego stopnia, że stawała się jaskinią we wnętrzu jego umysłu, i wtedy musiał zaczynać wszystko od nowa, znów dotykał miecza Tama, żeby sobie przypomnieć.

To była prawdziwa ulga, gdy wreszcie w otoczeniu coś się pojawiło, mimo że była to tylko wysoka bryła kamienia, który wydawał się wyłaniać z ciemności przed nimi. Szeroka biała linia urywała się tuż przy podstawie bryły. Rozległa powierzchnia była inkrustowana skręconymi nitkami metalu, ozdobnymi kreskami, które Randowi przypominały niejasno pnącza winorośli i liście. Zarówno kamień jak i metal były naznaczone ospowatymi dziobami.

— Drogowskaz — oświadczył Loial i pochylił się do przodu, by ze zmarszczonym czołem przyjrzeć się zawikłanym metalowym intarsjom.

— Pismo ogirów — powiedziała Moiraine — tak jednak zniszczone, że ledwie je mogę odczytać.

— Mnie też jest trudno — przyznał ogir — ale to wystarcza, bym wiedział, że mamy pójść w tę stronę.

Powiódł swego wierzchowca w bok od Drogowskazu.

Na skraju kręgu światła widać było inne dzieła sztuki kamieniarskiej, kamienne mosty, których łuki ginęły w mroku i łagodnie nachylone rampy bez poręczy, które wznosiły się w górę i opadały w dół. Między mostami i rampami biegła jednak sięgająca do piersi balustrada, jakby mimo wszystko groził tu upadek. Balustradę wykonano z białego kamienia, wyrzeźbionego w proste krzywe i okrągłości, tworzące razem skomplikowane wzory. Całość wydawała się Randowi dziwnie znajoma, wiedział jednak, że jego wyobraźnia szuka zawsze czegoś znajomego, jeśli wszystko jest mu obce.

U stóp jednego z mostów Loial zatrzymał się, by odczytać pojedynczą linię wyrytą w wąskim kamiennym filarze. Kiwając głową, wjechał na most.

— To jest pierwszy most prowadzący na nasz szlak — rzucił przez ramię.

Rand zastanawiał się, na czym wsparty jest ten most. Końskie podkowy wydawały na nim zgrzytające odgłosy, jakby przy każdym ich kroku złuszczały się drobiny kamienia. Wszystko, co był w stanie dostrzec, pokrywały płytkie dziury, niekiedy wielkości łebka od szpilki, a czasami w kształcie płytkich kraterów o nierównych brzegach szerokości kroku, jakby spadł tu deszcz kwasu albo ten kamień gnił. W bocznych ścianach mostu też widać było szczeliny i dziury. Miejscami całe fragmenty długości piędzi były gładkie. Na ile się orientował, taki most mógł zostać wykuty z litej skały sięgającej do samego środka ziemi, jednakże to, co widział, kazało mu żywić nadzieję, że będzie stało przynajmniej do chwili, w której dotrą do drugiego końca.

„Gdziekolwiek ten koniec jest".

Most jednak skończył się wreszcie, w miejscu, które nie różniło się niczym od jego początku. Rand widział jedynie to, co oświetlała niewielka łuna ich świateł, odnosił jednak wrażenie, że jest to jakaś wielka przestrzeń, niczym płaski wierzchołek góry, pełna innych mostów i ramp. Loial nazwał to miejsce Wyspą. Stał tam inny, pokryty pismem Drogowskaz. Rand sądził, iż jest to środek Wyspy, nie mając sposobu sprawdzenia, czy ma rację. Loial przeczytał napis, po czym powiódł ich w górę rampy, która ciągnęła się zakrętami bez końca.

Po uciążliwej wspinaczce, polegającej na bezustannym pokonywaniu zakrętów, rampa doprowadziła ich do kolejnej Wyspy, dokładnie takiej samej, jak ta pierwsza, z której tu dotarli. Rand usiłował wyobrazić sobie cały kształt rampy, ale poddał się.

„Ta Wyspa nie może być położona na drugiej. To niemożliwe".

Loial przyjrzał się następnej bryle zapisanej pismem ogirów, znalazł jeszcze jeden filar wskazujący kierunek i wprowadził ich na kolejny most. Rand zatracił już jakiekolwiek pojęcie, w jakim kierunku jadą.

W ściśniętej łunie światła każdy most wyglądał dokładnie jak poprzednie, tyle że w ścianach jednych były szczeliny, a w innych nie. Jedynie stopień zniszczenia Drogowskazów różnił czymkolwiek Wyspy. Rand stracił poczucie czasu, nie był już nawet pewien, ile do tej pory mostów przekroczyli albo po ilu rampach się wspinali. Jednakże Strażnik miał najwyraźniej zegar w głowie, kiedy bowiem Rand poczuł pierwszy skurcz głodu, obwieścił spokojnie, że już południe i zsiadł z Mandarba, by wydobyć chleb, ser i suszone mięso z koszy umocowanych do grzbietu jucznego konia, prowadzonego tym razem przez Perrina. Znajdowali się na Wyspie i Loial pracowicie odcyfrowywał kierunek podany na Drogowskazie.

Mat zaczął zsiadać z siodła, ale Moiraine powiedziała:

— Czas jest zbyt cenny w Drogach, by go marnować. A dla nas jest cenny jeszcze bardziej. Zatrzymamy się, gdy przyjdzie pora na sen.

Lan siedział już ponownie na grzbiecie Mandarba.

Myśl o spaniu w Drogach odebrała Randowi wszelki apetyt. Cały czas panowała tu noc, jednakże nie była to noc do spania. Mimo to jadł podczas jazdy tak jak pozostali. Trudno było sobie z tym radzić, utrzymać jednocześnie jedzenie, latarnię na tyczce i wodze, jednakże pomimo braku apetytu, który sobie wyobraził, po skończeniu posiłku zlizał ostatnie kruszyny chleba i sera z rąk i z upodobaniem zamarzył o dokładce. Zaczął nawet myśleć, że w Drogach wcale nie jest tak źle, jak to odmalował Loial. Być może opadło ich przygnębiające poczucie ciszy przed burzą, jednak jak dotąd nic się nie zmieniło. Nic się nie zdarzyło. Drogi były wręcz nudne.

Nagle ciszę zakłócił pomruk zaskoczenia Loiala. Rand stanął w strzemionach, by zobaczyć to, co widzi ogir, i widok ten sprawił, że przełknął z trudem ślinę. Znajdowali się na środku mostu, a w odległości zaledwie kilku stóp od miejsca, w którym zatrzymał się Loial, most kończył się poszarpaną krawędzią, za którą otwierała się przepaść.

ROZDZIAŁ 45

CO CZYHA W CIENIU

Światło latarni było dostatecznie mocne, by rozjaśnić drugą stronę zerwanego mostu, szczerzącą się z ciemności niczym połamane zęby olbrzyma. Koń Loiala tupnął nerwowo kopytem, potrącony kamień spadł prosto w martwą czeluść. Nawet jeśli wreszcie uderzył o dno, Rand nie usłyszał dźwięku.

Ostrożnie podprowadził Rudego do skraju przepaści. Nie zobaczył nic, pomimo iż wysunął tyczkę z latarnią najdalej, jak się dało. Czerń w dole i czerń w górze cięły strumień światła niczym ostrza ogromnych nożyc. Jeśli w ogóle było tam dno, to mogło się znajdować na głębokości jakichś tysiąca stóp. Albo nigdzie. Udało mu się natomiast zobaczyć, co było pod mostem, co go podtrzymywało. Nic. Warstwa o przekroju cieńszym niż piędź i zupełnie nic pod spodem.

Nagle kamienne podłoże pod stopami wydało mu się równie cienkie jak papier, miał wrażenie, że bezdenna czeluść chce go wessać w siebie. Latarnia i tyczka zaciążyły znienacka, jakby zaraz miały go ściągnąć z siodła. Czując, jak kręci mu się w głowie, odciągnął konia od otchłani, równie ostrożnie, jak wcześniej do niej podchodził.

— Po to właśnie nas tu ciągnęłaś, Aes Sedai? — spytała Nynaeve. — Żebyśmy się tylko przekonali, że i tak musimy zawracać do Caemlyn?

— Nie musimy zawracać — odparła Moiraine. — W każdym razie nie do samego Caemlyn. Drogi przecina wiele szlaków, które prowadzą do tego samego miejsca. Musimy zawrócić tylko tyle, by Loial znalazł inny szlak wiodący do Fal Dara. Loialu? Loialu!

Ogir z wyraźnym wysiłkiem oderwał wytrzeszczone oczy od przepaści.

— Słucham? Och, tak, Aes Sedai. Znajdę inny szlak. Miałem... — Jego oczy znowu powędrowały w stronę otchłani, gwałtownie strzygł uszami. — Nie wyobrażałem sobie, że rozpad posunął się tak daleko. Skoro nawet mosty się zapadają, to całkiem możliwe, że nie znajdę szlaku, na którym ci zależy. Możliwe też, że nie uda mi się znaleźć drogi powrotnej. Mosty mogą się za nami zapadać nawet w tej chwili.

— Jakiś szlak na pewno istnieje — orzekł obojętnym głosem Perrin.

Z jego oczu biła złotawa łuna, jakby wchłaniały światło.

„Osaczony wilk — pomyślał Rand, wstrząśnięty tym odkryciem. — Tak właśnie wygląda".

— Będzie tak, jak tka Koło — stwierdziła Moiraine. — Nie sądzę jednak, by rozkład postępował tak szybko, jak się obawiasz. Popatrz na ten kamień, Loialu. Nawet ja potrafię stwierdzić, że pękł dawno temu.

— Tak — wolno powiedział Loial. — Tak, Aes Sedai. Widzę. Nie ma tu ani deszczu, ani wiatru, a jednak ten kamień był poddany oddziaływaniom powietrza od co najmniej dziesięciu lat. — Pokiwał głową z uśmiechem ulgi, tak uszczęśliwiony tym odkryciem, że przez moment wydawał się nie pamiętać o strachu. Potem jednak rozejrzał się dookoła i niespokojnie wzruszył ramionami. — O wiele łatwiej byłoby mi znaleźć inne szlaki niż te, które wiodą do Mafal Dadaranell. Może tak Tar Valon? Albo Stedding Shangtai? Ostatnią Wyspę dzielą od Stedding Shangtai zaledwie trzy mosty. Przypuszczam, że Starsi zechcą już teraz ze mną rozmawiać.

— Fal Dara, Loialu — odparła stanowczym głosem Aes Sedai. — Oko Świata znajduje się za Fal Dara, a my musimy dotrzeć do Oka.

— Fal Dara — zgodził się niechętnie ogir.

Po powrocie na Wyspę Loial zatopił się z przejęciem w piśmie pokrywającym tablicę, ściągając brwi i mrucząc coś pod nosem. Wkrótce mówił już wyłącznie do siebie, ponieważ przeszedł na język ogirów. Dźwięki tej fleksyjnej mowy przypominały donośne ptasie trele. Rand nie mógł się nadziwić, że istoty tak rosłe posługują się tak melodyjnym językiem.

Wreszcie ogir skinął głową. Poprowadził ich do wybranego mostu, przy następnym obrócił się, by tęsknie zerknąć na stojący przy nim drogowskaz.

— Trzy przejścia do Stedding Shangtai — westchnął.

Wprowadził ich jednak na most i nie zatrzymując się, spojrzał w stronę trzeciego. Oglądał się z żalem, mimo iż most prowadzący do jego domu skryły ciemności.

Rand podjechał bliżej do ogira.

— Kiedy to wszystko się skończy, Loialu, pokażesz mi swój *stedding*, a ja tobie Pole Emonda. Tylko nie za pomocą Dróg. Będziemy wędrować albo jechać konno, nawet gdyby taka wyprawa miała trwać całe lato.

— Wierzysz, że to się kiedykolwiek skończy, Rand?

Spojrzał z ukosa na ogira.

— Powiedziałeś, że dotrzemy do Fal Dara w ciągu dwóch dni.

— Nie chodzi o Drogi, Rand. O całą resztę. — Loial obejrzał się przez ramię na Aes Sedai, rozmawiającą cicho z jadącym obok niej Lanem. — Na jakiej podstawie sądzisz, że to się kiedykolwiek skończy?

Mosty i rampy prowadziły w górę, w dół i w bok. Czasami od Drogowskazu odchodziła biała linia, ginąca gdzieś w mroku, taka sama jak ta, która powiodła ich od Bramy w Caemlyn. Rand zauważył, że nie tylko on śledzi te linie z ciekawością i pewnym żalem. Nynaeve, Perrin, Mat, a nawet Egwene niechętnie się z nimi rozstawali. Na końcu każdej linii znajdowała się jakaś Brama, wyjście na świat, w którym było słońce, niebo i wiatr. Nawet zły, zimny wiatr mógł teraz dostarczyć powodu do radości. Pozostawiali posłusznie linie, bo tak im nakazywało ostre spojrzenie Aes Sedai. Niemniej jednak Rand nie był jedynym, który tęsknie oglądał się nawet wtedy, gdy ciemność pochłonęła już Wyspę, Drogowskaz i linię.

Ziewał, gdy Moiraine obwieściła, że zatrzymają się na noc na jednej z Wysp. Mat rozejrzał się po otaczającej ich czerni i głośno parsknął, zsiadł jednak z konia równie szybko jak pozostali. Lan wraz z chłopcami rozsiodłali i spętali konie, a Nynaeve i Egwene rozstawiły maleńki palnik, by przygotować herbatę. Lan wyjaśnił, że to przypominające oprawę latarni urządzenie jest używane przez Strażników w Ugorze, gdzie palenie drewna może sprowadzić niebezpieczeństwo. Z koszy zdjętych z grzbietu jucznego konia Strażnik wyciągnął trójnogi, dzięki którym można było rozstawić tyczki z latarniami dookoła obozowiska.

Loial przez chwilę przypatrywał się uważnie Drogowskazowi, po czym usiadł, skrzyżowawszy nogi i pogładził dłonią zakurzony, ospowaty kamień.

— Kiedyś na Wyspie rosły rośliny — powiedział ze smutkiem w głosie. — Opowiadają o tym wszystkie książki. Rosła zielona trawa do spania, miękka jak puchowe łoże. Drzewa owocowe, dzięki którym, niezależnie od pory roku panującej na zewnątrz, można było urozmaicić zabrane z sobą jedzenie jabłkiem, gruszką albo klejowcem — słodkimi, chrupiącymi i soczystymi.

— Nie było na co polować — warknął Perrin i wyraźnie się zdziwił, że mógł powiedzieć coś takiego.

Egwene podała Loialowi kubek z herbatą. Trzymał go w dłoniach, nie pijąc, zapatrzony w dno, jakby potrafił tam odnaleźć owocowe drzewa.

— Nie masz zamiaru zakładać tu pasa ochronnego? — Nynaeve spytała Moiraine. — Na pewno żyją tu paskudniejsze stworzenia niż szczury. Czuję to cały czas, mimo iż niczego takiego dotąd nie dostrzegłam.

Aes Sedai ze wstrętem otarła palce o wnętrze dłoni.

— Czujesz skazę, nadużycie Mocy, dzięki któremu powstały Drogi. Ja jednak nie użyję Jedynej Mocy na Drogach, dopóki nie będę zmuszona. Skaza jest tak silna, że cokolwiek bym uczyniła, zabrudzenie i tak pozostanie.

Te słowa sprawiły, że wszyscy popadli w milczenie tak samo jak Loial. Lan zabrał się za swój posiłek, metodycznie dokładając do ognia; ważne było nie tyle jedzenie, co dostarczenie paliwa własnemu ciału. Moiraine też sporo zjadła, i to w tak schludny sposób, jakby wcale nie siedzieli na nagim kamieniu, dosłownie w samym środku nicości. Rand natomiast ledwie coś skubnął. Maleńki płomyk oliwnego palnika dawał zaledwie tyle ciepła, by można było zagrzać wodę, on jednak garnął się do niego, jakby potrafił nasiąknąć jego ciepłem. Ramionami stykał się z Matem i Perrinem, wszyscy razem tworzyli ciasny krąg wokół palnika. Mat zapomniał, że w dłoniach trzyma chleb, mięso i ser, a Perrin odstawił swój talerzyk już po kilku kęsach. Opanowywał ich coraz to bardziej ponury nastrój, każdy wpatrywał się w ziemię, starając się nie zwracać uwagi na otaczający ich mrok.

Moiraine przypatrywała im się badawczo podczas jedzenia. Wreszcie odstawiła swój talerz i otarła usta serwetką.

— Mogę wam powiedzieć coś radosnego. Moim zdaniem Thom Merrilin nie zginął.

Rand spojrzał na nią przenikliwie.

— Ale… Pomor…

— Mat opowiedział mi, co się zdarzyło w Białym Moście — odparła Aes Sedai. — Ludzie stamtąd wspominali o jakimś bardzie, nikt jednak nie mówił nic o jego śmierci. Sądzę, że powiedzieliby, gdyby bard został zabity. Biały Most to zbyt małe miasto, aby obecność barda została uznana za coś nieistotnego. A poza tym Thom stanowi część Wzoru, który oplata się wokół was trzech. Część zbyt ważną, jak sądzę, by miała już zostać odcięta.

„Zbyt ważną? — pomyślał Rand. — Skąd Moiraine to wie…?"

— Min? Czy ona zobaczyła coś, co się wiązało z Thomem?

— Min bardzo dużo widziała — odparła cierpkim tonem Moiraine. — Coś, co związane jest z wami wszystkimi. Żałuję, że nie rozumiem nawet połowy tego, co widziała, ale nawet ona sama tego nie rozumie. Stare bariery słabną. Nieważne jednak, czy to, co widzi Min, jest stare czy nowe. Ona widzi prawdę. Wasze losy są z sobą związane. Również los Thoma Merrilina.

Nynaeve skwitowała to wszystko głośnym prychnięciem i dolała sobie herbaty.

— Nie rozumiem, jak ona mogła cokolwiek wiedzieć na nasz temat — powiedział Mat z szerokim uśmiechem. — O ile pamiętam, zajmowała się głównie wpatrywaniem w Randa.

Egwene uniosła brew.

— Ach tak? Nie wspominałaś o tym, Moiraine Sedai.

Rand zerknął na nią ukradkiem. Nie patrzyła na niego, zdradzała ją jednak nadmiernie wystudiowana obojętność głosu.

— Rozmawiałem z nią jeden raz — przyznał. — Min ubiera się jak chłopiec i ma tak krótkie włosy jak ja.

— Rozmawiałeś z nią. Jeden raz.

Egwene wolno skinęła głową. Nadal nie patrząc na niego, podniosła swój kubek do ust.

— Min była tylko osobą pracującą w tamtej karczmie w Baerlon — wtrącił Perrin. — Nie tak jak Aram.

Egwene zachłysnęła się herbatą.

— Za gorąca — wymamrotała.

— Kto to jest Aram? — spytał Rand.

Perrin uśmiechnął się, tak samo jak kiedyś uśmiechał się Mat, gdy zamierzał spłatać jakiegoś figla, a potem ukrył twarz w swoim kubku.

— Taki jeden z Ludu Wędrowców — odparła Egwene najzwyklejszym tonem, niemniej jednak na jej policzkach wykwitły czerwone plamy.

— Taki jeden z Ludu Wędrowców — powtórzył szyderczym tonem Perrin. — Ale jakże on potrafi tańczyć. Zupełnie jak ptak. Czy nie tak mówiłaś, Egwene? Że to tak, jak fruwać z ptakiem?

Egwene stanowczym ruchem odstawiła kubek.

— Nie wiem, może nikt nie jest jeszcze zmęczony, ale ja w każdym razie kładę się już spać.

Gdy leżała otulona w koce, Perrin przechylił się, by szturchnąć Randa pod żebro i puścić do niego oko. Rand mimo woli odwzajemnił uśmiech.

„Niech sczeznę, kiedy wreszcie zachowam się tak jak trzeba. Szkoda, że nie znam się na kobietach tak jak Perrin".

— Rand — zaczął Mat z przebiegłym uśmiechem — może powinieneś opowiedzieć Egwene o córce farmera Grinwella, Else.

Egwene uniosła głowę, by spojrzeć najpierw na Mata, potem na niego.

Pospiesznie zabrał się za rozkładanie posłania.

— Mam ochotę trochę się zdrzemnąć.

Po chwili wszyscy z Pola Emonda znaleźli swoje koce, Loial również zaczął mościć sobie legowisko. Moiraine nie ruszała się z miejsca i maleńkimi łykami popijała herbatę. Lan towarzyszył jej. Po Strażniku zupełnie nie było widać, by zamierzał się kłaść, jakby w ogóle nie potrzebował snu.

Wszyscy ułożyli się tak, aby nie oddalać się zanadto od pozostałych. Utworzyli wokół palnika niewielki krąg okrytych kocami pagórków, nieomal ściśle do siebie przylegających.

— Rand — szepnął Mat — czy między tobą i Min coś zaszło? Ja ledwie na nią spojrzałem. Była piękna, ale miała pewnie tyle lat co Nynaeve.

— A co z Else? — dorzucił leżący z drugiej strony Perrin. — Nie była piękna?

— Krew i popioły — mruknął Rand — czy nawet nie wolno mi porozmawiać z jakąś dziewczyną? Jesteście obydwaj równie wstrętni jak Egwene.

— Jakby powiedziała Wiedząca — szydził Mat — pilnuj swego języka. Cóż, skoro nie chcesz o tym gadać, to trochę się prześpię.

— Znakomicie — burknął Rand. — Nareszcie powiedziałeś coś do rzeczy.

Jednak sen nie chciał przyjść tak łatwo. Kamień był twardy i niezależnie od przyjętej pozycji Rand czuł przez koc wszystkie nierówności. Nie umiał zapomnieć, że to są właśnie Drogi, stworzone przez ludzi, którzy spowodowali Pęknięcie Świata, przez ludzi skażonych dotknięciem Czarnego. Wciąż miał przed oczyma wizję zapadniętego mostu i pustki pod nim.

Kiedy odwrócił się w jedną stronę, odkrył, że Mat patrzy na niego, a właściwie przez niego. Drwiny poszły w niepamięć, gdy powróciła ciemność. Obrócił się na drugi bok, ale Perrin też miał oczy otwarte. Na jego twarzy było mniej lęku niż na twarzy Mata, trzymał dłonie na piersi, z niepokojem postukując jednym kciukiem o drugi.

Moiraine obeszła ich posłania, klękała kolejno przy każdej głowie i pochylała się, by coś cicho powiedzieć. Rand nie słyszał, co szepnęła Perrinowi, sprawiła jednak, że jego kciuki znieruchomiały. Gdy w końcu pochyliła się nad nim, nieomal dotykając twarzą jego twarzy, usłyszał niski, uspokajający głos:

— Nawet tutaj chroni cię twoje przeznaczenie. Nawet Czarny nie może całkowicie zmienić Wzoru. Nic ci nie grozi z jego strony, dopóki ja jestem obok. Twoje sny są bezpieczne. Będą bezpieczne, przynajmniej przez jakiś czas.

Kiedy przeszła od niego do Mata, zastanowił się, czy jej zdaniem naprawdę wystarczy mu powiedzieć, że jest bezpieczny i on w to zaraz uwierzy. W jakiś sposób jednak rzeczywiście poczuł się bezpieczny — w każdym razie bezpieczniejszy. Z tą myślą odpłynął w sen i nie śnił o niczym.

Obudził ich Lan. Rand zastanawiał się, czy Strażnik w ogóle spał, nie wyglądał na zmęczonego, nawet w takim stopniu jak ci, którzy przeleżeli kilka godzin na twardym kamieniu. Moiraine dała im tyle czasu, ile było potrzebne na zaparzenie herbaty, każdy jednak mógł wypić tylko jedną filiżankę. Śniadanie jedli już w siodle — na czele jechali Loial i Strażnik. Był to taki sam posiłek jak wszystkie pozostałe — chleb, mięso i ser. Rand pomyślał, że już niedługo chleb, mięso i ser zupełnie mu obrzydną.

Krótko potem, jak już ostatni okruch został zlizany z palców, Lan powiedział cicho:

— Ktoś podąża naszym śladem. Albo coś.

Znajdowali się akurat na środku mostu, obydwa jego krańce krył mrok.

Mat natychmiast wyszarpnął strzałę z kołczana i zanim ktokolwiek zdołał go powstrzymać, wystrzelił ją w ciemność osaczającą ich od tyłu.

— Wiedziałem, że nie powinienem tego robić — mruknął Loial. — Nie należy się zadawać z Aes Sedai poza granicami *stedding*.

Lan chwycił łuk i przytrzymał cięciwę, zanim Mat zdążył naciągnąć następną strzałę.

— Przestań, ty wiejski durniu. Nie mamy jak sprawdzić, kto to jest.

— To jedyne miejsce, w którym z ich strony nic nam nie grozi — mówił dalej ogir.

— Czy oprócz czegoś złego może w tym miejscu być co innego? — spytał podniesionym głosem Mat.

— Tak właśnie mówią Starsi, a ja powinienem był ich słuchać.

— Na przykład my — stwierdził kwaśnym tonem Strażnik.

— Może to jakiś inny podróżnik — powiedziała z nadzieją Egwene. — Może jakiś ogir.

— Ogirowie są zbyt rozsądni, żeby używać Dróg — odburknął Loial. — Wszyscy z wyjątkiem Loiala, który w ogóle nie ma rozsądku. Starszy Haman zawsze to powtarza i ma rację.

— Co czujesz, Lan? — spytała Moiraine. — Czy to jest coś, co służy Czarnemu?

Strażnik powoli pokręcił głową.

— Nie wiem — odparł takim tonem, jakby to go zdziwiło. — Nie potrafię określić. Może to tylko same Drogi i skaza w nich wyryta. Wszystko wydaje się złe. Jednak ktokolwiek czy cokolwiek to jest, nie stara się nas dogonić. Prawie już nas dogonił przy ostatniej Wyspie, a jednak uciekł w popłochu przez most, żeby uniknąć spotkania. Jeśli jednak zostanę z tyłu, wezmę go z zaskoczenia i wtedy się przekonamy.

— Jeśli zostaniesz z tyłu, Strażniku — stanowczym głosem oświadczył Loial — wówczas resztę życia spędzisz wśród Dróg. Nawet jeśli potrafisz czytać w języku ogirów, to i tak nigdy nie słyszałem o żadnym człowieku, który potrafiłby sam, bez przewodnika z mojej rasy, odnaleźć szlak wiodący od pierwszej Wyspy. Czy znasz język ogirów?

Lan ponownie pokręcił głową, a Moiraine orzekła:

— Dopóki nie będzie nam stwarzał kłopotów, dopóty my nie będziemy go niepokoić. Nie mamy czasu. Ani odrobiny.

Gdy zjeżdżali z mostu na następną Wyspę, Loial powiedział:

— O ile właściwie zapamiętałem ostatni Drogowskaz, biegnie stąd szlak wiodący do Tar Valon. Najwyżej pół dnia podróży. Nie stracimy nawet tyle czasu, ile jest potrzebne, by dotrzeć do Mafal Dadaranell. Jestem pewien, że...

Urwał, gdy latarnie oświetliły Drogowskaz. Tuż pod samym szczytem tablicy z napisami kamień pokrywały głęboko wycięte rysy, ostre i kanciaste, przypominające rany. Lan raptem przestał ukrywać trapiący go niepokój. Nadal siedział w siodle wyprostowany, Rand jednak odniósł nagle wrażenie, że Strażnik czuje wszystko, co go otacza, że czuje nawet ich oddechy. Zaczął objeżdżać Drogowskaz, zataczając coraz to szersze kręgi. Poruszał się w taki sposób, jakby gotował się do ataku lub jego odparcia.

— To wiele wyjaśnia — powiedziała spokojnie Moiraine — i budzi we mnie lęk. Więc to aż tak. Powinnam się była domyślić. Skaza, rozpad. Powinnam się była domyślić.

— Domyślić czego? — spytała Nynaeve, wchodząc w słowo Loialowi, który z kolei spytał:

— Co to jest? Kto to zrobił? Nigdy nie widziałem ani nie słyszałem o czymś takim.

Aes Sedai wytrzymała ich wzrok bez cienia zdenerwowania.

— Trolloki. — Zignorowała ich przerażone okrzyki. — Albo Pomory. To są runy trolloków. Trolloki odkryły, jak się wchodzi do Dróg. W taki zapewne sposób dotarły niezauważenie do Dwu Rzek, przez Bramę przy Manetheren. W Ugorze znajduje się co najmniej jedna Brama.

Zerknęła w stronę Lana, zanim na nowo podjęła wyjaśnienia. Strażnik odjechał już tak daleko, że widać było jedynie nikłe światło jego latarni.

— Manetheren zostało zniszczone, ale prawie nic nie jest w stanie zniszczyć Bramy. W taki właśnie sposób Pomory zgromadziły niewielką armię dookoła Caemlyn, nie wzniecając alarmu we wszystkich krainach od Ugoru po Andor. — Urwała, w zamyśleniu dotykając warg. — Niepodobna jednak, że poznały już wszystkie szlaki, bo inaczej wtargnęłyby do samego środka Caemlyn za pomocą tej samej Bramy, z której myśmy skorzystali. Tak.

Rand zadrżał. Przejść przez Bramę i napotkać zaczajone w ciemnościach trolloki, całe setki, może tysiące trolloków, pokrzywionych olbrzymów o zezwierzęconych twarzach, którzy z chrapliwym warkotem będą wyskakiwać z czerni, siejąc mord. Albo coś jeszcze gorszego.

— Niełatwo jest korzystać z Dróg — westchnął Lan.

Latarnia Strażnika znajdowała się w odległości najwyżej dwudziestu piędzi, jednakże rzucany przez nią blask przybrał postać bladej, niewyraźnej kuli, bardzo odległej od świateł otaczających Drogowskaz. Moiraine poprowadziła ich w tamtą stronę. Na widok tego, co odkrył Strażnik, Rand pożałował, że nie ma pustego żołądka.

U stóp jednego z mostów zastygły sylwetki trolloków, unieruchomionych w chwili, gdy wymachiwały gwałtownie zakrzywionymi toporami i sierpowatymi mieczami. Ogromne cielska, zszarzałe i dziobate jak kamień, tkwiły zatopione do połowy w rozdętej, pokrytej bąblami substancji. Niektóre z bąbli pękły, odsłaniając fragmenty twarzy, wystające pyski, na zawsze wykrzywione zwierzęcym grymasem strachu. Rand, słysząc, że ktoś za nim wymiotuje, z trudem przełknął ślinę. Nawet jak na trolloki była to straszna śmierć.

Kilka stóp za trollokami most się kończył. Słup Drogowskazu leżał roztrzaskany na tysiące kawałków.

Loial zsunął się ostrożnie z grzbietu konia, podejrzliwie obserwując ciała trolloków, jakby się spodziewał, że zaraz ożyją. Pospiesznie przeszukał gruz pozostały po Drogowskazie, szukając metalowych napisów niegdyś osadzonych w kamieniu. Po chwili wdrapał się z powrotem na siodło.

— To był pierwszy most położony na szlaku wiodącym do Tar Valon — oznajmił.

Mat ocierał usta wierzchem dłoni, odwracając głowę w drugą stronę, by nie widzieć trolloków. Egwene ukryła twarz w dłoniach. Rand podjechał bliżej i dotknął jej ramienia. Obróciła się i uchwyciła go kurczowo, cała roztrzęsiona. On sam również by się rozdygotał, powstrzymywały go tylko jej objęcia.

— Nie jedziemy jeszcze do Tar Valon — oświadczyła Moiraine.

Nynaeve napadła na Aes Sedai.

— Jak możesz to przyjmować z takim spokojem? To samo mogło stać się z nami!

— Być może — odparła pogodnie Moiraine, a Nynaeve zacisnęła usta z taką siłą, że Rand usłyszał zgrzytnięcie zębów.

— Bardziej jednak prawdopodobne — ciągnęła niczym niewzruszona Aes Sedai — że tamci mężczyźni, Aes Sedai, którzy stworzyli Drogi, zabezpieczyli je, zakładając w nich pułapki na istoty należące do Czarnego. A zatem musieli się czegoś bać, zanim Półludzie i trolloki zostali zapędzeni do Ugoru. Tak czy inaczej nie możemy zostać tu dłużej, a w którąkolwiek stronę się udamy, za siebie czy przed siebie, zawsze będzie istniała groźba, że wpadniemy w jakąś pułapkę. Loialu, czy wiesz, gdzie jest następny most?

— Tak. Tak... dzięki Światłości, ta część Drogowskazu nie została zniszczona.

Loial po raz pierwszy, w zgodzie z intencją Moiraine, palił się wyraźnie do dalszej drogi. Jeszcze nie skończył mówić, a już pognał swego wielkiego konia do galopu.

Egwene tuliła się do ramienia Randa jeszcze przez dwa mosty. Żałował, gdy wybąkawszy jakieś przeprosiny i śmiejąc się z przymusem, w końcu go puściła, żałował nie tylko dlatego, że przyjemnie było czuć, jak ona tak się do niego garnie. Odkrył, że łatwiej być odważnym, gdy można kogoś chronić.

Moiraine być może nawet nie wierzyła do końca, iż jakaś pułapka czeka właśnie na nich, a jednak pomimo wcześniejszego nieustannego przynaglania, kazała im teraz jechać znacznie wolniej niż przedtem, zatrzymując się przed wpuszczeniem ich na którykolwiek most albo przed zjechaniem z niego na Wyspę. Wysuwała się z Aldieb do przodu, badając przestrzeń przed sobą wyciągniętą ręką; nawet Loialowi ani Lanowi nie wolno było jechać naprzód bez jej zgody.

Rand musiał zawierzyć jej zdaniu na temat pułapek, cały czas jednak badał wzrokiem otaczającą go ciemność, jakby rzeczywiście potrafił dojrzeć coś, co znajdowało się dalej niż dziesięć stóp i bacznie nadstawiał uszu. Skoro trolloki mogły korzystać z Dróg, to w takim razie to coś, co szło ich śladem, mogło być jakimś innym stworzeniem należącym do Czarnego. Istot tych mogło być kilka. Lan powiedział, że w Drogach nie jest w stanie niczego określić.

Gdy pokonywali jeden most za drugim, jedli podczas jazdy popołudniowy posiłek i znowu przekraczali kolejne mosty, słyszał tylko skrzypienie siodeł, stukot końskich kopyt, czasami czyjeś kaszlnięcie albo mruknięcie. Po jakimś jednak czasie zdało mu się, że słyszy również szum wiatru dochodzący gdzieś z ciemności. Nie umiał określić z której strony. Z początku sądził, że jest to tylko twór jego wyobraźni, jednak wraz z upływem czasu nabierał pewności.

„Przyjemnie będzie znowu poczuć wiatr, nawet jeśli zrobi się chłodno".

Nagle zamrugał.

— Loialu, czyś ty przypadkiem nie mówił, że po Drogach nie wieją żadne wiatry?

Loial zatrzymał konia tuż przed następną Wyspą i nasłuchiwał z przekrzywioną głową. Twarz mu stopniowo bladła, nerwowo oblizywał wargi.

— *Machin Shin* — wyszeptał ochryple. — Czarny Wiatr. Światłości, oświeć nas i chroń. To Czarny Wiatr.

— Ile jeszcze zostało mostów? — spytała ostrym tonem Moiraine. — Loialu, ile jeszcze zostało mostów?

— Dwa. Wydaje mi się, że dwa.

— No to szybko! — zawołała, każąc Aldieb pogalopować w stronę Wyspy. — Znajdź je szybko!

Loial czytał napisy na Drogowskazie i mówił głośno do siebie lub do kogokolwiek, kto go słuchał.

— Wyszli stamtąd obłąkani, krzycząc przeraźliwie o *Machin* Shin. Światłości, dopomóż nam! Nawet ci, których mogły wyleczyć Aes Sedai, nie... — Pospiesznie omiótł wzrokiem kamienną płaszczyznę i pogalopował w stronę wybranego mostu z donośnym: — To tam!

Tym razem Moiraine nie traciła czasu, by sprawdzić to miejsce. Nakazała wszystkim przejść w galop, most zadrżał pod rozpędzonymi końmi, latarnie rozhuśtały się gwałtownie nad głowami. Loial przebiegł wzrokiem napisy na następnym Drogowskazie i nawrócił swego wierzchowca, jakby to był koń wyścigowy, nie dając mu się nawet zatrzymać. Szum wiatru stawał się coraz głośniejszy. Rand słyszał go mimo stukotu kopyt po kamiennym podłożu. Wiał od tyłu, coraz bliższymi podmuchami.

Nie marnowali czasu przy następnym Drogowskazie. Gdy tylko światło latarni wychwyciło biegnącą od niego białą linię, skręcili w tamtą stronę, wciąż galopując. Wyspa zniknęła w tyle i teraz był już tylko porowaty, szary kamień pod nogami, a na nim ta biała linia. Rand oddychał tak ciężko, że nie był już pewien, czy jeszcze słyszy wiatr.

Z mroku wyłoniły się odrzwia, ozdobione fryzami w kształcie liści winorośli, tkwiły samotnie w czerni jak niewielki fragment muru spowity w nocny mrok. Moiraine wychyliła się z siodła, sięgając ręką płaskorzeźb i nagle wyprostowała się gwałtownie.

— Nie ma tu liścia *Avendesory*! — zawołała. — Klucz zniknął!

— Światłości! — krzyknął Mat. — Przeklęta Światłości!

Loial odrzucił głowę w tył i zaniósł się żałobnym krzykiem, przypominającym jęk umierającego.

Egwene dotknęła ramienia Randa. Wargi jej zadrżały, ale tylko popatrzyła na niego. Nakrył dłonią jej dłoń, mając nadzieję, że nie wygląda na bardziej przestraszonego niż ona. Poczuł to. W tyle, blisko Drogowskazu, wył wiatr. Miał wrażenie, że słyszy w nim jakieś głosy, głosy wykrzykujące takie nikczemności, że rozumiejąc je tylko w połowie, poczuł żółć dławiącą mu gardło.

Moiraine uniosła swą laskę, z końca wytrysnął ogień. Nie był to tamten czysty, biały płomień, który Rand zapamiętał z Pola Emonda i bitwy pod Shadar Logoth. Ogień przeplatały zgniłożółte smugi, prószył wolno opadającym czarnym pyłem podobnym do sadzy. Z płomienia wzbił się rzadki, kwaśny dym, od którego Loial zaniósł się kaszlem, a konie zaczęły wierzgać, natomiast Moiraine, nie zważając na nic, z całej siły wcisnęła laskę w powierzchnię Bramy. Rand czuł, jak dym drażni mu gardło i parzy wnętrze nosa.

Kamień topniał jak masło, liście i gałązki winorośli więdły i znikały. Aes Sedai przesuwała płomień najszybciej jak potrafiła, jednakże wycięcie otworu dostatecznie dużego, by wszyscy mogli przez niego przejść, nie było łatwym zadaniem. Randowi wydawało się, iż linia stopionego kamienia pełznie po łuku w ślimaczym tempie.

Serce mu zamarło, gdy poły płaszcza zadrżały nieznacznie, jakby poruszone słabym podmuchem wiatru.

— Czuję go — wybąkał drżącym głosem Mat. — Światłości, ażebym sczezł, czuję go!

Płomień zgasł i Moiraine opuściła laskę.

— Zrobione — powiedziała. — Na razie połowa.

Przez pokrytą płaskorzeźbami płaszczyznę biegła cienka linia. Randowi wydało się, że widzi w tej szczelinie światło — blade, ale jednak światło. Wycięte w kamieniu dwa wielkie, zaokrąglone kliny tkwiły uparcie — wrota Bramy dzieliły ich wspólny łuk dokładnie na połowę. Otwór, który miał powstać w tym miejscu, byłby dostatecznie duży, by wszyscy mogli przezeń przejechać, choć Loial musiałby się położyć płasko na grzbiecie swego konia. Dostatecznie duży po wypchnięciu klinów. Zastanawiał się, ile mogą ważyć. Tysiąc funtów? Więcej?

„Gdybyśmy tak wszyscy zsiedli z koni i popchnęli. Gdybyśmy wypchnęli przynajmniej jeden na zewnątrz, zanim ten wiatr tu dotrze".

Pierwszy podmuch szarpnął połą jego płaszcza. Starał się nie słuchać, co wykrzykują głosy.

Moiraine odsunęła się na bok, Lan skulił się w siodle i Mandarb skoczył do przodu, prosto na Bramę. W ostatniej chwili wykonał skręt, by pchnąć kamień barkiem, dokładnie tak, jak go uczono nacierać na inne konie podczas bitwy. Bryła kamienia z donośnym trzaskiem wypadła na zewnątrz, a siła rozpędu poniosła Strażnika i jego konia prosto w dymiący blask wypełniający Bramę. Światło, które sączyło się przez otwór, było światłem późnego poranka, bladym i słabym, Rand jednak miał wrażenie, że w twarz pali go południowy skwar pełni lata.

Po drugiej stronie Mandarb z Lanem brnęli teraz ospałymi ruchami, nawracając w ich stronę. Rand nie czekał. Popchnął łeb Beli w kierunku otworu i z całej siły klepnął ją po zadzie. Egwene zdążyła tylko rzucić przez ramię zdziwione spojrzenie i zaraz potem Bela wywiozła ją z Dróg.

— Uciekajcie wszyscy! — rozkazała Moiraine. — Szybko! Naprzód!

Mówiąc to, Aes Sedai wyciągnęła laskę na długość ręki i wycelowała ją w stronę Drogowskazu. Z końca laski coś wytrysnęło, jak ciekłe światło przetopione na ognisty syrop, oślepiająca włócznia wykuta z bieli, czerwieni i żółci, sącząca się w czerń, eksplodująca, skrząca się jak strzaskane na proch diamenty. Wiatr skrzeczał, śmiertelnym bólem wywrzaskiwał swą wściekłość. Skryty w nim pomruk tysięcznych głosów huknął jak jeden grom, rozszalałym rykiem, stłumionym rechotem i ogłuszającymi przyrzeczeniami, od których Randowi skręcał się żołądek, słyszał bowiem wibrujące w nich upodobanie, a jednocześnie rozumiał ich sens.

Uderzył Rudego piętami, spinając go w galop i przepchnął się przez otwór w bramie, dążąc w ślad za pozostałymi przez połyskliwy dym. Czuł przepełniający go lodowaty dreszcz, dziwaczne wrażenie powolnego zapadania się w stawie w samym środku zimy, którego chłodna woda pełzła nieskończenie wolno po ciele. Znowu, tak jak przedtem, wszystko wydawało się trwać całą wieczność, mimo że umysł cwałował, gorączkowo mieląc pytanie, czy wiatr dogoni ich, podczas gdy będą trwali w tym stanie.

Chłód zniknął nagle jak przekłuta bańka mydlana; był już po drugiej stronie Bramy. Koń, który znienacka zaczął się poruszać dwa razy szybciej niż dotychczas, potknął się, omal nie przerzucając go przez kark. Objął rękoma gniady łeb i przywarł do niego z taką siłą, jakby od tego zależało życie. Gdy wreszcie na powrót siedział mocno w siodle, Rudy otrząsnął się i podbiegł kłusem do pozostałych koni, z takim spokojem, jakby nie zdarzyło się nic niezwykłego. Owiał ich chłód, zupełnie niepodobny do zimna panującego w Bramie, przyjemny, naturalny chłód zimy, który powoli, miarowo wwiercał się w ciało.

Otulił się szczelniej płaszczem, nie odrywając wzroku od mętnego blasku Bramy. Obok niego Lan pochylał się do przodu w siodle, dłoń trzymał wspartą na mieczu; jeździec i koń byli tak spięci, jakby zaraz mieli rzucić się w powrotnej szarży, na wypadek gdyby Moiraine nie wyłoniła się z Bramy.

Brama stała u stóp jakiegoś wzgórza, zasypana gruzem i ukryta za murem zarośli; tylko w kilku miejscach spadające kamienie połamały ich nagie, zbrązowiałe gałęzie. W krzewach otaczających płaskorzeźby na resztkach bramy było jeszcze mniej życia niż w kamieniu.

Powoli mętna powierzchnia wybrzuszała się jak jakaś dziwaczna, podłużna bańka wypływająca na powierzchnię stawu. Po chwili przebiły ją plecy Moiraine. Aes Sedai i jej niewyraźne odbicie odsuwały się od siebie, krok po kroku. Nadal trzymała wyciągniętą przed siebie laskę i szła tak z nią, prowadząc za sobą Aldieb, która wierzgała i wywracała oczami ze strachu. Nie przestając obserwować Bramy, Moiraine wyszła na zewnątrz.

Brama pociemniała. Mglisty blask zaczął mętnieć, przechodząc przez szarość w barwę węgla, potem w czerń równie głęboką jak ta, która zalegała Drogi. Usłyszeli ryk wiatru dochodzący jakby z wielkiego oddalenia, tajemne głosy pełne nienasyconego pożądania żywych istot, głodu zadawania bólu, rozpaczy.

Głosy wydawały się szeptać wprost do ucha Randa, wibrując tuż na granicy zrozumienia:

„Takie delikatne ciało, rozedrzeć je, takie delikatne, rozpruć tę skórę, podrzeć skórę na paski, spleść, cudownie splatać te paski, jakże cudownie, te krople są takie czerwone, jaka czerwona krew, jaka czerwona, jaka słodka, słodki krzyk, rozkoszny krzyk, śpiewny krzyk, wykrzycz swą pieśń, wyśpiewaj swój krzyk…"

Szept ucichł, czerń przygasła i zniknęła. W miejscu Bramy, pod łukiem wykutym w kamiennym zboczu, znów widać było tylko mętny blask.

Rand odetchnął głęboko. Nie tylko on, słyszał, że pozostali również oddychają z ulgą. Egwene podjechała do Nynaeve, przytuliły się do siebie, kryjąc głowy w ramionach. Nawet Lan wyraźnie się odprężył, mimo iż twarde rysy jego twarzy niczego nie zdradzały, było to raczej widać w sposobie, w jaki siedział na Mandarbie i rozluźniwszy ramiona, patrzył na Moiraine.

— Nie mógł się przedostać na zewnątrz — powiedziała Moiraine. — Tak myślałam, taką właśnie miałam nadzieję. Fuj! — Cisnęła laskę na ziemię i wytarła dłoń o płaszcz. Laska zwęgliła się, do połowy długości pokrywała ją gruba warstwa sadzy. — Skaza niszczy wszystko w tym miejscu.

— Co to było? — dopytywała się Nynaeve.

Loial wyraźnie się obruszył.

— No jakże, *Machin Shin*, ma się rozumieć. Czarny Wiatr, który kradnie dusze.

— Ale co to jest? — Nie ustępowała Nynaeve. — Na trolloka można spojrzeć, nawet go dotknąć, jeśli ma się wytrzymały żołądek. Ale to...

Zadrżała spazmatycznie.

— Może to być pozostałość po Czasach Szaleństwa — wyjaśniła Moiraine. — Albo nawet po Wojnie z Cieniem, Wojnie o Moc. Coś, co ukrywało się wśród Dróg tak długo, że już nie potrafi się wydostać. Nikt, nawet żaden ogir, nie wie, jak daleko albo jak głęboko ciągną się Drogi. To coś mogło być nawet częścią Dróg. Jak powiedział Loial, Drogi są czymś żywym, a wszystkie żywe istoty mają swoje pasożyty. Być może jest to nawet twór samego zniszczenia, zrodzony z rozkładu. Coś, co nienawidzi życia i światła.

— Przestań! — krzyknęła Egwene. — Nie chcę tego więcej słuchać. Słyszałam to, mówiło...

Urwała nagle, cała drżąc.

— Musimy stawić czoło jeszcze gorszym rzeczom — szepnęła Moiraine. Rand pomyślał, że pewnie nie chciała, aby ją usłyszeli.

Aes Sedai ze znużeniem wdrapała się na siodło i usadowiła w nim wygodnie, wzdychając z ulgą.

— To jest skrajnie niebezpieczne — powiedziała, patrząc na zrujnowane odrzwia. Ledwie rzuciła okiem na swoją zwęgloną laskę. — Każdy może tam wejść, ale wydostać się już nie sposób. Kiedy dotrzemy do Fal Dara, Agelmar będzie musiał przysłać tu ludzi, żeby zamurowali wejście.

Wskazała ręką północ, gdzie w mglistej dali, ponad wierzchołkami nagich drzew wystawał rząd wież.

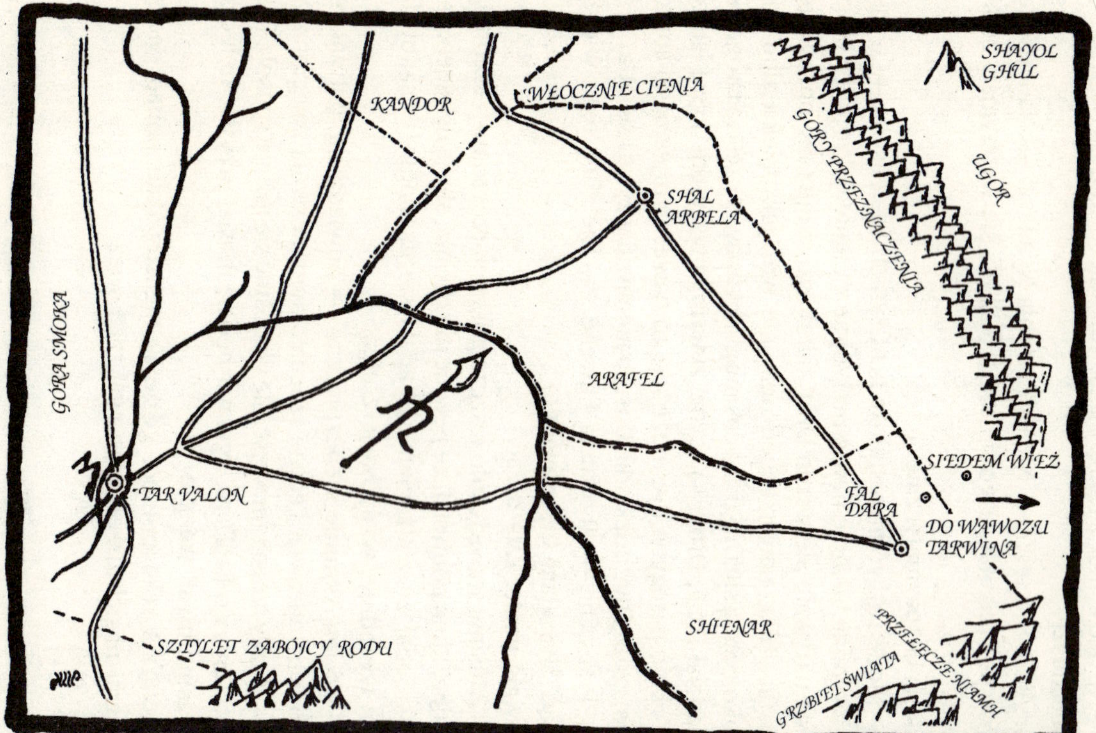
SHAYOL GHUL
UGÓR
GÓRY PRZEZNACZENIA
WŁÓCZNIE CIENIA
KANDOR
SHAL ARBELA
ARAFEL
SIEDEM WIEŻ
FAL DARA
DO WĄWOZU TARWINA
GÓRA SMOKA
TAR VALON
SHIENAR
PRZEŁĘCZE NIAMH
GRZBIET ŚWIATA
SZTYLET ZABÓJCY RODU

ROZDZIAŁ 46

FAL DARA

Teren za Bramą falował łagodnie wśród porośniętych lasami wzgórz, jednak prócz samych bram po gaju ogirów nie pozostał żaden inny ślad. Drzewa przypominały szare szkielety usiłujące schwytać niebo w swe szpony. Las urozmaicały rośliny wiecznie zielone, w ilości znacznie jednak mniejszej niż ta, do której Rand przywykł — wiele okrywających je igieł i liści zbrązowiało i obumarło. Loial nic nie powiedział, tylko ze smutkiem pokręcił głową.

— Martwo jak w Spustoszonych Ziemiach — stwierdziła Nynaeve, marszcząc czoło.

Egwene otuliła się szczelniej płaszczem i zadrżała.

— Przynajmniej udało nam się wyjść — powiedział Perrin, a Mat spytał:

— Ale gdzie teraz jesteśmy?

— Shienar — wyjaśnił Lan. — Jesteśmy w Ziemiach Granicznych.

Nuta, która dźwięczała w jego twardym głosie, mówiła, że to dom, że już prawie...

Rand ściągnął poły płaszcza, chroniąc się przed chłodem. Ziemie Graniczne. A zatem Ugór był blisko. Ugór. Oko Świata. I zadanie, jakie przed nimi stało.

— Jesteśmy już blisko Fal Dara — powiedziała Moiraine. — Jeszcze tylko kilka mil.

Ponad wierzchołkami drzew, na północny wschód od miejsca, w którym się znajdowali, ciemne kontury wież rysowały się na tle porannego nieba. Po drodze często znikały, przesłonięte przez grzbiety wzgórz i korony drzew, wystarczyło jednak wjechać na szczyt jakiegoś szczególnie wysokiego wzniesienia, a wnet wyłaniały się z powrotem.

Randowi rzuciły się w oczy drzewa o pniach rozpłatanych, jakby trafił je piorun.

— To z zimna — wyjaśnił Lan, gdy go o nie zapytał. — Zima jest tu czasem tak mroźna, że drzewa pękają, bowiem zamarzają w nich soki. Bywają takie noce, podczas których słychać, jak strzelają niczym sztuczne ognie i wydaje ci się, że nawet powietrze zaraz się roztrzaska jak lodowata bryła. Po tej zimie zostało ich więcej niż zazwyczaj.

Rand pokręcił głową. Drzewa, które pękają? I to podczas zwyczajnej zimy. To jaka była ta zima? Z pewnością nie umiał sobie jej wyobrazić.

— Kto mówi, że już po zimie? — spytał Mat, szczękając zębami.

— No jakżeż, toż wiosna w całej krasie, pasterzu — powiedział Lan. — Trzeba docenić taką wspaniałą wiosnę. No, ale skoro tak bardzo chcesz ciepła, to cóż, w Ugorze będzie goręcej.

— Krew i popioły. Krew i przeklęte popioły! — cicho wymruczał Mat.

Rand ledwie go usłyszał, ale zabrzmiało to wyjątkowo żarliwie.

Zaczęli mijać farmy, lecz mimo że była to pora gotowania popołudniowych posiłków, nad wysokimi kamiennymi kominami nie unosił się dym. Na polach nie było ani ludzi, ani bydła, mimo że tu i ówdzie stał opuszczony pług albo wóz, sprawiając wrażenie, jakby ich właściciel zamierzał lada moment powrócić.

Na podwórku jednej z farm, nieopodal drogi, grzebała w ziemi samotna kura. Jedno skrzydło wrót w stodole huśtało się na wietrze, drugie oderwało się od dolnego zawiasu i zawisło przekrzywione. Wysoki dom, dziwaczny dla oka Randa nawykłego w Dwu Rzekach do innych budowli, z dachem o szpiczastym wierzchołku, pokrytym dużymi drewnianymi gontami sięgającymi nieomal do samej ziemi, pozostawał znieruchomiały i milczący. Żaden pies nie wybiegł, żeby na nich zaszczekać. Na podwórku przed stodołą leżał sierp, obok studni poprzewracane wiadra.

Kiedy mijali dom, Moiraine przypatrzyła mu się ze zmarszczonym czołem. Uniosła wodze Aldieb i biała klacz przyspieszyła kroku. Ludzie z Pola Emonda jechali zbici w gromadę wokół Loiala, trzymając się nieco z tyłu za Aes Sedai i Strażnikiem.

Rand pokręcił głową. Nie potrafił sobie wyobrazić, że coś tu jeszcze kiedyś wyrośnie. No, ale Dróg również nie potrafił sobie wyobrazić. Nawet teraz, kiedy już je miał za sobą, nie potrafił.

— Chyba się tego nie spodziewała — powiedziała cicho Nynaeve, gestem ręki ogarniając wszystkie puste farmy, które minęli po drodze.

— Dokąd oni wszyscy odeszli? — dziwiła się Egwene. — Dlaczego? Nie mogli stąd odejść dawno temu.

— Niby czemu tak mówisz? — spytał Mat. — Sądząc po wrotach tej stodoły, nikogo tu nie było przez całą zimę.

Nynaeve i Egwene spojrzały na niego jak na kogoś wyjątkowo tępego.

— Zasłony w oknach — wyjaśniła cierpliwie Egwene. — Nawet tutaj są zbyt cienkie jak na zimowe zasłony. Przy takim zimnie, jakie tutaj panuje, żadna kobieta nie zawiesiłaby ich później niż przed tygodniem albo dwoma.

Wiedząca przytaknęła.

— Zasłony — zaśmiał się Perrin i natychmiast stłumił uśmiech, gdy obydwie skarciły go spojrzeniami spod uniesionych brwi. — Och, zgadzam się z wami. Ten sierp nie mógł leżeć dłużej niż tydzień na dworze, prawie wcale nie zardzewiał. Dziwne, że tego nie zauważyłeś, Mat. Nawet jeśli nie zwróciłeś uwagi na zasłony.

Rand zerknął z ukosa na Perrina, starając się nie okazywać zdumienia. Miał lepszy wzrok od przyjaciela — przynajmniej tak było, kiedy razem polowali na króliki — a jednak nie widział ostrza sierpu tak wyraźnie, by zauważyć, że nie jest zardzewiałe.

— Mnie to w ogóle nie obchodzi, dokąd oni poszli — burknął Mat. — Chciałbym tylko znaleźć jakieś miejsce, w którym jest napalone. I to zaraz.

— Ale dokąd oni poszli? — spytał ledwie słyszalnie Rand.

Do Ugoru było niedaleko. Do Ugoru, w którym kryły się wszystkie Pomory i trolloki, które nie szukały ich teraz w Andorze. Ugór, do którego właśnie zmierzali.

Podniósł głos na tyle, by usłyszeli go jadący obok.

— Nynaeve, może jednak ty i Egwene nie musicie jechać z nami do Oka.

Spojrzenia obu kobiet stwierdzały wyraźnie, że przed chwilą usłyszały jakieś brednie, jednak musiał po raz ostatni spróbować, przecież do Ugoru było już tak blisko.

— Może wystarczy, że dojechałyście tak daleko. Moiraine nie powiedziała, że musicie jechać. Albo ty, Loial. Mógłbyś zaczekać w Fal Dara, dopóki nie wrócimy. Moglibyście też pojechać do Tar Valon. Może znajdzie się tam jakaś karawana kupiecka, zresztą założę się, że Moiraine wynajęłaby powóz. Spotkamy się w Tar Valon, jak już będzie po wszystkim.

— *Ta'veren*. — Westchnienie Loiala zabrzmiało jak huk gromu wybuchającego za horyzontem. — Wprowadzasz zamęt w życie tych, którzy cię otaczają, Randzie al'Thor, ty wraz z twoimi przyjaciółmi. Wasz los określa nasz. — Ogir wzruszył ramionami i znienacka twarz mu przepołowił szeroki uśmiech. — A poza tym spotkanie z Zielonym Człowiekiem to wielka rzecz. Starszy Haman zawsze opowiadał o swoim spotkaniu z Zielonym Człowiekiem, podobnie jak mój ojciec i większość Starszych.

— Aż tylu? — spytał Perrin. — Mówi się, że trudno znaleźć Zielonego Człowieka i że nikt nie może spotkać się z nim po raz drugi.

— Dwukrotnie jest to niemożliwe — zgodził się ogir. — No, ale przecież ja go nigdy nie spotkałem i wy też nie. On najwyraźniej nie unika ogirów tak bardzo jak was, ludzi. Tyle wie o drzewach. Zna nawet Drzewne Pieśni.

— Ale mnie chodziło o to... — zaczął Rand.

Przerwała mu Wiedząca:

— Ona twierdzi, że i ja, i Egwene też stanowimy część Wzoru oplecionego wokół was trzech. Jeśli jej wierzyć, to kształt splotu tego fragmentu może unieszkodliwić Czarnego. Obawiam się niestety, że jej wierzę, gdyż zbyt wiele już się stało. Gdybyśmy natomiast odeszły z Egwene, to jakich zmian dokonałybyśmy we Wzorze?

— Ja tylko próbowałem...

Nynaeve znowu przerwała mu brutalnie:

— Wiem, co próbowałeś zrobić.

Pod wpływem jej spojrzenia poruszył się niespokojnie w siodle, po chwili jednak twarz Wiedzącej złagodniała.

— Wiem, co próbowałeś zrobić, Rand. Nie przepadam za Aes Sedai, a za tą już chyba najmniej. Jeszcze mniej mi się uśmiecha wyprawa do Ugoru, a już w ogóle nie przepadam za Ojcem Kłamstw. Jeśli wy, chłopcy... wy, mężczyźni, możecie zrobić to, co zrobić trzeba, mimo że wolelibyście zrobić wszystko, tylko nie to, to niby czemu ja miałabym postąpić inaczej? Albo Egwene? — Najwyraźniej nie czekała na odpowiedź. Zebrawszy wodze, wykrzywiła się w stronę jadącej przed nimi Aes Sedai. — Ciekawe, czy dojedziemy wreszcie do tego Fal Dara, czy może ona chce, żebyśmy spędzili całą noc pod gołym niebem?

Kiedy pokłusowała w stronę Moiraine, Mat powiedział:

— Nazwała nas mężczyznami. Wydaje się, że jeszcze wczoraj mówiła, że nie powinniśmy dawać się wodzić jak na sznurku, a dzisiaj nazywa nas mężczyznami.

— Nadal prawdą jest, że nie powinieneś odrywać się od sznurków przy fartuchu swej matki — zadrwiła Egwene, Rand jednak nie słyszał większego przekonania w jej słowach. Podjechała blisko do jego gniadosza i zniżyła głos, by inni jej nie słyszeli, jakkolwiek Mat wyraźnie nadstawiał uszu. — Ja tylko tańczyłam z Aramem, Rand — wyznała cicho, nie patrząc na niego. — Nie masz pretensji, że tańczyłam z kimś, kogo więcej nie zobaczę, prawda?

— Nie — odparł.

„Po co to teraz wywlekła?"

— Jasne, że nie.

Nagle jednak przypomniało mu się coś, co Min powiedziała w Baerlon. Wydawało się, że było to tak dawno, jakby od tego czasu minęło już ze sto lat.

„Ona nie jest przeznaczona tobie ani ty jej. W każdym razie nie tak, jak byście chcieli".

Miasto Fal Dara zostało zbudowane na wzgórzach górujących

nad całą okolicą. Wielkością żadną miarą nie dorównywało Caemlyn, tyle że otaczał je równie wysoki mur. Dookoła muru na przestrzeni całej mili nie rosło nic prócz trawy, do tego krótko przystrzyżonej. Nikt nie mógł podejść blisko, pozostając nie zauważony dla kogoś, kto stałby na jednej z licznych wież zwieńczonych drewnianymi balustradami. Mury Caemlyn miały w sobie piękno, budowniczy Fal Dara natomiast najwyraźniej nie dbali o to, czy wzbudzą w kimkolwiek zachwyt. Szary kamień tchnął nieugiętą grozą, obwieszczał, że istnieje tylko w jednym celu — obrony. Proporce na szczycie balustrad łopotały z trzaskiem na wietrze, sprawiając, że widniejący na nich, atakujący Czarny Jastrząb Shienaru, wydawał się frunąć wokół całego obwodu miasta.

Lan odrzucił kaptur i nie zważając na chłód, gestem dłoni nakazał pozostałym zrobić to samo. Moiraine już wcześniej odsłoniła głowę.

— Takie jest prawo w Shienarze — wyjaśnił Strażnik. — W całych Ziemiach Granicznych. Nikt nie może ukrywać twarzy w obrębie murów miasta.

— Wszyscy są tacy urodziwi? — zaśmiał się Mat.

— Półczłowiek się nie ukryje z odkrytą twarzą — odparł Strażnik obojętnym głosem.

Randowi uśmiechł spełzł z twarzy. Mat pospiesznie zsunął kaptur.

Wysokie, obite ciemnym żelazem bramy były otwarte na oścież, strzegło ich kilkunastu uzbrojonych ludzi, ubranych w złote opończe z wizerunkiem Czarnego Jastrzębia. Ponad ramionami wystawały im rękojeści długich mieczy, przypasanych na plecach, u każdego pasa wisiał pałasz, maczuga albo topór. Nieopodal stały spętane konie — stalowe zbroje zakrywające piersi, karki i łby nadawały im groteskowy wygląd. Z lancami zawieszonymi przy strzemionach były gotowe do walki. Strażnicy nie uczynili ani jednego ruchu, by zatrzymać Lana, Moiraine i pozostałych. Mało tego, zaczęli machać rękoma i wznosić radosne okrzyki.

— Dai Shan! — krzyknął jeden na ich widok, potrząsając odzianą w stal pięścią. — Dai Shan!

Kilku innych wołało:

— Chwała Budowniczym! *Kiserai ti Wansho!*

Loial wyraźnie się zdziwił, lecz po chwili z twarzą rozjaśnioną szerokim uśmiechem machał do strażników.

Jeden z mężczyzn biegł chwilę obok konia Lana, zbroja w najmniejszym stopniu nie tamowała mu ruchów.

— Czy Złoty Żuraw znowu się wzbije do lotu, Dai Shanie?

— Pokój, Raganie. — Te tylko słowa padły z ust Strażnika i mężczyzna został w tyle.

Lan odpowiedział na powitalne gesty strzegących bram żołnierzy, nagle jednak jego twarz stała się jeszcze bardziej pochmurna.

Gdy przejeżdżali przez brukowane kamieniami ulice, pełne ludzi i wozów, Rand krzywił się z niepokojem. Fal Dara pękało w szwach, jednakże przebywający w nim ludzie nie przypominali tych podnieconych z przejęcia tłumów w Caemlyn, które pomimo dzielących ich waśni radowały się przepychem miasta, ani też krzątającej się po Baerlon ciżby. Stłoczeni głowa przy głowie ludzie obserwowali mijającą ich grupę ołowianymi oczyma, tkwiącymi w obliczach wypranych z emocji. Fury i wozy zastawiały wszystkie zaułki i większość ulic, piętrzyły się na nich góry najrozmaitszego sprzętu domowego, z wypełnionych po brzegi rzeźbionych kufrów wylewała się odzież. Na tym wszystkim siedziały dzieci. Dorośli trzymali swoje potomstwo tam, gdzie mogli mieć na nie oko i nie pozwalali mu się nigdzie wałęsać, nawet dla zabawy. Dzieci zachowywały się jeszcze ciszej niż starsi, miały większe oczy, bardziej przerażone. W kątach i szczelinach między wozami stało kudłate bydło i przenośne zagrody dla łaciatych świń. Ludzkie milczenie nadrabiały spazmatycznym wołaniem kury, kaczki i gęsi pozamykane w klatkach. Zrozumiał teraz, gdzie się podziali wszyscy farmerzy.

Lan prowadził ich do fortecy pobudowanej w samym sercu miasta, masywnej góry kamienia na szczycie najwyższego wzgórza. Zwieńczone basztami mury twierdzy otaczała sucha fosa, głęboka i szeroka, z dnem porośniętym lasem szpiczastych, stalowych pali, o czubkach ostrych jak brzytwa i wysokich jak człowiek. Miejsce ostatniej obrony w razie upadku reszty miasta.

Z jednej z baszt przy bramach zawołał do nich człowiek w zbroi:

— Witaj, Dai Shanie!

Inny krzyknął w stronę wnętrza fortecy:

— Złoty Żuraw! Złoty Żuraw!

Przekroczyli fosę i z głuchym dudnieniem kopyt po potężnych bierwionach zwodzonego mostu przejechali pod ostrymi czubkami grubej kraty. Za bramą Lan zeskoczył z siodła i prowadząc Mandarba za uzdę, dał pozostałym znak, by także zsiedli.

Pierwszy dziedziniec był ogromny, wybrukowany wielkimi kamiennymi blokami, otoczony basztami i blankami o równie groźnym wyglądzie jak tamte na zewnątrz murów. Mimo takiej ilości miejsca panował na nim podobny tłok i zgiełk jak na ulicach, jakkolwiek wszystkimi rządził tu niejaki porządek. Wszędzie widziało się ludzi i konie w zbrojach. W kuźniach wokół dziedzińca pobrzękiwały młoty, dzięki potężnym miechom, obsługiwanym zawsze przez dwóch ludzi w skórzanych fartuchach, na paleniskach stale ryczał ogień. Do kowali ciągnął nie kończący się szereg posłańców ze świeżo wykutymi podkowami. Grotarze wyrabiali jedną strzałę za drugą, każdy świeżo napełniony kosz znikał, a na jego miejscu natychmiast pojawiał się pusty.

Nadbiegli stajenni w czarno-złotych liberiach, cali w ukłonach i uśmiechach. Rand pospiesznie odwiązał dobytek od siodła i oddał uzdę gniadosza stajennemu, gdy skłonił się przed nimi ceremonialnie jakiś mężczyzna, ubrany w zbroję i skóry. Na wierzch zbroi miał narzucony jaskrawożółty płaszcz z brzegami oblamowanymi czerwienią i Czarnym Jastrzębiem na piersi oraz żółtą opończę z szarą sową. Nie nosił hełmu na gołej głowie, gołej w dosłownym sensie, ponieważ włosy miał zupełnie wygolone z wyjątkiem kępki na czubku związanej rzemykiem.

— Dużo czasu upłynęło, Aes Sedai. Dobrze cię widzieć, Dai Shanie. Nadzwyczaj dobrze. — Skłonił się raz jeszcze w stronę Loiala i mruknął: — Chwała Budowniczym. *Kiserai ti Wansho.*

— Nie jestem wart tego miana — odparł ceremonialnie Loial. — Dzieła me niewielkie. *Tsingu ma choba.*

— To dla nas zaszczyt, Budowniczy — powiedział mężczyzna.

— *Kiserai ti Wansho.* — Odwrócił się z powrotem w stronę Lana. — Lord Agelmar został powiadomiony, Dai Shanie, jak tylko zauważono, że nadjeżdżacie. Oczekuje was. Tędy, proszę.

Mówił dalej, prowadząc ich do środka fortecy, przez przestronne, kamienne korytarze, obwieszone kolorowymi gobelinami i długimi malowidłami na jedwabiu, przedstawiającymi sceny z polowań i bitew.

— Rad jestem, że wezwanie dotarło do ciebie, Dai Shanie. Czy poniesiesz raz jeszcze sztandar Złotego Żurawia?

Korytarze były zupełnie puste, z wyjątkiem malowideł na ścianach, a nawet one zawierały minimalną liczbę szczegółów namalowanych jak najoszczędniejszymi pociągnięciami pędzla, tylko tyloma, ile było niezbędne do przedstawienia treści dzieła.

— Czy sprawy istotnie idą tak źle, jak się wydaje, Ingtarze? — spytał spokojnie Lan.

Rand zastanawiał się, czy przypadkiem uszy mu nie zadrgały tak samo jak Loialowi.

Czub na głowie mężczyzny zakołysał się, gdy nią potrząsnął, zawahał się jednak, zanim przyoblekł twarz w szeroki uśmiech.

— Sprawy nigdy nie idą tak źle, jak się wydaje, Dai Shanie. Tego roku jest nieco gorzej niż zazwyczaj, to wszystko. Najazdy trwały całą zimę, nawet podczas najostrzejszych mrozów. Zresztą nie dały się tu bardziej we znaki niż w innych krainach Ziem Granicznych. Trolloki napadają także po nocach, ale czego innego można się spodziewać wiosną, jeśli to można nazwać wiosną. Ci zwiadowcy, którym udaje się wrócić z Ugoru, przynoszą wieści o obozowiskach trolloków. Zawsze świeże wieści o nowych obozowiskach. My jednak staniemy z nimi do walki w Wąwozie Tarwina, Dai Shanie, i jak zawsze zmusimy do odwrotu.

— Oczywiście — powiedział Lan, ale w jego głosie nie było słychać pewności.

Uśmiech na ustach Ingtara zamarł, po chwili jednak jego twarz przybrała poprzedni wyraz. W milczeniu wprowadził ich do gabinetu lorda Agelmara, potem oświadczył, że wzywają go obowiązki i wyszedł.

Tak jak pozostałe pomieszczenia fortecy, komnata urządzona była funkcjonalnie, z otworami strzelniczymi w ścianach i ciężką kratą na grubych drzwiach. Otwory dla łuczników zamykane były na żelazne sztaby. Wisiał w niej tylko jeden gobelin. Zakrywał całą ścianę i przedstawiał mężczyzn, uzbrojonych jak wszyscy żołnierze w Fal Dara — walczyli z Myrddraalami i trollokami na górskiej przełęczy.

Jedyne umeblowanie stanowiły stół, kufer i kilka krzeseł, a dwa stelaże wiszące na ścianie przykuły wzrok Randa podobnie jak gobelin. Na jednym wisiał obosieczny miecz, wyższy od człowieka, niżej zwykły pałasz, a pod nimi nabijana ćwiekami maczuga i podłużna tarcza w kształcie latawca z wizerunkami trzech lisów. Drugi stelaż podtrzymywał kompletną zbroję, ułożoną tak, aby zaraz można ją było założyć. Grzebieniasty hełm z kratowaną przyłbicą osadzony na podwójnym kołnierzu, przystosowana do konnej jazdy rozcinana, kolczasta tunika i skórzany kaftan, aż lśniący od zużycia. Napierśnik, stalowe rękawice, nałokcice i nakolanka oraz osłony na barki, ręce i nogi. Nawet tutaj, w samym sercu warowni, broń i zbroję ułożono w taki sposób, by mogły zostać wdziane w każdej chwili. Podobnie jak meble, metal był prosto i oszczędnie ozdobiony złotem.

Na ich widok Agelmar wstał i obszedł stół zawalony mapami, zwojami papieru i kałamarzami. W swym niebieskim, atłasowym kaftanie z wysokim, szerokim kołnierzem i w butach z miękkiej skóry wyglądał na pierwszy rzut oka nader pojednawczo, wręcz kontrastowo w zestawieniu z tym wnętrzem, jednak uważniejsze spojrzenie pokazało Randowi coś innego. Podobnie jak inni wojownicy, których dotychczas widział, Agelmar miał wygoloną czaszkę, z wyjątkiem pozostawionego na czubku, śnieżnobiałego pęku włosów. Jego twarz była równie surowa jak twarz Lana, pomarszczona jedynie wokół kącików oczu, które przypominały brązowe kamienie, pomimo iż w tej chwili igrał w nich uśmiech.

— Pokój... Jakże dobrze cię znowu zobaczyć, Dai Shanie — powiedział władca Fal Dara. — A ciebie, Moiraine Sedai, może nawet jeszcze bardziej. Twoja obecność raduje me serce, Aes Sedai.

— *Ninte calichniye no domashita, Agelmar Dai Shan* — odparła ceremonialnie Moiraine głosem, który wskazywał, że są starymi przyjaciółmi. — Raduje me serce takie powitanie, lordzie Agelmar.

— *Kodome calichniye ga ni Aes Sedai hei*. Aes Sedai są tutaj zawsze miło witane. — Lord Agelmar zwrócił się w stronę Loiala. — Daleka droga dzieli cię od *stedding*, ogirze, lecz za to przynosisz zaszczyt Fal Dara. Wieczna chwała Budowniczym. *Kiserai ti Wansho hei*.

— Nie zasłużyłem na to — odparł Loial, kłaniając się. — To wy przynosicie mi zaszczyt.

Zerknął przy tym na surowe, kamienne mury i wyraźnie stoczył z sobą jakąś wewnętrzną walkę. Rand ucieszył się, że ogir się powstrzymał i nic więcej nie dodał.

Pojawili się służący. Odziani w czerń i złoto stawiali ciche kroki miękko obutymi stopami. Jedni nieśli srebrne tace, na których leżały złożone ręczniki, wilgotne i gorące, do otarcia kurzu z twarzy i dłoni. Inni wino w dzbanach oraz srebrne misy z suszonymi śliwkami i morelami. Lord Agelmar wydał rozkaz, by przygotowano pokoje i kąpiel.

— Z Tar Valon droga daleka — powiedział. — Z pewnością jesteście zmęczeni.

— Tym szlakiem, którym tu przybyliśmy, wyprawa nasza trwała krótko — powiedział Lan. — Bardziej jednak była męcząca niźli długa droga.

Agelmar zrobił zdziwioną minę, gdy Strażnik nie dodał nic więcej, powiedział tylko:

— Kilka dni odpoczynku poprawi wam samopoczucie.

— Proszę o schronienie na jedną tylko noc, lordzie Agelmar — oświadczyła Moiraine — dla nas i naszych koni. Jeśli możecie, dajcie nam też rankiem świeże zapasy. Obawiam się, że będziemy musieli szybko was opuścić.

Agelmar zmarszczył brwi.

— A ja myślałem... Moiraine Sedai, nie mam prawa cię o to prosić, ale byłabyś warta tysiąca najemników w Wąwozie Tarwina. I ty, Dai Shanie. Tysiąc ludzi się zgłosi na wieść, że Złoty Żuraw znów pofrunął.

— Siedem Wież legło w ruinie — rzekł oschłym tonem Lan — a Malkier zginęła. Tę garstkę, która po niej została, rozproszyło po całym świecie. Jestem Strażnikiem, Agelmarze, związanym przysięgą z Płomieniem Tar Valon i muszę jechać do Ugoru.

— Oczywiście, Dai Sh... Lanie. Ale z pewnością kilka dni zwłoki, najwyżej kilka tygodni, nie sprawi różnicy. Jesteś potrzebny. Ty i Moiraine Sedai.

Moiraine przyjęła srebrny puchar z rąk służącego.

— Ingtar zdaje się uważać, że i tym razem pokonasz zagrożenie, tak jak przez całe lata zwyciężałeś poprzednie.

— Aes Sedai — powiedział cierpko Agelmar — gdyby Ingtar musiał jechać samotnie do Wąwozu Tarwina, przejechałby całą tę drogę, głosząc, że trolloki znowu zostaną zmuszone do odwrotu. Duma pozwala mu nieomal wierzyć, że dokonałby tego w pojedynkę.

— Tym razem nie jest tak pewny siebie, jak myślisz, Agelmarze. — Strażnik przyjął kielich, nie pił jednak. — Jak źle stoją sprawy?

Agelmar zawahał się i wyciągnął mapę z galimatiasu na stole. Przez chwilę wpatrywał się w nią niewidzącym wzrokiem, po czym cisnął z powrotem na miejsce.

— W czasie, gdy my pojedziemy do Wąwozu — odparł cicho — ludzie zostaną odesłani na południe, do Fal Moran. Być może stolica się utrzyma. Pokój, musi tak być. Coś musi się utrzymać.

— Aż tak źle? — spytał Lan, a Agelmar skinął głową ze znużeniem.

Rand wymienił z Matem i Perrinem spojrzenia pełne niepokoju. Nietrudno było nabrać przekonania, że trollokom, gromadzącym siły w Ugorze, chodzi o niego, o nich wszystkich. Agelmar ciągnął dalej ponurym tonem:

— Kandor, Arafel, Saldaea... trolloki napadały na nie przez całą zimę. Nic takiego nie działo się od czasów Wojen z Trollokami, dotychczasowe napady nie były nigdy ani tak zażarte, ani tak gromadne, nigdy też takie nieustępliwe. Wszyscy królowie i rady są pewni, że z Ugoru nadciąga wielki szturm i wszystkie krainy Ziem Granicznych żywią przekonanie, że to o nie chodzi. Wprawdzie zwiadowcy i Strażnicy znikąd nie donoszą o takim nagromadzeniu sił trolloków, jak to ma miejsce przy naszych granicach, jednakże spodziewają się, że do tego dojdzie i dlatego obawiają się posłać swych wojowników gdzie indziej. Chodzą słuchy, że świat się kończy, że Czarny jest znów na wolności. Shienar wyprawi się samotnie do Wąwozu Tarwina i ulegnie przewadze liczebnej w stosunku co najmniej dziesięciu na jednego. Co najmniej. Może to być ostatni Zaciąg Najemników.

— Lanie... nie!... Dai Shanie, to tyś jest Koronowanym Marszałkiem Malkier, cokolwiek byś mówił. Dai Shanie, sztandar Złotego Żurawia w awangardzie doda ducha ludziom, którzy wiedzą, że jadą na północ, by polec. Wieść się rozniesie lotem błyskawicy i choć królowie nakażą im trzymać się swego miejsca, przybędą najemnicy z Arafel, Kandoru, a nawet i z Saldaei. Mimo że mogą nie zdążyć na czas, by wesprzeć nas w Wąwozie, może uda im się uratować Shienar.

Lan wbił wzrok w puchar z winem. Wyraz jego twarzy nie uległ zmianie, lecz płyn wylał się na dłoń. Miażdżący uścisk zgniótł srebrny kielich. Jeden ze służących odebrał zniszczone naczynie i otarł dłoń Strażnika ręcznikiem, drugi podał mu nowy kielich, w czasie gdy ten pierwszy zdążył już wymknąć się dyskretnie. Kiedy Lan podniósł wzrok, w jego niebieskich oczach płonęło światło, mimo że głos miał jak zawsze spokojny, nie zabarwiony emocjami.

— Jestem Strażnikiem, Agelmarze. — Jego czujny wzrok prześlizgnął się przez Randa, Mata i Perrina, zatrzymując się na Moiraine. — Razem z pierwszym brzaskiem wyruszam do Ugoru.

Agelmar westchnął ciężko.

— Moiraine Sedai, może ty przynajmniej zostaniesz? Obecność Aes Sedai wiele by zmieniła.

— Nie mogę, lordzie Agelmar. — Moiraine wyglądała na zakłopotaną. — Czeka nas prawdziwy bój i choć to nie przypadek, że trolloki gromadzą się przy granicach Shienaru, nasza bitwa, prawdziwa bitwa z Czarnym odbędzie się w Ugorze, przy Oku Świata. Wy musicie stoczyć swój bój, a my nasz.

— Nie powiesz, że on się uwolnił!

Niewzruszony dotąd jak skała Agelmar wyglądał na wstrząśniętego, jednak Moiraine pospiesznie potrząsnęła głową.

— Jeszcze nie. Jeśli zaś zwyciężymy przy Oku Świata, być może nigdy się już nie uwolni.

— Czy w ogóle potrafisz znaleźć Oko, Aes Sedai? Jeśli od tego zależy powstrzymanie Czarnego, to równie dobrze możemy już zginąć. Wielu próbowało, lecz ich wysiłki spełzły na niczym.

— Potrafię je znaleźć, lordzie Agelmar. Nadzieja jeszcze nie stracona.

Agelmar popatrzył na nią, potem na pozostałych. Wygląd Nynaeve i Egwene najwyraźniej go dziwił, ich wiejskie ubrania odcinały się jawnym kontrastem od jedwabnej sukni Moiraine, mimo że wszystkie były jednakowo zaplamione po podróży.

— Czy one są także Aes Sedai? — spytał z wątpliwością w głosie.

Kiedy Moiraine potrząsnęła głową, wyglądał na jeszcze bardziej zdezorientowanego. Przeniósł wzrok na młodych ludzi z Pola Emonda, zatrzymując go na Randzie, który gładził owinięty czerwoną tkaniną miecz u pasa.

— Dziwną gwardię masz u swego boku, Aes Sedai. Tylko jeden jest wojownikiem. — Zerknął na Perrina i jego topór. — Może dwóch. Obaj jednak to jeszcze chłopcy. Pozwól, że wyślę razem z wami mężczyzn. Nic się nie zmieni, jeśli w Wąwozie będzie o stu lub więcej najemnych mniej, ty zaś potrzebujesz jeszcze kogoś prócz jednego Strażnika i trzech młodzików. A te dwie kobiety nie pomogą, chyba że są przebranymi Aielami. W Ugorze jest tego roku gorzej niż zazwyczaj. Ugór… się burzy.

— Stu najemnych to za dużo — oświadczył Lan. Im większą grupę zabierzemy do Ugoru, tym większe ryzyko, że przyciągniemy uwagę. Jeśli to możliwe, powinniśmy bez walki dotrzeć do Oka. Wiesz, że gdy trolloki wymuszają bitwę w Ugorze, wynik jest zazwyczaj przesądzony.

Agelmar przytaknął ponuro, nie chciał jednak zrezygnować.

— To w takim razie mniej. Choćby dziesięciu wyszkolonych ludzi będzie stanowić lepszą eskortę dla Moiraine Sedai i tych dwóch kobiet podczas ich wyprawy do Zielonego Człowieka niż ci młodzi ludzie.

Rand nagle zrozumiał, że zdaniem lorda Fal Dara to Nynaeve i Egwene miały walczyć u boku Moiraine z Czarnym. Nic dziwnego. Ten rodzaj walki wiązał się z użyciem Jedynej Mocy, a to oznaczało udział kobiet.

„Ten rodzaj walki wiąże się z użyciem Mocy".

Zatknął kciuki za pas miecza i z całej siły ścisnął sprzączkę, by powstrzymać drżenie dłoni.

— Żadnych ludzi — oświadczyła Moiraine.

Agelmar ponownie otworzył usta, nim jednak zdążył coś wtrącić, Moiraine mówiła dalej:

— Taka jest natura Oka i natura Zielonego Człowieka. Ilu z Fal Dara znalazło kiedykolwiek Zielonego Człowieka i Oko?

— Kiedykolwiek? — Agelmar wzruszył ramionami. — Od Wojny Stu Lat można ich zliczyć na palcach jednej dłoni. Nie więcej niż jeden w ciągu pięciu lat, z całych Ziem Granicznych razem wziętych.

— Nikomu nie udaje się odnaleźć Oka Świata — powiedziała Moiraine — jeśli Zielony Człowiek sobie tego nie życzy. Kluczem jest potrzeba i intencja. Wiem, dokąd się udać, byłam już tam kiedyś.

Rand poderwał głowę ze zdziwieniem, nie tylko on jeden wśród pozostałych z Pola Emonda, Aes Sedai udała jednak, że tego nie widzi.

— Wystarczy, że jeden wśród nas będzie poszukiwał sławy, że będzie pragnął dodać swe imię do tamtych czterech, a może nam się nigdy nie udać znaleźć Oka, nawet jeśli zaprowadzę nas prosto do tego miejsca, które pamiętam.

— Widziałaś Zielonego Człowieka, Aes Sedai? — Władca Fal Dara był pod wrażeniem, jednak już przy następnym oddechu zmarszczył brew. — Ale skoro raz już go spotkałaś...

— Kluczem jest potrzeba — powtórzyła spokojnie Moiraine — a nie może być większej potrzeby niż moja. Niż nasza. A poza tym ja mam coś, czego pozostali poszukujący nie posiadali.

Jej oczy, utkwione w twarzy Agelmara, poruszyły się nieznacznie, Rand jednak był pewien, że na ułamek chwili powędrowały w stronę Loiala, w tym momencie jednak Aes Sedai znowu patrzyła w to samo miejsce. Rand napotkał wzrok ogira, Loial wzruszył ramionami.

— *Ta'veren* — powiedział cicho.

Agelmar podniósł ręce gwałtownym ruchem.

— Będzie, jak mówisz, Aes Sedai. Pokój, skoro prawdziwa bitwa ma się odbyć przy Oku Świata, czuję pokusę, by poprowadzić sztandar Czarnego Jastrzębia w ślad za wami, zamiast do Wąwozu. Mógłbym utorować wam drogę...

— To byłaby katastrofa, lordzie Agelmar. Zarówno dla bitwy w Wąwozie Tarwina, jak i przy Oku. Ty masz swoją bitwę, my mamy swoją.

— Pokój! Jak sobie życzysz, Aes Sedai.

Podjąwszy decyzję, nawet jeśli przeciwną jego zapatrywaniom, władca Fal Dara wyraźnie przestał zaprzątać nią swą wygoloną głowę. Zaprosił ich, by zasiedli przy jego stole i cały czas rozprawiał o jastrzębiach, koniach i psach, nie czyniąc ani jednej wzmianki na temat trolloków, Wąwozu Tarwina czy Oka Świata.

Komnata, w której jedli, była urządzona równie skromnie i niewyszukanie jak gabinet lorda Agelmara, tyle że oprócz stołu i krzeseł stało w niej trochę więcej mebli, surowych w linii i kształcie. Pięknych, a mimo to surowych. Całe pomieszczenie ogrzewał wielki kominek, nie do takiego stopnia jednak, by człowieka wywołanego znienacka na zewnątrz mogło oszołomić zimno. Służący w liberiach przynieśli zupę, chleb i ser, a rozmowy dotyczyły książek i muzyki, dopóki lord Agelmar nie zauważył, że ludzie z Pola Emonda nie biorą udziału w rozmowie. Jak przystało na dobrego gospodarza, zaczął wypytywać ich w subtelny sposób o różne sprawy, próbując wyrwać z milczenia.

Rand wkrótce spostrzegł, że czuje pokusę opowiedzenia o Polu Emonda i Dwu Rzekach. Z trudem się hamował, by nie zdradzić zbyt wiele. Liczył, że inni też strzegą swoich języków, szczególnie Mat. Nynaeve trzymała się na uboczu, jadła i piła w milczeniu.

— Jest taka pieśń w Dwu Rzekach — powiedział Mat. — *Powrót z Wąwozu Tarwina.*

Zająknął się przy końcu zdania, jakby nagle do niego dotarło, że wygadał to, czego wszyscy unikali, jednak Agelmar gładko się z tym uporał.

— Nic dziwnego. Przez wiele lat mało która kraina nie posyłała swych ludzi do walki z Ugorem.

Rand spojrzał na Mata i Perrina. Mat bezgłośnie wypowiedział słowo: Manetheren.

Agelmar szepnął coś jednemu ze służących i podczas gdy inni sprzątali ze stołu, ów zniknął i zaraz wrócił z jakimś pojemnikiem oraz glinianymi fajkami dla Lana, Loiala i lorda Agelmara.

— Tytoń z Dwu Rzek — rzekł władca Fal Dara, kiedy nabijali fajki. — Trudno go zdobyć, ale wart jest wszelkiego zachodu.

Gdy Loial i pozostali dwaj starsi mężczyźni zaciągnęli się z ukontentowaniem, Agelmar zerknął na ogira.

— Wydaje się, że coś cię trapi, Budowniczy. Mam nadzieję, że nie doskwiera ci Tęsknota. Jak dawno temu opuściłeś *stedding*?

— To nie Tęsknota, nie wyjechałem tak dawno. — Loial wzruszył ramionami, a niebieskoszara wstążka unosząca się z jego fajki skręciła się nad stołem w spiralę. — Spodziewałem się... miałem nadzieję, że wciąż będzie tu rósł gaj. Że została jakaś pamiątka po Mafal Dadaranell.

— *Kiserai ti Wansho* — mruknął Agelmar. — Po Wojnach z Trollokami nie pozostało nic prócz wspomnień, Loialu, synu Arenta, i ludzi, którzy budowali na ich podstawie. Nie zdołali odtworzyć dzieł Budowniczych lepiej, niż ja bym zdołał. Takich zawiłych łuków i wzorów, jakie tworzy twój lud, ludzkie oko i ręce stworzyć nie potrafią. Być może pragnęliśmy uniknąć mizernej imitacji, która tylko wiecznie przypominałaby nam to, co straciliśmy. W prostocie zawarte jest piękno innej natury, prosta linia nakreślona od niechcenia jest jak samotny kwiat wśród skał. Surowość kamienia czyni kwiat bardziej drogocennym. Staramy się nie opierać za bardzo na tym, co już nie istnieje. Najsilniejsze serce pękłoby od takiego ciężaru.

— Płatek róży unosi się na wodzie — wyrecytował cichym głosem Lan. — Zimorodek pomyka nad powierzchnią stawu. Życie i piękno wirują w samym środku śmierci.

— Tak — powiedział Agelmar. — Tak. I dla mnie to zawsze stanowiło symbol całości wszystkiego.

Obaj skłonili się sobie.

„Lan poetą?"

Randowi ten mężczyzna przypominał cebulę, za każdym razem, gdy mu się wydawało, że wreszcie coś wie o Strażniku, odkrywał, że pod spodem on ma jeszcze jedną warstwę.

Loial powoli skinął głową.

— Być może ja także za bardzo obstaję przy tym, czego już nie ma. Ale przecież gaje były piękne.

Patrzył jednak na surowe wnętrze w taki sposób, jakby je zobaczył na nowo i nagle zauważył w nim coś wartego podziwiania.

Pojawił się Ingtar i skłonił przed lordem Agelmarem.

— Wybacz mi panie, ale chciałeś wiedzieć, jeśli zajdzie coś niecodziennego, nawet jeśli mało znaczącego.

— Tak, a cóż to takiego?

— Błahostka, mój panie. Jakiś obcy usiłował wejść do miasta. Nie pochodzi ze Shienaru. Mieszkaniec Lugardu, sądząc po akcencie. Słychać to od czasu do czasu. Gdy straże Południowej Bramy usiłowały poddać go przesłuchaniu, uciekł. Widziano, jak wchodził do lasu, niebawem jednak przyłapano go, gdy usiłował wdrapać się na mur.

— Błahostka! — Krzesło zaszurało po posadzce, gdy Agelmar wstał. — Pokój! Wartownicy na wieży są do tego stopnia niedbali, że jakiś człowiek może podejść niezauważenie do muru, a ty to nazywasz błahostką?

— To jakiś szaleniec, mój panie. — Głos Ingtara był zabarwiony strachem. — Światłość chroni szaleńców. Być może to również ona zasłoniła oczy wartownikom na wieży i pozwoliła mu dojść do murów. Z pewnością jeden nieszczęsny szaleniec nie może uczynić żadnej szkody.

— Czy już wprowadzono go do twierdzy? To dobrze. Przyprowadźcie go tutaj natychmiast.

Ingtar skłonił się i wyszedł, Agelmar zaś zwrócił się do Moiraine:

— Wybacz, Aes Sedai, ale muszę to sprawdzić. Być może jest to tylko godny litości nieszczęśnik, któremu Światłość umysł oślepiła, jednakże... Nie dalej jak dwa dni temu przyłapano pięciu naszych ludzi, gdy nocą próbowali przepiłować zawiasy bramy dla koni. Niby nic, a dość, by wpuścić do środka trolloki. — Skrzywił się. — Sprzymierzeńcy Ciemności, jak sądzę, choć nie potrafię ścierpieć myśli, że mogli być nimi mieszkańcy Shienaru. Zostali rozdarci na kawałki przez tłum, nim strażnicy zdołali ich pojmać, więc nigdy się nie dowiem. Skoro zaś mieszkańcy Shienaru mogą być Sprzymierzeńcami Ciemności, to muszę być teraz szczególnie ostrożny względem obcych. Jeśli nie chcecie w tym uczestniczyć, to każę pokazać wam wasze komnaty.

— Sprzymierzeńcy Ciemności nie znają ni granic, ni krwi — powiedziała Moiraine. — Znaleźć ich można w każdym kraju, a z żadnego z nich nie pochodzą. Mnie też interesuje ów człowiek. Wzór tworzy Splot, lordzie Agelmar, jednakże ostateczny kształt Splotu jeszcze się nie ustalił. Może weń wplątać się świat, może zeń zostać wyłączony, a wtedy Koło zacznie tkać od nowa. W tym momencie nawet błahostki mogą zmienić kształt Splotu. W tym momencie strzegę się błahostek, które są czymś niecodziennym.

Agelmar zerknął na Nynaeve i Egwene.

— Jak sobie życzysz, Aes Sedai.

Powrócił Ingtar z dwoma wartownikami niosącymi długie halabardy. Eskortowali człowieka, który wyglądał jak wór szmat wywrócony na lewą stronę. Warstwa brudu pokrywała mu twarz i sklejała rzadkie, nieprzycięte włosy oraz brodę. Wszedł chyłkiem do izby, jego zapadłe oczy nerwowo biegały we wszystkie strony. Towarzyszył mu zjełczały zapach.

Rand pochylił się z przejęciem do przodu, starając się coś wypatrzyć pod tym brudem.

— Nie macie powodu, żeby mnie więzić — wystękał brudas. — Jestem tylko nieszczęsnym nędzarzem porzuconym przez Światłość i tak jak wszyscy poszukującym jakiegoś miejsca, gdzie można się schronić przed Cieniem.

— Ziemie Graniczne to dziwne miejsce na takie poszukiwania... — zaczął Agelmar, gdy nagle przerwał mu Mat:

— Handlarz!

— Padan Fain — zgodził się Perrin, kiwając głową.

— Żebrak — rzekł Rand, nagle chrypnąc i aż się cofnął na widok nagłej nienawiści, która rozbłysła w oczach Faina. — To jest ten człowiek, który o nas rozpytywał w Caemlyn. To na pewno on.

— A więc to jednak cię dotyczy, Aes Sedai — powiedział wolno Agelmar.

Moiraine skinęła głową.

— Mocno się obawiam, że tak.

— Ja nie chciałem... — Fain zaczął płakać. Obfite łzy wyryły kanaliki w brudzie na jego policzkach, nie były jednak w stanie dotrzeć do spodniej warstwy. — On mnie zmusił! On i jego płonące oczy.

Rand drgnął. Mat trzymał rękę pod płaszczem, bez wątpienia znowu ściskając sztylet z Shadar Logoth.

— On ze mnie zrobił swego psa gończego! Psa, co by tropił i ścigał, bez krztyny odpoczynku. Byłem jego psem, nawet wtedy, kiedy mnie odepchnął!

— To rzeczywiście dotyczy nas wszystkich — powiedziała ponuro Moiraine. — Czy jest tu jakieś miejsce, w którym mogłabym z nim porozmawiać sam na sam, lordzie Agelmar? — Zacisnęła usta z obrzydzeniem. — Niech go najpierw umyją. Może będę musiała go dotknąć.

Agelmar skinął głową i powiedział coś cicho do Ingtara, który skłonił się i zniknął za drzwiami.

— Nikt mnie nie będzie zmuszał! — Głos należał do Faina, który jednak przestał już płakać, skowyt zastąpiły aroganckie powarkiwania. Stał wyprostowany, już się nie kulił. Odrzuciwszy głowę w tył, krzyczał prosto do sufitu: — Już nigdy! Nie-dam-się! — Patrzył na Agelmara w taki sposób, jakby otaczający ludzie byli jego strażą przyboczną, zaś władca Fal Dara równym mu, a nie zwycięzcą, który go pojmał. Zaczął mówić przymilnym, poddańczym głosem: — Zaszło tu wielkie nieporozumienie, przemożny panie.

Czasami działa na mnie urok, ale to wkrótce minie. Tak, wkrótce się go pozbędę. — Pstryknął z pogardą palcami na swoje szmaty. — Nie daj się temu zmylić, wielki panie. Musiałem się przebrać, by zwieść tych, którzy chcieli mnie zatrzymać, wyprawa moja była długa i ciężka. Wreszcie jednak dotarłem do kraju, w którym wszyscy ludzie wiedzą, jak groźny jest Ba'alzamon, w którym ludzie wciąż walczą z Czarnym.

Rand wbił w niego wytrzeszczone oczy. Głos należał do Faina, niemniej słowa zupełnie nie pasowały do handlarza.

— A więc przybyłeś tu, bo walczysz z trollokami — powiedział Agelmar. — I ktoś chce cię powstrzymać, bo taki jesteś ważny. Ci ludzie twierdzą, żeś jest handlarzem o nazwisku Padan Fain i że ich ścigasz.

Fain zawahał się. Zerknął na Moiraine i zaraz pospiesznie oderwał od niej oczy. Potoczył wzrokiem po ludziach z Pola Emonda, po czym gwałtownie przeniósł go z powrotem na Agelmara. Rand czuł w tym spojrzeniu nienawiść przemieszaną ze strachem. Niemniej jednak, gdy Fain odezwał się ponownie, nic nie mąciło mu głosu:

— Padan Fain to po prostu jeszcze jedno z przebrań, do noszenia których zmuszano mnie od wielu lat. Ścigają mnie Sprzymierzeńcy Ciemności, bom się dowiedział, jak pokonać Cień. Mogę ci pokazać, jak go zwyciężyć, wielki panie.

— Robimy wszystko co w ludzkiej mocy — odparł suchym tonem Agelmar. — Koło obraca się tak, jak chce, my jednak walczyliśmy z Czarnym od Pęknięcia Świata i żadni handlarze nie uczyli nas, jak to robić.

— Wielki panie, nikt nie podważa twej mocy, czy jednak możesz się opierać Czarnemu całą wieczność? Czy nie nazbyt często trudno ci się obronić? Wybacz mą zuchwałość, wielki panie, ale w końcu on cię zdepcze. Wiem to, wierz mi, że wiem. Mogę ci jednak pokazać, jak przegnać Cień z tej ziemi, wielki panie. — Wciąż mówił wyniosłym tonem, w którym z każdą chwilą słyszało się coraz więcej obłudy: — Skorzystaj tylko z mej rady, a sam zobaczysz, wielki panie. Oczyścisz ziemię. Ty, wielki władca, możesz tego dokonać, jeśli skierujesz swą władzę we właściwą stronę. Nie pozwól, by Tar Valon zastawiło na ciebie swe sidła, a zbawisz świat. Wielki panie, to ty będziesz tym człowiekiem, którego historia zapamięta za to, że doprowadził do ostatecznego zwycięstwa Światłości.

Strażnicy pozostali na miejscach, lecz ich dłonie przesunęły się na długie drzewce halabard, jakby się spodziewali, że w każdej chwili będą musieli ich użyć.

— Wysokie ma o sobie mniemanie jak na handlarza — rzucił przez ramię Agelmar w stronę Lana.

— Ingtar ma chyba rację. To szaleniec.

Oczy Faina zwęziły się ze złości, lecz wciąż mówił spokojnym głosem:

— Wielki panie, wiem, że wysławiam się jak jaki wielmoża, lecz jeśli tylko…

Urwał nagle i zrobił krok w tył, bowiem Moiraine wstała z miejsca i zaczęła powoli obchodzić stół. Jedynie opuszczone halabardy nie pozwoliły Fainowi wycofać się z izby.

Moiraine zatrzymała się za krzesłem Mata, położyła mu dłoń na ramieniu i pochyliła się, by szepnąć coś do ucha. Cokolwiek powiedziała, napięcie opuściło jego twarz i wyjął rękę spod płaszcza. Aes Sedai znowu ruszyła z miejsca i stanęła obok Agelmara, twarzą w twarz z Fainem. Kiedy się zatrzymała, handlarz znowu się skulił.

— Nienawidzę go — wyjęczał. — Chcę się od niego uwolnić. Chcę znowu kroczyć w Światłości. — Jego ramiona zaczęły się trząść, a strumienie łez spływające po twarzy były jeszcze obfitsze niż przedtem. — On mnie do tego zmusił.

— Obawiam się, że to ktoś więcej niż zwykły handlarz, lordzie Agelmar — powiedziała Moiraine. — Mniej niż człowiek, gorzej niż jadowity gad, bardziej niebezpieczny, niż możesz sobie wyobrazić. Wykąpie się go dopiero wtedy, jak z nim porozmawiam. Boję się stracić nawet minutę. Chodź ze mną, Lan.

ROZDZIAŁ 47

KOLEJNE OPOWIEŚCI O KOLE

Rand zdenerwowany kroczył tam i z powrotem wzdłuż stołu jadalnego. Coś nie pozwalało mu ustać w miejscu. Dwanaście kroków. Stół miał dokładnie dwanaście kroków długości, niezależnie od tego, ile razy tak się przespacerował. Zirytowany zmusił się, by przestać liczyć.

„Robienie czegoś takiego to idiotyzm. Nie obchodzi mnie, jak długi jest ten przeklęty stół".

Kilka minut później odkrył, że liczy wyprawy, które dokonuje wzdłuż stołu.

„O czym on opowiada Moiraine i Lanowi? Czy on wie, dlaczego Czarny nas ściga? Czy on wie, którego z nas chce Czarny?"

Zerknął na przyjaciół. Perrin zgniótł kawałek chleba i bezmyślnie turlał okruchy po blacie stołu. Żółte oczy bez zmrużenia wpatrywały się nie w chleb, lecz w coś, co było gdzieś daleko. Mat kulił się na krześle, oczy miał do połowy przymknięte, po jego twarzy błąkał się zaczątek półuśmiechu. Był to uśmiech zdenerwowania, nie rozbawienia. Pozornie przypominał dawnego Mata, jednak od czasu do czasu nieświadomie dotykał przez płaszcz rękojeści sztyletu z Shadar Logoth.

„O czym Padan Fain jej opowiada? Co on wie?"

Tylko Loial najwyraźniej niczym się nie przejmował. Ogir przypatrywał się ścianom. Początkowo stał na środku izby i rozglądał się, obracając wolno dookoła, teraz nieomal przycisnął swój szeroki nos do kamienia, delikatnie obwodząc poszczególne spoiny palcami grubszymi niźli kciuki u większości ludzi. Co chwila zamykał oczy, jakby dotyk był ważniejszy od wzroku. Uszy drgały mu od czasu do czasu i mruczał coś do siebie w języku ogirów, najwyraźniej zapominając, że oprócz niego jest jeszcze ktoś w izbie.

Lord Agelmar na stojąco wiódł cichą rozmowę z Nynaeve i Egwene przed wielkim kominkiem przy końcu izby. Był dobrym gospodarzem, biegłym w sprawianiu, by ludzie zapominali o swych kłopotach; kilka jego opowieści wywołało chichot Egwene. Raz nawet Nynaeve odrzuciła głowę do tyłu i parsknęła śmiechem. Rand drgnął, usłyszawszy ten niespodziany dźwięk i potem powtórnie niemalże podskoczył, gdy krzesło Mata upadło z trzaskiem na podłogę.

— Krew i popioły! — warknął Mat, nie zważając na to, że Nynaeve zacisnęła usta, słysząc jego język. — Co ją zatrzymuje tak długo?

Postawił krzesło i usiadł, nie patrząc na nikogo. Jego dłoń zabłąkała się pod płaszcz.

Władca Fal Dara popatrzył na Mata z dezaprobatą — nie lepszym okiem ogarnął Randa i Perrina — po czym zwrócił się z powrotem w stronę kobiet. Nerwowe kroki zawiodły Randa w ich pobliże.

— Mój panie — mówiła Egwene tak gładko, jakby całe życie używała tytułów — sądziłam, że on jest Strażnikiem, ale ty nazywasz go Dai Shanem i wspominasz o sztandarze Złotego Żurawia podobnie jak pozostali. Czasami przemawiasz do niego jakby do króla. Pamiętam, że kiedyś Moiraine nazwała go ostatnim Władcą Siedmiu Wież. Kim jest Lan?

Nynaeve pilnie wpatrywała się w swój kielich, dla Randa było jednak oczywiste, iż nagle zaczęła słuchać jeszcze uważniej niż Egwene. Zatrzymał się więc i nasłuchiwał w taki sposób, aby nikt nie mógł go posądzić o to, że podsłuchuje.

— Władca Siedmiu Wież — powiedział Agelmar, marszcząc czoło. — To stary tytuł, lady Egwene. Nawet Wysocy Lordowie Łzy nie mogą poszczycić się starszym, równorzędny mu jest co najwyżej tytuł Królowej Andoru.

Westchnął i pokręcił głową.

— On nie zechce o tym opowiadać, jakkolwiek opowieść ta

znana jest na całym Pograniczu. On jest królem albo powinien nim być, al'Lan Mandragoran, Władca Siedmiu Wież, Pan Jezior, pozbawiony korony Król Ludu Malkier. — Uniósł wyżej wygoloną głowę, a w jego oku rozbłysło światło jakby ojcowskiej dumy. Głos spotężniał, wypełniony siłą uczuć. Wszyscy w izbie mogli go słyszeć bez nadstawiania uszu. — My ze Shienaru nazywamy siebie Ludem Pogranicza, lecz niespełna pięćdziesiąt lat temu Shienar nie należał właściwie do Ziem Granicznych. Na północ od nas i Arafel znajdowała się Malkier. Wojska najemne Shienaru kierowały się na północ, ale to Malkier stawiała opór Ugorowi. Malkier, niech Pokój chwali jej pamięć i Światłość oświeci jej nazwę.

— Lan pochodzi z Malkier — powiedziała cicho Wiedząca, podnosząc wzrok.

Coś ją wyraźnie dręczyło.

Nie było to pytanie, lecz Agelmar skinął głową.

— Tak, lady Nynaeve, on jest synem al'Akira Mandragorana, ostatniego koronowanego Króla Ludu Malkier. Jak doszło do tego, że jest, kim jest? Zaczęło się chyba od Laina. Podjąwszy wyzwanie, Lain Mandragoran, brat króla, miał poprowadzić swych żołnierzy przez Ugór do Spustoszonych Ziem, być może do samego Shayol Ghul. To żona Laina, Breyan, rzuciła wyzwanie z powodu trawiącej jej serce zawiści, że to al'Akir został wyniesiony na tron, a nie Lain. Król i Lain żyli z sobą tak blisko, jak na braci przystało, tak blisko jak bliźnięta, nawet po tym, jak królewskie „al'" zostało dodane do imienia Akira, lecz mimo to zazdrość zupełnie spalała Breyan. Lain zyskał poklask za swe czyny i był to poklask sprawiedliwy, ale nawet wtedy nie mógł zaćmić blasku al'Akira. Taki człowiek i taki król w jednej osobie zdarza się raz na sto lat, co najwyżej. Niechaj Pokój ześle łaskę na niego i el'Leannie.

Lain zginął w Spustoszonych Ziemiach wraz z większością tych, którzy za nim poszli, wraz z ludźmi, na utratę których Malkier nie mogła sobie pozwolić, i Breyan obwiniła o to króla, twierdząc, że samo Shayol Ghul by padło, gdyby al'Akir poprowadził razem z jej mężem pozostałych żołnierzy Malkier na północ. Knując zemstę, zawiązała spisek z Cowinem Gemallanem, zwanym Cowinem Prawe Serce, chcąc zdobyć tron dla swego syna, Isama. Cowin Prawe Serce był bohaterem nieomal tak samo wielbionym jak al'Akir i jednym z Wielkich Lordów, lecz kiedy Wielcy Lordowie wybierali króla, tylko dwa głosy dały zwycięstwo Akirowi, a on nigdy nie zapomniał, że gdyby dwaj ludzie nie wybrali innej barwy dla Klejnotu Korony, on zasiadłby na tronie. Cowin i Breyan wspólnie sprowadzili żołnierzy z Ugoru, by zajęli Siedem Wież i spowodowali, że Forty Graniczne stały się zwykłymi garnizonami. Tymczasem zazdrość Cowina sięgała jeszcze głębiej. — Głos Agelmara zabarwiło obrzydzenie. — Bohater zwany Prawym Sercem, o którego wyprawach do Ugoru śpiewano po całych Ziemiach Granicznych, był Sprzymierzeńcem Ciemności. Dzięki temu, że Forty Graniczne uległy osłabieniu, trolloki zalały Malkier niczym powódź. Król al'Akir i Lain potrafili bronić kraju, robili już tak wcześniej. Jednakże los Laina w Spustoszonych Ziemiach wstrząsnął ludźmi, a inwazja trolloków złamała w nich ducha i wolę oporu. W zbyt wielu ludziach. Przeważające liczby zepchnęły lud Malkier w głąb kraju.

Breyan uciekła razem ze swym nieletnim synem, Isamem, i została napadnięta przez trolloki, kiedy zdążała wraz z nim na południe. Nikt nie wie dokładnie, jaki ich spotkał los, ale można się domyślać. Potrafię się litować jedynie nad chłopcem. Gdy zdrada Cowina Prawe Serce wyszła na jaw, a on sam został pojmany przez młodego Jaina Charina, zwanego już wtedy Jainem Długi Krok, i przywieziony do Siedmiu Wież w łańcuchach, Wielcy Lordowie kazali nabić jego głowę na włócznię. A ponieważ w sercach ludzi zajmował drugie miejsce zaraz po al'Akirze i Lainie, król wyzwał go na pojedynek i zabił. Al'Akir płakał, kiedy zabijał Cowina. Niektórzy mówili, że opłakiwał przyjaciela, który oddał się Cieniowi, a inni, że opłakiwał Malkier.

Władca Fal Dara ze smutkiem pokręcił głową.

— Tak brzmiał pierwszy dzwon oznajmiający zagładę Siedmiu Wież. Nie było ani czasu na zdobycie pomocy od Shienar albo Arafel, ani żadnej nadziei, że Malkier obroni się sama, skoro pięć tysięcy jej najemników zginęło w Spustoszonych Ziemiach, a Forty Graniczne zostały sforsowane.

Al'Akir i jego królowa, el'Leanna, kazali sobie przynieść kołyskę z małym Lanem. W jego dziecinnych rękach umieścili miecz królów Malkier, miecz, którym włada do dziś. Miecz wykuty przez Aes Sedai podczas Wojny o Moc, Wojny z Cieniem, która zakończyła Wiek Legend. Namaścili mu głowę olejami, nadając imię Dai Shana, Koronowanego Marszałka, wyświęcili jako następnego Króla Ludu Malkier i w jego imieniu wypowiedzieli starożytną przysięgę królów i królowych Malkier. — Twarz Agelmara stwardniała, przemawiał teraz takim tonem, jakby on też złożył taką przysięgę, albo inną, podobną. — Że będzie stawiał opór Cieniowi dopóty, dopóki żelazo twarde, a kamień nieustępliwy. Że będzie bronił Malkier do ostatniej kropli krwi. Że pomści to, czego obronić się nie da.

Słowa te rozległy się echem we wnętrzu komnaty.

— El'Leanna zawiesiła na szyi swego syna pamiątkowy medalion, i niemowlę, owinięte w pieluszki ręką samej królowej, zostało oddane dwudziestu wybrańcom z gwardii przybocznej króla, najlepszym ludziom miecza, najbardziej zawziętym wojownikom. Ich rozkazem było zanieść dziecko do Fal Moran.

Potem al'Akir i el'Leanna poprowadzili lud Malkier, by po raz ostatni stawił czoło Cieniowi. Zginęli oboje na Przełęczy Herota, tam też wyginął lud Malkier, a Siedem Wież legło w ruinie. Shienar, Arafel i Kandor stoczyły bój z Półludźmi i trollokami przy Gwieździe Jehaana i wyparli ich, ale nie tak daleko jak przedtem. Większa część Malkier została w rękach trolloków i rok po roku, mila za milą, wchłaniał ją Ugór.

Agelmar z ciężkim sercem wciągnął oddech. Kiedy zaczął znowu mówić, w jego oczach i głosie odznaczały się smutek i zarazem duma.

— Jedynie pięciu gwardzistów dotarło żywych do Fal Moran, wszyscy ranni, dziecko jednak dowieźli nietknięte. Od kołyski uczyli go wszystkiego, co sami potrafili. Uczył się władania bronią tak jak inne dzieci zabawkami, poznawał Ugór tak jak inne dzieci ogród swej matki. Przysięga złożona nad jego kołyską na zawsze wyryła się w jego umyśle. Nie ma już czego bronić, może się jednak mścić. Wypiera się swych tytułów, choć w Ziemiach Granicznych zwą go Niekoronowanym, a gdyby kiedykolwiek podniósł sztandar Złotego Żurawia Malkier, każda armia przybędzie, aby stanąć u jego boku. On jednak nie chce prowadzić ludzi na śmierć. Na Ugorze wszak zaleca się do śmierci, tak jak starający zaleca się do panny, nie chce jednak skazywać na nią innych.

Skoro musicie wejść do Ugoru, i to tak nieliczną gromadą, to nie ma lepszego, kto by mógł was tam bezpiecznie wprowadzić i wyprowadzić. Jest najlepszym ze Strażników, a to oznacza najlepszego z najlepszych. Równie dobrze możecie zostawić tu tych chłopców, by nieco wydorośleli, a całe swe zaufanie złożyć na ręce Lana. Ugór to nie miejsce dla młodzików, którym nie dane było się sprawdzić.

Mat otworzył usta, ale pod wpływem spojrzenia Randa natychmiast je zamknął.

„Kiedy on wreszcie się nauczy trzymać je zamknięte".

Nynaeve wysłuchała tego z takimi samymi szeroko otwartymi oczyma jak Egwene, teraz jednak z pobladłą twarzą znowu wbiła wzrok w swój kielich. Egwene objęła ją ramieniem i obdarzyła współczującym spojrzeniem.

Na progu pojawiła się Moiraine, tuż za nią stanął Lan. Nynaeve odwróciła się w ich stronę.

— Co powiedział? — spytał Rand.

Mat uniósł się z miejsca, Perrin postąpił tak samo.

— Wiejski przygłup — mruknął pod nosem Agelmar, po czym podniósł głos do normalnego tonu: — Dowiedziałaś się czegoś, Aes Sedai, czy raczej jest to zwyczajny szaleniec?

— Padan Fain jest szalony — odparła Moiraine — albo prawie szalony, ale nie ma w nim nic zwyczajnego.

Nadszedł, ukłonami torując sobie drogę, służący w czarno-złotej liberii z niebieską misą, dzbanem, kostką żółtego mydła i niewielkim ręcznikiem na srebrnej tacy, spojrzał z lękiem na Agelmara. Moiraine kazała postawić mu to wszystko na stole.

— Wybacz, że rządzę twymi sługami, lordzie Agelmar — powiedziała. — Pozwoliłam sobie poprosić o to wszystko.

Agelmar skinął głową w stronę służącego, który postawił tacę na stole i pospiesznie wyszedł.

— Moi służący są na twoje rozkazy, Aes Sedai.

Woda, którą Moiraine nalała do misy, parowała, jakby dopiero co zdjęto ją z ognia. Aes Sedai podwinęła rękawy i zaczęła energicznie myć ręce, nie zważając na wysoką temperaturę wody.

— Twierdziłam, że jest czymś gorszym od jadowitego gada, lecz nie było to bliskie prawdy. Nie sądzę, bym kiedykolwiek spotkała kogoś równie nędznego i upodlonego, a jednocześnie tak nikczemnego. Czuję się zbrukana po tym, jak go dotykałam, i nie chodzi tu o brud ciała. Jest brudny tutaj. — Dotknęła swej piersi. — Jego dusza jest tak zdegenerowana, że wątpię, czy on ją w ogóle posiada. Jest czymś jeszcze gorszym niźli Sprzymierzeniec Ciemności.

— Wyglądał tak żałośnie — bąknęła Egwene. — Pamiętam, jak przyjeżdżał każdej wiosny do Pola Emonda, zawsze roześmiany i pełen wieści ze świata. Z pewnością jest jeszcze jakaś dla niego nadzieja? Żaden człowiek nie stoi w Cieniu tak długo, by nie mógł na powrót odnaleźć Światłości — zacytowała.

Aes Sedai energicznie wytarła ręce.

— Zawsze w to wierzyłam — powiedziała. — Być może Padan może zostać zbawiony. Był jednak Sprzymierzeńcem Ciemności od ponad czterdziestu lat i to, co w związku z tym uczynił, cała nikczemność, ból i śmierć, zmroziłyby wam krew w żyłach. Jeden z drobniejszych uczynków, choć dla was nie tak pośledni, jak sądzę, polegał na tym, że to on sprowadził trolloki do Pola Emonda.

— To prawda — powiedział cicho Rand.

Usłyszał głośny okrzyk zdziwienia Egwene.

„Powinienem był się domyślić. Niech sczeznę, trzeba było powiedzieć o tym, jak tylko go rozpoznałem".

— Czy sprowadził tutaj jakieś trolloki? — spytał Mat.

Rozejrzał się po otaczających ich kamiennych murach i zadrżał. Rand pomyślał, że jemu bardziej wbił się w pamięć Myrddraal niż trolloki. Mury nie zatrzymały Pomora ani w Baerlon, ani w Białym Moście.

— Gdyby tak było — zaśmiał się Agelmar — to połamałyby sobie zęby na murach Fal Dara. Już tak bywało w przeszłości. —

Mówił to niby do wszystkich, ale najwyraźniej adresował swoje słowa do Egwene i Nynaeve, sądząc po spojrzeniach, jakie rzucał w ich stronę. — Półludźmi też się nie przejmujcie.

Matowi poczerwieniała twarz.

— Wszystkie ulice i zaułki Fal Dara są nocą oświetlone. Pośród tych murów żaden człowiek nie ukryje swej twarzy.

— Po co Fain to robił? — spytała Egwene.

— Trzy lata temu... — Moiraine opadła na krzesło z ciężkim westchnieniem, jakby to, co zrobiła z Fainem, odebrało jej resztę sił. — Tego roku mijają trzy lata. Aż tyle. Światłość musi być nam wyjątkowo przychylna, bo inaczej Władca Kłamstw zatriumfowałby już wtedy, gdy jeszcze opracowywałam swe plany w Tar Valon. Fain was szukał przez trzy lata z polecenia Czarnego.

— To niedorzeczne! — zawołał Rand. — Przyjeżdżał do Dwu Rzek każdej wiosny, punktualny jak zegar. Trzy lata? Miał nas przed sobą i nigdy nie spojrzał na nas częściej niż dwa razy, aż do ostatniego roku.

Aes Sedai wycelowała w niego palec, każąc mu zamilknąć.

— Fain mi wszystko wyznał, Rand. Albo prawie wszystko. Sądzę, że udało mu się coś ukryć, coś ważnego, mimo tego, co z nim zrobiłam, ale i tak powiedział dostatecznie dużo. Trzy lata temu w Lugard przyszedł do niego jakiś Pomor. Fain przeraził się naturalnie, ale wśród Sprzymierzeńców Ciemności takie wezwanie jest poczytywane za wielki zaszczyt. Fain uwierzył, że został wybrany do wielkich czynów, i rzeczywiście go wybrano, choć nie do tego, co mu się wydawało. Został sprowadzony na północ Ugoru, do Spustoszonych Ziem. Do Shayol Ghul. Tam poznał człowieka o płonących oczach, który nazywał siebie Ba'alzamonem.

Mat poruszył się niespokojnie, a Rand przełknął ślinę. To się rzeczywiście musiało odbyć w taki sposób, ale i tak trudno było słuchać tego spokojnie. Jedynie Perrin patrzył na Aes Sedai takim wzrokiem, jakby już nic nie mogło go zaszokować.

— Światłości, ochroń nas! — zawołał z przejęciem Agelmar.

— Fainowi nie podobało się to, co z nim zrobiono w Shayol Ghul — kontynuowała spokojnie Moiraine. — Podczas naszej rozmowy często krzyczał o ogniu i torturach. Wyciąganie tego wszystkiego stamtąd, gdzie to skrywał, omal go nie zabiło. Nawet mimo mego Uzdrawiania przypomina teraz rozbity wrak i wiele czasu upłynie, zanim odzyska zdrowie. Ja jednak postaram się mu je przywrócić, choćby po to, żeby się dowiedzieć, co on jeszcze tai. Został wybrany z powodu okolicy, w której handlował. Nie — powiedziała pospiesznie, kiedy się poruszyli niespokojnie — nie chodziło tylko o Dwie Rzeki, nie wtedy. Ojciec Kłamstw wiedział z grubsza, gdzie znaleźć to, czego szukał, niewiele jednak lepiej niż my w Tar Valon. Fain twierdzi, że Czarny zrobił go swym psem, i w pewien sposób ma rację. Ojciec Kłamstw wyprawił Faina na polowanie, najpierw zmieniając go tak, by mógł je przeprowadzić. To właśnie te rzeczy, które miały dokonać zmian, Fain boi się pamiętać, nienawidzi za nie swego pana równie mocno, jak się go boi. I w taki to sposób wysłano Faina, by węszył i polował po wszystkich wsiach w okolicy Baerlon, przy drodze do Gór Mgły, Taren i po drugiej stronie, w Dwu Rzekach.

— Przed trzema wiosnami? — spytał wolno Perrin. — Pamiętam tamtą wiosnę. Fain przybył później niż zwykle, lecz dziwne było to, że tak zwlekał z wyjazdem. Został cały tydzień, próżnując i zgrzytając zębami, gdy przychodziło do płacenia za pokój w karczmie „Winna Jagoda". Fain lubi swoje pieniądze.

— Teraz sobie przypominam — dodał Mat. — Wszyscy się zastanawiali, czy on jest chory, albo czy może zakochał się w którejś z naszych kobiet? Nie to, że któraś chciała wyjść za handlarza, oczywiście. To tak, jak poślubić jakiegoś Wędrowca.

Egwene uniosła brew w jego stronę, więc pospiesznie zamknął usta.

— Potem Fain został ponownie zabrany do Shayol Ghul, a jego umysł został... wydestylowany.

Randowi skręcił się żołądek na ton głosu Aes Sedai. Ton ten był nawet bardziej bolesny niż wyraz twarzy zdradzający jej myśli.

— To, co on... wyczuł... zostało zagęszczone i wprowadzone z powrotem. Kiedy przyjechał do Dwu Rzek następnego roku, był w stanie określić cele swych poszukiwań wyraźniej. W rzeczy samej wyraźniej niż Czarny się spodziewał. Fain wiedział z całą pewnością, że ten, którego szuka, to jeden z trzech mieszkańców Pola Emonda.

Perrin kaszlnął, a Mat zaczął przeklinać cichym, monotonnym głosem i nawet Nynaeve nie spiorunowała go za to wzrokiem. Agelmar przypatrywał im się z ciekawością. Rand czuł jedynie lekki dreszcz i to go dziwiło. Czarny polował na niego od trzech lat... polował na nich trzech. Był przekonany, że od tego powinien szczękać zębami.

Moiraine nie pozwoliła sobie przerwać. Zagłuszyła Mata, podnosząc nieco głos:

— Kiedy Fain powrócił do Lugard, Ba'alzamon pojawił mu się we śnie. Fain ukorzył się i poddał rytuałom, takim, że wystarczyłoby wam usłyszeć o połowie z nich, a padlibyście trupem. W ten sposób związał się jeszcze mocniej z Czarnym. To, co się robi podczas snów, może być jeszcze bardziej niebezpieczne niż to, co się robi na jawie.

Rand drgnął pod wpływem tego ostrego, ostrzegawczego spojrzenia, Moiraine nie przestawała jednak mówić:

— Obiecano mu wielkie nagrody, władzę nad królestwami po zwycięstwie Ba'alzamona i nakazano po powrocie do Pola Emonda naznaczyć tych trzech, których upolował. Miał tam czekać na niego Półczłowiek razem z trollokami. Teraz wiemy, jak trolloki trafiły do Dwu Rzek. Przy Manetheren musiał być gaj ogirów i Brama.

— Najpiękniejszy z wszystkich — odezwał się Loial — z wyjątkiem gaju w Tar Valon. — Słuchał z równym napięciem jak pozostali. — Ogirowie wielbią wspomnienie Manetheren.

Agelmar wymówił bezgłośnie tę nazwę, unosząc brwi ze zdziwieniem. Manetheren.

— Lordzie Agelmar — powiedziała Moiraine — powiem ci, jak znaleźć Bramę do Mafal Dadaranell. Trzeba ją otoczyć murem i postawić tam straże, nikomu nie wolno się do niej zbliżać. Półludzie nie poznali jeszcze wszystkich Dróg, lecz ta Brama jest położona na południu, zaledwie kilka godzin od Fal Dara.

Władca Fal Dara otrząsnął się, jakby wychodził z transu.

— Południe? Pokój! Po co nam to? Światłości, oświeć nas. Zrobimy, jak każesz.

— Czy Fain szedł za nami przez Drogi? — spytał Perrin. — Tak chyba musiało być.

Moiraine skinęła głową.

— Fain poszedłby za wami do grobu, bo tak musi. Kiedy Myrddraalowi nie powiodło się w Polu Emonda, kazał Fainowi podążyć wraz z trollokami naszym tropem. Pomor nie pozwolił Fainowi jechać konno, mimo iż ten uważał, że powinien wziąć najlepszego konia z Dwu Rzek i jechać na czele całej bandy. Myrddraal kazał mu biec razem z trollokami, a gdy Faina zawodziły nogi, trolloki musiały go nieść. Rozmawiali między sobą w taki sposób, by Fain mógł ich zrozumieć, kłócąc się, jak go najlepiej ugotować, kiedy jego przydatność się skończy. Fain twierdzi, że zbuntował się przeciwko Czarnemu, jeszcze zanim dotarli do Taren. Niemniej jednak czasami przez całą tę jego opowieść przebijała żądza obiecanych nagród.

Kiedy uciekliśmy na drugą stronę Taren, Myrddraal zabrał trolloki do najbliższej Bramy, w Górach Mgły, a Faina puścił w drogę samego. Myślał, że już jest wolny, ale zanim dotarł do Baerlon, znalazł go inny Pomor, a ten nie był tak uprzejmy. Kazał mu spać w garnku trolloków, żeby pamiętał, jaka jest cena za niewykonanie zadania. Ten Pomor wykorzystywał go aż do Shadar Logoth. Do tego czasu Fain zgodziłby się oddać Myrddraalowi własną matkę, byleby tylko tamten go uwolnił, jednakże Czarny nigdy dobrowolnie nie uwalnia swej zdobyczy. Stamtąd wysłałam iluzję naszych śladów i zapachów w stronę gór, ogłupiając Myrddraala, ale nie Faina. Półludzie mu nie wierzyli, potem wlekli go za sobą na smyczy. Dopiero wtedy, gdy my zawsze byliśmy w przedzie, choćby nie wiadomo jak mocno parli do przodu, niektórzy zaczęli mu ufać. To byli ci czterej, którzy powrócili do Shadar Logoth. Fain twierdzi, że to sam Ba'alzamon nimi kierował.

Agelmar z pogardą pokręcił głową.

— Czarny? Phi! Ten człowiek kłamie albo jest szalony. Gdyby Pozbawiony Serca się uwolnił, wszyscy bylibyśmy już martwi albo jeszcze gorzej.

— Fain przekazywał taką prawdę, jaką widział — odrzekła Moiraine. — Nie mógł mnie okłamać, choć wiele ukrył. Oto jego słowa: „Ba'alzamon pojawiał się jak migotliwy płomień świecy, znikał i pojawiał się ponownie, nigdy dwa razy w tym samym miejscu. Jego wzrok przepalał Myrddraala na wskroś, a ogień z ust osmalał nam skórę".

— Coś — powiedział Lan — sprowadziło czterech Pomorów tam, gdzie bali się pójść, do miejsca, którego boją się tak jak gniewu Czarnego.

Agelmar stęknął, jakby właśnie dostał kopniaka. Wyglądał na chorego.

— W ruinach Shadar Logoth zło starło się ze złem — ciągnęła Moiraine — zło walczyło z nikczemością. Kiedy Fain o tym opowiadał, zęby mu szczękały i cały czas biadolił. Wiele trolloków zostało zabitych, pożartych przez Mashadara i inne stworzenia, w tym również te trolloki, które prowadziły Faina na smyczy. Uciekł z miasta, jakby to była Szczelina Zagłady w Shayol Ghul. Fain myślał, że wreszcie jest wolny. Miał zamiar uciekać tak długo, dopóki Ba'alzamon nie będzie mógł go znaleźć, aż do krańca ziemi, jeśli to będzie konieczne. Wyobraźcie sobie jego przerażenie, gdy odkrył, że przymus prowadzenia polowania nie osłabł. Przeciwnie, z każdym dniem stawał się silniejszy i bardziej przemożny. Fain nie mógł nic zjeść, z wyjątkiem tego, co mu wpadało w ręce, kiedy na was polował… żuki i jaszczurki, które chwytał podczas biegu, na wpół zgniłe resztki wybierane ze śmietników pod osłoną nocy… nie potrafił się też zatrzymać, dopóki nie padał z wyczerpania jak pusty worek. A gdy tylko miał siłę, by wstać na nogi, znowu pchało go do przodu. Zanim dotarł do Caemlyn, już milę wcześniej czuł swoją ofiarę. Nawet tutaj, w celi na dole, zdarzało mu się podnieść czasem wzrok, mimo że nie uświadamiał sobie, co robi. Patrzył w stronę tej komnaty.

Rand poczuł nagłe swędzenie między łopatkami, zupełnie jakby poczuł tam wzrok Faina, który przebił się przez zagradzający mu drogę kamień. Aes Sedai zauważyła, że otrząsnął się niespokojnie, ale nieubłaganie ciągnęła swą relację:

— Chociaż Fain był już w połowie obłąkany, zanim jeszcze dotarł do Caemlyn, to pogrążył się w znacznie głębszym szaleństwie, gdy pojął, że dwóch z tych, których poszukuje, jest w tym mieście. Zmuszano go, by odnalazł was wszystkich, nie był jednak w stanie zrobić nic więcej, jak tylko podążyć tropem tych dwóch. Mówił, że przeraźliwie krzyczał, kiedy otwarła się Brama w Caemlyn. Wiedza o tym, jak tego dokonać, znajdowała się w jego umyśle, on nie wie, jak do tego doszło, jego ręce poruszały się poza jego zgodą, płonęły ogniami Ba'alzamona, kiedy próbował je unieruchomić. Zamordował właściciela sklepu, który przyszedł, by sprawdzić, co to za hałas. Nie dlatego, że musiał, lecz z zazdrości, że ten człowiek może swobodnie wyjść z piwnicy, podczas gdy jego nogi wiodły nieubłaganie do Dróg.

— A więc ten ścigający, którego wyczułeś, to był właśnie Fain — powiedziała Egwene.

Lan skinął głową.

— Jak on uciekł przed... Czarnym Wiatrem? — Głos jej drżał, urwała, by przełknąć ślinę. — Dotarł za nami aż do Bramy.

— Uciekał, ale mu się nie udało — odparła Moiraine. — Czarny Wiatr go złapał i twierdzi, że rozumiał tamte głosy. Jedne witały go jak sobie równego, inne się go bały. Wiatr potem pognał dalej.

— Światłości, ochroń nas. — Szept Loiala zabrzmiał jak buczenie ogromnego trzmiela.

— Módlcie się o to — rzekła Moiraine. — Jeszcze dużo na temat Padana Faina pozostaje zagadką, dużo jeszcze muszę się dowiedzieć. Nie spotkałam dotąd człowieka, którego zło przeniknęłoby równie głęboko i z taką mocą. Być może Czarny, robiąc to, co zrobił z Fainem, odcisnął w nim jakąś część siebie, może, nawet o tym nie wiedząc, podzielił się z nim jakąś częścią swoich zamierzeń. Gdy wspomniałam o Oku Świata, Fain zacisnął usta, lecz wyczułam wiedzę skrywaną za tym milczeniem. Gdybym tylko miała teraz czas. Nie możemy jednak zwlekać.

— Jeśli ten człowiek coś wie — powiedział Agelmar — to mogę to z niego wydobyć. — W jego twarzy nie było współczucia dla Sprzymierzeńców Ciemności, głos nie obiecywał zmiłowania dla Faina. — Warto poświęcić jeden dzień, jeśli przynajmniej częściowo możecie się dowiedzieć, z czym przyjdzie wam się zmagać w Ugorze. Często przegrywano bitwy z powodu nieznajomości zamiarów wroga.

Moiraine westchnęła i ponuro pokręciła głową.

— Lordzie Agelmar, gdybyśmy nie potrzebowali przynajmniej jednej nocy dobrego snu przed stawieniem czoła Ugorowi, pojechałabym tam za godzinę, choćby to się wiązało z ryzykiem napotkania bandy trolloków w ciemnościach. Rozważ to, czego się dowiedziałam od Faina. Trzy lata temu Czarny musiał ściągnąć Faina do Shayol Ghul, aby go dotknąć, mimo iż Fain był całą duszą zaprzedanym Sprzymierzeńcem Ciemności. Rok temu Czarny mógł kierować Fainem za pośrednictwem jego snów. Tego roku Ba'alzamon wdziera się do snów tych, którzy żyją w Światłości i nawet pojawia się faktycznie, mimo że z trudem, w Shadar Logoth. Nie we własnym ciele, oczywiście, jednak każda projekcja umysłu Czarnego, nawet taka projekcja, która migocze i nie może się utrwalić, stanowi bardziej śmiertelne niebezpieczeństwo dla świata niż wszystkie hordy trolloków razem wzięte. Pieczęcie na Shayol Ghul rozpaczliwie słabną, lordzie Agelmar. Nie ma czasu.

Agelmar skłonił głowę na znak, że się zgadza, kiedy ją jednak podniósł, jego usta wciąż wyginał upór.

— Aes Sedai, mogę się zgodzić, że gdy poprowadzę wojska do Wąwozu Tarwina, nie będzie to nic więcej jak zwykła dywersja albo zamieszki na obrzeżach prawdziwej bitwy. Obowiązek wiedzie ludzi tam, dokąd i tak z pewnością zawiódłby ich Wzór, i nic tu nie obiecuje, że czyny nasze będą czymś wielkim. Nie mniej jednak nasza walka pójdzie na marne, nawet gdybyśmy zwyciężyli, jeśli ty przegrasz bitwę. Skoro twierdzisz, że wasza grupa ma być niewielka, to ja na to powiadam „zgoda", ale błagam cię, byś dołożyła wszelkich starań zapewniających ci zwycięstwo. Pozostaw tutaj tych młodych ludzi, Aes Sedai. Przysięgam, że potrafię ich zastąpić trzema doświadczonymi mężczyznami, którym nie sława w głowach. To biegle władający mieczami wojownicy, którzy w Ugorze okażą się nieomal równie przydatni jak Lan. Pozwól mi pojechać do Wąwozu ze świadomością, że zrobiłem, co mogłem, aby ci dopomóc w zwycięstwie.

— Muszę zabrać właśnie ich i nikogo innego, lordzie Agelmar — powiedziała łagodnie Moiraine. — To oni stoczą bitwę przy Oku Świata.

Agelmar zdumiony wlepił wytrzeszczone oczy w Randa, Mata i Perrina, po czym znienacka zrobił krok w tył, a jego dłoń odruchowo powędrowała do miecza, którego nigdy nie przypasywał we wnętrzu fortecy.

— Oni nie są... Nie jesteś Czerwoną Ajah, Moiraine Sedai, jednak z pewnością nawet ty nie...

Na jego ogolonej czaszce nagle zalśnił pot.

— Oni są *ta'veren* — odparła uspokajająco Moiraine. — Wzór oplata się wokół nich. Czarny nieraz próbował ich zabić. Trzech *ta'veren* w jednym miejscu to dość, by zmienić otaczające ich życie, równie nieuchronnie jak wir w rzece zmienia drogę płynącego nią źdźbła trawy. Gdy takim miejscem jest Oko Świata, wówczas Wzór może wpleść w siebie nawet Władcę Kłamstw i na powrót go unieszkodliwić.

Ręka Agelmara zaprzestała bezskutecznych poszukiwań miecza, nadal jednak patrzył pełnym wątpliwości wzrokiem na Randa i pozostałych.

— Moiraine Sedai, skoro tak o nich mówisz, to tak jest, ja jednak tego nie widzę. Chłopcy ze wsi. Czy jesteś pewna, Aes Sedai?

— Stara krew — powiedziała Moiraine — rozszczepiona niczym rzeka rozwidlająca się tysiąc razy na tysiąc strumieni, jednakże czasem te strumienie łączą się z sobą, by na powrót utworzyć rzekę. Stara krew Manetheren, płynąca w żyłach prawie wszystkich tych młodych ludzi, jest silna i czysta. Czy wątpisz w siłę krwi Manetheren, lordzie Agelmar?

Rand zerknął z ukosa na Aes Sedai.

„Prawie wszystkich".

Zerknął ukradkiem na Nynaeve, która odwróciła się, by nie tylko słuchać, ale również widzieć, wciąż jednak unikała widoku Lana.

Pochwycił spojrzenie Wiedzącej. Potrząsnęła głową: nie powiedziała Aes Sedai, że on nie urodził się w Dwu Rzekach.

„Co wie Moiraine?"

— Manetheren — wolno powiedział Agelmar, kiwając głową. — W tę krew wątpił nie będę. — Potem, znacznie szybciej, dodał: — Dziwne czasy Koło sprowadza. Chłopcy z farm niosą honor Manetheren do Ugoru, a przecież jeśli jakaś krew może zadać ostateczny cios Czarnemu, to jest nią jedynie krew Manetheren. Stanie się tak, jak chcesz, Aes Sedai.

— Zatem zaprowadź nas do naszych pokoi — odparła Moiraine. — Musimy wyjechać razem ze słońcem, bo czas się kurczy. Ci młodzi mężczyźni muszą spać blisko mnie. Za mało czasu zostało przed bitwą, nie można pozwolić Czarnemu, by znowu ich zaatakował. Za mało.

Rand poczuł na sobie jej wzrok, przypatrujący się jemu i jego przyjaciołom, ważący ich siłę i zadrżał. Za mało.

ROZDZIAŁ 48

UGÓR

Wiatr targał połami płaszcza Lana, sprawiając, że czasem trudno go było zobaczyć nawet w słońcu, a Ingtar i stu żołnierzy, których lord Agelmar wysłał z nimi jako eskortę do granicy, na wypadek gdyby napotkali rajd trolloków, urządzili pokaz mocy, tworząc podwójną kolumnę zbroi, czerwonych opończy i zakutych w stal koni, na czele której powiewał sztandar Szarej Sowy Ingtara. Bez wątpienia prezentowali równie wspaniały widok jak Gwardia Królowej, jednak wzrok Randa przykuwały głównie widoczne w oddali wieże. Miał cały ranek na przyglądanie się lancom Shienaru.

Każda wieża stała na szczycie wzgórza, wysoka i masywna, oddalona o połowę mili od swej sąsiadki. Wyrastały na wschodzie i zachodzie, a za nimi jeszcze następne. Wokół każdej kamiennej kolumny wspinała się spiralnie szeroka, osłonięta murem klatka schodowa, kończąca się przy ciężkich bramach w połowie drogi do zwieńczonego blankami wierzchołka. Udająca się na wypad załoga garnizonu byłaby chroniona przez ten mur aż do samej ziemi, natomiast wróg pragnący się dostać do bram, musiałby się wspinać pod gradem strzał, kamieni i wrzącego oleju, lanego z wielkich kotłów, które wystawały z wybrzuszonych parapetów na górze. Na szczycie każdej wieży połyskiwało wielkie stalowe lustro, pieczołowicie opuszczone teraz w dół, tak, by nie docierały do niego promienie słoneczne, umieszczone we wnętrzu wysokiej, żelaznej czaszy, w której rozpalano sygnalny ogień w razie braku słońca. Błyskami można było przekazać sygnał do wież bardziej oddalonych od granicy, te z kolei przesyłały go następnym, aż wreszcie docierał do fortec w głębi kraju, z których wysyłano wojsko dla odparcia ewentualnego napadu. Tak by się działo, gdyby czasy były normalne.

Ich przyjazd obserwowali ludzie z wierzchołków najbliższych dwóch wież. Na obu była ich zaledwie garstka, wyglądali jednak z ciekawością przez blanki. W najlepszych czasach wieże obsadzano tylko taką liczbą ludzi, jaka była niezbędna do samoobrony, polegając bardziej na kamiennych murach niż na silnych ramionach, teraz jednak wszyscy, których udało się wygospodarować, wybierali się do Wąwozu Tarwina. Upadek wież nie miałby znaczenia, gdyby wojskom nie udało się utrzymać Wąwozu.

Rand poczuł dreszcz, gdy mijali wieże. Miał wrażenie, że przejechał przez mur chłodniejszego powietrza. To była Granica. Obszar położony za nią niczym się nie różnił od ziem Shienaru, jednak właśnie tam, gdzieś za bezlistnymi drzewami, był Ugór.

Ingtar uniósł stalową pięść, by zatrzymać żołnierzy tuż przed prostym, kamiennym słupem widocznym z wież. Słup graniczny, oddzielający Shienar od terenów, które kiedyś należały do Malkier.

— Wybacz, Moiraine Aes Sedai. Wybacz, Dai Shanie. Wybacz, Budowniczy. Lord Agelmar rozkazał mi dalej nie jechać.

W jego głosie pobrzmiewało niezadowolenie z tego powodu, być może nawet ogólne zniechęcenie życiem.

— Tak właśnie zaplanowałam razem z lordem Agelmarem — odparła Moiraine.

Ingtar chrząknął z goryczą.

— Wybacz, Aes Sedai — przeprosił, mimo że wyraźnie nie miał zamiaru przepraszać. — Przez to, że eskortowaliśmy was do tego miejsca, możemy nie zdążyć do Wąwozu przed końcem bitwy. Ograbiono mnie z szansy udziału w walce wraz z pozostałymi i jednocześnie wydano rozkaz, bym nie jechał ani kroku dalej za słup graniczny, jakbym dotąd nigdy nie bywał w Ugorze. I lord Agelmar nie chce mi powiedzieć, dlaczego.

Oczy wyzierające zza kratownicy w hełmie zmieniły to ostatnie słowo w pytanie skierowane do Aes Sedai. Spojrzał z pogardą na Randa i pozostałych, wiedział już, że to oni będą towarzyszyć Lanowi w wyprawie do Ugoru.

— Niech zajmie moje miejsce — mruknął Mat do Randa.

Lan spojrzał na nich surowym wzrokiem. Mat spuścił wzrok, twarz mu poczerwieniała.

— Każdy z nas odgrywa swą rolę we Wzorze, Ingtarze — powiedziała stanowczym głosem Moiraine. — Od tego miejsca musimy iść samotnie tam, gdzie ciągną nas nasze wątki.

Ukłon Ingtara był bardziej sztywny, niż to wymuszała na nim zbroja.

— Jak sobie życzysz, Aes Sedai. Muszę was teraz opuścić i jechać, co koń wyskoczy, by dotrzeć do Wąwozu Tarwina. Tam przynajmniej będzie mi wolno stawić czoło trollokom.

— Naprawdę aż tak ci do tego spieszno? — spytała Nynaeve. — Do walki z trollokami?

Ingtar spojrzał na nią ze zdumieniem, potem zerknął na Lana, jakby się spodziewał, że on to wyjaśni.

— Tym się przecież zajmuję, moja pani — powiedział wolno. — To racja, dla której istnieję. — Uniósł rękę w stronę Lana, ukazując Strażnikowi wnętrze odzianej w rękawicę dłoni. — *Suravye ninto manshima taishite*, Dai Shanie. Niech pokój ma w swej łasce twój miecz.

Zawróciwszy konia, Ingtar ruszył na wschód, wiodąc za sobą giermka ze sztandarem i sto lanc. Jechali stępa, utrzymując miarowe tempo, z taką prędkością, by koniom udało się pokonać czekającą ich daleką drogę.

— Jak oni dziwnie się wyrażają — zauważyła Egwene. — Czemu używają tego słowa w taki sposób? Pokój.

— Jeśli coś jest ci znane tylko ze snów — wyjaśnił Lan, uderzając piętami boki Mandarba, by ruszył — to staje się czymś więcej niż zwykły talizman.

Gdy Rand w ślad za Strażnikiem mijał kamienny słup graniczny, okręcił się w siodle, by odprowadzić wzrokiem Ingtara, jego lance ginące wśród nagich drzew, słup i ostatnią z wież górującą ze szczytu wzgórza ponad lasem. Jakby trochę za szybko znów zostali sami, jechali na północ pod baldachimem utkanym z bezlistnych gałęzi. Pogrążył się w milczeniu, bacznie obserwując otoczenie, nawet Mat przynajmniej ten jeden raz nie miał nic do powiedzenia.

Tego ranka bramy Fal Dara otworzono o świcie. Lord Agelmar, podobnie jak jego żołnierze, ubrany w zbroję i przyłbicę, wyjechał ze sztandarem Czarnego Jastrzębia i zastępem Trzech Lisów z Wschodniej Bramy w stronę słońca, które nadal miało kształt czerwonego sierpu zawisłego tuż nad drzewami. Utworzona z czwórek kolumna niczym stalowy wąż falujący w rytm brzmienia kotłów, wyruszyła zygzakowatym pochodem z miasta, a jadący na jej czele Agelmar zdążył skryć się w lesie, nim ogon opuścił warownię Fal Dara. Na ulicach nie słyszało się wiwatów zagrzewających ich do wyprawy, jedynie huk bębnów i łopot sztandarów na wietrze, jednakże oczy jadących nie bez celu wpatrzone były we wschodzące słońce. Na wschodzie mieli się przyłączyć do innych stalowych węży, do tego z Fal Moran, na czele z samym królem Easarem i synami u jego boku, i do tego z Ankor Dail, który prowadził Wschodnie Marsze i strzegł Grzbietu Świata, do tych z Mos Shirare, Fal Sion, Camron Caan i wszystkich innych fortec w Shienar, wielkich i małych. Połączone w jednego wielkiego węża miały skręcić na północ, w stronę Wąwozu Tarwina.

W tym samym czasie trwał jeszcze jeden eksodus wykorzystujący Bramę Królewską, z której wiodła droga do Fal Moran. Fury i wozy, ludzie na koniach i piechurzy, pędzący swoje bydło, niosący dzieci na plecach, z twarzami tak wydłużonymi jak cienie poranka. Niechęć do opuszczania swych domostw, być może na zawsze, spowolniała im krok, jednak lęk przed tym, co miało nadejść, spinał ich jak ostrogą, więc szli zrywami, to wlokąc się, to rzucając do biegu i po kilkunastu krokach znowu zostając w tyle, znowu powłócząc nogami w pyle drogi. Kilku zatrzymywało się za miastem, by popatrzeć na zbrojną linię żołnierzy wkręcającą się w głąb lasu. W oczach niektórych wykwitała nadzieja, słychać było monotonne mamrotanie modlitw, modlitw o żołnierzy, modlitwy o samych siebie, a po chwili znowu wlekli się mozolnie w stronę południa.

Najkrótsza kolumna wyszła z Bramy Malkier. Zostawili za sobą już tylko nielicznych, żołnierzy i dosłownie kilku starców, których żony pomarły, a dorosłe dzieci wolno wędrowały na południe. Ostatnia garść, aby niezależnie od tego, co miało się zdarzyć w Wąwozie Tarwina, Fal Dara nie padła bez obrony. Na czele jechała Szara Sowa Ingtara, ale to Moiraine wiodła ich na północ. Kolumna najważniejsza i ze wszystkich najbardziej zdesperowana.

Przez co najmniej godzinę po tym, jak minęli słup graniczny, nic się nie zmieniło ani na odkrytym terenie, ani w lesie. Strażnik narzucał im okrutne tempo, najszybsze, jakiemu podołać mogły konie, Rand stale jednak się zastanawiał, czy już dojeżdżają do Ugoru. Wzgórza stały się nieco wyższe, lecz drzewa, pnącza i poszycie niczym się nie różniły od tych, które widział w Shienarze, tak samo szare i bezlistne. Czuł, że jest mu cieplej, tak ciepło, że mógł przewiesić płaszcz przez łęk siodła.

— Tak dobrej pogody nie mieliśmy przez cały rok — stwierdziła Egwene, strząsając z ramion swój płaszcz.

Nynaeve pokręciła głową, krzywiąc się, jakby słuchała wiatru.

— Ma zły zapach.

Rand pokiwał głową. Też czuł coś takiego, choć nie potrafił określić dokładnie, co właściwie czuje. Coś złego, co nie pasowało do ciepła, które po raz pierwszy poczuł tego roku poza domem i bynajmniej nie wiązało się to z prostym faktem, że tak daleko na północy nie powinno być tak ciepło. Musiał to być już Ugór, mimo że w otaczającym ich krajobrazie nic nie uległo zmianie.

Słońce wspięło się wysoko, czerwona kula, która nie mogła dawać takiego ciepła, mimo że na niebie nie było ani jednej chmury. Chwilę później rozpiął kaftan. Z twarzy ściekały mu strumyczki potu.

Nie tylko jemu. Mat też zdjął kaftan, wystawiając na pokaz swój złoty sztylet z rubinem i otarł twarz końcem szala. Mrugając, zrolował go w wąski pasek i obwiązał nim czoło. Nynaeve i Egwene wachlowały się, przytulone do końskich karków niczym więdnące rośliny. Loial rozpiął swą tunikę z wysokim kołnierzem i koszulę. Na piersi wyrastał mu wąski pas włosów, gęsty jak futro. Przeprosił wszystkich głębokim pomrukiem.

— Musicie mi wybaczyć. Stedding Shangtai leży wśród gór, panuje w nim chłód. — Jego szerokie nozdrza rozdęły się, wciągając powietrze, które z każdą minutą stawało się coraz cieplejsze. — Nie podoba mi się to ciepło i wilgoć.

Rand zauważył, że rzeczywiście jest wilgotno. Tak samo jak na Bagnach Mire w samym środku lata. Wśród tamtych błot oddychało się jak przez wełniany koc namoczony w gorącej wodzie. Te tereny nie były bagniste — zaledwie kilka stawów i potoków, w rzeczy samej strumyczków dla kogoś, kto znał Wodny Las — jednak powietrze było takie samo jak w Mire. Tylko Perrin, nadal ubrany w kaftan, oddychał bez trudu. Perrin i Strażnik.

Na drzewach, mimo iż nie pochodziły z gatunków wiecznie zielonych, pojawiło się już trochę liści. Rand wychylił się, by dotknąć gałęzi i ręka mu zamarła tuż przy samych liściach. Czerwień młodych pędów naznaczona była niezdrową żółcią i czarnymi plamami wyglądającymi na objaw jakiejś choroby.

— Powiedziałem, że macie niczego nie dotykać. — Strażnik mówił beznamiętnym głosem. Wciąż miał na sobie mieniący się płaszcz, jakby upał nie wywierał na nim żadnego wrażenia, tak samo jak chłód; w tym płaszczu jego kanciasta twarz wydawała się unosić niczym nie podtrzymywana nad grzbietem Mandarba. — W Ugorze kwiaty potrafią zabijać, a liście kaleczyć. Rośnie tu coś takiego, zwane Kijem, które lubi się ukrywać w największej gęstwinie liści, wygląda wśród nich dokładnie tak, jak się nazywa, i czeka, aż coś go dotknie. I wtedy się wgryza. Nie truje. Sok Kija zaczyna trawić swoją ofiarę. Żeby się uratować, trzeba odciąć tę rękę albo nogę, w którą wgryzł się Kij. Nie gryzie jednak, dopóki się go nie dotknie. Ale robią to inne rośliny w Ugorze.

Rand gwałtownie cofnął rękę, nie dotknąwszy liści i otarł ją o nogawkę spodni.

— To znaczy, że jesteśmy już w Ugorze? — spytał Perrin.

O dziwo, w jego głosie nie słychać było lęku.

— To na razie skraj — odparł ponuro Strażnik. Jego ogier stale wyrywał do przodu, dlatego musiał mówić do nich przez ramię. — Prawdziwy Ugór ciągle jeszcze przed nami. Żyją na Ugorze takie stworzenia, które polują, kierując się słuchem, a niektóre potrafią przywędrować za dźwiękiem aż z dalekiego południa. Czasami przeprawiają się przez Góry Przeznaczenia. Znacznie gorsze od Kijów. Zachowujcie się cicho i nie zostawajcie w tyle, jeśli chcecie ujść z życiem.

Cały czas nadawał ostre tempo, nie czekając na odpowiedź.

Mila za milą, w miarę jak zapuszczali się coraz głębiej w Ugór, widać było jego postępujący rozkład. Liście pokrywały drzewa obficiej, były jednak przebarwione, pokryte żółtymi i czarnymi cętkami, poprzerastane pasmami wściekłej czerwieni przywodzącej na myśl zatrutą krew. Wszystkie liście i pnącza wyglądały jak opuchnięte, jakby miały wybuchnąć pod dotknięciem. Wiosnę parodiowały kwiaty na drzewach i chwastach, chorobliwie blade i nabrzmiałe, woskowate narośla, które wydawały się gnić na oczach Randa. Gdy oddychał przez nos, słodkawy odór zgnilizny, ciężki i gęsty, wywoływał mdłości, gdy próbował oddychać przez usta, omal się nie udławił. Powietrze napełniało usta posmakiem zgniłego mięsa. Spod końskich kopyt rozlegał się mlask, z jakim przegniłe rośliny rozpadały się pod ich ciężarem.

Mat pochylił się do przodu i wymiotował tak długo, dopóki nie opróżnił żołądka. Rand zaczął szukać pustki, jednakże spokój jakoś nie potrafił przegnać palącej kuli, która wpełzła mu do gardła. Mimo próżnego żołądka milę dalej Mat znowu dostał nudności i poźniej jeszcze raz. Egwene wyglądała tak, jakby też miała się rozchorować, stale przełykała ślinę, a na twarzy Nynaeve widniała biała maska determinacji, zaciskała szczęki i wpijała wzrok w plecy Moiraine. Wiedząca za nic nie mogła się przyznać, że jest jej niedobrze, dopóki pierwsza nie zrobi tego Aes Sedai, a zdaniem Randa wcale nie miała na to czekać nazbyt długo. Oczy Moiraine były zwężone, a wargi zupełnie białe.

Mimo gorąca i wilgoci Loial osłonił nos i usta szalem. Napotkawszy wzrok Randa, nie tail złości i obrzydzenia.

— Słyszałem… — zaczął głosem stłumionym przez wełnę, po czym urwał i kaszlnął, krzywiąc twarz. — Pfuj! To smakuje jak… Pfuj! Słyszałem i czytałem o Ugorze, jednak nic nie jest w stanie opisać... — Wykonał gest, którym jakoś udało mu się objąć zarówno ten zapach, jak i budzącą obrzydzenie roślinność. — Że Czarny potrafił to zrobić nawet drzewom! Pfuj!

Strażnik naturalnie przyjmował wszystko obojętnie, przynajmniej Rand niczego nie zauważył, jednakże ku jego zdziwieniu również nic nie działało na Perrina. A w każdym razie nie w takim stopniu jak na pozostałych. Podczas jazdy rozglądał się groźnie po tym ohydnym lesie, jakby patrzył na wroga albo jego sztandar. Gładził topór u pasa, nieświadom tego, co robi i mruczał coś do siebie, powarkując czasami, czym sprawiał, że Randowi włosy stawały na głowie. Oczy jarzyły mu się nawet w pełnym słońcu, złotawe i dzikie.

Upał nie zelżał, gdy krwawe słońce zaszło za horyzont. Daleko na północy wznosiły się góry, wyższe od Gór Mgły, czarne na tle nieba. Porywy wiatru, wiejącego od ostrych wierzchołków, były tak silne, że czasem docierały aż do nich. Skwarna wilgoć przeżerała nieomal cały chłód spływający z gór, lecz i tak w porównaniu z wypartym przez niego żarem chłód ten przypominał siarczysty mróz, choćby tylko w tych krótkich momentach. Pot na twarzy Randa zdawał się rozbłyskiwać w postaci lodowych paciorków, a gdy wiatr zamierał, te paciorki topniały, ściekając strugami po jego twarzy. Gęsta spiekota, na zasadzie kontrastu, uderzała potem ze znacznie większą siłą. Podczas tych krótkich chwil, w których owiewał ich wiatr, fetor ulegał rozproszeniu, Rand jednak chętnie by się obył bez tego, gdyby było można. Zimno przywodziło na myśl chłód grobu i przynosiło z sobą pylistą pleśń świeżo otwartego, starożytnego grobowca.

— Nie dotrzemy do gór przed zmrokiem — oświadczył Lan — a nocą niebezpiecznie się tu poruszać, nawet Strażnikowi.

— Niedaleko stąd jest takie jedno miejsce — powiedziała Moiraine. — Będzie to dla nas dobry omen, jeśli uda się rozbić tam obóz.

Strażnik spojrzał na nią obojętnym wzrokiem, po czym z niechęcią skinął głową.

— Racja. Musimy rozbić gdzieś obóz. Równie dobrze można to zrobić właśnie tam.

— Oko Świata znajdowało się za wysokimi przełęczami wtedy, gdy je znalazłam — rzekła Moiraine. — Przez Góry Przeznaczenia najlepiej się przeprawiać przy dziennym świetle, w południe, kiedy moc Czarnego działająca w tym świecie jest najsłabsza.

— Z tego, co mówisz, wynika, że Oko Świata nie zawsze jest w tym samym miejscu. — Egwene wypowiedziała to w stronę Aes Sedai, ale wyjaśnienie udzielił jej Loial:

— Nie ma dwóch takich ogirów, którzy znaleźliby je w tym samym miejscu. Zielony Człowiek przenosi się chyba tam, gdzie jest potrzebny. Ale Oko zawsze znajdowało się za wysokimi przełęczami. Zdradzieckie są te przełęcze, nawiedzają je stwory należące do Czarnego.

— Najpierw trzeba dotrzeć do przełęczy, a dopiero potem się nimi przejmować — powiedział Lan. — Jutro wjedziemy do prawdziwego Ugoru.

Rand popatrzył na otaczający go las, w którym każdy liść i kwiat był chory, w którym każde pnącze rosło już nadgniłe, i wzdrygnął się mimo woli.

„Jeśli to jeszcze nie jest prawdziwy Ugór, to co to jest?"

Lan kazał im jechać na zachód, ukośnie do zachodzącego słońca. Zachował to samo tempo, jakie narzucał dotychczas, jednak w układzie jego ramion widać było niechęć.

Słońce w kształcie ponurej, czerwonej kuli dotykało już wierzchołków drzew, gdy wjechali na szczyt jakiegoś wzgórza, a Strażnik ściągnął wodze. Za drzewami na zachodzie rozciągała się sieć jezior, ich wody połyskiwały ciemno w promieniach słońca, przypominając różnej wielkości paciorki nanizane na wiele sznurków tworzących jeden naszyjnik. W oddali, pośrodku jezior, wznosiły się wzgórza o nierównych szczytach, a pełznące cienie wieczoru pogrubiały ich zarysy. Przez krótką chwilę promienie słońca padały na poszarpane wierzchołki i Randowi zaparło dech. Żadne wzgórza. Ruiny siedmiu wież. Nie był pewien, czy zauważył je ktoś jeszcze oprócz niego, widok zniknął równie szybko, jak się pojawił. Strażnik zsiadał właśnie z konia, jego twarz była tak samo pozbawiona emocji jak kamień.

— Czy nie moglibyśmy rozbić obozu przy tych jeziorach? — spytała Nynaeve, osuszając twarz swoją chustką. — Nad wodą jest z pewnością chłodniej.

— Światłości — powiedział Mat. — Chciałbym włożyć do któregoś z nich głowę i już nigdy jej nie wyjąć.

W tym dokładnie momencie coś wzburzyło wody najbliższego jeziora, ciemna woda zalśniła, gdy pod powierzchnią przewaliło się jakieś ogromne cielsko. Grubsze niż obwód człowieka w pasie zmarszczyło taflę wody, obracając się bez końca, aż wreszcie wystawiło w górę ogon i przez chwilę machało jego czubkiem, który w świetle zmierzchu przypominał żądło osy, na wysokości co najmniej pięciu piędzi ponad wodą. Na całej jego długości, niczym monstrualne robaki, wiły się tłuste macki, liczbą dorównując odnóżom stonogi. Wolno wsunęło się pod powierzchnię jeziora i zniknęło. Jedynie zamierające fale stanowiły ślad jego obecności.

Rand zamknął usta i napotkał wzrok Perrina. Wiedział, że w jego wzroku musi być to samo niedowierzanie, które zobaczył w żółtych oczach przyjaciela. Nic tak wielkiego nie mogło żyć w jeziorze o takich rozmiarach.

„To coś na końcu tych macek, to nie mogły być dłonie. To niemożliwe".

— Namyśliłem się — powiedział słabym głosem Mat. — Tu mi się nawet podoba.

— Otoczę to wzgórze pasem ochronnym — obiecała Moiraine, która zdążyła już zsiąść z Aldieb. — Prawdziwa bariera przyciągnęłaby do nas niepotrzebną uwagę, tak jak miód przyciąga muchy, jeśli jednak jakieś stworzenie Czarnego albo cokolwiek, co służy Cieniowi, zbliży się do nas na odległość mili, będę o tym wiedziała.

— Ja tam bym wolał taką barierę — oświadczył Mat, stając na ziemi. — Skoro nie przepuszczałaby tych, tych... stworów z tamtej strony.

— Och, zamilknij wreszcie, Mat — skarciła go Egwene w tym samym momencie, w którym odezwała się Nynaeve.

— I chciałbyś, żeby zasadziły się na nas rankiem, kiedy będziemy stąd odjeżdżali? Jesteś głupcem, Matrimie Cauthon.

Mat popatrzył spode łba na obydwie kobiety, zsiadające właśnie z koni, ale nie otworzył ust.

Rand ujął wodze i wymienił uśmiech z Perrinem. Przez moment było nieomal tak jak w domu, gdy się słyszało Mata mówiącego coś najmniej odpowiedniego w danej chwili. Potem uśmiech na twarzy Perrina zbladł, w świetle zmierzchu jego oczy naprawdę się jarzyły, tak jakby płonęło w nich jakieś żółte światło. Randowi też odebrało ochotę do śmiechu.

„Tu wcale nie jest jak w domu".

Rand, Mat oraz Perrin pomogli Lanowi rozsiodłać i spętać konie, pozostali zabrali się za rozbijanie obozu. Loial mruczał coś pod nosem w trakcie rozstawiania maleńkiego palnika Lana, jednak jego grube palce poruszały się z dużą wprawą. Egwene napełniała czajnik wodą z brzuchatego bukłaka, nucąc coś cicho. Rand przestał się już zastanawiać, dlaczego Strażnik tak uparcie chciał zabrać aż tyle napełnionych bukłaków.

Ustawił siodło gniadosza w jednej linii z pozostałymi, odwiązał swoje torby i zwiniętą derkę od tylnego łęku, odwrócił się i zamarł, czując, jak mrowi go lęk. Ogir i kobiety zniknęły. Tak samo palnik i wszystkie wiklinowe kosze zdjęte z grzbietu jucznego konia. Na szczycie wzgórza nie było nic prócz wieczornych cieni.

Zdrewniałą dłonią sięgnął niezdarnie do rękojeści miecza, jak przez mgłę słysząc przeklinanie Mata. Perrin wyciągnął zza pasa topór, jego kudłata głowa obracała się dookoła w poszukiwaniu niebezpieczeństwa.

— Pasterze — mruknął Lan.

Niczym nie zaniepokojony Strażnik przeszedł przez wzgórze i po trzecim kroku zniknął.

Rand, Mat i Perrin spojrzeli na siebie szeroko rozwartymi oczami i w tym momencie wszyscy trzej biegli już co tchu w stronę miejsca, w którym zniknął Strażnik. Nagle Rand zatrzymał się z poślizgiem i zrobił jeszcze jeden krok, gdy wpadł na niego Mat. Egwene podniosła na nich wzrok znad czajnika, który właśnie ustawiała na maleńkim palniku. Nynaeve zasuwała osłonkę na zapalonej latarni. Byli tam wszyscy, Moiraine siedziała na skrzyżowanych nogach,

Lan leżał wsparty na łokciu, Loial wyjmował książkę ze swego tobołka.

Rand obejrzał się ostrożnie za siebie. Zbocze wzgórza było takie samo jak przedtem, drzewa tonęły w cieniu, dalekie jeziora pogrążyły się w mroku. Bał się zrobić krok w tył, bał się, że oni wszyscy znowu znikną i być może już nigdy nie uda mu się ich znaleźć. Obchodzący go ostrożnie Perrin wypuścił z siebie długie westchnienie.

Moiraine zauważyła, że wszyscy trzej stoją i patrzą na nich z rozdziawionymi ustami. Wyraźnie zmieszany Perrin wsunął topór za pętlę przy pasie, jakby mu się wydawało, że nikt tego nie widzi. Na jej ustach zapełgał nieznaczny uśmiech.

— To prosta rzecz — powiedziała — ugięcie, dzięki któremu oko, które na nas patrzy, widzi tylko to, co nas otacza. Nie możemy pozwolić, by zauważono nasze światła. Ugór to nie miejsce, w którym jest bezpiecznie po zapadnięciu zmroku.

— Moiraine Sedai twierdzi, że ja może też potrafię to robić. — Oczy Egwene były roziskrzone. — Mówi, że już trochę mogę władać Jedyną Mocą.

— Najpierw musisz przejść szkolenie, dziecko — ostrzegła ją Moiraine. — Dla niewyszkolonej i tych, którzy ją otaczają, najprostsza rzecz związana z Jedyną Mocą może się okazać niebezpieczna.

Perrin parsknął głośno, a Egwene wyglądała na tak strapioną, że Rand zastanawiał się, czy przypadkiem już nie wypróbowywała swych umiejętności.

Nynaeve postawiła latarnię na ziemi. Razem z maleńkim płomykiem palnika dawała sporą łunę światła.

— Kiedy pojedziesz do Tar Valon, Egwene — zaczęła ostrożnie — to być może pojadę z tobą. — Spojrzenie, którym obdarzyła Moiraine, było osobliwie potulne. — Dobrze jej zrobi, jeśli wśród obcych twarzy będzie widziała znajomą. Ktoś inny oprócz Aes Sedai będzie jeszcze musiał udzielać jej rad.

— Być może tak będzie najlepiej, Wiedząca — zapewniła ją szczerze Moiraine.

Egwene zaśmiała się i klasnęła w ręce.

— Och, tak będzie cudownie. I ty, Rand. Ty też pojedziesz, prawda?

Znieruchomiał naprzeciwko niej, po drugiej stronie palnika, po chwili powoli usiadł. Przyszło mu na myśl, że jej oczy nigdy nie były większe albo jaśniejsze, że nigdy tak bardzo nie przypominały dwóch stawów, w których z chęcią by zatonął. Plamki rumieńca zabarwiły jej policzki, śmiała się teraz ciszej.

— Perrin, Mat, wy też pojedziecie, prawda? Wszyscy będziemy razem.

Mat wydał z siebie pomruk, który mógł oznaczać wszystko, a Perrin tylko wzruszył ramionami, co ona przyjęła za znak zgody.

— Widzisz, Rand? Wszyscy będziemy razem.

„Światłości, toż człowiek mógłby utopić się w tych oczach i jeszcze byłby szczęśliwy z tego powodu".

Kaszlnął, zażenowany.

— Czy w Tar Valon są owce? Znam się przecież wyłącznie na hodowaniu owiec i tytoniu.

— Wierzę — odparła Moiraine — że będę potrafiła znaleźć dla ciebie coś do roboty w Tar Valon. Dla was wszystkich. Niekoniecznie wypas owiec, ale coś, co was zainteresuje.

— No przecież — powiedziała Egwene, jakby już wszystko zostało ustalone. — Już wiem. Uczynię cię moim Strażnikiem, kiedy już będę Aes Sedai. Chciałbyś być Strażnikiem, prawda? Moim Strażnikiem?

Mówiła pewnym głosem, ale w jej oczach widział pytanie. Czekała na odpowiedź, potrzebowała jej.

— Bardzo bym chciał być twoim Strażnikiem — odrzekł.

„Ona nie jest przeznaczona tobie ani ty jej. Dlaczego Min musiała mi to powiedzieć?"

Ciemność kładła się wokół jak wielki ciężar i wszyscy byli już zmęczeni. Loial pierwszy odwrócił się od ogniska i ułożył do snu, pozostali szybko poszli jego śladem. Nikt nie używał kocy, tylko poduszki. Moiraine dodała coś do oliwy w lampach, co przegnało ze wzgórza woń Ugoru, nic jednak nie mogło osłabić upału. Księżyc rzucał rozedrgane, wodniste światło, wydawało się jednak, że słońce stoi w zenicie, gdyż tak mało chłodu dawała noc.

Rand stwierdził, że nie jest w stanie zasnąć, mimo że w odległości niecałej piędzi leżała Aes Sedai, która mogła go ochronić przed snami. Wszystko przez to gęste powietrze. Ciche pochrapywanie Loiala brzmiało jak łoskot, przy którym chrapanie Perrina zdawało się nie istnieć, obaj jednak nie przeszkodzili pozostałym dać się pokonać zmęczeniu. Strażnik jeszcze nie spał, siedział niedaleko z mieczem położonym na kolanach, wpatrując się w noc. Ku zdziwieniu Randa to samo robiła Nynaeve.

Wiedząca jakiś czas patrzyła w milczeniu na Lana, po czym nalała herbaty do kubka i podała mu go. Kiedy odebrał kubek, dziękując mrukliwie, nie odeszła od razu.

— Powinnam była wiedzieć, że jesteś królem — powiedziała cicho.

Patrzyła na Strażnika niezmąconym wzrokiem, mimo że głos drżał jej lekko.

Lan popatrzył na nią równie uważnie. Randowi wydało się, że twarz Strażnika trochę złagodniała.

— Nie jestem królem, Nynaeve. Tylko człowiekiem. Człowiekiem, którego imienia nie można łączyć nawet z najnędzniejszą wiejską zagrodą.

Głos Nynaeve nabrał pewności.

— Niektóre kobiety nie pytają ani o ziemię, ani o złoto. Tylko o człowieka.

— A człowiek, który taką poprosi, by przyjęła tak niewiele, nie jest jej wart. Jesteś niezwykłą kobietą, piękną jak wschód słońca, waleczną jak wojownik. Jesteś lwicą, Wiedząca.

— Wiedzące rzadko wychodzą za mąż. — Urwała, by zaczerpnąć oddechu, jakby zbroiła się w odwagę. — Jeśli jednak pojadę do Tar Valon, może się okazać, że jestem kimś innym niż Wiedzącą.

— Aes Sedai wychodzą za mąż równie rzadko jak Wiedzące. Mało który mężczyzna potrafi żyć u boku żony obdarzonej taką mocą, u boku kobiety, która czy chce, czy nie chce, zaćmiewa go swym blaskiem.

— Niektórzy mężczyźni są wystarczająco silni. Znam takiego jednego.

Jej spojrzenie nie pozwalało wątpić, kogo ma na myśli.

— Wszystko, co mam, to ten miecz i wojna, której wygrać nie mogę, nie wolno mi jednak przestać walczyć.

— Powiedziałam ci, że nie dbam o to. Światłości, sprawiłeś, że powiedziałam więcej niż powinnam. Chcesz mnie skazać na taki wstyd, abym musiała cię prosić?

— Nigdy cię nie zawstydzę.

Łagodna, przypominająca pieszczotę nuta w głosie Strażnika zabrzmiała dziwnie w uszach Randa, jednak oczy Nynaeve pojaśniały.

— Znienawidzę tego, którego ty wybierzesz, bo to nie będę ja, i pokocham go, jeśli wywoła uśmiech na twej twarzy. Żadna kobieta nie zasługuje na pewność, że za wiano posłuży jej wdowi welon, a już najmniej ty. — Postawił nietknięty kubek na ziemi i wstał. — Muszę zajrzeć do koni.

Nynaeve nie ruszyła się, wciąż klęczała w tym samym miejscu, choć on już odszedł.

Senny nie senny, zamknął oczy. Nie sądził, by Wiedzącej się podobało, gdyby oglądał ją, jak płacze.

ROZDZIAŁ 49

CZARNY BUDZI SIĘ

Świt wyrwał gwałtownie Randa ze snu, poczuł, jak w powieki kłują go promienie ponurego słońca, przezierającego z niechęcią ponad wierzchołkami drzew rosnących w Ugorze. Mimo wczesnej pory skwar kładł się na zatrutych ziemiach jak gruby koc. Rand leżał na plecach i z głową wspartą o zrolowaną derkę wpatrywał się w niebo. Wciąż było niebieskie. Przynajmniej ono pozostało nietknięte w tym miejscu.

Zdziwił się, gdy pojął, że jednak spał. Przez chwilę mgliste wspomnienie podsłuchanej rozmowy wydawało mu się częścią snu. Potem zobaczył otoczone czerwonymi obwódkami oczy Nynaeve, najwyraźniej w ogóle nie zmrużyła oka. Twarz Lana była bardziej surowa niż zwykle, jakby nałożył maskę i nie miał zamiaru jej więcej zdejmować.

Do Wiedzącej podeszła Egwene, przykucnęła z zaniepokojoną miną. Nie dosłyszał, o czym rozmawiały. Egwene coś powiedziała, na co Nynaeve potrząsnęła głową. Egwene dodała coś jeszcze, a Wiedząca odprawiła ją machnięciem ręki. Zamiast odejść, Egwene pochyliła bliżej głowę i przez kilka chwil obie kobiety jeszcze ciszej mówiły coś do siebie, Nynaeve wciąż potrząsała głową. W końcu roześmiała się, uściskała Egwene i, sądząc po wyrazie jej twarzy, zaczęła ją uspokajać. Gdy jednak Egwene wstała, Wiedząca cisnęła w stronę Strażnika spojrzenie pełne wściekłości. Lan zdawał się nic nie zauważać, w ogóle nie patrzył w stronę Nynaeve.

Kręcąc głową, Rand pozbierał swoje rzeczy, pospiesznie obmył ręce, twarz i zęby w skąpej ilości wody, wydzielonej w tym celu przez Lana. Zastanawiał się, czy kobiety potrafią czytać w umysłach mężczyzn. Była to denerwująca myśl.

„Wszystkie kobiety to Aes Sedai".

Powtarzając wciąż, że pozwala Ugorowi zawładnąć sobą, przepłukał usta i pospieszył osiodłać gniadosza.

Było to bardziej niż niepokojące, że obozowisko zdążyło zniknąć, zanim doszedł do koni, lecz gdy już zaciągnął popręg przy siodle, wszystko na wzgórzu zamigotało i pojawiło się ponownie. Wszyscy się spieszyli.

W świetle poranka widać było wyraźnie siedem wież, dalekie, nadłamane kadłuby, przypominające ogromne, nierówne wzgórza, ledwie ślad po nie istniejącym już przepychu. W oczy rzucał się gładki, niezmącony błękit stu jezior. Tego ranka nic nie wyskoczyło ponad powierzchnię wody. Gdy patrzył na jeziora i zrujnowane wieże, nieomal udawało mu się ignorować chorą roślinność porastającą wzgórze. Wydawało się, że Lan wcale nie unika widoku wież, przynajmniej nie w większym stopniu niż wydawał się unikać Nynaeve, ale jakoś ani razu na nie nie spojrzał, skupiony wyłącznie na przygotowaniach do wyjazdu.

Gdy wiklinowe kosze zostały już przymocowane do grzbietu jucznego konia, gdy nie został już ani jeden śmieć, paproch czy ślad, a wszyscy siedzieli na koniach, Aes Sedai stanęła z zamkniętymi oczami na szczycie wzgórza, zdając się nawet nie oddychać. Nie zdarzyło się nic, co by Rand zauważył, tyle że pomimo upału Nynaeve i Egwene zaczęły dygotać i energicznie rozcierać sobie ręce. Dłonie Egwene nagle jednak znieruchomiały. Otworzyła usta i wlepiła wzrok w Nynaeve. Zanim zdążyła coś powiedzieć, Nynaeve również przestała rozcierać ręce i spojrzała na nią karcącym wzrokiem. Obie kobiety patrzyły na siebie, potem Egwene skinęła głową i uśmiechnęła się szeroko, a po chwili zrobiła to samo Nynaeve, choć jej uśmiech nie był taki promienny.

Rand otarł palce o włosy, już bardziej wilgotne od potu niż wody, którą opryskał twarz. Był pewien, że w tym bezsłownym dialogu kryło się coś, co powinien był zrozumieć, lecz ta myśl, ulotna jak ptasi puch, otarła się tylko o jego umysł i zniknęła, zanim zdążył ją pochwycić.

— Na co czekamy? — spytał podniesionym tonem Mat.

Zwinięty szal opasywał mu nisko czoło. Przez łęk u siodła przełożył łuk z naciągniętą strzałą, a kołczan umocował przy pasie, by mieć go w zasięgu ręki.

Moiraine otworzyła oczy i ruszyła w dół zbocza.

— Czekamy, aż usunę ostatni ślad po tym, co tu robiłam ubiegłej nocy. Resztki rozproszą się same w ciągu dnia, nie chcę jednak narażać nas na ryzyko, które mogę teraz wyeliminować. Jesteśmy za blisko, a Cień jest tutaj zbyt silny. Lan?

Strażnik czekał tylko, aż Moiraine usadowi się w siodle Aldieb i zaraz poprowadził ich na północ, w stronę majaczących w oddali Gór Przeznaczenia. Nawet w świetle wschodzącego słońca zarysy ich szczytów, czarne i pozbawione życia, przywodziły na myśl połamane zęby. Niczym mur ciągnęły się na wschód i zachód, daleko jak okiem sięgnąć.

— Czy dojedziemy dziś do Oka, Moiraine Sedai? — spytała Egwene.

Aes Sedai spojrzała z ukosa na Loiala.

— Mam nadzieję, że tak. Wtedy, gdy je znalazłam po raz pierwszy, znajdowało się tuż po drugiej stronie gór, u stóp wysokich przełęczy.

— On mówi, że Oko zmienia swoje miejsce — powiedział Mat, skinieniem głowy wskazując Loiala. — A jeśli nie będzie go tam, gdzie się spodziewasz?

— Wówczas będziemy kontynuowali poszukiwania, dopóki go nie znajdziemy. Zielony Człowiek wyczuwa potrzebę, a nie może być większej potrzeby niż nasza. Nasza potrzeba jest bowiem nadzieją świata.

W miarę jak przybliżały się do nich góry, przybliżał się do nich także prawdziwy Ugór. O ile dotychczas liście były naznaczone czarnymi i żółtymi plamami, tutaj na oczach Randa opadały, ociekając wilgocią, odpadając pod wpływem ciężaru własnego rozkładu. Same drzewa przypominały storturowane, ułomne istoty, powykręcane gałęzie wyciągały swe szpony ku niebu, jakby błagały o zmiłowanie jakąś moc, która nie chciała ich wysłuchać. Z popękanych i rozdwojonych pni tryskała maź, niczym ropa z ran. Drzewa wydawały się trząść pod wpływem uderzeń końskich kopyt, jakby nie miały już siły stać.

— Tak wyglądają, jakby chciały nas porwać — stwierdził nerwowym głosem Mat.

Nynaeve obdarzyła go rozdrażnionym, wzgardliwym spojrzeniem, więc dodał zapalczywie:

— One po prostu tak wyglądają.

— Niektóre z nich naprawdę tego chcą — powiedziała Aes Sedai. Jej oczy wyzierające ponad ramieniem były przez chwilę twardsze od oczu Lana. — Nie chcą jednak najmniejszej cząstki tego, czym jestem i dlatego moja obecność was chroni.

Mat roześmiał się niespokojnie, jakby uważał, że usłyszał żart. Randa to nie przekonało. W końcu to był Ugór.

„Ale przecież drzewa się nie ruszają. Po co drzewo miałoby porywać człowieka, nawet gdyby mogło? My sobie wyobrażamy różne rzeczy, a jej chodzi tylko o to, żebyśmy zachowali czujność".

Nagle jego wzrok zboczył w lewo, w stronę lasu. Tamto drzewo, w odległości nie dalej jak dwudziestu kroków, naprawdę drżało, i tego już sobie na pewno nie wyobraził. Nie potrafił powiedzieć, jaki to gatunek, tak było powykręcane i umęczone. Kiedy patrzył, drzewo znienacka wygięło się gwałtownie najpierw w jedną, potem w drugą stronę, potem pochyliło się w dół, z całej siły uderzając koroną o ziemię. Coś wrzasnęło, przenikliwie i ogłuszająco. Drzewo wyprostowało się nagle, jego konary oplatały jakąś ciemną masę, która wiła się, charczała i krzyczała.

Z trudem przełknął ślinę i starał się odjechać jak najdalej, jednakże drzewa rosły po obu stronach drogi i wszystkie drżały. Koń zaczął toczyć oczami, ukazując całe białka. Rand został złapany w potrzask zbitej masy końskich ciał, jako że wszyscy próbowali zrobić to samo co on.

— Nie zatrzymujcie się — rozkazał Lan, dobywając miecza. Strażnik przywdział stalowe rękawice i tunikę z szarozielonej łuski. — Trzymajcie się Aes Sedai.

Zawrócił Mandarba, nie w stronę drzewa i jego ofiary, lecz w innym kierunku. W swym mieniącym się płaszczu dał się pochłonąć Ugorowi wcześniej, niż jego czarny rumak zniknął z zasięgu wzroku.

— Bliżej — popędzała ich Moiraine.

Nie zwolniła biegu swej białej klaczy, lecz gestem ręki kazała im skupić się w gromadzie wokół niej.

— Trzymajcie się mnie tak blisko, jak tylko możecie.

Z kierunku, w którym zniknął Strażnik, rozległ się ryk. Uderzył w powietrze z całej siły, wprawiając drzewa w gwałtowne drganie, a gdy ucichł, wydawało się, że wciąż słychać jego echo. Po chwili ryk rozległ się raz jeszcze, pełen wściekłości i śmierci.

— Lan — powiedziała Nynaeve. — On…

Ten sam potworny dźwięk nie pozwolił jej skończyć, lecz tym razem brzmiała w nim jakaś nowa nuta. Strach. I nagle zapanowała cisza.

— Lan sam zadba o siebie — uspokoiła ją Moiraine. — Jedź, Wiedząca.

Spomiędzy drzew wyłonił się Strażnik, trzymał miecz z dala od siebie i swego wierzchowca. Ostrze parowało, całe zalane czarną posoką. Lan wytarł je starannie szmatką, którą wyjął z sakwy przy siodle, i uważnie przyjrzał się stali, chcąc się upewnić, że starł nawet najmniejszą plamkę. Wyrzucił szmatkę — jeszcze nie zdążyła dolecieć do ziemi, a już się rozpadła, rozpuściły się nawet pozostałe po niej skrawki.

Spomiędzy drzew wyskoczyło na nich znienacka jakieś masywne cielsko. Strażnik zawrócił Mandarba, lecz jeszcze w chwili, gdy rumak wierzgał, gotów atakować podkutymi stalą kopytami, w powietrzu błysnęła strzała Mata, trafiając jedyne oko we łbie, który zdawał się składać głównie z paszczy i zębów. Kopiąc i wrzeszcząc dziko, stwór runął na ziemię w odległości zaledwie skoku od nich. Rand przypatrzył mu się, gdy go mijali. Porośnięty szorstką szczeciną miał o wiele za dużo odnóży wystających pod najdziwaczniejszymi kątami z korpusu wielkiego jak u niedźwiedzia. Niektóre z nich, przynajmniej te wyrastające z grzbietu, z pewnością nie przydawały się do chodzenia, szpony długości palca rozdrapywały ziemię w śmiertelnej agonii.

— Dobry strzał, pasterzu.

Oczy Lana już zapomniały o tym, co zdychało za nimi, i przeszukiwały teraz las.

Moiraine pokręciła głową.

— Dziwne, że odważyło się podejść tak blisko kogoś, kto dotyka Prawdziwego Źródła.

— Agelmar stwierdził, że Ugór się burzy — powiedział Lan. — Być może Ugór wie także, że we Wzorze tworzy się Splot.

— Spieszcie się. — Moiraine uderzyła piętami boki Aldieb. — Musimy jak najszybciej pokonać przełęcze.

Jednakże w chwili, gdy to mówiła, Ugór powstał przeciwko nim. Drzewa chłostały gałęziami, wyciągając ku nim swe konary, zupełnie nie dbając o to, czy Moiraine istotnie dotyka Prawdziwego Źródła.

Rand poczuł, że w dłoni zaciska rękojeść miecza, choć nie pamiętał, kiedy wydobył go z pochwy. Uderzał nim raz za razem, tnąc chore konary ostrzem oznakowanym wizerunkiem czapli. Żarłoczne gałęzie wycofywały swe przerąbane, wijące się kikuty — słyszał nieomal ich wrzask — ale zaraz potem pojawiały się następne, skręcone jak węże, usiłując pochwycić jego ręce, pas, kark. Z zębami obnażonymi w złowieszczym grymasie, zaczął szukać pustki i znalazł ją w kamiennej, upartej glebie Dwu Rzek.

— Manetheren! — krzyknął w stronę drzew tak głośno, że aż zabolało go gardło.

Stal z wizerunkiem czapli odbiła blask wątłego słońca.

— Manetheren! Manetheren!

Stojący w strzemionach Mat wypuszczał jedną strzałę za drugą, prosto w stronę lasu, celując w zdeformowane kształty, które warcząc, wbijały swe niezliczone kły w śmiercionośne groty i wgryzały się w inne, szponiaste stwory, torując sobie drogę w stronę jeźdźców. Również Mat zatracił się w walce.

— *Carai an Caldazar!* — krzyczał, przyciągając cięciwę do policzka i puszczając ją. — *Carai an Ellisande! Mordero Daghain pas duente cuebiyar! An Ellisande!*

Perrin też stał w strzemionach, milczący i ponury. On teraz

wiódł pozostałych, a jego topór wyrąbywał przejście zarówno w lesie, jak i obrzydliwych cielskach, we wszystkim, co zagradzało drogę. Młócące konarami drzewa i wyjące bestie umykały przed zwalistym mistrzem topora, spłoszone jego dzikimi, złotymi oczyma i świszczącym ostrzem. Poganiał swego konia do przodu, jeden zdecydowany krok za drugim.

Z rąk Moiraine z szybkością błyskawicy wylatywały kule ognia i gdy dosięgały celu, każde skręcane spazmami drzewo przemieniało się w pochodnię, a szczerzący kły kształt stawał w płomieniach, wrzeszcząc przeraźliwie, i bił się ludzkimi dłońmi, wyrywając strzępy własnego ciała, dopóki wreszcie nie zdechł.

Strażnik stale kierował Mandarba między drzewa. Krew, którą ociekały jego miecz i rękawice, bulgotała i parowała. Nieraz, gdy stamtąd wracał, w jego zbroi i ciele widniały głębokie, krwawiące nacięcia, Mandarb kulał i również krwawił. Zawsze wtedy Aes Sedai zatrzymywała się, by ułożyć dłonie na ranach, a kiedy je odejmowała, na nie tkniętym ciele pozostawała tylko krew.

— W ten sposób rozpalam sygnałowe ogniska dla Półludzi — stwierdziła cierpkim tonem. — Pędźcie naprzód. Pędźcie!

Torowali sobie więc drogę, każdy krok zdawał się trwać wieczność.

Rand był przekonany, że zostaliby pokonani, gdyby te drzewa nie wdały się w walkę z masą atakujących cielsk, gdyby bestie, wśród których nie było dwóch takich samych, nie walczyły tak zażarcie z drzewami i między sobą, chcąc ich dopaść. Nie miał żadnej pewności, czy tak jeszcze nie miało się zdarzyć. I nagle z tyłu za nimi rozległ się jakiś piskliwy dźwięk. Daleki i cienki, przebijał się z trudem przez ogłuszający warkot oblegających ich mieszkańców Ugoru.

Warkot ucichł w jednej chwili jak ucięty nożem. Atakujące stwory zastygły w pół kroku, drzewa znieruchomiały. Wszystko, co poruszało się o własnych nogach, zniknęło równie nagle, jak się pojawiło, ginąc w zwichrowanym lesie.

Po chwili przeraźliwy pisk rozległ się raz jeszcze, podobny do dźwięku dobywającego się z połamanej pasterskiej piszczałki. Odpowiedziało mu coś, co brzmiało jak chór. Kilka głosów śpiewających unisono, gdzieś daleko w tyle.

— Robaki — powiedział ponuro Lan, wywołując tym jęk z ust Loiala. — Odroczyły wykonanie wyroku, nie wiadomo tylko, czy coś na tym skorzystamy. — Zmierzył wzrokiem dystans dzielący ich od gór. — Mało które stworzenie żyjące w Ugorze stawi czoło Robakowi, jeśli może tego uniknąć. — Wbił pięty w boki Mandarba. — Naprzód!

Wszyscy pomknęli w ślad za nim, przez Ugór, który raptem wydał się prawdziwie martwy, gdyby nie te ścigające ich piskliwe tony.

— Przestraszyły się robaków? — spytał z niedowierzaniem Mat.

Podskakiwał w siodle, usiłując przewiesić łuk na plecy.

— Robak — Strażnik wymówił to słowo zupełnie inaczej niż Mat — potrafi zabić Pomora, jeśli takiemu Pomorowi nie sprzyja Czarny. Całe stado podąża naszym śladem. Naprzód! Naprzód!

Do czarnych szczytów było już bliżej. Jeszcze godzina, stwierdził Rand, przy tempie narzuconym przez Strażnika.

— Czy Robaki nie będą nas ścigać w górach? — wydyszała Egwene, a Lan wybuchnął ostrym śmiechem.

— Nie będą. Robaki boją się tego, co żyje na wysokich przełęczach.

Loial znowu jęknął.

Rand bardzo pragnął, by ogir przestał tak jęczeć. Wiedział doskonale, że Loial wie o Ugorze więcej niż ktokolwiek z nich, wyjąwszy Lana, nawet jeśli tę wiedzę nabył wyłącznie na podstawie książek czytanych w bezpiecznym schronieniu *stedding*.

„Czy on musi stale przypominać, że czekają nas jeszcze gorsze rzeczy od tych, które już widzieliśmy?"

Ugór przelewał się obok nich, spod galopujących kopyt tryskały szczątki przegniłych chwastów i traw. Ani jedno spośród takich samych drzew jak te, które ich wcześniej atakowały, nie drgnęło nawet, gdy przejeżdżali pod powykręcanymi gałęziami. Niebo przed nimi przesłoniły Góry Przeznaczenia, czarne i ponure, wydawało się, że można ich dotknąć, tak były blisko. Znowu dobiegły ich piskliwe dźwięki, wyraźne i czyste, a od tyłu mlaskające odgłosy, głośniejsze od chrzęstu roślin miażdżonych przez końskie kopyta. Zbyt głośne, jakby przegniłe drzewa taranowały prześlizgujące się między nimi ogromne cielska. Zbyt bliskie. Rand obejrzał się przez ramię. Wierzchołki drzew chwiały się gwałtownie i uginały jak trawa. Teren powoli zaczynał się piąć w stronę gór, dostatecznie stromo, by Rand zauważył, że już się wspinają.

— Nie uda się nam — obwieścił Lan.

Nie zwolnił galopującego Mandarba, lecz w jego dłoni znowu błysnął miecz.

— Uważaj na siebie na wysokich przełęczach, Moiraine, na pewno się przedostaniesz.

— Nie, Lan! — krzyknęła Nynaeve.

— Milcz, dziewczyno! Lan, nawet ty nie zatrzymasz stada Robaków. Ja tego nie zrobię. Potrzebuję cię przy Oku.

— Strzały! — zawołał Mat zadyszanym głosem.

— Robaki nawet ich nie poczują! — odkrzyknął Strażnik. — Trzeba je ciąć na kawałki. Niewiele czują prócz głodu. Czasem strachu.

Rozpaczliwie uczepiony siodła Rand otrząsał się, usiłując rozluźnić ścierpnięte ręce. W klatce piersiowej czuł tak silny skurcz, że ledwie mógł oddychać, piekła go skóra, jakby nakłuwana gorącymi igłami. Ugór połączył się z podnóżem gór. Widział, którędy będą musieli się wspinać, gdy już dotrą do zboczy — dostrzegł krętą ścieżkę i za nią wysoką przełęcz, przypominającą szczelinę wyrąbaną toporem w czarnym kamieniu.

„Światłości, co tam jest takiego, co potrafi przestraszyć to, co jest za nami? Światłości, dopomóż mi, nigdy w życiu tak się nie bałem. Nie chcę jechać dalej. Ani kroku!"

Szukał płomienia i pustki, złorzecząc samemu sobie.

„Ty głupcze! Ty zastraszony, tchórzliwy głupcze! Nie umiesz zostać tutaj i nie umiesz zawrócić. Chcesz zostawić Egwene, żeby sama stoczyła tę walkę?"

Pustka wymykała się, powstawała, rozpadała się na tysiące świetlnych punktów, odtwarzała się na nowo i znowu rozsypywała, a wtedy każdy punkt przepalał go aż do kości, powodując, że słaniał się z bólu i miał wrażenie, że zaraz wybuchnie.

„Światłości, dopomóż mi, nie mogę jechać dalej. Światłości, dopomóż!"

Już ściągał wodze gniadosza, chcąc zawrócić i stoczyć bój z Robakami albo czymkolwiek, byle tylko nie z tym, co czyhało dalej, gdy nagle wszystko dookoła zmieniło się nie do poznania. Między jednym zboczem i następnym, między wierzchołkiem i następną granią, Ugór przestał istnieć.

Zielone liście zdobiły płożące się łagodnie gałęzie. Dzikie kwiaty i trawa falująca na pachnącym, wiosennym wietrze tworzyły jaskrawy kobierzec. Z jednego kwiatu na drugi przelatywały motyle, furkoczące głośno skrzydłami, towarzyszyło im buczenie pszczół i ptasie trele.

Zapatrzony na to wszystko wytrzeszczonym wzrokiem, nie przestawał galopować, dopóki nie zauważył, że Moiraine, Lan i Loial zatrzymali się, podobnie jak i pozostali. Powoli ściągnął wodze, twarz mu zastygła w zdumieniu. Egwene oczy omal nie wyszły z orbit, a Nynaeve opadła szczęka.

— Jesteśmy bezpieczni — powiedziała Moiraine. — To miejsce należy do Zielonego Człowieka, tutaj znajduje się Oko Świata. Ugór tu nie wtargnie.

— Myślałem, że to będzie po drugiej stronie gór — wymamrotał Rand.

Wciąż widział wierzchołki wypełniające północny horyzont, a wśród nich wysokie przełęcze.

— Mówiłaś, że to miejsce jest zawsze za wysokimi przełęczami.

— To miejsce — odpowiedział mu czyjś głęboki głos zza drzew — jest zawsze tam, gdzie jest. W różnych miejscach są tylko ci, którzy go potrzebują.

Z gęstwiny liści wynurzyła się jakaś postać, ludzki kształt wyższy od Loiala o tyle samo, o ile ogir był wyższy od Randa. Ludzki kształt upleciony z winorośli i liści, zielonych i żywych. Zamiast włosów na jego głowie rosła trawa opadająca na ramiona, zamiast oczu miał ogromne orzechy laskowe, zamiast paznokci żołędzie.

Tunika i spodnie były utkane z zielonych liści, buty z gładkiej kory. Otaczały go wirujące motyle, które przysiadały miękko na palcach, ramionach i twarzy. Tylko jedna rzecz psuła tę zieloną doskonałość. Przez policzek i skroń aż po sam czubek głowy biegło głębokie nacięcie, a w tym miejscu winorośl zbrązowiała i przywiędła.

— Zielony Człowiek — wyszeptała Egwene i pokiereszowana twarz uśmiechnęła się.

Przez chwilę zdawało się, że ptaki zaczęły śpiewać jeszcze głośniej.

— Oczywiście, że to ja. Kto inny mógłby tu być? — Orzechowe oczy przyjrzały się Loialowi. — Dobrze cię znowu zobaczyć, mały bracie. W przeszłości wielu z was przychodziło mnie odwiedzać, ale ostatnimi czasy dzieje się to rzadko.

Loial zsiadł ze swego wielkiego konia i ukłonił się ceremonialnie.

— Czynisz mi zaszczyt, Drzewny Bracie. *Tsingu ma choshih, T'ingshen*.

Uśmiechając się, Zielony Człowiek objął ogira ramieniem. Obok Loiala wyglądał jak mężczyzna przy małym chłopcu.

— To żaden zaszczyt, mały bracie. Pośpiewamy razem Drzewne Pieśni, powspominamy Wielkie Drzewa i *stedding*, a Tęsknotę odrzucimy na bok.

Przyjrzał się pozostałym, właśnie zsiadającym z koni, i na widok Perrina w jego oczach rozbłysło światło.

— Wilczy Brat! Czyżby naprawdę wracały dawne czasy?

Rand zagapił się na Perrina. Perrin z kolei zawrócił swego konia, przez co znalazł się pomiędzy nim a Zielonym Człowiekiem, po czym pochylił się, by sprawdzić popręg. Rand był przekonany, że stara się w ten sposób uniknąć badawczego wzroku Zielonego Człowieka. Raptem Zielony Człowiek przemówił do Randa:

— Dziwny ubiór nosisz, Dziecię Smoka. Czyżby Koło obróciło się tak daleko? Czy Lud Smoka wraca do Pierwszego Przymierza? Ty jednak nosisz miecz. A zatem nie jest ani tak, ani tak.

Rand musiał odzyskać wilgoć w ustach, zanim udało mu się przemówić.

— Nie wiem, o czym mówisz. O co ci chodzi?

Zielony Człowiek dotknął brązowej blizny na głowie. Przez chwilę wyglądał na zdezorientowanego.

— Nie... nie potrafię powiedzieć. Moje wspomnienia są rozdarte i często ulatują, a wiele z tego, co zostało, przypomina liście nawiedzone przez gąsienice. A jednak jestem pewien... Nie, już tego nie ma. Ale mimo to jesteś tu mile witany. A ty, Moiraine Sedai, co najmniej mnie zaskakujesz. Kiedy powstawało to miejsce, tworzono je w taki sposób, by nikt nie mógł go odnaleźć dwukrotnie. Jak się tu znalazłaś?

— Potrzeba — odparła Moiraine. — Moja potrzeba, potrzeba świata. Przede wszystkim potrzeba świata. Chcemy zobaczyć Oko.

Zielony Człowiek westchnął westchnieniem wiatru uwięzionego wśród gałęzi gęsto pokrytych liśćmi.

— A zatem znowu do tego doszło. To wspomnienie nie zostało naruszone. Czarny znowu się budzi. Tego się obawiałem. Wraz z każdym obrotem lat Ugór dokłada wszelkich starań, by wtargnąć do środka, i tym razem walka, by nie dopuścić do tego, jest cięższa niż kiedykolwiek od samego zarania. Chodźcie, zaprowadzę was.

ROZDZIAŁ 50

SPOTKANIA PRZY OKU

Rand prowadził gniadego za uzdę, podążając w ślad za Zielonym Człowiekiem wraz z towarzyszami z Pola Emonda. Wszyscy toczyli dookoła ogłupiałym wzrokiem, jakby nie potrafili zdecydować, czy wolą patrzeć na Zielonego Człowieka, czy na las. Nie ulegało wątpliwości, że Zielony Człowiek to legenda, historie o nim i o Drzewie Życia opowiadano przy każdym kominku w Dwu Rzekach i to nie tylko dzieciom. Niemniej jednak po przeprawie przez Ugór, drzewa i kwiaty mogły się wydać czymś oszałamiająco normalnym, nawet gdyby reszta świata wydostała się już z potrzasku zimy.

Perrin wlókł się nieco z tyłu. Gdy Rand obejrzał się w jego stronę, wielki, kudłaty młodzieniec miał taką minę, jakby za nic nie chciał słuchać tego, co miał do powiedzenia Zielony Człowiek. Potrafił to zrozumieć.

„Dziecię Smoka".

Bacznie obserwował Zielonego Człowieka idącego na przedzie razem z Moiraine i Lanem. Motyle otaczały go chmurą żółci i czerwieni.

„O co mu chodziło? Nie. Nie chcę tego wiedzieć".

A jednak czuł, że idzie mu się lżej, że jego nogi uginają się bardziej sprężyście. W trzewiach wciąż czuł niepokój przepalający żołądek, natomiast strach uległ takiemu rozrzedzeniu, że właściwie wcale już nie istniał. Nie sądził, że może się spodziewać czegoś więcej, skoro Ugór był oddalony o zaledwie połowę mili od tego miejsca, nawet jeśli Moiraine miała rację, mówiąc, że żadna część Ugoru nie może się tu wedrzeć. Tysiące płonących punktów przewiercających jego kości zgasło, w tym właśnie momencie wszedł do środka królestwa Zielonego Człowieka, był o tym przekonany.

„To on je ugasił — pomyślał — Zielony Człowiek i to miejsce".

Egwene to wyczuła, wyczuła to także Nynaeve, ten kojący spokój, spokój piękna. Widział to. Z tajemniczym, uroczystym uśmiechem na wargach rozcierały kwiaty w palcach i co chwila przystawały, by wąchać unoszące się w powietrzu wonie i oddychać głęboko.

Zauważywszy to, Zielony Człowiek powiedział:

— Przeznaczeniem kwiatów jest zdobić. Rośliny czy ludzi, prawie nie ma różnicy. Nie pogniewają się, byleby nie brać za wiele.

I zaczął zrywać, jeden kwiat z tej rośliny, drugi z innej, nigdy więcej niż dwa z tej samej. Wkrótce Nynaeve i Egwene miały na włosach wianki z różowych róż, żółtych dzwonków i białych zwiastunów. Warkocz Wiedzącej przypominał różowo-biały ogród sięgający jej do pasa. Nawet Moiraine dostała na skronie jasną girlandę z przylaszczek, uplecioną tak zręcznie, że kwiaty wyglądały, jakby wciąż rosły.

Rand nie był przekonany, czy przypadkiem naprawdę nie rosły. Pogrążony w cichej rozmowie z Moiraine, Zielony Człowiek doglądał po drodze swego leśnego ogrodu, zajmując się wszystkim, co tego wymagało, niewiele jednak o tym myśląc. W krzewie pnącej róży wypatrzył swymi orzechowymi oczyma krzywą gałązkę, boleśnie przygniecioną przez pokryty kwieciem konar jabłoni. Nie przerywając rozmowy, zatrzymał się i przejechał dłonią po wygięciu. Rand nie był pewien, czy to wzrok płata mu figla, czy też ciernie rzeczywiście usunęły się z drogi, by nie ukłuć zielonych palców. Gdy wyniosła sylwetka Zielonego Człowieka ruszyła w dalszą drogę, gałązka wyprostowała się, obrzucając biel kwiecia jabłoni deszczem czerwonych płatków. Pochylił się, by nakryć swą ogromną dłonią mikroskopijne ziarenko leżące na kamieniach, a gdy się wyprostował, maleńki pęd miał już korzenie, które zdołały przebić się przez kamieniste podłoże do dobrej gleby.

— Wszystko powinno rosnąć tam, gdzie jest, zgodnie z Wzorem — wyjaśnił przez ramię, jakby przepraszał — i poddawać się obrotom Koła, ale Stwórca się nie pogniewa, jeśli mu trochę pomogę.

Rand poprowadził Rudego dookoła pędu, pilnując, by koń nie stratował go swymi kopytami. Jakoś nie wypadało niszczyć tego, co właśnie zrobił Zielony Człowiek po to tylko, by zaoszczędzić dodatkowego kroku. Egwene uśmiechnęła się do niego jednym z tych jej sekretnych uśmiechów i dotknęła jego ręki. Z rozpuszczonymi włosami pełnymi kwiatów była tak piękna, że i on się uśmiechnął, a ona z kolei pokraśniała i spuściła wzrok.

„Będę cię chronił — pomyślał. — Cokolwiek jeszcze się stanie, ty będziesz bezpieczna, przysięgam".

Zielony Człowiek zawiódł ich do samego serca wiosennego lasu, do zwieńczonego łukiem otworu w zboczu wzgórza. Był to prosty, kamienny łuk, wysoki, biały, a na jego czole znajdowało się koło przecięte falistą linią na dwie połowy, jedną chropawą, drugą gładką. Starożytny symbol Aes Sedai. We wnętrzu otworu zalegał cień.

Przez chwilę wszyscy zapatrzyli się w milczeniu na otwór. Po chwili Moiraine zdjęła girlandę z włosów i ostrożnie zawiesiła ją na gałęzi krzewu słodkich jagód, rosnącego obok łuku. Wszystkim jakby przywróciło mowę, kiedy się poruszyła.

— Czy to tutaj? — spytała Nynaeve. — Czy to jest cel naszej wyprawy?

— Naprawdę chciałbym zobaczyć Drzewo Życia — powiedział Mat, nie odrywając wzroku od przepołowionego koła. — Chyba możemy tyle poczekać, prawda?

Zielony Człowiek spojrzał dziwnie na Randa i pokręcił głową.

— *Avendesory* tu nie ma. Od dwóch tysięcy lat nie spoczywałem pod jej nieczułymi konarami.

— Nie dla Drzewa Życia tu przybyliśmy — oświadczyła stanowczym głosem Moiraine. Wskazała gestem łuk. — Nasz cel jest tam.

— Nie wejdę z wami do środka — oznajmił Zielony Człowiek. Motyle wokół niego zawirowały, jakby udzieliło im się trochę niepokoju.

— Kazano mi go strzec dawno, dawno temu, ja jednak czuję się nieswój, gdy podchodzę zbyt blisko. Mam wrażenie, że ulegam rozpadowi, mój koniec jest w pewien sposób z nim związany. Pamiętam, jak było tworzone. Część jego tworzenia. Jakiś fragment.

Orzechowe oczy rozszerzyły się, zatopione we wspomnieniach. Zielony Człowiek dotknął palcem swojej blizny.

— To były pierwsze dni po Pęknięciu Świata, kiedy radość zwycięstwa nad Czarnym nabrała cierpkiego smaku wraz z wiedzą, że wszystko jeszcze może lec w gruzach pod ciężarem Cienia. Tworzyło je stu ludzi, mężczyzn i kobiet pospołu. Tak zawsze powstawały najwspanialsze dzieła Aes Sedai, dzięki połączeniu *saidina* i *saidara*, gdy następuje zespolenie Prawdziwego Źródła. Wszyscy pomarli, aby uczynić je czystym, a cały świat wokół nich ulegał rozdarciu. Wiedząc, że umrą, polecili mi go strzec, w razie gdyby zaszła taka potrzeba. Nie do tego wprawdzie zostałem stworzony, jednakże wszystko się rozpadało, a oni byli sami i mieli tylko mnie. Nie do tego zostałem stworzony, ale danego słowa dochowałem. — Spojrzał z wysoka na Moiraine, sam sobie przytakując. — Dochowałem słowa dopóty, dopóki tak było trzeba. A teraz nadchodzi koniec.

— Dochowałeś słowa lepiej niż większość z nas, którzy wydaliśmy ci polecenie — powiedziała Aes Sedai. — Może nie będzie tak źle, jak się obawiasz.

Pokiereszowana, liściasta głowa wolno obróciła się, wykonując gest zaprzeczenia.

— Wiem, kiedy nadchodzi koniec, Aes Sedai. Znajdę inne miejsce, gdzie będę mógł sprawiać, by wszystko rosło. — Orzechowe oczy objęły smutnym spojrzeniem zielony las. — Być może jakieś inne miejsce. Gdy wyjdziecie stamtąd, spotkam się z wami raz jeszcze, jeśli starczy czasu.

Z tymi słowami odszedł, ciągnąc za sobą motyle i stał się jednością z lasem, lepiej, niż to potrafił Lan w swoim płaszczu.

— Jeśli starczy czasu — powtórzył Mat. — O co mu chodziło?

— Chodźcie — zarządziła Moiraine.

I przestąpiła próg nakrytego łukiem otworu. Lan szedł tuż za nią.

Rand nie bardzo wiedział, czego się spodziewa, gdy ruszył w ślad za nimi. Czuł, jak z podekscytowania jeżą mu się włosy na karku. Jednak dalej był tylko korytarz o gładkich ścianach zamykających się nad głową takim samym łukiem jak wejście — ciągnął się łagodnie w dół. Dla Loiala miejsca nad głową było w nadmiarze, starczyłoby go nawet dla Zielonego Człowieka. Gładka podłoga była pozornie śliska, jakby wyłożona natłuszczonymi płytkami, jednakże stopy jakoś znajdywały na niej pewne oparcie. Białe ściany bez żadnych spoin połyskiwały niezliczonymi plamkami niewysłowionych barw, rzucając głębokie, miękkie światło, nawet kiedy za zakrętem zniknęło oświetlone słońcem wejście. Rand był przekonany, że źródło tego światła nie jest naturalne, ale czuł jednocześnie, że ono jest mu życzliwe.

„To czemu cały czas cierpnie ci skóra?"

Szli bez końca w dół.

— To tam — powiedziała w końcu Moiraine, wskazując ręką. — Przed nami.

Korytarz przeszedł w ogromną, nakrytą kopułą przestrzeń. W chropowatej, żywej skale, w której wykute było sklepienie, jarzyły się kryształowe grudki. Całe dno jaskini wypełniał zbiornik o szerokości jakichś pięciu kroków i biegnąca wokół niego ścieżka. Brzeg zbiornika o owalnym kształcie oka otaczał niski, płaski występ z kryształów, które jarzyły się bardziej mętnym, a jednocześnie bardziej dzikim światłem niż kryształy w kopule. Powierzchnia zbiornika była gładka jak szkło i czysta jak wody Winnej Jagody. Rand miał wrażenie, że mógłby się w nią wpatrywać całą wieczność, dna jednak nie mógł wypatrzyć.

— Oko Świata — powiedziała cicho stojąca obok niego Moiraine.

Kiedy rozejrzał się zdumiony dookoła, zauważył, że długie lata od czasu stworzenia tego miejsca — całe trzy tysiące lat, w trakcie których nikt tutaj nie przychodził — odcisnęły swoje piętno. Nie wszystkie kryształy w kopule jarzyły się z równą mocą. Jedne były silniejsze, inne słabsze, jedne migotały, a inne wyglądały jak zwykłe, oszlifowane grudki, igrające odbitym światłem. Gdyby błyszczały wszystkie, w kopule byłoby tak jasno jak w samo południe, a tymczasem wyglądało to zaledwie na późne popołudnie. Na ścieżce leżała warstwa pyłu, kamiennych odprysków, a nawet kryształów. Długie lata czekania, podczas których Koło obracało się i mełło.

— Ale co to jest? — spytał niespokojnie Mat. — To w ogóle nie wygląda jak woda, przynajmniej nigdy takiej nie widziałem. — Kopnął leżącą na skraju grudkę czarnego kamienia wielkości pięści. — To...

Kamień uderzył o szklistą powierzchnię i wślizgnął się pod nią, nie wywołując ani najlżejszego szmeru, ani najdrobniejszej fali. Tonął i jednocześnie pęczniał, rosnąc i rzednąc coraz bardziej, aż przybrał rozmiar kropli wielkości jego głowy, przez którą Rand był nieomal w stanie widzieć na wylot, a potem niewyraźnej plamy szerokiej na długość jego ramienia. Po chwili zniknął. Rand miał wrażenie, że skóra zaraz zejdzie mu z ciała.

— Co to jest? — spytał podniesionym tonem i był zaszokowany ochrypłą opryskliwością własnego głosu.

— Można to nazwać esencją *saidina*. — Słowa Aes Sedai rozniosły się echem po całym wnętrzu kopuły. — Esencja męskiej połowy Prawdziwego Źródła, czysta esencja Mocy, którą przed Czasem Szaleństwa władali mężczyźni. Moc służąca do umacniania pieczęci na więzieniu Czarnego albo ich przełamywania.

— Światłości, oświeć nas i miej w swej opiece — wyszeptała Nynaeve.

Egwene przywarła do Wiedzącej, jakby chciała się ukryć za jej plecami. Nawet Lan poruszył się niespokojnie, mimo iż w jego oczach nie było widać zdziwienia.

Rand uderzył ramieniem o kamień i dopiero wtedy zauważył, że cofnął się pod samą ścianę, najdalej od Oka Świata, jak się tylko dało. Przebiłby się przez ścianę, gdyby mógł. Mat także przywarł do ściany, najbardziej płasko, jak potrafił. Perrin wpatrywał się w zbiornik z wyciągniętym do połowy toporem. W jego oczach płonęło światło, żółte i dzikie.

— Zawsze się zastanawiałem... — odezwał się niepewnym głosem Loial — kiedy o nim czytałem, zawsze się zastanawiałem, czym ono jest. Dlaczego? Dlaczego oni je zrobili? I jak?

— Nikt z żyjących tego nie wie. — Moiraine przestała przypatrywać się zbiornikowi. Obserwowała Randa i jego dwóch przyjaciół, taksując ich wzrokiem. — Ani w jaki sposób ono zostało stworzone, ani nawet po co, prócz tego, że któregoś dnia okaże się potrzebne, i że będzie to największa i najbardziej rozpaczliwa potrzeba, z jaką świat musiał sobie dotąd radzić. Być może nawet największa potrzeba wszystkich czasów. Niejedna z Tar Valon próbowała znaleźć sposób na wykorzystanie tej Mocy, lecz jest ona równie niedosiężna dla kobiet jak księżyc dla kota. Tylko mężczyzna może z niej czerpać, jednakże minęło blisko trzy tysiące lat, odkąd umarł ostatni mężczyzna Aes Sedai. Tamci widzieli tę potrzebę, bo dyktowała im ją rozpacz. Żeby je stworzyć, pracowali w skazie, jaką Czarny zostawił na *saidinie*, i dążyli, by było czyste, choć wiedzieli, że to ich wszystkich zabije. Aes Sedai, mężczyni i kobiety pospołu. Zielony Człowiek mówił prawdę. Tak powstawały największe cuda Wieku Legend, dzięki połączeniu *saidina* i *saidara*. Wszystkie kobiety w Tar Valon, wszystkie Aes Sedai we wszystkich dworach i miastach, łącznie z zamieszkującymi krainy położone za Pustkowiem, jeśli policzyć te, które być może wciąż jeszcze żyją za Oceanem Aryth, nie potrafiły napełnić Mocą nawet łyżki, odkąd nie mogły już pracować razem z mężczyznami.

Randowi zaskrzypiało w gardle, jak po wielkim krzyku.

— Po co nas tu sprowadziłaś?

— Bo jesteście *ta'veren*. — Wyraz twarzy Aes Sedai był nieodgadniony. Oczy jej błyszczały i wydawały się przyciągać go do siebie. — Bo moc Czarnego tutaj uderzy, a jeśli nikt nie stawi jej czoła i nie odeprze, wówczas Cień okryje świat. Nie ma większej potrzeby niż ta. Wyjdźmy ponownie na słońce, póki jest jeszcze na to czas.

Nie czekając, czy pójdą za nią, ruszyła w górę korytarza razem z Lanem, który szedł być może nieco szybciej niż zwykle. Egwene i Nynaeve podążyły pospiesznie za nimi.

Rand wycofywał się chyłkiem, nie odrywając się od ściany — nie potrafił się zmusić, by podejść choćby o krok bliżej do zbiornika, nieważne, czym był — aż wreszcie wypełzł na korytarz, przeciskając się obok Mata i Perrina. Ruszyłby biegiem, gdyby to nie oznaczało stratowania Egwene, Nynaeve, Moiraine i Lana. Nawet gdy już był na zewnątrz, wciąż jeszcze cały się trząsł.

— Nie podoba mi się to, Moiraine — powiedziała ze złością Nynaeve, gdy znowu oświetliło ich słońce. — Wierzę, że niebezpieczeństwo jest tak wielkie, jak mówisz, bo inaczej nie byłoby mnie tutaj, ale to jest...

— Nareszcie was znalazłem.

Rand drgnął gwałtownie, jakby poczuł, że wokół jego szyi zaciska się pętla. Te słowa, ten głos... przez chwilę był przekonany, że to Ba'alzamon. Jednakże dwaj mężczyźni, którzy wyszli zza drzew, z twarzami osłoniętymi kapturami, nie mieli na sobie płaszczy koloru wyschłej krwi. Jeden płaszcz był ciemnoszary, drugi nieomal równie ciemnozielony; nawet na otwartym powietrzu wydawało się, że czuć od nich pleśń. Nie byli Pomorami: lekki wiatr mierzwił poły ich okrycia.

— Kim jesteście? — Lan przybrał ostrzegawczą pozę, wsparłszy dłoń na rękojeści miecza. — Jak się tu dostaliście? Jeśli szukacie Zielonego Człowieka...

— To on nas tu przyprowadził.

Dłoń, która wskazała Mata, była tak stara i skurczona, że ledwie przypominała ludzką, brakowało jej paznokci, a skręcone kłykcie wyglądały jak węzły na kawałku powroza. Mat zrobił krok w tył, wytrzeszczając oczy.

— Stara historia, stary przyjaciel, stary wróg. Ale to nie jego szukamy — dokończył człowiek w zielonym płaszczu.

Po drugim nie było zupełnie widać, że w ogóle ma cokolwiek do powiedzenia.

Moiraine wyprostowała się, ukazując cały swój majestat, sięgała wszystkim mężczyznom zaledwie do ramienia, znienacka jednak wydawała się dorównywać swym wzrostem wzgórzom. Jej głos zabrzmiał donośnie jak dzwon, gdy spytała rozkazująco:

— Kim jesteście?

Dłonie zsunęły kaptury, a Rand wytrzeszczył oczy. Starzec był znacznie starszy, by można go zwyczajnie nazwać starcem; Cenn Buie wyglądałby przy nim jak dziecko będące okazem zdrowia. Skóra na jego twarzy przypominała popękany pergamin, który wciśnięto mu na głowę i potem jeszcze dodatkowo naciągnięto.

Z najdziwniejszych miejsc na jego chropowatej czaszce sterczały wiotkie kępki kruchych włosów. Zamiast uszu miał zwiędłe płatki przypominające kawałki bardzo starej skóry, wyzierające z twarzy zapadłe oczy patrzyły jak wyloty tuneli. Drugi mężczyzna wyglądał jeszcze gorzej. Całą jego głowę okrywała ciasno przylegająca maska z czarnej skóry, z przodu tworząca idealną twarz, oblicze młodego człowieka, na zawsze zastygłe w dzikim, obłąkańczym uśmiechu.

„Co on ukrywa, skoro tamten pokazuje coś takiego?"

W tym momencie ta myśl zastygła w jego głowie, rozsypała na proch i uleciała.

— Nazywają mnie Aginor — powiedział stary. — A on to Balthamel. Nie mówi już swoim językiem. Koło miele nadzwyczaj drobno uwięzionych ponad trzy tysiące lat.

Zapadłe oczy prześlizgnęły się w stronę łuku, Balthamel pochylił się do przodu, oczy w białej masce wbiły się w otwór w białym kamieniu, jakby starzec najbardziej na świecie pragnął wejść.

— Tak długo na zewnątrz — powiedział cicho Aginor. — Tak długo.

— Światłości, ochroń... — zaczął Loial drżącym głosem i umilkł natychmiast, gdy Aginor spojrzał na niego.

— Przeklęci — wychrypiał Mat — są uwięzieni w Shayol Ghul...

— Byli uwięzieni. — Aginor uśmiechnął się, jego pożółkłe zęby miały kształt kłów. — Niektórzy z nas już się wyzwolili. Pieczęcie słabną, Aes Sedai. Tak jak Ishamael, wkraczamy na powrót do świata i wkrótce pojawią się tu pozostali. W niewoli byłem zbyt blisko tego świata, ja i Balthamel, zbyt blisko mielenia Kołem, lecz wkrótce Wielki Władca Ciemności będzie wolny i da nam nowe ciała, a świat raz jeszcze będzie należał do nas. Tym razem nie będziecie mieli żadnego Lewsa Therina Zabójcy Rodu. Żadnego Władcy Poranka, który was uratuje. Już wiemy, kim jest ten, którego szukaliśmy, wszyscy pozostali jesteście nam teraz zbyteczni.

Miecz Lana wyskoczył z pochwy tak szybko, że oko Randa nie zdążyło tego uchwycić. Strażnik zawahał się jednak, patrząc to na Moiraine, to na Nynaeve. Obydwie kobiety stały w sporej odległości od siebie. Gdyby stanął pomiędzy jedną z nich a Przeklętymi, odsłoniłby jednocześnie tę drugą. Wahanie trwało tylko jedno uderzenie serca, jednakże dokładnie w tym samym momencie, w którym Strażnik poruszył nogami, Aginor podniósł rękę. Był to gest pogardy, strzepnięcie powykręcanych palców, jakby odganiające muchę. Strażnik poleciał niczym uderzony gigantyczną pięścią. Z głuchym łomotem uderzył w kamienny łuk, zawisł tam na chwilę i zaraz osunął się bezwładnie na ziemię, miecz upadł tuż obok wyciągniętej ręki.

— NIE! — krzyknęła Nynaeve.

— Nie ruszaj się! — rozkazała Moiraine.

Zanim jednak ktokolwiek zdołał wykonać jakiś ruch, nóż Wiedzącej wyślizgnął się zza pasa, a ona biegła już w stronę Przeklętych, w wyciągniętej w górę ręce trzymała swe małe ostrze.

— Niech cię Światłość oślepi! — krzyknęła, zamierzając się na pierś Aginora.

Drugi Przeklęty poruszał się jak jadowity wąż. Cios jeszcze spadał, gdy odziana w skórę dłoń Balthamela już pomknęła, by pochwycić napastniczkę za podbródek, palce wpiły się w jeden policzek, a kciuk w drugi, wgniatając krew i tworząc blade pręgi. Całym ciałem Nynaeve, od stóp do głów, targnęły konwulsje, jakby ktoś je biczował. Bezużyteczny nóż wypadł z omdlałych palców, gdy Balthamel uniósł ją swym uściskiem na wysokość skórzanej maski, która zapatrzyła się we wciąż drżącą twarz Wiedzącej. Palce u stóp drgały kurczowo tuż nad ziemią, z włosów spadł deszcz kwiatów.

— Już prawie zapomniałem o przyjemnościach ciała. — Aginor wysunął język ze zwiędłych warg; dźwięk przypominał tarcie kamienia po niewyprawnej skórze. — Jednak Balthamel dużo zapamiętał.

Coraz dzikszy wydawał się śmiech skórzanej maski, Rand wciąż czuł parzące mu uszy łkanie, które już nie wydobywało się z gardła Nynaeve, jakby to była rozpacz wydzierana prosto z jej bijącego jeszcze serca.

Nagle poruszyła się Egwene i Rand zrozumiał, że postanowiła przyjść Nynaeve z pomocą.

— Egwene, nie! — krzyknął, jednak nie zatrzymała się.

Wraz z krzykiem Nynaeve jego dłoń powędrowała do miecza, w tym momencie jednak go puścił i rzucił się na Egwene. Zwalił się na nią z głuchym odgłosem i zanim zdążyła zrobić trzeci krok, pociągnął ją na ziemię. Egwene wylądowała pod nim z głośnym okrzykiem zdziwienia i natychmiast zaczęła się wyrywać.

Zauważył, że pozostali też się ruszyli. W dłoniach Perrina wirował topór, w jego oczach pojawił się dziki, złoty poblask.

— Wiedząca! — zawył Mat, ze sztyletem z Shadar Logoth w dłoni.

— Nie! — zawołał Rand. — Nie pokonacie Przeklętych!

Oni jednak przebiegli obok niego, jakby nic nie słyszeli, z oczyma utkwionymi w Nynaeve i potwornych starcach.

Aginor spojrzał na nich bez zainteresowania… i uśmiechnął się.

Rand poczuł gwałtowny pęd powietrza, jakby ktoś trzasnął ogromnym biczem. Mat i Perrin jeszcze nie zdążyli przebyć połowy drogi, gdy zatrzymali się, jakby wpadli na jakiś mur i odbili się, padając na ziemię.

— Znakomicie — powiedział Aginor. — To jest właściwe dla was miejsce. Może nawet daruję wam życie, tylko najpierw nauczcie się płaszczyć, by móc należycie oddawać nam hołd.

Rand pospiesznie zerwał się na nogi. Być może nie mógł pokonać Przeklętych w walce — żaden śmiertelnik tego nie potrafił — nie miał jednak zamiaru dopuścić, by choć przez chwilę wierzyli, że on się przed nimi korzy. Próbował pomóc Egwene wstać, lecz ona odepchnęła jego ręce i sama się podniosła, gniewnie otrzepując suknię. Mat i Perrin również się podźwignęli, wiedzeni tą samą zawziętością, mimo że ledwie potrafili ustać.

— Nauczycie się — dodał Aginor — jeśli chcecie żyć. Teraz, kiedy wreszcie znalazłem to, co mi potrzebne… — jego wzrok powędrował do kamiennego łuku — …mogę poświęcić ten czas, żeby was nauczyć.

— Nie zrobisz tego! — Zielony Człowiek wyszedł długimi krokami spomiędzy drzew, jego głos brzmiał jak piorun uderzający w prastary dąb. — Nie należysz do tego miejsca!

Aginor poświęcił mu jedno krótkie, wzgardliwe spojrzenie.

— Precz! Twój czas się skończył, oprócz ciebie cały twój rodzaj dawno temu zmienił się w proch. Przeżyj tę resztę życia, jaka ci jeszcze została, i ciesz się, że nie zasługujesz na naszą uwagę.

— To jest moje miejsce — powiedział Zielony Człowiek. — Nie zadacie tu krzywdy żadnej żywej istocie.

Balthamel cisnął na bok ciało Nynaeve, jakby to był zwykły łachman i gdy upadła, rzeczywiście przypominała zmięty łachman, z wytrzeszczonymi oczyma, zupełnie bezwładna, jakby się jej roztopiły wszystkie kości. Odziana w skórę dłoń podniosła się do góry i wtedy Zielony Człowiek ryknął gniewnie, a z oplatających go winorośli wzbił się dym. Wiatr uwięziony w koronach drzew rozniósł echo jego bólu.

Aginor odwrócił się w stronę Randa i pozostałych, jakby sprawa z Zielonym Człowiekiem została już załatwiona, lecz jeden długi krok i masywne, ulistnione ręce oplotły się wokół ciała Balthamela, unosząc go z ziemi i z całej siły przyciskając do piersi z gęstych pnączy. Maska z czarnej skóry zaśmiała się prosto w pociemniałe z gniewu orzechowe oczy. Wijące się jak węże ręce Balthamela wyswobodziły się, obleczone skórą dłonie obłapiły głowę Zielonego Człowieka, jakby potrafiły ją wykręcić. Tam, gdzie te dłonie dotykały, wytrysnęły płomienie, winorośla więdły, liście opadały. Zielony Człowiek zawył, gdy spomiędzy winorośli tworzących jego ciało wylał się gęsty, czarny dym. Jego donośny krzyk rozlegał się tak bez końca, jakby on sam uchodził ze swego ciała wraz z tym dymem, który kłębił się w jego ustach.

Nagle Balthamel zaczął się szarpać w uścisku Zielonego Człowieka. Dłonie Przeklętego odpychały się teraz, już nie ściskały z całej siły. Jedna ręka wykonała szeroki zamach… i czarną skórę przebił maleńki pęd bluszczu. Ramię otoczył pierścieniem grzyb, taki sam, jakie otaczają pnie drzew w głębokich cieniach lasu, wyskoczył znikąd i puchł, ogarniając całą rękę. Balthamel zaczął się miotać i w tym momencie jego czaszkę rozdarł pęd cuchnącego zielska, mech wbił weń swe korzenie, tnąc maleńkimi szczelinami skórzaną maskę, oczy przebiły pokrzywy, trujące grzyby rozpruły usta.

Zielony Człowiek cisnął ciało Przeklętego na ziemię. Balthamel zaczął się skręcać i rzucać, gdy wszystkie rośliny rosnące zazwyczaj w ciemnych miejscach, wszystkie rośliny z zarodnikami, wszystkie rośliny, które lubiły wilgoć, puchły i rosły, rozdzierając ubiór, skórę i tkankę ciała — czy to naprawdę było ciało, widoczne przez krótki moment zielonej furii? — na drobne strzępy i zarosły go całkowicie, że w końcu pozostał po nim tylko niewielki pagórek, nieodróżnialny od innych takich pagórków skrytych w cienistych głębiach zielonego lasu i podobnie jak one nieruchomy.

Z jękiem przypominającym odgłos łamiącego się pod wielkim ciężarem konaru Zielony Człowiek runął na ziemię. Głowę miał w połowie spaloną na węgiel. Z wnętrza jego ciała, niczym szare pnącza, wciąż wypełzały cienkie strużki dymu. Z ręki posypał się deszcz zetlałych liści, gdy z wyraźnym bólem wyciągnął swą sczerniałą dłoń, aby nakryć nią delikatnie żołędzia.

Z wnętrza ziemi rozległo się potężne dudnienie, gdy nasiono dębu wyskoczyło spomiędzy jego palców. Głowa Zielonego Człowieka opadła bezwładnie, lecz nasiono zaczęło wyciągać się z wysiłkiem w stronę słońca. Wypuściło korzenie, które z miejsca zgrubiały, zaryły się w ziemię i na powrót spod niej wybiły, znowu zgrubiały i znowu zatopiły. Pień rozszerzał się i wyciągał w górę, kora szarzała, pękała i starzała się. Konary zaczęły się rozpościerać we wszystkie strony i robić coraz cięższe, miały grubość ramienia, potem grubość człowieka i unosiły się, by pogładzić niebo — były gęste od zielonych liści, gęste od żołędzi. Rozrastająca się plątanina masywnych korzeni przewracała skiby ziemi niczym pługi, ogromny pień drżał i dalej się rozrastał, wielki jak gmach. Zapanował spokój. W miejscu, w którym przedtem leżał Zielony Człowiek, stał teraz pięćsetletni dąb — grobowiec legendy. Na poskręcanych korzeniach leżała Nynaeve, a one, rosnąc, układały się zgodnie z jej kształtem, tworząc wygodne łoże. Wśród gałęzi dębu wzdychał wiatr; wydawało się, że słychać, jak szemrze pożegnanie.

Nawet Aginor wyglądał na zaskoczonego. Po chwili jednak uniósł głowę, przepastne oczy zapłonęły nienawiścią.

— Dość! Czas skończyć z tym wszystkim!

— To prawda, Przeklęty — powiedziała Moiraine, głosem tak zimnym jak lód w pełni zimy. — Już czas.

Aes Sedai podniosła rękę i ziemia pod stopami Aginora zapadła się. Z zapadliny trysnęły z rykiem płomienie targane z wściekłością przez wiatr, który wyjąc, nadlatywał z wszystkich stron, wsysając kłąb liści do ognia, zdającego się twardnieć w postaci czerwonożółtej galarety czystego żaru. W samym środku stał Aginor, otoczony jedynie powietrzem. Przeklęty wyglądał na zaskoczonego, ale po chwili uśmiechnął się i zrobił krok do przodu. Był to powolny krok, jakby ogień próbował go przykuć do tego miejsca, jednak udało mu się go zrobić, a zaraz potem następny.

— Uciekajcie! — rozkazała Moiraine z twarzą pobladłą z wysiłku. — Wszyscy uciekajcie!

Aginor szedł przez powietrze, w stronę skraju ognia.

Rand zauważył, że pozostali ruszyli do ucieczki — Mat i Perrin wymykali się z pola jego widzenia, dostrzegł długie nogi Loiala podążającego między drzewa, ale tak naprawdę widział tylko Egwene. Stała zesztywniała, z pobladłą twarzą i zamkniętymi oczami. Zrozumiał, że to nie strach ją unieruchomił. Próbowała atakować Przeklętego swą mizerną, niewyszkoloną władzą nad Mocą.

Schwycił ją brutalnie za rękę i zmusił, by stanęła przed nim.

— Uciekaj! — krzyknął.

Otworzyła oczy, wbijając w niego wzrok, zła, że przeszkodził, wrząca nienawiścią do Aginora, sparaliżowana strachem przed Przeklętym.

— Uciekaj — powtórzył, pchając ją w stronę drzew z siłą, która musiała ją poruszyć. — Biegnij!

Poruszona, rzeczywiście pobiegła.

Zwiędła twarz Aginora obróciła się w jego stronę, w stronę biegnącej za jego plecami Egwene. Przeklęty szedł przez ogień, jakby to, co robiła Aes Sedai, zupełnie go nie dotyczyło. W stronę Egwene.

— Zostaw ją! — krzyknął Rand. — A żebyś sczezł w Światłości, zostaw ją!

Schwycił jakiś kamień i rzucił nim, mając zamiar przyciągnąć uwagę Aginora. W połowie drogi do twarzy Przeklętego kamień zmienił się w garstkę prochu.

Rand wahał się jedynie chwilę, tylko tyle, by obejrzeć się przez ramię i zobaczyć, że Egwene skryła się wśród drzew. Płomienie nadal otaczały Aginora, szmaty jego płaszcza tliły się, lecz szedł, jakby miał dla siebie cały ten czas, jaki istnieje na świecie, coraz bliższy skraju ognia. Rand odwrócił się i zaczął biec. Z tyłu dobiegł go przeraźliwy krzyk Moiraine.

ROZDZIAŁ 51

PRZECIWKO CIENIOWI

W kierunku, w którym Rand pobiegł, teren piął się pod górę, lecz strach użyczył siły jego nogom, które podążały teraz długimi krokami, torując sobie drogę wśród kwitnących krzewów i gąszcza dzikich róż, otrzepując z nich płatki. Nie zwracał uwagi na ciernie rozdzierające ubranie, a nawet ciało. Moiraine przestała krzyczeć. Wydawało się, że jej krzyki trwały całą wieczność, każdy kolejny rozdzierał gardło jeszcze silniej niż poprzedni, Rand wiedział jednak, że w sumie wszystko dzieje się od paru chwil. Jeszcze tylko następnych parę chwil i Aginor ruszy jego śladem. Wiedział, że to jego będzie ścigał. Wyczytał to z zapadniętych oczu Przeklętego, w ostatnim ułamku sekundy, zanim śmiertelny strach jak bicz podciął jego nogi do ucieczki.

Teren robił się coraz bardziej stromy, on jednak wspinał się dalej mozolnie, podciągał się w górę, chwytając kurczowo poszycia; kamienie, ziemia i liście umykały w dół zbocza spod jego stóp, aż w końcu zmuszony był pełznąć na rękach i kolanach, gdy nachylenie stoku stało się zbyt ostre. Nieco wyżej robiło się bardziej wyrównane. Dysząc ciężko, pokonał z wysiłkiem kilka ostatnich piędzi, podźwignął się na nogi i stanął jak wryty, mając ochotę głośno zawyć.

Dziesięć kroków przed nim wzgórze kończyło się stromym urwiskiem. Wiedział, co zobaczy, zanim tam dojdzie, ale i tak wykonał tych kilka kroków, każdy cięższy od poprzedniego, w nadziei, że znajdzie jakąś ścieżkę, szlak kóz, cokolwiek. Na skraju spojrzał w dół liczącego jakieś sto stóp urwiska, na kamienną ścianę, gładką jak polerowane drewno.

„Musi być jakaś droga. Wrócę i znajdę jakąś okrężną drogę. Wrócę i...”

Odwrócił się, a Aginor już tam był, właśnie dochodził do szczytu wzgórza. Przeklęty wspiął się bez najmniejszego trudu, wszedł po stromym zboczu, jakby był to płaski teren. Oczy osadzone głęboko w skurczonej, pergaminowej twarzy rozjarzyły się na jego widok. Z jakiegoś niewytłumaczonego powodu ta twarz wydawała się mniej zwiędła niż dotąd, nabrała więcej ciała, jakby Aginor właśnie się porządnie najadł. Oczy wciąż wlepione były w niego, lecz gdy Przeklęty przemówił, zdawało się, że kieruje swe słowa do samego siebie:

— Tego, kto sprowadzi ciebie do Shayol Ghul, Ba'alzamon obsypie takimi nagrodami, o jakich śmiertelni nie mogą nawet marzyć. Ja zawsze marzyłem o tym, co wykraczało poza przedmioty marzeń innych ludzi, a swą śmiertelność opuściłem przed wieloma tysiącleciami. Jaka to różnica, czy będziesz służył Wielkiemu Władcy Ciemności jako żywy czy umarły? Żadna, wobec ogromu przestrzeni zagarniętej przez Cień. Czemuż miałbym dzielić władzę razem z tobą? Czemuż miałbym uginać przed tobą kolana? Ja, który stawiłem czoło Lewsowi Therinowi Telamonowi w Komnacie Sług. Ja, który rzuciłem swą moc przeciwko Panu Poranka i walczyłem z nim, cios za cios. Nie widzę powodu.

Randowi zaschło w ustach, miał wrażenie, że jego język jest tak samo skurczony jak Aginor. Spod stóp stojących na skraju urwiska rozlegał się chrzęst, wypadały drobne kamyki. Nie odważył się obejrzeć, słyszał jednak, jak odbijają się od stromej ściany, to samo stałoby się z jego ciałem, gdyby poruszył się jeszcze o cal. Nagle zdał sobie sprawę, że cofa się przed Przeklętym. Skóra mu cierpła na samą myśl, że zobaczy je powykręcane jeśli tylko tam spojrzy, jeśli uda mu się oderwać wzrok od Przeklętego.

„Musi istnieć jakiś sposób, żeby przed nim uciec. Jakaś droga ucieczki! Musi istnieć! Jakaś droga!”

Nagle poczuł coś, dostrzegł to, choć wiedział, że za pomocą oczu zobaczyć tego nie można. Od ciała Aginora biegła rozjarzona linia, wychodząca z jego pleców, biała niczym słoneczny blask widziany przez najczystszą z chmur, grubsza niż ramię kowala, lżejsza od powietrza. Łączyła Przeklętego z czymś dalekim, z czymś poza zasięgiem poznania, z czymś, co Rand miał w zasięgu ręki. Linia pulsowała miarowo i wraz z każdym jej drgnięciem Aginor robił się coraz silniejszy, nabierał coraz więcej ciała, stawał się człowiekiem równie wysokim i silnym jak Rand, człowiekiem twardszym od Strażnika, bardziej morderczym niż Ugór. A jednak, stojąc obok tej błyszczącej wstęgi, Przeklęty zdawał się w ogóle nie istnieć. Ona była wszystkim. Szumiała. Śpiewała. Wzywała duszę Randa. Jęknął głośno, gdy jedno z jaskrawych, grubych jak palec pasm uniosło się, popłynęło i dotknęło go. Wypełniła go Światłość i żar, który winien był przepalać na wskroś, ale tylko rozgrzewał, jakby wypędzając z jego kości cały chłód grobu. Pasmo pogrubiało.

„Trzeba uciekać!"

— Nie! — krzyknął Aginor. — Nie będziesz jej miał! Jest moja!

Rand ani drgnął, Przeklęty również się nie poruszył, a jednak toczyli z sobą walkę, jakby wczepieni w barki tarzali się w pyle. Na twarzy Aginora, już nie zwiędłej, już nie starej, twarzy należącej do człowieka w kwiecie wieku, rozbłysły paciorki potu. Ciało Randa pulsowało od drgań przebiegających przez wstęgę, przypominających bicie serca świata. Przepełniających całą jego istotę. Cały umysł wypełniła Światłość, zostawiając dla niego samego tylko jeden maleńki zakamarek. Otulił to miejsce pustką, ukrył pod jej skorupę.

„Precz!"

— Moja! — krzyczał Aginor. — Moja!

W ciele Randa rosło ciepło, ciepło słońca, promieniowanie słońca, wybuchanie, potworne promieniowanie światła, Światłości.

„Precz!"

I Rand nie stał już na wzgórzu. Drżał od zalewającej go Światłości. Umysł nie chciał pracować, oślepiony światłem i żarem. Światłością. W samym środku pustki Światłość oślepiła jego umysł, ogłuszyła go grozą.

Stał na szerokiej górskiej przełęczy, otoczony poszarpanymi czarnymi szczytami przypominającymi zęby Czarnego. To działo się naprawdę, był tu. Czuł kamienie pod podeszwami butów, powiew lodowatego wiatru na twarzy.

Otaczała go trwająca właśnie bitwa, być może tylko jakaś niewielka potyczka z tyłu, za głównym frontem. Odziani w zbroje ludzie na okrytych zbrojami koniach — kurz pokrywał połyskliwą stal — siekli i zakłuwali warczące trolloki wymachujące spiczastymi toporami i sierpowatymi mieczami. Pod niektórymi padły konie i walczyli teraz pieszo, wśród walczących galopowały rumaki z pustymi siodłami. Wszędzie widać było Pomory w czarnych jak noc, nieruchomych — mimo galopowania ich czarnych wierzchowców — kapturach, i wszędzie tam, gdzie powietrze przecinał świst ich pożerających światło mieczy, ginęli ludzie. Dźwięk dotarł do Randa, dotarł do niego i odbił się od tej obcości, która ściskała go za gardło. Szczęk stali uderzającej o stal, dyszenie i posapywanie walczących z sobą ludzi i trolloków, krzyki umierających. Ponad całym tym zgiełkiem, w wypełnionym kurzem powietrzu powiewały sztandary. Czarny Jastrząb Fal Dara, Biały Jeleń Shienaru i inne. Również sztandary trolloków. W otaczającej go niewielkiej przecież przestrzeni wypatrzył rogatą czaszkę Dha'vol, czerwony jak krew trójząb Ko'bal, żelazną pięść Dhai'mon.

Niemniej jednak był to rzeczywiście skraj bitwy, miejsce wytchnienia jednakowo dla ludzi i trolloków, którzy chcieli się przegrupować. Nikt z nich nie zdawał się zauważać Randa, kiedy zadawali ostatnie kilka ciosów i wycofywali się, galopując albo biegnąc chwiejnie do samego krańca przełęczy.

Rand zorientował się, że stoi przodem do krańca przełęczy, gdzie ludzie na nowo formowali swe szeregi; pod połyskującymi czubkami lanc powiewały proporce. W siodłach słaniali się ranni. Wierzgały i galopowały pozbawione jeźdźców konie. Ludzie nie byli już w stanie stawić czoła następnemu starciu, a mimo to najwyraźniej szykowali się do ostatniej szarży. Niektórzy już go teraz widzieli, jeźdźcy stawali w strzemionach, żeby go sobie pokazać. Ich okrzyki dobiegały go niczym słabe dźwięki fujarek.

Odwrócił się, czując, jak uginają się pod nim nogi. Przeciwległy kraniec przełęczy wypełniała armia Czarnego, szczecina czarnych pik i włóczni pieniła się coraz wyżej na górskich zboczach, czarniejszych niż zwykle ogromną masą trolloków, przytłaczającą wojska Shienaru. Na czele hordy jechały setki Pomorów, na ich widok zdziczałe pyski trolloków odwracały się ze strachem, ogromne cielska przewalały się w tył, ustępując im drogi. W górze krążyły draghkary, łopocząc skórzastymi skrzydłami, rzucały skrzekliwe wyzwania wiatrom. Półludzie też już go zauważyli, wskazali w jego stronę, draghkary zrobiły obrót i pofrunęły w dół. Dwa. Trzy. Sześć. Mknęły ku niemu, wrzeszcząc przenikliwie.

Patrzył na nie oniemiały. Wypełniał go żar, płonący żar poruszonego słońca. Widział draghkary wyraźnie, ich bezduszne oczy osadzone w białych, ludzkich twarzach nad skrzydlatymi ciałami, oczy, które nie miały w sobie nic ludzkiego. Straszliwy żar. Skwierczący żar.

Z jasnego nieba wytrysnęła błyskawica, biły pioruny, trzaskające i przeraźliwie głośne, przepalając na wskroś jego oczy, uderzając w czarne, skrzydlate sylwetki. Odgłosy pogoni stały się odgłosami umierania, zwęglone kształty spadły na ziemię, niebo było na powrót czyste.

Żar. Straszliwy żar Światłości.

Padł na kolana, wydawało mu się, że słyszy, jak łzy skwierczą mu na policzkach.

— Nie!

Chwytał kurczowo kępy poskręcanej trawy, szukając oparcia w czymś rzeczywistym. Trawa buchnęła płomieniami.

— Błagam, nieeeeee!

Wraz z jego głosem wzbił się wiatr, wył przez jego głos, wraz z jego głosem spadał z rykiem w dół przełęczy, chłoszcząc płomienie, które stworzyły mur ognia. Mur umknął przed nim w stronę hordy trolloków, szybszy od cwałującego konia. Ogień wżarł się w trolloki, a góry zadrżały od ich wrzasków, wrzasków nieomal tak głośnych jak ten wiatr i jego głos.

— To się musi skończyć!

Uderzył pięścią i ziemia zadudniła jak gong. Rozharatał dłonie o kamienistą glebę i ziemia zadrżała. Otaczający go teren marszczył się coraz to wyższymi falami, falami pyłu i kamieni, wzbijającymi się wysoko ponad trolloki i Pomory, załamując się nad nimi, jednocześnie pod ich kopytami rozpadły się góry. Armia trolloków tonęła we wrzącej kipieli ciał i rumoszu. Stwory, które jeszcze trzymały się na nogach, nadal tworzyły potężną hordę, liczebnie jednak zaledwie dwukrotnie przekraczała ona ludzką armię i teraz kłębiła się w strachu i zamieszaniu.

Wiatr ucichł. Ucichły wrzaski. Ziemia znieruchomiała. Ogarnęły go tumany pyłu i dymu, które wzbiły się w górę z przepaści pod przełęczą.

— Niech cię Światłość oślepi, Ba'alzamonie! To się musi skończyć!

TO NIE TUTAJ.

Ta myśl, od której Randowi zawibrowało w czaszce, nie zrodziła się w jego umyśle.

NIE WEZMĘ W TYM UDZIAŁU. TYLKO WYBRANY MOŻE ZROBIĆ TO, CO ZROBIĆ TRZEBA, O ILE TAKA JEST JEGO WOLA.

— Gdzie? — Nie chciał tego wypowiedzieć, ale nie potrafił się powstrzymać. — Gdzie?

Otaczająca go mgła rozdzieliła się, pozostawiając kopułę czystego, przezroczystego powietrza wysokości dziesięciu piędzi, otoczoną murami kłębów dymu i pyłu. Przed nim wznosiły się schody, każdy stopień oddzielony od innych — niczym nie wsparte ciągnęły się w górę, w mrok, który zaciemniał słońce.

NIE TUTAJ.

Przez tę mgłę, jakby z drugiego krańca ziemi, niósł się krzyk:

— Taka jest wola Światłości!

Ziemia zadudniła łoskotem kopyt, gdy siły ludzkości przypuściły ostatni atak.

Przez chwilę jego otulonym w pustkę umysłem owładnęła panika. Atakujący jeźdźcy nie widzieli go w tumanach kurzu, ich szarża miała go zaraz stratować. Większa jego część ignorowała trzęsienie ziemi jako błahostkę, którą nie należało się w ogóle przejmować. Tępy gniew pociągnął jego stopy, pokonał pierwsze stopnie.

„Trzeba z tym wreszcie skończyć!"

Otoczyła go ciemność, idealna czerń totalnej nicości. Stopnie wciąż tam były, wisiały w czerni, pod jego stopami i przed nim. Kiedy się obejrzał, ludzie zniknęli, rozpłynęli się bez śladu, wtapiając w otaczającą go nicość. Struna natomiast pozostała, ciągnęła się za nim, rozjarzona linia, malejąca i ginąca w oddali. Nie była tak gruba jak przedtem, nadal jednak pulsowała, pompowała w niego siłę. Pompowała życie, wypełniała go Światłością. Dalej wspinał się w górę.

Miał wrażenie, że wędruje tak całą wieczność. Całą wieczność i kilka minut. Czas znieruchomiał w nicości. Czas biegł szybciej. Wspinał się jeszcze wyżej, dopóki nagle nie stanął przed jakimiś drzwiami o szorstkiej, spękanej i starej powierzchni, przed drzwiami, które znakomicie pamiętał. Dotknął ich i wtedy rozpadły się na kawałki. Kawałki jeszcze opadały w dół, gdy przestępował przez próg, z jego ramion sypały się szczątki drewna.

Komnata też była taka sama, jak ją zapamiętał; szalone, prążkowane niebo widoczne z balkonu, stopniałe ściany, wypolerowany stół, potworny kominek z ryczącym, nie dającym ciepła ogniem. Niektóre z twarzy stanowiących budulec kominka, wykrzywione udręką i niemo wrzeszczące, szarpały pamięć, jakby je znał, nie porzucił jednak pustki, dryfował w swym wnętrzu otoczony jej skorupą. Był sam. Kiedy spojrzał w lustro wiszące na ścianie, odbicie jego twarzy było tak wyraźne, jakby to był on sam.

„W pustce jest spokój".

— Tak — powiedział Ba'alzamon stojący przed kominkiem. — Przypuszczałem, że Aginor ulegnie chciwości. Ostatecznie jednak to nie ma żadnego znaczenia. Długo trwało szukanie, ale już po wszystkim. Jesteś tutaj i wiem, kim jesteś.

Pustka unosiła się w samym środku Światłości, a w samym środku tej pustki unosił się Rand. Dotknął gleby swego domu i poczuł twardy kamień, jałowy i suchy, bezlitosny kamień, na którym przetrwać mogli tylko silni, twardzi jak góry.

— Mam dość uciekania. — Sam nie wierzył, że jego głos może być tak spokojny. — Zmęczyło mnie, że wiecznie zagrażasz moim przyjaciołom. Już więcej nie będę uciekał.

Zauważył, że Ba'alzamon też ma swoją wstęgę. Czarną, grubszą od jego wstęgi, tak szeroką, że przy niej ludzkie ciało wydawałoby się zupełnie nikłe, a jednak ona sama ginęła jakby przy Ba'alzamonie. Każdy puls przebiegający po tej czarnej żyle pochłaniał światło.

— Myślisz, że ma jakiś wpływ to, czy uciekasz, czy zostajesz?

Płomienie w ustach Ba'alzamona roześmiały się. Twarze w palenisku załkały na widok wesołości swego pana.

— Wiele razy przede mną uciekałeś i za każdym razem cię doganiałem i sprawiałem, że karmiłeś się swoją dumą, przyprawiając ją rzewnymi łzami. Wiele razy podnosiłeś się i walczyłeś, potem pełzałeś pokonany, błagając o litość. Masz wybór, robaku: klękniesz u mych stóp i będziesz służył mi jak należy, a ja dam ci władzę nad tronami, albo staniesz się kukłą Tar Valon, krzyczącą przeraźliwie, gdy ja będę ją wcierał w pył czasu.

Rand poruszył się, by zerknąć w stronę drzwi, jakby szukał drogi ucieczki. Niech Czarny tak sobie myśli. Za drzwiami wciąż było widać czerń nicości, rozszczepioną przez świecącą nić, która biegła od jego ciała. I biegła też przez nią grubsza wstęga Ba'alzamona, tak czarna, że wyróżniała się na tym ciemnym tle niczym śnieg. Obie wstęgi odbijały się od siebie, pulsując niczym dwie aorty, światło ledwie opierało się falom ciemności.

— Istnieją jeszcze inne możliwości wyboru — powiedział Rand. — To Koło tka Wzór, nie ty. Uciekłem z każdej pułapki, którą na mnie zastawiłeś. Uciekłem Pomorom i trollokom, uciekłem twoim Sprzymierzeńcom. Przyszedłem aż tutaj po twoich śladach i po drodze zniszczyłem twoją armię. Ty nie tkasz Wzoru.

Oczy Ba'alzamona buzowały jak dwa paleniska. Nie poruszył ustami, jednak Randowi wydało się, że słyszy, jak przeklina Aginora. Po chwili ognie zgasły, a zwyczajna ludzka twarz uśmiechała się do niego, mimo ciepła Światłości napełniając chłodem.

— Można zebrać inne armie, głupcze. Jeszcze nadejdą armie, o jakich ci się nigdy nie śniło. Ty szedłeś po moich śladach? Ty ślimaku spod skały, ty szedłeś po moich śladach? To ja wytyczałem twoją drogę od dnia, w którym się urodziłeś, drogę, która miała cię zawieść albo do grobu, albo do tego miejsca. Pozwoliłem uciec i przeżyć jednej z Aiel, by wygłosiła słowa, które miały rozbrzmiewać echem przez całe lata. Jain Długi Krok, bohater — wypowiedział to słowo z szyderczym grymasem — z którego zrobiłem głupca i odesłałem do ogirów, myślał, że się ode mnie uwolnił. Czarne Ajah rozpełzły się niczym robactwo po całym świecie w poszukiwaniu ciebie. Ja pociągam za sznurki, a Zasiadająca na Tronie Amyrlin tańczy i myśli, że to ona kontroluje wydarzenia.

Pustka zadrżała, Rand pospiesznie ją umocnił.

„On wszystko wie. Mógł to zrobić. Mogło być tak, jak on mówi".

Światłość ogrzała pustkę. Rozległ się donośny krzyk zwątpienia i ucichł, pozostawiając po sobie tylko małe ziarnko. Walczył, nie wiedząc, czy chce na zawsze pogrzebać to ziarno, czy też dać mu rosnąć. Pustka umocniła się, mniejsza niż dotychczas, unosił go spokój.

Ba'alzamon wydawał się niczego nie zauważać.

— Dla mnie to nieważne, czy jesteś żywy czy martwy, jest to ważne tylko dla ciebie i dla tej władzy, którą mógłbyś posiąść. Albo ty będziesz mi służył, albo twoja dusza. Wolałbym jednak, abyś klęczał przede mną jako żywy, a nie martwy. Wysłałem do twej wioski tylko jeden taran, mimo że mogłem posłać ich tysiąc. Tylko jednego Sprzymierzeńca Ciemności, mimo że cała ich setka mogła napaść na ciebie podczas snu. A ty, głupcze, nic o nich nawet nie wiesz, o tych, którzy cię wyprzedzają, o tych, którzy są za tobą, ani o tych, którzy są u twego boku. Jesteś mój, zawsze byłeś mój, jak pies uwiązany na smyczy i ja cię tu sprowadziłem, byś klęknął przed swym panem, albo umarł, by twoja dusza uklękła.

— Zaprzeczam ci. Nie masz nade mną władzy i nie będę przed tobą klęczał ani żywy, ani martwy.

— Spójrz — powiedział Ba'alzamon. — Spójrz.

Rand mimo woli odwrócił głowę.

Stały tam Egwene i Nynaeve, blade i przestraszone, z kwiatami we włosach. I jeszcze jedna kobieta, nieco starsza od Wiedzącej, ciemnooka i piękna, ubrana w suknię z Dwu Rzek, z jasnymi kwiatami wyhaftowanymi wokół szyi.

— Matka? — wydyszał, a ona uśmiechnęła się bezsilnym uśmiechem. — Nie! Moja matka nie żyje, a te dwie są bezpieczne w innym miejscu. Zaprzeczam ci!

Postacie Egwene i Nynaeve zamazały się, rozpłynęły we mgle, rozproszyły. Kari al'Thor wciąż tam stała, z oczami wielkimi od strachu.

— Przynajmniej ona — rzekł Ba'alzamon — należy do mnie i zrobię z nią, co zechcę.

Rand potrząsnął głową.

— Zaprzeczam ci. — Wyduszał te słowa z najwyższym trudem. — Ona nie żyje i Światłość ją chroni przed tobą.

Wargi jego matki zadrżały. Łzy spływające po jej policzkach paliły go niczym kwas.

— Władca Grobu jest silniejszy niż kiedyś, mój synu — powiedziała. — Jego ręce sięgają dalej. Nieostrożne dusze lepią się do słodyczy języka Ojca Kłamstw. Mój synu. Mój jedyny, ukochany synu. Oszczędziłabym ci tego, gdybym mogła, ale on jest teraz mym panem, prawem mojego istnienia zdanego na jego kaprys. Muszę mu być posłuszna i korzyć się przed nim, prosząc o łaskę. Tylko ty możesz mnie uwolnić. Błagam, mój synu. Proszę, pomóż mi. Pomóż mi. Pomóż mi! BŁAGAM!

Z jej ust wydarło się łkanie, kiedy otoczyły ją zamkniętym kręgiem Pomory z obnażonymi twarzami, bladymi i pozbawionymi oczu. Porwały na niej ubranie swymi bezkrwistymi dłońmi, dłońmi trzymającymi szczypce, zaciski i inne narzędzia, którymi kłuły, przypalały i chłostały jej nagie ciało. Przeraźliwym krzykom nie było końca.

Jej krzyk odbił się echem i powrócił jako krzyk Randa. Pustka wypełniająca jego umysł zawrzała. W dłoni zabłysnął miecz. Nie ostrze ze znakiem czapli, lecz ostrze ze światła, ostrze Światłości. Kiedy je podnosił, z czubka wystrzeliła paląca biała błyskawica, jakby samo ostrze uległo wydłużeniu. Dotknęło najbliższego Pomora i komnatę wypełnił oślepiający biały nalot, przeświecający Półludzi na wylot niczym świeca papier, paląc ich, odbierając im wzrok.

Ze środka tej jasności usłyszał szept:

— Dzięki ci, mój synu. Światłość. Błogosławiona Światłość.

Blask ściemniał i został sam w jednej komnacie z Ba'alzamonem. Oczy Ba'alzamona zapłonęły jak piekielne czeluście, umknął jednak przed mieczem, jakby to naprawdę była sama Światłość.

— Głupcze! Zniszczysz samego siebie! Jeszcze nie potrafisz nią władać, jeszcze nie teraz! Muszę cię najpierw nauczyć!

— To koniec — powiedział Rand i zamachnął się mieczem na czarną wstęgę Ba'alzamona.

Kiedy ostrze opadło, Ba'alzamon wrzasnął przeraźliwie, od jego krzyku kamienne ściany zaczęły drżeć, a gdy ostrze Światłości przecięło wstęgę, nie kończące się wycie podwoiło swą moc. Odcięte końce odskoczyły od siebie gwałtownie, jakby coś je przedtem napinało. Część wyrastająca z nicości zaczęła się kurczyć, druga uderzyła w ciało Ba'alzamona, ciskając nim o kominek. W tle bezgłośnych wrzasków torturowanych twarzy rozległ się cichy śmiech. Ściany zadrżały i pokryły się siatką pęknięć, podłoga zafalowała, z sufitu posypał się grad kamiennych odłamków.

Kiedy wszystko wokół niego się rozpadło, Rand wskazał mieczem serce Ba'alzamona.

— To koniec!

Z ostrza wytrysnęło światło, skrzące deszczem płonących iskier niczym krople roztopionego, białego metalu. Donośnie wyjąc, Ba'alzamon podniósł gwałtownie ręce, na próżno starając się osłonić. Płomienie w jego oczach wrzasnęły i połączyły się z innymi płomieniami, które ogarnęły kamień, kamień pękających ścian, kamień zapadającej się posadzki, kamień spadający ze sklepienia. Rand poczuł, że przyczepione do niego jasne pasmo rzednie, pozostawiając po sobie samą łunę, naprężał się jednak z coraz większą siłą, nie wiedząc, ani co robi, ani jak to robi, rozumiał tylko tyle, że trzeba z tym wreszcie skończyć.

„Trzeba z tym wreszcie skończyć!"

Ogień wypełnił komnatę skrzepłym płomieniem. Rand widział, jak Ba'alzamon więdnie niczym liść, słyszał jego wycie, czuł, jak wrzask ociera się ze zgrzytem o kości. Płomień zbladł do czystego, białego światła, jaśniejszego od słońca. Po chwili zniknął ostatni błysk pasma i wtedy zaczął spadać pośród bezkresnej czerni i cichnącego wycia Ba'alzamona.

Coś uderzyło go z ogromną siłą, zamieniając ciało w galaretę, galareta zatrzęsła się i wrzasnęła z ognia płonącego we wnętrzu, płonącego chłodnym zimnem, bez końca.

ROZDZIAŁ 52

NIE ISTNIEJE ANI POCZĄTEK, ANI ZAKOŃCZENIE

Najpierw poczuł słońce, które wędrowało po bezchmurnym niebie, wypełniając jego znieruchomiałe oczy. Wydawało się, że wędruje jakby zrywami — to całymi dniami stało w bezruchu, to mknęło przed siebie w postaci świetlnej smugi, rzucając się w stronę odległego horyzontu, pociągając za sobą dzień.

„To powinno coś znaczyć".

Myślenie było czymś nowym.

„Ja potrafię myśleć. To ja oznacza mnie".

Potem pojawił się ból, wspomnienie wściekłej gorączki, sińce od dygotania, które ciskało nim niczym szmacianą lalką. I smród. Tłusty smród spalenizny wypełniający nozdrza i głowę.

Podźwignął się za pomocą obolałych mięśni, oparł na dłoniach i kolanach. Nic nie rozumiejąc, zapatrzył się na tłuste popioły, w którym dotychczas leżał, w popioły rozsiane i rozsmarowane na kamieniach szczytu wzgórza. Węgle przemieszane były ze skrawkami ciemnozielonej materii, poczerniałymi na brzegach skrawkami, których nie pochłonął ogień.

„Aginor".

Czuł, jak mu się kłębi i skręca żołądek. Próbując zetrzeć z siebie czarne smugi popiołu, wypełzł spod szczątków Przeklętego. Dłonie słabymi ruchami oklepywały ciało, nie bardzo dając radę dotrzeć do głowy. Spróbował użyć obu rąk i upadł na twarz. Pod nim majaczyło strome urwisko, gładka kamienna ściana zawirowała mu w oczach, głębia wciągała. Poczuł zawrót głowy i zwymiotował przewieszony ponad krawędzią zbocza.

Trzęsąc się, pełzł do tyłu na brzuchu, dopóki lita skała nie pojawiła się przed jego oczyma, potem przekręcił się na plecy, ciężko dysząc. Z wysiłkiem wyciągnął miecz z pochwy. Po czerwonej tkaninie został tylko popiół. Ręce mu się trzęsły, kiedy przystawiał sobie do twarzy miecz, musiał to zrobić obiema rękami. To było ostrze ze znakiem czapli.

„Znak czapli? Tak. Tam. Mój ojciec".

Ale było to zwykłe stalowe ostrze. Dopiero po trzeciej próbie udało mu się wreszcie schować je z powrotem do pochwy.

„To było coś innego. Albo był jakiś inny miecz".

— Nazywam się — powiedział po chwili — Rand al'Thor. — Jęknął głośno, gdy kolejne wspomnienia wbiły mu się w mózg niczym ołowiane kule. — Czarny — szepnął do siebie. — Czarny nie żyje. — Nie trzeba już było uważać. — Shai'tan nie żyje.

Świat wydawał się drżeć. Rand trząsł się w niemym uniesieniu, dopóki z jego oczu nie polały się łzy.

— Shai'tan nie żyje! — Zaśmiał się w stronę nieba. Inne wspomnienia. — Egwene!

To imię oznaczało coś ważnego.

Obolały wstał, chwiejąc się jak wierzba na silnym wietrze, i przeszedł obok popiołów Aginora, nie patrząc w ich kierunku.

„To już nieważne".

Bardziej staczał się, niźli schodził z tej pierwszej, stromej części zbocza, koziołkując i zsuwając się od krzaka do krzaka. Zanim dotarł na płaski teren, posiniaczone miejsca bolały go dwukrotnie mocniej, jednak jakoś znalazł w sobie siłę, by stać.

„Egwene".

Biegł na plączących się nogach. Brnął przez poszycie w deszczu liści i kwietnych płatków.

„Muszę ją znaleźć. Kim ona jest?"

Jego ręce i nogi, zamiast poruszać się tak, jak chciał, zdawały się rozwiewać niczym długie źdźbła trawy. Dobiegł chwiejnymi krokami do jakiegoś drzewa, padł na jego pień z taką siłą, że aż jęknął. Liście posypały się na jego głowę, gdy przycisnął twarz do chropowatej kory, starając się nie upaść.

„Egwene".

Odepchnął się od drzewa i pobiegł dalej. Prawie natychmiast

znowu się zachwiał i omal nie upadł. Zmusił jednak nogi do szybszego biegu, rozpędził się tak, że teraz zataczał się z właściwym rytmem, cały czas o krok od upadku na twarz. Nogi rozruszały się i były już bardziej posłuszne. Powoli biegł bardziej wyprostowany, ramiona pracowały, długie nogi pokonywały susami zbocze. Wylądował na polanie w połowie wypełnionej teraz przez wielki dąb wyznaczający grób Zielonego Człowieka. Stał tam biały, kamienny łuk ze starożytnym symbolem Aes Sedai, poczerniała jama oznaczała miejsce, w którym ogień i wiatr bezskutecznie usiłowały uwięzić Aginora.

— Egwene! Egwene, gdzie jesteś?!

Jakaś piękna dziewczyna klęcząca pod rozłożystymi konarami spojrzała na niego wielkimi oczyma. We włosach miała kwiaty i brązowe liście dębu. Była szczupła, młoda i przestraszona.

„Tak, to właśnie ona. No przecież".

— Egwene, dzięki Światłości, nic ci się nie stało.

Były z nią jeszcze dwie kobiety, jedna z zalęknionymi oczami i długim warkoczem, wciąż przyozdobionym białymi przylaszczkami. Druga leżała wyciągnięta, z głową wspartą na złożonych płaszczach, jej własny płaszcz, niebieski jak niebo, częściowo tylko zakrywał podartą na strzępy suknię. Kosztowną tkaninę znaczyły plamy od ognia i rozdarcia, twarz kobiety była śmiertelnie blada, jednak oczy miała otwarte.

„Moiraine. Tak, to Aes Sedai. I Wiedząca, Nynaeve".

Wszystkie trzy kobiety spojrzały na niego wyczekująco nieruchomymi oczyma.

— Nic wam się nie stało, Egwene? Nie zrobił ci krzywdy.

Potrafił już iść normalnie, bez potknięć — mimo stłuczeń na jej widok chciało mu się tańczyć — jednak jeszcze większą ochotą napawała go myśl, by zwalić się na skrzyżowane nogi obok nich.

— Już potem go nie widziałam, kiedy mnie popchnąłeś... — Oczy utkwione w jego twarzy zdradzały niepewność. — A jak ty się czujesz, Rand?

— Bardzo dobrze. — Roześmiał się. Dotknął jej policzka. Czy rzeczywiście cofnęła się nieznacznie, czy może to sobie wyobraził? — Krótki odpoczynek i będę jak nowo narodzony. Nynaeve? Moiraine Sedai?

Wymawiając te imiona, czuł w ustach smak nowości.

Oczy Wiedzącej były stare, prastare w porównaniu z młodą twarzą, potrząsnęła jednak głową.

— Trochę siniaków — odparła, nadal mu się przypatrując. — Z nas wszystkich Moiraine jest jedyną... jedyną, która naprawdę ucierpiała.

— Bardziej niż cokolwiek innego ucierpiała moja dusza — powiedziała zirytowanym głosem Aes Sedai, poprawiając okrywający ją płaszcz. Wyglądała tak, jakby od bardzo dawna chorowała albo doszczętnie się wyczerpała, jednak jej oczy, pomimo ciemnych obwódek, były czyste i pełne siły. — Aginor był zaskoczony i wściekły, że powstrzymywałam go tak długo, ale na szczęście nie mógł tracić na mnie czasu. Sama się dziwię, że utrzymałam go tak długo. W Wieku Legend moc Aginora stawiała go tuż za Zabójcą Rodu i Ishamaelem.

— „Czarny i wszyscy Przeklęci" — zacytowała Egwene słabym, niepewnym głosem — „są uwięzieni w Shayol Ghul, uwięzieni przez Stwórcę..." — Wciągnęła urywany oddech.

— Aginor i Balthamel musieli być więzieni tuż pod samą powierzchnią. — Moiraine mówiła takim głosem, jakby już to wszystko wyjaśniła i powtarzanie ją męczyło. — Pieczęć na więzieniu Czarnego osłabła do tego stopnia, że zdołali się uwolnić. Bądźmy wdzięczni, że nie uwolniło się więcej Przeklętych. Napotkalibyśmy ich, gdyby tak było.

— To nie ma znaczenia — powiedział Rand. — Aginor i Balthamel nie żyją, i tak samo Shai...

— Czarny — przerwała mu Aes Sedai. Chora nie chora, mówiła stanowczym głosem, a spojrzenie ciemnych oczu było rozkazujące. — Najlepiej nazywać go Czarnym. Albo przynajmniej Ba'alzamonem.

Wzruszył ramionami.

— Jak chcesz. Ale on nie żyje. Zabiłem go. Spaliłem...

W tym momencie zalała go potokiem reszta wspomnień, sprawiając, że otworzył szeroko usta.

„Jedyna Moc. Władałem Jedyną Mocą. Żaden mężczyzna nie może..."

Oblizał nagle wyschłe wargi. Wszystkie trzy obserwowały go. Wyciągnął dłoń w stronę Egwene i tym razem już na pewno sobie nie wyobraził, że odsunęła się od niego.

— Egwene?

Odwróciła twarz, a on opuścił rękę.

Nagle zarzuciła mu ramiona na szyję, kryjąc twarz na jego piersi.

— Przepraszam, Rand. Przepraszam. Wcale mnie to nie obchodzi. Naprawdę nie obchodzi.

Ramiona jej drżały. Wydawało mu się, że płacze. Niezdarnie głaszcząc jej włosy, spojrzał ponad głową na pozostałe dwie kobiety.

— Koło obraca się tak, jak chce — powiedziała wolno Nynaeve. — Ale ty jesteś nadal Randem al'Thor z Pola Emonda. Ale, Światłości, pomóż mi, Światłości, dopomóż nam wszystkim, jesteś zbyt niebezpieczny, Rand.

Uciekł przed wzrokiem Wiedzącej, smutny, pełen żalu, już akceptując stratę.

— Co się stało? — spytała Moiraine. — Opowiedz mi wszystko!

Opowiedział więc. Miał opuścić pewne rzeczy, lecz oczy Aes Sedai wszystko z niego wyciągnęły. Łzy spłynęły po jego twarzy, gdy doszedł do Kari al'Thor. Jego matki. Podkreślił to.

— On miał moją matkę. Moją matkę!

Na twarzy Nynaeve widać było współczucie i ból, lecz oczy Aes Sedai popędzały go, do miecza Światłości, do przecięcia czarnej wstęgi i do tych płomieni, które pochłonęły Ba'alzamona. Ramiona Egwene objęły go jeszcze silniej, jakby mogła go wyciągnąć z tego, co się wydarzyło.

— Ale to nie ja — dokończył. — Światłość mnie... ciągnęła za sobą. To naprawdę nie ja. Czy to czegoś nie zmienia?

— Podejrzewałam to od samego początku — odrzekła Moiraine. — Tyle że podejrzenia nie stanowią żadnego dowodu. Kiedy dałam ci monetę i stworzyłam więź, powinieneś był godzić się na wszystko, czego chciałam, ty jednak opierałeś się, miałeś wątpliwości. To mi coś powiedziało, ale nie wystarczyło. Krew Manetheren była zawsze uparta i to w jeszcze większym stopniu, odkąd umarł Aemon, a Eldrene pękło serce. Potem była Bela.

— Bela? — spytał.

„Nic niczego nie zmienia".

Aes Sedai skinęła głową.

— Na Wzgórzu Czat nie musiałam oczyszczać Beli ze zmęczenia, ktoś już to wcześniej zrobił. Mogła tamtej nocy przegonić Mandarba. Powinnam była wziąć pod uwagę, kogo na swym grzbiecie niosła Bela. Przez te trolloki depczące nam po piętach, draghkara nad głową i Półczłowieka, Światłość tylko wie, musiałeś się strasznie bać, że Egwene zostanie z tyłu. Potrzebowałeś czegoś więcej niż kiedykolwiek w całym swoim życiu i sięgnąłeś do tej jedynej rzeczy, od której mogłeś to mieć. Do *saidina*.

Zadrżał. Przepełniał go chłód, od którego bolały palce.

— Jeśli już tego nigdy nie zrobię, jeśli nigdy go więcej nie dotknę, nie...

Nie potrafił tego wypowiedzieć. Oszaleje. Wpędzi tę krainę i otaczających go ludzi w szaleństwo. Umrze, gnijąc jeszcze za życia.

— Być może — powiedziała Moiraine — byłoby łatwiej, gdyby znalazł się ktoś, kto by cię nauczył, można to jednak osiągnąć przy najwyższym wysiłku woli.

— Ty mnie możesz uczyć. Z pewnością, ty...

Urwał, gdy Aes Sedai potrząsnęła głową.

— Czy kot potrafi nauczyć psa, jak wspinać się na drzewa, Rand? Czy ryba nauczy ptaka pływać? Ja znam *saidara*, ale nie potrafię nauczyć cię niczego w związku z *saidinem*. Ci, którzy to mogli zrobić, umarli trzy tysiące lat temu. Ale być może masz w sobie dostatecznie dużo uporu.

Egwene wyprostowała się, ocierając zaczerwienione oczy wierzchem dłoni. Miała taką minę, jakby chciała coś powiedzieć, ale kiedy otworzyła usta, nie padło z nich żadne słowo.

„Przynajmniej się nie wyrywa. Przynajmniej może na mnie patrzeć i nie krzyczeć".

— Co z innymi? — spytał.

— Lan zabrał ich do groty — wyjaśniła Nynaeve. — Oko zniknęło, ale coś się pojawiło w środku zbiornika, kryształowa kolumna i prowadzące do niej stopnie. Mat i Perrin chcieli najpierw poszukać ciebie, Loial też, ale Moiraine powiedziała... — Zerknęła na Aes Sedai, zakłopotana. Moiraine spokojnie przyjęła jej spojrzenie. — Powiedziała, że mamy nie przeszkadzać, w trakcie gdy ty...

Gardło miał tak ściśnięte, że ledwie mógł oddychać.

„Czy oni odwrócą twarze tak jak Egwene? Czy będą krzyczeć i uciekać, jakbym był Pomorem?"

Moiraine odezwała się, jakby nie zauważyła, że krew odpływa mu z twarzy:

— W Oku była ogromna ilość Jedynej Mocy. Nawet w Wieku Legend tylko nieliczni potrafili skorzystać z takiej ilości bez wspomagania i nie zginąć od tego. Bardzo nieliczni.

— Powiedziałaś im? — wychrypiał. — Jeśli wszyscy wiedzą...

— Tylko Lan — spokojnie odparła Moiraine. — On musi wiedzieć. I Nynaeve, i Egwene, z powodu tego, kim są i kim się staną. Pozostali jeszcze nie muszą wiedzieć, na razie.

— Czemu nie? — Zgrzytające w gardle tony jego głosu powodowały, że nie brzmiał on zbyt miło dla ucha. — Będziesz mnie chciała poskromić, prawda? Czy nie to właśnie Aes Sedai robią z mężczyznami, którzy władają Mocą? Zmieniają ich, żeby nie mogli tego robić? Sprawiają, by przestali stanowić zagrożenie? Thom mówił, że mężczyźni, których poskromiono, umierają, bo tracą ochotę do życia. Dlaczego nie mówisz, że mnie zabierzesz do Tar Valon, aby mnie tam poskromiono?

— Jesteś *ta'veren* — odparła Moiraine. — Być może Wzór jeszcze nie skończył z tobą.

Rand wyprostował się.

— W snach Ba'alzamon twierdził, że Tar Valon i Zasiadająca na Tronie Amyrlin będą próbowały mnie wykorzystać. Wymieniał nazwiska, teraz je sobie przypominam. Raolin Darksbane i Guaire Amalasan. Yurian Stonebow. Davian. Logain.

To ostatnie było najtrudniejsze do wymówienia. Nynaeve pobladła, a Egwene krzyknęła, lecz on mówił dalej gniewnym głosem:

— Każdy z nich to fałszywy Smok. Nie próbuj zaprzeczać. Cóż, ja się nie dam wykorzystać. Nie jestem narzędziem, które możesz wyrzucić na śmietnik, kiedy już się zużyje.

— Narzędzie wykonane dla jakiegoś celu nie zaznaje upokorzenia przez to, że się je do tegoż celu wykorzystuje... — Moiraine mówiła tak samo ostrym głosem jak on — upokarza się tylko człowiek, który zawierzy Ojcu Kłamstw. Mówisz, że nie dasz się wykorzystać, a potem pozwalasz, by Czarny wytyczał ci drogę, jakbyś był ogarem, którego jego pan wysyła w pogoń za królikiem.

Zacisnął pięści i odwrócił głowę. Jej słowa za bardzo przypominały mu to, o czym mówił Ba'alzamon.

— Nie jestem niczyim ogarem. Słyszysz mnie? Niczyim!

W zwieńczonym łukiem otworze pojawił się Loial i pozostali; Rand stanął niezdarnie na nogach, spoglądając na Moiraine.

— Nie będą wiedzieli — powiedziała Moiraine — dopóki nie sprawi tego Wzór.

W tym momencie przyjaciele zaczęli iść w jego stronę. Prowadził ich Lan, wyglądający tak twardo jak zwykle, jednak zmęczony jak nigdy dotąd. Skronie miał owinięte jednym z bandaży Nynaeve, szedł sztywno wyprostowany. Idący za nim Loial niósł dużą, złotą szkatułę, ozdobnie wykonaną i inkrustowaną srebrem. Nikt oprócz ogira nie mógłby jej samodzielnie udźwignąć. Perrin tulił w objęciach wielki zwój białej tkaniny, a Mat trzymał w dłoniach coś, co wyglądało jak kawałki rozbitego naczynia z porcelany.

— A więc jednak żyjesz — zaśmiał się Mat. Twarz mu pociemniała, gwałtownym ruchem głowy wskazał Moiraine. — Nie pozwoliła nam cię szukać. Kazała nam sprawdzić, co kryło się w Oku. Ja bym i tak poszedł, ale Nynaeve i Egwene jej pomagały i prawie wrzuciły mnie do środka.

— Jesteś tu — powiedział Perrin — i wcale nie wyglądasz na mocno poturbowanego. — Oczy mu nie świeciły, ale tęczówki miał już zupełnie żółte. — To jest ważne. Jesteś tutaj, a my zrobiliśmy wreszcie to, po co tu przyjechaliśmy, cokolwiek to było. Moiraine Sedai mówi, że udało nam się i możemy wracać. Do domu, Rand. Światłości, niech sczeznę, ale naprawdę bardzo chcę wracać do domu.

— Dobrze widzieć cię żywym, pasterzu — burknął Lan. — Widzę, że nie potrafisz się oderwać od swego miecza. Może teraz wreszcie się nauczysz, jak nim władać.

Rand poczuł w sobie nagły wybuch uczuć do Strażnika, Lan wiedział, a jednak na zewnątrz niczego nie okazywał. Miał nadzieję, że w przypadku Lana nic się nie zmieniło także wewnątrz.

— Muszę stwierdzić — powiedział Loial, stawiając skrzynkę na ziemi — że podróżowanie z *ta'veren* okazało się znacznie bardziej interesujące, niż się spodziewałem. — Uszy zadrgały mu gwałtownie. — Jeśli stanie się jeszcze bardziej interesujące, wrócę natychmiast do Stedding Shangtai, przyznam się do wszystkiego Starszemu Hamanowi i już nigdy nie porzucę mych ksiąg. — Usta ogira rozciągnęły się nagle w tak szerokim uśmiechu, że przecięły jego twarz na dwie połowy. — Jak to dobrze znowu cię widzieć, Randzie al'Thor. Strażnik jest jedynym z tych trzech, który interesuje się choć trochę książkami i nie gada bezustannie. Co się z tobą działo? Wszyscy ukrywaliśmy się w lesie, dopóki Moiraine nie posłała Lana, żeby nas odszukał, ale nie pozwoliła nam szukać ciebie. Gdzieś ty przepadł na tak długo, Rand?

— Biegłem i biegłem — odparł powoli — aż spadłem ze zbocza i uderzyłem się w głowę o kamień. Zdaje się, że po drodze uderzałem o każdy kamień. — To miało wytłumaczyć sińce. Starał się bacznie obserwować Aes Sedai, a także Nynaeve i Egwene, lecz w ich twarzach nie zmieniło się nic ani na chwilę. — Kiedy oprzytomniałem, nie wiedziałem, gdzie jestem i w końcu jakoś tu się przywlokłem. Aginor chyba nie żyje, spłonął. Znalazłem popiół i kawałki jego płaszcza.

Kłamstwa głucho dudniły w jego uszach. Nie rozumiał, dlaczego nie śmieją się z pogardą i nie domagają się prawdy, jednak jego przyjaciele tylko pokiwali głowami, akceptując wszystko i wśród odgłosów życzliwości zebrali się wokół Aes Sedai, żeby jej pokazać, co znaleźli.

— Pomóżcie mi się podnieść — poprosiła Moiraine.

Nynaeve i Egwene podźwignęły ją, by mogła usiąść, lecz nawet wtedy musiały ją podtrzymywać.

— Jakim cudem te wszystkie rzeczy mogły być w Oku — spytał Mat — i nie uległy zniszczeniu tak jak kamień?

— Nie umieszczono ich tam po to, żeby zostały zniszczone — odparła zwięźle Moiraine i zbyła inne pytania zmarszczeniem czoła, biorąc z rąk Mata kawałki porcelany, czarne, białe i błyszczące.

Według Randa wyglądały jak zwykłe skorupy, ona jednak ułożyła je zręcznie na ziemi, tworząc idealny okrąg wielkości ludzkiej dłoni. Starożytny symbol Aes Sedai, Płomień Tar Valon połączony ze Smoczym Kłem, czerń obok bieli. Przez chwilę Moiraine wpatrywała się w to wszystko z nieodgadnionym wyrazem twarzy, potem wyjęła zza pasa nóż i podała go Lanowi, wskazując koło.

Strażnik oddzielił największy kawałek, potem uniósł wysoko nóż i uderzył nim z całej siły. Poleciała iskra, skorupa podskoczyła pod wpływem uderzenia, ostrze pękło z donośnym trzaskiem. Lan przypatrzył się kikutowi umocowanemu w rękojeści i odrzucił go na bok.

— Najlepsza stal z Łzy — powiedział sucho.

Mat chwycił skorupę, mruknął coś i puścił ją w obieg. Na skorupie nie było ani śladu.

— *Cuendillar* — powiedziała Moiraine. — Prakamień. Od Wieku Legend nikt już nie potrafi go wytwarzać, a nawet wtedy wytwarzano go wyłącznie dla najbardziej doniosłych celów. Gdy raz już zostanie stworzony, nic nie jest go w stanie rozbić. Nawet Jedyna Moc użyta przez najpotężniejszą Aes Sedai, jaka kiedykolwiek żyła, wspomaganą przez najsilniejszy *sa'angreal*. Każda moc, jaką się kieruje przeciwko prakamieniowi, sprawia tylko, że staje się jeszcze silniejszy.

— To jak…?

Mat wskazał kawałkiem, który trzymał w dłoniach, na pozostałe fragmenty poukładane na ziemi.

— To była jedna z siedmiu pieczęci położonych na więzieniu Czarnego — odparła Moiraine.

Mat upuścił cząstkę prakamienia, jakby była rozżarzona do białości. Przez chwilę oczy Perrina wydawały się znowu płonąć. Aes Sedai zaczęła spokojnie zbierać pozostałe fragmenty.

— To już nie ma znaczenia — powiedział Rand.

Przyjaciele popatrzyli na niego dziwnie, a on pożałował, że nie trzymał ust zamkniętych.

— Oczywiście — odparła Moiraine. Pieczołowicie jednak schowała fragmenty do swej sakiewki. — Podaj mi szkatułę.

Loial podsunął szkatułę w jej stronę.

Spłaszczona bryła ze złota i srebra wyglądała na jednolicie szczelną, jednak palce Aes Sedai jakoś zagłębiły się w skomplikowanej ornamentacji, coś nacisnęły i wieko szkatuły odskoczyło znienacka ze szczękiem, jakby było osadzone na sprężynach. W środku spoczywał kręty, złoty róg. Mimo że cały błyszczał, w porównaniu ze szkatułą, w której był schowany, wyglądał całkiem zwyczajnie. Na gładkiej powierzchni nie było nic oprócz linii srebrnych liter, inkrustowanych wokół wylotu czary. Moiraine uniosła róg, jakby podnosiła niemowlę.

— Trzeba go zawieźć do Illian — powiedziała cicho.

— Illian! — warknął Perrin. — To prawie nad samym Morzem Burz, na południu, tak samo daleko od domu, jak od nas tutaj, na północy.

— Czy to...? — Loial urwał, by złapać oddech. — Czy to może...?

— Czy potrafisz odczytać Dawną Mowę? — spytała Moiraine, a kiedy skinął głową, podała mu róg.

Ogir wziął go do rąk równie ostrożnie, delikatnie obwiódł pismo swym szerokim palcem. Jego oczy z każdą chwilą robiły się coraz większe, a uszy sterczały wyprostowane.

— *Tia mi aven Moridin isainde vadin* — wyszeptał. — Bo nie jest grób przeszkodą na moje wezwanie.

— Róg Valere. — Raz wreszcie Strażnik wyglądał na wstrząśniętego, w jego głosie słychać było nutę grozy.

W tym momencie łamiącym się głosem przemówiła Nynaeve:

— Wzywa bohaterów Wieków z objęć śmierci, aby stawili się do walki z Czarnym.

— Niech sczeznę — szepnął Mat.

Loial z najwyższą czcią ułożył róg z powrotem w złotej szkatule.

— Zaczynam się zastanawiać — powiedziała Moiraine — czy Oko Świata zostało stworzone w chwili największej potrzeby, z jaką kiedykolwiek zmagał się świat, czy jednak powstało z jakimś... konkretnym przeznaczeniem? A może miało strzec tych wszystkich rzeczy? Szybko, pokażcie mi ostatnią.

Po obejrzeniu pierwszych dwóch przedmiotów Rand potrafił zrozumieć niechęć Perrina. Gdy zawahał się, Lan i ogir odebrali z jego rąk zwój białej tkaniny i rozwinęli go. W powietrzu załopotał długi, biały sztandar. Rand patrzył tylko wytrzeszczonymi oczyma. Tkanina wyglądała jak jednolita całość, jakby wcale jej nie tkano, farbowano ani malowano. Całą długość sztandaru pokrywało stworzenie przypominające węża o purpurowych i złotych łuskach, miało pokryte łuskami również nogi, jego stopy były obdarzone pięcioma złotymi szponami, wielką głowę porastała złota grzywa, a oczy przypominały słońca. Na łopoczącym sztandarze stworzenie wydawało się ruszać, żyć, łuski lśniły niczym szlachetne metale i klejnoty, miał wrażenie, że słyszy wyzwanie rzucone rozwścieczonym rykiem.

— Co to jest? — spytał.

Moiraine odpowiadała mu powoli:

— Sztandar, pod którym Władca Poranka prowadził siły Światłości do walki przeciwko Cieniowi. Sztandar Lewsa Therina Telamona. Sztandar Smoka.

Loial omal nie wypuścił z rąk swojego końca.

— Niech sczeznę! — zawołał słabym głosem Mat.

— Zabierzemy z sobą te rzeczy — orzekła Moiraine. — Nie zostały tu umieszczone przypadkiem, muszę się dowiedzieć czegoś więcej. — Pogładziła sakiewkę, w której kryły się cząstki roztrzaskanej pieczęci. — Zrobiło się zbyt późno, by jeszcze dziś ruszać w drogę. Odpoczniemy, najemy się, ale wyjedziemy wczesnym rankiem. Zewsząd otacza nas Ugór, inny niż przy samej Granicy, silniejszy. Bez Zielonego Człowieka to miejsce długo się nie utrzyma. Pomóżcie mi się ułożyć — powiedziała do Nynaeve i Egwene. — Muszę odpocząć.

Rand dopiero teraz zauważył to, na co nie zwracał dotąd uwagi, mimo że cały czas się dokonywało. Z wielkiego dębu spadały martwe,. zbrązowiałe liście. Pokrywająca ziemię gruba warstwa szeleściła na lekkim wietrze, brązowa, zmieszana z płatkami, które opadły z tysięcy kwiatów. Zielony Człowiek potrafił powstrzymywać Ugór, teraz jednak Ugór zabijał po kolei wszystkie jego dzieła.

— Już po wszystkim, prawda? — spytał Moiraine. — To koniec.

Aes Sedai odwróciła głowę ułożoną na poduszce z płaszczy. Jej oczy wydawały się tak głębokie jak Oko Świata.

— Udało nam się zrobić to, po co tu przybyliśmy. Odtąd możesz żyć własnym życiem, tak jak będzie tkał Wzór. Zjedz coś, a potem się prześpij, Randzie al'Thor. Śpij i niech ci się przyśni dom.

ROZDZIAŁ 53

KOŁO OBRACA SIĘ

Świt ujawnił zniszczenia, jakim uległ ogród Zielonego Człowieka. Na ziemi leżała gruba warstwa liści, miejscami sięgała prawie do kolan. Wszystkie kwiaty zniknęły z wyjątkiem kilku, które przyrosły rozpaczliwie do skraju polany. Niewiele mogło wyrosnąć pod samym dębem, jednakże gruby pień stojący na grobie Zielonego Człowieka otaczał wąski pas kwiatów i trawy. W koronie dębu została tylko połowa jego liści, ale było ich i tak znacznie więcej niż na innych drzewach, tak jakby jakieś wspomnienie po Zielonym Człowieku wciąż jeszcze walczyło, żeby się utrzymać w tym miejscu. Chłodny wiatr ustał, wyparty przez lepki skwar, motyle zniknęły, ucichły ptaki. Szykujący się do drogi ludzie milczeli.

Rand wdrapał się na siodło z uczuciem, że coś stracił.

„Nie powinno tak być. Krew i popioły, przecież wygraliśmy!"

— Szkoda, że nie wybrał innego miejsca — powiedziała Egwene, kiedy dosiadała Beli.

Nosze, wykonane przez Lana i zawieszone między kudłatą klaczą i Aldieb, służyły Moiraine. Nynaeve miała jechać obok białej klaczy i trzymać jej wodze. Wiedząca spuszczała oczy, gdy tylko widziała, że Lan na nią patrzy, cały czas unikając jego wzroku. Strażnik spoglądał na nią, kiedy patrzyła w inną stronę, jednak nie odzywał się do niej ani słowem. Nikt nie musiał pytać, kogo Egwene miała na myśli.

— To niesprawiedliwe — rzekł Loial, zapatrzony na dąb. Był jedynym, który jeszcze nie dosiadł konia. — To niesprawiedliwe, by Drzewny Brat miał zostać oddany Ugorowi. — Podał wodze swego wielkiego konia Randowi. — Niesprawiedliwe.

Lan otworzył usta, gdy ogir ruszył w stronę wielkiego dębu. Leżąca na noszach Moiraine słabym ruchem uniosła rękę i Strażnik nic nie powiedział.

Loial ukląkł przed dębem, zamykając oczy i wyciągnął ręce przed siebie. Kępki na jego uszach wyprostowały się, gdy uniósł twarz ku niebu. I wtedy zaczął śpiewać.

Rand nie potrafił stwierdzić, czy to były słowa, czy tylko melodia. Grzmiący głos brzmiał jak śpiew ziemi, był jednak pewien, że słyszy na nowo śpiew ptaków, ciche westchnienia wiosennego wiatru i szum skrzydeł motyli. Zasłuchany myślał, że pieśń trwała zaledwie kilka minut, gdy jednak Loial opuścił ręce i otworzył oczy, Rand zdziwił się na widok słońca stojącego już wysoko nad horyzontem. Dotykało drzew, kiedy ogir zaczynał śpiewać. Liście, które jeszcze rosły na dębie, wydawały się bardziej zielone, mocniej osadzone niż przedtem. Otaczające pień kwiaty wyprostowały się, zawilce były białe i świeże, miłek pysznił się czerwienią.

Otarłszy pot ze swej szerokiej twarzy, Loial wstał i wziął wodze z rąk Randa. Jego długie brwi zwiesiły się, jakby i one zawstydziły się, że otoczenie mogło uznać, iż się popisywał.

— Nigdy dotąd tak się nie rozśpiewałem. Nie potrafiłbym tego zrobić, gdyby nie pozostała tu jakaś cząstka mego Drzewnego Brata. Moje Drzewne Pieśni nie mają jego mocy. — Kiedy siedział w siodle, w spojrzeniu, którym omiótł dąb i drzewa, widać było satysfakcję. — Przynajmniej ta niewielka przestrzeń nie zatonie w Ugorze. Ugór nie pochłonie Drzewnego Brata.

— Jesteś dobrym człowiekiem, ogirze — powiedział Lan.

Loial uśmiechnął się szeroko.

— Przyjmuję to jako komplement, nie wiem tylko, co by powiedział Starszy Haman.

Jechali pojedynczym rzędem, Mat za Strażnikiem, by w razie potrzeby móc skutecznie użyć swego łuku, a Perrin jako ostatni, z toporem przewieszonym przez łęk u siodła. Wspięli się na wzgórze i w mgnieniu oka otoczył ich Ugór, powykręcany i przegniły zjadliwymi barwami tęczy. Rand obejrzał się przez ramię, jednakże ogrodu Zielonego Człowieka nie było już widać. Dookoła, tak jak przedtem, rozciągał się Ugór. Wydało mu się jednak, tylko przez chwilę, że widzi górujący nad wszystkim wierzchołek dębu, zielonego i bujnego, który zaraz zalśnił i zniknął. Potem był już wyłącznie Ugór.

Rand po części spodziewał się, że będą musieli torować sobie wyjście, tak samo jak torowali sobie wejście, jednak Ugór trwał cichy i nieruchomy jak śmierć. Ani jedna gałąź nie zadrżała, żeby ich zaatakować, nic nie skrzeczało, nic nie wyło ani blisko, ani z oddali. Ugór wydawał się czaić, ale nie do ataku, lecz jakby spadł na niego jakiś wielki cios i teraz czekał, aż spadnie nań następny. Nawet słońce nie było już tak czerwone.

Kiedy minęli naszyjnik jezior, słońce wisiało tuż poza zenitem. Lan prowadził ich w sporej odległości od jezior i ani razu nawet na nie nie spojrzał, Rand jednak miał wrażenie, że siedem wież jest wyższych, niż gdy je widział po raz pierwszy. Był pewien, że nierówne wzgórza wystają wyżej ponad ziemią i że stojące na nich gładkie wieże lśnią w słońcu, powiewając na wietrze sztandarami Złotego Żurawia. Zamrugał i wytężył wzrok, jednak nie znikały. Stały tam na skraju pola widzenia, dopóki Ugór raz jeszcze nie skrył jezior.

Przed zmierzchem Strażnik wybrał miejsce na obozowisko, a Moiraine wzięła Nynaeve i Egwene do pomocy przy zakładaniu pasa ochronnego. Najpierw poinstruowała je szeptem, Nynaeve zawahała się, lecz kiedy Moiraine zamknęła oczy, wszystkie trzy podjęły wspólną pracę.

Rand widział, jak Mat i Perrin wytrzeszczają oczy i zastanawiał się, co ich tak dziwi.

„Każda kobieta to Aes Sedai — przyszła mu do głowy niewesoła myśl. — Światłości, dopomóż mi, ja też jestem Aes Sedai".

Ponury nastrój związał mu język.

— Dlaczego teraz jest tu inaczej? — spytał Perrin, kiedy Egwene i Wiedząca pomogły Moiraine się ułożyć. — Mam wrażenie… — Wzruszył swymi barczystymi ramionami, jakby nie potrafił znaleźć słowa.

— Zadaliśmy Czarnemu potężny cios — odparła Moiraine, układając się z westchnieniem na posłaniu. — Cień będzie musiał długo dochodzić do siebie.

— Jak? — spytał Mat. — Co myśmy zrobili?

— Śpij — powiedziała Moiraine. — Jeszcze nie wyszliśmy z Ugoru.

Jednak następnego ranka nadal nie zaszła żadna zmiana, którą Rand byłby w stanie zauważyć. Ugór naturalnie się zmniejszał, w miarę jak posuwali się na południe. W miejsce powykręcanych drzew pojawiały się proste. Duszący upał stopniowo tracił swą moc. Gnijące listowie ustępowało zieleni zaledwie schorzałej. A potem zauważył, że nie jest już nawet chora. Las dookoła nich zrobił się czerwony od nowego przyrostu zgęstniałych gałęzi. W poszyciu pojawiły się pączki, pnącza okrywały kamienie zielonością, a nowe dzikie kwiaty nakrapiały trawę tak gęsto i jaskrawo, jakby tamtędy szedł Zielony Człowiek. Zupełnie tak, jakby wiosna, tak długo powstrzymywana przez zimę, cwałowała teraz, by na czas dotrzeć tam, gdzie miała już być od dawna.

Nie był jedynym, który gapił się na to wszystko oniemiały.

— Potężny cios — mruknęła Moiraine i nie powiedziała już nic więcej.

Pnąca dzika róża oplatała kamienną kolumnę wyznaczającą Granicę. Z wież strażniczych żołnierze wyszli im na powitanie. W śmiechu ludzi słychać było oszołomienie, ich oczy błyszczały ze zdumienia, jakby nie potrafili uwierzyć, że pod zakutymi w stal butami czują świeżą trawę.

— Światłość zwyciężyła Cień!

— Wielkie zwycięstwo w Wąwozie Tarwina! Dostaliśmy wiadomość! Zwycięstwo!

— Światłość nas znowu pobłogosławiła!

— Światłość znów obdarzyła siłą króla Easara — odparł Lan, słysząc te okrzyki.

Ludzie z wież chcieli zaopiekować się Moiraine albo przynajmniej dać im jakąś eskortę, lecz ona odmówiła. Mimo iż leżała płasko na noszach, sprawiała swą obecnością, że odziani w zbroje mężczyźni cofali się z ukłonami i godzili się na wszystkie jej życzenia. Ich śmiech towarzyszył im jeszcze, gdy ruszali w dalszą drogę.

Późnym popołudniem, gdy dotarli do Fal Dara, ponure mury rozbrzmiewały świętem. Rozbrzmiewały prawdą. Rand wątpił, czy jest jakiś dzwon w mieście, który akurat nie bije, począwszy od najdrobniejszych srebrnych dzwoneczków przy uprzęży, a skończywszy na wielkich gongach z brązu zawieszonych na wieżach. Bramy były pootwierane na oścież, ludzie biegali ze śmiechem i śpiewem po ulicach, z kwiatami zatkniętymi we włosy i szczeliny zbroi. Zwykli mieszkańcy miasta jeszcze nie wrócili z Fal Moran, natomiast niewiele wcześniej wrócili żołnierze z Wąwozu Tarwina i ich radość wystarczyła do wypełnienia wszystkich ulic.

— Zwycięstwo w Wąwozie! Zwyciężyliśmy!

— Cud w Wąwozie! Wiek Legend powrócił!

— Wiosna! — śmiał się jakiś siwy, stary żołnierz, zawieszając girlandę z przylaszczek na szyi Randa. Sam miał nimi przyozdobioną kępę włosów na czubku głowy. — Światłość znowu pobłogosławiła nas wiosną!

Na wieść, że udają się do warowni, otoczył ich krąg mężczyzn odzianych w stal i kwiaty, biegli, torując im drogę wśród świętujących.

Ingtar był pierwszą nieuśmiechniętą osobą, którą zobaczył Rand.

— Spóźniłem się — powiedział do Lana z kwaśną miną. — Za późno o jedną godzinę. Pokój! — Słychać było, jak zgrzyta zębami, lecz potem zrobił skruszoną minę. — Wybaczcie mi. Smutek sprawia, że zapominam o mych obowiązkach. Witaj, Budowniczy. Dobrze widzieć, żeście bezpiecznie wydostali się z Ugoru. Sprowadzę uzdrowiciela do komnat Moiraine Sedai i powiadomię lorda Agelmara…

— Zaprowadź mnie do lorda Agelmara — zarządziła Moiraine. — Zaprowadź nas wszystkich.

Ingtar otworzył usta, by zaprotestować, pod wpływem jej spojrzenia złożył jednak tylko głęboki ukłon.

Agelmar przebywał w swoim gabinecie, jego miecze i zbroja wisiały już znowu na stojakach. Był właścicielem drugiej nie uśmiechniętej twarzy. Krzywił się z niepokojem, pogłębionym przez widok Moiraine wnoszonej na noszach przez służących w liberiach. Kobiety w złocie i czerni gorączkowały się, że sprowadzono do niego Aes Sedai, nie pozwalając jej pierwej odświeżyć się ani zobaczyć uzdrowiciela. Loial niósł złotą szkatułę. Kawałki pieczęci były wciąż schowane w sakiewce Moiraine, sztandar Lewsa Therina Zabójcy Rodu, owinięty w derkę, nadal przytroczony do siodła Aldieb. Stajennemu, który przejął białą klacz, dano surowy rozkaz dopilnowania, by nie naruszoną derkę umieszczono w komnatach przydzielonych Aes Sedai.

— Pokój! — mruknął lord Fal Dara. — Czy jesteś ranna, Moiraine Sedai? Ingtarze, czemu nie dopilnowałeś, by Aes Sedai została ułożona w łóżku i by sprowadzono do niej uzdrowiciela?

— Uspokój się, Agelmarze — powiedziała Moiraine. — Ingtar postępował tak, jak mu kazałam. Nie jestem taka słaba, jak wszyscy zdają się myśleć.

Gestem ręki kazała dwóm kobietom posadzić się na krześle. Przez moment załamywały dłonie, wykrzykując, że jest na to zbyt słaba, że powinna leżeć w ciepłym łóżku, że powinno się przysłać do niej uzdrowiciela i przygotować gorącą kąpiel. Brwi Moiraine uniosły się, kobiety natychmiast zamknęły usta i pospiesznie pomogły jej usiąść. Gdy już siedziała, odprawiła je niecierpliwym gestem ręki.

— Chcę z tobą porozmawiać, lordzie Agelmar.

Agelmar skinął głową i Ingtar odesłał służących z izby. Władca Fal Dara spojrzał wyczekująco na pozostałych; zdaniem Randa najbardziej interesował go Loial i złota szkatuła.

— Dowiadujemy się — powiedziała Moiraine, gdy tylko drzwi zamknęły się za Ingtarem — że odniosłeś wielkie zwycięstwo w Wąwozie Tarwina.

— Tak — odparł Agelmar, a grymas zakłopotania powrócił. — Tak, Aes Sedai, i nie. Półludzie i trolloki zostali wybici co do jednego, my jednak prawie nie walczyliśmy. Cud, tak na to mówią moi ludzie. Ziemia ich połknęła, pogrzebały ich góry. Zostało tylko kilka draghkarów, tak przestraszonych, że potrafiły jedynie odlecieć na północ najszybciej, jak umiały.

— Rzeczywiście cud — powiedziała Moiraine. — I znowu nadeszła wiosna.

— Cud — powtórzył Agelmar, kręcąc głową — ale... Moiraine Sedai, moi ludzie mówią różne rzeczy o tym, co zdarzyło się w Wąwozie. Że sama Światłość przybrała cielesną postać i walczyła za nas, że sam Stwórca pojawił się w Wąwozie, by zadać cios Cieniowi. Ja jednak widziałem jakiegoś człowieka, Moiraine Sedai. Widziałem człowieka i to, co on robił, a robił rzeczy niemożliwe, niepojęte.

— Koło obraca się tak, jak chce, władco Fal Dara.

— Jest, jak mówisz, Moiraine Sedai.

— A Padan Fain? Czy nic z jego strony nie grozi? Muszę z nim porozmawiać, kiedy odpocznę.

— Jest uwięziony, tak jak przykazałaś, Aes Sedai, to skarży się strażnikom, to usiłuje im rozkazywać, ale... Pokój, Moiraine Sedai, jak wam poszło w Ugorze? Znalazłaś Zielonego Człowieka? W tym wyrastaniu nowych roślin widzę jego rękę.

— Znaleźliśmy go — odparła beznamiętnym głosem. — Zielony Człowiek nie żyje, lordzie Agelmar, a Oko Świata zniknęło. Ustaną wyprawy młodych ludzi poszukujących sławy.

Lord Fal Dara skrzywił się i zdezorientowany pokręcił głową.

— Nie żyje? Zielony Człowiek? On nie może... A zatem zostaliście pokonani? A te kwiaty i inne rośliny?

— Zwyciężyliśmy, lordzie Agelmar. Zwyciężyliśmy i uwolniona od zimy ziemia jest tego dowodem, obawiam się jednak, że ostatnia bitwa jeszcze nie została stoczona.

Rand poruszył się, lecz Aes Sedai obdarzyła go ostrym spojrzeniem, pod wpływem którego znieruchomiał.

— Ugór wciąż istnieje, a kuźnie Thakan'dar wciąż pracują pod Shayol Ghul. Zostało jeszcze wielu Półludzi i niezliczone rzesze trolloków. Niech ci się ani przez chwilę nie wydaje, że należy zaniechać czujności w Ziemiach Granicznych.

— Wcale tak nie myślałem, Aes Sedai — powiedział sztywno.

Moiraine dała znak Loialowi, by postawił złotą szkatułę u jej stóp, a kiedy to zrobił, otworzyła ją, odsłaniając róg.

— Róg Valere — powiedziała, a Agelmarowi zaparło dech. Rand miał wrażenie, że mężczyzna zaraz uklęknie.

— Skoro mamy Róg Valere, Moiraine Sedai, nieważne już, ilu Półludzi albo trolloków zostało. Gdy bohaterowie dawnych czasów powrócą z grobów, pomaszerujemy do Przeklętych Ziem i zrównamy Shayol Ghul z ziemią.

— NIE!

Agelmarowi szczęka opadła ze zdziwienia, lecz Moiraine mówiła dalej spokojnym głosem:

— Nie pokazałam ci tego, by cię zwodzić, lecz byś wiedział, że choćby nie wiadomo, jakie bitwy trzeba będzie jeszcze stoczyć, nasza moc dorównuje mocy Cienia. To nie jest jego miejsce. Róg musi zostać zawieziony do Illian. To właśnie tam będzie na nowo gromadził siły Światłości, gdyby pojawiła się groźba nowych bitew. Poproszę cię o eskortę złożoną z twych najlepszych ludzi, by dowieźli go bezpiecznie do Illian. Wciąż jeszcze żyją Sprzymierzeńcy Ciemności, jak również Półludzie i trolloki, a ci, którzy się zbliżą do rogu, pójdą za każdym, kto w niego zadmie. Róg musi dotrzeć do Illian.

— Będzie, jak chcesz, Aes Sedai.

Lecz kiedy wieko szkatuły zostało zamknięte, władca Fal Dara wyglądał jak człowiek, któremu nie dano zerknąć po raz ostatni na Światłość.

Siedem dni później dzwony w Fal Dara wciąż biły. Ludzie wracali z Fal Moran, przyłączając się w świętowaniu do żołnierzy. Z długiego balkonu, na którym stał Rand, słychać było, jak ich okrzyki i śpiewy mieszają się z łoskotem dzwonów. Balkon wychodził na prywatne ogrody Agelmara, zielone i kwitnące, lecz spojrzał na nie nie więcej niż raz. Mimo że słońce stało wysoko na niebie, wiosna w Shienar była chłodniejsza, niż przywykł, jednak na jego nagiej piersi i ramionach błyszczał pot. Wymachiwał bronią oznakowaną wizerunkiem czapli, czynił to precyzyjnymi ruchami, oddalonymi jednakże od pustki, w której się unosił. Jednak nawet zawieszony w niej, nie mógł przestać zastanawiać się, ile radości mieliby w mieście, gdyby wiedzieli o sztandarze trzymanym przez Moiraine wciąż w ukryciu.

— Nieźle, pasterzu. — Wsparty o balustradę, z rękoma założonymi na piersi, Strażnik przyglądał mu się krytycznie. — Dobrze ci idzie, tylko nie pchaj tak mocno. Nie zostaniesz mistrzem miecza w ciągu kilku tygodni.

Pustka zniknęła jak przekłuta bańka mydlana.

— Nie chcę być mistrzem miecza.

— To miecz mistrza, pasterzu.

— Chcę tylko, żeby mój ojciec był ze mnie dumny.

Zacisnął dłoń na twardej skórze rękojeści.

„Chcę tylko, żeby Tam był moim ojcem".

Wcisnął miecz do pochwy.

— A zresztą nie mam kilku tygodni.

— Więc nie zmieniłeś zdania?

— A ty byś to zrobił?

Wyraz twarzy Lana nie uległ zmianie, wydawało się, że płaskie rysy jego twarzy w ogóle nie mogą się zmieniać.

— Nie będziesz próbował mnie zatrzymać? Albo Moiraine Sedai?

— Możesz postępować zgodnie z nakazami swej woli, pasterzu, albo ze Splotem utkanym dla ciebie przez Koło. — Strażnik wyprostował się. — Zostawię cię teraz samego.

Rand odwrócił się, by odprowadzić wzrokiem Lana i zobaczył stojącą na uboczu Egwene.

— Dokąd chcesz się wybrać? — spytała cicho.

— Dokądś. Nie wiem.

Nie chciał spotkać jej wzroku, ale nie mógł przestać na nią patrzeć. We włosy, spływające na ramiona, miała wplecione czerwone róże. Przytrzymywała poły granatowego płaszcza, zgodnie z modą obowiązującą w Shienarze, ozdobionego na brzegu wąskim pasem wyhaftowanych białych kwiatów, które tworzyły prostą linię aż do samej szyi. Nie były bledsze od policzków, jej oczy wydawały się tak wielkie i ciemne.

— Daleko.

— Jestem pewna, że Moiraine Sedai się nie spodoba, że tak sobie po prostu wyjeżdżasz. Po tym... po tym, co zrobiłeś, zasługujesz na jakąś nagrodę.

— Moiraine nie wie, że ja jestem żywym człowiekiem. Zrobiłem, co chciała, i na tym koniec. Nawet ze mną nie rozmawia, kiedy do niej chodzę. Nie żebym próbował trzymać się blisko niej, ale ona mnie unika. Nie obejdzie jej, jeśli odejdę, a mnie nie obchodzi, czy wywrze to na niej jakiekolwiek wrażenie.

— Moiraine jeszcze nie całkiem wyzdrowiała, Rand. — Zawahała się. — Ja muszę jechać do Tar Valon, żeby się uczyć. Nynaeve też jedzie. Mat musi zostać uzdrowiony od tego, co go wiąże ze sztyletem, a Perrin chce zobaczyć Tar Valon, zanim odejdzie... nieważne. Mógłbyś jechać z nami.

— I czekać, aż jeszcze jakaś Aes Sedai, oprócz Moiraine, wykryje, kim jestem i mnie poskromi? — Mówił szorstkim głosem, nieomal szyderczym, ale nie potrafił się opanować. — Czy tego właśnie chcesz?

— Nie.

Wiedział, że nigdy nie będzie jej w stanie powiedzieć, jak bardzo był wdzięczny za to, że się nie wahała z odpowiedzią.

— Rand, ty się nie boisz... — Byli sami, lecz ona rozejrzała się dookoła i zniżyła głos: — Moiraine Sedai mówi, że ty nie musisz dotykać Prawdziwego Źródła. Jeśli nie będziesz dotykał *saidina*, jeśli nie będziesz próbował władać Mocą, to będziesz bezpieczny.

— Och, już nigdy go nie dotknę. Nawet gdybym musiał obciąć sobie rękę.

„A jeśli się nie powstrzymam? Nigdy nie próbowałem nim władać, nawet przy Oku. A jeśli nie będę mógł się powstrzymać?"

— Czy pojedziesz do domu, Rand? Twój ojciec na pewno umiera z chęci zobaczenia ciebie. Nawet ojciec Mata umiera już pewnie z takiej samej chęci. Ja wrócę do Pola Emonda w przyszłym roku. Przynajmniej na trochę.

Potarł dłonią rękojeść miecza, czując pod palcami czaplę. „Mój ojciec. Dom. Światłości, jakbym chciał zobaczyć..."

— Nie do domu.

„Do jakiegoś miejsca, gdzie nie będzie ludzi, których mógłbym zranić, jeśli nie uda mi się powstrzymać. Gdzieś, samotnie".

Nagle poczuł chłód, jakby wiejący od śniegu leżącego na balkonie.

— Wyjeżdżam, ale nie do domu.

„Egwene, Egwene, dlaczego musiałaś się stać jedną z tych...?"

Objął ją ramionami i wyszeptał w jej włosy:

— Nigdy nie wrócę do domu.

W prywatnym ogrodzie Agelmara, w altanie gęsto porośniętej białymi kwiatami, Moiraine ułożyła się wygodnie na łóżku z wysokim wezgłowiem. Na podołku miała ułożone kawałki pieczęci; mały kamyk, który czasami nosiła wpięty we włosy, połyskiwał na złotym łańcuszku trzymanym w końcach palców. Bladoniebieska łuna kamienia zbladła i łagodny uśmiech rozciągnął wargi Moiraine. Sam w sobie ten kamyk nie miał mocy, ale użyła go po raz pierwszy, kiedy uczyła się władać Jedyną Mocą, jeszcze jako mała dziewczynka w Królewskim Pałacu w Cairhien. Używała tego kamienia, by słuchać, o czym mówią ludzie, gdy im się wydaje, że są poza zasięgiem cudzych uszu.

— Przepowiednie spełnią się — szepnęła Aes Sedai. — Smok się odrodził.

GLOSARIUSZ

Kalendarz Tomański (sporządzony przez Tomę dur Ahmida) został przyjęty mniej więcej około dwóch stuleci po śmierci ostatniego mężczyzny Aes Sedai i rejestrował lata, które upłynęły Od Pęknięcia Świata (OP). Wiele zapisów uległo zniszczeniu podczas Wojen z Trollokami, z takim skutkiem, że pod ich koniec wybuchł spór o poszczególne daty liczone według starego systemu. Nowy kalendarz został opracowany przez Tiama z Gazar i uświetniając rzekome wyzwolenie spod zagrożenia ze strony trolloków, każdy odnotowany w nim rok określano jako Wolny Rok (WR). Kalendarz Gazarański zyskał powszechną akceptację po upływie dwudziestu lat od zakończenia Wojen. Artur Jastrzębie Skrzydło próbował wprowadzić nowy kalendarz datujący swój początek od ufundowania jego imperium (OZ, Od Założenia), jednakże obecnie jest on znany wyłącznie historykom i tylko oni z niego korzystają. Po tym, jak Wojna Stu Lat przyniosła z sobą ogólną destrukcję, śmierć i zniszczenia, pojawił się trzeci kalendarz, opracowany przez Urin din Jubai Szybującą Mewę, Uczoną Ludu Morza, i upowszechniony przez Farede, Panarch Tarabonu. Kalendarz Feredański, zapisujący Lata Nowej Ery (NE), liczone od arbitralnie przyjętego końca Wojny Stu Lat, jest obecnie w powszechnym użytku.

Adan, Heran (ay-DAN, HEH-ran): Gubernator Baerlon.

Aes Sedai (EYEZ seh-DEYE): Władający Jedyną Mocą. Od Czasu Szaleństwa jedynymi pozostałymi przy życiu Aes Sedai są kobiety. Budzące powszechną nieufność, strach, a nawet nienawiść, są przez wielu ludzi obwiniane za Pęknięcie Świata, uważa się powszechnie, iż mieszają się do polityki poszczególnych państw. Jednocześnie niewielu władców obywa się bez rad Aes Sedai, nawet w tych krajach, w których istnienie takich koneksji musi być utrzymywane w tajemnicy. Tytuł używany jako wyraz szacunku, na przykład: Sheriam Sedai, i jako wyraz najwyższego szacunku, na przykład Sheriam Aes Sedai. Patrz również: Ajah; Tron Amyrlin.

Agelmar, Lord Agelmar z dynastii Jagad (AGH-el-mar), (JAH-gad): Władca Fal Dara. Jego godłem są trzy rude lisy w biegu.

Aiel (eye-EEL): Lud żyjący w Pustkowiu Aiel. Waleczny i odważny. Zanim zabiją, osłaniają twarz, stąd powiedzenie: „zachowuje się jak zamaskowany Aiel", które odnosi się do człowieka postępującego gwałtownie. Wojownicy, którzy walczą na śmierć i życie, za pomocą broni albo nawet gołych rąk, nie dotykają jednak mieczy. Przed bitwą ich dudziarze grają im taneczne melodie, Aielowie nazywają bitwę „Tańcem".

Ajah (AH-jah): Społeczności Aes Sedai, do których należą wszystkie Aes Sedai. Swoje nazwy biorą od poszczególnych barw: Błękitne Ajah, Czerwone Ajah, Białe Ajah, Zielone Ajah, Brązowe Ajah, Żółte Ajah i Szare Ajah. Wszystkie wyznają odrębne filozofie korzystania z Jedynej Mocy i celu, jakim służą Aes Sedai. Na przykład Czerwone Ajah całą swoją energię koncentrują na wyszukiwaniu i poskramianiu mężczyzn, którzy próbują władać Mocą. Brązowe Ajah, dla odmiany, odmawiają zaangażowania w świecie i poświęcają się poszukiwaniu wiedzy. Krążą pogłoski (zawzięcie dementowane i nigdy nie wspominane otwarcie w obecności jakiejkolwiek Aes Sedai), że Czarne Ajah poświęciły się służbie dla Czarnego.

Aldieb (ahl-DEEB): W Dawnej Mowie „Zachodni Wiatr", wiatr, który przynosi wiosenne deszcze.

Al Ellisande! (ahlehl-lih-SAHN-dah): W Dawnej Mowie „Za Różę Słońca!".

al'Meara, Nynaeve (ahl-MEER-ah, NIGH-neev): Wiedząca z Pola Emonda.

al'Thor, Rand (ahl-THOR, RAND): Młody farmer i pasterz z Dwu Rzek.

al'Vere, Egwene (ahl-VEER, eh-GWAIN): Najmłodsza córka karczmarza z Pola Emonda.

Andor (AN-door): Królestwo, którego częścią są Dwie Rzeki. Godłem Andoru jest stojący lew na czerwonym tle.

angreal (ahn-gree-AHL): Niezwykle rzadki przedmiot, dzięki któremu każdy, kto jest zdolny do korzystania z Jedynej Mocy, może bezpiecznie zaczerpnąć większą jej ilość, niż to jest możliwe bez wspomagania. Pozostałość po Wieku Legend, sposób jej wytwarzania nie jest już znany. Patrz również: *sa'angreal*.

Arafel (Ah-rah-fehl): Kraj należący do Ziem Granicznych. Godłem Arafel są trzy białe róże na czerwonym tle oraz trzy czerwone róże na białym tle, umieszczone w czwartej części tarczy.

Aram (AY-ram): Młodzieniec z ludu Tuatha'nów.

Avendesora (Ah-vehn-deh-SO-rah): W Dawnej Mowie Drzewo Życia. Wymieniane w wielu opowieściach i legendach.

Aybara, Perrin (ay-BAHR-ah, PEHR-rihn): Młody czeladnik kowalski z Pola Emonda.

Ba'alzamon (bah-AHL-zah-mon): W mowie trolloków: „Serce Ciemności". Uważa się, że trolloki tak właśnie nazywają Czarnego.

Baerlon (BAYR-lon): Miasto w Andorze, położone przy drodze łączącej Caemlyn z kopalniami w Górach Mgły.

bard: Wędrowny gawędziarz, muzyk, żongler, akrobata i wszechstronny artysta. Rozpoznawani dzięki swym tradycyjnym płaszczom uszytym z kolorowych łatek, bardowie dają swe przedstawienia głównie po wsiach i mniejszych miejscowościach, jako że w większych miastach dostępne są inne rozrywki.

Barran, Doral (BAHR-rahn, DOOR-ahl): Poprzedzająca Nynaeve al'Meara Wiedząca z Pola Emonda.

Bel Tine (BEHL TINE): Wiosenne święto w Dwu Rzekach.

Bezoki: Patrz: Myrddraal.

Błękitne Ajah: Patrz: Ajah.

Bornhald, Dain (BOHRN-hahld, DAY-ihn): Oficer Synów Światłości, syn Lorda Generała Geoframa Bornhalda.

Bornhald, Geofram (BOHRN-hahld, JEHF-rahm): Lord Generał Synów Światłości.

Bryne, Gareth (BRIHN, GAH-rehth): Generał Gwardii Królewskiej w Andorze. Służy także jako Pierwszy Książę Miecza Królowej Morgase. Jego godłem są trzy złote, pięcioramienne gwiazdy.

Byar, Jaret (BY-ahr, JAH-ret): Oficer Synów Światłości.

Caemlyn (KAYM-lihn): Stolica Andoru.

Cairhien (KEYE-ree-EHN): Nazwa kraju położonego przy Grzbiecie

Świata i jednocześnie nazwa jego stolicy. Miasto zostało spalone i złupione podczas Wojny z Aielami (976–978 NE). Godłem Cairhien jest złote słońce o licznych promieniach, wschodzące na samym dole tła, którym jest niebo.

Carai an Caldazar! (cah-REYE ahn cahl-dah-ZAHR): W Dawnej Mowie „Za honor Czerwonego Orła!" Starożytny okrzyk bitewny Manetheren.

Carai an Ellisande!: W Dawnej Mowie „Za honor Róży Słońca!". Okrzyk bitewny ostatniego króla Manetheren.

Cauthon Matrim (Mat) (CAW-thon, MAT): Młody farmer z Dwu Rzek.

Charin, Jain (CHAH-rihn, JAY-ihn): Patrz: Długi Krok, Jain.

cuendillar: Patrz: prakamień.

Czarne Ajah: Patrz: Ajah.

Czarny: Powszechnie używane we wszystkich krajach imię Shai'tana: źródło zła, antyteza Stwórcy. Uwięziony przez Stwórcę w momencie Stworzenia w więzieniu Shayol Ghul. Próba uwolnienia go z tego więzienia wywołała Wojnę o Cień, skażenie *saidina*, Pęknięcie Świata i koniec Wieku Legend.

Czas Szaleństwa: Patrz: Pęknięcie Świata.

Czerwone Ajah: Patrz: Ajah.

Człowiek Cień: Patrz: Myrddraal.

Damodred, Książę Taringail (DAHN-oh-drehd, TAH-rihn-gail): Książę, członek rodziny królewskiej panującej w Cairhien, poślubił Tigraine i spłodził syna Galadredida. Po zniknięciu Tigraine i uznaniu jej za zmarłą, poślubił Morgase i spłodził Elayne i Gawyna. Zniknął w tajemniczych okolicznościach i od tego czasu jest uznawany za zmarłego. Jego godłem był złoty topór wojenny o dwu ostrzach.

Damodred, Lord Galadedrid (DAHN-oh-drehd, gah-LAHD-eh-drihd): Jedyny syn Taringaila Damodreda i Tigraine, przyrodni brat Elayne i Gawyna. Jego godłem jest zakrzywiony srebrny miecz, skierowany ostrzem w dół.

Dha-vol, Dhai'mon (DAH-vohl, DEYE-mon): Patrz: trolloki.

Djevik K'Shar (DJEH-vihk KEH-SHAHR): W języku trolloków „Umierający ląd". Nazwa przyjęta przez trolloków dla Pustkowia Aiel.

Długi Krok, Jain (Jay-ihn): Bohater rodem z północy, który podróżował do wielu krajów i przeżył wiele przygód; autor kilku książek, opisany także w książkach i opowieściach. Zniknął w 994 NE po powrocie z wyprawy do Wielkiego Ugoru, która, jak twierdzą niektórzy, zawiodła go aż do samego Shayol Ghul.

Domon, Bayle (DOH-mon, BAIL): Kapitan „Spray".

Drugie Przymierze: Patrz: Przymierze Dziesięciu Narodów.

Druciarze: Patrz: Tuatha'an.

Dziedziczka Tronu: Tytuł nadawany spadkobierczyni tronu Andoru. Najstarsza córka królowej dziedziczy po niej prawo do zasiadania na tronie. Jeżeli nie ma żadnej córki, wówczas sukcesja przechodzi na najbliższą krewną królowej.

Easar, Król Easar z Dynastii Togita (EE-zar, toh-GHEE-tah): Król Shienaru. Jego godłem jest biały jeleń, zgodnie z obyczajem przyjętym w Shienarze jest on także godłem tego kraju wraz z godłem Czarnego Jastrzębia.

Elaida (eh-Ly-da): Aes Sedai, doradczyni Morgase, Królowej Andoru.

Elayne (ee-LAIN): Córka Królowej Morgase, Dziedziczka Tronu Andoru. Jej godłem jest złota lilia.

Else; Else Grinwell (EHLZ GRIHN-wehl): Córka farmera poznana po drodze do Caemlyn.

Fain, Padan (FAIN, PAHD-ahn): Handlarz, który pojawia się w Polu Emonda tuż przed Zimową Nocą.

Fałszywy Smok: Co pewien czas jakiś mężczyzna twierdzi, że jest Smokiem Odrodzonym i czasami uzyskuje dostateczne poparcie, w związku z czym trzeba zbierać armię, która go pokona. Kilka takich postaci było powodem wybuchu wojen, wciągających wiele narodów. Przez całe stulecia większość nie potrafiła korzystać z Jedynej Mocy, niemniej jednak niektórzy rzeczywiście byli w stanie to osiągnąć. Wszyscy albo znikali, albo brano ich do niewoli i zabijano, zanim spełnili którekolwiek z Proroctw dotyczących Odrodzenia Smoka. Takich mężczyzn nazywa się fałszywymi Smokami. Patrz również: Smok Odrodzony.

Far Dareis Mai (FAHR DAH-rize MY): Dosłownie „Panny Włóczni". Jedna z licznych społeczności wojowników Aiel; w odróżnieniu od innych, przyjmuje w swe szeregi tylko i wyłącznie kobiety. Żadna Panna nie może wyjść za mąż i pozostać członkinią społeczności, nie może także walczyć, jeśli spodziewa się dziecka. Każde dziecko urodzone przez Pannę jest oddawane na wychowanie innej kobiecie, w taki sposób, by nikt się nie dowiedział, kim była matka dziecka. („Nie będziesz należała do żadnego mężczyzny ani żaden mężczyzna nie może należeć do ciebie. Włócznia jest twym kochankiem, twym dzieckiem i twym życiem"). Takich dzieci strzeżono jak skarbu, bowiem zostało przepowiedziane, że dziecko zrodzone z Panny zjednoczy klany i przywróci Aielowi wielkość, jaką ten kraj się szczycił podczas Wieku Legend.

Galad (gah-LAHD): Patrz: Damodred, lord Galadedrid.

Gawyn (GAH-wihn): Syn Królowej Morgase, brat Elayne, który zostanie Pierwszym Księciem Miecza, kiedy Elayne wstąpi na tron. Jego godłem jest biały dzik.

Grzbiet Świata: Wysokie pasmo górskie z bardzo niewielką liczbą przełęczy, które dzieli Pustkowie Aiel od ziem położonych na zachodzie.

Illian (IHL-lee-ahn): Wielkie miasto portowe położone nad Morzem Burz, stolica kraju o tej samej nazwie. Godłem Illian jest dziewięć złotych pszczół na ciemnozielonym tle.

Ingtar, lord Ingtar z Dynastii Shinowa (IHNG-tahr, shih-NOH-wah): Wojownik rodem z Shienaru, poznany w Fal Dara.

Jastrzębie Skrzydło, Artur: Legendarny król, który zjednoczył wszystkie ziemie na zachód od Grzbietu Świata, a także niektóre krainy położone za Pustkowiem Aiel. Wysłał nawet wojska za Ocean Aryth, jednakże po jego śmierci utracono z nimi wszelki kontakt, co wywołało Wojnę Stu Lat. Jego godłem był złoty jastrząb w locie. Patrz również: Wojna Stu Lat.

Jedyna Moc: Moc przenoszona z Prawdziwego Źródła. Przeważająca większość ludzi jest całkowicie niezdolna do przenoszenia Jedynej Mocy. Niewielu z nich można nauczyć przenoszenia jej, a zupełnie nie znacząca liczba ma tę zdolność wrodzoną. Tych nielicznych nie trzeba uczyć, dotykają Prawdziwego Źródła i przenoszą Moc, czy tego chcą czy nie, być może nawet sobie nie uświadamiając, co robią. Ta wrodzona zdolność objawia się zazwyczaj pod koniec okresu dojrzewania lub tuż po osiągnięciu dojrzałości. Jeżeli taki człowiek nie zostanie nauczony kontroli albo uczy się sam (co jest nadzwyczaj trudne, sukces osiąga jedynie jedna na cztery osoby), jego śmierć jest pewna. Od Czasu Szaleństwa żaden mężczyzna nie potrafił przenosić Mocy i nie popaść w rezultacie w straszliwy obłęd, a następnie, nawet jeśli nabył odrobinę umiejętności kontrolowania, to umierał na wyniszczającą chorobę, która powoduje, że cierpiący na nią gnije za życia — chorobę, podobnie jak obłęd, powodowała skaza, jaką Czarny dotknął *saidina*. W przypadku kobiet śmierć, która następuje z powodu braku panowania nad Mocą, jest mniej straszna, jednakże jest równie nieunikniona. Aes Sedai wyszukują dziewcząt z wrodzonymi umiejętnościami, by ratować im życie, a także by powiększać zastępy Aes Sedai, wyszukują także mężczyzn, chcąc nie dopuścić do wszystkich tych straszliwych czynów, jakich oni w swoim obłędzie dopuszczają się dzięki Mocy. Patrz także: Korzystać z Jedynej Mocy, Czas Szaleństwa, Prawdziwe Źródło.

Kandor (KAHN-dohr): Jedno z państw należących do Ziem Granicznych. Godłem Kandoru jest wierzgający gniady koń na jasnozielonym tle.

Kinch, Hyam (KIHNCH, HY-ahm): Farmer poznany przy drodze do Caemlyn.

Ko'bal (KOH-bahl): Patrz: trolloki.

Koło Kobiet: Grupa Kobiet wybierana przez mieszkanki danej wioski, odpowiedzialna za decyzje w sprawach za które, w powszechnym mniemaniu, odpowiadają wyłącznie kobiety (np. kiedy powinno się siać, a kiedy zbierać plony). Dzieli władzę na równi z Radą Wioski, wedle wyraźnie określonych podziałów i zakresów odpowiedzialności. Często wchodzi w spory z Radą Wioski. Patrz również: Rada Wioski.

Koronka Wieku: Patrz: Wzór Wieku.

Lan, al'Lan Mandragoran (AHL-LAN man-DRAG-or-an): Wojownik rodem z północy; towarzysz Moiraine.

Liga: Miara odległości równa czterem milom. Patrz również: mila.

Luc; lord Luc z Dynastii Mantear (LUKE, MAN-tee-ahr): Brat Tigraine, który miał zostać Pierwszym Księciem Miecza po jej wstąpieniu na tron. Uważa się, że jego zniknięcie w Wielkim Ugorze jest w jakiś sposób związane z późniejszym zniknięciem Tigraine. Jego godłem był żołądź.

Lud Morza: Mieszkańcy wysp położonych na Oceanie Aryth (AH-rihth) i Morzu Burz, spędzają niewiele czasu na tych wyspach, żyjąc przede wszystkim na statkach. Główna część handlu morskiego jest uprawiana za pomocą statków Ludu Morza.

Łza: Wielki port nad Morzem Burz. Godłem Łzy są trzy białe półksiężyce na czerwono-złotym tle.

Machera, Elyas (mah-CHEER-ah, EE-ly-ahs): Człowiek, którego Perrin i Egwene spotkali w lesie.

Mahdi (MAH-dee): W Dawnej Mowie „Poszukujący". Tytuł przywódcy karawany Tuatha'anów.

Malker (mahl-KEER): Kraina, niegdyś należąca do Ziem Granicznych, obecnie wchłonięta przez Ugór. Godłem Malker był złoty żuraw w locie.

Mandarb (MAHN-dahrb): W Dawnej Mowie „Ostrze".

Manetheren (mahn-EHTH-ehr-ehn): Jeden z Dziesięciu Krajów, które utworzyły Drugie Przymierze, a także stolica tego kraju. Zarówno miasto, jak i kraj zostały całkowicie zniszczone podczas Wojen z Trollokami.

Maradon (MAH-rah-don): Stolica Saldaei.

Merrilin, Thom (MER-rih-lihn, TOM): Bard, który przybywa do Pola Emonda, aby wystąpić podczas święta Bel Tine.

mila: Miara odległości równa tysiącu piędzi. Cztery mile tworzą jedną ligę. Patrz również: piędź.

Min (MIN): Młoda kobieta napotkana w karczmie „Jeleń i Lew" w Baerlon.

Moiraine (mwah-rain): Gość w Polu Emonda, który przybywa tam tuż przed Zimową Nocą.

Morgase (moor-GAYZ): Z Łaski Światłości Królowa Andoru, Dziedziczka Dynastii Trakand (TRAHK-ahnd). Jej godłem są trzy złote klucze. Godłem Dynastii Trakand jest srebrny zwornik.

Myrddraal (MUHRD-draal): Twór Czarnego, dowódca trolloków. Pomiot trolloków, w którym ujawniły się cechy ludzkiej rasy, użyte do stworzenia trolloków, lecz skażone przez zło, dzięki którym powstały trolloki. Fizycznie przypomina człowieka, tyle że nie posiada oczu, ma jednak sokoli wzrok zarówno przy świetle jak i w mroku. Dysponuje pewnymi mocami wywodzącymi się od Czarnego, między innymi zdolnością do paraliżowania samym swoim widokiem i umiejętnością znikania wszędzie tam, gdzie jest cień. Jedną z jego nielicznych, poznanych słabości jest niechęć do zanurzania się w płynącej wodzie. W różnych krajach nadano mu różne przydomki, między innymi Półczłowiek, Bezoki, Zaczajony, Człowiek Cień i Pomor.

Ojciec Kłamstw: Patrz: Czarny.

Pasterz Nocy: Patrz: Czarny.

Pęknięcie Świata: Kiedy Lews Therin Telamon i Stu Towarzyszy zdjęło pieczęcie zabezpieczające więzienie Czarnego, przeciwuderzenie Cienia skaziło *saidina*. W rezultacie wszyscy mężczyźni Aes Sedai popadli w straszliwy obłęd. Wiedzeni szaleństwem, ci, którzy potrafili władać Jedyną Mocą w stopniu obecnie nie znanym, zmienili oblicze ziemi. Spowodowali wielkie trzęsienia, zrównanie górskich łańcuchów, wypiętrzenie nowych gór, powstanie suchych lądów w miejscach, gdzie przedtem były morza, zalanie przez morza dawnych lądów. Wiele części świata uległo całkowitemu wyludnieniu, a ocalali rozproszyli się jak pył na wietrze. O tych zniszczeniach wspomina się w opowieściach, legendach i historii jako o Pęknięciu Świata. Patrz również: Stu Towarzyszy.

Pierwszy Książę Miecza: Tytuł, który zazwyczaj piastuje najstarszy brat królowej Andoru, którego od dzieciństwa szkoli się na dowódcę wojsk królowej w czasie wojny i jej doradcę w czasie pokoju. Jeśli królowa nie ma żadnego brata, nadaje ten tytuł komuś innemu.

Pięć Mocy: Od Jedynej Mocy ciągną się wątki i każda osoba, która potrafi korzystać z Jedynej Mocy, może chwytać niektóre wątki lepiej niż inni. Wątki te mają swoje nazwy pochodzące od tego, co można z nimi zrobić — Ziemia, Powietrze, Ogień, Woda i Duch — i nazywa się je Pięcioma Mocami. Każdy władający Jedyną Mocą nabywa więcej siły dzięki używaniu jednej bądź dwóch z nich, a dzięki innym ową siłę traci. Nieliczni dysponują wielką siłą dzięki użyciu trzech mocy, niemniej jednak od Wieku Legend nikt nie zdobył wielkiej siły dzięki wszystkim pięciu. Nawet wtedy były to niezmiernie rzadkie przypadki. Zasięg tej siły jest różny w zależności od danej osoby, tak więc ci, którzy potrafią z niej korzystać, bywają znacznie silniejsi od innych. Wykonywanie pewnych czynów przy użyciu Jedynej Mocy wymaga zdolności władania jedną lub więcej z Pięciu Mocy. Na przykład rozpalanie lub władanie ogniem wymaga Ognia, a wywieranie wpływu na pogodę wymaga Powietrza i Wody, z kolei Uzdrawianie potrzebuje Wody i Ducha. O ile Ducha wykrywano zarówno u mężczyzn jak i u kobiet, wielkie zdolności w odniesieniu do Ziemi i/lub Ognia wykrywano częściej u mężczyzn, a w odniesieniu do Wody i/lub Powietrza u kobiet. Zdarzają się wyjątki, często jednak uważano Ziemię i Ogień za Moce męskie, natomiast Powietrze i Wodę za żeńskie. Zasadniczo nie uważa się, by któraś z tych zdolności była silniejsza od pozostałych, mimo że Aes Sedai znają powiedzenie: „Nie ma takiej skały, której woda i wiatr naruszyć nie mogą, nie ma ognia tak dzikiego, by woda nie mogła go ugasić albo wiatr zdmuchnąć". Warto zauważyć, że tego powiedzenia zaczęto używać na długo potem, jak umarł ostatni Aes Sedai. Podobne powiedzenia używane przez Aes Sedai mężczyzn zaginęły dawno temu.

piędź: Miara odległości równa dwóm krokom. Tysiąc piędzi tworzy milę.

Płomień Tar Valon: Symbol Tar Valon i Aes Sedai. Stylizowany wizerunek ognia, biała łza ustawiona czubkiem do góry.

Pomor: Patrz: Myrddraal.

Poskramianie: Uprawiany przez Aes Sedai akt unieszkodliwiania mężczyzny, który potrafi korzystać z Jedynej Mocy. Jest on niezbędny, ponieważ każdy mężczyzna, który nauczy się to robić, popada w obłęd pod wpływem skazy na *saidinie* i w swoim szaleństwie nieuchronnie będzie dokonywał straszliwych rzeczy z Mocą. Mężczyzna, który został poskromiony, nadal może wyczuwać Prawdziwe Źródło, jednak nie może go dotykać. Wszelkie oznaki szaleństwa, które dają się zauważyć przed poskromieniem, zostają powstrzymane przez akt poskramiania, mimo że samo szaleństwo nie zostaje uleczone, jednak jeśli wykona się ten akt dostatecznie szybko, można zapobiec śmierci.

Półczłowiek: Patrz: Myrddraal.

prakamień: Niezniszczalna substancja stworzona podczas Wieku Legend. Wszelka znana energia użyta w próbie jego rozbicia zostaje wchłonięta, sprawiając, że prakamień staje się jeszcze mocniejszy.

Prawdziwe Źródło: Siła napędzająca świat, która obraca Kołem Czasu. Jest podzielona na męską połowę (*saidin*) i żeńską połowę (*saidar*), które jednocześnie pracują razem i przeciwko sobie. Jedynie mężczyzna może czerpać moc z *saidina*, tylko kobieta z *saidara*. Na początku Czasu Szaleństwa *saidin* został skażony przez dotknięcie Czarnego. Patrz również: Jedyna Moc.

Przeklęci: Przydomek nadany trzynastu najpotężniejszym Aes Sedai, jakich kiedykolwiek znano, którzy przeszli na stronę Czarnego podczas Wojny z Cieniem w zamian za obietnicę nieśmiertelności. Zgodnie z legendą, a także szczątkowymi zapisami, zostali uwięzieni razem z Czarnym, kiedy na mury jego więzienia ponownie nałożono pieczęcie. Wciąż wykorzystuje się ich imiona do straszenia dzieci.

Przeklęte Ziemie: Bezludne tereny otaczające Shayol Ghul, za Wielkim Ugorem.

Przenosić Jedyną Moc to kontrolować przepływ Jedynej Mocy. Występuje również jako rzeczownik (przenoszenie), czyli akt kontrolowania przepływu Jedynej Mocy. Patrz również: Jedyna Moc.

Przymierze Dziesięciu Narodów: Unia powstała po Pęknięciu Świata (około 200 OP) w celu pokonania Czarnego. Przymierze rozpadło się po Wojnach z Trollokami.

Pustkowie Aiel: Dzika, nierówna i zupełnie pozbawiona wody kraina na wschód od Grzbietu Świata. Niewielu ludzi z zewnątrz odważa się zapuszczać w głąb Pustkowia, nie tylko dlatego, że ktoś, kto się tam nie urodził, nie jest w stanie znaleźć wody, lecz również dlatego, że Aielowie uważają, iż prowadzą wojnę z innymi narodami i niechętnie witają obcych.

Rada Wioski: W większości wiosek wybrana przez miejscową ludność grupa ludzi, na czele której stoi Burmistrz, odpowiedzialna za podejmowanie decyzji odnośnie całej wioski oraz prowadzenie negocjacji z Radami innych wiosek odnośnie kwestii wspólnie ich dotyczących. Wiodą bezustanny spór z Kołem Kobiet w tylu wsiach, że konflikt ów jest uważany już nieomal za tradycję. Patrz również: Koło Kobiet.

Róg Valere (vah-LEER): Legendarny cel Wielkiego Polowania Na Róg. Uważa się, iż przy jego pomocy można wezwać z grobu legendarnych bohaterów, aby walczyli z Cieniem.

sa'angreal (SAH-ahn-GREE-ahl): Nadzwyczaj rzadki przedmiot, który pozwala posiadającej go osobie korzystać ze znacznie większej ilości Jedynej Mocy niż to w innym przypadku możliwe albo bezpieczne. *Sa-angreal* jest podobny, lecz znacznie potężniejszy od *angreala*. Pozostałość po Wieku Legend, sposób jego tworzenia nie jest już znany.

saidar*, *saidin (sah-ih-DAHR, sah-ih-DEEN): Patrz Prawdziwe Źródło.

Saldaea (sahl-DAY-ee-ah): Jeden z krajów należących do Ziem Granicznych. Godłem Saldaei są trzy srebrne ryby na granatowym tle.

Shadar Logoth (SHAH-dahr LOH-goth): W Dawnej Mowie „Miejsce, w którym czyha Cień". Miasto opuszczone i omijane przez ludzi od czasu Wojen z Trollokami. Zwane także „Czyhaniem Cienia".

Shai'tan (SHAY-ih-TAN): Patrz: Czarny.

Shayol Ghul (SHAY-ol GHOOL): Góra w Ziemiach Przeklętych, teren więzienia Czarnego.

Sheriam (SHEER-ee-ahm): Aes Sedai należąca do Błękitnych Ajah.

Shienar (shy-NAHR): Kraj należący do Ziem Granicznych. Godłem Shienaru jest atakujący czarny jastrząb.

shoufa (SHOO-fah): Część ubioru noszona przez Aielów, tkanina, zazwyczaj koloru piasku lub skały, którą owija się głowę i szyję, pozostawiając jedynie odsłoniętą twarz.

Smoczy Kieł: Stylizowany znak, zazwyczaj czarny, w kształcie łzy ustawionej na czubku. Narysowany na drzwiach lub ścianie domu stanowi oskarżenie przebywających w środku ludzi o czynienie zła.

Smok: Przydomek, pod jakim Lews Therin Telamon był znany podczas Wojny z Cieniem. Kierowany obłędem, jaki owładnął wszystkimi mężczyznami Aes Sedai, Lews Therin zabił wszystkich, w żyłach których płynęła choć kropla jego krwi, a także wszystkich, których kochał, zyskując sobie w ten sposób miano Zabójcy Rodu. Obecnie używa się powiedzenia „opętany przez Smoka" albo „opanowany przez Smoka" względem osoby, która zagraża ludziom z jej otoczenia lub która im grozi, szczególnie jeśli nie ma ku temu żadnych powodów. Patrz również: Smok Odrodzony.

Smok Odrodzony: Zgodnie z przepowiednią i legendą Smok narodzi się ponownie w godzinie największej potrzeby ludzkości, by zbawić świat. Ludzie bynajmniej nie oczekują tego z utęsknieniem, jako że przepowiednie mówią, iż Smok Odrodzony wywoła nowe Pęknięcie Świata i dlatego że Lews Therin Zabójca Rodu, Smok, to imię, na dźwięk którego każdy się wzdraga, mimo że upłynęły już trzy tysiące lat od jego śmierci. Patrz również: Smok, Fałszywy Smok.

Splot Przeznaczenia: wielka zmiana we Wzorze Wieku, skoncentrowana wokół jednej lub kilku osób, które są *ta'veren*.

Sprzymierzeńcy Ciemności: Wyznawcy Czarnego, którzy wierzą, że zdobędą wielką władzę i nagrody po tym, jak on zdoła uwolnić się ze swego więzienia.

stedding (STEHD-ding): Ojczyzna ogirów (OH-geer). Wiele *stedding* zostało porzuconych po Pęknięciu Świata. W opowieściach i legendach opisuje się je jako bezpieczne przystanie, i nie bez racji. W jakiś sposób, obecnie już nie pojmowany, są zabezpieczone, dzięki czemu żadna Aes Sedai nie potrafi w nich korzystać z Jedynej Mocy ani nawet wyczuwać istnienia Prawdziwego Źródła. Próby władania Jedyną Mocą z zewnątrz *stedding* nie przyniosły żadnych efektów wewnątrz granic *stedding*. Żaden trollok nie wejdzie do *stedding*, chyba że zostanie tam zapędzony, nawet Myrddraal zrobi to tylko pod wpływem najwyższej potrzeby, a i wtedy z niechęcią i obrzydzeniem. Nawet Sprzymierzeńcy Światłości, jeśli są naprawdę oddani, czują się nieswojo w *stedding*.

Synowie Światłości: Społeczność wyznająca surowe, ascetyczne reguły, powstała w celu pokonania Czarnego i zniszczenia wszystkich Sprzymierzeńców Ciemności. Założony podczas Wojny Stu Lat przez Lothaira Mantelara (LOH-thayr MAHN-tee-LAHR) w celu nawracania rosnących rzesz Sprzymierzeńców Ciemności, przekształciła się podczas wojny w organizację całkowicie militarną, nadzwyczaj sztywno trzymającą się swych reguł, zrzeszającą ludzi całkowicie przekonanych, że tylko oni znają prawdę i prawo. Nienawidzą Aes Sedai, uważając je i wszystkich, którzy je popierają albo się z nimi przyjaźnią, za Sprzymierzeńców Ciemności. Pogardliwie nazywa się ich Białymi Płaszczami, ich godłem jest promieniste słońce na białym tle.

Śledczy: Społeczność należąca do Synów Światłości. Celami, na które składają przysięgę, jest odkrywanie prawdy na drodze dysput i demaskowanie Sprzymierzeńców Ciemności. W poszukiwaniu prawdy i Światłości, w należyty ich zdaniem sposób, są jeszcze bardziej gorliwi niż pozostali Synowie Światłości. Ich normalną metodą prowadzenia śledztwa jest zadawanie tortur, zazwyczaj z góry znają prawdę i potrzebują tylko zmusić swoją ofiarę do jej wyznania. Śledczy nazywają samych siebie Ręką Światłości i czasami zachowują się tak, jakby działali całkowicie niezależnie od Synów Światłości i Rady Pomazańców, która przewodzi Synom. Przywódcą Śledczych jest Czcigodny Inkwizytor, który zasiada w Radzie Pomazańców.

Tallanvor, Martyn (TAHL-ahn-vohr, mahr-TEEN): Porucznik Gwardii Królewskiej, poznany w Caemlyn.

ta'maral'ailen (tah-MAHR-ahl-EYE-lehn): W Dawnej Mowie „Splot Przeznaczenia".

Tanreall, Artur Paendrag (tahn-REE-ahl, AHR-tuhr PAY-ehn-DRAG): Patrz: Jastrzębie Skrzydło, Artur.

taran: Podstawowa formacja wojskowa trolloków, o nieokreślonej liczebności, zazwyczaj więcej niż sto, lecz nigdy więcej niż dwieście. Taranem przeważnie, lecz nie zawsze, dowodzi Myrddraal.

Tar Valon (TAHR VAH-lon): Miasto położone na wyspie na rzece Erinin. Centrum władzy Aes Sedai i siedziba Tronu Amyrlin.

ta'veren (tah-VEER-ehn): Osoba, wokół której Koło Czasu oplata wątki losów otaczających ją ludzi, a może nawet wątki losów wszystkich ludzi, tworząc w ten sposób Splot Przeznaczenia. Patrz również: Wzór Wieku.

Telamon, Lews Therin (TEHL-ah-mon, LOOZ THEH-rihn): Patrz: Smok.

Thakan'dar (thah-kahn-DAHR): Wiecznie spowita w mgłę dolina położona pod zboczami Shayol Ghul.

Tigraine (tee-GRAIN): Jako Dziedziczka Tronu Andor poślubiła Taringaila Damodreda i urodziła mu syna Galadedrida. Jej zniknięcie w 972 NE, krótko po tym, jak jej brat Luc zaginął w Ugorze, wywołało w Andorze zbrojny spór zwany Sukcesją i stanowiło przyczynę wydarzeń w Cairhien, które ostatecznie wywołały Wojnę z Aielami. Jej godłem była kobieca dłoń ściskająca kolczastą gałązkę krzewu różanego kwitnącego na biało.

Trolloki (TRAHL-lohks): Istoty stworzone przez Czarnego podczas Wojny o Cień. Potężnego wzrostu, nadzwyczaj podstępne, stanowią skrzyżowanie zwierząt z rasą ludzką i zabijają dla czystej przyjemności. Przebiegłe, zakłamane i zdradzieckie, nieufne tylko wobec tych, których się boją. Są żarłoczne i jedzą wszelkie gatunki mięsa, łącznie z ludzkim oraz mięsem innych trolloków. Głównie pochodzenia ludzkiego, są także w stanie krzyżować się z ludźmi, jednakże wówczas potomstwo rodzi się zazwyczaj martwe lub nie jest w stanie przeżyć dłużej. Dzielą się na podobne do plemion bandy, główne to: Ahf'frait, Al'ghol, Bhan'sheen, Dha'vol, Dhai'mon, Dhjin'nen, Ghar'ghael, Ghob'hlin, Gho'hlem, Ghraem'lan, Ko'bal i Kno'mon.

Tron Amyrlin (AHM-ehr-lin): (1) tytuł przywódczyni Aes Sedai. Przyznawany dożywotnio przez Komnatę Wieży, najwyższą Radę Aes Sedai, w skład której wchodzą po trzy przedstawicielki wszystkich siedmiu Ajah. Tron Amyrlin dzierży, przynajmniej w teorii, nieomal nadrzędną władzę nad wszystkimi Aes Sedai. Rangą dorównuje tytułowi królewskiemu. (2) tron, na którym zasiada przywódczyni Aes Sedai.

Tuatha'an (too-AH-thah-AHN): Wędrowny lud, znany również jako Druciarze i Lud Wędrowców, który mieszka w jaskrawo pomalowanych wozach i wyznaje pacyfistyczną filozofię, zwaną Drogą Liścia. Rzeczy naprawione przez Druciarzy są często lepsze od nowych, niemniej jednak wiele wiosek wystrzega się Tuatha'anów, ponieważ mówi się, że kradną dzieci i próbują nawracać młodych ludzi na swoją wiarę.

Ugór: Patrz: Wielki Ugór.

Wiek Legend: Wiek zakończony Wojną o Cień i Pęknięciem Świata. Czasy, w których Aes Sedai czyniły cuda, o jakich dzisiaj nikomu nawet się nie śni. Patrz również Koło Czasu.

Wielki Ugór: Obszar położony na dalekiej północy, całkowicie zniszczony przez Czarnego. Kryjówka trolloków, Myrddraali i innych stworzeń Czarnego.

Wielki Wąż: Symbol czasu i wieczności, starszy niż początek Wieku Legend, przedstawiający węża pożerającego własny ogon.

Wielki Władca Ciemności: Przydomek, którego Sprzymierzeńcy używają mówiąc o Czarnym, twierdząc, że używanie jego prawdziwego imienia byłoby bluźnierstwem.

Wielki Wzór: Koło Czasu tka Wzory Wieków w postaci Wielkiego Wzoru, który stanowi całość istnienia rzeczywistości, przeszłości, teraźniejszości i przyszłości. Znany również jako Osnowa Wieków. Patrz również: Wzór Wieku, Koło Czasu.

Władcy Strachu: Ci mężczyźni i kobiety, którzy, zdolni do korzystania z Jedynej Mocy, przeszli na stronę Cienia podczas Wojen z Trollokami, prowadząc działalność jako dowódcy wojsk trolloków.

Wojna z Cieniem: Znana również jako Wojna o Moc, zakończyła Wiek Legend. Zaczęła się krótko po próbie wyzwolenia Czarnego i wkrótce ogarnęła cały świat. W świecie, w którym całkowicie zapomniano o wojnie, odkryto na nowo każde jej oblicze, często wypaczone przez dotknięcie Czarnego spoczywające na świecie, jako broni użyto Jedynej Mocy. Wojna zakończyła się przez ponowne zapieczętowanie Czarnego w jego więzieniu.

Wojny z Trollokami: Szereg wojen, które rozpoczęły się około 1000 OP i trwały ponad trzysta lat, w trakcie których armie trolloków siały zniszczenie po całym świecie. Ostatecznie trolloki zostały wybite albo zapędzone z powrotem do Ugoru, jednak kilka krajów przestało istnieć, inne zaś całkiem się wyludniły. Wszystkie zapisy z tamtych czasów są jedynie fragmentaryczne. Patrz również: Przymierze Dziesięciu Narodów.

Wzór Wieku: Koło Czasu wplata wątki ludzkich losów we Wzór Wieku, który tworzy istotę rzeczywistości dla danego Wieku, znany jest również jako Koronka Wieku. Patrz również: *ta'veren*.

Wzywanie Czarnego: Wypowiedzenie prawdziwgo imienia Czarnego (Shai'tan) powoduje ściągnięcie jego uwagi, nieuchronnie będąc w najlepszym przypadku przyczyną nieszczęścia, w najgorszym klęski. Z tego powodu używa się rozlicznych eufemizmów, takich jak: Czarny; Ojciec Kłamstw; Ten Który Odbiera Wzrok; Władca Grobu; Pasterz Nocy; Zmora Serc; Jad Serca; Zguba Traw; Ten Który Zabija Liść. O kimś, kto zdaje się kusić los, mówi się, że „wzywa Czarnego".

Zaczajony: Patrz: Myrddraal.

Ziemie Graniczne: Kraje graniczące z Wielkim Ugorem: Saldaea, Arafel, Kandorem i Shienarem.

SPIS TREŚCI